U0744493

海天雄鹰

下册

第十九章

钱程远公司大楼那间华丽的顶楼办公室里，主人请夏初、柳尼娜坐下："真没想到夏小姐会主动提出跟我见面，我太荣幸了。我都没想到你最后还是没有走。到底爱情的力量大，我是不是得祝贺你和谢振宇先生？"夏初："不，我留在国内和谢振宇没关系。"钱程远沉默了一会儿才道："前一段时间的经历对我很有触动。过去我一直不明白你我为什么就不能做朋友，现在我明白了，有些事情确是不可强求的。希望我们以后还能做普通朋友。"柳尼娜道："听到这话夏初一定很高兴。钱老板，我们俩今天来，是听说你集团下面有个调查公司？"钱程远："不叫调查公司，叫咨询服务公司。"柳尼娜："你这公司不违法吧？"钱程远："哎哟，那怎么可能，我们是正式注册的公司，要长期生存的，怎么敢违法！"柳尼娜笑看夏初。夏初道："尼娜，还是你替我说。"柳尼娜道："老钱，你知道夏初家的老阿姨，就是欧姨吗？"钱程远急道见过。柳尼娜："夏初现在想知道欧姨的身世，尤其是她和一个人的关系。"钱程远："谁？"柳尼娜："谢振宇。"

夏初郑重点头："为什么要这样，我不想解释。"钱程远："明白了，这个容易。不，还是不明白。”夏初：“钱老板，以后您会明白的。但不是你想的原因，这件事只跟我和欧姨两人有关。”事实上钱程远已经明白了，道：“虽然我还是不明白，但是这件事没什么难的，派人到她老家一查就知道。”夏初：“我希望保密，无论是谢振宇还是欧姨，都不能知道，避免对任何人造成伤害。”钱程远道：“那当然！这也是我们的服务宗旨！”夏初：“要先付费吗？”钱程远笑了：“夏小姐怎么了，为了感谢你和柳小姐仍把我当朋友，这次服务免单。”夏初坚持道：“那可不行。是服务就要付费，不然就算了。”钱程远：“夏小姐这么认真，钱程远恭敬不如从命。这样吧，我让我咨询公司的人跟你们直接谈。收费的事也和他们谈好了！”夏初：“谢谢！”

海军总医院一间挂有“特招”牌子的办公室里，刘敏洁和夏初面对面而坐。后者正在接受前者的特招面试。刘敏洁有些疑惑道：“我们是不是见过？”夏初也想起来了：“是的阿姨，我回国第一天，还没出机场，我们就在入境通道上见过面，你还给我留过一个电话。”刘敏洁笑起来：“对！我说前几天我还在想，好像我认识一个刚从国外回来的学管理的博士，就是你！”夏初：“哎呀阿姨，我太高兴了，没想到你也是军人！”刘敏洁：“别叫阿姨，叫我名字，在部队里叫职务也行！”夏初：“刘主任！”刘敏洁快速地翻阅她的材料，抬头道：“你还是军人家庭出身？”夏初：“是！”刘敏洁：“你父母什么时候不在的？”夏初脸上的笑容落下来：“十五年前。他们一起去参加由他们主持设计的一个国防工程的开工仪式，发生了塌方。”刘敏洁没有再问下去，继续翻资料：“你在美国的马斯洛学院读的博士？还在瑞士伯尔尼荣格研究所做过访问研究？”夏初：“是。”刘敏洁：“你在国外的主要研究方向？”夏初：“我博士读的是管理学，研究方向是成功学！”刘敏洁：“成功学是新学科。你能用一句话讲清楚它吗？”夏初：“生命因管理而成功！”刘敏洁不翻资料了，对她道：“为什么生命会因管理而成功？”夏初：“阿姨，不，主任，过去对管理学的理解只有一层意思，就是控制，当代管理学尤其是成功学却认为管理就是发展，而发展是硬道理！”刘敏洁：“这个解释我喜欢。讲讲成功学的要点。”夏初：“理想力、学习力、执行力、纠错力，最后，是好奇力。”刘敏洁让她解释纠错力。夏初道：“从成功学的角度看，人生就是不断地试错，管理就是纠错，没有纠错能力，人就不能发展，当然不能成功。”刘敏洁：“前几天我刚刚读过一本讲科学知识增长的书，书里头有一个观点和你的意思差不多。作者认为人类认识真理的过程只有一条路，那就是提出猜想，然后反驳。”夏初：“这本书是波普尔的《猜想与反驳》。我并不是完全赞同他的观点，但读过后，受他的启发，有了一个自己的观点。”刘敏洁让她说出来听听。夏初有点迟疑。刘敏洁：“怎么了？”夏初：“说出来像个玩笑。”刘敏洁：“没关系，我又不是你的导师，正在审查通过你的博士论文。”夏初笑：“如果人类对真理认知的道路只有猜想与反驳，那是不是可以说，人类一辈子就只能在错误的道路上走下去，并且要走到底。”刘敏洁：“解释一下。”夏初：“主任，认识真理的道路只有猜想与反驳，没有经过反驳的猜想一般说来是有可能被证伪的。提出猜想并加以反驳的目的就是从错误丛生的道路上找出唯一正确的道路。真理又总是未知的，人类认知真理的道路是不是只有一条，就是坚定地沿着错误的道路往前走，直到找到唯一一条正确的道路？”刘敏洁被她说服了，换了一个题目：“讲讲好奇力。”夏初：“当代成功学的研究发现，所有成功者都是对世界和自己的工作具有无穷好奇心的人。有了好奇心就不会满足，就会不断生出学习新东西的愿望，而世界的奥秘是无穷尽的。”刘敏洁：“简单地说，没有好奇心就不会有理想力、学习力、执行力和纠错力。人生就没有发展，当然没有成功。因为好奇心是理想生长的土地。”夏初：“是的阿姨，不，主任。”刘敏洁：“心理学在成功学中占有什么位置？”夏初：“成功学的一个分支叫做成功心理学。刚才我说的五力，其实就是成功心理五要素。”刘敏洁：“有成功心理就有失败心理，对吗？”夏初：“对。失败心理和成功心理正好相反，没有这五种力。另外，有的人拥有失败的人生，是因为自身有人格缺失，他们表面上看非常努力，但因为这些缺失，让他们失去了成功的人生。”刘敏洁要她说出两种以上最常见的人格缺失。夏初：“一个人将自己成长过程中遭遇过的挫折视作人类普遍的苦难，从此将社会看得一团漆黑，人生毫无意义，极端情况下会自暴自弃，发展成一种自我失败型人格；另有一种人，将自己成长过程中的挫折视为世界对自己一个人的不公，形成反社会人格，这是另一种失败型人格。这样的人格缺失或者缺陷，在任何一种制度的国家里，都有许多，而且类型各异。”刘敏洁把话题缩小：“说说你的专业对于当今中国走向成功社会的价值所在。”夏初：“通过成功学的一般理论，帮助所有需要帮助的人形成成功型人格，使他们的人生走向成功。无论是社会、国家、民族、军队，都一样，成功的人多了，失败的人就少，这个社会、国家、民族、军队就一定能走向成功！对中国来说，我们正在走向历史上最伟大的文明复兴，所以阿姨，我的专业在当今中国真的应当大有作为。”刘敏洁：“不久前你还打算出国工作并定居，为什么突然改变初衷，要留在国内应聘这个职位？”夏初：“很简单。不过我怕说实话，会被人说成矫情。”刘敏洁：“这里不会。”夏初：“我爱这个国家。我是军人的女儿，一直想继承父母的事业，为实现中华民族伟大复兴的中国梦贡献自己的力量！”刘敏洁：“你要应聘的这个职位，目前偏重于医学支援，和你的成功学专业靠得比较近。但我还有一个不好的消息，你一旦入伍进了部队，就要一切行动听指挥，很可能因为你学的是管理学而让你去管理食堂。”夏初笑起来：“真的？”刘敏洁仍旧严肃：“在社会上你可以挑选专业，可一旦入伍你将丧失这种自由，不是你挑选工作，而是部队挑选你。有句老话虽然不大好听，但在部队就是真理。”

夏初已经把这句说出来了：“革命战士一块砖，哪里需要哪里搬。”刘敏洁：“真是军人家庭长大的孩子。你说对了，就是它。而且你还得有准备，哪怕是同一块砖，运气好了可能拿你去砌墙，运气不好也可能会被放到地下让人踩着过一片水洼子。”夏初不再说话。刘敏洁：“我认为我把所有的可能性都说清楚了，还愿意来吗？”夏初：“愿意。”刘敏洁：“很好。你的考试成绩我看了，专业上没问题。今天是最后一次面试，你被录取了，明天来报到！”夏初心情激动，但努力保持平静，仍然端坐着。刘敏洁有些出乎意料，微笑道：“对了，我好像还应当再说一句，祝贺你！”夏初站起，原有的矜持全部消失：“阿姨！刘主任！谢谢您圆了我多年的军人梦！”刘敏洁：“不是我圆了你的军人梦，是你自己的专业素养，你论文中表现的知识范围，还有，你刚才讲的五种力……我从你的表达中看到你现在就拥有其中的理想力、学习力和好奇力，但你有没有执行力和纠错力，我只能在以后的工作中考察。当然，还要感激我军不拘一格聚集优秀人才的政策，让你圆了自己的中国梦！”夏初：“主任，我入伍后做什么工作？”刘敏洁：“你还做不了工作，你是海归的博士，到了部队却是新兵。明天报到后和新招的几位同志先去新兵营进行三个月训练，让自己从一名老百姓变成军人！至于以后做什么，现在保密！”夏初要说什么，又没有说出口。刘敏洁：“提醒一下，女孩子入新兵营，可是要哭的啊！”夏初：“是！”却又笑起来：“主任，我是不会的！”刘敏洁：“那可不一定。不过哭也没什么，不丢人，我也哭过！”夏初看着她笑。刘敏洁：“笑什么？”夏初：“阿姨年轻时一定是个大美人！”刘敏洁：“我现在老了是吧？”夏初：“不，你一点也不老，我是说，我们俩有缘，我喜欢您阿姨！”刘敏洁：“同志！”夏初：“对，同志！”她向刘敏洁敬礼。刘敏洁还礼：“你可以走了！”

海军总医院大门外，柳尼娜坐在车里焦急等待。夏初快步跑出来上车。柳尼娜：“怎么样怎么样？录取了吗？”夏初扑过去抱住她，伏在她肩头，半天没有抬头。柳尼娜：“我知道成了，你当兵的梦想实现了！”夏初：“我们找个地方庆贺一下！”柳尼娜：“等等！给谢振宇打个电话怎么样？你当这个兵可和他是有关系的！”夏初笑容收敛：“胡说，和他有什么关系！啊对了，这些天我终于想明白了，那天在机场，谢振宇为什么要对我那么说话。”柳尼娜：“他怎么对你说话了？”夏初：“原话我就不说了，可现在我想明白了，他那天来机场送我，不仅仅是要和我告别，也是和他自己的过去告别！他已经在管理自己的人生了！”柳尼娜找手机：“我打电话给康延成，让他告诉谢振宇！”夏初上前止住她：“我明天要进新兵营，三个月呢。将来分到哪里去也不知道！我已经忘掉他了，他也一定忘掉了我！我们现在是各当各的兵！走吧！”柳尼娜开车，再次看她。夏初：“我这会儿心情正好，不要再说他啊。”柳尼娜：“那你怎么着，想唱个歌？”夏初：“唱就唱，来，我们唱个《打靶归来》怎么样？”两个人大笑，唱起来：

日落西山红霞飞，
战士打靶把营归，把营归……

刘敏洁说对了，踏进海军某新兵训练营的第一天，夏初就哭了。女兵队长带她和新入伍的几名特招女兵穿上新兵训练服后做的第一件事就是一起走进内部理发室。小小的理发室里，几名老兵正在帮男女新兵理发，男兵一律被剪成锅盖头，女兵一律被剪成齐耳短发。夏初悄然变色。一个新招的女兵已经哆嗦起来，低声问女兵队长："都……都要剪成这样吗？"女兵队长看她一眼，仿佛一点同情心也没有："对！女兵一律短发。还有，当了兵，不能再描眉画眼，跟个乌眼鸡似的！"一个女兵一边被剪断长发，一边在无声地哭。女兵队长道："这一关都过不了，当什么兵！"流泪的女兵终于剪完了，理发老兵喊："好了，回去自己洗！"女兵朝镜子里看自己一眼，捂住脸，"哇"地哭着跑出去。女兵队长喊："下一个，夏初！"夏初走过去坐下，闭上眼睛不看镜子里的自己。理发老兵一剪子下去，大缕的长发就被剪落下来，她以为能忍住，但眼泪不知为什么一下子就从紧闭的眼缝里涌了出来。直到剪完回到新兵宿舍洗完头，她才看了一眼镜子中的自己，不觉把镜子扣了下去。这时手机响起。夏初接起手机道："尼娜，这几天一定不能来看我！我丑死了！来了我也不见你！……说过不见就不见！……没事儿，我说过没事儿！"转瞬集合号已经响了。"不行，吹号集合了，我挂了！"她挂断电话，整理军容，大步跑出去。大雨正在落下，新兵冒雨在操场上列队训练。女兵队长大声喊口令："立正！稍息！敬礼！礼毕！""跑步走！”新兵们跑起来，冰凉的雨水顺着头发脖子流进衣服里去，夏初哆嗦起来。她咬紧了牙关。“开始了，”她对自己说，“这就是我的生活！”

试飞大队多功能室里，秦大地正在面对全大队进行A阶段试验情况总结讲话：“……经过全大队上万次的试验，我们的国产舰载机、阻拦索、灯光助降系统，都扛住了！但要我说更重要的是人，是我们这些人，在全部艰难的试验中扛住了！不但舰载机和所有要上航母的设备的适配性通过了试验，不适配的地方通过试验得到了改正，人和机、索以及各种设备的重要性也全部通过了试验，这是更为了不起的成就。我代表总指挥正式宣布，A阶段八大类七十八小类的试验任务，到今天我们全部完成了！”多功能室里爆发出了热烈的掌声，久久不息。掌声终于停下来后，秦大地又道：“还有更为重要的成就，我还没讲呢！我们中国自己的专家，通过这些试验得到了大量第一手数据。这对于未来我国新一代舰载机以及航母相关设备的科研和生产，意义尤为巨大！外国人过去一直严密地封锁我们，现在有了这些实验数据，他们再也封锁不了！接下来，我们就可以根据我们的数据建造更新一代完全国产化的中国航母、中国舰载机和相关设备了！中国将拥有完整的航母和舰载机科研和生产技术，以后这个国家需要多少航母，我们就可以建造多少航母了！”众人再次热烈鼓掌。秦大地示意大家停下：“好了，那些就不是我们的事情了，我今天要讲的是我们试飞大队下一步的工作！我宣布，从今天起，全大队正式由舰载机试验阶段转入试飞阶段，也就是B阶段。有没有谁知道我们的任务是什么？”王小毛举手。秦大地：“起立！说！”王小毛大声道：“这有什么不好猜的？下一步当然是攻克舰载机航母起飞和着舰技术！”秦大地道：“坐下！小毛同志说得对！根据首长指示，我们不休息了，下一步先进行B04项目试验试飞。这项技术空军走在了海军前面，大队还没成立余涛和耿见林同志就已经用其他机型完成了首飞，突破了模拟舰首滑跃起飞技术，并且把他们的技术编成了训练软件提供给大家，用来进行试飞前的模拟器训练！”众人望向余涛、耿见林，谢振宇带头鼓起掌。秦大地再次止住掌声：“大家都是老枪，在模拟器上熟悉两天也够了。后天，听好了是后天，我们就到试飞场请余涛和见林给我们做示范，然后按照试飞顺序开始试验飞行！”康延成忽然举手。秦大地看他：“起立！你要说什么？”康延成站起：“大队，我有个提议。以我打飞行游戏的经验，在舰载机滑跃跑道上练习起飞没太多技术难度，我们应当在飞行模拟器上熟悉一下余涛和见林的技术，但是搞两天太浪费了，练半天就可以了，下午我们就可以去试飞场实飞！”大家都笑起来。秦大地：“你说什么？打飞行游戏的经验？”康延成道：“对呀！大家别笑，这没什么差别！”众人又要笑，秦大地：“你坐下！”他看一眼余涛：“余涛，你怎么看？”余涛点头：“同意。”秦大地想了想：“那就减一天，今天练一天，明天实飞！半天太短了，虽然要只争朝夕，但是别忘了另一句，万无一失，滴水不漏！解散！”

当天上午大家就乘车到了试验基地模拟器训练室，分组试验马上展开，谢振宇与康延成一组。谢振宇进入模拟器做试验，发现余涛、耿见林的程序已经安装在机器上。他按规程在模拟器上做起飞的各种动作，屏幕显示飞机自甲板起飞位置冲出，通过滑跃甲板，一飞冲天。他立即摁下复位键，飞机重新回到起飞位置。康延成一直站在他身后看他做动作，这时道：“怎么样？我没说错吧？是不是很简单？”谢振宇不说话，重做起飞动作。模拟器屏幕上，舰载机再次一飞冲天。康延成轻松地吹了一声口哨。远处传来秦大地严厉的声音：“谁吹口哨！”康延成吐一下舌头，继续看谢振宇做模拟试飞动作，让他惊讶的是，这个人近来做事越来越格外认真，这使得他的神情也变得严肃起来。

秦大地和吴强在一组，现在是秦大地进行模拟器试飞。余涛走过来看。秦大地按规程操作，屏幕上舰载机一飞冲天。他按下复位键，回头看了一眼余涛，说出一句让后者吃惊的话：“一定不会这么简单。”他让余涛说第一次试飞时有什么担心，后来又发现在这个仰角14度的甲板上做滑跃起飞，和陆基起飞有什么差异。余涛脱口而出道：“差异当然还是有的。譬如滑跑距离短，你必须一开始就加力；飞机从甲板上冲出去，会自然下沉，这时你必须拉升，防止坠海；最后舰载机起飞时，航母一般逆风高速航行，这时你要有意识地保持一点仰角并加力，保证飞机在逆风中迅速爬升。”秦大地马上盯住了他这几句话：“很好，你刚才说的三点，很可能就是突破舰首滑跃起飞技术的核心，等会儿训练结束，你给大家讲讲！”余涛答应了。秦大地手机响起，他看一眼，皱一下眉头，没接就关掉了手机，离开模拟器，对吴强说：“你来！”

直到晚上回到办公室秦大地才重新开机，拨出电话到山西。回春医院的妻子马上就从病房里走出来和他通话：“你怎么那个时候打电话，那是正课时间。”秦大地一开口就不高兴了。电话那边的乌晓道：“我也知道不该这个时候打手机，是出了一点急事。”“什么？”“今天这儿的院长一大早亲自来找我，说住院费涨了……上次你让我把你的工资全取出来，寄给家里五千，这儿交了住院费和各种杂七杂八的钱，就花完了。”秦大地：“你的工资呢？”乌晓不再说话。秦大地忽然明白了：“他们是不是把你的工资给停了？”乌晓：“不是，是我自己提的申请。我又不能正常上课，还要拿工资，我——”秦大地沉默了一阵子才道：“知道了。你别急，我马上想办法。”他挂断了电话，就地转了一个圈，在手机上翻出一个号码，拨出去，通了：“大地？”“是我，老刘……对不起，工作一忙，就忘了给你打电话……我在单位，我还能在哪里？我我我……没有事……不不，是有一件事，想来想去……嫂子是不是还在银行贷款部？”老刘的声音大起来：“是啊，怎么了，你要做生意？要贷款？”秦大地苦笑：“我做什么生意，秦熠现在山西一家小医院治疗……你怎么什么都知道？”老刘：“我当然知道。你这个人，我又要说你了，这么大的事也不跟我打个招呼——”“对不起老刘，现在就算是跟你打招呼了……是这样，我刚才又给他妈通了电话，真是难以置信，她说情况见好。”老刘激动了：“真的？天哪，还真有神医！太好了，要是能治好孩子的病……他们去了两个多月了吧。我明白了，钱有问题了？”秦大地半晌才重新开口：“真不好意思。我都不好意思说出来……想请嫂子帮着贷点款。”那边老刘生气了：“你又来了！贷什么款，钱我这里有，你要多少？”秦大地急忙拒绝：“不不不，我不想这样，我就是想贷款，行就行，不行就——”老刘比他还生气：“你这个人哪……你要钱我这里就有，你要贷款，就比较麻烦，你拿什么还呀？”秦大地：“我有工作，月月都有工资，我至少还可以工作二十年——”老刘沉默了一下：“大地，转业的事，是不是彻底没戏了？”秦大地更不好意思了：“真对不起老哥，虽然我想说完成任务后有可能我还是要转业，但是——”老刘已经明白了，忙阻止他：“什么都甭说了，我理解，都理解，你现在做的事情这么重要，是前无古人的大事业！贷款就算了，你说吧，要多少钱？”秦大地：“贷款我就要，不是贷款我不要！”老刘也不再坚持了：“知道了。我来帮你办！先办五万够吗？”秦大地：“够了。谢谢你和嫂子！”老刘：“你有个军人身份，想贷也贷不出来。我也知道你忙，这两天事办好了我也不跟你讲了，我找晋军，钱直接打到他那儿去，让他去医院缴，你就甭操心了。再见！”秦大地：“就是你帮我贷，这钱我还是要还。我分月吧，每月还一点！”老刘这次直截了当：“不用！你就算是借我的，等你以后有了钱，一次还我！再见！”秦大地：“谢谢！”电话那边已经先挂断了。他站住，半晌才拨通妻子的手机：“是我，钱的问题解决了，这两天就会到医院的账上！”……他把电话挂掉，站定，让自己的不愉快情绪过去，关灯，快步走出。

他没想到老刘回头就拨通了陶斯勇的手机。陶斯勇吃一惊：“你说什么？……行，你骂我吧，你骂得对。这我早该想到的。行了，我来解决。老刘，我不跟你客气，都是你在帮大地，这回轮到我了……别说了，就这样！”他关掉手机，马上给山西拨电话：“老晋，我是斯勇，有这么件事……你明天一早就去办。就这样。”放下电话，他在宿舍里转圈子，继续生自己的气。

清晨的试飞场上，航母 B04 项目跑道前，一架歼－15 停在起飞位置。专家团和各保障分队就位。秦大地、陶斯勇带全体试飞员跑步过来。试飞场一侧，陈亚红又一次一个人留在救护车上。她干呕了一阵子，努力忍住，回头朝试飞场望。何一鸣从队伍前头跑回来，拉车门上车，看她：“陈医生，你怎么样？”陈亚红对他摆手：“不要紧——”没说完又干呕起来。何一鸣生气道：“不行就回去！我们都在呢！”陈亚红猛回头，干呕也停止了：“我不！听说他们从今天起开始飞了！”何一鸣看着她，一句话没说出来，又不说了，下车离开，重新把陈亚红一个人留在车上。按照事先的安排，秦大地命令站立在全大队第一名位置上的余涛出列，为全大队做第一次滑跃起飞示范。余涛大步出列。秦大地："出发！"余涛："是！"二人相互敬礼，余涛大步走向了歼-15，他意识到背后是秦大地、谢振宇和全大队所有人充满激情和期待的目光，但他到底还是有一点担心，因为过去他和耿见林完成航母模拟舰首滑跃起飞使用的是歼-11BS机型，这次使用的却是歼-15。救护车内，陈亚红扒开车帘一眼就望见了正在登机的余涛，不觉又紧张起来，开始大喘。她一边用双手捂住眼睛，不再朝那个方向看，一边责备自己："你怎么了？真没出息！……"终于，她强迫自己拿开手，朝试飞场望去，但还是做不到。试飞场上，已经进入座舱的余涛与秦大地通话，做完起飞前的各种动作，对机外的凌凯时竖起大拇指。凌凯时双臂上举，竖起两手大拇指。机舱内，余涛深呼一口气，摁下点火开关，机尾喷出尾焰。止动轮挡"砰"一声落下，歼-15像一匹放开缰绳的烈马一般冲向模拟滑跃甲板，一飞冲天。试飞场上，所有人都在望着蓝天，掌声如雷。这掌声也惊动了救护车里的陈亚红，她抬头朝天空望去，一眼望见余涛已经上了蓝天的飞机，失声喊："飞起来了！飞起来了！"忽然意识到了失态，停了下来，却止不住泪如泉涌，这一次已经是喜极而泣了！等歼-15再次停上模拟舰首甲板起飞位置，耿见林奉秦大地之命出发，不一会儿同样驾驶歼-15冲上滑跃甲板一飞冲天，她完全不紧张了，自己下车回到队伍中，和众人一起欢快地大叫："好！见林！好样的！飞起来了！"她的叫喊又一次惊动了何一鸣，后者看她："这个试飞员你也认识？"陈亚红知道自己失言："啊，认识，他在总医院住过院！"何一鸣："不会吧，他是空军来的！"陈亚红："空军来的吗？我可能记错了。不过我们也接待空军来的疗养员。”何一鸣没再追问下去。

试飞大队队列前，秦大地面对余涛：“现在轮到我了！余涛出列！”余涛答应一声出列。秦大地：“命令你接替指挥位置！”余涛：“是！”他接过通话器。秦大地举手敬礼，余涛还礼。秦大地：“01准备完毕，请求出发！”余涛：“出发！”秦大地奔向舰载机，进入机舱，像往常一样让自己平静一下，做各种动作，回头对凌凯时竖起大拇指。凌凯时做出回应口令和动作。座舱内秦大地朝前方一望，过去在这种时刻，他望见的是机场低低的跑道和前方辽阔的天空，今天却看到了高耸的模拟滑跃甲板，在阳光照耀下和作为背景的蓝天之间显得突兀而清晰，但他没有多想，摁下点火开关，止动轮挡也在这一瞬间“砰”地落下。他松开手刹，歼-15冲向滑跃甲板，飞向蓝天。试飞场上再次响起热烈的掌声。张天一叫了一声：“还是秦大地，他是第一次飞！”康延成在队伍里看向谢振宇，发现他仍在皱着眉头看空中的飞机。飞机在海上兜了一个圈子，回归试飞场上空降落，并移回起飞位置。王小毛突然道：“大队厉害！”众人点头，他说出了所有人想说出没有说出的感觉。队列里掌声仍在继续，但到底有些稀落了。

午休时间很快过去了，下午重新开回试飞场的救护车里，众医护人员下车后，何一鸣本也要跟着下车，想了想又关上车门，回头站住了。陈亚红看他一眼：“怎么了院长？”何一鸣不看她：“陈医生，我要检讨，原来试飞大队真有你的家人。”陈亚红知道他什么都了解了，仍然坚持道：“只是前夫！”何一鸣道：“真的只是前夫？”陈亚红：“真的！”何一鸣：“不管是前夫还是什么人，以后这里的任务你不要参加了。”陈亚红又警觉起来：“为什么？不，我要参加！”何一鸣：“说实话吧。就是为了能每次都到这里来，和他在一起，你才主动要求调到我们医院，是不是？”陈亚红嘴硬：“不是！”何一鸣：“不愿意承认？”陈亚红：“我没什么好承认的，他现在真的只是我前夫！啊，还有，院长不要担心我，我能行！还有女人不怀孕的？”何一鸣叹气，半晌又道：“行，暂时就这样，可你一定要一直待在车上，不要下去。我走了！”他匆匆下车，陈亚红的目光急忙又转向了试飞场。

下午的试飞开始时仍然非常顺利，第一个登机的是谢振宇，他快速而准确地完成了试飞。然后是康延成，整个过程做得那么轻巧熟练，让排在他后面的王小毛不觉说了一句：“这小子是不是过去飞过呀？”秦大地也吃惊，却被刘波一句点破：“他只可能在飞行游戏中飞过，这小子不会是真把真实的飞行看成是游戏了吧？”没有人知道。其实康延成对这一次试飞非常不满意，原因是当他摁下点火开关，舰载机喷出尾焰，凌凯时双臂向下一砍做出可以起飞的动作、止动轮挡也落下时，他下意识地朝前方望了一眼，突然发觉自己望见了一堵灰白色的“墙”，没有天空，也没有滑跃起飞甲板，更没有陆地。但已经来不及了，他已经松开了手刹。歼-15冲向滑跃甲板时，康延成不觉闭了一下眼睛，但迅速睁开，熟练地做完了所有动作，飞机一跃冲上天际，康延成大喜，不觉出声：“太像游戏了，有点刺激！”耳机里马上响起秦大地的询问声：“05，05，你说什么？”康延成反应过来：“报告大队，一切正常！”秦大地没有再问下去，康延成也没有细想刚才看到的那一堵“墙”，他把它看成了自己的一个瞬间视觉错误，现在他飞起来了，而且飞得这么好，真像在游戏中一般，照他的性情，就不会再回头去想那堵“墙”了。他驾驶飞机在空中做了一连串花哨的动作转弯飞回来降落，又按规定稳妥地停到了始飞位置上。

试飞大队队列前，秦大地回看王小毛："06出列！"王小毛出列。余涛意识到了什么，担心地看他一眼，脱口道："小毛，真的准备好了？"江海插话："他昨天夜里就准备好了！你看他这会儿，就像一匹骡子，都要尥蹶子了！"王小毛："住嘴！大队，我可以出发了吗？"秦大地："出发！"两人相互敬礼。王小毛转身跑向舰载机。

航母B04项目平台前，王小毛进入飞机座舱，他的情绪依然在亢奋中，但这亢奋里暗藏着紧张，因为毕竟是第一次实飞。他摇了摇头，让自己的心平静，觉得不紧张了，开始熟练地做完一系列动作，向机外的凌凯时竖起大拇指。凌凯时做出回应，双臂高举，竖起大拇指。王小毛摁下点火开关，飞机喷出尾焰，凌凯时做出允许起飞动作。止动轮挡落下。王小毛要松手刹，忽然睁大眼朝前方看去。前方滑跃甲板如同一面"墙"，立起来撞上他的眼睛，完全遮住了他向前的视线。他的手就在这一刻在手刹上停住了。飞机原地跳一下，没有冲出去。他再次睁大眼睛，看到的仍然是面前遮没了他全部视野的甲板之"墙"。到底是金头盔飞行员，他瞬间的反应是停止试飞，并且马上做出了动作，阻止了飞机向前面这堵"墙"撞上去！

试飞场一侧，秦大地一直盯着起飞位置上的飞机，此时看到飞机停在那里，并没有滑跃出去起飞，大惊，看一眼余涛。余涛大叫："大队，快去看看！"两人和陶斯勇立即跑向了舰载机。留在队列里的众人在议论："出了什么事？""怎么了！"航母B04项目平台前，飞机发动机已关闭，驾驶舱打开。王小毛双目紧闭，大喘气。秦大地跑过来："怎么了小毛？"余涛跟过来："怎么回事！"王小毛睁开眼，只看余涛："墙！"余涛："什么？"王小毛："前面有堵墙！我觉得只要一松手刹，就要撞上去！"余涛与秦大地对视一眼。秦大地："小毛，任务结束，出舱！"王小毛出驾驶舱。秦大地看陶斯勇："快让小毛回去休息！"陶斯勇回头："救护车！"一辆救护车很快鸣笛驶过来，将王小毛接上车。车上的陈亚红这时完全回到了医生的角色，问他："有什么不舒服吗？"王小毛并不认识陈亚红，只是道："有点头晕！"陈亚红迅速从药箱找出药片，又拿过水来："把它吃下去。"

航母 B04 项目平台前，余涛望着救护车驶远，回头看秦大地："大队，我试一试，找一找他说的'墙'！"秦大地深深看一眼这个目前自己在全大队最信任的人："好吧！"余涛重新系好头盔，坐进驾驶舱。秦大地和陶斯勇跑着离开。驾驶舱内，余涛让自己归于平静，做起飞前各种动作，想了想，才回头向外竖起大拇指。凌凯时做出回应，允许起飞。余涛摁下点火开关，飞机轰鸣起来，止动轮挡落下。余涛手落在手刹上，突然睁开眼朝前方望去。这一次，他也看到了那样一面遮蔽了全部天空的"墙"，瞳孔猛地张大。他的手在手刹上一抖，停住。他闭上了眼睛。有顷，关闭了发动机，走出驾驶舱。秦大地、陶斯勇跑过来，看向余涛。余涛对秦大地道："大队，小毛没撒谎，是有一堵'墙'！"秦大地心情激动，戴好头盔："我试一试！"他要进入驾驶舱，被随后赶来的江海拦住："大队，轮到我了！"秦大地回头看一眼余涛。余涛："大队，你可以完全信任江海，他技术好，心理状态更好！"秦大地对江海道："好吧，注意力高度集中，现在的重点不是起飞，而是查证一下是不是真有一堵'墙'！"江海："是！"秦大地仍不放心："感觉不好坚决不飞！这是科学精神，和勇敢无关！"江海神情严峻："明白！"等秦大地、陶斯勇、余涛回到队列前来，谢振宇对秦大地突然说了一句："大队，我想过去一下！"秦大地用询问的目光看他，谢振宇并没有回答，前者的心却动了："好吧！"谢振宇答应一声，重新跑向了舰载机始发位置。已经坐进了驾驶舱的江海看他。谢振宇问："到底出了什么事？"江海："小毛，还有余涛，都说起飞时有一堵'墙'！""墙？"江海点头，神情严峻。谢振宇："我刚才飞过，哪有什么'墙'！"江海："可他们俩都说有一堵墙！"谢振宇想了想："你等等！"回头喊："大队，让康延成来一下！"秦大地点头，对康延成道："去吧！"康延成跑过去。谢振宇问他："刚才你飞的时候，看没看到一堵'墙'？"他边问边严厉地盯着对方的眼睛。康延成一时间没有说出话来。谢振宇："有没有？"康延成咽一口唾沫："有，可我没把它想成一堵'墙'，就起飞了！"谢振宇："明白了！那就是说，真有！"他回头对江海道："还能飞吗？"江海："能！"谢振宇："好吧，祝你成功！但是——"江海："还想说什么？"谢振宇："感觉不好就不要飞！这是科学，和勇敢无关！"江海："刚才大队已经这样交代过了！"他关上舱盖。康延成惊讶地看一眼谢振宇："你行啊你，你连大队的话都会说了！"驾驶舱内，江海不知不觉地就有了点意外的紧张，他故意不朝前方看，做完一系列动作。然后向凌凯时竖起大拇指，点火，飞机轰鸣，止动轮挡落下，飞机在跳动，他的手触到手刹上，大睁眼朝前看去。前方果然出现了一堵挡住他全部视线的"墙"，他的手抖一下，停住了。

站在队列前一直目视着舰载机的秦大地已经明白了，回转过来面对全队，大声道："今天试飞结束！带回！"谢振宇开口："报告大队！我想再试一试！"秦大地用严厉的目光看他："为什么？"谢振宇："我刚才飞过，没有那堵'墙'，现在他们为什么会发现有一堵'墙'！"秦大地不经意地回头看到陶斯勇。陶斯勇对他点一下头。秦大地回看谢振宇道："好吧。注意力要集中，不能飞坚决不飞！”谢振宇：“是！”他跑向舰载机，第二次坐进了驾驶舱，做一系列熟练的动作，向凌凯时竖起大拇指，点火，得到允许起飞指令，止动轮挡落下，猛抬头向前方望去，蓦然望见了那堵挡住他全部视线的“墙”。他闭上了眼睛，手停在手刹上。秦大地已经赶过来，谢振宇让自己平静，出舱，对秦大地道：“大队，真的有！刚才我也看到了它！”秦大地面色冰冷，回头对吴强道：“全队带回！”

回到营区，秦大地走回办公室，徘徊思索，忽然大叫：“赵文，去喊谢振宇和余涛！”不一会儿，门前已经响起余涛的声音：“报告！”秦大地抬头：“你来得正好，我刚让……进来！”余涛走进来看他：“大队——”秦大地迫不及待道：“我问你，当初你和见林在西北基地试飞时，有没有发现过这堵‘墙’？”余涛：“没有！大队，我现在明白了，那是一种瞬间错觉！”秦大地想了想道：“我也是这么想的，但这一瞬间的错觉会影响飞行员的瞬间判断，造成动作变形，一旦飞出来，就有可能机毁人亡！何况现在这种惊慌心态已经传染给了全大队！”余涛：“但是我、见林，后来还有你、谢振宇，第一次飞时都没有出现这个问题！还有，我刚刚听说，康延成也看到了‘墙’，但他没把它当成一堵‘墙’，还是飞起来了！”秦大地不同意他的看法：“我们知道没有那堵‘墙’，但是就我的经验，飞行中出现的所有错觉，包括起飞和降落过程中出现的瞬间心理错觉，都有可能源自真实的外界事件和印象的突然冲击！也就是说，它是假的，但一定是有原因的！”余涛：“我同意，即使是瞬间心理错觉，也要用科学办法找到来源，从根子上消除它，避免出现机毁人亡的重大事故！”秦大地：“对！何况小毛、江海、谢振宇、康延成，后来就连你，也说看到了‘墙’。如果每个人眼前都出现了‘墙’，这就不是某一个人某一次试飞中偶然出现心理错觉！必须找到原因，一定要找到！不然，它就会继续在不该出现的时刻出现，造成可怕后果！”余涛：“大队，我有个请求！请把这件事交给我解决！我之所以提出这种请求，是因为这件事最早发生在我们空军来的同志身上，并且已经对全队的心理造成了影响！”秦大地不同意他这种看法：“余涛，事情是最早出在王小毛同志身上，但也可能发生在任何人身上，我现在反倒觉得事情出在王小毛身上并不坏，他是一位非常有经验的飞行员，最后关头控制住了，没有在惊慌失措中冒险起飞，酿成大事故。我们应当为这个结果感谢小毛和空军！”余涛：“大队不要误解我的意思，我是想请你允许，让我先试试能不能破了这堵‘墙’！如果我的所有努力都失败了，仍然不会影响你亲自去研究和破解它！”见秦大地还在看他，又最后补了一句：“大队，请你相信中国空军是有战斗力的！”秦大地终于点了头：“但我有一个要求，安全第一！另外，你多带几个人去，可以一块儿讨论！”余涛：“我带上耿见林和江海，还有刘波！”秦大地：“祝你们成功！”余涛庄重敬礼。秦大地还礼后，看着他转身大步走出，回头发现吴强出现在自己身后，道：“马上向基地报告，请张司令通知试飞场做好全部保障工作！另外也要通知专家团！”吴强点头：“明白！”秦大地：“完了安排车，我要去基地模拟试飞训练室。”吴强：“你一个人去？”秦大地：“不，谢振宇怎么还没到？”谢振宇应声出现在门外，大声喊报告，秦大地：“进来！”他只看吴强：“什么也甭问！快去！”吴强转身跑出去，谢振宇走进来。秦大地没让他开口，只道：“等着，我们一起去基地模拟试飞训练室！”谢振宇想了想，忽然明白了。

两人很快到了自己要去的地方。张天一留下了马虎臣在等他们。后者陪二人走向模拟训练室，停在一台训练器前，秦大地对谢振宇道：“我先来。”谢振宇不说话，看秦大地坐进训练舱，熟练地打开系统，屏幕上出现了试飞员坐在驾驶舱内准备飞行前的主观视觉画面，前方是静态的滑跃起飞甲板。秦大地做一系列起飞前的动作，“飞机”发出巨大轰鸣声，屏幕上的画面也开始微微颤动，他像在真实的舰载机座舱里一样松开手刹，瞪大眼睛盯着屏幕上的甲板画面。“飞机”迅速滑过甲板，一飞冲天。他按下停止键，将模拟系统复位归零。一直在他身后盯着屏幕的谢振宇脱口而出：“没有那堵‘墙’！”秦大地重新启动了系统，这次他一帧一帧地让起飞动作慢走，直到飞机冲向天空。谢振宇道：“还是没有！”秦大地从模拟器中走出：“你看到过那堵‘墙’，你来！”谢振宇坐进驾驶舱，麻利地做了一遍起飞动作，不回头：“还是没有！”秦大地铁青着脸：“再做一遍，一帧一帧地看！”谢振宇答应一个“是”，又做了一遍慢动作，一帧一帧看舰载机起飞，二人还是没有从每一帧视频中发现那堵“墙”。谢振宇关掉了机器，从模拟舱里走出，从秦大地脸上明显地看出失望和沉思，想了想，忽然醒悟道：“大队，在这里是查不出那堵墙的！”秦大地：“为什么？”谢振宇：“坐在训练器里是不可能出现瞬间心理错觉的！”秦大地：“你是说，没有人会在这里因为高度紧张出现瞬间心理错觉？”谢振宇：“对！只有在试飞现场，真实地面对可能的失败和牺牲，人才有可能因为紧张出现瞬间错觉！”秦大地：“我有一个问题！”谢振宇：“什么？”秦大地：“为什么像你、王小毛、康延成这样的顶级飞行员也会出现心理错觉？你们这些人什么样的危险没有经历过！”谢振宇心中一动，大叫：“大队，我们快去试飞场！”秦大地：“快走！”

试飞场上，各保障分队已经就位。B04项目平台前歼-15始发位置上，余涛已经坐进驾驶舱。耿见林、江海、刘波在外面看着他。余涛："你们下去吧。"耿见林不放心："小心！"余涛："下去！"耿见林等看着他关上座舱盖，这才离开。余涛做完规程要求的所有起飞前的准备动作，点火，凌凯时照规程发出允许起飞的指令，止动轮挡放下。余涛眼睛紧盯前方，手触摸到了手刹上。突然，前方的光线陡然暗下来，甲板变成一堵灰色的"墙"，待飞的舰载机如同要向这面"墙"上撞去。余涛的手又抖了一下，停在手刹上。

试飞跑道上，秦大地、谢振宇跳下车，朝平台上看。秦大地："情况怎么样？"耿见林："余涛刚才要飞，但还是没有飞起来！"舰载机始发位置上，余涛打开舱盖站起来。秦大地已经赶到，大声道："什么情况？"余涛："再次发现了那堵'墙'！"谢振宇急道："你觉得它是什么？仅仅是瞬间的心理错觉？"余涛："不，它表现为一种真实的瞬间视觉，让你觉得起飞瞬间一堵'墙'突然在你前面立起来！你不是在起飞而是在向它撞过去！"耿见林："余涛，你怎么样？不行下来休息，我试一次！"江海和刘波也道："不行我们来！"谢振宇："大队，让我再来一次！"余涛急道："不，大队，我已经两次看见了那堵'墙'，一定要再试一试，弄明白为什么我第一次起飞没有看见它，现在就一连两次看见了它；我还想弄明白，如果真有一堵'墙'，怎么才能过了它！"秦大地想了想道："好！再试一次，找到出现这堵'墙'的原因和破解它的办法。但有一个要求，不能飞出去！"余涛一惊："为什么！如果那一瞬间我冲过了'墙'，不飞是不可能的！"耿见林也道："大队，应当允许余涛飞！"秦大地回头看一眼谢振宇。谢振宇心中一动："大队，应当让余涛飞。真到了那种时刻，不飞比飞起来更危险！"秦大地斩钉截铁："不行，破解这堵'墙'之前，任何人都不能飞！"余涛盯着他看了良久，终于妥协："是，我可以不飞，但一定要过这堵‘墙’！”

余涛重新让自己冷静，做动作，点火，对凌凯时竖起大拇指。凌凯时照规程做允许起飞的指令。止动轮挡再次落下去。余涛紧盯前方，手再次触摸到了手刹上，不动，深呼吸，睁眼朝前方望去，猛地看到那堵墙又冲他“撞”过来。这一次他没有眨眼，相反却以强大的心力，瞪大眼睛望着正在撞过来的“墙”，手在手刹上继续停留。忽然，他注意到那堵“墙”消失了，它又清楚地变回了模拟起飞甲板。余涛下意识抬头朝前方的天空望去，注意到一团乌云正从他头顶上飘过。他看一眼乌云，又看一眼甲板；再看乌云，又看甲板，激动起来，赶紧关掉发动机，打开座舱盖，要跳出来。

秦大地带谢振宇耿见林等人跑上来，大叫：“怎么了！”余涛手朝天空一指：“大队，看那儿！云彩！云彩飘过来，遮掉起飞甲板上的阳光，甲板陡然变暗，就突然有了‘墙’！”众人开始难以理解，但很快醒悟过来，相互击掌，大叫：“哇！原来是它！”秦大地回视谢振宇一眼：“振宇，你说得对，只有在试飞现场，才会出现这堵‘墙’，我们也才会弄清楚‘墙’是怎么来的，现在余涛把原因找到了！”谢振宇：“大队，余涛找到了原因，也就找到了解决的办法！”耿见林：“大队，我知道谢振宇要说什么！”余涛：“你们俩什么也不要说，大队想到了什么也不要说出来，因为那太简单！大队，我想再试一次，把解决的办法一并找到！”谢振宇：“办法太简单了，只要——”秦大地：“不要说出来，让余涛去做！”余涛看他：“大队，我有一个要求！如果可以，我想做一个连贯动作！”耿见林：“你要飞？”余涛点头。谢振宇：“大队，我觉得这个可以有！”耿见林：“一个连贯动作，什么问题都解决了！”秦大地：“好吧，但还是那八个字，万无一失，滴水不漏，没有把握还是不能飞！”余涛：“明白！”他重新坐回座舱，关上舱盖。

试飞场一侧的医疗保障队伍里，何一鸣今天又看到陈亚红勇敢地走下了救护车。“陈医生，你怎么下来了？”他问。陈亚红并不看他，只望着B04项目平台和跑道上的舰载机：“院长快看，余涛就要飞起来了！”她真正想说的是：我终于想明白了，我不能一直躲在车里头看着他飞！我不能走得太近，让他注意到了我，可是我也不能让自己离他太远！可是她说不出来，何一鸣的目光不觉转向了试飞跑道。在他们前方，秦大地带谢振宇、耿见林、江海、刘波跑回到自己的位置上，盯着前方的歼-15。耿见林忽然回头朝医疗保障分队望去，吃惊地对江海道：“那不是亚红吗？”江海回头：“不会吧？亚红怎么会在这里！”两个人都没有再回头，他们的心思此刻都在前方舰载机中余涛的身上！歼-15驾驶舱里，余涛这次以非常快速准确的动作做完了所有动作。这次他的内心已经极为坚定，也极为镇静，那堵“墙”又出现了，要向他“撞”过来。余涛的目光下意识地朝天空望一眼，果然，一团乌云重新笼罩了半个天空。他闭上眼睛等待，那只手仍停在手刹上，再睁眼，“墙”仍然在，却没有再“撞”过来，它“停”在那里了！飞机在轰鸣，机身也在跳动，但他的听觉里却响起了秒针走动的爆炸一般的巨响：“啪！啪！啪！啪！……”然而此刻他的内心也变得强大起来，手刹在微微颤抖，他的手也在微微颤抖。他的注意力仍然高度集中在那堵“墙”上，他要盯住它，看它什么时候消失。突然，他意识到即使在乌云没有过去的情况下，甲板上的‘墙’也不见了，他的眼睛适应了甲板上灰暗的光线，它又是一面飞行甲板了！余涛狂喜地望着眼前的甲板，眼睛不觉有一点湿润。他完全放松下来，松开手刹，飞机迅速滑向跑道，直上蓝天。试飞跑道一侧，秦大地望着飞起来的战机，激动地大声对众人喊："鼓掌啊！"众人热烈鼓掌。他们身后的医疗保障分队里，众人也在热烈鼓掌，喊："飞起来了！飞起来了！飞起来了！他成功了！"陈亚红飞快转身，跑回了救护车，一把拉开车门上车，关门，捂住脸激动地哭起来。但很快她就止住了，抹掉了眼泪。何一鸣跟着拉开车门跑上来，对她道："陈医生，余涛同志是好样的！等他落下来，我们一起去向他表示祝贺，他太了不起了！"陈亚红的心一下就清醒了："不！"何一鸣："怎么了？为什么？"陈亚红："你忘了，他现在只是我的前夫！"

晚上，试飞大队多功能厅里气氛热烈。全大队再次集会。秦大地、陶斯勇走过来，面对众人站立。秦大地开口就道："大家热烈鼓掌，余涛同志为本大队立了头功，找出了航母舰首模拟起飞前出现瞬间视觉错误的原因，并且找出了破解它的办法！鼓掌！"余涛站起来，示意大家停止，笑道："行了行了，饶了我吧。这个不太习惯。"众人笑着看他，掌声渐止。秦大地道："余涛，你讲讲吧。上来讲！"余涛走上前台，回头看大家："各位，大队要我讲一下情况，首先要说明，查出出现瞬间错觉的原因、找出破解的办法，不是我一个人的功劳。第一所有的事情都是秦大队组织的；第二他也是主要参与者；第三要说明的是，参加这次破解行动的还有谢振宇、耿见林、江海和刘波，大家都在这个过程中帮助了我，尤其是振宇，在关键时刻肯定了我的想法，坚定了我的信心，所以我要说，这是集体智慧的结果！"吴强大声道："你就不用客气了，拣关键的说！"众人喊："对，捞干货！那'墙'哪来的，怎么才能把它过了！"陶斯勇："大家安静！"余涛："通过多次试飞，现在可以确认，那堵'墙'就是起飞瞬间发生的主观视觉错误，但它的出现和发生，却有客观原因。在你就要起飞的一刹那，由于天上云团的飘流，甲板明暗度发生瞬间变化，加上心理作用，飞行员会在一瞬间觉得前面突然出现了一堵‘墙’，飞机正向这堵突然出现的‘墙’撞过去，或者它正向飞机撞过来！”众人轰然：“原来是这样！和瞬间飘过去的云团有关系！”已经从医院赶回来的王小毛激动地站起：“余涛，真的是云？”余涛：“有云的原因，也有瞬间心理过度紧张的影响。”王小毛一拳砸在桌面上。吴强举手要求发言，道：“如果那堵墙只是云影在起飞甲板上造成的明暗变化，也太好解决了！”康延成看他：“怎么好解决？”吴强：“不理它就是了！”秦大地：“不是这样的！虽然只是瞬间光影变化造成的视觉错误，但对我们飞行员来说，这一瞬间突然出现的视觉错误仍然会影响甚至改变你的瞬间心理。今天我要特别讲一下，首先发现这个现象的是王小毛同志，幸好小毛是个有强大控制力的优秀飞行员，要是个新手，他在这一瞬间没有控制住飞机，让它飞了出去，而他又觉得自己正在撞一堵‘墙‘，结果会怎么样！”众人轰轰然议论起来。江海大声道：“大队说得对，多亏小毛在那一瞬间把飞机控制住了，不然就是一场严重事故！”吴强也看王小毛：“小毛，你了不起，你为本大队避免了第一起严重事故！”王小毛情绪仍然没有好转：“不不不，别这么讲！”秦大地：“大家安静，听余涛接着讲！”江海举手：“余涛，你就说说，怎么解决吧！”

现场重新安静下来。余涛道：“第一，首先要在认识上解决，从现在起大家必须明确，没有那堵‘墙’，那种在飞机起飞瞬间正在撞向一面‘墙’或者有一面‘墙’正向飞机撞过来的感觉是瞬间错觉。不但今天我们这些人，包括以后走进这支队伍里来的飞行员，都要在执行这个训练课目前告诉他们，没有这堵‘墙’！”他回看秦大地和陶斯勇，“大队，政委，我建议现在就将这项内容编进我们的舰首模拟滑跃飞行训练大纲，使它成为每一个入门者一定要完成的心理和起飞训练项目！”秦大地对陶斯勇道：“我同意！”陶斯勇：“同意！”余涛重新转向大家：“第二，现在我讲破解的办法。刚才老吴说，既然云影能够造成我们的瞬间视觉错误，那我们不理它就是了，他说得对。我的办法是，如果那一瞬间你看到了‘墙’，可以将起飞时间稍稍延缓一会儿，等云彩过去，甲板重新变亮时再起飞——这是第一种办法！”王小毛举手：“如果云彩太大，一时半会儿飘不走，怎么办？”余涛：“为了解决你说的这个问题，我进行了第一次试飞后，今天下午秦大队、谢振宇、耿见林、江海和刘波各自又进行了试飞，有的说是三秒，有的说五秒，取个中间数，如果云彩老不走，也不要怕，你一直盯着墙，只需要四秒钟左右，出现在你面前的‘墙’就会自己变回甲板。原因仍然简单，四秒钟左右足以让你适应面前的光影变化，看清楚面前是起飞甲板而不是一堵要撞过来的‘墙’！”吴强大声道：“说明白了其实就是延迟几秒钟起飞！”秦大地插话：“你这话虽然是对的，但说起来简单，做起来不那么容易了！第一，如果你不知道其中的奥妙，或者知道了没有经过训练，养成瞬间反应习惯，到了时候还是要出问题的！现在我宣布，接下来我们要对起飞训练计划做出调整，围绕克服瞬间视觉错误这一影响安全的最大危险和难题进行试验飞行！”余涛：“大队，政委，我讲完了，可以下去了吧？”秦大地：“好。”他带头鼓掌，众人随之鼓掌，目送余涛走下去，坐回到众人中间。秦大地示意掌声停：“我最后再说两句，克服瞬间视觉错误，保证我们在攻克第一个重大试飞项目时万无一失，主要是不死人，我认为关键还在于每个同志内心的修炼。我们现在遇到的难题肯定是世界上所有航母国家舰载机飞行员都要遭遇的难题，这是世界性的技术难题，我和余涛、谢振宇、耿见林、江海和刘波，都认为只要我们内心拥有足够强大的承受力和控制力，在任何情况下都能做到天空有云、我心无云，不，任何背景下都能做到心无片云、静如止水，我们就能破解任何瞬间出现的视觉或者其他感觉错误，不让它影响我们判断力，圆满完成攻克模拟航母舰首起飞的重大任务！”谢振宇脱口而出：“心无片云，静如止水？”康延成听到了，看一眼谢振宇。全队已经热烈鼓起掌来。谢振宇也在鼓掌，但现在的他思考的已经是刚才秦大地说出来的那八个字了。

接下来B04项目试验试飞又进行了一段时期，最主要的是，秦大地一定要让每个人都要在试飞过程中看到那堵“墙”并冲破它——实际上是要经历这种瞬间视觉并完成对它的突破，使它以后不会成为继续试飞过程中的障碍。这个过程说起来容易做起来却很难，因为并不是每天都会遇上一块云彩。尤其是康延成，他当初曾经看到了那堵“墙”却硬着头皮飞了起来，现在想想还是有点后怕，所以一直盼望着能再次遇上那堵“墙”并且按照余涛、秦大地、谢振宇等人的办法完整地进行一次破“墙”飞行。但是他的运气不好，一直没有遇上这样的机会。这天也是一样，他坐进飞机驾驶舱时，先是下意识到朝天空瞅了一眼，没有发现云彩。他仍然按规程做动作。当康延成手触在手刹上，瞪大眼睛望着前方甲板时，还是没有发现那堵“墙”。他失望地看天空，惊奇地发现居然有一块云团正在向试飞场方向移动，他内心狂喜起来，坚忍地等待着，甚至闭上了眼睛。试飞大队队列前，秦大地看飞机一直没有飞起来，发动机也一直没有关闭，急看谢振宇：“快去看看！”谢振宇向前跑了一步，看天空，心中一动：“大队，这小子在等那堵‘墙’。”秦大地抬头果然看到了空中那块正在移动过来的云团。耿见林笑道："这个老康，看不见'墙'还不飞了！"秦大地想了想，对谢振宇道："行，让他等！你不用过去了！"

歼-15座舱里，康延成一直闭着眼睛。这时忽然睁开，果然看到了那堵"墙"，心中大喜："小子，我还真看见你了！"他大睁着眼睛，盯着这面正向他撞过来的"墙"。一根不存在的秒针在"啪啪"走动，声如惊雷。"如果云彩老不走，也不要怕，你一直盯着墙，只需要四秒钟左右，出现在你面前的'墙'就会自己变回甲板。原因仍然简单，四秒钟左右足以让你适应面前的光影变化，看清楚面前是起飞甲板而不是一堵要撞过来的'墙'！"余涛的声音也在他耳边响起来。四秒钟已经过去，那堵"墙"真的在他眼前重新变回了甲板。康延成在心中叫起来："啊，我终于等到你了！我要破了你！"他猛地松开了手刹，舰载机滑过跑道，冲向甲板，冲天而起。试飞大队队列中，几乎所有人都叫起来："快看，这小子有运气，真还让他等到了！"

下一个就是王小毛了。秦大地回头看他："小毛，怎么样？"王小毛精神抖擞道："这回没问题！"秦大地："如果不行，可以等下一轮！"王小毛哪里肯让出这么好的机会："不，大队，我现在就准备好了！"秦大地看余涛。余涛点头，又看王小毛："小毛，你没问题！"秦大地也道："我们大家相信你！"王小毛有点不高兴了："大队，余涛，王小毛也是老枪，说没问题就没问题！"众人都笑了。秦大地："出发！"王小毛大声回答："是！"他向秦大地敬礼，向已经落下来移回始发位置的舰载机跑过去。康延成刚刚从座舱里走下来，故意对他道："行不行啊你！"王小毛更生气了："快下来你！"试飞大队队列中，余涛又看秦大地："大队，我上去一下！"秦大地："不要！这一关他一定要过，而且一定能过！”余涛瞬间明白了。王小毛已经进入飞机座舱，合上舱盖。他还是意识到了自己的紧张，一边让自己完全平静一下，一边认真地完成所有动作，但是他的心仍然不能平静，他不想等了，用力摁下了点火开关，突然喊出声来：“天上有云，心中无云！”他没有想到，就这么八个字，一喊出来自己居然不那么紧张了。一秒！两秒！三秒！四秒！就在这喊声中，他眼前的“墙”变回了甲板。这一瞬间内心的紧张完全释放，他松开手刹，舰载机滑向甲板，一飞冲向蓝天。在高远的天空中，王小毛一边操纵飞机翻了几个跟斗，一边大喊：“我成功了！我飞起来了！我破了‘墙’！”

第二十章

中秋节前两天，为了庆祝 A 阶段试验和 B04 项目技术突破的成功，衣正邦请来了海军政治工作部文艺演出小分队为试飞大队以及两家地方公司的专家团做专场慰问演出。演出在大队多功能厅内举行，座无虚席。演出开始前，秦大地、陶斯勇安排衣正邦、梁良、周总、张天一坐到第一排。陶斯勇示意全场安静，道："同志们，欢迎首长给我们讲话！"众人热烈鼓掌。衣正邦道："好了好了，你这个陶博士搞什么？你们给我鼓什么掌，等会儿我们演出队的同志歌儿唱得好，小品演得好，你们再鼓掌！"大家笑着停止鼓掌。衣正邦道："同志们，我今天把海军最优秀的艺术家都给你们请来了，慰问你们，为什么？因为你们这么多天克险攻难，成功完成了 A 阶段的试验和陆上 B 阶段一项重大的技术突破，并且通过了考核，我代表总指挥部向你们表示祝贺！"众人又鼓掌。衣正邦急忙示意："得得得，鼓两下可以了。我刚才说了，你们完成了 B 阶段的一项重大技术突破，这虽然还不是真正攻克了航母起降技术中的一项，但仍然是一场胜利，其中一项最大的成就是你们居然在滑跃起飞过程中发现了一堵'墙'，并成功地推倒了这堵‘墙’！同志们这堵‘墙’是你们发现的，我在任何外国资料中都没有发现它，但并不代表他们就没有为这堵‘墙’付出惨痛的代价！我为你们的成功高兴！还应你们大队长、政委的要求，给第一个发现它后临危不乱控制住了飞机没有飞出去造成重大事故的王小毛同志记功，同时也要给找出了解决办法的余涛同志记功！两位都是空军的同志，我给马副司令打电话了，这老小子很高兴，又开始吹牛，说不用给他们记功，我们空军既然去了人，攻险克难就是他们的本分，要记功也是回来我们自己记功！你看他把我气的，想了想他说的也对，我们海军包括你们大队还都只能为这两位同志向空军请功，虽然只能请功，但这个功，我们还是要请！”众人热烈鼓掌。众空军飞行员情绪大振，王小毛尤其精神振奋。衣正邦：“好了好了，我快说完了。同志们，毛主席说过，夺取全国胜利只是万里长征走完了第一步。你们完成了 A 阶段的试验任务，又再接再厉拿下了 B 阶段的第一个重大试飞项目，可喜可贺，但比起你们要完成的任务，也还只是阶段性的胜利，下面真正的难关，火力网、生死线，正在等待着你们，就像红军长征到了夹金山，要打腊子口，像抗日战争打到了相持阶段，国民党又围剿我们，弄得我们毛主席要亲自纺棉花，但是同志们，扛不住这个，我们就没有胜利！好了我不说了，我倒是想给你们大队长政委提个建议，后天就是中秋了，休息两天，你们进来几个月，只有过半天休息时间。但我虽然说了，行不行还不能越俎代庖，得听你们大队长和政委的，我要是替他们这么办了，秦大地一定不干。对不对秦大地？但我这个建议是认真的，你们要考虑！我讲完了，下面演出开始！”众人更加热烈地鼓掌，有人大喊：“首长万岁！”衣正邦坐下。陶斯勇看秦大地：“表个态吧，我同意！”秦大地站起来道：“啊，欢迎演出开始！热烈鼓掌！”他到底也没有明确同不同意中秋放假。

演出开始后，康延成才发现身边谢振宇的座位空着。他看一眼另一边的吴强：“老谢呢？”吴强一心听台上的演员唱歌，道：“不知道！别打岔！”康延成心中一动，猫腰走出去，回到空勤楼，发现谢振宇的房间黑着灯，突然想起来了，下楼到了大队电训室，果然发现谢振宇一个人坐在电脑前。康延成走进来，朝电脑屏幕上瞧一眼，谢振宇却关掉了视频。康延成道：“关了也没用，我看到了，你一个人躲在这里观看上次队内系列对抗最后一场的录像，秦大地和余涛的空中对决。”谢振宇仍在沉思，不看他：“你怎么来了？”康延成在他身边坐下来：“怎么，还在琢磨这场对决？”谢振宇有点答非所问：“延成，现在我有点明白了！”康延成：“什么？”谢振宇：“光看这些录像，是找不到我和他的差距的！”康延成已经明白他在说谁了：“和他？你进了试飞大队，只输给过余涛！”谢振宇不说话。康延成：“你现在找到了？”谢振宇如同自语：“心无片云，静如止水！”

康延成心中一动，站起来看他。谢振宇：“别这么看我！”康延成道：“你长进了你，哎哟喂，这些天我都认不出来你了，你瞧你这张脸，整天绷得像蒙在鼓面上的牛皮似的！我还能跟你开玩笑吗？”谢振宇关闭电脑，站起。康延成：“你前些天是刚有点像他，这几天更像了，至少这张脸越来越像！”谢振宇往外走又站住：“去看演出吧，我回宿舍了。”康延成：“哎哎，别走，还没说完呢！你刚才说了什么？什么‘心无片云，静如止水’？”谢振宇回头：“我是说了，但你以为我懂了吗？”康延成笑：“你老谢聪明天下第一，智慧天下第一，尿得高天下第一，说都说了，还没懂？”谢振宇又像在自语了：“没那么容易。心无片云，讲的是心中没有挂碍，这是讲空间；静如止水，这还是讲心无挂碍，但这是讲时间。”康延成：“你把我搞糊涂了啊，你不会入了玄学吧？心无挂碍，那是佛经里的话！”谢振宇恨恨看他一眼：“你这小子，天天在外人面前装，在我面前也装，我走了！”他推门走出去。康延成看着他笑：“装？我装什么了？我康延成光明磊落，活得真实快乐，不像有些人——”手机忽然响起来，他接手机：“喂，是你呀！”然后又警觉起来：“不行不行，现在不能谈这个……我变什么心？我们的任务刚开始，真正艰苦的日子还没开头呢，这个时候说结婚的事儿合适吗？”他不等对方再说下去就挂断了电话，一个人走回多功能厅去。

多功能厅里演出正在进行，一名女演员在唱一首大家都熟悉的歌《我爱这蓝色的海洋》。康延成悄悄回到座位上。吴强看他一眼：“找到他了？”康延成：“找到了，不来。哎对了，他不参加集体活动，请假了吗？”吴强：“好像请了，大队也准了。”康延成不再想这件事了，安下心来看演出。吴强忽然回头道：“老康，你这人不错，是怕他又犯错误吧？”康延成一怔：“老吴！”吴强：“别误会，我就是说，你这人够朋友！我们可以做好战友！”康延成：“我们现在还不是好战友吗？”吴强：“你这小子，我又不高兴了啊，你怎么这么习惯装傻呢？”康延成笑：“我装什么傻？我，康延成，一贯的，光明、磊落、单纯、真实，再加一个，快乐！”吴强又不想和他说下去了：“行！看演出！”

慰问演出现场，不只是谢振宇一个人不在，秦大地也不在。演出刚刚开始他就悄悄回到了办公室，坐下来写关于前一阶段试验试飞情况的报告。手机响起，他看一眼，拿起来：“乌晓？”乌晓的声音传过来，有点激动：“大地，钱的问题解决了！”秦大地一怔，想了起来：“啊，那就好。”乌晓：“你从哪儿弄的钱呀？”秦大地：“你甭管。钱到了就行了。”乌晓：“不行，这钱从哪儿来的，我得知道。”秦大地：“我跟战友借的。行了吧。”乌晓：“哪个战友？”秦大地：“你干吗非问那么清呢？啊，斯勇，我跟斯勇借的！”乌晓：“要是真的我就信。”秦大地奓着胆子：“不信你直接打电话给他。要不我把他手机号码告诉你。”但接下来他并没有这么做。乌晓在电话那一端道：“行，我信了。”她沉默下来。秦大地却警觉起来：“怎么了？是不是秦熠又——”乌晓急忙道：“没事儿。我就是想问一句，你自己身体怎么样？”秦大地一下就不高兴了：“我能有什么事儿！你没事我挂了，今晚上还要把报告赶出来呢！”乌晓也不生气：“那行。对了，你们就不放一天假吗？后天就中秋了。”秦大地赶紧打断她道：“行了，现在还不能放假。挂了。”他挂断电话，要接着写报告，门被推开了，陶斯勇走进来。秦大地看他：“你不去陪着首长看演出，跑来干吗？首长要我详细写一份前段时间完成人、机、索、灯适配性试验的报告，今天又要把突破舰首起飞技术的经过再写一份报告。两份报告呢，我得加班。”陶斯勇：“首长提前走了。我来有别的事儿。”秦大地把电脑上的文档存盘：“有事就说，没事儿走。”陶斯勇：“首长的指示怎么落实？”秦大地：“又有什么指示？”陶斯勇：“给大家放假的指示。”秦大地笑容落下：“不行，劲可鼓不可泄，我们的状态正好，要一鼓作气，拿下 B11 技术！”陶斯勇：“大地，一张一弛，文武之道。下一步就要正式转入 B11 项目，难度比攻克模拟舰首起飞技术大得多，让大家松弛一下，对下一步工作有好处！”秦大地绷着脸不说话。陶斯勇：“就是你不想休息，也要考虑一下别的同志。余涛的爷爷余兆年老英雄在医院，母亲听说身体也不好。应当放两天假。”秦大地想了想道：“好吧，就两天，明天早上七点放假，后天下午五点前全部归营！”他等着陶斯勇离开，陶斯勇却站着不动。秦大地：“我都同意了你还不走？”陶斯勇：“你也得走，你到了这里，还一趟都没有去山西看看秦熠呢！”秦大地无语。陶斯勇：“还有，我这次跟你一起去。”秦大地：“你一个政治委员，这么多思想政治工作和支部工作要做，老掺和我的家事干什么？”陶斯勇：“你就是我的思想政治工作。”秦大地：“你就不想回家？你老婆也早了好几个月了！”陶斯勇：“她哪里在家？又到联合国讲她的环保课题去了。半年都回不来。”秦大地：“那也不让你跟我去山西。我的事情，不让你瞎掺和。”陶斯勇：“我瞎掺和什么了，为什么我不能掺和，再说了我也没地方去。哎对了，我去看看老晋总没问题吧？”他一下高兴起来：“哎，我都打听了，明天中午有便机去山西，天黑前能到！”秦大地：“你走了谁留在家值班？”陶斯勇：“强子，都说好了。”秦大地不说话。陶斯勇：“怎么啦？”秦大地：“走哇！”陶斯勇：“你还没点头呢！”秦大地：“你去看老晋要我点什么头？”陶斯勇笑：“那就是答应了！行，我走了！”他转身离去。秦大地要接着写报告，心被扰乱了，找回手机，想了想，拨一个电话出去。电话通了，是秦熠的声音：“老爸，是你？”秦大地：“对，告诉你一件事，明天老爸要和陶叔叔一起去山西看你们去。”秦熠高兴，大叫：“真的吗老爸？太好了！你都几个月没来过了！哎哟我太想你了！”他边接电话边激动地对看着他的乌晓眨一下眼睛：“我妈也想你！”乌晓脱口而出：“去，胡说什么！”秦熠道：“爸，我妈说我胡说，她不想你！我怎么样？我当然很好了……申奶奶真是个神医，这才多久，我就觉得我的病好了一多半了，这要是待上个一年半载的，说不定就全好了！老爸，你怎么样啊，是不是扛不住了呀？扛得住？扛得住你还要来看我们？一定是扛不住了！”秦大地的心温暖起来：“行了，谁扛得住谁扛不住，明天见了面就知道了。挂了！”秦熠：“老爸明天见！”他关手机，对乌晓开心道："妈，我爸要来了，太好了！"乌晓："他还不该来一趟吗？再不来我就怀疑他把我们娘儿俩给忘了！"秦熠："哎，老妈你说什么呢！我是说我爸那边一定是有了好事，不，是他那边进展顺利，不然他怎么有心情能来看我们？我老爸厉害大大的，中国航母舰载机的领军人物，就要来看我了！这什么待遇呀！我太高兴了，这就是说，距离我们看到中国航母走向大洋，日子越来越近了！"乌晓急忙阻止他："你噤声！"

试飞大队多功能厅里，全体观众和演员一起站起热烈鼓掌。陶斯勇示意大家停止鼓掌："好了，演出到此结束。感谢演出队同志们的精彩表演，大家热烈鼓掌！"全体再次鼓掌。陶斯勇："试飞大队留一下，其余可以退场了！"全体试飞员重新坐下来，等演出队和地方专家团退场完毕，陶斯勇道："好了，我的话很简短。好消息。刚才我和大队商量了，落实总指挥指示，给大家放假两天。假期从明天早七点开始，后天下午五点结束！"众人喜形于色。陶斯勇："解散！"

空勤楼谢振宇房间里，谢振宇一个人久久地坐着，突然想起了什么，打开抽屉找出夏初留给他的那本《要什么有什么》，开始认真地读起来。楼道里响起了急匆匆的脚步声。他一惊，放下手中书。门转眼被推开，康延成闯进来，大叫："老谢！"谢振宇急将书放回抽屉："怎么了你？"康延成："放假了！从明天早上七点到后天下午五点！只要请假就可以出营！"谢振宇不为所动："那又怎么样？"康延成："什么怎么样？终于放两天风，我们怎么安排？"谢振宇："我没有兴趣出营，你要干什么就干什么吧！"康延成吃惊地看他："真没兴趣？"谢振宇："真没有！"康延成点头："明白了，留下来琢磨大队那两句话！你知道不，那叫参禅，小心走火入魔！"谢振宇："没事就走！"康延成："我是不是打搅到你了？刚才干吗呢！”他一眼瞅见了谢振宇刚刚放进抽屉里的书，上前去抢，被谢振宇拦住。康延成：“什么书？”谢振宇三下五除二锁上抽屉：“干吗让你知道？”康延成笑道：“想起来了，夏初留下的！”谢振宇：“不是！”康延成：“那是什么书，不会是……带点色的吧？”谢振宇：“闭上你那嘴！”康延成心中明白，却做出不想继续追究的样子：“行，太晚了，有什么小秘密自己看紧了，我回去想想这两天怎么过，太难得了。连政委都要陪大队去山西呢！”谢振宇：“他们去山西干什么？”康延成：“你不知道哇！大队有个脑瘫的儿子，一直在山西一个什么地方医院治疗，他媳妇为了这个孩子，把大学里的工作都停了，在那里照顾孩子！”谢振宇：“大队有个脑瘫的孩子？”康延成：“你喊什么？这谁都知道！就你一个人不知道！他老家还有一个截瘫的老父亲呢！”谢振宇变色。康延成：“你怎么了？”谢振宇：“我也有事情告诉你。余涛的父亲名叫余海洋，他爷爷就是余兆年！”康延成：“这我知道！”谢振宇：“你知道什么？你知道他母亲吗？他母亲生下他就守寡，一直到今天！守了一生的寡！”康延成脸上的笑容从来没有消失过，这次彻底消失了，他对谢振宇道：“你……你……你要说什么？”谢振宇：“我们这种人，不应当结婚！”康延成心中一动，看他一眼，转身离去，“砰”一声把门带上。谢振宇坐下来，他被刚才康延成讲的秦大地的故事和自己讲给康延成的故事震到了，情绪突然激动起来。

同样被惊动了心的还有康延成，他走回自己房间，手机突然响起。他看一眼屏幕上显示出的柳尼娜的名字，迟疑一下才摁下了通话键：“喂……是我！”柳尼娜高兴的声音传来：“延成，你们放假了？”康延成吃一惊：“放假？你这么快就知道了？”柳尼娜：“我是谁呀？你忘了你们政委是我大哥！”康延成：“怎么了？”柳尼娜："你放假了还不回家？我有好些事要跟你商量呢！"康延成还没有完全反应过来："什……什……么事呀？"柳尼娜："结婚的事呀！"康延成更急了："怎……怎么就结婚了？谁跟谁结婚呀？"柳尼娜："哎你这个康延成，你说什么呢？我这边什么都准备好了，房子、车子，连新房的家具，床上的铺盖，我妈和我嫂子都给我们准备好了！"她语气一下变得温柔起来："我啥都弄好了，我们也不度蜜月，你就请一天假，到婚礼上扮演一下新郎，接着回去做你的试飞员，什么都不会耽误的！蜜月当然还是要补的，不然我也太亏了，就等你完成试飞任务以后吧，行吗？"康延成生气道："尼娜，我不结婚！"柳尼娜大叫："康延成！"康延成这边已经把电话挂上，可转瞬间手机又响起。康延成干脆关掉手机，坐下去，现在他满脑子都是谢振宇刚才讲出的那句话："我们这种人，不应当结婚！"

夜色清明，海军某新兵训练营里，夏初带着手机悄悄溜出宿舍，走到外面阳台上，才小声地接起电话："尼娜，你怎么哭了？"柳尼娜越发哭得一塌糊涂，道："康延成，他不愿意跟我结婚！"夏初："你没照我说的做？"柳尼娜："我就是照你说的办的，什么也不要他管，蜜月也不度，只耽误了他一天，连这一天假我都可以帮他请，可他把手机关了，不接我电话了！"夏初大致上已经听明白了："行行行，别哭啊，我想想办法——"柳尼娜："你有什么办法呀，我们俩完了！我是不是有点太着急了呀，我把他吓跑了！"夏初沉思了一会儿道："你等一等，我找个人，问一问怎么回事，再看是不是能帮到你们！"柳尼娜仍在哭："你找谁呀？你可不要到处乱打电话，说他不要我，我以后怎么见人哪！"夏初："我不乱打电话，你让我想想，该找谁。"柳尼娜："那好，我等你电话啊。"夏初："拜拜！"她关掉电话，想了想，在手机上找出谢振宇的电话，犹豫了一下，又放弃了。而在百里之外的试飞大队空勤楼，谢振宇已经上床，继续看那本《要什么有什么》。有顷，他放下了书，找到手机，在通讯录中乱翻，忽然就翻出了夏初的号码。他看着这个号码，手不觉摁下了通话键。那边夏初还在宿舍楼阳台上转圈子，正要回去，手机响起来，她急忙摁下通话键，小声喊了一声："哪位？"这才看到手机屏幕上显示出的来电人是谢振宇，吃了一惊，不觉大喜。那边的谢振宇也没想到能打通这个号码，一时竟怔住了。手机那一端传来夏初急切的声音："谢振宇，是你吗？我是夏初！是你打过来的电话吗？"谢振宇只好接这个电话："是我。对不起，我在翻手机上的通讯录，不小心碰到了。你这是在国外吗？"夏初心花怒放，却仍然保持着矜持："啊，别管我在哪里。你好吗？"谢振宇："我挺好的，你呢？"夏初："我也挺好的。"谢振宇："那就好，对不起，我挂了。"夏初急道："别！我还正想打电话给你呢。"谢振宇："打电话给我？有事？"夏初："有，尼娜和康延成的事。"谢振宇的注意力被转移："他们俩什么事？"夏初埋怨道："你什么也不知道吗？他们俩恋爱了，都到了谈婚论嫁的阶段了。"谢振宇意外又高兴："这么快！我还真不知道！"夏初："可是刚才尼娜给我打电话，说康延成今晚上又变卦了，不愿意跟她结婚了！"谢振宇猛地想起了什么，追问："啊，就今晚上的事？"夏初："就今晚上的事儿，就刚才！"谢振宇："我明白了！""你明白了什么？""康延成为什么又不愿意和尼娜结婚了！""为什么？快告诉我，尼娜刚才打电话给我，哭得像个泪人儿似的！"谢振宇想了想道："这样吧，这事我来办，明天我陪他去见柳尼娜！"夏初高兴道："真的吗？那太好了！什么？你们可以出营了？"谢振宇不愿跟她深谈下去，转移话题道："啊，对了，你在国外怎么样？"夏初："我……我挺好的。”谢振宇沉默了一会儿才道：“有件事想告诉你，你留下的书我读了。我觉得是本好书。”夏初大喜：“真的读了？当然是本好书！现在已经入了成功学的必读书目！”谢振宇：“再见！”夏初情绪低落了，也只好道：“再见！”谢振宇关掉电话，静坐在床上，他不想让自己的情感继续泛滥开去。那一边夏初也关掉了电话，久久站立，仰望星空，心潮起伏。忽然，她想起了柳尼娜，打手机过去：“尼娜，是我。我刚才跟一个人通了电话，他说明天带康延成去见你！”

柳家，哭肿了眼睛的柳尼娜一边把自己房间里的灯全部打开，一边接电话：“什么？你说他要来见我？什么意思？是不是要跟我说拜拜呀？不是？哎呀我的天，这怎么办？都是他们，这几天非得让我吃，我又胖了，明天怎么见他呀！”她虽然很紧张，但又哭又笑，沮丧的情绪一扫而光：“对了，在哪儿见呢？……不要带到我家里来，我妈要是见了他，还不得……要不去你们家吧，你告诉欧姨一声！行，就这样！”试飞大队那边，谢振宇已经睡下，眼睛闭上了又睁开。耳边不知为什么又响起了小时年轻的欧双莲的喊声：“谢振宇！这孩子又逃课了！……你这种孩子，长大了是不会有出息的！……你成不了你父亲那样的人！”手机响起。他抓了过来，看也不看就摁下了通话键：“这么晚了，谁呀？”传过来的是夏初欢天喜地的声音：“我。”谢振宇一惊：“什么事？”夏初：“尼娜说了，明天和康延成在我家里见。你去过那个地方，知道怎么走。”谢振宇沉默。夏初：“怎么了，我可跟尼娜都说好了。你好事做到底，别让尼娜失望！”谢振宇：“好吧。我会把康延成带过去的。”这一次他的声调极为冷淡，并且不等对方回答就挂断了电话。夏初听着手机盲音响起，有点惊讶，但也没有多想，熄灯号已经响过了，她匆忙蹑手蹑脚地走回房间去。

虽然如此，第二天早上康延成仍然是在大队电训室找到谢振宇的。他发现后者又早早地坐到电脑前，看秦大地和余涛的那场空中对决，但这次他是将每一个动作都放过去倒回来，反复观看。康延成出现在门前，敲门，大叫："哎，你果然在这里！"谢振宇并不看他："什么事？"康延成："你今天一定得陪我进城。我要见一位国内飞行游戏界的大佬！"谢振宇继续看电脑屏幕上进行的空中对抗。康延成走过来看屏幕，吃惊地对他道："明白了！"谢振宇："你明白了什么？"康延成："衣总说过，每完成一个重大试验试飞课目全队都要重新进行一场空中对决，梁山泊英雄重排一回座次。下一阶段重大试飞项目开始前，一定会有一次新的队内对决！你现在当老三不舒服，要篡位，当第一试飞员！"谢振宇把话题岔开："真想让我陪你进城？"康延成："我们俩公不离婆，牛不离橛，你不陪我谁陪我？"谢振宇："但我有个条件！"康延成："别说一个——"谢振宇马上打断他："就一个，我想再去夏初家一趟！"康延成大惑："什么意思？人家都到了国外，你还有想法呀？当初干什么去了！凭吊旧战场？"谢振宇："去不去吧？"康延成："不会耽误我的事吧？"谢振宇："陪我到了那里，你就可以走了！"康延成乱猜起来："夏初回国了？"谢振宇："没有。"康延成："那你去干吗？"谢振宇："我的事你一定要知道得那么清楚吗？"康延成笑："要吃后悔药了，做姿态，说不定小姑娘心一软，又把人家骗回国了！不过这件事，我经过慎重思考，决定成全你！"谢振宇"啪"地关闭电脑："走！"说完率先大步往外走。康延成高兴地夸他："今天这么痛快，难得！"边说边急急跟出去。

在他们之前，耿见林早已开车载着余涛离营。车子在高速公路上急驶，他忽然看了一眼余涛。余涛感觉到这一眼的不正常："怎么了你？"耿见林话到嘴边又止住了："没事儿。进了城你到哪儿下车？"余涛："和亚红说好了，在海军总医院大门口。"耿见林不再说什么，放一支自己喜欢听的歌子，急急驶向前方。

上午11时，海军总医院大门外，一辆试验试飞基地医院的大巴也开过来停下。陈亚红下车，对着车上招一下手，车子启动走远。今天的她一身便装，站在过去常等余涛的地方。一位女同事从医院大门里走出来，看见她，亲热地拐过来喊："亚红姐，怎么是你？你不是调走了吗？"陈亚红和她寒暄："啊，我在这里等人。"女同事知道他和余涛离婚的事，笑道："等情人吧？"陈亚红脸红了："我这么老了，等什么情人，像你们！"女同事笑："就你这身材，怎么看都还是个小姑娘，迷死人！走了，不在这里碍别人的好事！"陈亚红："甜言蜜语！骗老太太，走！"不过她还是很高兴，掏出小镜子照了一通，才打手机："余涛，你到哪儿了？咱们还是先去看爷爷——"话还没说完，耿见林已经把车子停到了她面前。目送余涛下车，耿见林在车中对二人吹了一声口哨："走了，小别胜新婚，抓紧！"余涛笑道："走吧，你老婆在家望眼欲穿呢！"耿见林还是不敢相信自己在试验试飞基地看到的那个人就是陈亚红，纳闷道："真是眼花了，世上居然有长得这么像的两个人！"他摇着头将车启动开车。余涛这才回头看一眼陈亚红，陈亚红："看什么你？少看！"两人往医院大门里走。余涛诚恳道："你不穿军装也很好看。"陈亚红今天接连受到赞美，开心道："可你过去说，我穿军装更好看。"两人走进了住院楼，余涛改变话题："这一阵子怎么样了，走的事情定了吗？"陈亚红："还没有。"二人上楼，走进通余兆年病房的走廊。余涛："还是要走？"陈亚红："还没定。你关心这个干吗，我现在是你什么人？"余涛不说话了，忽然站住看她。陈亚红：“又怎么了？”余涛想起来了：“有人说，他在我执行任务的地方看见过你。”陈亚红有点紧张了，变色道：“胡说！”余涛：“我也觉得他胡说。”他并不想深究，换一个话题：“爷爷怎么样？”陈亚红惊魂初定，不看他：“还好。”余涛：“你还是经常来？”陈亚红含糊道：“啊。有个坏消息，院长说，最多还有三个月。”余涛神情立马大变。两人不再说话，默默向走廊尽头的病房前走。在这个他早就熟悉的地方，余涛让自己平静了一下，敲门，大声喊：“列兵余涛，前来报到！”他没等到回答，把门推开，大吃一惊，病床里空无一人。一瞬间余涛脸色剧变，回头歇斯底里大喊：“医生！护士！——爷爷！”值班护士小刘闻声跑过来，对他们道：“亚红姐，余涛——”余涛不禁浑身颤抖起来：“快说，我爷爷在哪里！他怎么样了？”小刘道：“首长昨天夜里出了点意外，经过抢救缓过来了，在重症监护室观察呢！”余涛转身要走，又猛回头恨恨盯了陈亚红一眼：“你刚才还说——”他没把话说完，就急匆匆向重症监护室跑走。小刘还在看陈亚红：“亚红姐，你不是调走了吗？你调哪儿去了？”陈亚红脸色已经变得苍白，哪里还听得见她的话，也跟着跑了出去。

海军总医院重症监护室里，余兆年躺在床上，身上插满各种管子，一个人孤独地哼唱着《海空雄鹰团战歌》——

我的团队，
我的战友，
我的刀枪。
十团在哪里，
十团在这里。
打不下来，

撞也要撞下来！
海空雄鹰奉命出击，
飞翔！飞翔！
心如烈火，
疾同闪电，
勇冠海疆！
让敌人有来无回，葬身汪洋。
有十团在，怕什么豺狼！

我的亲人，
我的祖国，
我的故乡。
十团在哪里，
十团在这里。
打不下来，
撞也要撞下来！
海空雄鹰奉命出击，
飞翔！飞翔！
心如烈火，
疾同闪电，
勇冠海疆！
让敌人有来无回，葬身汪洋。
有十团在，怕什么豺狼！

老人声音孤独而又苍凉。一名护士端着医疗器械走进来，对他笑道："首长，这什么歌，我都没听过。"余兆年道："你这是什么话？还是军人呢！这是《海空雄鹰团战歌》，从我们团成立就有了。当年我参军，学会的第一首歌是《三大纪律八项注意》，第二首就是它。”护士道：“首长，我是地方护校来实习的，不是军人！”余涛陈亚红已经推门闯进来，脱口大叫：“爷爷——！”余兆年看二人：“哎，今天你们两人这么整齐？余涛，你们放假了？”余涛仍在大喘，平息情绪道：“爷爷，您都吓住我了。您怎么搞的，又到这地方来了，也不给我打电话……没事儿吧？”余兆年：“这不还活着吗？问你话呢，你们放假了？”余涛完全放松下来，现出笑脸：“啊，明天不是中秋吗？给了两天假。一大早就赶回来向老兵报到。老兵真的没事儿？”余兆年：“我在这地方出出进进，不是家常便饭吗？爷爷剩下的路不长了，从病床到病床……总之本老兵距离向我的老班长、老排长、老连长和我在空战中牺牲的老战友报到的日子越来越近了！我们那个攻坚英雄连又要集合了！”说着，又看护士一眼：“但是这一天是哪一天，你们从不对我说实话！”又回头看余涛：“好了，本老兵的情况讲完了，你报告吧！”余涛飞快地瞟了一眼陈亚红和护士。陈亚红会意：“爷爷，我帮你打水去。”转身对护士道：“你跟我一块去！”护士：“我值班呢，不能离开我的岗位。”余兆年：“哎，你这个小同志，你出去一会儿，这是我孙子，那是他媳妇。这会儿有他在就行了，万一我们俩有点不方便的话让你听到了就不好了。比方说我们家的存折藏在什么地方、密码是多少！”护士笑道：“首长病成这样，还喜欢开玩笑，好吧，我出去。”余兆年：“你等等，我病成哪样？我病成哪样也是我，病是病，我和病怎么能扯一块去？”陈亚红忙道：“对，爷爷，她这是对我们家老兵情况太不熟悉！”说着，看护士一眼，“走哇，打水去！”二人提起水壶走出去，关门。

余兆年看余涛道：“你小子有福气，娶了亚红，又聪明，又懂事，还有眼色。趁这会儿她们不在，说说你们那里什么情况，快报告！”余涛做立正动作：“列兵余涛报告首长，试飞大队工作一切正常，请首长指示！”余兆年不满意道：“一切正常什么意思？还没开始飞？”余涛：“开始了！”余兆年：“开始了就好！看看这各路的报纸、电台、电视台、网络，全都在说中国航母，我看中国航母交付给海军的日子会比他们估计的还要早！”余涛改变了站立的姿势：“爷爷，您主观主义了，您这叫三年早知道——”余兆年不高兴了：“你这小子说什么！老汉虽然老了，但历史的经验告诉我们，只要中国人做点事，就总有人叽叽歪歪，说我们这不行那不行，可我们哪样东西不是超出他们预期就干出来了？有部老电影是怎么说的？‘敌人的算盘珠子，那是靠我们来拨动的！’”余涛：“电影《南征北战》上的，您也就能记得这些老词儿了。”余兆年严肃道：“别打岔，说正题！到底怎么样了？”余涛在他面前坐下：“爷爷是担心航母试航任务完成，交付海军，我们这边还飞不起来，上不了舰，耽误了航母成军形成战斗力，你要打我屁股，是不是？”余兆年哼一声：“我打你什么屁股，真是那样，全国人民要打海军的屁股，首先就打你们这些人的屁股！”突然停下，笑起来，低声道：“听说你们一开张还搞了个空中擂台赛，你得了第一？”余涛故意轻描淡写道：“就是一场队内比赛，并列第一。”余兆年马上喜形于色：“并列第一也是第一，我还听说得了第一就是第一试飞员？”余涛：“爷爷，你吃苹果吗？”余兆年又严肃起来：“我不吃苹果！”说着朝门外看一眼：“这事你妈不知道吧？”余涛的心猛地一紧：“不知道。”余兆年：“很好，继续。难吗？”余涛：“不难。”余兆年：“胡说！不难不可能！岂止是难，应该是很难，非常难，难上加难。但是难我们不怕，世上无难事，只要肯登攀。不难，要革命军人干什么！”余涛故作轻松，笑着说：“爷爷，哪有这么夸张。我们就是没飞过舰载机，但也飞过三代机，还有两家地方公司专家团队支持，您甭瞎担心。——你要不要睡下去，睡下去舒服点儿。”余兆年：“好吧。”余涛帮他放低床头，让他平躺下去。余兆年又轻声唱起了那首《海空雄鹰团战歌》，忽然停下来道：“余涛，我怎么不担心，为什么不担心，你是我唯一的孙子！你和亚红还没给我生下重孙子呢！”余涛猛地站起，背过身去，从走进这个房间起他就一直努力保持着平静，现在有点扛不住了。余兆年并不看他：“告诉你一个秘密。我正在做准备，我要把这首歌练好，一旦到了那边，要是黑咕隆咚看不见，我就唱歌，我们的人一定都在那边等我呢，就凭歌声我就能找到他们。哎我告诉你，这歌其实不是我们团的团歌，是我自己编的，自己谱曲，那时还不兴有团歌，但是我的老战友们都知道有这样一首歌……啊，还有，我不会那么快走，我在等呢。我有个计划，你想不想知道？”余涛努力忍住眼泪，回头现出笑意：“什么计划？”余兆年：“我要一直坚持到你来报告我好消息的时候。然后我就把这个好消息带过去，让当年牺牲在空战中的老班长、老排长、老连长、老团长知道，我们中国有航母了！他们天天开着军舰堵到家门口欺负我们的日子一去不返了！这是咱们爷俩儿的秘密，你谁也不能告诉，这里的医生都不能，亚红不能告诉，你妈那里更不能讲。”说完，看向门外，大声喊：“亚红进来吧！”陈亚红和护士几乎立即就推门走进来，将水壶放下，笑看余兆年：“爷爷，和你孙子说体己话，总是背着我这个外人，现在说完了？”余兆年大声道：“说完了。回去看你婆婆去吧。她岁数也不小了，身体又不好。走吧，我这里没事儿了！”余涛看陈亚红。陈亚红只看余兆年，道：“爷爷，我给你削个苹果再走。”

她坐下来削苹果，手不利落，差一点落到地下。余兆年并不看他们，望向窗外，又低声唱起了他那首《海空雄鹰团战歌》。余涛的眼泪又要涌出来，但他知道一定要忍住、忍住……余兆年再次大叫："对了，你们俩的任务还没完成呢！"陈亚红手一抖，苹果掉了下去。

很快两个人并排走出了医院大门。余涛对陈亚红道："你……还愿意和我一起回家吗？"陈亚红看他一眼："我可一直在你们家里住着呢，除非你不想让我再去你家。不过我也刚刚出了一段时间差，没告诉你。"余涛心里现在只有爷爷和母亲，感动起来："谢谢。走吧。"陈亚红已经快步走向一辆正在靠站的公交车，他马上跟过去。

市区马路车流中，又一辆车开过来，康延成开着车对谢振宇道："哎，看看，那是谁？"谢振宇看着一起上了公交车的余涛和陈亚红，惊讶道："哎，他们两个什么关系？"康延成吹一声口哨："别干涉别人的私生活……不过我还是有点惊奇。"谢振宇看他："你惊奇什么？"康延成："我惊奇余涛和她怎么在试飞场上像不认识似的。哎，我和要约的人见面还早呢，先送你去夏家？"谢振宇："行啊。"康延成："可以说了吧，这时候去夏家到底想见谁？"谢振宇不说话。康延成越发自信："我就知道你忘不了她。要不就是夏初又回来了，你瞒了我一路，今天你们死灰复燃。不过也不错。前面拐个弯就到了。"谢振宇开口道："停车。"康延成将车停在路边，吃惊地看他："又怎么着？"谢振宇已经跳下车跑向街边的花店。康延成快活地吹起口哨来，见谢振宇很快抱着花坐回车里，口哨声一直不停。谢振宇："听着，等会儿我不上去，我在车里等你，你替我把花送上楼。"康延成大惊："夏初真回来了？我的天，不但你一直放不下她，她也一直放不下你！这才叫——”谢振宇：“话痨，打住！楼上没有夏初，但有另一个人。总之你就上去，把花送给她，差事就办完了。”康延成口哨声停了，警觉道：“楼上到底是谁，不会是柳尼娜吧？要是她我可不去。”谢振宇这时才看他一眼：“放心吧，不是。怎么了，我们延成一表人才，堂堂的男子汉，连在第一岛链和当今世界上最厉害的飞行高手真练都不怕，还怕她一个小女子？”康延成：“说对了，这一阵子我真是怕她。”谢振宇：“怎么，逼婚了？”康延成哼了一声：“岂止是逼婚，她连结婚的房、车、床上的用品，挂什么花色的窗帘都准备好了！”谢振宇：“哎哟延成，这么好的事要是轮到我，鞋不穿我都要跑过去，现成的老婆外加房、车。没看出来，你小子这么有福气！”康延成断然道：“别说了，向我保证，不是柳尼娜！”谢振宇：“绝对不是！”康延成放心了，又笑道：“不会是让我把花送给夏家的老保姆吧？用这种办法让夏初回心转意，有点笨！”谢振宇没说话。康延成开车走，也吹起口哨来。

柳尼娜早就到了夏家，紧张地坐着等待，忽然发现欧双莲又爬出了二楼窗户，擦外面的玻璃。柳尼娜大叫：“欧姨，你干什么？不要命了！”欧双莲被她吓得一哆嗦，回头冲她笑：“哎呀，你这孩子，一惊一乍的，我差点……啊，今天你到底要在这里见谁？”柳尼娜含混道：“我……欧姨，你赶紧地给我进来……不，别动，我去拉你一把，你这要是有个闪失……”她快跑过来，小心抓住欧双莲。楼下，康延成已经开车载着谢振宇驶进来。谢振宇喊：“停车！”康延成将车停下，二人忽然瞅见了二楼窗外的欧双莲。康延成叫：“哎呀我的妈，这老太太也太利索了！多大岁数了还敢爬这么高的地方！”谢振宇脱口说道：“65！”康延成吃惊地看他一眼：“65？夏初告诉你的？”谢振宇没再搭理他，眼睛一直没有离开欧双莲，脸上笑容逐渐落下去。康延成也紧张地朝那个方向望，这时发现有人从窗户里抓住老人，将她保护地拉进里面去，但他只能看见一双女人的手，没发现是屋里的柳尼娜。谢振宇："走！我要离开！"康延成："离开？你不是来送花的吗？"谢振宇："快带上花上去。我在小区外面等你，然后我们就走！"康延成生气了："你狗脾气又上来了？是你让我陪你来的，这太可笑了，我上去干吗？"谢振宇："快上去，楼上有人等你！"康延成变色："柳尼娜？"谢振宇："对，花也是为你准备的！"康延成要跳起来了："你——"谢振宇认真看他道："延成，事情是夏初安排的，她说你和柳尼娜无论谈还是不谈，都得见一次当面说个清楚！"康延成："说清楚了她就不会再骚扰我了？"谢振宇："说什么呢你！人家柳尼娜心眼多好的一个女孩子，能看上你，你是被天上掉下来的一个大馅饼砸脑袋上了你知道不知道！人家哪点不好？快拿上花，下车，冲！"康延成定了定神道："行，你说得对，是要见一下，把话说开，这事就结束了！"他下车抱起花，向楼门走去。谢振宇立即换到司机位置上，调转车头飞快地驶出去。

夏家二楼，柳尼娜紧张地走来走去，忽儿对着镜子涂口红，忽儿又觉得不好，抹掉了重涂。门铃骤然大响。她怔了一下，回头看欧双莲，大惊，忘了自己的事，跑过去叫："欧姨！你看什么呢？"原来欧双莲又将脑袋伸出了窗户，望着楼下那辆正在驶出小区的谢振宇的车，脸色灰白道："他又来了！是他！"柳尼娜："谁又来了？"欧双莲："谢振宇！啊，还有那个和他一起的……对，康延成！他又来见夏初了！"这时候楼下门铃声一直在响。见她帮不了自己，柳尼娜反而镇静下来："欧姨你别怕，康延成是来见我的，在我家不方便，我才让夏初安排在这里！别害怕，我下去开门！"欧双莲："不，谢振宇走了，我下去帮你开门！"她不等回答就走下楼去。柳尼娜又焦灼起来，捂住脸自语：“我的天哪……我怎么了？我发什么抖？他是老虎吗？他就是老虎也不能吃人！”一直响个不停的门铃突然不响了。她回头听到了门开门关的声音，接着就看到欧双莲领着怀抱鲜花的康延成沿楼梯走上来。

不知为什么，就是这一抱鲜花，让柳尼娜忘记了害怕，眼睛突然湿了。欧双莲并没有走上来，她在楼梯中段就站住了。康延成望见了二楼楼梯口的柳尼娜，想了想，一不做二不休，大步走上来。欧双莲已经明白发生了什么事，转身急急走下楼去。柳尼娜傻了一样看着走上来的康延成，噙着两眼泪，想说什么却说不出。康延成反倒更镇定了，几步上了二楼，站到柳尼娜面前。二人对视。康延成叫：“尼娜！”柳尼娜的眼泪滚落下来，康延成将鲜花递过去，她没有马上接过去，仍然在看他。康延成道：“接住呀。”柳尼娜仍然傻了一样：“给我的？”康延成点头。柳尼娜接过鲜花，仍然不敢置信：“你又不想……不想甩了我了？”康延成：“谁说要甩了你？”柳尼娜心情大好起来：“那为什么——”康延成：“你是说为什么不能答应现在就结婚？”柳尼娜女性的妩媚自然地在喜欢的男人面前展现出来：“嗯。”康延成觉得自己正在被融化，他要抵抗这种此生很少遭遇的力量，不再看她：“不想让我坐下说吗？”柳尼娜大叫一声：“哎哟！”她飞快地跑过去，把花放下，回到沙发前，让开路，用那种只有恋爱中的女性才有的目光看着面前的男人：“来，坐这边！”康延成走过去，在沙发上坐下来。柳尼娜急忙走去给他倒水，因为紧张，手仍然在发抖，热水洒出来烫痛了她，让她下意识地叫了一声。康延成忙站起来，走过去抓住她的手。四目深情对视之后又闪开。康延成将柳尼娜手中的杯子拿过来，自己重新倒好了两杯水，一杯先放到柳尼娜面前，一杯留给自己。柳尼娜还是觉得有点控制不住自己，坐下来，不敢看他。康延成也不再朝她看，走过去面窗而立。他的这个姿态再次让柳尼娜感觉到了一种危险，重新变得不管不顾起来，对康延成道："说吧，既然来了……你刚才不是要说什么吗？"康延成："我今天不是为这个来，是老谢把我带来的，可是既然来了——"柳尼娜呼吸急促起来，直截了当道："你不用绕弯子，我扛得住。"康延成也在着急，他明白此时此刻对面的这个姑娘是多么爱他，同时也正因为爱他而处在极度的不安中。他突然有办法了，回头道："尼娜，我先给你讲一个故事行吗？"柳尼娜又是一惊，巨大的绝望在生长："什么？我不想听故事，你有话直说就行。"康延成："你听说过余兆年这个名字吗？"柳尼娜："当然。他是全国闻名的空中战斗英雄！前后打掉过入侵我国的十二架敌机！"康延成："还有一个人，名叫余海洋，听说过吗？"柳尼娜："这个……没有。"康延成："也是一位空中英雄，牺牲了。他是余兆年老英雄唯一的儿子。"柳尼娜："啊，想起来了，听说过，只是不知道他们是父子。"康延成更从容起来："余海洋是我们海军的一位英雄试飞员，他牺牲的时候，他的儿子、现在空军的金头盔飞行员，连续多年空中竞赛的第一名余涛，刚刚生下来。"柳尼娜的焦虑和紧张开始被转移，不再发抖："余涛是余海洋的儿子？"康延成："我现在说的是他的母亲，余海洋烈士的妻子，她从二十八岁就守寡，一直守到今天。"柳尼娜敏感起来："你今天对我说这个……什么意思？"康延成："因为余海洋是烈士，试飞英雄，她在英雄牺牲后不让自己改嫁，为英雄守着家，侍候英雄的老父亲，养大英雄的儿子，就这样过了一生！"柳尼娜说不出话来了。康延成感觉到自己正在走向一心想要达到的地方，不，他觉得自己正在走向一次胜利，虽然是在一个他从没有作过战的战场："再说一个活着的英雄。我不想说这个人是谁，因为离你我都太近了。他在长达十年的时间里一直是我们海军最好的飞行员，空中之王，一次在海上执行任务，他的飞机失事，长达七天没有音信。他的妻子在极度紧张中三天三夜才生下他们的儿子，孩子出生时被脐带缠住脖子，生下来就是脑瘫。现在孩子十二岁了，这位英雄的妻子为了丈夫的事业，放弃了大学里的教职，天天守在山西一个小医院陪儿子治疗。英雄在老家还有一位患高位截瘫的父亲，他没有兄弟，只有一个出嫁的姐姐，也不能每天回家照顾父亲，是他的老母亲年复一年照顾着他的父亲。三年了，因为工作，因为儿子，他没有回去看过一次父亲！"柳尼娜一下就醒悟过来，她本来就是那么聪明："延成，你说了这么多，是不是想问我，愿不愿意做这样的军嫂？"康延成道："不，我只是想说，我们这种人，不配做别人的丈夫和儿子！"柳尼娜心痛起来："这就是你拒绝和我结婚的理由？"康延成道："对！"说完这句话他觉得自己的任务完成了，现在他已经望见了那面插上战场最高处的胜利之旗，但事情对于柳尼娜来说却才刚刚开始，她已经不紧张了，看着康延成道："你说完了吗？"康延成："说完了。"柳尼娜："如果你就是因为这个不愿和我结婚，那你就想错了。今天我们俩就去登记，马上就去！"康延成脸色急变："你说什么？"柳尼娜："你说的那些我都想过。我愿意。"康延成脸上现出越来越多的惊讶："你愿意做这样的军嫂？"柳尼娜反而显出了自己生命中的强大："延成，恐怕介绍人没告诉你我是什么家庭出身。我的父亲是军人，母亲早年也在部队工作，后来才转业到地方。如果我是余海洋烈士的妻子，或者，我现在是你们秦大队的妻子，我会觉得，我的一生非常——"康延成急忙打断她："你是怎么知道的？"柳尼娜："我是怎么知道的？你忘了，你们政委是秦大队的战友，你们秦大队的事，我很早就知道！”康延成感到心中有东西在涌动，他又不敢看面前的女子了：“你……你……你刚才好像没说完，你……你……你接着说！”柳尼娜却上前一步走近他：“延成，你爱我吗？”康延成不说话。柳尼娜：“如果你不爱我，那就什么也不说了，我不勉强你，我知道我没有夏初那么漂亮，人见人爱，我——”康延成急道：“你说得不对！你并不知道自己——”柳尼娜：“说呀，说完，怎么不说了？”康延成终于转过身来，与她对视：“尼娜，你就不知道你有多可爱吗？你这么善良、坦荡、明朗、爽直……你这么好的一个姑娘，为什么没有人早把你娶走？我认为不是没有男人喜欢你，一定是你自己的原因！”柳尼娜立马就承认了：“不错，是我自己的原因。我也知道是什么原因，但我不想说——”康延成：“我也不说。”柳尼娜看他，再次被感动了，感动她的不只是面前这个人，还有自己：“延成，你既然早知道你们这种人不该结婚，为什么还让人介绍我和你认识？”康延成有点接不上了：“不，其实……那次是拉郎配，介绍人是我一位老师的亲戚，一定要我见，我——”柳尼娜：“你一开始就没打算和我认真谈？”康延成点头。柳尼娜：“后来呢？后来为什么要跟我谈，虽然你没说过爱我，可你至少也没有拒绝我！”康延成脸红了：“我也有弱点，我爱上你了！”柳尼娜心花怒放起来：“什么时候？”康延成突然觉得自己也过了那道心上的“墙”，就像王小毛第一次在B04项目试飞时第一次看到那面“墙”一样，现在这“墙”一下子就不见了，他清楚地感觉到自己正变得异常勇敢，而且不知为什么他愿意自己生命中出现这样的蜕变。“就是那次，在机场，你送夏初出国，不知道为什么我一下就爱上你了。我觉得我们两个特别合适，我们不像谢振宇和夏初，他们要做的是另一种人，第一名，绝对要在自己的事业中出类拔萃，我们不是，我们知道人活得有意义并不在于每次都得成为第一名。成功当然是第一位的，但快乐也要并列第一。当然了，到了节骨眼上，较劲的时候，逼着我成为第一的时候，我也不会胆怯，我会和那个一心想当第一名的人做得一样棒！我们这种人，其实比他们厉害！”柳尼娜脸色再次大变，大叫一声：“延成——！”康延成：“怎么了？”柳尼娜：“你要不跟我结婚，你跟谁结婚？”康延成：“可是——”柳尼娜已经扑上来，热烈地吻他，让他喘不过气。但他还在躲闪：“不不，还是不行，我不能害了你！”柳尼娜脸贴脸看着他道：“我刚才的话没说完，如果真的有一天，我成了余海洋烈士的妻子那样的女人，我也会痛不欲生。可是我会想到，我这一生爱的是最爱我的那个人、最懂我的那个人，我一生都在找终于找到的人，世界上唯一的那一个。我为什么会觉得做了他的遗孀会是不幸？我不会的！我会天天想着你今天的话，人不但要活得有意义，还要活得快乐！我会照你的话，抚养大我们的孩子，快快活活地为你守着，因为你一直都会在我身边！”康延成的心仍在挣扎：“还是不行！”柳尼娜：“怎么不行？”康延成：“我得向大队打报告，好像有规定，完成试飞任务前，谈了恋爱的就算了，没谈的不但不能结婚，甚至不能恋爱！”柳尼娜：“你傻呀，我们在你入试飞大队前就恋爱了！”康延成：“我们没有！”柳尼娜：“你没有，我有！我在机场接夏初回国那一次，第一眼看见你和谢振宇在一起，就爱上你了！”康延成脸上终于现出了一个轻松的笑容：“你撒谎，可我愿意和你一起圆这个谎！”柳尼娜：“那你现在就打报告！我找你们政委，就是斯勇大哥，他不同意都不行！”康延成开始恢复他生命中顽皮的一面：“就这么快？”柳尼娜也笑：“你现在是不是就觉得很快乐？”康延成：“我当然很快乐！”柳尼娜：“结婚是不是一件快乐的事？”

康延成又严肃起来："尼娜，我现在明白了，这夫妻真是天生的，行，我现在就写！"柳尼娜："说话算数！"康延成："当然！"柳尼娜回手就从身后麻利地为他找来了纸和笔，放在身后的茶台上。康延成坐下，拿起笔又放下。柳尼娜："怎么了，又胆怯了？你就是胆怯了也跑不了你！我们两个孤男寡女地在一起，我们都亲过两次了！我都不纯洁了！"康延成回头一边用嘴唇堵住了她的嘴，一边道："你放心，我不胆怯！"

夏家所在小区门外，谢振宇坐在车上等待，皱着眉头，快要睡着了。康延成走过来，拉开车门坐进去，一副春风得意的样子："走！"谢振宇睁开眼看他："怎么了你？这么高兴，娶上媳妇了？"康延成："差不多。哎，有件事没有请示你，我就——"谢振宇："当了爱情的俘虏。"康延成："怎么着，你是爱情侦察兵啊？"谢振宇此时显得很平静："什么时候结婚呀？"康延成沉浸在幸福的感觉里，并不在意："那得看大队和政委批不批、什么时候批了。"谢振宇发动车道："现在我们去哪里？"康延成看他："我都要结婚了，你怎么一点也不高兴？"谢振宇又把车停下了："我问件事啊。他们家那个老保姆，欧姨，她怎么样？"康延成叫起来："哎哟，我除了上楼那会儿，到走都没看到她。"谢振宇松手刹，车子猛地一蹿，跑了起来。康延成有些意外："怎么想起关心人家的老保姆了？"谢振宇道："你什么都要知道吗？"康延成不再说话，对于谢振宇一阵阴一阵阳的态度他已经习惯了，但至少他现在是幸福的，那就够了。

这个时候，余家客厅里，洋溢着和平日的冷清完全不同的温馨欢乐气氛。余涛在为坐在沙发上的母亲按摩肩部。陈亚红端着切好的水果走过来，放在茶几上，道："妈，吃水果。"冯汝萍看着他们，心里高兴，嘴里却在唠叨："好了好了，你们都好几个月没回来了，好不容易放两天假，就好好歇着……你们一回来，妈这浑身的疼也轻了……亚红，你给他准备洗澡水，让他里里外外好好洗洗，然后让他去睡觉，他们这种职业，每天精神高度紧张，最好的休息就是睡一个长觉！"余涛的手下意识地停下来，飞快地瞟一眼陈亚红。陈亚红不看他："好的，妈。我一定把你儿子侍候得舒舒服服的。"冯汝萍还没完道："完了再给他全身按摩，那就更好了。"陈亚红也一口答应："行，没问题。按摩我也学过。"冯汝萍这才抓住了余涛重新做按摩动作的手道："去吧，亚红放好了水你去洗澡，洗完了去睡。亚红，让余涛歇着，你就甭歇着了，跟妈一块去做饭。余涛回来两天不容易，得让他吃好睡好，好接着出去工作！"这些话让余涛不敢再看陈亚红了。陈亚红仍然没感觉一样道："好的，妈，你让我干什么我就干什么。"冯汝萍这时仍然抓着儿子的手："余涛，还不快去洗澡？亚红，来，扶我起来！瞧我这腰——"余涛："妈，我扶你不一样吗？"冯汝萍："我让你去洗澡，然后休息，饭做好了会喊你的。亚红，你还不快来扶我？"陈亚红笑："妈，我是咱家什么人呀，怎么觉得就像个童养媳呢？"余涛笑："我也觉得像。"冯汝萍自个儿站了起来："什么童养媳，那都是旧社会的事儿。余涛，你走，我和亚红进厨房，我们还有话说呢！"她这话让余涛、陈亚红同时想到了什么，不觉对视一眼。冯汝萍已经向厨房走过去，又回头看陈亚红："亚红，来呀！余涛，还不去洗澡？"陈亚红笑道："妈，他不去，是因为我还没给他放洗澡水哪！"冯汝萍："那你还不快去？让余涛等着？快去！"陈亚红走进卫生间。余涛看母亲，低声埋怨道："妈——"冯汝萍不回头："怎么了？见我使唤你媳妇，不高兴了？"余涛："亚红也是出差了好久，刚回来。"冯汝萍："知道。但她是我们家的媳妇，这个家的媳妇怎么当，我有发言权！”余涛说不出话来了，看着母亲走进厨房，忙走进了卫生间。陈亚红正在清洗浴盆。余涛关门，走过去挡住她道：“对不起了，你原谅我妈，我来——”陈亚红不客气地将手中的花洒交给他：“知道我委屈就行，雇我来当演员你要付费的！”余涛笑道：“好说。”冯汝萍又在外面喊起来：“亚红，亚红，快过来帮我！”陈亚红对余涛哼一声，转身走出去，进了隔壁的厨房，故作高兴道：“妈，我来了！”冯汝萍小心将门关严，拿眼上上下下地打量她。陈亚红：“妈，干吗？”冯汝萍低声严肃道：“我问你，什么情况？”陈亚红装糊涂：“妈你说什么呀？”冯汝萍：“我问你我那药丸子怎么样，你有动静了吗？”陈亚红叫：“哎呀妈！”冯汝萍更严厉了：“别叫妈，我孙子怎么样了？”陈亚红不说话。冯汝萍再看她的神情，脸上恍然现出大喜的表情：“有了？”陈亚红：“没有！”冯汝萍失望：“真没有？”陈亚红：“真没有。”冯汝萍：“哎呀怎么会没有呢？那药丸子你知道我费了多大劲才倒腾回来的——”陈亚红急忙转移话题：“妈，你这会儿又打算叫我干什么？”冯汝萍：“给余涛做饭呀，你真没用。来，把这块排骨洗了，做给余涛吃。对了，今晚上你们不能走，给我住在家里。”陈亚红也不说话，穿上围裙，去洗那块排骨，突然就干呕起来。冯汝萍大惊：“怎么了怎么了亚红？”陈亚红捂上脸冲出去，跑进卫生间，趴在洗脸池上呕吐。冯汝萍急忙跟进卫生间，喊：“亚红！亚红！”余涛也冲进来：“这是怎么了你？”冯汝萍：“什么怎么了，出去！”她用力挤过来在陈亚红背上拍打。余涛站着不走。冯汝萍：“出去呀你！关门！”余涛走出去，关上门。陈亚红停止呕吐。冯汝萍还在帮她捶背。陈亚红抬头道：“妈，我好了！”冯汝萍低声道：“亚红，你怎么了……不会是？”陈亚红：“早上吃了不新鲜的东西。”她又呕起来。冯汝萍脸上的笑容落去，直起腰道：“要不要去医院呀？”陈亚红再次停止呕吐：“不，好了，我没事儿。”见婆婆用狐疑的目光看她，又道：“妈，我真好了。你瞧，我不是什么事儿也没有了吗？”冯汝萍失望了，转身往外走。陈亚红又要吐，但这次忍住了，跟着往外走，心里在说：幸好日子短，还不显怀，他们母子俩都没看出来！

黄昏时分，山西某军用机场上，一架小型军用运输机落地滑行，停下来。舱门打开，秦大地和陶斯勇走下飞机。晋军等在下面。三人见面，相互敬礼，握手。晋军对秦大地道：“你这一去可就好几个月了！陶政委，也欢迎您！”秦大地道：“我不让他来，可他说是来看你的。他媳妇去了联合国，倒是把他解放了。”陶斯勇：“说什么呢，我就是想秦熠和老晋了，搭个便机看看他们。你管得着吗？”晋军笑：“上车。”车又行了半个多小时，才到了那家设在山沟沟里的小医院。天色渐暗，三人下车，恰好乌晓端着一盆脏水从秦熠病房里走出，一眼看见秦大地，水盆“啪”一声脱手落地。秦大地路上一直保持的笑容霎时消失，急忙大步走过去。晋军扯一下陶斯勇，二人停下来不往前走。秦大地站到妻子面前，内心又习惯性地揪紧了：“秦熠怎么了？”乌晓眼里涌出泪花，弯腰去捡脸盆，秦大地也去捡，两个人的手碰在一起。陶斯勇对晋军道：“走走走，上车！”晋军不走，陶斯勇道：“快走，这会儿暂时没咱的事。”秦大地看他们一眼，去抓乌晓的手，被乌晓打开，最后还是乌晓将地下的水盆捡起。夫妻俩直起腰，再回头越野车已经开出了医院。

秦大地固执地抓住了妻子的手。这次乌晓没有再躲开，恨声道：“你还知道来呀！”不知为什么她的眼泪就不知道干了。秦大地低声道："别在这里哭啊。"乌晓倔强道："谁哭了！还不去看看你儿子！"秦大地要进病房又站住，担心地看她一眼。乌晓："怎么了？来了又害怕，不敢进去了？"秦大地："孩子到底怎么样？"乌晓："你以为这几个月我们一直骗你？还好。"秦大地："还好什么意思？有晕过去过吗？"乌晓："没有！"秦大地："真没有？"乌晓："你不信？"秦大地一时心中悲喜交加："那就是说，你和秦熠这几个月的话都是真的？你们不是在骗我？"乌晓不说话。秦大地要进屋又站住："他吃申大夫的药真有效？"乌晓："你以为呢？"秦大地感叹："这我可没想到！世上真有人治得了我儿子的病！要是这样……秦熠是怎么想的？"乌晓甩开他的手，生气道："秦熠怎么想！你才是他爹！孩子说要继续在这里治……这是说话的地方吗？还不进去！"秦大地还是没有马上进屋，他站在那里，抬头看傍晚的天空。乌晓担心起来："你怎么了？"秦大地努力让蓦然涌出的泪花在眼窝里干涸下去，想现出笑容："我就是有点不敢相信……现在好了，我进去！"乌晓站着，看着他大步走进病房，下意识地回头，一眼就在病房前走廊尽头看到了申一大夫："申大夫！"申一慢慢走过来："孩子的爸爸来了？"乌晓点头，不知为什么她今晚上竟然有点控制不住内心的伤感。申一却什么话也不说，继续走进后院。乌晓调整心情，推门进入病房。病床上的秦熠仍在熟睡，她回手轻轻关门，在唇边对丈夫竖起食指。秦大地轻轻地在病床边坐下，目不转睛地望着儿子，眼睛又湿润了。乌晓走到丈夫身边，依偎着他坐下来，用指甲狠掐他的手。秦大地看她一眼，咬牙忍着。夫妻一起望着熟睡中的儿子。乌晓不觉道："有了钱真好，医院里连院长都对你有笑脸儿了。你怎么想的，还想让他在这里坚持治下去？"秦大地吃一惊，回头道："当然！钱你不要操心！只要孩子见好，咱们哪里也不去，就在这儿治！要多久就住多久！”乌晓将头靠在丈夫肩上：“我在大学里教古典诗词，这些年把什么都忘了，可这会儿，想起一首和山西有关的诗。”秦大地悄声阻止她：“什么诗呀，别吵醒孩子。”乌晓：“不怕。在这里治了这么些天，孩子睡觉比过去好多了。”秦大地感叹：“这就是好啊。”乌晓：“不想听我背诗？”秦大地转身回来，深情地看她：“乌晓，知道我当初为什么铁了心娶你吗？”乌晓难得地笑了一下：“因为我给你背了好多诗词。”秦大地：“背吧。我的心情从来没有今晚上这么好。我愿意听。”乌晓：“‘客舍并州已十霜，归心日夜忆咸阳。无端更渡桑乾水，却望并州是故乡。’这首《渡桑乾》，原说是唐代诗人贾岛写的，后人考证作者是刘皂。”秦大地一直默默看着床上的儿子。乌晓：“我们老家在湖湘之地，你当兵又在南方海边，为了给孩子治病我们来到山西，后来你走了，今天又突然就回来了，我们一家三口在他乡团聚，这里好像又是咱的家了。”他们没想到一直闭眼躺在床上的秦熠这时却开了口：“老妈，小时候你还教过我一首诗，也应景。”

秦大地、乌晓大惊，迅速站起分开：“秦熠，你醒了？”秦熠：“你们进屋我就醒了，可我想，我得装睡，我想听听你们在我睡着的时候说我什么。”乌晓用嗔爱的语气责备道：“你这个坏孩子，吓了妈一跳！”秦熠睁眼：“老妈，想不想听我也背一首诗？我两岁你就教了我这首诗。”乌晓有点惊慌地看一眼秦大地。秦大地悄悄攥住她的手：“背吧。老爸和老妈扛得住。”秦熠：“那我可背了啊。”乌晓：“秦熠，不要没大没小——”秦大地更紧地攥住她的手：“孩子要背诗你不高兴？我还以为他只知道霍金和爱因斯坦呢！”秦熠已经背起来：“‘君问归期未有期，巴山夜雨涨秋池。何当共剪西窗烛，却话巴山夜雨时。’什么意思我就不解释了啊。老妈是古典文学专家，我不能班门弄斧。”乌晓一下就脸红了，看秦大地，再看秦熠：“你这个坏孩子，你真是胆大了，敢拿你老妈开涮了你……好了，你醒了，起来把药吃了！”秦熠：“老爸，今天你可回来了，能不能求老妈饶了我，那药太难吃了。”乌晓：“不行，药可不能不吃！”她拿起身后的一个药瓶子，将熬好的中药倒在碗里端过来，对秦大地道：“好不容易你回来了，你来喂他，我得歇歇！”秦大地站起来接过药碗，看秦熠：“儿子，喝吧，虽然是苦水，男子汉大丈夫，该喝还是得喝！”秦熠：“那我有个条件。”秦大地：“得是老爸办得到的。”秦熠：“下次回来，帮我买最新版的舰载机飞行游戏。”秦大地故意装糊涂：“还有这样的游戏？”秦熠：“老爸你真 out（落伍），连这个也不知道。”秦大地也不辩解：“好吧，现在喝药。”秦熠：“再帮我买几本书，山西没有，北京才有。”秦大地：“什么书？”秦熠：“量子力学方面的书。”秦大地：“量子力学？”秦熠：“你要是不懂，就把这几个字记下来，到北京帮我买。”秦大地：“总得有个书名吧？”秦熠：“说书名你更不懂了。《统一场论》《轻子和强子》《可怕的对称》，先就这三本。说多了你也记不住。”秦大地这是真不懂了：“儿子，这都是些什么书呀？”秦熠：“都没听说过，还问。甭问了，买回来就是了！”秦大地：“你这小子，就这么瞧不起你爸？”秦熠：“对不起，伤自尊了。真不是瞧不起您，古人说术业有专攻，这不是你的专业，是我的。”秦大地给他喂药，秦熠故意做出艰难的样子。站在一旁的乌晓心情终于放松下来，拿白开水给秦熠漱口。秦熠看她道：“好了老妈，你出去一会儿，我要和老爸单独待一会儿，行吗？”一家三口在一起，气氛又这么好，乌晓有点不情愿：“你们有什么话不能让我知道？”秦熠：“男人之间的话，女生也要听吗？”秦大地对乌晓眨一下眼。乌晓不高兴道：“好，我走。”她收拾起喝空的中药瓶子和药碗走出去。

秦大地回头看秦熠。秦熠小声道：“老爸，怎么样啊？”秦大地：“什么怎么样？没头没脑的！”秦熠：“你当然知道我问的是什么。只要上网，到处都是中国航母的话题，都在谈论中国舰载机能不能上得了航母。”秦大地：“这种事是我在这里跟你个小毛孩子能谈的吗？”秦熠：“不谈也行。老爸最近上网吗？”秦大地：“我哪有时间，再说也不喜欢，无聊的东西太多。”秦熠：“老爸，你得上。网上有人说，中国人虽然弄了一个破航母壳子试航，可是距离中国舰载机上舰，形成战斗力，至少得十年，也许得二十年！”秦大地不说话。秦熠：“老爸，你可以沉默，我一个人说就行了。这些人不知道，其实中国舰载机什么时间第一次上舰、第一次起飞，都在我心里装着呢。”秦大地忍不住开口：“吹什么牛，有你什么事儿？”秦熠：“我怎么是吹牛？你想一想，中国海军把我老爸都弄过去了，这事还要干十年吗？”秦大地：“你还真看好你老爸。”秦熠：“一定很难，是不是？但不要紧，我老爸有的是办法，一准拿下！老爸，我想说的是不管多难，咱都得扛住，咱们家的人不能拉稀屎……我说得对吗？”秦大地还是放不下最大的心事，改变话题：“秦熠，在这里住了几个月，你觉得真好，还是一般、不好，我想听实话！”秦熠：“老爸，让我老妈出去，就知道你一定要问我这件事。”秦大地：“是不是为了哄我，才一直说你在这里治得很好。”秦熠：“真想听实话？”秦大地：“当然，你妈又不在。”秦熠：“好吧，刚开始是有点想哄你，不然你怎么会离开这里，对不对？可这些天是真觉得好。但我这么说老妈有点不信。只有告诉你，然后你告诉她，她才信呢。”秦大地心里被他的话大为感动，又绷着不愿表现出来：“真的？”秦熠：“对。”他的声音更小了：“告诉你老爸，这两天我才知道一个秘密，这家医院，老板是个骗子！”秦大地差一点跳起来：“你说什么？”秦熠：“小声点儿！医院的老板原先是个挖煤的，靠贿赂地方官员私挖乱采暴富那一类家伙，现在开医院是不让他们挖煤了，就是为了赚钱，什么救死扶伤，扯！刚来时我听说也给我吃假药——”秦大地又要跳起来：“给你吃假药？”秦熠：“现在不一样了，申奶奶发现后跟他大闹了一场，要求给病人全部用真药，首先是我。你看，这些天我真感觉好了，我都能连续睡五个小时了。”秦大地的心刚才一下悬到了半空中，现在又落下来，可还是不能落地：“我问你，申大夫为什么这样待你？她和我们无亲无故——”秦熠笑道：“这就是你儿子的魅力了。我一到这里，就对申奶奶展开魅力攻势。我用我读过的书、肚子里的知识，把老太太给迷住了。她这辈子一定没见过像我这个年龄就读得懂霍金、爱因斯坦的孩子，还是个脑瘫。你知道这些天我一直跟她讨论什么？”秦大地：“什么？”秦熠：“瞧瞧你，根本就不行了，都跟不上儿子的思路了。我为什么要你给买量子力学的书，就是要和老太太讨论量子力学理论……不要小瞧申奶奶，她是真有学问，不是假的。”秦大地欲擒故纵：“那又怎么样？”秦熠哼一声：“那又怎么样？因为你儿子小小年纪就能和她讨论当代物理学最前沿的理论，我在她眼里成了天下少见的神童，早就悄悄下决心要治好我的病，已经不像刚来时那样只想治好我的休克了。老爸你想啊，人都是有英雄心的，老太太要是真把一个神童给治好了，这神童万一将来成了中国的斯蒂芬·霍金，她不真成了神医了？她会因为我名垂青史的！”秦大地内心的激动又在增长，不觉站起来。秦熠：“你怎么了？”秦大地：“我想现在就去见这位申大夫！”秦熠：“甭去。甭以为她和你儿子好，人家就会见你。和你儿子好是因为你儿子，不是因为你。还有——”秦大地：“什么？”秦熠：“告诉你也没什么。咱们临海的院长伯伯来过，申奶奶是他同学。”秦大地又是一惊：“什么？刘院长来过？为你的事？”秦熠：“对呀！怎么了！”秦大地看他，笑起来。秦熠：“哎，哎，笑什么？你这就不好了啊！”秦大地笑得出了声，咳嗽起来。秦熠：“老爸！老爸，你再笑，我就生气了！”秦大地止住笑：“好，我不笑了。我就说嘛，原来事出有因。”他看到秦熠不高兴了，恢复正色道：“我也没说什么呀，我是想说，当然首先因为我儿子优秀，和申大夫成了忘年交；其次，刘院长也小小地起了一点作用，一丁点儿，很小的一点。”秦熠：“老爸，我要哭了！”乌晓推门进来，看二人：“哎，你们怎么了？秦熠，你爸欺负你了吗？”秦熠：“对！”他说着哭了起来。乌晓生气地看秦大地：“瞧你，好不容易回来一趟，进门就把孩子惹哭了。你怎么着他了？”秦大地：“我真没有……好了好了，老爸刚才错了，你现在和申大夫这么好，全是自己的功劳，跟院长伯伯一点儿干系也没有！他算什么？没他什么事儿。”秦熠破涕为笑：“对！”一家三口你看我，我看你，都笑起来。乌晓这才明白，对秦熠道：“假哭！”

第二十一章

海航某团团部，晋军办公室里，他和陶斯勇已经吃过饭，面对面坐下。晋军给陶斯勇倒水：“我知道你来不单单是为了陪大地。有事说吧！”陶斯勇：“你能不能不这么聪明？好吧，我确实是找你来了！试飞大队刚刚进入佳境，前头还有万水千山，不能没有大地。”晋军：“这我还不明白？往下说！”陶斯勇：“原先我一直担心，因为秦熠，大地能不能把这么重的担子挑起来，挑到底。这几个月我发现，他还是秦大地！”晋军：“瞧你这话……这证明你走得早，对大地还是不了解，他什么时候都是秦大地！”陶斯勇：“有件事我都不敢想，他对秦熠的感情我们都知道，因为飞机在海上失事，他七天七夜没消息……孩子生下来就是脑瘫，这是大地心里的一块病，总觉得是自己的责任，对不起秦熠，所以——”晋军：“不用说了，这个战友们都知道。他把他媳妇和秦熠扔在这个地方一走了之，我一直担心，可现在看来——”陶斯勇：“现在看来居然成了好事。孩子找到了一个好大夫，大地的心反而定了。还有，我也许不该说这句话，一旦进了试飞大队，全身心投入工作，多年不笑的他有时也会笑了！”晋军猛地站起来，又坐下去，情绪非常激动。陶斯勇看他："坐下！"晋军："十二年了，尤其是这几年，我听强子，就是吴强说，因为秦熠，大地就再没笑过！"他的眼里闪现着泪光，有顷回头，自己又不好意思地笑起来："你到底要跟我说什么事？"陶斯勇掏出一张卡，向晋军推过去。晋军警觉道："干什么？上次你已经把你卡里五万块钱全打给我了，我回头就给了医院。说实话真黑，但你说得对，再黑也要把眼下的局面撑下去！你已经帮了大地一回，现在轮到我们了！"陶斯勇："算了吧你，你什么情况我还不知道？上次那张卡是我的，这张卡是我老婆的。我们又没孩子，她也不打算要孩子，现在挣得比我还多……你甭误会，不是我偷偷拿出来的，是她同意的！我想了又想，只要秦熠愿意留在这儿，剩下的就是钱的问题。你不知道一件事，前几天老刘打电话，说大地找他贷过款！"晋军又一次跳起来。陶斯勇："坐下！别动不动就跳！秦熠住在这里不符合公费医疗的报销规定，大地打电话给老刘，说了悄悄贷一笔款的事，老刘就打电话骂我，要自个儿出这笔钱。我说我们再穷，这点事情还是能撑得过去，他把我们当成什么人了……这张卡里也有五万块钱，花完了再说。告诉医院，这肯定不够，以后我们继续想办法。还有，事情要瞒住大地一家子，就说是老刘帮他们贷的款！连秦熠也不能知道！"晋军一直没有缓过劲儿来，瞪着眼看他。陶斯勇："你看我干什么，听我说话！秦熠这小子年龄不大，脑瓜灵得很。大地这些年最扛不住的就是总让战友们接济他，他要转业多半也因为这个！我说明白了吧，只要有钱，能把秦熠继续留在这里治疗，坚持上一年，你就帮了大地和我。不，是帮了中国海军的大忙！"晋军坚持把卡推过去："事情我都明白了，卡你拿走，你以为我们就不是大地的战友？他还是我师傅呢！"陶斯勇虎起了脸："你这人！你能跟我比吗？你老婆那什么工作呀？你们团驻在这山沟沟里，你老婆在团豆腐厂，工资都不能月月正常发。行了，别充好汉！再说一遍，告诉医院，不能让大地一家人知道是我们花的钱！如果他们问，就告诉他们一个小数目！——密码写在卡上头呢！”他又将那张卡推过来。晋军终于不再推那张卡：“好吧，我收下，不过，你这是最后一次了！”陶斯勇松一口气站起来：“那我去看看秦熠，明天就得回去，不然没时间了！”晋军打电话：“啊，来车，送陶政委去医院！”

军用越野车回到回春医院，陶斯勇下车，向秦熠病房走去，正好遇上乌晓走出来打水，她一惊道：“斯勇，怎么这个时候过来了？”陶斯勇：“大地呢？”乌晓朝屋里指：“跟他儿子说话呢。”陶斯勇：“乌晓，你和大地好几个月不见面，今晚上我替你们在病房里值班，你们两口子总有几句话要说吧？我这就进去把大地喊出来，老晋在车里等你们呢。”乌晓脸一下就红了：“哎呀斯勇，我们老夫老妻的，你也把我们想得——”陶斯勇：“乌晓，大地比我大一岁，按说该叫你嫂子，可叫名字惯了……总之我们是战友，我和秦熠还是哥们儿，既然我来了，总得给你们创造个机会。就这么定了，我留下陪床，你们去老晋团里招待所休息一晚上！”他不等乌晓再说什么，已经推门走进病房。乌晓一个人站在那里，站了一会儿才打了水急急走回去，不放心地看着秦熠病床前的陶斯勇和秦大地。陶斯勇正在和秦熠说话：“秦熠，你是不是也想让叔叔陪你一晚上？”秦熠回答：“陶叔叔，我有个条件——”陶斯勇笑：“你这小子，还有条件！”秦熠：“给我带新游戏没有？”陶斯勇变魔法一样掏出了一款新游戏：“瞧，这是什么？”秦熠顿时欢声道：“哎呀，这种事我老爸是从来想不到的。陶叔叔，你通过竞争，可以上岗，老爸老妈下岗！”秦大地皱着眉头看陶斯勇：

"你搞什么？"陶斯勇："走吧走吧，说不定我和秦熠还有要紧的话说呢，对不对秦熠？快走！"秦大地看一眼身后的乌晓。乌晓脸又红了。秦大地干脆道："那就走吧。恭敬不如从命！"秦熠大叫："老妈快走，你也让我解放一晚上好不好！"乌晓在陶斯勇面前不好意思了："瞧你这孩子……斯勇，真要……辛苦你？"陶斯勇笑道："走，这不连孩子都撵你们了吗？"乌晓跟着秦大地一步三回头地走了出去，上了晋军带的那辆一直没有熄火的军用越野车。车子要走，乌晓又叫："等等！"她开车门下车，跑回病房，将一晚上秦熠要用的东西一件件放在病床前，交代给陶斯勇："斯勇，这是两点钟要吃的药……这是便器……这是开水……有事就按这个铃，申大夫每天夜里都在医院里值班，她没有家……我没有忘了什么吧？"陶斯勇做出责备的样子："乌晓，瞧你，虽然这只是家小医院，但它到底是个医院！不会有事的，真有事我还不知道怎么处理？"乌晓又不好意思了："对不起斯勇，那我可真走了……秦熠，你一定要好好的……"秦熠："老妈，你要是再不走，就别走了！"乌晓忙道："我走，我走……"她边说边往外走，但还是不放心，又在门口停下来，看秦熠。秦熠大叫："老妈，你别走了！我和陶叔叔走，你留下！"乌晓："你这臭孩子！"她这才开门走了出去。越野车终于开出了医院，乌晓又大叫："停车！"晋军把车停下，她又要下车："我还得回去，好像还有什么事忘了！"秦大地一把抓住她的手。乌晓："干什么？"秦大地不说话。乌晓一把将他的手打开。她终于没有下车，车子又走了起来。

病房里，陶斯勇在秦熠床前坐下。秦熠："陶叔叔，这一夜怎么过？我可解放了，咱们疯玩一夜，怎么样？"陶斯勇："行，我就是这么打算的！咱们玩什么？"秦熠："我得先玩一会儿你带来的舰载机飞行游戏，然后开聊！”陶斯勇笑道：“你这小子，花样还不少。听你的！”秦熠：“要不咱们先开聊？”陶斯勇看看他：“也行！聊什么？”秦熠：“当然是聊秦大地。陶叔叔，你刚才就是不说要留下来陪我，我也要先说呢！”陶斯勇笑：“什么意思？”秦熠：“我得把秦大地撵走，然后和你说件很重要的事。”陶斯勇：“你小孩子家有什么重要的事？”秦熠叫：“又小瞧我！我和我妈，当然主要是我，真有要紧的事。我们想把秦大地郑重地托付给你！”陶斯勇：“你这小子，越来越张狂了啊！秦大地是谁？你敢背地里直呼他的名字，小心我告他，回头收拾你！”秦熠笑：“你不会，咱们俩是哥们儿，对不对？你不会出卖我的！”陶斯勇：“这么想也没错。好吧，就聊秦大地，你想聊什么？”秦熠：“我今天看着他，好像比过去正常了！”陶斯勇又笑：“怎么叫比过去正常，你爹过去不正常？”秦熠：“很不正常。直到带我来这里治病那天，他都不正常。倒是离开了这里几个月，他像是正常了，尤其是这些天，基本上每天打一个电话。过去半个月也不打一个电话。”陶斯勇看他：“这就是你说的正常？”秦熠：“对！”陶斯勇看他一眼，沉默下来。秦熠看他。陶斯勇掩饰道：“啊，你这话说得云山雾罩的，陶叔叔不是很懂。”秦熠：“陶叔叔，你刚才走神儿了。想什么呢？”陶斯勇盯着他：“想你，想你在这里怎么样，就走神儿了。”秦熠被骗过了：“要是这个，我可以理解。陶叔叔，我刚才不是责怪我爸打电话多了，我是想说他现在这个样子，证明了一件事。”陶斯勇：“什么？”秦熠：“对留我在这里治疗，比刚来时放心了！”陶斯勇又看他一眼：“秦熠，到底想对叔叔说什么？”秦熠：“有件事求陶叔叔。你得帮我妈，但主要是帮我。我老爸当初带我来到这里治疗，可他不相信这家医院。你得帮我让他相信，只要让我一直留在这里，说不定真能出奇迹。”陶斯勇：“你这话有能让我信服的理由吗？”秦熠：“有，但不能告诉我老爸。”陶斯勇又笑了一声：“什么呀？”秦熠：“秦熠也想帮我老爸一把。秦大地毛病不少，可他到底是我爸。我想让他更少地想到我，直到不知不觉地就忘了我。只有那样，他去试飞舰载机，我和我妈妈才放心。”孩子的话让陶斯勇的心如同突然遭遇了雷击，他激动地站了起来。秦熠没有意识到这些，仍在继续他们的谈话：“陶叔叔，你们的事进行得是不是很难？”陶斯勇没有说话。秦熠笑道：“你不说秦熠也知道。现在我老爸心里只有两件事，一件是我，一件是舰载机上航母。陶叔叔要是能帮秦熠让我老爸相信我在这里真的很好、最后忘掉我，他心里就只剩下舰载机上航母这一件事了。秦熠别的帮不了老爸，能做到这个也算是帮他了。陶叔叔，你能帮我忙吗？”陶斯勇努力恢复平静和玩笑的神情：“行，陶叔叔答应你。可陶叔叔也有个条件。”秦熠：“哎呀陶叔叔，你有什么条件呀？”陶斯勇：“这里发生的每一件事，你和你妈可以不告诉你老爸，但必须告诉我，马上告诉，什么事都不能瞒陶叔叔！”秦熠：“只要陶叔叔守约，不把我说的事告诉我老爸，我可以答应你！”陶斯勇：“拉钩，不准反悔！”二人做游戏状，喊：“拉钩上吊，一百年不许闹！”完了都笑起来。秦熠转瞬又道：“陶叔叔，还有一件事……既然都成哥们儿了，我还是告诉你吧。”陶斯勇：“什么事？”秦熠：“我和我妈要回临海了。”陶斯勇大吃一惊：“什么……你刚才还说，在这里治得好好的，让你爸忘了你，怎么又要走？”秦熠：“正因为在这里治了几个月，感觉好，我才要走。我想回去上学，我已经误了好几个月功课了。”陶斯勇心中一动：“秦熠，不是心疼你老爸的钱吧？”秦熠：“也心疼。总不能因为我让我老爸破产吧？”陶斯勇摇头道：“秦熠，有陶叔叔和别的叔叔在，你老爸不会破产。钱不是问题。”秦熠：“钱不是问题，但是把钱花在这个骗子医院里，也犯不着。”陶斯勇吃惊：“什么？这真是个骗子医院？”秦熠：“对。虽然申奶奶不是骗子，可这家医院的老板是骗子。陶叔叔，我生下来就这个样子，我对自己已经习惯了，是我爸他一直不习惯、不接受。这不是我的问题，是他的问题。”陶斯勇看着他，半晌才把话说出来：“你这小子——”秦熠又道：“陶叔叔知道霍金吧？”陶斯勇：“当然知道！”秦熠：“霍金不会愿意成为霍金，但霍金成了霍金，他也就用一颗骄傲的心接受了自己。我也一样。不接受我的是我的老爸老妈，特别是秦大地，只要治不好我的病，他不会停止折腾我的，他这一辈子一定会为我花掉所有的钱，甚至会把一生精力全用到帮我治病上。”陶斯勇喉咙里有点堵，一时又说不出话来，半晌才道：“秦熠，他是你爸！”秦熠：“可是陶叔叔，这病在全世界都是难题，就连霍金也拿这病没办法，可这并不影响他成为霍金哪。这么个小医院治不好我的病，申大夫能做的都做了，她让我能够连续睡五个小时，治好了我的休克，已经很好了。”陶斯勇：“原来你并不相信她能治好你的病？”秦熠：“陶叔叔，我话还没说完呢。你说，如果我一辈子都这样，我要怎么办？我做一个什么人？既然不能控制我的病，我能控制什么？”陶斯勇心里的惊奇和感动像潮水一样在升高：“好孩子，你是怎么想的？”秦熠笑道：“陶叔叔，这还要想吗？如果我只能是这样一个自己，那我就接受，大不了这辈子做霍金！但要成为霍金，我就不能老住院，我得回去念书！陶叔叔知道爱因斯坦的相对论吗？”陶斯勇呼吸急促起来：“你这弯子拐得够猛的，怎么一下拐到爱因斯坦身上去了？”秦熠：“这弯子一点都不拐。爱因斯坦的相对论，最惊人的一点是，如果一个星体，它的质量足够大，就能造成时空弯曲，吸引和改变周围质量比它小的星体的运行轨道。”陶斯勇：“这和你、你爸有关系吗？”秦熠：“我爸在海军飞行员中，算是一个质量比较大的星体吧！还有你，也是。海军让你们去领导试飞大队，就是说，你们俩的质量可以吸引和改变别的飞行员的生命轨道，把他们团聚在一起，组成一个像太阳系那样的星系，完成一幅伟大的天空构图。我呢，我质量还不够大，但只要我做了自己能做的事，也可以对我爸的运行轨道产生影响，让它发生弯曲，让它运行得更轻盈、更飘逸……我这么讲话，你听得懂吗？”陶斯勇摆出一副训斥样子：“你这小子，小看陶叔叔！我怎么听不懂？”秦熠笑：“陶叔叔，这就是相对论，我的相对论。干脆多跟你说几句吧，我还有更大的理想呢！”陶斯勇：“你人小鬼大，还有什么理想？”秦熠：“总有一天，我要让我爸接受我。让他相信他这一辈子拥有一个霍金一样的儿子，应当为我感到幸福和骄傲！”陶斯勇的内心汹涌澎湃起来。秦熠又道：“陶叔叔，今晚上我真把您当哥们儿，什么都说了。您要是出卖我，我就太失败了！”陶斯勇：“那不会。秦熠，你就说，现在就想让陶叔叔做什么？”秦熠：“替我和我妈保密，不要让我老爸知道我和我妈离开了这里，让他相信我一直留在这里治疗呢，情况越来越好，更不要再让他来山西看我！要是有可能就让他真的忘掉我！”陶斯勇又说不出话来了。秦熠：“陶叔叔，你到底答不答应啊？”陶斯勇：“我答应！秦熠，你知道吗？你是个好孩子。我要是有你这么个儿子就好了！”秦熠叫：“陶叔叔，你占我爸便宜！我当然是好孩子，难道我是坏孩子吗？我这一辈子，只想做秦大地的儿子！你想当我爸，想都甭想！”这一刻，陶斯勇看到孩子的眼里已经悄悄地闪烁起了激动的泪光。

这个夜晚，秦大地夫妇是在798团招待所前一座山峁顶上度过的。夫妇二人并肩坐在这里，仰望满天繁星。秦大地道：“太晚了，回屋去吧，有点凉了。”乌晓：“不。好长时间没有这么坐一会儿，看这星星多大、多亮！”秦大地：“有点像咱们家乡的夜空，一颗一颗就像悬在你头顶上，要掉下来。”乌晓：“你怎么样？压力大吗？”秦大地：“别担心我，我倒是有点怕你——”他没有把话说完。乌晓珍惜目前的时光，抱紧了丈夫。秦大地想起了一个话题：“秦熠刚才对我说了一些话。说他的病开始变好，是因为申大夫逼这家医院给他用真药，真是这样？”乌晓：“真的。这里的护士悄悄告诉我的，申大夫为了秦熠用药的事，跟院长大闹了一通，对方好像屈服了！”秦大地：“秦熠说他睡眠也改善了，一觉能睡五小时，是真的？”乌晓：“真的。孩子睡觉好了，脸色也好多了。最大的喜事是，申大夫治好了他的休克！”秦大地紧紧地抱住妻子，与她对视了一会儿，才放开。乌晓：“大地——”秦大地：“我真高兴。没想到这么一个山沟里，有个大夫能治好我儿子的休克！”他多年来一直压抑的心情今晚明显放松了，将自己放倒在草地上。秦大地忽然又坐起：“可我还是不敢相信。连霍金这样的大科学家，一生都没治好自己的病。申大夫怎么能治得了脑瘫！”乌晓把头贴上他的胸前：“申大夫能不能治好孩子的病我不管，但只要她能让我的孩子自个儿觉得他的病一天天见好，她就是我的恩人，是大慈大悲救苦救难的活菩萨！要是有庙，我就去给她烧香！”秦大地：“你可是受过高等教育的知识分子——”乌晓：“这会儿我什么都不是，只是孩子的娘，谁能让我儿子哪怕好上一点点，不动不动就休克，让我上五台山烧香磕头都愿意！”秦大地不再说话，将妻子珍宝一样抱在怀里。乌晓：“今晚上别回屋里了，你就这样抱着我，让我睡到天明。”秦大地：“行，你只要愿意。”乌晓闭上了眼睛又睁开道：“斯勇是个好人。”秦大地：“睡吧。他是你丈夫的战友。”乌晓转眼就睡着了，轻轻打起了鼾。秦大地心就疼起来，他现在意识到妻子原来有多么累，更紧地抱住她，眼里一点点地温热起来。但只过了一会儿，乌晓就猛醒过来，看着他，满眼都是惊慌：“秦熠醒了！我听见孩子叫我呢！”秦大地用力抱紧她，那双男人的眼里涌满的愧疚和温情就要把怀里的女人淹没。乌晓完全醒过来，重新搂紧了丈夫，说出一句让秦大地意外的话：“我还是担心钱的事。”秦大地的好心情迅速消散，搂抱妻子的手也僵硬下来，想了想道：“下个月工资就要发了。我们先应付这里的开销，然后，等我完成了眼下的任务，还是要转业的，去航空公司，一年两百万，我们还得了！啊，还有一个好消息，听说部队工资要涨了。”乌晓心痛地看着他：“大地，我错了，当时不该跟你闹脾气，为一个博士学位——”秦大地的心又一点点冷硬起来：“钱的事情我也会处理好的。”乌晓：“我还是担心你——”秦大地马上打断了她的话：“担心我什么？我还有三件事要做。头一件，不管还有多长的路，孩子的病一定要治，还要治好，谁能一定说就不会发生奇迹呢？第二件，老婆的博士学位一定要拿到。还有第三件，在爹妈跟前要尽的孝，也一定要尽！”他不想这样，可眼里突然又湿润了。乌晓又回到自己的心事里：“你真的还打算转业？”秦大地：“当然。秦大地一个人做不完中华伟大复兴路上所有的事，但我们也不要忘了这个国家很大，能干大事的人很多，他们都比我年轻！”两人一时间都不再说话了，重新紧紧抱在一起，望天空中的星群。秦大地觉得自己的心仍在呐喊，喊声就在眼前这无垠的夜空中回响：“孩子是我的，老婆也是我的，爹妈养育了我，我有责任让你们都幸福！我知道这个！可是，中国也是我的，我有责任把她交给我做的事情做好！必须做好！所有这些，一个都不能少！”

夜深了，因为冯汝萍的坚持，余涛、陈亚红都没有走。余涛进了卧室，抱着一床被子往外走。陈亚红敏感地看他一眼，也没说话。门马上开了，冯汝萍站在外面，左手一只药盒子，右手提着一壶水。余涛、陈亚红相视大吃一惊。冯汝萍上下打量余涛，严厉道：“你去哪儿？”余涛撒谎道：“亚红不舒服，我换个地方睡！”冯汝萍：“你给我站住！还有你，亚红！外头有人传说你们俩离婚了，连你爷爷都知道，只瞒着我一个，是吗？”陈亚红看余涛一眼，急回头笑，把话题岔开：“妈，你手里这又是什么呀？别又是个药丸子吧？那我可受不了了，上回你让我吃了，头晕了一个星期！”冯汝萍：“别打岔，问你们话呢！”余涛又看一眼陈亚红，开口道：“妈，你看我们像离婚的样子吗？”冯汝萍：“怎么不像？我看就像！亚红调到外头医院工作，就没跟妈讲过，说走就走了。你也不知道吧？你走以后她就走了！是我替她瞒住了没告诉你！还有你，这几个月到底在哪里，一句交底的话也不告诉我，我问过南方的战友，他们根本没在你说的那些单位看到过你的飞行表演，也没听说你给人家讲过课。你到底去了哪里？”余涛灵机一动，笑道：“妈，你是个老兵，真想知道你不应当知道的东西？”冯汝萍一怔：“你去执行保密任务了？”余涛点头。冯汝萍声音忽然颤抖起来：“不是做试飞员吧？”余涛急道：“不是，帮助中航公司攻关。”冯汝萍更担心了：“攻什么关？全中国都在说中国航母试航的事，不是去攻关舰载机吧？”余涛责备道：“妈，你知道部队的保密规定！”冯汝萍：“好，你什么也没回答，我什么也没问。早干什么去了？航母都试航了，舰载机还没搞出来，中航公司速度太慢！行了，我不问你了，我问亚红。亚红，你告诉我，你调到了什么地方，为什么要调到那里去？”陈亚红上前一步道：“妈，把你手里的东西给我。”冯汝萍拒绝道：“不，我愿意自个儿提着！说话！”陈亚红看余涛：“妈，我的事他知道！”余涛一惊。冯汝萍看余涛：“那你说！亚红不要说了！他要是能说出来，我就相信，说不出来，你们就是一起骗我！余涛，你说呀！”余涛想了想才道：“妈，亚红是调到下面一个基地医院工作，那个医院专门搞航空创伤医学研究。那里有位王教授，是位院士，亚红现在成了他的研究生！”陈亚红悄悄松一口气，感激地看了一眼余涛。冯汝萍并不愿意相信：“王院士？别忘了我有不少老战友都在海军医疗系统，我打一个电话，就知道你们有没有对我撒谎！”余涛埋怨道：“妈，您瞧瞧您，我们干吗跟你撒谎！亚红不过是去完成一个课题，很快会回来。你老人家连我们的工作也干涉吗？”冯汝萍被他这句话说得理亏了：“那好，我就当是真的。亚红，今晚上再把这个药丸子喝了，水还是西山圆通寺的井水。记住，半夜子时，不能早不能晚！”陈亚红绝望地看一眼余涛，回头道：“妈，你怎么还有这种药丸子呀？上次你说只有一颗——”余涛急忙拦住不让她说下去，对母亲道：“妈，把药和水壶给我，今晚上我一定让她喝！虽说上回不灵，这一回保不准就灵！”母亲不给他药盒子，也不给他水壶，转身走，又回头道：“余涛，你出来！”余涛无奈，跟着母亲走进她的房间。母亲将药盒子和水壶放下：“关门。”余涛：“妈，你干吗？”母亲亲自关上门，又听了听，相信外面没人，低声严肃道：“余涛，你是个傻子吗？亚红怀孕了！”余涛勃然变色，脱口而出：“不可能！”母亲：“怎么不可能？白天她那一顿吐，我看着就像！”余涛仍然不相信：“根本不可能！”母亲：“这就是我问你的话，为什么不可能，你们真离婚了？”余涛看着她，不说话。母亲：“那就是说，你们离婚是真的。那她肚里的孩子是谁的？”余涛开始生气：“妈，你在说什么！第一，我们没有离婚；第二，亚红也没有怀孩子！你以为你那药丸子真灵啊，我们三年都没有——”母亲：“你住嘴！”她不让他说下去，将药盒子和水壶塞到余涛手里，“要是真没有，你现在就把它们拿走，半夜子时看着亚红吃进去，我就相信了你们没骗我！还有，亚红今天夜里要是死活不吃，你明天就带她去医院查，看她是不是有了！”余涛忽然不想再跟她说什么了，转身就走。母亲厉声道：“拿着！”

余涛无奈，回头接过药盒子和水壶，开门走回自己房间，回头看陈亚红匆匆洗了头跟着走进来，她关门道：“看什么？又从你妈那里领回什么圣旨了？”余涛低声道：“你怀孕了？”陈亚红脱口而出：“没有！”余涛：“你自己就是医生，有就说实话，不然妈明天让我带你去查！”陈亚红不说话。余涛：“到底有没有？”陈亚红：“有！”余涛：“有？怎么会有？”陈亚红：“你干吗，你现在是我什么人？”余涛生气地看她。陈亚红：“行了，睡吧。不愿睡在这里你就出去睡。这药丸子打死我也不吃了！”余涛：“再问一遍，真的有了？这不是儿戏！”陈亚红：“谁跟你儿戏？”余涛坐下，不再问她。陈亚红：“怎么，就不想问问是谁的孩子？”余涛：“谁的？”陈亚红：“你的！”余涛：“胡说！我们结婚三年什么事都没有——”陈亚红上床。余涛忽然打开药盒子，取药丸子塞进嘴里，捧起水壶喝水，咽下去。陈亚红大惊：“你干什么？”余涛：“睡吧！明天我带你上医院，回来再告诉我妈，你没怀孕！她已经怀疑我们离婚了，等我走了，你慢慢告诉她这件事，然后搬出去。不能再拖下去了！长痛不如短痛。我妈看上去柔弱，但事情已经这样了！”他不等陈亚红回答，从另一侧脱衣上床。陈亚红默默看他，突然开口：“余涛——”余涛：“还有什么话？”陈亚红："孩子真是你的，你高兴吗？"余涛："可他不是！"陈亚红："万一是呢？"余涛睁开眼睛："真有了还是没有？"陈亚红想了想又改了主意："你别瞎想，就是有了，也跟你没相干！"余涛翻身睡去，灭灯。陈亚红又故意道："哎，是不是觉得这会儿我特像那种坏女人？告你一件事。女人一辈子当一回坏女人，跟不是自个儿丈夫的男人上床，挺刺激的！"黑暗中余涛转身回来："不对，我们离婚前那个晚上有过！要是我的，咱们就复婚！"陈亚红："你想得美！我觉得现在最好，没有丈夫，自由自在，喜欢谁就……睡觉吧，来，像过去一样，从后面搂着我！"她躺下，钻到被窝里去。余涛却又坐起来。陈亚红："怎么了？"余涛："对了，告诉我，你这几个月去哪了？白天我可以帮你圆谎，但你得把实情告诉我！"这次轮到陈亚红不说话了。余涛："说呀！"陈亚红："你要我说什么！你蒙对了，我是跟着我们王院士去了一家基地医院，在那里做一个课题。"余涛大惊奇："你不出国了？"陈亚红："不去了！"余涛："和孩子有关？"陈亚红忽然翻身过来看他："我还纳闷了！你以为你是谁？管我这么多事干吗？我困了，不想说话了！睡觉！"她又翻身过去，背对余涛闭上眼睛。余涛也躺下来，却一直在黑暗中大睁着眼睛。

早上，秦熠病房前，一辆越野车突突突地停在那里，乌晓泪眼模糊地看着秦大地、陶斯勇、晋军走出病房，走向越野车。秦大地忽然站住，对陶斯勇道："我差点忘了，应当去见一下申大夫，表示感谢。"晋军："等等！申大夫脾气古怪，她要是不见，你也不要勉强！"秦大地："我知道，就是想表达一下谢意。"他边说边走向医院后院。乌晓担心起来，想也没想也急忙跟了过去。后院宿舍房间里并没有申一，这时她正在后院后面园子里一座试验大棚里观察营养钵里的各种药草，指挥助手给它们拍照。秦大地在外面敲门："请问，申大夫在吗？"申一不高兴地大声吼了一嗓子："谁呀？我正在工作，不见人！"秦大地再次敲门。申一怒道："不知道规矩吗？你在干扰我的工作！"跟过来的乌晓在门外喊起来："申大夫，是秦熠的爸爸！他走前想见见你！"秦大地又大声道："我是秦大地，秦熠的爸爸！就是想走之前向你表示感谢。秦熠在你这儿住了几个月，自己感觉很好，谢谢你的精心治疗！"申一心忽然动起来，静静站了一会儿才道："对每个病人我们都会精心治疗，这是医生的天职。走吧，我不见！"门外，乌晓看丈夫一眼。秦大地迟疑了一会儿，转身欲走。大棚内的申一却改变了主意，走过去开门，对秦大地道："啊，你进来！"乌晓要跟进去，被申一阻止，又对助手道："你也出去！"待助手走出，申一立马关门，回头看秦大地。秦大地诚恳道："申大夫您好！我叫秦大地，是秦熠的爸爸——"申一举手制止住他说下去："告诉我，什么是零点时刻？"秦大地悄然变色。申一："快点说！我的时间宝贵！"秦大地："申大夫为什么要知道这个？"申一看他："我说是为了给你的孩子治病，你信吗？"秦大地心中大为感动："我信！"申一："那就快说，说了快走，别耽误我做事！"秦大地："申大夫，这从何说起呢？这样说吧，零点时刻，就是子夜。过了这个时刻，就是明天。夜很快会过去，早晨就要来了！"申一对这个解释显然比较满意，但她并没有任何表示，又道："你是个海军飞行员？"秦大地点头："是！"申一："试飞员？"秦大地不说话。申一："正在试飞舰载机？"秦大地不说话。申一："你不回答我，你们那位刘本立院长也不回答我。行了，你走吧。"秦大地："秦熠的事，还要请申大夫——"申一："我们的谈话结束了。"秦大地还要说什么，发现她已经转向自己那一排排营养钵的药草。

他知道自己该走了："申大夫再见！"没想到申一又突然开了口："你的孩子也在经历自己的零点时刻！他是个不一样的孩子，你珍惜他很好，但更应当懂他！"秦大地一惊，脱口而出："懂他？"申一："零点时刻，还意味着你和你的家庭，包括你的孩子，正面对着一座高山、一条大河，这是你们家的艰难时刻，别以为我不懂。是这样吗？"秦大地迟疑一下，承认道："是。"申一："你的孩子一直是在这样的时刻中成长起来的，对吗？"秦大地："应当说，他就生在这样一个时刻。他现在这个病，也和一个这样的时刻有关。"申一："每当你的妻子和儿子和你一起经历零点时刻，你都会告诉他们一句话，这句话是什么？"秦大地表情严峻起来。申一回头，一字一字道："只要不是军事机密，你都应当告诉我，便于我更好地给孩子治病。我是医生，会保护病人的家庭隐私。"秦大地道："是有一句话。我多年做飞行员的心得，八个字：心无片云，静如止水。"申一："心无片云，静如止水……什么意思？"秦大地："这个要有经历才能懂，不是一句话能解释清楚的。"申一："可我已经懂了。不过你真的做得到吗？你是你妻子的丈夫、儿子的父亲，长期从事这种职业，如果带给他们的只是无穷无尽的零点时刻，为什么不放弃？"秦大地终于明白她想知道什么了，缓一口气答道："申大夫，我不能同意你这种看法。这样的零点时刻总要有人去经历，不是我、我的妻子和孩子，就是别人和他们的妻子和孩子。"申一："这是残酷。你知道秦熠不久前老是休克的原因吗？"秦大地："正是查不出原因，才到了这里！多亏申大夫治好了他的休克！"申一："错了，我并没有治好秦熠的休克，是秦熠自己治好了自己的休克，当然，也有你这个父亲的功劳。"秦大地惊讶地瞪大了眼睛。申一："你不是那种天天打电话来问长问短的父亲，你这么放松地对待孩子和你的妻子，让他们包括我这个医生也从生命深层放松下来。”秦大地：“莫非秦熠当初是因为紧张和担心——”申一再次打断了他：“我是医生，虽然专业不是心理学，但对疾病心理学还是有研究的。你的孩子因为你从事的职业得了脑瘫，你天天处在一种自己也不知道的极端紧张的生命状态里，从没有想过这会给你的孩子带来多么大的精神压力。你以为他会习惯的，不，在你这里或许只是紧张，但在他那里就是焦虑！人永远不会习惯于一种让他的生命处在巨大焦虑中的环境和气氛，他担心你，更担心他的病影响了你的职业生涯。你的孩子天天都处在零点时刻，一旦再遇到刺激，比方说你非常有可能去从事某种你现在正在从事的极为危险的工作，他的焦虑会一下子膨胀起来，这时休克就发生了！”秦大地觉得心中有一扇一直紧闭的窗户突然被打开了，让他看到了世上全部的光明：“申大夫，你真了不起！这些年我也看了不少治疗脑瘫的书，还真没有想到我自己就是孩子休克的病因！”申一：“好了，你可以走了。”秦大地：“不，您还没有告诉我，为了孩子我该做什么？”申一：“如果你相信我这个非著名的医生，就把孩子托付给我，让我和他一起经历每天的零点时刻。你呢，要是能够做到，就把他彻底忘了！”秦大地目光突然湿润：“谢谢申大夫，我明白我该做什么了！您要是真能救他，我就把孩子托付给您！”申一：“走吧！”秦大地再没有说话，他噙着两眼热泪，开门大步走出去。门外的乌晓吃惊地问他怎么了。秦大地：“没什么……走吧！”他大步离开。乌晓跟上去：“到底怎么样了？”秦大地忽然站住：“啊，我现在真的可以放心了，我把秦熠托付给申大夫了！”乌晓什么也没说，站了一会儿，才跟着他往前院走去。

几小时后他就和陶斯勇回到来时降落的某军用机场，重新登上返程的便机。秦大地透过舷窗向下面送行的晋军招手，坐下，看了陶斯勇一眼："哎，你和老晋刚才在下面嘀咕半天，捣什么鬼呢？"陶斯勇道："晋军这小子也想到我们试飞大队凑热闹，让我们帮他跟首长疏通一下！"秦大地想了想："你还别说，让他来当个副大队长，管管吃喝拉撒睡，把吴强解放出来，还真合适！"陶斯勇发觉此时的他容光焕发，陡然年轻起来，笑道："哎，见了申大夫，你变了个人似的，说，怎么回事儿？"秦大地彻底放松下来，大声对女军人乘务员喊："小马，来点儿音乐！"女乘务员："首长想听什么音乐？"秦大地："我是什么首长！你有什么音乐？"女乘务员："流行歌曲、古典歌曲，还有军歌！"秦大地："军歌！"女乘务员打开音乐，《人民海军向前进》那激昂慷慨的前奏立即回响起来。秦大地神情振奋，跟着歌声大声唱起来。陶斯勇不解地看他，忽然就明白了，受到秦大地的感染，也跟着大声唱起来。

还是海滨那片礁石丛，还是面向大海在这里垂钓的吴惊天。谢振宇远远从背后走过来。吴惊天已经听到了他的脚步声，先开口："是振宇呀。你怎么来了？"谢振宇来到他的身后："老师，今天我们放假。"吴惊天有点意外："秦大地也会给你们放假？那有点难得。他自己都不给自己放假。"谢振宇在他身边蹲下来，看他把一根钓线甩出去："秦大队昨天去了山西。"吴惊天："那是看他儿子去了。"谢振宇："老师，就要开始模拟着舰试飞了，这之前我想请老师帮我。"吴惊天沉默了半晌才道："什么事？"谢振宇："动员衣总指挥，在试飞大队队内再搞一场对抗竞赛，重新排出试飞顺序。"吴惊天："你觉得现在能打败秦大地和余涛了？"谢振宇："不。"吴惊天吃惊："不？"谢振宇："但还是想再试一次。"吴惊天猜出来了："想知道自己和秦大地、余涛的差距到底在哪里？”谢振宇：“是。”吴惊天：“你一直在研究秦大地和余涛对决的视频，是吗？包括历年来他在海军内部与历代竞争者对决的录像。”谢振宇：“是。”吴惊天：“回去做一件事。先把余涛争取过来，再争取你们政委，形成一种强大的舆论氛围，你就有机会。”谢振宇：“我会的。”两个人不再说话，只剩下波涛撞击礁石的巨大声响。谢振宇觉得，那也是他们师徒二人不屈不挠的心声。

晚上回到试飞大队，秦大地、陶斯勇都没想到要处理的第一件事居然是康延成的结婚申请报告。陶斯勇站在一边，看着秦大地翻来覆去地看这份报告，半晌才道：“还真没想到，平日里康延成蔫不拉叽的，这是真人不露相啊，一出手就吓我一个跟斗。他真要结婚？”陶斯勇：“对呀。这报告你不都看好几遍了吗？”秦大地：“怎么这样看我？他要结婚的这个女孩子你认识？”陶斯勇：“岂止是认识，小的时候我们住一个院。”秦大地：“你什么意思，打算同意？”陶斯勇：“你不同意？”秦大地放下那份报告站起来：“你还甭说，康延成这小子，平日里跟谢振宇好得一个人似的，可这些天我冷眼看他，有时候想我还真小看这小子了。他和谢振宇根本不像，也不像余涛、不像我，连耿见林也不像……你觉得他像谁？”陶斯勇笑道：“他像他自己！”秦大地：“说对了，像他自己！这小子不显山不露水地活着，可这会想起来，本大队什么时候遇到困难也没有拉下过他！以前我一直想，余涛后面是谢振宇，谢振宇后面可以考虑耿见林，见林后面可以考虑刘波——”陶斯勇：“为什么不是江海？”秦大地：“江海也很好，但是论心眼儿多，不如刘波！”陶斯勇：“但是江海好像比刘波更正！”秦大地：“碰上难题，要出一谋献一策斩关夺塞的时候，刘波比江海更有主意！”陶斯勇又笑道：“我们现在说的是康延成！”秦大地：“我也在说康延成！我现在认为这小子在一个满是强大竞争对手的环境中，故意选择低调地生活！”陶斯勇：“你说他很会装？”秦大地：“你注意用词啊，你可是政治委员！”陶斯勇：“你现在也越来越会抓人小辫子，搞得比较狡猾了！我说他装，跟你说的故意低调一个意思！”秦大地：“因为这里有我、余涛、谢振宇，还有空军的几位金头盔，他觉得自己犯不着显山露水，但就是因为这个，我开始看好他！”陶斯勇：“打算让他排在谁后面？”秦大地：“在本大队他可以排在刘波后面，和江海有一争，但海军将来是要成立航母飞行编队的，而且不止一支，那时他可以担任任何一个编队任何一个层级的领率职务！”陶斯勇：“现在就让他接替你当大队长行不行？”秦大地一怔：“不行！”陶斯勇无声地笑。秦大地瞪眼：“你笑什么？”陶斯勇：“现出原形了吧？行了，说正题。大队开张时你可是有一条，入队前有对象就算了，没恋爱的一年内不许恋爱！”秦大地：“哎，你说这个……他这个对象，知道不知道我们在干什么，还非这么急着要跟康延成结婚？”陶斯勇：“今天下午我们飞机刚落地，尼娜就在机场等着我呢，她都跟我说了。”秦大地：“我说一下飞机怎么找不着你了！”陶斯勇：“别打岔，她母亲，我叫她杜姨，年轻时和我们衣总是战友，因此尼娜对我们现在做什么很清楚。她专门跑到机场对我说，她不怕做余涛的母亲那样的军嫂。还有，他们也不度蜜月！”秦大地脸上的神情猛然变得肃穆起来。陶斯勇看他：“说吧，等你一句话呢。你要是不同意，就让他们等够一年，那时我们也许上舰了！”秦大地：“不！我是说过没恋爱的不许恋爱，但没有说不许结婚！”两个人对视。秦大地又道：“看我干什么，问他们明天行不行，要是行明天我们再放一天假，让他们结婚，今晚上就张罗，明天全队集体参加婚礼！”陶斯勇也激动了："你签字！"秦大地飞快地找到一支笔，在那份申请书上签上自己的名字。

这个夜晚不再平静，连秦大地也在帮康延成打电话，动员衣正邦来参加婚礼："首长，康延成是和你的一个老战友的女儿结婚，她姓柳，母亲姓杜！首长一定要来！……我怎么就批准了？你想一想，这个时候敢和我们试飞员结婚的姑娘，有多了不起！这个时候有多少我批多少！……你在海上来不了？……好吧好吧……是！把你的祝福带给他们！"他放下电话，陶斯勇已经匆匆走进来："首长怎么说？"秦大地懊丧地："来不了，让我们自己操办！一定要办得热热闹闹！"

已经接到电话的还有人在海军新兵训练营的夏初。柳尼娜要结婚的消息让她大吃一惊："胡说！……真的要结婚？就在明天？"柳家此时一片忙乱，杜秋英一边带一群女人围着柳尼娜试婚纱，一边抱怨："这也太匆忙了，都快一点！今天晚上不要睡了！明天一大早就要把她送到部队去呢！"众人虽然忙，但都高兴异常："恭喜老太太，这回可把闺女嫁出去了！"杜秋英忍不住夸赞自己："要不是我抓得紧，她还想嫁出去？……行了，尼娜，你干什么呢？"柳尼娜一直在跟夏初打电话，这时干脆拖着没有试好的婚纱走到阳台上去。大家要跟上去，被杜秋英止住，让女儿一个人和她要请的伴娘通电话。柳尼娜道："真没骗你！你得来给我做伴娘，你要不来，我害怕！"夏初在电话那边为难："可我现在是个兵，哪能说走就走！"柳尼娜撒娇道："那我不管，我们小时候就说好了，谁先结婚，另一个就来做她的伴娘，我一直都觉得你会在我前面嫁，没想到自个儿跑前头去了！你得守信，说话算数！"夏初："让我想一想……"突然大叫一声："明天还是周末！"柳尼娜跟着大叫："对，你可以请假！"夏初声音又低下来："有一件事……我会不会见到谢振宇呀？"柳尼娜："你当然会！他是康延成请的伴郎！"夏初："那我不去了！"柳尼娜："哎哟怎么又变卦了？一定得去，他又不是老虎！你不去我这婚不结了！"夏初笑着答应了她："言不由衷！行，我可以去请假，请不请得到不知道！万一请下来了，明天我跟你一起去他们部队，你不能告诉他们我在国内，更不能告诉他们我当了海军！"柳尼娜："延成也不能告诉？"夏初："不能，他们俩好成那样，告诉他就等于告诉了另一个！"柳尼娜不明白："为什么不能啊？"夏初："谢振宇是对的，现在他不想谈情说爱，我更不想！"柳尼娜："说什么呢，那我的事呢——"夏初："行行行，说定了，我一定把假请下来，九点钟赶到你家，然后一起到试飞大队！拜拜！"柳尼娜要喊再见，夏初那边已经挂断电话。明天又要见到谢振宇了，她有些紧张，却又有些激动，没有马上回到宿舍里去，一个人停在宿舍楼露台上，望着夜空的星辰站了好久，等待心潮的平复。不，不，不，她已经走进了全新的生活，不要……虽然她自己也不知道这不要是什么。直到忽然想起还要请假，才急急走回宿舍里去。

次日早上，试飞大队多功能厅已被成功地改造成了一个婚礼现场，花团锦簇。上午十时，在悠扬的《婚礼进行曲》乐曲中，婚礼仪式开始，秦大地、陶斯勇、余涛、杜秋英站在临时搭起的小舞台上，和现场所有的嘉宾一起热烈鼓掌，望着从一条红毯铺成的中央甬道上一步步走进来的康延成和柳尼娜。杜秋英流下了欢喜的泪水。康延成一身海军军官礼服，身穿婚纱的柳尼娜经过精心梳妆，一下也变得艳若天人。在新婚夫妇身后，走着伴郎谢振宇和伴娘夏初。二人并不对视，但谢振宇还是在惊讶之余最先开口问了一句："怎么是你？"夏初："为什么不能是我？"谢振宇："你是专程从国外回来参加这场婚礼？"夏初不说话。康延成和柳尼娜已经走上小舞台，两人也分别从两侧跟上去。余涛担任司仪，这时示意乐队和掌声暂停，讲话："同志们，战友们，朋友们，尊敬的双方家长的代表，人民解放军的老战士杜秋英同志……阿姨，我这么称呼您合适吗？"杜秋英自豪地昂起头："合适，我本来就是我们人民解放军的老战士！"余涛："大家鼓掌！"众人又热烈鼓掌。余涛再次示意掌声暂停，回归正题："因为时间太仓促，延成的父母来不及赶到，杜阿姨就把双方的家长全代表了。今天我是司仪，现在我宣布，康延成同志和柳尼娜小姐的婚礼开始！"众人又热烈鼓掌，乐队再次响起乐曲。

门忽然开了，衣正邦一边带秘书小魏走进来，一边喊："我没有来晚吧？我没有来晚吧？"陶斯勇碰一下秦大地："首长！"所有人包括新郎新娘的目光一下都投向了大步走向小舞台的衣正邦。杜秋英望见衣正邦，湿润的目光陡然亮起来，率先下了小舞台快步迎上去。秦大地、陶斯勇、余涛也跟着下了小舞台。杜秋英和衣正邦握手，感动道："老衣，你怎么来了？"衣正邦道："小杜，瞧你说的，你都忘了，你生这丫头的时候，谁陪她爸爸柳尚明同志在医院守了一整夜？我！没想到一转眼就长大了，要结婚了……啊，秦大地、陶博士、余涛，你们这婚礼现场布置得不错，表扬！哎这是进行到哪里了，别管我，继续进行！让我站在哪里？"余涛看秦大地。秦大地上前敬礼，道："首长，你来了，我这个主婚人就当不成了，你现在要临时充当主婚人！"余涛急忙将手中的话筒塞给秦大地："大队，你当不了主婚人，就当司仪，干这个我还真不在行！"他忙走去和各位试飞员站在一起。衣正邦走上小舞台，走向康延成和柳尼娜。康延成碰一下妻子，对衣正邦道："敬礼！"他举手向衣敬礼，柳尼娜向衣正邦鞠躬。衣正邦停在他们面前看着二人，感动道："好哇，好！真是郎才女貌！"回头看跟上来的杜秋英，"小杜，你看他们，比我们那会儿，啊，不要误会，不是你和我，是你和柳尚明同志成亲的时候，比我们那时候，是不是好多了？"因为衣正邦匆匆赶到一直处在感动中的杜秋英点头："老衣，不是好多了，是天壤之别，不能比！"衣正邦道："也不对，不能说不能比，也有能比的地方，你的丫头和我的兵，也是在部队举行的婚礼！他们继承了我们老一代革命者的传统！"秦大地凑上前道："首长，你不能在这儿老发感慨。我接着主持？"衣正邦回头："主持，接着主持！"秦大地面向婚礼现场："婚礼进行第一项，请主婚人讲话，大家欢迎！"众人又热烈鼓掌。康延成看柳尼娜一眼，二人也跟着鼓掌。夏初、谢振宇随着大家鼓掌，两人仍然不看对方一眼。衣正邦接过话筒："这么快就轮到我了！我没什么准备……不过今天这样的好日子，没准备我也要说两句！早上从海上起飞的时候，他们问我干什么去？我说今天不是公务，是私事，中国海军舰载机试飞大队的第一场婚礼，我得赶过去参加，难得！……刚才我在这里看到了两位新人，一位是我们海军的特级飞行员，一位是我老战友的女儿，她父亲不在了，我就扮演一下父亲的角色……小杜，我这么说你不会介意吧——"杜秋英的眼泪又要流下来了："老衣，我介什么意？这孩子本来也是你看着长大的！"衣正邦："是啊，看到了两位新人，我们自己的孩子都要结婚了，成大人了，要扛起他们对家庭、对军队、对社会、对国家的责任了，我很感动，小杜，我们这一代人没有白活——"陶斯勇靠近过来，低声道："首长，跑题了！"衣正邦不服气道："我跑什么题！我没跑题！不是让我充当主婚人吗？主婚人总得说两句吧！同志们，其实我想喊你们一声孩子们，今天我们尼娜，这么好的姑娘，愿意嫁给康延成同志，做一名新时代的军嫂，小杜呀，我为你和老柳的孩子，不，我们老一代军人的孩子做出了这样的选择高兴！鼓掌！”众人再次热烈鼓掌。康延成也在鼓掌。柳尼娜羞红了脸，向台下鞠躬。衣正邦：“好了好了，我还要接着说呢！”他这次转向了康延成，“康延成同志，今天我不是以首长的身份，我是以主持人的身份向你提出一个要求。你要珍惜尼娜，这么好的孩子嫁给你，是你的福气，你首先要当一个好兵，其次就是要当一个好丈夫！”康延成举手敬礼，大声道：“首长，我会的！”衣正邦转向柳尼娜：“尼娜，还记得小时候衣叔叔每次给你糖吃，你爹妈都反对，但我们还是有自己的小秘密，你小时候可是吃了我不少糖呢……你笑了，你可别哭，从进来我就觉得我那老战友还在，我和他的关系就像……就像谁跟谁呀？对了，就像谢振宇和康延成，就是这个样子的关系……你那时候可是因为吃糖太多，牙都让虫吃了——”陶斯勇又笑：“首长，又跑题了！”衣正邦：“好，那我简短说。孩子，嫁给了军人，要珍惜自己的丈夫，珍惜军嫂这个称号……眼下有些女孩子宁愿坐在宝马车里哭，也不愿意嫁给军人，但她们哪里知道，没有军嫂，就没有军人！一定有人说我这话讲得武断，但只有过来人才知道我这话是不是对！”秦大地带头热烈鼓掌，一直站在两位新人身后的夏初和谢振宇每次鼓掌都有点敷衍，现在也用力鼓起来。衣正邦再次示意掌声暂停：“尼娜，你爸不在，我以你爸老战友的身份多交代你几句。不要以为做了军嫂要吃多少亏、受多少苦，也要想到做一名军嫂的光荣！别的不说，就说一件事，全中国范围内，从今天起，无论你走到哪里，遇到了什么困难，只要遇到军人，告诉对方你是一名军嫂，需要帮助，马上，立即，这个军人就会挺身而出，帮助你！保护你！他连你姓什么叫什么都不会问，立马就会这样做！有人这么讲，只要你做了一名军人的妻子，你就是中国人民解放军全体指战员的亲人，受到所有军人的尊敬！你不吃亏！因为你帮助你的丈夫承担了军人的责任！你配得上这份敬意！”现场的掌声一直不息，这时更热烈了。柳尼娜一直忍着的眼泪终于涌出。谢振宇突然在康延成身后大力鼓起掌来，异常响亮，让夏初悄悄吃了一惊，但她仍然没有看他一眼。衣正邦的声音洪亮起来：“我现在以主婚人的身份宣布，康延成同志和柳尼娜小姐结成夫妻，恭喜你们！鼓掌！”

午后，夏初早早地溜出营门，走向自己停在停车场的车。一直悄悄盯着她的谢振宇在营门里犹疑了一下，还是下定决心跟了出来。夏初分明不愿意开始这样一场谈话：“你怎么出来了？”谢振宇认真看着她，不回答她的话，却道：“你可是大变样了。”夏初回避他的目光：“你也变了不少。”谢振宇继续用话试探她：“我是延成的伴郎，新娘子要留下来入洞房，你一个人离开，我代表他们来送你。”夏初回答得很简短：“谢谢。”谢振宇：“要马上回国外？”夏初想了想道：“不。”谢振宇继续紧逼：“在国外生活得好吗？”夏初没有回答，要上车了又回头看他，这是她今天第一次认真地看他：“那天晚上你和我通电话，后来我们说起康延成和尼娜的事。我想知道，为什么你会突然想起给我打电话？”谢振宇同样避开了她的问题：“啊，就是……看了你留给我的书，突然想聊几句。”夏初沉默良久，故意道：“看进去了吗？”谢振宇没有再避开：“正因为看进去了，才打了那个电话。”夏初嘴角现出了一丝讥讽：“有什么要请教的吗？”谢振宇感觉到了，但这样一点点锋芒对他是没有用的：“这会又没有了。《要什么有什么》，书名起得好，书里讲了成功学的精髓，但不像你说的，只是管理或者控制，还有别的。”夏初随口说出了自己的意外和惊讶：“什么？”谢振宇：“发展你自己。或者说……蜕变。”夏初心中一时大喜，却没表现出来，上车。谢振宇也没有再阻拦她：“再见！”夏初在车里坐好，系上安全带，回头：“再见，我们也许还会见面。”谢振宇这时有一点吃惊了：“是吗？你经常回国？”夏初没有回答，已开车驶出去。谢振宇没有马上离开，他站在那里，默默望着她的车迅速驶远。在传达室值班的小吴凑上来：“老谢，你对象走了？”谢振宇道：“什么对象，别胡扯！”说着，转身走进营区。小吴站在那里埋怨：“这个老谢，对象就对象，人家康延成今天还结婚了呢！心口不一！”开车驶上公路的夏初心情却越来越好，她打开音乐，听着一首欢乐的曲子，还放大了音量。突然，她又把车停下来，打手机给柳尼娜：“尼娜，是我……告你一件事，谢振宇今天出来送我了！他读了我留给他的书，还读懂了！知道了人在成功的过程中要像蛹子化蝶一样，蜕变！……我今天来对了，这会儿觉得他真的有变化，我没那么担心他了！……他有变化当然因为我！”因为高兴，因为身边没有人看见，她眼里不觉涌出了骄傲的泪光。试飞大队招待所临时装扮出的洞房里，柳尼娜仍然穿着婚纱，一边吃东西，一边接夏初的电话：“真的？……他去送你了？……你没有趁热打铁跟他说结婚的事？……你不想和他结婚？装吧你！……我正在干什么？我正在吃东西！这婚礼闹的，我都饿死了！你把音乐关小点儿，我都听不见你在说什么了！”

夜幕降临，洞房里人们终于散尽，只剩下新婚夫妇两个人。柳尼娜仍然没舍得脱下那身婚纱。两个人走近，拥抱，相互凝视。柳尼娜哭了一声。康延成一惊：“怎么了？”柳尼娜又笑：“怎么了？都是你！”康延成：“我怎么了？”柳尼娜：“都是你把我变成了一个军嫂！还没入洞房呢，我就成了中国人民解放军全体官兵的嫂子了！”康延成轻松了，笑道：“后悔了？”柳尼娜：“呸，不后悔！对了——”康延成：“什么？”柳尼娜：“我今天才明白，为什么当军嫂那么苦、那么难，当了军嫂的女人没有一个人说她后悔！”康延成在谢振宇面前习惯性装傻的毛病又不知不觉恢复了：“那你得告诉我，为什么？”柳尼娜哼了一声，回手灭灯，道：“就不告诉你！”

第二十二章

又一个清晨来临。早操毕，全大队在操场上列队，秦大地队前宣布解散后，谢振宇悄悄看余涛一眼。余涛会意，站住不动。等众人散去，谢振宇才凑过来，低声道："跟政委谈过了吗？"余涛："谈过了。"谢振宇："政委什么态度？"余涛："说他先要和秦大队沟通一下！"谢振宇："不好，秦大队不可能答应的！"余涛笑道："你就这么急着让我再把你打败一次？"谢振宇："不错，我就是着急打败你，报一箭之仇！"余涛："然后再打败秦大队，在试飞大队称王称霸！"谢振宇："这有什么不好吗？"余涛："行，有志气！但要成功，先得把政委拉到我们这边来！然后——"谢振宇："你是临时支部委员，然后是你的事，争取把问题拿到支委会上表决，争取通过！"余涛："就是表决通过了，秦大队不同意也落实不了！"谢振宇："不是说他只有一票吗？"余涛："他是只有一票，但只要总指挥不发话，他还是有办法让支部形不成决议！"谢振宇："那就动员政委把事情捅到总指挥那里去！"余涛："总指挥会不会答应我没把握，不过事在人为！总得试一试，就是不成功，也为下次重提此事做了铺垫！"谢振宇："行，就这么着！”两人击掌。陶斯勇此时已回到办公室里和衣正邦通电话，表达自己对这件事的态度：“首长，我觉得可以再进行一次队内竞赛，大地不一定会反对！”衣正邦一惊，反问道：“为什么？”陶斯勇却语塞了：“这样吧，我先和大地谈一次，看他的反应！”衣正邦哼一声道：“好吧。试飞更重要。如果现在一切都运转得正好，就不要节外生枝！”陶斯勇回答：“是！”放下电话他已经明白，首长对此事并不热心。

上午全大队集中在多功能厅里听中航公司的梁总授课，为下一步进行B11项目试飞做理论上的准备。秦大地先上台发言：“同志们，从今天起，我们就要转入B11项目试飞。舰载机着舰技术是世界上公认的难度最高的飞行技术。最大的困难是我们一没有教材，二没有老师。怎么办呢？活人不能让尿憋死，还是老办法，摸着石头过河，战争中学习战争。下面，请梁总给我们讲课，大家欢迎！”众人鼓掌。梁良登台道：“各位，鼓掌就罢了，我是个搞飞机研制的，对于舰载机着舰技术和你们一样无知。我能讲的东西有限。虽然有限，但确实是在研制舰载机的过程中思考到的，让我来讲，我就讲讲。但不是讲课，是交流。”众人再次鼓掌。梁良举手制止掌声：“好了好了。说实在的，我的工作和你们一样，也是为了让中国第一代舰载机上咱们的航母。怎么上，说句蠢话，总不能把航母开到码头，用吊车把飞机吊上去，那也太丢人了，所以我们首先要解决的还真不是起飞的问题，而是着舰。我们在家里说话不怕丑，因为本来我们就一无所知。我认为舰载机成功着舰，至少要过下面几个坎。”众人安静下来，都掏出小本本做记录。梁良打开投影仪，将一个模拟航母甲板垂直投影到大屏幕上，其中的甲板着舰区被突出出来，才坐下开讲：“我刚才说过了，咱们的舰载机得飞到航母上去，咱们就从这儿开始说。第一，你得能在茫茫大海上找到舰，这是前提，找不到你往哪儿落？秦大队说，这个项目要到了C1项目试飞时再解决，那今天就不讲了；第二，假定你从空中找到了舰，下一步就要能够准确地落在面积有限的着舰甲板区，不能前也不能后，不能左也不能右。大家看看屏幕上这个着舰甲板，总长度只有205米，中国第一艘航母平台的着舰区按国际通行做法准备安置4道阻拦索，"他站起来用手中的电子示意棒一一指示四道阻拦索在着舰甲板区的位置，"据有关资料讲，最安全的挂索区是第2和第3索区。你们看这里有一个大的白色圆状区标识，它就是航母甲板上的安全着舰区。第1道索距离舰艉太近，稍有差错你就撞上了船艉，第4道索是最后一道索，万一挂不上你就可能直接冲到海里去，所以一般要求大家要准确降落在这个极为狭小的2、3索区。我以外行的眼光认为这恐怕是你们掌握着舰技术要攻克的第一道难关。我甚至都想说，要落得准，恐怕大家要像出膛的子弹一样砸到着舰安全区的这个大白点上才行，这个大白点，叫着舰中心点。"下面已经有人悄悄议论起来："过去只知道航母着舰区小，不知道它居然这么小。""陆基跑道是3000米，航母跑道只有205米，这怎么落呀！""不是有灯光助降系统吗？"秦大地站起来制止了这些谈话声："安静，听梁总讲！"梁良喝了一口水，接着讲下去："第三个环节就是挂索，即使你成功地降落在了安全着舰区，挂不上索还是零。还不止这样，一旦挂索失败，你立即就面临着巨大危险。飞机如果不能马上实现逃逸复飞，就会冲进海里去。所以，实现着舰成功的最关键环节我想应当就是挂索。"刚刚安静下去的议论声又悄悄响起来："不错，是这么个道理！""挂索失败，这么短的距离复飞，难！"康延成举手。梁良看他："这位同志，你有什么问题？"康延成站起："梁总，挂索的问题我们不是已经解决了吗？我们已经知道起飞重量确定的情况下在什么样的速度区间可以成功挂索。”秦大地站起来阻止大家现在就提问：“坐下！地面挂索和空中着舰挂索是两码事儿。我们还没有试，怎么知道在地面上得出的结论也适合空中着舰挂索？好好听！”康延成吐一下舌头坐下去，现场重新安静。梁良道：“秦大队说得对，这就是问题。地面试验主要是检验人与机、索和设备之间的适配性，我们那时得出的数据对着舰挂索只能说是提供了一种思考的依据，到底真正着舰挂索时是不是一样，就不清楚了。”谢振宇不觉看一眼余涛，二人点头。秦大地又道：“我插一句。为了在试飞过程中提高着舰挂索的准确性，总指挥要求基地只在B11项目区安装一道阻拦索。就是说，我们必须从现在开始习惯于着舰区只有一根索，挂不上就是失败！”现场鸦雀无声，但都听进去了，谁都明白只有一条索对于大家来说意味着什么。梁良道：“我接着说。刚才有位同志说，挂索失败再想飞起来就难了，说得对，秦大队，陶政委，我想这恐怕也是我们要攻克的另一个重大技术环节。”一直没有说话的陶斯勇插话：“不错！在将来的实战环境下，百分之百的挂索成功是不存在的，挂索失败后必须立即成功实现逃逸复飞。这项技术初看起来好像和着舰无关。但娴熟地掌握它才能确保一旦着舰失败马上飞起来，获得二次着舰的机会。据说各个拥有航母的国家都把这项技术看成是舰载机着舰技术中一大关键技术来突破、掌握。”梁良道：“陶政委讲得对。下面我讲灯光助降系统。这个系统我们在前一阶段的人、机、索、灯适配性试验中接触过，但不深入，现在我们要转入着舰攻关，这个系统就要详细认识。”

一名助手上台帮他在大屏幕上用幻灯打出航母上的一整套灯光助降系统的图片。梁良站起来一一指示，然后道：“这就是菲涅耳光学助降系统。它的设计起源大家一定都熟悉，不过我还是要讲一下。二战后英美舰载机大量上舰，想让这些飞机着舰时降落在短而窄的斜角甲板上可不容易。着舰点太靠前，飞机容易冲出甲板，掉入海里，太靠后又可能与舰艉相撞。为解决这个令人头痛的问题，英美海军只好挑选一些专职的着舰引导员在甲板上用信号旗引导飞机着舰。”台下康延成看一眼谢振宇，低声道：“现代航母上仍然有着舰引导员这个职位，不过是叫着舰指挥员，LSO。”谢振宇一直皱着眉头认真听讲，制止他：“别说话！”梁良看二人一眼，继续讲下去：“这个着舰引导员并不好当，不但要有丰富的指挥经验，更要有很强的目测能力。但是人的目测范围是有限的，时常会受到自然条件的限制，譬如黑夜、雾、雨等等，事故还是频繁发生，逼得英美海军当局不得不另找方法。”

助手在大屏幕上打出一张早期菲涅耳灯光助降系统的图片。梁良：“1952年，英国海军中校格特哈特从女秘书对镜子搽口红的动作中得到启发，设计出了第一款光学助降装置，当时叫做助降镜。它是一面大曲率反射镜，在舰艉上安上一盏灯，让灯光射向镜面，再反射到空中，给飞行员提供一道光的下降坡面，与海平面的夹角是3.5度至4度，飞行员沿着这个坡面着舰，并以飞机在镜中的位置修正误差，直到安全降落。”刘波听得入神，大叫：“聪明！”众人笑起来。秦大地：“安静！”梁良也笑了：“聪明是聪明，但新问题又来了，航母舰体时时刻刻都会因海涛和涌浪起伏升沉摇摆，反射镜射出的光不稳定，因此还是经常有事故发生。”下面又有人热烈议论起来。王小毛大叫：“那怎么办呢？”众人又笑。梁良道：“20世纪60年代，英国人发明了更先进的菲涅耳透镜光学助降系统，它在原理上和助降镜相似，也是在空中提供一个光的下滑坡面，但信号更利于飞行员判断方位，修正误差。美国人于1960年在‘富兰克林’号航母上正式安装了第一部。下面我讲它的整体结构与工作原理。”他指示大屏幕上显示的世界第一部菲涅耳灯光助降系统和它在航母上的位置，“大家看菲涅耳透镜光学助降系统设在航母中部左舷的一个自稳平台上，由后者保证它的光束不受舰体左右上下摇摆的影响。系统由4组灯光组成。”他一一指示，“这是中央竖排的5个分段灯箱，通过菲涅耳透镜发出5层光束，光束与着舰甲板跑道平行，和海平面保持一定角度，形成5层坡面。大家要记住下面的数据：每段光束的层高在舰载机进入下滑坡道的入口——这个入口距航母0.75海里——为6.6米，正中段是橙色光束，向上向下分别转为黄色和红色光束。正中段灯箱两侧这一排水平绿色灯箱叫做基准定光灯。当舰载机高度和下滑角都正确时，飞行员可以看到橙色光束正处于绿色基准灯中央，保持此角度就可以准确下滑着舰。如果看到的是黄色光束而且处于绿色基准灯上方，那就是你飞高了，马上降低高度才能准确着舰；但如果看到的是红色光束而且处于绿色基准灯下方，那就要马上升高，否则就会撞在舰艉端面或直接落到海里去。”下面又热烈议论起来：“这个东西好！”“没这个东西还真不行！”“有了它，就不怕找不到着舰的下滑道了！”秦大地再次站起：“安静！梁总接着讲！”梁良：“大家看，在中央灯箱的左右两侧，还各自竖排着一组红色闪光灯，这组灯的作用是，如果舰上条件不允许着舰，它就会发出闪光，此时绿色基准灯和中央灯箱全部关闭，这就是在告诉飞行员，停止下降，立即复飞，因此这两排竖着的红灯，又被称为‘复飞灯’”。他接下来又讲了这套系统的操作方法：“所有这些灯光，都由航母上的着舰指挥官——英文名写作LSO——来控制，LSO指挥平台一般设在舰后部左舷上方，任务是观察着舰机的位置、起落架、襟翼、尾钩情况，与飞行员通话，对着舰机的安全着舰最后把关。在美国航母上，着舰指挥官一般由老资格的飞行员担任。”他看一眼全场，加重语气：“不允许着舰时，这套系统左右两侧红色灯发出闪光，绿色水平基准灯不亮；允许着舰时，红色灯不亮，绿色基准灯发出固定光，菲涅耳透镜同时发光。它发出的光要比绿色基准灯强，而且上下不同位置的透镜发出的定向光束各代表一种下滑角和坡面。黄色光是高的下滑坡面，红色光是低的下滑坡面，橙色光是正确的下滑坡面。飞行员下滑时，如果看到的是橙色光束，就可以准确着舰了；看到的是黄色光束，说明下滑角太大；看到红色光束，下滑角太小。”下面又开始有人交头接耳，梁良道：“大家再耐心等一会儿，我马上就说完。菲涅耳助降系统固然简单可靠，但也有一个最大的缺点，就是遇到阴天和雨雾云天气，有点力不从心。但在世界各国研制出更可靠的助降系统前，舰载机着舰仍是世界难题，解决它只有两个办法，一个是发挥舰载机飞行员自身的聪明才智和能力，第二是重视着舰指挥官也就是 LSO 的作用。我讲完了，谢谢大家。”

秦大地站起来，带头鼓掌。待掌声平息，他走上台来就授课内容做自己的小结：“今天梁总讲了两件事，一是菲涅耳助降系统如何使用和它的局限。我的印象是它非常有用，但有了它并不能全部解决着舰问题，它的作用仅仅是给你指路，怎么着舰还是我们自己的事。第二件事最重要，梁总刚才讲了突破着舰技术要过四关，一是你得能从空中找到舰，第二你得能准确落到着舰区，第三你得能挂上索，第四是一旦挂不上你得能迅速实现逃逸复飞。”梁良鼓掌，众人也跟着拍起来。秦大地道：“停停停。梁总，你鼓什么掌？”梁良道：“到底是秦大队，我啰唆半天，你用几句话就说明白了。”秦大地：“刚才我说过了，没有别的办法，我们只能继续摸着石头过河。上面这四关，尤其是后面三关，就是我们进入 B11项目试飞要摸的三块大石头。再说一遍，一是准确着舰，二是成功挂索，三是逃逸复飞。”听到下面又有人议论，马上道：“安静，还没让大家讨论呢。我刚才一边听一边琢磨，虽然是三关，但是缔造我们这支军队的那位伟人说，要在所有矛盾里抓主要矛盾，在主要矛盾里抓矛盾主要方面，三个技术环节，最重要的，主要矛盾方面，就是准确着舰和挂索。只要着舰准确，挂索成功，后面的逃逸复飞就不需要考虑了。时间紧迫，我想我们就先围绕着准确着舰、成功挂索开始模拟试飞。明天起我们先冲击第一关，摸索如何准确着舰，发现难点，找出办法，积累经验，实现突破！散会！”

众人站起来，谢振宇和余涛都看陶斯勇。陶斯勇像是没注意到一样，随秦大地走出去，一直将梁良和他的助手送上车，看着车出了营门，才回头对秦大地道：“我有点事，你跟我来一下。”秦大地道：“你那事儿等一等。上午还有点时间，我想去基地跟张司令协调一下下一步的试飞。”陶斯勇：“你站住！就一句话。”秦大地：“好吧。你说。”这边仍然大声对吴强喊：“给我派车，我要去基地！”谢振宇已经回到空勤楼上，和余涛两个人一起居高临下望着营门内的他们二人。秦大地听完陶斯勇的话勃然大怒：“不行！乱弹琴！任务这么紧！我不同意！”吴强带车驶过来。秦大地上车：“走！”陶斯勇赶上来道：“你等等！你不同意可以保留意见，我提议午饭前先开个支委会，让大家讨论！”秦大地：“讨论什么？这件事不讨论！走！”车子箭一般飞出去。陶斯勇看车走远，生气道：“你说不讨论就不讨论了！这会一定得开！”

海滨公路上，越野车在飞驰。秦大地一直在目视前方，忽然回头道：“强子，等会儿要开支委会，你在会上要支持我！”吴强：

“什么我就要支持你？”秦大地：“马上就要进行模拟着舰试飞，有人居然提出进行第二次队内竞赛，重排试飞顺序！”吴强：“这个好，我支持！”秦大地瞪他一眼：“你支持什么！你听我的，不能支持！”吴强：“秦熠怎么样？从山西回来你还没跟我说一声呢！”秦大地的心一颤：“秦熠很好，我可能交了狗屎运，碰上了个好大夫！”吴强：“我说呢，去的时候一脸黑气，回来就阳光灿烂了。太好了，这世上还真有神医？”秦大地：“你打岔也没用，我可事先跟你通过气了，别到时候又打横炮！”吴强不说话，只看他。秦大地：“你干吗？”吴强：“你知道这一阵子大队很多人私下在议论什么吗？”秦大地：“什么？”吴强：“说试飞大队其实不需要这么多人，最多需要五个人，连五个人也不需要，三个人就够了！”秦大地：“你什么意思？扰乱军心！什么三个人就够了？”吴强：“有你、余涛，加上一个谢振宇，三个人包打天下，我们这些人都是打酱油的，大年三十打只兔子——有也过年，没也过年！”秦大地目光严厉起来，看向远方：“那是前一段，从现在开始不一样了！哎你这个人，从试验试飞开始，哪一个没有上试飞场？对了，什么叫这么多人？试飞成功后中国航母是不是组建飞行编队？还有了，中国那么大，要保卫的海洋疆土那么辽阔，一条航母怎么够？这么多人，我还嫌太少了呢！”吴强继续道：“还有，人都说，你看好的人除了余涛，只有一个人！”秦大地：“胡说！”吴强：“我也给你提个醒儿，万一进行第二次队内竞赛的主意是谢振宇首先提出来的呢？”秦大地再次猛回头与他对视，警觉起来。

下午陶斯勇果然通知大家在小会议室召开支委会。大家刚坐下来，陶斯勇就把进行第二次队内系列空中对抗竞赛的议题直接摆上了桌面，让大家发表意见，最后举手表决。余涛率先举手：“同意！”秦大地生气了：“我不同意！”他眼睛盯着吴强，吴强道：

“我同意！”他把手举起来。秦大地回头看陶斯勇，陶斯勇也跟着举手：“同意！”秦大地生气了，站起来往外走。陶斯勇：“你站住！什么态度？”秦大地回头怒道：“你们真是乱弹琴！我刚才说了我不同意！”陶斯勇也站了起来，强硬道：“你可以保留意见，但我会把表决情况报告总指挥！”秦大地：“随你的便，总指挥要是同意，就让他把我撤了！”他大步走出去。听着脚步声远去，耿见林才回头对陶斯勇笑道：“政委，怎么搞的，你陪他去了一趟山西，他的脾气还见长了？”余涛瞪他一眼。陶斯勇忽然想了起来，对吴强道：“把他喊回来，还有别的议题呢，他必须参加！”

大队电训室里，谢振宇一个人坐在电脑前，看一段外军舰载机着舰的视频。

屏幕上，一架大黄蜂 F-18 从空中呼啸而下，飞临航母，咣一声挂索，着舰成功。他把视频倒回来，再看一遍。康延成敲门走进来，惊奇地看他：“我一猜你就在这里！又看什么呢？”谢振宇眼睛盯着屏幕：“你怎么来了，不在招待所陪媳妇，跑这儿来干吗？”康延成：“走了！”谢振宇一惊：“怎么走了？”康延成：“要进入 B11 项目了，听说之前还要再来一次空中对抗，她还不走？”谢振宇回头看他，欲说什么又止住了，陷入沉思。康延成被屏幕上的视频吸引住了，叫：“这个我看过，好像是一个什么电视频道播的。”谢振宇：“注意看他们是怎么着舰的。”他又重新放了一遍视频。康延成：“我明白了，原来你是在为进入 B11 做准备，这是要抢秦大队和余涛风头的意思啊！”谢振宇：“少废话，看出什么没有？”康延成：“这没什么呀？”谢振宇：“怎么没什么？再看一遍！”他把视频又放了一遍。康延成：“我还是没看出什么来。”谢振宇摁下暂停键：“对了游戏，你整天玩飞行游戏，有没有玩过舰载机着舰的游戏！”这下可挠到了康延成的痒痒处：“那还用说？”谢振宇振奋了：“真有外国人开发的最新舰载机着舰游戏？”康延成：“有一款美国人和日本人共同开发的，叫做《二战英豪》，讲的是美日两国航母的大海战，其实是当今最新舰载机之战。”谢振宇一把抓住他：“走！”“干吗！”“我要看你的游戏！”康延成笑道：“想知道美国人，还有日本人在航母上怎么着舰？你没吃药吧，那是游戏！”谢振宇：“那你别管，先让我看看！”他关掉电脑，收拾东西，拉起康延成回到宿舍。二人打开电脑。谢振宇一直在催促：“快点儿！”康延成：“着什么急！心急吃不了热豆腐！”他把游戏点开，界面上出现各种选项。回头道：“说实在的，这是我遇上的最难过关的游戏了！”谢振宇：“快开始！我只想看看游戏中美日舰载机飞行员怎么着舰！”康延成：“我一般会在游戏里扮演美国飞行员，跟日本人干！瞧我的！”他随手进行一系列操作，游戏背景变为中途岛大海战，美军舰载机却成了最先进的F/A−18大黄蜂战斗攻击机，日军飞机则是F−15鹰式战斗机和多用途战斗机。康延成已经全身心投入，操纵F/A−18大黄蜂和日机展开海上大空战。一架架日机被击落，他大叫起来：“漂亮！痛快！”谢振宇在他身后提醒：“快着舰！你还真玩嗨了！”康延成：“我没被击中着什么舰，你让我再痛快会儿！”谢振宇：“不行！击中你就着不了舰了！”他随手在键盘上动了一下，康延成的飞机被击伤。康延成叫：“哎，你到底帮谁？你帮日本人，你这汉奸！”谢振宇目不转睛：“快着舰，不然就掉海里了！”康延成急忙驾驶被击伤的F/A−18脱离“战场”寻找母舰，大喊：“看见航母了！玛丽，玛丽，我是杰克100，我是杰克100，我要求着舰！我要求着舰！”谢振宇催促他：“还喊什么，你都快掉海里了！快着舰！”康延成：“那不成，首先得报告，万一甲板上拥挤着要起飞的战斗机怎么办？还有，就是航母上发出同意我着舰的指令，我还要绕舰飞一周才能降落。”谢振宇：“为什么？”康延成：“我怎么知道为什么一定要绕舰一周再降落。但这是游戏规则，必需的！”谢振宇心中一动：“必需的？”康延成：“这有什么难猜的？原因不过是这么几条：一可以降低飞机高度，节省着舰时间；二需要调整飞机姿态，对准着舰甲板上的跑道；三可以寻找和接受灯光助降系统引导，准确进入下降通道，然后就是——准确着舰、挂索！”他边说边将飞机绕舰一周。谢振宇忽然大叫：“停！”康延成：“什么呀你就要停！这个时候不能停，一停飞机就掉下去了！”果然，他的飞机坠入大海，回头，生气道：“瞧，都是你捣乱！”这时他才发现谢振宇在走神，“怎么了你？”谢振宇一把将康延成提起来：“游戏，你太了不起了！起来！”康延成：“干吗？”谢振宇：“让我试试！好久不练，手都生了！”康延成不情愿地离开：“哎，哎，你不是发过誓，为了成为中国海军，不，是全军飞行员的 No.1，再也不玩游戏了吗？”谢振宇一边启动游戏，一边把话岔开：“哎，命中没有？”康延成一愣：“什么命中没有？”谢振宇：“你不是结婚了吗！”康延成：“你……无聊！”谢振宇：“我无聊什么，结婚生孩子天经地义。你一旦生了儿子，就起名叫了不起，你是了不起他爹！”

康延成转身要往卫生间走。谢振宇：“别走！瞧着我一点儿！”康延成：“让我尿个尿行不行？”谢振宇：“快去快回！”康延成跑进卫生间，关门。谢振宇开始接着康延成闯关，舰载机临空，和日机在海上开战。康延成一边提裤子一边赶回来：“让我看看怎么样，让小日本儿把你干掉几回了……哎哟喂，你要干什么？”果然，屏幕上，谢振宇正操纵舰载机以他在海上驱赶罗伯特的方式压迫一架日机，日机被逼向海面上低飞。谢振宇机一直压下去！康延成大叫：“哎，哎，哎，你要干吗？疯了吗？”转瞬间日机已被美机击落，爆炸，屏幕爆出过关的礼花。康延成喊："停！"谢振宇按下暂停键："怎么了？"康延成："你怎么做到的？"谢振宇："什么怎么做到的？"康延成："你过关了！这一关我一直都没过去！快告诉我你是怎么过关的！"谢振宇得意地笑道："我以为这么久我不入江湖，你成了王呢，弄了半天——"康延成："停！快点儿把诀窍说出来。叫你老师行不行？老师——"谢振宇："别甜言蜜语的，下面我是不是该着舰了？"康延成笑道："你着什么舰，重新开始！"谢振宇的思绪已经转向另一个方向："游戏，得到同意着舰的指令后，舰载机要绕舰一周才能降落。你说的三条都对，但最重要的是——"他故意卖了一个关子。康延成着急："什么？"谢振宇："可以让舰载机在准确的时间、准确的高度，准确地进入灯光系统引导的下降通道，保证舰载机准确着舰！"他边说边站起，转身要走。康延成再次抓住他。谢振宇："干什么？"康延成："你刚才的话对我也非常有启发！"谢振宇："对你打穿这款游戏有启发？"康延成："你刚才说美军舰载机着舰前绕舰一周，最重要的是让舰载机在准确的时间、准确的高度，准确地进入灯光系统引导的下降通道，保证舰载机准确着舰！这就是说，这款游戏的设计者是个内行，说不定就是个退役的美国舰载机飞行员，他可能已经在游戏里展现了更多的东西！"谢振宇："你是说舰载机不经过这个程序就不能降落？"康延成大叫："程序？"谢振宇："对！程序！"康延成："设计游戏就是设计程序！打游戏就是攻击他设计的程序，我怎么连这个都忘了！"谢振宇："怎么又回到游戏上去了！我们讨论的是舰载机着舰！"康延成："你来告诉我飞行游戏和真实的飞行有什么不同？都是人操纵飞机在空中飞来飞去，不是你干掉我，就是我干掉你！你自视那么高，这件事也不明白，还在这儿跟我讨论舰载机着舰！"

谢振宇：“喊什么？我要说的是，这个设计游戏的人给你这种分不清游戏和真实飞行的人设计了一种规定程序，你要打穿它就得照着游戏的程序和规则走。我们是在航母上真实着舰，是不是也需要一套程序？”康延成拍桌子：“说到点子上了！不是需要不需要，是需要、应该！要是这样，就是美国人日本人不搞我们也可以搞！对，我们搞个程序，要达到的目标只有一个——”谢振宇：“在准确的时间、准确的高度、准确进入灯光助降系统指示的下降通道入口，然后下降、着舰、挂索！”康延成伸出一只张开的手。谢振宇看他：“干吗？”康延成：“分头搞一个着舰程序！我真笨，以前怎么就没想到也搞一个程序，干掉他的程序！下一次全国比赛，我一定是冠军！”谢振宇：“等等！我们现在讨论的是要为现实中的B11试飞着舰搞一个程序，不是为你打穿人家的游戏搞一个程序！”康延成笑：“你较什么真啊！我搞我的游戏版着舰程序，你搞你的现实版着舰程序，我们又不冲突！还有，游戏中的飞机为什么就不能被看成现实中的飞行，如果你的花岗岩脑子能悟到这一层，游戏版的程序为什么就不能当作现实版的程序来用？”谢振宇有点被他说服了，默默看他半晌道：“我服了你了！你这小子，这一阵子我一直觉得很可能从我们认识时就被你蒙蔽了！咱说说啊，你是不声不响，我是惊天动地，但是包齐啥好事也没拉下过你。不对，老婆是你先娶，将来儿子也是你先生，打个游戏你也能打出现实版的舰载机着舰程序，从今天起老谢对你刮目相看！来！”他把手掌伸出来。康延成笑着伸出手，二人要击掌，康延成又叫：“停。”谢振宇：“又怎么了？”康延成：“搞程序没那么容易，先要广泛搜集资料，美国人的、日本人的、英国人的、法国人的，还有苏联的，虽然是设计游戏程序，但现实版他们都是怎么着舰的，有没有不同版本，这些版本有什么不同和代差，都要搞到！我想起一个人来了！”谢振宇：“谁？”康延成说话有点含糊，一直笑。谢振宇猛醒：“你老婆！”康延成：“就是她。她走时告诉我，回去就要调到全国最大的科技图书馆当管理员。我们请她帮忙，从全世界的科学资料库中帮我们查寻要用的资料！怎么样？”谢振宇大喜：“游戏，你这个老婆娶值了！娶个老婆外带一个图书馆！这样的老婆娶一个太少了！”康延成：“你打住，这话要是让她听见了，我就死定了！”谢振宇：“对了，过些天你还真要去参加全国业余飞行游戏大赛呀？”康延成：“你这弯子拐得够陡的，我当然想去，就怕秦大队不批。怎么着，他要是批了你打算去给我站台助威？”谢振宇：“只要你能让你老婆弄到我们想要的资料，我豁出去了，不但帮你去站台助威，还会再出江湖，助你一臂之力！”康延成高兴得跳起来：“哎哟你不要骗我！大丈夫一言既出驷马难追，你要是出山哪还有他们什么事儿！拉钩！”

太行山深处某山区小火车站站台上，晋军手推着轮椅上的秦熠走过来，他的妻子小陈帮乌晓提着行李跟在后面。四个人立定了，晋军看手表：“还有十分钟火车才到呢。”乌晓看二人，感激道：“晋军，红梅，大地不在，我代表他谢谢你们这一阵子帮我照顾孩子。”晋军：“嫂子，瞧你说什么，大地现在扛着那么大的责任，我们为你们做一点事情算什么！”小陈也道：“再说我还是秦熠的干妈呢！”轮椅中的秦熠回头向站台尽头望，众人一时间也随着他的目光望过去，惊讶地发现一个老妇人从那里走上来站住，望着站台中部的他们。秦熠叫：“妈，是申奶奶！快带我去见她！”乌晓看晋军夫妇一眼，推秦熠走。晋军道：“乌晓，还是我来。”他接过秦熠的轮椅向站台尽头推过去，一直推到申一面前。申一心情激动，不看秦熠。秦熠叫："申奶奶，您还是赶来送秦熠了！"申一还是不看他，大声道："你错了！我不是来送你的，我今天没事儿，来这里走走！"秦熠笑道："申奶奶，你来送秦熠就来了，干吗说假话呀？您一定看到我走前发给您的电子邮件了！"申一："我没看见！"秦熠："上面写了我离开的原因，还有想请申奶奶在我走后帮我继续治疗的请求。"申一："我一没看到电子邮件，二也没有打算帮你继续治疗！告诉我，你要走是钱的事，还是你父亲的意思？"秦熠："申奶奶，我跟你说实话，这件事确实跟钱有关系，但和我爸没关系。"申一第一次回头看他："真的？"秦熠："真的，我不会骗申奶奶。我爸没别人的爸爸那么有钱。"申一："不对。昨天又有人往医院打进去了五万块钱，汇款人匿名。加上上次那一笔我不知道的收费，医院现在押着你们十万块钱呢。所以，我认为你在撒谎！"秦熠回头大叫："妈，十万块钱！"乌晓："申大夫，这不可能！"申一根本不和她理论钱的事："既然钱不是问题，告诉我，是不是从来就没有相信我能治好你儿子的病？"秦熠看向晋军："晋叔叔，钱的事你知道吗？"晋军："啊，前五万块钱我知道，后面五万块钱还真不知道。不过秦熠，即使事情是真的，也是你爸爸和他的战友之间的事，和你无关。"申一转向晋军："你们在说什么？"秦熠："申奶奶，我们在说，你想错了。你回去看看我发给你的电子邮件就明白了。我回去确实和钱有点关系，但更重要的是要回去上学。我都缺了好几个月课了。"申一还是不愿相信："真是为了回去上学？"秦熠诚恳道："是。我不是说过吗？即使你治不好我的病，我也可以回去做中国的霍金呀，不回去上学我怎么做呢？再说这也不会耽搁您继续帮我治病。以后我们可以在网上视频啊，我不是教会您怎么使用微信、微博和 QQ 了吗？你就用视频给我看病、开药方，我在临海照着方子吃药，那边有刘院长伯伯，这样又不耽误我治疗，又不耽误我上学，还不会让我爸爸破产。申奶奶，我爸最扛不住的就是因为我治病老是拖累他的战友……你说这样不好吗？”申一终于在他面前蹲了下来：“秦熠，你真的还相信奶奶？”秦熠叫：“我当然相信！奶奶，要不是必须回去上学，秦熠才不走呢！”申一看着他，嘴唇在打战。秦熠对她眨一下眼：“对了申奶奶，你不会把我离开的事告诉我爸吧？”申一又是一惊：“什么，你回去的事你爸不知道？为什么不让他知道！”秦熠：“为了让他觉得秦熠还在申奶奶您这里治疗呀。我爸现在最信任申奶奶的医术了，他现在连申奶奶有可能治好秦熠的病都信了。要是知道秦熠为了上学的事回去，他又要担心了。”申一站起，一时间她觉得喉咙好堵，说不出话来。秦熠：“奶奶，你过来，我有句话想小声告诉你。”申一把脑袋低下去凑近他。秦熠：“奶奶，我们和他们不一样，我们两个很像。”申一一惊，看他一眼。“奶奶，我是说，我们心里都知道自己将来是什么样的人、都有理想，而且知道自己的理想一定能实现。”申一的心又是一惊，却像春天的冰河一样“砰”一声开冻了。“我有什么理想，你告诉我？”她说。“奶奶，秦熠的理想是成为我中国未来的霍金，也许比霍金还伟大呢。您呢，知道自己将来一定能攻克脑瘫这个世界性的难题，成为伟大的医学家，我说得对吗？”申一心中那种冰河开冻的响声越来越大、越来越密集。车站另一端，一列火车开始鸣笛进站。申一直起身子，望着进站的列车，她的心定下来了，大声道：“秦熠，走吧。网络上见！”火车缓缓驶进车站，停下来，车门打开，人们开始上车下车。秦熠：“奶奶，秦熠走了，想说最后一句话。”申一眼泪要流下来了：“快说！”秦熠：“奶奶就放心大胆地给秦熠治，万一把秦熠治好了，你真就是成功了。就是治不好，只要能让秦熠像现在这样子，除了运动机能不健康，其他都好好的，也是神医。就现在这个样子，秦熠将来也是一个霍金。”申一：“孩子，奶奶夸你一句，你是一个很神奇的孩子！”秦熠：“奶奶，没有我爸我妈就没有秦熠，可是没有奶奶继续给我治疗我就可能没有未来。这算是我们俩一生的一个约定，行不行？”申一再次被深深感动，爽快道：“行！”秦熠：“申奶奶再见！”申一：“奶奶送你上火车！”她从晋军手里接过轮椅，推秦熠走向前面的车门。列车员也走过来，帮助秦熠和乌晓上车。几分钟后火车就启动了，秦熠从车窗伸出手向眼含泪花的申一和晋军夫妇招手，喊：“奶奶再见！晋叔叔红梅阿姨再见！”申一：“秦熠再见！坚持治疗！奶奶一直和你在一起！”秦熠：“秦熠也和奶奶在一起！奶奶，你也要好好的啊！”火车在走动，越来越快。晋军对申一道：“申大夫，我送你回去。”申一眼泪终于扑簌簌滚落下来，跟着开走的列车跑，大声喊：“秦熠，记住奶奶的话！我们俩都是神奇的人，我们来到世上和别人不一样，我们是为创造奇迹来的！”小陈已经扛不住了，两手紧紧抓住丈夫，眼里都是泪。

B11项目第一个试飞日。基地试飞场一侧，全大队再次列队。与过去不同的是，位于航母着舰区右侧的菲涅耳灯光助降系统首次开启。秦大地队前讲话：“……梁总昨夜很晚了又打电话给了我一个数据，从3海里的空中距离上准确找到着舰区，并在中心点降落，比步兵瞄准标准枪靶命中十环还难！大家从今天起要准备吃大苦受大罪，但最后还是那句话，再硬的骨头也要啃下来！余涛出列！吴强出列！余涛暂时代理临时LSO，指挥我进行第一次试飞，强子今天做我的僚机伴飞！！”余涛欲言又止，二人大声回答着“是！”同时出列。队列中，康延成发现谢振宇神情严峻、凝重而又平静。全队望着余涛又一次站立到临时 LSO 位置上，秦大地和吴强分别跑向试飞跑道上的两架飞机。一辆车驰来停下，衣正邦带张天一和秘书小魏下车。余涛一惊，急提醒陶斯勇：“政委！”陶斯勇已经看到了衣正邦，跑上前去敬礼：“首长！”衣正邦：“怎么是你，秦大地呢？”陶斯勇没回答他的问题：“首长今天怎么突然来了？”衣正邦：“航母第二次海试结束，我回来透口气。怎么，我就不能来吗？”陶斯勇笑道：“我们报告过了，今天进行第一次 B11项目试飞。八字没有一撇，首长来也没什么好看的。您老人家还是回去休息，等这边有点名堂后再请您来指导！”衣正邦朝跑道上看着生气道：“怎么又是他？别人为什么不能第一个飞？——你想撵我走？”陶斯勇：“对了首长，有件事我们正想报告！”衣正邦看身后的张天一：“我们还是进指挥车里待着，在这里他们不关心我。”回看陶斯勇一眼：“不要告诉秦大地说我来了！事情不顺利，以后也不要说是我干扰了你们！啊，你说的事我都知道，我收到一封信，你们队里的人实名写的，要求进行第二次系列对抗，重新排出试飞顺序。我就不回信了，你有机会宣布一下，一句话，此事暂时不成，不要再提了！”他不待陶斯勇做出反应就带张天一等走向了不远处的指挥车。余涛和谢振宇都听到了他的话，二人对视一眼，脸上不觉现出失望的神情。谢振宇仍旧面无表情地站着，注意力全部投向了试飞场上的秦大地。试飞跑道上，秦大地和吴强已经分别登机。秦大地正在呼叫：“02，02，我是01，请求起飞！我是01，请求起飞！”吴强也在呼叫：“02，02，我是07，请求起飞！”余涛回答了他们呼叫：“01，我是02，可以起飞！ 07，我是02，可以起飞！”指挥车里。衣正邦、张天一看着一名通讯参谋打开了监视器。屏幕上立即映出秦大地、吴强两机前后起飞的实时传输画面。两机临空，吴强驾机向秦大地靠近过来，喊话：“01，01，我是07，感觉怎么样？”秦大地竖起大拇指：“很好！注意观察，寻找着舰区！”吴强：“明白！”

秦大地从空中向下方望去，透过稀拉拉的云团寻找地面着舰区，发现它若隐若现。吴强在喊：“01，飞起来才发现，比想象的更难！”秦大地：“降低高度观察！”吴强：“明白！”两机下降高度，恢复伴飞。吴强刚喊了一句“发现着舰区”，耳机里就响起了秦大地沉稳中夹杂着兴奋的声音：“我捕捉到了助降系统的灯光信号！”吴强：“太好了！”秦大地与他分开，睁大眼睛捕捉灯光助降系统提供的下滑通道，但毕竟是第一次，他飞得并不稳，各种灯光信号在他眼前一直变化。他很快意识到自己并不平静，重新将飞机拉起来。吴强机马上跟上来，两机并飞并发出呼叫：“01，怎么了？”秦大地：“飞得不稳，需要平静一下。”地面上众人望着重新飞上高空的秦大地机和吴强机，都有些惊讶。耿见林看余涛一眼：“怎么了？”余涛不语，他一直在仰望，目光中透出沉重的思索。他身后的谢振宇脸上同样现出了沉郁的表情。指挥车中的衣正邦也紧张地站起来，不再看监视器，透过车窗望向高空，气氛顿时显得凝重、紧张。

空中，秦大地、吴强两机重新飞临试飞场上空。他又做了一次深呼吸，让自己进入惯常的心无片云静如止水的状态，然后再做动作，降低飞机高度，重新发现了灯光助降通道，全神贯注地控制住飞机姿态。飞机正在下降。模拟着舰区在他的视野里迅速变得清晰。一瞬间他无法再注意灯光下滑通道，眼睛只盯着越来越清晰的着舰中心点落下去。飞机轰然落地。因为今天不进行挂索作业，它继续向前滑行了若干米才停下来。指挥车里，衣正邦皱着眉头看着飞机落下来停稳，急对张天一道：“你下去看看！”

张天一应声下车跑向飞机降落点。试飞场一端，秦大地已经出了座舱，向身后的实际降落点走回去。他找到了那个点，皱眉回望，发现不但离标志出的着舰中心点很远，甚至出了整个着舰区。陶斯勇、余涛、张天一等人已经跑过来。陶斯勇对秦大地道："怎么样？"秦大地因为落得不好火气突然就冒上来："怎么样你不都看到了吗？"陶斯勇："瞧你这脾气，我问是什么原因！"秦大地想了想，马上想到了一个原因："最后着舰时，忘了用灯光引导系统！"他重新登上飞机。这一刻，没有跑过来的谢振宇仍然和康延成站在队列里，远远望着秦大地将飞机从跑道上移回始发点。康延成看他一眼："看出问题来了？"谢振宇不说话，仍然在沉思。空中的吴强在呼叫："02，02，07呼叫，07要求着舰！"忽然，他感觉到腰椎那儿猛地疼了一下，但他忍住了，继续呼叫，"02，02，07要求着舰！"已经回到队列前的秦大地从余涛手中接过通话器："07，07，我是01，沿着灯光助降系统提供的下滑通道着舰，沿着灯光助降系统提供的下滑通道着舰！"空中，那个疼痛让吴强瞬间咬紧了牙关："明白！"他开始降低飞机高度，盯住灯光助降系统提供的下滑坡道，向下方模糊的着舰区降落，手却不自觉地照着陆地降落的方式开始减油门。飞机速度下降，随之他发现在减油门的状态下他无法一直控制飞机保持沿标准下滑坡道降落。他想到了调整，地面上的着舰区已经呼啸着向他逼近。这一瞬间内他完全忘记了灯光下滑通道，用惯常的陆地降落方式向着舰点轰然落地，滑行，停下。秦大地带众人匆匆跑过去，察看降落点，发现吴强的这次降落距离着舰区更远，脸色一下就黑下来。张天一一直跟在他身后，这时忽然想到了什么，回头对马虎臣交代："你把大家的着舰点用一张图标记下来！"马虎臣答应了，找出一张模拟着舰区投影图，在上面做出了两处标记。随陶斯勇一起跟过来的余涛看出了秦大地的失望："大队，我来试试！"秦大地朝试飞大队队列瞅了一眼，回头道："好吧！祝你成功！"余涛转身跑向飞机，待众人跑开，就地升空。很快，回到队列前的秦大地就听到了他的呼叫："01，01，02请求着舰！ 02请求着舰！"这次秦大地顾不上看刚刚回到队列中的吴强，对空通话，特别强调："注意灯光下滑通道！尽量保持沿下滑通道着舰！"余涛在空中回答："02明白！"他驾机下降，进入灯光下滑通道。吴强一边用一只手向后面的腰椎摸过去，一边观察着周围没有人注意他，才悄悄松一口气。余涛机正在向着舰中心点落下来。一直全神贯注地盯着他这次着舰的谢振宇突然发声："不对！"众人回头看他。康延成也回了一下头。王小毛："怎么不对？"谢振宇："灯光助降系统提供的下滑通道是一条直线，这么飞不可能飞出一条直线！"余涛机轰然落地，向前滑行，停下。秦大地、陶斯勇、张天一再次跑过去，看余涛的着舰点。新的着舰点虽比吴强的落点距离着舰中心点近些，但还是出了着舰区。余涛走下飞机，秦大地的声音里明显有了不快："怎么回事？"余涛平静道："我尽力了，但还是没控制住！"秦大地转身大步走回去。陶斯勇安慰余涛："不要紧的，摸着石头过河，重要的是摸。一时摸不到也是正常的。将飞机归位。"余涛答应一声"是"，重新登机，将飞机移回去。试飞大队队列前，秦大地看一眼谢振宇："你去试试！"谢振宇想了想道："大队——"秦大地盯着他，有顷才道："想到了什么，说！"王小毛心直口快："刚才老谢说，这么飞是飞不出一条直线的！"秦大地一惊，看谢振宇："直线？为什么是直线？"谢振宇："因为灯光助降系统提供的下滑通道是直线！"秦大地："要飞出一条直线必须用极快的速度，我们能用极快的速度着舰吗？"谢振宇不说话了。秦大地："出发！"谢振宇："是！"二人相互敬礼。谢振宇向飞机跑去。康延成想起了什么，要对谢振宇喊一声，看秦大地一眼，又咽了回去。

转眼谢振宇已驾机升空，呼叫："01，01，03请求着舰！03请求着舰！"秦大地对空回答："同意着舰！注意灯光下滑通道！保持沿下滑通道着舰！今天风速有点大，注意控制！"空中，谢振宇再次呼叫："03请求适当保持巡航速度降落！03请求适当保持巡航速度降落！"队列里的余涛和康延成都听到了，关切地看着秦大地，陶斯勇也注意地看着秦大地这一刻的反应。秦大地分明有点犹豫，但还是同意了："同意适当保持速度，同意适当保持速度，但要适可而止，安全第一！再说一遍，适可而止，安全第一！"谢振宇在空中回答："03明白！"他开始下降高度。地面上所有人都仰头盯着这架正在做降落动作的飞机。刘波叫了一声："下来了！"秦大地皱眉，望着谢振宇机在空中围绕着舰区飞出一个矩形。吴强道："他在干什么？为什么不直接进入灯光下降通道！"康延成已经看懂了："他在降低高度，调整飞机姿态，在准确的时间，以准确的高度，准确地进入灯光助降系统指示的下降通道入口，然后下降、着舰、挂索！"秦大地、余涛不觉回头看他。康延成装作什么也没有注意到，只望向天空，叫："下来了！"众人的目光又回到天空中去。空中，谢振宇机进入了灯光下滑通道，他开始照惯例减速，但转瞬之间，飞机就开始在灯光下滑通道上下起伏，他忽然下了一个决心，重新加速让飞机恢复稳定，再后来，干脆心一横加大油门，以比别人都快得多的速度向着舰区急速降落下去，飞机轰然落地，滑行停下。康延成张了张嘴，看一眼四周围，但仍然没有说什么。秦大地的目光这一瞬间却陡然变得异常严厉。余涛也为谢振宇的着舰动作暗暗吃惊，悄悄观察秦大地的反应。吴强已经把腰椎的疼痛全忘了，脱口而出："他这是干什么！怎么能这样落，飞机会怎么样！”秦大地急急地向模拟着舰区奔去。吴强也跟着跑，腰椎又大疼了一下，但他还是忍住了，装作没事人一样跟着大家在秦大地后面跑过去。指挥车里，衣正邦生气地看了一眼张天一：“快去看看怎么能这么落！”张天一下车奔向飞机。梁良对身后的一名工程师喊了一嗓子：“快去看飞机！”

模拟着舰区内，秦大地带众人赶过来，先看谢振宇的着舰点，他又从马虎臣手里抢过那张图，看上面标出的自己、吴强和余涛的三个着舰点。张天一跑过来，兴奋地大声道：“秦大队，谢振宇好样的！只有他一个人落进了着舰区！”吴强却兜头给他泼了一盆冷水：“是落进了着舰区，可距离着舰点还是太远，根本无法挂索！”余涛再看秦大地，发现谢振宇已经下了飞机，向他们走过来。秦大地愤怒地看一眼他，转身就走。谢振宇站住了，喊：“大队！”秦大地却越走越快，胸中怒火燃起。全队回到营区，他进了办公室，马上喊赵文：“快去把谢振宇给我叫过来！”这时外面响起了脚步声，谢振宇出现在门外，喊了一声：“报告！”秦大地示意赵文离开，对谢振宇道：“进来吧。门关上！”谢振宇走进来，关门。秦大地难以抑制怒火，道：“说吧，怎么回事儿，不但没有减速，相反你还加了速！”谢振宇迟疑了一下才大声回答：“报告大队，风太大，为控制住飞机，尽可能沿灯光下滑通道着舰，我不能过于减速。而且，事先我向你请示过！”秦大地情绪激动起来：“别说向我请示过！我同意的是适当保持速度，不是让你全速降落，更没有让你加速！”谢振宇：“大队，听我解释——”秦大地一发不可收：“你解释什么？你以为加速就能飞出一条直线，真像步兵打枪打十环一样落到着舰中心点上？这是飞机，不是子弹，永远不可能有子弹出膛那么高的速度！”谢振宇不说话。秦大地让自己平静了一点：“今天是让大家试飞，我不处分你，可是只要有下一次……不，没有下一次了！万一因为你的鲁莽出了大事故，摔了飞机，死了人，怎么办？吃饭去吧！”谢振宇也不分辩，举手敬礼。秦大地：“你怎么不辩解？往常到了这种时刻，你总有道理，今天怎么没有了？”谢振宇：“我还没想好。”秦大地火气又上来了：“没想好你就飞？你对谁负责任？对试飞负责任，还是对你自己负责任？”谢振宇还是不说话。秦大地怒吼：“走！”谢振宇再次举手敬礼，转身退出。

下午试飞开始前，秦大地在队列前讲话：“今天下午继续试飞！每个人都飞一下！特别提醒一句，不能从加速这条道上找办法！怎么沿着灯光下降系统着舰，要开动脑筋，想别的办法！耿见林出列！出发！”耿见林回答一声“是”，向飞机跑去。从他开始，到了黄昏时分，全天全大队试飞员都完成了 B11 项目的第一次试飞。指挥车里，衣正邦生气地从张天一手里接过那张由马虎臣记载的模拟着舰区投影图，上面标志着众多的着舰点，而所有的点距离着舰中心点都很远，不少点甚至在着舰区之外的“海”里。衣正邦将图扔在一边，朝外面看，发现舰载机还在飞，生气道：“全都落不上还要飞！去告诉他，今天到此为止！”张天一转身要下车。衣正邦又补了一句：“飞行员回去，让他到我这里来！”张天一答应一声跑下车去，跑向试飞大队。很快，最后一次试飞就结束了，秦大地看着全大队乘大巴车离去，边走向指挥车边埋怨陶斯勇：“不早点告诉我首长在这儿，这会儿我要挨训了，你高兴了吧？”陶斯勇笑道：“不想让我看见你挨训？你这种人还怕丢人？”秦大地：“我丢人你就这么高兴？”两人还在拌嘴，衣正邦已经带张天一和秘书小魏下车向他们走过来。秦大地急忙立正敬礼：“首长！”衣正邦一开口就发火：“你搞什么名堂！飞成这样还飞？有什么意义，给我一个解释！”秦大地心中也有气，硬着脖子道：“首长，我的工作没做好，请你批评！”衣正邦听出了他的不满：“我批评怎么了？你还批评不得了？我不是要批评你，我是要听你解释，为什么这么干！”秦大地火气也一下就上来了：“首长，我这一套就是跟你学的，我军练兵的优良传统总共两条，一条是基础训练，循序渐进，从分节动作到连贯，由连贯到应用；另一条是群众路线，大家一起攻关克难，实践认识再实践再认识——”衣正邦打断他的话：“别又拿我的话搪塞我。说你的真实想法！”秦大地：“我的想法很简单。我们对着舰飞行完全没有经验，只能摸着石头过河！既然要过河，最好大家都下水，都去摸，集思广益，找到突破口。”衣正邦又从张天一手里拿回了那张着舰图：“你看看你们都落成什么样了，能从里面找到什么突破口？”秦大地反倒坚定起来：“虽然落得都不好，但总有好一点的，我想从他们那里找为什么他们就能落得好一点，从差的那里发现为什么就差。这里面说不定就有突破口！”衣正邦将手中着舰图往他怀中一塞，回头对小魏道：“走！”小魏跑到车前开车门。秦大地轻松下来，笑道：“首长，吃饭时间到了！我们那里的伙食不错的，不像你那里人少，晚上全是中午的剩菜！”衣正邦已经到了车门前，回头道：“就你们飞成这样，伙食再好我也不去吃！走！”陶斯勇、张天一笑着看他上车，车子飞驰而去。秦大地已经将图收起，皱眉头回望空荡荡的着舰区和停在着舰区的舰载机。陶斯勇道：“走吧，饭还是要吃的！”张天一也道：“对，长征不是一天走完的。走吧。”陶斯勇手机响起来，他走到一旁去听电话。秦大地上了身边的一辆越野车，等陶斯勇讲完电话一起上车走。陶斯勇已经收起手机，上车对他道：“咱们得赶快回去，上次张司令带来的那位刘主任，马上就带一个医学支援分队去我们那儿！”秦大地想起来了，看车下的张天一：“张司令，我们都忙成这样了，你能不能饶了我们？晚一点来行不行？”张天一笑道：“你以为我管得了他们？特别是这位刘主任，是国内著名的专家，工作丁是丁卯是卯，一点不含糊。不过话又说回来，安排他们进来，对试飞员进行一对一的医学支援，也是对你们关心！”秦大地不再说话。陶斯勇道：“瞧你这一张脸！来了就是客，我们回去迎接，高兴一点！开车！”

一辆大巴停在试飞基地办公楼前，已经发动。医学支援分队全体成员列队。刘敏洁站在队列前讲话：“我要讲一下。稍息。我们这个小分队就要出发了，再明确一次，任务是去试飞大队，对试飞员展开一对一的医学支援和研究，对他们不能这么讲，对他们要讲健康服务——”一女队员举手。刘敏洁：“你有什么问题？”队员一：“主任，我们去了，什么身份？”刘敏洁：“什么身份还不知道？大家不但是医生，还是军人！另外还有一重身份，大家要记住但不能说出来。刚才说了我们的身份是服务者，但更是研究者，是航母舰载机成军这个伟大事业的参与者，我们要通过对每一名试飞员一对一的服务和研究，建立起中国自己的舰载机飞行医学，为将来大批培养舰载机飞行员做好医学方面的准备。同志们，都说中国梦，这就是我们的中国梦！大家还有什么问题？”众队员：“没有了。”刘敏洁：“最后几句话。今天过去先住下来，白天是他们的正课时间，开展工作肯定不行，但我们可以在晚上工作。第一步是对每个人进行医学测试。内部说一下，这是最基础的工作，一定要把每个试飞员的基本身体心理状态完全搞清楚，我已经让人把设备运过去了，要通过测试发现这一时期对他的生命状态产生重大影响的精神因素，把档案建立起来。

这样做好处有两个：一是可以为将来的服务找到重点，二可以为下一步的研究工作找到方向。再强调一下，每个人的研究工作都搞好了，我们才能真正建立起中国自己的舰载机飞行员医学！”一名队员不耐烦道：“主任，都明白了！腿都站麻了！”刘敏洁却还没有完：“别吵！还有一件事，那地方是男人的天下，可我们也不要怕他们！他们为了建立大国海军工作，我们也是为了建立大国海军工作！大家要准备好应付各种不利局面，不管多难，都要出色完成任务！”众人都笑了：“主任是要我们和他们打架？”刘敏洁断然道：“那用不着！要用我们的能力、我们对他们的帮助，赢得他们对我们的认可和尊敬！”刚才喊话的队员又喊：“可以上车了吧？”刘敏洁：“不能！还有一条，你们这些没有对象的，进去了不能恋爱！”队伍里有人轰轰地笑起来。一名女队员带头喊道：“抗议！谁也不能阻挡我们拥有爱情！”刘敏洁：“抗议无效！你们也不想想他们正在干什么？还恋爱呢，一点心都不能分！这一条你们记好了，哪一个要是让我发现，即使是苗头，我也要把你从队里除名！上车！”众人这才松一口气，嘻嘻哈哈地上车。

夜色朦胧。试飞大队营门内，秦大地、陶斯勇站着，迎接医学支援分队的大巴车驶进来停下。刘敏洁带众队员下车。秦大地、陶斯勇上前和他们一一敬礼、握手，喊：“欢迎欢迎。”刘敏洁看秦大地一眼：“秦大队长，你嘴里说欢迎，可凭你脸上这个表情，就能猜出你不欢迎。在精神病学上这叫典型的口是心非。”秦大地不得已笑起来：“哎哟刘主任，你一来先给我扣这么大一顶帽子，我是这种人吗？”刘敏洁：“别误会，我说你口是心非，是你此时此刻的精神现象，和你的人品没关系。以后你和陶政委，啊，还有全大队的小伙子们都要适应我们这些人说话的方式，我们都是专业人士，有时候会说些专业的话，不要过度解读。”秦大地对陶斯勇道：“刘主任是说我们这些大老粗听不懂他们的话……刘主任，我一定得纠正你一下，我刚才真不是口是心非，我和陶政委，还有大队全体同志真心欢迎你们来。你看我和陶政委刚才都商量了，以后由陶政委专门负责接待你们。反正医学支援也没那么急，今天你们来了，先住下，休息一个星期，我们安排一辆大巴，陶政委亲自负责，请刘主任和小分队去附近参观游览一下。刘主任，别小看我们这小地方哟，这后面就是长城，还有烽火台……哎，我又想起来了，我们这附近还发现了那种刚刚长出翅膀的恐龙的化石。政委呀，这事你一定要落实好！”刘敏洁：“得得得，秦大队长，第一我们不休息，第二也不游览，你和陶政委忙着呢，不要花那么大心思糊弄我们，我们也很忙。我也知道你们不欢迎我们，不欢迎我们也来了。但我也明白，不能过多地干扰你们干大事。我都想好了，这样吧，咱们妥协，我体谅你们，把白天全留给你们，但是晚上你得留给我。今天晚上就开始，秦大队要带头配合我们的工作，你得第一个接受我们的医学咨询，给全大队做榜样，当然你也可以不接受，那我丑话说前头，我立马告到上头去，说我在你这儿没法工作！”秦大地看陶斯勇：“政委，你感觉？”陶斯勇笑道：“第一，你在劫难逃;第二，刘主任已经很给我们面子了，我们接受所有条款！”秦大地回看刘敏洁：“刘主任，我现在就开始怕你了。好吧，我一定第一个配合。哎对了，你刚才说一对一的服务，不会派一个人天天跟在我们屁股后边，吃喝拉撒都盯着，还要记下来吧？”刘敏洁认真道：“我和我的人不会一天二十四小时盯着你们，但会用各种机器和仪器，一天二十四小时盯着你们的血压、心跳、体温、血氧、吃了什么、拉了什么，这些我们当然都要知道！”秦大地又看陶斯勇："哎哟我的政委，你以后要小心了，你整天不洗澡，身上臭烘烘的，那要是让刘主任的人记下来，就成了历史档案了，将来人家一翻，就说，中国海军航母舰载机试验试飞大队第一任政委，整天不洗澡——"陶斯勇："别贫嘴。我小心什么，你才要小心哪，就你那臭脚，动不动就抠鼻孔，吃饭还巴叽嘴，那些臭毛病才要小心呢……刘主任，请跟我来，看看大家住的地方！"刘敏洁不再理秦大地，回头招呼众队员："提上自己的东西，跟陶政委走！"秦大地看着他们离去，这才长长地吐出一口气，走向身后的多功能厅。

多功能厅里，全大队已经集合。大屏幕上打出了那张着舰图，上面密密麻麻记着全大队第一轮试飞的全部着舰点。秦大地走进来，面向大家，开门见山道："现在开会，内容只有一个。今天我们每个人至少都进行了一次以上的试飞。包括我在内，全大队只有谢振宇一个人落进着舰区，但也没有落到着舰点上，无法挂索。这么说吧，全体不合格！现在大家发言，讲讲自己的体会，找找原因！"全场一片寂静中，康延成看了一眼谢振宇，发现谢振宇目不斜视地望着前方的大屏幕，一点也没有第一个发言的意思。王小毛熬不住了，举手。秦大地："你说！"王小毛站起："大队，今天我落得不好，刚才找江海和刘波，问他们原因在哪里。这才知道，原来原因是一样的！"秦大地："什么原因？"王小毛："在降落的最后一刻没有用灯光引导系统！"秦大地眉梢一耸。吴强举手。秦大地："小毛坐下。强子说！"王小毛坐下，吴强站起。吴强："大地——"秦大地："叫职务！"吴强："是！大队，我没有落好的原因和他们一样，也是在着地前忘了用灯光引导系统。不是不想看灯，是来不及。我觉得这里面有个矛盾，又要减油门降落，又要用灯光引导系统，加上风，飞机不知不觉就出了灯光下滑坡道，飘出了着舰区！”秦大地目光严厉：“坐下！还有谁？”康延成又看一眼余涛，发现今天余涛也在沉默，不觉举手。秦大地：“延成，你说！”康延成站起：“大队，我就一句话。就是没有风，我们也不可能保证每一次都能准确落到着舰点上！”秦大地声音陡然高了八度：“什么意思？”康延成坐下又站起：“我是说，风不是问题！”秦大地：“为什么风就不是问题？”康延成：“要想一直沿着灯光下滑通道着舰，我们就必须飞出一条直线或者大致上是一条直线，但操作规程要求我们必须减油门滑翔降落。这样就只能落在一条线上，不可能落在一个点上！”秦大地想了一会儿才开口：“你坐下。还有谁？”耿见林举手站起：“大队，我同意康延成的看法，减油门滑翔降落不可能落在一个点上！就是因为我们老想着落在那个点上，最后落地时才手忙脚乱，为保证安全着陆灯也来不及看！结果既没有始终用灯光引导，更没有准确落在着舰点上！”众轰轰然起来：“对！是这么回事！”秦大地目光严厉地扫过众人：“还有谁要发言？”江海大声道：“大队，你自己还没说呢，也讲讲你的体会！”众人安静下来。秦大地：“我和大家一样，开始时尽量控制飞机，用灯光引导系统，也是在着舰的最后时刻，为了准确落到着舰中心点上，忘了用灯。”众人又轰轰然议论起来。康延成捅一下谢振宇，悄声道：“今天就你落得好，怎么不发言？给我们点拨一下！”谢振宇仍旧不理他。秦大地的目光转向他：“谢振宇，你为什么不发言？你说一说！”谢振宇站起：“报告大队，我暂时还没想清楚！”二人四目相对。秦大地：“好吧，坐下。余涛讲！”余涛站起来，简短地说：“大队，我和大家的想法一样。”他没有再说下去。秦大地：“好吧。余涛坐下。刚才大家的看法归结起来有两个，一个是操作层面，在着舰飞行最后阶段为了安全着陆忘了用灯光；另一个是理论层面，认为着舰时飞机减速，就是想用灯光飞直线也不能。是这样吗？”众人纷纷道：“对！”秦大地心情郁闷，突然道：“散会！啊，余涛、谢振宇等会儿到我办公室来！”众人站起来往外走。谢振宇和余涛都有些意外，站起来回头看他，发现秦大地早已大步离开。待现场只剩下他们两人，余涛才和谢振宇对视一眼，道：“刚才你应当发言的。你今天落得比大家都好，至少落到了着舰区内！！”谢振宇却懊丧道：“我落得并不好。”二人走了出去。

第二十三章

二人走进秦大地办公室，秦大地不看他们中的任何一个：“都坐下。刚才我和政委商量了，为了啃下这块硬骨头，我提议成立攻关小组。我、你们俩、政委，人员暂时就这么多，以后根据需要加强。今天算是攻关小组第一次开会。谢振宇，刚才你想在会上发言，又没说，为什么？现在小范围，说吧！”谢振宇站起：“大队，我真的不是不说，是我没想明白。”秦大地：“没想明白你上午在模拟着舰最后时刻不但没有减速，还加了速？”谢振宇：“中午我已经向大队反映了当时的情况，做了检讨——”秦大地还是不看他：“我刚才说过了，我们现在是攻关小组开会，你可以说你的理由，虽然你上午那么做明显违犯了操作规程！”余涛站起来道：“大队，我想替振宇解释一下！”谢振宇：“不用，我自己向大队解释。大队，今天是全大队第一次展开模拟着舰试飞。你先飞，然后是余涛。你们两个人飞过后我忽然有了一种感觉——”秦大地回头：“感觉？”谢振宇认真道：“我们非常可能在技术上遇到了一个不可能解决的难题。”秦大地火气又要上来了：“不可能解决？你在说什么！”余涛：“大队，让振宇说完！振宇快说什么难题！只要能发现难题，离解决也就不远了！”谢振宇：“我觉得非常远！”秦大地：“怎么非常远？有多远！讲具体点儿！”谢振宇：“灯光助降系统给定的灯光下滑通道是一条直线，我们除非保持极高速度，是不可能飞出它要求的直线的！”秦大地心中大惊：“你说什么？直线飞行？这怎么可能！”谢振宇：“所以我刚才在会上就没发言，因为我真的还没想明白。上午我上了飞机也还在想，如果我们根本不可能做到直线飞行，怎么可能在整个着舰过程中始终看灯飞行？做不到看灯飞行，又怎么可能准确降落在着舰点上！”秦大地说不出话来了，谢振宇的话震动了他的心，他一时非常激动，看向余涛：“你说！”余涛：“大队，振宇说得对！刚才我也一直在想，一定在哪里出了大问题，不然我们这些人不可能一个人也落不到着舰点上！但我却没有像振宇这样去想！”秦大地生气道：“你认为他这么想是对的？”余涛：“是！至少从理论上讲，这是个巨大的悖论。降落一定要减速，这是我军飞行员操作规程上严格要求的，减速就一定不能保持直线飞行，接近直线飞行也不行。这样就做不到一直沿灯光通道飞行。做不到沿灯光通道飞行，着舰时就不能保证飞机在着舰点上降落，更严重的是不能保证飞行员和飞机的安全！”秦大地心情烦躁：“那你们认为问题出在哪里？难道要改变操作规程？那是我军的法规！是谁想改就能改的？像振宇今天上午一样，不但不减速，还要加速飞？飞机真像子弹一样打在着舰甲板上，那倒是能飞出一条直线，可这能保证人、机、索甚至着舰甲板的安全吗？不能保证安全，算什么成功着舰？”他的话说出了三人心中共同的烦恼，一时间谢振宇和余涛也都不说话了。电话铃在这时响起来。秦大地接电话，不高兴道：“知道了，我这就去。”他放下电话，对谢振宇和余涛道：“差点把这事忘了！好吧，你们先回去。我们都需要思考！”

这个夜晚，在这座旧营区内的一座配楼上，医学支援分队已经安置下来。刘敏洁也有了自己的工作室，她打电话给张天一报告情况，提出了新的要求：“……是，就算安顿下来了吧……房子有，可就是人手不够……我想起了一个人，有个特招的夏初，这会儿还在新兵连呢……你让她提前过来，现在就接触这里的工作……我们晚上工作，她白天还可以回去参加新兵训练。”一时间她的声音又高起来，“我急等着用人呢！……今晚上？来不及吗？来得及就来，我等着她！”张天一果然雷厉风行，一个小时后刘敏洁已经拉着夏初的手在自己的工作室里坐下来了，问她有没有想到会这么快被她招入队伍投入工作，夏初道：“说实话没想到，我还以为要在新兵连完成全部三个月训练课目后才会入队呢。”刘敏洁止住笑容道：“全部新兵连训练课目要完成，但我这里的工作也需要你，你可是我这里不多的专攻成功学的博士。从现在起，你要一边完成新兵连训练课目，一边参与这边的工作。我和张司令都说过了，以这边的工作为主。”夏初：“主任，我有点激动。”这时她看见一名女队员走进来，调试房间里那张已经安装好的催眠式测试床。夏初站起来，高兴道：“主任，今晚上就要工作？”刘敏洁道：“对。小王，带小夏去换一身衣服，换了就回来做我的助手，时间快到了。”夏初更激动了：“谢谢主任，没想到这么快我就能为我们中国航母成军做贡献了！”被称作小王的女队员要夏初跟她走，刘敏洁又道：“等等。小夏，小分队还没有编组，你就先跟我在一组，等会儿秦大地大队长进来，你主持测试，我配合。在国外做过这种催眠测试吗？”夏初：“做是做过。只是主任，我行吗？”刘敏洁：“你行吗？这本身不就是个成功学的问题吗？”夏初笑了，紧张的情绪放松了：“谢谢主任。我当然行……第一个来测试的是秦大队长？”刘敏洁道：“有句话叫擒贼擒王，射人射马，把他拿下，就没人敢给我们捣乱了！”夏初笑起来：“主任够厉害的！”刘敏洁：“我现在已经不厉害了，年轻的时候那才叫天不怕地不怕呢！行了，快去吧！”夏初这才跟着小王走出去。刘敏洁回头听到脚步声，原来陶斯勇已经陪着秦大地来了，在门外喊报告。刘敏洁大声道：“进来！”

虽然要夏初主持这第一次催眠测试，但刘敏洁并没有什么都不管。她先是让秦大地躺到催眠测试床上，然后亲自带身穿白大褂又戴上了口罩的夏初和小王护士在秦大地头部和身上接上了许多电极。秦大地看着刘敏洁，想开一个玩笑：“刘主任，这玩意真能让我睡着？不会让我睡过去醒不过来吧？”刘敏洁只是严肃道：“飞行是你们的专业，这是我们的专业。就让你闭上眼睛睡一会儿。问你什么问题你回答什么问题。”秦大地：“我还真没这么让人测试过。人睡着了还会说话？”刘敏洁不回答。夏初第一次开口对小王道：“准备。”秦大地闭上眼睛，耳畔响起音乐，开始是极轻柔的音乐，让人放松、放松……接下来就只剩下傍晚的潮汐声，涌上来，退下去。他以为自己仍在清醒中，但其实已经进入被催眠的状态。夏初看刘敏洁，后者点头。夏初开始发声：“你是谁？”秦大地回答：“秦大地。”夏初：“你在哪里？”在秦大地被催眠的梦境中，这声音已经变得似有若无。梦境中的秦大地发现自己站在机场上，一架歼-15正在降落。他蓦然抬起头来，看到前方乌云翻滚，正在遮没全部的天空。在他的旁边，夏初、刘敏洁和女护士小王都注意地盯着催眠床上的秦大地，听到了秦大地的回答：“我在机场……大雨要来了……还有乌云……”夏初敏感地看一眼刘敏洁。刘敏洁点头要她继续。夏初又回看秦大地，问道：“你还看到了什么？”梦境中的秦大地再次听到了夏初变了调的声音："你……还……看……到……了……什……么？"他猛然回头，朝想象中的西方望去，那里急骤地响起了救护车的笛鸣声，连同妻子惊惶的叫声："大地——"秦大地失声大叫："秦熠！"他猛醒过来，大汗淋漓。刘敏洁和夏初互视一眼，夏初对秦大地道："秦大队，好了。"她和小王护士开始上前帮秦大地除下各种电极。秦大地坐起来，表情怔怔的，仍然沉浸在方才的心情中。刘敏洁道："秦大队可以离开了。请下一个！"小王护士走到门前去，喊："下一个，谢振宇！"夏初一惊，看护士："下一个谁？"小王："谢振宇。"夏初急将滑下去的口罩重新戴好，尽可能遮住自己的脸，只露出眼睛。秦大地离开了催眠床，要走又回头，看刘敏洁。刘敏洁平静道："秦大队，今天我要表扬你。你给自己的部下做了个榜样。"秦大地仍然处在恶劣的心境中："刘主任，我方才是不是做了噩梦？"刘敏洁故意不看他："你常做这样的梦吗？"秦大地心中一动："啊，不。"谢振宇已经走进来，先看他的大队长："大队！"秦大地回答一声，对刘敏洁道："我告辞了。"谢振宇看着他走出，才回头看房间里另外三个人，目光最后停在夏初身上。尽管穿上了过于肥大的白大褂，脸部捂上了大口罩，他只能看到一双眼睛，但他仍然在对方身上感受到了某些令他意外的熟悉的东西，但这些东西一闪念很快就过去了，他怎么也不会想到夏初会以这种身份出现在这里。夏初在表格上写下一行字，放下笔，站起："好了，请到床上去。"谢振宇走向催眠床躺下。夏初和护士为他安放电极。那一点悄悄涌出的不安让谢振宇突然开口："大夫，怎么称呼您？"夏初心中一颤："闭上眼睛。"夏初回头对刘敏洁道："主任，还是您来吧。"刘敏洁一惊："为什么？"夏初："啊，我还是想请您再做一次示范。"刘敏洁走向谢振宇："谢振宇同志，我是刘敏洁，以后你可叫我刘主任，也可以叫名字，咱们随便聊一会儿。”谢振宇眼睛并没有睁开：“好的。”刘敏洁：“名字？”谢振宇：“谢振宇。”“年龄？”“32。”刘敏洁：“婚姻状况？”谢振宇：“未婚。”他在不知不觉中开始进入昏昏欲睡的状态。夏初站在刘敏洁身后仔细地看着他。刘敏洁：“恋爱过吗？”谢振宇：“有。”刘敏洁：“和你现在的恋爱对象关系好吗？”谢振宇：“我现在没有恋爱对象。”夏初心头一颤，在此之前，因为谢振宇亲口告诉自己有了新的感情，虽然不敢全信，但也不敢一点也不相信，但现在她知道他说的是实话。刘敏洁的声音继续在回响：“为什么还没有？”谢振宇：“因为……”他没有再说下去，因为他现在完全进入被催眠状态，现在展现在他面前的是一个催眠状态下的梦境：乌云翻卷的荒野，大雨将至，还是个十一二岁的男孩子的他在奔跑、呼喊，他在呼喊自己的老师：“欧老师，你不要走……老师，你回来吧……我不会那样了……我听你的话……你回来吧……”他在梦中听到了自己凄楚绝望的哭喊久久在低沉的天空下回荡，站在他身边的刘敏洁和夏初却听到了轻轻发出的呼喊：“老师……老师……”二人只是对视一眼，谢振宇就猛醒了过来，警觉地看着她们：“我刚才睡着了？”刘敏洁平静地回答：“睡着了一会儿。”谢振宇：“没说梦话吧？我有个毛病，喜欢说梦话。”刘敏洁：“你什么梦话也没说。”夏初吃惊地看一眼不动声色的刘敏洁，这时她发现谢振宇警觉的目光又投向了她。夏初几乎是下意识地转过身去，回到接诊桌前坐下，装成做别的事情的样子来避开他的目光。好在谢振宇听了刘敏洁的话似乎放心了，不再看他。刘敏洁让护士小王帮谢振宇解脱电板。刘敏洁回头朝门外喊：“下一个，余涛！”

回到宿舍里，谢振宇发现时间已经不早了。有人敲门。他走去开门，发现门外站着余涛。谢振宇：“是你？”余涛：“可以进去吗？”谢振宇：“什么话！请进！”余涛进门。谢振宇让他坐下。余涛道：“我不坐。就问一件事。上午你着舰时没有按照操作规程减油门，当时想到了什么？”谢振宇良久不回答。余涛笑道：“说实话你够胆大的，以为瞒住了所有的人，但还是让大队看出来了，也没瞒住我！”谢振宇：“你想公开这件事，提醒大队处分我？”余涛：“屁话！是你这么做提醒了我。我忽然有个想法，现在和你对一对，看是不是对得上！”谢振宇：“我当时确实是失误，不是有心的！”余涛：“你这小子！不说实话！不过你今天说得对，我们可能遇上了试验试飞以来最大的难关，最高的一堵‘墙’。你登机前就从我和大队的失败中看明白了，要看灯飞行，准确落到着舰点上，就不能像陆地降落那样减速，恰恰相反！”谢振宇不说话，也不反驳。余涛：“你不否认就是承认。为了尽可能做到沿灯光通道飞行，你降落时没有按操作规程减油门。这样落很危险，但你不但做了，还加了速！当然后来你又犹豫了，没敢继续加速，结果虽然落进了着舰区，但还是没有落到着舰点上！”谢振宇仍然嘴硬：“我没有！”余涛：“别想瞒我！我又不是秦大队，不想为这个收拾你，可你要是不说实话，那我就——”谢振宇急忙拦住他：“威胁我！”余涛：“快说！”谢振宇：“你想让我继续加速？那就不是降落，是直接撞到着舰点上去！万一人、机扛不住，我就是自杀！我自杀了，你在这里除了秦大队，就没有对手了。”余涛并不是那么好骗的，笑道：“又糊弄我！就你这小子，一肚子野心，全世界都装不下你，你还会自杀？行了，不说废话，至少那时你就想到了，没有速度就没有直线，不能对付风力的影响，有了速度你才好控制飞机，尽可能地保持看灯飞行，这样做了，也才有可能接近飞出一条直线，直到让飞机落到着舰点上！”谢振宇仍然沮丧：“可我并没有落到那个点上！”余涛坚持道：“但你那一瞬间是有过这种念头的，哪怕机毁人亡，也要沿灯光引导的直线通道飞下去，撞到那个点上！”谢振宇坚持不承认：“你胡说，我没有！”余涛：“可是从理论上讲，只有继续加速飞行，才能像子弹打中十环一样落到着舰点上！就算当时你还担心这么落下去人和飞机扛不住，这会儿我相信你已经计算过，告诉我结果！”谢振宇：“你太抬举我了！我没有！不只是人和飞机，将来还有阻拦索，到了海上还有航母着舰甲板，它们是不是都扛得住这一撞，我这里没有数据，算不出来！”余涛深深看他一眼：“要是这样……我知道了，走了！”谢振宇却心中一动：“别走！”余涛：“干吗？”谢振宇想了想，又改了主意，让开路：“不送。”余涛要走又回头：“振宇，刚才的话为什么不对大队说出来？”谢振宇：“你认为他比我们俩还笨？”余涛：“如果他想到了，为什么不直接把问题挑明，让我们和他一起开动脑筋研究这样飞是否可行？”谢振宇一下子就生气了：“你以为他为什么？”余涛：“怕你误解了他的意思，不顾一切地撞下去！”谢振宇不愿再和他说下去了：“你不是要走了吗？走哇！快走！”余涛：“也许我说得不对，大队经验比我们丰富，可能压根儿就认为那条路走不通，应当有更好的办法解决这个难题！”谢振宇沉思道：“你认为他能想出什么办法？”余涛：“我怎么知道？他这一层心思我也是刚刚才悟到的！”谢振宇：“那就快回去，接着想。”余涛：“不，我们一起想。在这一点上实现突破，也许就找到了推倒这堵‘墙’的办法，那时我们就可以转向海上飞C类项目了！”见谢振宇不再说话，他转身要走。谢振宇却又开了口：“那件事……就这么算了？”余涛回头：“怎么能算了呢？阻力现在不在秦大队，在总指挥。衣总也想让我们更早地攻克目前这个项目，掌握关键技术，在这件事情上他只能相信秦大队！”谢振宇看他：“走吧！”他沉默地看着余涛离开，眉头又皱起来。

此时试飞大队多功能厅里，大屏幕上仍然放着那张被放大的着舰图，上面密密麻麻记录着全大队第一轮的着舰点。秦大地仍然一个人坐在屏幕前盯着这张图，一脸物我两忘的严肃神情。吴强走进来，看一眼表："你也不看什么点了，还不回去休息？"秦大地："坐下。说说白天你为什么落得那么远！你的落点不是最远的一个，却是之一！"吴强不高兴了："降落过程中我没犯任何错误。之所以会落那么远，我说过了，今天风大，降落时使用油门控制，没有全靠滑翔降落。"秦大地："前天我在谢振宇那里看到一段记录美军航母生活的视频。我发现美军舰载机着舰时的速度相当快。"吴强不喜欢他时常提起谢振宇："那又怎么样？我也看过。"秦大地："从3600米高空降落到茫茫大海中一片邮票大小的航母上，还要瞄准航母着舰区的中心点降落，真得像步兵带上瞄准镜打超远目标，还要正中十环。这里有个问题，光是瞄得准还不行，还得打得上。"吴强发觉他是想和自己讨论，也坐下来道："光打得上还不行，还得打得准！"秦大地："为了这个各国航母才安装了灯光助降系统，但有了灯光助降系统反给着舰添了麻烦，迫使飞行员违反规程增加速度，没有速度就无法看灯飞出一条直线，像子弹一样准确地打到靶心！"吴强反对他这个思想："增加速度就得改变规程，不是减油门反而是加大油门，这哪是着舰，这是开着飞机去撞舰，不是自杀也是找死！"秦大地不再说话。吴强看他："你怎么又不说话了？你是大队长，谢振宇今天就是这么干的，他着舰时根本就没按操作规程减油门，这小子又犯了纪律。大队，操作规程对我们来说就是法律！"秦大地："别那么大声。他违犯了操作规程，但飞机却保持了某种程度的高速，航迹比我们任何人更接近直线，最终落进了着舰区。

我们却没做到！”吴强心中不快：“那能说明什么？他最后也没有落到着舰点上，落进着舰区有什么用？你不会是说，为了落到着舰点上，应当加大速度，沿着灯光下滑道飞出一条直线撞击着舰吧！”秦大地悄然变色：“当然不！”吴强：“那你刚才——”秦大地终于站起来：“你的话提醒我了！谢振宇今天的试验还是要否定！我们是在试飞，一定范围内允许大家试验，但任何一种试验都要符合操作规程，不能蛮干！不过这会儿我终于想清楚了，别说直线飞行，就是接近于直线飞行，谢振宇今天的速度也还做不到，不是降落时减不减油门的问题，完全不减油门也飞不出一条直线！”他的这个结论让吴强又吃了一惊：“那怎么才能飞出一条直线？”秦大地：“真要飞出一条直线，必须有极高的速度，大力加油门！”吴强不觉大叫：“大地！那就是我说的，不是着舰，是朝舰上撞，是开着飞机自杀！”秦大地道：“就是一粒子弹，弹道也是一条曲线！强子，其实我刚才想到过，如果根本飞不出一条直线，那我们为什么一定要坚持看灯飞行？”吴强猛醒：“对！”秦大地的主意越来越坚定：“灯还是要看，但是怎么看？从头到尾一直看叫看，飞出一道曲线，两头看就不叫看灯飞行了？我们不能改变着舰速度，为什么不能改变看灯的方式？”吴强心里越来越激动了：“对，只要不再坚持看灯飞出一条直线，降落时就不用再违犯规程，大家可以继续像在陆地降落时那样减油门操控飞机。可以允许大家飞出一条下滑曲线，但必须保证在曲线的两端看灯，直到最后，准确着舰！”秦大地：“也就是说，我们开始时可以进入灯光助降系统给定的下滑道入口，着舰前再回到这条下滑道上的末端，然后，准确着舰！”吴强：“大地，我觉得你这样设想理论上是成立的，虽然真飞起来同样不容易成功！”秦大地：“你什么意思？”吴强：“一条曲线好飞还是一条直线好飞？速度快好飞还是速度慢好飞？你现在要大家飞一条曲线，速度要慢下来，同时却要求大家始终保持对飞机的控制。最大的难题是风，陆上有风，将来到了海上风会更大，要飞一条曲线，两头沿灯光通道飞，飞机姿态要控制得非常好，这得非常有经验非常细心心脏特别强大的人才做得到！”秦大地主意已定：“你说得都对，可如果这就是着舰的唯一正确方式呢？因为技术难我们就放弃？就我们大队这些人，只要掌握了基本方法，剩下的就是一个反复练习积累经验直到形成习惯的问题！”吴强仍在担心：“我还是觉得这条路不好走！”秦大地：“不好走，但是靠谱！更重要的是安全，不会再让任何人胡思乱想，为了飞出一条直线每次都去高速撞击着舰！行了，明天就开始试验！现在回去睡觉！”他按下遥控器，关掉大屏幕。见吴强不走，秦大地忽然想起了什么：“对了，差点忘了，这些天你怎么样？”吴强心中一惊，有些慌了：“我怎么了？”秦大地低声道：“腰！”吴强努力现出什么事也没有的神情：“你别这么看着我，我腰好着呢，一点事儿也没有！”秦大地深深看他，又坐下来，不再看他。吴强反而宽慰起他来了，笑道：“你怎么了，我有事就有事，没事就没事。”秦大地又站了起来：“别以为我看不见。明天你去医院检查，我要看结果！”吴强：“我不去！我好着呢！”秦大地声音严厉起来：“我是大队长！不是你哥！这是试飞大队！执行命令！”吴强张张嘴又止住。两人往外走出去，谁也不再说一句话。

熄灯号响过了，谢振宇仍在自己房间里皱着眉头坐着，在电脑上反复观看一段美军舰载机在航母上着舰的视频，心思却明显不在屏幕上。康延成不敲门走进来，瞅他一眼：“还看呢，什么钟点了？”他走进小卫生间将谢振宇的牙膏挤到自己牙刷上。谢振宇回头：“托你办的事怎么样了？”康延成：“什么事？”谢振宇："你欠了我多少牙膏了？"康延成笑："别这么小气好不好，你是做大事的人。哎，知道吗？我前两天也读了庄子的《逍遥游》！"谢振宇："别打岔！什么，就你，读了《逍遥游》？"康延成："'北冥有鱼，其名为鲲。鲲之大，不知其几千里也；化而为鸟，其名为鹏。鹏之背，不知其几千里也；怒而飞，其翼若垂天之云——'"谢振宇："打住！还真读了？"康延成："你还别不把土地爷当神仙，我读完了《逍遥游》才明白，你什么雄心壮志，人生两大目标，原来是想做一条鱼，不，是一只鸟！"谢振宇："什么鱼、鸟，那叫鲲和鹏！水击三千，扶摇九万，这就叫做——鲲鹏之志！"康延成："我走了！"谢振宇："站住。差点就让你蒙混过去了。我问托你办的事怎么样了！"康延成："这会儿太晚了吧？明天，明天一起床我就打电话！"他嘴里这么说着，却又走近来看谢振宇电脑上正在播放的视频，轻蔑地一笑："这是美军航母的公开宣传片，你老看它能看出什么名堂！"谢振宇又想起了一件事："听说你又背着我给自己弄来一款国外最新的舰载机飞行游戏？"康延成："听谁说的？我这些天弄来一款新游戏让你打穿，弄来一款又让你打穿，现在人家游戏公司都不敢接我的电话了……再说了，咱是正规军，要是只能从飞行游戏中想办法解决着舰问题，我给你和自己各准备一根绳子，咱俩上吊吧！别活着了！"谢振宇面色仍然严肃："就因这个才要你帮我点儿小忙，都好几天了，你吹了半天的牛，什么一句话的事，到底怎么样啊？老婆听不听你的呀？"康延成急了："不要着急。心急吃不了热豆腐！哎，你说过要建立一套着舰程序，怎么样了？"谢振宇更生气了："怎么样了，不是等你老婆的资料吗？"康延成："别喊！我老婆是你的使唤丫头吗？啊，把范围尽可能缩小一点儿，她也好帮你找。你就说你最想要什么资料吧？"谢振宇回头认真地看着他："你老婆可是在市内最大的科技图书馆工作，要是她能帮我查到世界各航母国家舰载机从进入灯光下滑通道入口直到着舰完成要用多长时间，我的那套程序，不，首先是数学模型，就能建起来！"康延成："早说呀！小菜一碟，不就是各国舰载机着舰从开始到结束的时间嘛。哎哟！明白了！"谢振宇嘴里发出哧的一声："你又明白什么了？"康延成："你不是假聪明，是真聪明！我们知道各国舰载机的性能，那都是公开的，再知道了时间，就能算出它着舰时的速度！是不是像你想的那样撞击着舰！"谢振宇看他："原来白天你也看出来了！"康延成吹一声口哨："咱们俩是谁？你爬墙我望风，你牵牛我拔橛，你做的那一点儿事，秦大地和余涛都看出来了，我就看不出来？"谢振宇："马上走，回房里给你老婆打电话！"康延成要走又回头："听说第二次队内对抗赛黄了？"谢振宇声音高起来："没看见我正在生气吗？"康延成笑："行行行，你生你的气，我帮你去办事！哎老谢，你这要是悄没声地把着舰关键技术突破了，说不定总指挥就会对你刮目相看，秦大队他就完了！这件事直接关系到你能不能在试飞大队篡位，把他干下来，连同余涛一块儿干掉，你来做第一试飞员！"谢振宇大喊："走！"康延成笑着开门离去。谢振宇找出秒表，注意力回到仍在反复播放的视频上，开始掐表记录屏幕上美军舰载机从进入着舰通道到着舰的时间。秒表上显示出一个数据：20秒。他要再次进行同样的测算，康延成走进来。谢振宇回头看他："又怎么了？"康延成："肥皂也用完了。"谢振宇生气道："你这过的什么日子，媳妇都娶了，还天天惦记我的牙膏、肥皂，就因为你我都破产了知道吗？"康延成笑："知道知道。"他走过来看谢振宇再次掐秒表计算美军舰载机着舰的时间，捂住嘴笑道："这是宣传片，时间可以缩短也可以拉长，你也当真？"谢振宇停止了测算:“我也像你一样玩玩游戏不行?拿上肥皂走人!”康延成笑着取了肥皂要走，谢振宇才想起来，赶到门外道:“快给你老婆打电话!她是你媳妇，晚一点怕什么!”康延成进屋，他才走回来，生气地关掉电脑，匆匆洗漱完毕上床，灭灯睡觉，却睡不着，眼睛闭上又睁开，不知为什么他的眼前忽然现出了晚上在刘敏洁工作室看到的那个剪了短发用一张大口罩罩住了整个面孔的夏初。他已经想到她是谁了，但不愿相信，有愤怒，更多的是莫名的不安，在床上辗转反侧了半晌才睡着。

第二天上午，天气不错，试飞大队全体再次在试飞场的模拟着舰区列队。在他们之前，模拟甲板勤务大队早已就位并且做好了自己的工作。着舰区唯一的阻拦索升起，菲涅耳灯光助降系统也进入了工作状态。秦大地站在队前讲话:“同志们，昨天我们试飞并不成功，但不成功也告诉了我们怎么做不行。今天我们改变思路。大家可能要问了，怎么改?我有个想法，首先要改造我们对用灯光飞行的理解!”队列中，谢振宇、余涛的内心同时一震。秦大地继续说下去:“过去我们对用灯光飞行的理解是必须飞出一条直线，可昨天的试飞告诉我们，只要按规程飞，无论如何也飞不出一条直线!啊，昨晚上吴强同志有了一个新的思路:既然照规程用灯光飞不出一条直线，我们继续这么飞就是拿脑袋去撞墙!”队列中江海突然大嗓门喊了一声:“对!”众人都笑起来，只有秦大地不笑，大声严肃道:“不要笑!这有什么好笑的?强子提出，我们可以在整个着舰飞行过程中接受一条曲线，同时在两端进入灯光下滑通道，这样我们还是飞出了一条直线!有人想用加力撞舰的办法解决用灯光飞直线的问题，有了这个新想法我看就不必了。可能有的同志会说，这太难了!是的同志们，我们正在攻克的是世界上最高难险的飞行技术！除了不断地试验、失败，挫折，总结经验，再试、再失败，直到成功，我们就不怕找不到胜利之路！”

队列中，康延成忽然喊道：“报告！”秦大地看他：“延成，你要说什么？”“大队，可以发表点看法吗！”“说！”“大队，在设备试验阶段，我们已经证明国产舰载机和阻拦索受得住最高量级加力的冲击！既然这样——”秦大地已经明白他的意思，果断打断他的话：“行了！我知道你想说什么！你说的那是在地面上进行高速滑跑挂索，昨天有人却想从空中高速撞击着舰！无论是人、机还是索，是不是能承受住这样的一撞，谁能告诉我，会不会造成重大事故？”他停了一下，加重语气说下去，“还有一件事大家现在就要明确，我们今天在这里进行的任何一项技术攻关，都是在为将来中国航母舰载机编队摸索一套可以作为规程操作的技术，它会成为我军舰载机着舰的规定动作。什么叫做规定动作？标准有两个，一是可用，二是安全。一种技术如果不安全，它就不可用，一开始就不需要花气力研究它！——谁还有什么意见？”众人不再说话。康延成看谢振宇，发现他仍然没有说话的愿望。余涛见谢振宇没有说话的意思，自己也止住了。

王小毛这时却开了腔：“报告！”秦大地：“小毛，你有什么问题？”王小毛：“大队，我们的思想是不是可以更解放一点？管它直线曲线，也不要管什么用灯光不用灯光，大家各想各的招儿，八仙过海，各显其能，黑猫白猫，逮住耗子就是好猫，不管怎么做，做什么，只要最后能准确着舰就行！”秦大地眉头一皱，断然道：“不行！我们是一支正在进行重大技术攻关的队伍，不是散兵游勇，谁想怎么干怎么干！重复一遍。我们不是不想从头到尾用灯光飞行，也不是不想在用灯光飞行的过程中飞出直线，是做不到！强子帮我们想到了两头用灯光的办法，虽然飞不出一条直线，但我觉得第一它仍然是用灯光飞行，第二将两个用灯光飞行的点连起来就是一条直线，只要能最终实现准确着舰这个目标，它就是我们要的！”一直没有开口的刘波这时说：“大队，这太难了！也非常危险！”秦大地生气道：“所以我才说，这是个训练问题，是个熟练程度问题，现在还要再加上一句，恐怕还有个心理问题。你没有强大的心脏，就不要进行这样的飞行！大家听好了，在熟练程度达不到两头用灯光准确着舰之前，我不会要求大家每次都落到着舰中心点上。但如果你进行了一百次、二百次还是不能准确着舰，我认为你就可以考虑离开了！还有件事，为了让大家从一开始就熟悉着舰环境，我让他们今天升起了阻拦索。希望我们中间有人能够做成功挂索的第一人。——好了，试飞开始！余涛出列，今天你第一个飞，有问题吗？”余涛出列：“没有！”秦大地和余涛相互敬礼：“出发！”

康延成悄悄看了一眼谢振宇，惊奇地发现他神情平静。

余涛驾机升空，开始接近着舰试飞通道。临时LSO指挥位置，秦大地和余涛进行空地通话。秦大地：“02，02，我是01，我是01，为了尽快攻克着舰技术，你可以在操作规程允许的范围内做各种试验，但决不允许加力高速着舰！不允许加力高速着舰！”余涛：“02明白！ 02明白！ 02请求着舰！ 02请求着舰！”“02，可以着舰！”试飞场边缘，医疗救护分队待命位置上，陈亚红赶来站在队伍里，像别人一样向空中望去。一位女护士看她，问：“谁在飞？”女护士：“说是一个叫余涛的试飞员。”陈亚红心中一震。女护士看她脸色不好，劝她还是回车上待着。但这时的陈亚红已经听不见她在说什么了。她望着天空，努力让自己的内心变得坚忍和强大。这时队伍中又有人发现一辆车开进了试飞场。众人开始开小会："衣副司令的车！""总指挥来了！"衣正邦的车停在指挥车前，他带小魏下车，上了指挥车。陶斯勇远远看见，发现秦大地正全神贯注地盯着空中的余涛机，自己从试飞大队队列前跑过去，登上了指挥车，向衣正邦敬礼，喊了一声："首长！"衣正邦说："你来干什么？下去！别告诉秦大地我来了。"陶斯勇笑看他。衣正邦说："看我干什么？就当我不在。这成什么了，我来看看，还搞得偷偷摸摸的！"陶斯勇想起了一件事，说："首长，那件事你考虑没有？"衣正邦摆手："现在不谈！"陶斯勇无奈地笑一下，下车离开，回到本大队的队伍前去。

此时空中的余涛机已经进入灯光下滑通道入口，秦大地听了他的报告，大声回答："很好！按我说的办法试验着舰！注意不要违背操作规程！"余涛回答："是！"

做动作减油门，飞机开始脱离灯光下滑通道。"01，01，02报告，我机已经脱离灯光下滑通道！"秦大地马上回答："保持航向，继续下落，择机回归灯光下滑通道！""02明白！"余涛一边回答一边做着各种动作，一向做事行云流水的他这时居然有点手忙脚乱。秦大地皱紧了眉头，望着越来越逼近的余涛机呼叫："回归灯光下滑通道，放下尾钩，准备着舰！回归灯光下滑通道，放下尾钩，准备着舰！"他对余涛今天的表现也深感意外。空中，余涛听令放下尾钩，重新加力，努力拉起飞机，回归灯光下滑通道，却来不及了，飞机呼啸着重重着地。所有人马上都注意到了，轰鸣下落的余涛机没能落到着舰中心点上，正因为这个，尾钩挂索失败。飞机继续滑行了一段距离，停下来。陶斯勇急看一眼秦大地，发现他面色凝重。陶斯勇道："我看出来了，余涛是飞出了一个曲线，航向控制也很好，最后为了回到灯光通道还加了力，但是——"秦大地猛回头喊："下一个！谢振宇！出列！"谢振宇一惊，立正回答："是！"他一步出列。秦大地盯着他，目光里居然有了凶狠："余涛虽然没有挂上，但路数是对的，前面可以减速降落，最后为了回到灯光通道，是不是一定要加力，如果要加力，应当控制一个什么量，你自己掌握！出发！"谢振宇回答："是！"

模拟着舰区前方的跑道上，已经走下飞机的余涛迎接谢振宇的到来。谢振宇低声问："进入下滑通道后减速，最后回归用灯光飞行，还是要加速？"余涛不觉也像他一样压低了声音："不然没办法控制飞机！"谢振宇："明白了，不完全是因为中途飞低了，为了落在着舰点上，最后也还是要有速度！"余涛："不错！"谢振宇："谢谢！"余涛："祝你好运！"余涛跑步离开，谢振宇登机呼叫："01，01，03呼叫，可以起飞！"

谢振宇驾机升空时，余涛回到秦大地身边，和他一起望着那架周身还没有完成最后涂装的试验机。"大队，我飞得不好。"他说。秦大地并不看他，宽慰他道："我说过，这是个训练问题，我们都没有经验。——他在干什么？为什么要绕一个圈子，不直接对准着舰区飞下来？"余涛重新盯住正在围绕着舰区做矩形绕飞的谢振宇机，也发现事情不对。队列里，耿见林也对康延成道："老康，老谢这是过什么瘾呢，为什么不直接进入灯光通道落下来！"吴强看出了点什么，道："绕这么大个圈子降低速度，太浪费时间了！"康延成不这么认为，说："不，外军舰载机着舰都是这样飞，一可以降低高度，二可以更加从容地进入灯光下滑通道！"这些话秦大地和余涛都听到了，却都没有回头。王小毛大叫一声："他飞回来了！"众人一时都重新抬头朝空中望去，听到谢振宇已向秦大地发出了请求着舰的呼叫。秦大地严厉回答："03，03，真的准备好了吗？真的准备好了吗？"谢振宇的声音听起来有些不真实："03报告，已经进入灯光下滑通道！已经进入灯光下滑通道！”秦大地只来得及再说一句：“像余涛刚才那样飞！”谢振宇已经减速，飞机速度慢下来，脱离了灯光通道。余涛脱口道：“不好，掉得太深了，应当少减油门，保持速度！”秦大地也在谢振宇的这次飞行中看出了问题，急忙呼叫：“03，03，重复一遍，允许试验，为了操控飞机，可以少减油门，但绝对不能违犯规程不减油门，更不能加力着舰！听清楚了请回答，听清楚了请回答！”

他已经听不到谢振宇的回答了，因为飞机正在呼啸着落下来。吴强大叫：“他就这么下来了！”秦大地勃然变色。空中，谢振宇机呼啸着下落，降落点迎面而来，他注意到了，这个点距离着舰区仍然相当遥远，他只给了自己一瞬间的时间思考，就果断地将飞机重新拉起，加力，重回蓝天。

地面上，所有人望着重新升空的谢振宇机，都吃惊不小。秦大地尽力压住腾腾上升的火气，高声发出呼叫：“03，03，为什么没有落下来？为什么没有落下来？”已经回到空中的谢振宇做了一个深呼吸，回答道：“03报告！刚才感觉非常不好，请求重新着舰，请求重新着舰！”他的声音也在指挥车里回荡。衣正邦打开了面前的送受话器，加入了空地对话：“我是衣正邦！我现在直接指挥！03，03，我是00，同意重新着舰！我是00，同意重新着舰！”空中的谢振宇马上回答：“03明白！”他重新围绕着舰区飞出了一个矩形，降低高度，进入灯光系统给定的下滑坡道后再次报告：“我是03，进入下滑通道入口，请求着舰！”“同意着舰！”指挥车中的衣正邦回答，“这是试验试飞，可以大胆探索，试验没有禁区，危险动作除外！”衣正邦的声音也在试飞大队队列中回响。众人都望向了秦大地，秦大地突然打开送受话器：“03，我是01，我才是现场LSO！取消同意着舰命令！取消同意着舰命令！听到了请回答！听到了请回答！”陶斯勇大惊，喊：“大地！”秦大地不理他，他怒不可遏，继续呼叫：“重复一遍，我是现场LSO！取消同意着舰命令！马上拉起来！”“03明白！”空中的谢振宇回答，一边将飞机重新拉起，升空。指挥车里，众人看着衣正邦。张天一替秦大地圆场：“首长，秦大队这么做，也是为了试飞安全！”衣正邦满面怒火，一把打开车门下车。张天一忙跟下去，看衣正邦上自己的车，跑过去喊：“首长，就这么走了？”衣正邦道：“在这里碍别人的事，我不走，留下来干吗？”小魏上车。衣正邦对司机喊：“走！”见张天一还在发愣，说：“中午试飞结束，让他去见我！”张天一：“是！”衣正邦的车已经跑起来。

试飞大队队列前，秦大地望着重新升空的谢振宇机，仍在呼叫：“我是01，重复一遍，允许试验，为了操控飞机，可以适当少减油门，但绝对不能违犯规程不减油门，甚至加力冒险撞击着舰！听清楚了请回答！”空中谢振宇回答：“03明白！03请求着舰！”秦大地又强调了一遍：“必须严格按照规程减速着舰，两头用灯光，中间保持航向，不准加力撞击着舰！准备好了报告！”谢振宇做深呼吸，再一次绕舰区做矩形飞行，降低高度，呼叫：“03准备完毕，请求着舰！”秦大地道：“同意着舰！放下尾钩！”空中谢振宇将尾钩放下，手停在加减油门的位置上，突然，他做出了减油门的动作，飞机再次因为降速脱离灯光通道，向下方飘去。地面上，康延成看出来了，喊：“他在减速！”空中，谢振宇此时正全神贯注地控制着飞机，向着舰区飘来。突然，他瞥见了着舰中心点，发现太远了，控制油门的手不觉动起来，飞机加力，向上调整姿态。吴强第一个看了出来，喊：“他在加力！飞机又上去了！”秦大地严厉地盯他一眼，忽然想起来什么：“你怎么在这里！”吴强不看他，说：“检查完了，回来了，没事儿！”秦大地来不及多想，回头看正在下落的谢振宇机。余涛对他说：“振宇正在爬高，回归用灯光飞行！”秦大地这时也看出来了，空中的谢振宇经过一段时间的加力，操控飞机爬升，终于再次回到了灯光下滑通道的尾端。再抬头时，谢振宇发现着舰区正向自己撞过来。他下意识地再次给飞机加力，想把飞机再拉起来一点，舰载机却以比刚才更高的速度平贴着地面向前掠去，轰然着地。尾钩错过了阻拦索。

飞机慢慢滑行，停下来。挂索失败。

临时 LSO 指挥位置上，秦大地望着落地的飞机，面色铁青。陶斯勇、余涛及众人故意不看他。他忽然转身向队列：“耿见林出列！”耿见林出列。秦大地喊：“出发！”

总指挥部里，电话铃一阵阵响着。衣正邦推门进来接电话，对小魏道：“航母第三次试航的日子提前。马上赶到海上去！”小魏说：“首长刚才约了秦大队中午来见你！”衣正邦拨一个电话出去，说：“张天一，是我！你告诉秦大地吧，中午我不能见他了！我命苦，马上要赶到海上去！告诉他，我觉得他这么飞路数不大对头！”张天一在试飞场的指挥车里回答他：“首长是行家，一眼就看出来了？”衣正邦生气道：“你给我戴什么高帽子？我对舰载机着舰也一无所知。但我觉得他这个办法有问题！……什么问题我怎么知道？……条条大路是通罗马，但只会有一条是最正确的……我就是觉得他现在走的这条道儿不是！”张天一问：“首长要我向秦大队传达您的指示吗？”衣正邦道：“什么指示，我就是这么想想。还有，我觉得谢振宇想加力飞出一条直线，撞击着舰，说不定有他的道理。我一天到晚都在讲试飞安全，最怕死人，可是话又说回来，不打破禁区，哪里能找到突破口！啊对了，你不要拿鸡毛当令箭，我虽然这么说，但你还是告诉他，安全第一，不能死人！走弯路不可怕，怕的是不知道拐弯，一条道走到黑！好了，有情况马上报告！”说完了放下电话，对秘书小魏道：“愣着干什么？马上收拾，走！”小魏笑道：“首长，上航母平台收拾什么，那里现在是你的又一个家！”衣正邦哼一声，两个人往外走。

中午时分，试飞大队营区里，一辆大轿车停下，众试飞员下车。谢振宇下车，要走又站住，用目光寻找秦大地，发现秦大地头也不回地走向了办公楼。谢振宇想了想，走回空勤楼去。

办公楼二楼秦大地办公室里，秦大地刚刚接完张天一的电话，放下电话听筒一回头，见陶斯勇正在门口盯着他，说：“想进来就关门，不想进来就出去。”陶斯勇进来，关门对他道：“你火气不小啊。张司令说什么？”秦大地说：“传达了一通总指挥的指示。”“挨骂了？”“开头听着像是挨骂，后来听着像表扬。”“别吹牛。”秦大地认真地说：“首长个人感觉我现在走的路不是最正确的一条，但他又说，所有的直路都是弯路上走出来的。”陶斯勇不信：“一定不会只有这几句。还有什么？”秦大地心情不好，突然大声喊：“赵文，把谢振宇给我喊过来！”赵文远远答应一声，一串脚步声响起，跑远。陶斯勇看他：“找谢振宇干什么？”秦大地：“干什么？谈谈！不是总指挥这些话，我还没想起来！这小子今天想干什么？我反复告诉他不要加力着舰，可他还是想加力撞击着舰！”他拍了一下桌子，火气越来越大，“为什么总憋着劲跟我对着干？首长半道上还要接管试飞，他是不是想自己当这个大队长，要是那样，让他来！”门外传来脚步声，原来是谢振宇来了，喊：“报告！”秦大地：“进来！”谢振宇推门走进来，看陶斯勇：“政委。”陶斯勇对秦大地道：“你们谈，我走。”秦大地：“还真走哇？”陶斯勇：“你就甭虚情假意了，你愿意让我留下来吗？”秦大地不说话。陶斯勇哼一声拉开门走出去。秦大地看表，道：“离开饭还有几分钟，我们谈谈。关门，坐下。”谢振宇走过去关门，直奔主题道：“今天上午我不是有意违犯规程和大队的命令，大队也说过可以大胆试验，我其实并不想——”秦大地火力往上蹿：“你其实并不想加力撞舰，你想照着我说的办法飞，但马上发现根本不可能再回到灯光通道上去，于是就自作主张，按你的想法飞下来了！”谢振宇道：“是这样，我承认！”秦大地火气越来越大：“你承认！像你那样，先减力，然后为了回到灯光通道，不断加力，最后还是撞击着舰！你以为这样飞就能落到着舰中心点？你没落到那个大白点上，还把自己搞得手忙脚乱！万一出事故怎么办，会机毁人亡的！”谢振宇道：“大队，如果你也这么想，我们为什么就不能试一试，从头开始不减油门，这样到了下降通道末端，就不用再加力回到灯光通道了！”秦大地变色，拍桌子道：“你胡说什么！不减速，一直飞下来，那就真成了撞击着舰！还有，就是不减速，你能从头到尾一直沿灯光通道飞下来吗？要做到这个，你只能不断加力，加到一颗子弹的速度，才能飞出直线！”谢振宇抬头看他，大喜道：“对！只有用更高的速度，才能飞出一条直线，从头至尾做到沿灯光通道飞行，最后准确落到着舰中心点上，挂索成功！”秦大地大怒道：“说什么呢你！能这样飞事情就简单了！谁能这么飞？你，还是我？想死人吗？罢了，开饭了，去吃饭！”谢振宇举手敬礼。秦大地看着他走出去，更加生气，坐下来又站起，喊：“赵文！”

吴强出现在门前，道：“别喊了你，我来了。”秦大地看是他，说：“进来坐下，就咱们两个，说说今天体检的情况。”吴强把一张体检报告单放在他面前，说：“我不藏着掖着，你自己看一眼吧，不让你疑神疑鬼！”秦大地匆匆看一遍，松一口气，打开抽屉放进去，还上了锁，见吴强站着不动，喊："走哇！你不吃饭呀？"

夜幕降临。试飞大队多功能厅的大屏幕上，显示着一张新的着舰图。上面着舰点不但分散，而且很多还不在着舰区内。秦大地站在大屏幕前，皱着眉头看这张图。全队面对大屏幕坐着，鸦雀无声，气氛十分压抑。秦大地回头看大家，一开口火气就很冲："怎么不发言？现在发言，为什么着舰点这么分散？"王小毛举手。秦大地说："不用举手，大家自由发言，想到什么就说！"

王小毛道："大队，今天全队飞得这么差，大队自己成绩也不好，我认为只有一个原因！是速度不够！今天机场风速并不大，我们还飞成这样，将来到海上，遇上更大的风，还不全飞到海里去了？说完了！"秦大地大声道："坐下！谁还要发言？"耿见林说："我说两句。同意小毛的意见。今天看大家飞，后来我也飞了一个架次，忽然明白了一件事！咱们现在进行的其实是定点降落飞行，就像定点跳伞一样。"秦大地道："说明白点儿，不要打比喻！"耿见林道："定点跳伞的运动员为了能够跳到点上，在空中要不断地根据风力风速风向调整自己和伞的姿态。我们是在定点着舰，虽然大队不要求我们飞出一条直线，但航向本身仍要求是一条直线。没有一定的速度，不可能不受风的影响，落点散得这么开就可以理解了！不散得这么开才是不正常的！"秦大地将目光投向余涛。康延成举手，道："大队，我的提议是明天干脆把灯光助降系统关掉，大家既不用灯光，也不管航向，直线曲线，全不要管，自由地飞，目标只有一个，成功着舰挂索。这样，说不定成绩会好一点！"江海举手表示赞成，更多飞行员举手附议。秦大地生气道："好了，可以放下手了！"江海坚持举手。秦大地看他："江海，你想发言？"江海站起道："大队，这么飞太难受了，明天你就关掉那个鸟系统，让大家痛快飞一回，八仙过海，各显其能。三个臭皮匠，顶个诸葛亮，万一谁飞出了名堂，最直的那条路就找到了！”耿见林听了，带头鼓掌，众人跟着鼓掌。秦大地火大起来：“安静！起什么哄！”他不赞成这个提议，目光投向余涛：“余涛，你刚才不是要发言吗？现在可以讲了！”

余涛站起，旗帜鲜明道：“大队，我反对康延成和江海的建议！”江海瞪他：“你为什么反对？大家都赞成！”余涛道：“马上就告诉你理由！”他回视秦大地，道：“理由只有一个，在我们接触到的所有舰载机着舰的书籍和视频中，都讲到着舰必须要做到两件事，一是用灯，就是按灯光助降系统指示的通道着舰；二是用点。航母着舰区太小，一侧还有舰岛。我们现在的模拟着舰区是在跑道上画出来的，没有舰岛，还感觉不到舰岛对着舰的影响，你想怎么飞就怎么飞。”他看向众人，“我想用不着提醒大家，我们现在进行的所有试验试飞都是为了将来上舰，所以，从现在起每次试飞大家都应当遵循准确着舰必须做到的两件事，一用灯，二用点，在这个基础上再讨论其他问题！”耿见林对他道：“你是想说，每一次着舰试飞一要沿着灯光通道飞，二要对着着舰区中心线飞，不能偏离，更不能乱飞一气。对不对？”余涛坚决地说：“对。我认为这还应当成为纪律。大队，这就是我反对江海建议的理由！”一时间众人都不再说话。秦大地不觉看谢振宇一眼，发现他仍旧不发一语，生气地看向大家：“还有谁要发言？”见没人说话，又道：“散会！十分钟后，谢振宇、余涛、耿见林，到我办公室来！”

秦大地回到办公室，内心焦灼，走来走去。陶斯勇走进来看他，想说什么还没开口，谢振宇、余涛、耿见林已经出现在门外，喊：“报告！”秦大地：“进来！”三人进门，秦大地谁也不看，道：

“先宣布一件事，从今天起，见林参加技术攻关小组！”他并没给任何人说话的时间，立即转向谢振宇，“刚才在会上你不发言，现在可以说了！”谢振宇道：“大队，我想说的话会上有人说出来了！”秦大地一惊，问：“谁？”“王小毛！”“有了王小毛一番话，你现在更加认为没有速度，就没有准确着舰？”“对，我现在越发坚定地认为，全队落得不好，就是因为没速度！”秦大地不觉激动起来：“这个你不要再说了！再强调一次，我们是要摸索着舰技术，不是练习开着飞机从高空中撞舰自杀！”他将目光转向余涛和耿见林：“你们俩怎么不说话？”

耿见林想了想才道：“大队，我对老谢这个人不了解，可刚才他的一句话说不定有道理！”秦大地更生气了：“他什么话有道理？”耿见林道：“全队落得都不好，可能全是因为没有速度。没有速度，就一定没有直线，没有用灯，也没有用点。”谢振宇跟着又加一句：“最后也就没有准确着舰和挂索！”秦大地声音高起来：“谢振宇，你怎么认为我们现在的路就走不通？我们仅仅进行了一天的试飞，你就认为我们已经失败了，现在走的不是最正确的一条路？”谢振宇见他激动，又不说话了，只低着头。秦大地道：“除非经过大量试飞，证明这条路确实不通，我绝对不相信我们这些人就飞不出来！还是那句话，认定了就往下走，剩下的就是训练问题。没有训练就没有经验，有了经验再总结，上升到操作规程层面，形成制度，最后形成习惯，这条路就走通了！古人怎么说的？只要功夫深，铁杵磨成针！风的问题、用灯的问题、用点的问题，应当一并解决！真要解决不了，那不是别的问题，是我们能力有问题！我们这些人，都该离开这里，换别人来干！”见众人都不再说话，他大声道：“散会！”

等谢振宇、余涛、耿见林离去，秦大地抬头，才发觉陶斯勇正严厉地望着自己。他心里烦躁，说："怎么了，又这么看着我！"陶斯勇道："我要严肃地提醒你，你情绪有问题！你把大家喊来和你一起攻关，结果还是你一言堂！就是别人不对，也要耐心听大家说话，而且要听完！"秦大地不接受他的批评："我还不够耐心！我都说了多少遍……哎哟，我还忘了，这个谢振宇，我还没警告他呢！绝对不能再让他我行我素，照着自己的想法乱飞一气……得得，今天的事情到此为止，你也不用做我的思想工作，也该休息了！"陶斯勇还要说什么，吴强敲门走进来。秦大地看他，火气又上来了："你怎么又来了？还有什么事？"吴强道："明天的试飞计划，还没有呢。"秦大地大吼起来："继续执行今天的试飞计划。不要怕挫折，不要怕失败，我也想痛快，明天早上就解决成功着舰的关键技术，能那么容易吗？"吴强和陶斯勇见他不冷静，互视一眼，转身离开。

夜晚，空勤楼内，康延成在自己房间里打一款新飞行游戏。谢振宇敲门走进来。康延成按下暂停键，回头看他："瞧你这一脸黑气，又挨训了？"谢振宇心情不好，说："都什么时候了，你还有心思玩游戏？"康延成不说话。谢振宇心中一动："不对，你不是也在搞你的一套程序吧？"康延成急忙掩饰："没有！"谢振宇笑："你这小子，我现在要处处防着你，真的没另搞一套？"康延成道："原则上说，人类做的所有事情都是游戏！"谢振宇道："别扯高深的，你找到了吗？""还没有，正在找。"谢振宇生气了："21世纪找得到吗？"康延成笑道："你都走投无路了，来求我，态度总得好一点。"忽然想起了什么，大叫一声，"哎哟！我给忘了她这会儿还在图书馆帮你找资料呢！"谢振宇猜出了他说的人是谁："不过是个数据，就那么难？你老婆真够笨的！"康延成不高兴了："你再这么说话我跟你急，那可是我老婆！"谢振宇妥协："行行。她到底什么时候才能找到？"康延成叹气："老谢，我这婚结得，这阵子穷得连新的网上游戏大赛都参加不了！"谢振宇一惊："工资卡呢？"康延成摊手："老婆没收了！""哎哟我说你，"谢振宇急了，"零花钱也没留？"康延成："工资卡都拿走了，哪还有零花钱！我现在成了彻底的无产阶级！"谢振宇半晌才道："就是想让我给你网上缴费。行，但是有一条，你老婆得赶紧把数据给我弄到！"最后一句话他是吼出来的。康延成看着他笑，把手机找出来，拨通柳尼娜的电话："喂，老婆，是我——"

电话那一端，柳尼娜仍然踩着梯子，一边在某市图书馆的书架间找书，一边接康延成的电话："什么什么？不过是个数据，就那么难？他怎么知道不难？为了你们要的这些数据，我最近几天看的书比十年都多……我是看书找书，你以为在网上一搜就能搜到哇……哎哟，我找到了……什么书？是本小说，讲航母的……你得等我看完，才能告诉你有没有谢振宇要的数据！"她抱着书从梯子上走下来，听康延成抱怨她动作慢了，生气了："康延成，你凭啥这么使唤我！我嫁给你搞得像你们家挨打受气还要干活的小媳妇一样……他着急？不是为了帮你朋友的忙，我今天晚上就去看演唱会了……对，我最喜欢追的明星，我都没去！都是为了你！"这个电话又打了半天才结束，康延成一边关手机，一边看谢振宇，道："听见了吧？求人不容易，特别是求女人。"谢振宇不理他，要走。康延成不想放过他，仍在表扬柳尼娜："其实她这人不错，就是嘴快，不饶人，告诉你一个秘密，是我让她调到图书馆去的！"谢振宇吃惊了："怎么，为了解决舰载机着舰？"康延成见好就收，摆手道："行了，走，有消息马上告诉你。"谢振宇转身走，康延成继续打他的游戏，忽然又停住，叫："老谢，回来！"谢振宇回头："又怎么着了？"康延成神神秘秘地说："我发现了一件事。在任何一款外国人开发的飞行游戏中，舰载机都没有像我们现在这样减速飘着着舰！”谢振宇心里已经动了，仍故意道：“你那是游戏！”康延成不知是计，道：“你又来了！你把游戏看成是真的，它就是真的！我们假设一下，不把舰载机看成舰载机，也不把着舰看成着舰，只把舰载机看成是一个运动物体，着舰看成是物体运动的过程，会怎么样？”谢振宇看他，皱起眉头思索。康延成一发而不可收了：“我们来做一道数学题，已知某物体运动的距离和它运动的时间，这时候就能算出运动的速度。对不对？”谢振宇道：“不错！”康延成：“同样，已知某物体运动的时间和它运动的速度，就能计算出物体运动的距离！”谢振宇道：“说下去，那又怎么样？”

康延成道：“只要我们知道了外国舰载机做着舰运动时这三个数据中任意两个，就能知道另外一个！”谢振宇目光一点点亮起：“这就是我让你请你老婆帮我找那个数据的原因！”康延成怔了一下，心思转向了别处，问他：“你要搞一个着舰程序的事儿，这会儿还没有透露给秦大队吧？”谢振宇哼一声：“怎么露？八字没一撇，你老婆到底靠不靠谱啊？要是找不到那个数据——”康延成打断了他的话：“我怎么知道！不过我知道怎么做能让她靠谱。”谢振宇故意道：“我也知道！”康延成有点慌了：“你不会这么功利吧？为了搞出你的一套着舰程序，牺牲我！”谢振宇道：“你已经牺牲了，连工资卡都让人没收了，但咱的牺牲总得有点回报吧！”康延成手一指门，吼道：“走！”谢振宇笑起来，转身走出房间。

康延成站起来关门，走来走去思考，回头坐下，拨手机给柳尼娜：“喂！老婆，你在干什么？”柳尼娜说：“我刚出图书馆，去跟朋友吃饭。有事回头说吧！”康延成立马紧张道：“什么朋友，男的女的？”柳尼娜此时已经到了一家很热闹的餐馆门前，满心欢悦，故意逗他：“你管我跟什么朋友吃饭？你吃醋了，吃醋了就好！不就是那个什么数据吗？你当我跟什么人吃饭？我帮你和谢振宇的忙呢，航空大学的教授，海归，我约的，想让他帮忙找那个数据！你以为我白花钱请人客呀，我花钱心不疼啊！”康延成听了高兴，但还在催：“你可快一点啊，谢振宇急死了！还有我！”柳尼娜在电话那一端道：“行，海归答应了，说吃完饭今天夜里不睡了，回去就找！”康延成仍有点不放心：“我可警告你，小心被人家拐走，我可只有你一个老婆，要是有三个两个的也就罢了——”柳尼娜在电话里咯咯地笑起来：“你真的假的？这么说我高兴，以后天天这么说一次，我就什么男人也不见了，不然小心我红杏出墙！……告诉谢振宇，我不会让你们等太久的！刚才这海归还在电话里讲，说不定他真能帮我找到这个数据！”康延成叫好，说：“要快！要快！要快！”柳尼娜这时又卖起关子来：“你还没说怎么谢我呢！”康延成说：“事还没办呢，有什么可谢的！”柳尼娜道：“我周末要过去。”康延成大叫：“不行不行。我们这边忙着呢，万一你要是怀上了——”柳尼娜道：“我岁数不小了，得赶紧怀，你也得抓紧！”康延成又紧张了：“绝对不行！万一我们试飞任务没完成，你要生孩子，我回去洗尿片子，不不不！”柳尼娜生气道：“谁说要你回来洗尿片子了？有了孩子不要你管，再说现在家家都用尿不湿，谁家还洗尿片子！”康延成脑袋要爆炸了，道：“得得得，咱不说尿片子，但你一定不能来！我们大队除了咱们结婚时来过你一个家属，还没谁的家属来过呢，咱不能开这个先例！”他忽然不说话了，原来他听到了余涛也在对面宿舍里给什么人打电话，要一个什么人帮他查两个资料。“一个是美国舰载机着舰大致要用的时间，另一个是苏联、现在的俄罗斯舰载机飞行员着舰，要用多少时间。对，非常急！谢谢！再见！”余涛那边电话已经完了，康延成的电话还没有挂掉，惹得柳尼娜在电话那一端一个劲地喊：“哎，康延成，你怎么不说话？……你哑巴了你？……”康延成这时才小声对她说了一句：“别喊！总之你要快，不然就不赶趟了。拜拜！”

这天深夜，都两点钟了，柳尼娜还在看书，突然大叫一声：“啊，有了！”杜秋英因为女儿没睡，也一直没睡着，这时穿着睡衣走进女儿的房间：“你怎么了？疯了？还不睡。”柳尼娜一下从床上跳下来，抱住杜秋英，大叫一声：“妈！”杜秋英要抵抗她，嘴里嚷着：“干什么干什么？”柳尼娜两眼喜泪道：“您老人家要破财了！”杜秋英警惕地对她道：“怎么了？你不会是有了吧？”柳尼娜道：“哪有这么快呀，你老人家也太心急了。这会儿还没有，但很快就会有的。你出去，我要打电话！”她用力将母亲推出去，立马打手机：“延成，让我怀孩子，我就给你那个数据！”电话那一端，被吵醒的康延成大惊，但马上就反应过来了：“找到了？在哪里找到的？”柳尼娜压低声音道：“我说，你记！”康延成急忙从床头柜上找到纸和笔，道：“快说！”柳尼娜一字一字道：“美国小说家，克莱姆·卡赞的《天空和海洋》，中译本345页，同时记载了美军和苏联航母舰载机着舰的时间！”康延成失望道：“是本小说呀！”柳尼娜道：“那个海归给我的数据，和书上的数据完全一致！”康延成激动了：“快说呀你！”柳尼娜要说，又止住了：“我拍个照片发给你，都在上面呢！”康延成这时感觉到了妻子的细心，大叫：“尼娜，我爱死你了！”柳尼娜抓紧时机发嗲道：“我要孩子！”康延成又拒绝：“这个周末不行，估计下个周末也不行，得等我们放假！”柳尼娜道：“不嘛，我这个周末就过去！别害怕，我不进你们营区，我在外面找个宾馆住下来，再给你打电话！神不知鬼不觉——”话还没说完，她就突然干呕了一声。康延成紧张了：“尼娜，怎么了你？”柳尼娜继续干呕。杜秋英推门进来，看女儿，问：“怎么了怎么了？”柳尼娜一边干呕，一边说：“妈，我是不是吃了不干净的东西了？”杜秋英是过来人，看她，大喜道：“你是不是怀上了？”柳尼娜怔住了：“我？怀上了？怎么可能！”杜秋英反问她：“怎么不可能！”康延成仍在手机里叫：“尼娜，怎么了你！”柳尼娜拿起手机接着跟他通话，说：“这个周末我不过去了，我得让我妈你的丈母娘陪着上医院！”康延成更紧张了：“你上什么医院，怎么了？”柳尼娜这时满脸幸福：“不告诉你！”但是康延成的心思已经飞快地转到另一个方向去了，他关掉手机，穿着内衣跑去敲隔壁谢振宇的门，小声叫喊：“老谢！开门！”谢振宇开门，康延成激动地冲进他房间，一脚把门踢上，打开手机，让谢振宇看一张照片。谢振宇一下子就明白了，大叫：“哪里得到的？”康延成道：“我老婆从一本外国人的书上发现的，又和一个海归专家的数据进行了比对，确认一致！”谢振宇转身坐下，打开电脑。康延成激动地陪他坐下来。谢振宇对比两个不同数据，问：“为什么两个国家舰载机的着舰时间会有这么大的不同？”康延成已经没那么激动了，但反应很快，道：“和运动时间有关的元素第一是运动距离，第二是速度！”谢振宇道：“你认为他们的着舰速度有很大差别？”康延成道：“如果着舰只有一种速度，差别就只剩下运动距离的不同！”谢振宇道：“快让你老婆再查一查，不，问问那个海归，美国和苏联舰载机着舰的运动距离各是多少？查到这个，就能知道他们各自的运动速度。知道了运动速度，我们就找到了解决着舰技术的密码！”康延成心疼柳尼娜，说：“这都凌晨三点了！”谢振宇哪里顾得上他的感情：“凌晨三点怕什么，反正也快天亮了！”康延成道：“你还有点人道主义吗？不是你老婆是吧？”但仍然立马拨通了妻子的手机：“尼娜，你还不能睡……马上帮我找找，美国和苏联舰载机着舰的运动距离各是多少？”

次日清晨，陶斯勇办公室门外，谢振宇和余涛分别走来，二人相视，都站住了。余涛盯着谢振宇的眼睛：“发现了什么？”谢振宇道：“别忌妒，我发现了美苏舰载机着舰的时间！”余涛继续问下去：“美军是多少？”谢振宇却道：“你先说！”余涛：“数据E到T，平均值R！”谢振宇又问：“苏联？”余涛道：“这个你来说！看看我们的数据对不对得上！”谢振宇说：“数据U，但我觉得太长了！”余涛分明也在想这件事：“为什么会有这么大的差别，原因？”谢振宇猛拍一下脑门，大声道：“我的天！速度和飞机技术参数有关，时间不同，是因为飞机性能不同！”余涛对这个答案并不满意：“即使是这样，他们还是差不多飞出了同样的速度！”谢振宇道：“可这个速度不在隼式飞行范围之内！”余涛深深地看他：“你就是为了这个才来见政委？”谢振宇一笑也不笑：“你不也是为了这个来的？”余涛说：“我们可能要和大队展开一场战斗，必须争取同盟军！”谢振宇同意他的看法，说：“很可能还是一场恶战！”余涛说：“我唯一不能相信的是，难道我们都想到了，大队居然没想到？”谢振宇仍旧盯着他的眼睛：“万一呢。就这次，在着舰的问题上，我突然觉得——”余涛帮他把话说了出来：“秦大队老了？”谢振宇不说话了。余涛又道：“虽然老了，战斗力仍在！”谢振宇说：“所以我说可能是一场恶战！”二人击掌。余涛看谢振宇：“敲门！”谢振宇举手敲一下门，喊：“报告！”他们马上听到了陶斯勇的回答：“进来！”

谢振宇、余涛走进陶斯勇的办公室时，发现他正在跟衣正邦通话：“是。我明白了！马上给梁总联系，让专家团参与着舰试飞！首长还有什么指示？……再见！”他放下电话，目光立即转向余涛和谢振宇：“是你们俩？怎么着？”余涛对谢振宇道：“你说！”谢振宇：“还是你说！”陶斯勇哼一声：“还谦虚起来了？谢振宇，你说！”谢振宇道：“政委，有件事余涛和我认为必须马上来见你！”余涛补充：“也只能来见你！”陶斯勇让二人坐下说。谢振宇道：“不坐了，话不多。我就两句。第一句，余涛怎么想的我不知道，我是这么想的，我下面讲出的主意，根本不是想和秦大队对着干——”陶斯勇立马截断了他的话头：“没人认为你在这样做！”谢振宇道：“第二句，我和余涛，有可能发现了攻克着舰技术的办法！”陶斯勇心中大惊喜，看余涛：“是这样吗？”余涛庄重地点了一下头。陶斯勇急道：“快讲！不，还是坐下讲！”二人坐下，谢振宇看余涛：“这回该你了！”余涛道：“还是你讲。我先听，看我们两个想到的有没有不同，如果不同，我再讲！”陶斯勇道：“不要谦让，振宇先讲！”谢振宇道：“政委，我们通过不同渠道了解到了美国和苏联舰载机着舰的时间，数据虽不同，但他们着舰的速度大致接近，也就是说，由于两国的舰载机性能不同，为了准确着舰，各自摸索出了一套着舰程序！”陶斯勇心中又是一震：“你说什么！着舰程序？”“对！着舰是一套程序，也应当是一套程序！”陶斯勇严肃地看着余涛：“你也这么认为？”余涛点头：“对，而且应当是一套规范化的程序，这套程序就是成功着舰的规律、方式，将来还应当成为我们的操作规程，用到大规模培训航母舰载机飞行员的工作中去！”陶斯勇回看谢振宇，道：“快讲你的程序！”谢振宇道：“我要说明，这不是我一个人的劳动，和我同时，康延成也搞出了一套程序，我是综合了我们各自搞的一套程序，才有了现在这套程序。”陶斯勇道：“拣要紧的说！”谢振宇道：“这套程序简单地说是两部分。一部分是准备着舰，一部分是实施着舰。飞机在海上临空，发现航母，第一要做的是绕舰飞一周，调整姿态，降低到着舰需要的高度，进入灯光下滑通道入口；然后是着舰，以国产舰载机的技术参数为依据，严格规定着舰距离和速度，在规定时间内准确着舰！”陶斯勇回看余涛。余涛道：“我唯一要补充的是在国产舰载机的相关技术参数已确定的情况下，如何确定着舰距离和着舰时间。距离太长，着舰时间就会增加，对飞行员飞出一条直线不利；距离太小，时间相应缩短，留给飞行员处置突发情况的时间就没有了。还有一个最重要的问题，着舰时间无论是像苏联那样长，还是像美国一样短，都不可能用隼式飞行技术完成！”陶斯勇已经听出了他的重点：“你是说，必须用鹞式飞行技术着舰？”余涛道：“对！”他看了谢振宇一眼，“说实话这是我昨天的最大发现，我相信也是振宇的最大发现！”陶斯勇道：“隼式飞行降落就是减速降落，鹞式飞行技术用于降落，却是加力降落，在陆地上是绝对不允许的，那是让飞机高速撞击地面，用到海上，就是高速撞击着舰！秦大队不会同意的！”看二人不说话，又道：“我现在明白你们俩一起来见我的原因了！”余涛道：“政委，虽然我和振宇、延成，同时想到了这么一条路，而且我们相信，无论美国还是苏联海军，他们着舰技术的核心非常可能就是用鹞式飞行技术着舰，但毕竟我们没有第一手资料，做出这些思考的根据全来自非权威渠道，如果不能通过反复试验试飞加以证明，基本等同于猜测！”陶斯勇看谢振宇：“你也是这个看法？”谢振宇：“是！我要求政委帮我们做工作，不但要说服秦大队，更要说服总指挥，至少同意我们试一试！”陶斯勇略一思索，转身答应了：“好吧。包了归齐还是撞击着舰，我只能试着说服秦大队，至于总指挥，我会向他报告的，但我认为秦大队这一关最关键，他要是通不过，即使总指挥点头他也不会让步。说到这里，我要提醒你们二位，在秦大队没有认识到需要改变自己的思路之前，你们，尤其是振宇，要带头坚守纪律，不能另搞一套！”谢振宇看余涛，二人回头，齐声回答：“是！”

他们刚刚离去，陶斯勇沉思了一分钟，就把吴强喊了过来。陶斯勇让他关门。

吴强关上门，回头笑道：“干什么，搞得这么神秘？”陶斯勇低声问他：“大地懂不懂鹞式飞行？”吴强吃了一惊，要笑又止住了：“说什么呢？大地不懂鹞式飞行，这里还会有人懂吗？”陶斯勇心情大振：“千真万确？”吴强道：“千真万确！前一阵子在南海试飞歼-15，他就使用了鹞式飞行技术！”陶斯勇一跃而起：“有没有现场视频？”吴强想了想道：“应当有，至少中航公司应当有。”陶斯勇高兴道：“很好。多问一句，你行吗？”吴强一惊，笑道：“我不行。”陶斯勇笑容落去，又问：“你估计一下，能够熟练掌握鹞式飞行技术的人在全大队占个什么比例？”吴强笑道：“最多不会超过三个人。最少——”陶斯勇明白他的意思：“最少只有大地一个。你说最多三个人，另外两个是谁？”吴强道：“我说最多三个人也是猜的。余涛既是空军的王牌，估计可以算一个，剩下一个我猜谢振宇，他是吴惊天的学生，吴惊天当年飞过鹞式飞行，但我不敢保证……多半这小子也不会！”陶斯勇道：“你这小瞧咱们这支队伍了，有一个人说不定也会。”吴强歪着脖子想，又看他：“谁呀？不会是康延成吧？这小子打游戏行，可是要真飞——”陶斯勇不再和他谈下去，说：“啊，吃饭去！”

上午8点整，试飞大队全体再次列队试飞场。秦大地再次站在队列前讲话，态度严厉：“今天我们继续飞。重复一遍，既然认定这条路可行，就要咬着牙往前走，不怀疑，不动摇，风的问题、用灯光的问题，一次解决不了十次，十次不行一百次，一千次！余涛出列！”余涛答应一声出列。秦大地道：“出发！”余涛回答：“是！”跑向飞机。这时秦大地的目光再次投向了大家：“其他人注意观察，发现问题，晚上开会时讲出来，大家讨论！我就不相信，我们这些人就飞不出来！”队列里鸦雀无声。

当天的情况仍然不好。等晚上全大队集会时，大屏幕上显示的落点仍十分不理想。秦大地的声音开始嘶哑，他再次请大家发言：“和昨天比今天有什么新发现，感悟也行，都说出来！”但是和昨天晚上相比，今天没有人要求发言。秦大地生气了：“怎么没人讲？没人讲我点名！余涛，你先讲！”余涛站起道：“大队，如果要我说，还是那句话，没有速度就没有直线，也就没有用灯光和用点，没有准确着舰！何况——”他没有再说下去。秦大地心情越发不快：“为什么不往下说了？说呀！”余涛道：“那我就往下说。我认为，速度问题没有大队您想的那么恐怖。我们进行过陆地最高速度和重量挂索，那样的情况下人、机、索都扛住了——”秦大地听出了他要说什么，立即打断他的话：“你可以坐下了！谢振宇有话要说吗？”谢振宇站起道：“我接着余涛的话补充一句。如果问题真的全部出在速度上，我也认为，即使那样做真的恐怖，我们也回避不了，更不需要回避！”秦大地越发不快了：“你可以坐下。还有谁要说？”会场上再次沉默。秦大地道：“没人愿意再讲了？政委你有什么要讲吗？那我讲两句咱们散会！我仍然不认为只有从速度上才能用灯、用点，解决准确着舰的问题！我们才飞了几天？大家就没有信心了？为什么一定要纠缠到速度上去？如果非要从速度上去解决，这个速度又是多少？我们能飞出多大的速度？真能飞出一条直线吗？飞不出一条直线，你想从速度上解决就不成！何况我多次说过，我们不怕死人，但我们就是不能轻易死人，我不答应！明天继续按原来方案飞，散会！”

多功能厅外，余涛和谢振宇站住，看着众人离去。余涛道：“我们联名写信给总指挥吧，把讲法全写清楚，也许能把局面扳过来！”谢振宇摇头：“太慢，我先打个电话，如果需要，咱们再写信给总指挥！”余涛问：“你要打给谁？”谢振宇道：“这你就别问了。”余涛笑了，看着他离去。

空勤楼里，秦大地开门走进自己的房间，“砰”一声将门锁上。陶斯勇跟过来，要举手敲门，又停下了，走向自己的房间。吴强跑了过来，小声道：“政委，搞到了！梁总才让人送来！”陶斯勇大喜：“太好了，我马上看！”吴强将一块大号移动硬盘交给他，转身离去。陶斯勇急忙进屋，打开电脑，将移动硬盘连接电脑，然后打开一个视频。电脑屏幕开始出现几个月前秦大地在海上试飞歼-15的镜头——

先是秦大地在高空中给飞机加力，飞机以极快的速度几乎垂直地插向海面；海面越来越近，已经可以看到水中的波纹；波纹越来越清晰，渐渐变成更为清晰的波浪。陶斯勇变色。屏幕上，海面波浪消失，变成蓝色的一片。飞机却在继续急速下降。就在飞机几乎和海面无限接近的一瞬间，机头一个转弯，擦着海面腾空而起，直上蓝天。陶斯勇不觉惊呼：“哇！鹞式飞行！”他闭了一会儿眼睛，重新睁开，继续紧张地盯着电脑屏幕。屏幕上，秦大地的飞机又从高空中急速向海面上飞下来，突然在贴近海面的地方变换一个角度，开始做水平超低空飞行。陶斯勇再次在心底惊呼：“水平超低空！”屏幕上的秦大地机开始掠着浪尖平飞，海面上波涛起伏，飞机飞得极为平稳。陶斯勇内心的欢呼声响起：“秦大地！这才是真正的秦大地！”他极为激动，抓起桌上的电话听筒，拨了一个号码："振宇，你喊上余涛，马上到我这里来一趟！"说完了他放下电话，站起来，让自己平静一些，看表。表针已经指向十一点。谢振宇和余涛很快就赶来了，两人进门，一起看陶斯勇："政委！"陶斯勇示意二人坐下，说："这么晚让你们来，我只问两个问题！"二人对视，又一起对陶斯勇点头。陶斯勇道："你们两个是不是都认为，只有解决了速度问题，才能解决用灯、用点的问题，从而也才能准确着舰！"谢振宇脱口而出道："是！"余涛坚定地点头。陶斯勇接着说出了第二个问题："你们是不是还认为，只有用鹞式飞行技术降落，才能解决着舰时的速度问题！"谢振宇道："是！政委，刚刚我又进行了计算，无论是美国的时间值，还是苏联的时间值，运用隼式飞行时间完成着舰都是不可能的！理由是这样的时间值要求舰载机运动距离非常短，这么短距离让舰载机减速着舰是不可想象的！"陶斯勇点头："我明白，在陆地上你可以飘落到着舰区之外，在海上就要落到海里去了！"余涛道："就是这个意思！"陶斯勇道："临时增加一个问题。你们是不是认为，只有华山一条道？"谢振宇道："非常可能！"余涛道："我认为是极其可能！"陶斯勇道："这就有问题了，我们的秦大队在担心什么，他为什么从来没有提起过鹞式飞行这四个字！"谢振宇没想到这个问题，但仍然立马做出了反应："大队一定不是忘了，是他不愿意。因为我们这些人过去都在陆地上起飞、降落，从来不需要飞舰载机着舰这样的课目，我估计大部分人从没有飞过鹞式飞行！"余涛同意他的看法："大队不愿意让大家讨论速度问题，是在回避鹞式飞行，他认为那等同于高速撞击着舰。他自己没飞过，别人更没飞过，人、机、索、舰是不是承受得了也是未知数！"谢振宇想了想又补充道："还有更大风险。进入鹞式飞行，如果没有速度，或者有了速度飞机姿态不好，一旦飞机失速，本身的动能和势能又那么大，掉下来落在航母上，就是巨大灾难！”陶斯勇心潮起伏，走到窗前去，突然回头道：“你们两个人是不是飞过鹞式飞行？”余涛道：“我没有。”陶斯勇的目光盯住谢振宇，他听到了他希望听到的回答。“我飞过！”谢振宇说。陶斯勇不相信又不敢不信，问：“你飞过？你怎么会有这样的机会？”谢振宇发现这次连余涛也在用惊讶的目光看他，回答：“在海上追逐敌机，从高空向海面俯冲，这时飞机是在降落，速度却要加大到最高，就用到了鹞式飞行技术！”余涛听了，道：“如果那也算，我也飞过！”陶斯勇摇头道：“可那不是着舰，不一样！”

谢振宇道：“是不一样。由高空向海面俯冲，不需要讲究飞机姿态。我刚才在宿舍里进行了简单运算，发现运用鹞式飞行技术在航母上着舰，飞机第一重要的是要一直保持相对恒定的功角。”余涛担心陶斯勇不懂，解释道：“通俗地说就是飞机上升和降落时翼形与水平面之间的夹角。”谢振宇接着道：“用鹞式飞行技术着舰，飞机所以要保持相对恒定的功角，是因为不这样就会造成着舰时机头着地或者因失速掉下来。这和我在海上与敌机缠斗不一样，那时没有这方面的顾虑，因为那不是着舰。”陶斯勇全明白了，道：“这就是说，虽然你们认为可以用鹞式飞行技术进行着舰试飞，但你们其实也没试过，一切都是猜想。”谢振宇不满意他的回答，说：“政委，还有两个人十年前就运用鹞式飞行技术进行过空中缠斗！”陶斯勇看他，猛醒：“秦大队和吴惊天？”谢振宇点头：“我看过十年前秦大队和我的恩师吴惊天的三场空中竞赛录像。那里面的一系列技术动作我认为就是鹞式飞行。我能在海上用鹞式飞行技术压迫对手，就是从那里学来的！”他和余涛都用充满期望的目光看着陶斯勇。陶斯勇道：“太晚了，回去休息吧。”二人相视一眼，只能点头离去。

还是这个夜晚。茫茫大海上，航母平台的试验试航仍在进行。舰岛衣正邦的办公室兼住舱里，衣正邦接到了一个电话。他说：“你这个陶博士，你也不看什么点儿了，怎么知道我没睡？”陶斯勇在电话那一端说：“首长，我遇到难事儿了，不找你找谁呀？”衣正邦哼哼着说：“你要说什么，我大致上都知道了。刚才我已经接到了一个人的电话。”陶斯勇听到名字后吃了一惊：“谁？吴惊天？”衣正邦道：“说你的事吧。”陶斯勇道：“谢振宇和余涛都认为不解决速度问题，就解决不了用灯、用点的问题；不能解决用灯、用点的问题，就无法解决准确着舰的问题。而要解决速度问题，只有一个办法——”衣正邦道：“鹞式飞行！”陶斯勇道：“对！但能够进行这种飞行的人在本大队里可能只有三个人！”衣正邦问：“除了秦大地还有谁？”“谢振宇和余涛。但就连他们三个，也没有谁真正用鹞式飞行技术进行过着舰飞行。”衣正邦问：“你想怎么办？”陶斯勇道：“想不出办法，所以才这么晚跟首长打电话！”衣正邦沉思了一会儿，说：“大地自己为什么没有提出鹞式飞行的问题？”陶斯勇道：“我们还没有讨论过，但我大致了解他的想法。他认为无论用什么技术着舰，只要是开着飞机高速撞击着舰，差不多就是自杀！”“他认为有别的办法可以解决着舰问题吗？”“他现在的办法是两头用灯，飞出一条基本用点的曲线着舰。但效果不好，飞机没有速度，等于是飘下来，受风的影响太大，根本不能准确落到着舰点上！但他坚持让大家这么飞，不愿意改变。”衣正邦又问：“我应当做什么？”陶斯勇道：“我现在也不知道该提什么建议。如果我提议让你下命令改用鹞式飞行技术着舰，万一发生意外，第一个牺牲的一定是大地！”这一点衣正邦已经想到了，问：“还有吗？”陶斯勇眼眶开始湿润："我认为本大队没有第二个人能像他那样熟练地掌握和运用鹞式飞行技术，所以，大地绝对不能牺牲。"衣正邦又想了一会儿，说："谢振宇和余涛飞过鹞式飞行？"陶斯勇急了，说："首长，我再说一遍，他们那是在海上从高空向下加力俯冲，不是撞击着舰！真要飞鹞式飞行，大地一定会禁止他们两个中任何人第一个出场，他只会自己第一个去飞！"感觉到衣正邦的沉默，陶斯勇说出了实话："首长，这就是我不知道该怎么办的原因。"衣正邦说："你等我的电话吧。在我想出办法前，怎么飞还是大地说了算！"陶斯勇道："是！首长再见！"衣正邦又说："等等。我们为什么不能请两家地方公司的老总和他们的专家团队提一下意见呢？请他们帮帮忙，出出主意，也许能想出另外的突破口！"陶斯勇反问了他一句："这是建议还是命令？"衣正邦生气了："是建议，说是命令也行！"陶斯勇高兴了，说："首长，梁总和周总那边还得你请！"衣正邦向来痛快，说："行，我马上打电话，明天上午你们就开会！"

放下电话，陶斯勇上了床，还是睡不着，又爬起来，穿衣服，下决心开门走出去，敲秦大地的房门。秦大地穿着内衣开门，开亮灯，说："你发什么疯？什么时候了？"陶斯勇不理会他的不高兴，说："什么时候怎么啦？你这又没有女人！我睡不着，来请教一个问题！"秦大地放他进门，站着看他，没有让他坐下。陶斯勇就站住，说："告诉我，什么叫鹞式飞行？"秦大地听了面色急变，警惕地盯着他，道："这跟你的政治思想工作有关系吗？"陶斯勇说："怎么没有关系？我是政工干部，但是不把自己变成内行，在你这里就更没有立足之地了。告诉我什么是鹞式飞行就这么难？说吧，我想知道！"他自己稳稳地坐下来，摆出一副你不说我就不走的架势。秦大地仍不愿意陪他坐下，说："太晚了，我只能简单地说。飞机在陆地上起飞，飞行员加速，飞机升空；飞机降落，飞行员减速，这是隼式飞行。如果相反，飞机升空时减速，降落时加速，就是鹞式飞行！”陶斯勇不依不饶道：“讲下去啊。第一，鹞式飞行也是一门飞行技术，对不对？第二，鹞式飞行有危险吗？都告诉我！”秦大地说：“明白了。有人对你提起可以用鹞式飞行技术解决着舰问题！”陶斯勇却不承认：“我没问你这个，我问的是鹞式飞行作为一门飞行技术，有什么样的危险！”秦大地点头道：“行，今天我满足你的求知欲。看样子不满足你不走。第一，从理论上说——我说的是理论——鹞式飞行不但是一门飞行技术，严格地说还是一门涵盖范围宽泛的飞行技术，连隼式飞行技术都可以看成是它的一部分。”陶斯勇吃了一惊：“原来是这样！我真是孤陋寡闻！”秦大地：“但在真正的飞行中，隼式飞行和鹞式飞行还是有严格区别的。国外可能有人飞过鹞式飞行，但是国内，还真没人试过。”陶斯勇欲擒故纵道：“为什么？”秦大地道：“因为过去不需要，用不着。我们都是陆地机场，飞机升空加速，降落减速，全在隼式飞行范围之内，你减速升空，飞得起来吗？加力降落，那是撞击着地，不是有病吗？”陶斯勇故作高深道：“可我听说有人飞过鹞式技术。”秦大地不上他的套，说：“我现在回答你第二个问题，鹞式飞行有什么危险。除非你疯了，才会在飞机降落时加力向地面或者航母甲板上撞下去，什么危险，人、机、索可能全完蛋！”陶斯勇道：“这就对了。你并不是没想到过鹞式飞行技术，是从一开始它就被你排除掉了！”秦大地脸色难看起来：“你说得不对！我排除它是因为我们中间没有人真正懂得鹞式飞行撞击着舰技术！”陶斯勇道：“但有人可以证明，十年前你在和吴惊天的三场对决中就使用过鹞式飞行技术！”秦大地一怔，哑然失笑道：“有人看过我和吴惊天当年的竞赛录像！不是谢振宇就是余涛，也许两个人都看过！”只一瞬间，他的笑容又重新敛去，表情变得严肃而又坚定：“可他们错了，过去我和吴惊天，不久前还有谢振宇，都在竞赛或者执行任务时貌似使用过鹞式飞行技术。第一，那不是真正的鹞式飞行，不过是高速加力下降，第二更不是撞击着舰！现在谁能告诉我，我们的飞机、阻拦索、航母着舰甲板扛得住这一撞？就是有人告诉我扛得住，我也不能答应这么飞！”陶斯勇大声道：“为什么？”秦大地道：“他们心里想的是飞出一条直线！可要飞出一条直线，不但要用极高的速度降落，更难的是飞机还要始终保持一定的功角，也就是迎角，稍有差错，飞机就会失速，直接掉在航母甲板上，或者一头撞在甲板上！不但会机毁人亡，还会在航母上造成巨大灾难！这些你想过吗？他们想过吗？”陶斯勇不再说话了，现在他才明白他想过的问题秦大地想过，他没想过的问题秦大地其实也早就想过了。秦大地看他不说话，又道：“还有呢！我们这些人中间，从没有谁用鹞式飞行技术进行过着舰试飞，我现在要问你了，谁能完成这样的试飞？有谁知道这么一撞会带来怎样的后果！我们不怕牺牲，但是作为指挥员，我不能让我的人用这么鲁莽的方式去牺牲！我自己也不愿意！因为我根本不知道即便付出了这样的牺牲，对攻克着舰技术是不是真有意义！你是大队长会做这样的事吗？”他说到最后又是在吼了。陶斯勇深深看着他，良久才道：“大地，我这会儿差不多让你给说服了，不过目前试飞遇到难关走不下去也是事实。告诉你一件事，我已经把目前情况向首长报告过了。首长让我们请梁总、周总和地方专家团参与进来，帮我们一起探讨着舰技术从哪里突破！”

秦大地生气道：“你这个人！他们一家搞飞机制造，一家搞航母续建，怎么可能帮我们解决飞行技术方面的问题！这是我们自己的难题！你真有出息，连告状都学会了你！”陶斯勇却不这么想，说：“你生气也没用，首长电话可能都打过了，说好了明天上午开会。我认为这对你是好事！”秦大地瞪眼：“那我就不明白了！你现在说话就像外星人一样！”陶斯勇笑了：“你听不明白是你脑瓜子有问题！你不是不知道舰载机高速着舰对人、机、索和航母甲板的影响吗？我们正好可以听听梁总、周总的意见。如果他们说，高速着舰时人、机、索、航母甲板哪一块扛不住，这事就不讨论了，等于帮你解了围，什么撞击着舰，谁也不用提了！”看秦大地的心情并没有因他的话轻松下来，陶斯勇又说：“总之，这件事情必须解决，第一不能死人，第二要找到解决问题的办法，不能再继续这样飞下去了！”说完这话他打了个哈欠，道：“我困了，睡觉，你有什么话明天会上再说！”然后不给秦大地时间，转身走了出去，并且“砰”的一声关上了门。留下秦大地一个人长久地站着，眉头越皱越紧。

晚上秦大地做了一个梦。他梦见的是自己驾机到了海上，和一架飞机正在进行激烈的缠斗。那时他还年轻，而驾驶另一架战斗机的就是仍然年轻的吴惊天。后者的飞机被他死死缠住，突然一个破 S 飞行，向海面上直插下去。他心中一惊，想起了什么，加大油门，向海面上的吴惊天飞机压下去。两架飞机在海面上越来越近，几乎叠在一起。突然吴惊天机一个折转，飞向天空，他眼前只剩下一片深蓝的海面。飞机飞快地向海面插进去。他猛地醒了过来，汗流浃背。

秦大地坐起来，意识反而更加清晰。他不明白，为什么会是今天这个夜晚，让他重新清晰地回想起了当年那个惊险的情景——

他的飞机笔直地插向海面。这一瞬间他惊慌起来，下意识地握紧操纵杆，要将飞机向上拉起。飞机原速继续向海面冲去，但就在接近海面的一瞬间，机头被拉了起来。机腹几乎擦着海水飞向天空。

他的回忆结束了。秦大地在黑暗中双手攥成拳头，眼睛里一点点现出了明亮、刚毅和坚定的表情。“没有什么，过得去的！”他听到自己的心说出了这样一句话。

第二十四章

会议第二天上午在试飞大队驻地如期召开。张天一、梁良、周总各自带自己的团队和试飞大队诸人对面而坐。秦大地开门见山：“梁总，周总，张司令，首长让我们组织一个会，就着舰技术攻关遇到的难题向两位老总和各位专家请教。今天把大家都请到了，我们技术攻关小组的成员也都到了。感谢的话就不说了。现在请大家发言。”会场上一时没人开口。张天一道：“你这个秦大队！今天我们请来这么多专家，还是鼓一下掌，表示欢迎吧！”他带头鼓起掌来，秦大地、陶斯勇等人跟着鼓掌。气氛顿时变得活跃和热烈起来。

梁总道：“好了好了，巴掌就不拍了。会议的主旨总指挥事先给我们打了招呼。我和周总来前商议过，到这个会上能说些什么。飞机制造、航母续建，这是我们的职责和工作，还有点发言权，至于怎么让舰载机着舰，你们才是专家，我们是学生。但既然来了，还是要听一听，你们到底遇到了什么麻烦，然后从我们的专业角度表达一些看法，算不算出主意，我们不敢说，也许还添了乱呢。周总，是不是这个意思？”周总点头：“对，就是这个意思，我们想先听听。”众人又把目光投向了秦大地。秦大地也不客气，道：“梁总，周总，各位专家。我们遇到的问题是不知道怎么飞才能既安全又准确地着舰。”大家听了这话都笑起来，但秦大地和试飞大队一干人却不笑。待笑声落，秦大地才道：“大家听了我的话一定觉得好笑，可我们的人却不觉得好笑。因为这段时间我们虽然进行了艰苦的试验飞行，但仍然没找到一条能给人信心的路。舰载机着舰是航母成军最基础最关键的技术，舰载机上不了舰一切免谈。所以，请大家帮我们出主意，找一条迅速实现技术突破的路是当务之急。”

会场上的气氛变得严肃了。所有人都敛去了笑容。周总说：“秦大队长，你可不可以说得更具体一点，你们究竟在哪里、遇到了什么样的障碍？”秦大地道：“简单地说，我们遇到的问题是无法飞出一条直线！”谢振宇、余涛对视一眼，神情振奋。专家团队那边开始小声议论起来。周总道：“别吵，秦大队长，飞出一条直线是什么意思？”陶斯勇开口道：“我来解释一下。我们所有人都没有飞过舰载机着舰，没有掌握关键技术，掌握的只是国内外公开出版物中相关的零星记载，而且语焉不详。譬如说，所有记载都说，舰载机着舰至少要做到两件事，一是用灯，一是用点。”秦大地马上补充：“但在实际飞行中，要想始终保持用灯和用点，就必须从头到尾飞出一个直线，至少接近一条直线，但这在真实的飞行中办不到。因为要飞出一条直线，需要极高的速度。”梁良听了，想了想道：“我明白了。”周总也道：“我也明白了！”秦大地道：“还要多说几句。各位专家一定知道，自从有了喷气式战斗机，减油门滑翔降落就成了国际公认的安全降落方式，这也写进了我军的飞行条令，不能违反。但是你要减油门滑翔降落，就一定没有速度，当然也就没有直线，没有了从头到尾的用灯和用点，违犯了成功着舰必须遵循的两条原则。我们怎么办呢？是舍弃速度的同时舍弃用灯、用点，还是违反减油门滑翔降落的操作规程，为成功着舰加力高速飞出一条直线？”

现场一片震惊。秦大地在等待，但接下来没有人说话。又等了一会儿，谢振宇忽然举手。秦大地看他道：“你要说什么？”谢振宇道：“大队，我可以提一个问题吗？”秦大地道：“这是技术攻关会议，谁都可以提问题，也可以回答问题，你当然可以。”谢振宇面向专家团队站起，道：“各位老总、专家，我只想问一个问题。如果我们用鹞式飞行技术高速着舰，你们的机、索、航母甲板扛得住吗？我的问题完了。”他坐下，不看秦大地。陶斯勇警觉地看一眼秦大地，发现他脸上怒色又起。现场仍在沉默。秦大地再次开口道：“刚才谢振宇的问题，只是他个人的看法。事实上我这个大队长并不赞同用高速撞击着舰的方式着舰，就是他说的鹞式飞行着舰。我认为，我们现在还没到山穷水尽的地步，完全可以不钻到高速撞击着舰这个牛角尖里来思考着舰问题。”

会场上仍然没有人说话。陶斯勇转向余涛：“余涛，你没有问题吗？有什么想说的？说说吧！”余涛道：“我尊重大队的想法，但我个人觉得，继续像现在这样飞是没有出路的。没有直线就没有用灯和用点，没有准确着舰。而要飞出直线，就一定要有速度，只有鹞式飞行才能飞出直线需要的速度。我的话完了！”秦大地也不看他，脸色却越发难看了。余涛却故意装作没有看到。张天一看了一下众人，说：“秦大队，梁总，周总，我觉得今天的会开得很好，大家不妨都将自己的看法说出来，不成熟也没有关系，大家讨论，我们也许就能从黑暗中看到光明。”

周总一直都在沉默，这时看了一眼梁良，说：“梁总，你是搞飞机的，我是搞船的，我们还是就刚才谢振宇同志提出来的技术层面的问题，做个简单回答，供秦大队他们参考。”梁良点头："好。虽然我们进行过陆地极限重量和速度的挂索试验，人、机、索都扛住了，但是像刚才秦大队和谢振宇同志说的飞出一条直线，高速撞击着舰，索和船的问题不归我管，我只管飞机，是不是扛得住，我们还真得回去做专题研究！”周总道："我们也是。我们不管飞机，但索是我们的，航母甲板是我们的，这么高的速度撞下来，能不能扛得住，跟陆地模拟挂索时有什么不同，也要专题研究、试验。恐怕得给我们点儿时间，才能出结果！”会场上又安静下来。张天一看一眼秦大地，道："大队，你是领军人物，还没说呢。你说说吧。”秦大地抬头道："好吧，还是那句话，家丑不可外扬，虽然梁总、周总刚才表达了对我们的强力支持，为了我们的同志提出的一个大胆设想，要拿出巨大精力，重新研究撞击着舰时机、索、舰的承受力，但我还是要对我们自己的一些同志讲出我的看法。”他回头直视谢振宇和余涛："如果为了用灯、用点，不是减力而是加力，使用鹞式飞行技术飞出一条直线，那么高的速度去着舰，第一人是不是扛得住？第二，真把鹞式飞行技术用到着舰上，谁知道其中还有什么危险？鹞式飞行本身就是难度极高的技术，你还要用它着舰，想过在那么短的时间内，我们这些人中谁真能完成那一系列的复杂操作？不，你们知道要具体完成哪些操作，其中哪个最重要，知道操作要领的关键在什么地方吗？”他的话讲得那么严厉，让专家团中的年轻专家们窃窃私语起来。陶斯勇担心地看一眼谢振宇和余涛，发觉二人不动如山地坐着，并没有被秦大地的气势压倒。会议再次冷场。张天一道："秦大队，你是不是还可以说得更细一些？你是行家，一定知道将鹞式飞行技术用于着舰，最大危险是什么、有哪些关键技术的坎要过、最重要的操作要领又是什么！”秦大地道："不，包括我在内，本大队所有试飞员都不能说自己真正掌握了鹞式飞行技术。有人可能认为自己飞过鹞式飞行，那是他自己那么想！真正的鹞式飞行技术没那么简单，用它着舰更没有人做过！张司令问我最大危险是什么？这个我可以回答。从飞行安全角度讲，最大危险是飞机在高速降落的过程中必须始终保持一个功角，功角太小着舰时机头会先着地，过大又容易造成飞机失速，无论是哪种结果，飞机都会带着巨大的动能和势能直接砸在航母上，酿成难以想象的后果！我要问今天在座的每个人，知道用鹞式飞行技术着舰，飞机在高速飞行中要始终保持的一个几近恒定的功角吗？谁能告诉我这个功角是多少？就是知道了这个功角，也需要反复训练，摸索出在整个着舰过程中保持功角的操作要领。这些都做不到，你怎么用鹞式飞行技术着舰！那不是着舰，那是——"他没有把最后的话说出来，但大家已经明白了，他的这些话像一颗颗子弹一样打进了所有人的心中。一时间会场上每个人都沉思起来。

秦大地停了一下又道："我还要特别提出人的问题。飞机以这么大的动能和势能撞向甲板，就是机、索、航母甲板扛得住，还有相当的概率挂索失败，需要飞行员在极短时间内将飞机重新拉起来，成功逃逸复飞。这意味着进行过一次极高速度极危险的撞击着舰后飞行员还能保持高度清醒的意识，迅速处理一切和逃逸复飞相关的操作。所有这一切，我们这些人，现在真能做到吗？"现场再次陷入沉寂，陶斯勇注意到，不但余涛一字一句地把秦大地的话听了进去，就连谢振宇的神情也变了，变得异常严肃、冷峻。

张天一对秦大地道："你说完了？"秦大地道："说完了。"张天一道："我看差不多了，最后请两位老总做总结。"梁良和周总相视一眼。梁良道："周总说吧。"周总道："行，我先发一下感慨。秦大队刚才的话对我来说真是醍醐灌顶，我表个态，不管试飞大队以后是不是要用高速着舰的方式解决着舰问题，我们都要回去对这一技术涉及我们的部分展开攻关，尽快拿出数据。飞机这边，梁总刚才也表了态，相信也一定会这么做。但是很抱歉，我还得说那句话，即便有了结果，也是理论上的，飞机、阻拦索和航母甲板是不是真能经得住你们说的那一撞，恐怕还是必须经过试飞大队的试验试飞。"众人的目光再次落到秦大地身上。秦大地不动声色，对梁良道："梁总请讲！"梁良道："同意周总的意见。只补充一句，关于飞机，秦大队长，虽然还没有经过计算和试验，但我倾向于认为，既然在陆地上进行过最高速度和重量量级的试验，飞机都扛住了，你方才讲的从空中高速着舰，虽比陆地挂索增加了一些势能，但只要总的作用力不超过我们试验过的那个最高速度和重量量级的冲击力，飞机应当是可以承受的。另外我有一个建议。"众人的目光明亮起来。梁良道："你们刚才说用鹞式飞行技术着舰，因为搞飞机，鹞式飞行技术理论我也接触过，我觉得，用鹞式飞行技术着舰，要用灯、用点，飞出一条直线，速度慢了当然不行，但是这个高速是要和安全着舰的最终目标相一致的，它们之间也要互相适配。究竟高到什么程度，我们可以通过理论计算和试验飞行两条路来摸索。前者我们做，后者由你们来完成。我个人认为，它不需要高到超出着舰需要的程度。"余涛心中一震，脱口而出："梁总讲得好！"秦大地只盯着梁良："梁总还没有说您的建议呢！"梁良道："还没跟周总商量。周总，您看是不是这样，会后我们回去，马上各自组织力量，通过理论计算，不但要拿出舰载机撞击着舰时机、索、航母甲板承受的冲击力数据，还要计算出飞机要保持什么样的功角、在什么速度下才不会发生失速掉机或者机头向下砸舰的事故，这样能从理论上帮秦大队判断出撞击着舰这条路是不是行得通。”他边说边回头看秦大队等人：“至于人是不是扛得住，你们可能要请国家人体医学研究所的专家来解决。”

秦大地心潮澎湃，带头鼓掌。陶斯勇等人明白他的心情，跟着鼓掌。张天一就要说出“散会”两个字，一直坐在他身后的马虎臣举手喊：“报告！”会场内的掌声因为他这一声停下来。秦大地说：“马马虎虎的马，马马虎虎的虎，你要干吗？”马虎臣道：“我想发言。——我还能发言吗？”秦大地道：“刚才干吗去了，这会儿才想起来发言？你小子莫非有什么高招？”马虎臣有点惶恐了，笑道：“我刚才捞不到机会。我当然没高招，就是一直坐在下面听，有一点感想！”秦大地道：“行，你说！”马虎臣又看张天一：“司令，我能说吗？”张天一鼓励他：“胆大点儿！有话就说！”马虎臣这时才大胆起来，道：“秦大队，我觉得今天我们军地双方这么多人在这里讨论舰载机着舰的技术方向问题，可能从一开始就跑偏了！”众人被他的话给惊住，有顷，又哄堂大笑。秦大地道：“你这小子，语不惊人死不休啊！怎么就跑偏了？”马虎臣又看张天一。张天一道：“看我干什么，说呀！”马虎臣勇敢道：“秦大队，各位领导、专家，我要是说错了你们就当我啥都没说！刚才你们讨论着舰方式，争论是不是为了用灯、用点，飞出一条直线去高速撞舰，我觉得你们忘了一件事！”秦大地脸上的笑容落下：“我们忘了什么事？”马虎臣认真道：“一旦挂索失败，舰载机必须立马拉起来，实现逃逸复飞。在这个重要环节上，秦大队虽然提到过一句，但只是提醒大家注意那么大力量撞击后飞行员需要保持高度清醒的头脑。”秦大地道：“不错。我错了吗？”马虎臣道：“我是这么想的。能不能保证挂索失败后每架飞机都能成功实现逃逸复飞，在整个着舰过程中非常重要。你们忘了讨论这个环节，是不是跑偏了？”众人都思索了一下，又哄堂大笑。张天一大声宣布：“散会！”

走进空勤楼，余涛没回自己房间，跟在谢振宇后面进了他的房间，关门。谢振宇道：“你进来干吗？”余涛道：“离开会场时你有话没说。现在可以说了。”谢振宇笑道：“我没话。”余涛说：“别不老实。你刚才是不是想说秦大队可能已经找到了解决高速着舰技术难题的关键？”谢振宇道：“我刚才没说。”余涛道：“我现在替你说了也一样。”谢振宇道：“他今天只是指出了关键在哪里，难题还在！”余涛盯着他道：“你说的是功角！”谢振宇道：“找到了合适的功角，飞机既不会失速掉到航母上，也不会机头先着舰砸在航母上，只要机、索、航母甲板，还有人，扛得住，高速着舰就成功了！”余涛大喜，张开双臂去抱谢振宇：“老谢，有你的！”谢振宇用力推开他：“别激动。现在无论是机、索、航母甲板，还有人，尤其是那个功角，我们全都不知道！”余涛道：“可我们知道歼-15的技术参数，在什么速度下保持什么样的功角可以不失速也不至于机头着地，能算出来！我们还知道美国的着舰时间，知道了苏联的着舰时间，他们舰载机的技术参数，我们也大致上能找到，也能算出他们的着舰距离和速度。从这个速度上，大致上就能算出他们着舰时的功角！”谢振宇笑道：“聪明。马上开始，分头计算，你算你的，我算我的，还有康延成，把这小子也弄进来，找到了功角，我们这边的着舰程序就大致上成形了！然后我们就等。”余涛一怔：“等？”谢振宇道：“等两家公司拿出结论，机、索、航母甲板能不能扛得住，还有人，这个秦大队会解决！”

“然后呢？”“什么然后，然后你要干什么我怎么知道？”余涛道："你不够朋友，本来想请你帮一把，现在看是不可能了！"谢振宇道："你装什么傻？你说你没飞过鹞式飞行，我坚决不相信！"余涛认真道："没正式飞过！"谢振宇道："那就是业余飞过，至少是试过！"余涛不再纠缠这件事，问他："以后呢？"谢振宇道："一定要造反成功，逼迫大队不得不同意第二次队内系列竞赛，然后我先打败你，再打败他，做第一试飞员，第一个用鹞式飞行技术试飞高速撞击着舰！"余涛笑起来，说："我决定再次将你打败，然后打败秦大队，成为唯一的第一试飞员！"两人击掌，都道："一言为定！"

这天下午，试飞大队全体再次列队试飞场。秦大地道："讲一下。稍息！可能大家听到了一些消息，什么鹞式飞行、撞击着舰，听到就听到了，在上级决定改变现有试飞方式前，我们的任务仍然是照着过去的思路飞！万一我们没错呢？余涛出列！"余涛："是！"

这时在试飞大队营区一间会议室里，刘敏洁已经坐下，身边是准备在电脑上做速记的夏初。陶斯勇走进来坐下，看一眼戴口罩的夏初，有点奇怪，却没有说什么，只对刘敏洁道："刘主任，可以开始了吗？"刘敏洁道："咱们开门见山吧。经过前两天的全面医学检查，试飞大队需要我们进行医学支援的面相当大。其中问题突出、必须立即展开一对一服务的人有三名。"陶斯勇叫起来："哎哟！刘主任，什么叫相当大？我们这些飞行员，都是久经考验、百里挑一，你可不要吓唬我。"刘敏洁道："别紧张，我说需要支援的面相当大，是说每个人都有自己的情况，就是你我也有，但这不会影响我们像正常人一样生活。不过我说的这三个人，情况不同！"陶斯勇笑道："你这么一说我应当放松，但还是不放松。这三个需要一对一支援的人是谁？"刘敏洁道："头一个就是秦大队，秦大地同志！”陶斯勇非常意外：“我们大队？他有什么问题？”刘敏洁道：“从各种测试数据综合分析，秦大地同志现在精神压力非常大。政委，是不是试飞遇上了难关？”陶斯勇长长吐了一口气：“主任，你还真把我吓住了。秦大队压力当然非常大，自从他扛起这副担子，压力就没小过，也不可能小。另一件事你猜对了，试飞目前遇上了难关。哎我说刘主任，你们这一行怎么有点像算命，麻衣神相？”刘敏洁道：“我要抗议，我们是科学，不是算命！”陶斯勇道：“对不起。我可能需要解释。正因为试飞工作责任重大，加上遇上了难关，这增加了秦大地同志的压力。他的心情近来是有点浮躁，这事我刚刚批评过他，他也承认！总之这个人我了解，眼下的压力他扛得住！”他又笑了：“刘主任，我现在最关心的是我，我有没有什么问题？能告诉我吗？”刘敏洁道：“你甭想把话岔开。啊，陶政委，你有点小情况，潜意识图景和秦大队一样乌云翻滚，说明你内心压力也很大，但和秦大队不一样。你刚才说得对，做你们现在的工作，随时都可能有人牺牲，有压力是可以理解的！”陶斯勇又笑了：“你这一说我更放松了，那就是说，在你看来，我是完全没有情况，秦大队是基本没有情况！”刘敏洁神情严肃起来：“严格说你基本正常。但我现在关心的不是你而是秦大队。我想问另外一个问题，有没有秦大地扛不住的精神负担？我说的是试飞工作之外的，藏在内心深处的，甚至是潜意识里的？”陶斯勇脸上的笑容悄然落下。刘敏洁、夏初都急切地看他。陶斯勇看一眼夏初，欲说还止。刘敏洁看出来了，道：“政委，她是我助手。你可以放开了讲，我们都是专业人士，会为所有需要支援的对象保守秘密。”陶斯勇终于开了口：“有。”刘敏洁眉梢一耸。陶斯勇道：“大队有个生下来就得了脑瘫的儿子，病情正处在一种不稳定甚至很危险的状态里。

他还有一个截瘫在家乡的老父亲，因为儿子和工作上的各种原因，他三年都没回去看过老人家了。”夏初飞快地看一眼刘敏洁。刘敏洁神情凝重起来：“秦大队潜意识里有一种倾向……我不知道我这么说你能不能听懂……他好像每时每刻都在等待一件事情，正是这种等待，让他处在随时可能突然崩溃的极为焦虑的潜意识状态里！”他的话让陶斯勇悄然变色，道：“刘主任，你是不是在担心，秦大队有可能因为潜藏的焦虑和高度紧张，随时在试飞或者领导试飞的过程中发生瞬间精神崩溃！”刘敏洁严肃点头道：“具体来说，最可能发生的是瞬间的分心和走神，从而造成不可挽回的损失！”陶斯勇站起又坐下，有些激动：“这不可能！他不是这种人。他儿子从生下来到现在十二岁，他一直处在这样的状态下，十二年里他扛住了每一次重大行动的压力，每次都圆满地完成了任务！这也是为什么会把试飞大队交给他领军的原因！你说的情况不可能影响他完成现在的任务！”刘敏洁看了看夏初，道：“夏初，从你的专业角度，有什么意见要讲？”夏初咳嗽一下，对着陶斯勇道：“一个人在过去十二年里扛住了所有压力，并不是说他就能在现在的情况下一直扛住所有压力。刚才主任的意思是，以他现在这样的情况，有可能会在自己根本想不到的一刻，完全违背个人的主观意志突然迸发，瞬间对他正在进行的试飞活动产生重大影响。”陶斯勇不满意她的看法，回头看刘敏洁：“刘主任，你们是不是认为秦大队不再适合做眼下的工作？”刘敏洁道：“我们只是建议，因为确实存在风险！”

陶斯勇道：“秦大队的情况我知道了，你们刚才说还有两个人？”刘敏洁看手中资料：“一个谢振宇，一个余涛！”陶斯勇心头又是一震：“谢振宇什么问题？怎么还有余涛？”夏初放在电脑键盘上的手微微抖了一下。刘敏洁盯着陶斯勇道：“你是他的政委，一定熟悉这位同志。谢振宇这个人平时性格是不是有些脆弱？”陶斯勇不觉哑然失笑：“谢振宇……性格脆弱？刘主任，这您就错了。谢振宇这个人性格可不脆弱，相反，我倒觉得他的性情太过于倔强，有时候还会过头！”刘敏洁道：“这就对了，这就是脆弱！”陶斯勇不解：“这怎么就是脆弱？”刘敏洁道：“他是不是对自己要求特别高，譬如说无论做什么事都一定要做得最好，永远不接受自己是第二名？这种人一般性情孤傲，和人打交道时不自觉地就会做出攻击姿态？”陶斯勇摇头，笑道：“没这么严重。他争强好胜是有点儿，至于对别人发起攻击，没有。”刘敏洁不太相信似的看着他：“那你告诉我，他是一个随和、乐观、很好相处、也很好领导的同志？”陶斯勇不笑了，说：“那倒不是。其实我和秦大队也不想他是这样的同志！”刘敏洁严肃道：“虽然我还没看过他的档案，但我猜测他童年时有过不幸的经历，譬如说，有可能很小就失去了父亲或者母亲！”夏初心头大震，猛抬头看刘敏洁。刘敏洁诧异地看她一眼，道：“怎么了？”夏初急忙掩饰道：“没什么。”刘敏洁回头再看陶斯勇。陶斯勇已经有点结巴了：“什……什么，主任，你说他童年时受过伤害？”刘敏洁又对夏初道：“夏初，你的专业方向是成功学，你从专业角度再对陶政委讲一讲这类人的一般行为特点，看看和他对谢振宇的印象是不是吻合？”夏初道：“好的。”她迟疑一下，迅速整理思路，才开口说起来：“政委，在童年时遭受过不幸的人——比如孤儿，心灵上都会留下这样的创伤，就是认为他从小是和别的孩子不一样的，别的孩子都有父母亲的疼爱和保护，他却没有，这时候自卑在他们幼小的心灵中开始疯长。”陶斯勇举手：“打住，这位——”夏初自报家门：“夏初。”陶斯勇道：“我叫你小夏吧……你说什么？他自卑？”夏初点头，接着说下去：“一旦长大，有这种精神特点的人就会不知不觉走向两个极端。一种极端是认定自己是社会的弃儿，各方面都不如人，从而形成对自己的绝对负面评价和一种失败的生活态度，进而发展成失败性格和失败人生；另一种则是对自卑的反抗，世界上有过许多典型案例，这类人天资聪慧，又在青少年时期——他们成长的关键时期——得以靠近优秀人士，获得激励甚至是教诲，从而明白和相信命运是可以靠自己的努力重塑的。这类人非常努力，他们会因为在生命中的一次次成功走向另一个极端，即强迫自己相信自己是最好的，发展到极致就是极度渴望成功，通俗地说这叫成功焦虑，又叫第一名强迫症人格。”见陶斯勇不懂，刘敏洁补充道："所谓第一名强迫症，是说这种人从小到大内心里都有一种压力，即只有成为最好的、第一名，才能证明自己的人生有价值。某一天一旦发现自己不是最好的，他就会重新回到严重的自卑中。许多名闻一时的大艺术家晚年才华衰退时自杀，就出于这种原因。”陶斯勇又笑了："对不起刘主任，这个过了。谢振宇的父亲确实在他很小时就去世了，但母亲在，所以不能说他是个孤儿。当然他的家境不太好，但也不是最差的，他很聪明，十六岁就进了空军的预校，以后直到高级航校都很顺利，其间还遇到过一位非常优秀的导师，可以说是中国海军顶级的飞行大师，曾经是海军的空中之王。这位前辈不但把自己的看家本领全教给了谢振宇，我觉得更重要的是用自己的性格重塑了他。这小子确实争强好胜，不愿意成为第二名，可你们说他有什么强迫症，”他又笑了，“我长期在海空航空工作，我得说一句话，任何一名优秀飞行员都会有强烈的第一名意识，但这和你们说的精神有状态恐怕就搭不上。谢振宇是最近几年海军涌现出的最优秀的飞行员之一，在我们这里同样是骨干，有可能成为未来航母飞行编队中的领军人物，第一名强迫症？”他开始摇头，“对了，我要多说一句，谢振宇进入试飞大队的日子不长，但从性格上看变化非常之大！现在他第一并不自卑，第二也不焦虑！”夏初看刘敏洁。刘敏洁道：“看我干什么，有话就大胆说出来！”夏初有点激动：“政委说了谢振宇这么多好话，但在我们对他的测试里仍然发现，他的所有成功并没有让他快乐。国际成功学界有一种新理论，认为一个人事业上的成功不能给他带来快乐，这个人就符合第一名强迫症的首要特征——成功不是为了人生的幸福。成功本身成了人生的目标。”陶斯勇道：“这我就不懂了，如果成功不是人生的目标，那什么应当是人生的目标？”夏初道：“幸福，至少是快乐的生活。按照国际上新兴的标准，如果一个人把能不能成功看成人生的全部和终极的目标，完全忽视成功只是实现幸福的途径，他就是一个典型的成功焦虑症也即第一名强迫症患者。具有这类人格的人最大危险是不能一时一刻离开成功，一旦不成功或者失去成功，就有可能铤而走险。”

陶斯勇看刘敏洁，他不想再和夏初继续讨论下去了：“刘主任，说说余涛吧。”刘敏洁道：“余涛同志的情况没那么严重，但仍然不轻。这个同志的家世背景我了解。爷爷是一位飞行英雄，父亲是一个优秀的试飞员，他刚出生就牺牲了。余涛的问题是他内心的天空里一直飘浮着两团随时可能雷鸣电闪的乌云，这是一种让人非常忧心的心理意象。”陶斯勇道：“我了解的情况是，余兆年老首长已经没多少日子了。余涛和家里人对老人的离世有心理准备。刚才你说两团乌云，另一团是谁？”刘敏洁走到窗前去，将窗子打开，透一口气。夏初用惊奇的目光注视着她。刘敏洁不回头，道：“他母亲。余涛的母亲年轻时心脏就不好，丈夫牺牲后差一点死掉，但她熬过来了，我想这和她的丈夫是位英雄，并且给她留下了一个儿子有重大干系。直到今天，她的心脏仍旧不好。余涛做飞行员是余兆年老英雄的愿望，但对他的母亲来说是残酷的。余涛可能担心的事莫过于自己万一出事，他母亲一直顽强保持到今天仍然相对正常的生命会不会——”陶斯勇站起来了：“刘主任不要说了。我都明白了。现在请你说说建议。坦率地说，他们三人恰恰是目前本大队最重要的人！”刘敏洁明显平静了一些，回头道：“三个人中，秦大队的情况最危险。你刚才讲他已经坚持了十二年，但一个人承受巨大压力是有极限的，如果你愿意承认每个人都是肉体凡胎，就应该承认秦大队目前的状态对他本人还是试飞大队都是危险的！”陶斯勇请她说谢振宇。刘敏洁道：“和秦大队比，谢振宇没那么危险，主要是危险没那么急迫，但仍然令人担忧，因为他这种性格要改是很难的。”陶斯勇让他说余涛。刘敏洁又现出一点激动的神情：“余涛出身飞行世家，他生命里有一种从小就在那种家庭中潜移默化形成的强大抗压能力，或者说承受力。他很优秀却不以为优秀有多么了不起。他的出身和成长环境也不会让他像谢振宇一样具有强迫自己成为第一名的巨大冲动。但母亲却是他生命中最脆弱的地方。他可以承受自己的牺牲并且对这种牺牲早有准备，却很难承受母亲因为他而发生不测。这么说吧，他爱他的母亲，同时也怜惜她。余涛是个不动声色的孝子，他知道自己是母亲一生的补偿和安慰，他不敢想一旦失去他，母亲怎么撑得下去！”陶斯勇道：“刘主任，对于刚才这三个同志的测试结论，我不是专业人员，无权评价，但我有一个请求。我知道你们的初衷是好的，想帮助我们，但我想说的是，目前试验试飞正经历一个非常困难的时期。我希望你们的测试报告不要向任何人公布，以免对我们的工作造成影响！”刘敏洁道：“我们不会向任何人公布，除非确实意识到某个人继续飞下去会造成重大险情，才会向首长报告。但我们现在要根据掌握的情况，立即开始对他们进行一对一的支援服务！”陶斯勇对她道：“我必须知道都是些什么样的支援服务。另外我还有一个要求，刚才我们的谈话，不能告诉他们中的任何一个人！”说到这里，他特别看了夏初一眼。刘敏洁道：“你不要看她，她虽然年轻，可论起学历是比我还厉害的专家。我们有纪律，你担心的事是不会发生的。你问是些什么服务，我们这个医学支援分队能做什么不能做什么，一切以有利于试飞工作为标准，无论做什么都会和首长、和你们商量！”陶斯勇松一口气道：“那就太好了。今天就谈到这儿吧。”刘敏洁对夏初道：“咱们走。对了政委，明天我们要分工，对所有试飞员进行一对一支援服务，请政委继续支持我们的工作。”陶斯勇摊摊手，又笑了，道：“我能说什么呢？我会的。我不支持行吗？”刘敏洁又道：“对了，还有一个人，我差点忘了。吴强。”陶斯勇又是一惊：“吴强也有情况？”刘敏洁道：“这个同志的情况不明显，但和今天说的三个人每个都不一样。”陶斯勇想了想道：“我知道什么情况了。吴强这个同志比较特殊，他早年受过很重的伤。”夏初吃惊道：“受过伤还能飞？”陶斯勇道：“中国人民解放军是一支什么样的部队？早年我们还出过独臂将军，断了腿的飞行英雄呢！”刘敏洁道：“这我就明白了。那他的情况就不算情况了。”陶斯勇看着她们收拾东西往外走，神情沉重。

从会议室回到试飞大队为自己准备的临时工作室，刘敏洁对夏初说：“夏初，早上我跟张司令打过电话，因为工作需要，你提前结束新兵训练，正式到这里工作。”见夏初迟疑，又问：“怎么，不愿意离开新兵连？”夏初笑道：“有点儿。既然如愿以偿地当了兵，想走完全过程，包括新兵生活的每一天，但要是工作需要，我听主任的！我今天就回去办手续？”刘敏洁点头：“我让人给你派车！还有一件事，我想让你负责一个人，谢振宇。”夏初心中一惊，不说话。刘敏洁替自己的决定做出解释：“你学的是成功学，谢振宇最需要的是像你这样一个有专业背景的人去帮助他。他是一块好钢，但仍然需要锻炼，淬火，去掉杂质，提高纯度。怎么，不会对自己没信心吧？”夏初尽可能不动声色道：“主任，要是有别的更合适的人，我愿意为别人服务。”刘敏洁看她：“怎么，你过去不会和谢振宇就认识吧？”夏初摇头道：“啊，不认识。”刘敏洁放心了：“那我这里就没有比你更合适的人了。军人以服从为天职。”夏初想了想，突然改变了想法，回答道：“是！我可以走了吗？”刘敏洁道：“今天去今天回，明天就开始工作！”

这个夜晚，秦大地又一个人在自己房间里看那段美国航母生活的视频。电脑屏幕上，一架F-18大黄蜂战斗机在轰鸣声中着舰，被阻拦索钩住，停下。他看完了又一次次重放，观察战斗机高速降落时的功角。有人敲门。他关掉电脑，开门。陶斯勇走进来道：“干什么呢，还把门插上？”秦大地不说话，重新打开视频，电脑屏幕上再次出现美国战斗机在轰鸣声中着舰的画面。陶斯勇笑道：“原来关着门看这个呢。”秦大地嘴硬：“什么关着门？我干吗要关门？我是怕人打扰！”他索性关掉了视频，让自己烦躁的心情平静下来。陶斯勇却重新打开了视频，看了一遍回头看他，道：“谢振宇和余涛说得没错，美国舰载机着舰的速度相当快！”秦大地道：“但也不是撞舰！你看着它们像是在撞舰吗？”陶斯勇不和他吵：“那我请教一下，他们是在进行鹞式飞行吗？”秦大地的火气陡然大起，推开他去拨电话。他的电话是打给梁总的：“梁总，我是秦大地。这么晚打扰你。啊，我是想知道，你们那里有没有美国舰载机着舰的速度数据！”电话里传来梁总的声音：“没有。不过可以让他们查。怎么想到了要这个数据？”秦大地道：

“我看到一段美国舰载机着舰的视频，冒出一个念头，想知道他们着舰的速度。”梁总笑道：“我明白了，知道了速度，你这样的高手，也就大致判断出了他们是不是在用鹞式飞行技术高速着舰。”秦大地不置可否道：“梁总一定帮我查一下，我急着呢。谢谢。”梁良答应了，秦大地挂掉电话，有顷又拨出去一个。电话里响起张天一的声音：“秦大队，是你？”秦大地道：“司令，我想让你手下那些年轻人查一下，他们有没有美国舰载机着舰的速度数据！”张天一答应马上让人去查，秦大地高兴了：“那我等着！”放下电话后他真的站着等。陶斯勇一直默默站着看他，这时插嘴道：“其实你也可以问问本大队里另外两个人，不，三个！”秦大地没好气道：“都是谁？”陶斯勇道：“谢振宇和余涛！还有康延成！”

电话铃响起。秦大地飞快地拿起听筒：“梁总——”可他听到的却是另一个人的声音：“我是衣正邦！”秦大地并没有表现出喜悦，道：“首长！我正等梁总和张司令的电话！这么晚了，首长什么指示？”衣正邦说：“我今天回到北京开会，现在办公室给你打电话。这么晚了首长就不能有指示了？你那个会开了吗？”秦大地皱眉：“开了！”“开得怎么样？有收获吗？”“有！但目前还是解决不了我们的问题！”“比起以前的试验试飞，你现在遇上了更高的一堵墙。翻不过去了？”“谁说的？翻得过去！”秦大地道。陶斯勇看他一眼，发觉他今天即使对总指挥讲话，火气也很大。衣正邦哼了一声，说：“我接到了一封信。你们队里有人向我建议，可以用鹞式飞行技术着舰，你知道这件事吗？”秦大地不觉怒起：“知道！”衣正邦问他：“觉得可行？”秦大地斩钉截铁回答：“不行！会出大事！首长可以把那封信转给我，也让我学习学习！”衣正邦道：“让你看看也好。我觉得人家提出这件事也不是没有一点道理。正好有人要连夜回基地，我让他们给你捎去！”他放下电话后，找出了那封信，对秘书小魏道：“封起来，连夜送给秦大地！”

试飞大队这边，秦大地扣下电话听筒，生气地看陶斯勇：“行啊，连打横炮的事情都发生了！你这政治工作怎么做的！一定是谢振宇，说不定还有余涛，你先去找他们俩谈，除非能够拿出可靠数据，成功证明鹞式飞行高速着舰可行，我才会改主意！还有，有话到我这儿谈，不准他们动不动就越级到首长那儿打我的小报告！”门外忽然响起谢振宇的声音：“报告！”秦大地一惊：“谁？”“谢振宇！”秦大地一把将门拉开：“进来！”谢振宇进门，和陶斯勇打招呼：“政委。”陶斯勇对他眨一下眼睛。谢振宇心中一动。秦大地就地转了一个圈子，看到了这一幕，道：“你们眉来眼去地搞什么名堂？谢振宇，这么晚了来干吗？说！”谢振宇道：“报告大队，我完成了一套着舰程序，拿过来请你看一眼！”秦大地这次着实吃了一惊：“着舰程序？”谢振宇道：“对！余涛搞出过一套舰首起飞技术程序，我觉得我们也应当把着舰技术搞成一套程序。”秦大地冷静下来：“得。说吧，搞了一套什么程序？”谢振宇道：“用鹞式飞行技术高速着舰的程序！”“什么？鹞式飞行技术实施高速着舰？”“对！”秦大地努力压抑着怒火道：“先别说程序，说说你做这一套程序有什么根据！”谢振宇道：“目标当然是准确着舰。根据分为两部分，一部分是美国和苏联舰载机着舰的时间数据，一部分是国产舰载机鹞式飞行时可能达到的相关速度数据！”秦大地吃惊道：“你知道美国和苏联舰载机着舰的时间数据？你从哪里得到的？”谢振宇道：“康延成的爱人帮我和他从市里的科技图书馆找到的，虽然这些数据不是来自权威机构，但它们得到了国内权威机构和空军权威人士的认可。”“这里头还有余涛的事儿？”“是！和我一样，余涛也在完成一套自己的着舰程序！还有，康延成在我完成这套程序的过程中发挥了重大作用！”“那你说说美、苏两家飞行员着舰的时间，然后告诉我，如果用鸥式飞行技术，我们的时间、速度应当是多少！”谢振宇道：“美国F-18大黄蜂舰载机着舰的平均时间是R，苏联舰载机平均1½K，差别很大，国产舰载机性能优良，但我们没有经验，我建议把时间放得宽裕点，譬如说1U，鸥式飞行，参考地面试验舰载机承受反作用力的极限，高速着舰是有可能成功的！”秦大地一直在反复走动，激烈思考，这一刻站住了，回头问他：“失速的问题呢？机头着地砸舰的问题呢？”谢振宇道：“解决了！”“谁解决的？你吗？怎么解决的？”秦大地的声音大起来。谢振宇道：“大队怎么忘了，今天上午开会，是你首先提出了功角问题，我计算过，只要功角合适，用时间U从Q高度着舰，控制好功角，飞机不会失速，机头也不会先着舰！”秦大地道：“我是提出了功角问题，但我并不知道功角是多少！”谢振宇道：“这也是可以算出来的！我算了一下，理论上讲应当在W到M之间！”秦大地听了，深深地看着他，有顷才说：“把你的程序留下来，我看一下！”谢振宇将一个U盘取出，放在桌面上。秦大地道：“你可以走了！”谢振宇举手敬礼，要走，秦大地忽然想起了一件事：“等等！你写信给衣总指挥告了我的状，是吗？”谢振宇转身解释：“大队，不是告状，是向首长反映我们的想法！”秦大地又火起来：“你们？你们是谁？”谢振宇犹豫一下，笑了：“如果大队认为这事做错了，那就我一个。”秦大地看他良久，挥手让他走，然后一把关上门，内心的激动全都涌到脸上来。陶斯勇道：“还不快看？”秦大地却去打了一个电话：“余涛，是我！马上来，带上你的那什么东西……程序！”余涛很快就赶来了，秦大地也不回头看他，道："说吧，你的程序和谢振宇的有什么不同？"余涛被吓了一跳："振宇已经搞出来了？"秦大地不回答这个问题，直接道："美国着舰时间是多少？"余涛道："数值E到T，平均数值R！""苏联！""Y到S，平均数值K！""美国时间这么短，设计的始降高度是多少？""数值Q！""苏联？""P！""你认为我们在功角正确的情况下，始降高度应当是多少？"

"大队，我的数值是Q！""为什么是Q，不是P？""国产舰载机性能和美国现在服役的舰载机相比并不差，所以是Q而不是P，是我们没有经验，设计始降高度大一点，着舰时间长一点，可以更容易地控制着舰过程！"秦大地终于转过身来看他："Q高度，我们应当用多长时间完成着舰？""谢振宇认为数值是G，我觉得真飞起来，可能还要短一点，比方说F或者H！""你一定计算了功角！""在适合着舰的风速和风力范围内，我认为功角的数值在W到M之间！""最后一个问题，你认为我们现在就应当改变试飞方式，用鹞式飞行解决着舰问题？""不！"秦大地和陶斯勇同时看余涛。余涛道："我认为在两家地方公司对高速着舰这一设想的可行性进行过完全、科学、可靠的研究并得出结论前，不能用这种方式进行着舰试飞！"秦大地和陶斯勇对视一眼，回看余涛，道："你可以回去了。"余涛要走又回头："大队，我有一个特别申明，最早提出可以设计一套着舰程序解决着舰问题的人是谢振宇。我受他启发才做了这套程序。"秦大地道："走！"余涛离去。陶斯勇再看秦大地，发现他此时的整个精气神儿都和刚才不一样了。秦大地看他一眼："你觉得怎么样？"陶斯勇故意打趣他："不怎么样！"秦大地却激动了，认真道："什么叫不怎么样？真没想到——"陶斯勇哼了一声道："你应当想到，我们这里集中了中国人民解放军中最优秀的飞行天才！"秦大地已经不想听他说下去了，重新拨电话给张天一："司令，怎么样啊，我让你帮我查的东西查到了吗？"张天一不高兴了："哎呀秦大队，你就是想吃那什么也得等人拉出来呀！就这么点儿时间，我们的人全都没睡，都在加班，帮你找呢！"秦大地道："不要找了，告诉你几个数据，让他们查证一下，然后建立数学模型，天亮前给我算出来，国产舰载机用鹞式飞行技术高速着舰，安全系数有多大。我现在就开始讲，你记一下！始降高度数值Q，时间数值F，功角数值W到M之间，这时候速度你可以算出来……对，马上开始算！"他又大吼起来。

虽然把程序交给了秦大队，但是这个时刻，回到房间里的谢振宇仍然没有睡，还在电脑上反复做着计算。听到有人敲门，他没回头，喊："进来！"余涛走进来，目光立即盯上了他的电脑屏幕，道："还在算？"谢振宇道："现在我们能做的只有这个！"余涛："行了，别算了，想一想下面的事。如果大队同意了我们的提议，上报总指挥批准，下一步是什么？"谢振宇神情沉重下来："他会认为，除了他自己，没有第二个人可以做第一次模拟撞击着舰试飞！"余涛道："是啊！我也是才想到，我们两个可能刚刚联手把秦大队送上了一次最危险最不可预知结果的试飞！"谢振宇道："这可不是我们的本意！怎么办？"余涛道："只有一个办法！"谢振宇道："迅速熟练掌握鹞式飞行技术！"余涛点头。谢振宇又道："虽然过去我知道一点，可现在发觉那不过是些皮毛，最难的是在各种风力情况下保持一个近乎恒定的功角，这个可不容易！"余涛道："不容易也要做，我们总不能眼睁睁地看着首长下决心时，发现试飞大队只有秦大队一个能飞！"谢振宇道："估计真正进行试飞还有一段时间，我们抓紧！"二人再次击掌，却没有马上松开。余涛道："陆上试飞最危险的时刻刚刚到来，可以是秦大队，但不能总是他！”谢振宇道：“第一个发心搞这套程序的是我，其次是你，既然是这样，就是请君入瓮，用鹞式飞行技术第一次高速撞击着舰的也该是我！”余涛道：“我不跟你争这个第一，但是我也有一句话，为什么不该是我！”

夜更深了，吴强走进秦大地房间，将一封刚刚由值班飞机送来的急件交给他，说：“总指挥让人转来的。”秦大地迅速拆信，看完说：“没有新意了，你也看看。”他将信交给陶斯勇，面窗而立，道：“我今晚上睡不着了，怎么办？”陶斯勇已经看完信，道：“你发什么疯，这个时候我要给你泼点冷水。无论是谢振宇还是余涛的程序，都只是纸上谈兵，在两家地方公司老总完成他们的承诺前，我们什么都不能做！”秦大地道：“不行，我要马上打电话给梁总和周总！”他又看表，“太晚了，都半夜了！电话里说不清楚，我要去见他们，当面讲清楚，催他们更快点！强子，马上给我派车！”陶斯勇问他去哪里，秦大地道：“去中航公司见梁总，现在走天不亮就能到，等一会正好梁总上班，说完了就奔周总那儿……强子，去呀！”吴强转身跑走。陶斯勇道：“要是这样，我也去！”秦大地道：“你去干什么！在家里看着。对了，要不放一天假，让大家缓一缓，这一阵子弦绷得太紧了！”陶斯勇道：“不行，从现在开始，我要像个包打听一样跟着你，防止你背着我乱来。家里安排余涛看着就行了！”秦大地又生气道：“你是我的政委，又不是我老婆，干吗我干什么你都要像怀疑我有了小三一样盯着，我又不会跑！”陶斯勇笑道：“我当然不是你老婆，但我是你的政治委员。试飞大队就要有大事发生，我什么事都要知道！走不走？”秦大地坐下：“这样我还不去了！”陶斯勇道：“不去好，咱们都不去！”秦大地又站起来：“行，你厉害好不好？走哇！”

深夜的高速公路上，一辆海军牌照的越野车在飞驰。车中所有人都在沉默。秦大地前后看一眼，喊："哎，怎么都闷葫芦似的，这哪像个部队，要是都睡不着，咱们唱个歌！"吴强问："唱什么？"秦大地道："你们都会什么？"陶斯勇说："我们会得多了！"秦大地道："我们都老了，全是些老歌。政委，来一首《说打就打》吧？"陶斯勇："你也不是歌唱家，大家谁想起什么就起个头，会的跟着唱，我们一直唱下去，就这样唱到中航公司，怎么样？"吴强来劲了："我拥护！我先来。"他唱起了《人民海军向前进》，三个人加上司机全都五音不全地跟着唱。陶斯勇对司机："你捣什么乱，好好开你的车！"车子在一片混杂的歌声和笑声中向前驶去。压抑的气氛活跃起来。

凌晨的中航厂区。梁良正以一种脸朝下两手张开的方式趴在办公室一张巨大的写字台上沉睡，身前和脸下摊着大量的图表与资料。他的睡相很特别，睡着了皱着眉头，像是仍在思考。墙上的钟指向四点。秘书小魏引领着秦大地等人出现在门外。小魏敲一下门，小声喊："梁总！"秦大地对陶斯勇笑道："你看，我没猜错吧，梁总指定没睡觉……又是一个活不干完睡不着觉的！"梁良醒来，猛抬头看到他们，大叫："秦大队，陶政委，你们怎么……请进请进！"他一边说一边揉着眼睛站起迎接秦大地、陶斯勇、吴强进门。秦大地和他拥抱，道："梁总，你刚才一定梦见我们来了！"梁良笑道："你怎么知道的？这倒是奇了！我真梦见你们来了！快坐！"又让秘书去弄水，"对了，再给我弄杯咖啡顶一顶！"众人在沙发上坐下来。秦大地道："梁总，你的意思是，我要的东西，你已经搞出来了？"梁良急摆手："那个还没有，但是快了！"秦大地马上又站起："哎呀梁总，那我们就不坐了，我还有事，急着赶回去！"他不等对方回答就要走。梁良去拦他，道："哎，哎，坐下坐下。虽然还没有拿出最数据，但是有一句话，你一定乐意听！”秦大地道：“一定是好消息！”梁良道：“上次参加你们的会，我们有很大收获。我们设计制造舰载机是为了让它成功上舰，能够遂行作战任务。你们上次说到可能要用到鹞式飞行技术着舰，这给了我们一个新的研究方向。我们用很大力气搞了一批鹞式飞行技术相关的资料，正根据这些资料重新强化我们的工程设计。为了让舰载机扛得住将来上舰后的万千次着舰，我们当初在设计中留下了大量的应力冗余，理论上是可以承受得住你们用鹞式飞行技术着舰时形成的撞击。但为了确保万无一失，滴水不漏，我们现在重新就鹞式飞行技术会带给舰载机的作用力重新进行一轮研究，初步结论非常乐观。但最后结论出来前，我还是什么话也不能说。不过还是要感谢你们，给我们提出了鹞式飞行撞击着舰这么个新课题，为我们改进舰载机设计找到了一个新的方向！”秦大地猛然想起了一件事，说：“梁总，差点忘了一件事。我给你看一样东西！”他掏出一个 U 盘，“这是我们的同志搞的一个鹞式飞行着舰的程序。你看看对你们的研究工作有没有帮助？”梁良迅速将 U 盘插进电脑，只看了一段就跳起来：“太好了！有这么明确的数据，我们的研究就简单了！秦大队，这个给我留下，我们会尽快拿出结论！”秦大地道：“我其实就是为这个来的。梁总，我们走了，我还得赶到中船周总那里去！”梁良道：“他那里你就不要去了。我每天都会跟他通电话，你要的东西他那里也还没做出来呢。不过你给我的这个东西，我马上传给他，有了这个他那里的速度也会加快。你们提出用鹞式飞行技术着舰，促使我们重新审视自己的舰载机，也促使他们重新审视自己的阻拦索和着舰甲板。秦大队，在这件事情上你们可是为中国航空工业和船舶工业立了大功。你们摸着石头过河，我们也是。这次你们真的帮我们两家都找到了提高产品质量的方向！”秦大地道：“还是不行，我还是要去见周总！”梁良看他道：“好吧，看出来了，留是留不住的，那我送你们走！”

当天清晨，秦大地一行已经在中船公司大门外和周总告别。周总一边送他们上越野车，一边重复自己的话：“我再说一遍，不会让你们等太久的！”秦大地让司机开车，回头喊：“谢谢，再见！”车子快跑起来。司机看秦大地：“大队，现在回去？”秦大地道：“对，回去！”他们回到试飞大队营区时表针已经指向下午两点。秦大地冷不丁醒过来，喊：“哎，到家了！”陶斯勇和吴强醒来，三人下车。秦大地往空勤楼走。陶斯勇对他道：“大地，跟我到办公室来一趟！”秦大地头也不回道：“我这会儿太困了，先回去补个觉，时间不长，两小时就成。”他又看表：“现在两点，四点，四点我过来找你。”陶斯勇想了想道：“好吧。”可是回到房间里，他刚刚躺下，又跳起来，穿衣服拉开门，喊：“赵文！”赵文跑过来。秦大地低声道：“去告诉吴强，别睡了，派车，跟我去一个地方！”赵文问：“去哪里？”秦大地道：“什么你都要问吗？也不要让政委知道，这是命令，清楚了吗？”赵文道：“为什么不让政委知道？”秦大地生气道：“我问你清楚了没有，不是要你问为什么！”赵文笑着回答：“是！”

两个小时后，陶斯勇匆匆来到秦大地房间外敲门，听不到反应，回头喊：“赵文！”赵文跑来：“政委，你找大队？”“人呢？”“走了！”陶斯勇大惊：“走了？他刚才没睡觉？”赵文挠了挠后脑勺：“好像没有，回来一下，马上就走了！”陶斯勇气不打一处来：“这个秦大地……知道去哪儿了吗？”赵文道：“进城了吧，一个什么人体医学研究所……哎呀坏了，我犯错误了！大队不让我告诉你，还说这是命令，我一不小心还是说漏嘴了！”陶斯勇大吼：“走多久了？”赵文：“两个钟头！”陶斯勇：“去叫车！”

赵文道："政委也要出去？为什么？"陶斯勇："快！"说完了他自己先匆匆跑下楼去。赵文在后面一边跟着跑，一边想：一个大队，一个政委，还要一个盯一个的梢！他半途拐进值班室打电话："车队吗？政委要出门，赶紧派车！"

黄昏时分，陶斯勇的越野车开进城市西郊国家人体医学研究所的院子里。司机叫了一声："政委！"陶斯勇已经看见了，秦大地带着吴强正从研究所大楼里走出来。陶斯勇喊："停车！"他下了车，立在路中央，怒视着大步走过来的秦大地。秦大地站住了，笑着对吴强说："强子，瞧，政委来接我们了！"吴强忙上前打招呼："政委！"陶斯勇怒气冲冲望着秦大地，不说话。秦大地道："你现在越来越像我的马弁了，我走到哪里你跟到哪里！"陶斯勇道："跟我上车！"秦大地对吴强道："为了团结，我只能听他的，对吧？"吴强笑着看他上了陶斯勇的车。陶斯勇上车，坐到他身边，对司机喊："回去！"转身越野车就回到了市郊公路上。见陶斯勇一直不说话，秦大地笑看他道："干什么？我就是心里急，想知道人体所为我们做的课题怎么样了！"陶斯勇道："你想什么我已经明白了，我还是那句话，在所有的试验有结论之前，不行！"秦大地故意装糊涂："什么不行？"陶斯勇大声吼道："用鹞式飞行技术进行高速着舰试飞不行！"秦大地严肃起来："为什么就不行？"陶斯勇又不说话了。秦大地也跟着他生起气来。一时间两人都瞪眼看前方，谁也不理谁。司机在前面偷偷地笑了一声。秦大地道："笑什么！看见你的领导打架你就高兴？"司机闭上嘴不笑了。陶斯勇说："来的路上我给首长打了电话，首长同意，没有他的批准，你从现在起，不准参加试飞！"秦大地笑容尽落，大喝道："为什么！"陶斯勇又不说话了。

回到试飞大队营区，已是开饭的时间。秦大地三口两口吃完，转身往外走。陶斯勇盯了他一眼，也不吃了，把餐具放下，跟出去。两个人都气呼呼的，所有的人都看到了。回到空勤楼，秦大地开了房门，一脚踏进去，刚要脱衣服补觉，陶斯勇已经跟进来。秦大地道："你还要干什么，没完没了是吧？我困死了，让我睡一会儿行不行？"这下陶斯勇放心了，转身走出，替他关门。在门外看到匆匆赶过来的赵文，说："你！搬个凳子过来，坐在大队门口守着，他要去哪里，马上告诉我！"赵文道："政委，我能问一句为什么吗？"陶斯勇的火气又上来了，冲他吼道："执行命令！"赵文看他走远，搬个凳子在秦大地门前坐下。

夜已经深了。赵文还在秦大地房门前坐着。陶斯勇走回来，看着他，也不说话。赵文朝秦大地房门眨一下眼，说："还睡着呢！"陶斯勇不放心，悄悄推开门朝里面看，发现秦大地真的还在大睡。这下他才真正放心了，关上门对赵文道："行了，你也去睡吧。"

黎明时分，出操的时间到了，吴强来到秦大地房间外敲门，喊："大队！大队！"没人回答。陶斯勇从自己房间开门走出，问："怎么了？"吴强掏出一把钥匙打开秦大地的房门，走进去看，回头叫道："大地不见了！"陶斯勇又生起气来，恨道："这个秦大地，他要搞什么！"谢振宇突然出现在他们身后，喊："报告！"

二人回头看他。陶斯勇问："你也找秦大队？"谢振宇道："是！"陶斯勇道："有事吗？有事跟我说！"谢振宇欲言又止，回头看去，发现余涛也顺着内走廊走了过来，对谢振宇道："你还是比我先到了！"谢振宇道："大队不在！"陶斯勇已经猜出了点什么，说："你们俩别在外面说，进来！"等两人进了门，又道："说吧，找大队什么事？"谢振宇看余涛。陶斯勇生气了："怎么，跟我就不能说？"余涛道："当然能！振宇，你不说我就先说了！政委，有好消息！”陶斯勇又对谢振宇道：“你呢？”谢振宇道：“我也有好消息！”陶斯勇急了：“说呀！”谢振宇转向余涛。余涛道：“政委让你先说！”谢振宇道：“那好。政委，我要说的是海军计算所给我的新数据。按照我设计的着舰程序，高度数值Q，鹞式飞行，保持功角需要的速度并没有超出舰载机的速度极限！而且他们把更精确的着舰时间也算出来了！”“多少？”“1⅓U到1½U！我自己重新算过，是这个时间！”陶斯勇又看余涛：“你呢？”余涛道：“我刚从空军装备院高院长那里听到消息，中航那边已经完成试验，不放心，送到他们那里复验，两家得出同样结论，用鹞式飞行技术高速着舰，从理论上讲，国产舰载机没问题！扛得住！”陶斯勇沉默下来。二人看他。陶斯勇道：“好了，你们回去吧，事情我知道了！”谢振宇反倒有点沉不住气了：“可是政委——”陶斯勇道：“即使你们带来的消息全是真的，也还有中船、人体所的结论没到。所有结果出来前，继续照现在的计划飞！”两人似乎明白了什么，互视一眼，齐声回答：“是！”等他们匆匆离开，陶斯勇才回头看吴强道：“我知道他去哪儿了，不用找！强子，从现在起，我要给你一个任务！”“政委，什么任务！”“靠我一个人盯不住他，你从现在起，帮我盯住他！”吴强有点不明白：“盯住他什么？”陶斯勇恨道：“所有结果出来前，不能让他用鹞式飞行技术偷偷进行模拟高速撞舰试验试飞！”吴强恍然，点头。陶斯勇又道：“这事你一个人知道就行，大地现在尤其不适合进行这种危险性极大的试飞！”“为什么？”吴强问。陶斯勇：“这个你不要问！当命令执行！”吴强不敢问下去了，只道：“是！”

第二十五章

清晨的北方海滨，一片明亮的阳光。秦大地让越野车停下，下车对司机小马说："你就在这等着，我一个人过去。"小马点头，看着秦大地朝前方海滩走过去。他太困了，一头趴在方向盘上沉沉睡去。

波涛汹涌的海边，吴惊天正一个人坐在礁石丛中垂钓。秦大地走过来，从背后望着已有老态的吴惊天的背影。吴惊天回头看他："站那里干什么，为什么不过来？"见秦大地走过来，吴惊天从身边拿过一个小马扎："没地方坐，给你这个，坐下吧。"秦大地道："老兄，你把我惊住了。你怎么知道——"吴惊天哼了一声："你觉得我今天到得早了是不是？"秦大地道："不错！我这么早来是要摆脱一个人。我以为到了这里会等你一阵子，没想到你比我到得还早！"吴惊天道："不要问，我愿意早到！说吧，又遇到什么麻烦了？"秦大地道："天大的难题，要是你还能飞就好了！"吴惊天道："你气我是不是？想问什么，说！"秦大地道："我走投无路了，一筹莫展。想了好久，只有你能帮我破除堵在面前的这堵墙。"吴惊天明白他在说什么，道："我老了，早就离开了天空。”秦大地道：“你没有。你在这儿坐着，其实心不在渔，你的心仍在天空。”吴惊天直截了当地问：“为鹞式飞行的事来的？”秦大地点头：“啊，振宇跟你打过电话？”吴惊天没有直接回答。秦大地道：“当年全海军，你是第一个飞过鹞式飞行的人！”吴惊天道：“十年前就说，中国要拥有自己的航母。不只是我，还有别人，也偷偷地试飞过鹞式飞行技术，你也试过。”秦大地道：“可是后来航母建造计划又取消了。”他一拍脑门，叫道：“想起来了，余兆年老团长也飞过！”两人沉默良久，吴惊天才开口道：“时间太久，好多技术细节记不得了。你今天来，最想知道什么？”秦大地道：“功角，还有所有技术细节。”吴惊天又不说话了，但他手中的钓竿在抖。秦大地有点失望，想站起来。吴惊天却开口说话了，语气平缓，但说的却是另一件事情：“孩子怎么样？”秦大地的心一下被打动了，想了想才回答：“还那样。在山西一家医院住院，好像有点效果。谢谢您。”吴惊天道：“我老伴有个亲戚的孩子也是这个病，吃了一个大夫的药，据说有效。要不要让她给你一个电话？”秦大地心中越来越失望了，道：“谢谢老吴，这个暂时不用。”

两人又沉默下来，这次时间很久，仿佛都陷入了久远的回忆。吴惊天道：“秦大地，是你当年打败了我，你毁了我人生最大的梦想。可我还是要告诉你。当年我是研究过鹞式飞行技术着舰时功角是多少，但因为没有反复试验的机会，得出的结论并不精确。”秦大地心情陡然激动起来：“多少？”“W 到 M 之间。角度大小与速度密切相关。至于技术细节，你一定早就知道。”秦大地道：“我不一定都知道。你讲！”吴惊天道：“操纵飞机的门道只有两个，一是用油门，一是用操纵杆。隼式飞行降落，减油门就可以，可以不大动操纵杆，鹞式飞行不能减油门，相反还要加油门，飞行员没有选择，只能用杆保持飞机降落时的姿态，也就是保持功角，防止失速或者机头着地。”秦大地一时心潮起伏，道：“老吴，你到底是大师，这么简单就把如此复杂的问题说得一清二楚！”吴惊天不为所动，道：“我关于功角的研究并没有完成，因为你打败了我，让我退出了天空，另外当时也没人支持。其实我刚才说的那个数据并不精确。你们如果没有别的路可走，一定要用鹞式飞行技术解决着舰问题，就必须继续摸索，将功角大小精确到正负值不能超过两度。只有这样才能保护你和你的试飞员。”秦大地同意：“是这样！”吴惊天想了想又道：“还有，不用油门，用杆保持功角，需要每个试飞员反复试验、摸索，这和隼式飞行操纵习惯完全不同，学技术容易，改习惯难，这么大的改变开始谁都很难适应，因为隼式飞行操纵习惯已深入所有人的记忆里，不是大脑记忆而是手部的肌肉记忆！加上接下去还要用鹞式飞行技术撞击着舰，每次试飞都会承担巨大危险。大地，你肩上的担子很重！”秦大地站起来，看上去像是要离开，可是突然间，他庄重地向着吴惊天举手敬了一个礼。吴惊天不看他，道：“走吧。比较你我现在的处境，我更喜欢天天坐在这里钓鱼。”秦大地道：“最后一个问题，谢振宇懂鹞式飞行吗？”吴惊天道：“他懂一点，但是不多。尤其是用角、用杆，需要全部从头学，不过这句话我告诉过他。哦，其实你那里还有一个人，可能懂得鹞式飞行。”秦大地迅速做出了反应：“余涛！”吴惊天道：“余涛是空军的领军人物，出身于飞行世家，就是没有正式飞过鹞式飞行这个课目，也不可能对它一无所知。听振宇讲他的情况，我觉得这是个不动声色的巨人，一个能接替你率领这支队伍摧城拔寨的人。”秦大地什么也不想再说了，他已经全明白了，这个天天坐在海边钓鱼的人，把什么都替他想过了。他再次举手敬礼，道：

“告辞，多保重。”吴惊天和他道再见，直到说最后一句话，也没有再对秦大地回头。秦大地转身大步离开，走回海滨沙滩，敲越野车的车门。小马醒来，喊一声：“大队！”秦大地上车，道：“走！进城，去海军总医院！”这时的海边礁石丛中，吴惊天手机却响了起来，原来是谢振宇打来的。谢振宇和吴惊天通话：“老师，我猜对了，他真是去见你了！”吴惊天不说话。谢振宇问他和秦大地都谈了些什么。吴惊天道：“谈些什么你应当猜得到。”谢振宇心情陡然激动起来：“明白了老师。老师再见。”他挂断手机，康延成就匆匆出现在门口，道：“老谢，跟你说件事！”谢振宇却一把将他拉进来，道：“我先问你件事！鹞式飞行技术，飞过吗？”康延成一惊，笑道：“怎么问这个？”谢振宇道：“回答我！”康延成道：“把吗去掉！”谢振宇大喜：“你飞过？”康延成道：“天天飞！”谢振宇大为失望：“在游戏里？”康延成道：“当然，不然还能在哪儿飞？”谢振宇一把将他推出门，道：“走。”康延成道：“哎，哎，怎么了？我真懂得鹞式飞行！”谢振宇又把他拉进来，盯着他问：“真懂？”康延成道：“当然懂，不懂怎么着舰？”谢振宇冷静下来：“飞行游戏上还有舰载机用鹞式飞行技术着舰的选项？”康延成道：“不是选项，是你可以用任何一种飞行技术来飞，鹞式飞行也是技术之一，而且是最可靠的技术！你永远小看我，现在的全国业余飞行游戏冠军是我，不是你！再说现在的飞行游戏比你当冠军时厉害多了！”谢振宇内心更激动了，却又不想让他看出来，道：“那你告诉你，你用鹞式飞行技术高速着舰成功过没有？”“当然成功过！经常成功！现在更是每次都成功！”“快告诉我技术要领！”“你其实都知道。你那次从高空向下加力俯冲，把罗伯特压迫到海面上，就是鹞式飞行！”谢振宇摇头：“看上去是，但不是，是当时我急了，想起吴惊天老师用过这一招，就用了，那时并没有想过那就是鹞式飞行……不对，你不要混淆概念，就算是鹞式飞行，那也不是着舰，没有用灯、用点、保持功角的问题，不用担心失速或者机头着地。着舰不同，你要始终保持功角。在游戏上你是怎么做到的？”康延成脸上现出狡黠的笑容：“不告诉你！”谢振宇狠道：“那我们多少年的交情，掰了！”康延成嘻嘻笑道：“吓唬我？我就那么便宜把我的技术教给你？”谢振宇态度立马改变，作和解状，道：“游戏，咱们俩好得同穿一条裤子，就算我求你！一个月的牙膏牙刷肥皂洗面奶，随便用，我不过了！”康延成道：“这价开得也太低了！”谢振宇让他开个价，康延成故意面呈难色，又突然道：“做我儿子的干爹！”谢振宇大叫道：“你老婆……你行啊你，首发命中啊你！你也太欺负人了，我连个相好的都没有，你居然都——”康延成道：“干什么你，为了给你找数据，我们全家齐上阵，我老婆都累得吐血了！啊，说正题，当我儿子的干爹可不能只顶一个空名，那得花钱！”谢振宇道：“行！你就说怎么放我的血吧！”康延成笑道：“你甭紧张，还早呢，刚有点动静，不过从现在开始你每月工资得省着点花！你知道现在养一个孩子要花多少钱？光那尿片子，一大包都两千多块，一个月听说要五包，我的计划是从现在起给我儿子找五个干爹，每人每月给买一大包尿不湿！还有奶粉，就这一项开销，我就得破产，还得再给我儿子找干爹，五个看样子还不够。”谢振宇急了，大叫：“扯哪儿去了，快说你在游戏中是怎么着舰的！讲啊！”康延成看着他笑，就是不说。谢振宇大叫：“怎么了你？”康延成道：“我觉得现在不是时候。”“为什么？”“你还问怎么了！不出我之所料，在我的领导下你搞的那个程序很快就要上试飞场。全大队除了秦大队，没人真正懂得鹞式飞行技术。那么高的速度，还要始终保持一个几近恒定的功角，出一点差错，你就要上英雄山。我这技术毕竟只在游戏里飞过！你连个正经媳妇还没祸害呢，我这么给你一说，你来劲了，万一那游戏上的鹞式飞行技术是假的，我害你也不能这么干吧！”谢振宇盯着他看，脸上的血色全没有了，半晌才道：“老康啊，我今天对你肃然起敬。你居然都能分清哪是游戏，哪是飞行，进步不小啊你！不过就是游戏中怎么用鹞式飞行技术着舰，我也想知道！”他边吼边用手拍桌子。康延成却仍然冷静，道：“简单。我也是在反复着舰失败后摸索出来的，首先是功角，数值 W 到 M 之间，然后是如何保持功角，我用过油门，也用过杆，用油门效果不好，还是用杆。但用杆也有问题，速度是一直不变的，那是真正的高速撞舰，面对各种正风、侧风、回旋风，你必须一杆到位，绝对正确，一杆不到位，你就死定了！”谢振宇又缓过劲了，问：“你现在能做到一杆到位吗？”康延成道：“能！但是再说一遍，那是游戏！”谢振宇又往外推他：“走！”康延成要走又回头：“哎，答应的事要算数！……哎，你干脆当我儿子两个干爹算了，一个每月买尿不湿的干爹，一个每月买奶粉的干爹，花不了你多少钱，总共两千，两千就够了！以后一发工资，就打两千块钱到我卡上！不能晚，晚了我要收利息！走了！”他边说边走了出去。谢振宇已经听不进他讲什么，嘴里一直在念叨：“W 到 M 之间；用杆保持功角，还有一个，就是风！”忽然又冲出门去大叫：“把你的游戏拷过来！我这就试一试！”

这天早上，从这一刻，谢振宇就坐在电脑前打康延成拷贝给他的那款新型舰载机飞行游戏。赵文来送报纸，敲门。谢振宇全身心沉浸在游戏中，不回头。赵文喊：“哎，老谢！别不理人哪！”谢振宇的手一抖，飞机掉进了海里，回头生气地看着门外的他：“干什么你！”赵文道：“我干工作！送报纸呢！为你服务！”谢振宇看着他把报纸放下，等着他走。赵文看他：“干什么你？”谢振宇道：“还有事？”赵文转身离开。谢振宇起身去关门，想不到赵文又转身走了回来。谢振宇用吃惊的目光看他：“怎么了你又？”赵文神神秘秘道：“老谢，想起了一件大事，和你有关。我看到一个人，特别像另一个人！”谢振宇急着让他走，道：“小赵，不，老赵，我真有事！”赵文不高兴道：“你知道这个人是谁你就急着撵我？”他反而一把把谢振宇推进房间里来，回头关门。谢振宇无奈地看他：“谁？”赵文道：“这个人跟医学支援分队的刘主任来过两趟了，头一趟一直戴着个大口罩，我没认出来，这回出门时没戴口罩，让我认出来了！”谢振宇心中一动，想到了什么，但不愿相信。赵文道：“我知道她不是你的未婚妻，可也太像了！简直像得就不能再像了！可小吴说，你未婚妻早出国了，再说她还穿着军装，就更不可能是了！”谢振宇忍着怒火等他说完才道：“讲完了吗？”赵文道：“完了，哎我说你未婚妻怎么出国了？她把你蹬了？”谢振宇一把拉开门，道：“你可以走了。”赵文哪里是那可以随便让人撵走的人，他边走边说：“哎，你怎么搞的，怎么让人家给蹬了？”谢振宇已经将他推了出去，“砰”一声关上门。赵文在外面打门，道：“老谢，你这人怎么不知道好歹呀？我们是战友，关心一下不是应该的吗？”谢振宇回到电脑前坐下来，重新启动游戏，但是，他的心明显被扰乱了，舰载机一飞起来就坠了海。他直接关掉电脑，这次是生自己的气。

这天上午，在海军总医院余兆年的病房里，情况有了好转可以下床走走的老英雄听到有人敲门，接着就是秦大地的喊声：“报告！”余兆年大声道：“进来！喊什么报告，我都退休了！”秦大地推开门，抱着花走进来，立正敬礼：“团长！”余兆年道：“是你！”秦大地又道：“首长好！”余兆年道：“瞧你这个人，也会买花了！你是个穷人，又不能花公家的钱，充什么大款？我要这些花干什么！——说吧，你怎么来了？”秦大地把花放下，笑道：“首长，我怎么就不能来看看您？”余兆年哼了一声：“我才不相信你这些鬼话！连我孙子都没有时间来看我……不过我认为你还是来晚了！为什么到了这会儿才来？真以为我老头子什么也帮不上你了？”秦大地赶忙解释：“不是，首长，我是听说——”余兆年道：“听说我快死了，这个医院，总是大惊小怪，老报病危，可老兵是不容易死的……还像过去，少废话，开门见山！”秦大地道：“那我就开山见山了！首长一定飞过鹞式飞行！”余兆年一惊，道：“哎呀！我明白了！你想用它干什么？”秦大地道：“我走投无路了，有人提议可以用鹞式飞行技术试一试解决着舰问题！”

余兆年想了想道：“来见我之前，是不是已经去见过了一个人？”秦大地老老实实道：“是。我先去见了吴惊天。老吴说，我该先来见您。”余兆年沉吟有顷，回头道：“无论是他，还是我，都没有用鹞式飞行技术飞过舰载机着舰，我们那时没有航母嘛……可是鹞式飞行技术，我还是飞过，你也飞过，吴惊天也飞过。你现在要解决的一定不是这项技术本身的问题！”秦大地点头道：“我现在要解决的有两个问题：一个是用鹞式飞行技术撞击着舰时飞机保持的功角是多少；第二，要从头到尾保持一个几近恒定的功角，怎么操作！”余兆年问他：“吴惊天是怎么说的？”秦大地道：“因为他在役的时候海军说要搞航母，他偷偷练习鹞式飞行着舰，认为功角应在 W 到 M 之间。”余兆年道：“这个吴惊天，可惜了。往下说，这个功角怎么保持？”秦大地道：“他认为和隼式飞行正相反，用杆，尽量不用油门。”余兆年脱口而出道：“和我当年的做法一致！”秦大地大喜道：“首长，你当年也偷偷用鹞式飞行技术飞过撞击着舰！”余兆年道：“什么叫做偷偷？

你是知道的，当年我们在南海、在东海，都和他们的航母舰载机较量过，我还在他们的航母上空飞过通场呢！那时我就想，我们也应当有航母，看着他们的舰载机着舰，就偷偷练起来！可惜白练了！”秦大地激动道：“您没白练，快说，还有什么绝招？”余兆年道：“风。吴惊天说了吗？”秦大地道：“没有。”余兆年生气道：“他怎么能忘了风呢？我听到的消息是，你们试飞大队内部讨论，鹞式飞行高速着舰的一个重要条件就是要从头到尾保持一个几近恒定的功角，这不是屁话吗？你们忘了一件事，吴惊天也忘了，只要有风，功角就不可能保持恒定，你得随时根据风的大小和方向修正功角，才能保证高速降落时一不失速，二不机头着地。冒险用鹞式飞行技术高速着舰，从理论上搞清功角范围当然重要，但要真到了实操阶段，你就要明白，自己要做的是在动态中保持功角与速度和风之间的平衡，这是个动态的过程而不是一个静态的过程。这东西恐怕不是一个简单的理论学习或者在模拟飞行器上多做几回就能解决的，你们既要花很大的气力学鹞式飞行，还要花更大的气力学会在动态中保持功角，这比你们以前经历过的一切都要难！如果真在这种过程死了人，也不应当感到意外！”

秦大地心中大震，他站了起来。余兆年道：“怎么，这么快就要走了吗？”秦大地道：“首长，原谅我不能在您这儿多待。事情太多，我得——”余兆年打断他道：“得得。你不用说了，走！但也别忘了这里还有我！真到了过不去的坎儿，需要老家伙出面做点什么，你也得给我机会！别让我天天待在这里一个人生自己的闷气，你跑这么快干什么？我要晚生四十年，完成中国航母第一支飞行编队战斗力建设的任务就轮不到秦大地了！”秦大地眼泪都要涌出来了，他强忍着，向余兆年敬礼：“首长，谢谢您！您的话我记住了，不到万不得已的时候我不会来，但一旦到了那种时刻，我就会来请您到我们试飞大队去，你仍然是我们这支队伍中的排头兵！”余兆年大声道：“好，听口令！向后转，齐步走！”秦大地不觉热泪盈眶，听着老人的口令大步走出门外。背后的门关上了，他却再一次听到老英雄一个人唱起了《八路军军歌》。

试飞大队会议室里，医学支援分队全体成员吵吵嚷嚷地坐下开会。刘敏洁拿钢笔敲桌子：“好了好了，开个短会，事情只有一件，分工，责任到人，同时还要分组，两人一组，有了意外情况彼此可以有个照应。大家可以自报一下。夏初，你记一下。”夏初答应一声：“好的。”刘敏洁道：“宣布一下，夏初同志正式加入我们团队，大家鼓掌！”众人稀稀拉拉地鼓掌。刘敏洁道：“热情一点儿！”众人笑，认真鼓起掌来。夏初站起，对大家敬礼。刘敏洁道：“行了。医学测试结果大家都看到了，第一要绝对保密，第二大家可以根据自己的专业特长和研究方向，选择一对一的服务对象。除了秦大队、谢振宇和余涛，各位自告奋勇。”一名女队员问：“为什么除了他们三个？”刘敏洁道：“这三个已经安排人了。”会议进展得很顺利，十分钟后就结束了，夏初随着刘敏洁走回后者的办公室里。刘敏洁关切地问她：“夏初，你的感冒还没好？”夏初看她一眼，忽然明白了，默默把口罩取下来。刘敏洁道：“我可知道现在的女孩子，一听说空气污染，整天戴个口罩，你别和她们一样。你刚入伍，有些事情我要提醒你，在部队生活最要紧的，也是最美好的，就是和战友们打成一片。一个口罩你就能把自己给孤立起来。我们是医学支援人员，对试飞员要有亲和力，要迅速和你的服务对象建立起信任关系。”夏初马上调整好了自己的心态，道：“主任，我知道了。”刘敏洁又道：“从个人习惯上讲，戴口罩也不是什么错。再问一次，对自己负责的工作有信心吗？”夏初道：“有。”刘敏洁认真地看她，又道：“虽然会上我没把任务讲得很严肃，实际上它却非常严肃。总指挥当面对我讲，试飞大队是一支肩负着重大历史使命的队伍，他们中的每一个人都必须成功！”这话让夏初十分震惊。刘敏洁道：“不但现在要成功，将来更要成功。他们中的每一个人将来都是中国走向航母时代的财富，任何人的不成功都会给今天和将来的航母成军带来重大损失。”夏初明白了，道：“主任，试飞大队就是将来中国第一艘航母的飞行编队！”刘敏洁摇头道：“你还是把他们看小了，将来中国不会只有一艘航母，一艘航母上也不会只有一个飞行编队，现在这里的每一个人，将来有可能都要领导一支航母上的飞行编队！我们不动声色地用我们的能力帮助他们，就是在用我们的力量推动中国进入航母时代，推动中华民族进入历史的新纪元，一个全新的海洋中国时代！”看到夏初的表情有一点狐疑，又问：“你不会怯阵吧？”夏初道：“不会，但我到底是个新兵，万一他不接受我，该怎么办？”刘敏洁道：“什么叫该怎么办？一开始他当然不会接受，不只是他，所有试飞员都不会接受我们的医学支援，那就要看我们的能耐。你是军人，要有打硬仗的勇气，压倒一切对手而不被对手所屈服的气魄，你是一名战士！”夏初笑道：“是！我是军人，要压倒一切对手而不被对手所屈服！我争取不让主任失望！”刘敏洁不满意她的回答，道：“不是争取，是一定！具体怎么进行，你是海归的博士，又生在军人家庭，刚刚经过新兵训练，应当知道该怎么做，你的方案我不会干涉。但一必须向我报告，二要实事求是，讲究方式方法，也就是说，你的工作要适应服务对象，而不是让他适应你！”夏初发现了机会，马上道：“主任，现在可以向你汇报我的方案吗？”刘敏洁点头。夏初道：“在国外实习时我接触过谢振宇这一类人，对第一名强迫症有一套专业的诊疗程序。对谢振宇我也打算照这套程序进行，先和他接触，通过谈话和别的方式弄明白他童年的创伤是什么、怎么造成的，找到事情的源头，从那里发现对他有针对性的办法！”刘敏洁道：“你看看，我说什么？我相信你一定能做好没有错吧？我同意你的方案！只提出两点建议，第一，你现在最需要的是放开胆量工作，大胆，大胆，大胆！重要的话说三遍！第二是有的放矢，找到最正确的支援方式。来，学学你们年轻人，击掌！”夏初笑着，边和她击掌边喊：“加油！”吃饭号响起来。刘敏洁道：“走，吃饭去！”

中午，试飞大队餐厅门外，一张告示已经贴出来了。众试飞员挤到告示前看。王小毛念上面的文字：“医学支援分队对试飞大队一对一服务名单。刘敏洁，服务对象，秦大地、余涛……刘敏洁是谁？”刘波道：“就是刘主任。不是说一对一吗？刘主任一个人怎么对俩？”王小毛接着念下去：“张亚若，服务对象陶斯勇。马丽，服务对象耿见林。夏初，服务对象谢振宇……”康延成从他们身后走过，听到了吃了一惊，回头也朝告示上看去。王小毛看到他，说：“快来看，医学分队把我们都给瓜分了，让我看看谁对你一对一服务。”康延成已经念出了告示上的一个名字：“夏初！”王小毛看他的脸色：“怎么了你？”康延成自语：“这么巧！”江海看他：“什么意思？”康延成摇头道：“没意思，重名重姓的人太多了，以后中国人的姓名要改革，最好也像俄罗斯人，保证不会重名！”

餐厅内，陶斯勇打饭走过来坐下。秦大地端着饭盘走来，在他对面坐下，笑道：“哎，别不理人。”陶斯勇不理他。秦大地又看他：“真生气了？”周围的人看着他们俩，都在笑。秦大地仍然只盯着陶斯勇一个人：“怎么，不打算跟我说话了？就这么小心眼还当政委！”陶斯勇道：“这会儿少跟我说话！”秦大地道：“不说就不说！”回头看周围的人，“你们看什么热闹，政委生气你们没见过？他这么容易生气你们要适应！快吃饭！”陶斯勇已匆匆把饭吃完，端着餐盘站起，严肃地对秦大地道：“吃完了到我办公室，我有话跟你谈！”说完不等秦大地回答，就走开了。众人都笑着看秦大地。江海问：“大队，你怎么得罪政委了？”秦大地道：“你打听什么新闻，我怎么得罪他，自个儿都不知道！”众人又笑起来。不料陶斯勇将餐盘放进清洗柜里，又走了回来。秦大地第一个看见了他，道：“看，又回来了！看样子还是得罪不了！”陶斯勇对秦大地道：“啊，下午没安排试飞，刘主任要找你谈话，你和余涛是她的一对一服务对象。”秦大地一惊，不笑了：“不行，我有要紧的事。”陶斯勇道：“我已经答应她了！你必须去见她。下午全大队都要接受医学分队第一次一对一的服务！”又看余涛：“还有你，也要去见刘主任，大队完了就是你！”余涛答应：“知道了！”陶斯勇转身走出餐厅，众飞行员又笑起来。秦大地的心情已经不好了，说：“还没笑够？快吃饭！”众人这才安静下来。

康延成打了饭，在谢振宇身边坐下，碰了碰他。谢振宇：“干什么？”康延成道：“无巧不成书，马上你就能见到一个也叫夏初的人。”谢振宇低声道：“马上给你老婆打电话，问她夏初为什么没走！还参了军，居然还进了我们试飞大队！”康延成变色道：“说什么呢？”这时他发现刘敏洁正带夏初和她的队员们走进餐厅，并且注意到了夏初一进餐厅目光就开始下意识地寻找什么人。康延成张大了嘴巴合不上，眼睛一点点瞪大，又用胳膊肘捅谢振宇：“老谢！真的是她，只是多了一身军装！”他看着夏初打饭，端着餐盘目不斜视从他和谢振宇身边走过去，坐到刘敏洁身边。谢振宇也注意到了不戴口罩的夏初，心中波澜起伏。忽然，他饭也不吃了，站起，端起餐盘就走。康延成叫了一声：“哎！”

谢振宇已将餐盘放进清洗柜，走出了餐厅，这时再回头看夏初，发现后者刚刚看了一眼离开餐厅的谢振宇。她的表情显得勇敢而坚毅。

餐厅门外，康延成匆匆跟上了已经走远的谢振宇。谢振宇道："别跟着我！快给你老婆打电话！"康延成生气道："人都到了，还打什么电话？我这个老婆，居然把我也瞒住了！人家都是重色轻友，她可好，把我也出卖了！你这会儿一定认为我什么都知道，我比窦娥还冤呢！"谢振宇道："我让你快打电话！你打不打？你不打我走！"康延成道："打打打！这就打还不行？"他掏手机拨出一个号码："尼娜！是我！"柳尼娜的声音立马刮风一般响起来，让他插不进话去："哎哟延成，我受不了了，都是你……早知道怀孕这么难受，我就……哎呀你等一会儿，我又要吐了……这孩子太能闹了，我受不了了！"康延成的注意力立马被转移，喊："尼娜，你怎么了？哎哟，要不要看医生啊……早知道这样不要这孩子了……这小子怎么这么混蛋！"柳尼娜的声音立马又刮风一般响起来："康延成！你住嘴！有你这样当爹的吗？我的孩子折腾我，我愿意……又不是你难受，哎呀喂，不行，我还得吐！"康延成更着急了："尼娜！尼娜！你到底行不行啊？……不行就上医院！"那边柳尼娜又不吐了，喊："你傻呀！这是孕吐，怀个孩子上什么医院哪！……马上要当爹了什么也不懂……人家说酸儿辣女，我这一阵子又想吃酸的，又想吃辣的，这可怎么办……延成，你到底是想要儿子，还是想要个女儿，你们男人都一样，想要儿子，可我万一生出个女孩来咋办呀？"康延成忽然想起了什么，回头发现谢振宇早就大步流星地走向了空勤楼，低声叫道："尼娜，你等会儿，快告诉我，夏初怎么回事儿？她怎么到了我们这里，还穿上了军装？"电话里柳尼娜一下就沉默了。康延成还在叫："快说话呀你！"柳尼娜装糊涂道："你说什么？我听不清楚！"康延成生气道："我问你，你的朋友，夏初，现在什么地方？"柳尼娜继续装傻："她在国内呀！""国内什么地方？""海军呀！"康延成气不打一处来："海军什么地方？"柳尼娜道："前两天还在新兵训练营！""这么大事，你连我也不告诉！"他不想再跟妻子通话了，关掉手机，跑向空勤楼。某市科技图书馆又在卫生间呕吐起来的柳尼娜不干了，喊："敢挂断我电话！你胆子大了你！"她又将电话拨回去，"哎，你发什么疯？夏初她怎么了？"听了康延成的话她自己也大惊失色了："什么，进了你们试飞大队？我真不知道！知道不说是小狗！"

试飞大队办公楼里，提前回自己办公室的陶斯勇面窗而立，神情严峻。秦大地出现在门外，敲一下门，道："政委同志，我来了。"陶斯勇道："进来，关门！"秦大地笑道："干吗，搞什么名堂！"陶斯勇气不打一处来："你笑什么？你当你这会儿想什么我猜不到？告诉你，想都不用想，我反对！"秦大地进来，关门道："什么事还没说你就反对，你反对什么？"陶斯勇道："先是去中航见梁总，又去中船见周总，去人体所见了他们所长，今天一大早又跑去海边见吴惊天，最后又去见了余兆年老团长……你做这些事都是为了什么？什么目的？"秦大地道："说什么呢？我能有什么目的！"陶斯勇道："想背着大家，也背着我冒险去试验鹞式飞行撞击着舰！"秦大地笑容落去，道："斯勇，我就是想这么做有错吗？物体运动的速度越快，运动的轨迹越接近直线。从 Q 高度落到航母着舰中心点上，没有极高的速度，可能真没有办法准确着舰，不能准确着舰就不能准确挂索，不能准确挂索就只能逃逸复飞。而且没有速度，逃逸复飞也不能成功，到了海上，就是机毁人亡！"陶斯勇道："可你去过的地方都告诉你，相关研究还在进行！特别是人体所！人家说就是理论上有了结论，也还要拿仿生人体做撞击试验，仅这一项，就要等三个月！”秦大地生气道：“你真是包打听啊，怎么你什么都知道？”陶斯勇严肃道：“听我把话讲完！在所有试验结论都拿出来之前，我反对你冒险去做鹞式飞行着舰试验。告诉你，这件事我向总指挥请示过，他同意！严令禁止你进行第一次模拟高速撞击着舰试飞！”秦大地努力不让自己发火，但他还是生气了：“我现在就是真像你想的那样，去做一次鹞式飞行着舰试验，也算不上异想天开！从全队开始模拟着舰试飞，到现在，越来越清楚，谢振宇和余涛是对的，没有速度飞机准确着舰根本不可能。”他的火气越来越大：“可对于我们来说，要完成模拟着舰挂索成功，或者挂索不成功立即转入逃逸复飞，准确着舰都是基础，是第一需要！这项技术突破不了其他全都免谈！”陶斯勇道：“所以现在你从极端反对鹞式飞行技术着舰一下就转到了另一个极端，认定只有用鹞式飞行技术才能解决着舰问题，而且要第一个去试！”秦大地道：“你这个人真是火眼金睛，你比孙大圣都厉害，孙大圣也就是钻进了铁扇公主肚子里，你好像钻进了我心里，我想什么你全知道！可你错了，我是被逼上了绝路，必须回头用鹞式飞行技术试一试……可你知道这意味着什么？”陶斯勇道：“什么？”秦大地道：“意味我们要对原先的着舰观念进行颠覆性改变，打破旧的操作规程，不是减速着舰，不是正常巡航速度着舰，而是用鹞式飞行技术加力撞击着舰！你以为下这样的决心对我这个大队长是一件很容易的事吗？”陶斯勇道：“你到底想说什么？”秦大地道：“减速着舰，我们可以飞得很失败，落不到着舰中心点上，可是不会有风险，我每天都可以放心大胆地让大家飞，但是一旦转为鹞式飞行高速撞击着舰，每飞一次，都是人、机、索的一次大动能和大势能的撞击，飞机阻拦索着舰甲板我不说，人呢？人是血肉之躯！除了我本大队谁敢说他真的飞过鹞式飞行？我问过吴惊天，他说谢振宇在海上那样飞，不是有意识地进行鹞式飞行，没有功角，没有着舰的压力，只有高速，想怎么飞就怎么飞，想什么时候拉起来就什么时候拉起来！”陶斯勇道：“他们没有飞过，你也没有用鹞式飞行飞过高速着舰！”秦大地道：“但我至少在余兆年老团长的年代，在吴惊天称王称霸的年代，跟他们学过一两招！我不先去试一试，难道让谢振宇去试？让余涛去试？”

陶斯勇努力让自己的情绪平静一些，道：“我不是反对你试，是反对你现在去试！”秦大地道：“斯勇啊斯勇，现在梁总和周总那边已经有了消息，他们的飞机、索、甲板都没问题，所以没有做出正式结论是他们对我们负责，试一次两次十次百次都不够，他们要试上千次，一千次不出一次问题才会把结论拿出来，我们能等吗？还有人体所，张所长其实已经告诉我们了，就是经过了仿生人体去试验，那也不能替代人的试验，而仿真人体试验他们早就做过了，没有问题！我们明明知道这个，你还要我再等三个月，真要这样吗？”陶斯勇声音又高亢起来：“不管你怎么说，我就是反对！”秦大地冲他瞪起了眼睛：“你反对总得说出理由吧？为什么？”陶斯勇道：“因为包括余兆年团长和吴惊天在内，没有人确切知道鹞式飞行时飞机需要保持多大的功角！吴惊天对你说过一组数据，余兆年老团长也对你说过这组数据，但他们谁也没有真正做过高速着舰试验。也就是说，现在包括他们在内谁也不能证明那组数据就是对的！正因为这个，你才急着想瞒住我们去试这个功角，你要自己去检验这组数据！还有余兆年团长和谢振宇对你提起的各种风！我就不明白了，你刚才还说人是血肉之躯，你自己是不是？你和别人不一样，你是金刚不坏之身哪！就是金刚不坏之身，经你那么一撞，万一失败，也要散架！”秦大地坐下来了，道：“那你说怎么办？就坐在这里等梁总、周总把最后结论拿出来，然后等人体所弄一个假人继续进行撞击试验，三个月后拿出一个仍然需要人再去撞的结论……对了，张所长亲口对我说，做这种试验的假人国内生产不了，得到国外去采购，自从我们的航母平台出海试验，这种可用于舰载机着舰用的假人突然就买不到了，人家处处都在对我们实行封锁。万一真买不回来，我们得自己造，这一造就不是三个月，是三年！我们怎么办？解散，你回海军机关，我回10团！舰载机就不上舰了，中国真正进入航母时代，不要搞了！”

陶斯勇突然回过头去，不再看他。秦大地道：“斯勇，有一句话我想对你说。原来以为你明白我的心，不用说出来，可是现在我发觉，原来你完全不明白！”见陶斯勇仍不回头，又道：“你是不是还记得几个月前首长不让我转业，让我来当这个大队长，头次见面就对我说，这是一场我军从没有打过的战役，国外在进行这场战役时没有不死人的！从那个时候起，我就明白了！”陶斯勇道：“你是想对我说，现在那种时刻到了？”秦大地道：“对，地面设备试验时有过一次这样的时刻，我们扛过去了！A10项目试验时又有过一次，又扛过去了！现在，又一个这样的时刻到了！即使梁总、周总、人体所全部完成了他们的试验，也还是要有人驾机用鹞式飞行技术第一次去做高速撞舰试验！不是我就是谢振宇，就是余涛！不然还会是谁？”陶斯勇又说不出话来了。秦大地道：“我知道你在想什么，说句不好听的话，谁让我们当了兵呢！来当兵不是让我们穿着漂亮的军装到处显摆，当了兵就要扛起当兵的责任，包括为国家牺牲。做不到这个要你干什么？吃干饭的吗？”陶斯勇再也听不下去了，道：“你给我住口！我不想跟你吵。但我会把我们的分歧再次报告总指挥，事情怎么办请首长定夺！”秦大地道：“不，这次你一定不要报告首长！哎哟我说斯勇，你这个人什么时候变得这么教条主义呀？将在外君命有所不受！事事都要首长定夺还要我们干什么！首长是指挥员，管的是战争全局，拿山头不是他的事，是我们的事！”陶斯勇道：“这是攻一座山头吗？如果一次战斗会影响甚至决定战争全局，我要不要报告？”秦大地又生气了，大声道：“那我问你，你让首长怎么回答？难道因为会死人，首长就说，你们不要干了，任务解除，试飞大队解散，中国航母事业不搞了？”陶斯勇忽然两眼湿润，他努力让自己平静，低声道：“总之就是不行。这次我的感觉不一样！要不先放一放，你冷静地想一想，我也冷静地想一想。”秦大地一掌拍在桌面上，喊：“我没法冷静我的同志哥！山头就在我眼前，不是冷静的问题，是敢不敢热血沸腾不怕牺牲冲上去！当了这么多年兵，如果连这个都不明白，我这兵就白当了！”陶斯勇仍旧不为所动，道：“啊，你等会儿必须去见刘主任，接受她一对一的医学支援，当作任务也得去！不要给全大队做坏榜样，不配合他们，结果被告到首长那里，回头挨一顿臭骂，还得认头！”秦大地道：“行，我听你的，冷静一晚上，但是明天，不管你同不同意，我都得去试一次！你不用担心，有了谢振宇、余涛搞的两套着舰程序，我心里有谱多了，飞了这么多年，我一向非常小心。关键是功角，再就是风，一旦感觉不好，我就会停止着舰，立即拉起来……你以为我会让自己随便牺牲吗？”陶斯勇不再和他谈这件事：“先去接受刘主任一对一的医学支援，明天的事明天再说！”秦大地白他一眼，用力拉开门走出去，又“砰”一声关上。陶斯勇心情激动，走回办公桌前打电话：“魏秘书，我是陶斯勇，有事情马上要见首长！”

外面有台电话铃一直在响。赵文接完电话跑进来，喊："大队！刘主任又打电话催了！"秦大地说："知道了，去吧。"但他转眼发现赵文还在那儿站着。秦大地道："怎么还站着？"赵文道："我回去她的人马上又一个电话，我在这儿等你，省得接她们的电话。大队，这个刘主任别看是个老太太，还挺难缠的。"秦大地不等电话了，往外走。赵文道："这就对了。有句话叫一物降一物，原先还以为秦大队天不怕地不怕，现在看你也有一怕？就怕这个刘主任打电话！"

刘敏洁正在工作室里洗手。秦大地走过来，在门外喊："报告！"刘敏洁头也不回道："秦大队吗？快进来，我们聊一会儿。"边说边走回来，很随便地看一眼秦大地，回到自己的诊疗桌后面坐下。这种放松的态度传染给了秦大地，他在刘敏洁对面一张折叠椅上坐下，道："刘主任，说实话我有点紧张。"刘敏洁笑了一下道："你紧张什么？我们就是随便聊一聊，你现在是我的一对一服务对象，不聊一聊，我怎么服务？"秦大地也笑："刘主任德高望重，不说名满天下，至少也名满全海军。你请讲，要我说什么？保证竹筒倒豆子，稀里哗啦，你问什么我说什么！不过最好快点结束。"刘敏洁诧异道："为什么要快点结束？今天下午安排好了，就是为你们服务的时间。"秦大地道："刘主任，这您就不知道了。我们政委刚才出去了，一定去首长那里告我状去了，我得跟过去，不然我就完了！"刘敏洁看着他笑。秦大地问："怎么了？"刘敏洁道："没什么，秦大队长要是真有事，现在就可以走了。"秦大地喜出望外站起，道："真的？我还以为要三堂会审，把我的祖宗三代小时候是不是进过人家西瓜地偷过瓜之类全要向您坦白呢，太好了，真释放我了？那我走了！"刘敏洁道："等等。想起来了，你就是没什么问题要我帮助，我也有两句话嘱咐你。坐下来坐下来，听我说完。”秦大地不情愿地坐下来：“什么话，说完我真得走。”刘敏洁道：“第一句和我的职责有关。你既然成了我的一对一服务对象，以后心里有了什么解不开的疙瘩，就得来找我。”秦大地无声地大笑起来：“就像得了感冒去见大夫？”刘敏洁道：“你还会开玩笑，没想到。对，就那样。”秦大地道：“哎呀太好了，这个百分百没问题。我还没请教您呢，上次你帮我做医学测试，有没有问题？”刘敏洁道：“你要是有问题，今天见面还会这么轻松？”秦大地越发高兴了：“这就是说，我没有任何问题，尤其是精神方面的问题？”刘敏洁道：“你是大队长，你有精神方面的问题还得了？这是第一句话，还有一句题外话，‘五一’就要到了，你们放不放假？”秦大地看着她笑。刘敏洁问：“你笑什么？”秦大地道：“没想到今天来见您这么轻松。要是总这样，我以后就不害怕来了。这是一句话。第二句话，也是题外话，怎么这么关心我们‘五一’放不放假？”刘敏洁看一眼身边的护士小黄，小声道：“这不是为她们着想吗？我们是为你们服务的，你们‘五一’不放假，我们也放不了假！这些孩子说不定早就和男朋友说好了，趁着‘五一’长假到哪里玩去呢。对不对，小黄？”小黄脸红了，道：“主任，我还没男朋友呢。”刘敏洁马上道：“你没有别人有！”秦大地想了想道：“这个其实可以灵活安排。毕竟试飞大队不是每个人每时每刻都需要你们支援。我们肯定不放假，但咱们心照不宣，你们放你们的假，我们做我们的事，都不说出去。怎么样？”刘敏洁道：“让我想一想，你可以走了！”秦大地高兴地站起道：“谢谢主任，你真是位大专家，虽然我只在你这里坐了一会儿，不知为什么浑身上下都轻松了。再见！”刘敏洁也站起来，做出送他走的意思，微笑道：“你之所以会有这种感觉，是因为你太紧张，也太累了，特别需要五一节休息一下。所以刚听到我说五一节放假，你立马就轻松了。从医学角度讲，休息其实也是工作，为了更多地在生命中积蓄正能量……再见！小黄，叫余涛进来！”余涛早已等在门外，答应了一声站起，看秦大地走出来，笑道：“大队，你过关了？”秦大地：“啊。轮到你了，快进去。”

看着他走远，余涛才进了门，立正向刘敏洁敬礼，大声道：“报告刘主任，试飞员余涛，向您报到！”刘敏洁道：“坐下坐下。余涛，你不该叫我主任，该叫我阿姨。”余涛一惊，坐下笑道：“阿姨？”刘敏洁道：“你知道我是谁？”余涛笑起来。刘敏洁道：“我认识你们家几乎所有的人，你爷爷、你父亲、你妈，就是跟你不太熟。”余涛不觉又站起来了，道：“哎哟刘主任，这怎么回事，快说给我听。”刘敏洁道：“我一当兵就是海军，你爷爷那时已经是10团的老团长了，是我们的保障对象，你爸爸和我是同龄人，也是我的保障对象。还有你妈，我们住一个宿舍。”余涛大喜，坐下来：“哎呀阿姨，怎么没听我妈说过？”刘敏洁笑道：“有什么奇怪，比方说我，我要是有孩子，会对他说我年轻时候的事吗？”余涛道：“也对。阿姨，你这么一说，我不紧张了。”刘敏洁道：“你紧张什么？我又不是老虎，叫你来就是认识一下，以后有什么身体不舒服，包括精神方面的问题，就来找我。啊，你的医学测试结果我看了。”余涛立马紧张道：“阿姨，没什么问题吧？”刘敏洁却道：“有一点。”余涛道：“你可甭吓我！不会吧？”刘敏洁道：“你这孩子，好好坐下。我说有一点问题，是想提醒你，你心里好像特别担心你妈。”余涛脸上的笑容全部消失了，道：“阿姨，你真是大专家，怎么一下子就——”刘敏洁笑道：“扯哪去了，我就不是专家，猜都能猜到你什么情况，从小到大你心里只会有两个亲人，一个爷爷，一个就是你妈，你爷爷是个内心强大的人，你对他很敬佩，不会担心他，对你妈就不一样了。你一直担心她扛不住。”余涛不情愿道：“阿姨，你真是神医，让你说中了！”刘敏洁又看着他笑。余涛心里有点发毛了：“阿姨，又怎么了？”刘敏洁道：“你妈只是表面上柔弱，实际上很坚强，至少比我坚强。”余涛心中大震，又站起。刘敏洁道：“我说这话惊住你了？要不我怎么说呢，最不了解妈妈的就是最关心她的人，你就是一个例子。”余涛精神上放松了不少，重新坐下，笑道：“阿姨告诉我，像我妈这样，我刚两岁就没了我爸爸，她当初怎么就扛过来了，坚持到现在？”他虽然还在笑，但眼里已经泛出了泪花。刘敏洁体贴地递给他一张纸巾，道：“很简单，因为她坚强。”余涛心中越来越轻松了，拿纸巾擦眼泪，笑道：“刘主任，对不起，我——”刘敏洁道：“说过让你叫阿姨。”余涛道：“阿姨，这么些年，我心里一直有个疑问，有没有可能，是因为我，我妈知道自己需要坚强，这些年才这么坚强？”刘敏洁道：“你可能以为我会同意你的想法。不，我不同意。人和人是不同的，女人也一样，有的人就是知道自己需要坚强，也不坚强，有的人比如你妈，是世间最坚强的那类人。”余涛道：“这和我从小到大的感觉可不一样。我小时候，我妈切菜时被刀碰出一个小口子，都一个人躲起来哭。现在她老了，有时候我觉得还像个小姑娘……对不起，我好像不该这么说自己的娘！”刘敏洁道：“要不我说你是个好孩子呢。一说起你妈，你满眼都是泪花。行了，我比你更了解你妈。”余涛不觉开始相信她的话：“阿姨，告诉我，什么样的女人才是世界上最坚强的女人？”刘敏洁表情严肃起来：“那些经过时间检验、一直很坚强的女人，就是世界上最坚强的女人。像你妈，表面看来柔弱，实际上却在你爸爸牺牲后承受了一切，把你养大，还要在一个没有丈夫的家庭里和没有婆婆的公公相处，三十多年，没有人说过你妈一句不好，你爷爷那么严厉的首长，都承认你妈是个内心强大、自尊的女人。还有，她好像没费什么力就把你培养得这么优秀。你现在敢说你妈不是世间最强大的女人？比她更优秀、更坚强的女人你给我找一个看看？”电话铃响，她伸手去接电话：“啊，我是……首长五分钟以后要跟我通话？知道了。”她放下电话，看余涛道：“你可以走了。对了，以后有什么事就来找我，没有事也可以过来坐坐，我也老了，喜欢和人聊天。”余涛内心大为感动，站起道：“阿姨，我能把你今天这些话告诉我妈吗？”刘敏洁想了想道：“还是不要吧。我说个笑话你别当真，万一我们俩年轻的时候是情敌呢？再见！”余涛又笑起来，这一刻他心情振奋，举手敬礼，道：“阿姨再见！”边说边转身往外走，刘敏洁一直从背后望着他离开，回头时发现小黄正在看她，问：“怎么了？”小黄道：“主任，再这么跟着你，我也知道怎么做专家了！”刘敏洁问她：“怎么做？”小黄道：“不动声色地唠家常，就把一个人埋藏很深的心理隐患排除掉了呀！”刘敏洁却道：“你去夏初那里看看开始了没有！”小黄点头，跑了出去。

都这个时候了，谢振宇仍然待在空勤楼自己的房间里。赵文敲门进来道：“老谢，你怎么回事儿？人人都要我跑两趟啊！又打电话催了，等着你呢！”谢振宇转身盯着他看。赵文道：“你这什么表情啊，又不是让你上刑场！”谢振宇突然下定了一个决心，推开他往外走。赵文跟出去喊：“哎，半道上别拐弯儿！直奔第二服务室……别走错了，是第二服务室！”边喊边注意到余涛走了进来，进房间就“砰”的一声关上了门。耿见林马上推门走了进去，见余涛正在擦拭眼睛，道：“你怎么了？”余涛掩饰道：“我没什么。”耿见林道：“脸上挂着幌子呢，出什么事了？”余涛笑道：“医学支援分队的刘主任，是我妈年轻时的同事！”耿见林轻松下来道:“这可够巧的。还有什么?”余涛终于平静了下来,道:“见林,你肯定没想到,刘主任,我该叫她阿姨。这位刘阿姨告诉我,我多年来看错了我妈。她说的那些理由,我现在反驳不了,也不能不相信我妈真是世界上内心最强大的母亲,我过去关于她的想法,可能全错了!”耿见林见他的心情轻松多了,笑着说出了试飞大队最新的新闻:“听说没有?秦大队和陶政委发生了激烈争执,陶政委连夜回海军了!”余涛一惊:“为什么?”耿见林道:“秦大队有可能第一个试飞鹞式飞行高速着舰!”余涛脸色陡变:“在中航中船和人体所没有拿出正式结论之前?不好!我明白怎么回事了!即便等所有正式结论拿出来,也还是要有人第一个去飞!”耿见林点头:“他认为应该是他!也只能是他!”余涛激动起来,道:“见林,我们从入队时就想到的时刻,也许到了!”耿见林道:“你有办法阻止他吗?他是大队长,还是第一试飞员!”余涛道:“我是并列第一试飞员!有了!我去见谢振宇,你去联络别人,全队一起写信给总指挥,要首长履行承诺,在进行这么重大的试验试飞行动前,重新进行队内对抗,排出新的试飞顺序!”耿见林意味深长地看他。余涛说:“你这是什么眼神儿?”耿见林道:“先不说总指挥答不答应,就说答应了,你这次真能打败他?”余涛道:“我和他六四开,他六我四!但机会总是有的!最重要的是在这个时刻,我们必须和他一起承担风险和牺牲!不然我们干什么来了?我去了!”

像刘敏洁的临时工作室一样,夏初的临时工作室门上也挂上了“第二服务室”的新牌子。此刻夏初正坐在接诊台后面等待,神情表明她心情并不平静。门外响起了脚步声,她陡然坐直,一只手下意识地从白大褂口袋里掏出了口罩。刚才一直在刘敏洁工作室做护士的小黄推开门走了进来。夏初一惊,笑道:“黄姐，是你？”小黄看她：“人还没来？”夏初道：“没有，又催过一遍了。”“没事儿吧？主任让我过来看看你。”夏初努力笑了一下：“回去报告主任，没事儿。”小黄不放心地看她。夏初道：“真没事儿。我能有什么事儿？”小黄道：“那我走了。”夏初看她离去，想了想，把口罩戴上，门外马上响起了敲门声。夏初一把将口罩扯下来，挺直身子，大声道：“请进！”话音未落，谢振宇已经推门走了进来。二人对视。夏初没让自己避开他的目光，主动道：“谢振宇同志，你好。请坐。”谢振宇用锋利的目光看了她一秒钟，转身就走。夏初不觉站起，道：“站住！”谢振宇背身站住，不回头。夏初道：“我知道欠你一个解释，请坐。我现在就可以解释。”谢振宇回头，目光犀利：“我站着你也可以解释。”夏初道：“那天我没走。要上飞机了，看到了杜姨、就是尼娜的妈妈写给我的纸条。杜姨说，为了帮助海军试飞大队完成任务，海军开始在全国特招相关专业人士，我就——”谢振宇激烈地打断了她的话：“你就没有登机，也没出国，回头应招。这才多久，你就成了医学支援专家，来到这里，还让我成了你一对一的服务对象。你不觉得我会多么震惊，你做的这一切在我看来有多不真实，多像一个编得不成功的谎言？”夏初听出了他对自己的不信任，反感道：“这不是谎话！我父母都是军人，还是烈士，我从小就梦想参军，当年因为视力差零点一被淘汰，现在有了机会实现从小的愿望，我当然不会放弃！”谢振宇道：“康延成和柳尼娜结婚那天你从哪里来的？当时为什么不告诉我你没出国？”夏初道：“那天我从海军新兵训练营来。为什么不告诉你？我觉得没必要。”谢振宇寸土不让：“就算这一切都是真的，”——他突然降低了声音——“为什么一定要选择我做你的服务对象！”夏初心中最后一点不安也消失了，道：“做出这个决定的不是我！是我们刘主任！简单地说，她认为你的类型吻合我的专业方向！”谢振宇听出了一个格外让他不舒服的词组：“我的类型？”夏初道：“对，每个人都有一个人格的、心理的类型。早前我们接触过，我好像对你提出过建议。现在你成了我的支援对象，我想我们以后还会有许多相关讨论。今天我们见面，目的很简单，就是相互确认一下新的工作关系。为了做好我入伍后的第一份工作，我出了一个方案，请你看一看，上面有一些专业性的问题，你最好今天就能回答。”她把一张打印好的询问表拿出来，放在桌面上，推向谢振宇。好奇心让谢振宇走过来，一目十行地看完了那张表上的问题，又重新推回给夏初，道：“你这是打算从我生下来开始，刨根问底地搞清楚我的一切！”夏初针锋相对道：“不错！我必须了解你过去的一切，但重点是你童年的生活和遭遇。在所有问题中，这是最重要的，是必答题！”谢振宇努力抑制住内心中涌起的巨大不快，道：“夏初同志，我现在觉得有件事我做错了！”夏初问：“什么事你做错了？”“那天我不该去机场为你送行！”夏初警觉起来，对他道：“你在说什么？这和我今天的工作有什么关系？”谢振宇道：“但愿我那天的行为没有让你对我生出错误想象！”夏初生气道：“谢振宇同志，你在说什么！”谢振宇道：“如果不是，我愿意收回刚才的话。对不起我还有更重要的事情要做，再见！”他转身要走，夏初大声道：“谢振宇！”谢振宇站住，不回头：“还有什么要说？”夏初道：“我现在想说的话很多！第一，现在我和你一样也是一名军人，你在履行你的军人职责，我也在履行我的军人职责！如果你现在以为我选择留在国内是为了别的，譬如说你，那你就太自以为是了；第二，我既然接受了对你进行一对一医学支援的任务，就有责任和权利要求你回答这张表上的所有问题。如果对我的服务不满意、有意见，或者干脆不愿意接受我的服务，你也可以讲，我可以改正自己的工作，直至请领导调整我的服务对象，但你不应当对我成为军人并且来到这里生出别的误解！”听到这里，谢振宇不觉松了一口气，回头道：“太好了。你能这么说话我的感觉好多了。你说对了，我确实不愿意接受你们这种什么医学支援服务，尤其是不愿意接受您对我的一对一服务，而且，我还有理由认为你的出现干扰到了我，对我正在担负的任务形成了负面影响。如果能够，我希望你向你的领导反映，你可以为别人服务，我也可以接受别人的一对一服务，虽然我不会认为我需要任何人的任何这一类服务……再见！”说完这些话，他不等夏初再说什么，便大步走过去，拉开门走出。夏初生气地坐下去又站起，心里仍在对他讲话：“你不认为……这是为你个人服务吗？拒绝接受一对一服务、认为自己不需要任何人帮助，这种态度本身就是典型的第一名强迫症者的反应！”她给护士站打了一个电话，说：“黄姐，是我，请过来一下。”刚才出去的小黄护士又走进来。夏初拿起桌上那张表：“黄姐，把它交给刚才离开的试飞员谢振宇！他刚才忘了带走！”小黄并不知道方才发生了什么，接过那张表道：“好的。”

看着小黄走出去，夏初坐下来。刘敏洁敲门走进来，她急忙站起，喊了一声：“主任！”刘敏洁看她的脸色，道：“刚才谈得不顺利？”夏初也不想瞒她，苦笑道：“主任，我真没用。”刘敏洁笑道：“没什么，我们的服务对象和我们顶牛也是工作的一部分。”夏初的手机忽然响起，她看一眼刘敏洁，道：“主任，对不起。”刘敏洁道：“没什么，你接吧。要我回避吗？”夏初忙道：“不用。”她开始接手机，“是我。尼娜，你说什么？”她站着听电话，一点点激动了，说：“好吧，我马上请假。”见她挂断电话，刘敏洁问：“怎么了？”夏初说：“主任，我想请假，家里发生了重要的事！”

刘敏洁道："今天是工作日，家里有事不能随便请假。什么事这么重要？"夏初道："和谢振宇有关！"刘敏洁吃一惊，看她，等她说下去。夏初越来越着急了，道："等我回去把事情搞清楚，再回来向你汇报，总之这和我对谢振宇的服务有关联！"刘敏洁道："你必须把事情简略地讲一下，我才能知道该不该让你在工作时间离队。"夏初道："我们家的欧姨，啊，她是一名老保姆，我父母牺牲后一直照顾我长大，她有可能知道谢振宇的童年！"刘敏洁道："那就不是请假了，是工作。好吧。时间不能太长，今天走，明天晚上熄灯前赶回，不能超假！"

谢振宇房间里，见谢振宇走回，康延成一闪身就跟了进来，关切地瞅他的神情，笑道："怎么样？"谢振宇道："快把事情跟我讲清楚。她都出国走了，怎么又回来了，还当了兵，现在又到了这里，还成了我的……能做到这一步的人也太牛了！说出国就出国，想参军就参军，我们这种地方是随便什么人进得来的？她怎么就不费吹灰之力进来了？"康延成装糊涂："你问我吗？"谢振宇大叫道："你就是不知道，你老婆也门儿清！"康延成看他道："明白了，和她以这种方式破镜重圆让你震惊了！"谢振宇道："什么破镜重圆，注意你的用词！根本就没有破镜，怎么重圆？说不说？不说走人，我还有要紧的事呢！"康延成道："老谢，我中午刚给我老婆打过电话，事情现在可以对你讲清楚，但在说这些之前，我必须先告诉你我的感受！"谢振宇哼一声道："你，还有感受？"康延成道："别说夏初不是为了你参军的，即便她真是为了爱情，为了和你死灰复燃来到这里，那也是抛弃一切来的，要是我就会被感动——"谢振宇一把拉开门，朝外面一指："走！"康延成道："哎，你这人是真需要医学支援，动不动就翻脸！"谢振宇道："走不走？"康延成道："我可警告你，如何对待夏初的问题，现在构成了对你的严重考验，不要把它搞成又一场危机！”看他走了出去，谢振宇“砰”一声关门，转身回走，身后又响起敲门声。谢振宇又走回一把打开门，怒声道：“我叫你走！”这时才发现门外站着余涛。谢振宇没好气道：“怎么是你？还以为是游戏呢！”余涛笑着看他：“这么大火气？”谢振宇道：“进来吧，有事？”他闪开让余涛进门，然后重新重重地把门关上。余涛对他说出了耿见林说的新闻连同他的想法。谢振宇道：“行，等陶政委回来，我们一起向他报告，提出我们的要求。不行就发动大家一起给衣总写信！”余涛道：“我和见林商量的结果是双管齐下，既等陶政委回来向他提要求，又马上写信，征集全大队同志签名。政委一回来，连信一同交给他，请他正式呈送给衣总！”谢振宇心情好了些，笑道：“我觉得行。但真正的问题不在这里！真正的问题是我们必须迅速攻克鹞式飞行着舰技术中的关键环节，至少各自找出解决的方案，这样才有机会！”余涛道：“我有一个想法！等政委回来，马上提议全大队投入对鹞式飞行技术的学习和与着舰相关的技术攻关！”谢振宇道：“那个不急。我觉得更急更难的是一旦总指挥接受了我们的建议，在下次队内系列竞赛中，我们是不是能赢他！”余涛道：“这也是我见你要谈的大事之一。见林刚才问我，现在是不是可以打败他了，我说最多六四开。”谢振宇打断他道：“六四开不行，五五开都不行！”余涛笑看他道：“你一直在研究他，同时也一直在研究吴惊天老师，现在一定认为自己可以赢他了！”谢振宇目不转睛地看他，不说话。余涛道：“快说，别藏着掖着，我们俩现在是统一战线！”谢振宇作高深态道：“想不想听实话？”余涛笑起来。谢振宇道：“实话是我连六四开都没有，三七开都没有，我现在越来越觉得根本没机会赢他！”余涛大为吃惊，嘴里却说：“怎么一下变得这么谦虚了？你是这种人吗？”见谢振宇表情凝重，又道：“看样子是真的了，既是这样，为什么又一定要和他重新进行空中对决？”谢振宇道：“不告诉你。”余涛道：“不告诉我也知道！”“你知道什么？别给我下套！”余涛道：“你这小子我还不知道，从来不服任何人，现在敢说自己跟秦大队只有四六开，那你就一定要知道差距到底在哪里！为什么我在技战术方面找不到差距，心里却仍然觉得无法撼动他的空中之王的位置！”谢振宇深深看他，有顷才道：“余涛，你又进步了！如果你这么说，我觉得这回我们俩中间，说不定就有人有机会赢他！”余涛道：“来，击掌！”

又一个拂晓来临。北京海军机关办公楼内，衣正邦正在接电话。秦大地、陶斯勇则双双立正站在他的办公桌前。衣正邦好半天才放下电话，道：“航母那边有了好消息，试航取得了重大进展。”再看二人，他的笑容却落了去：“你们俩给我站好了！为了一件事，意见不统一，把部队扔下跑来见我！为什么不能打个电话？电话里还有说不清楚的？”陶斯勇倔强道：“首长，事情我都报告了！您一定要阻止秦大地，不能让他在安全没有任何保障的时候就进行那一撞！”衣正邦对秦大地道：“你呢？你还有什么事？”秦大地道：“首长，我来是想向首长解释，没这回事！就是我们要试验鹞式飞行高速着舰，我也一定会向首长报告，得到批准后再行动！我反对有些人动不动打我的小报告，这样我还怎么工作？”见陶斯勇还要和他掰扯，衣正邦举手拦住，道：“看样子今晚上我需要表个态。在两家地方公司和人体所拿出正式结论前，我不同意你或者你的人用鹞式飞行技术进行任何一次高速着舰试验！行了！回去吧！”这不是秦大地想听的，他马上举手：“首长，我有意见！”衣正邦道：“有意见今天我也不想听了，太晚了，回去！”秦大地道：“没得到安全保证前，我们坚决执行首长指示，不会正式进行鹞式飞行高速着舰试验，最多做一点战前火力侦察！”衣正邦道：“打住！别打马虎眼！得到我批准前，正式试验不行，火力侦察也不行！就这样！走吧，都快天亮了，我是铁人吗？我也要睡觉！”秦大地这时才看了一眼陶斯勇，道：“首长都下逐客令了，你还不走？”陶斯勇站着不动。秦大地道：“行，我明白，我不走你就不走！我先走！”他举手向衣正邦敬礼：“首长，我走了！”

现在衣正邦的办公室里只剩下他和陶斯勇两个人。秘书小魏走回来。衣正邦问：“秦大地走了？”小魏道：“没有，在下面等陶政委呢。”衣正邦对陶斯勇道：“你怎么还不走？我已经说过了，正式的不行，火力侦察也不行！你还有什么不满意？”陶斯勇道：“首长，我担心大地已经铁了心，他会在任何一次试飞中利用鹞式飞行技术进行那一撞！”衣正邦生气道：“你这个陶博士，你要我怎么办？撤他的职？还是从现在起禁止他参与试飞？”陶斯勇道：“最好明令禁止他飞！”衣正邦想了想，对小魏道：“给我接刘敏洁主任。”小魏：“首长，都凌晨五点半了。”衣正邦道：“刘主任和我一样，也老了，没那么多瞌睡，大概也醒了。打吧，没事的。”小魏很快拨通了电话，将听筒递过来。衣正邦开始跟刘敏洁通话：“刘主任吗？对不起这么早……啊，我猜到你这时候已经醒了……没别的事，我就是想问问，你那里的工作有进展吗，你对目前试飞大队的工作有什么建议？”从电话那一端传来了刘敏洁的声音：“首长，我是有个建议。让试飞大队‘五一’正常放个假吧。今年‘五一’有七天长假呢。”衣正邦明显不痛快起来：“为什么？兵法上讲一鼓作气，再而衰，三而竭。讲讲你的道理。”刘敏洁道：“第一个理由，秦大地同志作为大队长，需要休息。第二条，医学支援分队已开始对试飞员进行医学咨询和支援，放一个假，就是让我们的工作在他们身上产生积极影响。首长刚才说一鼓作气，我也说一句古语，文武之道，一张一弛。你这个领导，不能老是鞭打快牛，他们这里基本上不休息，铁人也是会累垮的！”衣正邦沉吟了半晌才道：“好吧，我想一想。谢谢你们的工作，再见。”他放下电话，目光转向陶斯勇。发现陶斯勇也正在看他。衣正邦道：“你都听见了，这个刘主任，她建议你们‘五一’放假。”陶斯勇道：“这恐怕不行。秦大地不会答应的。他现在就像一架已经飞起来瞄准了着舰中心点的舰载机，眼看就要呼啸着撞下来，这时候你叫他停——”衣正邦马上打断他道：“你这个政委干什么吃的！不是让你做他的刹车片和马缰绳吗？”陶斯勇道：“我是在做刹车片和马缰绳，可我担心挡不住他，一不留神，他已经起飞了，不管三七二十一，撞下来了，怎么办？”衣正邦思索了一会儿，道：“有些事情大地是对的。比方说，如果我们什么也不做，就坐在这儿等中航中船和人体所拿出绝对要保证安全的结论，那给他们的责任和压力就太大了，拿出正式结论的时间会长得没完没了，在这种情况下我们也一定要等？他另一句话我也同意，即使有了正式结论，真的就能保证绝对安全？总是要有人第一个去进行鹞式飞行加力撞击着舰试飞！”陶斯勇还要说什么，衣正邦拦住了他的话头，“你什么也不用说了，我已经禁止他这么干了！明知吉凶未卜，还要驾机去撞，这是蛮干！我一直讲两句话，第一句科学精神，万无一失，滴水不漏，第二句才是只争朝夕！……好吧，我答应你，回去告诉他，在我同意前他要是敢打着火力侦察的名义进行那一撞，我就撤了他。还有，你替我打电话给试飞基地的张天一司令，他要替我把住关，敢和秦大地合起伙来蒙我，我先修理他！”

陶斯勇满意了：“是！首长！”衣正邦道：“还有，刘主任的建议怎么办？你觉得‘五一’应当放假吗？”陶斯勇想了想道：“我同意‘五一’给大家放假，但是不知道谁能说服秦大地也同意！就是能给别人放假，他也不会给自己放假！”衣正邦略一思索道：“你下去，让他上来，我有个故事，讲给他听！”陶斯勇笑道：“首长又有什么故事了？我能不能一起听？”衣正邦摆手道：“你听什么？跟你没关系的事少掺和！”陶斯勇道：“首长又偏心眼儿了。我就是比不上秦大地，也被你派到那里工作了。我现在承担的责任并不比他小！”衣正邦往外轰他：“回头也会告诉你的！快去！”

陶斯勇走后不久，秦大地又回到了这间办公室，举手敬礼：“首长！”衣正邦道：“陶斯勇给你讲‘五一’放假的事了吗？”秦大地道：“讲了。不过首长——”衣正邦举手：“行了，我知道你想说什么！”秦大地坚持把话说出来：“报告首长，试飞大队目前士气正旺，不能放假！”衣正邦道：“你坐下，先不说放假的事。我问你，你现在真的认为除了用鹞式飞行技术加力撞击着舰，再没有别的路了吗？等我说完！你在什么地方看到过可以用鹞式飞行技术准确着舰？你成功的把握在哪里？有资料吗？书籍、视频都可以！或者有什么人说过这样做一定能成功，有吗？”秦大地道：“没有！”衣正邦又生气了：“没有你怎么敢下这样的决心！你不知道这会出事吗？”秦大地道：“首长，使用鹞式飞行技术着舰，是我们前一段试飞失败后悟出来的重要成果。首先悟出这个成果的不是我，而是谢振宇和余涛！”衣正邦道：“那又怎么样？”秦大地道：“他们俩还各自搞出了一个着舰程序，其中最核心的部分就是用鹞式飞行技术高速着舰！”衣正邦道：“但他们也没有飞过鹞式飞行高速着舰！是不是？”秦大地道：“没飞过并不意味着谢振宇和余涛的着舰程序就没有科学性，至少可以试试！首长自己就是行家，知道没有速度飞不出直线，没办法用灯、用点——”

衣正邦再次举手："别说了！功角的问题怎么解决？谢振宇的着舰程序我看过，那么一点时间，从 P 高度飞下来，又是用灯，又要用点，又要加油门，在运动中保持功角，你飞行员就一脑瓜子，会不会手忙脚乱？还有风！你想起加油门忘了动杆，动杆又忘了加油门，忽然发现功角不对，大了小了，飞机"砰"一声砸到舰上，怎么办！别说谢振宇和余涛，就是你秦大地，敢给我打包票，不会瞬间出差错？你出了差错，把试飞大队交给谁？交给我吗！你就敢保证一定能成功？"秦大地放缓声调道："首长，我刚才报告过了，正因为有这么多不确定性，才下决心自己去试一下！我不会蛮干的！我请教过余兆年老前辈，请教过吴惊天，他当年练过鹞式飞行着舰，虽然因为后来航母项目取消，他没有完成，但还是总结出了一些经验。我也是，我说火力侦察，是真的火力侦察，功角的问题谢振宇和余涛大致都算出来了，余兆年老团长和吴惊天也各自给了我一组数据，大同小异，他们还给了我很好的提醒，说用鹞式飞行加力着舰，不能动油门，但可以用杆控制功角。进行火力侦察时，我会一点点加力，仔细用杆控制飞机功角，直到认为能够保证安全着舰的那一刻才进行那一撞，不然我会及时拉起来！我不过是想试试这条路是不是走得通，不是想一撞就把自己挂掉！"

衣正邦："你喊什么！首先明确一点，如果你的想法是对的，对我有说服力，即使别人都反对，我也会支持，但你现在并没有说服我。譬如说你刚才讲的功角问题，上次你讲到它就一直在我脑子里打转转，你刚才说谢振宇、余涛、余兆年老英雄、吴惊天都给你提供了功角的大概区间，高速着舰过程中这个区间还是大，到底是 W 还是 M，还是中间的什么值？风对这个值的影响又有多大？你心里并没有谱！你刚才说你要去试，那就是你要瞬间取角，万一你取得不对，高速着舰时间那么短，你还来不及想飞机就要着地，你任何反应都来不及！为了这件事我昨天夜里死活睡不着，瞒着老太婆爬起来，找了口醋喝——”秦大地笑起来：“首长现在不喝酒，改喝醋了！”衣正邦声音高亢起来：“你看我什么笑话！我们家那老太婆你还不知道！不但烟给我戒了，这一阵子把我的酒也一并禁了，我就是一时找不到别的东西喝，你以为醋就那么好喝？”秦大地道：“对不起首长，您接着说正题！”衣正邦声音更大了：“我就是在说正题！我喝了一口醋，忽然想起来，还有一件事你要考虑，你用鹞式飞行技术加力着舰是为了成功挂索，一旦挂索不成可以借助这个力迅速实现逃逸复飞，这是一件事吗？”秦大地脱口而出：“不！”衣正邦道：“那就是说，挂索是挂索，逃逸复飞是逃逸复飞，在你思想里根本就是两码事。但事实上它们是一码事，你挂索不成就要逃逸复飞，不然飞机就要落到海里去。你想没想过，这两件事哪一件更重要？告诉你，连我自己都惊呆了，居然是挂索不成逃逸复飞更重要！”秦大地心中大震，但仍在说：“首长，你扯到别处去了，我们在说鹞式飞行高速着舰是不是可行！”衣正邦对他拍桌子：“我没有扯到别处去！这两件事就是一回事儿！鹞式飞行加力着舰是为了准确着舰，准确着舰是为了挂索成功，以及一旦挂索失败成功实现逃逸复飞！”秦大地心中如同惊雷在滚动，道：“对！我以前居然没想到，谢振宇、余涛、吴惊天加上余兆年老前辈都没想到！”衣正邦道：“连这个都没想到，你当什么大队长？”秦大地道：“如果是这样，我们就更有理由立即转入鹞式飞行技术加力着舰的试验试飞！”衣正邦更大声了：“为什么？”秦大地道：“因为照过去那样减力降落着舰，飞机的着舰点不好控制，一旦挂索失败后再想拉起来更难！航母甲板跑道太短，一旦落不到着舰点上要重新拉起来则完全不可能！”衣正邦深深看他：“好了，这件事就说到这里。下面说别的。”

秦大地笑道：“斯勇刚才说，你让我上来，要给我讲一个故事，和打仗有关系吗？”衣正邦点头。秦大地立马变得兴致勃勃起来：“首长快讲！”衣正邦道：“你这个架势，是想让我快点讲完了你好赶回去！不管我说了什么，你想的都是马上回去进行那一撞！”秦大地笑道：“听了首长刚才的批评，不会了。我要回去和谢振宇、余涛重新讨论，完善那个着舰程序，把挂索失败后如何成功实现逃逸复飞加进去。我现在有充分的耐心听首长再讲一个战场上的故事。”衣正邦道：“好吧，我也得简短点说。你有时间，我还没时间跟你长篇大论呢……还是那年打仗，我跟随的某红军师一路势如破竹，杀到敌人侧后。当时的态势是，只要我们过了一条河，就抄了敌人主要防御兵团的后路，不是整个战役，而是从全局讲，战争就可以胜利结束了！”秦大地的心已经迅速进入了故事：“一仗就能决定战争全局的胜负？”“正是。”衣正邦道，“但是我们面前这条河又深又宽，水流湍急，波涛汹涌，天已经黑了，兵贵神速，师长当即命令前卫团的一个营用强攻方式突破了这条河，由河东到了河西，但这时上头来了命令，说我们师的行动惊动了敌人，如果不马上停下来，敌人主力就有可能在我们还没有完成合围时全线溃逃，那样我军对敌大兵团的围歼战就会打成击溃战，算不上大胜了。接到电报师长非常着急，上级命令要执行，但河对岸有敌人两个团，我们过河的只有一个营，夜里敌人若是全力反扑，这个营可能全军覆没。这时候怎么办？不执行上级命令不行，执行了这个营有危险。这个师从红军时期就是常胜之师，要是让敌人吃掉了一个整营，那可是从没有过的奇耻大辱。这时有人提议，为了安全起见，可以命令这个营从河西撤回来。”秦大地道：“对，撤回来也是个主意，那样敌人就打不着了！”衣正邦道：“打是打不着了，但我们这个营当天是付出了巨大代价才过了河的，占领西岸一块前进阵地不容易，要是再撤回来，丢了这块阵地，明天敌人沿河重兵封锁，我们再想迅速过河，肯定要付出巨大代价，更重要的是一旦上级要求我们迅速过河，堵住敌人大兵团的退路，谁也不能保证一定能按时完成任务。大地，到了这种时候，你替这位师长想想，该怎么办？”秦大地一时想不出好的办法，道：“首长，我觉得还是不能撤，但是不撤万一——”衣正邦道：“两难之际，师长接到了来自北方的一位老首长的电话，这位老首长自己不能上前线打仗，却天天盯着前线的战事。师长向他报告了情况，老首长没有对他做出任何具体指示——隔着数千公里，人不在战场上，首长是不会提出具体建议的——但是首长给了师长一个提议。首长说，你先不要做决定，你找个地方抽根烟，让脑瓜子冷静一下，那时再做决定！”秦大地已经坐下，这时又紧张地站起来。衣正邦看他道：“师长开始也不明白老首长为什么会在这么紧张的时刻向他提出这么个建议，但他还是执行了，一个人来到河边，坐下去抽了一根烟，就这一根烟的工夫，他冷静下来了，思路也打开了！”秦大地跳起来：“师长做出了什么决定？”衣正邦道：“不但不能把过河的这个营撤回来，还要趁着夜暗，再将另一个营输送到河西去，保住我们在河西的前进阵地，以便明天总攻命令一到，立即前进到目标位置，截断敌人大兵团的退路。师长知道，以我们的战斗力，只要有两个营，就是对付敌人两个团也没什么问题。为了掩护这次战斗行动，他命令所有炮兵向西南一个起掩护作用的作战方向猛轰，同时命令已经进攻到这个方向敌前沿的一支部队前进，迷惑敌人，以为我军正向这个作战方向展开。”秦大地猛醒：“敌人上当了？”“对！上当了！他们不但没有在当天夜里向我们在河西的前进阵地展开决定性反击，反将自己的防御兵力更多地转移到了我军的这个虚假的作战方向。我军则趁着夜暗又将一个营输送到了河西。果然，第二天凌晨，总攻命令下达，我们到达河西的两个营立即出发，在敌人还没有闹明白怎么回事的情况下就攻占了敌后侧沿线上的制高点迷迈山高地，扼死了敌大兵团后逃的道路。后续部队随即过河，将敌人的退路堵得水泄不通，敌战线迅速崩溃，战役在当天下午结束，我军大胜。这个师因为此次胜利，获得了军委最高级别的表彰！”

秦大地深深看着衣正邦，道：“首长，我们大队‘五一’放假！我可以走了吗？”

第二十六章

清晨的夏家，欧双莲正在打扫房间，但她的心明显在别处。门铃声响起，欧双莲一惊（她现在已经习惯于这样的惊恐时刻，每一次门铃声都会让她一惊），问道："谁？"门外响起夏初的声音："欧姨，是我，夏夏！"欧双莲放心下来，道："哎哟你怎么回来了？"边说边慌忙跑去开门。原来是柳尼娜送夏初回来的，没进门就驱车离开了，因为她忙着上班。夏初进门，回头发现欧双莲正担心地望着她，道："欧姨，您跟我上楼。"两人到了楼上，夏初扶欧双莲进了自己房间，在床边坐下，自己却不坐，蹲在欧双莲膝前，抬头望着老人。欧双莲心中大惊，问："怎么了？"夏初深吸了一口气，才道："欧姨，我昨天晚上就回来了，去看一个人……真对不起，到这会儿我才知道你和谢振宇的关系！"欧双莲身子僵硬起来，推开她站起，浑身大颤。夏初跟着她站起，说下去："欧姨，现在我全知道了，谢振宇的父亲去世后，他母亲身体就垮了，你是他的老师，像母亲一样爱着他、照顾他，可是后来——"欧双莲急道："你不要说了！我和谢振宇没任何关系！"夏初摇头道："可根据我现在了解的情况，不是这样的，你是对他的生命有重大影响的人！”欧双莲呼吸越发困难了：“不……啥子影响嘛！我又不是他的娘，我只是他的老师。”她说着，头一晕，倒了下去。夏初急上前抱住她，大叫：“欧姨……欧姨……来人哪！”

当天上午十点，夏初在医院里打电话给刘敏洁，讲了发生的情况，要求再请一天假。刘敏洁同意了，道：“今天再准你一天假……明天是周末，你可以一直等老太太情况稳定了再回来。”“谢谢主任。”夏初说完，挂断电话，急忙跑回病房去。这一天她一直没有离开病房，直到欧双莲脱离危险，安静地睡着，她仍然一直守在她的病床边。值班护士长走进来，小声问：“你是她女儿吧？”夏初将错就错道：“啊。”欧双莲醒了过来，望着天花板，眼里一点点涌出泪花。护士长还在对夏初说话：“老太太没什么大事，就是血压有点高，以后注意，不能让她激动。”夏初点头答应，送她出门，回看欧双莲，惊喜道：“欧姨，你醒了！你想吃点什么？要不要喝水？要不要大小便？”欧双莲道：“夏初，坐下，是我把事情全都告诉你的时候了。二十年了，它像一块病，一直埋在我心底。”夏初在她面前蹲下去。欧双莲道：“你说得不错，年轻时我和振宇的父亲谢兴华一样，是支边的知青，我们还是同学……我们恋爱过，但因为家庭的原因，最终没有成为夫妻。我有过丈夫，有过家，可很快就分手了，没有孩子……振宇的父亲娶了我的同学何翠芬，她很爱他，但兴华死得太早了，翠芬身体一下子就垮了。以后很长一段时间，她把振宇交给我，说她要是不在了，孩子就交给我抚养，做我的儿子。”夏初道：“从那时起，你就像照顾自己亲生的孩子一样照顾振宇。”欧双莲道：“振宇从小就聪明，像他父亲，我在学校做老师，他跟着我读书、吃饭，有时候就睡在我在学校的宿舍里，和我睡在一张床上，有一阵子就都忘了他不是我的孩子了。”夏初帮她拭泪。欧双莲又道：“他一直书读得都特别好，可是忽然间，他不念书了，逃学，也不认我这个老师。后来我才明白，矿山上有人传我和他父亲的谣言。其实我和他父亲纯洁得像圣人一样。孩子太敏感了……我到处找他，骂他，觉得他让我失望，认为他再也不能成为他父亲那样优秀的人……我最后悔的是我后来不但放弃了他，还放弃了那里的生活。我因为那个完全不真实的谣言离开了那座矿山小镇，再没有回去过……别打断我，让我说完。我知道振宇为什么恨我，因为我当初对他说了那么狠的话，说他将来成不了他父亲那样的人，我曾经那么爱他，让他觉得我就是他的母亲，却又在他最需要我的时刻离开了他……那个年代，因为一个死无对证的谣言，我一个女人实在撑不下去，觉得生活没希望，就把他父母对我的托付，还有那么敏感弱小的一个孩子撂在那座小镇子上走了，我对不起他父母，对不起振宇……这些年我都不敢再回到那里去看一眼。我——”她一边说一边大哭起来。夏初什么都明白了，说：“欧姨，你不用说了，我全知道了。”欧双莲道：“不，我要说，说出来我的病就好了……我这一辈子，最不该做、最大的错就是为了一个谣言辜负了振宇的父母，抛弃了他们的儿子。当时几乎所有人都瞧不起他这个没有父亲、又被那个谣言害苦了的孩子，我本来应当给他和我自己连同他的父亲还一个清白，可我选择了逃避，并且在他那么小的心里种下了自卑的种子，我这么个在他心里仅次于他父母亲的亲人告诉他他将来不会有出息……现在我知道了，对孩子一生伤害最深的是我……还有，你不知道，振宇第一次上门就认出我来了，后来有一回，你不在家，他专门来看过我！他并不像我想的那样恨我！”夏初大惊道：“真的？谢振宇悄悄地来看过你？你们说话了吗？和好了吗？”欧双莲道："没有。他是陪他那个姓康的战友来的，姓康的和尼娜在咱们家见面那次，他一个人开车出去，在门外等，可是他后来还是走进小区来看了我一眼，又走了……可这些年堆积在我心里的雪一下就化掉了……孩子有权利恨我……但他没有像我想的那样恨我……我还是把孩子想错了！"夏初站起来了，因为这一切都是她完全没有想到的。

第二天夜晚，已经过了熄灯的时间。刘敏洁仍在工作。夏初神情激动地赶回来，在门外喊："报告！"刘敏洁让她进来，看着她道："你回来了？快坐下。"夏初坐下道："主任，我可能错了！无论是对谢振宇，还是对欧姨，可能都错了！"她一边说一边眼里涌出了泪花，"谢振宇去看过欧姨，他早就在心里和欧姨和解了，虽然表面上没有。现在我才明白谢振宇当初对我讲过的一句话！他说'人都是会变的'。他进试飞大队时间不长，但在这个集体的影响下，他已经脱胎换骨般蜕变成了另一个人！"刘敏洁一直不动声色地看着她，并不打断她。夏初又道："主任，您说过，理论永远落后于生活！我以为我从国外回来，学到的知识包治百病，放之四海而皆准，现在才明白多幼稚！"刘敏洁这时才道："告诉你一件事。谢振宇来见过我了，他说你和他有过一段恋爱经历。"夏初大惊失色，一时竟说不出话来。刘敏洁道："我必须严肃地问你一个问题，你是为了追求爱情放弃出国来参军，还是为了服务中国的国防建设才参的军？"夏初一时没有说出话来。刘敏洁并不要求她马上做出回答："你考虑一下吧，这是个非常出乎我意料的情况。"夏初道："如果我说我是为了服务中国国防建设参军，你相信吗？"刘敏洁道："相信。但即使是这样，你也不能继续留在这里工作了。"夏初脱口而出："为什么？"刘敏洁道："谢振宇把他和你的情况都谈了，他认为在你和他的交往中，他是主动的一方，你从始至终没有任何过错，而且对他还有很大的帮助。但现在说这些已经没必要了，因为出现了这个情况，我就是再想留你，也不能了。”夏初心中绝望起来：“是不是有相关的规定？”刘敏洁道：“是的。但即使没有规定我也不赞成再留你在这支队伍里。我的理由很残酷，但为了完成我们的使命，即使残酷也只能这么做。这个理由是，不能让试飞员谢振宇的内心受到任何一种干扰！”夏初站起来了，这一刻她内心受到的打击太大，不觉道：“主任，我还能留在部队吗？”刘敏洁道：“如果你是为追求爱情参军，我劝你不要留在部队，因为这里只是战场；如果不是，我有个建议。”夏初眼泪流了下来。刘敏洁静静地看她流泪，但发现她又迅速拭去了泪水，道：“主任，您可以说出你的建议了。”刘敏洁道：“昨天接到总指挥电话，未来的中国航母要上女兵，接舰部队要成立女兵队！海军是国际型军种，外国女兵上舰很平常，但在中国却是开天辟地没有过的事！女兵上舰说起来容易做起来难，管理就是个大问题，要配备专门的生活区，配备女干部，也就是女兵队长。这名女干部要有事业心，责任心要强，还要懂现代化科学管理。当时我就想到了你，因为你是管理学博士！”见夏初一时没说出话来，又道：“你可以回宿舍想一想。给你一天时间，然后告诉我你的选择！”夏初道：“不，主任，我现在就可以回答您！我愿意上舰！”刘敏洁摇头：“我话还没说完，你答应了也不行。海军已经选择多名优秀女干部去接舰部队训练营接受训练和挑选。中国航母上第一个女兵队长，要通过激烈竞争才能上岗！”夏初道：“我可能不是最优秀的，但我愿意去试。那样，就是失败了，我也不后悔！”刘敏洁终于点头道：“小夏，我还是没看错你。我现在就替你报名。如果首长批准，你必须在三天内去报到。啊，走之前见见谢振宇，把该说的说清楚，毕竟……有句话是怎么说的？爱情是不能忘记的！”夏初脸微微一红，但瞬间又消逝了。刘敏洁道：“走吧，我要打电话了！”夏初举手敬礼：“谢谢主任！”刘敏洁点头，看她离开，自己却久久地站立，半晌才拿起电话拨出去：“首长，是我，刘敏洁。我向你推荐一个女兵队长的人选！”

又一个早晨来临。试飞大队操场上，秦大地在队前讲话：“告诉大家一个好消息，经首长批准，‘五一’长假，我们放假！”队列里发出欢呼：“哇！太好了！”秦大地道：“安静！宣布一下。明天星期一，假期从明天早上八点开始，星期天下午五时结束。假期中间有什么计划，今晚八点前报告给我和政委！今天白天的训练继续进行！解散！”

黄昏，营区外小树林中，夏初一个人站着，她在等待。谢振宇大步走来，看到是她，一惊，站住了：“怎么是你？”夏初转身往林子深处走。谢振宇一步也不再朝前走。夏初回头道：“连陪我往前走几步，都不愿意了？”谢振宇想到了什么，要随她向前走，夏初反倒不走了，道：“请康延成约你出来，是想对你讲一件事。”谢振宇只望着远处，良久才道：“她怎么样了？”“谁？”夏初问。谢振宇回看她道：“你知道我说的是谁，欧老师。”夏初深深盯着他看，道：“我托尼娜请人照顾她，你不用担心，差不多康复了。”谢振宇又无话了，目光移向别处。夏初道：“你真的去看过她？”谢振宇不想再谈这个话题：“约我出来，就为了说这个？”夏初道：“不。想告诉你，我要走了。”谢振宇又是一惊：“走了？”夏初不无怨艾道：“谢谢你帮我重新选择了参军报国的方式，我要去航母接舰部队新兵训练营了！”谢振宇明显被这个消息惊住了，良久才问：“这事和我有相干吗？”夏初道：“你说呢？”谢振宇道：“我明白了。”他不觉向着前面走了几步，又站住，道：“恨我吧？”夏初对他道：“要说刚开始没有一点儿也不真实，但到了这会儿，都过去了。我本来就是学管理的，到那里去，是为了竞争一个做管理的工作。”谢振宇又问：“为什么要把这个消息告诉我？”夏初心痛起来，却道：“我可以不回答吗？”谢振宇不说话了。夏初又道：“真的想听？”谢振宇道：“你愿意讲我就愿意听。”夏初道：“有人告诉了我一句话‘爱是不能忘记的’！”谢振宇不再看她，道：“但爱是可以过去的。”说完这句话，他不等她回答，又向前走。夏初这次没有跟他走向前，声音却大起来：“是可以过去。我们即使做不了恋人，但我也希望以后还能见面，可以继续做战友！”谢振宇站住了，回头看她道：“我一身毛病，你这么优秀，这一次又把你赶出了试飞大队，为什么还希望和我见面？”夏初的眼睛一下湿润了：“因为我在离开以后想拜托你一件事！我去了接舰部队，就很难再回来照看欧姨了。她这会儿知道你从心里早就原谅她了，因为你曾经去看过她，别不承认……希望你能继续去看她，对她来说，最好的晚年就是你能重新认她这个老师！”谢振宇心潮大起，不让自己回头。夏初大声道：“再见了！车在外面呢，我要走了！”她害怕自己哭出声来，转身快步走出树林子。谢振宇回头看她越走越远，要喊一声又止住了。

夕阳的光芒透过林间，他眼里泪光突然变得明亮，他还是终于喊出了一句话：“夏初同志，你等一等！”林子外面，一辆军车在等待。夏初回头看着快步走出林子的谢振宇，拭去泪光，人在晚霞中，显得勇敢而又镇静。谢振宇在她面前站住，道：“我赶过来，是有一句话要说。八年前我一见钟情地爱上了还是大学生的你，但是现在，我觉得我的爱情消失了。以后我们也不会再恋爱了，我们将只是战友了，对吗？”夏初强忍着痛苦道：“对，只是战友！”谢振宇松一口气道：“那我们之间就好处了。我也敢对你讲话了！如果真是因为我的几句话让你不得不离开试飞大队，我现在正式向你表示道歉。道歉的原因是，我可能真的错了。”夏初道：“我们还能见面吗？”谢振宇道：“但愿能，在航母上！”夏初讲出了自己的担心：“接舰部队竞争激烈，我虽然有信心，但也不一定就真的能竞争成功！”谢振宇大声道：“夏初同志，你知道我们现在进行的是什么性质的工作，虽然这些日子我们相处得并不融洽，但作为你的战友，我要把我现在的信心传达给你！不管前面有多少艰难，我们都要相信自己，一定能够第一批成功地登上中国航母！”夏初的精神被他鼓舞起来，也大声道：“谢谢您！我一定努力！再见！”她主动伸出手来，谢振宇握住了她的手：“再见！”两个人足足握了一分钟才放开。夏初上车。那车立马就飞驰起来。谢振宇一直看着车越走越远。这一刻，他以为自己会放松下来，但心情却仍然在激动中。

又一个夜晚来临，秦大地在自己的房间里面窗而立。陶斯勇在背后看他道：“我知道你在想什么……三年了，因为秦熠，你都没有回去看望过老人，你心里一直——”秦大地不让他说下去：“别说了。像我这样的儿子，有和没有，又有什么不同？”陶斯勇道：“我有个建议。既然秦熠情况稳定，山西那边又有老晋他们帮你照料，不妨利用这几天假回老家看看。”秦大地一时心痛非常，道：“是该回去看看，可我都不敢回去了。还有我娘，一个人在家侍候我父亲，虽然有个妹妹，但她嫁在县城，离得远。”他一边说，一边眼睛已经湿了。陶斯勇立即打手机给妻子：“老婆，是我，马上给大地订机票，越早越好！”秦大地急忙阻止他：“别急，我还没定下来呢！”陶斯勇已经把电话挂断了：“已经定下来了！还有件事，这段时间你也考虑一下！谢振宇和余涛又找我，提议放假后进行第二次队内竞赛，重排试飞顺序！”秦大地一惊，怒道："我不同意！"陶斯勇道："你不同意也要找到理由！"秦大地看他道："你也是这么想的，你们都不想让我第一个飞鹞式飞行高速着舰，对吗？"陶斯勇直截了当道："对。这样回答你满意吧？"秦大地不想与他争吵，道："放假以后再说！"他看着陶斯勇，等他离开，直到后者明白了他的意思，走出去，他才打开抽屉，从许多物品下面摸出一个镜框。镜框里是他年迈的父母的合影。秦大地忽然又不看了，抬头望着前方，泪如泉涌。

谢振宇房间里，康延成正和他讨论七天长假怎么安排的事，谢振宇却蓦然回头盯着他看。康延成吃惊道："干吗这么看我，怪瘆人的！"谢振宇道："考验你的时候到了，你是重色轻友，还是关键时刻为朋友两肋插刀？"康延成一笑不笑道："你这么说我紧张了啊，你没打我主意吧？我老婆可是一听说我'五一'放假都欢喜坏了，我们也是结了一次婚，可连蜜月都没过！"谢振宇失望地往外推他："走！"康延成走了两步又回头，试探地问："不会是那件事吧？"谢振宇已经坐下来了，道："你还是回去度蜜月，我这里没你也成！"康延成哼了一声道："尾巴又翘起来了啊！你这里是没我也成，可是比我和你配合得更好的人没有！"谢振宇还要赶他走，说："我要是把你留下了，你老婆会骂我一个'五一'假期。"康延成笑道："这你就错了，其实尼娜说了，要是为了试飞的事，这几天不回去也成！"谢振宇心中大喜，嘴里却道："我还是有点于心不忍！"康延成伸出手来。谢振宇道："又干吗？"康延成道："击掌啊！"两人击掌。谢振宇还要说什么，康延成道："啥也不要说。太好了，你的事我一点儿都没拉下！现在就给尼娜打电话，说我有了紧急任务走不了，你不知道，我这老婆特别好骗！"他一边说一边跑出去给柳尼娜打电话。谢振宇则关上门打电话给120团的侯团长，说他和康延成明天一早就赶回团里去！“什么情况？到了团里再详细汇报！”他不知道，在另一个房间里，余涛也在给他的老团长打电话：“团长，我有七天假呢，先回去一天，看看爷爷和我妈，然后我就回团里去！有要事向你报告！”

次日清晨，在试飞大队的营门外，陶斯勇终于还是把秦大地送上了车，不放心地交代：“一路走好。回去替我问候两位老人。”秦大地嘴里答应，眼睛却望着营区。陶斯勇催促道：“快走！有我在家值班，你还担心什么？”说着示意司机开车。车子刚刚开走，他就见余涛走了过来。看着远去的越野车，余涛对陶斯勇道：“政委，我和谢振宇说的事情——”陶斯勇道：“跟大队说过了，他嘴上强硬，但我知道他会利用这几天假期考虑的。啊，告诉你，现在不是他考不考虑的问题，连总指挥都在考虑呢！”余涛心中高兴，回头看见耿见林把车开了出来，上车，和陶斯勇招手，说：“政委，走了！”

中午时分，余涛已经赶到了海军总医院余兆年的病房里，陈亚红正忙前忙后帮老英雄收拾屋子。余涛心里有事，径直凑到老人面前去，低声道：“爷爷，问你一件事。鹞式飞行，飞过吗？”余兆年看着他，不吭声。余涛笑道：“看这样子，就是没飞过！”余兆年果然生气了，道：“飞过！”余涛继续行欲擒故纵之计：“不可能，你们那时候，飞机速度特慢！”余兆年道：“你知道什么？小瞧老前辈！正因为速度慢，空中格斗时有时候才要用到这一招呢！不过我们那时候特土，一开始不知道那叫鹞式飞行！”余涛不觉大喜，高兴道：“太好了，飞过鹞式飞行高速着陆吗？”余兆年心中起了警觉，道：“那怎么可能？高速着陆不是高速着舰，那是违犯飞行条令的。”余涛失望地叫了一声：“哎哟！”余兆年道：“你哎哟什么？开始用鹞式飞行试飞了？”余涛急忙拦住他道：“爷爷，说什么呢！”他看一眼陈亚红，催促道：“好了你先出去，妈在家都等急了！”余兆年也道：“亚红，你先走，我有几句话问这小子！”陈亚红却偏不走，笑道：“爷爷，我干吗先走，我就不是这个家的人吗？”余兆年道：“亚红，我不是这个意思。你是好孩子，有些话不让你听，是有原因的！”陈亚红想了想答应了，说：“好吧，爷爷。我可能会在门口偷听的啊！”余兆年不在意道：“听你也听不懂，别听。”两人看着陈亚红走出去，余涛马上把门关上。余兆年对他道：“她真没在外头听？”余涛笑道：“真没在外头听。爷爷，你的保密观念真强。”余兆年道：“那好，我现在再问你，用鹞式飞行技术着舰是不是已经开始了？”余涛心里着实吃惊，道：“爷爷，你怎么猜到的？”余兆年道：“我怎么猜到的，我干吗要猜？”余涛心中如同雷震，大声道：“爷爷，一定有人来找过你……是秦大队！我怎么忘了，他也是你的徒弟！”余兆年道：“一点不错！但是他来那天我忘了一件要紧的事，当年我们打下过一架敌机，抓到飞行员，在审问中我问过他们怎么在航母上着舰，那小子说要用鹞式飞行技术。可当时他的话我们怎么能懂啊，不过整个审问过程都做了记录，那天秦大地来，我愣是没想起这档子事。后来他走了，我打电话让海军档案馆的人查这份审问笔录，你猜怎么着？”余涛已经跳起来了，叫：“爷爷快说！你就别卖关子了！”余兆年生气道：“他们找了几天，回电话说找遍所有档案，没有！我说不可能，再给我找！不然我就打电话让你们的领导去帮我找！直到昨天后半夜，嘿，打电话过来了，说找到了，因为特别重要，没有放在同一批卷宗里，放进一堆特重要的卷宗里了！”余涛急得汗出，道：“爷爷，不要拐弯，直截了当告诉我笔录上有没有记载外国飞行员说他着舰的功角是多少？还有，那么高的速度撞舰，是用油门还是用杆！”余兆年瞪他一眼道：“你笨！高速着舰，用脚丫子都能想出来，当然不能用油门，只能用杆。一开始油门就要加到位，然后一心只想到杆，事情不就简单了！”余涛大喜过望，吼道：“爷爷您知道吗？您是世界上最伟大的爷爷！”余兆年道：“我是世界上最伟大的爷爷我不知道！可你今天让我想起了他说的那个功角。”余涛急问：“多少？”“好像是10度。”余涛又大叫：“爷爷，这么大的事，你不能说好像！”余兆年道：“就是10度。你小子想干什么？训你爷爷呀？马上把这件事告诉你们大队长！”余涛大为激动，马上掏手机。余兆年及时制止了他：“干什么？这种事情可以在手机里说吗？”余涛停下来想了一想，说：“爷爷，我走了！”边说边打开门奔出。门外的陈亚红装作什么也不知道的样子看他：“怎么了，爷爷让我们走了？”心情大好的余涛上前挽起她的胳膊就往楼下走。陈亚红叫道：“干吗？注意影响啊，我们已经是前夫和前妻了！”但余涛并没有松开她，反倒罕见地加快了步子。

这天中午，谢振宇、康延成也大步走到120团侯团长办公室门前，大声喊：“报告！”侯团长回头看他们，哼一声道：“这么快就回来了？”谢振宇举手敬礼：“团长好！我们能进去吗？”侯团长道：“让秦大地修理的，好像知道点规矩了。都进来吧！”两人进了门，侯团长先对康延成道：“我就知道他的事一准少不了你。你们俩一个焦赞一个孟良，一个吹笛一个捏眼儿。哎对了，听说你结婚了，怎么回事儿，连我也不请？”康延成嬉皮笑脸道：“团长，现在不兴请客吃饭，这你不能带头违犯规定吧？”侯团长看谢振宇：“好了，说你的事吧。怎么了你，一脸都是官司？”谢振宇正色道：“团长，我只有七天时间！今天是第一天，已经过去半天了！”侯团长道：“你想怎么样？为了你，我这七天假期也不过了？”谢振宇道：“团长一定要帮我，不，帮我们，在这七天里学会鹞式飞行！”侯团长盯着他看，大吼道：“七天就想学会鹞式飞行？谁来教你？我吗？我对鹞式飞行也只是知道个皮毛！”谢振宇却很镇静，道：“有人教，他懂！”侯团长明白了：“你说的是吴惊天老前辈！”谢振宇道：“吴老师马上就到！他不让我们开车去接他，他要自己回团里！”侯团长一时慌乱起来，道：“哎呀你这个谢振宇，吴老是我们团的骄傲，他要来怎么不早点打招呼？快来人！”见参谋长跑过来，马上通知他：“吴惊天吴老要回团里来！告诉政委，他也别休假了，马上赶回来欢迎！”参谋长答应了一个“是”！刚要走，电话铃响起。侯团长拿起电话听筒，又是一惊：“什么，吴老已经到了？我马上出去迎接！”他放下电话要走，又看了一眼谢振宇：“你这个谢振宇，搞得我手忙脚乱，看我怎么收拾你？吴老已经到营门口了，走哇！”众人都笑，跟他跑了出去。

十分钟后重回120团的吴惊天已经在团小会议室坐下了。谢振宇等人围着他一阵忙乎。侯团长一边亲自给老人倒茶，一边说：“老团长回来，谢振宇也不早点告诉我，怎么着也得组织人欢迎一下吧……老团长，你回来可是大事，你都十年没回来了！”吴惊天却道：“行了，都别忙乎了！我又不是外人。老侯、政委、参谋长，你们都快坐下。我不是回来做客的。振宇，你把事情都说了吗？”谢振宇道：“已经说了！”吴惊天站起来道：“那还坐什么？老侯，飞机备好了吗？”侯团长道：“好了，不过是苏-27！”吴惊天道：“也差不多，走吧，我们抓紧时间，去机场！”

120团机场内，谢振宇登机完毕，打开送受话器呼叫：“泰山，泰山，我是27，我是27，请求起飞！”吴惊天、康延成、侯团长、参谋长等一干人员已在塔台上各就各位，听到谢振宇的呼叫，侯团长看吴惊天道：“老团长——”吴惊天挥一下手：“起飞！”侯团长取过话筒呼叫："27，27，我是泰山，可以起飞！我是泰山，可以起飞！"话音未落，已见谢振宇机腾空而起，转瞬已到了海上。吴惊天的声音传来："感觉怎么样？"谢振宇大声道："老师，感觉很好！"吴惊天道："别把我当吴惊天，我现在是秦大地！"谢振宇心中一震，回答："是！01，01，我是03，准备完毕，请求开始！"120团塔台上，吴惊天对侯团长说："还是你来指挥，你现在就是秦大地。过不了秦大地这一关，谢振宇就只能是120团的谢振宇！"侯团长点头，接过通话器呼叫："0 3，0 3，我是01，我是01，可以开始！"

假期第一天，余涛一直留在家里陪伴母亲。中午吃饭，见冯汝萍不停地往自己碗里夹排骨，陈亚红笑道："妈，太阳打西边出来了？往常你都是把你这拿手菜夹给你儿子，我太不适应了。"冯汝萍道："叫你吃你就吃，别的废话少说。你真以为我是给你吃呢？"陈亚红想到了什么，不说话了。饭后，她主动去收拾餐桌，冯汝萍回到自己房间里叠衣服，听到有人在外面敲门，吓了一跳问："谁？"余涛推门进来，见母亲一副受惊的神情，笑道："妈，我吓住你了吗？"冯汝萍心有余悸，道："瞧你这孩子，敲什么门，是吓了妈一跳！有事吗？"见儿子欲语又止，冯汝萍又问："到底怎么了？"余涛道："我们好不容易回一趟家，以前你逼着亚红吃你那药丸子，今天又逼她吃肉，她这人不吃肉的。"冯汝萍不看他，说："她可以不吃肉，我孙子要吃！你是傻子吗？这都快显怀了！"见余涛不说话，又说："以后亚红要是不出差，得天天在家吃。不吃肉怎么成，你们当爹妈的不关心我孙子，我当奶奶的要关心！"余涛一惊，要走又回头道："妈，你刚才说什么，亚红最近经常出差？"冯汝萍道："可不是经常出差？上次和你一起走了以后，再没有回来过。”余涛想到别处去了，努力让自己平静，看母亲，笑着改变话题：“妈，你认识一个人吗？刘敏洁，一个医学专家。”冯汝萍的手突然停下了，沉默了一会儿，见余涛盯着她，不情愿道：“认识，怎么不认识？”余涛这才敢接着说下去：“她说当年和你是同一间宿舍的同事。”冯汝萍道：“她这么说吗？她这么说就是。”余涛又道：“妈，刘主任还说，她认识我爷爷，也认识我爸。”冯汝萍手中的东西“啪”一声落到地下，她弯腰去捡，余涛抢上前帮她捡起来。母子二人不觉对视了一眼。冯汝萍改变话题道：“啊，你和亚红去看爷爷，他今天怎么样？”余涛道：“还那样。”冯汝萍“哦”了一声，不再说话。余涛看再也问不出什么，转身要走，又回头笑。冯汝萍越来越警觉，道：“你这坏小子，笑什么？”余涛故意道：“算了，我不问了。”说着转身又要走。冯汝萍这时却道：“等等。我和刘敏洁当年是同事，还是……说出来你甭笑话你妈。”余涛装糊涂：“你说什么我就笑话你呀！”冯汝萍道：“我们还是情敌。”见余涛不说话，又道：“其实这么说不准确。最早我是你爸和她之间的介绍人。你爸在我们医院疗养，我们先认识，但你爸很快就对她有了好感，我就顺水推舟做了红娘，只是后来……她知道你爸不但是一名优秀的飞行员，还是一名各种新机型的试飞员，就犹豫了，果断地中止了来往……你爸就回头来找我，我们……我们就结婚了。后来就……就有了你这个坏小子。”余涛看着她，心中早就波涛汹涌了，有顷才道：“妈，刘阿姨说，三十年过去了，她认为你是世上人说的那种最坚强的人。我现在也觉得，你真像刘主任说的那么坚强！”冯汝萍有点回避这个话题：“妈坚强什么……妈小时候最胆小了，一个人都不敢走夜路。长大了，工作了，单位宿舍里没有别人，我一个人都不敢睡。后来嫁给了你爸爸……妈才不是什么坚强的女人……

坚强有时候是一种需要。”余涛眼眶里陡然大热。冯汝萍急着结束这个话题，强笑道：“今晚上你这孩子真是疯了，没头没脑地问了这些乱七八糟的问题。对了，我今天也去看了你爷爷。”余涛努力收敛自己的感情，道：“是，爷爷说了，我今天也见了爷爷的主管大夫，他说爷爷离那个日子，可能真的只有三个月了。”冯汝萍猛地回头看着他，脸上现出了一种意想不到的坚定与强大，用力道：“别听他的！这话他们三年前就说过，可你爷爷这会儿还好好的！”余涛心中又大热，一时说不出话来。冯汝萍突然走上去，勇敢地抱了抱儿子，眼睛看着眼睛对儿子道：“余涛，妈知道你的心情。妈刚才说过，坚强有时候是一种需要。真到了那一天，我们要坚强。”余涛终于忍不住了，大叫一声：“妈！”冯汝萍笑道：“又怎么了？”余涛避开了母亲的眼睛道：“没什么，我想去医院陪爷爷一夜。”冯汝萍放开他道：“想去就去吧……等等，亚红不会不高兴吗？”余涛不高兴了，对她道：“妈，你什么时候——”冯汝萍接着把他的话说了出来：“你想说妈什么时候开始活得这么小心翼翼了？儿子，这不是小心翼翼，这是要提醒你，要珍惜你的机会。我真是希望你们还能走回到一起。”余涛又叫了一声：“妈——！”冯汝萍道：“你妈就那么傻吗？亚红已经怀了孩子，你们的事我不好管，可是，孙子我是要的！”余涛不好再说什么了，赔着笑脸道：“行，妈教训得好。我走了。”冯汝萍看着儿子离开，关上房门，转身要走，左胸部突然剧痛起来，脸色煞白的她用颤抖的手在身边找到了速效救心丸，倒了几粒到嘴里去，然后坐下，让痛苦慢慢过去。整个过程中，她习惯性地没有大喊一声，更没有表现出任何的恐惧和慌乱，相反却表现出了足够的强大和镇静。

这天深夜，冯汝萍默默坐在床边，神情严肃地想事情。终于，她果断站起，从抽屉里找到一个小电话本，从中找到一个号码，用房间里的座机拨出了那个号码。对方电话铃响了半天，她才听到回到自己家中休假的刘敏洁接起了电话：“喂？……汝萍？怎么是你？”冯汝萍单刀直入地问她：“敏洁，告诉我，你怎么和我儿子认识？……你们在一个单位？怎么可能？”她不觉吃惊地站起来了，“你是海军他是空军……我儿子到底在做什么？”她在电话中感觉到了对方的沉默，越发情急了，“你怎么不说话？你就是不说话，我也会搞明白的，她是我儿子，我只有这一个儿子！”刘敏洁这时知道自己做错事情了，道：“汝萍，你不要激动！我当然会告诉你，但现在还不能，这是纪律……对了，你还好吗？”她想把话题转到别处去，冯汝萍这边已经放下电话，神情、体态表明此时的她完全变成了另一个人。这个人充满着强大的决心和力量，可以随时挺身而出，为保护自己的儿子不顾一切去战斗、去拼命和牺牲。

鄂西大山区，秦家老屋建在一片山冈上，门前有苍松翠柏，前方是一道天堑式的巨大山涧，对面是大山丛林，隐约可见一座座挂在山崖下的侗寨。

秦大地提着行李走来，发现门上挂着锁。他回头朝山下坝子里望一眼，熟练地从门楣上摸出钥匙，打开了锁，将行李放进了老屋，没有进去就转身走了出去。

他在下面的山间平坝上看到了父亲和母亲。他的父亲秦学礼坐在轮椅里，由母亲夏桂花推着慢慢前行。夏桂花白发如雪，在高低不平的田间小路上推着丈夫行走已经有些吃力了。秦学礼道：“好了，就让我在这里坐一会儿，看看这山。”夏桂花拭一下汗，继续推着他走，说：“还没到地方呢，我推你到咱家田埂上，你坐一会儿，我去拔点菜，咱就回去。”秦大地匆匆赶过来，心情难以平静的他又不能放纵自己的感情，他只是快走了几步，从身后接过母亲手中的轮椅，推着父亲继续前行。夏桂花回头看到儿子，叫：“大地！”秦大地不敢看母亲，硬着心肠不让眼泪流出来，叫：“娘！”夏桂花一时悲喜交加，道：“他爹，大地回来了！”秦大地跟父亲打招呼：“爹，是我。”秦学礼不能回头，喜道：“是嘛，我算着你也该这两天到家。”秦大地吃一惊，问：“爹，您怎么知道我要回来？”秦学礼道：“秦熠告诉我的。”秦大地惊得停住了脚步：“秦熠？”夏桂花身子一晃，就要倒下。秦大地急忙抱住她，叫：“娘——！”夏桂花浑身颤抖起来，说：“他爹，儿子回来了……咱们……咱们回去吧！”说着，她哭起来。秦大地抱住母亲，还是不敢看她的脸，说：“娘，对不起，我都三年……”夏桂花转身一把捂住他的嘴，道：“别说！你这不回来了吗？他爹——”秦学礼不想让自己激动的情绪在儿子面前表现出来，对夏桂花道：“你不是说要去地里拔点菜吗？大地回来了，去拔点新鲜的菜，他在那里哪能吃到新鲜的家乡菜呀！”夏桂花终于平静了一点，道：“大地，娘去拔点菜，你在这儿替我守他一会儿！”秦大地想要说什么，又说不出来，点头看母亲沿着田埂一步一跌朝前面走过去，眼里又一次泛起了泪花。他欲推轮椅朝前走，秦学礼道：“大地，停下。你妈是我支使走的，我就想在这里，跟你一个人说两句话。”秦大地终于哽咽地说出了一直想说的话：“爹，我都三年没回来看您老人家了！儿子不孝。”秦学礼道：“不说这个。你三年没回来，可你的心没有一天会忘掉这个家，忘了我和你娘……我想跟你说的也不是这个。”秦大地心中一动，对他道：“爹！”秦学礼道：“你现在正在干么子，秦熠告诉我了。”秦大地越发大惊：“爹，你跟秦熠——”秦学礼骄傲地笑一下，望着远方，道："这你不知道吧？我们祖孙俩经常通电话，现在有这个手机可真好，不管隔着山隔着海，也不用电线，我们祖孙俩就能说话！"秦大地担心道："爹，秦熠跟你说么子了？"秦学礼沉吟一下才开口："他就是告诉我，我儿子是中国海军最优秀的飞行员，正帮国家办一件前无古人的大事。"秦大地心中如同起了雷鸣，嘴里却道："他一个小孩子知道什么，他瞎猜呢。"秦学礼不满意了，道："你可甭这么说我孙子！他这么丁点大年纪，懂的事情比我这个当年在本地也算是一个人物的小学校长多了去了。大地，爹想对你说句话！"秦大地迫切想知道他都听说了什么，急道："爹，您说！"秦学礼道："爹想代表咱们全家，老一辈少一辈的，谢谢你！"秦大地立马色变，叫道："爹，你……！"秦学礼道："干么子这么大声，吵了你娘怎么办！这件事只有我、你、秦熠三个人知道！我说谢谢你，不是责备你三年不回来，是真要代表咱们老秦家祖祖辈辈谢谢你！"秦大地仍然不敢相信他什么都知道了："您老人家这话我听不明白。"秦学礼道："我们老秦家，清末从中原逃难到了南方，从你高爷爷那辈子又辗转来到这片大山里定居，终于扎下根，你是第五代，秦熠是第六代，算上前面从中原南下的几代，我们家十六代人里头，就出了你这么一个人物，为我们老秦家争了光。爹说要代表老一辈少一辈谢谢你，就是这个意思！"秦大地的眼泪又流下来了："爹，我算什么人物哇。您老人家病成这个样子，我因为秦熠，还有工作，三年都没回来！"秦学礼责备他道："住口，这些话别说了！虽然秦熠电话里没说你眼下正干什么，但我天天看电视，大致上也猜出来了。儿子，爹从小看着一个天天趴在我背上念书识字的儿子，一个本来只能像普通山里人一样做最普通的事情、过一辈子山里人日子的儿子，居然为这么大一个国家、这么大一支军队，扛起这么大、这么了不起的大事！儿子，秦熠和你爹打心眼里为你骄傲！”话说到这里，秦大地的心一点点沉静下来了，说：“爸，你说的大事，还没完成呢。”秦学礼道：“会完成的，我们这么大个国家，一旦下决心做件事，就一定会成功。你看，两弹一星难不难？做成了！载人飞船难不难？做成了！把航天器送上月球难不难？做成了！爹一点都不担心你们完不成这件大事。我想说的是另一件事。”秦大地急道：“爹，你说！”秦学礼道：“我听秦熠说，你把咱家的事、秦熠的事，也把我的事看得太重了。人生在世，谁家会没有一点事，谁家会一帆风顺？古人说，不如意事常八九，五个指头还不一般长呢……我想等你回来，就是想当面嘱咐你几句话。”秦大地又叫出了声：“爹！”秦学礼道：“爹小时候常教导你，男人要顶天立地。那天有多重啊，是那么好顶的吗？顶天立地的意思就是一个男人到了时候，要懂得承担，还得立得稳、扛得住，不能因为家里有点事，就把你好不容易才得到的这个让你爹娘、你儿子、让我们家十几辈人骄傲的机会错过了，把信任你的人辜负了。世上有很多人比我们有钱，山珍海味，声色犬马，可他们有你今天的机会吗？没有，这个机会是你靠自己的能耐挣到的。这是为国家做大事的能耐、为国家做大事的机会，他们没有，可我们老秦家有。”秦大地又说不出话了。秦学礼道：“还有一句话。我刚才说了，谁家都有难处，有了难处就去解决。只要国家好，我们家的难处也就不那么难了。比方我，过去医药费报得少，现在医疗制度改革，我能报百分之八十五了，余下的就好办了。还有，家里有困难，一时解决不了，也不是什么大事，我截瘫这几年，站不起来，出不了门，不是也没么子？我让你妈每天推我到这里来坐一会儿，看看大山，我还能在这里背诗呢。陶渊明的诗：采菊东篱下，悠然见南山。李白的诗：暮从碧山下，山月随人归。却顾所来径，苍苍横翠微。这时候我就觉得我的日子还是诗意盎然，像当年我做小学校长时一样。我有时候想啊，我还是过去那个站在最少只有三个学生的讲台上给孩子们讲唐诗宋词的小学校长秦学礼，我的日子一点都没改变。”秦大地喉头猛然抽搐起来，他忍住了，不让自己失声痛哭。秦学礼道：“最后交代你一句话。说完这个，正经话就都说完了。我想说的是我的事。死不怕，死怕什么呢？只要死得坦然，觉得一生有价值、值得，就够了。古人讲修短随化，人哪能一直活呀，那后人怎么办呀？有时候我坐在这里，就想我这一辈子，人生的价值就是培养了一群小学生，有的有出息些，有的不大有出息，但我让他们都识了字，这大山里识了字不得了。有一个娃还出去当了上市公司的老总，一个成了院士。我还生养了你这个能为这个国家做大事的儿子，只要有了你，哪怕我别的事一件也没做好，我这一生也没白活呀，我这一生就有了光彩。还有秦熠，他那么小，那么坚强，乐观向上，他是你养大的，可他也是我的孙子，这是不是我这一生的价值？”秦大地在父亲面前蹲下来。秦学礼问：“你听烦了吗？”秦大地大声道：“没有，爹，您老人家接着说，我想一直听您讲下去。”秦学礼道：“我刚才说的事，都别让你妈知道。有些事情该男人扛的就男人扛，要一家子人扛的就一家子人扛。对旁人来说，我们仍然是很普通、很正常、过得很好的一家人。难道不是？就说我和秦熠，我老了，不说了，秦熠这孩子我就知道他将来的出息说不定比你还大呢。刚才我们祖孙俩通电话时，他还跟我讲伽罗华的群论。伽罗华你知道吗？”秦大地摇头：“不知道。”秦学礼高兴了，道：“你看，连你都不知道，我就更不知道了，秦熠他就知道。他告诉我，这个伽罗华，十九岁就去世了，可他发明了数学中的群论，经后人发展，成了打开当今天体物理学和量子物理学之门的钥匙。我的天哪，我哪听得懂啊，可我愿意听下去，我让他一直说，因为这是我的孙子在学习呢，他在长大呢！我不能干别的，可我能为我的孙子做个听众，也好哇。对了，你知道秦熠这会儿在哪？”秦大地又是一惊：“不是和他妈在山西吗？”秦学礼笑道：“这你就不了解自己的儿子和媳妇了，他们在临海。”秦大地跳起来了：“怎么会……”秦学礼道：“你上次去山西看过他们，没几天他们就回临海了。秦熠告我说，他当初闹着留在山西治病，是骗你的。他说你不行，他能扛得住的你扛不住。”秦大地被他惊住了，也笑了：“这小子，什么我就扛不住了？”秦学礼道：“他说你扛不住他的病，宁肯转业挣钱，也要治好他的病。可他的病眼下全世界都没有好办法。他说你扛不住就是这个意思。”秦大地内心又轰隆隆大震起来：“爹，你是说——”秦学礼道：“这里头也有你媳妇的事儿，她和秦熠两个人为了让你离开，合伙儿骗你说在那里治疗多好多好。你看，你的儿子聪明不聪明？你的媳妇好不好？有一天他们发现你的心安静了，能放心地回去做大事了，他们就回临海了。秦熠说，他的目标是做中国的霍金，可要做霍金，他就要学习，把你蒙在鼓里以后，他就回临海上学去了。还有，他不想因为他在山西治病，让你欠债。”秦大地的心颤抖起来，道：“爹，别说了，儿子都明白了。”秦学礼最后道：“今天在家住一天，明天最多再住一天，把你妈等你回来过年留到这会儿的腊肉吃完，你就回临海，看你的儿子和媳妇。”见儿子不说话，秦学礼问：“你怎么了？”秦大地目视前方，两眼湿润，道：“爹，你说奇怪不奇怪，我离开家这么些年，怎么一回来，站在你身边，就觉得从来没有离开过你，天天在这里听您教导我，我们从来就没有分开？”秦学礼替他做出了解释：“父亲和儿子的心怎么会分开呢？就比方说你和秦熠，你们的心分开过吗？”见儿子又不说话了，他才把下面的话说出来：“孩子，爹的日子不会很长了，但我会走得平静，我的心会很满足，因为有你和秦熠这样的后人，也因为我有这样一个家，孩子们个个都争气。再说一句，不要以为我们家有点困难有什么了不得，都能过去的，那没有什么。我唯一有点放心不下的是你。”秦大地到底还是又吃了一惊：“为么子？”秦学礼道：“如果秦熠的病一时半会儿治不好，你也要扛得起来。我就信服我的孙子。他对我说，在最差的情况下，他也有信心做一个比他爹还了不起的人。儿子，天下不只是我们家有一个生下来有残障的孩子，也不是有了这样的孩子就不能正常过日子了。秦熠这么聪明，是上天的恩赐，秦熠身上有残障，说不定也是上天的恩赐，为了让我们家有一天真出一个中国的霍金。现在你能给孩子的最大帮助和鼓励就是承认他的残障，让他觉得这事在你心里不算什么，他和别的孩子一样都是正常的孩子，我们这个家没有因为他失去每个家都有的快乐。记住爹的话，爹能说的就这些了。你妈过来了，我不说了。”

当天晚上，秦大地就睡在自家老屋的吊脚楼前廊下，当晚他和父亲、母亲就坐在这里，面对着前方的一道大山涧，吃了母亲专为他留了好久的腊肉和各种菜肴，现在一切都平静了，秦大地已经在竹床上躺下，母亲又抱着一床被子走来。他急忙坐起，喊：“娘，够了。”夏桂花道：“让你到屋里睡，你偏要睡这里，山里夜里可是很凉的！”秦大地笑道：“我小时候一直睡这儿，每次回来都想睡这儿。这地方是我的地盘！”夏桂花道：“好吧，想在这儿睡就在这儿睡吧。不过一定要再加一床被子。”秦大地让她早点去睡，秦母反而在他身边坐了下来。秦大地问她：“娘是不是有话要说？”夏桂花道：“啊，是有句话。我想留你多住几天，可是想着秦熠，还是算了，照你爹的意思，你住一天就走吧……还有一句话，你爹的后事，你妹妹妹夫都安排好了。真到了那一天，你回不来，不要紧的，有他们在，会把事情办妥当的。只要你回来不挑他们的理就行了！”秦大地笑容落下来，心中又如倒海翻江，半晌才道：“娘，我知道了。”见母亲转身走回屋里去，他在铺上躺下来，又睡不着，两眼满是泪水。忽然，他听到屋里有声音，下床走进老屋去，见白发苍苍的母亲正在给父亲洗脚。听到脚步声，二人回头看他。秦大地抢上去，道：“娘，我来。”夏桂花道：“你是男人？睡你的觉去。”秦大地脸上努力现出了笑容，道：“娘，我们在部队天天也洗脚，这个我会。”他蹲下去，不容分说帮父亲洗起来。秦学礼与妻子对视一眼，他明白儿子的心意，道：“好吧，今天让儿子洗，就算是他在我、也在你跟前尽了孝了！”秦大地一直低头替父亲洗脚，他不能看父亲和母亲的笑脸，因为不能让自己突然大哭起来。

夜深了，前廊下竹床上的秦大地已经闭上眼睛，蒙眬入睡，忽然被一阵响声惊醒了。他坐起来，目光越过大山涧，朝对面的大山望去。只见夜色中的山林，一支支火把奔出，向着同一座山冈奔去。秦大地兴奋了，睡意全消，坐直起来观看。这时对面山上的火把越来越多，对面那座山冈全被火光映亮。火光下面出现了一群群身穿鲜艳民族服装的侗族青年男女，他们聚集在一起，开始歌唱和舞蹈起来。

夏桂花无声地从屋里走出来，坐在儿子身边。秦大地一惊，回头喊她：“娘！”夏桂花道：“把你吵醒了吧。你回来巧了，今天是阴历四月七，对面侗寨里闹寨火，还要唱侗族大歌哩！”秦大地高兴道：“哎呀，我都忘了，原来今天是阴历四月七，让我赶上了！这些年侗寨里还闹寨火？”夏桂花道：“你说么子呢，这会儿连他们的日子也都过得好了，寨火越闹越大。”秦大地踊跃道：

“娘，我想过去看看！”秦母一把抓住他道：“你今晚上就在家里待着，哪儿都不能去！你坐在这里，什么都看得见！他们唱的侗族大歌，越是离得远，越是听得清亮！”秦大地不说话了，重新坐端正，朝对面大山密林中被火光照亮的山冈上望去。对面山冈上，在无数火把的簇拥下，已经聚集了上千名身着鲜艳服装的侗族男女，他们站在一起，开始演唱一支多声部的、无指挥无伴奏的侗族大歌。秦大地开始时只是用一种旁观者的心情看着、听着，但是很快他就听进去了。

开始是人口模拟自然的声音：高山流水，虫鸣鸟语，叶风花雨。接着是人的声音、人的音乐，从自然的音乐中升起，在对比中一点点从弱小变得宏大、深沉和嘹亮。

秦大地动情地听着这仿佛来自大地深层、又连通了天地、充塞了宇宙的音乐。

慢慢地，他困了，大歌仍在演唱，他闭上了眼睛。

他的耳边响起了火车车轮的撞击声、大海的波涛声、海浪撞击礁石的宏大声响……这些来自他生命体验中的声音和仍然存在的大歌交织在一起，使他的心振奋，让他重新睁大眼睛，一惊回头，发现父亲秦学礼不知何时也坐在轮椅上，被秦母推到了这里。

秦大地道：“爹，您怎么起来了？”秦学礼：“他们声音太大，把我吵醒了。”

秦大地回头久久凝视着对面的山冈，他耳边的音乐小下去，心中的音乐却宏大起来。秦学礼看他，问：“好久没听到侗族大歌了？你听出了么子？”秦大地道：“爹，要是不朝山那边看，闭着眼睛，只听音乐，你会觉得音乐不是从对面来的，是从地底下、从大山里头响起来的。”秦学礼点头道：“儿子，我问你，中国现在的国号是什么？”秦大地笑道：“爹，您这是什么问题？今天中国的国号是中华人民共和国！”秦学礼道：“谁是人民？”秦大地心中大动，回头看他。秦学礼道：“就是他们，还有我们。十几亿像我们一样世世代代活在这块土地上的人。人民的力量，就是这个国家的力量。”秦大地不说话了，父亲不经意说出的话已经深深地震撼了他的心。

侗族大歌在继续，刚才声音小了下去，现在又重新宏大起来，原始而荒莽，却极有力量，渐渐重新充满了天地。

秦学礼接着说：“有了这样的力量，中国人怕什么呀？什么都不要怕！”秦大地心中的音乐陡然升高起来，遮没了侗族大歌的声音。夏桂花见儿子不说话了，对秦学礼道：“他们要唱到天亮呢，你还是进去睡吧。”秦学礼看一眼儿子，道：“你也睡吧，睡着了也能听见的。”夏桂花推着丈夫回到屋里去。秦大地也躺了下去，闭上了眼睛。

宏大的音乐充满了他的内心，一直在继续。这一刻，他的整个生命似乎都沐浴在这一支加入了列车车轮撞击声、大海的波涛声、海浪撞击礁石的宏大声响的歌唱中。他睡着了，但是心中的一双眼睛却越来越明亮，他在梦中看到了自己的表情，这是一张被深深感动的面容、一张拥有着无坚不摧的力量和信念的面容。

次日中午，在临海市机场出口，吴强接到了秦大地。越野车离开机场驶进市区后，秦大地急喊：“强子，停车！”吴强在路边把车停下来，看他：“怎么了？”秦大地又惊又喜地看着眼前的城市，问：“什么时候临海变得这么漂亮了！这个广场什么时候修的？”吴强笑道：“都修好一年多了！”他注意到秦大地的目光已经盯上了广场上一个坐轮椅的孩子。这是个女孩，年龄和秦熠差不多，被爸爸妈妈推着走向广场中央空地，那里有一大堆鸽子在起落。女孩的父亲把轮椅停下，母亲蹲下去从包里取出面包，一点点撕开，递到女孩手里，看着女儿开始用不灵巧的手将撕碎的面包扔向鸽子。大群鸽子飞过来，吃女孩子面前的面包，女孩高兴地大笑，一声声地欢呼。孩子的父母也笑着、欢呼着，一家三口显得又阳光又幸福。秦大地被眼前的幸福场景感动着，拉开车门向他们奔去。他一直走到这一家三口面前，看着女孩子，感叹道："多好看的孩子！"那一家人回头看他，女孩用娇憨的声音道："当然好看了。我是天底下最好看的女孩！"女孩的父亲用疑惑的目光看着秦大地，要问什么，秦大地已在女孩面前蹲下来，问孩子的父母："孩子多大了？"女孩的母亲回答道："十二岁。"秦大地有一点激动地看着他们，说："请别误会，我也有一个像你的孩子……像你们的孩子一样的孩子。我刚才在路边，看见你们一家人这么幸福，孩子这么阳光，我就忍不住想过来。"女孩父母交换了一下目光。男人说："啊，明白了。你的孩子多大了？"秦大地道："和你的孩子一样，也是十二岁。"女孩母亲热心起来："那我们以后可以经常联系，交流照顾孩子的经验。"秦大地有点迟疑了，道："这当然好，不，太好了！只是……不过……平常只有他妈妈在家！"女孩不高兴了，道："妈，爸，你们说什么呢，谁需要你们照顾？我这么乖，学习成绩这么好，你们照顾我什么？"男人笑道："对对对，我的女儿是世界上最乖的女儿，不但不要爸爸妈妈照顾，还会照顾爸爸妈妈呢。"秦大地有点不好意思了，站起来："对不起，我有点……打扰你们了，我告辞！"女孩父母道："再见！"女孩却喊了一声："叔叔等一下！"秦大地回头看她道："好孩子，你有什么事吗？"女孩说："你的孩子有我优秀吗？他要是有我优秀，我就和他交个朋友，一起学习。"秦大地笑了，看女孩父母一眼，重新蹲下去，对女孩道："叔叔的孩子也很优秀。”女孩不相信地看他，问：“他怎么优秀？”秦大地想了想道：“啊，比方说，他读得懂霍金的《时间简史》。”女孩道：“那算什么？我也能。”说着，看了父母一眼，“对了，爸，妈，你们到底决定下来没有，将来我是考北大，还是考清华？”秦大地心中一怔，马上又笑了起来。女孩不解地看他，道：“叔叔，你怎么了？”秦大地明白她误会了，说：“对不起，我的儿子也问过我这个问题！考北大还是考清华？”女孩大人似的说：“那很好。他要是主动跟我联系，我可以答应让他加我的朋友圈。”秦大地一颗心越来越振奋，道：“好吧。能告诉我你的名字吗？”女孩道：“我告诉叔叔我的网名吧。我的网名叫爸爸妈妈的天使，我在网上还是有点名气的，让你的孩子到网上搜一搜，就能联系到我了。”秦大地完全被她的自信和勇气征服，站起来，对她的父母道：“你们真幸福，有这么好的孩子！”又低头对女孩道：“好吧，我回去就告诉我儿子，让他到网上联络你！”女孩认真道：“那我等着……叔叔，你要事先告诉他，如果他不够优秀，我还是不能和他做朋友的啊！”离开女孩，秦大地向马路边的越野车走过去，发现女孩的父亲跟了上来。秦大地站住了，看对方，诚恳道：“刚才过去，本来是有话想问的，可是看见你们一家人这么幸福，孩子这么阳光，我就不好意思问了。”女孩父亲道：“看出来了，所以我才过来了。我想我们一定会有可以交流的话题。”秦大地又被对方的细心感动了，说：“我的孩子生下来就是脑瘫，所以——”那男人道：“我的孩子也是。”秦大地道：“看出来了。为了孩子，你们夫妻俩做了非常大的努力，比我们做得好。”男人道：“但是值得，也让我们明白了一件事，我们这种家庭能和别的家庭一样过正常的生活。”他的话让秦大地心胸大开，佩服道：“我都看到了，可原来我是不信的。为孩子的未来永远揪着一颗心，一直想帮孩子改变，但是……不成功。”男人道：“我懂。能够改变当然好，但就是不能改变什么，作为父母，也得让孩子有一个和别人一样幸福的家、幸福的人生。”秦大地恳切道：“告诉我你们是怎么做到的？”男人道：“改变不了现实，就改变自己。譬如说，我们发现，这个世界上有许多像我们的孩子一样的孩子。”秦大地心中一震道：“说实话很惭愧，今天我像是第一次睁开眼看到这件事。”男人道：“首先我们自己要学会接受我们的孩子，她就是一个普通的、和正常孩子一样的孩子。只有我们接受她，孩子自己才会接受自己，不将自己看成是一个残障孩子。还有，随着中国的经济发展，将来社会为残障人士提供的保障会越来越周全。你看，就连我们临海这么小的地方，所有的公共场所也都设了无障碍通道。发展下去，社会一定会为他们提供更好的服务。”秦大地沉吟了一会儿道：“我明白你想说什么。今天真是谢谢你！”男人又道：“我多说一句，不要替我们的孩子对他们的未来失去信心。有时候他们比大人更有信心，这个信心是我们潜移默化中给予他们的。”秦大地反问：“我们？”男人道：“当然是我们。法国教育学家爱尔维修说过，人是环境和教育的产物。记好了，一个是环境，一个是教育，在这两个方面，我们父母都对塑造我们的孩子负有最重大的责任。再见，我要回去照顾我的女儿了。”秦大地对他表示感谢，说：“你今天对我的帮助实在太大了！”男人道：“啊，还有一句话，孩子对我们来说也不只是责任。说实话，我们这个家有她和没有她真不一样，也许她还是上天赐给我们两口子的天使呢！为什么我们不这么想呢？”秦大地又被这句话感动了，点头道：“谢谢！再见！”他看着女孩父亲离开，眼睛里闪烁着感动的光。吴强走过来，秦大地迅速下了决心，说：“强子，跟我走！”吴强道：“还不回家？去哪里？”秦大地已经向前面的越野车快步走了过去。

在市内一家新开的大型书店里，秦大地拦住了一名女店员。女店员问他想买什么书？秦大地道："啊，当今自然科学还有人文科学最前沿、最高端的书，新书！"女店员吃了一惊，问他："这些书买回去给谁读？"秦大地满心都是骄傲地说："我儿子。"女店员又问："你儿子？多大了？"秦大地越发骄傲地说："十二岁。已经读过霍金的《时间简史》、伽罗华的《群论》、爱因斯坦的《广义相对论纲要》。"女店员目光陡然亮起来，夸赞道："那他是个神童！"秦大地道："大家都这么说！"女店员道："是这样，我们书店一般不进这一类书，可是年初进货员搞错了，进了一套科学出版社新出的《爱因斯坦全集》，十五卷，你要吗？不会因为书的内容太深，孩子看不懂吧？"秦大地略一沉吟，大声道："他看得懂！不，看不懂也买，今天看不懂，以后会看懂的！"女店员眉开眼笑道："哎呀，你可帮了我们大忙了，正不知道这套书销给谁呢！"

于是当秦大地到家之后，十五卷一套的《爱因斯坦全集》也出现在乌晓面前，她帮秦熠一本本翻开，听着秦熠坐在一边的轮椅上幸福地大叫，心也要化了。"妈！《热力学基础理论》！《关于光的产生与转化的一个启发性观点》！这部著作完成于1905年3月17日。爱因斯坦就是因为它得了诺贝尔物理学奖！《广义相对论基础》，这个我读过，《根据广义相对论对宇宙学所作的考查》，这个没读……《我信仰斯宾诺莎的上帝》，这可不是迷信，斯宾诺莎的上帝就是物质实体……《关于统一场论》，20世纪和今天这个世纪的物理学，全是围绕着统一场论展开的，现在探索还没有结束！"喊声突然停下来，秦熠扭头看着秦大地，眼里全是惊奇和夸赞了："老爸，你又不懂，你怎么知道这是我做梦都想得到的一套书！”

秦大地划拉了一下他的脑袋：“你老爸是谁？要不我能做你的老爸了？”他一边说，一边看着妻子，发现今天乌晓看他的眼神儿也变了，好像他是一个全新的丈夫。

子夜时分，只穿着睡衣的秦大地从卧室里走出，悄悄关严身后的门，走进秦熠房间，见秦熠睡得很好，又走出来，将门轻轻关上。这时他看了一下表，发现表针指向凌晨一点，他走进小书房，拿起电话，拨出一个号码。听筒里马上响起了张团长的声音：“喂？是秦团吗？”“团长，是我！”“你什么时候回来的？怎么不说一声？”“今天，没有事打扰你干什么？现在有事，所以——”“什么事？”“这两天，我想用咱们的三代机飞一飞鹞式飞行！”

第二十七章

几天后的一个深夜，北京海军办公楼衣正邦办公室里，电话铃猝然响起。衣正邦拿起电话，电话马上接进来了。“喂……是大地？怎么样了？休息好了？”他问，听对方说了一通，他叫起来，“瞎说！我听说你这几天一直都在飞！告诉你，谢振宇和余涛也在飞！……什么？这几天你一直和他们，还有吴惊天、侯团长有联系？他们试飞的情况都了解了？”“是的首长，”秦大地在遥远的临海回答他，“大家的结论是，不但要用鹞式飞行技术高速着舰，而且要试验用更大的力着舰。这几天我一直在试验用更大的力测试老吴说的那个功角范围，发现只有加更大的力，才能飞出直线，用灯用点就容易了。最重要的是，用更大的力着舰，一旦挂索失败，飞机并没有减速，非常容易就能拉起来，这同时也减小了逃逸复飞的难度！”衣正邦听得眉头都皱起来了，厉声喝道：“你这个秦大地，可够能吓我的！鹞式飞行技术本身就是加力降落，你还要加力，你要加多大？这才真叫撞呢！咣一声撞下去，挂住就挂住了，挂不住弹也把你的飞机弹起来了，你是这个意思吗？还有什么？说下去，我想听！”秦大地并没有被他的火气吓住，继续他的报告："谢振宇和余涛这几天也一直在试飞老吴提供的那个功角范围，他们和我一样，都想到了用更大的力着舰这一招。谢振宇甚至解决了高速着舰时动杆不动油门的关键技术！今天我又飞了一天，对吴惊天说的那个功角范围的上限和下限进行了试飞，刚才和振宇、余涛交流过，他们认为，考虑到各种气象因素，尤其是今天的飞机和当年的飞机性能的巨大差异，加力着舰功角范围应当缩小在J到L之间！主要技术也简单多了，油门加到位后就不动了，只动杆来用角！角保住了，用灯、用点，逃逸复飞，全解决了！"衣正邦却不像他那么乐观，大声道："你忘了一个最大的问题！"秦大地道："首长说的是人吧？人体所还是没有结论？"衣正邦生气道："没有！你们大队是放假了，中航、中船、人体所的专家，还有试飞基地张司令的团队，都没放假……不是我不让他们放假，是他们自己不放假……四方刚刚都拿出正式结论，无论是中国第一款舰载机歼-15，还是中国第一艘航母平台的着舰甲板、阻拦索，都扛得住你说的那一撞。至于人，最大的负载是9个G，心态强大的飞行员可以在3个G的负载下保持头脑清醒，完成舰载机着舰后的系列动作，实现着舰或者逃逸复飞！你说的那个加力着舰，只要不超过这个数据，就可以试！"秦大地心情大好，道："太好了！谢谢首长几天前给我讲了那个战场上的故事，又命令我们放了七天假。我飞了，但也休息了，脑袋瓜子清醒了，不但明白下一步该怎么办，还理顺了高速着舰时先解决准确挂索还是先解决逃逸复飞的问题。我现在知道了，首先应当解决逃逸复飞。"衣正邦问："为什么？"秦大地提高声音道："解决了逃逸复飞的技术难题，就解决了舰载机着舰过程中最危险环节的安全问题，解决了舰载机飞行员着舰过程中最大的心理负担，他会觉得现在无论是不是可以成功挂索，在航母上降落都是安全的！这样一种心理暗示本身就能帮助我的人更勇敢、更沉着、更冷静地处理每一个技术动作，反过来促进挂索率的提升！对了，您知道这个思路是谁帮我打开的？”衣正邦猜道：“不会又是谢振宇吧？”秦大地道：“正是他！首长，我没说错吧，这小子是可以被寄予厚望的！”衣正邦过了一会儿才道：“我有一句话，再问你一次。你觉得我应当接受谢振宇和余涛的建议，同意试飞大队进行第二次系列空中对抗，重排试飞顺序吗？”见秦大地沉默，衣正邦又问：“你怎么不回答？给我一个回答！”秦大地道：“首长，如果是放假前，你问过一百遍，我也不会同意。”衣正邦道：“因为下面就要进行鹞式飞行高速着舰的第一撞！是不是？”秦大地道：“是。但现在我同意了！”衣正邦听了，怔了一怔道：“为什么？”秦大地道：“我可以不说吗？”衣正邦哼了一声道：“可以，但你要警惕！”秦大地道：“首长放心，就是有第二次队内竞赛，我也会努力争取不让任何人打败我！想打败我哪有那么容易！我明天就回大队！”

深夜，在海航10团的家属楼里，吴强一个人坐在自家阳台上，闷闷地望着窗外的黑暗。小魏从卧室里走出来，对他吃惊道：“强子，你怎么不睡？”吴强不说话。小魏急了：“到底出什么事了？”吴强道：“没什么事，别问。”小魏道：“我怎么能不问，你这大半夜的，一个人坐在这里……是不是工作上不顺利？我们是夫妻，强子你有事可不能瞒着我。”吴强道：“没事。”小魏乱猜起来：“我知道了。腰又疼了是不是？”吴强有点烦，道：“不是！”“那是为什么？”小魏又问。吴强这才转身看他，道：“老婆，我要是有一天不能飞了，怎么办？”小魏道：“啥怎么办？不能飞就不飞了呗，谁还能飞一辈子呀？就你这个情况，人家早就不飞了。你要强，连秦大哥都拦不住你。”吴强发愁道：“不飞了我干什么呢？转业回老家，我会的这一套全都用不上。”小魏要强道：“那咱们还饿不死。国家不是有政策吗？什么不会不能学呀？”吴强道：“我要是不能飞了，就转业回去申请到大山里看林场。我喜欢咱们家乡那一片无边无际的大森林。”小魏心疼自己的男人，眼泪流下来。吴强帮她拭泪，责备她道：“你哭什么？要是不能飞，该哭的是我。”小魏又被他逗笑了，说：“好，反正这辈子你到哪我到哪。真要是到了那一天，我跟你去看林场。孩子眼看也大了，再过几年等他考上大学，我们就在林子里搭个窝棚，再架上瞭望塔，你天天猴在上头放哨，我给你做饭……那说不定还是好日子呢！”

清晨，海军总医院余兆年病房外的走廊里，冯汝萍走过来。走廊很长，也很静，她的身影显得孤单。但是此刻，她的神情里却已经有了更多的镇静和强大。她在门前站住，让自己平静下来才举手敲门，喊：“爸，是我。汝萍！”病房内的老英雄正在做简单的晨练动作，回头说：“进来。”冯汝萍推门进来，回手关门，拘谨地说：“爸。我来了。”余兆年看她手里提着小保温桶，责备道：“你来干什么？我这里挺好的。还带东西，我说过我又吃不下什么，白花钱。”冯汝萍道：“就是一点参汤。我问过大夫，他们说喝一点没关系。”她动手把保温壶里的参汤倒出来：“已经不太热了，您喝吧。”余兆年摇头道：“啊，你身体也不好，以后不要弄这些。我也喝不了，你也辛苦。这里的大夫护士照顾得都挺好的。”冯汝萍坚持道：“爸，快喝吧，一会儿凉了。”余兆年叹气道：“嘿，好吧！你这个丫头……喝，喝！”他走过去，一点点将参汤喝掉。冯汝萍已经倒了漱口水放在他手边。余兆年漱了口，道：“好了吧，汤也喝了，你回去吧。”冯汝萍收拾了保温壶和汤碗，拿去涮洗。余兆年一直盯着她，急着让她离开。冯汝萍忽然停下手中的工作，回头勇敢地对他道：“爸，有件事情，您一定要告诉我！余涛到底在干什么？他是不是在试飞舰载机？”余兆年一惊，断然道：“不是！”冯汝萍道：“您不要骗我，这几天我打听了。您还记得刘敏洁吗？”余兆年想了想，摇头道：“刘敏洁？记不得了。”冯汝萍道：“就是……当年……和余涛他爸谈过一阵子……”余兆年道：“想起来了，她后来成了名人。”冯汝萍道：“全国十大杰出人物之一。现在是海军舰载机试验试飞基地舰载机医学研究室的主任。”余兆年问：“怎么说起她来了？”冯汝萍道：“爸，余涛告诉我的。刘敏洁见到了他，主动对他说她认识我，也认识您。”余兆年道：“这有什么奇怪？她本来就认识我，更认识你。”冯汝萍道：“爸，昨天我到了这里，见了院长。院长说，刘敏洁是带了一支队伍去试飞大队进行医学支援！”余兆年沉默好一会儿才道：“原来你都猜到了。不错，余涛现在被空军支援到海军试飞大队去了，正在攻克舰载机着舰和起飞技术！”冯汝萍的手下意识地抓住自己的前胸。余兆年想对她做些解释，但又不知道该怎么说。他不敢看她，后来才道：“本来不想瞒你，可是你从年轻时身体情况就不好。”冯汝萍却显得越来越坚强了，继续打破砂锅问到底：“爸，先是余涛同意和亚红离婚，后来亚红又调到试飞基地医院，都和余涛去试飞舰载机有关系？”余兆年不耐烦了，回头道：“啊，这两件事我都知道。到民政局拿离婚证那天，亚红还来找过我，问我他们的婚姻为什么会失败。”冯汝萍心中又是一动，问：“爸爸是怎么告诉孩子的？”余兆年道：“我能怎么说？我就是老了，也看得出来，他们的婚姻里没有感动，没有彼此间都能让对方难以忘怀的经历。后来，亚红就不出国了，搬回去和你住，为了照顾你。再后来又调到试飞基地医院。那里的人都奇怪，人人都想着往大城市调，她却调到了外地，所以很顺利就成功了！”冯汝萍接着又问道：“爸你告诉我，亚红调到那里，是为了余涛？”余兆年这才看她一眼，道：“对。还有，这是我猜的啊，余涛当初同意和亚红离婚，可能也因为他知道自己会去试飞舰载机。”冯汝萍不再说什么，现在她什么都知道了，匆匆洗完保温壶和汤碗，收拾了要走。余兆年不放心地看着她说：“汝萍，刘敏洁不该对余涛讲那些往事，她不讲余涛就不会回头问你，你也就不会知道他现在做什么了。”冯汝萍这时心中翻江倒海一般，但也只能阻止老人继续说下去：“爸，别说了，当年你儿子也没告诉我他那天要去做什么。”她背过身去，不让公公看到自己内心突然涌上来的巨大悲伤。余兆年有点恼了，道：“怎么这么说话！不能这么想！更不能这么说！你是他母亲！”忽然意识到自己的话不妥，他语气松缓下来，又道：“汝萍，事情你早晚都会知道，知道了也好……爸爸有句话要说！”冯汝萍：“爸，你说！”余兆年道：“不要让余涛明白你知道这件事，孩子现在需要我们全家人的帮助！亚红是好样的，我们全家现在都要向亚红学习，像她一样支持余涛！”冯汝萍努力控制住自己的情绪，道：“爸，有件事你还不知道呢，是桩喜事。亚红她怀孕了！”余兆年大喜，道：“怀孕了？哎哟这太好了！余涛知道吗？”冯汝萍摇头道：“不，亚红不让他知道。”余兆年道：“瞧我刚才说什么？亚红好样的，这么大喜事都不让知道，她这是不想分他的心！”冯汝萍不想再说下去了，道：“爸，你歇着吧，我走了！”余兆年仍然不放心，严肃地盯着她道：“余涛正在一道坎上，海军舰载机试验试飞也正在一道坎上，我们全家人，一定要用我们微薄的力量，全部的力量，帮余涛、帮中国海军过这一道坎……走吧！”冯汝萍什么话也没再说，转身提上东西走出去。余兆年仍然在原地站着，一双老眼开始湿润。为了对抗自己的情绪，老英雄又开始低声地唱起了军歌来。

几个小时后，冯汝萍回到了家里，发现陈亚红正收拾东西准备离开。陈亚红见她回来，喊了一声："妈，你回来了！"冯汝萍问："余涛又不在家？"陈亚红道："不在，早上他又约了见林，回团里去了。"冯汝萍看她收拾好的拉杆箱，陈亚红解释道："我假期到了，要回医院值班。妈，我走了。"冯汝萍道："等等，你坐下，我有话说。"陈亚红笑着坐下来。冯汝萍道："你现在怀孕了，需要人照顾。我在家闲着没事儿，跟你一起去。"陈亚红一下就急了，站起叫道："妈，你可别——你怎么了？是不是爷爷跟你说什么了？"冯汝萍道："爷爷什么都没说，是我自个儿要去照顾你。"陈亚红道："哎呀妈，你去了连地方住也没有——"冯汝萍道："我把房子都租好了，那边租房子便宜，我还雇了个阿姨，一起过去。"陈亚红还要阻止她，冯汝萍用坚定的口吻道："你是媳妇，我是婆婆，你就是不听我的我也要去。你今天先走，我要等余涛走了以后再去。还有，事情不能告诉余涛！"陈亚红像看着一个陌生人一样看着她，突然间什么都明白了，扑过去抱住冯汝萍。冯汝萍越来越坚强，道："什么也甭说。从现在起，我们这个家全体进入一级战备，除了你爷爷，都要听我的！"陈亚红孩子一样哭起来。冯汝萍道："不要哭，你的亲人在战场上呢！我去了，也许做不了什么，但至少我能和你们在一起，和我的儿子、我的媳妇，还有我的孙子在一起！我们在一起！"陈亚红的心被她鼓舞起来，抬起泪淋淋的脸道："是！妈，你就是我们家的大元帅，有你领军出征，我们不怕，亚红听您的！"

假期的最后一天，刘敏洁一个人坐在家里看书，听到有人敲门，她取下眼镜走过去开门，看到门外站着夏初。刘敏洁又惊又喜道："哎呀，是夏初！你还没走？"夏初道："刘……阿姨，我有点唐突，没给你打个招呼就来了。我能进去吗？”刘敏洁让她进来，关上门，回头看她。夏初不回头，道：“阿姨，假期后天才结束，我想明天就去报到。”刘敏洁将手里的书合上，道：“来，坐下，我刚才一边看书，一边还在想你的事情。”夏初回头看她道：“阿姨在想我的什么事情？”刘敏洁举了一下手中的书道：“看我正看什么书？”她向夏初展现书的封面。夏初读出书名：《女人总是要哭的》，笑道：“阿姨，我可没哭。”刘敏洁道：“哭也没关系。别以为我在看小说，看小说也可以进行我们的专业研究。就说这个书名，起得有理，女人一辈子，总有各种各样的理由哭一鼻子。”夏初在她对面坐下来，道：“阿姨，那您告诉我，女人都会有什么样的理由哭？”刘敏洁道：“太多了。比如你现在，哭的理由就很多，丢了自己喜欢的工作、失恋——”夏初脸上的笑容落下去。刘敏洁道：“还是忘不了谢振宇吧？”夏初却道：“不是的阿姨，我就是觉得失败。回到国内，刚开始工作，还在您身边，一转眼就在第一个服务对象那里撞墙了，你看我脑门上这个包。”刘敏洁笑了，道：“我没看见你脑门上有包。”夏初道：“是我自己心里有个包。”刘敏洁看出了她的内心，说：“虽然离开了试飞大队，但还是想知道离开的原因，是吗？”夏初被她说中了心事，点头，脸也红了。刘敏洁道：“这么说吧，国外有国外的成功学，中国有中国的。”夏初吃惊道：“中国还有中国的成功学？人的成功还分国籍？”刘敏洁道：“不但分国籍，还分省籍、分县籍、分职业、分性别、分人……譬如你，就和别的女孩子不一样，你有你的成功学，不可能有第二个女孩子有和你完全相同的成功学。你非常爱谢振宇，失恋了仍然爱他，这就是你和别人不一样的成功学。”一边说着，她的神情已经严肃起来，“你必须离开，谢振宇是对的，他不但是对他正在从事的事业负责，也是对你负责。”

夏初用调皮的一笑掩饰内心的伤痛，道："阿姨，我是不是傻，不该爱上他，或者……他根本就不值得我爱？"刘敏洁更认真了，道："是你爱的方式有问题，不过问题不大，现在都能解决。基本上就不算是问题了。"夏初听懂了她在说什么，不想再逼她说下去，及时地换了一个话题，笑道："阿姨，跟我说说您。您这么优秀，年轻时一定很漂亮，追您的人必然成群结队，怎么就没有……阿姨有没有爱上过什么人，为他哭过？"刘敏洁拍巴掌道："傻丫头，怎么没哭过？死去活来，可是最后，还是放弃了！"夏初一惊道："为什么？"刘敏洁站起来走动，又站住，陷入久远的回忆，说："因为那时我也有自己的成功学，其中有一个关键词叫作软弱。"夏初差一点就大叫起来了，道："软弱？您？怎么可能？"刘敏洁脸上满是忏悔和痛苦的表情，看着别处道："如果我的内心更强大，没有那么多偏见，不把事业和爱情对立起来，把事业看得比爱一个人更重，我就不会哭了。""阿姨，您是不是说，当初您要是做出另外的选择，现在就不是一个人了。"刘敏洁道："不，还是一个人，因为他牺牲了。"夏初一下子说不出话来了。刘敏洁接着道："即使是这样，我还是后悔了一生。我要是那样做了，也许现在就会像一位试飞员的妈妈一样，虽然没了丈夫，却拥有儿子、媳妇，说不定还会有孙子，上面还有公公，仍然是一大家子人。我没有做出这种选择，失去了这么大这么好的一个家。"夏初心中越来越吃惊了，道："主任，夏初不懂。"刘敏洁道："不懂也没关系。总而言之，我们那个时代的人，事业和理想总是第一位的。他是一名特级飞行员，那时候做试飞员比现在更危险，随时可能牺牲，我担心一旦和他结合，做了人家的媳妇，事业上一定会受拖累，心一横就离开了他。"夏初还是不懂。刘敏洁看她一眼道："如果我不离开，我会一年三百六十五天，天天想到他今天是不是正在试飞一款新战机，会不会突然就——”说到这里她已经说不下去了。夏初还在问：“最后他真的牺牲了？”刘敏洁认真地盯着她，一字一字道：“他在牺牲前选择了别人。这个女同志是我最要好的朋友。她在丈夫牺牲前生了个优秀的儿子，这个儿子现在仍然在做试飞员！”见夏初深情地望着她，良久才道：“我想到了，你不想放弃，但是不放弃不能只知道哭，要坐下来想一想他为什么会让你离开，你要怎么做才能让他明白，他人生最大的幸福就是选择你做他的妻子。”夏初再没有说什么，两个人就一直那么站着思考。但夏初的神情表明，她来时浮现在脸上的那一点脆弱已经不见了。

又一个清晨来临，试飞大队全体队员重新列队在营区操场上。秦大地站在队列前讲话：“同志们，‘五一’长假已经结束，从今天起，我们要全力以赴，准备投入下一阶段的着舰试飞。任务艰巨，但相信我们已经找到了突破口，就是鹞式飞行加力着舰！不过今天还不能开始，有人给首长写信，要求进行队内第二次系列竞赛，首长问我同不同意，我说同意！上次竞赛过去好几个月了，我倒是想看看，这段时间有的同志是不是真长进了！规矩还是首长立的，两两对抗，先由海军的同志决出五个人和空军来的同志对决，最后决出一名胜者和本大队长进行最后决赛！啊，还有一件事，决赛前还要进行一次医学测试，从我开始，谁都不能请假！解散！”

试飞大队刘敏洁工作室里，秦大地已经躺到测试床上，进入催眠状态。刘敏洁和他说话：“秦大地同志，你看到了什么？”秦大地回答：“很好的天气，一望无云……真干净，阳光灿烂。”刘敏洁松一口气，回头看新来的女助手：“太好了，下一个。”下一个就是谢振宇，他躺在测试床上，也很快进入了催眠状态。刘敏洁低声唤他：“谢振宇同志，谢振宇同志。”她们听到的是谢振宇轻轻的鼾声。女助手失望地看着刘敏洁，说：“主任，他居然睡着了，什么梦也没有！”刘敏洁反问她：“告诉我，没有梦的男人都是些什么样的男人？你在学校应当学过。”女助手笑道：“主任要考我吗？没有梦的人是断绝了一切牵挂、一心奔一个目标、脚踏实地去做事情的人。”刘敏洁道：“很好，唤醒他。下一个是余涛。”等余涛也在测试床上进入了催眠状态，女助手发现他在哼唱爷爷余兆年经常哼唱的《海空雄鹰团战歌》。刘敏洁满意地看一眼女助手，道：“看来还是要时常放一放假。下一个！”

试飞大队第二次队内系列空中对抗按计划进行得非常顺利。对抗开始后的第二天夜里，衣正邦在自己的办公室里问小魏：“他们进行到哪一步了？”小魏提醒他道：“明天是最后一场半决赛，首长去看吗？”衣正邦道：“不去，决赛再去！”小魏看出了点什么，笑道：“首长还是有一点点放心不下秦大队吧？”衣正邦不回答，有顷又突然开口问：“明天的半决赛，还是谢振宇和余涛？”小魏道：“对，还是他们俩！”他以为衣正邦会改主意，但是后者已经不再和他说话，坐下去聚精会神地看起新到的文件来。

第二天早晨，就要进行半决赛的余涛望着谢振宇道：“老谢，今天就看你的了！”谢振宇也不是过去的自己了，道：“不，我要谢谢你今天又给了我一个学习的机会！”余涛笑道：“你变得这么谦虚，我得警惕！”谢振宇主动伸出手来：“空中见！”早就在塔台上严阵以待的秦大地看着两机升空。众试飞员则挤在飞行数据监测大厅里大屏幕前，一阵乱喊：“飞起来了，飞起来了！”耿见林故意挑起战争，说：“大家打个赌，他们两个谁赢！”康延成大叫：“老谢！”王小毛不服，叫：“余涛！”见众人嚷嚷成一团，刘波喊："别吵，要开始了！"大家这才不嚷了，所有的眼睛一起投向屏幕。

空中，两架战机先后到达比赛高度。谢振宇突然将飞机拉开，余涛不敢怠慢，瞬间一个破 S 机动，与它分离。塔台上的秦大地看着面前实时显示屏，皱起眉头。陶斯勇看他一眼道："怎么了你？"秦大地不回答。飞行数据监测大厅里，众飞行员又嚷嚷起来。王小毛道："哎，谢振宇要什么花招？"康延成大叫道："余涛也在要花招！"耿见林道："谢振宇一上阵先示弱，这不是他的风格，怯阵了吧？"康延成道："胡说！"刘波道："快看，他们回来了！"屏幕上，两架刚刚消失的飞机突然迎面飞来，直直地向对方逼近。江海大叫道："我的天，他们要干什么！"

塔台上，陶斯勇也叫起来："他们要干什么？"秦大地反倒坐了下来，他注意到空中两机相对飞来，越来越近，驾驶舱中谢振宇和余涛已经可以相互望见。就要撞上的一刹那，两机同时各做了一个向右方的横滚（滚桶），又瞬间分离。

飞行数据监测大厅里，众人一阵惊呼："好险！"王小毛对大家道："不知道你们怎么想的，我反正觉得今天他们两个会是一场恶战，我都出汗了！"塔台上，陶斯勇注意到秦大地的严峻神情并没有缓解，一直盯着空中战况的他发现两机再次远远分离。飞行数据监测大厅里，康延成看着空空的屏幕道："我这就有点不懂了。他们俩干什么，刚交手一回合就离开，这还打不打？这不像空中格斗，反倒有点像——"刘波抢上去道："空中藏猫猫！"康延成道："对，我就想说这个！"耿见林叫："看，他们又来了！"众人朝大屏幕上望去，只见距离很远的两机高速相向杀来，瞬间进入水平剪刀对抗飞行，两机一次次在水平层次缠斗，每一次都似乎要撞在一起，但每次又都能够灵巧地闪开。吴强不由得喝彩道："嘿，好水平剪刀！"江海也大叫："漂亮！"大厅里一片哄哄然的声音。康延成兴奋道："这才是真正的空中对抗，有点飞行游戏的味道了！嘿，这是我们老谢的强项！"王小毛听不下去了，抢白他道："胡说，我还说这是余涛的强项呢！"刘波眼睛盯着屏幕，大叫："快看，变花样了！滚翻剪刀！谢振宇也会这一手！"众人朝屏幕上望去，原来两机已由原来的水平剪刀对抗变成了滚翻剪刀对抗，一次又一次，每一次都十分惊险。王小毛道："哎呀，受不了，他们要这样对抗多久呀？这样下去我的小心脏都要疼了！"耿见林道："我明白了，为什么谢振宇一升空就落荒而逃！"康延成道："胡说，是以退为进！"耿见林道："你听我说完再掰我行不行？我是说，谢振宇这次汲取了上次输给余涛的教训，为防止一上去就被余涛突袭，早早地就采取守势，躲开了！"康延成道："你们余涛不也一上去就躲了吗？"耿见林道："老康，你这人一根筋，我是在夸老谢！从这个动作看，老谢变了，懂得示弱了！"吴强道："见林说得对！"刘波叹道："谢振宇要是懂得示弱，就更可怕！余涛凶多吉少！"王小毛急道："住口，乌鸦嘴！"众人笑。一直盯着屏幕的江海不笑，说道："他们还有完没完呀，就这么一直缠斗，也不换个花样儿，直到双方把油料耗尽，然后打个平手落地吗？那明天谁进决赛？"这时又听王小毛大叫一声："啊！快看！"众人朝屏幕上看去，发现没有了刚刚还在缠斗的飞机。康延成道："他们又跑哪儿去了？再这么下去，我心脏也扛不住了！"塔台上的陶斯勇对秦大地道："看出什么来没有？"秦大地道："什么？""谢振宇大变了！"秦大地不说话。陶斯勇道："我说的不是技术，是心态！他不再想一口吃掉余涛了！"秦大地仍不说话，但他的表情显示他根本没有听陶斯勇说什么，他注意的仅仅是正在空中再次正面接近的余涛和谢振宇机。两机越来越近、越来越近，又近到了可以看到座舱中的对方的程度。两机就要相撞的瞬间，谢振宇猛地用一个上升动作转弯，向位于下方的余涛机扑下来。这是一个标准的鹞式飞行动作，虽然是下降，但功角保持很好，速度又极快。飞行数据监测大厅里，康延成也看出来了，大叫道："鹞式飞行！"刘波喊出了声："余涛小心！"塔台上的秦大地眉毛一耸，再次站起，盯紧了屏幕上正高速下降的谢振宇机。陶斯勇也道："大地，这就是鹞式飞行？"秦大地微微激动起来，说："连你都看出来了！"他急看一眼身边的参谋："功角！"参谋迅速读出了一个数字："1⅓M！"秦大地怒道："太大了，胡闹！"参谋道："余涛也下来了！"秦大地定睛望去，果然发现云丛中的余涛加油门，推拉杆，也做了一个鹞式飞行高速降落的动作，向下追逼谢振宇机。飞行数据监测大厅里，吴强又大叫起来："他们在干什么！"康延成跟着大叫："他们都进入了鹞式飞行！老谢小心！"刘波道："老谢好样的！敢把鹞式飞行用到空战中，他是第一个！"耿见林道："余涛也不赖，不过他要小心，功角太小！"吴强大为担心道："不好，老谢这么飞，会发生尾旋的！"刘波已经看出来了，道："已经发生了！"

果然，空中的谢振宇机开始发生尾旋。飞机沿着一条小半径的螺旋线航迹一面自旋一面急剧下降。飞行数据监测大厅里几乎所有的人都在大叫。"老谢在干什么！""老谢，快改出！"江海跳起来喊："发生尾旋了要改出哪有那么容易！"康延成反驳他道："他练过的！"吴强问他："练过的什么意思？"康延成道："没看到他刚才有意识升空，现在高度有，就有改出的时间，剩下的就是能耐了！"塔台上，秦大地霍然站起，神情严峻。身边的参谋报告："大队，谢振宇机进入尾旋！"秦大地道："别吵！高度多少？""3000！"陶斯勇道："别犹豫了，快命令他，500米高度果断跳伞！”秦大地不说话。陶斯勇道：“大地！”秦大地道：“3000米高度，谢振宇应当改得出来！”一边参谋又叫：“快看，余涛机发生失速！”果然，空中的余涛机也进入了失速状态，在高速加力俯冲中急速下坠，一边偏侧翻转。现在飞行数据监测大厅里，一直在叫喊的众人的注意力开始转向余涛。耿见林叫道：“怎么可能！余涛，快改出！”江海道：“刚才他的功角太小，失速了要改出太难！”耿见林大声道：“他是余涛！”吴强道：“都别吵，现在一要看这款舰载机的性能，二要看两个人的本事，实在不行，就跳伞，高度够的！”塔台上，陶斯勇再次严厉地看着秦大地，不觉高声道：“大地，快命令他们，实在改不出，果断跳伞！”秦大地两腮部的肌肉现出棱角，但他仍然不说话。陶斯勇喊：“大地！”

一边的参谋大叫：“老谢改出来了！”

这一刻，空中的谢振宇一边侧推方向杆朝尾旋相反方向，一边反蹬方向舵。正在尾旋的飞机停止尾旋，机头直指地面。大海扑面迎来。他看到了越来越蓝的海水，猛推油门，进入俯冲状态，将飞机向上拉起，歼-15直上蓝天。接着，余涛机出现，众人发现余涛正在一点点用杆试图艰难地将高速下坠的飞机拉起来。塔台上，一名飞行参谋气愤地嚷出声来：“余涛在干什么，用油门呀，为什么不用油门，只用杆？”秦大地铁青着脸看他，参谋不说话了。众人回头看余涛机，只见这一刻，余涛的面部显示出了强大的自信和镇定，以强大的心力，稳住油门，坚持只用杆将飞机一点点拉起来。陶斯勇大叫：“余涛拉起来了！”两机在空中再次进入剪刀对抗飞行，谢振宇一个分离S机动，翻转，机腹向上，向下拉杆到底并一直保持，飞机连贯向下做筋斗。秦大地脱口而出：“不好！”陶斯勇一惊：“怎么了？”秦大地：“谢振宇不应该——”陶斯勇问：“不应该什么？”秦大地却又不说话了。飞行数据监测大厅里，众人又嚷嚷起来：“这家伙又怎么啦？”

王小毛道：“别吵！看余涛！”众人朝空中望去，只见余涛略微思索了一下，再次使用鸥式飞行技术，急急向下追逐谢振宇机。耿见林道：“余涛不要中了奸计！”王小毛不同意他的担心，道：“说什么呢！谢振宇扛不住了，他要输了！”耿见林道：“不一定！快看！”王小毛回头看去，只见两机已经脱离云丛，正在低空迅速接近。谢振宇机一个眼镜蛇机动拉起，又以一个突然的鸥式飞行动作落下去，出现在余涛机后，头盔瞄准具中心十字罩住了余涛机尾，他要按下锁定键时，突然放弃。余涛机趁机脱离，一个爬升，翻转，反而快速运动到谢振宇机后。塔台上，秦大地脸色一下变得铁青。陶斯勇看他道：“怎么了，刚才你的话没说完！”秦大地道：“看下去！”飞行参谋叫：“余涛要锁定谢振宇了！”果然，空中的余涛机第二次使用鸥式飞行技术降低位置，出现在谢振宇机后尾，转瞬间已将谢振宇机锁定。谢振宇机内的红灯一闪一闪亮起来。

塔台上，秦大地什么也不说，转身往外走。陶斯勇跟到门外，问他：“你怎么了？”秦大地没好气道：“没怎么！”陶斯勇道：“应当赢的是谢振宇！”秦大地道：“不对，赢的还是余涛！”飞行数据监测大厅里，吴强还在大叫：“怎么会这样，我不服！”王小毛说：“我说句公道话，今天他们俩谁都没输，都是好样的，两个人都将鸥式飞行技术用到了空战中。太厉害了，这是中国军事航空史上第一次用鸥式飞行技术进行空中格斗！两个人都是英雄！”只有康延成一言不发，大步走出。众人都笑看着他。吴强问耿见林：“他怎么了？”耿见林笑道：“老谢的铁粉，受不了呗！”众人听了又笑了起来。

中午，试飞大队餐厅外，秦大地见余涛走来，站住道："余涛，祝贺你！"余涛道："大队，我有句话想说。今天赢的是谢振宇！"秦大地道："不对，是你！"余涛道："他有机会赢我，可我不明白为什么他——"秦大地立马打断他道："机会只在转瞬之间，他错过了！"余涛摇头道："大队，无论是技战术还是心态，尤其是心态，振宇真不是当初的吴下阿蒙了！"秦大地想了想道："吃饭，然后准备明天我们的对决！"

这天中午，饭也没吃好的康延成敲门走进谢振宇的房间，问他："怎么了你又？"谢振宇道："什么意思？"康延成道："为什么要输？真给120团丢脸！你有赢的机会！"谢振宇却道："我也没想到会输，可还是输了！总之还是修炼得不够！"康延成瞪眼道："不对，你这次本有机会和秦大队进入决赛，我想不出别的解释，除非是你突然不想打败秦大队了！"谢振宇不认账："胡说，我做梦都想。"

康延成道："你知道你现在的段位，也知道余涛的段位，但是你认为，秦大队这次答应进行二次队内竞赛，是因为他认为自己仍然能赢所有的人，你想再看他亮一回剑，怎么赢比过去更加强大的余涛！"谢振宇突然笑起来，道："哎，放了七天假，只有最后两天回去见你老婆，她没收拾你吧？"康延成道："别打岔，你不回答也行，只要你认账，我知道自己想对了就原谅你。"谢振宇坚持刚才的话题："哎，这两天你老婆弄什么东西给你吃了，让你变得疑神疑鬼的？"康延成"呸"了一声，说："你不说我也明白了，我猜对了！"他转身拉门就走，不再理谢振宇。

第二天清晨，衣正邦来到试飞大队塔台，看表，对临时担任指挥员的陶斯勇道："开始吧！"陶斯勇回答了一个"是"，拿起送受话器呼叫："01，01，02，02，我是00，开始！"机场上，秦大地对余涛道："空中见！"余涛拱一下手道："手下留情！"秦大地道："我不会的！"余涛道："知道你不会！我也不会！"两人分别跑去登机。这一刻，众试飞员也在飞行数据监测大厅大屏幕前坐好，等待着这场新的对决。耿见林望着身边的谢振宇道："老谢，你是行家，猜猜今天他们俩谁赢？"谢振宇笑着摇头，不回答。耿见林故意对吴强道："老谢今天不一样了，太和气了！"康延成也低声对谢振宇道："预测一下结果，又死不了你。两个人不会还像上次一样又打个平手吧？"吴强抢上来道："打什么平手，上次是余涛主动退出竞赛，赢的是大地！"王小毛道："你这个老吴！不要只认秦大队，余涛现在也是你的战友，他们谁输谁赢，都是我们试飞大队赢！"吴强不高兴了，道："我没有不把余涛当战友，我是说实力，今天余涛敢和大地再较量一次，我佩服他的精神！"耿见林笑道："老吴，我怎么就不喜欢你这句话呢，好像空军就没人了！万一余涛赢了呢？"又对谢振宇道："老谢，要不咱们赌一下，他们俩谁赢？"谢振宇道："我不赌，但我希望余涛赢。"吴强生气道："哎，别忘了你是海军的人！想叛变是不是？"康延成看谢振宇："把你想说的话说完！"谢振宇道："我希望余涛赢，但余涛想赢也不容易！大队不会让他赢！"耿见林道："你这不是什么也没说嘛！"谢振宇及时转移大家的注意力，叫道："快看，开始了！"众人朝大屏幕上看去，果然，屏幕上，两架飞机相继升空，一时间谁都没有话了。

空中，对抗已经开始，两架战机在腾空过程中已经分离。余涛向舷窗外望去，警惕地寻找着秦大地机。忽然，他发现秦大地机穿破云丛，正面向他飞来。余涛大惊之际，急忙一个下降，只见秦大地机"嗖"的一声贴着他的机身上方一掠而过。飞行数据监测大厅里，耿见林回头道："要不是老谢坐在这儿，我还以为跟余涛对抗的不是秦大队，是老谢！”康延成也道：“今天的秦大队不是过去的秦大队！太猖狂了！”只有谢振宇什么也不说。塔台上，衣正邦仰望天空，又看眼前的屏幕，脸色不好看了，道：“秦大地也搞这一套！一不小心会出事故的！”陶斯勇道：“首长，要不要命令他不要再做这种动作？”衣正邦生气地瞪他一眼道：“你说什么呢！这是空中格斗！”陶斯勇道：“首长，快瞧！”原来余涛机正以其人之道还治其人之身，正面向秦大地机撞来。陶斯勇道：“余涛明白过来了，用秦大队的办法反击秦大队！这一招是老谢的泰山压顶战法！”衣正邦道：“别吵！”说时迟那时快，秦大地看着对面撞过来的余涛机，突然以一个鹞式飞行技术急速下降。余涛看了一眼，也用同样的技术高速追逼下来。两架同样以鹞式飞行技术高速降落下来的飞机在低空转入剪刀对抗飞行。衣正邦皱眉道：“快报告高度！”身边的参谋回答：“500米！”衣正邦道：“胡闹！ 500米也敢这样飞！”飞行数据监测大厅里，谢振宇已经站起来，神情越来越严峻。耿见林道：“我的天哪，太低了！一旦有差错，跳伞也没有机会！我的心脏——”吴强道：“昨天老谢和余涛剪刀对抗，今天大地和余涛也是剪刀对抗，怎么样，一个水平吗？”康延成不满道：“老吴，别拿我们老谢不当神仙！”刘波道：“他们再这样飞下去我要打瞌睡了！这哪是空中对抗，这是小孩子斗蛐蛐，两只蛐蛐都不愿意开战，就这样绕来绕去——”谢振宇已经看出来了，脱口道：“兵不厌诈！”耿见林一惊道：“什么？”谢振宇又不说了。突然，低空中的秦大地机结束了剪刀对抗，再次用鹞式飞行技术高速向海面飞下去。余涛看到了，一刻也没犹豫，以同样的技术高速降落下去。两架飞机越来越接近海面，秦大地机忽然一个眼镜蛇机动，在海面上拉起，试图回头去尾部锁定余涛机。余涛早有准备，以同样的动作果断拉起，反而去锁定秦大地。王小毛揉眼睛道："哎呀我眼都花了，这哪是对抗，这是在表演鸥式飞行高速着舰加逃逸复飞技术！"说话间，大屏幕上的秦大地又以一个新的鸥式飞行动作将飞机从空中高速降下来，这一次他的飞机更加接近海面，余涛机转眼就跟了下来。秦大地在海面上一个横滚，让过余涛机，余涛没有准备，只能果断将飞机拉起。占据了有利位置的秦大地机迅速将其锁定。余涛机内的红灯一闪一闪亮起来。众飞行员发出惊呼："哇！锁定了！"谢振宇猛地从座位上站起，十分激动。

吴强高兴道："太好了！我就说过，今天不会和昨天一样，大地会干净利索地拿下余涛！"王小毛失望道："秦大队太厉害了。他的鸥式飞行技术炉火纯青，和空战战术结合得天衣无缝，我服了！"耿见林仍然痴痴地望着屏幕，道："秦大队也变了，既不是过去的他，也不是余涛和老谢，老树新花，一个全盛时期的秦大队刚刚出世！"

大厅外，谢振宇走出，听到脚步声，回头，几乎和快步跟出来的康延成撞上。谢振宇道："你还盯住我干什么？"康延成道："请教一个问题！"谢振宇道："娶了媳妇变得这么谦虚？什么问题，还非要请教我？"康延成道："因为你也在想这个问题！这个问题是：什么样的人才是伟大的飞行英雄？"谢振宇深深看着他。康延成道："快说呀！"谢振宇道："我没想好……伟大的飞行英雄，首先是不可胜。无论你多么优秀，都胜不了他，然后，他就有了赢你的机会！"康延成道："下一个问题。这样的人在什么情况下才会失败？"谢振宇道："一种情况下！""什么情况？"谢振宇又沉吟了良久，才道："不知道！"他边说边走。康延成一把拉住他道："不，你知道！"谢振宇道："他的全部伟大也扛不住的时候，这时候的失败恰恰能反过来证明他的伟大！"康延成笑道：

“老谢，这些天我看你整天坐着参禅，以为你要当和尚呢，原来是在琢磨这件事！”谢振宇摇头道：“我什么也没琢磨！是今天看大队和余涛比赛时脑瓜里灵光乍见！”康延成道：“你一直在琢磨，不料今天顿悟了！”谢振宇道：“还没有，只是从黑暗中看到一线光亮，不过即使这样我心里也不是一片黑暗了！”康延成仍旧缠着他不放，道：“接着说，你还知道什么？”谢振宇站住说：“我也问你一个问题：秦大队要是不参军，不做飞行员，现在的他会做什么？”康延成笑道：“他能做什么？他原来就是个农民的儿子，该做什么做什么，放到工地上去做工，放到田里去种地，他生下来可没有鲜花铺满的道路！”谢振宇道：“这才是我一直在想的。一个看起来和你我一样平凡的人，怎么会把自己修炼成一个不可胜的英雄！”康延成看他又沉默起来，谢振宇却又自语似的说了一句：“有一天我会明白的！”

总指挥部衣正邦办公室里，秦大地、陶斯勇面对衣正邦站立。秦大地道：“首长，第二次系列对抗结束，该进行我们准备已久的第一撞了！”衣正邦对陶斯勇道：“你同意他的想法？”陶斯勇道：“报告首长，我开初不同意，但是现在，我同意！”衣正邦哼了一声道：“这可太难得了！有一阵子，我都后悔让你去当他的政委了。你们在每一件大大小小的事情上总尿不到一个壶里……说你的理由！”陶斯勇道：“两条。一是经过‘五一’长假，各方面的研究结果都出来了，认定了人体、飞机、阻拦索和航母甲板都经得住这一撞；二是大地昨天的表现，为自己争到了进行第一撞的权利！”衣正邦道：“秦大地刚才说，他不敢保证这一撞可以做到万无一失、滴水不漏，但绝对保证技术动作和随机反应能做到万无一失、滴水不漏，这个你也同意？”陶斯勇沉吟了一瞬，大声道："同意！"衣正邦无语地走到窗前去，久久望着大海，心情难以平静。秦大地从背后望着他，大声道："首长！"衣正邦回头有力地看他道："虽然我不想说这句话，但为了对事业负责，还是要说！"秦大地大声道："首长请讲！"衣正邦道："你是不是也想过了、想好了，谁能接替你的职务？"秦大地慷慨道："报告首长，我的建议没变，经过几个月的观察和考验，第一是余涛！余涛之后是谢振宇！"衣正邦又看陶斯勇："你也这么认为？"陶斯勇道："是！"衣正邦道："余涛我同意，可为什么下面一个一定是谢振宇？"陶斯勇抢上前道："这个我和大地交流过，除了其他的条件，他和我都认为谢振宇进了试飞大队后，一种很宝贵的优秀品质被激发了出来！"衣正邦一惊，看他道："什么优秀品质？""学习，并且在学习中迅速成长。入队后他一直在成长，以后还会有更大的成长空间！"见衣正邦依旧沉默不语，秦大地又大声道："首长，可以下决心了！"衣正邦终于转过身来道："听好了！两件事：第一，我同意进行舰载机鸥式飞行加力高速着舰的第一次试验试飞，由你秦大地执行第一撞的任务；第二件，我下这个决心，是有附加条款的！"秦大地问："什么条款？"衣正邦放慢语速道："如果第一撞成功或者接近成功，第二撞、第三撞，以及后面为实现成功着舰和逃逸复飞进行的所有课目的第一次，都不准你秦大地参加，这些机会必须留给别人！"秦大地松一口气，看陶斯勇，两人同时举手敬礼，大声道："是！"

空勤楼上，谢振宇又在自己房间看秦大地和余涛的空中对决录像。康延成一阵风地推门进来，喊："重大新闻！"谢振宇一动不动道："上级批准我们进行第一撞了！"康延成道："对，很快就要公布。执行第一撞的是秦大队，余涛第二，你第三！"谢振宇沉默半晌才道："应该，这是他赢得的！"康延成道："再告诉你一个内部消息。衣总指挥在同意这件事前，非常艰难地问了秦大队一个问题。万一发生了不幸，谁能够接替他？”谢振宇脱口而出：“当然是余涛！”康延成道：“第一个是余涛，第二个是你！”谢振宇勃然变色：“胡说！”康延成道：“信不信由你。啊，我还有事，走了！”他一转身跑走了。谢振宇内心激烈，站起大喊：“延成，你回来——！”康延成早跑远了。谢振宇着急起来，在房间里大步走来走去，道：“不！我不行！不能这样安排！我还没有这样的准备！我——”忽然，他什么也说不出来了，热泪盈眶。

晚上，全体试飞队员列队操场。陶斯勇站在队列前宣布：“两件事：第一，首长经过反复考虑，终于同意从明天开始，我们队转入鹞式飞行加力着舰试验，由秦大地同志承担第一撞的任务！第二件事，首长指示，如果第一撞成功或者接近成功，下面要进行第二撞、第三撞，以及为实现成功挂索和逃逸复飞进行的所有课目，都不再准许秦大地同志参与第一次试飞，这些机会，必须留给别人！解散！”众人散开，边走边热烈地议论起来。余涛和谢振宇交换一下目光，原地留下了，等别人都走了，才相向走来，默默对视。余涛首先开口道：“这个光荣应当留给他！”谢振宇道：“然后就是我们！”“不错！”“余涛，努力！”“振宇努力！”二人击掌，掌声代表了他们的内心，又强大又坚定。

又是一个不平凡的夜晚，何一鸣再次带助手走进秦大地房间，对秦大地道：“首长交代的，这一次更要加强防护。对了，秦大队，我要告诉你，这次我们的防护措施更好了，我们也是打一仗进一步！”秦大地道：“能不能稍等一下？”何一鸣看他：“你要是有事，我们可以等一会儿，但不能超过半小时，刘主任交代的，规定时间内你一定要进入睡眠状态！”秦大地道：“这次刘主任不会对我再进行一次医学支援吧？”何一鸣笑道：“不会的。刘主任说，放假前对你进行过测试，你状态非常好，她们管长期的，我们就管今天和明天。我们和她们是铁路警察，各管一段。”秦大地笑道：“行，刘主任不来，那我今晚上就睡得好了！我去去就来！”何一鸣点头，看他走出房间敲门走进陶斯勇房间，并且回手把门关上。陶斯勇看他。秦大地笑道：“瞧你这个表情，好像真发生什么事了一样。啊，我马上要上特护，虽然明天早上还有时间见面，但不如这会儿，就我们俩。”陶斯勇努力抑制内心的不平静，道：“你终于争到了你要的机会，这会儿还有什么话要说？”秦大地道：“坐下说行吗？你干什么呀，搞得比我还紧张！”陶斯勇和他对面坐下来，全身仍然不自觉地紧绷着，道：“有什么话，说吧！”秦大地笑道：“斯勇，你进步了。我以为今晚上你会去找我，送我一程，可你没去！”陶斯勇心中波涛顿起，欲言又止。秦大地看他这样，忽然站起要走，陶斯勇跟着站起来，喊：“大地！”秦大地回头看他，从身上掏出一封信，递给他。陶斯勇道：“这是什么？”秦大地道：“你今晚不跟我提秦熠和我老婆，我还不适应了。这里有封信，交给你。”陶斯勇道：“你也知道给老婆孩子留封信了？”秦大地道：“你什么意思呀，我不是个人哪！我给他们留几句话，万一明天我挂了，有些事情告诉他们怎么处理。”陶斯勇声音高起来：“什么事情怎么处理？”秦大地道：“你这个人！我跟我老婆孩子交代几件身后事，还要一件件跟你讲啊？你什么政治委员呀！”陶斯勇不说话了，有顷才道：“行。”说着，把信接过来。秦大地笑道：“好了，我要上特护，上了特护就不能动了。”陶斯勇急道：“等等！”秦大地笑道：“还怎么着？不就是明天执行一次任务嘛！当兵后我执行过多少次这样的任务了！”陶斯勇努力让自己轻松下来，道：“你以为我要说什么？我想说的你一定不爱听……你写什么信哪，你是杆老枪，连你都这么想，别人会怎样？好好上特护，好好睡觉，一觉睡到天大亮，上去飞一个起落，圆满完成任务……对了，信就不留了！”他三下五除二将手里的信撕碎，扔到垃圾筒里去。秦大地大惊，喊：“哎，哎，你干什么！”陶斯勇道：“就你家里那点破事儿，你有什么好写哪！你这个秦大地，还是小地方出来的，没有大心胸，你就是真挂了，乌晓和秦熠还不知道该怎么办呀？好好睡觉去吧，哪有那么多事！还有，明天上去后要实事求是，感觉能飞就飞，不能飞就不飞，飞不飞不重要，成功才重要……走吧！”秦大地摇一下头，笑了。陶斯勇道：“笑什么？”秦大地道：“我服了你了，行，你这政委，还能升官呢！又进步了，都会做我的思想工作了！好，我走！”他真的拉开门，心情放松地走了出去。陶斯勇却一直站着，心情久久不能平静。

第二天清晨，众人一直等待的时刻终于来了。试飞场上，所有勤务保障分队都提前就位，两家公司的老总梁良和周总也带着专家团队到了，试飞基地自己的摄像及专家团队也各就各位。陈亚红没有站到医疗救援分队的队列里，她选择了一个人坐在救护车里。何一鸣院长感觉到了她的激动，离开了又回来，拉开车门道：“陈医生，今天执行试飞任务的是秦大地大队长，不是余涛同志！”陈亚红道：“我知道！”何一鸣道：“据说今天只进行一次试飞！”陈亚红又道：“我知道！”何一鸣道：“首长提醒我们时刻做好准备！”陈亚红还道：“我知道！”何一鸣又担心起她来了，道：“你……到底怎么样？”陈亚红抖擞起精神道：“院长，别担心，我没问题！我真的已经习惯了！”何一鸣感动道：“我过去了！”看着他远去，陈亚红忍不住打开了车窗，朝试飞场上望去，她知道自己为什么这么激动：即便是秦大地执行第一次高速撞舰的任务，余涛也是第二试飞员，下次执行同样任务的就是他。秦大地今天成功与否，直接影响着余涛和她以及余家所有人的未来。

八时整，张天一在指挥车前迎接衣正邦。衣正邦下车就大声问："各单位都准备好了？"张天一大声回答："是！首长，万无一失，滴水不漏！"衣正邦命令："再检查一遍，完了向我报告！"张天一回答了一个"是"，转身跑向试飞场上的各支队伍，再一次进行了认真检查，然后跑步回来报告："首长，各勤务保障分队全部准备完毕，状态良好！"衣正邦对他道："我关心医疗救护分队！"张天一道："他们也准备好了。为应付意外，首长帮他们从总医院调来的各科专家也到位了！"衣正邦道："好，开始！"张天一转身，打开通话器呼叫："01，01，开始！"随着他的命令，模拟着舰区里，菲涅耳灯光助降系统亮起。阻拦索却依然伏在索沟内，没有升起。试飞大队队列前，今天再次担任临时 LSO 的余涛面向秦大地，"啪"一个立正，举手敬礼。站在队首的秦大地还礼。余涛大声道："中国人民解放军海军特级飞行员、航母舰载机试验试飞大队大队长秦大地同志，请您出列！"秦大地道："是！"他正步向前一步出列。余涛大声道："秦大地同志，准备好了没有？"秦大地大声道："报告指挥员同志，秦大地准备完毕，请求出发！""秦大地同志，万无一失，滴水不漏！""万无一失，滴水不漏！""出发！""是！"

秦大地最后举手敬礼。余涛庄重还礼。秦大地转身欲走，回头望一眼自己的队伍，发现每一双眼睛都望向了自己，所有的眼睛里又都充满着激动、祝福和鼓励。他忽然起了一种冲动，回转身面向队列。吴强第一个忍不住开口："大地，沉着，沉着，第三个还是沉着！"秦大地微笑着点头。王小毛道："大队，冷静！冷静！第三个还是冷静！"秦大地再次点头，目光转向谢振宇。谢振宇举手向他敬礼。秦大地还礼。谢振宇道："大队，一直想问你一个问题。现在可以问吗？”秦大地笑道：“什么问题？问吧！”“一个伟大的飞行英雄，需要具备什么样的素质！”秦大地心中大动，平静道：“振宇，谢谢你！”谢振宇又道：“记住你自己的话，心无片云，静如止水！”秦大地向他扬了扬手，道：“明白！”耿见林也道：“大队，必胜！”全大队异口同声大喊：“大队，必胜！”秦大地走过去一一和众人握手，最后竖起拳头道：“必胜！”他最后走向吴强。吴强道：“大地，有句话我不想说！”秦大地道：“那就不说！”吴强道：“一定得说！”“那就说！”“还有什么话要留下！”秦大地沉思有顷，笑道：“没有了！所有的事都在‘五一’长假时解决了！”吴强努力不让泪水涌出，做出高兴的样子，道：“我想听到的就是这句话。祝你成功！”众人看着秦大地转身大步走向飞机。康延成目光湿润，不看身边的谢振宇，道：“大队会成功吗？”谢振宇道：“他已经成功了！”康延成疑惑地看他。谢振宇道：“他让他身后站出了一群像他一样的人，站出了整整一支队伍！我从没有像今天这样感到荣耀和幸福，因为……我也站在这支队伍里！”

模拟着舰区内，秦大地已经进入驾驶舱，关闭舱盖。他让自己平静了一下，做准备工作，然后开通通话器呼叫：“00，00，我是01，请求起飞！”指挥车前的衣正邦直接从参谋手里夺过送受话器回答：“01，01，我是00，我是衣正邦，你准备好了吗？今天我直接指挥你！”他立即听到了回答：“01明白！ 01准备完毕，可以起飞！”衣正邦道：“01，请您起飞！”秦大地回答了一个“是”，只一个动作，飞机便开始滑行，然后迅速升空。

试飞场边缘，每个人都激动地望着这架升空的战机。康延成开口道：“大队果然厉害！”耿见林回头问：“你说什么？”王小毛道：“不要吵！大队怎么说的？‘心无片云，静如止水’！”众人都不说话了。指挥车前，衣正邦望着重新临空的战机再次呼叫：“01，01，报告你的状态！报告你的状态！”他马上听到了秦大地的回答：“状态很好，01请求执行着舰程序！状态很好，01请求执行着舰程序！”衣正邦略一沉吟，道：“01，我是00，我要求你再对着舰准备工作做一遍检查，我要求你再对着舰准备工作做一遍检查，完毕请报告！完毕请报告！”空中舰载机内的秦大地再次冷静地做完了所有检查动作，报告：“00，00，01呼叫，01重新检查完毕，可以着舰！01重新检查完毕，可以着舰！”张天一等人专注地望着衣正邦，衣正邦道：“大地，记得我给你讲过的故事吗？”秦大地怔了一下，道：“首长，你跟我讲了那么多故事，说的是哪个故事？”衣正邦道：“上战场的故事，打仗的故事！过雷区的故事！”秦大地回答：“想起来了！首长当时说，走进雷区，才发现了雷区！”“这个时候最要紧的是什么？”“发现地雷，如果没有时间排除，就绕开它！”“今天你的感觉里有地雷吗？”秦大地迟疑了一下才道：“有！”“告诉我，哪一种地雷？是拉发引信地雷还是压发引信地雷！”秦大地回答：“地雷在我心里。但现在我发现它了！谢谢首长提醒了我，现在我懂了，和将来在航母上每天都要进行的着舰相比，这就是一次普通的着舰！”衣正邦大声道：“说得好！就是一次普通的着舰！现在听命令！——01，01，00同意着舰！00同意着舰！”秦大地在空中回答：“01明白！”衣正邦又道：“随时报告你的动作！”秦大地的声音又传了回来：“01明白！01现在开始执行着舰程序！”张天一和众人一起朝空中望去，发现空中的秦大地机已经开始绕地面的着舰甲板做矩形盘旋，同时开始迅速降低高度。

试飞大队队列里，康延成低声激动道：“老谢，看出来了，大队正在执行你和余涛的着舰程序！这是在做矩形盘旋，降低高度到Q，寻找灯光下滑通道！”没有人回答他，所有人的心现在都在空中那架高速撞击下来的战机上、在驾驶战机的那个人身上！

这时从高空中急降下来的秦大地已经行云流水般完成了最后一个矩形转弯，开始寻觅机场着舰区，他屏气凝神，迅速捕捉到了灯光下滑通道，开始呼叫："01报告，发现灯光下滑通道！高度Q，功角L！进入灯光下滑通道！”他马上听到了衣正邦的回答："注意用点，用灯，油门保持，功角保持！”已经进入灯光下滑通道的秦大地做油门加力，用灯、用点，同时操纵杆保持功角，报告："01明白，转入鹞式飞行，用灯、用点，功角保持L！”衣正邦鹰隼一样锐利的目光盯着正在降落的飞机，大声鼓励他道："很好！注意根据风速调整功角到最佳状态！”空中的秦大地一边回答着“01明白”，一边用操纵杆一点点调整功角，舰载机以极高的速度朝下方着舰区撞去。试飞场内外所有人的目光都盯紧了高速着舰的秦大地机。谢振宇发现自己激动得难以自已，余涛忽然伸手过来，紧紧抓住他的手。救护车内，陈亚红也半身探出车窗，望着轰鸣着撞下来的舰载机，忽然捂住眼睛，低头不敢再看，尽管经历了许多，她还是浑身发抖。

空中，舰载机仍在高速下降。秦大地继续用杆调整功角，功角一点点升到L。同时他的目光也一直盯着灯光助降系统的中心点。飞机以极高速度撞向着舰区那个在他的视野内出现得越来越大的白色圆点，发出巨大的声响，然后迅速向前滑行。座舱中，秦大地用力控制飞机，终于让它停了下来。试飞场上开始还是一片平静，接着就爆发出雷鸣般的欢呼和掌声。王小毛率先大叫："大队成功了！”众人大喊："成功了！”余涛激动地回看谢振宇，道："大队成功了，准确着舰！”康延成也在喊："像打枪一样准！这就是说，鹞式飞行加力着舰的办法是对的！撞击着舰的办法是对的！”吴强第一个想起来，叫道：“快去看看大地！”陶斯勇被提醒了，叫：“快！”众人以百米赛跑的速度奔向舰载机。指挥车前，衣正邦正在通过送受话器对何一鸣院长大喊：“医疗队在哪里，快上呀！”接着，他自己也甩掉送受话器，带着张天一等人跑向飞机。两家公司的专家席上，一直紧张地抓紧自己胸口的梁良也回身对随员大叫：“快去看我们的飞机！”另一位老总周总也对随员喊：“快去检查着舰重力监测器，看撞舰的一瞬间冲击力到底有多大！”他们两人分别带自己的团队飞奔过去，但没有谁比救护车更快，还是它最早驶到了飞机前停下。陈亚红随众人下车，突然回头看到了已经跑过来的余涛，但这时她能想到的也只是飞机上的秦大地了，不顾一切地冲了上去。

很快众人就将秦大地从驾驶舱里扶了出来。最先赶过来的吴强两眼湿润，结巴道：“大……大……大地，怎么样了？”谢振宇和陶斯勇接着上来，一起喊道：“大队，感觉怎么样？”“挺得住吗？”余涛也挤上前喊：“大队，怎么样？”他根本没有注意到就在自己身边的陈亚红。秦大地尽可能平静地看着大家，道：“你们看我怎么样？我不是挺好嘛！”谢振宇热泪盈眶道：“大队，我们成功了！加力撞击着舰！这办法行！”秦大地点头，道：“振宇，这首先是你和余涛的功劳，我今天飞的是你和余涛编制的着舰程序！”陈亚红完全恢复到医生的角色，喊道：“让开！担架！快把秦大队扶到担架上去！”何一鸣带人七手八脚将秦大地送上担架，推向救护车。秦大地喊道：“我没事儿！”衣正邦赶过来了，喊：“大地，你怎么样？”秦大地已被送进了救护车，回答：“首长，我没事儿！”陈亚红上车，对众人喊：“快走！”何一鸣带众医生护士上车，救护车鸣笛开走。救护车中，担架上的秦大地要坐起来。陈亚红马上制止：“不要动！”秦大地无奈道：“我真的没事儿！”

陈亚红寸步不让，喊道："没事儿也不行！"又回头道："院长，快把秦大队身上的监测卡取出来，车一停马上送检验室！"何一鸣拍自己脑袋道："哎哟，我差点忘了大事！"回头对一护士大叫："小张，这件事交给你！"一名小护士答应着，众人开始从秦大地腰部取出人体医学监测卡来。到了这一刻，秦大地不再反抗，他闭上眼睛躺着，任他们忙成一团。

救护车带走了秦大地，但模拟着舰区的忙乱并没有结束。梁良带着他的随员围着起落架检查损伤。一名年轻的工程师拿出检测数据，激动道："梁总，太好了，歼-15经受住了考验，毫发无损！这说明我们的结论是对的，不但今天这么一撞，就是以后千百次撞击着舰，也不会有问题！"梁良道："不要这么快下结论！马上送飞机去检测！"在着舰区的地下监测室里，周总和他的人也在盯着一台打印机，看它飞快地打出一串数据。一名年轻的技术员将数据递给周总。后者看数据，回手交给随员，道："马上拿去分析！"

这天下午，等衣正邦带张天一等人走进基地医院，秦大地刚刚从检测床上走下来。他吃惊地看着衣正邦，笑问："首长，您怎么来了？"衣正邦哼一声道："我怎么能不来？你怎么样？"秦大地道："我很好。我一直都说自己很好。他们不信，非把我弄来，结果全方位检查了一通，还是没问题！"衣正邦回头看着闻讯赶来的刘敏洁、何一鸣和陈亚红，问："真的？"何一鸣抢先道："报告首长，是真的！经过检测和对人体医学监测卡记录的详细分析，虽经过了这一撞，秦大队的身体尤其是主要器官，没有任何问题！"刘敏洁却向前走了两步，看着秦大地道："我要再问问你的感受！尤其是撞舰后，自个儿有没有过哪怕一瞬间的恶心，有没有想吐？"秦大地想了想道："还是有一点，但我知道这是个习惯问题，习惯了就不会了。”刘敏洁对衣正邦道：“我没有问题了。”衣正邦仍旧不放心，又道：“大地，我再问你，飞机的整体操作系统，你觉得是不是像撞击前一样可靠？没有觉得哪里有问题？”秦大地又想了一下，道：“报告首长，至少这次没有！”衣正邦道：“下一个问题。谢振宇和余涛的程序呢？真的可以继续让大家以这个程序为基础，搞出我们自己的一套着舰程序？”秦大地这次的回答非常肯定，他说：“是！报告首长，我建议下面就让余涛和振宇来飞，由他们自己执行他们编制的着舰程序，一定会有更多体会！我还建议由他们两人主持这一着舰程序的完善和提高！”衣正邦道：“哦，可以考虑。当然，基地和地方两家公司的专家团队都要参与。我们一定要搞出一套中国人自己的着舰程序！我的要求只有两点：一是准确，二是安全！一个都不能少！”秦大地趁热打铁，道：“是！如果经过余涛和谢振宇的试飞，这个程序基本可用，我们下一步就用它进行着舰训练，只有在陆地上练好了，大家才可以上舰。这个过程中，仍然可以完善程序！”衣正邦回答：“很好，就这样定了！”何一鸣一直站在旁边插不上话，这时终于扶了扶眼镜，对秦大地道：“秦大队，我是个不善于表达感情的人，可是今天，我想和你拥抱一下，行吗？”秦大地道：“行！我们拥抱！”两个人热情地拥抱在一起。众人欢呼、鼓掌，个个眼里都充满了感动。

当天晚上，试飞大队多功能厅内，气氛高涨。秦大地正在讲话：“……我上面讲的是经过。下在我讲技术环节方面的问题。经过地方和我们海军自己的专家团队的研究分析，又经过这次试验试飞，大家认为谢振宇同志主持、余涛同志参加编制的这一套着舰程序基本上是正确的，它的最大贡献是把准确着舰的方法找到了。大家鼓掌！”众人热烈鼓掌。秦大地示意大家安静：“技术虽然被我们发现了，但仍然存在两个问题，一个是加力着舰，到底要加多少力，是不是力越大越好，我这次试飞提供了一个答案，但也只是一个答案，我刚才已经把答案告诉大家了。在下一步的试验中，每个同志都要根据自己的体会拿出一个答案，将来这些答案综合在一起，经过分析计算，就能找出一个常数，也就是说，到了那时，我们也就找到了那个最合适的加力的度！”这一次谢振宇、余涛带头鼓掌，众人跟着鼓掌。秦大地道：“行了行了！不要激动。同志们，和这次试验相比，后面的试验，尤其是加力着舰挂索和加力着舰失败后成功实现逃逸复飞，才是更重要的，为什么？因为准确着舰成功挂索技术，以及挂索失败后成功逃逸复飞的技术，才是我们要攻克的舰载机着舰的两大关键技术，在这两项技术中，挂索不成后成功实现逃逸复飞又是关键中的关键。我要说的就这些。大家有什么问题？”谢振宇举手。秦大地看他：“振宇，你有什么问题？”谢振宇站起，道：“请大队讲一下，第一次模拟撞击着舰时，总指挥提醒大队绕过雷区，什么意思？”余涛道：“对，我也正想问这个呢！”众人情绪热烈，都道：“对对，我们也想知道！”秦大地道：“好吧，我来讲讲这件事。当年首长曾经跟我讲过他上战场的一段故事。也是在战场上，他跟随所在师的首长转移战场，忽然发现大家进入了敌人的雷区。当时草很深，敌人撤退得很仓促，所有的雷都是临时布设的拉发引信地雷，又叫绊雷，就是那种你撞到了绊线才会爆炸的雷。当然也有一些埋在地下的压发引信地雷，啊，就是那种你踩上了就会爆炸的雷。这时全体停下，看师长。师长说，时间不允许我们停下来排雷，绕过去！大家就问怎么绕过去，师长说，凡是被敌人仓促布设了绊雷的地方下面肯定没有压发引信地雷，我们从这里绕出去就能走出雷区！没有绊雷的地方反而不安全。结果，他们一路绕过那些绊雷，成功地走出雷区，没有一个人伤亡！”谢振宇听懂了，大力鼓掌。众人热烈鼓掌。秦大地道：“安静，我还没说完呢。首长后来说，这件事给他一生很大的启示。在战争中，有时候最危险、到处是雷的地方，恰恰可以用绕过去的方式通过。第一是不要怕，第二要相信你可以通过。通过后就是胜利！”众人要鼓掌，谢振宇再次举手，道：“大队还是没讲这次你自己绕过的雷区是什么？”秦大地道：“哦，这个我忘了。我绕过的雷区是，升空后的一瞬间，我老在想这次撞击是我也是本大队进行的第一撞，我要沉着、冷静，如何如何，但是首长及时提醒了我，要我注意雷区，我一下子就想起来了——”王小毛大声插话：“想起来了什么？”秦大地道：“同志们，我想起来一件事！和舰载机将来在航母上的千百次起降相比，我今天进行的不过是最普通的一次着舰。这么一想我立马就轻松了，我的心变得没有一片云，静如止水……这就是首长让我绕开的雷区！”众人的掌声热烈而长久，人人心情都是那么激动，谢振宇的心情尤其如此，他一直在大力鼓掌。今天不只是全大队的节日，他觉得更是自己的节日，因为他一直思考的那个问题——一个人在任何情况下如何才能做到战无不胜，有答案了。

第二十八章

基地医院中心小花园，陈亚红和余涛终于见了面。陈亚红没事人一样看余涛道：“你怎么来了？今天不是周末呀？你没事吧？”余涛道：“亚红，我打电话问了爷爷，都知道了。现在我要说的话只有一句，我不需要你为我做这样的牺牲！”陈亚红早就为这一刻做足了准备，反驳他道：“说什么呢，谁为谁做牺牲？”余涛心中感动，这时都不敢看她了，道：“你本来要出国读博的，你的专业这么强，深造几年会成为国内一流的脑外科专家……我当初同意离婚就是想让你实现自己的理想，可后来你突然改了主意，我就有些疑惑……我真是傻到家了，完全被你蒙在鼓里……可我现在明白了……再说一遍，我不需要你为我做这样的事！我们本来各自就有各自的人生。”陈亚红道：“原来你不是来看我的，你兴师问罪来了。那你可以走了！”余涛不为所动，道：“我需要一个解释。”陈亚红道：“没什么好解释的。我是你老婆吗？管我的事！”她转身要离开，余涛一把拉住她，要说什么，两个人都不觉回头望去，原来是冯汝萍出现在园中甬道尽头，手里还提着一个保温的食盒，她正惊讶地看着余涛和陈亚红。余涛大惊，叫："妈！"冯汝萍看陈亚红道："亚红，余涛怎么在这里？"余涛急急向母亲跑过去，道："妈，现在你马上告诉我，你怎么也在这里？"冯汝萍笑看了一眼陈亚红，回头道："妈怎么在这里，因为我的亲人都在这里呀。你坐下来，听妈跟你说。"陈亚红走过来扶她坐下，道："妈，别跟他说！"余涛打开母亲手中的食盒，嗅了一嗅道："好香，这是什么？"冯汝萍夺过食盒道："等等，给亚红熬的，养胎用的。"余涛又是一惊："养胎？"陈亚红要岔开话题，对冯汝萍道："妈，我跟你说过，挺远的，路上这么多车。"冯汝萍摆手道："不远，车不多，这地方空气又好，妈每天走一走，就当是活动了。"余涛急道："等等，陈亚红，你甭打岔……妈你刚才说什么？什么不远，你从哪里来的？"冯汝萍道："亚红，还是让他知道吧……余涛，我现在让保姆看家，自己在这附近租了个房子，亚红不值班晚上就跟我住。我待在家里干什么？她怀着我孙子，我留在家里没法照顾她。这事没告诉你，是我的意思，你不要责怪她，我是怕分你的心。"余涛什么都明白了，一把将陈亚红扯到一边去，道："现在你可以告诉我孩子是谁的了吧？"陈亚红又骄傲又幸福道："这跟你什么相干？"余涛激动得结巴起来，道："我……我……我是说……我们结婚三年，你……你……你什么动静都没有，离婚了你就……我现在不是你什么人，当然不会干涉你……可是你不能骗妈！"陈亚红笑道："你忘了妈让我吃的那药丸子了？"她甩开余涛，走回去和冯汝萍坐在一起，打开食盒喝了一口，故意喊："真好喝！"余涛什么都明白了，但一时又难以完全相信是真的。陈亚红有意在冯汝萍面前撒娇，一口口地喝汤，夸道："妈，这汤真好喝！为了这么好喝的汤，我还要生一个呢！"余涛终于平静下来，看她喝汤，等待着。陈亚红回头道："你怎么还不走哇？还有事？"余涛道："你先喝汤，喝完汤我再说。”

余涛顺着园中甬道一直往前走。陈亚红跟上来。余涛回头看，发现母亲离他们足够远，已经听不见他和陈亚红的谈话，才道：“孩子多大了？”陈亚红道：“几个月了你还不知道？”余涛道：“为什么一开始不对我说明？”陈亚红道：“我为什么要对你说明？跟你什么相干！”余涛道：“我今天就回去打报告，我们马上复婚！”陈亚红道：“谁跟你复婚？我现在自由自在，挺好。”余涛道：“孩子呢？”陈亚红道：“孩子是我跟野男人生的，跟你没关系，别瞎操心！”余涛不理她的疯话，道：“妈怎么到了你这里？她是不是什么都知道了，连我正在做什么全知道？”陈亚红道：“好像是。”余涛不安起来，激动道：“她怎么知道的？不会是你——”陈亚红道：“你自己告诉她的。她打电话给刘敏洁主任，还不是什么都知道了！”余涛大惊：“妈知道我在舰载机试验试飞大队当试飞员？”陈亚红道：“对！”“她还知道你有了我的孩子，这样妈就跟你到这地方来了？”陈亚红眼睛湿润了，道：“余涛——”“什么？”“跟你结婚好几年，你对我说了那么多话，就一句说对了！”“哪一句？”“妈比你、比我们想象的更坚强！”余涛说不出话来了。陈亚红对他道：“你不是有什么话要说吗？”余涛控制着自己情绪，道：“让妈回去，你也走。”“为什么？”“我会去见你们何院长的。亚红，你知道吗？你这回把我都弄感动了。但你现在有了孩子，妈也到了这里，以后我每天登机时都会想，我老婆和我母亲，还有我的孩子，都在为我担心，这会干扰我的！我不想被你们这样干扰！”陈亚红嘴上还在说：“谁是你老婆！”余涛道：“好好听我说完！我回去就见衣总指挥，以我自己的理由请求他把你调回总医院。你回城里去，妈才会随你回去，不然她是不会回去的！”陈亚红道：“你以为离开这里，我们就不会为你担心了？”余涛沉默了。陈亚红道：“我们——我、妈、孩子，还有爷爷——既然你是我们的亲人，替你担心就是我们的本分。除非你不飞！”“你知道那不可能！”“你知道不可能就够了，我们也不可能！”余涛道：“可你们这样做，我就做不到心无片云、静如止水。舰载机起飞和着舰技术是世界性难题，我出身飞行世家，现在是本大队第二试飞员，我的任务很重，即使牺牲，也责无旁贷！”陈亚红终于心软了，激动地看着他道：“如果我们只有这样做才能让你的心静下来，我们就……我有句话要说，别说我矫情！如果你真希望这样，只有我们离开，你才会心静如水地去飞，我和妈，还有孩子，会听你的话，离开这里。可你要记住，你不是一个人在飞，妈、我、孩子，还有爷爷，我们都和你在一起，都鼓起了全身的力气，要帮你过这一道坎！你不会让我们失望的！”“好了，别的不用说。你们走了，才是对我最大的支持和帮助！”陈亚红努力抵制住要夺眶而出的眼泪道：“我知道了！你走吧！”

医院大门外，余涛上了越野车。耿见林对他道：“怎么了？你的眼圈都红了。”余涛道：“见林，我疏忽了，我妈什么都知道。还有，亚红有了孩子。”耿见林道：“你打算怎么办？”余涛一直在感动中，目视前方，半晌道：“好好飞！尽快完成全部试验试飞任务！中国海军过了这一关，我妈、亚红、爷爷，还有孩子，才能过了这一关！——走哇！”越野车飞快地驶上了海滨公路。

试飞大队多功能厅内，秦大地再次对全队讲话：“经过上一阶段的试验试飞，准确着舰的关键技术我们已经突破，下面要进行的是全员训练试飞！开始这个课目之前，首先我们要解决的是全员掌握鹞式飞行技术。为了让大家更快地熟悉这项技术，我们今天请谢振宇同志和余涛同志分别给大家授课，并进行示范飞行！理论上搞通了，下一步要根据他们二人编制的模拟试飞程序，到基地飞行模拟器中心进行模拟操作训练，然后，开始实飞！”众人都鼓起掌来，看谢振宇和余涛。秦大地道：“还有一件大事，我说一下。首长交代，从第一次实飞起，每个人的每一次试飞都要由地方和基地的三个专家团加上我这个临时LSO现场打分，将来模拟训练结束，全员转到海上实飞，就不再进行第三次队内系列对抗竞赛排试飞顺序了，要根据大家积分的多少排名决定由谁第一个执行着舰任务！大家明白没有？”众人被这个消息震撼了。秦大地大声道：“到底明白了没有？”这时大家才齐声回答：“明白了！”“那好，现在请谢振宇同志第一个讲鹞式飞行！余涛准备！大家鼓掌！”谢振宇示意掌声停止，道：“谢谢大家的掌声。其实大家都明白，在本大队，最早懂得鹞式飞行技术的人是秦大队。但是，既然大队让我和余涛先讲一讲，我就先讲一讲自己的体会，就算抛砖引玉，大家真正学鹞式飞行，还是要听大队和余涛讲！”秦大地、余涛带头鼓掌，谢振宇已经转过身去用粉笔在黑板上画出一条抛物线出来。

中午十二点整，试飞大队营门外，柳尼娜站在自己的红色小轿车前等待。康延成跑出来，看见她，急急跑过去。柳尼娜欢喜道：“怎么才出来？让人家等半天！”两人上车，康延成埋怨道：“哎，你怎么这个时候来了？”柳尼娜道：“这个时候怎么不能来？今天我换休，想你，就来了！”康延成道：“吃饭没有？”“没有！”“走，我带你找地方吃饭去！”柳尼娜道：“不能进去吃呀？”康延成道：“不能！你来了大家该笑话我了，现在我们这里正是较劲的时候！”“骗你呢，我吃过了！”见康延成不停地担心地回头朝营区里看，柳尼娜道：“哎，往哪看呢？”康延成这才回头笑道："哎，我儿子怎么样？"柳尼娜满意了，道："呸，一说到你儿子你就来劲，他能怎么样？哎，又说是儿子，要是个姑娘呢？"康延成道："姑娘我也喜欢！我巴不得呢！"柳尼娜心花怒放，道："早着呢，还没动静呢，你也关心关心我！"康延成道："我不是在关心吗？不吐了吧？"柳尼娜得胜似的道："过去了，不吐了。"康延成又回头朝营门里看。柳尼娜抱住他亲了一下。康延成紧张道："别，让人看见！"柳尼娜撒娇道："看见怎么样？我又不是偷人！"康延成还是担心道："你不是偷人，可在这里影响不好！"柳尼娜放开了他，道："行，看到你了就行了。我也知道你这里不欢迎我们娘儿俩，我们走了！"说着，她开始发动车。康延成叫："哎，就这么走了？"柳尼娜又熄了火，道："怎么，舍不得我走了？"康延成道："有点。"这次是他主动亲了过去。康延成忽然想起一件事，抬头道："夏初去了接舰部队训练营，怎么样了？"柳尼娜哼了一声道："你怎么关心起别人来了？现在要关心的是我！"两人又亲热了一阵子，柳尼娜主动抬头道："想知道什么？"康延成道："我想知道夏初去了接舰部队，现在怎么样了？"柳尼娜吃醋道："这和你什么相干？你可是有老婆的人了！"康延成道："我是有老婆了，可我的朋友还没有。"柳尼娜道："你什么意思？"康延成道："我觉得夏初和老谢的事没完，也不该就这么完。"柳尼娜欲擒故纵道："怎么的？谢振宇还想着夏初？想让我捎话儿？"康延成不说话了。柳尼娜急了，道："你这个人！一到裉节上就不说了！说话呀！"见康延成笑，又道："笑什么？"康延成看表，拉车门下车，道："午休时间结束。尼娜，你回吧，周末有时间我就回去，但恐怕有一阵子周末也不会放假。对了，以后没联系好，你不要像这样突然袭击，说跑来就跑来。"柳尼娜不让他走："等等，你话还没说完呢！你刚才说谢振宇还想着我们夏初？”康延成摆手道：“我猜的，你怎么知道谢振宇下决心让夏初离开，不是因为爱她？”柳尼娜心中大悟，叫道：“爱她？”康延成道：“振宇眼下正在成为试飞大队新一代领军人物。坦率地说，他每天都有可能牺牲。如果我是他，你是夏初，我也会拒绝你！”“哎哟，我明白了！”柳尼娜道，重新发动车。康延成道：“你怎么啦？”柳尼娜又下了车，跑过来亲一下康延成，泪眼模糊道：“延成，亲爱的，我走了，下周末你们不放假，我还会来，不让我一周见你一次我可受不了！谢谢你告诉我谢振宇的消息，夏初要是知道了，会高兴死的！”她哭了起来，推开康延成开车走，又回头向丈夫使劲招手。

接舰部队训练场上，一名军士长带着一队女兵正在器械训练。众女兵有的爬软梯，有的走上下螺旋梯、高低横木，攀绳网，爬轮胎攀台，做摇摆平台，晃动横梯。夏初和大家一样，正在一名士官指导下攀绳网。她爬得满头大汗，终于奋力攀了上去。士官大声道：“归位，再来一次！”夏初跑下来，第二次从下面向上攀爬。士官又道：“归位，再来一次！”夏初又下来做第三次，手一滑掉落下去，幸好眼疾手快抓住了网，大口喘起气来。士官大声训斥起她来：“怎么搞的，快！快爬上去！像你这样的，怎么能上得了航母！”夏初听了，咬紧牙关，再一次用力攀爬了上去。

辽宁舰首任舰长、政委陪着衣正邦走进训练场。值班军士长跑步赶来敬礼，大声喊：“报告，海军001号舰接舰部队选拔队正在训练，请指示！”衣正邦还礼道：“继续训练！”军士长道：“是！”他转身让开路。舰长对衣正邦道：“首长请！”衣正邦走几步又站住，看着训练现场，又看舰长、政委，满意道：“看着还不错。怎么样？现在你们对于女兵上舰，有信心了吗？”舰长、政委互视，都笑了。衣正邦道："明白了，还是没转过弯子来。对女同志你们就这么没信心？"舰长道："报告首长，我们听您的！只要首长有信心，我们就有信心！"衣正邦道："这是什么话！首长的信心从哪儿来？从部队来！你们一个舰长、一个政委，都没信心，我这个首长怎么会有信心！"政委解释道："首长，其实也不是没信心，是没经验！"衣正邦道："没经验可以通过实践去总结。世上的事总会有第一次。部队好不好，关键在领导；班子行不行，就看前两名。你们俩就是这条舰的前两名，将来这条舰能不能搞好，就看你们俩；同样，女兵队能不能搞好，就看有没有一个好的女兵队长！"话说到这里，政委的表情认真了，道："干部部门帮我们选了七名，经过前一阶段训练和综合考评留下了三名，都不错，我们准备再经过一个星期的训练摸底，选出最后留下的那一个！"衣正邦道："选好了女兵队长，下面就是挑选上舰的女兵，她们是中国海军第一批登上战斗舰艇的女兵，开创历史的一代女兵，应当选好，各方面素质都要高，将来能和各国航母女兵有一拼！"舰长报告道："素质都没问题！过去招女兵，要求文化程度初中以上，后来提高标准，高中以上，这次我们在海军女兵训练团挑选，全部大专以上，三分之一大学本科，还有一个动漫专业的硕士，只差一年就毕业，却选择保留学籍，参军报国。就是——"衣正邦看他脸上的表情，问："就是什么？"政委接过话头道："全都是90后，新新人类，时尚，前卫，新潮，说话都和我们都不一样！"衣正邦听不明白，皱眉道："她们不说中国话？"舰长笑道："还真让首长说对了！"衣正邦看他，等他做出解释。舰长道："有时候就是不说中国话，英语、法语，还有说阿拉伯语的，要不就是喜欢在中国话里夹七夹八地来上一些外语单词。"衣正邦道："那还是说中国话嘛！"政委道："但不是我们说的中国话，是她们自己的话，网络语言！”衣正邦道：“举个例子！”政委道：“我不叫我，叫偶。喜欢不说喜欢，说稀饭。过奖不是过奖，是果酱。”舰长也道：“这样子是酱紫。吃饭是饭饭。照片是片片。长得难看的女孩子是恐龙，受不了刺激行为失常是抓狂。好孩子是猪娃。爆头就是把某人脑袋打开花。有时还用数字给你说话。”衣正邦听了，想一想道：“还挺暴力。数字也能说话？”艇长道：“9494，就是就是；4242，是啊是啊；7456，气死我了；886和88，再见；847，别生气；987，就不去；555，就是哭了。”衣正邦目视前方，想了一会才道：“看来让女兵上舰，是有道理的！”舰长笑问：“首长，什么道理？”衣正邦道：“这才几天，你们俩进步这么大，连网络语言都会说了，这不是道理？”舰长、政委一时间都笑了。衣正邦站住道：“好了，把你们认为吃不准的叫几个来，我见识一下，还有你们预选的女兵队长，也让我见见！”

看舰长、政委都在笑，有点迟疑，衣正邦道：“怎么着，她们还能吃了我啊？”

舰长不再说什么，对一直跟在身后的值班军士长道：“去把马晓蓝、曲婷婷、欧阳剑侠喊过来。还有，等会儿去候选的女兵队长中，把夏初喊来！”军士长答应一声跑走。衣正邦觉得最后这个名字有点耳熟，问：“夏初？”政委道：“对，就是那个从国外回来的管理学博士，开始我们觉得她最不靠谱，经过一段时间观察，我和舰长都认为她可能最靠谱。”衣正邦心中一动问：“怎么会有这么大变化？”舰长笑道：“很简单，她这个海归博士是军营里长大的，父母都是军人，还都是烈士。另外就是决心大。她向我们表态，如果不能以女兵队长的身份上舰，以女兵身份上舰也愿意！”衣正邦道：“这倒奇了，还有宁愿放弃军官身份上舰的？”政委道：“首长，和这些人打过一段时间交道后我才明白，世界变了，这一代人将来肯定比我们强，她们根本不在意我们过去在意的东西，人人都要照自己的理想活出精彩！”衣正邦停了一会儿才道：“就凭你这番话，我不用和她们见面，就同意这批女兵上舰了！”

这时有三名女兵已经来到衣正邦面前，举手敬礼，喊：“首长好！”衣正邦还礼，看她们三人，回头对舰长、政委道：“我看她们也没有多长一个鼻子两只眼嘛！”舰长笑道，走上去介绍：“首长，这位是马晓蓝，这一位是曲婷婷，这一位就是欧阳剑侠。”衣正邦问：“有没有天山童姥？”三个女孩子相视一笑。衣正邦道：“你们笑什么？”欧阳剑侠道：“我们惊讶，原来首长也知道天山童姥。”衣正邦道：“你们以为我只知道上班、下班、工作、休息，别的事全不知道！”三个女兵又笑了。马晓蓝勇敢道：“首长，我们错了！小看首长了！”三人又相视而笑，还相互眨眼。政委道：“哎，严肃点儿！”三人马上屏气凝神，立正站好。衣正邦喊口令道：“稍息！啊，听说你们都讲网络语言？能说几句给我听吗？”曲婷婷道：“分特。”衣正邦道：“什么？”三个女兵又笑。衣正邦道：“解释一下！”政委道：“就是晕倒。她是说，首长要她们讲网络语言，她们要晕倒了。”衣正邦道：“怎么我要你们讲网络语言，你们就是晕倒？”马晓蓝道：“因为首长不懂，我们就是讲了，你也不明白，还要我们解释，我们不是要晕倒吗？”衣正邦道：“我可以学嘛，连外语我都学过。”欧阳剑侠道：“首长还懂得外语？”衣正邦道：“小看我了吧？我年轻时因为要干海军，不但学过英语，还学过俄语呢。”曲婷婷道：“真的？首长大虾！”衣正邦道：“大虾？”舰长道：“就是高手、老手、大侠，了不起！”衣正邦对三个女兵道：“承蒙夸奖。好了，说说，为什么都要来当海军？”三个女兵互视。马晓蓝道：“首长，可以说实话吗？”衣正邦道："当然要说实话。"马晓蓝道："我爸爸骗我来的！"众人笑起来。衣正邦道："别笑，听着像实话。你爸为什么要骗你来当兵？"马晓蓝道："我爸讨厌我。说我本科毕业后老在家里上网，也不出去工作，他就说送你当兵去吧，没经过我同意就给我报了名！"衣正邦道："你本科毕业，为什么不出去工作，要待在家里上网？"马晓蓝道："去找了几次，但没有一个是我喜欢的，就不去了。"衣正邦道："那为什么就愿意当海军呢？"马晓蓝道："我爸当过兵，骗我说，部队多么有意思，你在家打海战类的游戏多没劲，到了海军是真枪真弹，打起来才有意思呢。我就来了！"众人又笑。衣正邦看曲婷婷道："你呢？怎么来当了海军？"曲婷婷道："报告首长，我和包子一号的情况不同。"衣正邦道："等等，包子一号？"马晓蓝举手要打曲婷婷。曲婷婷机灵地躲开。舰长笑道："首长，她们把长得不太好看的女孩子叫做包子。"衣正邦道："明白了，接着说。"曲婷婷道："失恋。我十五岁就交男朋友了，处了六年，等我本科毕业，他移情别恋，我当时想，要不就去当兵，要不就自杀！""你选择了当兵？""对。"衣正邦道："你的选择很正确。欧阳剑侠，你先告诉我，你为什么有一个这样的名字？这听起来像武侠小说中的人物。"

欧阳剑侠笑道："首长，你果然可以和我们做朋友。首长说到武侠小说，离我学的专业就不远了。"政委道："欧阳剑侠原名李丹丹，在中国艺术大学动漫专业读研究生，还有一年就毕业。名字是她自己开始独立出作品时改的，不是艺名，是正式的名字。"衣正邦道："欧阳剑侠，看样子是想做剑侠，但怎么又来当了海军呢？"欧阳剑侠道："我男朋友逼的！"衣正邦不觉一笑，道："这又奇了，你也有男朋友？"欧阳剑侠道："早就有了。我今年二十三岁，十八岁上大学，就被他追上了。去年我的一部作品拿了国际大奖，几家公司要签我，保底年薪一百二十万，作品赢利四六分成，男朋友就逼着我和他结婚，我差一点就答应了，可是有一天和他坐车去王府井看婚纱，突然发现许许多多人挤在那里，乱哄哄的，一下子就觉得将来我的日子和这些人没两样，结婚生子，挣钱养家，买房子买车，我的人生之路清清楚楚地摆在我面前。”“那又怎么样？”“首长，你怎么说那又怎么样？那样我就完了！我忽然觉得要反抗，我一激动，就报名当了海军。”“你男朋友怎么办？”“他能怎么办？现在天天给我写信，各种甜言蜜语，但是我也不大信，因为都是从网上荡下来的！”众人又笑了。欧阳剑侠也跟着笑。衣正邦道：“好了，你们三人的情况我熟悉了。怎么样，这兵当的，还扛得住？”三人“啪”一下立正。马晓蓝先开口道：“首长这是什么话，怎么叫扛不住？不要小瞧我们，不是我们想要的生活，让我们扛我们也不扛；我们想要的，无论多么惊险刺激，都扛得住！”曲婷婷接着道：“首长说的扛不住，是想说我们吃不了苦。首长，我们小时候没吃过苦，所以会把当兵后吃苦看成是一种惊险刺激的经历！”衣正邦道：“那就是说，没什么了？”三人又是一个立正，大声道：“没什么！我们扛得住！”衣正邦满意道：“稍息！你们可以回去训练了！”三人回答：“是！”转身跑步离去。舰长、政委看衣正邦。衣正邦道：“我有句话真想说出来呀！这些孩子们上舰，只会给中国第一艘航母增加正能量，将来一定比我们强！好了，去把那个夏初喊过来吧！”转眼他又改了主意：“不，还是我们先走过来看看她的训练状态！国外学管理回来的，又是烈士的后代，知识和初心我不担心，我担心的是她的体格能不能扛得住航母上的生活！”

值班军士长引领衣正邦和舰长、政委走过去时，夏初仍在进行爬网训练。一军士跑来，对衣正邦立正敬礼："报告首长，接舰部队女兵正在训练，请您指示！"衣正邦道："继续训练！"军士道："是！"他再次举手敬礼，衣正邦还礼，站着看正在训练的夏初。军士长跑回去，对夏初大声发起指令："快点！再快点！太慢了！"夏初手一滑，从网上摔了下来。军士道："起来！继续！怎么搞的！这个样子怎么上得了舰！"夏初已经爬了起来，咬牙接着爬网。衣正邦一直看着她有力地迅速爬上了高高的网顶。军士道："下！"夏初抓住一根缆绳"唰"的一声滑下来，身上脸上汗如雨下。军士道："继续！上！"夏初马上又开始向网顶攀爬，手滑了一下，却紧紧抓住了，咬牙坚持着，破裂的网绳让她的手流出血来，她忍痛坚持向上爬去。衣正邦看舰长，点头道："停，让她过来，我们见见！"舰长答一声："是！"回头对现场大声发令："听口令！立正！"正在网上的夏初迅速从绳网上滑下，就地立正。舰长道："夏初出列！"夏初答应一声，转身跑步过来，对衣正邦举手敬礼，喊："首长好！"衣正邦还礼，看她："你就是夏初？"夏初道："报告首长，是！""入伍多久了？""五个月！""才五个月？""报告首长，我生在军营，在军营里长大，除了出国留学的几年，父亲在世的时候，全部生命在军营里度过！"衣正邦"嗯"了一声，道："舰载机试验试飞基地的刘敏洁主任向我推荐过你，说你是国外毕业的管理学博士！"

夏初坚持大声回答："报告首长，是的！"衣正邦又道："那我问你，你这样一位洋博士，为什么要竞争上航母做女兵队长？"夏初道："为了理想！"衣正邦道："告诉我，你为的理想是什么？"夏初道："实现伟大复兴的中国梦！"衣正邦道："这题目太大。告诉我，你的管理学专业对于在航母上管理女兵有用吗？"夏初道："当然有用！管理学其实就是成功学！""回答得太简单！假如将来你被挑选做航母上的女兵队长，你打算怎么管理这些90后的女兵？或者说，管理这些女兵，你认为最重要的是什么？”夏初想了想才道：“平等！因为平等代表的是尊重，尊重会开发和释放人的潜力，人的潜力的高度释放和开发，是成功学的基础！而且，我认为这和我军光荣传统也是相通的！”衣正邦不觉“哦”了一声，道：“你还知道我军光荣传统？”夏初道：“首长，我刚刚说过，我是在军营里长大的，我的父母全是军人！”衣正邦道：“那你说说，它和哪一条光荣传统相通？”“首长，和官兵一致的光荣传统相通。官兵一致是我军内部关系的基础。官兵一致就是平等，就是尊重每一名干部和士兵！”“万一你的要求没有被批准，你想去哪里工作？”“中国航母！”“你没有认真听我的问题。我是问你，如果你不能去航母上当女兵队长，想去哪里工作？”“无论首长批不批准我做女兵队长，我都要申请上航母！”“怎么还是上航母？”夏初看一眼舰长、政委，道：“首长，我跟舰长、政委表达过我的决心，如果我不能作为女兵队长上航母，我就放弃军官身份，申请上航母做一名女兵！”衣正邦道：“当女兵上航母你年龄有点大，可这是为什么？”“首长，我可以不回答吗？”衣正邦坚持道：“不行。必须回答！”夏初道：“为了成长。这个回答可以吗？”衣正邦坚定地看着她，沉默了一会儿，才道：“好吧，夏初同志，继续训练！”夏初响亮地回答：“是！”衣正邦转身离开，走了不远又站住，回头看训练中的夏初。政委看他，问：“首长，怎么样？”衣正邦道：“决心是不小，还有管理学博士的背景，但是现在就让她上航母当女兵队长，资历太浅，也没经验。”舰长有点急了，上前道：“可是首长，她观念新，热情高，决心也大，还是在军营长大的，什么都知道——军魂是什么，政治工作三大原则、三大作风，战斗队工作队生产队的三队性质。”政委也上来帮腔："她还是管理学博士，我们舰上有好几个博士，硕士更多，但就没有一个学管理学的！首长，刚才她讲到官兵一致就是平等，平等就是尊重，尊重能激发人的潜能，人的潜能的高度释放和开发就是成功，成功就是战斗力！一下子就把我军光荣传统和当代成功学焊接到一块儿了，这样的女兵队长，打着灯笼也难找！"舰长又道："要说没经验，中国航母本身就是个全新事物，我和政委也没经验，需要在以后的带兵实践中创造出经验……这就是首长你常说的，在战争中学习战争，打一仗进一步。"衣正邦终于站住了，回头看二人道："我说过反对让她当女兵队长吗？你们说得对，航母本身就是个新事物，需要她这样的新人和新观念加入！啊，我明白你们的心思了，你们想她是个80后，让她上舰去对付刚才那些90后，是不是？"舰长、政委都笑。舰长道："首长，您说那会不会很精彩？"衣正邦不说话，继续朝前走。舰长、政委相视，大喜。政委道："首长，你同意夏初做女兵队长了？"衣正邦道："我同意什么？还没通过最后考核呢！我原则同意。"说到这里他的声音忽然大起来，"如果我们信不过自己的下一代，我们又为谁奋斗？"舰长、政委要回答，忽然看见秘书小魏跑了过来，对衣正邦道："首长，试飞大队电话！秦大队他们已经进行完了前一阶段的训练飞行，现在请示转入挂索和逃逸复飞试验飞行。"衣正邦对舰长、政委道："我得走了！"舰长看政委，感叹："秦大队他们够快的，我们也得更快一点才行！"政委点头。衣正邦往外走，又回看训练场上的女兵，道："不错！但是，材料是好材料，下一步就看你们的工作了！好兵靠人带，好部队也是在艰苦的斗争环境中摔打出来的。百炼才能成钢！还有一件事，不但要带出过硬的作战部队，还要出经验，为后人披荆斩棘，开辟成功之路！"舰长、政委齐声道："是！首长，我们记住了！我们一定努力！”

试飞场上，秦大地带全体试飞员列队。一辆越野车驰来，停下，张天一陪衣正邦和两公司老总梁良、周总下车。秦大地、陶斯勇跑步向前报告，衣正邦问：“都准备好了？”秦大地道：“报告首长，试飞大队准备完毕！”衣正邦对张天一道：“那就是说，可以开始了？”张天一道：“是！”衣正邦又对梁良、周总道：“那就开始？”二人道：“可以开始！”衣正邦对张天一道：“准备！”张天一回头，用手中的通话器发令道：“各保障分队注意，首长命令，准备！”

随着他这一声命令，着舰区内的菲涅耳灯光助降系统开启。原来伏在索沟里的阻拦索也被弹起，进入作业状态。衣正邦对秦大地道：“第一个课目是什么？”秦大地道：“以鹞式飞行技术进行加力着舰挂索飞行！”“谁第一个飞？”“余涛！”“不是说，现在的试飞顺序根据专家们打分确定吗？”“是！”“全大队谁的积分最高？”“我和余涛，并列第一名。”“谢振宇呢？”“总积分比我和余涛差了0.01分，排名第三。”衣正邦道：“你也排名第一，为什么让余涛第一个飞？”秦大地道：“首长，今天是我们全大队第一次正式用鹞式飞行技术高速着舰挂索，余涛非常可能一次成功！”衣正邦明白了：“那他就会成为中国飞行员中第一个模拟挂索成功的人，是吗？”秦大地道：“是！”衣正邦点头道：“很好！余涛飞完，下面就是谢振宇了吧？”“对。报告首长，我们还对每一名试飞员提出了要求，一旦挂索失败，马上尝试进行模拟逃逸复飞！”衣正邦道：“可以！开始吧！”

“是！”他回头目视余涛，“02出列！”“谢谢大队！”余涛出列后对秦大地说。

谢振宇也对余涛开口："余涛，成功！"耿见林、王小毛、江海、刘波也喊："余涛，成功！"余涛举起拳头道："成功！"说完，转身跑向飞机。秦大地对谢振宇道："03准备！"谢振宇目光明亮，回答："是！"

众人眼看着余涛机临空，发出呼叫："01，01，02呼叫！ 02要求着舰！ 02呼叫！ 02要求着舰！"秦大地对空呼叫，回答："02，02，我是01，按照程序着舰！ 02可以着舰！"众人也同时间听到了余涛的回答："02明白！"秦大地又道："复述一遍！"余涛道："用灯、用点、用角，按照程序着舰！"他开始在空中做动作，按照新近完成的程序做矩形转弯，下降高度，进入灯光下滑通道入口。秦大地一直和他保持着通话，这时发问："功角多少？""数值J！"余涛回答。"你目前的状态很好，保持！"秦大地道。"明白！"余涛回答，舰载机已经又快又稳近乎一条直线向着舰点落下来。秦大地盯着飞机，继续和余涛通话："状态很好！用灯、用点、保持功角！""在规定高度放下尾钩！""不要想阻拦索，照程序飞！""准备挂索不成功即转入逃逸复飞！""好！"话音未落，余涛机已经呼啸着向着舰中心点撞下来，准确砸在着舰点上，尾钩"砰"一声钩住了第二条阻拦索，向前滑行，阻拦索被向前拉出十几米，飞机停。

现场发出一片欢呼。王小毛激动得大叫："成功了！余涛第一个模拟着舰挂索成功！"谢振宇目光温润，带头鼓起掌来。秦大地就地一个右转，跑向指挥车前的衣正邦，举手敬礼，大声报告："首长，中国海军舰载机试验试飞大队试飞员余涛，第一次鹞式飞行模拟加力高速着舰挂索成功！"衣正邦神情平静，道："祝贺你们！祝贺余涛同志！继续试飞！"秦大地回答："是！"他跑回队列前，对谢振宇道："03出列！出发！祝你同样成功！"谢振宇回答："是！"二人相互敬礼，谢振宇跑向停在着舰区的飞机。秦大地目光转向耿见林："04准备！"耿见林："是！"

现在驾机临空的是谢振宇。秦大地对空呼叫道："03，03，我是01，按照程序着舰！按照程序着舰！"空中的谢振宇回答："03明白！"他深吸一口气，做矩形转弯，降低高度，进入灯光下滑通道入口，脱口而出："心无片云，静如止水。"他的声音通过秦大地手中的通话器里传出来，秦大地一惊，皱眉道："03，你在说什么？"谢振宇回答："03报告，03在说，心无片云，静如止水。不要想这是我自己的第一次着舰试飞！03在绕开雷区！"秦大地严肃起来，呼叫："03，03，停止着舰，停止着舰！重新进入待机空域！重新进入待机空域！"空中的谢振宇一惊，回答："03明白！"他将飞机重新拉起，飞向高空。试飞大队队列中，众人望着重新飞上去的飞机，嚷嚷起来："怎么了怎么了？怎么又上去了？"余涛看秦大地，发现他神情格外严峻。空中的谢振宇重新呼叫："01，01，03呼叫！03请求指示！03呼叫！03请求指示！"他的耳边马上响起秦大地严厉的声音："03，03，你心里想着绕开雷区，就是雷区！心里想着绕开雷区，就是雷区！你还是没有做到心无片云、静如止水。你还能不能飞，不能飞就安全降落，停止着舰！"谢振宇这时完全明白发生了什么事，呼叫："01，01，03明白，03明白！03请求继续着舰！03请求继续着舰！"秦大地的回答仍然严厉："真的还能飞吗？03回答，真的还能飞吗？"谢振宇努力让自己的心归于平静，呼叫："报告01，03能飞，03请求着舰！03请求着舰！"试飞大队队列前，所有人都紧张地看着秦大地。秦大地迟疑了一会才道："03，03，按照程序着舰！记住技术要领！"

他马上听到了谢振宇的回答："03明白！"他一个破S飞行

进入待机高度，目光透过机窗外的片片白云，望见了下方的着舰区，开始做矩形转弯，进入灯光下滑通道，加力，动杆，高速飞下来。这时他的耳边继续响着秦大地的呼叫："03，03，不要想着挂索，保持加力，谨记技术要领，放下尾钩，做好准备转入逃逸复飞！做好准备转入逃逸复飞！"谢振宇回答："03明白！"他开始有意识地在快速降落中加力。飞机越来越快地撞向下方越来越大的着舰区中心点。地面上，众人都睁大眼睛望着高速撞下来的飞机。秦大地突然下令："降下阻拦索！"保障大队队长凌凯时一惊，迅速明白过来，回头命令："降下阻拦索！"随着他的这一声令下，地下阻拦索工作室里所有的机关都运动起来，着舰区唯一的一条阻拦索落下去。试飞大队队列中，康延成一眼看见了落下去的阻拦索，又看正在高速降落的谢振宇机，心陡然悬起来，喊："阻拦索！"秦大地不满地看他一眼道："不要喊！"再回头，他看到谢振宇机已经轰鸣着撞击着地，落在着舰点上，尾钩以极快的速度从索沟上方跳过去。耿见林喊："挂索失败！"秦大地继续用严厉的目光盯着落地的谢振宇机，现场所有人的神情这一瞬间都变得极为严峻。飞机驾驶舱中，意识到挂索失败的谢振宇心中一动，继续保持飞机加力，推杆，一秒钟也没犹豫，就将飞机重新拉起来。一直保持着强大速度的飞机在极短的距离内重新飞上天空。现场所有人都在震撼之余热烈鼓起掌来，望着重上蓝天的飞机。余涛脱口而出："谢振宇逃逸复飞成功！"秦大地不动如山，看着二次升空的谢振宇机呼叫："03，03，我是01，祝贺你逃逸复飞成功！"余涛什么都明白了，对秦大地道："大队！振宇逃逸复飞成功，可以进行二次着舰！"秦大地道："不！"他回头看身后的吴强，"快去量量他飞起来的距离！"张天一带着他的团队跑了上来，道："这个工作我们来做！"说完马上回头对马虎臣挥手："快去量谢振宇成功完成逃逸复飞的距离，马上计算出所需的时间和加力……秦大队，试飞大队了不起，就刚才这一会儿，连续突破两大技术，一是着舰挂索，一个是挂索不成逃逸复飞！"秦大地脸上并没有笑容，继续对空中的谢振宇呼叫："03，03，准备正常降落！准备正常降落！"空中的谢振宇经历住了这一次考验，回答道："03明白！"

指挥车前，衣正邦准备上车。秦大地、陶斯勇跑过来，秦大地道："首长，你怎么要走？"衣正邦对三人道："我这个人嘴臭，喜欢骂人，可我今天不能不表扬一下我自个儿。我让你来当这个大队长，真是做对了！"秦大地脸上并没有笑容，道："首长应当这么说，当初你坚持把谢振宇和余涛两个人弄进试飞大队是做对了！今天的成功虽然是训练的结果，但若不是这两个人，也不一定就是这么个结果！"衣正邦没有接他的话，只问："下一步你们打算怎么办？"秦大地道："有过余涛和谢振宇的成功，我们会继续总结经验，然后拟定出教程，全体人员首先进行无索状态下的鹞式飞行高速着舰加逃逸复飞训练，然后再进行有索着舰训练飞行！完成了这两个B类课目，我们请求转入C项目试验试飞！"衣正邦不明白他为什么先要进行无索着舰加逃逸复飞训练飞行。秦大地道："如果不先解决挂索失败后成功转入逃逸复飞的技术问题，全大队有几个人能像今天的谢振宇，挂索失败后立马迅速作出反应，将飞机拉起来？拉不起来就是坠海！"衣正邦看他："今天谢振宇事先并不知道你要在他落地前突然撤掉阻拦索？"秦大地点头。衣正邦目光瞬间严厉起来，道："也就是说，如果他不行，就有可能发生重大事故！"他得到的是秦大地的一个坚定的回答："但是他行，也应当行！"衣正邦心中仍然难以平静，道："秦大地呀秦大地，你今天是在冒极大的一个风险！而且事先你没有报告！”秦大地面不改坚定之色，道：“首长，我相信今天的谢振宇，能够应付得了我给他的任何考验。这种考验很残酷，但是吴惊天经历过、我经历过，首长你自己也在战场上经历过，谢振宇要成长，他也必须有同样的经历！”衣正邦深深看他一眼，什么话也没有再说，就上了车。车子飞快地开走，陶斯勇回头，久久盯着秦大地。秦大地道：“你看什么？这里没人管饭，走哇！”陶斯勇一直紧绷的心这一刻猛然松弛了下来，巨大的欢乐涌上了他的心头，让他差一点落下泪来。这时他听到秦大地在讲话：“斯勇，你干什么？首长当初真没有看错他。振宇不是假行，是真行！”接下来二人谁也没有再说什么，都不好意思看对方的脸，因为他们两人心中都同样涌满了巨大的感动和欢乐。

下午，秦大地就在自己的办公室召见了谢振宇，但并不看他，问：“对今天上午的事，你怎么想的？”谢振宇压抑着内心的不平静，道：“没怎么想！”秦大地却道：“你应当想。”谢振宇这时开始正视着他的眼睛，道：“我想过了！大队，能问一个问题吗？”秦大地不说话，等着他发问。谢振宇道：“一个伟大的飞行英雄，名誉、利益其实对他并不重要，那么什么才最重要？”秦大地没想到他会问这种问题，半晌才道：“振宇，这个问题你问过老吴……吴惊天同志吗？”谢振宇回答：“问过，吴老师让我有一天遇上机会，向您开口。”秦大地道：“其实他应当告诉你。我也是从他身上明白这个道理的，他是从更前一辈的人那里明白的，譬如余兆年老团长。我能说的不多。就两个字：承担。”见谢振宇眉头一耸，又道：“这么伟大的国家、伟大的民族，没有英雄男儿一代代挺身而出，承担所有的艰难、牺牲，凭什么五千年了还没有灭亡！”谢振宇再看秦大地，第一次发现他的眼眶也湿润了。秦大地不想再和他谈下去，回头道：“你可以走了，谈话结束了！”

谢振宇举手敬礼，转身离去。秦大地却久久站立着，让泪花在眼窝里干涸。

辽宁舰接舰部队操场上，女兵队列队。舰长正在宣布命令："中国人民解放军海军001舰接舰部队命令。兹任命夏初同志为接舰部队女兵队长！命令宣布完毕。大家鼓掌！"众人的目光都投向了夏初，鼓掌。夏初神情激动。舰长示意掌声止，道："从现在开始，夏初同志就是你们的队长了，大家要支持她的工作，服从她的管理。现在请夏队长讲话！"夏初走到队列前，想了想，却只说了两个字："解散！"众人都吃了一惊，站着不动。舰长突然大声道："队长命令你们解散，怎么不动？解散！"众女兵解散。舰长也转身离去。值班军士长跟着舰长走，低声道："她就是要解散队伍，也应该先向你报告！"舰长站住，生气道："那是你的问题！你怎么训练的？给你一天时间，教会她如何当这个队长！"值班军士长道："是！"他跑回去，面对夏初，大声道："夏初同志听命令！"

夏初一怔。值班军士长道："舰长命令我，用一天时间训练你如何当这个队长！"

已经散开的女兵们都停了下来，站在一旁看热闹。夏初面对军士长，大声回答："是！"值班军士长对众女兵道："你们看什么，走！"等众女兵散开去，操场上只剩下他和夏初两个人，才重新大声命令道："现在跟我大声喊口令！复述我的命令——！"夏初懂了，马上大声复述他的命令："现在跟我大声喊口令——！"值班军士长接着又一个个吼出口令，夏初也跟着一句句大声复述："立正——！""舰长同志，接舰部队女兵队整队完毕，请你指示——！""舰长同志，接舰部队女兵队整队完毕，请你指示——！""稍息——！""稍息——！""是——！""是——！""讲一下

——！”“讲一下——！”他们的吼叫声在空旷的操场上一起一落，传得很远。

黄昏的操场上，又是风又是雨。现在这里只剩下夏初一个人。她仍在大声练习口令：“立正——！稍息——！向右看齐——！向前看——！齐步走——！立定——！正步走——！立定——！跑步走——！立定——！便步走——！立正——！”操场边的办公楼上，舰长、政委站在舰长二楼办公室的窗前望着操场上风雨中的夏初，目光中开始现出赞许。舰长道：“好像还行！”政委却道：“行不行，这还刚刚开头，且得看呢！”操场对面就是女兵宿舍，众女兵这时也都趴在窗前看操场上的夏初。马晓蓝回头看众人，问：“什么印象？”曲婷婷脱口道：“bt！”众人笑。女兵刘小莉道：“你们说什么，我都听不懂！”曲婷婷道：“什么年代了，这都不懂，你更 bt！”众人又笑。刘小莉道：“哎，怎么骂人？”欧阳剑侠插话道：“我来解释，她不是骂人，她是说你变态！ bt 就是变态！”刘小莉道：“她说人变态，还不是骂人？”马晓蓝回头道：“你傻呀，她夸你呢！”刘小莉更不明白了。曲婷婷又道：“你是包子吧？你是外星人吗？你不上网？你不是上过大专吗？”刘小莉欲言又止。欧阳剑侠走过去，耐心道：“刘小莉，她刚才确实是在夸我们队长，这年头，说她变态就是夸她，是巨赞懂吗？回头她说了你一句 bt，也是夸你，说你和我们队长一样变态！”刘小莉惶惑地道：“真的？可她刚才还说我是个包子，什么是包子？”众人又笑。欧阳剑侠道：“包子，两个意思，要不很丑，要不你很傻。曲婷婷的意思是说你傻，连 bt 什么意思都不知道。”刘小莉大叫委屈：“我不是包子！”曲婷婷道：“行，你不是包子，但你 bt！”刘小莉也笑起来了，道：“行，那就 bt！”

第二天黎明，在操场上带着女兵队跑操的已经不是原来的某个军士长，而是她们的新任队长夏初了。她大声喊口令："一二一，一二一，后面跟上！一二三四——！"众人跟着大吼："一二三四——！"那些从操场边走过的人们听着她的口令词，都觉得此刻的夏初已经很像一个带兵的人了。

当天上午，女兵宿舍里，众女兵齐聚一堂，叽叽喳喳说话。她们在等待。马晓蓝突然"嘘"了一声，道："安静，等会儿她来了，听她说什么！"曲婷婷也道："不要让她觉得我们的头好剃！"这时夏初走了进来，众人安静下来，都看着她，不说话。夏初感觉到了某种隐约存在的敌意和压力，但这些已经进入了她的专业范围，她并不觉得意外，也不觉得奇怪，从容道："大家好，今天我们女兵队成立后第一次开会。很快就要上舰进行适应性训练了，时间不多，舰长、政委指示，女兵们要进行特别动员，不能在家里嘻嘻哈哈，上了舰哭哭啼啼，一会儿想妈妈了，一会儿想男朋友了，中国人民解放军是战斗队、工作队、生产队，但首先是战斗队——"她还要说下去，却被曲婷婷举手打断。夏初看曲婷婷，道："曲婷婷，你要说什么？"曲婷婷站起道："可以提意见吗？""你要提什么意见？""还没上舰，听说舰上就搞了一个《女兵管理规定》，有这事吗？"夏初感觉到她来者不善，道："有。怎么啦？"曲婷婷道："那我要问了，舰上也有一个《男兵管理规定》吗？"马晓蓝这时也举起了手道："队长，我也正要问这件事！"接着女兵中又一下举起了好几只手，都道："我们也想问！"夏初心情平静了，因为她从曲婷婷提的问题中受到了鼓舞，感受到了这批女兵们内心的力量和坚持。她看了一下大家，道："手放下。要我现在就回答吗？"还是曲婷婷道："请队长现在回答，这是不是对我们女同胞的歧视？"夏初让她坐下，道："没有专门的《男兵管理规定》，这很好解释，因为男兵上舰不是新事物，所有全军的、海军的、舰队的、本舰的纪律都是针对他们的。女兵不同，女兵上舰是新事物，我们是第一批上舰的女军人，舰上这才搞了一个《女兵管理规定》！”曲婷婷再次举手，不依不饶道：“我认为这就是歧视。为什么不给男兵搞一个专门的管理规定，却给我们搞了一个。听说上面专门写了一条，不准和男兵谈恋爱，晚上九点以后不准男兵和我们接触，上了舰也要住进专门的女兵生活区。是这样吗？”夏初再次让她坐下，道：“首先，你举手要求发言，这是可以的，但是必须等待主持会议的人同意，你才能发言；其次，我看过舰上的《女兵管理规定》草案，我认为你刚才说的有些条款并不是对女兵的歧视。”这下女兵们不同意了，马晓蓝举手要求发言。夏初点头同意，道：“请讲！”马晓蓝咄咄逼人道：“请告诉我们，哪些条款不是对女兵的歧视？”夏初因势利导道：“还有哪些人想知道？”几乎所有的女兵都举起手。夏初道：“好，都放下。我来回答。头一条，上舰后让我们住进女兵生活区，就不是歧视，而是根据我们的生理需要采取的特殊措施。我们和男兵在生理和心理上有许多不同，所以要有单独的生活空间！”一直没怎么说话的刘小莉第一次开口：“队长，啥是单独的生活空间？”夏初道：“譬如说，舰长答应在女兵生活区给我们安排专门的洗浴房和洗衣间，方便我们洗澡和洗我们的小衣物。另外有一条，男兵没有特殊情况并得到本队长允许不得进入，这也是为了让我们不受干扰，能够好好休息。”倔强的马晓蓝又一次举手。夏初批准了：“讲！”马晓蓝又道：“在我看来这就是歧视。为什么女兵不用请示可以进男兵生活区，男兵不经请示就不能进女兵生活区？”曲婷婷、欧阳剑侠及其他女兵也举起了手。夏初道：“一个个说。曲婷婷，还是你先说！”曲婷婷道：“我认为马晓蓝说得对。女兵上舰，是和男兵一样承担军人的职责。现在这个规定，设置女兵生活区，是把我们和男兵隔绝，不让我们接触……还有，为什么不让我们和男兵谈恋爱？我们都是人，到了年龄，两情相悦，产生感情再正常不过！”夏初道：“说完了吗？说完了坐下。欧阳剑侠！”曲婷婷坐下，欧阳剑侠站起道：“队长，我接着曲婷婷的话往下说。我的意见是，如果男兵和女兵真的发生感情，你一个管理规定挡得住吗？无论是现实还是电影电视剧里，过去和今天，发生过多少轰轰烈烈的爱情，将来也还会发生这样的爱情，这是人性，人性是不可改变的。据说中国第一艘航母平台上有几千个舱室，他们发生了爱情，躲进一个舱室谈情说爱，你找得到他们吗？”女兵都笑起来。夏初神情严肃了，道：“坐下，还有谁要说话？”欧阳剑侠坐下又举手。夏初道：“你还有什么要说？”欧阳剑侠重新站起道：“队长，我不知道大家是不是和我一样，反正我最关心的还不是什么《女兵管理规定》，准不准谈恋爱。我上了舰是不会谈男朋友的，我已经有了，最关心的是上了舰到底要我们做什么？”众女兵又一起嚷嚷起来：“对，大家都关心，是不是呀？”夏初举手道：“安静！按照以前的习惯，女兵在部队的工作，除了文艺团体，一般局限于医院和通信两个门类。舰上恰好有通信部门，还要设置一个小医院！”欧阳剑侠举手，夏初点头，她站起道：“我最担心的就是这个。你刚才还说我们上了舰，不会歧视我们，这就是歧视！我的看法是，如果真把女兵上舰看成是新事物，领导就要有新思维，在战位安排上实现男女平等！男兵能干的我们也能干！男兵做什么我们也要做什么！”她话音没落，马晓蓝马上表态：“支持！”曲婷婷也道：“我也支持！”马晓蓝又看众女兵，道：“你们也不要老当水桶，也出来说一句呀！”夏初皱眉头，道：“什么水桶，说军语！”马晓蓝回答：“是！”又对大家道：“你们支持不支持呀？”众人热烈举手道：“我们都支持！”夏初看大家道：“好，手都放下。你们的想法我明白了。一句话，我们上了舰，不是来做花瓶的，既然来了，就要真正做中国航母上和男兵一样的战斗员！是不是这个意思？”众兵又用各种语言和网语乱吼起来，道：“是！”“Yes！”“Ok！”“Oui！”“はい！”“да！”“4242！”“吼吼！”“稀饭！”还有人嚷：“me too！”

夏初等她们嚷完了，才道：“安静！有件事我今天就可以告诉你们，《女兵管理规定》新加了一条，是我提议的！既然我们成了中国航母上第一批女军人，就要讲军语，不要讲网络语！”曲婷婷举手：“反对！”她回头看，见没人随她举手，生气道：“你们怎么同意有人剥夺我们讲网语的权利！太粗暴了！”她没想到这次欧阳剑侠却同她唱起了反调：“婷婷，这件事上我和你的观点不一致。我觉得队长讲得对，既然成了军人，就要说军语！网络语可以在网上说，也可以等我们离开军队后再说！”夏初抓住这个机会再次强调：“必须讲军语！不然我们之间就语言不通，连语言都不通，还打什么仗！就像你们刚才喊的那些话，我好些就不懂！”刘小莉高兴起来了，道：“队长，我支持你，她们的话，我也不懂！”曲婷婷道：“队长，这有什么不好懂的？你不会也是个包子吧？”夏初严肃道：“这个我懂，但我既不丑也不傻！”众人笑起来。“安静！”她接着说下去，“重申一下，以后在会议上、训练中、执行战斗任务时相互间只准说军语，至于私下里或者在网上你们说什么语言，不在《女兵管理规定》要约束的范围之内。还有什么意见？没有意见就做好准备，听命令上舰！”曲婷婷这时又举手。夏初道：“曲婷婷，你还有什么意见？”曲婷婷道：“队长，以后你就是我们的头儿了，无论是从生活角度还是从完成任务的角度，都应当迅速和我们大家亲近起来，不要让我们觉得你像个四十岁还没嫁出去的老处女！”这话说得尖刻，也不礼貌，但夏初忍住了，她知道这就是这一代女孩子的风格。“我当然愿意迅速、马上、立即和大家亲近起来，”她说，“但从管理学的角度讲，眼下很难。亲近需要相互了解，需要时间和互动过程。当然了，如果大家有什么高招，能让我们马上亲近起来，我愿意听大家的高招儿！”曲婷婷立即接住了她的话头，道：“我这里就有一个高招。现在、马上、立即，队长把自己所有的恋爱经过、历任男朋友什么样子、开头怎么样、后来为什么分手、中间发生了什么、失恋了几次、割了几次腕、吞了多少安眠片、跳了几条江，全讲给大家听。我保证，马上我们就会把你真正看成我们中的一员，真正的死党！大家说是不是？”众女兵又欢乐起来，大声道：“是！”曲婷婷道：“鼓掌！”众人热烈鼓掌。夏初想了想道：“好吧。第一，我本来就应当先做自我介绍。夏初，二十八岁，未婚，出身军人家庭，在国内读的本科和硕士，国外读了博士，专业是管理学，当兵时间不长。至于要我马上、迅速、立即融入你们中间，我这么看：首先，我和你们是上下级，领导被领导的关系，管理者和被管理者的关系，指挥员和战斗员的关系，这是我们关系的第一层，纪律层面的事情，最严肃的一层，所以你们必须在以后的生活中，严格听从我的命令，服从管理，因为这是战斗力的保证！有谁违犯纪律，我会按照纪律条令处分你们，包括关你们的禁闭，直到除名！其次，我们是中国人民解放军，政治工作三大原则，第一条就是官兵一致。我们的关系不是死党，不是不分彼此的哥们儿，是为了共同目标走到一起来的战友，在军队这个大战斗集体里地位平等，只有职务和战斗位置上的分工，没有人格高低。官兵一致讲的是什么，谁能说出来？”欧阳剑侠举手。夏初点头：“说！”欧阳剑侠如数家珍地背诵起来：“官兵一致是我军政治工作三大原则之一，也是规范内部关系的基础。在这个原则下，每个人都和别人一样享有作为一名军人的权利，其中就包括各种民主权利。”夏初拍了一下巴掌道：“说得好！坐下！”刘小莉羡慕道：“背得挺熟的，网上荡下来的吧？”欧阳剑侠不说话。夏初道：“至于刚才曲婷婷同志让我讲自己的恋爱史，这个可以。我有过一次恋爱，但不成功。坦率地讲，我今天有机会来到航母上服役，和这件事多少有点关系。我够坦白了吧？”众女兵兴奋，有人还吹了一声口哨。马晓蓝又举手。夏初看她道：“讲！”马晓蓝道：“不过瘾。队长能把故事讲得更细节一点吗？”众女兵又都大声嚷起来：“对，我们没听清楚！”她们满怀期待地望着夏初。夏初这时却站起来了，道：“散会！”

众人也跟着站起，看她收拾东西走了出去。门马上被关上了，有人发出了失望的声音道：“吁——！”刘小莉也道：“队长长得这么漂亮，身后男孩子一定一大群，我好想听听她的恋爱故事哟！”欧阳剑侠道：“各位筒子，我有一个提醒，想不想听？”众人都看她。“我觉得这位队长面冷心热，”欧阳剑侠肯定地评价道，“经过一段时间磨合，说不定能和我们如胶似漆，同穿一条裤子！”众人发出嘘声，表示怀疑。曲婷婷不确定地看着欧阳剑侠，道：“你真这么想？”欧阳剑侠点头。马晓蓝道：“我也这么想！”嘘声停止了。曲婷婷和解道：“既然你们俩一个看法，我们就等等看，但要有一个六字方针。”刘小莉的好奇心又上来了，道：“什么六字方针？”曲婷婷看着大家道：“听其言，观其行。然后再确定和她是敌是友，是如胶似漆还是冰火两重天！”众人一起喊：“同意！”这时训练哨响起来，众女兵迅速结束停当，奔向训练场列队。

这时的女兵队已经很像个队伍了。今天的课目是攀岩训练，目的是要女兵们练习攀爬技术，同时强化攀爬的力量。夏初一边指挥大家散开投入训练，一边大声催促激励众女兵提高训练质量："快点！别磨蹭！让男兵们看一看，你们的速度不比他们慢！"这时一名军士长跑过来，道："夏队长，舰长、政委让你去见他们，这里暂时由我代你指挥。"两人以相互敬礼完成交接，夏初跑向操场边上的舰长、政委举手敬礼："报告舰长！报告政委！女兵队长夏初奉命来见！"舰长、政委分别还礼，又相视一眼。舰长对夏初发令："稍息。"夏初稍息。政委这才开口问道："夏初同志，会开了吗？"夏初道："报告政委，开过了。"政委道："上舰前女兵队还有什么问题？一定要把所有问题消灭在上舰之前！"夏初道："有！"舰长、政委微微一惊。夏初道："第一个问题，请舰党委考虑取消《女兵管理规定》，如果不能取消，至少要进行大的修改！"政委看舰长一眼道："你可以讲得更清楚一点！"夏初道："我建议取消其中女兵不得和男兵谈恋爱这一款！"舰长神情严肃起来，脱口而出："为什么！"夏初道："因为做不到，而且不必要！我上网查过，外国航母上都没有这一条规定！"政委道："外国航母上没有，不一定我们就不能有。说说你的理由！"夏初道："首先，我认为男女青年在一起生活时间长了，两情相悦，产生感情，不可避免，现在我们却想用行政措施阻止这种人性的表现，从管理学角度讲，凡是和人性相悖的规定都是人做不到的！"舰长道："人做不到，可我们是军人！"政委道："等等，你刚才还说它不必要，做不到和不必要是两个概念！"夏初道："舰长，既然做不到，再把它写进管理规定，当作纪律去执行，从管理学角度讲就是不必要！"舰长看着她，想了想，又对政委道："这不行。我们当初不愿让女兵上舰，就是担心这些麻烦。"他又看夏初，把自己的担心说了出来："要是允许男兵女兵谈恋爱，那不乱套了？再来点儿三角恋，你爱她她不爱你，你不爱她她偏要爱你，又是什么新新人类，做事极端，还打什么仗？不行！”政委到底是政治思想工作方面的行家，对夏初道：“夏初同志，你既然提出取消这一条，是不是有办法保证舰上将来不出现舰长讲的情况？”夏初道：“想到了一个，但还没有很好地想。”舰长道：“说出来听听。”夏初道：“不许男兵女兵谈恋爱的规定取消后，可以加上一条：‘男兵女兵谈恋爱，必须报告，并承担后果。’”政委听出意思来了，问：“什么后果？”夏初道：“中国航母是一艘时刻准备执行重大战役任务的舰艇，不能允许舰员在舰上谈恋爱影响战斗力，但是他们可以在离舰之后谈。我建议这一条改为一旦男女双方产生恋爱关系，要马上报告，之后其中一人将被调离航母，去别处工作。”舰长、政委互视一眼，脸上现出惊喜之色。政委道：“这个主意比较新颖！有了这么一条，咱们的《女兵管理规定》就比较人性化了。这比生硬地用一条行政命令禁止人家谈恋爱要好！”夏初又补充道：“不是好而是更有效。因为这条规定可以解释为，如果你珍惜在航母上工作的机会，就不要谈恋爱，要不你和你的恋爱对象就必须做出牺牲，其中一个离开航母！”舰长这时终于开始对这位女兵队长刮目相看了，道：“很好，说下去，还有什么建议？”夏初趁热打铁道：“下面这条意见是女兵们提出来的，也是我自己想说的。一句话，既然中国海军做了件开天辟地的事，让女兵上舰，就让我们在舰上做真正的战斗员而不是花瓶！舰长，政委，女兵队全体女兵一致要求，到舰上所有战斗部门去，男兵能做的我们也要做，男兵干什么我们也要干什么！每一个战斗部门，都要有我们的位置！”舰长想也不想就道：“这个不行！让女兵上舰就已经破天荒了，再让女兵进入所有的战斗部门……首先，她们是不是能够胜任所有战位的工作？这个马虎不得，有的战位不是放个人就行的！”夏初并不退让，坚持道："舰长同志，在航母正式入列前，我们女兵愿意和男兵一起接受最严酷的战位训练，然后接受严格考核，如果不成，愿意像男兵一样被淘汰。但如果经过考核证明我们胜任那些战位，就要一视同仁，给我们在这些战位上战斗的权利！这个舰长可以答应吗？"舰长看政委，道："你怎么看？"政委想了想道："这是大事，可能要请示首长。你和我现在都无权答复！"夏初听了道："那我们等答复！"

当天夜晚衣正邦就在自己的办公室里接到了舰长的报告。他在电话里说："女兵上舰是个新事物，也要试验，既然她们有这样的决心，我可以答应！但是要求必须和男同志一样高，把关和男同志一样严，合格一个使用一个，不合格的淘汰，哭也不行。执行吧！"舰长放下电话，对政委道："你都听见了，我不重复了！"政委道："照首长的指示执行，把所有战位向她们开放。但如果她们不适应，那就毫不犹豫，有一个算一个，坚决淘汰！"舰长想了想道："她们中有一个人，看样子也要给她安排一个合适的战位！"政委道："你说的是夏队长，她强烈要求到甲板勤务分队去！"舰长笑道："航母甲板是全世界最危险、死亡率最高的地方！她为什么要选择去那里？但她要是下了决心，我倒赞成！"政委笑问为什么，舰长道："外国女兵连舰长都能当，我们中国的女兵为什么不能在全世界最危险的地方做一名甲板勤务分队的队员？"政委点头道："说得对，我们现在做的每一件事都在创造历史！"

时光如梭，一个激动人心的日子很快就到了。这天早上，女兵队全体女兵列队操场，听舰长宣读命令道："……马晓蓝，编队指挥所，职务：战士，战位：指挥计算机管理二号。曲婷婷，飞行控制中心，职务：战士，战位：飞行控制计算机管理三号。欧阳剑侠，本舰指挥所，职务：战士，战位：航行控制计算机五号。刘小莉，动力部门；职务：战士；战位：锅炉水质检测三号。夏初，甲板勤务分队，职务：代分队长，战位：甲板舰载机引导员二号。大家听清楚了没有？”众女兵大声回答：“清楚了！”舰长接着又用铿锵有力的声音道：“同志们，从现在起，你们要和男兵一样接受上舰前的基础训练，然后还要上舰进行适应性训练，将来通过考核，才能真正成为一名光荣的中国航母人。不然，就要服从安排，留在岸上工作！大家明白了没有？”女兵队列里，夏初和众女兵一起高声回答：“明白！”

夜晚，衣正邦坐在办公室里看一份报告，看毕，一拳砸桌面上，大叫：“好！”秘书小魏吃惊地看他，笑道：“首长这么高兴！”衣正邦道：“这些专家们，不应当这么夸他们，给他们打分太高了！”小魏疑惑地看着他，衣正邦解释道：“张天一司令员代表我，带基地专家团和两个地方公司专家团联合对试飞大队全体人员进行考核验收，三个专家团居然给前十名的试飞员全都打了10分！”小魏还是不大明白，问：“首长，10分什么标准？”衣正邦想了想道：“我先告诉你及格是什么标准！用鹞式飞行技术进行高速着舰飞行，然后迅速完成逃逸复飞，这些全部准确完成，他们才会给你一个及格的分，就是6分！”“那……试飞大队多少人能达到6分？”衣正邦站起来了，手舞足蹈道：“全部。不，他们中间没有人是6分，最差的也是9.87分！”小魏还在问：“首长，9.87分又是什么概念？”衣正邦不满意了，道：“什么概念？就是说，不但每次都能按要求准确着舰并成功实现逃逸复飞，还要在着舰过程中的每一个动作和细节上做到位。飞机只能飞成一条直线，不能抖，更不能上下沉浮。功角的一个细小改动，飞机都会有一个小的抖动，就会被扣掉0.1分！”

这时电话铃响起来，衣正邦接电话道：“大地，是你？什么事？”秦大地在电话里不满意地说：“首长，我觉得你把我们熬得差不多了！”衣正邦哼了一声道：“什么熬得差不多了？你胡说什么！”秦大地道：“熬鹰啊，你让我们反复练，天天练，这不是熬鹰吗？差不多了！”衣正邦不说话了。秦大地道：“首长一定看到了张司令报送的成绩单——”衣正邦立马截住了他的话头道：“我是看过，但那只是一张纸和一些数据！我向来不大信这一类东西！”秦大地的声音陡然高亢起来：“首长——”衣正邦再次严厉地打断了他的话：“你有什么证据可以说服我，现在就应当让你们转入挂索训练？”秦大地让自己平静了一下才回答：“首长，我最大的证据，不，最大的感觉，就是这几天再没有人来找我说挂索的事了！像谢振宇当初说的那样，也像你要求的那样，大家真把挂索这件事给忘了！”衣正邦听懂了他在说什么，又哼了一声，道：“你觉得在技术环节上你们每个人一点瑕疵都挑不出来了？”秦大地的声音也跟着严肃起来，道：“当然不是。不过你说过，重要的不是不出一点情况，是出了任何情况都能及时排除！这才叫真正过关！”衣正邦道：“好吧，明天我过去看一下。如果真像你话说的那样，我就放你们过关！对了，明天我要先见见谢振宇和余涛！”秦大地略一沉吟，底气十足道：“是！”衣正邦又道：“我还有话呢。首先你这个大队长要沉得住气，沉得住气，沉得住气。重要的话说三遍。我现在就觉得，你自己就没有忘记挂索！”秦大地沉默了，过了一会儿才道：“是，首长。”衣正邦道：“再见！”他放下电话，对小魏道：“马上通知张天一，让他们做准备！”

次日清晨。试飞场模拟着舰区里，各保障分队及专家团已经就位。秦大地、陶斯勇、张天一都在翘首等待。衣正邦的车准点赶到，两公司老总及秘书小魏跟着下车。秦大地、陶斯勇、张天一上前迎接，敬礼，喊："首长！"衣正邦还礼，对众人道："准备好了？"秦大地和张天一一起回答："报告首长，准备好了！"衣正邦道："把谢振宇和余涛叫过来！我一个一个见他们！"陶斯勇、张天一看秦大地。秦大地道："是！"他敬礼，然后转身跑向试飞大队队列。谢振宇很快跑过去，走上指挥车，对已经上车的衣正邦敬礼："首长！"衣正邦回头，用严厉的目光盯着他道："振宇，我问你一句话。你觉得行了吗？真的可以挂索了？"谢振宇心中一惊，道："什么，今天要挂索？"衣正邦盯着他看，忽然道："啊，你可以回去了！"谢振宇立即就明白发生了什么事，再次举手敬礼。衣正邦还礼道："啊，告诉你们秦大队，余涛我不见了！"谢振宇回答："是！"转身下车离去。张天一上车。衣正邦道："通知他们开始！今天不从第一试飞员开始飞，从他们前十名的最后一名开始飞！还有，秦大地不用飞！啊，你的阻拦索系统检查过了？"张天一被他问了一个激灵，马上回答："报告首长，阻拦索系统虽然近一段时间没有使用，但检查和保养是天天都要做的！你说过万无一失，滴水不漏！"衣正邦不看他，道："再检查一遍！"张天一这次却没有马上去执行他的指示，只道："首长！"衣正邦道："怎么了？"张天一道："如果首长认为我这个基地司令连这种事情都做不好，请你撤了我！"衣正邦看他道："你这个张天一，还长脾气了，跟秦大地学的吧？"张天一道："跟你学的！"衣正邦道："好吧，通知他们开始！"张天一下车，立即用通话器发出指示："试飞大队注意！首长指示，除秦大队不用飞外，前十名10分试飞员从最后一名开始试飞！"

着舰区内，一架飞机临空。秦大地目光转向空中，呼叫："10，10，报告你的状态！"在空中驾机执行这次试飞考核任务的是刘波，他立即回答："01，01，10报告，10准备完毕，请求着舰！"秦大地回答："10，10，我是01，我是01，可以着舰！"刘波在空中回答："10明白！"说着，将飞机降低，进入灯光下降通道。秦大地的声音一直在机舱内回响："着舰时注意保持加力……今天风大，注意控制飞机姿态……"刘波回答："明白！"他操杆控制飞机姿态，用灯用点飞行，并放下尾钩。秦大地一边紧盯刘波飞机的下滑姿态，一边随时做出指示。最后一句话刚出口刘波机已经带着巨大的轰鸣声撞击着地，准确地落在中心点上，又马上习惯性地拉起，一飞冲天。指挥车前，衣正邦神情振奋，脱口而出道："好！"这时的秦大地已经回头向左，转向下一架临空的飞机，呼叫道："09，09，报告你的状态！"驾驶这架战机的是江海，等他也像刘波一样熟练地落地并完成逃逸复飞之后，指挥车前的衣正邦突然回头对张天一道："升起阻拦索！"张天一一惊，马上明白了他要做什么，回答："是！"同时打开通话器，呼叫甲板勤务分队："首长指示，升起阻拦索！"

着舰区内，一直伏在索沟里的阻拦索被弹起，进入工作状态。这时秦大地的目光已经转入了临空的吴强机，他呼叫道："08，08，报告你的状态！"吴强回答："08报告，08准备完毕，请求着舰！请求着舰！"秦大地道："08可以着舰！注意技术要领！……今天风大，注意控制飞机姿态！"空中的吴强回答："08明白！"这时的他已经按着舰程序完成了矩形转弯，下降，进入鹞式飞行，并放下尾钩。秦大地继续呼叫："今天风大，注意控制飞机姿态……注意检查尾钩！……看灯，保持功角！"空中的吴强咬牙忍受着背部的剧痛，以顽强毅力操纵飞机轰鸣着落下来，准确撞向着舰中心点，正要滑行拉起，尾钩"啪"一声挂在阻拦索上，舰载机震动一下，向前滑行了一段，停下来。舱内，吴强大惊，转瞬大喜，大叫："我挂上索了！我挂上索了！"着舰区内，秦大地这一惊不小，勃然变色。陶斯勇和所有人都吃了一惊，但很快都明白了。陶斯勇激动道："强子挂索成功！"谢振宇和余涛激动地拥抱在一起。秦大地努力抵制着内心的激动，对吴强呼叫："08，08，快把飞机移开！"心花怒放的吴强回答："08明白。"说着，将飞机移到另一条新修成的跑道上去，让出模拟着舰区。陶斯勇回头望眼天空，提醒秦大地道："大地，快通知小毛，着舰时有可能挂索！"秦大地抬头望向天空，想了想道："不！"他开始呼叫王小毛，"07，07，01呼叫，08的动作做得很好，祝你成功！"王小毛的声音立即传了回来："01，01，07报告，准备完毕，请求着舰！"秦大地回答："07，07，可以着舰！"指挥车前，张天一对衣正邦道："首长，要收回阻拦索吗？"衣正邦道："我说过要收回吗？"张天一不说话了，此刻他的心情和试飞大队每个人一样兴奋。着舰区内，秦大地望着进入着舰程序的王小毛机，继续呼叫："07，07，注意执行着舰程序！……今天风大，注意控制姿态！"王小毛回答："07明白！"战机已经呼啸着落下来，准确地砸在着舰点上，"啪"一声挂索成功。座舱内，王小毛大喜，呼叫："大队，我挂索成了吗？不，我挂索成功了！我挂索成功了！"秦大地继续呼叫："07，07，祝你挂索成功，马上收起尾钩，把飞机移开！"指挥车前，张天一激动地看着衣正邦，道："首长，他们个个都是好样的！ 10分！"衣正邦自己心中同他一样激动，嘴里却道："你瞎激动啥？还没飞完呢，继续飞。下一个着舰时，收起阻拦索！"张天一振奋道："是！"

夕阳西下，试飞基地模拟甲板勤务大队一间库房内，一名青年军官躲在这里，正在放声大哭。大队长凌凯时闻声推门闯进来，大叫："大熊——！"正在痛哭的青年军官看他，继续抽泣。凌凯时走过去问他："怎么了你？"青年军官道："队长，你还没听说？""听说什么！""中国第一艘航母……接舰部队已经成立！……他们就要上舰了！……没我们什么事！……我们是为了成为中国第一艘航母的舰员才来到这个兔子不拉屎的地方的，可是……我们上不了舰了！"凌凯时心中大为震撼，道："你说什么？怎么会这样？要是我们上不了舰，谁在舰上操纵阻拦索，谁在舰上为舰载机着舰和起飞做引导员？全海军只有我们能做这件事！"青年军官反驳他道："不！我打听了！舰上成立了自己的甲板勤务保障分队，他们会到我们这里学习，或者让我们到舰上手把手教他们，但我们不会上舰。我们要长期留在基地，为大批量培训舰载机飞行员做服务保障！"他又呜呜呜地哭起来。凌凯时脸色难看起来，大声道："我们去见首长！我们一起去！我们要一个解释！为什么当初承诺的事情今天变了卦！我们要上航母！"青年军官不哭了，抹掉眼泪道："好，我跟你去！我们一起去！"

这个黄昏，试飞基地总指挥部前的空地上，凌凯时带着自己的队伍整整齐齐走来。衣正邦出门，望着这一队满腔悲愤的军人，吃了一惊，对身后的张天一道："他们怎么了？"张天一也莫名其妙，道："不知道！"凌凯时和队伍里所有人这一刻也都望见了他们。凌凯时带队伍来到他们面前，回头喊口令："立定！稍息！立正——！"众人立正。凌凯时回头跑向衣正邦，庄重敬礼。衣正邦还礼。凌凯时大声道："报告首长——"张天一已经感觉到了什么，大声阻止他道："凌凯时，你们要干什么？"凌凯时仍旧只望着衣正邦，高声道："报告首长，海军舰载机试验试飞基地模拟甲板勤务保障分队全队官兵，今天前来向首长汇报思想！当初我们是为了成为中国航母第一批光荣的舰员才放弃理想来到这里的！可我们今天听到消息，中国第一艘航母的舰员里没有我们！我们想不通，请首长给一个解释！”

他说出这些话时，尽管努力抵制住眼泪，但眼睛仍然红了，溢出了愤怒的泪花。张天一要阻止他们，被衣正邦拉住。衣正邦上前一步，沉沉地看众人一眼，道：“原来是为了这件事来的！你说完了吗？”凌凯时亢声道：“说完了！”

衣正邦道：“好吧，小伙子们！你们想从我这里要一个想法！行，现在我就可以给你们！当初，十年前，我比现在的我更年轻，当时一位首长就告诉过我，中国将要拥有自己的第一艘航母，我有被任命为中国第一支航母编队司令员的机会！但是十年过去了，中国海军并没有拥有自己的航母。今天，他终于要拥有自己的航母了，可我老了，明年我就将退出现役！告诉大家，我的人生也有许多不完美的地方！”他声如钟鸣，让所有人都震惊地抬起头来。现场鸦雀无声。衣正邦接着放缓了声音，又道：“孩子们，论年龄我可以做你们的父亲，可在我眼里，你们仅仅是我的战友，今天你们不能实现梦想，成为中国第一批航母舰员，可你们和我一样，也在这块你们认为鸟不拉屎的地方，为中国航母走向世界贡献了青春和热情以及和生命等价的东西，那就是梦想！可是同志们想过没有，还有更多的人，在中华民族实现伟大复兴中国梦的进程中，扮演了和我、和你们一样的角色！同志们，我们是一支军队，浩浩荡荡的大军，每个人都只是队伍中的一员！这支军队的胜利，这个民族的胜利，才是我们自己的胜利！为这个胜利付出牺牲的是谁？我们每一个人！这就是我今天跟你们讲的话！啊，话虽然这么讲，但我还是要表一个态，就现在，如果你们中有哪一个，因为上不了航母想离开，回原单位去，我马上批准！我不要你们马上回答！你们要是想好了，就来找我！”

他的话句句掷地有声，让所有的人越来越动容。一场不期而遇的雨跟着下起来，雨水打在每个人脸上、身上，越来越汹涌地流淌。没有人离开，衣正邦和张天一也没有离开。他们就像一组雕像群一样屹立在风雨之中，每个人的表情里都只有悲壮和坚毅。

夜里，模拟甲板勤务保障分队在开会。凌凯时大声道：“就刚才，首长讲了，大家也都听到了，如果有谁想离开，现在就可以打报告。但是同志们，我想说的是另外的话！有谁不想离开，那就要准备放弃过去的梦想，下决心在这个也许永远不会有人知道的地方长久地工作下去，默默无闻地贡献出我们的青春甚至生命！我给大家三分钟时间，有人选择离开，马上报告！”说完了，他用炯炯有神的目光望向每一个人，但是现场一片沉默，每个人眼睛里放射出的都是毅然决然的光芒。凌凯时等了五分钟，重新开口道：“那就是说，没有人选择离开！如果是这样，我就要说第二句话。同志们，即使我们上不了航母，我们也不能无所作为！我有一个提议，现在就说出来请大家讨论！如果可行，我们就照着去做！”当初躲在库房里痛哭的青年军官大熊在一片沉默中大喊：“队长，你说吧！我们听着呢！”凌凯时道：“谢谢大家愿意听我讲出这个建议！我的建议是，我们已经为形成中国航母甲板勤务保障第一套手语耗费了巨大精力，但还没有形成一套完整的手语指挥系统。就是上不了航母，我们也要把它搞出来，教给很快就会来学习的航母甲板勤务人员，让他们代替我们，把这套由我们创造的甲板指挥引导手语带上航母。将来，我们可以骄傲地说，中国航母第一套甲板指挥引导手语系统是我们参与完成的！有没有人反对这个提议？”众人齐声大吼：

“没有！”凌凯时道：“那好，今天就干起来！不但要把它系统化、条理化，还要绘成图，写出说明文字，让它成为一个正式的历史文献！现在就开始工作！”

2012年8月的一天，中国某海港航母码头上，从前一天起结束海试停靠在这里的001号航线挂满了旗，一片喜庆气氛，迎接舰部队全体成员上舰。女兵队也在夏初带领下上舰。航母甲板上，众女兵放眼四顾，心旷神怡。马晓蓝道：“队长，我们终于上了航母！”曲婷婷道：“队长，我要把这个人生重要时刻记下来，马上发给我的男朋友！”她取出了手机。夏初道：“不行，舰上有规定，上舰以后手机不能用！”曲婷婷道：“是！”她马上把掏出来的手机又放了回去。欧阳剑侠仰望舰岛上的满旗道：“队长，今天什么节日，舰上挂了满旗！”夏初道：“航母续建及海试结束了，就要交付海军，以后的每一天对于船厂、对于海军，都是节日！”马晓蓝接住她的话头道：“我们女兵开天辟地第一回上舰，也是节日！”众人都笑着振奋地说：“对，我们上舰也是节日！”曲婷婷道：“应当设一个女兵上舰节，就是每年的今天！”众女兵七嘴八舌表示同意，笑道：“对！”“好！”“严重支持！”“顶！”

上舰后她们很快被带进了女兵生活区。众女兵争先恐后地挤进来，一边看自己在舰上生活的地方，一边叽叽喳喳吵个不停。“这是干什么的？”“我们住在哪里？”“有没有卫生间？”“在哪里洗衣服呀？”夏初拍手道：“肃静！”她回头对带队的值班军士长道：“请你介绍一下。”值班军士长道：“好的。请安静。我介绍一下，舰上这一块区域，就是专为你们开辟出来的女兵生活区，这几间舱室全是你们的宿舍。”众女兵又嚷道：“哎呀，这就是宿舍，快把背包放进去。”夏初再次让她们安静：“背包放下，东西等一会儿再归置。大家先听老兵介绍。”值班军士长带众女兵走进宿舍舱，一一指示道：“这是上下铺，这边是制式衣帽柜，大家可以放衣物和别的生活用品，每个人一个这样的空间。这里还有双层床头柜，可以放置私人物品……咱们到隔壁看一看，那里给大家准备了公共活动间，可以开会，可以看电视，也可以写信。”一女兵出其不意地打断道：“谁现在还写信啊，土老帽儿。”值班军士长听了，回头笑道：“这你就不懂了，在陆地上当然不需要写信，用手机发短信、打电话，联系起来多快呀。但是将来航母出海执行任务，一去就是半年八个月，远隔重洋，远离祖国，手机没信号，有信号也不准开，邮路靠舰载机和外交邮包维持，那时候你不写信，怎么跟你的男朋友联系？”他边说边往外走。女兵脸红了，大声抗议道：“说什么呢，我还没有男朋友呢！”值班军士长听见了，回头道：“我也没有女朋友！”众人都笑。曲婷婷道：“你太老了，我们看不上！”众人又笑。值班军士长道：“大家别笑，我就是没有女朋友，也不准备在舰上谈，已经有了新规定，谁要是在舰上跟你们女兵谈恋爱，两个人中有一个就要下舰，我可不想这么早离开航母，我刚刚上舰，还没有执行过一次任务呢！”马晓蓝也毫不相让道：“瞧这话说的，你就是想谈我们也不跟你们谈，我们也刚刚上舰，也想在航母上干一番事业呢！姐妹们，是不是呀？”众哄然大笑，道：“对！”大家继续跟着值班军士长朝前面走。

全队在生活区安置下来后，夏初又听到舰长的命令紧急赶到了舰岛的舰长室。那里站着一位少校军官。舰长对她道：“夏初同志，介绍一下，这位就是你们甲板勤务保障分队的队长赵健同志。赵健，她就是夏初！”少校点头道：“夏队长好！”夏初道：“赵队长好！”舰长道：“夏初同志，舰上已经同意你的专业方向，在航母甲板分队做引导员。赵健同志是你的直接上级。通报给你们俩一个消息，试飞大队已经接近于完成陆上所有试验试飞课目，通过了最严格的考核，就要转入 C 类项目试验试飞。总指挥命令我们迅速做好迎接舰载机着舰试验试飞的准备。舰上决定，你们分队要在尽可能短的时间内完成基础训练，然后由赵健同志带通过考核的同志去试飞基地去学习！”夏初心中一颤，道：“去试飞基地学习？”舰长道：“主要是学习舰载机甲板手语引导系统。这是那里的同志首创的！这之前你还必须过得了赵健同志这一关！”夏初目光转向赵健。赵健道：“夏队长，上舰后我们马上展开基础训练，只有通过考核，你才能正式上岗！”夏初对舰长道：“舰长，我明白了，我遇上了一个一丝不苟的领导！”赵健道：“夏队长，接舰部队所有官兵都是在全海军选拔出来的，不只是我，所有干部做事情都会一丝不苟！”夏初不再看他，只看着舰长，道：“报告舰长同志，相信我，一定能够通过考核！”

第二十九章

清晨。试飞大队机场上，全大队又一次列队。秦大地大声道："同志们！经过艰苦努力，我们在陆上承担的试验试飞项目已全部完成并通过考核，下一步要进入的才是最具决定意义的阶段！下一阶段的战斗更艰苦，更具挑战性，我们要再接再厉，一鼓作气，拿下这最后的、具有决定性意义的战斗！"众热烈鼓掌，情绪振奋。秦大地又道："今天根据我的要求，首长同意利用这次航母平台长时间试航的机会，安排我们到海上进行第一次C03项目试飞，熟悉海上环境，找找感觉。完成了C03项目，我们就开始正式投入着舰试飞！"队列中王小毛举手。秦大地看他："小毛，你要说什么？"王小毛道："大队一开始就说我们要摸着石头过河，前面几块石头我们已经摸到了，现在要摸最后一块大石头了，是吗？"秦大地道："也可以这么说！"王小毛道："航母那么大，有卫星定位系统，舰上还有着舰引导雷达，为什么还要进行C03项目，这不是脱了那个什么放什么，多此一举嘛！"众人欲笑，又止住了。秦大地道："你这么想就错了！第一，航母在码头上看着很大，但在茫茫大海里，从数千英尺飞行高度上看下去，就像一片树叶、一张邮票大小；第二，虽然上有卫星定位，下有着舰引导雷达引导，可航母这个东西是运动的，战时卫星和雷达信号非常容易被干扰，所以我们必须在缺少支持时也能在茫茫大海上顺利地找到舰，然后才能落下去。大家加油，尽快跨过C03项目这道坎，把主要精力投入C1项目试飞中！”余涛和谢振宇敏感地互视一眼。秦大地下令道：“登机！”队列解散，众人都跑向了自己的战机。

辽阔的大海上，再次奉命出航的001舰以正常航速在游弋。衣正邦带舰长、政委站在舰上的飞行控制中心，透过舷窗望远方的天空。舰长道：“今天天地清朗，阳光灿烂，海空辽阔，真是个好日子。没想到秦大队他们这么快就要来了！”衣正邦向他通报道：“试飞大队陆基模拟试验试飞全部结束，从今天起转入C类项目试验试飞，第一个要完成的重大课目就是着舰试验试飞。今天我让他们先集体到海上感受感受，找一找我们的大船！”舰长看政委，二人明显激动起来。舰长问衣正邦：“要不要打开引导雷达？”衣正邦道：“不！让他们自己找！你们该做什么还做什么！咱们试航和他们试飞两不误！”

说话之间，试飞大队的大机群已在海空中出现。秦大地对全队呼叫：“雄鹰，雄鹰，我是01，我是01，我们已经进入N号海区，任务是搜寻001号舰。发现了马上报告！发现了马上报告！”众试飞员依次回答：“02明白！03明白！……”

康延成突然瞪大了眼睛，从他所在的高空望下去，波翻浪涌的海面仿佛凝固了，成了一个网格状的静止物。航母就像一个小小黑色的点，浮现在远方海平面一个小小的网格之中。他不由得大叫：“01，01，我是06，我是06，发现目标，发现目标！”“位置？”“3点钟方向！”秦大地向3点钟方向看去，果然发现了一个小小的黑点。秦大地对全队呼叫："雄鹰，雄鹰，3点钟方向发现目标，跟我来！"他一个向右的机动，朝航母飞去。接着，全队都随他向001舰所在海区飞去。

航母上，衣正邦已经远远看到了空中小黑点般出现的机群。舰长道："首长，他们来了！"空中，秦大地望着越来越清晰的001舰，内心陡然激动，再次对全队呼叫："雄鹰，雄鹰，我是01，我是01，大家朝12点方向看，下面就是我们的001号舰！"余涛激动地回答："01，01，02报告，我看到它了！"谢振宇也道："03向你报告，我也看到它了！真是中国航母001号舰！"众人一时间都在叫喊，因为大家都是第一次见到中国第一艘航母。试飞大队成立以来，他们每天都以今天就牺牲的决心，为攻克航母舰载机起飞和着舰两大技术，殚精竭虑，吃尽了苦，受尽了累，此刻终于第一次见到了中国第一艘航母的真身，哪里会不激动！在秦大地带领下，他们一边欢呼，一边降低高度，向航母飞去。机群中，只有吴强的腰因为突然的疼痛没有参与欢呼，但他没有声张，咬紧牙关，保持自己在队形中的位置，跟着大家飞向001舰。

航母女兵生活区里，夏初正在整理自己的铺位。刘小莉"砰"一声推门，大叫道："队长，快！快！快！飞机！飞机！飞机来了！"夏初瞬间明白了她在说什么，内心激动，跟着她匆匆跑出去。马晓蓝也跟着跑了出去，边跑边对夏初道："快上甲板！甲板上看得清楚！"夏初大喊："对，上甲板！"三人顺舱梯跑下去，从一出舱口跑上甲板，马上望见了隆隆飞过来的机群。这时在她们四周，更多航母建设单位的工程技术人员和舰员也跑上了甲板，所有人都在欢呼道："舰载机！我们的舰载机！"在她们身后，欧阳剑侠也带着众女兵涌出舱口，和她们汇合在一起。夏初盯着空中越来越近的机群，眼睛湿润了。一架架战机掠过航母上空，抖动翅膀，向舰上的人员致意。马晓蓝第一个反应过来，喊：“快瞧，他们向我们打招呼呢！”刘小莉问：“这就是飞机打招呼呀？”众人都忙着欢呼，没有人回答她。夏初心中越来越激动，突然想到了什么，急匆匆跑进了舰岛。欧阳剑侠看马晓蓝，问：“队长怎么回事？”马晓蓝摇头：“不知道。”曲婷婷乱猜：“飞机上是不是有队长的男朋友？”众人笑。马晓蓝对众人道：“跟上去吧！”几名女兵点头，随她奔向舰岛。这时夏初已经顺舰岛内舱梯飞快地跑上三层，停在一面大舷窗后面，激动地望着正在航母上甲板上方低空通场的机群。空中，秦大地已经通过，回头担心地呼叫全队：“雄鹰，雄鹰，我是01，我是01，注意控制高度，好好地看看我们的航母！它真漂亮！是不是？”谢振宇驾机低空飞过，回答：“03看清楚它了！太有派了！”余涛回答：“02也看清楚了，两个字，漂亮！”王小毛朝下方叫道：“01，01，航母上的人向我们招手呢！你们瞧，还有女兵呢！”机舱中的谢振宇听到后，向航母甲板上望了一眼，真的发现了一张张朝空中挥手的女兵的脸孔。在他之后，吴强的额头开始疼出汗珠，但他仍然以漂亮的动作成功地低空通过了航母。舰岛内，一群鬼精灵的女兵出现在夏初身后，曲婷婷突然开口：“队长，有没有你的男朋友在上头？”夏初方才已经通过舷窗看到了一掠而过的谢振宇，仍然激动着，却努力用镇静的语气回答：“没有！”众人再朝窗外望去，发现大机群已经离开。众女兵还在看她，夏初道：“看什么，还不回去准备训练！”指控中心里，衣正邦正在和秦大地通话：“好了，这回让你们开眼看到航母了，回去了让大家好好谈谈感想，真正艰苦的工作刚刚开始！”秦大地回答：“是，首长！”

海上的深夜，四周围全部黑茫茫的一片，但在航母机库的一个训练室里，灯光依旧通明。夏初一个人身穿黄色马甲，躺在杠铃下，仍在进行力量训练。她练得满头大汗，作训服都湿透了。门外有脚步声响起，是甲板分队队长赵健走了进来，站住，默默地看着她，并不说话。夏初的动作没有停止，继续一次次咬牙将杠铃举起。赵健这时才看表道："十二点了，你违犯了作息时间规定！"夏初这才停下来，道："我得到了舰长的批准。除了力量训练，其他方面我也绝对不会输给任何人！"赵健看着她，想说什么又没说。作为甲板保障部门的最高领导，他一万个不想让这个被称为"洋博士"的女子真的通过了考核成了他的部下和同事，但现在他有点担心了，并且把他的担心说了出来："夏队长，你这么练，是有可能通过考核的！"夏初不接受他的恭维，警惕道："别想麻痹我，我现在完全不信任你！"边说边重新开始将杠铃举起。赵健也无奈，转身离开，响亮的脚步声一声声远去。这时夏初才让一直噙在眼窝里的泪水流出来，但即使这样，她也没有停止训练，一次又一次顽强地举起沉重的杠铃。

清晨再一次降临，谢振宇在金光万缕的海岸上等到了远远走过来的余涛。"把我找到这里来，有事？"余涛问他。谢振宇不回答，仍旧久久望着海面。余涛道："不说我走了！"谢振宇回头道："就要转入 C 类项目试飞了。你得帮我！"余涛看他。谢振宇道："我需要第三次队内系列竞赛！我觉得，大队也需要一场新的队内竞赛，还有你，也需要这场竞赛！"余涛立即就明白了他在说什么，道："你觉得那个最严峻的时刻，和陆上试验试飞比起来更严峻的时刻到了？"谢振宇不说话，但他的神情表明余涛猜对了。余涛却立即激动起来，问："你觉得现在可能打败他了吗？"谢振宇回头正视他，严肃道："未必，但即使不能，也是该试一试的时候了！”余涛笑道：“只是想试一试？”谢振宇道：“进入试飞大队以来，几乎所有的第一次都是他，现在转向C类项目试飞，为什么第一个不应该是我，或者是你！”余涛看出了他的激动，缓了一会儿才道：“振宇，我们现在有了自己编制的着舰程序，又经过了极严格的陆上模拟训练，到了今天，我应当说，出现牺牲的概率已没有原先那么大了！”谢振宇不同意他的看法，立马反驳道：“我说的不是概率，是应该。我不想等真的着舰成功后，人们发现所有的第一次，不，所有的牺牲和危险，都由他一个人扛了过去！”余涛还要说什么，他想说谢振宇说得不对，并不是所有的第一次都是秦大地扛过去的，A10项目试验等就不是他扛过去的，谢振宇却没有给他机会，并且自己也不想再说下去了，道：“你也不想再让他冒牺牲的危险，第一个在海上着舰吧？”看到余涛笑起来，他反感道：“笑什么？我觉得这件事并不好笑！”余涛道：“振宇，人的生命只有一次。活着，活在自己的亲人、爱人中间，多美好哇！过去我真不是很懂这个……行了，不说这个了，说你，你真的下决心了？”谢振宇一点也不给他留面子，道：“别装，难道你不这么想？”余涛不再隐藏自己内心的秘密，道：“要我怎么帮你？”谢振宇道：“像上次一样，一起去动员陶政委，讲出我们的理由，请他向总指挥报告，争取在正式开始C1项目试飞前重新排出试飞顺序！”余涛的心炽热起来，道：“你怎么就知道这一次我还打不败秦大队！”谢振宇笑了：“你恐怕不能，因为这次我不会再给你进入决赛的机会！”余涛道：“那就要走着瞧了！”二人用力击掌，脸上都现出了一定要赢下对方的神情。

早饭过后，试飞大队多功能厅里，全大队再次集会。秦大地讲这次会议的主旨：“首长昨天安排我们进行了第一次C03项目试飞，这也是我们第一次去熟悉海上着舰环境。大家可以讲一讲初步的印象和感想，谁先发言？”康延成举手。秦大地让他先说。康延成站起道：“大队，我有些话想说出来，可又怕影响大家的好心情！”秦大地笑道：“你有什么了不得的话，说出来会影响大家的好心情？”耿见林也道：“你说嘛，我们不怕的！”众人起哄：“对，我们不怕！”康延成只看秦大地，道：“大队，那我就真说了！”秦大地点头。康延成道：“原来我想，寻舰飞行，就是到大海上找航母，熟悉着舰区，将来‘啪’一声落下去，‘咣当’一声挂索，中国舰载机第一次在中国航母上着舰，成功了！”众人又笑他，乱哄哄道：“这么简单！好容易的！跟吃豆芽菜一样！”康延成不满道：“吵什么！让我说完！大队，政委，我原来想，航母那么大，有什么难找的？可到了海上，从空中看下去，我才发现，天哪，那么小！海那么大，无风三尺浪，就像今天，天气这么好，阳光灿烂，万里无云，我们还找了半天才在一个浪窝里发现了它。平时可以这么优哉游哉地找舰，到了战时就不能了，万一哪天你执行任务回来，油料没了，必须马上着舰，还能容你慢腾腾地在空中溜达着找啊？”他说完了，坐下。大家议论起来。谢振宇拿手指捅他，道：“你怎么坐下了，好像没说完！”刘波举手。秦大地道：“刘波！”刘波道：“我替他说完。延成是说，即使像昨天那样万里无云阳光灿烂我们也费了老大的劲才发现它，赶上天气不好，视距差，找到它就难了。我同意延成的看法，寻舰本身很可能成为我们完成试飞任务中一堵突然冒出来的‘墙’！大家还记得B04项目时碰到的那堵墙吗？”他一回头发现众人都在看王小毛，道：“你们看他干什么？都看我！我是说，不解决好寻舰的问题，着舰就无从谈起！”

他坐下，众人越发热烈地议论起来。秦大地的好心情开始打折扣，道：“安静！余涛、谢振宇，你们怎么不发言？”余涛站起，简单道："大队，我同意延成和刘波的意见！"秦大地皱眉，看谢振宇："振宇！"谢振宇站起道："同意余涛和前面两位的意见。提醒大队和政委不要小看了这堵可能出现的'墙'，我觉得它已经在影响大家的信心！"秦大地的脸彻底黑下来，看众人："还有谁要发言？"没有人举手。再回头，发现谢振宇又把手举了起来。秦大地心情更不好了，道："振宇，你还有话要说？刚才为什么不说完？"陶斯勇不觉看了一眼秦大地，道："大地，是你让大家发言，振宇有话，让他说完！"秦大地道："好吧，你说！"他边说边坐下了。谢振宇站起道："大队，政委，我想提个意见！以往我们都是在陆地上进行模拟试验试飞，以后是在海上。我建议恢复过去的双机配置，无论是寻舰，还是进行着舰试飞，相互间有个配合！完了！"他坐下来。秦大地松了一口气，道："原来是这么个意见。很好，我也在想这件事。恢复双机配置，便于以后执行C类项目试飞任务。啊，这件事大家回去可以自行结对子，自己结不成的，队内调整。"讲到这里，他忽然觉得心里还有话必须讲，"别动，我还没宣布散会呢。刚才听了大家的发言，我觉得都对，不过，C03项目是不是突然冒出来的一堵'墙'，那也得我们飞一飞看！总不能妖魔鬼怪还没有出现，我们先被它吓死。完了大家回去准备，结好对子，明天我们就进行第二次也是第一次正式的C03项目试飞。散会！"众人站起。余涛看谢振宇一眼，谢振宇会意。二人随着众人走了出去。

陶斯勇刚刚回到办公室，谢振宇、余涛就跟着走了进来。余涛还随手关上了门。陶斯勇笑道："坐。你们俩一起来，一准有事。我都快猜出是什么事了！"谢振宇道："政委太厉害了，能猜到我们的心事，那我们就不说了！"余涛也笑道："对，我们不说了！"陶斯勇道："还是得说！余涛先说！"余涛也不谦让，对他道：“是振宇的意思。他说大家一直等待的最重要时刻到了。以前在陆地上试验试飞，不管有多难，都是模拟试飞，现在不一样了，我们没有理由、也绝对不愿意让秦大队拿走所有第一次。他还说政委这次更应大力支持我们！”陶斯勇对谢振宇道：“明白了，你们俩想搞第三次队内系列对抗竞赛，重排试飞顺序！现在觉得有能力击败秦大队了？”余涛看谢振宇，笑起来。陶斯勇道：“你们笑什么？”余涛道：“政委，这问题我问过振宇。他的回答是，即使仍然不能，也要试一试，因为最需要我们挺身而出的时刻到了！”陶斯勇严肃起来，想了想道：“好了，剩下的话不用说了。我也觉得应当有一场新的队内对决！”一直没怎么说话的谢振宇这时开了口：“政委为什么也这么想？”陶斯勇虚晃一枪道：“你这个谢振宇！领导有什么想法你一定都要知道吗？好了，你们回去，建议我会马上向总指挥报告，至于他同不同意……至少我会帮你们说话！”看着两人离去，他马上拨出了一个电话，道：“小魏，是我。打听一下，首长从海上回来了？太好了，我想马上见他！”

十几分钟后，他已经到了衣正邦在试验基地的办公室。衣正邦刚刚从外面视察回来，边脱外衣边生气地看着陶斯勇，问：“这是你的主意还是谢振宇、余涛的主意？”陶斯勇道：“他们的主意，不过，我也有这个想法！”衣正邦生气道：“你的想法怎么那么多！刚开始 C03 项目试飞，搞什么第三次队内竞赛！不搞！”陶斯勇道：“首长，你应当听听我的理由！”衣正邦道：“你还有理由？说！”陶斯勇道：“刘敏洁主任最近又对大地进行了一次医学测试，她告诉我，大地累了，即使不能离开工作去休息，至少也要从心理层面减轻他的压力，但现在不是减轻，而是增大了压力！”衣正邦心一沉道：“为什么？就因为试飞大队全员转向 C 类项目试验试飞？这一关都过不了，将来建立中国人自己的舰载机飞行编队，天天都要在海上飞，怎么办？你这话不过脑子！”陶斯勇道：“陆地模拟着舰试飞技术突破之后，我觉得大地对C类项目试飞的艰难程度估计不足，产生了轻敌和急躁情绪！”衣正邦喝了口水，沉思一下道：“这个倒有可能，我也有感觉。你这个政委，能及时发现这个很好，要提醒他……至于休息，刘主任的话不能不听，但也不能全听。试验试飞搞到现在，刚刚进入最根本的环节，完不成C类项目试验试飞，舰载机不能在航母上着舰和起飞，以前所有工作都要作废！行了，你回去，这件事我不同意，秦大地仍然是试飞大队大队长兼第一试飞员，谢振宇和余涛要是真想成为第一试飞员，你就告诉他们，从现在起以第一试飞员的姿态参与以后的C类项目试飞，拿出成绩来，让我相信他们真能取代秦大地，做第一个海上着舰的试飞员！”

下午，陶斯勇还在办公室看文件，秦大地敲一下门进来，关上门，看着他。陶斯勇知道他为什么来，也不掩饰，道：“啊，你来了好，我有话跟你谈。”秦大地生气道：“我也有话跟你谈！背着我跟谢振宇、余涛串通一气，在背后搞我的什么小动作？什么第三次队内竞赛，我们刚刚完成陆上所有项目的试验试飞，全大队形势大好，士气正旺，你们这么搞，是拆我的台，还是拆试飞大队的台？”陶斯勇道：“你给我坐下！别给我扣帽子！”他忽然又笑了：“在首长那里挨训了？”秦大地气哼哼地坐下，道：“可不是挨训了。欲加之罪，何患无辞？什么我骄傲了，对C类项目试验试飞流露出了轻敌情绪，急着成功……都是你打的小报告吧？”陶斯勇道：“先说我说的对不对吧？早上你给全大队开会，让大家发言。大家真提出问题来，你又不耐烦，是不是认为寻舰这一关很好过？”秦大地道：“打住！我认为它至少不会那么难，什么又突然冒出来一堵‘墙’！‘墙’在哪里？我怎么看不见？我认为有的同志在陆上表现不错，可刚到海上飞了一圈，就有了畏难情绪！这种情绪必须克服，不能让它蔓延！”陶斯勇道：“行，今天我说不过你。明天就进行第一次正式的C03项目试飞，我们看效果。不过我还是坚持我的看法，要过C类项目试验试飞这一关，一定会出现意想不到的艰难。急躁情绪，尤其是轻敌，要不得！”秦大地站起来道：“你这么提醒我能接受，干吗告到首长那里去，让首长觉得我出了多大事一样？可是你也没告赢，首长告诉我，什么第三次队内竞赛，被他pass（放弃）了！我太高兴了！行了，我不在你这里浪费精力了，我明天还要飞呢！”陶斯勇看着他出门大步离开，摇了一下头，他觉得有些事情他需要再想想。

秦大地进了自己的办公室，刚要关门，一眼瞅见吴强在门外，本要进来的，却又扭头走了回去。秦大地一惊，叫：“强子，站住！”吴强站住，却不回头。秦大地道：“干什么呢你！回来！”吴强想了想，只能回头走过来。秦大地看着他道：“你怎么了，来到门口了又不进来？什么事进来说！”边说边一把将吴强拉进办公室，关上门道：“到底怎么了，这两天我看你蔫蔫的，也不说话，出什么事了？不是又跟媳妇闹别扭了？”吴强半天没说出话来。秦大地心中越来越吃惊，道：“不对，隔着万水千山，这别扭想闹也闹不成啊！究竟是什么事？”吴强勇敢地抬起头，道：“大地，不，大队——”秦大地道：“你这语气可不对——”话音未落，吴强已经转身拉门跑了出去。秦大地追到门外，喊：“哎——！”吴强这次头也不回，还跑了起来，转眼就在楼梯口不见了。秦大地脸色都变了，想了想，大声喊：“陶斯勇！”隔壁办公室门开，陶斯勇走出。秦大地道：“快进来！我有事！”陶斯勇一脸吃惊，跟他走进去，关门对他道：“怎么了？”秦大地痛心道：“我真混蛋，天天想着别人，把身边的人忘了，从来没想起关心过他！”陶斯勇道：“你说的是吴强？”秦大地道：“强子刚才来过了，像是有大事，又什么都没说走了！”陶斯勇道：“你这一说我也想起来了。其实从这次休假回来，我就觉得强子有点不对……哎哟！”秦大地道：“你别吓我啊！别看强子在咱们大队不显山不露水，可是有他这个人在身边，我们少操了多少心哪。他帮我们办了多少事！你是政治委员，我现在马上去找他谈他肯定什么也不说，这事你最在行，你问问他怎么回事儿？是不是腰——”陶斯勇又想起了一件事，道：“我大意了。医学分队刘主任刚来时就对我说，强子可能有点情况。我把强子受过伤的事跟她说了以后，她没再说啥。当时还想着告诉你，后来一忙就忘了！”秦大地道：“你说我这一阵子是怎么了？我怎么就把强子当成一个好人，一个铁人来用了！什么事都是他！试验试飞的事情，高速撞舰试飞，什么都没拉下他！我想到过那么一撞，人、机、索、航母甲板能不能扛得住，可怎么就没想过人和人是不一样的，天天这么撞强子能不能扛得住？”陶斯勇道：“别急啊你，我马上去找强子！”他边说边开门走出去，喊：“赵文！派车！”

海边公路上，一辆军车在奔驰。陶斯勇抓住吴强的手，两人并肩坐在后座上。吴强一直在说：“我真没事儿！都是大地，干什么他，我要是真不行了我还不找他说去？”陶斯勇目光向前，一直抓住他的手，不说话。军车飞快地向前驰，这时吴强也不说话了。陶斯勇才道：“今天咱们不去基地医院，他们那里检测仪器不行，咱们回海军总医院！”两个小时后他们就到了目的地，吴强很快就被推进了核医学检测室一架大得几乎顶住天花顶的检测仪器下面。当天检查结果就出来了，一名老专家看吴强的片子，吴强不在，只有陶斯勇一个人紧张地站在他身后。老大夫回头对他道："您请坐。你刚才说这是一名飞行员？"陶斯勇坐下道："是，特级飞行员。"老大夫问："停飞多久了？"陶斯勇开始吃惊，道："没停飞。一直在飞，昨天还在飞呢！"现在是老大夫吃惊地看他了。陶斯勇站起道："教授，有什么你就说！我是他的政委！"老大夫道："你还是坐下。这个同志腰椎部分发生过重伤，是靠钉子重新固定才恢复功能的，这个情况你们掌握吗？"陶斯勇低声道："掌握。"老大夫目光炯炯道："那今天我在我的医学生涯中见证了一个奇迹，受过如此重伤的飞行员还能重上蓝天。几年了？"陶斯勇道："七年。"老大夫不敢相信，惊呼："重伤后又飞了七年！"陶斯勇羞愧地点头。老大夫道："他要不就是一个铁人，要不就是他太重要了，部队离开他不行！"陶斯勇惭愧得脸都红了，道："教授，我是他的领导，我失职。你就告诉我，他怎么样，还能不能飞？"老大夫又重新看了片子，抬头道："我得夸我的同行，七年前为他做的手术非常成功。但最近他的身体又遭到了重创，我怀疑是反复受到了巨大力量的撞击，这导致原来固定在他脊柱上的钉子有一半已经碎了！"陶斯勇脱口喊："我的天！"

这天黄昏，秦大地在自己的办公室里面窗站立，两眼都是泪光。陶斯勇在背后对他道："你先别难受，现在该想的是怎么办？必须马上让他停飞！"秦大地转身，脱口暴怒道："不能！"陶斯勇看他："你不要感情用事！"秦大地痛苦道："都是我的错！先让他住院治疗，出院了再说飞不飞！"陶斯勇摇头道："你的心情我理解，可强子自己说，住院之前他想先调离试飞大队！"秦大地脱口而出："胡说！为什么？我不同意！"陶斯勇道："你怎么还不明白，昨天他来见你，就差点把这话说出来！"秦大地道："现在情况发生了变化，在他治好腰出院之前，不能离开试飞大队！"陶斯勇道："你现在情绪不对。你以为就你对强子有感情，我就没有？行，我明天先送他去住院，把腰治好了再说！”他转身欲走出，又想起了什么，回头对着秦大地道：“等他治好病出院，我们是不是就攻克了全部着舰和起飞技术，在航母上进行第一次着舰和起飞了？”秦大地像盯着仇人一样盯着他，大声道：“对！强子无论能飞还是不能飞，都永远是试飞大队的一员！那时我们的成功就是他的成功！”陶斯勇不再说什么，走出去，“砰”一声关门。秦大地仍然站着，一直没有落下来的眼泪终于滚落下来。他重新想起了七年前的一幕：吴强在试飞新机型因技术故障在空中发生失速，为了保护飞机，他可以跳伞却没有这么做，直到最后一刻才按下了弹舱键，座舱弹出，飞机拍在水上，因为高度不够也把他拍在水面上，然后昏迷不醒，腰部重伤，后来几乎是靠着奇迹生存下来，重上了蓝天。秦大地一直坐到了夜幕降临，晚饭也没吃，只觉得难受。这时却听到门外响起了吴强的声音：“报告！”他匆匆拭去泪水，一边站起迎出去，一边大声喊：“进来！”吴强推门走进来，向他敬礼：“大队！”秦大地恨恨地看着他，不说话，也不还礼。吴强也不好意思看他，只道：“报告大队，你现在有时间吗？我要报告——”秦大地一把抓起电话拨出去，喊：“赵文，通知车队派车！干什么是你问的吗？送吴强去住院！”吴强“啪”的一声按下他的电话。秦大地眼都红了，道：“你要干什么，放手！”吴强道：“我的事没办完之前，我不去住院！”秦大地发狠道：“你想干什么！放手！”吴强也恼起来，大声道：“你是大队长，不是我亲大哥！”秦大地不说话了，松开电话，退到一边去。吴强越来越无畏，再次立正敬礼道：“报告大队，试飞员吴强是想来问你一句话，请大队回答！”秦大地背对着他，道：“问什么？马上给我去住院！”吴强道：“试飞大队开张时，你在大会上说，如果有人想退出，随时可以提出来，你保证试飞大队的门始终对这些同志敞开！”秦大地大吼：“强子！”吴强越来越坚定，道：“先不要骂我，我要退出试飞大队，不是因为我腰上的钉子给撞碎了！”秦大地回头吼道：“那是为什么！”吴强道：“昨天从海上飞回来，不，其实有一段时间了，从第一次撞击着舰开始，我的腰就开始出情况，从那天起我就在想，是不是应当退出！”秦大地不想听他说下去，怒道：“那时候是什么时候，那时候你的腰还不像今天这样，十几个大钉子碎了一半！那时你为什么不提出来？那时提出来我马上让你退出！”吴强道：“那时没提出来，是想试试，以前多少坎都过去了，这次是不是也能过得去！”一时间秦大地的心剧疼起来，叫道：“你不要命了？我听斯勇说，那些碎钉子只要有一颗扎破了什么地方，造成脊髓损伤，就能造成截瘫，甚至死亡！你知不知道什么是截瘫？”吴强道：“知道。”秦大地的声音更大了：“知道了为什么这么久不报告？我就不是大队长，我们也是战友！强子，我问你，是不是？”吴强心软了，道：“大队别说了，你是不是想让我哭啊？今天我还不哭了！就因为你是大队长，谁都知道我们的感情，我才不好遇到一点事就对你开口！”秦大地心中如同亮了一道光，颤声道：“强子，原来你……就因为这个……”吴强宽慰他道：“不过今天好了，政委也知道了，全大队都知道了，我现在退出是最好的选择！”

秦大地道：“等等！你给我坐下！你慢一点儿。”他小心地看吴强坐下，自己坐下了又马上站起，“为什么要退出？你是因为试验试飞再次受了重伤，没有人会让你退出，首先我就不同意！你可以不飞，但你还是我们大队的一员！”吴强道：“大地，你听我说好不好？你还记得上次我们去海上寻舰吗？找到舰不容易，然后你带大家从航母上空通场，我也第一次从飞机上看到了将来要天天着舰的航母。海上风浪很大，航母不但左右前后颠簸，还大幅度上下起伏……我承认，就是那一刻我的腰疼了一下。不，不是疼了一下，是剧疼。过去我可以忍，可是就那一瞬间，我有点凌乱。”“凌乱？”“对，凌乱，我第一次闪过一个念头，我这么扛下去，到底对完成试验试飞任务有没有意义。万一我哪一刻忍不住，控制不了飞机……对了，我今天来还有一项任务是，我不该一直瞒着你和政委，没有早点如实地把我的健康情况向你们汇报，这是我存着私心，也想跟着你完成所有任务，自己能享受成功的光荣。我为这个请求处分！”秦大地看着他，所有的伤心全表现在脸上。吴强道：“别这样好不好？你都让我觉得你不是过去那个秦大地了！我接着说。寻舰回来后，我一直在想咱们看过的国外资料片上的一个镜头：一架二战中的日军飞机，从海上飞向航母，就要临舰了，航母的舰艉被巨浪朝上面猛地一抬，飞机‘咣’一声撞上去，散了，飞行员和飞机成了碎片，落到海里去——”秦大地气愤起来，手猛地一抬道：“那又怎么样！二战时的航母和飞机，怎么能和现在的航母和舰载机相比？”说完他突然感到了羞愧，不再说了。吴强道：“大地，你心里想什么我都知道，可这会儿我心里想什么你并不知道。”秦大地吃惊地看着他。吴强恳切道：“你真不知道。我就问你一句话，你怎么知道本大队里没有和我一样情况的试飞员？万一还有和我一样的，现在这种要命的关头，谁会主动提出来，说我不行了，我的身体扛不住了，没有人会这样做！是你说过的，上了战场生死自己不能控制，能控制的是军人的尊严！”一直隐藏在秦大地心中的惊雷又隆隆响了起来，他呻吟一般道：“强子，你到底要说什么？”吴强一字一顿道：“我不行了，就是再想留下来陪你们，也没任何意义。如果我都这样了还留下不走，别的人就是有情况也不会主动提出要走，那样的话，你真能保证这支队伍不出事故？”秦大地被他这句话彻底点醒了，深深地看他，情绪开始平静下来。

吴强又道：“能进到这支队伍的人，没有一个会害怕牺牲！我吴强也从来没有怀疑过试飞大队在你的率领下不能完成使命，不管以前有多少困难，以后还会冒出多少坎儿，你和陶政委一定都能带着大家克服，直到胜利！但我也真的不能留下，万一真因为我留下有一天‘咣’一声撞到舰艉上，出了大事故，就是给试飞大队抹了黑，给你这个大队长抹了黑，给中国海军抹了黑！我就成了试飞大队历史上的罪人！我不愿意！你明白吗？我不愿意！”秦大地这时已经完全冷静了，道：“好，如果是这个理由……我懂了，我和政委商量一下！”吴强站起来了，道：“还有一个要求，也请你和陶政委报告总指挥。我离开了试飞大队，并不想离开你和战友们，如果还有可能，我出了院想申请去航母上工作。我自己不能飞，但我愿意做一个航母上的飞行控制人员，帮助你们成功实现第一次着舰和起飞！”秦大地抓住他的手，只点头，什么话也说不出来。他再次热泪盈眶。

第二天上午，试飞大队全体集中到多功能厅。陶斯勇面对大家讲话：“同志们，今天开这个很紧急的会，是想通报一件事情。在即将开始下一阶段C03项目试飞的时候，大家都非常熟悉的一位同志、一位这段时间给大家做了许多服务工作付出了许多辛苦的同志、功勋飞行员，向秦大队和我提出，由于身体方面的原因，为避免因为自己的原因，给本大队下一阶段的试飞带来事故，主动要求退出。这个同志就是吴强。”众人大惊，低声议论起来，又到处寻找吴强。秦大地猛地站起来，道：“安静！大家不要胡乱猜测。今天我本来不想讲话，我心里难过，可是想了想，还是要讲！”说到这里他的声音大起来，“大家不知道吴强，可是我知道，七年前，我是他的团长，他是我的僚机，在一次新机型试验中，机械故障，他为了挽救飞机错过了最佳逃生时机，重重摔到海面上，被救起后检查发现多处爆裂性骨折，打了十八根钉子才把腰椎给重新固定。医生认为他的飞行生命已经终结，然而只过了419天，吴强同志依靠专家的治疗和自己的意志力，重新飞上了蓝天！”全场热烈鼓掌。秦大地又道：“说实话当初组建试飞大队时，在让不让他来的问题上，我是犹豫过的，是强子通过歼-15的试飞给了我信心。可是我这个大队长太不称职了！我这个兵当的，真是越当越抽缩，我都把该怎么带兵给忘了，像模拟高速撞击着舰这样有可能对强子的腰造成重大伤害的事，我都没有想起来！我该不该死？我已经向总指挥请求了处分！”他说不下去了，现场一片沉默。吴强站起来道：“大地，你干什么？”秦大地努力控制情绪，道：“好吧，今天不说这件事。我想说的是，即使吴强又撞断了固定腰椎的钉子，我和陶政委也没打算让他退出试飞大队。同志们，不管再有多少艰难险阻我们也一定会完成使命对不对？”众人大声回答：“对！”秦大地道：“好！我知道这就是大家共同的心愿。我本来想的是送强子去治疗，把那些钉子再重新钉好，你治你的伤，我们继续飞，等到我们完成使命那一天，你再回来，我们仍然是一支队伍，这里的成功和光荣也有你一份！可是强子不干，他说如果他留下来，有可能和他存在相同或相似情况的同志就不好提出离队了，他担心这样会出事故，会给我们试飞大队、给海军抹黑，坚决要求退出！”全大队爆发出更加热烈的鼓掌。秦大地示意掌声停下，道：“同志们，今天这个会，不但是欢送吴强同志离开试飞大队，还有一项任务，我和政委再一次问大家，我们每个人都不要辜负吴强同志，如果还有哪位同志，在前一段时间的试验试飞中，身体出了问题，或者感觉适应不了下一阶段的试验试飞任务，请提出来！我的政策没有变！强子说得好，能进到我们这支队伍里来，没有人会害怕牺牲，我们害怕的只是因为个人的失误给队伍和事业造成重大损失！”

秦大地坐下来。陶斯勇道：“强子，你说两句吧。大家欢迎！”众人再次热烈鼓掌。吴强站起来，道：“同志们，我这个人不会讲话，但是今天……我感觉非常幸福。当兵十六年，成为一级飞行员也七八年了，心情从没有今天这么……激动！想说的话很多，可到了嘴边又不知道怎么说了。”他停顿了，全场却再次响起雷鸣般的掌声，“好了，现在我又能说出话来了！战友们，我就要离开大家，从内心深处讲，我是不愿意的，虽然在这个集体中生活的时间不长，但坦率地说，能进入这个集体是我一生的荣耀！同样，今天能够选择退出这个集体，并得到组织批准，也是我一生的骄傲！因为我知道这样做是对的，我的腰不行了，只能这样为试飞大队做最后一次贡献了！我一生都会为这样的理解感谢你们！谢谢大家！”说着，他深深地向所有人鞠一躬，热泪盈眶。吴强又道：“我要走了，可我的心不想走，也不会走，它会一直陪伴着你们，直到你们取得最后的光荣和胜利！还有，我争取快一点把腰治好，到航母上去做一名飞行控制人员，继续为中国舰载机在中国航母上成功着舰和起飞服务。同志们，我没有离开，我会一直和你们在同一条战壕里一直战斗下去，奉献出我的一切，包括生命！”

所有人长时间地热烈鼓掌，所有人的眼里都闪烁着湿润而坚定的光。

清晨，试飞大队机场，秦大地站在队列前讲话：“同志们，今天我们要进行第一次正式的C03项目试飞，摸索在复杂气象条件下寻找航母的方法。昨天我受到了总指挥的批评，经过一夜反省，我服气了，我是轻敌了，昨天大家说得对，如何寻舰，很可能是我们开试以来第二次遇上一堵没有想到的墙。怎么解决？一不能指望卫星定位系统，二不能指望舰上的着舰引导雷达。没有老师，没有经验，只有老办法，摸着石头过河，在不断纠错中找到突破的方法。我从现在起就要特别强调一句话，安全第一！——现在登机！”队列解散，所有人都奔向了自己的飞机。

海面上大雾茫茫，001号航母平台仍在试验试航。一架直升机落到甲板上，舰长、政委迎接走下来的衣正邦。衣正邦还礼毕，看海上道：“今天的雾越来越大了！”舰长也有点担心，道：“这么大的雾，秦大队他们要找到舰不容易！”政委道：“首长，可以开动雷达引导。”衣正邦反对：“到了战时，你开动雷达引导，万一受到信息压制，还是一样。有没有雷达引导，他们这一关都得过！”舰长、政委和衣正邦及秘书小魏走向舰岛。

此时秦大地已经带领试飞大队机群飞临001号舰游弋的海区。秦大地在空中呼叫：“雄鹰，雄鹰，我是01，我是01，我们已经到达指定空域，开始双机编队自行寻舰，发现大船马上报告！发现大船马上报告！”众飞行员依次回答道：“02明白！03明白！04明白！05明白！……”机群分为两机一组，自行散开。余涛这次没有再选择和耿见林做一对，而是出人意料地选择了谢振宇两机伴飞。这让康延成落了单，回头和耿见林结成了一对。见天空乌云密布，海面上一片大雾，余涛打开了和谢振宇之间的双机信道呼叫：“03，03，我是02，有什么发现？”谢振宇回答：“海面上雾太大，什么也看不见！回答完毕！”在他们后面一点，康延成、耿见林双机并飞。耿见林也在呼叫：“06，06，我是04，看到什么了吗？”康延成回答：“全是雾，雾缝里是海。”耿见林道：“我们降低高度试试。”康延成道：“明白！”二人降低高度，向海面上飞去。在他们的左侧海空，并机伴飞的是秦大地和江海。秦大地边飞边透过云丛往海面上望，一边呼叫："08，08，01呼叫，有什么情况？"江海回答："什么也看不清，今天的海况太不好了！"秦大地心情沉郁下来，道："继续仔细搜索！"江海道："08明白！"两人继续在空中向海面上寻觅。其他人也像他们一样，因为海上的大雾，连海面都看不清楚，至于怎么找到001号舰，那就更没有主意了。航母飞行指挥控制中心里的衣正邦一直都在用望远镜朝空中寻觅他们，这时失望道："启动引导雷达，帮他们一把！"舰长答应一声，回头命令临时飞行助理："启动引导雷达！"这个命令迅速被传递到相关战位上，雷达兵马晓蓝立即启动引导雷达，回头大声道："报告首长，引导雷达启动完毕！"

雷达引导信号立即被捕获。秦大地耳边首先响起了江海的呼叫："01，01，08发现雷达引导信号！"秦大地道："01明白！"他打开了呼叫全队的信道呼叫："雄鹰，雄鹰，我是01，我是01，发现雷达引导信号，请按引导方位寻舰！"他的耳机里马上又响起了新的一轮回答："02明白！ 03明白！ 04明白！ 06明白！……"这一刻，全队已经调转方向，飞向雷达引导的方位。但这时站在航母飞行指挥控制中心窗前的衣正邦却又改了主意，对舰长道："停止雷达引导！"舰长惊讶地看他一眼，回答："是！"马上传达了他的命令，雷达兵马晓蓝再次复述他的命令道："关闭引导雷达！"空中，江海第一个呼叫秦大地："01，01，我是08，失去引导雷达信号！失去引导雷达信号！"秦大地迅速做出了反应："01明白！雄鹰，雄鹰，我是01，我是01，雷达引导信号消逝，大船就在这一海区，注意自行寻舰！注意自行寻舰！"他的耳机里再次响起全队的回答："02明白！ 03明白！ 04明白！……"航母飞行指挥控制中心里，众人都望着衣正邦。舰长道："首长，好像他们来了，已经听到飞机轰鸣声了！”衣正邦一直在对空观察，神情严峻：“是吗？听到了飞机声为什么看不见？”政委道：“今天的海况实在太恶劣了。”衣正邦更加严厉道：“这是理由吗？”听他这么说，两人就不再说话了。这时空中的秦大地又听到了江海呼叫：“01，01，方位没有错，但为什么看不见大船？”“耐心点儿！”秦大地道。江海马上又道：“雾太大，我们可不可以降低高度？”秦大地沉吟一下，下决心道：“好，降低高度，注意安全！”两机下降高度，穿过雾团，向前方飞去。在他们的左侧，谢振宇也正向自己的新搭档余涛呼叫：“02，02，应该就在附近！继续下降高度？”余涛提醒他道：“再下降就太低了！”谢振宇艺高人胆大，道：“不就是在海面上飞吗，我们也不怕！”他主动降低高度。余涛叫了一声：“振宇！”也跟着飞下去。航母飞行指挥控制中心中，衣正邦忽然想到了什么，回头想说什么，舰长叫道：“首长！”衣正邦意识到了什么，猛回头朝天空看，从云雾丛中已经传来飞机的巨大轰鸣声。政委道：“他们来了！找到我们了！”舰长却注意到衣正邦的脸色都变了。果然，从茫茫的雾海中，秦大地和江海双机俯冲下来。江海一眼看见了已经离得很近的航母舰岛顶部，大叫：“01，01，发现大船！发现大船！”秦大地一回头看到江海机正笔直地朝航母俯冲下去，急叫：“01明白！快拉起来！快拉起来！”江海被提醒，打了一个激灵，一个用杆的动作让飞机在距航母舰岛不远处突然爬升，急急向上拉起。秦大地也在他之后迅速拉升，飞过舰岛，向上方爬升。就在这时，他发现谢振宇机和余涛机正双机向舰岛俯冲下来。秦大地大惊，紧急呼叫：“08，08，注意躲避！”江海情急之中只来得回答一声：“明白！”

见余涛机来得急，干脆来了一个水平分离机动，擦着海面向左前方脱离。与此同时秦大地也来了一个向右方的紧张分离机动，躲开了俯冲下来不及躲闪的谢振宇机，避免了双机相撞。这一瞬间谢振宇和余涛同时发现航母。谢振宇大叫："危险！"一边急急将飞机拉起来。余涛回答了一声："明白！"也将飞机紧急拉起。这时两个人耳边都响起了已升向高空的秦大地的紧急呼叫："雄鹰，雄鹰，我是01，我是01，在M点发现大船，注意保持安全高度，防止发生撞机事故！注意保持安全高度，防止发生撞机事故！"全队都听到了，依次回答："02明白！ 03明白！ 04明白！ 05明白！……"航母飞行指挥控制中心里。衣正邦脸色铁青，命令身后一参谋道："马上通知他们结束试飞，返航！都乱套了！"参谋道："是！"

试飞大队多功能厅里，众试飞员心神不安地坐着等待，王小毛不时朝门口望两眼。耿见林看余涛："大队和政委怎么了，还不来？在等谁？"余涛闭着眼睛回答："别吵，老实等着！"这一刻秦大地、陶斯勇终于在营门口等到了衣正邦的车驶进来，带着秘书小魏下车。两人急上前立正敬礼，喊："首长！"衣正邦狠狠地剜了他们一眼，也不还礼，径直走向多功能厅。秦大地、陶斯勇互视一眼，跟着他走进去。众试飞员已经自动起立，神情严肃地迎接衣正邦的到来。衣正邦走上讲台，也不废话，回头看秦大地、陶斯勇一眼，怒道："我让你们上来了吗？站在下面！"二人在台下站住，秦大地悄悄盯了陶斯勇一下，示意他不要轻举妄动。衣正邦这时才看大家，道："都坐下吧！"全大队人马坐下。衣正邦看表道："我只有五分钟，讲两句话，讲完就走。第一件事，鉴于今天上午C03项目试飞中出现的严重事故苗头，我宣布给予秦大地同志行政记大过一次！"众人大惊。秦大地自己也悚然一惊，不觉站起。衣正邦看他道："你站起来看什么？让你站起来了？

坐下。第二件事，试飞大队全体人马都给我坐下来，好好地检讨，不但要找出严重事故苗头出现的原因，更要找到避免事故的方法，写出正式报告给我。这件事做不好，你们不要飞了！天天坐在这里给我开会，检讨！”说完了，他不看任何人，气哼哼地走下小讲台，大步离开。秦大地、陶斯勇站起，看着他走。秦大地对陶斯勇道：“还是要送一下吧？”陶斯勇道：“要送我去，你就不要主动去挨呲了！”秦大地点头认账，看着他急急跑出去。衣正邦正在上车，见他跑过来，没好气地道：“你来干什么？我不要你们送！快回去开会，好好检讨！告诉秦大地，查不出原因，找不到解决的办法，我就换人！还有你，一起换！”边说边和小魏上了车，越野车立马飞快地开了出去。

多功能厅里，王小毛和多名试飞员或站或立，都向门口望去。秦大地也在等待。陶斯勇走回来，两人对视一眼。秦大地道：“首长一定还有指示。”陶斯勇道：“有，让我们开会、检讨，找出解决的办法，不然他就换人！”秦大地回头走上小讲台，看大家一眼，笑一下道：“虽然日子难过，但还得过。我想说什么？对了，散会！”众试飞员一惊，面面相觑。陶斯勇也大吃一惊，看他。见有人已经站起，秦大地又道：“啊，等等！虽然现在散会，但是大家回去后不准离开宿舍，都坐下来好好想。不是让你们想想我怎么会挨这么个处分，当兵这么多年，除了立功，还没受到过处分呢！可这件事不重要。啊，也不是让你们想今天出现的事故苗头，它其实也不重要，”边说边激昂起来，“只有一件事需要大家好好去想，怎么样才能找到舰！谁能攻克这个难关，我就给他请功！不但要请功，我还要请他来当这个大队长！你们会问我为什么这么说话，同志们，经过今天上午的C03项目试飞，我忽然明白了一件事！只要能在海上寻到舰，凭我们在陆地上练出的功夫，舰载机在航母上第一次成功着舰和起飞就不会有问题！我们攻克了这两项技术，完成了全部试验试飞任务，使命就完成了！再说一句，解决了寻舰问题，像今天这样的事故苗头就不会发生！我是在说心里话。大家想办法，一定要攻破这最后的一堵墙！一定要攻破它！”坐在第一排的谢振宇近距离感受到他内心难以见到的痛苦，听到这里，带头热烈鼓掌。秦大地却一句话也不说，大步下台，快速地走出去，因为他害怕让他的人看到自己眼中溢出的泪花。

几分钟后他就回到了自己的办公室里，心情依旧难以平静，忽然回头喊了一声：“强子！”赵文闻声跑过来，对他道：“大队，你喊谁？老吴已经离队了！”秦大地猛醒，道：“忘了，你去吧。”赵文不走，小心地看着他的脸，担心道：“大队，听说你挨处分了，没事儿吧！”秦大地笑了，道：“你小子，机灵劲儿都用到这上面了？走，有你什么事儿？”赵文放心地笑道：“要说不会有事儿。大队挨个处分就有事儿，就不是我心中的大队了！”秦大地反倒被他激起了兴头，问道：“你心中的什么大队？万一我扛不住呢？”赵文手一摆道：“大队甭吓唬我啊，在我心里，我们秦大队那是顶天立地的男子汉、大英雄，别说一个处分，就是三个五个、十个八个，也扛得住！”秦大地的兴头又陡然下去了，道：“你小子，就不能为我想点儿好事呀，一个还不够？还要十个八个。告诉你，我当兵二十多年了，第一次挨处分呢！还真有点儿扛不住！”赵文笑道：“大队，你这样很好，你还能开玩笑，那我就不担心了。我要表扬你，走了。”秦大地看着他走，虽然被赵文搅和了一阵子，却也冷静了下来。他从抽屉里取出一个U盘，插进电脑，又重新耐心地看起那个外国舰载机在本国航母上着舰的视频来。他今天下定了决心，一定要继续用心搞清外军在自家航母上着舰的所有秘密。

这一刻余涛和谢振宇都先后来到了海边。谢振宇提议:“走一走吧。”二人一前一后朝前走。余涛忽然站住道:“振宇，也许刘主任说对了，大队可能真是累了!”谢振宇沉默地望着正在海面上低飞的一只鸥鸟。余涛继续说下去:“上次政委回来，传达总指挥的话，说我们只有表现得比他更优秀，才有可能——”谢振宇打断他道:“余涛，那个问题，我现在有答案了!”余涛问:“什么问题?”“一个伟大的英雄，他最重要的品质是什么?”“秦大队告诉你了?”谢振宇点头，直接说答案:“两个字:承担。”余涛深深看他。谢振宇却又回到了刚才的话题上:“最重要的是怎么办!今天这样的气象条件，海上将来会时常发生，如果我们连舰都找不到——”余涛道:“美国人是怎么做到的?还有苏联人，今天所有航母国家的舰载机飞行员，都会遇到这个问题!我们分头去想办法!”谢振宇也道:“一定要迅速拿下这堵‘墙’!中国第一艘航母就要入列了，要是那天我们还是找不到舰，会成为多大的耻辱!”两人有力地对视了一番，分头离开，谁也没有再说一句话。

直到黄昏，秦大地都在看那段视频，仍没有收获。他关掉电脑，站起来。为了抑制自己的急躁情绪，他回到宿舍里，在床上平躺下去，睁大眼睛回忆白天寻舰飞行的全过程，将其中的每一个细节都放大，又坐起来，重新打开电脑播放那段视频。电脑屏幕上，重新出现了一艘外国航母航行的画面，然后镜头转向航母的舰艉，看它在海上拖出一道长长的雪白的浪迹。他开始将自己的记忆与这段视频拍的镜头进行细节比对，最后发现记忆中的自己也在最后拉升起来的同时看到了航母舰艉那一条雪白浪花翻滚的航迹。他关掉电脑，重新躺下来，并没有多想，因为他觉得那仍然只是一条浪迹，和他一心要思考的寻到舰没有相干。

一直到黄昏时分，谢振宇才在那片他已经熟悉的海滩上看到了吴惊天。他的恩师这个点儿了还在这里垂钓。他停车，远远走过去。吴惊天回头看他，脱口而出："振宇，出什么事了？"谢振宇道："老师，我们转入C类项目试验试飞了！"吴惊天道："祝贺你们，祝贺秦大地。看样子，总攻的时候到了！"谢振宇道："可我们现在连最后要攻击的山头都找不着！"吴惊天道："找不到舰，是吗？"谢振宇道："对。还有，这次我和余涛，又在陶政委支持下，向总指挥提出了进行第三次队内竞赛的要求。总指挥说，什么时候我们表现得比秦大队更优秀，他就答应我们！"吴惊天沉默良久才道："到了今天，你仍然想当第一试飞员？""是。可已经不是为了——"谢振宇道。"不要说了！"吴惊天道，"不过一定有人问过你，是不是觉得真能打败秦大地了！"谢振宇点头："是。""你怎么回答的？"谢振宇底气上来了，道："无论是不是能打败秦大队，我都要有这个勇气去承担打败他的责任！""承担？""对，承担，当然还有牺牲！老师您刚才都说到了，战役到了最后时刻，总攻时间到了！"见吴惊天沉默，谢振宇又道："据我所知，老师早就想到中国早晚要搞航母，开始偷偷练习鹞式飞行着舰，那时就没有想到如何寻舰？"吴惊天摇头道："振宇，这一次我可能真帮不了你和秦大地的忙了。"是的，那时他是想到过用鹞式飞行技术着舰，可真没想到在海上寻舰也会成为一个航母成军路上的大坎。

谢振宇脸上的希望消失。

试飞大队办公楼内，赵文引余涛走进了陶斯勇的办公室。余涛道："政委——"

陶斯勇道："我刚刚接到电话。你马上回北京，当年被你爷爷余兆年老前辈打下来的那个某国航母舰载机王牌飞行员到北京来了，一定要见你爷爷，还要见他的家人！领导决定让你回去，陪同余兆年老团长参加会见！"余涛笑道："詹姆斯？"陶斯勇道："对，就是他。这小子后来被我们释放回去，升了官，做到了空军中将，现在退休了，也老了，一直申请到北京来见见当年把他打下来的中国飞行员，共同复一复盘，检讨当日他们四架战斗机外加'响尾蛇'导弹，为什么只回去了一架，现在他的愿望要实现了。"余涛心中一动，深深看陶斯勇道："政委——"

陶斯勇急忙拦住了他，道："什么也不要说，去了以后见机行事就好！"余涛振奋地答应一声，举手敬礼，匆匆离开。

晚上六点整，在海军总医院余兆年的病房里，冯汝萍、陈亚红和两名护士帮老英雄重新穿上了当年的旧海军将军服，并在他胸前挂满功勋章。余兆年哼哼着表达不满："好了好了，见一个手下败将，用得着把我打扮得像个小姑娘似的吗？"余涛猛然推门闯进来。冯汝萍先看到他，大叫一声："余涛！"众人抬头，脸上都现出了欣喜的神情。余涛笑着看余兆年，喝彩道："爷爷，你好威武！"余兆年问他："知道谁让你回来的？"余涛道："我们领导嘛！"余兆年道："错，是我！""您？""怎么，不信？以为我整天待在病房里等死，一点儿就不关心你们那边的事？"余涛的话已经不流利了："不，爷爷，你……哎哟！你不会什么都猜到了吧？"陈亚红到了这会儿才捞得到说话的机会，道："你怎么了？说话一惊一乍的！"余涛道："甭打岔，我这话爷爷都懂！"医院徐新仁院长已经走了进来，对余兆年道："首长，有件事还要来请示一下。要不要准备点酒？"陈亚红急忙拦住道："院长，我爷爷都这样了，他不能喝酒的！"余兆年却不高兴了，道："谁说的？

我哪样了？我这是设家宴招待我的老对手，没酒怎么成？一定要有酒！”他把目光投向自己的儿媳：“啊，汝萍，把咱们家我存的最好的茅台拿出来，我要好好跟这小子论论酒量！对了，我今晚还要告诉这个詹姆斯，我余兆年第一拿手的是喝酒，第二才是打仗！”众人都笑起来，病房里一时充满了欢快的气氛。余涛道：“爷爷，你都这样了，吹什么牛？”余兆年道：“你这小子没出息，怎么叫吹牛？现在我跟詹姆斯都老了，战场是上不了了，也就是上上酒桌，那我能输给他？啊，你是家属，要注意听他讲话，我们今天也是一场战斗！”余涛笑道：“明白！一定完成任务！”余兆年的目光又投向了冯汝萍：“啊，怎么不动弹啊！快回去拿酒！”

当天夜里这场战斗就出了结果，余涛打军用电话给谢振宇，道：“是我，振宇……刚结束，我爷爷还真行，他和他的老对手喝了不少。詹姆斯也挺厉害，把我爷爷的好酒全喝光了……最后我爷爷好像无意间问了我一句话：‘听说你们也在搞舰载机试飞，飞到海上找不到舰？’”谢振宇在电话那一端听出门道来了，急问：“你怎么回答的？”“我怎么回答的，我说我们刚开始，飞到海上，遇上海况不好，就什么也看不见，根本找不到航母。”“詹姆斯有什么反应？”“詹姆斯是个老狐狸，他装作听不见。”谢振宇失望道：“那不白忙乎了吗？”余涛道：“没有白忙乎。宴会要结束了，詹姆斯摇摇晃晃地站起，看我一眼，说了一句话！”“什么话，快说！”“他说，你们看不到舰，看到了什么？”“什么意思？”“开始我也不明白，但是后来，我突然明白了！”“我也明白了，余涛！你没喝酒吧，快回来，明天我们飞到海上去，看我们到底能看到什么！”

他们的试飞请求得到了事实上已对他们全队实施禁飞令的衣

正邦的特殊批准。第二天早上他们两机并飞，再到海上寻舰。谢振宇道："老余，今天的海况不好，跟上次寻舰时差不多。"余涛道："那正好，要是能在这样的条件下找到舰，我们说不定就找到了寻舰的方法！"谢振宇忽然一声大叫："看，那是什么？"余涛朝下方看去，道："一条白色的航迹！"谢振宇道："有浪迹前面就一定有船，这船一定还不小！"余涛道："降低高度！"两机降低高度。谢振宇发现浪迹前方是一条大型集装箱货轮，道："老余，一条大船！"余涛道："飞过去！"两机俯冲，从大船上空掠过，重新爬上高空。余涛道："振宇，什么感想？"谢振宇不语。余涛道："我倒有点感想。如果它就是一艘航母，刚才我们是怎么找到它的？"谢振宇被点醒了："先是发现了航迹，然后发现了前面的大船！"余涛道："航迹什么船都会有，好像不能指靠这个办法帮我们找到大船。这个办法不行！"谢振宇道："明白！继续！"两机朝前方海面上飞去。

一天飞下来，到了晚上，谢振宇又在自己房间里打开电脑，研究那段外国舰载机着舰的视频。因为白天在海上通过在雾气中发现航迹从而发现了前面的大型集装箱货轮，这一次他也开始注意到了，当一架外国舰载机远远地飞向航母降落时，首先出现在飞行员主观视界里的也是一条长长的雪白的航迹。谢振宇一下子被触动了，大叫："我看到了！"康延成听到了他的喊声，从隔壁跑过来问："喊什么？喊什么？"谢振宇沉浸在自己的激动情绪里，道："我没有看到航母，可是我看到了航迹！一条航母在海上像一片邮票，可它留下的航迹有两三海里长，即使在最恶劣的气候条件下也能被我们低空发现！这就是说，只要熟悉了航母的航迹，就能在任何海况下提前发现航母！"他马上跑去见余涛，两人很快一起出现在秦大地灯火通明的办公室里，秦大地听完了十分激动，马上打电话给衣正邦报捷：“首长，我们也许找到了寻舰的办法，请求恢复C03项目试飞！”

第二天一大早，试飞大队全队已经再次出现在上次寻舰飞临的海空中。秦大地呼叫：“雄鹰，雄鹰，我是01，我是01，寻找航迹，寻找航迹！”众人依次回答道：“02明白！03明白！04明白！……”谢振宇与余涛双机并飞，边回答边转入低空飞行，仔细地透过大雾观察海面。谢振宇的眼角余光忽然搜索到了机身左下方海面上出现了一条长长的白色的浪迹，叫：“02，9点钟方向，海面发现航迹！”余涛朝9点钟方向望去，也看到了那条航迹，道：“02明白！快向大队报告！”谢振宇打开相关信道呼叫：“01，01，03在9点钟方向发现航迹！03在9点钟方向发现航迹！”秦大地朝9点钟方向望去，果然在那一片海面上发现了一道长长的雪白的浪迹，兴奋地回答：“01明白！01明白！降低高度，查明是条什么船！降低高度，查明是条什么船！”谢振宇回答：“03明白！”余涛回答：“02明白！”两机随即做动作，半转弯向左侧下方的白色航迹飞去，然后一直贴着长长的浪迹做低空飞行。谢振宇朝前方望去，大叫：“前面发现大船！”余涛也望见了航母，道：“是它！我们的大船！”谢振宇道：“快报告大队！”“你先发现，你来报告！”谢振宇呼叫：“01，01，03报告，发现大船！03报告，发现大船！”他一边呼叫一边两机已飞临舰艉，一个动作拉起，从舰岛上空通场飞过。秦大地回答：“01明白！”并马上向全大队作出通报：“雄鹰，雄鹰，9点钟方向出现航迹，发现大船！9点钟方向出现航迹，发现大船！保持间距，降低高度，跟我来！”他率领机群左转，低飞，循着航迹向前方的航母飞去。

航母女兵生活区里，正在记日记的夏初不但最先发现了第二天执行寻舰试飞任务的试飞大队机群飞临，还在偶然一回头时看到了最先从航母甲板上方通场而过的第一架舰载机。虽然谢振宇戴着飞行头盔从低空一掠而过，她仍然注意到了那个她心中再熟悉不过的面影，瞬间激动起来。几名女兵已经围上来，马晓蓝眼尖，先看她的表情，嚷嚷道："队长！怎么了？"夏初已经痴了，指窗外道："飞机！我们的舰载机又来了！"众女兵的目光一起朝窗口看去，又正值秦大地带全大队机群从航母上空掠过，忙着看热闹的女兵们又大呼小叫起来，没有像上次那样和她纠缠不息。

航母飞行指挥控制中心里，舰长也在激动地望着飞过去的大机群，同岸上的衣正邦通话："报告首长，秦大队这会儿正带着他的机群从我舰上空飞过去！……今天他们飞得非常有气势！……他们好像已经找到了寻舰的办法！……飞得真漂亮！照这个速度，我们要抓紧准备迎接他们着舰了！"衣正邦有点不相信："哪有这么容易！真的吗？"舰长道："千真万确！"过了一会儿他放下电话，政委看他，问："首长有什么指示？"舰长道："首长什么指示，他心里高兴，嘴上又绷着！"政委又欢喜又着急道："我们真的要提前准备迎接秦大队他们着舰了？"舰长道："首长说没那么快，但我们要有提前量！为迎接舰载机第一次在航母上着舰的所有准备工作都要提前完成！还有，万无一失，滴水不漏！"

女兵生活区里，众女兵看着舰载机远去，回头又都望着她们的队长。马晓蓝想起来了，喊："队长！"夏初沉浸在自己的思绪里，没有听到。众女兵会意，都笑起来。夏初道："这群丫头片子，又笑什么？"马晓蓝看众人道："我们笑了吗？"曲婷婷道："好像没有！队长，刚才有个人，看外面的舰载机都看傻了！不是马晓蓝叫了她一声，魂儿都让人家勾走了！"众女兵又大哗。夏初回过神来了，又羞又急，道："你们这些丫头片子，拿我开涮都成了乐子了！瞧我怎么收拾你们！马晓蓝，罚你打扫卫生间一天！"

马晓蓝求饶道：“队长，我不敢了！飞机上真有咱心爱的人？”夏初道：“没有！”她边说边大步朝外面走。众人跟着她走，故意大发议论。曲婷婷道：“这有什么呀，不就是个男朋友嘛，谁没有过呀，我都有过四个！”欧阳剑侠一直不怎么说话，这时开口道：“哎呀那你可是冠军！”众人又笑，喧哗。曲婷婷对欧阳剑侠道：“你这家伙，不怎么说话，但每句话都像毒刺，你不是那什么毒刺导弹吧？”众人又大叫：“毒刺导弹！毒刺导弹！毒刺导弹！”夏初道：“肃静！十分钟准备，集合训练！”众女兵这才安生了，各自跑回自己铺位前去做训练前的准备。

第三十章

这以后的日子里，初尝胜果的试飞大队继续进行寻舰训练，用秦大地的说法是：“我们已经找到了寻舰的办法，继续寻舰的目标是尽快熟悉各种海况条件下航母的航迹以及它与其他舰船航迹的不同之处。越过了这堵‘墙’，我们就可以进行C1项目试飞了！”

而在临海他的家里，妻子乌晓却在和远在山西的航空兵789团晋军团长打电话，原因是一直为秦熠提供一对一治疗的申一大夫成了被通缉的嫌犯，下落不明。晋军听了着急起来，却安慰对方：“嫂子你别急，申大夫的事我刚刚听说了，我绝对不敢相信通缉令上那些话……更不要告诉大地，这件事我会处理的！”乌晓道：“我担心的是秦熠。申大夫现在不但是他的医生，还成了他心理上的依靠，秦熠现在一天都不能没有申大夫。”晋军道：“这样，我今天就到当地公安局去一趟，现在最要紧的是找到申大夫，帮她结束逃亡，去公安局把事儿说清楚……我还有一个同学是著名律师，不行就把他请来帮申大夫打官司。只要申大夫有了下落，秦熠不着急，你就不用担心。申大夫也能继续给秦熠治疗！”乌晓道：“那好，这会儿我什么主意也没有了，我听你的！”晋军挂上电话，立马要车赶到了山西某市公安局，见到了一名负责人。负责人对他介绍情况道：“晋团长，根据回春医院院长的举报，证明申一是一个长期打着神医旗号骗人的假大夫，不但欺骗病人，还长期给病人用假药，现正在全国通缉。”晋军向他讲了秦熠的情况：“但是这两天申一大夫仍通过互联网和孩子聊天。啊不，不能说是聊天，这个孩子是脑瘫患儿，和申一大夫是医患关系，申大夫在孩子离开医院回南方上学以后，仍坚持给孩子治疗，而且效果很好。”这时一名刑警走进来，将一份材料递给负责人。负责人匆匆看过，站起道：“这个案子里有案中案。刚才这位部队首长提供了一个情况，申一在逃亡期间仍在帮她的一个病人通过网络治疗，马上去查她在什么位置，尽快让她归案！另外派一组人，对医院实际控制人展开秘密调查。要秘密进行。”刑警答应了离开。负责人和晋军站起。负责人道：“晋团长，目前我能做的就是这些，我会在合适的时候向你通报案件进程。”话说到这里，晋军也知道目前也只能这样，道：“好吧，谢谢。我们等。”

在北京开完了一系列的会后，衣正邦终于回到了试验试飞基地，当天就来到了试飞大队视察。他边走边问话道：“通过航迹寻舰的办法，真是余兆年老前辈想出来的？”秦大地道：“首长请坐。我问过余涛，他说是余团长设宴款待他的手下败将詹姆斯时问到了一句话，这句话提醒了余涛，然后余涛和谢振宇一同到了海上，发现可以根据航母的航迹寻舰。”衣正邦坐下道：“我还真是疏忽了。余兆年老英雄也是我的前辈，这些天我一直想请他到你们试飞大队来，到航母接舰部队去看一看、讲一讲，总医院那边总说不行，他熬不过三个月了，可现在八个月都过去了。怎么样，我把他请来，给你们见一见，讲一讲，打打气？”秦大地看陶斯勇，两人大喜，道：“太好了，这其实也是我们一直以来的想法，就是不敢提！”衣正邦道：“还有一件事，我也想问你们，最近在许多事情上，谢振宇是不是已经不那么主动了？”陶斯勇道：“首长什么意思？”衣正邦道：“我是说，他在许多事情上已经不再努力强调他个人才是最好的那一个，是不是？”秦大地道：“是！不过必须补充一句，在事关他试飞的每一个环节上、每一次突破中，他仍会自觉主动地走到最前面去！”衣正邦盯着他问：“怎么着，他现在在你心目中，比余涛还厉害？”秦大地笑道：“首长想听实话？”衣正邦严肃道：“当然。我什么时候让你讲过假话？”秦大地道：“首长别生气，正因为首长从来不让部下讲假话，我才要说，还差一点点，但也就差这一点点了。”衣正邦看了他一眼，改变话题：“说你们下一步的打算！”秦大地振奋道：“报告首长，我们打算再用半个月时间熟悉航母航迹，同时熟悉它和各种类似吨位的大型船舶航迹的不同。另外，还要熟悉各种不同海况和气象条件下航母航迹的差异，把它们全印在脑子里，成为瞬间习惯反应的一部分。等这个课目完成，我们想报请首长同意，立即转入着舰试飞！”衣正邦站起来道：“不行！”秦大地、陶斯勇意外地对视一眼。秦大地道：“怎么不行？”衣正邦道：“怎么不行当然有我的道理。等你们完成了C03项目试飞再说！还有什么事情要报告？”秦大地有点生气，道：“没有了！就是不明白为什么不能够迅速转入着舰试飞，我们都等不及了！”衣正邦道：“你们现在还没有完成C03项目试飞！就是完成了，也还有一个熟悉海上环境，尤其是熟悉航母平台的过程。你们已经在陆地上完成了模拟着舰起飞训练，但到海上着舰和起飞是另一回事！陆地上的舰首试飞平台和着舰甲板是静止的，真正的航母起飞甲板和着舰甲板每时每刻都在运动。第一，航母必须处在高速航行状态里，才能让舰载机逆风着舰和起飞；第二，航母在海上时刻都在向前后左右上下六个方向颠簸起伏，即使逆风航行，风大风小、由航母斜向甲板产生的侧风、由舰岛本身形成的回旋风、舰艉形成的公鸡尾气流，都会对着舰产生重大影响。所以，从现在到你们在航母上第一次着舰和起飞，路还长得很呢！”秦大地看陶斯勇，不说话了。

两人送衣正邦上车，衣正邦要走又回头，道：“刘主任呢？我来了一上午，怎么没见到她？”陶斯勇急回头喊：“赵文，快请刘主任！”几乎一眨眼工夫，赵文就从办公楼里陪刘敏洁走了出来。衣正邦主动上前，和刘敏洁相互敬礼、握手，道：“哎呀你这个刘主任，我来了，你也不出来见见，我的工作就这么不重要？”刘敏洁笑道：“首长，你是干大事的，我是敲边鼓的，首长来了，不喊到我，我哪敢主动去打扰。不过你现在喊我了，那一定是有任务，说吧！我立即执行！”衣正邦笑容落去，正色道：“任务是有，你们一直在做，很有成绩。下一阶段的任务更重。特别是秦大地，火车跑得快，全靠车头带，听说你亲自做他的医学支援？”刘敏洁看了一眼秦大地，道：“对，秦大队由我管。”衣正邦道：“那好，他都撑了八个多月了，目前一切正常。下面就要总攻，他既是指挥员又是第一突击手，我给您作个揖，继续做好他的医学支援，下一阶段谁出问题都不行，尤其是他，一点都不能出……我作揖了！”刘敏洁急忙上前拦住，道：“别别，首长给我作揖，我哪里当得起。首长放心，我还没老糊涂呢。这么说吧，不管是全大队的同志，还是秦大队，只要我在这里，首长担心的事就不会发生！”衣正邦道：“等他们真要着舰，我会要他们立军令状。你刚才的话就算是你立的军令状，我可不可以这么理解？”刘敏洁道：“首长这是逼我立军令状。行，我可以向首长保证，秦大队出了问题，拿我的人头是问！”众人笑起来。衣正邦道：“有你这话我就放心了。走了，再见！”他转身上了车。刘敏洁回头道：“秦大队，你都听见了，首长让我立了军令状，你出了事要拿我是问，怎么样，你也得给我立军令状！”秦大地这会儿心情好多了，笑道：“哎哟刘主任，我不是一直听你的嘛，你叫我做什么我就做什么，这还不行？”刘敏洁固执地说：“不行。不只是你，本大队所有试飞员，都要给我立军令状，保证规规矩矩，不犯犟，不捣乱，听从医学支援分队的指导。尤其是你，更要身先士卒，给大家做表率。不然，我就向首长告状，下令你停飞。”秦大地一下就急了，叫：“你可不要这样，你都把我吓住了！好了，我们已经知道你很厉害了！”刘敏洁道：“我这么做不是为自己，也不是为了你们哪个人，我又不是你们谁的丈母娘，这么严格要求你们，是为了早一天帮你们完成任务，而且……我也有一个目标，咱们一起合伙，创造世界奇迹！”秦大地一时间没有听懂，道：“奇迹？”刘敏洁道：“不死人哪！不是说所有航母国家攻克舰载机着舰和起飞技术过程中都要死人？有的死的还不少。咱们只要不死人，就创造了奇迹！”秦大地明白了，道：“是！刘主任，我们明白了，从我开始，一定照你说的办！”刘敏洁当即不依不饶道：“你说到做到，现在就跟我去，再做一次全面测试！”秦大地叫起苦来：“哎呀刘主任，不是刚做过一次，还不到一个月！”刘敏洁固执道：“不行！首长说了，现在进入关键时刻，我们医学支援也要进入战场状态，以后每个星期，两天做一次普查，发现问题立即处理！你跟我来！”秦大地看陶斯勇，陶斯勇笑起来。秦大地无奈，跟着刘敏洁走了回去。

秦大地再一次躺到刘敏洁工作室的催眠床上，护士马上又在他头部和身上接通了众多电极。秦大地道：“刘主任，我一直想问，你这玩意真能看到我心里的秘密？”刘敏洁道：“看不到。”秦大地道：“那我就放心了，不然我心里想什么，都让你看到了。”他闭上眼睛，很快再次进入一个梦境之中：

海上，漫天大雾。他在飞行，朝四周围看去，全是大团大团的雾团，耳边响着众试飞员的呼叫道：“01，01，我是02，雾太大了，看不清楚……连海面都看不见……”又一个试飞员声音响起来：“01，01，我是03，发现航迹！发现航迹！”秦大地回答：“01明白！01明白！”他忽然又在雾中看到机翼下翻腾的浪花，他知道这就是航母的航迹，抬头却发现了前方就是航母艉部，急忙呼叫：“雄鹰，雄鹰，发现航母，发现航母！准备着舰！准备着舰！”边呼叫边意识到自己在做动作，瞄准越来越近的航母着舰甲板撞下去。就在这一瞬，一个冲天巨浪将航母舰艉高高从狂涛巨浪中顶起，舰载机猛地向它撞过去。他大叫一声，猛地坐起，醒了，浑身大汗，看到刘敏洁和护士正皱着眉头看他。秦大地迅速让自己平静，不好意思道：“刘主任，我刚才睡着了。”刘敏洁也没说什么，只对护士道：“帮秦大队解脱。”然后走回诊疗桌后面，在测试单上写了几个字。护士帮秦大地解脱，他心中不安，急急走向刘敏洁，忐忑不安地问：“刘主任，我刚才是不是做噩梦了？”刘敏洁道：“没有。”“那我没事吧？”“没有。”秦大地吐出一口气，恢复了常态，笑道：“那就好，我走了。”刘敏洁这时却道：“你等等。”她看了一眼护士，道：“你出去吧。”护士走出去。她示意秦大地坐下来，道：“秦大队，我们要好好谈谈。”秦大地心中又大为不安起来，问：“谈什么？刘主任，我现在就开始紧张了。”刘敏洁道：“秦大队，你有心事。”秦大地笑一下道：“心事？

刘主任，我有什么心事？没有！”刘敏洁道：“有时候首长太关心部属并不是好事。譬如说今天，首长就不该来，就是来了，也不该对你说那些话。”秦大地吃惊道：“首长说了什么？”刘敏洁不回答，却反问他道：“舰载机试验试飞真到了最危险的时候？”秦大地面色沉重下来，有顷才道：“是。”刘敏洁道：“虽然首长没有再讲过不能死人，但在你心里这件事一直都在。”秦大地要说什么，想了想又止住了。刘敏洁变得咄咄逼人起来，道：“不要回避，我是就事论事，你从试飞一开始就不相信完成这项使命会不死一个人，所以你才会从试验试飞一开始就想到无论什么时候都要自己先上。如果牺牲，第一个牺牲的就是你。你甚至从那时就开始选择和培养你的继任者。对吗？”秦大地心中生出了逆反情绪，道：“刘主任，我可以选择不回答吗？”刘敏洁道：“你不回答也是回答。秦大队，你今天是不是越发认为，如果到了最后时刻，总攻的时候，一定会有人牺牲，第一个牺牲的人仍然应当是你？”秦大地猛地站起，意识到自己失态了，重新坐下去，道：“对不起刘主任。”刘敏洁继续她咄咄逼人的问题：“再说一遍我这个医生的原则。我们和病人——你当然不是病人——我是说，我和我们的服务对象之间谈的一切，对别人都是绝密。但你和我之间，一定要开诚布公。”秦大地的逆反情绪在膨胀，到了这时他也不想再藏着掖着了，直率道：“刘主任，你认为我不该这么想吗？我是大队长，比他们都年长，如果完成这项使命一定要有人牺牲，为什么不该是我？而且——”他说不下去了。刘敏洁道：“都说出来。这样我能更全面地了解你，知道怎么去帮你。”秦大地道：“那我就全说了。我一直认为，首长选择我来做这个大队长，是因为我比其他人更有能力应对每一次牺牲的考验。我选择第一个冲上去并不一定会牺牲，而另一个人就有可能！”刘敏洁目光犀利，道："你只讲了一部分实话。"秦大地道："当然。我也不能保证自己每一次都不发生问题。但即使如此，我也只能这样选择。还是刚才的原因，如果连我都扛不过去，别人更不能！"刘敏洁终于满意了，道："明白了。秦大队，我们今天就谈到这里。好在那个时刻还没有到来。现在你们还只是在寻舰，没有真正去着舰，一切都来得及。"秦大地心中又是一惊，道："来得及什么？"刘敏洁道："解决你的问题。"秦大地觉得心中有一团火在升腾，站起来道："刘主任，我觉得我没问题！看到可能的牺牲，勇敢地面对它并想办法战胜它，我一直都是这么过来的。这不是问题！"刘敏洁道："说得不错，但是，我们——首长和我——要的不是牺牲，不管是你，还是试飞大队的每一名同志！"秦大地不相信地看着她，道："真能做到这个就太好了。万一不能呢？"刘敏洁道："这么多人包括我自己在内，都在围绕着这件事艰苦工作，都是为了解决这同一个问题，为什么不应当发生奇迹？"秦大地听了，不觉松一口气道："真能解决这个问题，我心里就没负担了。我可以走了吧？"刘敏洁道："可以。不要对任何人讲这次测试的内容，对家里人更不要讲。"秦大地道："我们政委会问的。"刘敏洁道："你告诉他，我什么都没跟你讲。"秦大地这时觉得心中的逆反忽然就消失了，此刻他对这位一丝不苟的老专家只有敬意了，道："好吧，再见！"刘敏洁站起来，看他离开，然后坐下去，想了想，一刻也没迟疑，拨电话道："我是刘敏洁，帮我接首长！"

陶斯勇走进秦大地办公室，发现他正在打电话："明白了……不要……还早着呢。再见！"放下电话，看陶斯勇道："干吗关门？"陶斯勇道："跟谁打电话呢？首长的电话都打不进来！"秦大地没好气道："海军来的电话，说有一个摄制组要来跟踪拍摄我们着舰试飞，我说太早了……首长什么指示？"陶斯勇先瞧了他一眼才道：“这件事你不要乱想。首长说，下一步进行寻舰和通场试飞，要多给谢振宇和余涛一些机会！”秦大地果然皱眉道：“什么意思？”陶斯勇道：“就是说，如果他们认为有必要，可以有选择地进行一些探索性试飞！”秦大地勃然大怒道：“不行！”陶斯勇看着他，沉默了一会儿道：“我就知道你会是这个反应。我认为首长的指示是有道理的。而且——”秦大地一时怒极道：“你还有什么理由，都说出来！”陶斯勇道：“我认为这也是你一直以来的愿望，从大队开张时就有的愿望！”秦大地怼他：“别拿这话来搪塞我！只要我还是大队长，我就要说了算，不然首长就换人！”陶斯勇也生气了，道：“瞧你这个狗脾气！你以为首长不想换你吗？”秦大地警惕起来：“你说什么？”陶斯勇道：“我想说首长刚刚再次拒绝了进行第三次队内空中竞赛的提议，重申你才是大队长兼第一试飞员！”秦大地平静下来。陶斯勇又道：“还有件事也要通知你。首长说，他今晚上的话要同时传达给谢振宇和余涛！”秦大地急回头看他，想了想，没有开口说话。“想不通是不是？想不通好好想，明天就想通了！我走了！”陶斯勇说着，转身走出去。秦大地站着拿起电话要拨一个号码，忽然又把话筒扣下。他的神情表明他的心境已经平静了下来。

夜深人静，一众医护人员正七手八脚从海航10团家属楼里用担架将休克的秦熠抬下来，放进救护车。乌晓满眼是泪，身子一晃，就要倒下去。一名女护士急忙上前抱住她，喊：“乌老师，你别急！”乌晓道：“我能不急嘛，他半年没昏倒了，这下又犯了，我的儿子！……”护士搀扶着她上车。救护车鸣笛急急开走。而在楼上秦家，秦熠的房间里，一台笔记本电脑仍然开着，上面是网上通缉令：“姓名：申一，性别：女。罪行描述：2012年7月31

日，山西省警方破获了一起利用假医假药大规模行骗的案件。经查，申一系该案重要嫌疑人，目前在逃，现予以通缉……”

北方海滨试验试飞基地，衣正邦正和刘敏洁通话。刘敏洁道：“首长，我必须向你报告。今天进行的测试表明，秦大队精神负担很重，我担心他可能在第一次正式着舰试飞时出麻烦！”衣正邦急问：“他有什么问题？”刘敏洁道：“秦大队现在的问题是时刻想着自己会第一个牺牲，并且准备牺牲，这不是最积极的状态。”衣正邦不高兴了：“那你告诉我，什么才是最积极的状态！”刘敏洁道：“最积极的状态是把这件事看成一项需要去完成的工作，保持安静的心态，不把它看成是一件一定会有人牺牲的事，甚至不要把他看成是一件了不起的大事！”衣正邦生气道：“你这么说我就不懂了，它本来就是一件一定会有人牺牲的事，一件了不起的大事！您到底想说什么？”刘敏洁道：“秦大队目前不再适合承担试飞任务！”衣正邦更生气了：“越说越不靠谱了！他不适合承担试飞任务，谁适合？别的人还没有向我证明他就比秦大地强！我现在没有更合适的人用！再说了，这么重的担子、这么大的风险，搁到谁身上没有压力？好了，就到这里吧！”刘敏洁忙道：“首长等一下！首长说我们的工作重要，到了关键时刻我们又不重要了！那我给你立的军令状还算不算数？不算数我就不在试飞大队待着了，我反正都退休了，我要回家！”衣正邦道：“哎呀，你这个同志，我也没说什么呀。好了，秦大地不能离开，除了这一条，你有什么建议？”刘敏洁道：“即便秦大队不能离开，我还是要请求首长想办法帮他减压，起码不能再给他精神上增加别的负担！”衣正邦沉吟了一会儿道：“好吧，我会考虑的！”他放下了电话，生气道：“这个刘敏洁，胡说什么！”话音未落，另一部电话响起。衣正邦抓起听筒道：“我是！什么？秦熠又休克了……怎么回事！你就是刘本立院长？有生命危险？马上给我弄到北京来！你自己亲自陪着过来！……怎么来？有架便机，凌晨一点从临海起飞！你带人搭便机，护送秦熠过来！”他放下电话，神情激动，按铃。秘书小魏走进来道：“首长？”衣正邦道：“你马上打电话给总医院徐院长，传达我的命令，让他们接收秦大地的孩子入院治疗！我请求他们成立专家组，给我攻关……不下决心去研究，一万年还是不治之症！啊，还要告诉他们，这件事保密，第一不能让秦大地知道，第二不能让试飞大队任何人知道！这是纪律！谁违犯了我处分他！”小魏看他的脸色都变了，不觉跟着紧张道：“是！”

拂晓，在京郊某海军机场，一架安-24运输机落地，早就等在那里的陈亚红带人将秦熠连同担架一起从飞机上接下来，送上救护车。一名护士专门负责照顾乌晓，也扶她上了车。奉命陪同赶来的刘本立院长上了另一辆车，快速跟上去。

清晨，试飞大队机场上，对这件事一无所知的秦大地正在进行队前讲话：“同志们，从今天起，我们进行两机编队寻舰飞行，目的：一是要熟悉各种海况和气象条件下通过寻找航母航迹寻舰的方法；二是要在这个过程中接近航母，进行通场练习。所以这样做，是要抓紧一切机会，从现在就开始熟悉海上航行中航母这个特殊的着舰环境。我再强调一次，无论是熟悉并掌握各种气象条件下通过航迹寻舰的方法，还是在航母上空进行通场练习，都是为了不久后实现我们要实现的目标。大家没有忘了我们的目标吧？”众大声回答：“没有！”秦大地道：“没有就好！有句话叫行百里者半九十，面对最后的决战，真正的攻坚战，还是首长那两句话，第一只争朝夕，第二科学精神，万无一失，滴水不漏，也就是保证安全！最后我还要加上一句：一鼓作气，不怕牺牲，把最后的胜利拿下来。同志们有没有信心？”众人大声道：“有！”秦大地道：“讲一个具体问题。发现航母，进行通场飞行，高度控制在200米以上！”队列中，谢振宇、余涛互视一眼。秦大地道：“按照试飞顺序，我和江海作为第一双机编队先飞，然后是余涛、谢振宇，再以后是耿见林和康延成！余涛、谢振宇留下，其余解散！登机！”

众人解散，向各自的飞机大步走去。余涛、谢振宇原地站立。秦大地看二人道：“啊，有件事跟你俩单独说一下。我知道昨晚上政委向你们传达了首长指示。指示我执行，但我必须重申，我还是大队长，你们想做任何探索性的试验试飞，事先都必须向我报告，获得批准。这是命令！解散！”谢振宇看余涛，两人要说什么，秦大地已经大步离开。余涛道：“什么感觉？”谢振宇道：“很好。有了这柄尚方宝剑，我们今天就可以向他提出要求！寻舰问题对我们来说已经解决了，现在应当熟悉的是各种高度条件下飞机通场时会遭遇什么样的气流！”余涛果断道：“200米高度以下，你选择第一个高度，我选择第二个高度！不过刚才大队要我们报告！”谢振宇道：“那就报告，但不是现在。”余涛笑：“明白了！”二人击掌，奔向飞机。

秦大地和江海作为第一双机编队，最先到达指定空域。江海呼叫：“01，01，我是08，今天海况不好，雾很大！”秦大地道：“08，08，不是不好，是很好！”“此话怎讲？”“我们正好可以在这样的气象条件下尝试如何寻舰！”江海透过雾气，忽然望见下方海面上出现了一条模糊的浪迹，叫：“08报告，8点钟方向发现航迹！8点钟方向发现航迹！”“目测长度，辨别吨位！”秦大地迅速做出反应。“1.5到2海里，吨位5万至8万，非常可能是我们的大船！”“降低高度确认！”“08明白！”两机迅速降低高度。

航迹在机身下越来越清晰。江海大叫："01，01，我看见了，航迹前方，就是我们的大船！"秦大地道："飞过去！瞄准着舰区，做200米高度通场练习！注意高度保持！""高度200米，明白！"两机一前一后，沿着航迹向航母飞去，然后从航母上空，瞄准着舰跑道方向，200米高度先后上掠而过，折向天空。江海兴奋道："01，01，太过瘾了！我们进行了中国舰载机在中国航母上空的第一次通场飞行！"秦大地道："好兄弟，祝贺你！"江海也道："大队，我也祝贺你！我要记住这一天，中国航母成军史上也有了我的第一次！"航母甲板上，舰长、政委及一干准舰员都在仰望空中正在飞过来的第二双机编队，夏初也在其中，和第一次看见舰载机飞来时比，此时的她已相当冷静。马晓蓝看她，故作不在意地问："队长的男朋友又来了？"夏初严厉地看她一眼，对众女兵道："大家快回去训练。舰载机已经开始进行通场练习了！"刘小莉问她："队长，什么是通场练习？"夏初对大家道："通场练习，就是飞机在要降落的机场或者航母甲板上空进行低飞通过。就航母而论，只有进行了反复的通场练习，舰载机飞行员才能熟悉舰岛环境、甲板环境、各种障碍物、各种气流影响，找到安全着舰的办法，正式着舰！"欧阳剑侠道："通场练习，就是为正式着舰做准备？"夏初道："理解正确。所以大家要加油，迎接舰载机着舰的日子不会远了！"马晓蓝道："走走走，快回去训练！我们要加油，争取留在舰上，亲眼看见中国舰载机在中国航母上的第一次着舰和起飞！"说这话时，余涛和谢振宇双机已经接近航母，两人进行双机通话。谢振宇道："可以报告了！"余涛打开相关信道呼叫："01，01，02，03报告，我们想适当降低高度通场一次！"已经爬升到高空中的秦大地立即做出了回答："可以，但只能适当降低，不能过分！"余涛回答："02明白！"谢振宇回答：

“03明白！”二人在各自机中，向对方竖起大拇指。余涛：“我先来，150米，通场飞行！”谢振宇：“明白！祝你成功！”余涛将飞机迅速降至150米，从航母甲板上空呼啸而过。航母甲板上，飞行参谋认出了他，大叫：“这是余涛！漂亮！”忽然，他回头发现又一架舰载机飞过来，变色，大叫：“这是谁？太低了！怎么能这么飞！这是谢振宇！”说话的当儿，谢振宇机内高度表已降至50米，从众人头顶一掠而过。甲板上的夏初逼近地看到了飞机驾驶舱里的谢振宇，大为动容。她转身跑向舰岛二层，希望能在这里更清楚地望见飞机，但谢振宇机已经飞向云叠雾障的高空。在她刚刚离开的地方，那名飞行参谋仍在生气地大叫：“不行，他这么飞太危险了！舰上没有任何准备，万一出事就是大乱子！谢振宇这个人老毛病不改，个人英雄主义！我要报告秦大队阻止他再来第二次！”说着，他向舰岛跑回去。舰长看政委一眼，也道：“我们回去，马上开会，全体动员。我觉得，舰载机上舰的时间可能会比我们想象的还要早！”政委道：“快走！”两人跟着跑回舰岛。

这时余涛、谢振宇双机已经升空，余涛再次呼叫：“01，01，我是02，02，03请求再分别进行一次低高度通场试飞！”谢振宇在机舱内对他竖了一下大拇指。秦大地马上命令他：“报告理由！”余涛胸有成竹道：“01，01，02报告，刚才150米高度完全感觉不到航母上真实的着舰环境，尤其是气流对着舰的影响！”“你想飞多少米？”“02请求飞一次30米高度！”秦大地断然道：“太低了，不行！你们可以各飞一次120米，执行吧！”余涛道：“02明白！”谢振宇也道：“03明白，03请求和02双机伴飞！03请求和02双机伴飞！”秦大地这次没有反对，却提出了要求：“严格保持高度，注意安全！”“02明白！”“03明白！”两人一边回答，一边两机分离，下降高度，再次一前一后通过航母上空。余涛机上显示高度100米。接着是谢振宇机高度显示只有30米。这一次，在舰岛三层的舷窗后，夏初几乎是近在咫尺地看到了驾驶舱中的谢振宇，从她眼前一掠而过，紧张得攥紧了拳头，浑身发抖。甲板保障分队队长赵健从下面舷梯走上来，惊讶地看她："夏队长，你的脸色不好，没出事吧？"夏初掩饰道："没有。"赵健要走又回头道："这段时间你训练安排得太紧张了。要是顶不住，可以休息一天。"夏初回头对他猛然大声道："不！我扛得住！"边说边顺舷梯跑下去。赵健不知道发生了什么，自我解嘲道："甭说，还碰上一个喜欢较劲的了！"忽然，他想起什么，大叫："夏初！夏队！等一下！"夏初在舷梯上站住了，赵健道："有件事差点忘了通知你。你已经通过基础训练考核。明天正式加入甲板勤务保障分队学习队，随我去试飞基地学习！"夏初内心再次倒海翻江起来，大声回答："是！"

这天下午，试飞大队多功能厅里，气氛紧张。秦大地走来走去，脸色铁青，不看全大队任何人。余涛担心地看一眼谢振宇，发现后者神情平静。秦大地猛地站住，吼一嗓子："谢振宇，站起来！"众人都朝谢振宇看。谢振宇站起。陶斯勇担心地看秦大地，想阻止却又止住了。秦大地冲谢振宇怒道："好你个谢振宇！你到底想干什么？说！"谢振宇想做出解释："大队，我——"秦大地却没让他讲下去："我问你，150米高度通场飞行，我事先有没有讲清楚？"众试飞员轰然炸锅："150米，不是200米吗？"谢振宇回答："大队讲清楚了！"秦大地气不打一处来："讲清楚了你为什么还要明知故犯！前面一次200米高度通场，你飞的是50米；后来一次我说的是120米，可你飞的是30米！你把高度降得那么低，万一失控，撞到航母上，知道会出多大乱子？你眼里还有没有我这个大队长，有没有军纪？你给我检讨！现在就检讨！"谢振宇仍想做出解释："大队，我想说明一下——"秦大地仍然怒火不熄，高声道："你想说明什么？你想说你这样做是有道理的对不对？首长给你和余涛特权，让你们可以进行探索性试飞，但我事先有没有给你们规定范围？有没有约法三章？不，一章！就是事先必须向我报告！你报告了吗？你知道不知道什么是服从命令，令行禁止？你是不是军人？"谢振宇老老实实回答："是！"他这句话反而越发激怒了秦大地："原来你还知道你是！可是你遵守了吗？今天在这里，我不要你解释，要的是你的深刻检讨！你现在就给我、给大家讲清楚，当时你是怎么想的，为什么明知是错的，还是要那样做？"余涛一边听一边在一旁着急，求救地看一眼陶斯勇。他不知道为什么到了这一刻陶斯勇反倒坐下了。余涛举手。秦大地将怒目移向他道："你，想说什么？"余涛站起道："报告大队，政委，同志们，我也要检讨，今天的事情我也有责任！"谢振宇看一眼余涛，要坐下去。秦大地目光立即移向他，大声道："你干什么？给我立正站好！还没有让你坐下呢！"谢振宇重新站好。陶斯勇这时才看余涛，道："好吧，我同意了，你讲讲当时的情况！大地，我觉得应当听余涛讲一讲！"秦大地看他一眼，又看余涛，不情愿地道："好吧，你讲！"

余涛道："今天我和振宇双机编队，在大队和江海之后第二波寻舰并做通场飞行。我是长机，是我的工作没做好，才发生了谢振宇同志违犯命令擅自降低通场高度的事。虽然之前我们报告过，大队也同意我们降低高度到150米，但事实上，我也犯错误了，第一次飞的是150米，第二次100米，安全是安全，但效果还是不好——"秦大地越听越不对，拍桌子："不好？怎么不好！"余涛道："还是感觉不到舰岛回旋风和航母高速航行中斜角甲板侧风对着舰的影响！"秦大地："那也不能蛮干！"他没意识到这时衣正邦忽然走进了会场。陶斯勇吃了一惊，忙提醒他，站起迎接、敬礼。秦大地余愠未消，道：“首长，你怎么来了？”衣正邦一声不吭，径直走上前台，对大家道：“都坐下。有件事我要讲一下！”陶斯勇已经意识到要发生什么事了，拉一把秦大地，在讲台下面的空座位上坐下。衣正邦仍然不看秦大地，道：“宣布一项命令。为了更好地进行下一阶段的试飞，我决定接管试飞大队，直接领导你们的工作！”面对着会场上出现的震惊和寂静，他仍然不看一时间被他的话深深震惊的秦大地和陶斯勇，接着说下去：“强调一下！秦大地同志仍是你们的大队长，但在下一阶段试飞活动中，主要担负第一试飞员的工作。当然了，平时的队伍管理，我是不管的，他还要管。我管什么呢？我管试飞安排，每天干什么不干什么，谁干什么不干什么，都由我说了算。清楚了没有？”全体队员下意识地回答：“清楚了！”衣正邦不满意，再次大声发问：“到底清楚了没有？”众人大声回答：“清楚了！”不等喊音落尽，衣正邦已经转身往会场外面走去。秦大地完全傻了，站起来，一动不动地望向衣正邦。陶斯勇拉他一下，他才清醒过来。二人急忙追出去。门外，秦大地几步跑上前，举手对衣正邦敬礼，道：“首长等一下！”衣正邦：“什么事？”秦大地：“我……是不是犯错误了？”衣正邦：“没有！”秦大地：“没有？为什么——”衣正邦：“什么为什么？我替你管几天试飞大队就不行了？你不就是想当第一试飞员，一直当下去，所有的第一次都由你扛吗？我现在满足你的愿望，你还有什么不满意？”秦大地心中瞬间雷声滚滚，想了想，大声道：“是！我服从安排！可是——”衣正邦却不让他说下去：“服从就好，可是就不用说了。啊，作为第一试飞员，我要对你下一阶段的试飞提出特别要求！”秦大地此时心情已大为平复，道：“请首长指示！”衣正邦道：“第一，无论作为大队长，还是第一试飞员，你都要给大家做出表率。寻舰问题基本解决，下面是全力以赴投入通场练习，直到转入着舰试飞。下一阶段的试验试飞不会轻松，正式着舰试飞前你们有大量的任务要完成。首先由高到低进行不同高度的通场练习，在熟悉海上大环境的同时熟悉航母小环境，通场练习完成后是逃逸复飞练习，逃逸复飞也完成了，才能考虑进行第一次正式着舰挂索试验试飞和第一次舰首起飞！这一切全完成了，试飞大队连同你这个大队长才算完成使命！”秦大地豁然开朗道：“明白了，坚决执行首长命令！对了，首长留下吃饭吧？”衣正邦道：“我吃什么饭？哪有时间吃饭？还要赶到航母上去。以后我要天天待在那里指挥你们进行通场试飞。哎，再说一遍，我并没有撤你这个大队长，管理的事还是你的，出了事还要拿你是问！”秦大地：“是！”衣正邦上车，看仍愣在车下的小魏，喊：“你走不走哇？想在这里吃人家的饭？”小魏反应过来，笑着上车。越野车驶出了营门，陶斯勇才回头看秦大地。秦大地：“看我干什么？”陶斯勇道：“我看你有点小得意！首长没停你的职，还替你当起了差，让你继续把第一试飞员当下去，后头有人给你撑腰子了！”秦大地笑着吹一声口哨，道：“我不知道首长是怎么想的，可我现在觉得，首长英明！这会儿我膀上的责任就轻多了！对了，谢振宇和余涛的事情我也处理不了了，你向首长报告，为他们请求处分！”陶斯勇道：“错了，你还是大队长，要报告也是你的事！”秦大地被提醒，点头道：“对。”

他和衣正邦通电话已经是几小时后的事了。秦大地在电话中说：“首长，我请示一下，我这个大队长现在是不是没有权利处理人了？谢振宇和余涛怎么处理？”衣正邦哼了一声问：“你原来打算怎么处理？”秦大地道：“按照纪律规定给予严重警告处分，这种不经请示擅自行动的行为一定要杜绝！”衣正邦想了想道：“同意，但你先开个会，让他们讲讲，尤其是谢振宇，两次把高度降得那么低，感受到舰岛回旋风、甲板侧风的影响了吗？”秦大地心中一动。衣正邦问：“怎么不说话了？”秦大地道：“首长，明白了！我明天就开会，让他们讲。至于处分，等首长回来再宣布！”衣正邦道：“不，你明天开会，一开始就宣布，就说是我的命令。谢振宇和余涛应当明白，他们既然勇于犯错误，就得勇于接受处分，这和要他们承担更大责任并不冲突！”秦大地心中又是一惊：“首长说什么？还要他们承担更大责任？”衣正邦道：“怎么，我这么说话你不高兴了？”秦大地心情越来越轻松了，道：“不，高兴！哎呀我明白了！瞧我这脑子！首长亲自接管试飞大队，太及时了！对我们的工作开展太有利！谢谢首长！”两人结束通话，他想了想，喊：“赵文！去把谢振宇喊过来！”赵文进来了要走又回头问：“大队，你犯了什么事，让总指挥把大队长给撸了？”秦大地这会儿心情不错，笑着看道：“你小子，什么事你都要管吗？快执行指示！”赵文道：“大队，不是我多管闲事，是我不服！大队长都干到你这份上了，还给撸了，以后谁还给他干？”秦大地笑问：“给谁干？”“当然是给总指挥干，给海军干呀！”赵文道。秦大地道：“往下说，总指挥给谁干，海军又是给谁干？”赵文龇牙笑道：“都说大队不做思想政治工作，这不对！”“谁说我不做思想政治工作，思想政治工作是我军的生命线！”秦大地说。赵文笑一下，跑走。秦大地自语：“这小子，说我不做思想政治工作……还真提醒了我！”

转瞬谢振宇来到，站在门外喊报告，进门后举手对秦大地敬礼。秦大地还礼道：“用什么眼神看我？不是你，我这个大队长怎么给撸了？”谢振宇笑道：“大队这么说会吓住我的！”秦大地不开玩笑了，道：“我现在是有名无实的大队长，下面所有的话都是在传达衣总指挥的指示！第一，你和余涛的行为严重违纪，决定按规定给予你们严重警告处分，你要有个思想准备，明天上午开会就宣布！思想工作我就不做了，因为我已经不是大队长。第二，在明天的会上，总指挥让你和余涛讲一讲两次低空通场的感受，有没有发现舰岛回旋风、甲板侧风和舰艉升沉气流对着舰的影响。”谢振宇道：“大队，这个恐怕还讲不出来，真要让我讲，就让我再飞几个架次！”秦大地心中又不高兴了，责备道：“在没有任何安全保障措施的情况下，你们俩，尤其是你，冒险飞了两次还不够，还要多飞几架次！”谢振宇一直很平静，坚持道：“大队，真的需要，这两次是以正常巡航速度通场，并不是用鹞式飞行技术通场！就是有点感觉，也和以后我们的着舰飞行不搭界！”秦大地忽然明白了他的意思，道：“在你看来，我们下一步要怎么飞？”

“照着我们在陆上编制和试飞过的着舰程序进行通场试飞，逐渐降低高度，探索在鹞式飞行加力高速着舰状态下各种气流的影响！把它们一个个找出来，然后，一个个想办法克服掉！”秦大地内心被折服了，道：“我马上把这个建议向总指挥报告，然后呢？怎么飞，你有什么建议？”“无论是不是在冒险，我们都要针对海上着舰的未知情况进行一系列探索性试飞。我们——我和余涛，还有全大队——都认为大队永远想把最危险的第一次留给自己，不但是对大家的不信任，更重要的是您这样做反而加大了危险！”秦大地心中一震，变色道：“你什么意思？”谢振宇不为所动，坚持说下去：“大队应当向总指挥建议，把我们通过试飞发现的问题一个个捋出来，然后根据难度对大家的能力进行评估，把任务分给能够承担它们的同志一起去做，简单地说就是明确任务，分解到人，大家一起进行这场最后的总攻！”秦大地想了想，才道：“我和政委交流一下，然后把你的意见向总指挥报告！”谢振宇仍不满足，盯着他道：“我现在就想知道大队的态度！我认为你的态度至关重要！”秦大地忍无可忍道：“振宇，你一直在进步，我呢，老了，进步慢一点，但说不定也会进步的！”谢振宇要的就是他这句话，一时心花怒放，举手敬礼，大声说：“谢谢大队！我可以走了吗？”秦大地点头，看他离去。

当晚衣正邦就第二次接到了他的电话。衣正邦问他：“余涛也谈过了？”秦大地大声道：“谈过了，他的意见和谢振宇一致。”衣正邦考虑了一下，道：“连你也同意，那就是可以。干吧！”

试飞大队营门外，一辆长途大巴开过来。车里坐着001号舰甲板勤务保障分队学习队的全体人员。赵健笑着打趣夏初：“夏队，旧地重游，你眼里涌满激动。告诉我们，这里有没有特别想见的人？”夏初不卑不亢道：“有，怎么了？想知道？”赵健起哄：“大家想不想啊？”众人道：“想！”夏初道：“想也不告诉你们！”车子就在这样的一片欢笑声中驶进了营门。

回到试飞大队，夏初第一个要见的人就是刘敏洁。刘敏洁一把抓住她敬礼的手，又惊又喜：“夏初！是你呀，我真高兴！”二人热情拥抱。刘敏洁道：“好了好了，让我看看！人晒黑了，精神了，像个战斗部队的女军官了！噢，想起来了，你们航母上有个什么分队要来基地学习，有你？”夏初大声道：“对！有我！”刘敏洁看她道：“瞧你这眼神就知道你不只是为了看我来的。想问就问吧！你走了以后，他也归我管了！”夏初红了脸，道：“主任，你能不能每次都不这么明察秋毫呀，我离开时和他就讲清楚了！以后我们只是战友关系！过去的让它全都过去！”刘敏洁也不纠正她，换了话题说："走，咱们楼顶上去看，他们正在起飞，今天全大队开始用他和余涛编制的着舰程序进行新一轮通场试飞了！"两人很快上到楼顶，朝不远处的试飞大队机场望去，那里正有一架架飞机升空。刘敏洁故意不说话，看她。夏初有点绷不住了，道："阿姨，别这么看我！好像我真的还想着他啥的！"刘敏洁道："好，不看你。怎么，分开后你真的一直没联系过？"夏初点头。刘敏洁神情严肃了："行，我愿意相信。可你又回来了，还是不想见他？""不想。"见刘敏洁不说话，她又急了，道："哎呀阿姨，你又想什么呢！"刘敏洁道："说不想见是假的，其实是非常想见。但是夏初，我想以试飞大队医学支援分队队长的名义劝阻你，现在是他们最最艰苦的时刻，请不要见他。"夏初不觉心痛起来，泪花溢出，嘴里说的却是："最最艰苦的时候？"刘敏洁道："现在他和秦大队、我朋友的儿子余涛，最后这个在我心里就像我自己的儿子一样……和试飞大队全体同志，正在向最后的高地发起总攻击。不允许有一星半点儿分心！夏初，我们爱他们，就要懂得保护他们！成就他们每个人的辉煌和伟大！再说一遍，你就是想见他，我也不允许！"夏初久久地站在那里，让自己的心平静。刘敏洁又道："而且，我还认为，即便就感情论，现在也还不是你们见面的时候！"夏初琢磨着她的这些话，觉得自己的心正一点点清澈起来。"阿姨，我明白你在说什么了！"她说，"我听您的！这一次我还是要忍住，坚决不见他！……"

清晨的大海上，001号舰在航行。今天的海空一片晴朗，万里无云。秦大地、江海作为第一双机编队临空。秦大地呼叫："08，08，注意探索！"江海回答："08明白！"他这时已经在海面上发现了一条长长的航迹，航母就在前方，呼叫："01，01，08报告，

12点方向发现航母！08报告，12点方向发现航母！”秦大地也看到了航母道：“明白！”001舰飞行指挥控制中心里，张天一及两位地方公司老总带着三家的专家团就位。衣正邦看手中的任务表，对身边的飞行参谋道：“全大队100米高度通场，用谢振宇他们弄的那个着舰程序，鹞式飞行，你是老飞行员，觉得他们都做得到？”参谋回答：“首长放心，看了试飞大队今天传过来的这张任务表，我就放心了！这么有计划有分工一步一个脚印地干，一定能成！”衣正邦仍不放心，问他：“我问的是他们每个人都能成吗？”参谋道：“他们每个人可都是超一流的飞行专家，今天只是鹞式飞行、100米高度加力通场，又不是着舰，我认为不会有问题！”衣正邦这时才回头看张天一、梁良和周总，道：“你们也都准备好了？”张天一代表三人回答：“都好了。照首长指示，对每一名试飞员每一次飞行打分，每天将成绩通报试飞大队，排列第二天的通场顺序！”衣正邦道：“很好！”他开始面对舰艉方向眺望天空。参谋手持送受话器呼叫：“01，01，我是黄河，我是黄河！听到了请回答！听到了请回答！”秦大地的声音立即传了过来：“我是01，我是01！01报告，我们已经发现了黄河，我们已经发现了黄河！请求通场！请求通场！”衣正邦从参谋手里接过送受话器回答：“01，01，我是00，我是00，严格按照着舰程序，鹞式飞行，高度100米通场！注意安全！”秦大地回答：“01明白！”衣正邦将送受话器还给参谋，对舰长道：“逆风全速航行，迎接秦大队他们通场！”舰长道：“是！”回头按下一个通话键：“各部门注意，我是舰长，我命令，逆风全速航行！我命令，逆风全速航行！”一连串的回答立即响起：“一部门明白！二部门明白！三部门明白！五部门明白！……”舰长又道：“五部门打开助降系统！五部门打开助降系统！”五部门回答：“明白！”随着这一串命令得到执行，航母明显调整了航向，航速大大加快，航母甲板一侧面向舰艉的灯光助降系统也亮了起来。空中，秦大地盯着在海面上完成转向的航母道：“08，08，报告高度、距离！”江海道：“高度2000英尺，距离5海里！”秦大地道：“在我之后执行着舰程序，Q高度进入鹞式飞行，加力保持，100米高度通场！复述一遍！”江海道：“在01之后执行着舰程序，Q高度进入鹞式飞行，加力保持，100米高度通场！”秦大地道：“好，行动！”江海道：“明白！”两人相互竖起大拇指。秦大地一个破S分离动作下降高度，进入着舰程序，呼叫：“黄河，黄河，我是01，我是01，进入100米高度通场试飞！”航母飞控中心里，参谋代衣正邦回答：“01，同意通场！同意通场！”这时空中的秦大地机已顺利完成矩形转弯，进入灯光下降通道，鹞式飞行，保持高度100米，向航母呼啸而来。航母飞控中心，所有人都站起来，透过大玻璃窗望向呼啸而来的秦大地机。秦大地机高速俯冲下来，在航母舰岛上空猛地拉起，飞向高空。参谋大叫：“漂亮！”通话器中响起江海的呼叫：“黄河，黄河，我是08，我是08，请求通场！请求通场！”参谋代衣正邦回答：“08，08，我是00！按01的动作实施通场！按01的动作实施通场！”空中江海回答：“08明白！”一个漂亮的破S分离动作，下降高度，进入矩形下降和转弯，呼叫：“黄河，黄河，我是08，我是08，进入100米高度通场！进入100米高度通场！”“08，08，同意通场！同意通场！”江海机已经呼啸着高速俯冲下来，在舰岛上空100米高度拉起，升空。航母飞控中心，专家团鼓起掌来。衣正邦心情大好，回看参谋：“下面是谁？”参谋看任务表，回答：“谢振宇和余涛！”衣正邦道：“继续！”余涛和谢振宇已经临空，并且发现了航母。余涛道：“报告高度和距离！”谢振宇道：“高度4000英尺，距离12海里！”“降低高度，进入着舰程序，在我之后100米高度通场！”“明白！”两机转弯，下降，余涛开始呼叫：“黄河，黄河，我是02，我是02，请求通场！请求通场！”衣正邦手持送受话器道：“02，02，同意通场！同意通场！”余涛机已经飞来，呼啸着从舰岛上方低飞而过。参谋兴奋道：“到底是余涛！飞得真棒！”谢振宇的呼叫声已经响起：“黄河，黄河，我是03，我是03，03请求通场！03请求通场！”衣正邦：“同意通场！同意通场！”谢振宇机呼啸着飞来。衣正邦望向天空，神情却变得严肃起来。众人注意到了他这一瞬间的表情。张天一提醒众人：“是谢振宇，他下来了！”谢振宇机已经呼啸着从舰岛上空飞过，升空。参谋松一口气：“首长，谢振宇飞得也很好！”衣正邦却交代他道：“等他们全队飞完，下午让他们开会总结！主要是查问题！”参谋不懂：“查问题？”衣正邦道：“主要是心态，然后才是执行着舰程序的问题和通过技术问题！啊，还有，张司令要带他的专家团去旁听！”参谋颇感意外，但也只能回答：“是！”

所以下午试飞大队全大队的总结会就成了由张天一带基地专家团参加旁听的飞行检讨会。秦大地开门见山：“上午全大队进行了第一次100米通场试飞。虽然首长没表扬我们，但我认为我们是初战获胜。首长让我们总结，一是查心态，二是查技术。张司令也带着人来了，帮我们总结，我们欢迎。张司令，你要不要先讲两句？”张天一摆手道：“不不不，我们就是来听！请大家讲！”秦大地点名余涛先讲！余涛笑道：“大队，你是第一试飞员，应当先讲！”秦大地道：“不，我最后。你讲！”余涛站起，感慨道：“总指挥真厉害，一眼就看出来了，通场试飞对我们的技术要求不高，倒是心理要求高！”谢振宇大声插话：“同意！”秦大地生气道：“要你讲了吗？余涛接着讲！解释一下！”康延成举手："大队，我能不能先说两句？余涛，你让我先说，我都忍不住了！"众人笑。余涛也笑道："行。大队，让延成先说，他说完我再说，看我们俩的感觉是不是一致！"秦大地同意了。余涛坐下，康延成站起，道："大队，余涛，各位，我是想说，像今天上午这样的通场飞行，技术上我们都是过了关的，小菜一碟儿，还有应付海上飞行的大环境，航母着舰的小环境，什么侧风、逆风、回旋风、舰艉升沉气流，只要我们注意，真没有什么。关键是最后一下子，100米高度通场，从舰岛上空飞过去，那一瞬间我忽然有了种感觉，好像自己正在高速撞向舰岛……我的心当时咯噔一下，急急忙忙就把飞机拉起来，虽然完成了动作，但是不是高度真降到了100米，我不知道，回头我要查记录仪。各位，我想说的是，今天上午我康延成有点丢人！我在飞行游戏上飞得那么好……余涛，你说技术上要求不高，倒是心理要求很高，是不是这个意思？"众人又笑，看着他坐下去。余涛站起，道："大家别笑。延成，我刚才就是这个意思。延成比我坦率，他那一瞬间的感觉我也有，不过我这是第二次飞100米高度，扛过去了，但也仍然觉得要撞舰岛。直到飞机拉起来，才觉得心又回到胸口这儿！所以我说总指挥真厉害，一眼就看出100米通场对我们技术要求不高，心理要求特高！"秦大地听懂了，让他坐下，道："我看也不要按顺序来了，下面谁讲？"一时间众人都举手。秦大地还是盯上了谢振宇："你说！"谢振宇站起道："余涛的感觉我也有，影响没延成那么大，一闪就过去了！"康延成急问："那你是咋回事？"耿见林也道："老谢，你就说说，你怎么就比别人尿得高？"张天一也忍不住道："大家安静。振宇，我们非常想知道为什么对你的影响就没那么大？"谢振宇严肃道："刚才大家说得对，我并不比别人尿得高。以鹞式飞行技术加力高速向航母甲板俯冲下去，一闪念间我眼前也只看到了好像正冲我撞过来的舰岛，但这同时我一下子想到了当初B04项目时看到的那堵墙！”会场上哄然大响。康延成道：“墙？怎么想到它了？”“不知道，想到它的时候一个念头‘砰’一下蹦出来，像是有个人在告诉我，墙是假的，这个正向我撞过来的舰岛也是假的，我正在冲向的是着舰甲板！”张天一激动了，大叫：“说得好！那是错觉！”余涛带头鼓掌。秦大地和众人明白了他的意思，也都热烈鼓掌，人人眼里都闪烁出激动和如释重负的光。谢振宇不好意思了，要说什么又说不出，也跟着鼓掌。秦大地一边鼓掌，一边和一直坐着听没有说话的陶斯勇交流了一个肯定、鼓舞的目光，忽然想到了什么，示意大家安静，对谢振宇道：“想起来了，你违犯纪律飞过一个50米、一个30米，那时有没有要撞上舰岛的感觉？”谢振宇坐下又站起道：“有！”“那时是怎么过来的？”“刚刚有感觉就飞过去了！”众又大笑。耿见林道：“那就是说，只要不想它，也就过去了！”现场响起欢呼声、拍桌子声、跺脚声、口哨声。秦大地示意众人停止鼓噪道：“好了，这个问题我看可以过了！下面讨论技术层面的问题。谁发言？”

张天一举手道：“我说一句，大家谈这方面的问题时最好详细一点，这是我们这边科研中心重点攻关的课题！”谢振宇举手。秦大地道：“你说！”谢振宇站起道：“各位，我认为在技术层面，大家今天飞得都不错，但还是有些问题，可能需要现在就提出来，在以后的试飞中体验、解决，然后规范到着舰程序里去！”余涛赞同：“振宇说得对，你先说，说完了我也有话要补充！”王小毛道：“谢振宇，你要说什么呀？”江海道：“头一条，我们在陆地上进行模拟着舰试飞，模拟甲板是不动的，在海上航母为了帮助我们着舰却要高速逆风前行，也就是说，我们要着舰的是一块同样高速运动中的甲板，这样在着舰过程中，实际飞行距离是加大了的，因此着舰时间也会加大。”谢振宇道：“不错！是有这个问题，我刚才想说，你们一打岔我就忘了！”秦大地神情严峻起来。谢振宇继续道：“其次，航母斜角甲板形成的侧风、舰岛回旋气流、舰艉升沉气流，在各种不同气象条件下到底有多大的值，分别会对着舰造成什么样的影响，这一切都需要我们在以后的试飞中留心去体验，恐怕还要根据大家不同的体验做出记录，送到张司令的研究中心进行数学计算，找到最科学的值，直接加入着舰程序，然后按照新程序进行反复训练，第一这对提高我们的成功着舰率很重要，第二更重要，就是可以提高安全飞行率！”张天一举手。秦大地道：“张司令不要客气，我们大家讲的时候，你随时可以插话、提问。请讲！”张天一道：“振宇讲完了吗？”谢振宇道：“讲完了，司令讲吧。”他坐下。张天一激动道：“振宇同志刚才讲得太好了。说实话，我们今天就是为了你刚才讲的这些题目来的。来时我心里还在打鼓，不知道大家会不会在上午的通场飞行中注意到这些，谢振宇同志能把它们讲出来，首先说明这个同志在课题上是用了心的。秦大队，陶政委，什么叫军人的责任心，什么叫承担，这就是！我不是要表扬振宇一个人，我也要表扬余涛，表扬你们大家，大家刚才讲得真是太好了，现在看来你们真不愧是中国最优秀的一批飞行英雄。大队，政委，其实刚才振宇讲的着舰时航母的位移对着舰安全关系重大，航母位移，舰上的灯光助降系统也跟着位移，你们在进行通场飞行时差一点没关系，到了正式着舰的时候，这个灯光下滑通道的位移对你们来说可能还是会有影响的。不过这件事一旦说出来加以注意就不难了，我们已从你们编制的着舰程序中知道了你们的着舰时间，航母高速航行的速度我们也知道，剩下的就是我们的事了！等我们完成了计算，把这个加时加入着舰程序里，就能更好地帮助你们规范自己的着舰动作！”秦大地心情越来越好，道：“太好了！鼓掌！”张天一道：“别别别。秦大队，下面是不是可以讨论侧风、回旋风的影响了？”

秦大地对余涛道：“余涛，还是你先说？”余涛道：“还是让振宇说，他到底飞过50米和30米，这两个高度都更接近着舰高度，他的体验更有说服力！”耿见林忽然举手。秦大地看他：“见林，你要发言？”耿见林道：“大队，今天谢振宇说了不老少了，是不是也让我们讲一讲？”秦大地笑道：“行，这次你先讲。”耿见林道：“大队，张司令，各位，我们已经进行了三次通场试飞，由于001号舰是斜角甲板，侧风一定会有，主要是右前侧风，我的每次体会都不一样，海上风大风小，都会直接影响这股风的大小。不过我们既然知道每次着舰都会面临右前侧风的问题，也就好办了。在陆地上我们也时常遭遇右前侧风，这时如何控制飞行姿态，大家都久经考验，只要心态稳定，战略上藐视，战术上重视，没有问题。”他又回头看张天一，“司令，不过这个可能还是需要请你们帮算一下，在航母航速和舰载机着舰速度不变的情况下，不同级别的风会形成多大的右前侧风，让大家下一步进行着舰训练时心里有数。”张天一马上指示马虎臣：“这个你记一下，马上落实。”马虎臣道：“是！”耿见林接着说下去：“至于舰岛回旋风，现在我还感觉不到它有太大的影响，但它可能会出现在50米和0米高度通场中，我没体验过，不能乱说。这个谢振宇应当有发言权。我说完了！”

余涛道：“我同意见林的看法！”谢振宇也道：“我也同意！”众人也举手：“我们也同意！”秦大地对谢振宇道：“你说一说？”谢振宇道：“大队，我也就是飞过一次50米、一次30米，对舰岛回旋风是否存在、对着舰有什么影响，今天还说不上来，可能还需要再飞。”张天一满意地对秦大地道：“今天的气氛太好了！”秦大地却在看表，道：“差不多了吧？罗马不是一天建成的，所有的技术问题不可能一天解决，我们还是一边打仗一边总结，打一仗进一步。司令，怎么样？”张天一道：“好，今天我们有不少收获了！”秦大地站起来，高兴地对大家道：“没想到我们也有这样的好日子！一切问题都能在会上顺利解决！大家起立，散会前我们唱个歌！”众起立。秦大地起头：“说打就打——唱！”众人大声唱起来，虽然南腔北调，但气势恢宏。一直没怎么开口的陶斯勇此时也站起来，他感觉到秦大地今天的心情既愉快又轻松，自己也被感染，大声吼起来。

基地模拟甲板勤务保障分队训练场，凌凯时的人和赵健的航母接舰部队甲板勤务分队面对面列队，气氛庄重而又严肃。夏初也在队列中。凌凯时开始对航母甲板分队大声讲话：“同志们，从今天起，中国人民解放军海军舰载机试验试飞基地模拟甲板勤务保障分队，就要和中国航母001舰接舰部队甲板勤务保障分队进行业务对接！我代表我分队全体官兵，向接舰部队甲板分队的赵队长和全体同志表示热烈欢迎！”众人鼓掌。凌凯时道：“但这不是说，对你们的到来，我们心里真的就那么舒服、就那么高兴、就那么欢迎！不是的！本大队成立时，我们以为自己才是走上中国航母甲板执行勤务保障任务的一批人，我们一开始就梦想成为中国第一艘航母甲板上的战斗员并且为此进行了艰苦的努力、艰苦的创业，为了实现这个梦想我们倾注了全部的生命热情，在这样一块偏远、与世隔绝的土地上，我们贡献了自己宝贵的青春岁月！”他这些话让现场气氛越发紧张，他身后不止一名青年军官流出了眼泪。“但是，现在我们的梦想破灭了！我们已经不能实现自己创业时的梦想了！代替我们成为中国第一批航母甲板勤务保障人员的是你们，为了建设一支更强大的海军舰载机部队，我们将会被留在这里，直到……我也不知道会有多久，也许就是永远！”听到这里，赵健带头大力鼓起掌来，接舰部队甲板分队全体官兵随之鼓掌。凌凯时开始只是站着，不知何时他的脸上已经有了一滴泪水。有顷，他也鼓起掌来，身后的队伍随之鼓掌。掌声持续了几分钟，它们无形中化解了现场原本悄然存在的严肃气氛。凌凯时示意掌声止，道：“我就要说完了，但是最重要的话还没说呢。我现在想说的是，我们共同进行的是一项伟大的事业，历史性的事业，一定会有人奋斗，有人牺牲，近来我常听到一句话，为什么不是我！同志们，为了我们共同的目标早一天实现，牺牲我们的青春、理想，我们认了！但是，你们这些站在我们面前的人，代替我们走上中国航母甲板的人，你们听好了！从今天起，我们也将原本要由我们承担的责任、沉重、光荣托付给你们了！中国舰载机登上航母，靠你们了！”两支队伍里再次响起了热烈的掌声，更多的人眼里闪出了泪光。凌凯时再次示意掌声止，道：“现在进行业务对接！把我们创造、大致上成熟的航母甲板勤务的各种业务、指挥起降的手势，全部传授给你们！我们可以允许你们替我们走上航母甲板，但决不允许你们学艺不精、业务不良，辜负了我们的牺牲和奋斗！简单地说，我们会用非常严苛的标准对待你们每一个。过不了我们这一关，你们就上不了航母！”现场一下子变得鸦雀无声。凌凯时最后大声道：“好了，各队根据专业分工，马上带开！”

现场响起此起彼伏的口令声：“立正，向右转，跑步走！……引导分队跟我来！弹药分队跟我来！消防分队跟我来！油料分队跟我来！医护分队跟我来！”……夏初置身在引导分队里，也随着口令从队伍中跑开。

以后的日子，她经历了极为紧张的基础训练。最艰难的是装卸弹药训练。两人一组，基地甲板大队一人做指挥员，接舰部队一人负责练习。口令声此起彼伏。同时有十几组人马在训练。这是一段炼狱般的日子，但是夏初扛住了！

秦熠从机场被送进海军总医院的当天，就马上被推进了重症监护室急救。以后的日子里，乌晓不分白天黑夜地守着昏迷不醒的儿子。又是一个黎明来临，刘本立早早地就陪陈亚红走进来。陈亚红问值班护士长：“情况怎么样？”护士长道：“各方面体征都正常，就是还没有苏醒。”乌晓听了悲从中来，又不敢哭出声来，只能背过身去。陈亚红对一名护士说：“你照顾一下孩子的母亲。”护士转身去劝乌晓到休息室休息，但乌晓坚持留在这里守着秦熠。陈亚红知道不能当着她的面讨论孩子的病情，道：“刘院长，请你跟我来，我想详细听听孩子过去治疗的情况。”

刘本立在陈亚红的办公室里坐下来。陈亚红在他对面坐下，道：“刘院长，有些情况要向你通报。刚才院务会议做了决议，任命我为秦熠的主治医师，同时成立了以徐院长为组长、全院相关科室专家为成员的攻关小组。我兼任小组副组长和召集人。专家们对孩子的病情进行了深入讨论，有一个建议。”刘本立问：“什么建议？”“建议是我们脑科的一名老专家提出来的，这是个在国内外都很有影响的大专家。他说，如果在别的地方全都查不到原因，那就开阔一下思路，打破常规，从遗传方面查一查。”刘本立吃一惊道：“遗传？他父亲可是一名功勋飞行员，身体一直非常好，不会是遗传方面的原因！”陈亚红道：“刘院长，你是前辈，可能比我还要清楚，医学发展到今天，虽然取得了巨大成就，可在大自然面前，仍然像个三岁的孩子。父亲的身体好，不代表他身上没有遗传基因缺陷，在这方面，隔代遗传是常有的。”刘本立叫了一声道：“哎呀！你提醒了我，孩子的爷爷就是截瘫。”陈亚红急道：“是吗？这个情况我还没有掌握。要是这样，我们更需要马上对孩子的父亲进行一次遗传学检测！”见刘立本面有难色，陈亚红问他：“怎么了刘院长？”刘本立突然激动起来了，道：“陈医生，你还不知道孩子的父亲是谁吧？”陈亚红道：“不管是谁，都要马上进行遗传学检测，万一专家的意见是对的，我们也好用遗传工程学的最新成果实施治疗！这是目前救孩子的最后一线希望！”刘本立道：“你没明白我的话。孩子的父亲你认识！”陈亚红道：“谁？”刘本立道：“我听说陈医生的前夫也是舰载机试验试飞大队的试飞员！”陈亚红震惊道：“秦熠的父亲……是试飞大队的秦大队？”刘本立点头。陈亚红猛然站起又坐下，道：“不行，不能惊动他！首长有指示，秦熠犯病到了北京的消息要对秦大队和试飞大队所有人严密封锁！他们现在正在刀刃上行走！尤其是秦大队，试飞大队可以没有别人，但不能没有他！”刘本立对她道：“这就是事情的难处！”陈亚红想了想，坚持道：“但是遗传学检测也要做！我有一个主意！请首长同意，让试飞大队所有试飞员都到总医院……不，还是我们去试飞大队，以对全体人员进行例行体检的名义，对秦大队进行遗传学检测！”刘本立高兴了，道：“这个主意好！”陈亚红又站起：“我马上去报告院长！”刘本立拦住她道：“等等！关于秦熠过去的治疗情况，有一件事我还没来得及跟你讲。今年三月，秦熠连续数次昏迷，秦大队非常着急，病急乱投医，我让他带孩子去了山西，找一位名叫申一的大夫求治。在那里治了三四个月，后来回临海上学，还一直吃申大夫的药……但现在看来，她的药并没能治愈秦熠这种不明原因的突然休克尤其是昏迷，这会儿的症状反倒更严重了……所以，为了不影响你们的诊治，这个情况开头我没说。”陈亚红一时没从这话里理出头绪，道：“这件事以后再谈，我先去报告院长，争取尽快完成对秦大队的遗传学检测！”

这天夜里，陶斯勇就接到了电话，说是海军总医院要来人为部队服务，对试飞大队所有人进行新一轮例行体检，约好了明天下午来。刚放下电话秦大地就走了进来，坐下道：“给我口水喝！”陶斯勇倒水给他，看他的神情，笑道：“碰钉子了？”秦大地一饮而尽，道：“100米高度通场大家飞了一个星期，再飞意义不大。谢振宇和余涛都认为，应当降低高度进行50米高度通场，然后就直接进行0米高度通场，要是能过了舰岛回旋风、甲板侧风和舰艉升沉气流这几关，接下来就可以进行着舰加逃逸复飞试飞，然后，就可以正式进行着舰试飞了！”陶斯勇笑看他，道：“首长怎么说？”秦大地哼了一声，大声道：“怎么说？不讲理，训了我一顿，还说现在是他在主持大队工作！我是不是对他接管试飞大队不满意？我就是提点儿建议，这不是不讲理吗？”陶斯勇笑。秦大地道：“瞧你幸灾乐祸的样子，没一点同情，我走了！”陶斯勇拦住他道：“等等。首长最后怎么说的？你还没讲完呢！”秦大地道：“首长说，100米高度通场继续，至少再飞一个月！等我们所有人都能像谢振宇、余涛一样，通过时对舰岛视而不见，才会让我们飞50米高度通场！”陶斯勇大笑。秦大地道：“你就这么高兴？”陶斯勇道：“我对首长真是越来越佩服，看来夺了你这个大队长的权他做对了。大地，首长这么做是对的，他要你们继续飞100米高度，不但要解决你们的技术问题，更是要解决面对舰岛时的心理问题，口头上解决还不行，还要化成无意识！这就是他的作风，万无一失，滴水不漏！你现在到这个阶段了吗？”秦大地不说话了。陶斯勇想起了刚才的电话通知，道：“有件事告诉你，明天下午海军总医院来人，对全大队进行例行体检，人家特别吩咐，你一定要参加！”

秦大地不高兴道：“总医院怎么回事？上半年不是刚例行体检过吗？再说我们这里有基地医院，还有刘主任的医学支援分队……你快打电话，就说我们太忙，以后再说！”陶斯勇道：“打不了了，已经约好明天下午三点到！”秦大地道：“那我也不参加，我事多着呢！明天下午我和张司令约好，要去基地参加他们的一个研讨会，关于舰载机着舰他们有些新的研究成果，这个重要还是体检重要？”陶斯勇道：“你真的不参加？”秦大地道：“我当然不参加了！不过你现在不要说出去，明天下午，他们要来就来，就说我有急事，要参加重要会议，走了！”陶斯勇想了想道：“也行。少你一个人就少你一个吧。”

第二天晚上陈亚红就得到了消息，说秦大地没有接受当天的体检。“不行，”她马上打电话给院务处，“马上通知他，明天上午亲自到海军总医院来补检，告诉他这是首长同意的，不来不行，一定得来！”电话很快到了试飞大队，陶斯勇让秦大地自己打电话给衣正邦去证实一下，是不是首长命令他非去不行。秦大地想了想道：“还是算了，你还嫌我最近挨首长的呲儿少哇？我不打。”第二天午后他安排好了下午的工作，让司机一路狂奔进了城，按着电话的要求到了海军总医院门诊大楼陈亚红的办公室外，敲门道：“同志，我是试飞大队的秦大地，来补检的！——哎，我们好像见过！”陈亚红站起，不搭他的茬道：“你是秦大地同志？”“是我！”“你昨天不该漏检。小刘！”一名有一张大脸盘子的护士跑进来。陈亚红拿起一张送检单：“这位是试飞大队的秦大队长，马上带他去补检。先去抽血！”护士道：“秦大队长，你跟我来！”两人下楼，在院子里走了很远，走进了一座灰色的楼房。护士让秦大地等一等，她要先去找人。秦大地看楼门前的名牌，问护士：“不是抽血吗，不到检验科去，怎么到基因工程研究所来了？”护士解释：“检验科人太多，要排队，陈亚红医生嘱咐的，在这里抽血。”秦大地笑道：“今天还受到优待了！”大脸护士推门走进一个房间，很快，带一名小脸护士走出来，对后者道：“就是他！”小脸护士注意地看秦大地一眼。秦大地心里有点不安，笑道：“怎么了？”小脸护士道：“进来吧。”秦大地跟她走向一个房间抽血。大脸护士对小脸护士道：“那我走了。”小脸护士一边帮他抽血，一边很随便地问：“你为什么要做这个检测？”秦大地笑道：“什么检测，不就是一般的体检吗？”小脸护士不说话了，过了一会儿才道：“过去做过这种检测吗？”秦大地心中的不安又被唤醒了，道：“什么检测，不是每年例行体检都要检一次血吗？”小脸护士又不说话了，她抽血完毕，将针管里的血分别注进一个个玻璃管子里，写上秦大地的名字和检测号码。秦大地站起来，问：“可以走了吗？”小脸护士道：“可以了，星期二来取结果。”秦大地又一惊道：“什么结果？每次体检完了不就完了吗？”小脸护士看他一眼道：“你这个不一样，星期二还是来一趟，看结果。”秦大地已经准备转身走了，又忍不住地回头问：“为什么？”小脸护士不回答，有顷却问：“你们家族历史上有人有过基因缺陷吗？”秦大地大惊：“什么基因缺陷？”小脸护士不说话了，过后道：“你可以走了。”秦大地又想起一件事，问：“还要做别的检查吗？”小脸护士道：“不需要，你可以走了。”秦大地心中越来越诧异：“别的项目都不要做了？”小脸护士道：“啊，不要了！”秦大地大为高兴道：“太好了！”转身快步走出去，一直走到门诊大楼外，敲车窗。司机小马道：“大队，这么快！我还以为要折腾一下午呢！”秦大地道：“我也不知道为什么，抽了血就完了。”小马道：“这叫什么体检呀！”秦大地上车道：“这还不好？走！别等他们忽然想起来，又把我追回去了！”小马开车走，秦大地随便朝医院里望一眼，大惊道：“停车！”小马刹车，问：“怎么了？”秦大地再回头望，已经看不见妻子的身影了。他一把将车门拉开，回头对司机道：“你等一等！”小马：“到底怎么了？”这时，秦大地已经大步流星地向刚才看见乌晓的方向奔了过去。他找遍了所有能找的地方，问了不少的人，也没有找到乌晓。忽然，他朝住院部大楼方向看了一眼，急奔进去，看到服务台，扑上前对值班护士长道：“同志，请问刚才是不是有一个三十八九岁的女同志从这扇门里进来？她去了哪里？她为什么会在这里？”值班护士长警觉地看他一眼，问：“你是谁？”“我是试飞大队大队长秦大地！”秦大地道，“刚才我看到的好像是我爱人！她叫乌晓，她怎么会在这里？还是我眼花了，看错了？”值班护士长道：“你等一下，我查一查。”秦大地着急道：“谢谢！”他看着她走进身后的办公室，转眼又走了出来，道：“查过了，你爱人不在这里住院，一定是你看错了！”其实她刚才的电话打给了陈亚红，是后者要她这样对秦大地说的。秦大地无奈，重新出门上车，眉头紧皱道：“开车！”车走时，他又不觉回头朝住院部大楼方向看了一眼。

就在他刚刚离开的住院部9楼的重症监护室里，秦熠身上插满各种管子，仍旧昏迷不醒，急救还在进行。乌晓一脸痛苦地望着秦熠，不管身边的手机铃声怎么响，她都没有听见。陈亚红这时走进来，生气道：“谁的手机？”护士们都说：“我们没带手机进来！”乌晓一惊：“是秦熠的手机！”她从自己身上摸出了那部手机，惊慌道：“他爸打来的！”陈亚红道：“不要接！”乌晓抽泣道：

“陈医生，孩子成了这个样子，不能总不让他爸知道！要是有个好歹——”陈亚红道：“嫂子，不要着急，秦熠虽没醒过来，但据专家会诊结果，至少暂时他的生命是没有危险的。秦大队现在确实不适合知道这件事！”乌晓努力让自己坚强，道：“我知道了！”她们听任手机一声声响下去。郊区公路上，秦大地生气地关掉手机，找出妻子的号码，再次拨出。海军总医院住院部重症监护室里，乌晓的手机又响起来。她急看陈亚红，道：“是他爸，打给我的！”这次陈亚红想了想道：“你接一下！什么也不要让他知道！”乌晓明白了，接手机：“喂——！”正在郊区公路上越野车中打电话的秦大地听到了妻子的声音，立马没好气地说：“你们怎么了？秦熠不接电话，你也半天才接，出事了吗？”乌晓一下就改回了平静的口吻，道：“啊，我正帮秦熠洗澡呢，没听到。没什么事儿，我们都挺好的……”秦大地长出一口气，道：“是吗？那就好。乌晓，你说奇不奇怪，刚才我去海军总医院体检，看见一个人，太像你了。我过去找，才知道我看错了！没事就好，我挂了！”他不等妻子说什么就挂断了电话。想了想，又果断关机。这一边，乌晓慢慢关上手机，抬头看陈亚红，满眼是泪。陈亚红上前拥抱她道：“嫂子，谢谢你，你太勇敢了，太了不起了！就是这样，一定要坚持，不能让秦大队知道！”乌晓含泪点头：“我真想对他讲，我们家又到了……零点时刻！”陈亚红不懂：“零点时刻？”乌晓拭泪，神情越发坚强道：“零点时刻，就是……就是一家人必须一起扛住、一起撑过去的时刻！”

第三十一章

秦大地回到试飞大队已经是黄昏了。他刚下车，陶斯勇就迎了上来。秦大地急问："怎么了？"陶斯勇道："大地，出了件事。首长要处分谢振宇和余涛！"秦大地变色："怎么回事儿？"陶斯勇道："下午你不在，这两个人自己降低了高度！""多少？""一个鹞式飞行50米，一个鹞式飞行30米！""30米是谢振宇干的？"陶斯勇点头，道："首长要我们执行纪律，给他们处分！"秦大地道："这事你不用管了！""什么意思？陶斯勇问。"秦大地道："我给首长解释，余涛和谢振宇今天鹞式飞行50米和30米高度是首长自己的主意！"陶斯勇一惊："首长自己的主意？"秦大地道："不久前他特别交代过，在适当的时候，谢振宇和余涛对重大试飞课题有探索权。我们先开会，让余涛和谢振宇讲一讲50米高度通场和30米高度通场试飞的体会！"陶斯勇眼睛一亮，道："然后将他们的发现向首长报告！"秦大地道："处分的事如果要执行，就处分我好了！"陶斯勇诧异："和你什么相干？"秦大地道："这件事他们俩昨天跟我说过一句，我同意的！哎对了，你这个政委怎么搞的？C项目试验试飞这么多天，我们的同志，尤其是谢振宇和余涛，不停地在重大课题上取得突破，我们怎么着也该给他们报个立功受奖吧。我们不能老处分人，该立功也得给他们立功！”陶斯勇笑道：“行，照你说的办。首长要处分他们俩，我们就先给这两个人报立功，都报上去，让首长看着办！啊，不好，如果首长生气，先处分你怎么办？毕竟你现在只是个挂名的大队长，真是你同意的，你就会成为第一个被处分的人！”秦大地拍他的肩膀道：“政委同志，你总是有办法的，最好能把所有这些处分哪、立功啊搅和到一块儿，拖一拖。”陶斯勇道：“秦大地什么时候也学会这一套了？真能拖一拖，舰载机就上舰了！”二人击掌。秦大地喊：“赵文！”赵文跑过来。秦大地道：“晚饭后把余涛和谢振宇两个人喊到我办公室来！”赵文问：“干什么？”秦大地看他道：“能不能把这毛病改了？领导的事你总打听什么？”

夜幕刚刚降临，余涛、谢振宇已经到了秦大地的办公室。秦大地道：“你们两个人，背着我和政委，背着首长，捣什么鬼？”谢振宇看余涛一眼。余涛道：“振宇，你好汉做事好汉当，大队又不是外人，你捅了娄子就承认，瞒也瞒不住，坦白吧！”谢振宇道：“什么我就坦白呀？今天的娄子是你先捅的，你是长机，我是跟飞！”余涛笑道：“算了，大队，还是我承担，我犯错误了，今天我心血来潮就用鹞式飞行技术飞了一次50米！”秦大地道：“你胆子也太大了！没有命令你怎么能……50米你应当真切地摸了一把舰岛回旋风的老虎屁股，有什么发现？”余涛道：“是个纸老虎，但我却发现了另一个问题。”秦大地道：“不会又发现了一堵墙吧？”余涛道：“差不多。说实话吧大队，我开始其实想继续落下去，突然间在自己的右侧发现了舰岛，又觉得飞机像是要撞向舰岛，于是不自觉地就将飞机向左扳了一下，马上意识到了这是个错误，随即又扳了回来，这才没有发生事故！”谢振宇道：“而且他马上就把飞机拉起来了！”秦大地立即睁大了警惕的眼睛。谢振宇道：“大队，余涛的这个发现非常重要。舰载机鹞式飞行加力高速着舰，突然间舰岛出现在右侧，整体感觉会猛然变得很大，这和100米高度不同，飞机和舰岛离得更近，飞行员的瞬间错觉不是飞机正朝舰岛擦过去，而是正面撞过去，会下意识地将方向左打，偏离着舰中心点，如果不能及时拉回，就会落到海里去！还有——”秦大地道：“还有什么？你今天飞得比他还低，只有30米，除了他发现的这堵墙，你还发现了什么？”“大队，首先，在30米的高度我也发现了余涛发现的这堵墙，而且，我最大的担心是这种影响会长期存在，将来很可能会在每次执行完作战任务返回航母身心最为疲惫时突然产生作用，那时我们中任何人的瞬间失误都会造成不可想象的灾难后果！”秦大地的语气严厉起来：“你有什么理由这样想？”余涛道：“大队，其实振宇第一次用巡航速度飞过50米高度后，就告诉我他瞬间产生了要撞上舰岛的错觉，并且下意识地向左打了一个方向！今天我用鹞式飞行飞50米高度，事先有意识地提醒过自己，看会不会发生这种错觉，但还是发生了，正因为发生了，才迅速做出了纠正的动作！”秦大地想了想道：“这个很重要，既然是错觉，就像当初咱们飞B04项目时发现那堵墙一样，告诉大家那是错觉，只要照着舰程序飞，绝对不会撞上舰岛，再经过长期训练，就不会发生这种事情！——最重要的是你们提前发现了这堵墙！”

余涛道：“大队，不止这一堵墙，振宇今天飞了一次30米，发现了另一堵墙！”秦大地吃一惊道：“什么？”谢振宇插话道：“今天我跟在余涛后面飞，待他飞过去以后，我想余涛飞过了50米，我再飞就没有意思了。再说，他要体验我上次说的瞬间撞击舰岛的错觉，我已经知道那是错觉，再飞就知道提前告诉自己，不能让它影响我，它果然没有影响到我，但是，我眼前猛地出现了另外一堵墙！”“什么墙？快说清楚！”秦大地道。“后来我和余涛交流过，他说其实他飞50米的时候，也发现了。”秦大地有点急了，道：“到底是什么？”谢振宇道：“我今天纠正了瞬间正撞向舰岛的错觉，注意力集中，用灯、用点、用角，看到的实际上是航母甲板，这是我第一次看见正向我迎面撞上来的甲板，它不是静止的，正在同时上下左右前后朝六个方向大幅度起伏倾斜。这一瞬间，我有点晕！”秦大地喝道：“说什么废话，航母甲板当然不是静止的。余涛！”余涛道：“大队，我也是！正当我集中注意力要破除撞向舰岛的错觉时，一个似乎是上下左右前后六个方向起伏倾斜的甲板，突然同时迎面朝你撞上来，那一瞬间确实有点让人惊心动魄，我差点乱了方寸！”秦大地吃惊地看着二人，明白了他们在说什么，沉吟道：“行了，回去吧！”

两人要走，又相视，回头。秦大地道：“怎么了？”谢振宇道：“大队，我和余涛都认为，这种低高度通场时正在撞上舰岛的瞬间错觉，到了正式着舰时一定会更加强烈，加上那种航母甲板同时向六个方向起伏颠簸的感觉，在技术方面给我们出的难题不大，但在精神方面，有可能成为我们最后攻克着舰技术的最大的一堵墙！”秦大地道：“我小结一下。第一堵墙，低高度通场时正在撞向舰岛的错觉，今天你们已经破除了。明天一早开会，你们讲一下，然后让大家去飞，还是飞100米，然后逐渐降低，80米、60米、50米，我们用一个星期时间解决它，只要习惯了，它就不再是堵墙了；第二堵墙，着舰时航母甲板同时向六个方向起伏颠簸……明天我和江海飞第一编队，我自己去试一试，看问题是不是像你们说的那么严重！”谢振宇道：“大队，还是让我和余涛来飞！”秦大地瞪眼：“为什么？啥好事都是你们呀！”谢振宇笑道：

“听政委说，首长因为这件事已经下命令给我们俩处分了，不能再让他处分你，那在一场小小的前哨战中，我们伤亡太大！”秦大地道：“行了，回去！这件事明天开完会再定！”二人还要磨叽，秦大地又瞪眼道：“想什么呢，执行命令！走！”二人这才笑着，一前一后离去。

翌日清晨，阳光灿烂，海面上波涛汹涌。航行中的航母上下左右前后大幅度颠簸着。一大早秦大地就进行了队前讲话，他说：“今天的通场试飞，主要解决瞬间要撞上舰岛的错觉！另外我要通报一下，昨天我又犯错误了，以为自己还是大队长，没报告首长，就让两个同志分别进行高度50米和30米的探索性试飞！我为这件事正在写检讨，还没写好呢！所以，我也要警告你们每一个，今天进行100米高度通场试飞，不准擅自降低高度。我和江海继续飞第一编队，其他顺序不变。”航母飞行指挥控制中心里，衣正邦带舰长、政委走进来，飞行参谋上前报告：“首长，试飞大队已经按顺序起飞！”衣正邦问：“第一编队是谁？”参谋道：“秦大队和江海。报告首长，他们今天要进行双机编队通场。”衣正邦道：“这个在计划内，向我报告过。”他面对舰艉方向坐下来，回看参谋一眼，“他们宣布给谢振宇和余涛处分了吗？”参谋道：“刚才问过陶政委，他说这里面有点情况。”衣正邦道：“什么情况？”参谋手中的送受话器响起，是秦大地的声音：“黄河，黄河，我是01，我是01！请求双机通场！请求双机通场！”参谋看衣正邦：“首长，秦大队！”衣正邦道：“同意通场！”参谋：“是！”他立即对送受话器回答：“01，01，我是黄河，同意通场！我是黄河，同意通场！”秦大地道：“01明白！”衣正邦回头对舰长道：“调整航向和航速，配合通场！”舰长道：“是！”空中，秦大地呼叫江海：“08，08，今天海上风浪很大，通场时注意技术动作，保持100米高度！”江海道：“08明白！大队，今天有特别要求吗？”秦大地道：“有，你在前面领飞，我在后面跟飞！”江海道：“为什么？”秦大地道：“不为什么！”他已经在海面上发现了航母，“10点钟方向发现航母！ 10点钟方向发现航母，进入着舰程序！转弯，下降高度，准备通场！”江海也看到了航母，道：“明白！大队，真让我领飞？”秦大地道：“执行命令！”江海道：“是！”江海开始领飞，做矩形转弯，降低高度，向航母飞去。秦大地也在他后面跟飞下去，两机从高空一前一后进入Q高度着舰通道入口。江海呼叫：“01，01，高度Q，进入灯光下滑通道！”秦大地道：“01明白！用灯、用点、用角飞行，100米高度保持！”江海道：“明白！”他开始做鹞式飞行，瞄准下方海面的航母俯冲下去。航母飞控中心内，正襟危坐的衣正邦望着两机飞来的方向，目光严肃。参谋道：“首长，江海和秦大队过来了！”衣正邦已经望见了江海和秦大地双机一前一后呼啸而来。江海机以100米高度一掠而过，重上晴空。衣正邦脱口而出：“好！”参谋道：“这是江海，后面才是秦大队！”衣正邦闻声不觉站起。航母上空，秦大地机跟飞过来，突然降低高度，眼前瞬间出现了航母舰艉后面波涛汹涌的浪花和涌流，接着又是迅速变大的航母和航母两侧起伏的涌浪。随着这些涌浪，航母上下左右前后地跳起舞来，飞机前方同时闪现出航母舰岛，越来越大，扑面而来。他全神贯注地体验着这一切，同时保持用灯、用点、用角飞行。舰岛瞬间消失了，甲板呼啸而来，飞机继续向甲板撞下去。航母飞控中心，衣正邦怒声道：“秦大地要干什么！”众人一起望着就要撞向甲板的秦大地，面色大变。航母上空俯冲下来的舰载机里，秦大地的主观视觉中出现的却是一块继续在起伏颠簸中扑面而来的甲板，他距离它越来越近，在意识到飞机就要撞上甲板的一瞬间，他果断地将飞机重新拉起。甲板消失了，他抬起头来，看到的是无边无际的苍穹。回头再看一眼航母，主观视觉里仍然是正在远离的、随波涛起伏的航母甲板。他难得地皱起了眉头。航母飞行控制中心里，怒气冲天的衣正邦对参谋道：“马上通知陶斯勇，传我的命令，秦大地一落地，关他的禁闭！”参谋大惊：“关秦大队的禁闭？”“对！”参谋手中的送受话器又响起来，是秦大地在呼叫：“黄河，黄河，我是01，我是01，01请求第二次通场！ 01请求第二次试飞！”参谋看衣正邦。衣正邦断然道：“不行！命令他马上返航！还有，今天的通场试飞全部取消！”他回头看一眼舰长：“安排直升机，我要马上去试飞大队！”

还是那个曾经储藏过萝卜、关过谢振宇的房间，赵文对秦大地道：“大队，你真犯错误了？我还以为这种地方只关谢振宇那一号的呢！”秦大地道：“不犯错还能给关禁闭？把被子给我抱过来！”赵文要陶斯勇通融一下，总指挥又不会天天在这里盯着，意思一下算了，陶斯勇道：“想什么呢？叫你去帮大队拿被子，你就去拿！”赵文离开后，陶斯勇问秦大地：“你到底想干什么？强子打电话给我说，你今天几乎就是0米高度通场，再低几公分就是着舰了！”门忽然被推开，衣正邦怒冲冲走进来，后面跟着参谋和秘书小魏。秦大地、陶斯勇急忙回身敬礼道：“首长！”衣正邦对陶斯勇、参谋和小魏道：“你们都出去！”陶斯勇担心地看秦大地一眼。衣正邦生气道：“出去！我能吃了他吗？”三人不得已走出去。衣正邦关门，对秦大地怒目而视。秦大地给他搬来一只凳子，道：“首长，这硬点儿，不过这是禁闭室，你将就着坐！”衣正邦大怒道：“我不坐！说，你到底想干什么？不要藏着掖着，前边是谢振宇和余涛，今天是你，试飞大队三个主要试飞员，轮番违纪，跟我对着干！根子就在你身上！你还是个带头儿的，到底想怎么着？扛不住了？”秦大地道：“首长，余涛、谢振宇飞了50米和30米高度，解决了舰岛回旋风和斜角甲板侧风的问题，发现过去吵得厉害的这两种风，其实对我们的飞行影响并不大，是纸老虎！但他们昨天却发现了两堵对我们正式着舰影响很大的墙！首长还记得我们模拟舰首试飞时发现的那堵墙吗？”衣正邦道：“当然记得！说吧，都是哪两堵墙？”

禁闭室外面，谢振宇、余涛将陶斯勇拉到一边去，商量要救秦大地。谢振宇道：“大队今天是为了验证我们两个昨天通场时的发现才进行这次0米高度通场的！不会真给大队处分吧？上次他已经给过一个处分了！再来一个处分，按照有关规定，他也会被除名的！”陶斯勇道：“你不是也有两个处分了吗？”余涛笑道：“那还不是你和大队救了他？要给他处分，同时还要给他和我立功，报上去就没了下文，估计在首长那里将功补过了。大队不一样，政委，我们确实要救他！”陶斯勇道：“不会吧！大地要是被除了名，谁来接替他的工作？”说着发现秦大地已陪着衣正邦走出来了，衣正邦也不说话，带参谋和秘书小魏上车离去。陶斯勇对秦大地道：“解除你的禁闭了？”秦大地回头严肃道：“对！但也下了命令，禁止我近期再飞，有关的试验试飞任务，全部交给谢振宇和余涛来飞！”陶斯勇道：“为什么？”秦大地道：“说实话我也不明白。为了惩罚我今天的试飞？算了，不想了……不！也许有过这一阶段的试飞，余涛和谢振宇，首先是谢振宇，在首长心里已经堪当大任了！”陶斯勇心里一阵轻松，道：“看你这表情，心里不是滋味。”秦大地道：“说真话有一点儿。可是还有另一句话，首长是对的，这也是真话！”陶斯勇道：“应当马上把首长的指示传达给谢振宇和余涛！”秦大地点头道：“还有一件事。首长认为我们最新发现的两堵墙解决前，全大队不要再飞，要我们组织一个几个人的攻关小组，我牵头，针对这两堵墙，进行攻关试验，什么时候解决了，全大队才能开始进行100米高度以下的试飞！还有处分问题，首长说，不是不给我了，但我现在有任务，等任务完成以后还是要给！这叫帽子拿在手上，干不好还是要给我戴上！”很快，谢振宇、余涛被叫到秦大地办公室。秦大地道："首长让我们搞一个小组，进行100米高度以下的探讨性试飞，解决掉那两堵墙，我不能飞了，主要是你们两个，我提议江海参加，这小子飞得真不错！胆大心细，是个可造之才！”谢振宇道："我提议把康延成加上，这小子是一个自己都不知道自己有多厉害的飞行专家！现在我们所有正在飞的课目，他在游戏中早飞过了！还有他老婆，在市科技图书馆工作，要什么资料有什么资料！”余涛也道："耿见林也行！现在和康延成正好是双机编队！”秦大地道："行，就你们五个，等首长解了我的禁，加上我，正好三队编机！”谢振宇要他明确一下主要任务。秦大地道："舰载机以极高速度着舰时突然间会生出正撞上舰岛的错觉，这堵墙从我们知道它是错觉那一刻起已经解决了，现在主要解决的是另一堵墙！我今天才明白，所谓通场试飞，熟悉着舰环境，其中还包括非常重要的一项，就是要熟悉着舰甲板！”谢振宇道："大队今天突然飞了一个0米高度，就是为了这个？”秦大地道："不是，我只是想验证你们两个昨天发现的两堵墙，虽然只进行了一次试飞，但还是证实了你们俩昨天的发现，是有这两堵墙存在。另外，我进行这次接近0米高度的着舰，还有了一个意外发现！我落下去的时候，发现那块同时朝六个方向起伏颠簸的甲板一瞬间正向我撞上来，因为在我的感觉里它是不稳定的，突然觉得我正在斜着落下去，一下生出了要踏空的感觉！那一瞬间我紧张极了，立即把飞机拉了起来！这恐怕也是一堵墙！”两人点头。

电话铃这时响了，秦大地接电话，放下道：“海军总医院。要我去取上次体检的结果，还一定要我本人去。”谢振宇道：“为什么？”秦大地道：“我要知道就好了。行了，下午我过去，你们在家把组织先建立起来，立即开始讨论。对了，振宇，你提醒了我，先问问康延成，他在飞行游戏中有没有飞过0米通场，怎么对付那块向六个方向升沉起伏的甲板！”谢振宇道：“知道了！”

下午三点，秦大地的车准时到了海军总医院基因工程研究所。这时在医院的一间办公室里，陈亚红也在打电话给基因所，要他们把秦大地上次做的基因测试结果给她送过去。秦大地进了基因工程研究所，当初那个帮他抽血的护士手拿报告单，从房间里走出，一眼看见他道：“啊，我认出来了！你的检测结果刚从地方上一家基研所取回来，你来了正好，自己去送给脑外科的陈亚红医生吧，我这里忙得很！”秦大地接过报告单，要走又回头，问她为什么要送给脑外科的陈医生，护士同情地看他一眼道：“啊，你的检测结果有点问题，可能他们要看一下吧，看完了你可能就走不了了。”秦大地吓了一跳，道：“怎么回事？我什么问题？”护士道：“反正见了医生你也要知道。经过这家研究所用国外进口的最新最权威的机器对你的血液进行检测分析，发现你的遗传基因组存在重大缺陷。”秦大地变色道：“护士同志，你不要吓唬我，什么基因缺陷？”护士问：“你们家族里有过瘫痪病人？”秦大地心不觉为之大动，脱口而出道：“有！”护士问：“谁？”秦大地道：“我父亲，截瘫。还有我儿子，他生下来就脑瘫。”护士道：“这就不奇怪了。哦，快去吧。见了医生，她会给你说清楚的，可能要马上住院！不过就是住院，也没什么好办法，这种基因缺陷全世界目前都还没有很好的办法修补。”秦大地镇静下来了，道："你们医院有这方面的专家吗？我是说，权威……有吗？"护士道："我们所的王一帆教授，全军基因工程首席专家，院士。你还赶巧了，今天他坐诊。"秦大地不想再和她说什么了，转身跑出去。护士还在后面喊："哎见过了王教授，别忘了把报告单送给陈医生！"

在海军总医院门诊大楼二楼一间诊室里，白发苍苍的王一帆教授接待了秦大地。他将报告单看了几遍，抬头道："同志，非常抱歉。如果这个单子上的数据没有错误，我要告诉你的消息可能不大好。你我都是军人，我相信你承受得了我讲出来的情况。你刚才告诉我，你父亲患有截瘫，还有你的儿子。联系到这两方面的情况，我不得不说，这张报告单反映你有基因缺陷可能是真实的，而且是家族性的，具有遗传性。"秦大地快要喘不过气来了，道："教授快告诉我，这种基因缺陷对我有什么影响？"王一帆道："当然会有影响。如果这个诊断是真实的，我很惊讶，你怎么能一直健康地生活到现在！"秦大地道："可是教授，我身体一直非常好。从小到大，当兵二十二年，我一次医院也没有住过，连感冒一类的小病都很少得！"王一帆道："这就更令人不解了。不过我们对人类的生理机能研究得越深，越会发现对它知之甚少。这样吧，如果你同意，我现在就开住院单，你住院吧！"秦大地一下跳起来道："住院？我不能住院！"王一帆道："你坐下。我还是更坦率一点，报告单不会有问题的，因为它来自国内最权威的基因所。虽然你过去四十一年里没出问题，但这种基因缺陷一直像埋藏在你体内的定时炸弹，随时可能爆炸，一旦爆炸——"秦大地问："怎么样？"王一帆道："非常大的可能是像你的父亲，截瘫！还有更坏的可能，像你的儿子，全身肌肉失去运动功能。对了，你刚才说你在什么单位工作？"秦大地道："教授，对不起，我不是冒犯你……我有非常重要的理由多问一句，这个国内最权威的基因所会不会出现错误？”王一帆摇头道：“就是出现错误，也不会是人的错误，只能是机器的错误，但是这台机器是国家花了大价钱进口的，国内仅此一台，光买它的软件就花了一千多万美金。就是在西方这种机器也是最先进的，全世界只有九台。”秦大地的心这时完全沉了下去，道：“教授，请您告诉我，我还能像现在这样健康生活的最短时间是多少？”王一帆诧异道：“别的病人一般会问最长还能健康生活多久。”秦大地越来越坚定道：“我不能解释原因，但请您一定告诉我。这非常重要！”王一帆肯定道：“半年。也许更短，三个月。但是——”秦大地道：“教授不用说了。至少三个月内我的身体不会出问题，对吗？”王一帆道：“对，我说三个月，是说这个病如果爆发，它也有一个迹象逐渐显现的过程，这个过程最短也要三个月。”秦大地道：“明白了！很好！”王一帆又道：“人的生命是非常神奇的，有时候我们并不知道有多神奇，就像你，身体存在着如此重大的基因缺陷，却健康地活到现在，这就是神奇。我想说的是，你一定不要悲观，一要相信医学，二要相信自己，三要相信生命中我们不知道的神奇！”秦大地已经站起来了，道：“教授，谢谢你刚才的话。我之所以问我的健康还能维持的最短时间，是因为工作。三个月时间短了点，但要是抓紧，也许够了。谢谢你的好意，我不能留下住院，得马上赶回单位去。对了，我有个请求。”王一帆也站了起来，他已经对这个在如此时刻仍然十分坚强的男人生出了敬意，问：“什么请求？说吧！”秦大地道：“我想用生命中最后剩下绝对不会出问题的三个月，完成目前承担的任务。我请求您把这三个月时间留给我，不向任何人透露我体内埋藏有定时炸弹的消息！”王一帆道：“如果你承担的是国家或者军队的重大任务，这个我恐怕不能答应你。但我也不会马上建议首长停止你的工作，因为你现在还没有出现这个病要爆发的迹象。这样吧，我们之间就算有约定了，什么时候你的身体开始出现情况，我会向有关方面报告，请求停止你的工作。不过我要求你，每个星期来见我一次！”他又道：“无论是作为医生还是军人，我都有责任劝你接受这个诊断，早点让领导找人接替你的工作，这才是对事业负责的态度！”秦大地感激道：“谢谢。真到了我应当这么做的时候，我会的！再见！”

秦大地走后，王一帆还是很快到了陈亚红办公室，道：“这件事我本来答应了替秦大地同志保密，但作为一名老军人，出于责任感，我觉得还是应该向组织上反映一下。如果秦大地同志确实肩负着重大的责任，他的身体情况又是这样，那确实不能再飞了。”陈亚红看了检测单，沉默了很久，突然抬头道：“王老师，你相信这个检测结果吗？”王一帆道：“实话说我也有点怀疑，但我们都得尊重科学。这种型号的新机器在西方发达国家使用多年，证明是最可靠的，所以我们国家才把它引进来。我们总不能怀疑它分析出来的结果！”陈亚红道：“可如果检测结果是对的，秦大地全身的肌肉应当早就失去了运动功能。还有一件事，我必须说出来。近来我跟孩子的母亲聊，听她讲，秦熠的病不是先天的！孩子的母亲说，孩子的脑瘫，是她的错。她生产的时候，赶上孩子的父亲，也就是秦大地同志在海上遭遇飞机失事，七天七夜没有下落，她的情绪受到刺激，难产，因为身体原因无法做剖宫产，五天才把孩子生下来，她一直怀疑孩子的脑瘫是出生时在子宫里长期缺氧造成的！”王一帆心情沉重，摇头道：“不能凭家属的想象来判断孩子的病。哦，你是专家组实际上的负责人，我把情况报告给你，就算是把秦大地的情况报告给领导了。怎么做，是不是继续报告更高一级的领导，你和院长酌定吧。”陈亚红送他出门。

黄昏的郊区公路上，越野车在行驶。秦大地看着夕阳，道：“停车！”车停下来，他下车站立，望着那轮硕大的落日许久。他今天第一次清楚地知道，他的生命也像这一轮夕阳一样，将要落幕，正在落幕，但他想要的也是像这轮夕阳一样辉煌无比地落幕。

航母甲板飞控分队待考勤务人员列队，接受最后的专业考核。凌凯时宣布：“现在开始考核，夏初出列！”夏初大声道：“是！”她向前走两步，面对考官站立。张天一认出了她，问：“你是夏初？”夏初大声道：“是！”张天一道：“你是女同志，怎么分到了甲板勤务部门？”他看赵健，希望也能从他那里得到解释。夏初抢先大声道：“首长同志，夏初怎么分到了甲板勤务部门和今天的考核无关。请开始考核！”张天一想了想道：“你说得也对。首先进行专业基础知识测试。航母上的甲板勤务分队被称为七彩部门，为什么？七彩各代表什么专业？请回答！”夏初大声地道：“航母技术密集、操控复杂，甲板保障人员承担着最危险的一线保障任务。同时他们的工作环境恶劣、工种纷杂，为了在飞机起降过程中便于组织承担保障任务，各国和我国航母都采用以不同颜色的工作服、救生背心和头盔作为标志，以区别他们的工作。甲板勤务分队因此被称为七彩部门！回答完毕！”张天一道：“正确！七彩各代表什么专业？请回答！”夏初道：“我国航母上的甲板勤务人员着装分为赤橙黄绿青蓝白七色，红色代表飞机载弹检查、维修处理、事故处理部门；橙色代表航空燃料补给部门；黄色代表甲板飞机指挥管理部门；绿色代表拖车并固定机轮、机翼维护、装载、设备补给部门；青色代表飞行器材管理部门；蓝色代表甲板操作、电梯升降操作及电话通信联络部门；白色代表指控人员、安全观察员和医务救护人员。回答完毕！”张天一道：“有人说，航母甲板上是世界上最危险的地方，为什么？请回答！”夏初道：“航母甲板勤务人员主要负责舰载机群的起飞和着舰，飞机在甲板上的停放和移动、飞机和机库之间的转移，各方面的飞行保障勤务，工作范围泛及飞机起降和维护、燃料和其他物资的补充、弹药的装卸。在平时和战时的环境中，时刻面临着被起降和调度中的舰载机撞击、被吸入舰载机进气口、被舰载机尾气喷气吹落到海上以及弹药爆炸、燃料起火等危险，任何工作上的疏忽和舰载机起飞、着舰、调度过程中出现的失误，都可以引发一场甲板灾难，因此，航母甲板常被认为是世界上最危险的地方。回答完毕！”张天一道：“我问一个题外的问题。就我们掌握的资料看，即使是在西方老牌航母国家的甲板上，也很少甚至完全没有女性充当飞行控制勤务人员，你为什么要做中国航母甲板上的第一个女性航母飞行控制勤务人员！”夏初大声道：“这个问题超出了考核范围，可以不回答吗？”张天一道：“可以，但是我们非常想知道你的回答！”夏初缓了一口气，才大声回答：“为了实现我的梦想！”张天一又问她的梦想是什么。夏初大声道：“这个问题我不想回答！”众人不觉笑起来。夏初却仍然一脸严肃。张天一道：“好了，我的问题完了。下一名！”夏初以标准的队列动作转身离开。赵健对张天一道：“夏初怎么样？”张天一对众考官道：“通过吗？”众人全都举起手来。

海军总医院会议室里，衣正邦看着院长、政委以及在座的陈亚红、王一帆道：“好了，会议开始。你们的报告我看过了。说实话我非常震惊。现在我迫切想知道，秦大地是不是还能再坚持三个月？”院长要汇报，衣正邦打断他道：“你不用讲，让专家说。王院士，你是权威，你讲。”王一帆道：“如果首长只想知道事情是不是真实的，我的回答只有一个字：是。”衣正邦皱着眉头问：“为什么？怎么会这样？不过你们就是说我也听不懂。要知道秦大地同志是海军舰载机试验试飞大队的大队长，还是第一试飞员。算了，告诉我，为什么一定是三个月后？”王一帆道：“我们得出这个结论，是有国际医学文献支持的。因为今天首长要来，我昨晚上熬了大半夜检索国际上所有相关医学文献，发现我的记忆是准确的。三个月，没错！”衣正邦道：“我还是不明白！你说得这么肯定！是概率呢，还是纯粹从经验出发，或者真是经过了科学实验、论证得出的严肃结论？”王一帆道：“是经过反复科学观察得出的结论。一个人的基因缺陷致使全身肌肉失去运动功能，总要有一个过程。我打个不合适的比方吧，就像咱们家用的钢精锅，它不是从你发现它生锈那一天被腐蚀的，早在它被生产出来的一刻就开始被腐蚀了，但为什么你买它回来时发现它一点锈也没有，那是因为在整个腐蚀过程中，钢铁内部的稳定性会反过来抗拒这种腐蚀。基因缺陷对健康的影响过程也是一样。”衣正邦不觉松了一口气：“你这么说我有点明白了。秦大地至少这三个月不会出问题，他仍然能像过去一样生龙活虎地生活、工作！是这样吗？”王一帆却沉思起来。衣正邦又急了，盯着他道：“王院士，我现在以非常沉重的心情，非常严肃地请教你这个问题，因为它不但关系到我们正在紧张进行的事业，更关系到我们能不能公平地对待一位同志。为了完成这项事业，他早就置自己的生命于不顾了！如果我们草率地做出停飞的决定，万一出错，对他就太不公平了！”王一帆这时抬起了头，坚定道：“首长，如果我不愿意承担责任，我会告诉你，我不敢肯定在接下来的三个月里秦大地同志能像过去一样工作，但我不能这样。我一生都以严肃的态度从事医学科学研究工作。这样说吧，到目前为止，没有任何文献否定我刚才的结论！我自己也无法说服自己得出另外的结论！”衣正邦站起，跟王一帆重重握手，道：“谢谢你！”他又跟大家握手，道：“谢谢大家，我走了！”陈亚红这时却突然站起，道：“首长请等一等！我现在正负责秦熠的治疗和脑瘫攻关组的工作。我有不同意见，想向首长汇报。”衣正邦看表道：“你简短一点。”陈亚红道：“虽然我还没有充分的科学根据，但我仍然有理由怀疑王院士关于秦大地同志的结论存在错误！王教授请原谅。我的证据只有一条，经过这些天的观察和治疗，我越发相信秦熠的脑瘫不是先天的而是后天的。我目前的研究趋向于肯定我的判断。如果它被证实，就可以推翻秦熠的病来自家族性基因缺陷这一结论！”王一帆激动道：“你是说，接下来，秦大地存在家族遗传性基因缺陷的结论也可以被怀疑？”陈亚红道：“对！”王一帆大声道：“我不同意！做出这种结论太轻率了！我强调一下，检测出秦大地同志存在基因缺陷的不是我，是国内最权威的基因所从国外进口的世界上最先进的机器。至于这种基因缺陷是不是具有家族遗传性质，当然可以讨论，但仅仅因为秦大地的儿子不是先天性脑瘫就否定权威机构的结论，这也太荒唐了！”衣正邦已经没时间了，对大家道：“你们内部的讨论，我这个外行就不参与了！陈医生，你是在告诉我，他们从秦大地身上检测出来的基因缺陷或许根本就不存在？”陈亚红一时语塞，道：“首长，对当代医学科学的信仰让我还不能断然做出肯定的回答！”衣正邦不高兴道：“那就是说，连你也不敢肯定他没有这种病，是吗？”陈亚红道：“是，但是——”衣正邦断然道：“剩下的不用说了，我要的只是结论。同志们，今天我来还是有收获的，至少秦大地还可以像过去一样工作三个月，这对他、对我、对我们正在进行的事业非常重要。在这一点上你们没有分歧吧？”众人都道：“没有！”衣正邦再次一个个和他们握手，带着秘书小魏大步走了出去。

夜已经深了。衣正邦正在办公室里看一封信，陶斯勇走了进来，敬礼道：“首长！我来了！”衣正邦沉默地看着他，突然问道：“你觉得，三个月时间，我们真能够完成全部试飞任务，实现中国舰载机在中国航母上的第一次着舰和起飞？”陶斯勇一惊道：“三个月？”衣正邦严肃地点了点头。陶斯勇已经意识到发生了大事，道：“现在是首长直接领导试飞大队的工作，只有首长才能做出判断！”他看着衣正邦走来走去，看出后者的内心正在剧烈挣扎，问道：“为什么是三个月？是上级要求我们必须在三个月内完成全部试飞任务？”衣正邦摆手道：“别瞎想。没有人这么要求你们！”“那为什么这么急？”衣正邦突然抬头道：“你看看这个。”他取过桌上一份报告，递给陶斯勇。陶斯勇迅速看完，面色大变，抬头道：“首长——”衣正邦道：“现在不是表达感情的时候。我让你来，是想当面告诉你这件事，然后你还要替我、替大地和试飞大队想一想怎么办！毕竟，最乐观地讲，大地也只有三个月了！”陶斯勇情绪还是激动了起来，道：“首长！”衣正邦道：“我说过了你不要激动，现在我们正在讨论一个严肃的问题。你告诉我，我应当马上让秦大地停飞吗？还是什么事情都不做，坚持让秦大地继续以第一试飞员身份带着全大队完成全部试飞课目。我该怎么办？”陶斯勇道：“首长是在提醒我，大地随时有可能——”衣正邦生气地打断他道：“什么随时有可能！专家说了，三个月内秦大地扛得住！他们在别的地方有分歧，可在这一点上却十分一致！”陶斯勇道：“首长，我心里好一点了。”他突然立正敬礼，大声道：“首长想让我回去动员大地，接受停飞？”衣正邦道:“我今天一天都在想两件事。第一，我该怎么做，对大地来说才是最好的；第二，我该怎么做，对于完成我们的事业才是最好的！你理解我的话吗？”陶斯勇大声道:“我认为我理解！”衣正邦仿佛没有听到他的话，继续说下去:“秦大地不是一般的试飞员，他是一名伟大的英雄！另外，他还是我的兵，我忘年的战友！我们，我自己，对他有亲人一样的感情！如果是一个普通试飞员，我现在就会命令他停飞，到医院去治疗，可是大地——”见陶斯勇要打断他的话，他吼道:“你让我说完！我们的事业有今天的进展，确实有赖于秦大地，让他留下来继续飞，对我们的事业太重要，尤其是眼下已经进入了攻坚阶段！可是我也不敢完全不相信专家的话，万一这三个月里他突然——”陶斯勇大声喊起来:“首长，我可以讲讲我的想法吗？”衣正邦也不觉提高了声音道:“让你来就是听你讲的，讲！”陶斯勇道:“从感情上，我反对现在就让大地停飞。我认为首长不但应当相信专家的结论，更应当相信大地！从报告上看，大地已经知道他身上患有这种可怕的病了！”衣正邦道:“不错，正是因为这个情况，我才格外为他担心！”陶斯勇道:“首长，我觉得这件事首先需要问一个人，那就是大地自己，问他还能不能飞！”衣正邦道:“你这不是白问吗？我现在就可以告诉你大地的回答，他不会让自己停飞的，他得知自己有这个病的同时，就请求过王院士，要对方保密，坚持飞完这三个月！”陶斯勇道:“这恰恰说明即使在这样的打击下他仍然是过去那个秦大地，他有一颗了不起的大心脏！现在让他停飞，才是对他的最大伤害、不公！”衣正邦大声道:“我不知道这些？还让你提醒我？但是，人都是血肉之躯，秦大地也是！”陶斯勇忽然道:“首长，还有一个人，可以帮助我们！”“谁？”“如果首长相信专家的话，大地三个月内不会出事，剩下的就是心理层面的问题了。大地心理层面是不是能够继续支撑三个月，可以请刘敏洁刘主任帮我们！”衣正邦拍了一下脑门道：“我怎么把她忘了！你回去后马上传我的话给她，为了大地、为了我们的事业，我请求她了！”陶斯勇道：“我也要把全大队的日常管理工作抓起来，让大地没有任何负担，一心一意地带大家继续飞！”衣正邦道：“还有一件事，做好准备，进行第三次队内竞赛，完成第一试飞员的新老交接！虽然我们希望秦大地三个月内能带领全大队完成这一阶段的全部试飞任务，但也要做好两手准备。有两件工作你要做好：第一，你要负责做通秦大地的工作，让他接受第三次队内竞赛；第二，也是最重要的，让谢振宇和余涛从技术和精神两个层面做好准备，不打无准备之仗，争取战胜秦大地，让大地可以放心地退出！”陶斯勇道：“首长现在已经有意识地将最艰难的任务交给谢振宇和余涛，尤其是谢振宇，首长是不是也认为，谢振宇可以代替大地承担起以后所有的攻坚任务？”衣正邦又吼起来：“我没有这么说！秦大地是在打败了吴惊天后成为海军一代空中之王的。谢振宇要取代他，也只能在空中格斗场上战胜秦大地！”陶斯勇道：“是！首长，我可以走了吗？”衣正邦久久地看他，眼睛忽然潮湿了，道：“好好照顾大地，在他健康生活的最后三个月，满足他的一切愿望，让他快乐、幸福！”陶斯勇眼圈也红了，道：“明白了首长。我走了！”衣正邦点头，看他离开。陶斯勇跑出去，他担心再晚一点，眼泪就要涌出来了。

第二天早上，陶斯勇就在自己的办公室里见到了谢振宇和余涛。二人非常诧异地看着这么早喊他们前来相见的政委。陶斯勇努力抑制着内心的情感，道：“我让你们俩来，是要传达总指挥的指示，简而言之就一句话：我们一起给秦大地同志一个辉煌的谢幕！现在我把秦大地同志的有关病情通报一下。”而在同一个早上，刘敏洁也接到了衣正邦的电话，她的回答是："首长，我都明白了，一定完成任务！"当天上午，秦大地就躺到了她工作室的测试床上，浑身插满了电极，并且已经平静入睡。刘敏洁带护士专注地看着沉睡中的他的面部表情。陶斯勇迫不及待地问："刘主任，怎么样？"刘敏洁沉思了一会儿才道："奇怪。"陶斯勇一惊："奇怪？为什么？"刘敏洁道："他内心的映像不是一轮落日，不是黄昏，不是暮色，却是拂晓的景色。大地还沉浸在一片夜色中，但是晨曦已经浮现，开始映照无边的大地！"陶斯勇叫道："不明白！"刘敏洁道："无边无际的寂静，没有任何生命发出声音，却让人感觉到了所有的生命即将醒过来那一刻的庄严。"陶斯勇猛地从折叠椅上跳起，目光湿润道："刘主任，你是说，大地的心没有被扰动？他的心依然不动如山？"刘敏洁道："不，已经被扰动了，我刚才的描述，正是被扰动后的景色。拂晓，然后就是黎明，在这里，最重要的是尊严，不动如山，一片有尊严的沉寂，这就是今天的秦大队，秦大地同志内心的景色！"陶斯勇仍然要她解释。刘敏洁道："一个就要结束的生命，一个下定决心要在破晓时释放出无边灿烂的生命，一个坚持要在这最后的明暗交替之际显示出一名军人、一位英雄的骄傲和尊严的生命！"陶斯勇激动地大叫："我明白了，大地扛住了！大地会一直坚持下去，直到完成他自己的使命！"刘敏洁道："我的建议是任何人都不要去扰动他。只要有一点声音，沉寂就会被打破！一旦被打破，景色就会改变，有尊严的沉寂就会被黎明的噪声所惊扰！"陶斯勇重重点头道："明白！不会的！"离开刘敏洁工作室他立即打电话将这番话报告给了正在海上航行的衣正邦。衣正邦道："我知道了！只有一点刘主任解释错了，大地要的不是永远的沉寂，他要的甚至都不是最后的成功。就像上了战场的士兵，这时候想的不会是生死，因为生死已经不需要考虑了，现在他考虑的只有面对生死时一名战士、一名伟大英雄的无畏和尊严！”

这个早晨，晋军陪着申一在山西某警察局局长面前坐下来。局长道：“申大夫，你是最初的报案人，他们为了掩盖自己的罪恶，相互勾结，回过头来诬陷你是犯罪嫌疑人，好在案情终于调查清楚了，你不但无罪，而且有功。这是我们给你的奖励，你签字收下。同时我还要宣布，你自由了。还要谢谢晋团长，你们帮了我们大忙。”走出警局后，申一急问晋军：“秦熠现在什么情况？”晋军道：“情况很急，一直处在昏迷状态，生命体征正常，就是醒不过来，家长、医院都想请您快去看一眼，也许你有办法让孩子苏醒。”申一如同自语：“在拘留所里这些天，我一直在想，我这一生为什么总是失败？啊，晋团长，我有个问题问你，孩子的父亲天天都有可能牺牲，但他为什么从来都不退缩？”晋军道：“我的理解是，这是关乎民族复兴的事业，他不能退缩！死也不能！”申一点头道：“晋团长，这样吧，你送我回家，最多两天，我就跟你一起去北京！”晋军担心道：“只是孩子——”申一打断他道：“只要生命体征没问题，再耽搁一两天也不会出事。打个比方说吧，不，不是比方，我一直认为，这种病就是一根绳索，把孩子的运动功能给束缚住了，要是能找到办法，孩子不但会苏醒，这根绳索也会一点点被打开，孩子的运动功能也有可能恢复！”晋军大喜道：“那太好了，如果是这样……行，我们等！”

黄昏时分，陶斯勇陪秦大地在试飞大队营区散步。两人又望着那一轮硕大的正在落山的夕阳。秦大地道：“斯勇，我们俩可好久没这么走一走了。”陶斯勇问：“我们是不是最好的战友？”

秦大地道："不是。"陶斯勇道："什么意思！"秦大地道："就凭你这么说话，我们就不是最好的战友。"陶斯勇道："你的事我知道了。"秦大地一点也不惊讶，道："猜出来了，最近你特别照顾我，有事也不朝我吼了，看我的眼神也不一样了，在你眼里我就像一个受了伤的孩子，正在忍受痛苦。"陶斯勇沉默地站着。秦大地笑道："有话说吧。想说什么？"陶斯勇道："我要是说了，担心会扰乱你的心。可我要是不说，又觉得不配做你的战友。"秦大地又笑道："那你说还是不说呢？"陶斯勇道："说吧，最多让首长把我撤了。如果那个诊断是正确的，你最短只有三个月健康时间。即便三个月后炸弹没有爆炸，首长也不会让你继续承担现在的责任了。"见秦大地不说话，陶斯勇又道："其实我就是想问你一句话，不是从工作的角度，也不是从搭档的角度，仅仅是从战友的角度。告诉我，最后三个月，还有什么愿望需要我帮你实现。最后还有一句真心想说的话，这也是首长的愿望，这三个月里，怎么才能让你觉得自己幸福、快乐？"秦大地久久地望着那轮夕阳，好久才回头笑道："斯勇，我现在就很幸福。虽然首长，还有你，已经知道了那个诊断，但仍然信任我，让我留在试飞大队做第一试飞员，这几天我们正朝着胜利高歌猛进！我知道，无论首长还是你，都在算日子，想在三个月内帮我完成那个心愿。斯勇，有句话我不好对首长说，其实我真想说不要这样，我不需要。秦大地在身体健康的每一天里只要还能留在队伍里，和大家一起战斗，已经非常满足。当然我也想早点实现目标，让舰载机在我还能参与的时候完成第一次正式着舰和起飞，甚至在完成全部技术层面的突破后，继续和大家一起完成战术、战役方面的试验和训练，让中国航母真正拥有强大的战斗力，那时我们中国才会真正进入航母时代，中国海军才会进入深蓝，在全世界的海洋上保卫我们国家的利益边疆。但是斯勇，真正需要这个日子早一点到来的不是我，是我们的军队、国家，我们这个已经生存了五千年、仍然渴望继续生存下去的民族。我希望你能把我的想法转告首长，不要考虑我，我不算什么。还是那句话，万无一失，滴水不漏，用只争朝夕的热情和严格的科学精神完成我们在着舰技术方面最后的攻坚战，需要多少时间就用多少时间，需要吃多少苦就吃多少苦！最后，需要付出多大的牺牲就付出多大的牺牲！”陶斯勇还是忍不住道：“最后三个月，就没有自己的心愿？”秦大地道：“有！”“什么？”“我要谢幕了，这个舞台上再也不会有我。我要做什么、怎么做，才能把担子交给他们？”“谁？”“试飞大队的战友。他们都是中国最优秀的飞行员、最优秀的军人。中国不会只有一条航母，每一条航母上都不会只要求拥有一支飞行编队，秦大地离开后，我希望每一个人都应当能够承担我今天，不，比我今天承担的责任更大更光荣的责任。当然目前排在最前面的人是谢振宇和余涛！”“你有什么想法？”陶斯勇问他。秦大地盯着他的眼睛道：“谢振宇、余涛领衔的攻关小组正在进行0米高度通场试飞。我想和他们一起完成着舰层面最后的技术突破。然后进行队内第三次系列对抗竞赛，最后一次和他们较量，如果谢振宇和余涛中间有一个人能够击败我，他就是试飞大队新的领军人物。但如果还是不能击败我，我也会在这个过程中将全部积累展现给他们。这样我离开时才会觉得该做的事都做了，我没有辜负首长、战友对我的信任，部队对我的培养，老父亲对我的叮嘱，妻子和孩子为我做出的牺牲！”陶斯勇吃惊地看着他问：“老人家对你有过叮嘱？”秦大地道：“对。他老人家说，不要因为家庭和个人生活中出了一点事，就把好不容易才得到的、让我们家十几代人骄傲地为国家做大事的机会耽搁了！斯勇，秦大地以后不会再有机会为这支军队、这个国家和我的战友做大事了，这是最后的机会，我绝对不会随随便便把它丢了！”夜里，秦大地的这番话又被报告给了海上的衣正邦。后者激动地对陶斯勇道：“你把大地这些话告诉谢振宇和余涛。从明天起，我同意他的请求，让他参与0米高度通场试飞，找到突破最后一堵墙的办法，并且要熟练掌握海上着舰失败后逃逸复飞的技术！如果任务完成得好，全大队立即转入0米高度精飞训练，然后考核，准备正式着舰，这之前进行第三轮队内系列对抗竞赛！”陶斯勇道：“是！”衣正邦道：“还有一个消息，航母试验试航工作全部结束，就要入列！我代表海军全体官兵，邀请秦大地和你作为试飞大队的代表，参加入列仪式！”陶斯勇大叫道：“太好了，我代表大地，表示感谢！”

第三十二章

公元2012年9月25日，中国第一艘航空母舰“辽宁舰”正式交接入列。庄严的入列仪式结束之后，航母部队营区大礼堂内，全体舰员列队，气氛庄严，舰长在队列前大声宣布：“经过一个月的知识考核和实习考核，刚才政委宣布的名单上的所有同志，全部获得了舰员合格证书！我向大家表示热烈祝贺！”众舰员热烈鼓掌。舰长又道：“需要特别提一下的是，在所有获得合格证书的舰员中，随我们一起上舰的五十二名女战士，全部通过了考核，成为中国海军第一批上舰的女兵。我们也向她们表示祝贺！”包括夏初及所有女兵在内的众舰员再次热烈鼓掌，心潮澎湃。

还是这天上午，参加仪式的人们散去之后，在航母甲板上，衣正邦引领着舰长、政委向秦大地走过来。衣正邦要为他们介绍。舰长道：“首长不用介绍，秦大队是我们海军的名人，我们在报上见过他的照片！”秦大地主动迎上去和舰长、政委相互敬礼、握手，笑道：“两位好！你们现在可是大名人，名头都盖过了最火的娱乐明星！”舰长道：“航母都入列了，中国舰载机第一次正式着舰和起飞的日子应当不远了吧？”衣正邦对秦大地道：“舰载机什么时候着舰，要看你们喽！”秦大地道：“首长的指示我们已经接到了，明天航母一出航，就开始执行！”政委对舰长道：“你昨天不是说，舰载机要上舰，舰上现在缺一个非常重要、关键的人才！趁着首长在，把困难提出来呀！”舰长猛醒道：“对！今天忙得头昏脑涨，我差点忘了！首长，正好今天秦大队来了，我想当着他的面向首长提一个要求，请秦大队考虑，给我们舰上支援一个着舰指挥员！秦大队，你现在是舰载机方面的专家，一定知道着舰指挥员对舰载机安全着舰有多重要！”政委也对衣正邦道：“根据我们对国外航母着舰模式的研究，一个优秀的着舰指挥员是着舰成功的最后一个重要环节，还是一个关键环节。虽然今天的航母上装备了现代化的助降装置，舰载机也越来越先进，但在着舰这个环节上，各国都仍然要在航母上配备一个优秀的着舰指挥员进行现场引导。舰载机要上舰，甲板勤务保障方面的人员都配齐了，就缺一个有经验的着舰指挥员。”衣正邦笑看秦大地道：“他们这是冲你来的。关于这件事，你都知道什么？”秦大地道：“首长这是考我呢！着舰指挥员就是在舰上实际指挥每一架舰载机着舰的那个人。舰载机进入着舰通道后，是不是可以着舰、着舰后是不是需要立即转入逃逸复飞，都要他这名现场指挥员做出决定并对飞行员发出指令。”衣正邦道：“也就是说，这个人肩负着每一架舰载机着舰的成功和失败！”舰长插话道：“是这样。西方各航母大国的助降系统和自动着舰系统虽然越来越先进，可是就连他们，也没有取消着舰指挥员的职位，反而越来越重视。还有一个情况，这也是我和政委想请秦大队帮忙的原因。世界航母大国的着舰指挥员全都是由最有经验的舰载机飞行员改行的。因为有经验，他才能在一架舰载机着舰的最后短短几秒钟内判断出是让它着舰还是转入逃逸复飞。没经验的做不了这个。所以，我和舰长想建议请秦大队从试飞大队帮我们挑选一名最有经验的试飞员改行做这个工作。”见秦大地沉默，舰长又对衣正邦道：“首长，我们的舰载机是第一次着舰，所有的人都没经验。要是秦大队真能帮我们选出一个人，不但飞行技术好、经验足，更重要的是所有飞行员都信任他，首先从心理上就是对所有第一次着舰的飞行员的鼓舞，让他们敢于大胆地做动作，因为有人替他把着关呢，那就太好了！秦大队，你觉得是不是这个道理？”到了这时，秦大地才点头道：“是！”政委趁热打铁道：“那太好了，首长，你就发话吧，这件事我们是不是就拜托给秦大队了？”衣正邦对秦大地道：“你什么意见？”秦大地道：“首长，吴强合不合适？他原来是我的搭档，也是一名优秀的飞行员。”见舰长、政委两人背过身悄悄议论，衣正邦道：“你们俩嘀咕什么？有话大声说！”政委笑道：“首长，我刚才是和舰长说，吴强同志也做过舰载机试飞员，但他没有进行过C类项目试飞，身体也不是太好，刚刚出院上舰，如何引导舰载机成功着舰他也没有经验。”衣正邦道：“你们的要求够高的，什么人才能做你们的着舰指挥员？”政委笑看舰长。舰长道：“首长，我们政委刚才说，这么一个重要位置，首长的要求又那么高，万无一失，滴水不漏，恐怕要有一个像秦大队这样的功勋飞行员亲自指挥着舰才行！”秦大地听了，心中骤然大动。衣正邦生气道：“你们想什么呢！从试飞大队要谁都行，要他，想都甭想！大地，这里没你的事儿了，你可以回去了！”秦大地却没有马上告别，对衣正邦道：“首长，明天我们要进行0米高度通场试飞，大家情绪很高，0米高度试飞其实就是着舰试飞，但不挂索，点一下舰，马上拉起来做逃逸复飞，请你批准！”衣正邦哼了一声道：“你们先把最后那堵墙破了再说！是不是点舰，那要看你们落不落得下去！越是到了最后时刻，胜利在望，越是要警惕，越是严格要求你们每一个人做到万无一失、滴水不漏！”

拂晓的大连港外港海面上，中国第一艘航母“辽宁舰”在晨曦中再次出港，气势磅礴。衣正邦站立在飞行指挥控制中心，目光严肃，眺望着远方。而这时的试飞大队机场，秦大地正在队列前讲话。他说：“根据首长命令，今天我们正式开始进行0米高度通场试飞！首长说了，只要我们推倒了最后一堵墙，就批准我们进行0米高度精飞加逃逸复飞训练！然后通过考核，做到万无一失、滴水不漏，他就考虑把试飞进程往前再推一步。大家说，往前推一步，是什么？”众人情绪高昂道：“正式着舰！”秦大地道：“今天还是双机编队，0米高度，再去碰碰那堵墙！临时改变试飞顺序，谢振宇、余涛出列，你们先飞，我和江海做第二编队顺序起飞！”陶斯勇吃惊地看一眼秦大地。谢振宇、余涛却已迅速反应了过来，回答：“是！”二人出列，跑向自己的飞机。登机时，两人回头互视。谢振宇道：“余涛，加油！”余涛道：“振宇，加油！”二人举起拳头，神情严肃，因为他们明白，需要他们肩负重任的时刻到了。

海面上，航母在游弋。第一支双机编队临空。余涛呼叫：“黄河，黄河，我是02，我是02，第一双机编队请求通场！”航母飞控中心中，吴强看衣正邦：“报告首长，余涛、谢振宇飞机请求通场！”衣正邦沉吟一下道：“同意通场！”然后回望身后的专家团：“辛苦大家，给我盯紧了，我从现在开始考核他们，进行通场试飞的不管是谁，如果他的动作做虚了，踏了空，或者太实，砸了舰，就判他不及格！”众人响应道：“是！”吴强对空呼叫：“雄鹰，雄鹰，我是00，同意通场！同意通场！”海空中，余涛回答：“02明白。”回头呼叫谢振宇：“03，03，听到了吗？”谢振宇道：“03明白！”余涛道：“任务是突破最后一堵墙！”“明白！”“保持距离，注意技术动作，心无片云，静如止水！”“谢谢！心无片云，静如止水！”两机开始一前一后做矩形转弯，下降，向航母飞去。航母飞控中心的衣正邦回头又对众专家道：“重复一遍，从现在起他们的每一次试飞都是考核！每一个技术动作都给我看清楚！一点问题都不能漏过去！”众人再次响应道：“是！”这时航母上空，余涛率先飞下来，他的眼睛只盯着航母甲板，点舰复飞，一气呵成。吴强大叫：“太完美了！ 10分！”衣正邦道：“喊什么！盯紧后面一架！”随后飞下来的是谢振宇，在他的主观视界里，先是出现了航母舰艉的航迹，雪白的浪花几乎就在机腹下翻腾，接着是迅速“撞”过来的航母舰艉和迅速变大的舰岛，然后又是瞬间逼近来的颠簸中的甲板。他的眼角余光迅速掠过甲板一侧起伏波荡的海水，做了一个动作，调整飞机状态，后轮准确点舰，重新拉起。航母飞行指控中心里，飞行员出身的舰长望着重上蓝天的谢振宇机，激动道：“这个动作更漂亮，几乎没有一点瑕疵！他是谁？”吴强骄傲地说：“当然是老谢！”衣正邦心中也是满意的，对吴强道：“通知秦大地，全大队继续通场！”吴强呼叫：“01，01，我是黄河，我是黄河！首长指示，继续通场！”送受话器中迅速传回秦大地的回答：“01明白！”但这时却从空中传来了谢振宇的呼叫：“01，01，03请求再飞一次，03请求再飞一次！”余涛一惊，忽然明白了什么，也开始呼叫：“01，01，02呼叫，03要求再飞一次！ 03要求再飞一次！”试飞大队机场，听着二人的呼叫，陶斯勇道：“大地！”秦大地已经明白了，回应呼叫：“01明白！黄河，黄河，03请求再次试飞，03请求再次试飞！”航母飞行指控中心里，众人都望着衣正邦。衣正邦道：“让他飞！”吴强呼叫道："01，01，黄河呼叫，同意03再飞一次！同意03再飞一次！"再次驾机飞回到航母上空的谢振宇回答："03明白！"他再次做矩形转弯，用灯，用点，用角，高速飞向航母，眼前又重复着刚才的主观感觉。他眼角的余光再次迅速掠过甲板一侧起伏波荡的海水，做了一个动作微调飞机状态，后轮准确点舰，重新拉起。航母飞控中心里，舰长再次激动地叫出声来："这个动作更漂亮！以前光知道试飞大队有一个秦大队厉害，没想到还有一个谢振宇更厉害！"吴强对衣正邦道："首长，刚才大地呼叫，余涛也请求再飞一次！"衣正邦道："同意余涛再飞一次！"吴强呼叫："01，01，首长指示，同意02再飞一次！首长指示，同意02再飞一次！"送受话器中传回秦大地和余涛的回答："01明白！""02明白！"航母上空，余涛也驾机向航母高速降下去，这一刻他也连续看到了谢振宇方才看到的一切。是的，和谢振宇一样，他也正是根据最后一个发现做了一个适应甲板动态瓣调整动作，飞机后轮准确点舰，然后重新拉起。也就是这一刻，无论是他，还是谢振宇，都明白那堵一直让衣正邦和全大队担心的墙被破掉了。在全大队下午的例行检讨会上，谢振宇代表余涛和秦大地说出了那堵墙的真相。他说："真正落下去的一瞬间，航母甲板同时向六个方向颠簸起伏只是我们的想象，在一个时刻，只会向一个方向起伏！在飞机落下去、甲板逼上来之前，我们的眼角余光至少可以瞥见甲板一侧起伏动荡的海水！并通过它的起落判断甲板起落的高度和方向！这时调整飞机姿态，点舰时就不会踏空或者砸舰！"众人大力鼓掌，因为只要让这一批人知道了这个秘密，剩下的就只是通过精飞找出规律，形成数据，再通过训练成为着舰时即时的手部肌肉动作了，那也就意味着，衣正邦一直要求的万无一失、滴水不漏，不再是摆在任何人面前的难题了。

会散了，秦大地对谢振宇、余涛道："突破了这堵墙，我们就可以要求考核，然后进行第三次队内空中对抗竞赛，排出正式着舰的顺序了！"谢振宇、余涛大惊，互视，又回头看他。秦大地道："从现在开始准备吧。你们不一定能打败我！"说完他就离去了。余涛忽然眼睛湿润了。谢振宇道："怎么了你？"余涛道："就是没多大希望，也要打败他！"谢振宇也道："一定要打败他！"二人击掌，道："加油！"

海军总医院，陈亚红接到了晋军的电话，吃惊道："晋团你说什么？申大夫喝了自己配的中药，昏迷过去两天了？"晋军在遥远的山西某医院回答："对，已经送医院了。可她喝药前留了信，说不要救她，她会缓过来的！现在已经醒了！"陈亚红的声音颤抖起来，道："怎么样？"晋军回答："她说这个配方她一直不敢用到秦熠身上，所以要先在自己身上试一次，发现没问题。如果家属同意，她提议在秦熠身上使用！"陈亚红这时却为难了，道："这个一定要家属同意，但让秦大队签字，不可能，首长不会答应的。这样吧，我去见孩子的妈妈，听她的意见！"

黄昏，陶斯勇、秦大地又一次面对夕阳站立。陶斯勇道："强子刚才打电话，传达首长指示，正式着舰的日子就要到了，现在进行队内竞赛，重新排序，但他要我和他一起劝阻首长。强子说，这对你不公平！"秦大地笑了笑道："强子错了。没什么不公平！要是我的身体没问题，首长一定不会答应进行第三次竞赛。斯勇，三个月时间，已经过去两个半月了！"陶斯勇道："但毕竟还有半个月！你扛得住的！如果明天就正式着舰，你作为第一试飞员，仍然应当得到第一个着舰的机会，这是你应得的荣誉！"秦大地反问道："那以后呢？半个月以后，我就不能再飞了！你让首长把以后的试飞大队、以后的中国航母舰载机飞行编队交给谁？”陶斯勇被他问住了，但他内心不服，情绪激动。秦大地安慰他道：“队内竞赛三天就结束，还有十二天，如果我打赢了，还是第一试飞员，第一个着舰的还是我！”陶斯勇担心道：“告诉你吧，许多人都认为这次谢振宇和余涛有可能击败你！”秦大地道：“如果是这样，难道是坏事？”陶斯勇想到的却是另外一件事：“大地，你知道中国航母的首任舰长是怎么任命的吗？二十年前，我还在海军机关做小参谋，当时的海军首长就开始从全海军选拔最优秀的飞行员，让他们进学院，改行做战斗舰艇的舰长，目标就是培养既懂飞行又懂舰艇指挥的未来的中国航母舰长。二十年过去了，今天中国海军才有了第一艘航母，当年加入那个舰长班的学员，为等待这一天空耗了全部人生。我听说，在讨论中国航母第一任舰长时，有人认为这批人年龄偏大，建议直接任命一位年轻的同志担任舰长，但首长不同意，他们说，当年那个舰长班的同志为航母牺牲了一切，海军无论如何也要给他们一个交代，不然对不起他们。于是，海军还是任命了他们中的一位担任了中国航母的首任舰长，当然这是名誉上的，今天这位舰长已调到别处，现任舰长是另一位比他们年轻一代的人。”秦大地问他讲这个故事什么意思？陶斯勇道：“历史应当记住那些曾经为实现中华民族伟大复兴的中国梦立下功勋的人！这才公平！海军首长力排众议任命一位当年舰长班的同志做中国航母第一任舰长，虽然任职时间很短，却给了当年所有因成为舰长班学员牺牲了一生的人一个公平！”秦大地久久望着夕阳，道：“斯勇，谢谢你刚才的话。可我刚才的话也是出自我的真心，直到此刻，我仍然认为自己是过去的秦大地，即使健康的日子剩下不多了，我也没有想过会在新的一场空中对决中失败。只要我还是一名战士，就不可能心甘情愿地接受失败！说实话，我现在想的，全是如何夺取生命中的最后一次胜利！”陶斯勇放心了，道：“大地，我们都信得过你！你一定要胜利，然后以第一试飞员的身份完成中国舰载机的首次成功着舰和起飞！不是你秦大地需要这个公平，是我们，你的战友和同志需要这个公平！中华民族实现强国梦的历史需要这个公平！”

夕阳西下的海边，谢振宇也在一步步走向仍面对大海垂钓的吴惊天。吴惊天道：“我知道你要来。”谢振宇道：“我们已经完成了舰载机正式着舰前的所有试飞课目，我们飞得很漂亮，接下来就是中国舰载机在中国航母上的第一次着舰和起飞了！可我昨天夜里一直没睡着，我已经不想挑战秦大队了！”吴惊天道：“你放弃挑战，机会就给了余涛。你不担心这个？”谢振宇道：“我不担心，我和余涛商量过了，决定一起向总指挥提出请求，不再进行系列竞赛！老师，秦大队距离健康生活结束的日子只有半个月了！”吴惊天道：“回去准备竞赛吧！秦大地会毫不留情地用他一生积累的技术、战术、经验和强大的心理势能检测你们。事实上，他会用他对一名中国海军空中之王的全部理解与你和余涛进行这场对决。我现在就可以告诉你，他不会客气的，因为在这个时刻，他没有权利对任何可能接替他的人客气，只有严厉、严厉、更严厉！因为这是他最后的责任，也是他最后要赢得的光荣！”谢振宇沉吟很久才道：“老师告诉我，我该怎么做？”吴惊天道：“我说过了，马上回去做好一切准备，拼尽全力也要赢下这场比赛！只有这样才是对他的最大尊敬、奖励和安慰，胜利是你和余涛能够给予这位中国海军历史上一代传奇英雄的最好礼物！”“那老师告诉我，我怎么才能赢？”谢振宇道。吴惊天道：“振宇，这些年来，我也一直在思考秦大地，今天才明白，秦大地拥有的是一种什么力量！像他的名字一样，大地的力量！”谢振宇问：“大地的力量是什么力量！”吴惊天望着远天，良久才道：“大地就是我们脚下的泥土，表面上看上去最平凡，但就是它默默承载着一切，滋养生命，生长万物，一年又一年，一代又一代，经历着一切也负载着一切。无论冰雪严寒，还是风和日丽，她都仍然是她。更重要的是，她会在每一年的春天萌发出花朵，在每一年的秋天结出果实。最后，即使她这么做了也从不会觉得有什么了不起。她会认为这只是她的职责，还是她的幸运。秦大地身上拥有的就是这种力量！我今天悟出来的道理，就是我当年和秦大地的差别。”谢振宇看着他，聆听着他说出的每一个字。吴惊天道：“胸怀。秦大队把自己看成是真实的大地，大地上的泥土，而不是难得一见的花朵。还有，他明白大地的使命就是承担。只懂得承担还不行，还要有力量。振宇，你现在知道这是一种什么力量了吗？”谢振宇道：“我知道，不可胜。我也许赢不了你，但你也赢不了我。不可胜是他的底线，只要一个人变得不可胜，就没有人能赢得了他！”吴惊天欣慰道：“振宇，我还是没看错你。我这个坐在东海边的任公子，就要钓到梦寐以求的大鱼了！”谢振宇道：“老师，您钓不到这条大鱼了，如果我有足够的幸运、足够的力量，能够赢得了他，以后的我想像他那样，成为这块土地上不可胜的泥土，而不是上面盛开的那一朵最美丽的花！”

像事先想到的一样，试飞大队的第三次队内竞赛很快进入半决赛的环节，对手仍然是谢振宇和余涛。走向飞机前，谢振宇向余涛敬礼，余涛还礼。谢振宇道：“老余，下手狠一点，我们不是在和自己比赛，从现在起，我们就是在和秦大队比赛！”余涛道：“我明白！”“好运！”“好运！”二人再次相互敬礼，登机。众试飞员早就拥满飞行数据监测大厅，紧张地盯着大屏幕。见两机相继升空，江海紧张道：“开始了开始了。”耿见林要康延成预测一下结果，康延成道：“我还是不说吧！怕影响团结。”耿见林道：“你认为老谢能赢？你真是他的铁杆粉！不能，余涛一定赢！”江海道：“上次我预测是持久战，这次仍然预测是一场持久战！”云团丛丛的空中，余涛机首先出现，一闪而逝。谢振宇机跟出，在云丛中寻找余涛机。余涛机突然出现在他后尾，向其发起偷袭。谢振宇急做一个眼镜蛇机动，反过来捕捉余涛机。余涛一个横滚，使谢机失去目标。谢振宇一个上升伊麦曼回旋，又让余涛机失去目标。两机短暂脱离，在天空中各自画圆。飞行数据监测大厅里一片寂静。王小毛道：“第一回合？谁赢了？”康延成道：“老谢！”耿见林道：“胡说，平手！”在塔台上观战的衣正邦对秦大地道：“这两个小子第一回合的动作，我好像在什么地方见过！”陶斯勇道：“想起来了！谢振宇的套路，完全是上次大地对付余涛的套路！这小子把大地的套路融化在自己的血液里了！”秦大地急道：“第二回合开始！”果然，重新在空中出现的余涛一个猛烈俯冲，向位置稍低的谢振宇机直扑下来。两机的空中格斗进入惊心动魄的状态：谢机向余机正面撞来；余机并不闪开，反而正面迎过去。两机就要撞上时，余涛一个转弯机动，放过谢机，回头占据尾攻位置，马上开启锁定。谢机却在这一瞬间爬升，摆脱了余涛机的跟踪和锁定。余机紧追不舍，步步紧逼。谢机战术转弯，侧飞。余机紧追不舍。谢机的情势看上去非常危急。余机占据对谢机的尾攻位置，再次试图对其锁定。飞行数据监测大厅里，所有人的神经都紧张到了极点。江海大叫：“余涛快呀！不要让他喘气！锁定他！”康延成十分激动，道：“别喊——！”众人不理他，继续喊。塔台上的秦大地眉头越皱越紧，突然开口：“余涛这个动作是新的，他比过去更快了！”陶斯勇道：“谢振宇的看家本领就是快，余涛以快制快，让他没有喘息之机，看来是把他研究透了！”秦大地看衣正邦，发现后者也进入了高度紧张的精神状态，道：“首长要不要喝点水？”衣正邦大声道：“别打岔，看竞赛！”空中的激烈缠斗在继续。余涛机仍然追逐谢振宇机，不让他有喘息之机。谢机一个转弯，用鹞式飞行技术和余机进入了剪刀机动。飞行数据监测大厅里又是一片惊呼。“剪刀机动！”“鹞式飞行！”“好样的！”“敌变我变，余涛快改变战术！”康延成将捂上眼睛的手放开，看大屏幕，大喜道：“老谢，漂亮！快抓机会反攻！”这时空中二机都在使用鹞式飞行技术进行剪刀飞行对抗。又一次进入交叉位置时，谢机一个反转倒扣，余机躲闪不及，瞬间就要撞在一起。余涛大惊，一个高 YoYo 机动与谢机脱离。谢机一刹那间已经翻转回头，进入尾攻位置，锁定余涛机。余涛机内亮起了红灯。飞行数据监测大厅里又陷入一片寂静。耿见林半晌才道：“怎么会这样？”康延成安慰他道：“余涛也没输，这是高手过招，胜负一念之间！”塔台上，衣正邦转身离开。秦大地看他。衣正邦又回头道：“明天你和谢振宇对决，我还要来的！”又道：“我们是海军，明天你们的对决，改到海上进行！”机场上，余涛和谢振宇下飞机。余涛道：“振宇，祝贺你！你不是原先的谢振宇了，你有点像一个人！”谢振宇道：“不，我赢得侥幸——”余涛道：“不要说了。虽然输了很难过，但我不会食言的。今天下午我就帮你一起研究明天和秦大队对决的战术！”谢振宇道：“谢谢！”

这天午后，余涛果然和谢振宇一起到了大队电训室。他问谢振宇：“想好了吗？”谢振宇道：“什么？”余涛道：“首先是战略。”谢振宇沉吟道：“想好了。”余涛道：“什么？”谢振宇道：“我可以不赢他，但不能让他赢了我！”余涛深深看了他两秒钟，坐下道：“好了，下面我们研究具体战术！”

第二天的对决由衣正邦亲自指挥。他早早地就上了塔台，拿起送受话器呼叫：“各部门注意，我是衣正邦！开始！01，03，起飞！”飞机前，秦大地与谢振宇对视。秦大地微笑道：“振宇，进入试飞大队前，你整整三年盼着和我进行一对一的对决，现在机会到了！”谢振宇道：“机会是到了，但是今天的对决，已经和过去任何时候都不同了！今天的谢振宇，已经不是当年的我了！”秦大地振奋道：“振宇，登机！”谢振宇向秦大地敬礼，秦大地还礼，二人各自奔向自己的战机。

飞行数据监测大厅里，众试飞员再次聚集，紧张地盯着大屏幕。大屏幕上，秦大地机和谢振宇机升空。江海紧张地看余涛：“预测一下结果！”康延成也道：“对，老余预测一下结果！”余涛笑着卖关子道：“不好说，我又不是‘三年早知道’！”耿见林震惊道：“余涛，你是说谢振宇有机会赢？”余涛道：“都被秦大队炼到这个时候了，我们这里的每一个人，只要披挂上阵，都有机会赢，不然就是饭桶了！”众人神情为之一震，不再说话，只看大屏幕。塔台上，陶斯勇也请衣正邦预测结果。衣正邦不理他。一名上尉大叫：“开始了！”

一望无际的大海上空，云团丛丛。秦大地向舷窗外一望，发现谢机正向他迎面“撞”来。他急忙一个横滚闪开。谢机“嗖”的一声贴着他的机翼下掠过。秦大地微微一笑，加力爬升，占领对谢机的尾攻位置。谢振宇却在极短时间内用一个眼镜蛇机动闪开，回头占据对秦大地的尾攻位置。秦大地也来了一个眼镜蛇机动，找回对谢振宇的尾攻位置。谢振宇再一个眼镜蛇机动，回头缠住秦大地的机尾。两个人就用这同样一个动作，反复咬对方的机尾，形同画圆，在空中反复近距离激烈纠缠。飞行数据监测大厅，江海叫道：“我的天哪，今天我看到了真正的高手过招！这么近距离反复纠缠，要的是胆量和技术！没想到谢振宇还有这一手！”余涛道：“看出秦大队今天的不同没有？”王小毛道：“大队今天终于现出了本相，他的高明在于他每个方面都厉害，尤其善于见招拆招！”刘波道：“谢振宇正在以大队之道治大队之身！”大屏幕上，两机仍然在连续做眼镜蛇机动，互咬对方机尾，让人眼花缭乱。一直没说话的耿见林开口：“看出一点名堂了！谢振宇的强项就是快，大队必须以快制快，但谢振宇今天表现得更坚决！这个时候，谁也不能主动变招，谁变招谁就输了！”康延成道：“我为大队担心！”江海道：“胡说！大队一定能赢！谢振宇算个鸟！”耿见林道：“得，吴强走了，你成了大队的铁粉！”刘波叫起来：“天哪，是大队先撤了！”众人回望大屏幕，发现是秦大地率先一个鹞式飞行高速着舰的分离机动，加一个破 S 飞行，意外改变航向，降落高度，向海面飞去。谢振宇怔了一下，一个同样的动作进入鹞式飞行，加力向海面上紧逼。秦大地不改速度，突然爬升。谢振宇同样紧追不舍。两机又用鹞式飞行技术从高空飞向海面。刘波道：“现在我懂得大队说的隼式飞行也是鹞式飞行了，看大队和谢振宇，隼式飞行时也在使用鹞式飞行技术！”江海紧张道：“不好！大队现在太被动了！”康延成道：“看！大队什么动作？”海空中，原来秦大地机突然一个高 Yo-Yo 动作，摆脱被动，回头将谢振宇压向海面。谢振宇机一不做二不休，反而斜线向海面上俯冲下去。秦大地紧追不舍，也向海面上俯冲。谢机距海面越来越近。秦机继续紧逼。两机距离海面越来越近。余涛猛地站起。康延成大叫：“不好！谢振宇有过将敌机压迫到海面上的经历！大队要吃亏！”耿见林也叫：“危险！”江海道：“你们别乱喊，秦大队是不可胜的！”这时谢振宇已降到距海面极近的高度，他的眼角余光甚至瞥见了波动的海浪。秦大地机继续从上面以鹞式飞行动作高速压下来。谢振宇突然地来了一个平行横滚，闪过秦大地机，迅速拉起，反将秦大地机压在机身之下。余涛惊叫：“大队危险！”耿见林大声气愤道：“谢振宇想干什么！他真要把大队逼海里去吗？”说话之际，谢振宇机几乎紧贴着秦大地机，仍在一点点下降高度。两机一上一下贴着海面平飞，秦大地机被迫下降，一点点接近下方波动的海浪。

塔台上的衣正邦也喘不过气来了，不回头，喊：“水！”秘书小魏忙将水杯子递过来，他却忘了接。陶斯勇道：“首长，命令他们退出竞赛吧！”衣正邦怒声道：“为什么？”陶斯勇不敢说话了。这时海面上一个大浪升起。谢振宇下意识将飞机抬高一点。秦大地趁机做一个机身翻转动作，倒着在海面上平飞，并趁机向上升高机身。谢振宇马上发现了，继续下降高度，压迫秦大地机。秦大地一个空中停机，速度骤减，但机身仍惯性向前飞行。谢振宇机却闪电般从他机身上面高速飞过去。这一瞬间，秦大地机从滑翔状态中恢复机动，立即以倒飞状态从谢振宇机后直升高空。

飞行数据监测大厅内一片欢呼。“漂亮！”“大队还有这一手！”“今天老谢把大队看家的本领逼出来了！”刘波捂胸口道：“我的小心脏！大队刚才怎么敢在海面上停机！万一失速掉下去——！”余涛目光湿润。康延成道：“大队当然敢这么做。当年在海上出事故，双机停，他就是靠这一手倒扣滑翔平飞再加翻转，迫降到海面上的！”塔台上，陶斯勇回看衣正邦，泪光盈盈道：“首长，我看得有点明白了！”衣正邦怒道：“决赛还没结束，什么也甭说，看下去！”

海空中又出现了新一轮追逐。表面上看，仍然是谢振宇在追逐秦大地。秦大地用各种技术动作反击，但谢振宇总有办法把攻击者的角色抢回来。这是历史上第一次，两人在空中显得势均力敌。飞行数据监测大厅里，耿见林道："我现在有点佩服老谢了！他居然能和秦大队打一个不分伯仲，甚至还稍占上风！"刘波道："你应当佩服的人除了老谢，还要加上一个人，这场对决，是两个对付一个！"众人看余涛。余涛的注意力却在大屏幕上，叫："快看，大队变招了！"原来被追逐的秦大地机从高空中几乎成90度角垂直向海面上扎下来，谢振宇机后方紧追，也像秦机一样90度角垂直地向海面下冲。就要接近海面时，秦大地机一个翻转，折向空中。谢振宇机则在他之后，一瞬间完成了同一动作，却飞向了另一方向的高空。耿见林道："我的天哪！今天我算开了眼了！什么美国大片，小儿科！秦大队厉害，谢振宇厉害！华山论剑，棋逢对手！我嫉妒他们！"海空中，秦大地机再次成90度角垂直地向海面上扎下来，谢振宇机也再次90度角垂直地向海面追击。秦大地机一个紧贴海面的横滚，让开海面。就在谢振宇机即将插进一片波动的深蓝的瞬间，他用尽力气艰难地将飞机贴水面做了个眼镜蛇机动，拉升并迅速完成翻转，倒扣着飞向另外的方向。机身下方的海面上，被激起的浪花爆炸一样向上高高腾起。谢振宇这个动作在飞行数据监测大厅里引起了巨大欢呼。康延成道："老谢这个动作应当被命名，叫它'谢振宇海面眼镜蛇机动'！"江海却道："快看，老谢被秦大队压在海面上了！"众人看去，果然这次是秦大地机用鹞式飞行动作高速将位于下方的谢振宇机压向海面。谢振宇机再次迅速被迫接近海水。突然，他果断地做了一连串纵向平行前飞的机身滚翻。这一连串不停的机身滚翻动作反而逼迫在他之上的秦大地机不得不稍稍向上升高机身。谢振宇就在这种不停的机身纵滚中突然升空，脱离险境，回头占据尾攻位置，将秦大地机锁定。

秦大地机内一闪一闪亮起被锁定的红灯。

飞行数据监测大厅内，没有一个人说话，许多人泪眼婆娑，江海甚至小声哭起来。众人都望着余涛。余涛目光仍然盯着已经空空荡荡的屏幕，不发一语。耿见林像从梦中醒来一样道："谢振宇今天真的打败了秦大队！"刘波也道："太难以相信了！"康延成道："我也不敢相信！但他做到了！"余涛目光湿润道："谢振宇赢了，但秦大队也没输，不，秦大队也赢了！试飞大队赢了，海军赢了！中国人民解放军赢了！"

试飞大队会议室，衣正邦走来走去，心潮澎湃。陶斯勇陪秦大地走进来。秦大地举手敬礼："首长！"衣正邦怒声道："告诉我，你怎么会输？如果你故意放水，我要严厉处分你！"秦大地严肃道："首长错了！就是后来我没被谢振宇锁定，今天我也赢不了谢振宇。"衣正邦道："可他也赢不了你！"秦大地道："但他赢了！尤其是最后一个动作，我几乎断定他拉不起来，但他做出了一连串我想象不到的机动，并且用这些机动麻痹了我，突然占据尾攻位置，锁定了我！要是上了战场，我就回不来了！"衣正邦道："真的？"秦大地道："首长难道不明白？谢振宇应当比秦大地更优秀，他是新一代飞行员，是为更新一代战机和中国新的海洋时代诞生的。从进入试飞大队第一天起，我的任务就是让他和他这一代人成长、成熟！现在我们都看到了收获！"衣正邦道："你等等！我还要问你，今天为什么要带他做那么危险和高难度的动作，你的每一个动作，都可能把谢振宇，包括你自己的飞机弄到海里去！还有，你们做的那长达十分钟的眼镜蛇缠斗，哪怕两架飞机再近十公分，就会撞在一起，同时机毁人亡，简直胡来！当时你是怎么想的，胆子怎么那样大！”秦大地道：“首长，昨天看完谢振宇和余涛的对决，我就明白谢振宇确实不是可以轻视的对手了，他经得住我用最危险、最高难度动作检验他！今天事实证明我没错！不但没出事，而且他正是用这些动作赢了我！”衣正邦道：“真出事就完了！”秦大地道：“其实我在做最后一个动作前，就想主动退出竞赛了！”衣正邦道：“为什么？”秦大地道：“我感觉到了谢振宇的心态，即使在今天这样的格斗情境下，他仍然做到了心静如水！谢振宇已经不可战胜了！”衣正邦道：“你想告诉我，他现在就可以代替你在试飞大队，不，在全海军飞行员中的位置？”秦大地重重点头道：“是。所以，首长，我有个请求！根据决赛结果，正式宣布由谢振宇接替我第一试飞员的位置。另外我对自己的工作还有一个请求！”衣正邦道：“你？什么请求？”秦大地道：“下一步就要进行着舰试飞。虽然我们进行了长时间的0米高度通场精飞加逃逸复飞训练，但正式着舰和试飞仍然不同。不仅有技术问题，更重要的是心态。首长，我同意辽宁舰舰长、政委的看法，为了中国舰载机在中国航母上第一次成功着舰和起飞，辽宁舰需要一个有经验的飞行员做着舰指挥员！”衣正邦没有看他：“你想去干这个着舰指挥员？”秦大地道：“首长，距离我可能离开的日子只剩下十二天了。我希望在最后的日子里，能作为中国航母上的第一名着舰指挥员，上舰去引导、指挥中国舰载机第一次成功完成着舰和起飞。现在我们大队每一名试飞员完成着舰的技术都没问题，缺的是一个他们信得过的现场指挥员。我认为由我担任这个职务最合适，我有能力也有信心帮助大家解决正式着舰时可能出现的所有技术和心理问题！”衣正邦久久不语，忽然背身走向窗前，有顷，他回头，只看陶斯勇，道：“他这个主意，你觉得怎么样？”陶斯勇道：“首长，我也有一个请求！大地距离离开试飞大队的日子有可能只剩下最后十二天，如果让他出任中国航母上的第一任着舰指挥员，能让他继续帮助他的战友完成中国舰载机在中国航母上的第一次成功着舰和起飞，我请求首长答应他的请求！因为这会让他在最后的日子里感觉到幸福和光荣！”衣正邦目光沉沉地望着秦大地，良久才道：“好吧，我答应你。在这十二天里，你可以临时出任辽宁号的第一任着舰指挥员，但你仍然是试飞大队的大队长！这些天你不但要做好一名着舰指挥员的工作，还要带出一个徒弟。就带吴强吧，他是你的徒弟和老搭档，把他带出来。真有那一天，你也好从那个位置上放心地离开！”秦大地立正，举手敬礼，大声道：“是！”

试飞大队多功能厅里，全大队试飞员列队集合，每个人眼里都闪烁着庄严而激动的光。衣正邦对大家讲话：“我宣布，一个星期后，这次竞赛中获胜的前五名同志，正式进行第一波次着舰试飞！经过了漫长的试验试飞，中国舰载机终于要在中国第一艘航母辽宁号上正式着舰，并完成第一次起飞了！”众人热烈鼓掌。衣正邦又道：“最后一个好消息，不是别人，是你们的大队长秦大地，将在辽宁舰上做你们的着舰指挥员。他的职责是在舰上现场指挥你们每个人安全着舰。到时候，他将用他的全部经验，判断你们是不是可以着舰，着舰后是不是需要立即转入逃逸复飞！”这一次，连衣正邦自己也止不住眼睛湿润了。

傍晚，辽宁舰甲板上，一架直升机落下来。王一帆带一名护士走下飞机，有人带他们走进了航母入舱口。至于他们做了什么事情，没有人知道。很快，这架神秘的直升机就又载着客人飞走了。

这天深夜，衣正邦航母办公室的电话铃响了，他迅速拿起了电话，问：“徐院长吗？怎么样？”海军总医院院长办公室里，王一帆、陈亚红站在徐院长身边，看着他向衣正邦报告。徐院长道：“首长，结果出来了，确实是误诊。国家基因所那台从国外重金买来的机器没问题，但是运回国内前厂家装软件出了错，现在厂家更新了软件，经过王院士亲自带人到航母上第二次给秦大地同志做抽血检验分析，他患有重大基因缺陷的诊断被判定为误诊。虽然事情出在地方一台机器上，但我们还是要深刻检讨，尤其是要向秦大地同志深刻检讨！”衣正邦大叫起来：“你再说一遍！秦大地没有基因缺陷？”徐院长道：“对！”衣正邦又道：“上次说他三个月后全身运动功能丧失也不会真的发生了？”徐院长道：“是！对了首长，还有一件喜事，我们从山西请来了给秦熠治病的申一大夫，她用自己拿性命验证过的药方将孩子唤醒了，而且，孩子的腿部肌肉，开始有了感觉！”衣正邦道：“这么说，秦大地又是原来的秦大地了？秦熠的病也有了好转？”徐院长道：“是的首长！我们再次请求处分。”衣正邦又气愤又激动道：“是的，应当处分你们！这么重大的事情……”他边喊边让自己的情绪缓和下来，“不，为什么还要处分你们？机器出了错，是你们中的陈亚红同志坚持怀疑，要求复检……不但不能处分你们，还要奖励你们！感谢你们为海军保住了一位不可多得的人才，同时帮助了这个一直承受着巨大压力的军人家庭！”他热泪盈眶，说不下去了，扣下了电话。秘书小魏在一旁道：“首长，要不要马上告诉秦大队？”衣正邦此刻已经冷静多了，想了想道：“不，什么也不要做！”小魏吃惊道：“什么也不做？！”衣正邦吼起来：“我讲得不够清楚吗？！”小魏不说话了，因为他的眼里也全是泪水了。

清晨，试飞大队多功能厅里，众试飞员再次列队，等待陶斯勇、吴强陪秦大地走进来。谢振宇、余涛带头鼓掌。秦大地走到队伍前，对大家道:“干什么你们，搞得像我不是这里人似的!停!”众人笑着安静下来。秦大地有力地望前排的五名试飞员，他们是谢振宇、余涛、康延成、耿见林和江海，他和他们用力握手道:“祝贺你们，成为第一批正式着舰的试飞员!”五人一起回答:“谢谢大队!”秦大地回到小讲台上，对大家道:“同志们，日子定下来了，明天和后天，我这个中国航母上的第一任着舰指挥员，LSO，就要在舰上迎候本大队第一波次五名同志正式着舰!我是自己要求从航母上回来的。我回来的理由是，有两个关键环节要和第一批着舰的同志当面沟通!”康延成道:“大队，快说!我们什么都听你的!”其余四名试飞员也热切道:“对!”秦大地道:“第一个关键环节。当大家着舰时，我有两件事要做。第一，在你的飞机已经进入高速下滑通道时，我作为着舰指挥员，将在最后一刻告诉你是否可以着舰。如果我告诉你，不可以着舰，你要瞬间把着舰变成通场精飞!”五名试飞员回答:“明白了!”秦大地又道:“不是要你们明白，是要你们记在心里，最好变成手部肌肉记忆!现在我说第二个关键环节。如果我同意你着舰，你已经落下来，无论我说不说逃逸复飞这四个字，你的下一个动作仍然是逃逸复飞!”陶斯勇这时插上话来道:“连我都听懂了!就是说，着舰成不成功不是大家要考虑的，大家要考虑的只有一件事，着舰后马上转入逃逸复飞!”吴强也道:“我插一句。其实大队的意思，是说你们根本不要想什么正式着舰，就像过去一个月进行0米高度精飞就行了!”秦大地道:“正确!首长一直要我们做到万无一失、滴水不漏，怎么做到?我还是那两句，心无片云，静如止水。只要大家心静如水，把每次正式着舰都看成是一次普通的0米高度精飞，就能在明后两天的大考中得满分！”众试飞员谁也没说话，但个个神情凝重，心潮起伏。秦大地道：“最后一句。即使挂索失败也没什么！就是在世界上最老牌的航母国家，舰载机挂索失败也很平常。重要的是失败后一定要成功地完成逃逸复飞，然后回头进行二次着舰。同志们，即便是这样，你也完成了中国舰载机着舰史上的第一次成功的逃逸复飞！”五名飞行员忍不住热烈鼓掌。全队热烈鼓掌，人人眼里都闪烁着湿润和刚毅的光芒。

辽宁舰女兵宿舍舱内，一群女兵聚在一起偷看夏初的日记。夏初进门，道：“你们太不像话了，不尊重我的隐私！”她将日记锁起来。刘小莉道：“没用，每一天写的每一封情书我们都看过了！”曲婷婷道：“你是我们的队长，不应当有隐私！”夏初要说什么，马晓蓝匆匆走回，将她扯到另一舱室，关门，拿出一张纸道：“快看，第一批舰载机着舰试飞员的名单，总共五个，第一个就是谢振宇！他真要上舰了！你们相见的日子就要到了！”夏初强作无辜道：“那和我有什么相干？”马晓蓝道：“把我们当傻子了吧？虽然你那日记写得语焉不详，但我们猜出来了，情书上的他就是谢振宇，队长就是为了他才上了这条舰，做了甲板起飞助理，你是因为爱才开始了这一段全新的人生！”夏初道：“错了，用谢振宇的话来说，我和他现在只是战友关系！”马晓蓝道：“你为他写了厚厚一本情书，倾诉对他的爱！”夏初不承认，道：“又错了，那只是我的航母日记！”马晓蓝着急道：“我们现在最担心的是他对你的爱什么都不知道！上舰后你一次也没有和他主动联系过！信没写过，手机不让用，电话也没打过！还有，上次去试飞大队学习，你也没有见他！”夏初心里已经乱了，却仍然道：

“那又怎么样？你在说什么？”马晓蓝道：“怎么样？谢振宇同志将会第一个驾驶中国舰载机第一次在中国第一艘航母上成功完成正式着舰，然后完成中国舰载机在中国航母上的第一次成功起飞，他这个人立马就成为全国，不，全世界最受瞩目的明星式的人物，一位伟大的民族英雄，将来一定会名垂青史！我不是吓唬你，男人是多变的物种，最容易移情别恋，何况你们之间并没有过海誓山盟！”这时门被推开，曲婷婷、欧阳剑侠带一干女兵全涌进来。欧阳剑侠道：“你们背着我们躲在这里嘀咕什么呢？现在连队长的恋爱日记都公开了，还有什么事不能对大家说？”马晓蓝道：“反正大家早晚都要知道。简单说吧，队长的恋人作为名列第一的舰载机试飞员明天就要上舰，我现在担心这个人功成名就见异思迁，那我们队长厚厚一本情书就白写了，满腔的柔情蜜意全打了水漂！大家快替队长出出主意！”刘小莉第一个举手道：“哭！”曲婷婷道：“什么意思？”刘小莉道：“队长这么爱那个姓谢的飞行员，他却要移情别恋，这个时候，我觉得不能来硬的，只能来软的。什么最软？眼泪最软，男人吃软不吃硬，等他一上舰，队长跑上去抱住他就哭。姓谢的心一软，就有情人终成眷属了！”马晓蓝道：“你这什么山沟里的红薯土豆主意呀！队长是秦香莲吗？谁有更好的办法？”曲婷婷道：“我！软的不行来硬的。等他着舰成功，我们集体打上门去。队长呢我们只有一个，你娶也得娶，不娶也得娶，不然我们就给你好看！”欧阳剑侠道：“臭！什么年代了，要逼婚还是拉郎配？再说这样人家不认，我们也没辙！不好，想下一个！”夏初这时终于开口了：“够了！时间到，该干什么干什么去！”众人不走，都回头看她。马晓蓝问：“队长，你生气了？”刘小莉道：“可到底该怎么办呢，不是还没想出主意来吗？”夏初大声道：“解散！”看着众女兵散去，夏初自己干脆也不想了，跟着走了出去。

着舰试飞的日子终于定下来了，就是明天。夜晚，谢振宇一个人站在海边。海面上波涛汹涌，大浪撞击着礁石，发出惊天动地的巨响。伴着这巨响，他的耳边响起童年背诵《逍遥游》的声音："北冥有鱼，其名为鲲。鲲之大，不知其几千里也；化而为鸟，其名为鹏。鹏之背，不知其几千里也；怒而飞，其翼若垂天之云——"余涛从背后走过来，站住看他。两人在惊天动地的巨响中久久地对视。余涛道："想什么呢？"谢振宇道："我想到了小时候爸爸和欧双莲老师教我背诵过的庄子的《逍遥游》。"余涛道："这不奇怪，明天，这条大鱼，就要水击三千里，扶摇九万仞，化作横绝天际的大鹏，直飞南冥了。"谢振宇道："你也喜欢庄子的《逍遥游》？"余涛道："只要是中国人，谁不喜欢这篇文章？刚才我还在想，将来我们完成了我们现在做的所有事业，老的时候，我要写一本书，书名就叫《鲲鹏志》。"谢振宇道："好，鲲就是中国的第一条航母，横空出世，惊涛拍岸，卷起千堆雪。鹏就是我们中国第一个航母舰载机战斗编队，一飞冲天，扶摇九万，横绝四海！"余涛道："我还有一些书名，譬如说《江山如画，一时多少豪杰》！"谢振宇无语。余涛道："有什么话想说，说出来吧！"谢振宇道："不知道为什么，对于明天的正式着舰，我一点也没感觉到激动。"余涛道："那你感觉到了什么？"谢振宇道："责任。"余涛道："连这个也不需要想，这也是雷区。"谢振宇道："我知道，但还是觉得心情沉重。"余涛道："振宇，你真的成熟了，堪当大任了。"谢振宇举手向余涛敬礼，余涛也向谢振宇庄重还礼。两个人心里，都充满了即将投入战斗的激动。

上午九时正，辽宁舰飞控中心，所有人都到位了，神情严肃。衣正邦看表，对舰长道：“时间到！”他的声音迅速传向了航母着舰指挥所，身穿着舰指挥员服装的秦大地回答：“是！”他身后站着同样着装的吴强。而在航母着舰甲板上，赵健带着身穿各色马甲的勤务保障分队列队，身穿黄色起飞助理马甲的夏初也在其中。由于和别人一样戴着防护头盔，别人只能看到她的眼睛。赵健一声令下：“各就各位！”众人跑步散开，夏初也跑向自己的位置。

着舰甲板一侧，灯光助降系统亮起。随着航母阻拦索工作舱内庞大的机械组开始启动，着舰甲板上，伏在索沟里的四道阻拦索相继升起。与此同时，舰岛上方有着舰引导雷达开始运转。

这一刻，试飞大队机场上，谢振宇、余涛着全套飞行服，面对陶斯勇立正，举手敬礼。陶斯勇还礼。谢振宇道：“报告政委同志，中国人民解放军海军舰载机试验试飞大队第一试飞员谢振宇、第二试飞员余涛，请求出发！”陶斯勇道：“祝你们成功！出发！”谢振宇、余涛道：“是！”谢振宇、余涛再次敬礼，陶斯勇还礼，二人奔向自己的飞机。机场上，所有的试飞员都用庄重的目光，望着两架飞机一前一后起飞。

这一刻，航母飞控中心已经接到了报告。舰长放下通受话器，面向衣正邦报告：“报告首长，试飞大队第一着舰编队双机起飞！”衣正邦道：“通知着舰指挥员，准备迎接舰载机着舰！”舰长道：“是！”他重新按下送受话器按键，大声道：“LSO 注意，首长命令，准备迎接舰载机双机着舰！”着舰指挥所里，秦大地回答：“LSO 明白！”

海空中，谢振宇机和余涛机临空。余涛道：“01，01，02报告，发现目标！”谢振宇也已看到了航母，道：“01明白！ 02，此时此刻，想到了什么？”余涛道：“如果我的请求被批准，就此留在海军，以后会天天在航母上起落。今天不过是平常的一次！”谢振宇心花怒放，道：“严重同意！准备第一次着舰！”余涛道：“明白！”谢振宇随即向航母呼叫：“黄河，黄河，我是01，我是01，第一着舰编队请求着舰！第一着舰编队请求着舰！”航母飞控中心内，衣正邦对舰长道：“转移着舰指挥权！将着舰指挥权移交给着舰指挥员！”舰长道：“是！”他再次按下送受话器按键，发令道：“LSO注意，首长命令，从现在起，正式将着舰指挥权移交给您！ 01注意，现在着舰指挥权转移，请向LSO请示着舰！”着舰指挥所内的秦大地和空中的谢振宇相继回答：“LSO明白！”“01明白！”秦大地放下电话，对吴强道：“他们来了！我们上去！”吴强点头。二人走出着舰指挥所，走上着舰甲板，仰望舰艉的天空，望见了临空的舰载机。秦大地对空呼叫：“01，01，我是黄河，我是黄河，我是LSO秦大地，我是LSO秦大地！听到了请回答！听到了请回答！”空中，谢振宇的声音立即变得欢快起来，道：“黄河，黄河，大队，我是01，我是01！我和02听您指示！请您指示！请您指示！”秦大地道：“01报告，准备好了吗？准备好了请回答！”谢振宇回答：“01报告，准备好了！请求进入着舰程序！”秦大地道：“01可以进入着舰程序！ 02准备！”谢振宇回答：“01明白！”余涛回答：“02明白！”秦大地和吴强闪到一边，把整个着舰跑道让出来。

空中，谢振宇和余涛比肩飞行。余涛对谢振宇道：“01，祝你成功！”谢振宇冲他竖起大拇指，转入矩形转弯，降低高度。余涛机保持高度，望着谢振宇机飞下去。

航母甲板一侧，秦大地望着空中越来越近的谢振宇机呼叫：

“01，01，报告距离！”

谢振宇回答：“距离Q！进入灯光下滑通道！”秦大地道：“放尾钩，用灯光、用点、用角飞行！”谢振宇回答：“01明白！”他镇静地用鹞式飞行技术加力高速飞向航母，同时放下飞机尾钩。

航母着舰甲板上，谢振宇机越来越近。秦大地扫视一眼着舰甲板中心点，观察飞机姿态，继续发令：“继续着舰！注意因应甲板姿态，瞄准着舰中心点！”

航母上空，谢振宇回答道：“明白！”与此同时，他先是观察到了航母舰艉的航迹，雪白的浪花几乎就在机腹下翻腾，接着便是迅速“撞”过来的航母舰艉和迅速变大的舰岛，然后是逼近来的颠簸中的甲板。眼角余光迅速掠过甲板一侧起伏波荡的海水，他几乎是下意识地做了一个动作，调整飞机状态，飞机轰鸣着着舰，准确地砸在着舰中心点上。航母着舰甲板上，这时的秦大地紧紧盯着的是舰载机的尾钩。只听“砰”的一声，尾钩和第三道阻拦索撞在一起，尾钩牢牢地钩住索，向前滑行了十几米停下。他身后的吴强大叫一声：“大地！成功了！”他太激动了，眼里一下迸出泪花。秦大地却并没有他那么激动，他的眼中只有停下来的舰载机，同时发令：“快去看看振宇！”两人向飞机跑去。没有人注意到在航母甲板的另一侧，目睹谢振宇机着舰成功的夏初猛地用手捂住了眼睛，激动得不能自已。赵健在一旁道：“快引导飞机让开着舰跑道，还有一架要着舰！”夏初清醒过来，答应一声，也向谢振宇机跑过去。这时在航母飞控中心的众人也正回头望向衣正邦，齐声大叫：“首长，谢振宇着舰成功！”衣正邦努力抵制住内心的激动道：“镇静！还有一架要着舰！”

第三十三章

航母甲板上，夏初用手势引导谢振宇将飞机移动至停机位置。赵健带众甲板勤务人员上前，快速将飞机固定。谢振宇打开驾驶舱盖走下来。夏初一时间觉得自己脚下走不动了，她以为谢振宇第一眼能认出她来，但谢振宇第一眼看到的是向他跑来的秦大地和吴强，他也向秦大地吴强跑过去。秦大地和谢振宇激动地拥抱在一起，又一把用力将他推开，上下打量着他，用大过甲板上巨大噪声的嗓门喊道："感觉怎么样？"谢振宇大声道："大队，非常美好！美好极了！完美的一次降落！"秦大地现在彻底放了心，大声道："有这种感觉太好了！"接着又是吴强上来和谢振宇拥抱。谢振宇回看秦大地，道："大队，余涛还等着着舰呢！我们一起迎接他着舰！"秦大地发令："快离开！"三人一起跑向着舰指挥所。夏初一直原地站着，注意到谢振宇一次也没有正眼看她，忽然伤心起来，转身跑回到自己的战位上去。

接下来，在秦大地的指挥下，余涛成功着舰。航母飞控中心的衣正邦拿起电话，道："给我接一号首长！一号，我是衣正邦，现在报告，中国人民解放军海军舰载机试验试飞大队，两架舰载机在辽宁舰上着舰成功！——是！”接着，他放下电话，大声对众人道：“走，看看他们去！”不多一时，众人随着他从舰岛出口奔出来。秦大地看到了他们，及时提醒谢振宇和余涛：“首长来了！”他和吴强退后，把谢振宇和余涛推到前面去。望着衣正邦走来，余涛及时提醒谢振宇：“快去报告！”谢振宇上前一步，对衣正邦举手敬礼，衣正邦还礼。谢振宇道：“报告首长，中国海军舰载机试验试飞大队试飞员谢振宇、余涛，在辽宁舰上成功着舰，请您指示！”衣正邦一一和谢振宇、余涛握手，使劲拥抱他们，道：“祝贺你们！明天还有三位同志要着舰，等他们也圆满完成任务，我要代表海军全体官兵为你们庆功！”

中午，夏初匆匆走进女兵生活区，众女兵呼啦一声围上来，七嘴八舌道：“怎么样了怎么样了？见了吗？他认出队长来了吗？”夏初不语，继续往前走。马晓蓝道：“队长，到底怎么了？”夏初回头道：“让我安静一会儿！”众人停止喧哗，看她走进住舱，面面相觑。马晓蓝道：“坏了！”曲婷婷道：“都是你乌鸦嘴，说什么谢振宇会移情别恋！”马晓蓝道：“我是逗她呢！”曲婷婷道：“可队长信了！”欧阳剑侠道：“别吵吵，现在要紧的是怎么办！”刘小莉道：“哎呀，你们三个是聪明人，快想个办法帮帮队长啊！我可是知道失恋是什么滋味。”马晓蓝道：“你住口！我们有办法！”

午餐的时间到了，航母大餐厅正在开饭。众女兵拥进来打饭，坐在一起。忽然有人回头，看见夏初一个人坐在角落里，低头进餐。刘小莉道：“我真替队长难过！为他写了那么一厚本情书，白写了！”欧阳剑侠想了想，猛然站起道：“有办法了！”说着，她快步往外走去。马晓蓝喊：“哎，你不吃了？”这一刻秦大地也带着谢振宇、余涛走进大餐厅，道：“来排队，尝尝航母上的伙食！”三人取了餐盘，排队打饭。谢振宇回头一眼看见夏初，一怔，认出了她，心情悄然激动，他想了想，离开打饭的队伍，向夏初走去。秦大地、余涛回头看他。余涛认出了夏初，道：“好像是小夏？”秦大地一边扯他道：“没我们的事！”一边拿起谢振宇丢下的餐盘，上前替他打饭。坐在大餐厅一角的夏初此时已经草草吃完，抬头望着走向她的谢振宇。谢振宇道：“你好！”夏初平静道：“你好。”谢振宇道：“又见面了！”夏初道：“是嘛！”她的冷淡让谢振宇惊讶，忽然不知道说什么了：“我们……我们今天着舰成功了。我和余涛。”夏初道：“听说了。”“就不想说句祝贺的话？”“热烈祝贺你们。啊，更要祝贺中国海军！”她站起，大方地伸出手来。谢振宇和她用力握一下，夏初马上松开了他的手，端起自己面前的餐盘，道：“再见。”谢振宇的眉头皱起来了，对她道：“再见。”目送夏初离开，将餐盘放进清洗机，走出餐厅。夏初的态度让他非常意外，开始生起气来。秦大地端着两只盛了饭的餐盘走来，放下道：“怎么走了？”谢振宇不说话。余涛看出了一点什么，道：“先吃饭！”谢振宇不觉出声道：“为什么呀，不明白！”

餐厅另一侧，众女兵一直盯着谢振宇。马晓蓝道：“太棒了！队长让他吃了闭门羹！”曲婷婷道：“移情别恋，活该！”刘小莉道：“你们说什么呢？这样下去，他们俩真要分手了！”曲婷婷道：“你少说话，一说话就让人泄气！三条腿的蛤蟆不好找，两条腿的男人有的是！”马晓蓝道：“别吵！看，欧阳回来了！”众看欧阳剑侠重新走进大餐厅，向谢振宇走去。曲婷婷道：“她要干什么？”马晓蓝道：“别说话！”只见欧阳剑侠一路走到谢振宇面前，站住了。谢振宇、秦大地、余涛一起抬头看她。欧阳剑侠只盯着谢振宇道：“你是谢振宇？”谢振宇道：“是，你是？”欧阳剑侠道：“我是谁都跟你没关系。这里有一本日记，请你看看！看完了还给它的主人！”她将手中一本日记甩到谢振宇面前，转身走开。谢振宇看一眼日记，站起来要说什么，欧阳剑侠已经走远了。秦大地笑道：“怎么着？这么快就有人求签名了？”余涛也笑道：“不像！这样求签名，少！”谢振宇坐下，放下筷子，打开日记看一眼，“啪”一声重新合上，又站起。余涛道：“一惊一乍的，天大的事也等吃完饭再说！”谢振宇道：“大队，不能吃了！我有更要紧的事办！”他不等回答，就跟在欧阳剑侠身后大步走出了大餐厅。餐厅另一侧，众女兵瞪大了眼睛。马晓蓝道：“快回去，故事正在发展，我们也要参与进去！”众女兵迅速收拾餐盘，放进清洗机，跑出餐厅。

女兵生活区外的走道上，欧阳剑侠在前面快走。谢振宇在后面急急追上去，喊：“哎，小妹妹，你等一下！”欧阳剑侠站住，回头道：“谁是小妹妹，我是中国航母第一代舰员欧阳剑侠！”谢振宇赶上来，赔笑道：“对，失敬失敬！请告诉我，到底发生了什么？”欧阳剑侠道：“我们队长，为你放弃了岸上的好日子，为了成功登上航母，吃了多少苦，才通过考核，成为中国航母第一代甲板起飞助理。更重要的是，听好了是更重要的，她还为你写了一大本爱情日记！你却移情别恋，爱上了别人！你什么品质啊？你品质非常恶劣知道吗？”谢振宇道：“什么移情别恋？没有！”欧阳剑侠道：“别矢口否认，拿出证据来！”谢振宇道：“小妹妹，不，你这同志，太厉害了，你都把我说蒙了。什么移情别恋——”欧阳剑侠道：“没有？”她一指女兵生活区的门，“我们队长正一个人在里头哭呢，你要是还爱她，马上进去告诉她，你仍然爱着她，只爱她一个人。我欲与君相知，长命无绝衰。山无棱，江水为竭，冬雷震震，夏雨雪，天地合，乃敢与君绝！这首诗会背吗？接着，你就求婚，她不答应，跪着别起来！”谢振宇镇静下来了，道："你文学功底不错，还会背诗。知道谁写的吗你？"欧阳剑侠道："卓文君，写给司马相如的，后来这个司马相如好像还是变了心！"谢振宇道："错了，这首诗是汉代一个没有留下名字的作者写的。"欧阳剑侠不愿在这件事上和他纠缠，道："得，那个要紧吗？我问你，爱过我们队长没有？"谢振宇想了想道："爱过！""现在为什么不爱了？不是移情别恋又是什么？"谢振宇道："你错了，过去是爱她，后来是因为我承担的工作……啊，不，我过去爱她，现在爱她，一直都爱她！"欧阳剑侠道："那今天你着舰以后，为什么看见我们队长，装不认识，连个招呼也不打？"谢振宇又怔住了，后来猛拍一下脑门，道："哎呀我的天！你们队长当时就在甲板上？"众女兵早已赶回来，在他们身后听了多时。刘小莉道："我们队长为了能在甲板上等你第一次着舰，人都练脱形了，你竟然没认出来！"谢振宇服气了，道："彻底明白了。让我今天求婚……你们觉得这样好吗？"众乱纷纷地道："好！"谢振宇眨了眨眼道："不！今天不行，明天满足你们的愿望！"说着，他转身就走。马晓蓝急上前道："哎，站住！为什么要明天？"谢振宇急道："当然有我的道理！我现在两手空空，你们想让我被拒绝呀？你们的男朋友向你们求婚，连朵花也不拿呀？请让开路！明天这个时候，还是这个地方见！"曲婷婷道："还甭说，他有道理！"欧阳剑侠道："不会是想金蝉脱壳吧？说话算数？"谢振宇道："君子一言——"众女兵齐道："驷马难追！"他转身走掉。众女兵看着他，将信将疑。欧阳剑侠道："先当他是真的，要是假的，反正明天他还在舰上，我们继续收拾他！"

试飞大队值班室内，康延成正在接电话，大声问："什么？帮你买花？给谁？在舰上看上一个女的？胡说……绝对不行！夏初怎么办？你要是移情别恋，尼娜一定吃了我！"——他边喊边猛拍了一下脑袋——，“我真是猪脑子！行，明天我把花帮你带上去，还不行？一定要情理之中、意料之外……这个我马上打电话给尼娜，让她帮忙出主意！一定是一剑封喉，就瞧好吧你！”放下电话他马上又打给正在市图书馆上班的柳尼娜。后者挺着肚子听他讲了一通，笑道：“哎呀，谢振宇怎么这么笨，连夏初喜欢什么都不知道！告诉你一个秘密，你明天只要把它带上舰，花都不用，分分钟搞定！”康延成急道：“老婆，快说是什么？我可是给谢振宇吹了牛，一定要小露一手、一剑封喉，到时候夏初想不答应都不成！”柳尼娜吃醋了，道：“你这么来劲干什么？你已经有老婆了……行，我现在告诉你，小时候我和夏初打架，不管闹得多凶，甚至要绝交了，我要是想和好，就带上一个东西给她，她一见，眼睛准发亮，打架的事儿早忘了！”康延成听她说了那个东西，又急了，道：“你说的这东西我们这里哪有哇？你不是难为我嘛！”柳尼娜娇嗔道：“你这个人能办什么事儿呀，你们那儿怎么什么都没有哇！行，我马上买好开车给你送去……瞧我这命！行了，我马上去买，还得请假，这就开车过去！挂了！”她马上挂断了电话。康延成这边刚要走，电话铃又响起，他顺手拿起听筒，道：“喂……老谢，又是你！什么，你又有主意了？我老婆已经开车去买你要的东西了！你还要改？改什么？现在我和我老婆成了你使唤的碎催了！你等着！”他挂断这个电话，又拨一个号码出去，道：“尼娜，老谢说一剑不行，得两剑，两剑才能封喉！”

又一个清晨来临，衣正邦带舰长、政委及各方面人士再一次齐集在航母飞控中心内，人们脸上重现着昨天迎接谢振宇、余涛着舰时的庄严和激动。衣正邦看表，对舰长道：“时间到！通知试飞大队起飞！通知秦大地，从现在起转移着舰指挥权！”舰长道：“是！”这一刻，赵健再次带甲板勤务分队在航母着舰甲板上各就各位，身穿甲板起飞助理服装的夏初也再次出现在自己的战位上。灯光助降系统亮起，四道阻拦索从索沟里被弹起。试飞大队机场，康延成、耿见林、江海着飞行服，面对陶斯勇立正。陶斯勇道："出发！祝你们成功！"三人道："是！"他们向陶斯勇敬礼。陶斯勇还礼。三人奔向飞机，不多一时，三架舰载机相继起飞，很快就飞临航母所在空域。康延成作为长机开始呼叫："黄河，黄河，我是03！"耿见林道："我是04！"江海道："我是05！"康延成道："发现目标！请求着舰！"航母上，秦大地已经带谢振宇、余涛、吴强走上着舰甲板，远望临空的舰载机。秦大地对空呼叫："03，04，05，我是00，现在由我指挥你们依次着舰！听到了请回答！听到了请回答！"空中，康延成、耿见林、江海依次回答："03明白！""04明白！""05明白！"秦大地又呼叫康延成："03，03，准备好了请回答！准备好了请回答！"康延成回答："03报告，准备完毕！申请着舰！"秦大地道："03进入着舰程序！祝你成功！"康延成回答道："03明白！"空中，耿见林、江海、康延成竖起大拇指。康延成还一个大拇指，下降转弯，飞向航母。航母甲板上，秦大地、谢振宇、余涛、吴强望着舰艉上方的天空。康延成机越来越近。秦大地呼叫："03，03，我是00，请报告距离！"康延成回答："距离300米！进入灯光下滑通道！"秦大地道："放下尾钩，鹞式飞行，用灯光、用点、用角！"康延成回答："明白！""注意舰岛回旋风和甲板侧风，注意甲板倾斜高度和角度！""明白！"

说话间，康延成机已轰鸣着落下来，"砰"的一声挂上第二道阻拦索，向前滑行，停下。谢振宇大声道："延成着舰成功！"余涛望着空中道："下面就看见林和江海了！"在他们身边，赵健、夏初等人正在引导康延成机移至停机位置并快速将飞机固定。秦大地二次对空呼叫："04，04，我是00，03着舰成功！03着舰成功！"空中的耿见林回答："祝贺03，04请求着舰！"秦大地道："同意着舰！同意着舰！""明白！"余涛、吴强、谢振宇望着天空，见耿见林机越来越近。余涛激动道："见林，加油！"秦大地呼叫："04报告距离！"耿见林道："距离300米！进入灯光下滑通道！"秦大地道："放下尾钩，鹞式飞行，用灯光、用点、用角！注意舰岛回旋风和甲板侧风，注意甲板倾斜高度和角度！"耿见林道："明白！"说话间，耿见林机已轰鸣着落下，挂上第二道阻拦索，滑行停下。余涛大叫道："大队！见林也成功了！"航母飞控中心，秘书小魏回头喊："首长，耿见林也成功了！"衣正邦不说话，众人都十分激动。政委对梁良道："梁总，感觉怎么样？"梁良道："人生真正的节日！你们关注的是人，我关注我的飞机！感谢这些优秀试飞员，他们着舰成功，标志着中国第一款舰载机的研制和试验试飞终于完成，我们成功了！"衣正邦看周总："你呢？"周总道："我比梁总更激动！他担心的只有飞机，我担心的是航母上所有的系统，甲板、索、灯光，等明天完成了中国舰载机从中国航母上的第一次起飞，我才能说，中国第一艘航母及其相关着舰和起飞系统的研究和试验，全部成功！"

航母甲板上，秦大地继续呼叫："05，我是00，04着舰成功！04着舰成功！"空中，江海回答："祝贺04，05请求着舰！"秦大地道："江海，好兄弟，别紧张，沉着，沉着，第三个还是沉着！"江海回答："谢谢大队！就是一次普通的着舰！05请求着舰！"秦大地道："再次确认准备情况！"江海："05报告，再次确认全部准备完毕，万无一失，滴水不漏！"秦大地道："好！同意着舰！""明白！"谢振宇、余涛、吴强、耿见林一起望向天空。江海机越来越近。耿见林激动道："江海，好小子，加油！”秦大地呼叫：“05报告距离！”江海回答：“距离300米！进入灯光下滑通道！”秦大地道：“放尾钩，鹞式飞行，用灯光、用点、用角！注意舰岛回旋风和甲板侧风，注意甲板倾斜高度和角度！”“明白！”说话间，江海机已轰鸣着落下来，砸在着舰中心点上，“砰”的一声，尾钩钩住第二道阻拦索，向前滑行，停下。耿见林叫：“大队！江海成功了！我们第一波次五人全部着舰成功！”众人拥抱在一起欢呼。秦大地道：“哎，干什么，快去看看江海！”众人省悟，向江海机跑过去，将江海从驾驶舱里架出来。江海喊道：“放开我，我又没事儿！——首长来了！”众人回头，果见衣正邦带舰长、政委、梁良、周总从舰岛出口走出。秦大地大喊：“听口令！一列横队！立正！”五名飞行员迅速成一列横队立正。秦大地：“报数！”众飞行员：“一！”“二！”“三！”“四！”“五！”“稍息！”“立正！”秦大地跑向衣正邦，举手敬礼。衣正邦还礼。秦大地大声道：“报告首长，中国人民解放军海军舰载机试验试飞大队大队长秦大地向您报告！本大队第一波次五名试飞员，全部着舰成功！请首长指示！”衣正邦十分激动，大声道：“稍息！”秦大地面对队列重复命令：“稍息！”衣正邦走上前去，一个个和五名试飞员拥抱，道：“祝贺你们！谢谢同志们！你们辛苦了！”秦大地注意到他眼角湿润，带头鼓掌。舰长道：“首长，今天是个不平凡的日子，你讲几句话吧！”衣正邦让自己平静下来，道：“不，今天我还不能说，因为任务还没有全部完成！等明天中国舰载机从中国航母上完成了第一次成功起飞，我再说话！同志们，我可是真有两句话要说呢！”掌声再起。衣正邦转向秦大地，对他道：“不过我这里有一个好消息，可以现在就说，你们想听吗？”谢振宇道：“首长还有什么好消息？”衣正邦道：“经过第二次检测，有关医生和专家终于确认你们的秦大地大队长没有基因缺陷，不管是三个月，还是三十年，都会是健康的！同志们，我们，我，不会失去秦大地了！”众人大惊，瞬间过后，掌声如雷。

海军总医院陈亚红办公室里，走动已经有些困难的陈亚红接电话道：“院长，你说什么？”她脸上的神情表示她也被一个消息打动了，手一直在抖。一护士跑进来，用力扶住她道：“亚红姐，怎么了？”陈亚红呻吟道：“快，我恐怕是要生了！”护士大叫道：“快来人哪！”众护士奔进来，将她送进产房。不多一时，产房里传出了婴儿的啼哭。护士长将婴儿抱给陈亚红，道：“亚红姐，瞧，是个小子！”陈亚红无力却急切道：“快点打电话给爷爷，给我婆婆，还有余涛……他们家要有第四代空中之王了！”

这时的航母甲板上，谢振宇正在追康延成。康延成一边倒退着跑一边道歉：“对不起对不起，我真忘了！没耽误大事吧？”谢振宇抓住他道：“别耍花招，快点！”康延成爬向自己的舰载机，打开驾驶舱盖，从里面取出花和一个严密包裹着的小篮子，一边紧张地检查外包装，一边胡乱嚷嚷道：“没事儿没事儿，里头的东西好像有点情况，花儿却精神着呢！”谢振宇看花道：“精神个屁！都要蔫了！”他飞快地从谢振宇手中夺过裹得严严实实的篮子和花，转身就走，又回头：“哎，还有一剑呢！”谢振宇道：“差点忘了！”他又从舱内取出一个盒子。谢振宇接过去，要打开又停下道：“你老婆真的知道号码？”康延成大叫：“她们好得跟一个人似的，这个还不知道？错不了！快跑着去！瞧，那帮毛丫头正瞅你呢！”谢振宇朝舰岛上抬头，发现一群女兵正趴在舷窗后头看着他，叫：“干什么你们？”舷窗后面，众女兵一哄而散，都往女兵生活区跑去。欧阳剑侠站住道：“跑什么，站住！”众站住看她。欧阳剑侠道：“快去报告队长，求婚的来了！她是怎么想的？

要是接受了，以后就不能继续在航母上干了！”马晓蓝道：“你什么意思？”刘小莉道：“队长不能走！”欧阳剑侠道：“你们忘了舰上的规定了？不提倡但也不干涉男女之间谈恋爱，但真要谈，就得报告，完了其中一个人要离开。将来谢振宇是要上舰的，他是舰载机飞行员，队长接受了他的求婚，就不能待在舰上了！”曲婷婷惊道：“哎呀！趁着谢振宇还没到，快去报告队长，让她拿定主意，别接受谢振宇的求婚，再说那花都蔫了！”马晓蓝道：“对，快走！”一群人跑进女兵生活区，在住舱内看见夏初正在写东西，大家一拥而进。夏初道：“干什么你们？”马晓蓝道：“谢振宇来了，还带来了糖衣炮弹！”曲婷婷道：“我们一起警告你，别接他的花，那花都蔫了！更不能接受他的求婚！要是接受了，你就完了！”欧阳剑侠道：“怎么这样说话？接不接受，要队长自己拿主意！”刘小莉哭腔道：“队长，你不会真要离开我们吧？”夏初道：“说什么呢，东一榔头西一棒子！我没听懂！”马晓蓝道：“哎呀队长，你怎么还不急呀？谢振宇就到门口了！我们是说，你要是心一软，答应了他求婚，就不能留在舰上了！你可是刚上舰，我们还没有出过一次远航呢！”外面传来敲门声。刘小莉道：“来了来了！”夏初道：“开门去！让他进来！”欧阳剑侠走去开门。夏初看众女兵：“你们，啊，是不是给我让个地方？”众女兵笑了，往外走。曲婷婷回头道：“队长，挺住！”马晓蓝道：“别让我们失望！”夏初道：“不会的！”众人走出去。欧阳剑侠已经替谢振宇抱着东西，引他走进来，举手敬礼：“报告队长，遵照你的命令，人带进来了！队长还有什么指示？”夏初道：“离开这里！”欧阳剑侠道：“是！”她下东西，转身离去，“砰”一声关舱门。夏初道：“别关门！”欧阳剑侠又从外面把舱门打开，离去。夏初目光如水，与谢振宇对视，发现他在笑，道：“你笑什么？”谢振宇止住笑道：

“我没笑！”夏初道：“你笑了！”谢振宇道：“现在没笑。啊，明白了，今天我在这里有一场演出，不能演砸了让大家失望！”夏初仍旧不为所动道：“说什么呢你？”谢振宇真诚道：“夏初，你的日记我看完了，谢谢你！瞧，今天我把花都带来了，现在，我想……我终于觉得……我……”

“你到底想说什么？”谢振宇终于大声喊道：“我觉得，我认为，我可以……是时候正式向你求婚了！”他双手把花举过去，夸张地弯下腰鞠躬。舱门外骤然响起一阵欢呼和喊声：“哇！太棒了！”刘小莉道：“太感动了，我要哭了！队长，你答应了吧！”马晓蓝道：“不能答应！”更多人道：“对，别接那花！”夏初等欢呼声和喊声落下去，看看谢振宇手中的花，又看他本人，道：“刚才她们提醒我，我要是答应了你的求婚，就不能在舰上工作了！”谢振宇道：“我知道舰上有规定，但今天豁出去了，我坚持请求你接受我的求婚！”夏初道：“你当初在试飞大队讲我们俩有过恋爱经历，把我撵走，想没想过还有今天？”谢振宇道：“没有……不，想到了！”夏初道：“想到了？”“是想到过，但那时想得更多的还是牺牲，所以我认为我必须让你离开，因为我爱你！”“你？那个时候爱我？”谢振宇道：“是，但那时我不能爱你，只有把你撵走，我才能像我们秦大队讲的那样，心无片云，静如止水地去飞！”门外响起曲婷婷的喊声：“队长，挺住！”夏初再看谢振宇：“再说你这花真的不新鲜！”谢振宇突然低声、有点为难地说：“哎，夏初同志，你今天接不接受我的求婚，对我的形象影响很多。是不是先告诉我接受还是不接受，我下面也好有个选择！”门外响起马晓蓝的喊声：“不能说！让他先跪下！”谢振宇道：“跪下？”夏初看她。谢振宇道：“真跪不了！”夏初坚持不说话。谢振宇虚晃一枪：“那我真跪下了！”夏初中计，着急道：“不要！”谢振宇笑道："太好了！你接受了？"夏初正色道："没有，我想知道一些事情。"谢振宇有点急了，道："请讲！"夏初道："什么时候真正爱上我的？"谢振宇道："我说过了，八年前，不，九年了，第一次在舞场见面，把你的一双漂亮的新鞋踩坏那一回，就爱上了你！"夏初道："不对！那时你还不是今天的谢振宇！"谢振宇道："好吧，真正爱上你，是后来你一连两次去试飞大队，告诉我说，我是一个第一名强迫症患者！"夏初道："还是不对，那时你并没有爱上我！"谢振宇道："好吧，我现在要说实话了。真正爱上你，是你要出国，头天晚上还没有忘记给我打电话，提醒我如果不校正第一名强迫症，继续从事现在的职业非常危险！就是那一刻，我心动了！"夏初有点被打动了，仍道："仍然不对，我后来参军到了试飞大队，你见我以后，第一个冲动就是把我从那里赶走！你逼我不得不选择到接舰部队竞争女兵队长！"谢振宇诚恳道："就是那个时候，连康延成都看出来了，我爱上了你，因为爱才下决心断绝这份感情，因为那时我认为我不能爱上任何人！"夏初终于被感动了，道："花……拿过来吧！"谢振宇将手中的花递过去。夏初嗅了一下道："真有点蔫了！地下是什么？"谢振宇笑道："我知道光靠一束花解决不了战斗，请人准备了另外的武器！"他先把藏在身后的篮子拿了出来。夏初人一下就软了，眼睛也直了，欢喜道："草莓！"她一把将篮子抢过来，扯去包装，看着里面的草莓果，抬眼看谢振宇，泪眼婆娑起来："你怎么知道我喜欢吃草莓？我从没告诉过你！"谢振宇开始做态，道："要马上吃，再不吃就会坏的。"夏初满心欢喜地吃下第一枚草莓。谢振宇看着她吃，夏初越吃越快。谢振宇道："哎，哎，还有呢！"夏初越吃越开心道："不，已经够了！"谢振宇道："那这个我送别人了？"夏初抬头道："什么就送别人？"谢振宇道："这个真不要看了，要是知道一篮子草莓就能解决战斗，我还花这个钱干吗！”夏初已经三下两下打开地下那个礼盒，现出一双大红的高跟鞋。夏初吃惊地抬头道：“怎么是一双鞋？”谢振宇道：“九年前那场舞会，我其实不会跳舞，但我一眼看到你，就不是我自己了……那天我把你的一双新鞋踩坏了，一直想还你，今天终于有机会了。”夏初的心完全软下来，坐下去试那双鞋。门外的所有眼睛都瞪大了，所有人也都安静了。刘小莉道：“这看着不像求婚了！”马晓蓝道：“是，有点像老夫老妻过日子！”夏初迅速把鞋脱下，换上军鞋，重新把新鞋装进盒子，对谢振宇道：“还有吗？”谢振宇叫起来：“什么叫还有吗？为了让你答应求婚今儿我都破产了……对了，你还没答应我的求婚呢！行不行你得有个态度啊？真要人下跪呀？”夏初道：“那个不用。”谢振宇道：“可你要是答应了，真得离开航母。”夏初道：“我有准备。我和刘主任商量过，如果有一天不能在这里工作，就回试飞基地，那里很快会成立一个舰载机飞行员训练中心，需要我这样一个人接替她做医学支持分队队长和舰载机医学研究室的主任。随着你们突破舰载机着舰和起飞技术，我军也要为中国航母战斗群培养更多舰载机飞行员了！”谢振宇大喜道：“这么说，你接受了？”夏初道：“草莓一定是尼娜帮助挑的，我喜欢这种口味！”门外响起刘小莉的声音：“太好了！我要哭了！”马晓蓝道：“快进去呀，不能让队长吃完了！”众女兵拥进来，争着抢草莓吃。曲婷婷道：“停！”众人停下来看她。曲婷婷道：“怎么没看见他们呗儿一个呀！”众人大叫道：“对！呗儿一个！”众人叫个不停：“呗儿一个！呗儿一个！”谢振宇忽然想起了什么，道：“哎对了，有件事，还没告诉你呢！确定了正式着舰的日子后，我请假回城里看了欧老师！”夏初大喜道：“你和欧姨正式和解了？”谢振宇点头道：“这也要感谢你！其实，我去是想告诉她，我其实一直非常感谢她！谢振宇能够成为今天的谢振宇，很大程度上要感谢她在父亲去世后对我的关心和激励！虽然有一阵子我觉得她抛弃了我。”夏初道：“我不相信，给我看证据！”谢振宇取出手机，找出一张照片道：“看！”夏初接过去，见照片中欧双莲和谢振宇脸贴脸拥抱在一起，眼睛湿了，止不住在谢振宇脸上亲了一下。众女兵欢呼起来。欧阳剑侠道：“队长，回头看看我们，笑一个！”众女兵道：“对，笑一个！笑一个！”谢振宇道：“别听她们的！就不让她们看！”夏初猛然回头，冲众人开颜一笑，欧阳剑侠快速按下了相机快门，为她和谢振宇留下了一个永恒的幸福瞬间。

航母舰岛衣正邦办公室里，秦大地奉命走进来，敬礼报告完毕，衣正邦道：“坐。”秦大地不坐，问：“首长什么指示？”衣正邦道：“你坐下，我必须解释，为什么昨天听到消息后，没有马上通知你。”秦大地感动道：“首长不要解释，我都明白。你应当这么做！”衣正邦道：“那好，我就不解释了。现在还有一件事，必须征求你的意见。”秦大地坐下来看他。衣正邦道：“到今天为止，五架舰载机全部成功着舰。明天的任务是实现中国舰载机在中国航母上的第一次成功起飞。刚才谢振宇和余涛一起来见我，他们认为这个光荣应当留给你！”秦大地猛地站起道：“首长，我不同意！”衣正邦走来走去，回头激动道：“大地，无论是谢振宇还是余涛，你们的陶政委，试飞大队的全体同志，当然还有我，都认为你在中国舰载机完成全部的试验试飞任务过程中负担了重大责任，做出了特别贡献，现在第一批着舰的光荣已经给了别人，这第一次起飞的光荣，应当留给你，大家认为这才公平！”秦大地道：“不，首长！比起着舰，完成舰载机在航母上的第一次起飞，技术难度上讲并不大。已经成功着舰的五名飞行员，无论谁第一个起飞，都能够顺利完成任务！但是，我仍然认为，完成第一次起飞的人应当是谢振宇，其次是余涛！”衣正邦要他讲出有说服力的理由来。秦大地道：“首长，我只有一条理由。我们刚刚从技术层面上完成了舰载机在航母上的着舰，明天我相信我们的五名已经着舰的飞行员都能成功完成自己在中国航母上的第一次起飞，但我认为在中国海军拥有第一个有战斗力的航母战斗群的道路上，我们仅仅是万里长征走完了第一步。下面全体试飞员都还要完成自己的第一次着舰和起飞。根据指示，马上我们就要转入新的技战术试验试飞！”衣正邦点头道：“你说得不错。我们可能没时间休息了，为了迅速让中国航母成为一个真正拥有作战能力的战斗群，给我们的任务已经下达了，首先要完成带弹试飞，然后是各种海上的战术演练，不久中国航母就要开始远航，我们要在辽阔的海洋国土上完成一系列舰机联合训练、航母和编队内其他战斗舰艇之间的联合演练，然后要进行战役层次的航母、作战舰艇和舰载机的演练，还要兵出第一岛链，走向远海锤炼我们的作战能力！让中国航母战斗群真正成为捍卫中华民族利益边疆的大国重器！”秦大地道：“我们的事业仅仅是起步，为了中国航母舰载机飞行部队未来的成长，也为了谢振宇、余涛他们这一代人的成长，我希望首长同意我的建议，明天还是由谢振宇同志完成第一次起飞！”衣正邦久久看他，才道：“你认为现在能够承担、也应当承担起未来更艰难任务的是谢振宇、余涛他们了？”秦大地反问道：“首长不这么认为吗？”衣正邦道：“秦大地，你不会是想离开试飞大队吧？”秦大地道：“首长，以后就要进行各种实战条件下的试验试飞任务。我长期留在航母上做着舰指挥员，比留在试飞大队更重要，因为我在试飞大队的工作，现在无论是谢振宇还是余涛都能够承担起来了！”衣正邦道：“你的任务没那么轻松，我已经提议，将来由你做中国第一艘航母舰载机飞行编队的指挥员，陶斯勇做你的政委！试飞大队其余的人才将会一分为三，谢振宇和余涛各要领军一支飞行编队，我想要你挑出一个人来，留在试飞基地，带马上就要被挑选出来飞舰载机的一批新飞行员。你觉得谁比较合适？”

秦大地道：“有一个同志，我一直觉得他比他每天表现出来的更聪明，在飞行这个专业上，他是个不多见的天才！”衣正邦道：“谁？”秦大地道：“康延成。”衣正邦道：“如果不是最后一次队内竞赛，康延成拿了第三名，我还真没怎么注意到他。你认为除了技术，他还有超过别人的优势吗？”“有。不过以前我把这当成个笑话，但现在看来，这恰恰是康延成同志的最大优势。他把飞行看成是自己的人生，而把人生看成一种飞行类的游戏。首长别皱眉头，我们一说游戏，就是小玩闹儿、不务正业，但在康延成同志心目中，游戏是一种很严肃的事业，几乎等同于他真实的飞行人生！”衣正邦道：“我想起来了，好像你们在突破着舰技术的过程中，有好几次都受益于他从飞行游戏中得到的启发！”秦大地道：“事实上，就连谢振宇和余涛编制的着舰程序都有他的功劳。因为他早在攻克一款国外的飞行游戏的过程中，就为自己编制了一套严谨的着舰程序！”衣正邦道：“你快说服我了，回到试飞基地做教练员，这个人带出来的徒弟，首先要能在技术层面熟练地解决他自己可能遇到的一切难题！他首先就应当是个研究型的人才！”秦大地笑道：“还是首长，一句话就说中了！康延成同志就是一位不显山不露水的研究型飞行人才，不，是天才！”衣正邦想了想又道：“我觉得他一个人还不够，要是再给他派两个助手，你觉得谁合适？”秦大地脱口而出：“耿见林，然后是刘波。这两个空军来的同志，都非常厉害，和康延成同志有许多相似的优点，尤其是都善于琢磨，没有困难都能琢磨出困难，然后把它干掉！”衣正邦道：“你这是什么意思？”秦大地道：“首长，我是说他们和康延成一样，能在一片光明中提前看到不容易被发现的‘墙’，然后想出办法来推倒它。这样的人才，是不是很宝贵？”衣正邦道：“很好。这对于我们未来进行下一步的舰载机技战术科研性飞行非常重要。”秦大地又道：“还有两个同志，一个是江海，一个是王小毛，都是空军来的金头盔，我希望现在首长都能把他们用起来，给谢振宇和余涛做副手，将来中国海军有了第二艘、第三艘航母，他们都能独立领导一支航母飞行编队！”衣正邦道：“原来在你心里，对于未来中国航母上的飞行战斗群，早就有了自己的设想。好，这些建议我会考虑的！”他朝门外喊来了魏秘书，“通知余涛和谢振宇到我这里来！”魏秘书回答了一声“是”，转身打电话去了。

很快谢振宇和余涛来到了衣正邦的办公室里，三人相视，神情都异常激动。衣正邦对他们讲了秦大地的意见，说道：“我都讲完了，这是你们大队长的建议，你们俩怎么想就怎么说！”余涛第一个开口道：“首长，我同意！”谢振宇诧异地看他一眼道：“你同意？”余涛道：“我认为秦大地同志是对的！首先，他像过去一样，没有把驾驶中国舰载机在中国航母上的第一次起飞视为一种荣誉，而是一种承担、一种对于未来的誓言！”谢振宇什么都懂了，一时间激动得说不出话来。衣正邦对他道：“不要小看明天进行的第一次起飞，它和正式着舰一样，使命光荣，任务艰巨，成功了，中国人就攻克了舰载机航母着舰和起飞的全部关键技术，并且帮助两家地方公司完成了中国第一款舰载机和中国第一艘航母的全部试验试飞和续建任务，失败了……失败了我就不说了！”谢振宇神情严肃起来，道：“首长，不会失败！”余涛也道：

“有秦大队在舰上做LSO，我们一定会做到万无一失、滴水不漏！”衣正邦道：“那就是说，你们不但同意秦大地同志对明天中国舰载机第一次起飞的建议，也同意了他对下一步中国航母舰载机战斗部队建设的提议了？”二人互视一眼，余涛道：“是，我们同意！还是那句话，这不只是荣誉，更是责任！”衣正邦道：“好！按照秦大地的建议，明天的第一次起飞仍照试飞顺序进行，谢振宇第一个起飞，飞短跑道；余涛第二个起飞，飞长跑道！”

谢振宇、余涛立正，大声回答：“是！”

离开衣正邦办公室，谢振宇忽然叫了一声：“哎哟！”余涛问：“怎么了？”谢振宇道：“我有点私事，我要马上去见一个人。”说着便急忙跑走。转眼间他已经到了女兵生活区外，恰逢一众女兵出门，见他来了，再次拥上来拦住。谢振宇道：“哎，你们干什么？我真有急事要见你们队长！”曲婷婷道：“不行，你不能进去，我们还没想好呢！”谢振宇道：“我真有事！迫在眉睫！十万火急！”马晓蓝这时从后面挤上来道：“你什么事呀？忘了告诉你了，你和我们队长的事，黄了！”谢振宇一惊道：“什么呀，怎么就黄了？”欧阳剑侠道：“我告诉你吧，还是因为舰上那个规定，你们一旦正式确定恋爱关系，她就不能再做我们队长了！所以我们队长不能接受你的求婚。”谢振宇道：“我正是为这件事来的！”刘小莉惊道：“怎么，你这么快就要变心了？”谢振宇道：“什么变心，你们快闪开……算了，我忘了这是你们的地盘。我不进去，快请你们队长出来，我真有大事要跟她商量！”这边夏初听到外面的喧哗，已经走了出来，对谢振宇道：“你来得正好，我正有事要找你。”又对众女兵道：“你们回避！”等众人退回女兵生活区门内，夏初才对谢振宇道：“什么事，说吧？”谢振宇道：“你不是有事吗？你先说！”夏初道：“我有个想法，在这条航母成为一艘具有强大战斗力、能够在辽阔的海洋国土上执行作战任务的战斗舰艇之前，我们不恋爱，更不能结婚！”谢振宇点头道：“我同意！我正是为这件事来的。夏初，刚才衣总指挥找我和余涛谈了话，他告诉我们，一旦目前这一阶段的技术攻坚任务结束，我们马上要投入技战术结合阶段的试飞训练，然后，航母就要组成编队，出远海，和配属舰艇一起、和我们舰载机战斗编队一起，执行战役层面的作战训练任务！”夏初想了想道：“来，我们握个手，恢复战友关系！”她伸出手来。谢振宇犹豫地接过了她的手，道：“可惜我一篮子草莓，还有那双鞋，白瞎了。”夏初嫣然一笑道：“没白瞎，记着你的好呢。”谢振宇要走又回头道：“干脆说吧，我们不恋爱，但什么时候结婚？”夏初想了想道：“中国航母能在广阔的大洋上执行任何作战任务、我们作为第一代航母人可以将责任交给下一代人的时候！”“一言为定！”“不准移情别恋！”“同意！”两人松开手。谢振宇庄重道：“再见，夏初同志！”夏初也道：“再见，谢振宇同志！”她目送谢振宇就地转身沿走廊大步离去，下了舷梯。

女兵们从生活区舱门里拥出来，包围住夏初。刘小莉叫道：“队长，你哭了？”夏初一把抹去脸上的泪痕，道：“谁哭了？好了，时间到，快去训练！”

清晨的航母甲板上，两架舰载机已各自停在起飞位置上，机轮被止动轮挡牢牢控制。所有甲板勤务保障人员就位。谢振宇、余涛面对秦大地站立，举手敬礼。秦大地还礼。谢振宇道：“着舰指挥员，中国人民解放军海军舰载机试验试飞大队试飞员谢振宇、余涛报告，准备完毕，请求起飞！”秦大地道：“祝你们成功！”谢振宇、余涛道：“是！”二人举手敬礼。秦大地还礼道：“心无片云，静如止水！”谢振宇、余涛：“大队放心！”秦大地有力地点头。二人大步跑向自己的飞机。

起飞甲板上，谢振宇进入驾驶舱，做起飞前的各种操作。完毕，放眼朝前望去，前方是滑跃起飞甲板，上方是无垠的天空。他深吸一口气，让自己进入状态。有顷，他开始呼叫：“00，00，01请求起飞！”秦大地回答：“同意起飞！”谢振宇道：“明白！”他向舱外的赵健竖起大拇指。赵健立即对相关甲板勤务人员做出手势。偏流板竖起，止动轮挡操作手也做好了准备。赵健回头朝驾驶舱内的谢振宇竖起大拇指。谢振宇会意，熟练地启动引擎，双发动机发出巨大轰鸣，喷气管向偏流板喷出巨大火焰。拥有了巨大力量的舰载机因被止动轮挡挡在起飞位置上而颤抖。站在起飞引导员位置的赵健、夏初朝驾驶舱望去。谢振宇回头冲二人竖起大拇指，表示可以起飞。赵健和夏初对视一眼，身体下蹲，右臂伸直下垂，三指握拳，中指和食指前伸，突然上抬，做出了一个后来被称为“航母 style（风格）”的起飞手势。与此同时，止动轮挡操作手揿动机关，止动轮挡“啪”一声落下去。谢振宇松开手刹，舰载机飞快地冲向舰首起飞跑道，一跃而起。无垠的大海和广袤的蓝天出现在谢振宇眼前，他心中一动，做了一个漂亮的低空横滚动作，将飞机拉起。蓝天越来越深广，大海越来越辽远，巨大的欢乐让他有点喘不过气来。谢振宇眼睛湿润，舰载机越飞越高。他的心中响起了一首嘹亮的军歌：

向前向前向前
我们的队伍向太阳
脚踏着祖国的大地
背负着民族的希望

我们是一支不可战胜的力量

…………

秦大地望着飞向高空的舰载机，鼓起掌来，众人随他热烈鼓掌。甲板长跑道一侧，赵健、夏初再次向进入起飞状态的余涛机发出起飞手势。只听止动轮挡“啪”一声落下去，余涛驾机飞快地冲向舰首起飞跑道，一跃而起，冲向云霄。秦大地立即通过手中的送受话器向衣正邦报告，道：“首长，中国海军两架舰载机在中国航母上第一波次起飞，成功了！”航母飞控中心内，衣正邦马上向上级打电话报告，他大声道：“我是衣正邦！继昨天海军舰载机试验试飞大队完成五人第一波次成功着舰后，今天又有两架次舰载机成功完成了在中国航母上的第一波次起飞！这标志着中国海军舰载机试验试飞大队完成了舰载机和中国航母试验试飞第一阶段的所有任务，并创造了世界上从没有过的纪录和奇迹，我们没有人牺牲！”室内响起雷鸣般的掌声，经久不息。

一名年轻的工程师看了梁良一眼，道：“梁总，你怎么了？”梁良道：“小马，我有点胸闷，你扶我休息一会儿。”年轻的工程师过来扶他离开，问：“要不要叫医生？”梁良道：“叫什么医生，胡闹！也不看这是什么时候！”年轻的工程师扶他来到飞控中心外面的平台上，政委跟出来道：“梁总，还是进去吧，马上还有另外三架舰载机起飞，航母要逆风高速航行，这里风大！不安全！”梁良道：“没事儿！我在这里看得更清楚！我要亲眼看着我和我们的人耗尽心血研制的中国第一款舰载机在中国航母上实现第二波次成功起飞！这是我们多少人多少年的梦想，今天终于实现了，我想在这里近距离地看到我们全体中航人的美梦成真！”政委道：“那好吧。来人，给梁总拿件大衣！快！”一名水兵将一件军用作训棉服拿出来给梁良穿上。梁良道："谢谢！政委，你进去忙吧，我就在这里看一眼，别担心，没关系的！"政委对水兵和年轻工程师道："你们两个在这里陪梁总，一定要照顾好！"二人回答："是！"

这时的航母起飞甲板上，康延成、耿见林、江海也分别进入了驾驶舱，并将飞机移至两条起飞跑道，相继呼叫起飞。甲板一侧，秦大地回答："03，04，05，我是00，同意起飞！"三人依次回答："03明白！""04明白！""05明白！"三只止动轮挡相继落下。康延成机、耿见林机、江海机一架接一架冲上舰艏起飞甲板，腾空而起。

这时的舰岛飞控中心里，掌声响起一片。衣正邦回头寻找梁良和周总，只看到了周总，他握住后者的手道："梁总哪去了，我要代表中国海军全体官兵，特别向你们，并通过你们向地方两家公司表示感谢！周总，您和梁总都是大功臣，今晚上我要为所有参与完成此次任务的有功之臣举行庆功宴会，你们俩一定要带着你们的人来参加！六点钟，不来我就不开始！"周总道："知道了衣总，今天是中国海军的大日子，更是我们中船和沈飞人的大日子！今天你的庆功宴会，我们一定来参加！"衣正邦对舰长道："你们先安排周总、梁总休息，晚上六点钟见！"周总道："六点钟见！"说完，带着自己的人离开。衣正邦又回头对舰长、政委道："通知秦大地，试飞大队全队，都要赶来参加庆功宴！"舰长、政委回答："是！"

飞控中心外平台上，梁良站在这里，望着最后一架飞上高空的舰载机，鼓掌，热泪盈眶。水兵道："梁总，还是进去吧！"梁良道："不了，我有点不舒服，小马，快扶我下去！不要打扰他们，等会儿航母回到港口，你打电话要个车，我们悄悄地去医院！”年轻工程师道：“知道了梁总，来，我们扶你下去。”

中午，航母回到母港，靠上了码头，从舰艏到舰艉挂上了满旗，码头上也鞭炮声四起，整个海港一片节日的气氛。航母舰员列队离舰，一辆面包车也不被人注意地停在码头道路上。已经下了航母的梁良由秘书和年轻工程师扶着上车。秘书对司机道：“快走！去医院！”车行驶途中，梁良忽然闭上眼睛，面色苍白。秘书急道：“梁总，你怎么了？”梁良道：“心脏……这几天一直不舒服，我担心影响试飞，一直没说……这会儿，太难受了！”秘书催促司机：“快点！”梁良努力现出最后一个笑容，说：“别搞得那么紧张，慢点开！”司机还是加快了速度。

黄昏，航母部队营区内，大饭厅内张灯结彩，简朴的宴会已经布置就绪。衣正邦、秦大地、陶斯勇全部身穿礼服走进来。舰长、政委迎上来道：“报告首长，照你的指示，严格按照标准，一切简朴，都安排好了，请你检查！”衣正邦手机响起，他掏出手机，揿下接听键，听了两句，道：“什么，今天就播？你们的动作也太快了！不过我同意，没什么不能播的，反正我们的一举一动人家都盯着呢！”他关掉手机，对众人道：“中国舰载机攻克着舰和起飞技术的新闻，今晚上中央电视台就要播！播就播吧，这个新闻播出来，我相信，今晚上就会成为全国人民的节日！”众人眼里都闪出了兴奋的光彩，正要说什么，政委手机响了，他接手机道：“喂，是我……什么？再说一遍，不可能！梁总他……”他“啪”的一声关掉手机，回看衣正邦：“报告首长，中航知会我们，梁总因公殉职！”笑容瞬间从众人脸上消失。衣正邦大吼：“胡说！”政委已经热泪盈眶。衣正邦又吼了一声：“到底怎么了？”政委道：“首长，刚才沈飞的张书记来电话，说梁总下了航母就去了医院，四点钟就——”秦大地道：“这怎么可能！中午一点钟我们才在航母上分手！”政委道：“梁总在舰上就觉得胸闷，但为了不影响舰载机着舰和起飞，一直没说，今天事情完了，下了舰就送进了医院，到了医院已经昏迷了，心肌梗死……抢救了四个小时，没有缓过来！”众人不再说话，都望着衣正邦。衣正邦对舰长、政委道：“马上通知，庆功宴不搞了，全体到医院去，跟梁良同志告别！……刚刚我还说我们攻克舰载机航母着舰和起飞技术没有死人，创造了世界奇迹！”他大吼起来，“伟大的事业，惊天动地的事业，怎么可能不死人！”说到这里，他的眼泪也落了下来，“只是没想到，第一个烈士竟然是他！你们都跟我走！”

这天晚上，等衣正邦带秦大地、舰长、政委及众试飞员来到殡仪馆，中航的几位领导已经等在门前了。衣正邦和他们一一握手，沉痛道：“虽然跟梁总打交道的时间不短，可我还不知道他是个什么人、在什么家庭背景下成长起来的。”一名中航的领导道：“梁总是个普通工人家庭出身的孩子，在沈阳工人家属长大。家里还有一个七十多岁的母亲，有妻子和一个女儿，至今还住在普通工人宿舍区里。梁总是个孝子，直到今天，他老母亲都知道儿子一直为国家承担着这么重大的责任……老人家现在还不知道梁总已经不在了。”说到这里，他哭了起来。秦大地扶住他道：“兄弟，这个时候，梁总一定不希望我们哭。走，进去吧。”众人走进告别厅，梁良已经躺在鲜花丛中，遗体上覆盖着一面党旗。衣正邦带秦大地、舰长、政委及众试飞员在遗体前鞠躬，又环绕一周，向梁总致以最后的告别。他就要走了，又忍不住回头。众人一惊，都看着他。衣正邦道：“同志们，本想在今晚庆功宴上好好跟梁总说几句话，现在……不能在宴会上说的话，大家就在这里对梁总说吧。对于我们这些人，梁总没有死，梁总永远活着！”现场传出哭声。衣正邦转向鲜花丛中的梁总道：“梁良同志，其实我很想在今晚的宴会上对你和周总说，真的要谢谢你们和你们的队伍，我们是一伙的，你们建造舰载机和航母，我们使用舰载机和航母，我们其实是一支战斗队伍中的两个大队。在这边，我是大队长，在那边，你和周总就是大队长！你这个大队长，我真心喜欢呀，你不在了，我心都要疼死了！”他担心自己要大哭起来，说完了，迅速转身离开。这时秦大地上前，向梁总的遗体鞠了一躬，道：“梁总，刚才听说了你的家庭情况，还有你的出身背景，这证实了我对你的猜测。从第一天见到你，我就觉得，我们是一样的人！你是我们中间的一个！……现在我对你发誓，中国人的航母梦一定要实现！……这句话我从没有对任何人说过，可是今天想对您说出来！因为……有我们在这里！”悲哀肃穆的告别厅内，突然响起激烈的掌声，久久不息。

尾 声

六年后，中国第一艘航母辽宁舰及其编队已经成为我军重要的作战力量。当年的辽宁舰舰长现在成了这支航母编队的司令员，当年的辽宁舰政委成了现在这支航母编队的政委。秦大地、陶斯勇分别成为中国第一支航母编队飞行部队的司令员和政委。谢振宇和余涛则分别成为这支飞行部队第一、第二飞行联队的大队长。

这一天，还是当初的试飞大队，那个多功能厅，迎来了一批新的舰载机飞行学员。他们全部起立，对走进来的大队长康延成和政委耿见林致以热烈的掌声。

六年后的康延成和耿见林，一个成了当年的秦大地，一个成了当年的陶斯勇。两人走上前台，站定，用严肃的目光望向众人。

掌声落下来。康延成道："自我介绍一下，康延成，中国海军舰载机试飞大队大队长。这一位是耿见林，是我的搭档，试飞大队政委，原中国空军特级飞行员，金头盔获得者！"众飞行员哄然："金头盔！""肃静！"现场安静下来。康延成接着说下去："我们俩是谁已经介绍完了，下面我来介绍试飞大队。昨天你们一入营，我就让赵文给大家每个房间放进了一份本大队的纪律守则。我知道你们这些人中间，也有金头盔，或者近年来海军和空军各种竞赛中涌现出的空中之王，但我要说的是，进了这个大队，尤其是最近这半个月，你们什么也不是，只是我和耿政委要训练的新兵！除了大家必须遵守的部队的各种条令条例，本大队的纪律守则也是你们必须遵守的，而且要一丝不苟！”一学员举手。康延成看他道：“你有什么问题？”学员道：“大队，我看了那份纪律守则，说我们这些人，到了队里，犯一次错关禁闭，两次除名，真会这样执行？”康延成道：“当然会执行！而且会一丝不苟！因为这里要的是铁的纪律！还有，最近半个月，我要像当年秦大地大队长炼我们一样炼你们！你们要像新兵一样接受最基础训练，还要天天进行负重越野。啊，有一件事我要今天就讲出来。进这个大队不容易，但是你要是觉得扛不住，退出的大门随时为你敞开！有吗？有现在就想退出的吗？”没有人回答。康延成道：“没有人想退出，很好。今天你们刚刚入营，我和政委决定厚待你们一次，让你们先去试飞场看一眼，由我和他两个人分别给大家做一次模拟起飞和着舰飞行示范。有关起飞、着舰的程序和技术已经编成教材，大家可能已经看了，剩下的就是严格训练。告诉大家两句话道：心无片云，静如止水！现在解散，出去上车，我们一起去试飞场！”在整个过程中，他也没给耿见林一次讲话的机会。

众飞行学员站起往外走。康延成要走，耿见林喊一声：“你站住！”康延成回头。耿见林看他，不说话。康延成在这一刻像极了当年的秦大地，一笑不笑道：“哎哟，老毛病又犯了！本想让你说两句的，没想到又忘了！”耿见林道：“我们俩搭班子好几年了，这毛病不大好改呀！”康延成道：“同意，一定改！”两人跟在众飞行学员后走了出去。

试飞大队营门外，已经是老士官的赵文看着一辆大轿车载着康延成、耿见林及新学员驶远。这时只见柳尼娜开着自己的红色轿车，车上带着四岁的儿子，在营门口路边停下。赵文跑过去道：“嫂子，你怎么这个时候来了？”柳尼娜道：“怎么着？我这个时候就不能来吗？他们这是又去哪里？”赵文道：“当然是去试飞场啊，还能去哪里？对了嫂子，我说你跟我们康大队结婚好几年了，有没有觉得他变了？”柳尼娜道：“新飞行学员刚到，他一天也不让人家歇着，就带去了试飞场！真有他的！——你说什么变了？”赵文道：“我说康大队，他变得越来越像我们秦大队了！连声音、神情都像！”柳尼娜道：“是嘛，我没觉出来！”她掏出手机，想了想，还是拨了一个号码出去，听里面的长音，高兴地说：“嘿，没出海！”赵文没完没了道：“你怎么能没觉出来呢？他现在也像我们秦大队，整天绷着一张脸，都不会笑了！”柳尼娜手机里响起夏初的声音：“尼娜——”柳尼娜高兴起来：“哎呀夏初，没事儿没事儿，我今天到宝儿爸这儿来了，还带来了草莓，想起了你，说拨个电话试试看，没想到真打通了！……我说，你和老谢的事儿怎么样了？都好几年了，这婚到底还结不结？……我着什么急？我当然着急了，我们家宝儿都四岁了，你那边婚还不结，我帮你买的婚纱都过时了，能不着急吗我？……”

此刻试飞场上，新学员已经列队完毕。康延成队前讲话，他说：“讲一下！”众人立正，他举手敬礼。“请稍息！今天你们入营第一天，把你们带到这儿来，是要让你们见识一下我们最新的舰载教练机，我先飞一个起落，尝尝味道，然后耿政委飞一个起落！临时 LSO 出列！”站立队首的耿见林向前一步出列，二人相互敬礼。康延成道：“耿见林同志，现在我把临时起飞和着舰指挥员的职权移交给你！”耿见林道：“明白！”康延成道：“临时指挥员同志，01准备完毕，请求起飞！”耿见林道：“同意起飞！心无片云，静如止水！出发！”康延成道：“是！”

两人再次敬礼，康延成转身奔向飞机。

众新学员悄悄议论起来，一名学员道：“什么叫心无片云，静如止水？”他身边的学员道：“据说这是海军试飞大队的八字真言，秦大地老前辈留下来的！”

这边试飞跑道上，康延成已经坐进驾驶舱，开始做起飞前的各种动作，然后深呼一口气，让自己平静下来，接着就摁下点火开关。教练机机尾喷出尾焰。

执行模拟甲板勤务的仍是凌凯时和他的团队。康延成扭头对机外的模拟甲板勤务人员竖起大拇指，对方回以标准的航母style。止动轮挡“砰”一声落下。教练机像一匹放开缰绳的烈马一般冲向模拟滑跃甲板，一飞冲天。所有学员的目光都随着这架教练机转向了蓝天。耿见林打开送受话器道：“01，01，我是00，按计划着舰！ 01，01，我是00，按计划着舰！”空中传来康延成的回答：“01明白！”刚才说话的学员又道：“快看，要着舰了！看好了，是用鹞式飞行技术加力撞击着舰！”这时，在试飞大队新建的宿舍楼楼顶，赵文引着柳尼娜和儿子小宝走上来。赵文道：“嫂子，快来，从这里可以看到我们康大队在飞！”柳尼娜朝远方天空望去道：“真的是他！”赵文道：“嫂子，你怎么知道是我们康大队？”柳尼娜道：“你看他怎么飞？这和他在飞行游戏上的动作完全一样！”她说得不错，空中的康延成在完成了一系列令人眼花缭乱的升空动作之后，开始按着舰程序飞出一个矩形，进入着舰通道。他发出呼叫：“00，01呼叫，进入着舰通道！”耿见林马上回答：“01，用灯，用点，用角，按程序着舰！”康延成回答："01明白！"他熟练地用杆保持功角，飞机迅速沿下滑通道加力飞向地面上的模拟着舰中心点，越来越近，只剩下几百米高度。突然，一个意外发生了，机身发生了剧烈颤动，机头上仰，与地面成90度。试飞场上，耿见林勃然变色，呼叫："01，怎么了？"送受话器中传来康延成的声音："不知道怎么了！01报告，系统故障！系统故障！"耿见林看着飞机在急剧坠落，大叫："快跳伞！"这时失事飞机中的康延成却正在用一切办法让飞机恢复机动。"不，我要保住飞机！"他说。耿见林不顾一切地大叫："快跳伞，你只有四秒钟时间！"康延成下意识地朝下方看一眼，发现飞机正急速地拍向地面，他说出了最后一句话："我居然没成功！"说完，摁下弹射键，在飞机即将落地坠毁的一瞬间，他和座舱一起被弹射出去。但由于弹射高度不够，他的伞没能完全张开，人和伞重重地摔在地上。耿见林大叫："救护大队，快！"他带着众新学员急忙向失事飞机和康延成奔去。试飞大队宿舍楼楼顶上，柳尼娜也亲眼看到了康延成飞机和人坠落的过程，她猛地捂住了自己的眼睛，大叫："不！"然后下意识地扑过去抱紧了孩子。

当天辽宁舰上的秦大地就接到了电话，大惊："什么？延成怎么了……牺牲了？"他的眼睛一下就湿了。谢振宇一把抢过他手中的电话，问："什么？游戏，不，延成他——"康延成牺牲的消息让他浑身颤抖。余涛又把话筒抢过去问："见林，我是余涛，你说什么？"耿见林在电话另一端道："根据烈士本人的意思，丧事从简？延成早就写好了遗书！"放下电话听筒，他回头看秦大地和谢振宇。秦大地道："我们回去送延成一程！"

某殡仪馆告别厅里，康延成一身戎装，躺在鲜花和翠柏之中。耿见林主持仪式，夏初扶着悲戚到不能自已的柳尼娜和他们的儿子小宝侍立一侧。哀乐低回。已经退休的衣正邦和吴惊天在前，秦大地、陶斯勇、谢振宇、余涛、吴强等原试飞大队的战友排成长长的队伍，走进来向康延成做最后的告别，他们人人眼中含着泪水，但所有人都坚强地抑制着自己的悲痛，没有一个人哭出声。

几天后，一切都过去了，康延成的墓出现在英雄山上。谢振宇一个人捧着花走上来，在墓碑前将花放下。到了这时，只有他一个人，他再也难以抑制眼中的泪水，喃喃道："延成，又剩我们俩了……这个地方……秦大队说他早就留给自己了，可是从进入试飞大队那天，知道有这个地方的时候起，我就觉得这儿不是他的，应当是我的……我是带着和他竞争第一名的心态来到这里的，既然要争个高低，那这个地方更大可能性就属于我……我从来都没想过，你后来居上，把这个最好的地方给占了！……延成啊，我没有兄弟姐妹，你是我这一生中最好的兄弟、最好的战友，也是最好的朋友，你是我的亲人哪……我们的队伍里开始出现牺牲的人，我没觉得太意外，可牺牲的是你，我想不到啊！谢振宇从开始就每天都做好了牺牲的准备，可为什么是你？"他一把一把地拭泪，可仍然泪如泉涌，"你不在了，我们的队伍还要前进，我们的事业还要完成！这里你不用担心，我已经提出请求了，我回来带这批新学员，接替你把他们带出来，然后带到海上去，水击三千里，一飞九万仞……同时，我也能每天到这里来看看你、跟你说说话，那样你就不会孤单了。"

说完了这些话，他终于止住了哭泣，在墓碑前坐下，又道："啊，尼娜的事你不用担心，首长已经对她和孩子做了安排，孩子一定会顺利地长大，尼娜也会得到最好的照顾。"说到这里，他还想再说点什么，蓦然回头，朝山下看去，这时已经走上山腰的夏初也抬头看到了他。谢振宇迅速抹去泪痕，等她走上来。夏初一直走到墓前来，看他一眼，点一下头，将怀抱中的花放在墓前，蹲下来。谢振宇站在她身后等待。这时夏初道："你能离开吗？我想一个人和延成同志说几句话。"谢振宇明白，转身一步步走下去。夏初回望墓碑上康延成的照片，眼睛湿润，道："延成同志，你好。其实我想像尼娜、像谢振宇一样叫一声延成……我们接触的时间不多，可是从你陪谢振宇第一天找到我家来，我就知道了，你是世界上那种心眼最好、情商也最高的男人……你的牺牲不只让尼娜和杜阿姨心碎，你让我们大家，秦大队、陶政委、谢振宇、余涛……所有认识你的人，心都碎了……可是今天我来，不是要对你说这个的。我知道你现在最担心的是什么，尼娜说你从没有对她说过一句甜言蜜语，可是你在她身边，每一刻都是甜言蜜语。现在你走了，你和尼娜是我和谢振宇最好的朋友，她和孩子的事部队和国家会管，我们俩更会管。告诉一个让你高兴的消息吧，尼娜特招入伍的申请已经批了，她很快会被安排到试飞大队的资料馆工作，这是她的心愿，想天天能到这里陪你。还有一个消息我也想告诉你，为了能到这里陪尼娜和小宝，我决定了，不再等，我要和谢振宇结婚。"她边说边回头看了一眼谢振宇，发现他已经走到了山下，她接着说下去："延成，今天我把藏在心里的话说给你听吧。尼娜一直不明白我为什么不和谢振宇结婚，对外人我一直说，我和他都想看到中国第一个航母作战群形成全疆域全天候的战斗力，可以在任何海区任何情况下打赢最现代化的海战，但其实这不完全是真的。自从他接替了秦大队，成为中国航母飞行战斗群的领军人物，我就知道，任何试飞项目的第一试飞员一定是他，我爱的这个男人将成为目前中国飞行员中最可能牺牲的那个人。以前我觉得我们不结婚，是在帮助他，但在你牺牲之后，我明白了，我对他的感情还是不够纯粹。为什么你和他一直在承受的沉重、尼娜一直在承受的沉重，我不能去承受？”最后，她终于站了起来，道：“延成，我说完了，我今天真正想说的只有一句话，三个字，放心吧！没有什么能挡得住我们幸福，也没有什么能挡得住我们事业的成功！牺牲也不能！”接着，她重新理了理墓前的鲜花，才转身走下山去。

英雄山下，谢振宇默默望着走到他面前的夏初，转身要走。夏初道：“站住。”谢振宇站住了。夏初道：“刚才你一直在等我，怎么我下来了，你却要走？”谢振宇道：“想起了一件很重要的事，我要马上去见秦司令员！”夏初道：“要是没猜错，你一定是想回来接替康延成！”谢振宇道：“还真让你猜中了。眼下这个时刻，让这批新学员一入营就看到了事故和牺牲，队伍不会好带的，需要一个秦大队那样的人回来，把队伍带出来！”夏初道：“那个我不管，我要跟你讲一件事情。”谢振宇回避道：“现在可不是我们俩讨论个人问题的时机。”夏初道：“我不这么看。”谢振宇认真地看了她一眼。夏初道：“我已经向辽宁舰党委打了调离的报告，理由是我和你已经确定了恋爱关系，打算近期结婚，请求批准我离舰，安排别的工作！”谢振宇仍然不说话。夏初道：“你反对也晚了，政委早上通知我，报告舰党委批准了，他们报请编队党委，决定让我离舰，到试飞基地接替刘敏洁主任，主持舰载机飞行员医学的研究工作，并对新的一批学员进行医学支援。”谢振宇心中陡然激动起来，下意识地朝英雄山顶的康延成墓望过去。夏初道：“是的，这件事我已经告诉延成了。你要是不想和我结婚，还可以拒绝。即使那样，我也要离舰，到试飞基地来，和尼娜、小宝在一起。”谢振宇的双眼又被泪水模糊了，但他不想让夏初看到，一直在仰望天空。夏初道：“怎么着哇，答不答应，给个态度！”谢振宇道：“如果你都准备好了，我还能有什么态度？将来万一我……你就和尼娜一起过！”夏初一字字道：“你给我听好了，我可不是这个意思！”二人久久严肃对视，突然，谢振宇上前将夏初紧紧抱在怀里。夏初道：“放开，这什么地方！”谢振宇道：“不怕，这里只有大海和英雄山，只有延成一个人看着我们！我懂了，你终于迈过了最后一道坎，我们都迈过去了！回去就打报告，我们结婚！”

一架新的舰载教练机停在试飞跑道上。耿见林站立在新学员队列前，大声道：“稍息！讲一下！稍息。今天我们进行你们入队以来第二次试验试飞示范！”他转身面向身后的秦大地，举手敬礼，道：“司令员同志，请您临时代理现场LSO，指挥这次示范作业！”秦大地还礼，道：“见林，你来指挥，这是康延成同志牺牲后的第一次，我来飞！”耿见林一下就激动了，脱口而出道：“大队，你什么意思？康大队牺牲，试飞大队不是没人了，进行下一次示范试飞的一定是我！谁也甭想夺走这个机会！”秦大地道：“见林，你别误会！”这时站立在秦大地身后的谢振宇上前一步道：“秦司令、见林政委，谢振宇有话要说！”二人回头看他。耿见林警觉道：“你要干什么？”余涛上前道：“见林，你别激动，听老谢把话讲完！”耿见林仍然激动道：“好！你讲！但是谁也夺不走我第一个飞的机会！”谢振宇道：“见林，你的感情我理解。可是我的感情……我的感情你理解吗？”耿见林的眼圈一红，不再看他道：“你要飞？”“是！我觉得延成一定是这么想的，他想让我接在他后面飞这个新的第一次！”耿见林激动地看向秦大地和余涛。余涛点头道：“见林，上级已经批准了你的要求，由你转任试飞大队的大队长，接替康延成同志的职务，让刘波同志来你这里当政委。振宇飞完，你要飞，有的是机会！”只见谢振宇对他庄重地点头，目光中充满了恳切。耿见林喉头艰难地抽搐了一下，道：“好吧，你飞，我答应！别人不行！”谢振宇道：“谢谢！”他举手向耿见林敬礼，耿见林还礼。谢振宇道：“可以出发了吗？”耿见林道：“准备好了吗？”谢振宇道：“报告01，02准备完毕！”耿见林道：“万无一失，滴水不漏！”谢振宇道：“万无一失，滴水不漏！”耿见林道：“心无片云，静如止水！”谢振宇道：“心无片云，静如止水！”耿见林道：“出发！”谢振宇道：“是！”两人相互敬礼，谢振宇奔向飞机。

试飞大队新建的宿舍楼楼顶上，新婚的夏初和柳尼娜一同走了上来。柳尼娜一眼就望见了试飞场，道：“夏初，他们在飞！”夏初掏出微型望远镜望过去，道：“是他！”“谢振宇？”夏初点头。“夏初，你怎么了？你在发抖！”“我没有！”柳尼娜一把从她手中夺走望远镜，拉她走，道：“跟我回去！”夏初道：“不，我要站在这里，看他飞！”她从柳尼娜手里把望远镜重新夺回，坚持望向试飞场。

试飞跑道上，已经坐进驾驶舱的谢振宇一丝不苟地做完了起飞前的各种准备动作，然后深深呼吸，让自己平静，摁下了点火开关。新型教练机机尾喷出尾焰。他扭头对机外竖起大拇指，对方回了一下航母style，止动轮挡落下。谢振宇松开手刹，教练机像一匹脱缰的烈马，冲向模拟滑跃甲板，一飞冲天。

这时地面上所有的人都望向了蓝天。秦大地带头鼓掌。余涛及所有学员们跟着鼓掌。耿见林对送受话器道：“02，02，我是01，按计划着舰！ 02，02，我是01，按计划着舰！”送受话器传来谢振宇的回答：“02明白！”还是那个爱说话的学员道：“看，要着舰了！”他身边的学员道：“看好了，仍然是用鹞式飞行技术加力撞击着舰！”空中，谢振宇按着舰程序完成一个矩形，进入着舰通道，呼叫：“01，01，02呼叫，进入着舰通道！”耿见林回答：“用灯，用点，用角，按程序着舰！”谢振宇道：“02明白！”飞机迅速沿下滑通道加力飞向地面上的模拟着舰中心点，越来越近，最后轰然着地，成功挂索。所有人掌声再起。余涛、耿见林快步向飞机跑去。只有秦大地原地站立，心情和神态异常平静，他知道，只要飞机没有问题，谢振宇着舰不会发生任何问题。试飞大队宿舍楼楼顶上，亲眼看到谢振宇成功完成模拟着舰的夏初一直高悬着的心猛然落下，回头和柳尼娜紧紧抱在一起。柳尼娜看她一眼，道：“原来是不是以为自己很坚强？可是到了时候，女人还是女人！”夏初眼里浮出了泪光，点头。两个女人并没有放开对方，但夏初已经露出了含泪的笑容，对柳尼娜道：“以后我不会再看他飞行了，这是最后一次！”柳尼娜道：“你和我，一辈子都不可能做到像余涛的母亲赵阿姨那样有一颗无比强大的心脏。”夏初道：“赵阿姨也没有那样一颗心脏，是她知道自己必须有这样一颗强大的心脏！”柳尼娜道：“你刚结婚，就什么都明白了！”两个人再次动情地拥抱在一起。夏初道：“尼娜，你说对了，刚结婚，我已经明白了自己的一生应当怎样度过！”她脸上的神情表明她的心已经重新强大起来。

拂晓的大海，汹涌澎湃。在某国际水道（C海峡）近处，一块干出礁冒出水面，一只鸥鸟飞来，落在礁石尖上。一波海涛涌来，没过礁石尖部，鸥鸟飞去。

但在水道周边大片海面上，依旧稀拉拉地浮动着一只又一只和刚才飞去的鸥鸟大小颜色相似的鸥鸟。这些鸥鸟随波涛起伏，一动不动，原来这是些不会动的假鸟。假鸟下面是一根根细细的锚链，一直向下延伸，通向伪装成珊瑚的一排排海底声呐阵列。

大海在喧嚣中保持着令人窒息的寂静。

一个声音打破了寂静，它越来越宏大，终于变得震耳欲聋。原来是海面上空，一架 P3C 飞机轰鸣着飞过来，越过水道，进入了我国领海毗邻的公海。

这时的辽宁舰母港里，司令员和政委看着身后电子大屏幕上的一份海上敌我动态图，两人都皱起眉头。参谋长敲门走进来，道："报告司令员，舰队作战处通报，岸防雷达发现一架不明国籍的 P3C 飞机越过 C 水道。航向 083，正在接近我预定演习海区。"政委问："进入我领空了吗？"参谋长回答："目前还没有。"司令员沉吟道："一定不会只有飞机，天上的卫星、岛基的雷达、海上的军舰，包括正游弋在东海和南海的航母、水中的潜艇、水下的声呐监视网，都会一起出动，对我们的预定演习海域展开多层次多维度全方面的侦察！"参谋长问："两位首长有什么指示！"政委对司令员道："我们对演习海域复杂情势的判断没有错，这次我们遇上了强敌，但是也遇上了空前难得的机会！中华民族要从陆上走向大海，从农耕民族走向海洋，这样的历史阶段是一定要经历的！"司令员点头道："同意。根据上级授权，我的意见是敌变我变，调整演习方案，将原定的检验性演习变为一场多方位立体化有强大敌情背景的实战演习。"参谋长道："是！如果演习中遇到敌人主动和恶意挑衅，怎么办？"司令员斩钉截铁地回答："立即转练为战，今天的中国海军，一定要在任何时候任何海区坚定不移地维护我国海上疆土和海洋利益，捍卫我军和民族的光荣！"政委道："我同意！敌人用这么大的力量来监视我们，说明他们承认了我们正在变得强大！他们一直习惯于用自己的强大威胁我们、限制我们，只有让他们同样真实地感受到我们的强大，这个世界才会有真正的和平！”参谋长提醒道：“这需要报告！”司令员命令道：“你先电话简报，然后迅速拟制详细计划报上去，一旦批下来，编队立即出击！”参谋长道：“是！两位首长还有什么指示？”司令员沉思有顷，果断道：“通知驱逐舰分遣队、护卫舰分遣队，准备先敌出击，封锁第一阶段演习海区，包括编队必须通过的C海峡，只有通过它我们才能突破第一岛链进入西太平洋。”“发现水下有情况怎么办？”“立即展开围猎！通知潜艇分遣队立即出航，为编队搜索和驱逐C海峡以及附近海区的敌人！”参谋长道：“是！”政委补充道：“还要通知相关部门，和舰队保持二十四小时信息链沟通，对敌人转移到我演习海域上方的天基的卫星、岛基的雷达、海上飞机、水上舰船、水中潜艇，水下声呐展开动态反监视并与我们实量信息共享，以便编队能迅速地对敌情做出判断，展开反击！”参谋长回答了一声“是”，便快步走了出去。

他们说话的时刻，一条伪装成普通海洋调查船的某国大型军用间谍船正驶过C水道。而在正上方的外太空，一颗卫星也漂移过来，停留在这条国际水道上方。

它发现了这条正在通过C水道的某国大船，并向我方岸基卫星信号接收站发送出了实时照片。这张照片迅速在我接收站实时呈现为三维图像并传递了出去。图像马上传到了辽宁舰编队司令员、政委面前。政委对司令道：“瞧，间谍船也出动了！”司令员回看身后的作战参谋，道：“马上向舰队查问，对方间谍船下有没有情况？”

C海峡，某国大型军用间谍船仍在缓慢地通过。而在它庞大的身躯之下，一条艇身涂成黑色的大黑鲉级间谍潜艇在它的掩护下，正幽灵般地驶过来。这个信息迅速传到我方一侧，司令员对政委道：“对方真是抬举我们，大黑鲉级攻击型核潜艇都出动了！”政委道：“这下我们的练兵场热闹了！”参谋长匆匆走来，道：“首长！上级授权我们开始行动！”司令员看一眼政委，政委点头。司令回身对参谋长道：“命令鲲鹏编队，立即出击！”

黄海某军港，随着一阵紧急出航的铃声刺耳地响起，一支常规潜艇分队、一支新型驱逐舰分队分别出港，驶向大海。在外港海面，三艘常规潜艇依次下潜。

而在它们身后，我军一艘最新型攻击型核潜艇和一艘战略导弹核潜艇也悄然出港，潜入深水。与此同时，辽宁舰也缓缓驶离码头，驶向外海。谢振宇、余涛率领两支飞行编队的全体飞行员面对秦大地、陶斯勇站立。秦大地道：“我命令，鲲鹏编队所有战斗员，准备出击！”众人回答：“是！”

黎明，我国近海，30米水下，那条幽灵般的异国大黑鲉级攻击型核潜艇继续潜行，这表明越过C水道后，它的目标航向一直没有改变。而在同一海域，我军一艘正在水下搜索的常规潜艇发现了它。艇长命令：“马上报告！”电台兵立即升起抛出浮标天线并开始发报。报文瞬间就传到了已经移至海上的辽宁舰作战指挥室。参谋长手拿报文，向司令员报告：“我3377号艇在编队正前方发现不明国籍大黑鲉级攻击型核潜艇！”司令员果断下令：“命令3377号、3378号、4509号立即展开驱逐！命令驱逐舰分遣队满速前进，驱逐不明国籍的攻击型核潜艇！”追随他的命令，首先是在海上辽宁舰两侧担任翼侧护卫的两艘驱逐舰加速前进，驶向C海峡方向。在它们之后，两艘护卫舰快速前移，补充上他们离去的位置，充任辽宁舰的左右翼护卫。

这时，天空中的斗法也在进行。一颗不明国籍的间谍卫星悄然移至我军演习海区上空，并向海面投射出探测和电子攻击信号。几乎同时，位于第一岛链某不明国籍的岛基雷达开始向C海峡发射探测和电子攻击信号。而在公海上，一艘不明国籍的电子攻击舰也在向我航母编队发动电子攻击信号。

这些信号迅速被我军捕获，一名侦察参谋向司令员报告："发现不明国籍卫星和岸基雷达对我军展开电子攻击！"司令员命令："立即反击，坚持压制！"我军反电子侦察和攻击部队立即对敌人的电子探测和攻击展开反击。

海空中，感受到我军的反击后，那架最早出现的P3C反潜巡逻机调头飞向C海峡海域。而从东南方向某岛的空军基地里，两架敌F-16战斗机升空。编队司令员再次命令："鲲鹏编队出击！"舰岛飞控中心内，秦大地接到命令，回头对谢振宇道："命令，编队第一大队第一双机编队出击，将敌侦察机和战斗机驱离我演习海区！"谢振宇回答了一个"是"！很快，他和王小毛二人登机。谢振宇机第一个冲出航首临空，王小毛随后临空。这时，编队侦察部队再次发现，从第一岛链某国又一岛基空军基地里，两架F-4EJ战斗机起飞。司令员再次命令鲲鹏大队起飞迎敌。秦大地面对余涛发出命令："鲲鹏编队二大队第一双机编队出击，驱离敌战斗机！"余涛回答："是！"不多时，他已经率领江海双机升空，迎着敌机飞去。

天已经大亮了，C海峡海域，我军一常规潜艇在水下悬停，声呐兵凝神静听。海洋噪声被放大，洪亮起来，其中包括洋流的声音和各种海洋生物的叫声。艇长、政委严肃的目光一直盯着声呐兵。声呐兵冲他们摇头。艇长道："继续听！"这一刻，一直幽灵般坐沉海底的大黑鲉潜艇突然动了一下，恢复机动，悄然上浮。在距离水面20米深度，从艇首鱼雷管将一个新型漂浮声呐放出来。这个可疑的小东西悄悄地上浮到了海面。马上，这微弱的声响被我军潜艇中一直在静心谛听的声呐兵发觉，抬头道：“报告，发现异常噪声！是大黑鲉！”艇长大为高兴，命令：“迅速定位！马上报告！”“是！”这个信息迅速报到航母编队作战室，司令员在海图上查了查方位，果断命令：“命令驱逐舰101号、102号，向1001号海区进击，配合3377、3378将大黑鲉驱离出C海峡！”

1001号海区，我军一艘驱逐舰高速驶来，开始对水下的“大黑鲉”展开定位并发射反潜鱼雷。接着，我军另一艘驱逐舰驶来，对水下发射深水炸弹。鱼雷和深水炸弹相继在水下炸开，再次坐沉水底的大黑鲉在剧烈的晃动中急忙恢复机动，高速仓皇驶离我演习海区。一直在水下负责监听它动向的我军某常规潜艇声呐兵立即向艇长报告道：“目标消失！”艇长对他道：“跑了？”声呐兵点头。编队作战室内，司令员同时接到报告：“报告首长，在敌方大黑鲉级核攻击潜艇被驱逐之后，敌方电子侦察船和水面舰艇迫于我军潜艇和水面舰艇压力，也都驶离我演习海区！”司令员对政委高兴道：“很好！空中怎么样？”

此时的空中，云遮雾绕，在谢振宇、王小毛的驱离下，某国P3C巡逻机正调头高速飞离，那两架负责飞来支援P3C的F-16却突然从云层中窜出，向我机逼近。王小毛迅速发出警示：“01，01，发现不明国籍的F-16！”谢振宇道：“双机迎敌！”两机同时各做了一个转弯爬升动作，向敌机逼过去，迅速与对方展开了一对一的缠斗，并将其中一架压向海面。这架F-16不是谢振宇机的对手，在海面上仓皇做了一个横滚，闪过谢振宇机，贴着海面一溜烟逃走。谢振宇回头，发现另一架F-16机也在王小毛的攻击下逃之夭夭。两机升空，谢振宇报告：“00，00，01报告，不明国籍P3C机一架、F-16机两架，已被驱离演习海区！”

在另外一块空域，余涛和江海正驾机与两架 F-4EJ 战斗机进行激烈缠斗。余涛卖一个破绽，引诱敌机来追，突然一个空中翻滚，回头将其锁定，手停在导弹发射按钮上，又停住。被锁定的 F-4EJ 战斗机急忙逃窜。这时江海仍在和另一架 F-4EJ 战斗机缠斗，两机进入剪刀飞行。余涛机突然横着加入进来，撞向正在上升的敌机。敌方飞行员见此情形，手忙脚乱，来了一个破 S 飞行，差一点下落到海里去，又在海面上拉起，匆匆逃走。余涛报告："00，00，20报告，不明国籍F-4EJ战斗机两架，已被驱离！"编队作战室里，司令员、政委收到报告，说了声："好！"回看海图，再次发出命令："转入第二阶段实战演习，沿我国神圣领土台湾岛东侧海区向南航行，飞行编队升空，让小伙子们从空中看一眼我们美丽的宝岛！"秦大地回答："是！"

在他的指挥下，航母飞行甲板上，一众飞行员驾机相继升空。辽宁舰编队则浩浩荡荡地通过了 C 水道，进入了辽阔的西太平洋，开始沿台湾岛东侧我国海区向南方航行。在它的上方海空，谢振宇、余涛在并肩飞行。他们的身后是江海和王小毛。谢振宇向机翼右下方看去道："20，20，向右下方看，看到了什么？"余涛朝右下方看去，透过云层，他看到一座浮出在云雾之上的山峰。余涛大喜道："01，01，认出来了，是台湾第一主峰玉山顶峰，海拔3952米！它不但是台湾第一高峰，还是我国青藏高原以东的第一高峰！"谢振宇问："什么感想？"余涛道："我们正在从台湾岛以东、第一岛链外的太平洋方向保卫我国所有的神圣领土！"谢振宇目光向前，又问："前面是什么地方？"余涛笑道："巴士海峡，过了它，就是我国的南海了！"

又是一个黎明，辽宁舰编队通过巴士海峡，进入南海演习海域。司令员再次发出命令："编队前进，执行第三阶段实战演习方案！”清晨的南海，水雾茫茫，波涛汹涌。海天线上，整个鲲鹏编队的战斗队形开始显示出来：常规潜艇；攻击型核潜艇；辽宁舰居中，两艘驱逐舰在前，两艘护卫舰在后，担任护卫任务；一艘战略导弹核潜艇在辽宁舰的庞大身躯后以舰岛浮出方式前进；然后是大型保障船；最后又是两艘常规潜艇无声无息跟随，充当编队的带刀后卫。航母甲板上，一架架舰载机严阵以待。编队作战室内，面向前进的方向，司令员命令：“按计划开始行动！”

随着他的一声令下，在编队中受到航母、攻击型核潜艇、常规潜艇和水面舰艇掩护的战略型核潜艇悄然没入深水；接着是核攻击潜艇下潜；然后是常规潜艇下潜；驱逐舰发射舰对舰导弹，一发发导弹击中前方的靶船，爆炸，升起巨大的烟尘与水柱；另一方向，护卫舰向前方水域发射反潜鱼雷，鱼雷在水下爆炸；同一时间内，舰载机一架架从航母甲板上临空。谢振宇报告：“00，00，01发现目标！”余涛报告：“00，00，20发现目标！”辽宁舰飞控中心内，秦大地发出命令：“反击开始！”海空中，谢振宇发射空空导弹，王小毛发射空空导弹，余涛和江海相继发射空空导弹。一架架靶机被击中，在空中爆炸。

南海某海峡，一艘不明国籍的大型航母一直在窥视着我编队的演习，此刻突然转向，退出了国际水道。而在另一片海域，迫于我军实战化演习的威胁，某国一条间谍船悄然远去。就在这条船的船身之下，一条不明国籍的核攻击潜艇掉头逃遁。敌方舰艇的动向迅速在编队作战室的动态海图上显示出来。参谋长抬头：“报告司令员，周围500海里，所有可疑的军事目标已全被驱离！”司令员看一眼政委，政委点头。司令员道：“场地清空了，可以执行P9试验任务了！”政委道：“同意！”司令员发令：“命令9087，开始！”水下，我新型战略导弹核潜艇指挥舱内，艇长发令："发射！"他的命令通过不同语音传遍全艇："发射！""发射！""发射！"导弹发射舱内，发射手倒计时读秒："9，8，7，6，5，4，3，2，1，0。点火！"海面上，一枚国产最新型海基潜射战略型导弹破浪冲出，飞向苍穹。随着它的腾空，一连串海基和陆基卫星站相继发声："海洋18报告，导弹飞行正常！""南海901报告，导弹飞行正常！""武陵山67报告，导弹飞行正常！""秦岭89报告，导弹飞行正常！"……编队作战室内，司令员、政委也在看大屏幕上显示的导弹飞行轨迹。电话铃响起。参谋长接电话道："是！明白了！"放下电话，他马上转向司令员、政委，道："报告首长，P9海基潜射战略核导弹准确击中目标，试验取得圆满成功！"整个作战室里响起一片欢呼声。司令员拿起电话，打到了飞控中心，把消息告诉秦大地等人，他声若洪钟地说："P9海基潜射战略核导弹试验成功，标志着我国海基战略核打击力量建设上了一个具有里程碑意义的台阶。从今天起，我们可以骄傲地向全世界宣布，中华民族真正拥有了最可靠的海基战略核打击力量！秦大地、谢振宇、余涛，你们三个，这个时刻，想对伟大的祖国，说些什么！"

秦大地手持话筒，看谢振宇、余涛一眼，回答道："这话我想让谢振宇来说！"谢振宇接过话筒，庄严回答："我们想说的是：伟大的祖国母亲，我们代表鲲鹏编队、代表中国海军，向你报告，中国海军正在走向深蓝，一代代中华儿女盼望的中国航母时代来临了，任何人将一艘航母开到中国近海就可以肆意欺侮中国海军和中华民族的时代，一去不复返了！"

海天雄鹰

全二册

朱秀海 著

CS 湖南文艺出版社

图书在版编目（CIP）数据

海天雄鹰 / 朱秀海著 . -- 长沙 : 湖南文艺出版社，2024. 9. -- ISBN 978-7-5726-1943-4

Ⅰ . I247.5

中国国家版本馆 CIP 数据核字第 2024WZ2082 号

海天雄鹰

HAITIAN XIONGYING

作　　者　朱秀海
出 版 人　陈新文
责任编辑　苏日娜　张文爽
责任校对　刘　波
封面设计　刘盼盼
内文排版　玉书美书

出版发行　湖南文艺出版社
（长沙市雨花区东二环一段508号　邮编：410014）
网　　址　http：//www.hnwy.net
印　　刷　湖南天闻新华印务有限公司
经　　销　新华书店
开　　本　880 mm × 1230 mm　1/32
印　　张　32.5
字　　数　758千字
版　　次　2024年 9 月第 1 版
印　　次　2024年 9 月第 1 次印刷
书　　号　ISBN 978-7-5726-1943-4
定　　价　108.00元（全二册）

芙蓉出品

目 录 Contents

上 册

下　册

海天雄鹰

上册

楔 子

清晨，南海，薄雾茫茫的海面上，一艘大型航母悄然出现。航母指挥舱内，一名指挥官和飞行指令长正在用英语明语通话。飞行指令长："将军，我们正在接近中华人民共和国12海里领水和领空！"指挥官："海洋和天空没有界碑，谁有力量到达，那里就是他的！通知詹姆斯上校，按计划起飞！"飞行指令长："詹姆斯上校，可以起飞！"航母甲板上，一架早已在起飞位置上待命的F-104C战斗机座舱内，詹姆斯上校向聚集在机外的一小群勤务人员和男女记者竖起大拇指。甲板勤务人员做出放飞的手势。男女记者对詹姆斯上校举起代表胜利的"V"字形手势。詹姆斯一副志在必得的高傲神情，随着机轮下止动轮挡"啪"的一声落下去，F-104C战斗机起飞，直上重霄。

记者们要离开甲板，回到舰岛上去。一名大胡子男记者大喊："大家别走，在这里等一会儿，今天的大新闻就有了！"一名女记者问："邦德先生，你一向未卜先知，告诉我们今天你的新闻标题是什么？"大胡子男记者得意道："詹姆斯上校继昨天一人击落越共三架米格-21后再次击落红色中国战斗机 × 架！"女记者反问："你对自己就这么有信心？"大胡子男记者道："对不起我要纠正您一下，尊敬的詹尼弗小姐，我不是对自己有信心，而是对詹姆斯上校、对我国最新式超级航母、对我国的战争机器有信心！"众记者吹口哨，起哄，兴高采烈，如同节日，但这些人还是在甲板一侧停留了下来，并将目光投向了北方的海空。

我国南方某海岛，一架大型对海对空雷达的天线正在警惕地旋转。不远处就是我海军航空兵著名的英雄部队"海空雄鹰团"的作战指挥所。值班作战参谋的声音突然响起："报告首长，发现敌情！"值班指挥员立即走过来："什么情况？"作战参谋："不明国籍舰载机一架，突然改变航向，接近我国领空！方位××××，坐标××××！"值班指挥员立即命令："命令：01，01，02，02，起飞！"机场上，作为长机已进入飞行座舱的海空雄鹰团团长余兆年回答："01明白！"僚机秦大地回答："02明白！"两架歼-6战斗机一前一后相继呼啸着升空，扑向大海。

空中，余兆年侧目看一眼与他并飞的僚机："02，感觉如何？"秦大地道："跟着您飞，感觉一向都很好！"余兆年："知道对手是谁吗？"秦大地："知道！"余兆年道："他们已经有一阵子不敢侵犯我国领空了，这次又犯了老毛病？"秦大地道："可能是因为他们装备了最先进的一代红外寻的'响尾蛇'导弹！"余兆年道："我也是这么想的。知道我这会儿想说什么？"秦大地道："你想说'剑不如人，剑法要高于人'！"余兆年道："明白就好！今天放机灵点儿，任务要完成，又不能吃亏，最好还能给他们一个教训！"秦大地道："师父，人不犯我，我不犯人，人若犯我，我必犯人！一定把敌机拦阻在我国领空之外！——来了！"

余兆年也看到了那架突然从云丛中窜出的F-104C战斗机，因为对手顺着阳光出现，逼得他不得不逆着阳光眯了一下眼睛，并不由得发出赞叹：“好小子！是个行家！知道从哪个角度偷袭！”秦大地道：“师父，我上！”他边说边加大油门迎向敌机。余兆年道：“小心！”说话间F-104C战斗机已经闪电般从两机中间一掠而过。余兆年和秦大地都因为对手的这次突袭被迫迅速成左右伊麦曼回旋[①]分开。余兆年一眼瞥见了敌机编号和机翼上的3颗白星，叫道：“是他！”“谁？”“詹姆斯！对方最大的王牌！”“这小子在向我们挑衅！”“他在炫耀！看到他机翼下的玩意儿吗？”“没看清！”“笨死了你！两枚最新式的AIM-9D‘响尾蛇’！”秦大地不觉瞪大了眼睛：“团长，他刚才要干什么？”“炫耀！吓唬我们！告诉我们新式‘响尾蛇’真的来了！”秦大地哼一声：“那他错了，我们什么都怕，就是不怕吓唬！”两人边通话边做动作，成双机转弯攻击队形，向F-104C战斗机实施夹击。F-104C战斗机再次箭一般从两机间穿过，迅速逆着阳光爬升。余兆年：“看出来了吧？这小子真的好身手！”秦大地不高兴了，道：“师父不要长他人威风，灭我们的志气！”两机再次做分开爬升转弯，成双机战斗队形。余兆年目视着又从云丛中出现的敌机：“行了，让这小子玩够了，轮到老子了！02！两个打一个，胜之不武，你闪开，我和他单练！”秦大地道：“不，这次你老人家给我一次机会！不能每次都叫我看热闹！”余兆年道：“服从命令！站一边好好看，学着点儿！”秦大地已经来不及说什么了，余兆年边说边加力，一个急转弯，闪着迎面飞来的F-104C，一个横滚，干净利落地“咬”住了F-104C的“尾”。秦大地爬升闪开，居高临下大叫：“好！开火！”余兆年手已触到了航炮扳机，

① 伊麦曼回旋：即上升转弯，适用情况：从俯冲攻击中改出。战术运用：在释放武器之后拉杆爬升，几秒后让飞机改平，最后做小半径转弯返回以前的飞行路线。这时你又回到了目标附近可以对其进行第二次攻击。

又放开："不，他给了我两次机会，我也给他两次机会！"瞬间受到巨大惊吓的 F-104C 趁机一个高 Yo-Yo 机动[①]，爬升脱离，重归云层。余兆年哪里会放他走，叫道："好小子，想走，没那么容易！"他同样一个高 Yo-Yo 机动爬升，紧追过去。秦大地继续升空，看余兆年机和敌机在空中展开一连串让人眼花缭乱的攻防动作。先是 F-104C 借助云团掩护，高速运动中一个横滚，让过余兆年机，反"咬"住余机机"尾"，机舱中的詹姆斯要伸手触动导弹发射按钮，抬头一眼看到余兆年机一个分离S机动[②]，瞬间脱离了被攻击位置。他也不由叫起好来："wonderful（太好了）！"这一声出口，马上他就喊不出来了。余兆年机一个小幅度转弯，再次出现在他侧后居高临下的有利位置，向他的机尾俯冲过来。詹姆斯惊叫一声："My God（我的天）！"他以为对手就要开火，不想余兆年又一次放弃了开火，继续向他的机尾冲撞过来。詹姆斯见状大急，用一连串自由下落式的滚翻向海面上坠落下去。高空中的秦大地再次睁大眼睛，叫："团长，他胆怯了，他要坠海！"余兆年道："别叫，看仔细点！小心骗术！"他边说边用同一个动作，几乎垂直地朝坠向海面的 F-104C 压迫过去。F-104C 近乎垂直地冲向海面。机中的詹姆斯嘴角露出一丝胜券在握的冷笑。他在后视雷达中注意到余兆年机正和它一样冲向大海，在自己的飞机几乎要入海的一瞬间突然抬起机头，依靠飞机本身的优良性

① 高 Yo-Yo 机动：一种脱离目标的机动，使我机在敌机后方短时脱离目标机的飞行方向，之后翻滚并拉杆指向敌机。高 Yo-Yo 通常会增大与敌机的距离，但是会减少夹角，为射击创造机会。

② 分离 S 机动：又叫破 S 飞行。非常实用的机动。适用情况：反击在尾部敌机。战术运用：分离 S 能突然改变你的航向并使你获得极高的机动性能，快速地反击敌人。具体做法：保持中等航速，翻转，使机腹向上（如果航速过快可以先做几个滚筒）。然后向下拉杆到底保持，这时飞机将会向下做筋斗，不要改变航速。当机身再次与地面平行的时候放开操纵杆检查高度然后转弯重新捕捉目标。机动结束。

能贴着海面低飞，然后迅速爬升。在他后面紧紧跟随的余兆年机却仍在冲向海面，但他没有想到的是余兆年也在最后一瞬间突然来了一个大角度向上折转。由于飞机性能不如敌人，虽然机头抬起，飞机却仍旧只能成水平状态低飞，机腹几乎是在海面的波涛上擦着浪花平飞，随时可能被浪头打到海里去，同时也失去了对目标的追踪。F-104C 利用这个机会迅速折转，再次转弯，直插海面，压迫一时间只能在海面上低飞的余兆年机。秦大地在空中大急，大叫一声："师父小心！我来了！"他边喊边操纵飞机从高空中向敌机斜着俯冲下来，想在半途拦住敌机。余兆年却在这一刻对他发出了指令："你闪开！"这一刻秦大地已经俯冲下来，余兆年的一声喊让他吃了一惊，重新在半途将飞机拉起，回头朝下看时，发现詹姆斯正用机身从海面上方压迫海面上的余兆年机，后者忽然对詹姆斯机做了一个机身翻转的动作，机腹向上，并迅速强行抬升。秦大地的心一下悬起来：只要詹姆斯有千分之一秒的迟疑，两机机腹就将撞在一起，一同坠入大海。

显然余兆年这个极大胆的动作让詹姆斯也大吃一惊，他急急一个水平横滚，脱离了本机对余兆年机的压迫，然后一个近乎90度的爬升，再也无心恋战，一溜烟地逃出了我国领空。秦大地无法抑制内心的震惊与激动，大叫："团长快拉起来！他跑了！詹姆斯跑了！我们追上去！"余兆年迅速恢复了正常飞行状态，爬升到高空，看油表道："不！油量不多了！敌机已被驱逐，我们请求返航！"秦大地委屈道："师父，我还什么都没干呢！"余兆年道："你急什么？詹姆斯不是一般的飞行员，他这次吃了瘪，还会再来！"秦大地叫道："下次跟他过招的是我！"余兆年不理他，已开始向指挥所报告："南海，南海，01报告，任务已完成，敌机已被驱离！请求返航！"信号里马上传来值班指挥员的声音：

“01，01，同意返航！”余兆年：“是！ 02，执行命令，立即返航！”秦大地无奈，调转机头随余机飞回基地方向。途中，他再次开口：“师父，我有一个问题！”“说！”“刚才在海面上，詹姆斯压着你，想把你压进大海，为什么突然做出那样一个动作？”余兆年不说话。秦大地又道：“我跟你飞了两年，多次参加战斗，从没见你做过这个动作！”余兆年开口道：“效果如何？”“太好了，不是一般的好，尤其是机身抬升的那个动作，都把他吓坏了！詹姆斯不是战败，他是被你这个动作吓跑的！”余兆年再次陷入沉默。秦大地又道：“团长还没回答我的问题！”余兆年道：“我陆军出身，战争年代我们的武器装备一直不如人，上了战场，打急眼了喜欢做一件事！”“什么？”“你这小子，真是个新兵！我们海空雄鹰团的传统你忘了？——拼刺刀！”秦大地再看余兆年，什么话都不说了。

南海中部海域公海上，詹姆斯驾机在航母机务人员的指挥下成功着舰。机务人员助他出舱。一直在甲板上等待的记者们拥上前。女记者先开口：“詹姆斯上校，快把你的好消息告诉我们！”大胡子男记者也道：“请问您今天又用什么战术戏耍了中国人？”别的男记者也要开口，但他们这一刻都惊讶地看到了詹姆斯的脸。与出发时的趾高气扬不同，此时的詹姆斯气急败坏，不和任何人打招呼，粗鲁地用手推开记者的镜头，一句话也不说，快步走向舰岛入口。众记者面面相觑。女记者问大胡子男记者：“他今天怎么了？”大胡子男记者摇头、耸肩，道：“不会是遇上麻烦了吧？我们和中国人打交道，经常出麻烦的！”

航母军官俱乐部里，詹姆斯没有脱去飞行服，在吧台前大口大口饮下一杯饮料。耳机里传来飞行指令长的声音：“詹姆斯上校，请报告战果！詹姆斯上校，请报告战果！您又要给自己的机翼上增添至少一颗白星吗？”詹姆斯生气地放下杯子，扯过传话器道：“詹姆斯报告，没有战果！给我加油！我要再次起飞！”飞行指令长吃了一惊，道：“詹姆斯上校，你要求再次起飞，请确认！你要求再次起飞，请确认！”詹姆斯粗声大嗓道：“我要求马上起飞，再次进入中国空域！而且，我要求使用‘响尾蛇’！”飞行指令长的声音停了一阵子，大概是请示什么人去了，很快又重新响起：“同意起飞！在你认为自己受到攻击或者攻击威胁时可以使用‘响尾蛇’！”吧台内外的美国水兵都听到了詹姆斯和飞行指令长的对话，吃惊地看着他。一名水兵凑上来道：“詹姆斯上校，你要对中国人使用最新式的‘响尾蛇’？”詹姆斯只看他一眼，什么也不说，转身大步走出去。

海空雄鹰团机场上，两架歼-6战斗机相继降落。机务人员助余兆年、秦大地分别走下战机。值班指挥员乘车赶来迎接余兆年道：“团长，情况怎么样？”余兆年道：“马上报告上级，对手今天来者不善！我的判断是一场有计划的压力测验，想知道我方空防力量能不能扛得住他们的新式航母和‘响尾蛇’导弹！还有，马上加油，我准备二次升空！”秦大地一惊：“师父！”余兆年继续对值班指挥员道：“还要报告上级，今天打头阵的是詹姆斯！”值班指挥员一惊：“对方的王牌！他昨天刚刚在越南北部击落了三架米格-21！”余兆年道：“此人突然驾机窜入我国领空，说明他所在的航母编队靠近了我国近海。如果詹姆斯得手，这条航母对我方的挑衅和压力还会升级！”值班指挥员道：“这就是美国人所谓的战争边缘政策！一条航母加一个詹姆斯再加几枚最新式的‘响尾蛇’就想恐吓我们，太天真了！”余兆年道：“这个詹姆斯据说从没有吃过败仗，今天灰头土脸地回去，他不会服输的！”值班指挥员道：“我立即回去报告！”又转身对机务人员道：“执行团长命令，马上加油！检查飞机状态，做好出击准备！”机务人员道：“是！”秦大地上前一步道：“师父，我还要参战！”余兆年有顷才道：“如果我的判断没错，下一次和詹姆斯遭遇，他一定会使用AIM-9D‘响尾蛇’！”秦大地道：“还是那句话，人不犯我，我不犯人，人若犯我，我必犯人。他敢使用新式‘响尾蛇’，我就用我们的招儿奉陪！”余兆年突然生气了，道：“AIM-9D‘响尾蛇’是当今世界上最先进的空空导弹，据说百发百中！昨天在越南北部上空打掉三架米格-21的就是它！你什么招儿？说什么呢！”秦大地坚持道：“我的招儿都是你教的，实在不成，我就像你一样，跟他空中拼刺刀！”余兆年生气地看他一眼，道：“不，下一仗你不要去！”他转身对值班指挥员道：“通知吴惊天做我的僚机，准备二次出击！”值班指挥员：“是！”秦大地又叫起来：“团长！这不公平！为什么是吴惊天不是我？”余兆年生气道：“你不明白这个？那我告诉你！我们是海航10团，天下闻名的‘海空雄鹰团’！我们从新中国成立初期成立之日起就没打过败仗！过去没有打过，现在也不能有！不但今天不能打败仗，以后一代一代都不能！眼下我们那一代人就剩下我一个，只要我还在，属于我的战斗年华还没过去，打主力的就是我，不是你和吴惊天！明白吗？”秦大地叫：“没有！”余兆年道：“笨死了你！时光不饶人！我也会走的！那时祖国的大海和天空，都要交给你和吴惊天！今天你已经打过一仗，吴惊天还没有！”秦大地又道：“师父，我也没有和AIM-9D‘响尾蛇’过过招儿！”余兆年道：“你怎么没有？我被压在海面上那一刻，你突然俯冲下来，把詹姆斯吓了一跳，你扰乱了他知道不知道？我这才有机会给他来一个机腹上翻拼刺刀！吴惊天连詹姆斯会用什么招数还没见过呢！你以后还怕没有和他过招儿的日子？只要我国没有航母，没有比我们现在飞的歼-6更好的飞机，没有‘响尾蛇’同水平的导弹，将来你们和我一样，天天都得在自己家门口和他们拼刺刀！”听到这里，秦大地突然说不出话来了。余兆年不再理他，转身上了摆渡车，秦大地迟疑一下跟上去。摆渡车迅速离开。

这时在南海中部，詹姆斯已将F-104C再次移上起飞跑道。舰岛内，两名高级军官一边透过舷窗望向下面甲板上即将再次起飞的詹姆斯，一边在交谈。其一道：“我们的詹姆斯今天好像遇到了对手。”其二担心道：“他是我们的英雄，也是我们对中国进行压力测试最厉害的武器，可是不能总让他一个人逞英雄，万一中国人把他击落，总统先生恼怒起来，会亲自收拾我们！”其一又道：“今天海况不好，已经提醒詹姆斯充分利用云层和飞机的技术优势，对敢于再次拦截他的中国飞机使用AIM-9D，不然他们就不知道我方新式‘响尾蛇’的厉害！不过——”其二看他一眼：“你想说什么？”其一道：“将军阁下，如果使用AIM-9D，我们将会冒扩大战争的风险，总统和国会会同意吗？”其二现出一脸轻蔑的神情，道：“战争发生在南中国海，损失的是中国飞机和飞行员，只要我们没输，总统和国会会让我们的发言人否认此事发生过，或者声称是中国人主动发起了挑衅！总统派我们来，不就是想让吃了亏的中国人明白，只要不放弃对我国的敌对政策，我们会不停地进入他们的所谓12海里领海和领空！总有他们扛不住的一天，那时他们就会屈服！”“将军阁下，您认为我们今天应当出动多少架次舰载机，才能完胜中国海军，给中国一个深刻教训？”“如果只想给他们一个小的教训，詹姆斯上校再飞一个架次就够了，但要想给他们一个深刻教训，我认为至少应当出动四架舰载战斗机！”其一喝彩道：“好极了！中国人出动飞机拦截我机，一般总是双机编队，我们则是单机突袭。一下突然出动四架战斗机，他们一准会蒙圈！用中国人的话说这叫杀鸡用了牛刀。将军，我军若想打得干脆利落，不给他们任何机会，属下以为出动两架 F-104C 和两架 F-14 雄猫战斗机是适宜的！”其二点头，道：“命令詹姆斯上校起飞，告诉他可以使用所有武器，但他今天只是配角、引诱者，任务是将中国海军战斗机诱到远海，距离他们的基地越远越好。他们没有航母，目前使用的还是照苏联米格-19仿造的歼-6，扔掉副油箱后续航时间只有1小时43分，滞空时间短，距基地越远有效作战时间就越少！”“明白。那真正的主角是谁？”“真正的主角是跟在詹姆斯之后起飞的另一架 F-104C 和两架 F-14 雄猫！他们的任务是在詹姆斯引诱中国飞机到达远海后突然现身发起攻击，不要缠斗，直接用 AIM-9D‘响尾蛇’导弹干他！”其二道：“是！”他开始拿起送受话器发布命令：“詹姆斯上校！詹姆斯上校！可以起飞了！你的任务是引诱中国飞机远离基地，越远越好！可以使用任何武器！可以使用武器！威廉斯上尉、鲍得温中校、安得逊上校待命出击！”

说话之间，詹姆斯已经驾驶 F-104C 腾空而起。随后，又一架 F-104C 进入起飞位置，机舱里是年轻的黑人飞行员威廉斯上尉。另外两架 F-14 战斗机也开始从机库被运上甲板，座舱里分别是鲍得温中校和安得逊上校。三架战斗机都做好了起飞准备。

这时，在我海空雄鹰团作战指挥所内，值班首长再次接到报告：“发现敌情！”余兆年亲自上前查问：“什么情况？”一作战参谋报告：“不明国籍舰载机一架，再次接近我国领空！”余兆年对值班指挥员道：“01要求起飞！”秦大地急忙上前一步道：“02要求起飞！”跟随在他身后的吴惊天看他一眼，也道：“03要求起飞！”

值班指挥员看余兆年：“团长，带谁出发，你决定吧！”余兆年目光严峻道："今天会有一场恶仗！我命令，全团飞行员进行准备战斗状态！同时报告上级，所有防空炮火及岛上民兵应急分队进入战斗状态！ 03随我起飞，02待命！"秦大地不情愿地看一眼吴惊天，与后者一起回答："是！"几分钟后，他和值班指挥员一起，望见了两架歼-6战斗机一前一后呼啸升空。值班指挥员看他一眼，道："大地，快通知你的僚机，一旦团长和吴惊天作战不利，马上升空支援！"他见秦大地一直都在沉思，问："你这会儿在想什么？"秦大地道："首长，我现在明白团长为什么不让我和他一起升空了！""为什么？"秦大地却什么也没说跑了出去。

此时的南海上空，余兆年正和吴惊天成双机编队飞行。余兆年关切地问："03，感觉怎么样？"吴惊天道："跟着团长飞，超棒！"余兆年道："你对对手有多少了解？"吴惊天道："团长小瞧了吴惊天！"余兆年道："我们的对手一向以世界霸主自居，小心眼儿，输不起。詹姆斯刚才输了一阵，一旦恼羞成怒，什么事都能干得出来！"吴惊天明白了，道："团长是说等会儿接触，他可能会打'响尾蛇'！"余兆年道："不是可能，而是一定。等会儿双方一接触，你要像方才秦大地那样，离我远一点儿！"吴惊天不觉笑起来："团长要和他单挑？"余兆年道："什么单挑，是要你腾出地方，我不是要和詹姆斯过招儿，是要和最新式的'响尾蛇'过招儿！有资料说那家伙的好处是快，慢一点儿你就躲不过去，而且是红外寻的，但毛病也有，一旦打出去，大家都是目标，撞上谁谁倒霉！"吴惊天大叫一声，心中豁然亮起一道闪电："团长是想让我当场看看你怎么对付'响尾蛇'？团长要创下一个我机对付'响尾蛇'的标准战例，以后好上飞行学院的教科书？"余兆年哼一声骂道："你这臭小子，创什么标准战例，重要的是胜利！记住，要不胜利，要不与他同归于尽，他们在武器上已经占了上风，决不能让他们在心理上再占上风！”

此刻吴惊天已经一眼发现了远处云丛中出现的小黑点儿，道：“来了！”余兆年一个破S分离动作，与吴惊天分开，喊一声：“抛副油箱！闪开！”吴惊天答应一声，抛副油箱，一个高Yo-Yo机动爬升，与余兆年脱离。回头再看，发现在自己的右下方，余兆年机正与詹姆斯机迅速接近。他只来得及喊一声：“团长小心！”就见余兆年机已经与詹姆斯机近在咫尺。在詹姆斯机中，詹姆斯的手已经触到了导弹发射按钮，但由于两机距离太近，发射导弹的最佳时机已过，只能放开，回头急急操纵M61航炮向正面迎来的余机猛烈射击。余兆年迅速爬升机动，躲开了弹雨。吴惊天这一惊不小，大叫：“团长，太好了，跟他近身搏斗，他的导弹就打不出来了！”余兆年吼一声“安静”，迅速转弯，从尾部追上詹姆斯机。詹姆斯急忙爬升，横滚，让过余兆年机，他想甩开后者，拉开距离，发射导弹。余兆年早就看出了他的心意，紧紧与他近身缠头，两机瞬间进入了剪刀机动飞行[①]，一个想摆脱，一个不让对方摆脱，并力求在激烈的缠斗中占据开火位置。吴惊天在高空瞪大眼睛，高兴地大声道：“团长，干得好！只要不让他发射‘响尾蛇’，咱不怕他！”这时，再一次靠近詹姆斯机的余兆年突然开火，一边回答：“屁话，发射‘响尾蛇’咱也不用怕它！”二人的对话实时传到海空雄鹰团作战室内来。秦大地和值班指挥员都紧张地听着他们的对话。秦大地对值班指挥员道：“首长，02要求起飞！”值班指挥员对他道：“不，他们只来了一架飞机，团长和吴惊天能对付！”扩音器里继续传来余兆年机和詹姆斯机相互开火的激烈声响。秦大地听着听着，心忽然放松了，他意识到，

① 剪刀机动飞行：剪刀机动是一对对手在格斗中试图抢得进攻优势转向对手后方，因为双方的意图相同，飞行轨迹看起来像是一系列互相颠倒反复的飞行路线，状似剪刀。

只要这样的交火还在发生，敌机就没有发射响尾蛇导弹，他的师父、他的团长就仍然是安全的！

南海上，某国航母仍在航行。指挥舱内，两名高级军官的交谈声也在继续，他们也实时听到了詹姆斯机和余兆年机相互用机炮开火的声音。其一道："怎么搞的，詹姆斯为什么不使用'响尾蛇'？"其二哼一声，道："他太骄傲！因为中国人没有'响尾蛇'，他就不使用！他赢不了中国人！让威廉斯上尉起飞！"其一立即向甲板上传达了他的命令："威廉斯上尉起飞！威廉斯上尉，你的任务是突袭，可以使用任何武器！鲍得温中校、安得逊上校准备起飞！"航母甲板上，又一架 F-104C 升空。这时指挥舱内的敌指挥官又改了主意，命令道："让鲍得温中校、安得逊上校一起起飞！"他的属下立即传令："是！鲍得温中校起飞！安得逊上校起飞！可以使用'响尾蛇'！可以使用'响尾蛇'！"航母甲板上，两台发动已久的 F-14雄猫战斗机一前一后升空。三架战斗机借助云丛的掩护，迅速飞向战斗空域。

海空雄鹰团作战指挥所内，作战参谋再次报告："敌机三架，接近战斗空域！"值班指挥员回望秦大地和他的僚机。秦大地道："02、04请求起飞！"值班指挥员道："02，04，起飞！"这时的海上，余兆年机和詹姆斯机已由水平剪刀机动飞行改为垂直剪刀机动飞行，同时继续用航炮相互开火。高空中，吴惊天忍不住了，大喊一声："团长，我来了！"余兆年大怒："不要！"这时，他们耳边已经响起值班指挥员的声音："01，01，敌机三架接近战斗空域！ 01，01，敌机三架接近战斗空域！"余兆年一回头，云丛中出现了三架敌机，回答："它们已经到了！"值班指挥员的声音："已命令02、04赶往支援！"余兆年再回头，大叫一声："03快闪！"原来一枚"响尾蛇"导弹正从新到的 F-104C 机翼下呼啸而出，带着它的嘶鸣，直扑他的战机。余兆年想也没想，径直驾驶飞机直冲着“响尾蛇”而去。他的这一动作不但让高空中的吴惊天大惊失色，率先发射“响尾蛇”的威廉斯上尉一时间也瞪大了眼睛。

已经飞临战斗空域的秦大地和僚机也看到了这一幕。秦大地急令僚机：“扔副油箱，投入战斗！”僚机回答：“是！”两机一边扔副油箱，加速飞入战场，一边紧盯着那枚呼啸的“响尾蛇”导弹和余兆年机越来越近。方才还在与余兆年机进行剪刀机动飞行的詹姆斯也在这一刻回头，吃惊地看着导弹和余兆年机接近。另一架 F-104C 中，威廉斯上尉闭上了眼睛，他认为一场空中撞击和爆炸马上就要发生。而在余兆年机中，正值盛年的英雄飞行团长余兆年则全神贯注地盯着迅速飞来的导弹，在飞机与导弹就要相撞的一刹那，他一个横滚，让拖着烟的导弹紧贴机翼飞了过去。F-104C 中的威廉斯上尉睁开眼睛，发现那枚导弹已经转弯调头，继续飞向余兆年机，再看余兆年机，发现这架中国军机正直直向他的飞机高速飞来。威廉斯上尉摇一下头，想让自己清醒，迅速接近的余兆年机已整个地遮没了他的视野，又突然一个爬高，从他的机头上方呼啸而去。紧接着，威廉斯上尉发现那枚追踪余兆年机的导弹已经到了机头前方，可他已经做不出动作了。

导弹和威廉斯上尉的 F-104C 撞击，爆炸，成为一团烟火和无数碎片，升起后又坠落。在呼啸而来的秦大地机中，秦大地大睁着眼睛。他看到了这一幕，没有欢喜，只有震惊。高空中，吴惊天也大睁着眼睛，看着那团正在分离的烟火和碎片。在敌人的一方，仍没有与我机脱离的詹姆斯痛苦地闭上眼睛。在他之后，鲍得温中校在飞机中闭上眼睛又睁开，发现刚才引诱响尾蛇导弹击中威廉斯上尉 F-104C 的余兆年机向他正面撞击过来，一个下意识的动作驾驶飞机向海面上飞去。余兆年机趁势向它压迫过去。这时的他已处在鲍得温中校飞机尾部最佳攻击位置，要开炮又放弃了，继续向海面上压迫鲍得温机。鲍得温要爬升已经没有机会，一个操作失误，飞机竟一溜烟窜进了大海，消失在波涛之中。余兆年机则迅速在海面上拉起，重上高空，寻找第四架飞机也即安得逊上校的F-14雄猫战斗机。最后这架被吓破胆的F-14雄猫居然落荒而逃，余兆年机在后面紧追不舍。吴惊天这时喊了一声："02，04，追！跟上师父！"秦大地和他的僚机闻声，跟随在吴惊天之后追去。詹姆斯趁机悄悄爬升，进入云丛，向海南岛方向飞去。秦大地回头发现失去詹姆斯机，立即报告："02报告，1号目标丢失！"耳机里立即传来值班指挥员的声音："目标进入我海南岛空域！目标进入我海南岛空域！"秦大地回头对僚机发令："04，追击1号目标！"两机离开战斗空域，飞向海南岛空域。

南海中部，某国航母再次出现。航母前方，安得逊上校驾驶F-14雄猫战斗机正摇摇晃晃地飞来。他惊恐万状的声音传到了舰岛作战室："安得逊要求紧急降落！安得逊要求紧急降落！"飞行指令长的声音："安德逊可以降落！安德逊可以降落！"航母甲板上，机务人员一片忙乱。安得逊上校的F-14雄猫战斗机摇摇晃晃落下来。舰岛内，刚才的指挥官在呼叫："安得逊上校，发生了什么事情？为什么只有你一架飞机回来了？别的飞机在哪里？"没有回答。甲板上，几名勤务人员正将死人一样的安得逊从座舱里拖出来。那名指挥官仍在呼叫，声音越来越大，越来越急躁："为什么只有你一架飞机回来了？他们在哪里？安得逊上校快回答！"但是另一个声音突然压过了他的声音："战斗警报！发现中国人飞机！"航母内部响起刺耳的战斗警报声。原来是余兆年吴惊天两机因为追击安得逊机飞临到了航母上空。两人分别从空中看到了海面上的大型航母。余兆年问吴惊天："看到了什么？"吴惊天："他们的最新航母！""还有什么？""没有了！""你还看到了F-14雄猫战斗机着舰！""团长——""这会儿就不想干点儿出格的事吗？""明白了！我想犯一次错误！""他们欺负我们没有航母，飞机也不行，天天堵到家门口欺负我们，想什么时候干我们一把就什么时候干一把！没想到今天也落到了我们手里！""团长，你要干什么？""我也吓唬他们一次，让他们知道，如果我们愿意，也有力量把炸弹直接扔到他的航母甲板上！"余兆年边说边下意识地瞥一眼油表："不好，没油了！"他不等吴惊天回答，突然降落高度，向航母飞下去。航母上的防空炮火响起。吴惊天吃惊地看着余兆年机冒着炮火低空从航母甲板上空一掠而过，直冲云霄，大叫："团长，好样的！"已经重新升入高空的余兆年向他呼叫："快返航，再迟就飞不回去了！"吴惊天向他靠拢，两机开始返航。

此时詹姆斯机已经越过陆海边缘，侵入我海南岛陆地上空。秦大地及僚机追踪而至。三机开始相互使用机炮射击。值班指挥员提醒二人："02，04，小心'响尾蛇'！"秦大地："明白！"僚机回头："团长回来了！"秦大地回头，一眼看到余兆年机和吴惊天机飞来。詹姆斯也望见了飞回来的余兆年机，试图与我机脱离，飞回大海。秦大地眼尖，看出了他的动向，叫道："他要跑！"忽然又望见了余兆年机："团长要干什么？"詹姆斯也在机中瞪大了眼睛，因为他看到余兆年机正摇摇晃晃向他直飞过来。詹姆斯心中升起了从没有过的恐怖，一边歇斯底里大喊，一边拼命向余兆年机开火："啊啊啊——"秦大地、吴惊天都注意到了，余兆年机居然没有躲避詹姆斯机的航炮，只用航炮射击应对詹姆斯的航炮，两架飞机也越来越近。詹姆斯更加惊恐了，完全蒙圈的他眼看着余兆年一直打到距他只有三十米的地方，仍在逼近，大叫一声，选择了弹射离机。他的飞机坠落下去，在下方山林中爆炸起火。

海空雄鹰团机场上，余兆年和吴惊天、秦大地和僚机相继着陆。而在海南岛某山区，一队海岛女民兵持枪围住一片树林，大喊："出来！"林子中间，詹姆斯手举白手帕站起。众女民兵大喊："走！"詹姆斯不得已随她们走出来。他被就近带到一所农舍，很快我公安人员和一名翻译赶到，开始对他进行紧急审讯。公安人员问："你的姓名？"翻译将他的话翻译过去。詹姆斯道："在我回答你的讯问之前，我想问一个人。"翻译将他的话译成中文。公安人员问这个人是谁。詹姆斯回答："今天把我打下来的贵国飞行员叫什么名字？"翻译将他的话译给公安人员。公安人员走出去打了一个电话，回来道："这个人是谁可以告诉你，他叫余兆年。大名鼎鼎的海空雄鹰团团长，一等功臣！"詹姆斯垂头丧气道："我记住这个名字了。好吧，你们问吧。"公安人员说："你刚才问我打下你的是谁，我告诉你了；现在这个人也想问你一个问题，你也要如实回答。"听了翻译，詹姆斯点头。公安人员问："这个人要我帮他问你，为什么直到最后你都没发射那两枚机载'响尾蛇'导弹，反而选择跳伞当了俘虏？"詹姆斯对他道："这很重要吗？"公安人员道："不重要，但他想知道。"詹姆斯笑容瞬间落去。公安人员："你不愿意回答？"詹姆斯："根据日内瓦相关公约，我作为战俘，有权拒绝回答你的问题。"公安人员："你错了，你不是战俘，只是侵略者，快老实回答我的问题！"詹姆斯道："如果是把我打下来的余兆年先生问我，我就回答！"公安人员道："余兆年先生是你想见就见的？他来不了，再说一遍，就是他让我问你这个问题！"詹姆斯道："如果是这样，我可以回答！

因为我不敢相信这款最新式的'响尾蛇'不会像它击中威廉斯上尉的飞机一样回头击中我。与其这样我不如跳伞做你们的俘虏！"公安人员回头打电话把这个答案告诉余兆年。余兆年道："知道了。要善待詹姆斯，让他知道我们中国人和他们不一样，从来都善待举手投降的侵略者。再见！"他放下电话，脸上却没有现出欢喜。吴惊天道："团长，今天是一场大胜，你一架飞机对付他们四架，搞得他们只回去了一架，应当庆祝一下！"余兆年却道："庆祝什么？他们的航母还在我们家门口转悠，随时会有新的舰载机起飞对我们进行战争讹诈！只要我国没有航空母舰，不具有远海作战能力，这种受人欺负的状态会一直持续！"秦大地问："师父，中国海军什么时候会拥有自己的航母？"他没想到这个问题会让余兆年勃然大怒："我怎么知道？都马上回去，好好休息，对手今天吃了大亏，一定想捞回面子，也许明天，弄不好今天，就会有新的战斗！"秦大地、吴惊天一惊，立正："是！"两人要走又回头看余兆年。余兆年从自己的办公桌上取出一个纸糊的航母模型，默默地看它。秦大地道："团长——""啊，这是一个六年级小学生刚刚寄给我的，他要和我通信并且回答他的问题，中国人什么时候也能有自己的航空母舰！"秦大地、吴惊天也沉默了，他们也看出了团长心中的沉痛。余兆年沉默良久，突然回头，热切地望着秦大地和吴惊天，道："我一直在等！但我可能等不到了，我太老了！万一有一天你们等到了，不要辜负了这个孩子，还有我们这一代人！"

秦大地、吴惊天瞬间立正，回答："团长，真到了那一天，我们一定不会辜负您和这个孩子！"

第一章

拂晓，中国北方某海港。大海波涛汹涌，巨大的排浪撞击在巍峨的崖壁上，破碎成冲天的浪花。一条巨大的战舰——中国第一艘航母，它曾被唤作“瓦良格号”，入列后的名字叫“辽宁舰”——缓缓驶出内港，进入外港。它的背后是沉睡中的港城和港口周围仍处在朦胧的暗色调中的祖国大地与山河。这一刻没有音乐，在所有貌似不和谐的自然声响——浩荡的风声、波涛声和震耳欲聋的鸥鸟的啸叫声——中显示出的是一种来自生命深处不可遏止的力量，它们是民族的，也是人生的。

还是这个拂晓，在我国北部一个波翻浪涌的海湾里，海航120团特级飞行员谢振宇正在波涛中奋力前游，他的神态和所有的动作都似乎要向别人证明，他人生中最大的目标和乐趣就是和这些波涛搏斗。他的僚机、同为特级飞行员的康延成一直在他身边跟游。长久地与波浪搏斗之后，两个人有了第一次对话。康延成：“哎，听说没有？”谢振宇：“什么？”康延成：“没听说就算了。”谢振宇不再说话，更有力地向前游去。康延成也不再说什么，跟游向前。他的泳姿和谢振宇比起来，显得花哨和随心所欲，透出一种乐天知命式的放松和自得。这是谢振宇所没有的。

同样是这个拂晓，在南海之滨海航某团家属楼里，仍在睡眠的秦大地夫妇突然被一串铃声惊醒。乌晓欲起身，被丈夫拦住。秦大地道："你睡吧，我去。"乌晓看着他下床，走进隔壁儿子房间，将12岁患脑瘫的秦熠从床上抱起，走进卫生间去。随后卫生间里响起哗啦啦的溅水声和马桶冲水声。接着，秦大地把儿子抱出来，回到他的房间，放到床上，盖好被子。他没有马上离去，站在床边看儿子。秦熠一直闭着眼，现在睁开了，叫一声："爸。"秦大地道："儿子，你真的太重了，你妈抱不动你了。"秦熠把话题移开："昨晚上又跟我妈干仗了？"秦大地将掉在地下轮椅边的书捡起来，在儿子床头一本本码好。可以看出它们不是这个年龄的孩子看的书，譬如：《千亿个太阳》《看不见的世界》《复杂》《可怕的对称》《上帝与新物理学》。他将摇铃重新在儿子手边放好，看儿子："有事就摇铃。"秦熠再叫了一声："爸。"秦大地回头看他。秦熠道："你要脱军装了？"秦大地扒拉了儿子脑袋一把："想什么呢你？大人的事不要管。"人到中年的他即便笑时也显得十分严肃。儿子看着他关门离开。秦大地回到自己房间上床，发现乌晓正大睁着眼等他，问："几点了？"秦大地看表道："五点十分。"乌晓道："上午你能留在家看秦熠吗？我要去见我导师。"秦大地道："今天不能，上午我和强子有试飞，下午有课。"乌晓突然就生气了："我今天一定要去见何老师，你们挡不住我！"秦大地已经习惯了她这种突然的爆发，有顷才道："要不再请强子的爱人帮一下忙？我这就打电话。"乌晓急道："这什么时候？人家还睡着呢。算了，还是天亮了我打。"秦大地躺下去。乌晓忽然说起另一件事，语速很快："昨晚上老刘又打电话了，你不在。"秦大地不说话。乌晓接着说下去："航空公司那边给你说好了，他们就缺一个你这样的人，既能飞，又能给新飞行员做教练。你是功勋飞行员，他们答应支付最高年薪，七位数，还给一套200平方米海边的大房子。另外，答应每周只让你工作三天，其余四天在家照顾秦熠。老刘说他最担心的是你，怕说好的事又变卦。”秦大地眼睛一直睁着，一时间有点儿走神。乌晓看他：“怎么不说话？不是说团里同意，都报到师里去了吗？”秦大地道：“是的，等师里批呢。”夫妻俩谁也没有再说话，长时间地躺着，都睁着眼睛。过了好久，秦大地才重新开了口：“不知道余团长这会儿在哪儿？”乌晓一惊：“怎么冷不丁地想起了他？”秦大地道：“刚才做了个梦，梦见了他。”他不再说下去。乌晓听出来了，丈夫的话音里有些感伤。隔壁房间里，秦熠也没有再睡，开始在床上用一台老式笔记本电脑兴致很高地上网。这时你会发现，除了束缚他全身肌肉活动能力的疾病，他和健康的孩子没有两样。

黎明正在来临，北方某地海滨，中国海军舰载机试验试飞基地工地上，大批施工人员与大型机械已经集结。他们在等待一个时刻来临，每个人神情都十分庄严。“鲲鹏工程”联合指挥部总指挥、海军中将衣正邦看一眼基地工程部主任刘平安，道：“时间到，开始！”刘平安马上按下对讲机的通话按键，发令：“命令——起爆！”一串惊天动地的爆炸声连绵不绝地在海边两座山头间响起，山头瞬间被摧毁，巨大的烟尘直上云霄。所有参与此项工程建设的人们都在这气势磅礴的大爆炸声中默默地感受着自己的激动。衣正邦这时问刘平安：“哎，我让你给我留块地方，留了吗？”刘平安道：“留了。”他在仍然延续的爆炸声中迅速打开一个图纸夹，将一张图表上的某个位置指给衣正邦看：“首长你看，就在这里。靠海边，东向，又是山头，地方不错。”衣正邦看了图表，再回头看一眼身边的基地司令员张天一、他的随员陶斯勇和秘书小魏，道："走，看看去！"工程部主任收起图纸夹。众人随衣正邦上车，车子摇晃着开上急造公路。爆炸声仍在继续。这一行人走上海滨一座不大的山头时，爆炸声才真正结束。随着一声声哨子响，此前一直在等的工程机械和部队已经轰隆隆地开进工地。衣正邦在山头顶部站立，四下环顾。在这里，他向前方望见了晨光初现的大海，向身后望见了连绵的青山。工程部主任问他道："首长还满意吗？"衣正邦道："面朝大海，背枕青山。好。这山有名字吗？"张天一道："原来叫磨盘山。"衣正邦道："从现在起改叫英雄山。"说着，他往下走，众人跟着他走。刘平安站住不动。衣正邦回头看他，道："你想住下呀？"工程部主任道："首长，要是有人问我留下这块地做什么。我怎么回答？"衣正邦站住了，大声道："打过仗的人不会问这个。"他要走又回头，补充了一句："你可以告诉他，这是战争准备的最后一部分。"工程部主任不说话了。忽然发现衣正邦又走回来了，在方才站过的地方踩了踩，道："这地方好，给我留着！"刘平安不知道该怎么回答了，看着众人。衣正邦道："你看他们干什么？我说这儿好，它就是好。这地方朝阳，透气，视野开阔。啊，这么好的地方有几处？"工程部主任道："好像就这一处。"衣正邦道："一个指挥部有几个总指挥？"工程部主任道："一个。"衣正邦往下走。张天一、陶斯勇终于有时间相视一笑，他们对首长的脾气早就习惯了，见怪不怪，跟着走下去。只有刘平安一个人站着，但他也马上明白了，跑步跟下去。

基地临时机场，一架"黑豹"直 -9舰载直升机已经发动。衣正邦来到大开的舱门前，要上去又回头看张天一和刘平安："总之你们的任务都明确了，争取在最短时间内搞出第一条跑道！"

工程部主任道："是！"张天一道："首长，第一条跑道实际上已经开始施工！工程部有可能提前两个月搞出第一条跑道！"衣正邦立马抓住了他这句话，回头盯着刘平安，道："他是说，最快一个月后我的舰载机、阻拦索、试飞员就能在这儿开始工作？"刘平安道："是的！""军中无戏言！"刘平安"啪"的一个立正："首长放心！"衣正邦又回头盯着张天一："张司令，你呢？"张天一："我的队伍正在集结。我会抓紧时间训练他们，保证试验试飞一开始就有一支过硬的地面保障队伍！"衣正邦道："你们都是立过军令状的！"张天一和刘平安同时立正回答："首长放心，我们保证完成任务！"二人向衣正邦敬礼，衣正邦还礼，带陶斯勇及小魏上了直升机。直升机腾空而起，飞向晨光初现的大海。张天一回看刘平安："老刘，从今天起，要掐着日子过了！"工程部主任笑道："习惯了，哪回不是这样！"

一支青年军官队伍背着行囊走来。他们刚刚被巨大的爆炸的景象震撼，一个个十分兴奋。带队的上尉名叫凌凯时，兴奋地对全队道："我们赶对时候了，刚才看到了大场面！"一名青年军官道："这里怎么只有工地，没有试验试飞基地？"凌凯时已经看到了张天一，上前敬礼。张天一问："你们是——"凌凯时道："报告首长，海军舰载机试验试飞基地模拟甲板勤务保障分队队长凌凯时，率队前来报到！"张天一高兴了："这么快就到了！好！我是基地司令员张天一。握个手，就算认识了！"两人握手。凌凯时问："首长，基地在哪里？"张天一道："就这儿！"凌凯时看着脚下的乱海滩，问："我们在哪儿宿营？"张天一道："和我一样，找块地方搭帐篷！虽然只能露营，但任务一天也不能耽搁，马上熟悉业务，训练队伍，一个月后保证上岗执行任务！"凌凯时一怔，马上反应过来："这个……是！"他举手敬礼，看张天一等人走过去，回看队伍，大声道："弟兄们，听到了吧？我们赶上了，基地还是个大工地，司令员跟我们一起露营！现在我们还是模拟甲板勤务保障分队，将来就是中国第一艘航母上的第一批甲板飞行指控人员，为了这一天我们什么苦都得扛！有没有想离开的？想走的举手！"众人意气高扬，道："没有！"凌凯时道："改革开放有个深圳速度，航母战斗力建设也要有一个模拟甲板勤务保障分队速度！背囊放下，就地搭帐篷。解散！"众人解散，动手搭起帐篷来。

"黑豹"直升机迎着黎明的霞光飞向大海深处。机舱内，衣正邦看身边的陶斯勇，道："好吧，伟大的陶博士，现在有时间了，你汇报吧！"陶斯勇道："报告首长，随着航母平台开始试航，舰载机试验试飞基地开工建设，我的工作也展开了！"衣正邦："不讲废话，讲你工作进展到什么程度了！"陶斯勇道："根据首长选拔组建海军舰载机试验试飞大队的有关指示，海军飞过三代机且总飞行时间达到八百小时的现役飞行员全部进入了大名单。我们从中进行了初选。另外，从空军现役飞行员中遴选试飞员的工作也开始了。这是初选名单。"他把一个名单从文件夹中取出，递给衣正邦。衣正邦一页页看下去，不抬头，问："余涛是谁？"陶斯勇道："当今空军飞行员中的头牌，连续五年金头盔空中对抗竞赛的冠军。"衣正邦道："想起来了，余海洋的儿子，爷爷是我们海航的老英雄余兆年！"陶斯勇点头。衣正邦的目光一时间显得有些悠远。陶斯勇对他道："首长，又想起了什么？"衣正邦："接着说你的！"陶斯勇道："首长一定担心我们是不是真能把余涛弄过来？这事已经和空军交涉，对方答复是，人可以调，但不能加入海军，任务完成后还要回去！""你是怎么回复的？""还没有正式回复！""笨，当时就答应他们！什么条件都答应，至于来了以后怎么样——”陶斯勇笑道：“人都来了，还能让他回去，也显得我们海军太无能。”衣正邦道：“行了，挖别人墙脚的事就谈到这儿。下面说我们自己的人，重要的是由谁来领军，你们考虑过吗？”陶斯勇看他，试探道：“我们觉得这是首长考虑的问题！”衣正邦单刀直入：“名单上怎么没有秦大地？”陶斯勇迟疑了一下才道：“秦大地今年45了，对一个战斗机飞行员来说已到了极限飞行年龄。”衣正邦明显有点不满：“秦大地和你是一代人，不是吗？”陶斯勇道：“是。我是这样想的，组建这支队伍不只是为了完成舰载机试验试飞任务，还要想到这批人将来会是航母舰载机飞行编队的骨干和领军人物、航母战斗力的最重要部分，他们应当年轻。”衣正邦警惕地看他：“你发现了比秦大地更合适的人？”陶斯勇道：“这个……还没有。”衣正邦生气道：“没有你说什么！秦大地怎么回事儿？”陶斯勇道：“他申请了转业，团里报到师里，师里同意，已经报到海军！”衣正邦一惊，怒形于色，道：“秦大地要转业？乱弹琴！秦大地不能转业！”陶斯勇待他平静一点才道：“大地家里那些事首长都清楚，秦熠12岁了，病情没有好转，还在加重。大地的老父亲在老家，高度截瘫……这些年大地精神和经济上压力都太大了。”衣正邦又不高兴了：“秦熠的事我知道，12年他们两口子都撑过来了！要打仗了你给我说他家里有困难，有困难军人就不打仗了吗？马上通知10团，让秦大地来报到，我要跟他谈话！”陶斯勇只得点头道：“是！”衣正邦想了想又道：“还有一个人，怎么也不在你的名单里？”陶斯勇听出来了，道：“首长说的一定是120团的谢振宇。对这个人他们团里有看法。”衣正邦看他一眼。陶斯勇解释道：“主要是心理和性格方面，还有作风。”衣正邦道：“什么心理、性格，他有什么把柄在你们手里吗？据我了解，有人认为他可能是全海军唯一一个可以接替秦大地位置的人！”陶斯勇承认道：“这个我还真没掌握。既然首长提到了他，我最近专门去了解一下，回头再向您汇报。”衣正邦道：“不要最近，就今明两天。航母平台已开始试航，舰载机也造出来了，中船中航两家能做的试验都做完了。现在航母平台不能上有关设备，飞机不能定型量产，就卡在这里。我们让全国人民等待的时间太长了。还谈什么？不谈，直接通知秦大地报到……啊，告诉10团，把我的话当命令执行！”陶斯勇道：“是！明天我先到10团去见大地，传达您的命令，然后去120团考察谢振宇。”衣正邦依然不依不饶：“可以考察，但人你得给我弄进来！”陶斯勇仍然有点犹豫：“是！”秘书小魏突然叫道：“首长，航母平台！”众人把目光投向下方的海面，果然看到了正在海面上航行的航母平台。这是黎明时阳光初照下的航母平台。它在大海上显出了与拂晓出港时不同的另一番壮美景观和磅礴气势。一时间众人都被它的巨大的气势震慑了。衣正邦感叹道：“晚了100年，我们的航母，中国航母，还是来了！”机内送受话器铃声骤然大声嘶鸣。值班参谋拿起送受话器，道：“我是101，请讲……好的！”他马上将送受话器交给了衣正邦：“首长，海防基地一号首长刚刚接到‘海豚’和‘旗鱼’报告，发现不明国籍的他国军机进入我国领海！”衣正邦接过送受话器，道：“是我……马上驱逐！下手狠一点！这也太快了！想看热闹也等一等，他们太心急了，我们八字还没一撇呢！等老子把玩意儿弄好了，有他们看的时候！”送受话器里传出清晰的回答声：“是！”

十分钟后，直升机在航母甲板上落下。陶斯勇、小魏随着衣正邦下飞机。接舰部队年轻的舰长、政委已等在机外，举手敬礼。衣正邦还礼，问：“你们这里什么情况？”舰长回答：“航母平台到达预定试验海区！请求立即开始试验试航！”衣正邦道：“开始吧！”舰长、政委回答：“是！”舰长跑向舰岛，政委留下来陪衣正邦：“首长，请这边走！”衣正邦回头看陶斯勇：“你还跟着我干什么？让直升机马上送你回去。”陶斯勇：“是！”说着，举手敬礼。衣正邦又道：“给我记好了，我要的人，秦大地、谢振宇，一个也不能少。啊，还有余涛！”陶斯勇再次回答：“是！”衣正邦一直看着他回到直升机上，飞机关舱门起飞，才和政委走向舰岛。忽然，他又站住了，仰脸望着空中。小魏懂得他的心意，道：“首长，我们的飞机出动了！”这一刻，所有人都看到了，我国两架三代机划破海空，飞向远海。衣正邦和政委等人走进舰岛，进入指挥舱。所有人庄严肃立。舰长看他一眼，衣正邦点头。舰长宣布：“中国第一艘航母平台，第一次试验试航，开始！”

黎明的海空中，谢振宇、康延成一边双机飞行，一边通过通话系统交谈。康延成道：“27，27，最近空情很多，不正常啊！”谢振宇道：“没什么不正常！”康延成：“还是不正常！”谢振宇看一眼机载雷达：“发现目标！”康延成：“明白！”前方海空中，两架不明国籍的飞机正迎面向他们呼啸而来。谢振宇、康延成战机迎面飞过去，二人继续对话。谢振宇：“20，今天是我的生日！”康延成：“胡说！你生日早过了！”谢振宇：“上次骗你，今天真是我生日！”康延成：“对手过来了！长江让我盯住你，不能像上次那样越过战场边界！”谢振宇吹了一声口哨：“20，成双机双向夹击队形！”他一个加力，飞机快速与康延成机分离。康延成只来得及叫了一声“明白”，给飞机加力，与谢振宇机分开。

两架敌机已经临空，我方双机爬高。康延成从目标左侧进入，谢振宇从目标右侧进入，对敌机摆出双机夹击阵势。机舱中，谢振宇又吹了一声口哨。两敌机发现我方阵形，为摆脱不利局面立即分开并爬高，试图一对一率先占据尾攻位置。

谢振宇不屑地哼了一声。康延成："你说什么？"敌机 A 突然出现在谢振宇机后侧，尝试锁定。谢振宇一个眼镜蛇机动，向上向后翻滚，反使自己处于敌机 A 后侧，占据了尾攻位置。敌机 A 飞行员马上也来了一个眼镜蛇机动加横滚，再次改变了与谢振宇机的相对位置。谢振宇再吹一声口哨："游戏，盯住 A 机，我们今天交了狗屎运！"康延成："什么意思？"谢振宇："我们碰上了'火鸡大队'的王牌罗伯特！"

此刻，在空军某机场，余涛和僚机耿见林也双机临空。两人耳边响着空军某团指控中心的命令："11，12，目标出现在 S7E 海区，已有两架海军飞机投入拦截，要注意敌我识别！"余涛回答："11 明白！"耿见林回答："12 明白！"余涛："我们的任务！"指控中心："待机听令支援，海空是海军的，陆空就是我们的一亩三分地了，一旦敌机试图窜犯我陆空，果断实施拦截！"余涛："11 明白！"耿见林："12 明白！"两机越过陆海线，飞向大海。

黄海上空，康延成也激动起来，道："27，不会弄错吧？真是罗伯特？"他一边问话，一边和敌机 B 交替抢占尾攻位置。谢振宇又来了一个眼镜蛇机动，恰与刚才处于尾攻位置的敌机 A 呈正面相撞姿态："游戏，今天真是我的生日！"边说他的飞机边和敌机 A 在高速飞行中迅速接近。敌机 A 座舱中，飞行员眼睛突然睁大，并没有再做仰翻脱离动作（眼镜蛇机动），两机急速接近。正与敌机 B 缠斗的康延成一眼瞥见谢振宇机与敌机 A 的相对状态，大叫："27 小心！"这边，谢振宇已经看出了对方飞行员的把戏，把稳操纵杆，目光中现出巨大的坚定与蔑视："小子，真的想玩，咱们就玩！"两机越来越近。康延成听到了，喊："你说什么？"谢振宇机和敌机 A 即将撞在一起的瞬间，敌机突然降低高度，谢振宇机腹压着对方飞机一掠而过。敌飞行员迅速恢复状态，爬升。康延成望见了，喘了一口气，大叫："好险！27，你这是什么玩法？"忽然意识到敌机 B 正向他尾部运动，急忙爬升闪躲，展开反击。在另一空域，谢振宇机盯着敌机 A，再次一个转弯回头，一边向对方压过去，一边回答："余兆年的玩法！"敌机 A 被他刚才的动作激怒，没有再选择躲避，突然一个爬升加上升转弯，这个动作被称为"伊麦曼回旋"，向谢振宇机俯冲下来。谢振宇心中一动，做出了一个令对方意外的逃避追逐动作，飞机向下方逃去。敌飞行员高兴了，在他尾后紧紧追赶。谢振宇待他接近，突然一个横滚脱离，头朝下以滚翻状态向海面坠落。余涛机和耿见林机飞过来。耿见林一眼看见向海面坠落的谢振宇机，惊叫："11，海军飞机！"余涛果断下令："帮他们一把，对敌机实施拦截！"两机迅速分开，拦截敌机 A。在他们上空，康延成已占领尾攻位置，正试图锁定敌机 B，对方一个横滚加爬升逃走，他趁机向下方空域看一眼，大惊："27！ 27！你怎么了？哎哟，空军的飞机！他们来凑什么热闹？"谢振宇并不回答，飞机继续翻滚着下落。敌机 A 飞行员一个破 S 机动[①]躲过余涛机和耿见林机的双重拦截，朝下方望去，大喜，操纵飞机继续向谢振宇机俯冲下来。余涛机和耿见林机折返回来，追击敌机 A。这时康延成眼里只有继续向海面坠落的谢振宇机了，大叫："27 小心！"忽然意识到敌机 B 出现在自己尾部，急忙一个爬升加翻滚制动，放过敌机 B，回头展开反击。敌机 B 再次选择逃离。康延成俯瞰下方空域，

① 破 S 机动：是一个 180 度的下降滚转，反向滚动并向后拉操纵杆，使战机下降，保持持续拉力直到战机呈水平状态后朝相反方向的防御性机动动作。因为整个过程中战斗机航迹呈被扭曲分离的 S 形状，所以被命名为 SplitS，翻译过来就是"破 S"或者"分离 S"。空战中做一个破 S 动作能突然改变战机的航向并使战机获得极高的机动性能，快速地反击敌人。

喊："27，你在哪里，你怎么样？"低空中，谢振宇机突然改变自由坠落状态，拉起飞机，直上蓝天，迅速咬住俯冲下来的敌机A。头盔瞄准装具显示敌机A被锁定。敌机A慌乱中急做一个分离S机动，不敢恋战，一溜烟逃走。康延成大喜，叫："27厉害！罗伯特屁滚尿流地逃走了！"余涛和耿见林见势，成双机夹击队形，试图对逃走的敌机A实施拦截。谢振宇一眼瞅见从他飞机旁一掠而过的余涛机编号，大怒："余涛！他来捣什么乱！这是海军的地盘！"由于余涛和耿见林的加入，并且攻势凌厉，敌机A不再恋战，落荒而逃。转了一圈正要回归战场的敌机B见此光景，也调转机头，随敌机A逃窜。谢振宇大为失望，抬头看敌机B，道："好小子，你也想跑！"他已不觉进入战斗狂热状态，一边加力追击敌机B，一边呼叫："20，20，快截住他！他也想溜！"康延成却大叫起来："27，不要！我们的任务是驱逐它们！任务已经完成！"这时的谢振宇哪里还听他的，驾驶战机箭一般向逃逸中的敌机B追去。康延成喊："你疯了？再追就越过了战场边界！"谢振宇恨道："都上了战场，哪里还有边界！""你老毛病又犯了！"康延成又大叫，"长江说过……我来了！"他怕谢振宇吃亏，加力跟上去，在空中画一道弧，去拦截敌机B。耿见林看一眼从身边飞过去的谢振宇机，对余涛道："11，是海军120团的老谢！他已经出了战场边界！"余涛："他们现在2对1，我们就在战场边界执行警戒！"耿见林："谢振宇这小子，你们是航校的老同学吧？刚才不但用假动作骗过了对手，也把我们都骗了！"

海上的战况通过信息即时传输系统实时传输到海航120团飞控中心。团长侯得榜这时正生气地看着新来的政委王强："瞧瞧，这两个小子又在干什么！谢振宇的毛病又犯了！"他开始呼叫："27，27，我是长江，听到请回答！听到请回答！不得越过战场边界！不得越过战场边界！”有一阵子他没有听到任何回答。此时的黄海上空，谢振宇和康延成已将敌机 B 围住。对方用尽一切手段与我机周旋，试图脱离，仍被我双机缠住，逃离不得。侯团长的呼叫仍在两机驾驶舱回荡：“27，27，我是长江，听到请回答！听到请回答！不得越过战场边界！不得越过战场边界！”沉浸在战斗狂热中的谢振宇关掉通话系统，只与康延成保持一个信道通话，他激奋道：“20，今天怎么样，过瘾吧？”康延成也被他带上了头，道：“快比得上打霹雳公司新版飞行游戏了！”敌机 B 见我双机攻势凶猛，在空中占不到便宜，急向下方海面上急降高度，试图低空逃走。它的突然脱离让谢振宇与康延成差点儿撞在一起，各自瞬间惊险地做出剪刀式爬升动作脱离。康延成道：“好悬！他跑了！任务完成，撤出战斗！任务完成，撤出战斗！”谢振宇道：“住嘴！瞧，罗伯特又飞回来了！”康延成朝前方观察，真的发现敌机 A 又飞回来了：“我的天，他是回来接应自己的僚机的！”谢振宇又兴奋了：“太好了！余兆年团长时的规矩，不能两个打一个，闪开，我和他单练！这叫什么？”康延成：“‘王牌对对碰’！不对，27！我们已经完成了任务——”谢振宇已经听不清他在说什么，一拉操纵杆，飞机箭一般与康延成脱离，迎向敌机 A。敌机 A 箭一般直飞过来，从康延成机和敌机 B 之间横插过去，阻断了康延成对敌机 B 的追击，由于它的这一次冲击，敌机 B 终于可以逃脱。谢振宇恨恨道：“好小子，我放不过他！”加力向敌机 A 展开了攻击。两机又缠斗在了一起。康延成也道：“我来了！”也投入了对敌机 A 的夹击。

120 团飞控中心，侯团长在继续呼叫。值班参谋向他报告：“团长，谢振宇关闭了实时对讲系统！”侯团长气愤道：“看回来我怎么收拾他！ 20，20，康延成，听到没有，快回答！”送受话器中传来康延成的声音："长江，长江，我是20，我是20！ 20报告，不明国籍敌机两架，侵入我领海上空，一架已被驱逐！一架已被驱逐！"侯团长道："另一架呢？"康延成看一眼敌机A，回答："正在被驱逐，正在被驱逐！"侯团长又问："你们现在什么位置？快报坐标！快报坐标！是不是已经越过了战场边界？"康延成不说话了，他朝低空看一眼，发现谢振宇机正将敌机A压到海面上去。敌飞行员罗伯特果然是超一流飞行员，他在海面上做出惊人一掠，躲开谢振宇机，迅速爬升。谢振宇大叫一声："好小子！"也跟着爬升，紧追不舍。两机在广阔的空宇里，成剪刀式机动追逐状态飞行，每一次贴近和分开都极为危险：贴近时几乎要撞上，但又都能在这一瞬间闪开。康延成看出来，进入狂热状态的谢振宇对这样的惊险缠斗非常享受，他全身心投入，一次次尽可能地将飞机贴近敌机机身，每次都让敌飞行员惊出一身冷汗，不知不觉将高度向海面降低下去。康延成像小孩子看到稀罕事物一样惊喜又快乐，大叫："好！漂亮！再来一个！这要是编到霹雳公司的新游戏里，那多过瘾啊，老板就发了！"侯团长的声音继续在他耳边回响："20，20，快报坐标！快报坐标！"康延成只顾看下面这场惊心动魄的低空格斗，顾不上回答。突然，他的目光被海面上一串岛链吸引，一惊，侯团长的声音在他耳边清晰起来："快报坐标！快报坐标！"康延成脱口而出："长江，长江，我是20，已看见第一岛链！已看见第一岛链！"他说完就后悔了，回头发现余涛机和耿见林机也跟飞过来。120团飞控中心，侯团长大怒："我命令你们马上脱离，立即返航！我命令你们马上脱离，立即返航！"康延成回答："20明白！ 20明白！"侯团长又下令："通知谢振宇，马上打开通话系统！通知谢振宇，马上打开通话系统！不执行我处分他！"康延成心中想：坏了！嘴里却道："20明白！”他很生气，做了一个扇自己耳光的假动作。低空中，谢振宇和同样被激怒的敌飞行员继续进行着惊险的缠斗，耳边是康延成对他的呼叫：“长江命令我们立即返航！长江命令我们立即返航！还有，要你马上打开对讲系统！要你打开对讲系统！”谢振宇已经听不到这些呼叫了，他再次以一个极危险的动作，将敌机直接压向海面。被逼急的敌机飞行员奋勇地从海面上拉升，一个筋斗，重上蓝天。谢振宇皱眉头，他对自己非常不满意，将飞机拉起，越过了下面的第一岛链，继续紧追。余涛机和耿见林机跟飞过来，停在第一岛链我方一侧。耿见林道：“11，老谢这是要干什么？会不会出事？”余涛不说话，聚精会神地盯着低空中的缠斗，发现两机又接近了，在海面上相互翻转出一连串的筋斗。康延成又大叫起来：“漂亮！再来一个！漂亮！好！”他完全忘了他的声音正在实时传回团飞控中心。在120团飞控中心，侯团长听着他的叫喊，“啪”一声关掉通话系统，看政委，大怒：“和尚打伞——无法无天！军务参谋在哪里？”军务参谋进门：“团长！”侯团长道：“谢振宇一回来，马上请进禁闭室！还有康延成，两个都关起来！”

这一刻，缠斗仍在远海低空进行。谢振宇被敌机 A 压在机身下，他一个低飞，擦着水面闪开，激起一串浪花。趁着敌飞行员一怔，来了一个向后的筋斗，重新夺回有利位置。海面上，一群鸥鸟被惊飞。敌飞行员一边被谢振宇的攻势惊扰，一边被这群鸥鸟惊扰，急做了一个动作，飞机更低地贴着水面掠过，眼看着就要钻进海里去。谢振宇见势大叫：“好！下去！下去！钻海里去！钻呀！”一边操纵飞机压上对方机身，做危险的下降动作，逼迫敌机不得不向海面继续降低高度，终于被逼上了海面。谢振宇继续紧压不舍。耳机里康延成的声音陡然清晰起来：“27危险！不要——”谢振宇哪里听得进去，继续以狂热的态度向下压迫敌机。敌机距离海面更近了，飞行员面部呈现极为紧张的恐怖表情。谢振宇激情大叫：“下去！下去！啊啊啊啊啊——”康延成大惊失色，从他的位置上看去，貌似两机正一上一下向海水里插去，不觉大喊：“27小心！你要钻到海里去了！快拉起来！快拉起来！”同时他做了一个动作，飞机大角度插向海面。余涛机和耿见林机跟过来。耿见林叫：“11，他是疯子！怎么能这么飞！”余涛一拉操纵杆，向海面上直飞下去。耿见林大叫：“你要干什么？”一刹那间，余涛机已经飞向海面的谢振宇机和敌机A，耿见林跟飞下去。

海面上，最先下来的是康延成机，他在谢振宇机窗外一掠而过，呼叫声爆炸一般在后者耳边响起：“27！你要钻到海里去了！拉起来！快拉起来！”谢振宇无动于衷，继续压迫敌机。接着是余涛机，再次从他窗外掠过，示意他不要冒险。谢振宇一惊，望见了窗外一闪即逝的余涛机身上的编号，同一瞬间也就看到了机腹下白色的浪花，下意识地将飞机稍微拉高了一点。一直被他压在海面上的敌机A趁机加速，几乎平贴着水面急急逃窜而去。谢振宇要追过去，发现已经追不上了，耳机里再次传来康延成的喊叫：“谢振宇，团长命令，立即返航！立即返航！”他拉高机头爬升，怅然望着已经逃得看不见的敌机。康延成飞过来，和他并排飞行，仍在大叫：“27，快返航！”谢振宇一腔怒火，大叫：“我差点做到了余兆年老英雄当年做到的事！你们坏了我的好事！”他操纵飞机直向高空中的余涛机飞去。康延成大叫：“你要干什么？”谢振宇不答。已经爬升到高空的余涛和耿见林正双机并飞，耿见林忽然发现从后面追来的谢振宇机和康延成机，叫：“11，他们跟上来了！”谢振宇机贴着余涛机一掠而过。余涛大叫："老谢！"耿见林回望谢振宇机转弯，冲着余涛机飞回来，大叫："这小子是不是在挑衅？"余涛急忙一个爬升，避开直冲过来的谢振宇机。耿见林瞪眼大叫起来："他想干什么？"余涛一边调整飞机位置一边回答："不知道！这小子不会是想和我练练吧？"耿见林："他又过来了，小心！"余涛一个横滚再次闪过谢振宇机："三年没过招了，这小子近几年成了海军的空中之王，想让我看看他长进了没有！"谢振宇一个漂亮的筋斗，对余涛发起二次攻击。余涛以一连串熟练的动作摆脱，后来干脆关闭了头盔自动瞄准系统："小子，来真的了！行，来吧，你攻我守，看看你是不是多长了一个蛋！"耿见林声音响起："不要关闭头盔瞄准系统！不要关闭头盔瞄准系统！你要干什么？"余涛："别声张！"他全力回头对付谢振宇，奋力与他缠斗。二人在远海上空缠斗的实时图像已经传到了空军某团飞控中心。一名作战参谋紧张地向指挥员报告："首长，余涛机在S7E海区受到海军飞机攻击！"指挥员又惊又气，道："快联系海军，命令他的飞行员停止攻击，不然照规定给他打下来！以为我们空军是吃干饭的吗？"被谢振宇的一连串动作搞得惊慌失措的康延成也在对谢振宇呼叫："27！ 27！快退出，想犯错误也得照顾邻居！你今天这错儿可是犯大发了，别让我跟着你倒霉！我还想参加后天广州的游戏大赛呢！"机窗外，余涛机一掠而过。谢振宇机紧追过来，呼啸而去。康延成急忙将飞机拉高，叫喊："27，27，对方是余涛，空军七年的空中之王，宁蹲禁闭，不能败给他！"谢振宇哪里还顾得上回答，他紧紧咬住余涛机，余涛做什么动作他就做什么动作。在这样的缠斗里，他因敌机A逃走而生出的懊恼心情正一点点消失，内心重新被战斗的狂热所充满。余涛做横滚脱离动作，谢振宇马上跟着做同一个动作。余涛做破S机动，试图脱离，他马上也做一个同样的动作。接着两人在空中开始进行一连串剪刀式机动，这是空中动作中的贴身肉搏式缠斗，双方机翼几乎每次都要擦上，但都没有擦上。康延成的心情已经改变，大声喝彩："厉害！牛！漂亮！这是空中肉搏加心理恫吓！老谢，宁犯错误，不能丢海军的人！"又进行了一轮剪刀式对抗后，余涛发现他对谢振宇的动作之快越来越不适应，突然做一个拿手的破S机动加横滚，结束了长达数分钟的剪刀式对抗飞行。谢振宇立即做一个极危险的空中筋斗，擦着余涛机身一掠而过。余涛忍不住大叫："小子，太危险了！"他迅速爬高，回望谢振宇机，发现对方已占据了对他的尾攻位置，开始头盔瞄准和锁定，他要脱离，并想重新打开头盔瞄准系统，就是这一走神的工夫，他发现舱内红灯亮起，这意味着自己被锁定。回头，谢机已从他机翼边掠过，并对他做了一个得胜的手势。

余涛生气地看着谢机和康延成机脱离、远去。耿见林飞过来和他并排飞行，震惊道："11，你让那小子给锁定了？"余涛气恼地盯着远方空域，半晌才开口："还甭说，这小子真是长进了！返航！"耿见林道："这件事不能就这样了！这小子太混蛋了！"余涛想了想却说："算了。"虽然他这么想，但是两机落地，二人刚刚走下飞机，一名作战参谋就开车驶来，要余涛跟他走一遭："值班首长要我们调查海军飞行员在S7E海区对你发起挑衅的严重事件，写出详细报告，要求海军严肃处理！"余涛道："赵参谋，这件事不要查了！"耿见林反对："不查怎么行？谢疯子今天干出这种事来，要不是你沉着应对，将他锁定，空军这人就丢大了！"余涛道："是谢振宇锁定了我……赵参谋，一定要这样吗？"作战参谋道："对！"余涛想了想道："好吧，我跟你走，直接向首长反映我的意见！"耿见林道："我也跟你去，我是见证人！谢振宇今天明目张胆地向余涛发起挑衅！不好好修理这小子，以后还以为我们空军无人呢！”他没得到同意就和余涛一起上了车。车子刚刚开行，余涛又道：“等等！”余涛问作战参谋：“海军最近是不是有大事发生？”作战参谋想了想道：“刚刚接到通报，中国第一艘航母平台出海试验试航了！”余涛心中大动，道：“还有什么？”作战参谋道：“海军要成立航母舰载机试验试飞大队，已经在空军选人了！”耿见林和余涛对视。耿见林想到了什么，大叫：“我的天！”余涛却仍旧平静，道：“走吧！”

海航120团团长办公室里，侯团长走来走去，仍然怒不可遏。电话铃响起。他一步过去，抓起电话，道：“快报告情况！关进去了？很好！他说什么……锁定的是余涛？真的假的！真的！下一步怎么办？”他的声音忽然响亮起来，其间夹杂着兴奋：“要是真的，情况就不同了！”这时另一部电话响起来，“你等等！”他拿起另一部电话听筒，“空军又不要求我们处理谢振宇了？我已经明白了你还不明白！余涛是空军七年的空中之王，王牌中的王牌，这要是一处分，事情就得公布，谢振宇就出了大名……这小子处心积虑……等等，我记一下。”他拿笔边听边记，嘴里在复述，“海军通知，全军现役飞行员一律停止调动、转业、复员、停飞。”猛醒，“什么情况？”电话那一端道：“那件我们盼了多少年的事，开始了！”侯团长激动起来，连嗓音都颤抖了：“这么说，让我们赶上了？是！执行命令！再见！”他终于放下了电话。另一支被他撂在一边的电话听筒里响起军务参谋的声音：“团长，谢振宇下一步怎么处理？”侯团长拿起听筒：“怎么处理……你先跟他谈……你谈怎么不成？就说代表我！现在不处分他，不等于以后不处分了！这叫帽子拿在手中，随时可以给他戴上！就这么说！还关不关？不关了，让他回去反省，写检讨，过不了我这一关就一直写！”放下电话，他情不自禁，手舞足蹈起来：“这小子居然锁定了余涛！给120团长了脸！这是历史性的荣誉，应当记入团史！本团飞行员谢振宇打败了空军的空王余涛！”这时他已经完全不生气了。

南海海滨，海航10团飞控中心窗前，10团团长张强和中航歼-15总工程师梁良及几名工程技术人员居高临下地望着下方机场上的两架歼-15样机缓缓出库。梁良看一眼张团长，道：“能介绍一下主试飞员吗？”张强道：“秦大地，中国海军第一功勋飞行员。他的僚机吴强，特级飞行员，今天为秦大地伴飞。”梁良不说话了，秦大地这个名字他没听说过，过去他们只和空军的试飞员打交道。但是张强也没有再作解释。

10团机场上，秦大地、吴强全副飞行装具，也在注视着正在出库的歼-15。张团长的呼叫声在秦大地耳边响起：“01！ 01！我是南海。”秦大地回答：“01收到，南海请指示！”张强：“有关这款新机的资料都熟悉了？”秦大地：“昨天熟悉过了。”张强：“重复一下任务。主要是实测这款新战机的技战术性能。海军装备部门特别强调，这是最后一次C类项目试飞，他们非常期待和尊重你的意见。今天主要是你飞，技术动作自选，强子升空伴飞。”秦大地和吴强对视一眼，两人同时回答：“是！”张强：“可以开始了！”秦大地吴强：“是！”二人大步走向在起飞位置上停下并脱离牵引车的飞机。秦大地没有马上升舱，他破例走向飞机尾部，查看那里的尾钩。虽然表情似乎没有改变，但跟着走过来的吴强却在这一瞬间看出了他内心的震动，疑惑道：“我们又没有航母，新机怎么设计了尾钩？”他忽然想起什么，大叫一声：“大地！”秦大地仍旧平静：“喊什么？”吴强道：“我怎么不能喊？

航母舰载机才有尾钩！今天我们测试的可能是中国第一款航母舰载机！”没想到秦大地却改变了话题：“腰怎么样？”吴强勃然变色：“你想干什么？”秦大地：“不干什么！”吴强：“不干什么你这么问？好事就要来了，我吴强什么事也没有！”秦大地看出他真生气了，道：“好了，生什么气？我就是关心一下。”吴强余怒未息：“登不登机？”秦大地：“登机！”二人登机，秦大地起飞，吴强跟着升空。两个人开始在座舱内感受新机的操纵舒适度和灵活性。而在10团飞控中心里，望着两架歼-15起飞，一名年轻的工程师激动地叫道：“我们的飞鲨！飞起来了！”梁良回头瞅他一眼道：“安静！”这句话说得不重，但大家都感受到了，他自己心中就难以平静。海空中，秦大地和吴强已升起试飞高度。秦大地问：“感觉如何？”吴强兴奋道：“非常好，出奇地好。很舒适。”秦大地道：“很舒适是有原因的。”边说边扳动通话开关，发出呼叫：“南海，南海，01准备完毕，请求开始！”张团长立即回答：“我是南海，检查飞机状态！检查飞机状态！”秦大地：“明白！”他再一次查看飞机仪表：“飞机状态检查完毕，一切正常！”张团长：“开始！”秦大地：“01明白！”边回答他边对并飞的吴强竖起大拇指。吴强在自己的飞机中竖起大拇指，表示明白。秦大地拉操纵杆，飞机急做一个破S飞行动作，从高空加力，近乎垂直插向海面。吴强一惊，不觉喊出了声：“大地，什么动作！”他没有得到回答，紧跟着向海面俯冲下去。守在10团飞控中心的张团长及梁良等人则全神贯注地关注着实时传回的试飞画面。海空中，他们注意到秦大地明显在继续给歼-15加力，机头以极快速度向海面上插去。海面越来越近，已经可以看到海面上的波纹，波纹又渐渐变成更为清晰的波浪。梁良身边的年轻工程师忍不住大叫：“什么动作？太危险了！他要干什么？”张团长看他一眼，空气仿佛凝固了，室内所有工程技术人员都悄然变色。从飞机上传回来的画面继续显示海面波浪消失，屏幕上显示出蓝色的一片，飞机仍在急速下降。刚才叫喊的年轻工程师猛地闭上眼睛，不敢再看下去了。屏幕上，就在飞机几乎和海面的蓝色无限接近的一瞬间，机头一个转弯，擦着海面腾空而起，直上蓝天。飞控中心发出一阵惊呼："哇！"年轻工程师睁眼看到了这一瞬间，猛地扑向身边一同事，和后者拥抱起来。在他前面，梁良也激动道："张团长，这名试飞员抗过载能力太强了，角度这么小的一个加力俯冲加爬升，他扛住了！"张团长纠正他道："梁总，这不叫加力俯冲，这叫鹞式飞行！"年轻工程师仍在震惊中，喊："这么大的加速度加位移，飞机要是不行，会立马解体！"梁良回头，激烈地拦住了他的话头："可我们的飞机扛住了！"没有人再说什么，所有的人目光重新投回到屏幕上去。张团长再次呼叫："01，01，你表现极好！可以做第二个动作吗？如果感觉疲劳，可以返航，明天继续！"飞控中心一时间静极了，所有人都在等待秦大地回答。海空中，秦大地和吴强恢复并飞。张团长的呼叫声在机舱内回荡。吴强看秦大地，竖大拇指表示佩服，又用中指弯成一个问号。秦大地竖起大拇指回答他，同时回答张团长："我是01，可以再做一个动作！可以再做一个动作！"秦大地的回答及时传回到飞控中心。梁良猛回头望向张团长，喉结在颤动："下面他要做什么动作？"张团长："秦团自己知道该做什么动作！"年轻工程师再次开口："我有点受不了！"梁良严厉地盯他一眼："受不了出去！"年轻工程师脸红，打开门冲出去。张团长重新呼叫："01，我是南海，做完下一个动作立即返航了！做完下一个动作立即返航！"海空中，秦大地一边回答："01明白！"一边对吴强竖起大拇指，飞机一个漂亮的俯冲，再次加力高速飞向海面。吴强皱眉表示不解，但仍然跟飞下去。飞控中心内，所有人员再次紧张地盯向监视器屏幕。屏幕上，秦大地飞机又从高空中急速向海面上飞下来，突然在贴近海面的地方变换了一个角度，开始做水平超低空飞行。众人中有人再次发出惊呼："哎哟！"梁良已经看出来了："这个试飞员非常有经验，更重要的是他非常老到，就这一个动作，他就测出了飞机的灵活性。"一名中年工程师大声发表看法："我们的飞机好样的，它扛住了，它非常灵巧！"张团长皱紧眉头道："扛不住就坏了！不要光考虑飞机，人是最宝贵的！"众人突然间都不好意思了，不再说话，只盯着屏幕上传回的画面。年轻工程师又悄悄推门走进来，目光再次投向监视器屏幕。屏幕上，秦大地的飞机正掠着浪尖平飞，它飞得那么低，一波波的浪花似乎可以溅上机身。海面上波涛起伏，飞机却飞得极为平稳。忽然，吴强提醒秦大地的声音响起："01，01，02提醒注意安全高度！注意安全高度！"秦大地的回答镇静而简短："01明白！"年轻工程师又急了，大声气愤道："飞得太低！实战不需要飞这么低！他在炫耀飞行技巧！出了事谁负责！"张团长这时看了梁良一眼。梁良生气了，对年轻工程师道："喊什么！安静！"年轻工程师猛地感到了羞愧，不再说话。众人继续紧盯住监视器屏幕。那里，秦大地仍在浪尖上做水平高速飞行。无数浪花在机身下飞溅。涌动不息的波浪本身也似乎要将它吞没。突然，他做了一个反扣机身的动作，继续水平飞行。飞控中心里，除了张团长，所有人都不觉失声："啊！"张团长脸色铁青，明显看出他也紧张了。梁良清癯的脸上，一侧的肌肉开始跳动，神情极度不安。监视器屏幕上，反转机身后机腹向上的歼-15继续在海面和波浪中飞行。飞机飞得十分平稳，但在海面波浪的反衬下，却好像在上下起伏，随时可能落进海里。年轻工程师又忍不住了，再次捂住脸跑出去。张团长回头："大家别紧张！试飞员正在测试飞机的技术稳定性值不值得信赖！对我们来说，飞机的技术可靠性不但直接关系到人的生死存亡，更重要的是它关系到国家的安全！"海面上，秦大地继续做反扣机身飞行。这种姿态让他的头部朝下，和海浪离得极近。如果这时有人能够近距离看到他半裹在头盔的面部，一定能从他极为平静的表情里感受到一种以娴熟的技术和卓越的心理自控力为基础的强大力量。越是到了这种时刻，这种力量就越显得强大。飞行在延续，仿佛他要一直这样飞下去，又似乎他非常享受这样的巅峰时刻。10团飞控中心里，所有人的表情都僵在那里，没有任何声响，甚至不能听到呼吸。良久，张团长终于发声："秦团，可以了！返航吧！"这次是梁良自己转身冲出门外，发现年轻工程师正在哭泣。梁良眼圈红红地拥抱了他，激动道："别哭了！成功了！我们的宝贝是好样的！它今天经受住了出生以来最严苛的考验！结果比预期还要好！"张团长跟着走出，他的心情仍没从刚才这场惊心动魄的试飞中缓过来。梁良上前道："张团，这位试飞员太了不起了！他是真正的行家！就他这几个动作，万一飞机不行，他和飞机都会……他在试飞时根本没考虑过这是一款新机，存在着巨大的不确定性！我们要报告海军，为这样优秀的、不怕牺牲的试飞员请功！没有他今天的试飞，连我们自己都不敢相信造出了性能如此卓异的飞机！我们想见他！"张团长道："按规定这是不允许的。试飞员最后写出的报告将直接关系到海军采购不采购这款飞机！"梁良道："我们什么也不做，就是见见，当面对他道一声谢！"张团长迟疑了一下才道："等会儿我去机场迎接他们返航，试试行不行！但我自己不乐观！"

南海上空，秦大地和吴强一边双机升空，一边在通话。吴强："01，刚才你两次向海面俯冲，速度那么快，什么技术？"秦大地："鹞式飞行。"吴强："过去从没有看你这么飞过！"秦大地："那是没有机会，再说它也不在我们的飞行条令里。现行的我军飞行条令里只有隼式飞行。"吴强不解："飞行条令里没有你怎么能飞出来？"秦大地："当年有人飞过。"吴强追根究底："谁？"秦大地："余兆年团长，还有，吴惊天也飞过。"吴强："为什么飞行条令里没有鹞式飞行？"秦大地："因为没这个需要。"他没说完的话吴强已经听出来了，那就是危险。"大地，我也想飞一下这个动作！"秦大地一惊。吴强又道："快报告团长，让我也这样飞一下，我心里就没病了！"秦大地扭头看了他一眼，想了想，果断地和飞控中心通话："南海南海，我是01，02要求飞一个动作！请指示！ 02要求飞一个动作！请指示！"他的声音在飞控中心回响。众人吃惊。年轻工程师又要喊了："还要飞？"张团长回答："02，02，今天没有你的试飞计划！今天没有你的试飞计划！"吴强回答："南海，南海，02能在保证安全的前提下，完成这个动作！"张团长沉吟了一瞬："01，你的意见！"秦大地回答："01相信02，02能够完成任何一项规定动作！"张团长："好吧，02自选一个规定动作，开始！"海空中，吴强心花怒放，突然一个破S飞行离开，做了一连串花哨的动作：横滚、侧飞、蛇形机动，然后飞机突然加力直插海面。飞控中心里，所有的人望着屏幕，神情重新紧张起来。年轻工程师不放心地看张团长，有点结巴："张团，你们的飞行员都……都……都这么厉害吗？"没有人回答。屏幕上，吴强机在无限接近海面的同时突然拉升，直上重霄。所有的人都长长地吐出一口气。只有张团长一个人神情平静，对送受话器道："01，02，可以了，返航！"

10团机场，秦大地和吴强一前一后从停稳的飞机上走下来。

二人相视，秦大地难得地现出了一个笑容。吴强敏感道："笑什么你？"秦大地不说话。张团长已经开车过来，下车上前向秦大地敬礼。秦大地还礼。张强："秦团，中航公司的总工和他的团队想见见你一下，你觉得怎么样，能见吗？"秦大地一怔，神情严肃起来："这不行。规定就是规定，我是试飞员，不能和他们直接接触。"张团长："强子，你回避一下。"吴强看二人，想到了什么。张团长再次示意他回避，吴强道："有好事不要忘了我！"他边说边走向前方的摆渡车。张团长对秦大地道："秦团，是这样。你的事师里已经报到海军，本以为不会再出岔子了，可是出了新情况。"秦大地避开他的注视，道："什么新情况？""昨天海军来了通知，现役飞行员一律停止调动、转业、复员、停飞！还有，海军舰载机试飞员选调办的陶主任要来。"神情一直不动如山的秦大地忽然下意识朝远处的家属楼望了一眼。张团长："你一定猜到了会发生什么事。要是这次你还是走不了……师父，我都不知道该说什么好了。"秦大地脸上并没有太多的反应，只是说："没别的事情了？"张团长："没了。"秦大地："我走了！"他向张团长举手敬礼，对方还礼。秦大地走向摆渡车。张团长再次开口："秦团——"秦大地站住了，却不回头："我会很快写出试飞意见报给你。"张团长点头，看他上摆渡车。摆渡车走远，这位年轻的飞行团长的眼睛突然湿润了。

行驶中的摆渡车上，吴强凑到秦大地身边来，紧张地看着他道："团长说什么了？"秦大地不说话。吴强激动起来："我知道你们说了什么。反正有一条，只要有你，就得有我！"秦大地将目光转向窗外，棱角分明的脸上仍旧保持着不动如山的镇静。没人知道他内心中正在升起一种百感交集式的激动。摆渡车继续前行，他内心的激动也越来越强烈。

张团长回到飞控中心，送梁良等人上车，最后才说：“对不起，我做了工作，可是不行。他是对的，试飞员不能与利益相关方见面。”梁良觉得遗憾：“不过我们理解。请再告诉我一遍飞行员的姓名！”张团长：“秦大地，我们团的老团长，也是我的师父，现在是团里的教练团长。试飞意见我们会很快报上去。再见。”梁良：“秦大地，我们会记住这个名字。如果这款新机真能成功，其中有他一份很大的功劳。张团再见！”张强目送他们上车离去。这时，电话铃响起，他走回来接电话：“是我。陶主任你好……今天就飞过来，这么急……好吧，我去接你！”电话里是陶斯勇的声音：“你要做点工作，跟大地先通个气儿，衣总指挥要他马上到北京来见自己，然后就上任！”张团长一直沉默地站着。陶斯勇：“你怎么了？”张强：“没什么，我们等你，再见。”他放下电话，望着远方的目光变得忧郁，突然出声：“为什么都是他？为什么不能是别人？”

第二章

午饭已经吃过，秦大地把秦熠抱回到轮椅上，推回房间，走出来，望着窗外。乌晓正在收拾餐器，回看了他一眼，警觉道："你怎么了？"秦大地："没什么。"乌晓已经意识到了什么，道："你不会又要变卦吧？"秦大地回头看她一眼，欲言又止："乌晓，要是万一——"他没有说完，门铃就响了。乌晓走去开门，原来是吴强的爱人小魏。小魏看了一眼二人，笑道："秦大哥，嫂子，我来了，你们俩可以走了。"秦大地站起道："小魏，真不好意思。你家里也有孩子。"小魏："我婆婆看着呢，我调个班容易，你们有事，走吧。"乌晓也不说话，换了衣服，提上书包就走。秦大地叫："乌晓！"乌晓不理他，努力对小魏现出一个笑容，却不成功："小魏，我走了！"秦大地一动不动站着。小魏看出点什么来了，去敲秦熠的门，喊："秦熠，魏阿姨来了！"她没有得到回答就推门走进去，并立即从里面关上了门。乌晓走到门外又转身走回来，双手用力将秦大地推进卧室，"砰"一声关上门。秦大地低声道："你干什么，几点了，还不走！"乌晓情绪激动，低声颤抖道："秦大地，你今天不跟我说清楚，我跟你没玩！"秦大地用力抓住她两只手："干什么你，你可是知识分子，不是泼妇！"乌晓："我今天就不做知识分子了，我就是泼妇！别看我们做了这么多年夫妻，你这次要是敢说了不算，我就跟你离婚！"秦大地低声吼道："别闹了！秦熠的事要马上解决！"乌晓住了手问："怎么解决？"秦大地："你不是说山西有个神医能治他的病吗？以前我不同意去，现在我同意了！""你是真的？""我什么时候说话不是真的！"乌晓怔了怔，甩开他的手，转身开门走出，一直走出家门，关门时弄出很大一声响，下楼离开。秦大地吐出一口气，让自己镇静，居然发现眼角有一滴泪，他气愤地抹掉，看表，急急走出卧室，提起教学提囊出门。

电话铃就在这时响起来。他走回来接电话："啊，是我。"电话那一端道："秦团，团长让我问一下试飞报告。"秦大地让自己平静："我写完了。现在就交上去。""我来取吧。"秦大地想了想道："两点钟我有课，你到那里取。再见。"他放下电话，站了一瞬间，让力量重新回到身上，这才大步走出家门，跑步下楼。

这天上午，八点还不到，空战教练室内，等待上课的一众新飞行员正七嘴八舌地议论秦大地。有人敲桌子："肃静！有谁知道秦大地老前辈的光荣历史？我当年高考所以报海航飞行学院，就出于对他的崇拜！"又一名新飞行员拍桌子："打住！好像你和秦团是表兄弟似的，真知道假知道？"众人起哄："真知道就说道说道！"第一个发声的再敲桌子："别吵！过去十年间，秦团不仅完成了所有任务，在黄海、东海、南海海域各种对抗中赢下了所有对手，还作为特级试飞员试飞了海军装备的每一款新型战斗机。当然这些大家都知道！"众人发出嘘声，有人吹口哨，讥讽他净说些众所周知的事情。这一位并不认输，加大嗓音压住众人嚣叫道："我再说件事，你们一定不知道！在当今海航现役飞行员中，只有一个人保持着连续摔三架飞机仍然活着并且仍在飞行的纪录，这个人就是秦团！”又一名新飞行员站起来嚷嚷：“摔过三架飞机算什么纪录！”前面那一位道：“外行了不是！飞行是充满挑战的事业，再好的飞机都有故障率，重要的是一旦出事故，你在生死一瞬间的表现。秦团三次经历空中停车，每次到了千钧一发，都能神奇地让飞机平安迫降，尤其是第三次，他居然能成功地把飞机迫降到了海上，七天七夜才被找到，死里逃生，简直是一部励志大片！”第二个开口的佩服道：“摔飞机和把故障飞机平安迫降可不一样！了不起，秦团是大英雄！”他的话让第一位得意起来：“还没完呢！知道他在咱们10团打败了谁才成了空中之王？海军航空兵组建以后最具传奇色彩的老牌空王之一吴惊天老前辈！吴惊天谁听说过？如果说海航历史上有过一个人能和他比，就是我们团更老的空中之王余兆年，余大师！”第三个发言的仍不买账，道：“哎，你把秦团说得太玄乎了，我可听说最近三年海航的空王不是10团的，此人叫谢振宇，一直在向秦团挑战，秦团却一直回避。他都三年不参加空中对抗竞赛了，已经不能算是空王了！”第一位和他吵：“谢振宇？听说过。但是照老规矩，他只能在正式竞赛中打败秦团后才能加冕为新一代空王，这一仗不打不能算数！”第三位替谢振宇抱屈道：“秦团老不应战，人家怎么打败他？”上课铃声急骤响起。众人回座位上坐好。秦大地走进来，走上讲台。值班员喊：“起立！”全体起立。秦大地向全体学员敬礼：“请坐下。”值班员：“坐下！”全体坐下。

秦大地环顾众人，道：“讲课前我们先认识一下。秦大地。军龄二十六年，教练团长。自我介绍完毕，有问题吗？”刚才还在嚷嚷的第一位新飞行员举手。秦大地：“讲！”后者起立：“秦团你好。我是你的粉丝。有关你的一切我都想知道。第一，你刚才的自我介绍太简略，没有满足我的好奇心，譬如你的家庭和爱情经历；第二，作为一名具有传奇色彩的功勋飞行员，最近三年内你不再参加任何竞赛，是觉得自己成了东方不败，还是年迈体衰，竞技水平下降，为保住已有的荣誉聪明地选择了隐退？我的问题完了！谢谢！”他坐下。教练室内响起一阵轻轻的笑声。秦大地脸上仍旧没有笑容，道：“第一个问题，我的家庭和爱情经历无可奉告。第二个问题我可以稍微回答两句。”教练室里响起期待的掌声。秦大地示意掌声停止，道：“谢谢。首先我不是东方不败。这个世界上没有永远不会失败的人，这也正是我想在今天这一课里告诉大家的。人类梦想自己能够飞翔，从远古就开始了，进入今天的时代，各种飞行器安全系数越来越高，但以我二十余年的飞行经历论，这一行仍是对人类生命能力的终极挑战，因此只能是勇敢者的事业！”又有一名新飞行员举手。秦大地因自己的话被打断皱眉，道：“起立，你有什么问题？”新飞行员起立：“前辈刚才把飞行看成是对人类能力的终极挑战，请问前辈自己怎么理解这种挑战！”秦大地看他一眼，道：“请坐。这个问题已经靠近我们的专业。我的理解是，既然是挑战，就不会有百分之百的成功，因此包括我在内，每个人从选择飞行作为职业那天起，就要随时准备为你的选择付出代价。还有问题吗？”提问者再次举手：“有！前辈说的代价，就是死亡。前辈是不是要说，当我们选择飞行的同时就要做好死亡的准备！”秦大地这次没有再让他起立，直接回答：“飞行器是人造的，人不是上帝，造的东西总不可能达到尽善尽美，所以死亡对于飞行员来说就成了一种超越人类生命极限的光荣。不这样理解飞行，我建议你现在就退出这间教室。”一瞬间没有人再说话。第一个提问的新飞行员又想起了什么，再次举手，直接发问：“前辈没有回答为什么近三年内不参与任何空中竞赛。”秦大地不再看他，只简单回答了一句，就进入了正题：“这个问题无可奉告。现在开始上课。课目：空战。今天我从基本技术层面讲起。”众人哗哗地翻开了教材。

秦大地家里，小魏正在厅里帮秦熠倒水。从秦熠房间里，忽然传出一声闷响。小魏大惊，丢下手中的东西奔进去。很快，秦熠房间里就传出一声叫喊：“秦熠！——快来人呀，秦熠又休克了！……”只用了短短20分钟，一路鸣笛的救护车就已载着昏迷不醒的秦熠驶进市郊某海军医院，在门诊大楼前停下。众医生护士从车中拉出担架，七手八脚地将病人推进大楼。接着又有一辆军用越野车飞奔过来，司机车还没停稳，吴强就推开门跳下来，开口就埋怨站在门前等他的妻子：“你怎么回事儿？让你帮看一会儿孩子就这样了？大地、乌晓都在什么地方？”小魏两眼是泪：“开始还好好的！秦大哥还不知道！嫂子也不在家！”吴强大声道：“你还不快打电话给乌晓？我去招呼大地！车！”刚刚开到停车位的军用越野车又开回来，吴强跳上去，喊：“走！”车子立马又箭一般地驶出去。此时的医院门诊部大楼内，院长刘本立已顺着走廊急匆匆走来，一边询问身边一位女医生：“什么情况？”女医生道：“病人家属说孩子生下来就脑瘫，近来接连发生休克。”小魏已经跟上来，叫：“院长，快救孩子！”刘本立看小魏：“你的孩子？”小魏道：“不是，孩子叫秦熠，他父亲是秦大地！”刘本立：“原来是秦熠！他爹妈呢？”不等小魏回答他又马上对身边的医生护士下令：“马上急救！”边说他和女医生边推门走进急救室。小魏留在外面打电话，哭起来：“嫂子，是我。出事了，你快回来吧！”此时刚刚走进市内某科研所大楼的乌晓脸都黑了，边接电话边从楼门里奔出，对电话那一端的小魏喊：“你别急，我马上就来！”她向街边跑过去，伸手招呼出租车。

10团营区内，吴强带车飞驰而来，停在教练室门外。吴强边跳车边对司机道："不要熄火，接上人马上走！"司机点头。吴强大步冲向教练室，一把拉开门闯进去，朝讲台上看。秦大地正在上课。吴强开门的声音惊动了所有人。秦大地已经看到了他，一惊，眉头皱起。吴强着急地对他示意。秦大地生气道："我正在上课，只要天没塌下来，就课后再说！"他不再理吴强，回身在黑板上画出几道不同角度的转弯半径。"下面我讲转弯机动的战术运用。有一点大家都清楚。转弯时飞机的机翼与地面所成的角度越大，转弯半径就越小，而在空战中，转弯半径的大小很可能就在一瞬间内决定你的生死。"教练室门外，越野车发动机在轰鸣，司机保持着随时一脚油门就能蹿出去的姿态，看到重新从教练室冲出来的吴强，问他："老吴！人呢？"吴强围着车愤怒地转圈子，道："等一会儿！"

下课铃声终于响起。台下疯狂记笔记的新飞行员都抬起头，看着讲台上的秦大地。秦大地面不改色："今天就讲到这里。下课！"值班员喊："起立！"众人起立。秦大地收拾讲义，敬礼，走下讲台，一直走到门前，又站住。众飞行员再次看他。发现他重新走上了讲台，看大家道："请坐下。刚才我有点走神。有段要紧的话没讲。"众人重新坐下，室内恢复安静。秦大地道："我刚才讲到转弯，有个经验一定要告诉大家，一般最适合缠斗的高度在4000英尺。我跟一位美国王牌飞行员交流过，他同意我的看法。我讲完了，谢谢。"值班员再喊："起立！"秦大地匆匆敬礼，几步冲出教练室。众飞行员吃惊，七嘴八舌道："怎么了？""发生了什么事？"

一条两旁椰风习习的海滨公路上，军用越野车正在急驰。吴强愤怒地扭脸向着窗外，不理秦大地。秦大地看表，瞅他一眼，道："不就是耽误了两分钟嘛，你干什么！"吴强怒："不要跟我说话！你没资格！就两分钟，你知道有时候两分钟——"他忽然放弃了和秦大地争吵，"算了！不跟你说了！你算什么爹！"一时间两人都不说话，因为前面塞车，车子被迫停下。秦大地站起，朝前面望。司机道："秦团，点儿不对，怕有两公里长！"秦大地着急起来："开车门！"吴强一惊："你要干什么！"秦大地："我跑步过去！"司机犹豫地看吴强一眼。吴强气不打一处来："这会儿知道着急了，要是早两分钟——"秦大地爆炸般大喝一声："开车门！"司机急忙将车门打开。秦大地大步下车，从车缝间跑向人行道，引起一片笛鸣。吴强跟着跑下来，追上秦大地，再次引起一片笛鸣。

海军医院门诊楼前，一辆出租车也停了下来。乌晓急急下车，往大门里跑。秦大地和吴强跑步过来。吴强一眼看到乌晓，叫："大地，嫂子！"乌晓听到了这一声喊，回头看到秦大地，身子一下就软了。秦大地三步并作两步奔过来抱住她。乌晓开口要对丈夫说什么，没说出来，却爆发出了一声呜咽。她接着猛地推开他，大叫："你走！你没有儿子！"她恢复了力量，跑进门诊部大楼里去。秦大地铁青着脸，什么也没说，跟着跑进去。吴强也急急跟进去。急救室门外，一直在等待的小魏迎上来："嫂子，秦大哥，你们可来了！"乌晓声音颤抖："孩子怎么样了？"小魏道："嫂子别急，进去一个钟头了，刘院长和医生都在里面。不让人进去。"秦大地要推门进去，乌晓回头怨恨地看他，两眼是泪道："都进去一个钟头了！这回我特别害怕！"她身子又软下来，秦大地再次上前扶住她，厉声道："你站直了！"吴强心里难过，瞅妻子一眼，两人退到一边去。秦大地像是安慰妻子，也像是在安慰自己，道："不会有事的！又不是第一次……会过去的！"这时急救室门开了，刘本立带女医生及一众医生护士走出。乌晓又有了力量，推开秦大地迎上去：“院长，孩子怎么样了！他还……活着吗？”刘本立看她，又看秦大地：“你们别着急！孩子醒过来了。方才我们在里面多待了一会儿，是要对他进行全面体检。”秦大地失声叫道：“怎么样！”刘本立：“没新的情况。这会儿没事儿人一样，要我给他找书看呢。”秦大地夫妇不觉对视一眼，乌晓大口喘气，回头和小魏抱在一起，眼泪也流下来。秦大地一颗高悬的心落下来：“谢谢院长。”刘本立道：“秦团，让孩子留下观察一天。现在我不跟你们谈，先进去看看孩子吧。”他边说边带医生护士离去。

秦大地伸手要推急救室门，又停住，回看妻子。这一刻，他意识自己和乌晓都需要恢复镇静。乌晓会意地对他点了一下头。二人都缓了口气，才推门急急走进去。吴强要跟进去，小魏在身后拉了一把。吴强醒悟，站住，眼睛却湿了。小魏终于有机会瞪他一眼。吴强道：“这可怎么办？这样下去就会毁了大地。马上就有大事需要他。”他立即意识到自己失言了，看一眼妻子，没有再说下去。

急救室内，秦熠躺在病床上，用聪明的目光望着急急走进来的父母，神情平静。虽然从小就是个病孩子，但病残的是身体，他的智力发育却比一般孩子还要好，一言以蔽之，他是个天生的神童。乌晓冲过来一把抱住他，流泪道：“秦熠！”秦熠道：“娘，打住！”他这声娘让室内的空气里有了戏谑的味道，乌晓破涕为笑：“都病成这样了，还知道调皮！”秦大地和儿子对视。孩子的平静让进来时还焦虑万分的他迅速平静下来。秦熠道：“爹也来了。”他和秦大地说话的腔调里有了更多的戏谑。秦大地不觉接受了这种父子间对话时惯常的口吻：“你都来了，我能不来吗？”秦熠：“我又成功地把你们吓了个半死？”乌晓心里的力量又恢复了，拭去泪花道："儿子，这次你可没成功。"秦熠看秦大地："那就吓住老爹了，老爹尿裤子了！"秦大地努力现出笑容，道："连你妈都没吓住，还能吓住我？"夫妻俩在病床边坐下，一人握住孩子一只手。秦熠道："两位老同志，好像没事儿了，咱们回家吧？"秦大地心中忽然快乐起来，看妻子一眼。乌晓点头。秦大地站起道："我去见刘院长。"秦熠高兴："老爸万岁！"他看着父亲走出去，神秘地看乌晓一眼："娘，你知道这回因为啥？"乌晓看他："你在说什么？"秦熠神神秘秘道："老爸不会转业了，我们一家也不会离开海军。"乌晓目光严厉起来："你胡说什么？"秦熠："娘，透露给你一个消息，今早上你们走后我在网上看到一则消息。中国要有航母了！"乌晓正给他倒水，手中的纸杯子"啪"一声落在地下："你说什么？中国要有航母了？"秦熠："你怎么了？"乌晓怔了一阵子才弯腰去捡纸杯子，有好大一阵子没有再站起来。秦熠："娘，这一回是你扛不住了！"乌晓站起来道："谁说的！"虽然如此，她做事的手还是颤抖起来。

二楼院长办公室内，秦大地在刘本立对面坐下又站起，避开对方的目光，道："刘院长，你是名医，我一定要知道，孩子继续这么下去有没有生命危险。"刘本立看他道："秦团，我明白你担心什么，秦熠也是我看着长大的，跟我自己的儿子一样。我不是脑瘫专家，只能就休克论休克……休克本身随时都可能导致发生心力衰竭、急性呼吸衰竭、急性肾功能衰竭、脑功能障碍和急性肝功能衰竭，如果抢救不及时……但休克和脑瘫是什么关系，孩子为什么会突然休克，我完全不清楚。为了秦熠我曾经查过国内外主要的医学文献库，也没有这方面的记载。"看秦大地沉默下来，他接着说下去："秦团，你不要难过——"秦大地蓦然抬头打断了他的话，可以看出他原来是不想说的，但到了这会儿不想说也要说了：“院长，乌晓的同事告诉她一个地方，有一个人是神医，能治孩子的病！”刘本立震惊道：“秦团，你怎么了，不相信科学，也开始信什么神医了？……不过倒真有一个人，就在国内，我一直想告诉你，但事情多就忘了！”秦大地脱口而出：“她是不是在山西？”刘本立又吃惊了：“你怎么知道？”“她叫申一，是位女大夫！”“对对，就是她！我的老同学，现在山西一家山区医院工作。医院不大，但是近年来因为申大夫治疗好了不少疑难杂症，很有点名气……申一大夫年轻时就研究脑瘫治疗，几十年了，并不顺利。但我想，一个人用几十年时间研究一种病，说不定真会出现奇迹！”秦大地难以抑制激动道：“太好了！现在就把申大夫的地址和联系方式给我。”刘本立道：“我还真没有她的电话。这个人年轻时受过挫折，脾气怪，不合群，不过地址我有。你要是真想带孩子去碰碰运气，我支持。”他匆匆写了一个纸条递过来，“就照这个地址去找她。”秦大地看了一眼，将纸条收起来：“谢谢！我这就去办出院手续！”

黄昏的北方海滨，巨浪拍击礁石，发出巨大轰鸣，浪花飞溅。在一处完全不适合钓鱼的礁石丛里，坐着半老的吴惊天。他在这里钓鱼。夕阳西下。他的身影瘦削、苍老、孤独，却又在孤独中显出了某种抹不去的强硬与执着。

谢振宇全套山地自行车越野运动员的装备，疾驶而来，远远地停住，取下两瓶酒，提着走向了海边的吴惊天。后者回头看他。谢振宇站住，恭敬道：“老师。”吴惊天道：“你来了。又拿酒，我不要你的酒！坐下。”谢振宇走过来，却没有马上坐下，他在看面前的海。吴惊天道：“知道我为什么打电话给你？”谢振宇道：“还真没想起来，老师一般是不打电话让学生来看你的。”吴惊天道：

“谁让你来看我。我是看了你昨天的飞行记录，才让你过来的。”谢振宇心中一惊：“老师——！”吴惊天道：“中央电视台公开报道了我国第一艘航母平台出海试验试航的消息，你不激动？”谢振宇没说话。吴惊天道：“知道是谁让我看了你的飞行记录？”谢振宇摇头道：“不知道。”吴惊天道：“你应当知道！”谢振宇还是摇头。吴惊天道：“不知道就算了。我问你，是不是把我和余兆年老前辈以前进行空中对决的资料和录像全看过了？”谢振宇笑了笑道：“老师怎么知道的？”吴惊天道：“回答我的问题！”谢振宇只回答了一个“是”，却没有再说下去。吴惊天等了一会儿道：“我怎么知道的！因为我从你的飞行记录中看出了鹞式飞行。你什么时候学会了鹞式飞行？”谢振宇避开了这个话题，只道：“老师今天让我来，是要跟我说说鹞式飞行？”吴惊天摇头道：“不。你的时刻到了！”谢振宇不解：“我的什么时刻？”吴惊天气愤道：“我和秦大地都有过这样的时刻，现在轮到你了。只要具有凌云之志，你早晚都会在职业生涯中遇到这样的时刻！”谢振宇想了想道：“学生还不是很明白，老师是在说中国航母，还是在说你仍然希望我能在下一场空中对决中战胜秦大地？”吴惊天道：“不是我希望，是你自己一直渴望着这一天。三年来你年年都向秦大地发出挑战。过去我还为你担心，认为你恐怕还没有能力击败他，但是看了昨天的飞行记录，你接连击败了罗伯特和余涛……别人不会理解你为什么要在昨天的海上格斗中，以一种不惜同归于尽的决心打败罗伯特，更不理解为什么又在其后突发奇想对余涛展开突袭……听说回来后还被关了禁闭？”谢振宇点头：“是。不过只关了半天。”吴惊天道：“但是我理解你，因为你需要成功来证明自己已经是最好的一个。振宇，过去站在秦大地面前的是吴惊天，现在站在他面前的真的是你了！”谢振宇心里明显快乐起来，目光变得明亮，口中说的却是："老师想跟我说的不是这个吧。"吴惊天道："你那套新战法我看了，可以用三个字概括：快、狠、猛。重要的不是战术动作，那些东西不重要，重要的是你的心整个地打开了，用古人的话讲你现在已经心如涌泉，意如飘风，有点像剑法上讲的，心到剑到，随心所欲而不逾矩。一旦全身心投入战斗，你可以将自己的战术动作做得如同疾风飘雨。振宇，击败罗伯特和余涛只是前奏曲，大戏仍然是战胜秦大地！打败他！你是这样想的吗？"谢振宇并不想在他面前多说什么："老师……其实我还……"他没有把话说完。吴惊天已经接着说下去："如果我说得不对，那就是说你还有更远大的目标。但即使这样，你也要先和秦大地进行一场决战。没有了我，秦大地在海军空中之王的位置上坐得太久了，应当有更年轻的人、比他更强、更优秀、也更有雄心的人，站出来向他挑战，把他赶下宝座！"谢振宇脸上现出了一丝志在必得的笑容："然后呢？老师开头说的是中国航母平台开始试验试航，这二者有关系吗？"吴惊天生气了，道："又在我面前装傻。你知道二者关系巨大。随着中国第一艘航母平台出海试验试航，海军的当务之急是什么？"谢振宇这次不再掩饰了，他胸有成竹道："老师，海军要组织舰载机试验试飞大队，名单里有我！"吴惊天看他一眼，哼一声："你怎么知道？我听说这支队伍人数不会太多，还要在全军挑选，优中选优！"谢振宇："老师您告诉我的，你刚才说有人让您看了我昨天的飞行记录！"吴惊天沉默了，有顷又道："全告诉你好了。三年来秦大地一直回避和你进行空中对决，但他知道你，也一定在注意你。虽然他到了职业生涯的末期，但我断定，这次他仍会被任命为中国航母舰载机试验试飞大队的大队长，而你，不出意外也一定会被征召！"谢振宇的心终于悄然激动起来："老师是不是说海军首长终于注意到我了？”吴惊天没有直接回答，他继续顺着自己的思路说下去：“你也不要那么乐观，我听说你们团里就有不同意见，有人就说自己看透了你的心思，说你昨天一连打了两场空战就是为了进试飞大队，而你千方百计要进试飞大队不是为了别的，仅仅是想得到和秦大地进行一场空中对决的机会！”谢振宇对这个新消息有点儿惊讶，却也没有十分惊讶：“老师认为他们怀疑错了吗？”他这句话有些唐突，吴惊天却并没有吃惊：“我认为他们的怀疑是错的，但我同时还认为秦大地一定要被打败。他应当被打败。从拥有第一艘航母起，中国海军就应该建设起一支能够在全世界海战场上打胜仗的舰载机部队！他将创造人民解放军从没有过的辉煌战史和光荣。这支代表中国军队新型战斗力的部队需要新的英雄和领军人物，他们的故事会像我军的老英雄譬如余兆年等人一样彪炳史册。我没有机会了，但是你有！而在这之前，你首先必须过得了秦大地这一关！”说完这些话，他回头深深地看着谢振宇，等待后者的回答。

谢振宇什么也没有回答，他蹲下来，望着大海，换了一个话题：“老师，这地方能钓上鱼吗？”吴惊天道：“你父亲很小就教你读《庄子》。《庄子》里有一篇寓言，你一定熟悉。说是古代有个任公子，在东海边垂钓，用的是天下从没有人见过的大钩，缆绳一般粗的钓线，他用五十头牛作钓饵，自己蹲在会稽山上，举着硕大无朋的鱼竿，将钓线和鱼饵投向东海。一整年过去了，一条鱼也没上钩，所有的人都嘲笑任公子。可是终有一天，大鱼来了，海上白浪如山，波涛汹涌，千里外都能听到巨大的声响。任公子把大鱼钓上来，浙江以东，苍梧以北，所有人一起吃也吃不完，听说吃鱼就要吐。想想，他钓的鱼有多大！”谢振宇一直觉得自己的内心不会受到触动，但是突然间，他还是受到了震动：“老师天天在这里垂钓，也是想钓到这样一条大鱼？”吴惊天道：“老师不能飞了，但只要你能成功，我就钓到了天下最大的那一条鱼！”谢振宇站起来了，不知不觉中，吴惊天的话像波涛撞击礁石一样撞击到了他的心，并且发出了震耳欲聋的轰鸣。

再次骑上山地自行车狂奔归营时，谢振宇选择了一条不好走的近路。他的速度仍像来时一样疾如箭镞。大海的波涛撞击礁石的轰鸣一直在他耳边回响，其中又加入了海鸥的连绵不绝的啸叫。一个声音——他父亲的声音——也加入进来：“儿子，人是万物之长，可以比风筝、比鸟飞得更高！”接着是另一个女人的声音，在他听来如同诅咒：“你是个没出息的孩子！你比不上你父亲！……”所有这些声音混杂在一起，让他的内心更为激动，脚下更加用力，速度更快，终于在跳越一道沟壑时连车带人重重地摔下去。

但他很快就重新爬起来，推车出沟，继续骑行，依旧狂野。他的目光一直望向前方，无数的光影在移动、出现和消失，但他知道自己心定了。在刚刚过去的一小时内，他不只是从吴惊天那里得到了巨大的激励，还有另外的声音。他觉得自己生命里充满了能摇动天地的力量。

国家试飞院某地试飞场上，一座模拟航母舰首平台矗立在清晨的阳光中。一架歼-11BS双座战斗机座舱前，耿见林停下来，看余涛一眼。余涛：“怎么了？”“亚红打电话问我，你什么时候完成任务回去，她要见你。”余涛敏感地看了他一眼，无语。耿见林：“你们是两口子，你什么时候回去亚红打电话来问我，你这是搞的什么名堂？”余涛不想和他谈这件事：“没事。”耿见林并没有放过他：“听说你要跟亚红离婚？怎么着，嫌弃亚红了，也想学时髦换个小的？”余涛：“呸！瞎说什么！”他欲进入飞机座舱。耿见林仍在看他：“哎，别的事我不管，但这事得管！任务完成后马上回去给亚红认错，就说你跟她离婚的事不是真的！”余涛在座舱外停下，回头看他：“能不能不掺和我们两口子的事？”耿见林：“不能！”余涛：“那我告诉你，这回还真不是我要跟她，是她主动提出跟我离婚！”耿见林一惊，道：“不可能！为什么？”余涛又不说话了，他的目光显得有些忧郁。耿见林：“真这样也一定是你不对！”余涛看表：“打住！是说这件事的时候吗？”他边说边进入飞机座舱。耿见林爬进后方座舱，远远看一眼前面的模拟航母舰首平台，故意道：“到底这是个什么玩意儿呀，让我们飞了半个月。”余涛已经在舱内坐好：“装什么糊涂！仰角14度，滑跃起飞，你说什么玩意！”耿见林神情活跃起来：“哎，这就是说，虽然海军有了航母，可是要搞定舰载机起降技术，还得靠我们空军老大哥，对不对！”余涛不说话，做各种起飞前的检查，发动机启动，对地面保障人员竖起大拇指。地面保障人员做允许起飞手势，余涛松开手刹，飞机野马一般冲向滑跃平台，一飞冲天。

一群国家试飞院、飞机制造公司的领导和技术人员坐在机场飞控中心巨大的瞭望窗前，兴奋地起立鼓起掌来，喊：“飞起来了？飞起来了！”空军中将、副司令马冲示意大家坐下，一边指示身边的指控人员：“让他们再飞一次！”试飞场上，飞机归位，耿见林换到前面座舱，说：“我要飞了！”余涛这次坐到后座舱，道：“好好飞！”耿见林重复余涛方才的动作，飞机驶向模拟舰首试飞平台，一飞冲天。飞控中心再次响起热烈的掌声，一名工程技术人员喊：“成功了！”马副司令对身边一名空军上校：“打电话给海军衣副司令，不，现在是衣总指挥，就说航母舰载机 B04

技术，空军已经完成突破！”上校：“首长，衣总指挥听了会是什么心情？”马副司令：“管他什么心情！我心情好就行！”上校笑：“是！”跑去执行命令。机场上，飞机再次归位。余涛和耿见林下飞机离开。耿见林回看远处的模拟舰首滑跃平台，说了一句话：“原来以为多难，没想到这么容易！”余涛站住道：“哎，趁着还热乎，交流一下。航母舰首滑跃起飞，关键环节是什么？”耿见林笑道：“没什么关键环节。要说有就是飞机。”余涛：“什么意思？”“说实话吗？”“当然！”“说实话开始我最担心飞机。从滑跃平台飞出去，就那么一点高度，万一发生丁点儿的故障，跳伞都没时间！”余涛笑：“但你不是飞出去了？”耿见林道：“那是我对这款飞机有信心，但它毕竟不是舰载机。”余涛道：“舰载机我们已经有了，歼-15，你飞过的。”耿见林：“那就奇怪了，不让我们用歼-15飞，什么意思？”余涛想了想道：“那就是它还没走完定型前的全部试验试飞程序。”耿见林走了两步，大叫道：“哎！听到一个消息，海军要成立舰载机试验试飞大队，跟空军要人，有一个名单，听说到了干部部门。”余涛猛地站住了，看他。耿见林：“怎么了你？不会让你去的，你是空军的头牌，你去了，万一回不来，空军损失也太大了！”余涛道：“胡说，什么头牌！”耿见林笑：“对，不是头牌，是金牌，空中之王，满意了吧？”两个人继续朝前走。耿见林看余涛神情已变，问：“想什么呢？是不是想去？”余涛看他，欲言又止，继续走。耿见林紧赶两步追上去，笑道：“不会真起了心吧？”余涛：“没有。”耿见林忽然想到了什么，笑容褪去。再往前走，两个人都沉默起来。

黄昏时分，南海之滨某地民航机场出口，海航10团张强团长接到了陶斯勇。二人走到停车场上车，车子驶上海滨高速公路。

张团长一直闷闷的，不看陶斯勇。陶斯勇笑道："怎么了你，什么情况？不欢迎我？"张强："秦熠昨天又休克了。"陶斯勇吃了一惊："人在哪里？"张强："回来了。在家呢。"陶斯勇沉默了一会儿，做出了决定："这样，晚上咱们先去家里看看孩子。"

这个夜晚，秦家表面上显得非常安静。吃过晚饭，乌晓在厨房里忙碌，秦大地走到阳台上去，这里是他平时想事情的地方。秦熠在自己房间里用一部笔记本电脑上网。隔壁人家传来电视播放《新闻联播》的声音和一阵阵的欢笑，越发显得这个家庭的安静中存在着一种内在的、时刻紧绷的紧张。另外，这个家庭也不像别的家庭一样在这个时刻大开着电视机。寂静中，秦熠忽然在房间里大叫起来："老爸，快看！"原来他在电脑上看到了出航试验的中国航母平台的照片和消息。阳台上的秦大地受惊了一样回头，准备立即奔进孩子房间。乌晓几步走过来，回手拉门，将丈夫和自己一起关在阳台上。秦大地抢先开口："火车票买好了，马上准备，我们去山西。"乌晓道："车票给我。我要看看是不是真的！"秦大地将车票找出来给她。乌晓看了一眼，将车票收起："我可是听说海军来人了。是斯勇！"边说眼里边溢出了泪花。秦大地要说什么，门铃大响。乌晓回头，望着丈夫的眼里现出绝望和无助的神情。秦大地低声道："站直了，你是个老军嫂了！"乌晓忽然有了气力，一把将面前的小门推开，回到厅里去。秦大地却没有马上走出，他让门铃声响了一阵，才走回客厅。

门铃继续在响。乌晓走过去，要开门手又停住，背着门望着大步走来的秦大地，激动难言。秦大地冲动道："你干什么？"乌晓一不做二不休："我现在要你给我一个承诺！不然我就不让他们进来！"秦大地目眦尽裂："快开门！"乌晓："不！"秦大地："乌晓！"乌晓："你刚才说的，今晚陪我和秦熠去山西！"秦大地："开门！"乌晓气愤地跑进厨房，"砰"一声关门。秦大地一把将门打开。门外站着小魏。秦大地喘了一口气，道："小魏，是你？"小魏一脸吃惊："秦大哥，嫂子呢？我来找她。"秦大地闪开让她进来，回头大声道："乌晓，小魏来了！"厨房内，乌晓急忙让自己平静，走出来："哎呀是小魏，这个时候怎么出来了，孩子呢？""他爹看着呢。秦熠这会儿怎么样？"乌晓急忙道："好着呢，又没事儿人一样了。您坐。"小魏道："秦大哥，嫂子，我不坐。我来借缝纫机。都是我不好。强子在家把我骂了一晚上，说我笨，你们在家就没事儿，我来看一会儿秦熠就出事儿了！"乌晓急看一眼秦大地，回头："弟妹你可别这么说，孩子什么时候发病，连我们都不知道，怎么能怪你？三天两头要麻烦你照顾秦熠，我和大地都——"她说不下去了，突然捂住嘴背过身去。秦大地急忙接过话头："对，小魏，千万别那么想，再说秦熠这会儿又好了，没事了。你快坐。"小魏道："嫂子和秦大哥不怪我就好。我不坐了，我那孩子太淘了，新买的校服只穿了两天，被他撕了一个大口子。"乌晓麻利地从身后什么地方把电动缝纫机提过来："在这里呢，拿去吧。"小魏接过去："我用完了马上还回来。"乌晓："不急，我反正也不用。"她到门前送小魏，看她下楼："走好。"女人答应着下楼。乌晓走回来。秦大地关门，责备地看妻子一眼。乌晓重新走回到厨房里去，麻利地将里边的事情搞定，一边让自己心情平静。回到厅里，发现秦大地已经从储物间里取出两只特大号行李箱，开始往里面放东西。乌晓心定了，道："你过去，什么都干不好！"秦大地站到一边去，看她将放进去的东西又取出来，一件件重新叠好往里面放。

门铃又大响。秦大地猛回头，神色大变。乌晓站起，夫妻二人对视一眼。秦大地道："开门去。"乌晓内心陡然强大，走过去开门。门外站着张团长和陶斯勇。张强道:“秦团,嫂子,看谁来了!”陶斯勇自报家门:“大地,乌晓,是我,斯勇!”秦大地猛地激动:“斯勇,你怎么来了!”乌晓脸色已经变了,退到旁边去,看两个老战友拥抱、互相端详。陶斯勇笑道:“我怎么就不能来?你都想死我了!”两个男人放开对方。陶斯勇笑看乌晓:“乌晓,你好!不认识我了?也不打个招呼。我们家那口子想你都想疯了,天天念叨,你们还是清华的老同学呢!”乌晓脸上努力现出笑容,道:“哎哟斯勇,真是你来了,我和我们家大地都听说了,他还不信!张团也快进来呀!斯勇,小薇怎么样?她还好嘛?”秦大地:“张团,快进来!”张强进门。乌晓随手关上门。陶斯勇一边回答乌晓的话,一边四处环顾:“她好得很呢,天天做她的课题,我都见不着她。前天好不容易见着一回,我说刘小薇,你要是再不回来我都不认识你了。孩子呢?我得先见见秦熠!”秦大地迅速和乌晓对视一眼,回头道:“你等着!”他走进秦熠房间,将儿子推出来。秦熠大叫:“陶叔叔,你来了!”陶斯勇在轮椅边蹲下去:“秦熠,好久不见,还记得陶叔叔,不错。怎么着,忘了我们俩什么关系没有?”秦熠笑道:“没!我姓陶,和你和刘阿姨是一家子,秦大地和乌晓是我的养父母,他们哪天待我不好,你和刘阿姨就来把我接回咱们家!”陶斯勇哈哈大笑,回看秦大地和乌晓:“怎么样?我和秦熠还是这么铁!秦熠,这些日子他们待你怎么样?”秦熠:“凑合。”陶斯勇:“这标准可不高。要不这回我带你回咱家?”秦熠:“那多不给他们面儿啊。我还是再待一阵子,给他们机会,听其言,观其行。”陶斯勇:“哈哈!好,听你的!瞧陶叔叔给你带来了什么?”他变戏法一般从身后拿出一台没拆封的平板电脑。“最新款的 iPad,怎么样?”秦熠眼睛顿时大亮,叫:“太好了!秦熠喜欢陶叔叔!”乌晓急看秦大地一眼,上前拦住："斯勇，这可不行，东西太贵重了！"陶斯勇挡住她的手："乌晓，你这就不好了，这可没你和大地什么事啊，是我和秦熠的交情。对不对秦熠？"秦熠大叫："对！"陶斯勇三下两下把iPad拆了封，塞给秦熠，推起轮椅往秦熠房间里走："秦熠，咱进去，陶叔叔给你装最新游戏，有飞机的、宇宙飞船的，还有航母的、外星人的！"乌晓严厉地看秦大地，低声："你怎么不拦着！"秦大地不说话。陶斯勇关上秦熠房间的门，半天才走出来，看一直等待他的秦大地夫妇："怎么也不让张团坐。有好茶泡一壶，别舍不得！"乌晓忽然想起来："斯勇，你等着，还真有好茶。他一个转业的徒弟寄来的，我给你们泡去！"她边说边跑进了厨房，用茶壶泡茶，一切动作都很麻利，但还是有点支持不住，双手扶墙，缓一会儿才睁眼，喊："茶来了！"这时，谁也没有注意，在秦熠房间里，这个有病的孩子虽然不能回头，全部注意力却都集中到了外面。

秦家不大的厅里，众人已经坐下。乌晓给大家倒茶，秦大地一杯杯分给客人："尝尝。这样的茶一般是喝不到了，每年出雨前茶的季节，各地的大老板就派人来抢购一空，价码能抬到天上去。你们来是有口福！"陶斯勇呷一口，叫："哎呀，哎呀！"张强笑："你可是见过大世面的，喝到好茶夸两句可以理解，哎呀什么！"陶斯勇："你以为我在北京能天天喝到这样的好茶？这茶现在只有两种人能喝到，一是刚才大地说的大老板，二就是大地这样的人，自己的徒弟开茶园！"秦大地坐下来，看陶斯勇，等他言归正传，忽然意识到乌晓还在身边站着，回头示意她离开。乌晓不想走，但见秦大地反复看她，不得已转身回到厨房里去，却给自己留下了一道门缝。厅里，张强看陶斯勇。陶斯勇看的却是那两只旅行箱："大地，这是……？"秦大地道："啊，想带秦熠去外地看一个大夫。”陶斯勇抓起他一只手，走向阳台，随手关上通客厅的门，他和秦大地那么熟，知道这儿才是和主人说话的地方。两个人有一会儿都没有说话，只是居高临下望着这座南方海滨城市的万家灯火。还是秦大地先扛不住道：“你就开门见山。首长让你来的？”陶斯勇：“是。”“什么指示？”“命令你尽快到舰载机试验试飞大队报到，马上工作。啊，有些情况必须告诉你，航母海上试验试航进展顺利；舰载机试验试飞基地也破土动工了，全力以赴在搞第一条试飞跑道。你的时间不多，要把队伍组建起来，进行战前整训，两家参与这项工程的地方公司的专家团同时进场。他们一进场，试验试飞就要开始！”秦大地一直沉默地站立着，不说话。陶斯勇体贴地看他：“弯子转得有点陡，是吗？”秦大地道：“不，想到了，只是没想到这么急。初选名单带来了吗？”陶斯勇：“大地，没猜错，你还是你！名单带来了，飞过三代机八百小时以上的优秀飞行员中挑出来的。规模不能大。还有个情况，空军有五名特级飞行员过来支援我们，和我们的人共同组成一支二十人的队伍！当然，这是初选，留谁不留谁，你有最后决定权！”他从公文袋里将一张名单取出，递给秦大地。秦大地迅速看一眼，问：“怎么没有强子？”陶斯勇看他，没说话。秦大地道：“带上强子。”陶斯勇道：“我说过了，你有最后决定权。”秦大地又问：“余涛真会过来？”陶斯勇道：“余涛，还有他的僚机耿见林，我们在争取。”又道：“我本可以不来，但首长听说你们团报你转业，发脾气了，说秦大地不能转业！下命令要你马上报到。后来我说，还是我去一趟看看。大地，我们是老战友，你有什么想法、困难，可以对我讲！”秦大地想了想道：“只有一个请求，给我几天时间，处理一下秦熠的事再去报到。”陶斯勇问：“秦熠的情况还是不好？”秦大地直奔主题：“有一个山西大夫，基地医院刘本立院长也说靠谱。如果今天夜里走，后天凌晨四点到，当天看完病，晚上他们娘俩就可以返回。我从山西奔基地见首长！”陶斯勇终于松了一口气：“如果就是这个要求，不用报首长，我现在就有权给你几天假。四天吧，要不五天，再长恐怕不行。”秦大地：“好。”他又细看了一遍名单，抬头：“120团的谢振宇？”陶斯勇：“对，老侯的部下，最近三年在海军空中竞赛中连续获得冠军。”秦大地道：“他还是一个人的学生。”陶斯勇看他一眼，醒悟：“吴惊天！”“老吴最近怎么样？有一阵子听不到他的消息了。”“还能怎么样？自从那年带一个学员进行教学飞行，发动机着火失事，伤了腿，去年办了退休，现在听说天天在海边钓鱼。”秦大地：“这个和他一起失事的学员就是谢振宇。八年前的事。”陶斯勇又是一惊：“原来是他！你不会一直都在关注这小子吧！”秦大地：“谢振宇跳伞后崴了脚，在医院住了一个多月。有人经历过一次飞机失事就不飞了，他不一样，当时团领导问他的想法，他只说了一句话。”陶斯勇：“他说了什么话？”秦大地：“这小子说，连飞机都摔过了，别的事情就更不怕了！”陶斯勇“哈”了一声，笑：“这小子行！你是怎么知道的？”秦大地：“我还知道他昨天差点把罗伯特撵到海里去，回头又跟空军的余涛过了招，赢了余涛！”陶斯勇：“他没赢。余涛关闭了头盔瞄准系统，让他有了机会。”秦大地：“是嘛。”陶斯勇深深看他一眼，感叹：“虽然家里有这些事，秦大地的心还是热的！”秦大地：“别多想……三年了，谢振宇一直想跟我进行空中对决。我就是不想知道他的消息，也有人告诉我！”陶斯勇：“不过在谢振宇入队的事情上，120的侯团长有不同意见！”秦大地一惊：“是吗？为什么？”陶斯勇：“为你。据熟悉这小子的人说，他有两大人生目标，一是用一场空中对决打败你，为你当年击败他的老师吴惊天成为全海军的空王报一箭之仇，自己做全海军、不，中国人民解放军的空王！二是娶一位世界上最漂亮的女孩子做媳妇。目前这两个目标都还没实现。老侯说，这小子和别人不太一样，他真会为实现自己的目标一意孤行！”见秦大地一言不发地看他，又道：“你现在是试飞大队的大队长，虽然首长让我把他写到名单上，但你也可以不要他！”秦大地忽然想起一件事来：“我想看谢振宇昨天的飞行记录，能搞到吗？”陶斯勇道：“有，我电脑上就带着一份呢。”秦大地：“马上给我！”陶斯勇道：“你只能到保密室电脑上去看。”秦大地道：“好吧，马上走！”两人从阳台上走出来，张团长站起，要跟他们一起离开。乌晓送陶斯勇到门口，喊：“斯勇慢走，回头见了小薇，替我问她好！”陶斯勇已经走在楼梯下方，回答：“知道了！”又站住，回头：“对了，小薇说，等她闲下来，让你带着秦熠到北京住几天，她好好陪你们逛逛！”乌晓：“啊，那谢谢她了！”秦大地跟在张强后面往外走。乌晓反身挡住他：“你干什么去？”秦大地：“我去一下，很快回来，来得及的。”乌晓：“秦大地！”秦大地道：“我不撒谎，有个东西我看一眼，回来就走！时间有富余！”乌晓一眼看到张团长在门外看他们，急忙放开了秦大地。秦大地匆匆出门下楼。乌晓关门，内心激烈，一不做二不休，走过去打电话：“强子，是我！快帮我要辆出租车！我和秦熠现在就去火车站！”忍了一晚上的眼泪终于流了下来。

第三章

这天夜里，一直到火车站上车睡进包厢，秦熠眼里依旧汪着泪水。因为他不愿意去山西，更不相信什么神医。“我又不是三岁小孩子，不要骗我！我的病哪里都治不好！”秦熠哭喊道。乌晓尽可能耐心解释：“秦熠听话，爸爸妈妈没有丧失信心，你也不能——”秦熠仍然闹个不停：“我就是不去！”乌晓心一横，对赶到家里来帮忙的吴强道：“去也得去，不去也得去！你抱他下去上车，我收拾了马上来！”吴强问她：“乌晓，你真想好了，一个人带秦熠过去？”乌晓想也不想道：“强子，啥也甭说了，我这会儿只想快一点到车站！”吴强叹口气，抱起秦熠就走。秦熠一直在车上大喊大叫，因为没有力量做出更激烈的反抗动作，他只能啼哭。火车开动了。吴强一直留在站台上看着火车远去，手机忽然响起，是他的妻子小魏：“他们走了？”吴强道：“刚走！我忘了一件事，马上给晋团长打电话，让他接车！”他挂断妻子的电话，拨出一个号码：“老晋，是我，吴强。有事。乌晓刚刚带着秦熠去了山西……大地去不了，什么点儿到我也不知道，车次是 T2445，你查查时间。拜托！一定要接到，一直送到他们要去的医院！”

他听到了对方的回答："放心，再见！"吴强挂断电话，朝站外望一眼，火车已经消失不见了。

10团保密室里，大屏幕上播放的视频刚刚结束。灯亮起来。秦大地这才想起，叫："什么时候了？"边问边慌忙看表："我的天哪！误了火车！"这时手机铃响了。"强子……你说什么！"他听了半分钟，"啪"一声关掉手机，看张强："张团，给我一台车！""怎么了？""乌晓一个人带秦熠去了山西！"手机铃声再次响起。"强子！"吴强的声音："火车走了一小时了，我给山西的老晋打了电话，让他接车！"秦大地关掉电话，陶斯勇急问："乌晓都走了一个小时了？"张强："我们三个人都忘得干干净净！"陶斯勇道："大地，快，我帮你买机票，你连夜飞过去！"秦大地："不！"张强："你一定得去！天塌下来也得把孩子在山西安排好了再去报到！"陶斯勇又道："现在买机票特方便，手机上就能买。张团马上派车送大地去机场，我现在帮你买票，大地，赶趟！"秦大地道："我现在赶过去还有什么用？"陶斯勇："有用！可以告诉乌晓，孩子身边不是只有她一个人！"秦大地迅速做出了决定，道："好吧，我回去收拾，张团派车，斯勇买机票。我到了太原，打车直奔那家山区小医院。"张强又道："我让刘院长给那个申一大夫打电话，让她给秦熠留床！"秦大地已经往外走。陶斯勇又道："等等！谢振宇怎么办？"秦大地想了想道："说服老侯，让他按时去试飞大队报到！"三人边说边一起快步走出。

去机场的路上，秦大地一次次拨手机，都被乌晓挂断。他不看吴强，说："她不接我电话。"吴强也不看他，生气道："活该。要不我给嫂子打一个？"秦大地道："你的脸就一定比我白？算了，她正在气头上。我们两口子的事，你掺和进来也没用。"司机这时抬头道："秦团，机场到了。"秦大地下车，跑步奔进机场。

这一刻乌晓和秦熠的火车正越过一连串的山区隧道。她一个人面窗坐在软卧车厢过道里，眼角挂着一滴冷泪，耳边仍在回响的是她对秦大地的最新一场激烈发作："你从来没把爹娘和儿子放在心上！更没把你老婆放在心上！你是世界上最冷酷、最无情的儿子、丈夫和爹！……"她听到了自己的哭声，然后是又一轮歇斯底里的发作："我和斯勇的媳妇刘小薇是同一届的同学，人家这会儿已经是国际知名的环保专家，联合国的会议都出席过，可我连博士学位都还没拿到！""当初不是你在海上失踪，生死不明，孩子也不会生了三天三夜，让脐带缠住脖子造成缺氧，生下来就是脑瘫。""到了今天，你老婆孩子成了这个样子，你心里还是放不下自己的心事！""我什么都知道，中国要有航母了，你的心又热了，你一直没有忘余团长当年说的话！""秦大地，中国没有你就不行了？地球是不是不转了？我和孩子恨死你了！你知道因为嫁给了你，我的人生多黑暗吗？"她回忆着，同时也意识到自己一直在哭。她还想到了，在她这次发作的整个过程中，秦大地没说一句话。

像每次一样，想象中的发作过后，她心里不止有了坚强，还有了平静。她站起来，要走回包厢里去和儿子在一起，忽然注意到手机上有一个新来的短信，打开，是秦大地发给她的：明天早上医院见。乌晓心中的恨又涌上来，回了一行字：见了就去离婚。然后她等了一会儿，手机上没有动静。但是不知道为什么，刚才的怨恨和仿佛无边无际的痛苦却减轻了，虽然她知道，一切都没有消失。

她轻轻打开包厢门走进去，小心看秦熠一眼，发现孩子在自己的铺位上仍然大睁着眼睛。"秦熠，你没睡着？""妈，我爸怎么没跟我们一起来？"孩子问。乌晓："啊，刚接到他短信，明天早上他和我们在医院见。”“骗我。我爸来不了。”乌晓道：“胡说。我让你看你爸刚发给我的短信。”她拿出手机，找出那条短信给孩子看。秦熠看了，仍然道：“妈，你知道什么事拴住了我爸？”“什么事？”“陶叔叔来了，我爸等了二十多年，他的大日子到了！”乌晓故意装成不懂，她不愿意碰触这个话题：“你说什么呀，什么大日子？”秦熠道：“中国拥有航母的大日子。我爸一直都在等这个日子，他等到了！”乌晓想笑一笑，缓和她和儿子的关系，但眼泪却又流了下来。她在昏暗中握住孩子的手，想了想才说：“秦熠，以后还是妈一个人陪你了。你不怨恨你爸吧？”“妈，你说什么呢？你是个落后军嫂！”不知道为什么，乌晓心中的痛苦没有继续生长，相反另一种欢乐的情绪却生长起来：“对，我就是落后军嫂，你爸还没说我呢，现在轮到你说我了！”秦熠道：“妈，快睡吧……哎哟我的妈呀，我爹要是成功了，我这儿子当得该有劲哪！妈，我想通了，咱们到了山西，就不回来了！”乌晓一怔：“胡说！”秦熠：“妈，我有件事想跟你说。”“什么事？”“我原来不信有什么神医，现在我愿意相信了，你也得信，还得让我爸信。”“说什么呢你！”“秦大地其实也不信，可他是我爹。我们骗他，让他信，他就能尽快完成任务，那时我们一家子就都像他一样厉害了！”乌晓静静地坐在儿子身边，看着儿子笑，这时她心中已经不像方才那样恨丈夫了，但眼泪还是又落了下来。

深夜，120团飞行员宿舍，谢振宇在沉睡。他在做梦。最初的梦境是他在飞行，像昨天清晨他在第一岛链上空和敌方飞行员罗伯特缠斗时那样飞……接着飞翔的就是一只简陋的、男人手扎的被叫作屁帘儿的风筝了。那风筝一直在空中飘摇，升高，再升高……梦也随着这风筝转向回忆：一个七八岁的男孩子被身为矿山工程师的父亲用自行车驮着，进入山间一处空地，身后的背景是一座大型矿山型城市。梦中的父亲仍旧像他活着时那样穿着旧工装，胡子拉碴，这是一个生活境况不佳却生性乐观积极的理工型知识分子……父子俩在满是野花的河滩里支起自行车，相互配合，放那只叫做屁帘儿的风筝……风筝迎风起飞，父子两人快乐地大叫："飞起来了！飞起来了！"父亲对儿子道："儿子，快放线，让它飞得更高！"男孩子跑过来帮父亲放线，喊："它能飞得更高吗？""当然能，只要有风！"……孩子开始放线，风筝越飞越高，他有点担心："爸，飞得太高了，不会被风刮跑？"父亲大声道："就是刮跑了，也是飞得最高的风筝！你是男孩子，要勇敢，勇敢，更勇敢！"……男孩子继续放线，风筝飞得更高，真的像在梦中一样飞得那么高，那么写意……他的快乐在增加，看父亲，喊："爸，又高了！快和云彩一样高了！"……让风筝在天空中稳定下来后父子俩躺在荒滩上。男孩子趴在父亲怀里，仰望天空，快乐地叫喊："爸，风筝飞得真高呀……飞得太高了，没有东西会比它飞得更高！""错了！鸟就可以比它飞得更高！"男孩子目光投向更广远的天空，果然，他在风筝上方的天穹下，看到了一只高高翱翔的山鹰。"爸，快看，鹰，它比风筝飞得更高……还有什么比鹰飞得更高？""有，鲲鹏！"男人背诵起庄子的《逍遥游》来："北冥有鱼，其名为鲲。鲲之大，不知其几千里也；化而为鸟，其名为鹏。鹏之背，不知其几千里也；怒而飞，其翼若垂天之云。"男孩子接着背诵："是鸟也，海运则将徙于南冥。南冥者，天池也。《齐谐》者，志怪者也。《谐》之言曰：'鹏之徙于南冥也，水击三千里，抟扶摇而上者九万里，去以六月息者也。'"父亲猛地坐起，将儿子抱起，大喜："儿子，你也会背庄子的《逍遥游》了，谁教你的！""欧老师！"孩子说。"听着，我还能往下背呢！‘野马也，尘埃也，生物之以息相吹也。天之苍苍，其正色邪？其远而无所至极邪？其视下也，亦若是则已矣。’”父亲神情庄重起来：“且夫水之积也不厚，则其负大舟也无力。覆杯水于坳堂之上，则芥为之舟；置杯焉则胶，水浅而舟大也。”男孩子抢着背下去：“风之积也不厚，则其负大翼也无力。故九万里，则风斯在下矣，而后乃今培风；背负青天，而莫之夭阏者，而后乃今将图南。”父亲站起来了：“懂得意思吗？”男孩子：“懂！”“说说我听！”“没有大水，大船就不能在上面行驶；没有大风，鲲鹏就不能水击三千里，抟扶摇而上者九万里，从北海直达南海，也就是人说的天池。”“光会背没有用，知道谁是鲲鹏？”男孩子摇头。“人！你看，飞机！”孩子抬头去看飞机，却看到风筝在空中断了线，正飘落下来，大叫：“我的风筝！”他一跃而起，向风筝落去的方向奔跑起来……父亲的声音仍在回响：“人可以比风筝、比山鹰、比想象中的鲲鹏飞得更高！因为我们是人！”一辆失控的卡车不知从何处窜过来，发疯般驶向奔跑中的男孩子。父亲大叫一声：“振宇——！”他疯狂奔过去保护自己的儿子，于千钧一发之际成功地将男孩子推开，自己却倒在车轮下……一摊殷红的鲜血向儿子喷溅过来……儿子惨痛地叫喊：“爸爸……爸爸呀……”父亲的声音：“这就是死亡……人生短暂，死亡往往来得比想象中更快……生命是一种你不可以随便错过的东西……它转瞬即逝！”……

谢振宇不喜欢这个梦，它让被梦缠住的他心痛如割……新的梦境已经展开：破败的矿山小学校门前，年轻的欧双莲正大声呼喊：“谢振宇！谢振宇！这孩子又逃课了！……这么早没了爹，就成了脱缰的马儿……我知道你就藏在这儿，能听见老师的话……你这种孩子，长大了不会有出息的！你成不了你父亲那样的人……”孩子就藏在她身边一堵断墙后面，手里拿着一堆电工工具，要组装一台矿石收音机，听到了老师的呼喊，却不愿意现身……欧双莲的呼唤渐渐变成一种单纯的童年的回响：“你长大是不会有出息的！你成不了你父亲那样的人……你成不了你父亲那样的人！……”

他醒过来，大汗淋漓，没有意识到自己在哭泣，却在哭泣。同寝室的康延成被惊醒，打开床头灯：“老谢，怎么了？又梦见老爷子了？”谢振宇道：“我没事儿。”“不对，每年这个时候，你都会梦见他。老爷子的忌日快到了。”谢振宇不想和他讨论这件事：“你睡吧。”康延成睡不着，换一个话题：“问你一件事，前天去见了吴惊天老前辈？”谢振宇把话题岔开：“你不是说要去广州参加飞行游戏大赛吗？怎么没走？”“比赛推迟了。天一亮就走。回我的话。”“没什么。”“不想告诉我，行。忘说了，舰载机试验试飞大队初选名单定了，有我们俩。”谢振宇不为所动，虽然是第一次听到，事情本身却并不出乎他的意料。康延成睡下去，闭眼时又抛出一句话：“不要以为你一定去得了。”谢振宇一惊，扭头看他：“什么意思？”“不是所有人都像我一样喜欢你。还有，秦大地可能会去那里做大队长。”谢振宇心里像是有一根弦被一只大手用力地拨动了，发出了黄钟大吕般的轰鸣。康延成仍在说：“你要是不想去就罢了，要是憋着一口气非去不可，这几天把尾巴夹紧点儿。”谢振宇下床，走过去，抓住他摇晃：“哎，说清楚了再睡！还听到了什么？”“把你的爪子拿开！再说一句，就是吴惊天老前辈，在这件事上也帮不到你，据说要谁不要谁最后决定权在秦大地手里。对了，不要再提跟秦大地的空中对决！”谢振宇深深看他，突然明白了：“怎么可能！秦大地已经被任命了？”康延成：“好像是！你就是真有想法也要忍住，进去再说！”谢振宇笑起来："你也想去？"康延成："哎哟喂，说什么呢，这是什么时候，但凡是个人都想去！"谢振宇想了想道："睡吧，明天我轮休，去机场送你！""这还差不多，你也睡吧。"谢振宇走回去重新躺下，康延成关灯。这一夜，谢振宇的眼睛一直大睁着，他明白，即使他再想回到那个梦里去，也不可能了。

拂晓，乌晓母子乘坐的火车在北方山区一座小火车站上停下。乘务员打开车门，帮乌晓将轮椅抬出，放到站台上。乌晓条件反射一般回头。乘务员看她，问："大姐，你看什么！"乌晓："他爸来了！"二人不再说话，看着一辆军用越野车直接开上站台停下。最先跳下来的是海航某团团长晋军和他的妻子小陈。小陈喊："嫂子！"乌晓望着他们，要回答，后面车门开，秦大地下车。她呜咽了一声。乘务员问："大姐，他是谁？"乌晓迅速控制住了情绪："我老公。"秦大地已经走过来，她又不愿意看他了，只是命令一般道："快上去把孩子抱下来！"又看晋军夫妇："晋军兄弟，莲花，你们怎么都来了，孩子呢！"晋军看一眼妻子。妻子上前抱住她："嫂子，孩子有人看。冷不丁你就来了，要不是吴强打电话——"晋军道："好了好了，你们见了面可别哭啊。嫂子，大地不是个东西，自己坐飞机来，叫您一个人陪孩子坐火车！"这时秦大地已经从车厢里把秦熠抱下来。晋军夫妇又一起去看秦熠。晋军干脆上前一把从秦大地怀里接过秦熠，道："秦熠，忘记叔叔了吧？"秦熠兴致很高，道："没忘。你是晋叔叔！"晋军大喜，看妻子和秦大地夫妇："看看我这儿子，都三年了，还认得我！对了秦熠，没忘了咱们的关系吧？"秦熠咯咯笑道："没忘，你和陈阿姨是我的亲爹妈，秦大地、乌晓是我的养父母，他们要是待我不好，你和陈阿姨就领我回咱家！"晋军高兴："行，没忘就好。我们上车！”“不过陶斯勇叔叔也让我这样说，那我可到底是你们哪一家的儿子呀？”秦熠说。“他是骗你的，我这儿才是真的。”晋军边说边把秦熠小心放进越野车。秦大地看乌晓。她仍不理他，跟着上车。小陈也跟着挤进去。晋军坐上司机位置，看秦大地：“还不上来！”秦大地收拾了轮椅，抱着上车。晋军一边开车一边说话：“嫂子，我知道那家医院，叫什么回春医院。刘院长说跟那个申一大夫打过电话，咱们这就过去。”

一小时后他们就到了这家山区医院。天大亮了。晋军直接将车开进大门，停在院中。他和秦大地带秦熠下车，放进轮椅。秦大地放眼一望，眉头皱起。这家山区小医院，规模不大，却相当热闹，到处站着坐着躺着全国各地来的病人，里里外外挂着病人送来的锦旗，上面都绣着“神医在世”“当代华佗”一类的颂词。乌晓吃了一惊道：“这么多病人，都赶上北京上海的大医院了！”晋军道：“都是网上闹的，说这里出了神医。不过说真的，申大夫是有点神，好多疑难杂症，别处治不好，到了她这里就给治好了。一传十十传百，各地的病人都朝这里跑！”他看了一眼表：“早呢，申大夫还没上班，你们等一下，我和这儿院长熟，先去办住院手续。”他没有意识到秦大地的心情已变：“等等老晋，我原来只想带秦熠来这里看看，没说住院。住院手续先不要办。”晋军吃惊地看他，又看乌晓一眼，回头道：“我说大地，申大夫真的不错，你们来都来了。”秦大地心情越来越恶劣：“这一类医院过去我们不是没试过。乌晓，咱们让大夫看一眼就走！”秦熠忽然大叫道：“不！我喜欢这地方，我要在这里住院！”秦大地生气地看他：“秦熠别胡闹！”秦熠真的闹起来：“不，我要在这里住院嘛！我喜欢这个地方！我不走！”乌晓看儿子，低声地：“秦熠，公众场所不要大喊大叫！”秦熠继续大声叫喊：“妈，你怎么了，我就是想在这里住院！”小陈看丈夫：“晋军，要不让大哥和嫂子带着秦熠先到团里招待所住下，回头再带秦熠来看申大夫。”秦熠仍在大叫：“不！这里青山绿水的，我都来了，我哪儿也不去，就在这里住院！”秦大地不容分说将他从轮椅中抱起，往车前走。秦熠哭起来，挣扎：“你把我放下！我要留在这里，这里能治好我的病！放开我，你不让我在这里治病，我今天就不吃药！”秦大地更没好气了：“秦熠，别闹！”他已经抱着儿子回到车前，伸手打开车门。乌晓几步冲上去拦住他：“干什么，把我的儿子放下！”秦大地：“乌晓！”乌晓：“我改主意了，就在这里治！”“你别犯糊涂！”“我没犯糊涂，你昨天就没打算来，这会儿又来干什么！把孩子给我！”她奋力去秦大地怀里抢秦熠，但秦大地不放手。

一个五十出头、但显得比实际年龄更老也更憔悴的女人刚刚进行过晨练，手持一把剑走过来，看他们。晋军认出了她，叫：“申大夫！”秦大地、乌晓、秦熠一时间都回头看她。女人看一眼秦大地和秦熠，道：“你们就是从南海来的，刘本立说的那个孩子？”秦大地：“是。你是申一大夫？”申一：“来了为什么又要走？”乌晓看一眼秦大地。申一：“这里的条件是比城里大医院差多了。好，走吧！”晋军忙道：“不，申大夫，他们千里迢迢地来了，还是请您给看一下！”申一：“不看！走吧。城里的大医院条件多好，又有专家，什么院士一大堆，走！”晋军没有放弃：“就因为城里的专家院士治不好孩子的病，这才——”申一不等他说完就要走。秦熠忽然叫了一声：“奶奶！”申一就在这一声喊中站住，回头看秦熠：“你叫我？”秦熠：“奶奶，你能治好我的病！我对你有信心！”申一不为所动：“你对我有信心有什么用，我对自个儿都没信心！”秦熠：“奶奶，能问你一句话吗？”“什么？”“你不是神医，对吧？”申一怔了一下，她明显对孩子的问题没有准备，“我当然不是神医。谁信世上有神医，谁就是傻子。”秦熠高兴起来，叫：“这就好了。申一奶奶，我不要你治好我的病，你只要能把我动不动就休克的毛病治好，让我能回学校上课就行！”申一深深看秦熠，她对这个孩子已经生出兴趣，看秦大地：“把孩子放下！”乌晓又去秦大地怀中夺秦熠。秦大地不给，自己把秦熠放回轮椅。申一在轮椅前蹲下，看秦熠：“叫什么名字？”“秦熠。秦始皇的秦，熠熠生辉的熠！”申一并不笑：“名字听起来像个大人物。已经上学了？”“六年级。马上要毕业，保送市重点南海第一中学。”“保送？”“对，不过我还是喜欢参加统考，保送不保送，我都是全市前十名。”申一道：“你刚才说，不用我治好你的脑瘫，只要帮你治好休克就行了，是这个意思吗？”秦熠道：“是。奶奶，我这个病全世界都治不了，你又不是神仙，怎么治得了？治不了也不是大事。英国的霍金，就是写《时间简史》那一位，他推翻了康德以来的古典理论，认为时间有始有终，空间也是有限的。他也是脑瘫，并没有影响他成为一位大科学家！”申一盯着秦熠，良久才说：“你读过《时间简史》，还读懂了？”秦熠笑起来：“奶奶你说什么呢，《时间简史》是一本科普读物，一般对天体物理学有兴趣的读者都读得懂。”申一站起，表情重新变得严肃，看秦大地和乌晓：“你们是家长？”乌晓急忙道：“是。”申一：“孩子一直在学校念书？还是你们自己教他念书？”秦大地：“是我妻子从小教他读书。我妻子在清华本科读的是物理学，研究生读的是天体物理。孩子到了入学年龄后跟同龄的孩子一样入学就读。”申一：“什么都是你妻子，你是她丈夫吧，你做了什么？”秦大地哑然。申一道：“把孩子推过来，我想现在就给他做检查。对了，孩子说过，他只要求我治疗他的休克，不是治脑瘫，这你们也能接受？”乌晓最先反应过来，急道：“能接受。”又对秦大地喊："愣着干什么，快推上秦熠跟申大夫走！"秦大地却不动，看着申一离开。乌晓又生气了："晋军兄弟快带秦熠过去，我跟大地有话说！"小陈看一眼丈夫，两人推轮椅跟上申一。秦大地、乌晓留在原地，他看了一眼妻子。乌晓不看他，道："这个大夫不吹牛，我想带孩子在这里试试。你走吧，别耽误了你的人生大事！""乌晓，我们不是来这里治秦熠的休克！""你走不走？你不走我就走，你和秦熠留在这里！"秦大地也生气道："你这是什么话，我怎么能留在这里。首长已经命令我尽快去报到了！""那你就走，马上走！"秦大地努力压住火气："你和秦熠留在这里，万一这个大夫不靠谱，你的博士学位还读不读？"乌晓的心被他这句话触痛了："秦大地！"周边的人们都在看他们。秦大地责备地看妻子一眼。乌晓已经转身朝医院外面走。秦大地跟过去挡住她："乌晓，我们不在这里吵架行不行？"乌晓已经红了眼睛："你走不走？什么话戳人的心窝子你说什么！你不转业，我还读什么博士学位，我杀你的心都有！你走！"秦大地不再说话，乌晓转身走回医院，跑向申一正在走进去的诊室。

秦大地要走又停下，站住，这一刻他的内心无比挣扎。看着妻子也跑进了申一的诊室，他忽然觉得自己在这里又成了一个多余的人。多年来带孩子去全国各地就诊，他常常就会生出这种感觉，作为父亲，在儿子的治疗中，妻子是主角，而他几乎就是一个没用的和多余的人。一旦有了这种心情，他就想回到自己的岗位上去，让工作充满他的生活，这样内心中对儿子和妻子的愧疚就会少一点儿。但是这一次，他真的能走吗？

手机响起，是陶斯勇打来的："大地，是你吗？"秦大地接手机道："斯勇，是我。""有一个情况，首长问你是不是现在就能去报到！"秦大地吃惊道："怎么这样急？出了什么事情？""有些事情不能手机里说，总之首长刚才打电话问我，你能不能马上去见他。我刚才把你的情况都报告给他了，他说，要是有可能，你先去见他，完了再回去安排秦熠在山西住院的事。我自己也马上回去，和你会合！”秦大地当机立断道：“明白了！你现在就帮我联系便机！”很快他就问清楚了，有一架安-24就停在晋军那个团的机场上，马上要飞回北京。秦大地快步跑向申一的诊室，发现她正在给儿子做全身检查，一帮护士围在她身边配合。他悄悄地把晋军喊出来，道：“斯勇的电话，首长要我马上飞去北京见他。”“这么急？”“我也没想到，怎么办？”“那你就走吧，这里反正有我们两口子，嫂子也在，事情交给我们好了。”“要是首长那里没那么急，我去了再回来。”“你不回来也行。”秦大地定定地看着晋军，突然上前拥抱了他，两人好久都不说话。最后晋军道：“大地，没什么，我们扛得过去。”他挤进人群，将乌晓喊出来，留下他们两口子在诊室外面。秦大地又不敢看妻子了，只道：“刚才斯勇来电话了。”乌晓只看他一眼就急急打断了他的话：“要你马上走？要是那样你就走吧！每次都是这样，反正我和秦熠都习惯了。”“我去一下，要是事情没那么急，我再回来。”“你不用回来了，只要秦熠在这里住上了院，我就不怕了。”“那……好吧，”秦大地道，一边看着妻子，乌晓却一直都不看他，“我到北京见过首长要是能回来，就马上回来。”乌晓还是那句话：“你不用回来。就是你不回来我们也扛得住。”秦大地没话了，他看着妻子重新走进诊室去。晋军走出来，看他：“走吧，我送你上飞机。”

当天中午，安-24刚刚在首都近郊的一座机场落地，陶斯勇就带车赶了过来。上车后秦大地只看他一眼，就知道事情又起了变化。“大地，首长走了，手机里不好说，因为相关海区一星期后有台风，航母平台第二次试航的时间提前了，所以他不能留在北京等你。但首长的话留下来了，他让我带你先去试验试飞基地接收试飞大队营区，一天都不要耽搁，马上开始工作。你知道首长一向的作风，他那十二个字。”秦大地知道过去的衣副司令、今天的衣总指挥常说的那十二个字：只争朝夕，万无一失，滴水不漏。却没有说什么。陶斯勇注意地看了一眼他，感觉到了他内心的沉闷，发现后者的心情明朗多了，问：“秦熠怎么样？”“啊，还好，下飞机时晋军来了电话，在那个什么回春医院住下来了，大夫说要先好好体检，一个月后才能出结果。”说了这么多，但陶斯勇发现他并不想说这件事，就不再问什么了。他已经明白，此时秦大地的心多半已经不在儿子身上了。

当天下午秦大地和陶斯勇就到了试验试飞大队营区。二人下了车，秦大地停在院地里，发现自己面对的是一个空空的旗杆，和一个名叫赵文的士官，后者正将一面国旗系在旗杆升降索上。秦大地问：“你要干什么？”赵文：“升国旗呀！”秦大地的心陡然振奋起来：“有音乐吗？”赵文指了指身边的录放机：“当然有！升国旗要放国歌。你以为我不懂？”秦大地大声对着空旷的院子发令：“全体都有，听口令！立正！升国旗！奏国歌！敬礼！”赵文吃一惊，但还是麻利地按下那台便携式收录机的播放键。国歌声起。他回头拉动国旗升降索。国旗缓缓升起。秦大地、陶斯勇举手敬礼。国旗升起来了。国歌在回响。秦大地目视国旗，神情庄严坚定。这时的他不再是一个孩子的父亲、一个女人的丈夫，他又变成了一名军人、一名久经考验的老兵，斗志昂扬，视死如归。

陶斯勇带他走进了办公楼，推开二楼一间办公室：“这是我让赵文提前给你整理出来的。以后你就在这里办公。”秦大地走进去，简单地看了看，在写字台后面坐下，对陶斯勇示意：“请坐！”陶斯勇笑：“一到这里，你就有了当家作主的感觉，把我当客人了？”秦大地道：“首长不在，你现在代理他成了我的领导，现在我向你这位领导提出要求，试飞大队所有后勤保障人员明天必须到位，兵马未动粮草先行，光我加上一个赵文可不成。还有，试飞员入队的工作也要马上开始！”陶斯勇把一个移动硬盘从包里掏出来，要放在他面前又停住：“你不打算再回山西一趟了？”“啊，刚才和乌晓通了电话，她说那边的事都安排妥当了，再说……我就是回去了也什么都做不了。另外，晋军也是这么讲。”他看一眼手中的硬盘：“这是什么？”陶斯勇把硬盘放在他面前：“谢振宇三年来参与各种空中竞赛的记录，也许你想看一眼。”秦大地迅速收下硬盘：“我还要余涛历年参加空军空中对抗的记录！”陶斯勇：“想到了，也在里面。另外后勤人员下午就到位，晚上你就能吃到热乎乎的饭菜！”“首长什么时候回到陆地上来？”“不知道，他说过不要你等他，也许三天，也许四天，但他有承诺，他回来后马上就来见你，还要参加试飞大队的成立大会，代表海军给大队授旗！他希望他回来时，你已经把队伍组建起来了！”秦大地道：“明白了！”陶斯勇看他道：“有一个地方，你想不想现在就去看看？”秦大地看他一眼。“这个地方是首长特意要求留下的，已经有了名字，叫英雄山。”陶斯勇又说。秦大地心中一动，明白了：“走，去看看！”

二人乘车出了试飞大队营区，穿过正在施工的工地，下车走上了英雄山。秦大地站住，四顾已毕，目视前方的大海，心荡神驰。陶斯勇看他：“这会儿想什么？”秦大地就地坐下，向后躺倒，闭上眼睛，深深地嗅了嗅身边的草香，开口：“这地方好像是来过。”陶斯勇笑：“胡说。”秦大地闭着眼睛：“斯勇，答应我一件事。哪天我先挂了，就埋这儿，你给我记好了。这地方好。”陶斯勇："我记好也没用，已经有人号下了。"秦大地一怔，笑："我知道是谁。那我就在他旁边。"他一跃而起，"首长真会做工作，留下这么一座山头，就把所有要说的话全告诉我了。我呢，也知道该从哪里起开始把队伍拉起来了！""你想从哪里开始？""斯勇，我想过了，初选名单上的人除了谢振宇外，通知他们马上报到。至于谢振宇，明天早上告诉你。"他边说边大步往山下走。陶斯勇跟着他走，心情也热烈起来："哎，等等我——"

这天深夜，时针已经指向凌晨一点。秦大地仍在看谢振宇不久前在海上驱逐敌机的录像，已经看到谢振宇用泰山压顶般的动作将敌机压向海面，越来越低。两机接近海面，谢机因此受到了干扰，稍稍抬高，敌机趁机贴着海面逃窜。秦大地"啪"一声关掉电脑，猛地站起，沉思有顷，坐下拨出一个电话："飞行学院吗？我是试飞大队秦大地。请给我接吴惊天同志！"电话里的声音："对不起，我们这里没有吴惊天的电话记录！"秦大地坚定道："他退休了，请再查一查。"他等待了一会儿，电话终于接通，听筒里响起吴惊天睡意惺忪的声音："这么晚了……哪一位？"秦大地："老吴，是我。秦大地。"吴惊天家里，老英雄已经在床上坐起来："是你呀，我以为你昨天就该来电话了。这个电话你打晚了。"秦大地笑了，又正色道："老吴，我刚刚看完谢振宇在海上和罗伯特格斗的录像。""你才看到。怪不得这么迟了才打电话。""不，这是第二遍。""那就更说明问题了。"一时间两人都沉默了。过了一会儿，还是秦大地先打破了沉默："前辈是怎么想的？你觉得我应当让他进试飞大队吗？"吴惊天不高兴了："什么前辈？我们是一代人！"秦大地笑："不，你比我早当兵，早进飞行学院，是余兆年团长停飞后的一代空王，称你为前辈你当之无愧。""少来这一套。我只做了五年空王，就被你打败了。你直到今天还是海军的空王。我们那一代人真正的空王是你。”“这个咱们俩就不要争执了。不是那次你带谢振宇飞特技出机械故障摔了腿，今天的空王是谁还不一定呢。”“这话我认。如果不是我摔伤了腿——”“但你用一条腿的代价带出了谢振宇。”“听出来了，你承认谢振宇有了和你一较高低的能力。”“当然，所以才要请教您，我该不该让他进试飞大队。”这次吴惊天沉默了半分钟：“原来你已经上任了……做决定的应当是你。”二人再次沉默。过后又是秦大地先开口：“我想请教的是，我有没有阻止他进入试飞大队的理由？”“虽然我是他的老师，但这个问题我不能替你回答。我还是认为你应当自己做决定。”“我刚才和120团的侯团长交流一下。老侯说谢振宇有弱点，尤其性格方面的，不太好改。所以我这么晚了还打电话给您。”“明白了，你已经决定了，力排众议，让他进试飞大队。”“不好意思，让前辈猜到了。”吴惊天不再说话。秦大地道：“你不说话我也明白您的意思。但我还是要先告诉您，不是我要他进试飞大队，是首长一定要他进试飞大队。”“不要拉首长来说事儿。将在外君命有所不受。你是大队长，如果你不要他，首长说了也没用。”“你看人入木三分的本事能不能收敛一点，骗我一下也行。”“我干吗骗你，这不是你的事业，这是海军、整个中华民族的事业。你算是什么东西，我要是在这件事说不定就轮不到你做了。虽然这样，我还是有一句忠告。”“请讲！”“接受谢振宇你不需要勇气，需要的是责任感！这两点，你秦大地都有！想一想我们的老团长余兆年当年怎么做的，我们这一代人只剩下你了，现在考验你的时刻到了！”秦大地不说话。吴惊天又道：“现在也只有你，才能让他成为我们期望的那个人，他将接续余团长和我们这一代人的事业和责任，带领新一代人和后来者创造属于他们这一代的辉煌！你的担子不轻！说实话，我一点都不羡慕你！再见！”

秦大地放下了电话，坐着沉思。有人敲门。“谁呀，这么晚了……进来！”陶斯勇推门走进来：“还没睡呢，都后半夜了！”秦大地吃一惊：“你不是回海军了吗？这么快又跑回来了？刘小薇不造你的反？”陶斯勇笑：“刘小薇去国外了，她还造反呢，我都想造她的反，可我找不到人。”他一边说一边又从包里掏出一块大号移动硬盘：“首长从海上交代，把有关部门搜集到的相关资料拷贝一份给你。他说试验试飞可能比预定的时间更早开始。”秦大地又是一惊：“比预定的时间更早？有多早？”陶斯勇道：“工程部门加快了速度，第一条试验试飞跑道很快就能搞出来。首长的脾气你还不知道？还有，中船和中航两家公司更是等不得，急得要让自己的设备通过试验试飞！”秦大地看那块硬盘：“这些都是什么宝贝？”“哪有什么宝贝。国外对我们封锁得厉害，这些东西基本上是通过公开渠道搜集到的，有些就是从公开的电视节目中摘录的。”秦大地有点失望：“还以为你会给我带来情报部门的大量机密呢。”陶斯勇看他，有顷才道：“大地，我也觉得这些东西你不看也罢，但你还是得看，首长的意思我猜了一路，最后猜到了。”秦大地已经想到了他要说的话，笑：“你是说……等我看完了这些资料，才知道我们有多绝望。”陶斯勇：“不说这个了，你看了大半夜谢振宇的空战记录，这人怎么办？首长可是一定要他！”秦大地站起道：“天亮后通知他和他的僚机康延成按时报到，接受选拔。康延成据说是个玩飞行游戏的高手！”陶斯勇：“你跟老侯通过电话了？什么感觉？”“感觉只有一个，我自己也觉得奇怪。就性格而言，他比吴惊天还吴惊天。”“什么意思？”“老侯最担心的是他进试飞大队的目的只是为了跟我进行一场空中对决，说这个人做了吴惊天的学生后就下决心要做中国海军飞行员中的NO.1。他这些年一切不听招呼不守纪律动不动就越过战场边界的表现，包括前几天在第一岛链上空和罗伯特大战后对空军的余涛发起突袭，都是为了达成一个目标！”陶斯勇想了想道：“我明白了！”秦大地：“你明白什么？”“他的目标就是引起首长和您的注意，得到机会代表吴惊天打败你，夺回海军空王的王位，以此向所有人证明在我们这一代人中，吴惊天才是最好的！”秦大地笑着望他。陶斯勇：“怎么了，我说了蠢话吗？”秦大地道：“原来你和我、和老侯一样，对他的了解都不多。有一句话是，永远不要小瞧一颗冠军的心。”陶斯勇道：“明白了，你早就决定要他了！”“三年了，这小子一直向我叫板，我一直不回应他，这里有个说法叫熬鹰。我熬了他三年，也熬了吴惊天三年，现在有机会进入试飞大队的谢振宇，应当是更加强大的谢振宇，但他能不能成为我和吴惊天盼望的谢振宇，还得过我秦大地这一关！过不了这一关，他什么也不用想！”陶斯勇摇头笑道：“这么多年，你一直在寻找一个能接替你的人，但一直都没有找到，现在从谢振宇身上看到了一个更年轻的自己！你想把他弄进试飞大地，检验他能不能胜任你想留给他的事业和责任，就像当年的余兆年老团长把责任和事业留给了你和吴惊天一样！他要是不行，你仍会毫不留情地淘汰他！”秦大地不再说话，但他的目光却悄然严厉起来。

清晨。120团侯团长正在办公室里接陶斯勇的电话。他说：“陶主任，我还是反对！大地昏了头了！……什么，事情已经定了？不，只要正式调令不到，人就还是我的！再见！”他放下电话，一回头，发现谢振宇已经站在门外，大着嗓门喊了一声：“报告！”侯团长生气道：“你在门外头站着干什么？鬼鬼祟祟的！进来！”谢振宇走进来。侯团长对他并不客气，继续大声道：“坐下！什么时候来的？什么事！”谢振宇早已习惯了他对自己说话的方式，并没有坐，也大声道："报告团长，你和陶主任刚才通话，我不小心听到了！没事了，我走了！"他举手再次敬礼，转身就走。"站住！"侯团长又喊了一声，"好你个谢振宇，什么你都听见了？你以为秦团……秦大队已经铁板钉钉要你了？没有的事儿！你连我这一关也还没过去呢！"谢振宇不说话，刚才听到的信息已让他觉得自己此时可以什么也不说。侯团长更生气了："你怎么不说话？别给我来这一套！吴惊天老前辈是跟我通了电话，他向我推荐你去试飞大队，但我不同意！我不同意你就走不了你知道吗？"谢振宇这时表现得与其说是镇定，不如说是好奇："团长，你为什么不同意？"他的这种态度让侯团长更加火大："我为什么不同意你最门儿清！上次你违反战场纪律，你都飞到第一岛链上头去了，回头就偷袭了空军的王牌飞行员，这些事情还没处分你呢！"谢振宇以一种不大畏惧的姿态站着，他知道侯团长还要继续吼下去，这时候多说也无益，于是又不说话了。"嗯，我再问你一句，你利用这次到海上驱逐敌机的机会，拼命地出风头，你一天打了两仗，你是真想出一战成大名啊你！别人没看透你，我看透了，你就是一心要去试飞大队，你在为自己造势啊，现在你如愿以偿了，连衣总指挥都注意到你了，让秦大地看你的飞行记录——"谢振宇一直在忍，但终究还是忍不住，突然开口打断他的话："等等团长！原来是衣总指挥——"侯团长大叫："你住口！还没让你说呢！好了，说吧，这么挖空心思给自己做铺垫，这么想进试飞大队，为什么？"谢振宇现出一副惊奇的样子："团长，瞧你这话问的！当然是去参加舰载机试验试飞，为航母迅速成军贡献力量！"侯团长拍案："少唱高调！我还不知道你？真这样想我就不担心了！"谢振宇仍旧大声道："团长，这你就太主观了，我确实是——"侯团长缓一口气："住口！我扒了你的皮能认出你的骨头！你这个人满脑子英雄主义，老子天下第一，你一门心思进试飞大队只有一个目的，靠近秦大队，创造机会逼他接受你的挑战！一旦打败他，你就成了中国海军的空中之王！可是同志，你以为你真能打败他？做梦！你小子要是真打败秦大地还给我们120团长脸了呢！我担心的是你打不败他，却搅了他的局！他现在担子那么重，全海军、全中国都看着他呢！要是让你搅了局……还有，万一……你听好了，我说的是万一……万一你走了狗屎运，赢了他一场，他还怎么在那里当大队长？他不当大队长了试飞大队就成了你谢振宇的天下！你就搅了我国航母成军这个更大的局！”谢振宇：“团长，你怎么越说我越糊涂，头一条，你说是进试飞大队就是为了打败秦大地，你这也太小瞧我了；第二条——”“住口！你这人不说就是不说，一说整个屋里都盛不下你！你还有第二条，我还没说完呢！”“那你说。”侯团长一时却找不回刚才的话头了：“我刚才说到哪里了？我都让你给搅乱了！行，说你的第二条！”谢振宇：“第二条，反正团长也认为我打不过秦大队，那你老人家还担心什么？”侯团长又被他成功地气坏了：“我刚才是说万一！你现在赢了罗伯特，赢了余涛，满世界都盛不下你了，万一再赢了秦大队，那个小小的试飞大队还盛得下你？”谢振宇以退为进：“团长，要不我就不去了！”侯团长果然中了招，一怔：“你不去了？真的？”“如果团长也认为我去那里会打败秦大队，他那个大队长以后不好干，我也可以不去！”侯团长现在明白他让这小子给耍了，气不打一处来，又拍一下桌子：“谢振宇！你给我立正！我就是那么一说，你还以为你真能打败秦大地啊！我想起刚才要说什么了！你谢振宇想什么我全知道！你去了试飞大队，打不败秦大地不丢人，万一你赢了，那里就是你谢振宇的天下！新一代空王，天下从此无人！你说不定能成功地把秦大地赶走，自己在那里称王称霸！中国要有航母了，从新一代舰载机试飞员中一定会出现新一代中国空中英雄！你不只是想当这个英雄，你还想当英雄的头儿，想当中国航母舰载机时代的空王和领军人物……对不对！”谢振宇平静道：“团长，这我就更不明白了，我就是真想成为你说的航母时代的空中英雄，难道错了吗？”侯团长又中了招：“你果然是这么想的！自个儿都认了！这就是我不放心你的地方！谢振宇呀谢振宇，吴惊天是我们的前辈，中国海军的一代空王，可他那种凡事都要拿第一、不拿第一就活不了的脾气，我不欣赏……你现在青出于蓝胜于蓝，把他的本事全学会了，也把他的毛病全学过来了，有过之而无不及。这个毛病不改，你就不配做中国未来的空中英雄！”谢振宇内心不觉火起，表面仍不动声色：“团长接着说，我怎么就不配做中国未来的空中英雄？难道一个人有点理想就错了吗？中国海军正在进入航母时代，我不想做英雄，难道我应当……”侯团长忽然意识到自己的处境不佳，打断了他的话：“好了，现在不讨论这个！咱们长话短说，秦大地是点名要了你——”谢振宇吃了一惊：“等等团长，你说什么？秦大队点名叫了我？”侯团长看出了他的诧异：“对！让你知道也没坏处！这可以让你认识秦大地是什么样的人！人家才是真正的空王，心胸广大，并不为你三年来一直跟他叫板有别的想法……有句话我说出来对你有好处！我在这里想，他答应要你，第一是觉得你谢振宇好歹算个人才；第二在他心里，你可能什么也不是！啊，从今儿起到你们报到还有五天，这五天你去不去得了还要看。从今天起我就要给你约法三章，如果你做得到，到了那天我就不拦你，要是你根本做不到，你就连去试飞大队接受选拔也不用了！”谢振宇又大吃了一惊：“什么，还要去试飞大队接受秦大地选拔？”侯团长上下打量了他一番，大声道："怎么？你以为你去了就能留在那里？试飞大队的门就那么好进？听着，约法三章第一章，进了试飞大队，百分之百服从秦大队领导，表里一致，不能像在团里，搞阳奉阴违那一套。尤其是不能捣乱，在这些事情上我知道你是有些小聪明的！清楚吗？"谢振宇："这才一章，不是三章吗？"侯团长："我问你听清楚了没有！"谢振宇大声道："清楚了！"侯团长："第二章。这一章最关键，最要紧。进试飞大队是要完成舰载机试验试飞任务，将来还要上舰，形成战斗力，不是给你机会向秦大队发起挑战！""这个……团长，如果是秦大队要求呢，我也高挂免战牌，或者干脆把一条白手帕绑在棍子上，当白旗打出去？"侯团长不为所动："你不主动挑衅，秦大队怎么可能……啊，这一章里要加一条，你用各种鬼主意逼迫秦大队不得不接受你的挑战也不行，清楚吗？"谢振宇想了想："行。清楚了。""光清楚了还不行，还要执行、落实，照着办！你能成吗？""团长，说第三章！""第三章……你都把我给整糊涂了，没有第三章了……第三章就是，你要是去了那里不听招呼，只想给秦大队捣乱，干扰他的工作，我就让他开了你。别想着他开除了你120团还要你，你今天被退回，明天团里就安排你转业！约法三章，听明白了没有！""团长，你这三章可够狠的，尤其是最后一章。"谢振宇道。"回答我，接不接受！""接受。但是——""接受就行，没有但是，不能讲条件！"谢振宇知道话谈完了，"啪"的一个立正："是！团长，可以走了吗？"侯团长又凶起来："我让你走了吗？站好！还有一件事。最后这五天好好在营区待着，不要出事，出了事你还是走不了！啊，山地自行车也不要骑，万一摔断了胳膊腿，还去得了吗？"谢振宇快要扛不住了，回答："是！"一边举手敬礼，"现在可以走了吗！"侯团长也不还礼："走！"他看着谢振宇一个标准的转身动作走出，转眼就消失在门外，叹一口气，站着想了想，悄然一笑。这笑容转瞬即逝。他跟着就拿起电话拨出一个号码：“给我接秦大队！”

120团空勤楼三层。谢振宇一路走回自己和康延成的房间，站住，定定神，忽然很得意地笑了。这一笑暴露了他的内心：我又赢了！手机响起。他按下通话键：“游戏？结束了？明天接机？把航班号发过来！……不能在电话里谈！团长刚刚跟我约法三章……我不能随便违犯纪律！”他又很得意地笑起来，“当然有好消息，急着告诉你！放心，我先请假，明天一定去机场接你！”他关掉手机，一跃躺到床上，又拨出一个电话，抑制不住内心的狂喜：“老师，我是振宇……那件事定了！秦大地点名要我！”

试飞大队空勤楼内，秦大地带陶斯勇、吴强、赵文正在一间间检查试飞员宿舍。秦大地是有经验的，他进了房间，先伸手去摸被褥的厚薄，再摸下面的毡垫是不是潮湿，忽然回头看吴强，道：“这个不行，太薄了。北方和南方不一样，夜里还是很冷的。你给基地后勤打电话，把两斤的被子换成三斤的，垫子也要加厚。”吴强道：“大地，你这么急着把我弄来，我以为是来这里等待试飞员选拔，不是你的后勤协理员。”“住嘴，过去不是，但现在是了。开始工作。”吴强看一眼陶斯勇：“谁任命的？我不干！”秦大地：“我任命的。不干也得干，这是命令。另外，还得有个类似军务参谋的人帮我把一日生活制度管起来。也是你。”吴强叫苦：“什么也是我呀，我干得了吗？”秦大地转眼看到了赵文：“再给你派一个兵。赵文，你现在归吴参谋管！”赵文“啪”地对吴强敬一个礼：“吴参谋，祝贺你上任，以后我听你的！”吴强并不领情，又看陶斯勇：“陶主任，你看，你给他当僚机，净干些擦屁股的事。”陶斯勇笑道：“强子，试飞大队刚开张，你就辛苦点，人很快会配齐，那时你就解放了。”吴强不好再说什么，跟着三人朝前走。

进入下一个房间，秦大地又发现了新问题：“给每个房间配一只烧水壶，花不了多少钱，饮水的问题就解决了。”吴强已经迅速适应了自己的新角色：“行。”检查完了最后一个房间，秦大地看陶斯勇：“走吧，差不多了。咱们去基地。张司令说，第一条跑道已经有了模样。没想到这么快。强子派车！”吴强仍然看了他一眼。秦大地冲他大喊：“吴参谋，派车！”吴强恨恨地盯他一眼，跑下去。秦大地和陶斯勇赵文往外走，三个人笑。秦大地又站住，看陶斯勇：“啊，刚才120团的老侯打来电话，谢振宇的事算是基本搞定。眼下我最关心的是余涛。空军还没回话吗？”陶斯勇不笑了：“我马上打电话去催。一定要把他弄到？”“当然！”秦大地大声道。

众人赶到试验试飞基地工地，发现一条跑道真的快搞出来了。挖出来的土石没有运走，小山一样堆在跑道两侧。工程部主任刘平安正带着一群地方专家和技术工人安装第一条阻拦索。刘主任已经接到电话，主动迎上来，双方相互敬礼。张天一原来是认识秦大地和陶斯勇的，主动向他介绍：“这位就是试飞大队的秦大队长。这位是陶主任。”刘主任：“陶主任，秦大队，你们来得太快了！我压力山大！”秦大地站在跑道上，放眼看过去，又看正在安装的阻拦索，高兴道：“认出来了，这是阻拦索！”一位地方工程师模样的人走过来：“你是秦大队长？”秦大地：“是我。您是——？”刘主任：“介绍一下，这位是中船的周总工，这些正在安装调试的设备，都是他们和他们的下游厂家研制生产的。”秦大地看周总：“我们见过吗？”周总：“见是没见过，可你的名字如雷贯耳。我听中航的梁总说过，你试飞过他们的歼-15！”秦大地笑道：“原来是这样。啊，我和陶主任就是来看看，算是熟悉一下战场！”刘平安：“那你现在可没多少看的，除了这条跑道，加上第一阶段试验试飞要装上的阻拦索，其他还什么都没有呢。”秦大地又看阻拦索，问：“进口的，还是国产的？”周总道：“当然是国产的。想进口人家也不卖给我们呀。结果我们的一个研究所和企业合作，搞出来了。”秦大地、陶斯勇又去看与阻拦索系统相关的地面和地下的装置，周总一一对他们说出名字。看秦大地不说话，周总很好奇地问：“看了我们的这些宝贝，想到些什么？”秦大地道：“中国航母平台虽然开始了试航，但你这些设备包括阻拦索还没有通过最后的检验吧？”周总佩服道：“您英明！那你就能理解我们的心情了。只有通过你们的试验试飞，拿到合格证，这些设备才能上航母，我们的工作才算完成。”一直没机会说话的张天一这时也开了口：“中航也一样。我国第一款舰载机歼-15虽然经过了国家试飞院的试验试飞，拿到了合格证，但是不是和国产阻拦索系统相适配，也要经过试验试飞才能得出结论，成为真正的舰载机上舰。”秦大地看陶斯勇一眼：“我已经听明白了，你明白了吗？”陶斯勇：“你明白了什么？”秦大地：“不经过我们的试验试飞，航母不是航母，阻拦索不是阻拦索，舰载机也不是舰载机。”

刘主任带秦大地、陶斯勇往回走，一边说：“秦大队，我们工程部是保障部门，这条跑道很快就会竣工，你看我们还需要做什么？”秦大地朝两侧看一眼，站住了：“这么多工程垃圾，对于将来的试验试飞可是个麻烦。能很快清走吗？还有，怎么着也得建一所房子做飞控中心，将来指挥舰载机试验试飞。还有专家团，不能都站在跑道边上吧。”刘主任迟疑一下，还是把话说了出来：“这我就要说抱歉了。首长说了，来不及建飞控中心，先开一辆指控车过来充当临时塔台。至于跑道两边的渣土，一时半会儿是清不出去的，量太大，只能留在这里！”秦大地不说话了，皱着眉头，长久地看着跑道两侧小山一样的渣土，半晌才和陶斯勇一起走向自己的越野车。

黄昏，已经过了吃饭的钟点，秦大地还在办公室里打电话："对，兵马未动粮草先行。一旦开始试验试飞，所有的配属单位都要到位！尤其是救护分队和消防分队。再有，中船和中航的专家，一定也要到现场，一旦遇上技术问题可以马上解决！"门响，衣正邦推开门走进来。秦大地又惊又喜，放下电话大叫："首长！"衣正邦一时间用他那鹰隼般锐利的目光盯着秦大地看。秦大地迎住他的目光，举手敬礼，大声道："海军舰载机试验试飞大队大队长秦大地向您报告，本人已奉命就职，开始工作！"衣正邦哼一声，也不还礼："有困难吗？"秦大地："太多了！"衣正邦："哪有那么多困难，不要狮子大开口，说最要紧的！""眼下最大的困难是我需要一个政委！""正在考虑。你自己有什么建议？""陶主任怎么样？我知道让他到我这里当政委有点大材小用，说不定还会影响他的发展，但是我还是建议，为了——"衣正邦打断了他的话："不用说了！会替你考虑的。别在屋里待着，跟我出去走一走！"秦大地看了他一眼："是！"

两人出了营区，很快就到了海边。衣正邦一直往前走，不开口，目光望着远方。秦大地在后面默默跟着，他感觉到了，几年不见，他的这位老首长老了，而且有心事。正在这时衣正邦站住了，回头问："孩子怎么样？"秦大地心中不觉一动，哪里就痛起来："让首长操心了。情况还好。"衣正邦语气凝重："知道吗？我这个人又犯了官僚主义。更多的情况这两天才知道。海军总医院真的治不了秦熠的病？"秦大地不想和他谈这个话题："首长，秦熠现在到了山西一家医院住院检查，情况好像不错，你那么忙，就不要让这件事干扰你了。"衣正邦沉默，两人继续向前走。有顷，衣正邦又站住了，有点动情。秦大地看他，心想你可别这样啊。衣正邦道："大地，我可能过分了，这两天我一直在想，为什么不能让你转业？没有谁地球都会转。"秦大地试图笑一下，但不成功："首长这时候还说这个，早不说……我来都来了。"衣正邦："其实现在还可以让你走。"秦大地脸上保持着方才的笑容，但一颗心已经沉下去了，好一会儿才开口："首长心中有了接替我的人？"衣正邦目视远方："没有。我回来的时候一直在想，强迫留下你，不是你有问题，是我有问题。难道没有秦大地，这项事业就不干了？无非是在我心里，觉得别人都不如你。你明白我的意思，我是说，没有你，英雄山上可能会躺下更多的人。"秦大地脸上笑容落下去："首长，是我自己愿意来的！我——"衣正邦没让他把话说完："过几天试飞大队要成立。我给你一夜的时间考虑。你这会儿可以什么话都不说，听我说就行。"秦大地不再说话。衣正邦道："我听说你一来就去了那个地方？"秦大地心中又是一动，他明白衣正邦说的是哪个地方，点头，看衣正邦，又笑。衣正邦："你笑什么？想到了什么？"秦大地道："想到了首长当年跟我讲过的故事！""我给你讲过好多故事，哪一个？""那年上前线，首长作为海军航空兵和陆军作战部队的联络人，在部队进入战场的当夜，亲自看着大批参战部队从自己眼前走过——""原来是这个……这是不是说，明天天亮后我不用担心你会选择离开了。""首长当年没有选择离开，那么多参战官兵当年也没有选择离开，今天我怎么能离开？"衣正邦沉思道："其实那天夜里还有故事。部队一边浩浩荡荡地从我面前走进战场，我作为参战人员之一和这个师的师长、政委、政治部主任和干部干事蹲在路边，讨论战争准备过程中一个不能缺少的环节，也是最后一个环节。为当时还活着、但马上就可能牺牲的烈士挖墓坑……当时最震撼我的还不是我对你讲过的那句话，那句话只是我对战争、对军人使命突发性的领悟。最震撼我的是接下来发生的事：战争即将打响，但还没打响，就在我的眼前，大批官兵刚刚进入战场，师领导就开始和一名干部干事加上我讨论为明天死去的人准备多少墓坑。”秦大地看他，道：“首长，这个故事你还真没讲过。”衣正邦：“这个师的任务是在明天的战斗中消灭敌人的一个加强营，按照步兵攻防一比四的伤亡比例，最坏的可能是我们要伤亡一个加强团的人。战场上一个步兵加强团是多少人？以前我也不知道，这天傍晚我知道了。当时师政委告诉那位负责此事的干部干事：给你一个民工连，天亮之前，给我挖出三千八百个墓坑！”秦大地大叫：“三千八百个！”“对！我这时再抬头看身后那支络绎不绝开上战场的队伍，就有了一种异常震撼的感觉：这些正走上战场的人，其中有整整三千八百人，注定要为这场战争牺牲，这是他们活在人间的最后一个晚上！”秦大地觉得喉头颤一下，说不出话来了。“事实上后来仗打完了，并没有牺牲这么多人，但那天夜晚师政委的话还是给了我巨大震撼。而且，当天晚上，为了阻止我跟队伍上前线，师政委专门交给我一项任务，让我和干部干事一起带民工连去挖墓坑……事前就选定了一座英雄山，离边境线十五公里。我和干部干事一起督促民工连披荆斩棘，挖出了第一个墓坑。这时出了麻烦，民工连长报告说，他们不知道尺寸——”“尽寸！”“是尺寸……我还没有从震惊中清醒过来，那位干部干事已经就地躺下，说，照着我的身高和身宽画一个矩形，就是墓坑的尺寸……第二天拂晓我跟着他回到了战场……留在英雄山上的感觉非常不好，你能够理解……战争结束时，这位上了前线的干部干事牺牲了……”

两人长久没有再说话，只望着海上的波光。过了好久，衣正邦回头：“走吧，回去。”一辆越野车开过来停下，秘书小魏下车，看秦大地：“秦大队好。首长，该走了。”秦大地吃一惊：“这么晚了首长还要回去？”衣正邦道：“下一阶段的航母试航工作要抓紧，我要连夜赶回去开会。四天后我再来，参加你们的成立大会。”秦大地看他上车，叫了一声：“首长——”衣正邦回头。秦大地道：“余兆年老团长现在什么情况？”衣正邦敏感地看他一眼，道：“怎么想到了他？”秦大地道：“成立大会那天，我想请他来跟我的人见个面，讲几句话。”“他的身体非常不好，一直住在总医院，医生不让他激动。”“那就算了。”秦大地道。他看衣正邦上车，举手敬礼。衣正邦坐到车上，又看他：“最后说一句，我还是给你一天的时间，等你的电话。”秦大地这次再没有开口拒绝。

衣正邦的车开起来。秦大地没有马上离开，相反却在海边的礁石上坐下来，没有人注意此刻他内心的波翻浪涌。过了好一会儿，他掏出手机拨出一个电话：“首长，我不想再过一天了。我想好了！”手机中对方在沉默。秦大地接着把话说完：“首长把那座山都给我们留下了，我就更不能走了！”这时的衣正邦已经在基地临时机场上了直升机。他在接秦大地的电话，却一直不说话。秦大地的声音在继续：“来时我就想好了……我只有一个条件，用我自己的办法带队伍完成使命！请首长答应！”衣正邦终于开了口：“你还有条件？”秦大地道：“我只有一个要求，将在外君命有所不受！”衣正邦道：“我现在就可以告诉你，不行。即使我想答应你也办不到。我可以放手让你带这支队伍，但到了节骨眼上，我该插手还是要插手的！就这样吧……我要走了！”他不等秦大地回答就关闭了手机。直升机飞起来。

深夜的北京，海军办公大楼里，陶斯勇一个人坐在衣正邦办公室，没有开灯，他就在黑暗中等待。脚步声响起，然后是开门声。衣正邦走进来，开灯。陶斯勇站起。衣正邦一惊：“陶博士！都什么时候了你还——”陶斯勇道：“首长！”“什么事，说！”“我和大地是同年入伍，也是二十多年的老兵了，有这么一个机会，首长可以考虑一下我吗？”“想去试飞大队当政委？”“首长，我到那里当政委最多只能算是平调，不算要官。”衣正邦在办公桌后面坐下，严厉地看他：“你觉得你行吗？”陶斯勇叫道：“首长，我也是你带出来的，就比秦大地差那么远？我怎么就不行？”“要是让你去，你打算怎么干？”陶斯勇道：“大地的担子很重，可以说太重了！我现在倒是觉得，应当有一个人去盯着他，监督他每时每刻做的决定，帮他分担，帮他减压！”衣正邦：“你很担心他，是吗？”“首长，大地的性情，表面看不善言辞，可他是什么人首长知道，我怕他上了战场，枪一响就不顾一切自己先冲上去！”“你可以说得更清楚一点！”“更清楚一点就是，我怕第一个牺牲的人是他，而且是主动牺牲！第一仗就牺牲！”衣正邦沉默了，站起走到窗前去，忽然回头：“今晚上讨论的就是你，你的命令明天下！知道去那里当政委，我要你做的是什么？”陶斯勇大叫：“首长！”“回答我的问题！”“随时拉紧缰绳，阻止这匹烈马不顾一切地奔向牺牲！”“你明白就好！即使我为他们和我自己留下了那座山，也不希望真死很多人，特别是大地！我不唱高调，哪个都是人生父母养的，他们身后都有一家子人！你告诉秦大地，我硬着心不让他转业就是为这个，让他当这个大队长就是为了不让更多人牺牲，但这不等于，我想让他第一个牺牲！”陶斯勇“啪”一个敬礼：“首长，我可以走了吗？我想今晚上就赶到试飞大队！”衣正邦：“这么晚了，又没飞机，你怎么去？”陶斯勇：“夜里有动车！”衣正邦：“我的话你记好了！秦大地出了事我第一个拿你是问！走吧！”陶斯勇再次敬礼，转身离去，意识到自己的眼眶湿润了，他问自己：“是不是真有点上战场的感觉？是的，就是这种感觉！……秦大地，我来了！”

第四章

第二天清晨，当谢振宇开着一辆经过改装的地方牌照的吉普车飞快地赶到机场航站楼，接到怀抱着奖杯的康延成时，他完全没有想到在同一座机场的国际通关处，一位将在他生命中出现的女孩子也正随着大群外国旅客排队出关。在她的身后是便装的海军医学专家刘敏洁，她也刚刚参加了国外的学术交流回国，老人饶有兴趣地看着前面这个洋气、知性、书卷气的女孩子，开口问："海归？"夏初回头看她，笑道："是，海归！""我当初也是！"刘敏洁道。"阿姨，那我们是同类！"面前的女孩子说。两个人攀谈起来。"这些年回来的人越来越多了！""中国越来越好了嘛！""学什么的？""阿姨这就打算帮我找工作吗？"刘敏洁笑了："万一碰巧了呢？"女孩子认真起来："学管理学的。""博士？"女孩子点头。"哪儿拿到的学位？""马斯洛研究所。"刘敏洁道："马斯洛研究所是研究成功心理学，现在也招管理学专业的博士了？"女孩子越来越对她刮目相看了，道："阿姨，管理学和心理学难道离得很远吗？"刘敏洁道："明白了，是我落伍了。我得向青年人学习了。留个电话。"女孩子这次笑得挺灿烂："哎哟阿姨，不会吧？”刘敏洁开玩笑道：“万一我有个儿子没结婚呢？”夏初被老人的风趣感染，大笑道：“行，阿姨，把你的手机号告诉我，我给你拨过去。”

航站楼国内出口处，谢振宇正和康延成击掌。后者炫耀地将奖杯递给他：“瞧瞧！瞧瞧！漂亮吧？快说，牛！”谢振宇故意气他，道：“这个罐子好像比上次那个大一号！”康延成大叫：“嫉妒！太好了，能让你嫉妒我太幸福了！”他哼起一支叫《水兵的幸福》的歌子来，又叫：“这叫奖杯，不是罐子！”谢振宇招呼他上车：“等等，有件事我要问清楚，得了多少奖金！”康延成：“不告诉你！馋死你，晚上让你睡不着觉！”谢振宇冲他笑。康延成又叫：“你这一笑，就知道不怀好意！”谢振宇道：“没有奖金！不但没奖金，还要自己交银子，赛事上开销完了，剩下一丁点儿在大街上买几个这样的劣质罐子发给你们，你就高兴得屁颠屁颠地回来了，逢人就说，我又拿了冠军！”康延成嘴硬：“少胡说！这次是真正国家A级竞赛，本人力挫各路强手，荣获业余组冠军！哎，你知道我怎么赢的？”“作弊呗！”“呸！这次我赢他们，和你大有干系！”谢振宇道：“和我什么干系？胸无大志，整天玩我玩剩下的！走走走，上车！”边说边往车前走。康延成追赶上来：“哎，我真要感谢你！我用了你在海上对付罗伯特的那几招。快、猛、狠！最后一招是骗！哎，听进去没有？别假装不感兴趣！怎么了？”他发现谢振宇猛回头，望着从国际旅客出口处走出来的一个女孩子，脸上的表情正在急骤变化。康延成吃惊地喊：“怎么了你？你怎么还喘起来了，不会吧！”谢振宇的声调都变了：“安静！这是天意！”康延成要笑又认真了：“老谢，你一直不是这样的啊！这么多年我最佩服的就是你是当代的柳下惠，坐怀不乱，怎么了今儿？瞅你这眼神儿，一只饿狼盯上小羊，涮着吃还是烤着吃！……太遗憾了！有人接她！你没机会了！”谢振宇这一刻也看见国际旅客出口处有个女孩子向走出来的女孩子招手，跑过去，耳边响起的却是八年前和一个名叫夏初的海洋大学女学生相遇并交谈的声音，其间夹杂着她银铃般的笑声：“美女，告诉我你的名字！”“不，反正我是不会爱上你的……你长得太瘦了！”人会在一瞬间把几年前某个夜晚发生的事情全都回忆起来吗？啊，会的。

八年了，那时他还是空军某航校的学员。一天夜晚，本校学生会和隔壁海洋大学的学生会共同组织联谊舞会，他开始只是本校小乐队的一员，在舞厅尽头小舞台上打鼓，兴致勃勃地看着本校的学员和海洋大学的女生翩翩起舞。但是后来发生了事情，十几个海洋大学的男生举着一条条横幅走进来，在舞会入口处展开。横幅上写着：“海洋大学全体男生抗议104航校士官生的野蛮入侵！”“航校的士官生滚出海洋大学校园！”“打倒出卖我校女同学的学生会！”由于有了他们的反对，舞会的气氛反而越发热情奔放。那时他和余涛还是同学，两个人一样年轻，后者走过来笑看用力打鼓的谢振宇：“快去跳一会儿，不然没机会了！”就在这时，他一眼瞅见了刚走进舞场的夏初，一下子被电住了一样，被后者的美貌惊呆了，将鼓槌塞给余涛：“我的菜来了！”

他无所畏惧地向夏初奔过去。几名海洋大学的男生却在舞场入口处拦住了夏初，其中一位正在劝阻她：“这位女同学，请不要进去，我们海洋大学的男同学反对航校的士官兵侵犯我们的利益！”周边的人们都在笑。夏初叫道：“说什么呢，谁是你们的利益？”谢振宇三步两步走过去，一把将她拉过海洋大学男同学的封锁线，回手将她藏在身后，对那些捣乱者喊：“怎么了怎么了，我们约好的，请自重！”说完了，不等对方做出反应，他已经拉着夏初下了场。

那天他的表现很糟糕。他和夏初跳了起来。夏初看了他一眼，再看他一眼，要笑又止住。谢振宇不高兴道："这位同学，你笑什么？"夏初收敛笑容："没什么。""是不是觉得我刚才挺勇敢的。我算是英雄救美吧。"夏初又看他一眼，还要笑。谢振宇有点扛不住："怎么了怎么了？""你过去没跳过舞吧？""怎么可能……我是我们这一期同学中的舞王。"夏初又要笑。"别笑，再笑我就没信心了。""你已经没信心了。哎哟！"她叫起来。"对不起对不起，不是有意踩你脚。""你当然不是有意，可你都踩了三回了。"他有点狼狈，想把话题岔开："哎，告诉我你的名字。"夏初终于忍不住咯咯笑起来。"怎么了怎么了，我有这么可笑吗？"夏初再次止住笑："问我的名字干什么？反正我是不会爱上你的！""为什么？万一呢？"夏初看了他一眼道："你长得太瘦了！"她又笑起来。天哪，她怎么这么爱笑呢！

……现在这个爱笑的女孩正从人流中走出，向她的朋友跑过去，两个女孩子拥抱，贴脸，难分难解，一边大叫大喊。"尼娜，可想死我了！""我也是……让我看看这是谁呀……变了！怎么这么漂亮啊，不带这么欺负人的，你整容了吧！""呸，说我老了就说老了，我老了还是丑了？"柳尼娜盯着她看个不止："不是丑，也不是老，是漂亮，大气，简直就不像中国人了！""胡说！那我像什么人？""洋人哪！眼下国内最抢手的就是你这种中不中洋不洋的美女了！快，车在那边！"她边说边接过夏初的行李往外走。"哎，说什么有什么，那边两个帅哥盯上你了！"夏初朝停车道上一瞥，笑容落去，脸上现出厌恶的神情："他怎么来了！""谁？""钱程远！"柳尼娜回头看停车道。一辆刚停下的高档轿车里，走下一个全身名牌头发溜光的男子。钱程远已经看见她们，取下墨镜，向夏初招手，喊：“夏初！夏小姐！夏初小姐——！”柳尼娜看自己的朋友：“他消息够灵的，你告诉他的？”“呸，我怎么会——”柳尼娜想起了什么，笑道：“我告诉你个新闻啊，他改名了，不叫钱程远了，叫钱慕莹。你叫夏初，他叫钱慕莹，因为仰慕你改的名，肉麻死我了！哎，他过来了！”夏初望着正从停车道上跑过来的钱程远，焦躁道：“快想办法！你可快想办法呀……你得救我！”柳尼娜道：“真不愿意跟他走？”“当然不愿意！快救我！”“哎呀，我这智多星一时半会儿还真想不出来办法了，要不咱跑吧！”夏初回头一瞥，望见了仍原地站住盯着她看的谢振宇，只迟疑了一瞬，便撇下柳尼娜奔过去。柳尼娜被吓住了，低声喊：“哎，哪儿去？”夏初的动作也惊动了钱程远，步子不觉慢下来。这当儿夏初已快步来到谢振宇面前，没有给后者任何反应的时间，就已上前抱住他，猛地给了他一吻。谢振宇要喊，被夏初暗中止住，低声道：“配合一下！”说完又吻了上去。这一吻时间是那么长，无论是康延成，还是柳尼娜和钱程远，都看呆了。

谢振宇这时也透过夏初的肩头望见了钱程远。后者显然也被发生在自己眼前的事情惊动了，停下来不再往这边走，过了一会儿，干脆识相地转身走回自己的轿车，上车，喊：“走！”那辆高级轿车像是一直在等待这句话似的，立即飞驰而去了。夏初一直用眼角余光注意着钱程远，一见他的车远去，马上停下激吻，将谢振宇推开，大口喘起气来。谢振宇感受到的第一个屈辱是：从头到尾，她都没有正眼看过他一次。柳尼娜这会儿已从停车道上开车过来，喊：“夏初，快上车！”夏初转身要走，才回头对谢振宇矜持地一笑：“谢谢！再见！”没等他开口就上了柳尼娜的车，一时笑靥如花：“走！”车子马上走了，连柳尼娜也没有多看他一眼。这应当是第二个屈辱。谢振宇原地站立，看柳尼娜的红色轿车一路远去，陡然激动了。康延成也被刚才发生的事吓住了，结巴起来，看他道：老谢，什……什……什么情况？你认识她？她谁呀？”谢振宇悄悄吐出一口气，道：“快上车，追！”“追？”谢振宇不再说话，把康延成行李扔到车上，二人上车。他立即将车发动，一溜烟地驶出去。

机场高速公路上，柳尼娜的车子在车流中飞驰。审问已经开始。柳尼娜：“快坦白，那人是谁？”“不认识。”“胡说！”“真不认识！”夏初笑起来，她这会儿很高兴。柳尼娜：“够厉害的你，不认识你也敢下手！怪不得都想往国外跑，原来还能学到这个！”“别胡扯，我是一时被逼无奈，急中生智！”“你没看见钱程远的脸，一下就绿了！刚才够惊险的，我都没想到会这么收场……这下好了，以后他不会打扰你了！”两个女孩子说得痛快，夏初春风得意，笑着在车子里伸展开双臂：“我谁呀，像他这样的，随便露一手，就让他歇菜！哎，替我保密哟！以后他要是问你，就说那是我男朋友！”柳尼娜没有忘记接着试探她：“钱程远现在生意做得挺大的哟！手下有一个上市公司，一个准备上市的小公司，可有钱了！这样的王老五是抢手货，大把的小姑娘都盯着呢，你要不赶快抓住——”“住嘴！”夏初打断她，又笑起来，“哎，喜欢他我给你们介绍怎么样？”柳尼娜道：“呸！你不要的给我，我成捡破烂的了！再说钱程远根本看不上我！”在她们后方，谢振宇已经驾车赶上来，他飞快地在车流中穿行，超车，左拐右拐，引起了车道上司机的惊呼和鸣笛。康延成不得不提醒他：“哎，慢点儿！”谢振宇不说话，目光一直在寻找前方柳尼娜的红色小轿车。康延成继续刚才的话题：“问你话呢！真不认识？”谢振宇还是不说话，猛踩油门给车加速。前面的车都慢下来，给他让路。康延成改变话题：“哎，这车是哪来的？团里有规定，不让飞行员驾驶机动车出去惹祸！”谢振宇依然不说话，只盯着前方，车速更快了。康延成仍没有停住话头：“我说你今天要干什么？团长刚警告过你，这几天别犯事儿！还有我，你不要给我也挖一坑，把我进试飞大队的事搅黄了！……今天的事真邪门儿，凭什么这么好的事轮不到我，认都不认识，上来就……就是我们人长得帅，你一个女孩子，到了年龄，饥不择食，也不该口味这么重……也不朝这边看看我，我可比他帅多了！……哎哟喂，她不会有什么毛病吧！”谢振宇终于不能忍了：“关上你那嘴！”康延成高兴：“满足一下好奇心嘛！一定认识！什么时候开始的，地下工作做得可够好的，连我都不知道！”谢振宇不说话。康延成只顾自己说个痛快：“以前你是没有的，不会就这两天，趁我不在，偷偷摸摸地就……对了，你到底是来接她的还是来接我的……还是不对，有一个男人分明是来接她的，结果让你给半道上劫了！”谢振宇咬住牙不说话，内心难以抑制的潮动让他说不出话来。“说正经的，要是不认识就别追了。追上又怎么样？万一是个女流氓——”“她不是女流氓！”他又忍无可忍了。“你怎么知道？”谢振宇又不说了。康延成看他一眼：“行，你还真犯了病！这叫什么病？对，花痴！今儿有好戏看了！不过你追上去想怎么着？拦住她的车，把她逼下来，当面质问她刚才玩的哪一套？我是中国海军航空兵特级飞行员，空中之王，有身份的人，不是路边的电线杆子，谁想抱住啃一口就啃一口，用完了嘴也不擦，扬长而去——”谢振宇大叫：“住嘴！你这个话痨！”康延成一旦说起来哪里能止得住：“老谢，想起了一句话，天道好还！过去你整天一副高冷的范儿，走到哪里都把人家的省花、县花、村花、校花迷得五迷三道，自个儿一眼也不瞭人家，让多少女孩子失去了自信和自尊！今天好了，报仇的人出现了，她就那么大步流星地走过来，二话不说……你老谢转眼间就蒙了圈了！天日昭昭，老天爷也有睁开眼的时候啊！”谢振宇终于在车流中发现了柳尼娜的红色轿车。“追上了！”他说。康延成又道：“我正式劝你罢手。追上了又不能怎么样！你是解放军！”谢振宇一个加速，超车往前赶。康延成又道：“你说句话行不行？一路上你憋着气儿不说话，快闷死我了，要不你停车，把我扔下，你一个人去闯祸，要不告诉我打算怎么办，我怎么帮你？以前不总是这样吗？你爬墙我望风，你偷牛我拔橛，你吃屎我拉……你得说个意思，我才好帮你！”谢振宇牙齿在打战，道：“游戏，我……我……我很严肃地告诉你，我要追求的人出现了！”康延成这下真被他惊住了：“你是当真的？你老谢人生两大目标，第一个还没实现，就打算和女人谈情说爱了？再说你要娶的是天下第一的美女，就她，算吗？”谢振宇呻吟一般道：“在你眼里不是，在我眼里就是！”他已经接近红色轿车，开始变道跟上去。康延成又道：“要是这样，那就不客气了！”他的心也狂热起来。“再快点儿，超过她们，把她们逼停到便道上去！”

正在前面开车的柳尼娜一眼从后视镜里发现了他们，惊叫：“夏初！”夏初这时也发现了他们俩，吓了一跳：“怎么回事，他们怎么追上来了？”柳尼娜心慌道：“这两个家伙想干什么？他要逼我上便道！夏初，我们遇上麻烦了！他可能缠上你了！”夏初也在叫：“怎么会这样？尼娜，快救我！不就让他帮个忙吗？这也太没风度了！怎么办？”柳尼娜的心先定下来：“你碰上流氓了！老柳我还最不吝这些玩意儿！前面有个出口，我们出去！”夏初看他：“为什么出去？”柳尼娜不回答，三下两下就灵巧地将车子并到路边，从出口驶出机场高速，进入一条新修的市郊高速路。

夏初马上发现谢振宇的车也跟着驶出来，害怕道："他们跟上来了！"柳尼娜不惧："怎么了你？闯了祸又害怕？什么大事儿！"她望着前面宽阔且无车辆的柏油路面，越发高兴："这么好的路，又没车，太喜欢了！坐好了，我跟他们玩玩飘移！"夏初不懂："什么飘移？"柳尼娜："还出国呢，飘移都不知道！听说过二环十三郎吗？"她边说边突然让车子走了一个内8字飘移。夏初被晃了一下，害怕地抓住扶手，叫："尼娜，不要！太危险了！"柳尼娜不以为意："我这车上过保险，出了事保险公司赔！"夏初大叫："你疯掉了！人要死了，保险公司赔有什么用！"柳尼娜从后视镜看跟上来的吉普："跟上来了，他们应战了！太好了，今天真是奇遇，我太喜欢这样的日子了！我跟他们单挑！"夏初仍在叫："你不要害死了我！我今天刚回国！"柳尼娜："别吵！让我痛快地玩这两个家伙一把，保证把你安全送回家。检查安全带，我要做大动作了！"她边说边加油门，车子飞一样在宽敞的公路上飘移。夏初检查安全带，惊恐地捂住眼睛，长啸不止："不——不——不——！"忽然又不叫了，把手拿下来，回头望，发现两辆车的距离被迅速拉开，高兴地叫："牛！厉害！甩掉了！干得好！我们赢了！"柳尼娜把车速降下来，道："我妈不能再说我有病了，终于有一个比我病得还重的人回来了！"夏初一下子没听懂："你说什么？"柳尼娜大笑："我说我们是一对，都喜欢疯狂的生活！"夏初随她笑，一边回头看："要不我们怎么铁呢！对不对？"

后面公路上，被甩开的谢振宇已经将车在路边停下来，下车。康延成看他："老谢！你真笨！让人家小丫头片子甩掉了！怎么着，举手投降了？""发动机都变声儿了。这车不行！"谢振宇道。他生气地怅然望着消逝不见的红色轿车。康延成："太遗憾了！也有狗吃不到屎的时候！”两人回到车上去。康延成道：“吃不到屎就算了，回去吧！”谢振宇重新发动车，一个调头，原路驶回去。康延成：“哎，哎，往哪开？错了！”“住口！”谢振宇很凶地叫道。“这不是回团里去的路！”“谁说要回团里去？”“那你要去哪里？”“回机场！这事没完！”“没完你能怎么样？她是谁，姓名、电话、住址、血型、性别……除了性别是知道的，其他全不知道，你回到机场去又能——”他忽然住了口，等了一瞬间，大惊道：“老谢，有你的！她是从国际出口出来的，一定会在通关处留下姓名地址电话！这可越来越像真的了！不过乘客资料是隐私，机场有保密责任，人家会随便给你？”谢振宇将车开得飞快。康延成又叫：“哎，慢一点儿！小心翻车！你会害死我的！”谢振宇还是不说话。康延成忽然现出一点不好意思的表情：“对了老谢，谢谢你来机场接我，不过下午你还得陪我。”谢振宇警觉起来：“干什么？”“有件事不太好意思说！”“你还有不好意思的时候？不会又有谁给你说女朋友了吧？”“让你猜着了。”谢振宇终于看他一眼：“哎，我说游戏，你能不能有点出息？咱怎么着也是特级飞行员，别谁一说哪儿有个女人，就屁颠屁颠地跑过去，口水哈喇子流一地，叫我看不上！”康延成道：“把你那厕所门关住！谁口水哈喇子流一地！上回我是被她们骗了，可咱眼里揉不进沙子，说得文言一点叫做明察秋毫！这回不一样，她父亲不在了，母亲是部队退休老干部。给你看照片！”他迅速从手机上找出一张照片，在谢振宇眼前晃。

这是一张经过美图秀秀严重PS过、美化到认不大出来的柳尼娜的照片，谢振宇终于把车在路边停下，抢过手机，望着上面的柳尼娜大笑，直到笑得喘不过气了。康延成不高兴了：“打住！有那么可笑吗？”伸手将手机夺过来，胡乱塞进衣兜，“我不像你那么变态，自以为是天下头号大英雄，做飞行员要做空中之王，娶媳妇也拔天下头一份！告诉你吧，这世上就没有十全十美的美女！”谢振宇道：“有！”“谁？在哪里？”“就刚才那一位！我多年的梦中情人！”康延成笑：“刚才那位是谁，叫什么名字，是什么学历，有没有在天上人间干过，你都不知道，那位是哪位呀！”谢振宇吼叫：“出口伤害一个你一点也不了解的女孩子，害不害臊！”康延成：“哈哈！一个心冷如冰的人忽然怜香惜玉了！是真的人家也走了，快开车，我们先回团里请假！下午我还要约会呢！”谢振宇开车，车子驶进机场高速。康延成大叫：“这是机场高速！”谢振宇道：“先去机场办完了我的事，再回团里帮你请假！”康延成的目光朝对面车道上望过去，叫：“等等，这不是那个男人的车子吗？”谢振宇一回头也看到了钱程远的高级轿车从对面车道上驶过去：“怎么回事，他刚才没走？”

原来方才钱程远的车子驶出机场收费站之后，就在路边停下了。这位现在改名叫钱慕莹的男士开始严重怀疑刚才自己的眼睛看到的事情。即使这件事情是真的，他也想知道这位在他眼前横刀夺爱的男人是谁。方才他没有看到随后驶出收费站的柳尼娜的车，但是现在却看到了重新朝机场方向开过去的吉普车里的谢振宇。钱程远心里迷惑起来，道：“这是什么玩法？他怎么和她不在一起？”这个念头让他心中一动，不觉大喜自语：“我钱程远，不，钱慕莹，要是这样放弃了，就不是我了！跟踪追击！我要把这件事当成个案子来查！调头，跟上那辆吉普！”“老板，这样调头要罚款的！”司机道。“不怕，要罚罚我！”司机真的原地掉头，去追谢振宇的车，引起车道上一阵鸣笛。

中午十一点，柳尼娜的车在夏家门前停下。夏初又回头望一眼。柳尼娜笑：“还惦记着呢！放心吧！早甩掉了！”她鸣笛。夏初道:“干什么?”“让你干娘知道你到家了!”“又胡说,什么干娘!”“欧姨从你十二岁把你带大,这次你走了四年,她留在你家里给你看房子,打理一切,这样的保姆,还不是干娘?”夏初朝门前一望,欧双莲已经开门赶出来,喊:“是不是夏夏回来了?是不是夏夏回来了?”夏初下车跑上前去,二人拥抱,一时都有了泪光。夏初道:“欧姨!是夏夏回来了!”欧双莲更老了,她像打量自己的女儿一样打量夏初:“又一年多没回来,更漂亮了!欧姨都不敢认你了!”夏初做小鸟依人状:“欧姨,我想死你了!”柳尼娜把行李从后备箱取下,看二人:“瞧瞧,外头疯得没个人样儿,一回家见了欧姨,又装得像个小可怜似的。”夏初冲她笑:“呸,嫉妒了吧,我小时候就这样,是不是欧姨……哎,欧姨,夏夏渴了,要喝水!”欧双莲满眼都是慈爱,慌起来:“哎呀呀那赶快进来!你最喜欢喝的蜂蜜茶欧姨已经给你准备好了!洗澡水也放好了!你先歇歇,我去买菜,回头给你做最喜欢的鲍汁捞饭!”夏初继续撒娇:“谢谢欧姨。一听说鲍汁捞饭,夏夏这会肚子就咕咕叫了!”两人边说边半拥着往门里走。柳尼娜:“哎,回头!”二人回头看她。柳尼娜道:“娘儿俩这么亲热,把帮忙的人扔下不管!”夏初笑着,走回去从柳尼娜手中接过行李箱:“来来来,安慰一下,小宝贝,你辛苦了,快跟我进去,我给你捎了好东西呢!”柳尼娜有点犹豫:“不,我不进去了!下午还有事呢!”夏初:“不行!真给你带了好东西!”边说边挽起柳尼娜的臂膀,一手拉着行李,往门里走。柳尼娜道:“下午真有事!”夏初起了疑心:“不会又去相亲吧?”见柳尼娜脸红,又惊叫:“猜对了!人怎么样?快一五一十告诉我,不准打埋伏!”柳尼娜脸更红了:“下午见头一面,八字还没一撇……是个海航的特级飞行员。”“准是个花美男,高富帅,这回可要抓住,别让他跑了!”“我有那么急吗我？你这一说，我好像还不能走了，真有好东西？”“快进去！不要走嘛，再陪我一会儿！”柳尼娜想了想：“瞧你那样儿……行，就陪你一会儿！”两人相拥着进门，上楼。欧双莲一直在旁边看着她们幸福的样子，羡慕地笑着。

市郊公路上，谢振宇驾车飞速开回来，他完全换了一种表情，边开车边吹一支快乐的口哨。康延成看他：“拿出来！”谢振宇取出一张纸条：“机场通关处这个女孩子叫何小琳，她可真奇怪，给我夏初的地址就行了，还另外塞给我一张纸条。什么意思？”康延成看纸条，也吹了一声口哨。谢振宇继续得意：“你不是三年早知道吗？告诉我为什么？我真是不明白！”康延成：“嘚瑟一下就行了！说吧，怎么十分钟就大功告成，还顺出了这么张纸条。对这个何小琳使了什么手段，让我也学一手！”谢振宇道：“本来打算使一招的，可根本没给我机会！何小琳一眼看到我，再看我的证件，她的脸先红了。我一说求她办事，立即把我要的东西打印出来，过了一会儿，就连这张纸条一起递出来了。”康延成捂脸做悲伤状：“又伤害了一颗纯洁的心！我们现在去哪儿？”“当然是进城！”康延成想起了什么，大叫：“不成，我要回去请假，下午还要赶回城里，我有约会！”谢振宇反对：“你可是我的最佳搭档，我爬墙你望风，我偷牛你拔橛，我犯错误你跟着坐禁闭室，你这会儿要是不跟我去，我的大事说不定就要黄！”康延成：“打住，什么时候起我对你的人生就这么重要了？”谢振宇：“今天！今天起你对我的人生格外重要！”“那你告诉我，这个夏……夏什么？”“夏初！”“夏初就夏初，你恼什么？说什么多年的梦中情人，刚知道人家的名字吧！”“刚知道也是多年的梦中情人，以后说这个名字时放尊重点儿！”“不至于吧！”“游戏，你就说你是不是我朋友吧。”“你这人傲慢无礼又冷酷无情，我要不是你的朋友，还有谁能忍得了你，跟你做朋友！”谢振宇快乐起来：“那你听好了，从今天起，我的人生要像鲜花一样怒放！”“就这个夏初？切！”“什么语气！我说过了，以后说她的名字时要擦擦嘴，放尊重点儿！你说得对，这些年冷眼看世间，还真没有另外一个女孩子入老谢的法眼，胖的胖瘦的瘦，高的高矮的矮，有脸的没腰，有腰的没腿，碰上一个大致上还算养眼的吧，一说话又满嘴大碴子味！今天这一位，老谢当年见第一面，惊为天人。虽然人家没看上我，可我……这一生要么不恋爱，不结婚，真的要你这种凡人一样结婚成家生儿育女，我非她不娶！”康延成：“打住！你们过去真的认识？”“认识，不过年头有点长了，我现在不敢确定她还会记得我！”康延成笑：“明白了，当年就见了一面，你记住了人家，人家一眼也没有多瞧你，对不对？”谢振宇：“你这么说话我就不高兴了！那时是那时，今天是今天，今天的老谢还是当年的老谢吗？”康延成担心道：“听着，你已经吓住我了啊！别人遇上这种事我不怕，因为他们都有理性，就你这种一钻牛角尖死不回头、到了黄河不把自己淹死都不上岸的尿性，哪个女孩子真让你看上，不是你完了就是她完了！我的天！不行，我今天不能跟你去！你把车停在前面，我下车，你爱上哪上哪，我得早点回团里销假再请假，下午去见我的女朋友！”

谢振宇真把车停下来。康延成看他。谢振宇：“下去呀！”康延成：“这儿怎么下？前不着村后不着店，让我徒步二十公里走回团里去呀！”“不下就跟我进城！过去我真的不懂爱情，可是今天，我觉得真不一样，好像是我的日子真的到了！有个诗人写过一句诗，大概意思是，爱情就是那突然间的回眸一视，然后就是飞蛾投火。明知是火，但还是要扑上去。”“那我请假的事怎么办？”“到了城里，对夏初表达完感情，咱们马上回团里请假，然后我陪你去相亲！”

康延成不说话了。谢振宇开车，风驰电掣般向城里驶去。康延成半晌才道：“哎，玩笑归玩笑，知道我为什么真有点崇拜你吗？”谢振宇不说话。“不想听就算了。”“说！这话虽说像是给我灌迷魂汤，但听起来受用！”“你是个极端危险的家伙，跟你在一块，随时可能上天堂也可能入地狱，要么惊天动地房倒屋塌，要么名垂青史遗臭万年！”“不通，名垂青史怎么还会遗臭万年？不过我还是认为你这是在夸我。”“你以为那些遗臭万年的人，他的名字写在什么地方，还不是和忠臣良将一样写在青史上？要是换个战友做搭档，我一定比跟你在一起安全，但肯定没有和你在一块刺激。这完全像我玩飞行游戏，越火爆越来电，让人心荡神迷，下地狱就下地狱，我喜欢！”“听着就没有一句好话！”康延成手机铃响，他接起电话来：“哦，陈阿姨啊，是我！……回来了回来了，正进城呢……太早了？没关系，我和一个朋友在一起呢！……太早了说明我对柳小姐态度诚恳……行，两点，老地方，不见不散！”他挂断电话，不说话。谢振宇冷不丁道：“到底是你帮我还是我帮你呀？”康延成沉浸在美好的心情中，笑了起来。

吉普车进了闹市，在拥挤的车流中走走停停。谢振宇皱着眉头开门，忽然车一调头，停下了，他不管不顾后面笛声一片，快步跑向路边一家花店，转眼就捧着一大簇鲜花回来，将花扔给康延成，上车，重新绕回来，驶入主干道。康延成看他道：“老谢，我开始颤抖了！”谢振宇道：“颤抖吧，接着颤抖！”“越来越像真的了！开场词准备好了吗？”“还要准备？等着开眼吧！我这会儿只担心一件事！万一她不等我把开场台词说完就认出了我，扑过来说哎哟，我可找到你了——”“醒醒，天还没黑呢，做梦有点早！”谢振宇转眼看路边一小区，认出了门前几个大字：“到了，就是这里！”钱程远的车子驶过来，他一眼望见了吉普车中的谢振宇，对司机叫：“快，跟上他！”但因为方才谢振宇的车调了一下头又绕回来，他的车被绕到对面车道中，跟不上了。司机回头看，找不到谢振宇的车，叫：“老板，跟丢了！”钱程远生气：“快绕回去！”司机将车绕回来，却开过了夏初家所在的小区大门。

此时夏家二楼小厅里，一片欢声笑语。夏初从行李里取出一瓶香水递给柳尼娜。柳尼娜叫起来：“哎呀，N5，这么名贵的香水！”夏初道：“为了给你买这个，我半年没舍得吃肉，把奖学金一点点攒起来，饿得我两眼冒金花……这可是爱情香水，等会儿你用一点在身上，让那个特级飞行员闻一鼻子就晕菜，然后你就下手！”柳尼娜满心欢喜：“有那么厉害？哎，下午你得陪我去，这两年让我妈逼得，一听说相亲就肝儿颤！”“我不去，我去了就成了电灯泡！”“哎呀夏初，你一定得去，你不去我一点信心也没有！”她拉夏初坐下来：“夏初，你一定要出马！我败仗太多了，你不去我真怯场！”“我要是真这么重要……行，我出场！记住，你多喷点香水！”柳尼娜又不乐意了：“呸，我就这么拿不出手吗？不说我了，说你，别以为今天耍了个花招，骗过钱程远，他就会放过你，人家为你连名字都改了，狼是不会轻易放过小羊的。”

门铃就在这时疯狂地响了起来。夏初、柳尼娜一惊，相互看一眼。夏初打一个冷战：“谁呀？我刚到家，一个电话还没打出去呢！”柳尼娜紧张道：“不会说曹操曹操到吧，快看看，是不是钱程远来了！”门铃持续响着。夏初脸色都变了：“一定是他！快帮我去窗户那儿瞅一眼，真要是他，替我出去挡住。告诉他我不可能和他建立那种关系，以后别再来打扰我！”柳尼娜故意道：“我干吗做恶人？我是你的使唤丫头吗？”夏初开始央求她：“好尼娜，你不救我我就完了！我长大到这会儿还是不知道该怎么对付坏人！”柳尼娜气壮道：“好吧，谁让我从小到大都是你的保护人呢！小时候你打架都是我受伤！让我瞅一眼！”她走过去掀开窗帘朝外面望，吃一惊，回头道：“不是钱程远！”“谁？”“那两个变态！”夏初快步过去，掀开窗帘朝外面看，失声道：“他们怎么能找到这里来！”柳尼娜：“瞧，带着花来的！给我老实交代，到底认不认识他！”夏初委屈道：“哎呀，我这会儿比窦娥还冤，怎么会认识他！”柳尼娜仍盯住她不放：“不会是刚才在机场那个什么的时候，偷偷在人家手里塞了纸条，还让我蒙在鼓里！”夏初汗都要下来了：“尼娜，真不是！”她用两手堵住耳朵忍受门铃，又放开，更急切道：“好尼娜，欧姨去菜市场买菜去了！求你快下去对付他们！你对付坏人最有办法了！让他走，我真倒霉，回国头一天就遇上了变态！”柳尼娜道：“脸都白了，看样子没骗我。行，豁出去了！别怕，老柳出马，保证他们立马滚蛋，以后也不敢再上门！”夏初往楼下推她：“快去快去！你快去呀！”柳尼娜想了想：“别急，先使头一招，咱们不下楼，不出声，不理他，让他们吃闭门羹，自个儿走！”夏初高兴：“行，你真聪明……不好，明天他再来呢！”“明天再来就另一回事了，咱们报警！这还没王法了！”

楼下，谢振宇继续按门铃，一边听房子里门铃声一直寂寞地在响着。康延成走上来道：“地址不会错吧？”谢振宇生气：“不会！”“那就是家里没人！”谢振宇朝二楼看一眼，忽见窗后人影一闪：“有人！”康延成迅速反应了过来：“知道为什么了？咱们事情办得太仓促！人家冷不丁地还以为我们是坏人呢！不过你应当有办法！”谢振宇马上明白了他的意思：“对，何小琳给了我她留在机场的手机号码，我给她打电话！”他找出手机，将纸条上面的号码拨出来：“通了！”

楼上，夏初手机骤然响起。她只看了一眼，抬头叫：“陌生号码！一定是他！不错，是他在下面给我打电话！他连我的手机号码都知道了！”柳尼娜越来越沉着：“别接！这种人不能招惹！给他个置之不理！”楼下的谢振宇听着手机里一个个长音，关掉，表情开始不悦。康延成担心地看他的脸：“你想干什么？”“有个电影名字我忘了，里面的演员干过这事，可惜咱们没带电喇叭！”他退后几步，手做喇叭状，仰头朝二楼大喊：“夏初！夏初！夏初小姐！我是谢振宇！八年前在航校时我就爱上了你！这么多年一直在找你，没想到今天遇上了！请你开门，我要见你！夏初小姐！我是……”康延成被他这一不做二不休的行为惊住：“老谢，你要不是真疯了我就是骗自己！”谢振宇继续喊，学电影里的台词：“夏初小姐！我爱你爱得睡不着觉——”周围一扇扇窗户打开，男男女女伸出脑袋看着他们。楼上，夏初开始转圈子：“他怎么知道了我的名字？”柳尼娜：“废话！能找到你家，会不知道你的名字？”“别骂我，快想办法！不能让他这么喊下去！”“不对，他说当年就爱上了你，你敢说真不认识他？”“这辈子我就没见过他！”柳尼娜道：“这事儿真蹊跷了！”“要是真不认识，那他就是疯子！我们别理他！愿意喊就让他喊！喊累了就不喊了！”夏初惊恐道：“不要！快出去阻止他！这么吆喝下去，街坊邻居会怎么想啊！哎哟，我受不了了！我要崩溃了！”柳尼娜道：“我还要崩溃了呢！咱们俩谁是博士呀！”楼下谢振宇的喊声继续传上来：“夏初小姐！八年了，我以为见不到你了，可是今天……今天真的不一样了，无论是你还是我，八年前可能是一见钟情，今天……我真的是在很严肃地跟您说话！你瞧我连花都买来了，多好看的玫瑰花！血一样红，火一样热烈，你一定会喜欢的！因为我喜欢！……”康延成对他做的事情越来越不满意：“老谢，打住！别忘了自己的身份！这成什么体统——！”周围出现了看热闹的人，越来越多，几个男女还走过来端详他们俩。一男人大声道：“别瞎喊了，家里只有个老太太！你们找错地方了！”谢振宇吃惊，停止喊叫：“什么，只有一个老太太？”一个女人道：“对！只有一个老太太！”谢振宇变色道：“怎么会？机场小姑娘不会骗我！”他又看那张纸条，“这里有她家的座机号码，我再拨！”他用手机重新拨了一个座机号码。夏家二楼小厅内的座机铃声立马响起。夏初更紧张了，叫：“家里的电话他也知道！尼娜，中国也有黑社会了是不是！有没有哇！他们要是黑社会可怎么办！”柳尼娜道：“都是你在机场惹出来的！惹了祸又麻爪了！瞧我的！”夏初瞪大眼睛看她：“你有办法对付黑社会？”柳尼娜：“什么黑社会，充其量是个变态，大不了是个混蛋，老柳下去对付他！”“哎呀尼娜，你是我的救星，快出去把他干掉！”柳尼娜要走又回头：“我一个人不行，万一真是个疯子，开了门他非要闯进来，我这小身板可挡不住……咱们双管齐下，我下去应付，你打电话报警！”夏初心慌道：“报警？报什么警？国内报警电话多少来着？ 112，114？还是119？”柳尼娜恨铁不成钢：“119是火警！你打110！就说家里来了劫匪！”“他们不是劫匪！”柳尼娜恨道：“又犯书呆子脾气了！照我说的办！”她边说边下楼，打开门走出去。她的突然现身让谢振宇、康延成吃了一惊。柳尼娜横眉冷对：“干什么干什么！不理你们还没完了，还有王法吗？哪来的臭流氓！快给我走，不然姑奶奶就报警！”谢振宇认出她来，道：“是你……小姐你好！我叫谢振宇！”他大方地向柳尼娜伸出手去。柳尼娜拒绝跟他握手：“打住！谁是小姐！你是谁我更是一点也不关心！你在扰民知道吗？快走，什么也不用解释，不然我报警！”她边说边取出了手机，做成就要拨的样子，看着谢振宇。没有人注意到，此时小区大门内花园树后，提着菜篮子走回来的欧双莲正在望着夏家门外的景象，一时脸色大变，激动得喘不过气来，内心爆炸般："怎么是他！"

夏家门外，谢振宇还在跟柳尼娜掰扯："哎，我说美女，不要装成不认识，今天是你在机场开车接走了夏小姐，后来还在城外的高速路上跟我们玩飘移，我得夸夸你，你车技不错！"柳尼娜："那又怎么样？什么人哪，你！要知道这是我家，别在这里捣乱！"谢振宇道："人有当面撒谎的习惯可不好！地址我是在机场海关查到的，夏小姐亲自填写的，这里就是她的家！"柳尼娜做态，打手机："哥，是我，这里有个家伙，在机场上和夏初见过一面，居然跟到我们家来了，堵在门口闹呢。夏初和他一毛钱关系都没有，对，流氓加变态！"谢振宇阻止她道："哎，哎，你真是要报警啊！怎么说话呢！"柳尼娜继续做态："你们派出所有人就过来两个！看着就不是好人，像网上通缉犯！在南京连环杀人的那个……好，我等着！"她关掉手机，开始对谢振宇学说四川话："帅锅（哥），想在这旮（儿）溷皮（乱来）就扎起（雄起），我家里有病人要照顾，拜拜了你！"说完转身往门里走。谢振宇一步拦住她，冷笑，说地道的四川话："靓妹儿（美女）别走！虽然哥（我）还不晓得你的名字，但哥看出来了，你挺凶啊（厉害）！不要以为你刚才装着朝啥子派出所打电话就能吓住哥，你那是扯虎皮，本帅锅可没这么好吓唬！"柳尼娜恼了，不再说四川话："让开，我要回家！"谢振宇："事情没完你怎么能走呢？告诉我，夏小姐的家就是这里！而且她本人就在家里！"柳尼娜嘴硬："不对！这是我的家！"谢振宇："那就请你接着圆谎。这不是她家，她为什么在机场填写这个地址。为什么我刚才拨她家的电话，楼上会有铃响？不要马上回答，想圆了再说！"柳尼娜："哎我说，我为什么要回答你！我家的电话铃响跟你打别人家电话有什么关系？我倒想让你告诉我了，为什么要找夏初，就因为她在机场让你帮了个小忙？”谢振宇：“我们谈话的方向不对，我不是为那个上门来的，是为另外一件事！”“什么事？莫非你和她见了一面，就一见钟情地爱上她了？你还带了花来，想这会儿就跪下来向她求婚？”谢振宇严肃道：“美女！你说对了！我不是今天在机场一见钟情地爱上夏小姐的，我爱上她很久了！如果有可能，我今天就向她求婚！”柳尼娜看他，冷笑，半晌，又说四川话：“帅锅，你吓住我了！我可以负责任地告诉你，没那种可能，因为夏初她根本不在这旮（儿）！”说完又要转身进门。谢振宇再次拦住她道：“最后一句话！夏小姐真不住在这里，就请你告诉我她住在哪里。你说不出来，她就是住在这里！”柳尼娜：“你这人好生奇怪，我有什么义务把夏初的住址告诉你！”谢振宇：“那我退一步。请你代我转告夏小姐，我真的不是今天在机场一见钟情地爱上了她，我爱上她很久了。早在我读航校时就爱上了她。本想今天见到她，向她一诉衷肠，现在看来不能了。但我也不是没有收获，至少我知道她住在这座城市，这个地方。今天见不到她，明天我还来，明天见不到，后天我还来！还有，你今天可以不让我见到夏小姐，但至少不会拒绝把花收下转交给她吧！谢谢！”说到这里他转身又把康延成拉过来：“尼娜小姐，我的战友可以替我作证，今天的事情在我一生中是第一次。虽然和夏小姐不是萍水相逢，但今天发生的事情在我也非同一般。这么说吧，我的心多年来一直都沉寂着，就像一口大钟，今天被人‘咣’的一声撞响了。我讲一个故事吧——”柳尼娜急叫：“别，我可没时间听你讲故事！”谢振宇：“就两分钟。当年我在一所部队的航校里念书，一天晚上，我们学校的学生会和夏初小姐所在的大学的学生会联欢，我就是在那里第一次见到了她，从那一夜开始我就爱上了她！遗憾的是她可能根本不记得我！我今天事情做得有点儿草率，夏小姐对我今天为什么这么做也有可能一无所知，我这样做让她很不适应，但这只是我和她之间爱情故事的第二个篇章，第二个篇章的开始！我失去她已经很久了，这次不会再轻易放弃，因为今天第一眼认出她我就懂了，她是我一生一世的爱情，这样的爱情在我生命中不会有第二次！”他越说神情越严肃和坚定：“好了，我不能再说下去了，这会儿我就喘不过气来了！”柳尼娜忍不住一把将花夺过来：“明白了，花我替她收下，但是你的爱情……我说句让你泄气的话，她已经有爱人了！”谢振宇面色骤变：“什么？有爱人了？不可能！”柳尼娜发觉自己在心态上陡然占了对手的上风：“你这人好奇怪，为什么不可能？”谢振宇脸色越来越白，心越来越慌：“因为我还没有出现，她怎么能有爱人！”柳尼娜朝小区出入口处看一眼：“太好了，警察！”二楼窗后，夏初已经听到了一切，跺脚，生气，想：“尼娜太笨了，不能接他的花！他会没完没了的！”楼下，康延成回头真的看到了有两名警察走进了小区大门，他一把将谢振宇扯回到车前，对他耳语了一句话。谢振宇朝小区出入口处看，生气地对柳尼娜道：“你真报了警！报警我也不走……我又没干坏事儿！”康延成低声严厉道：“老谢，我警告你。你是没干坏事，但万一这里的警察不分青红皂白把你弄进派出所，让团里来领人，你我还想不想进试飞大队！”这句话像子弹一样击中了谢振宇的心，然后他就被康延成生推硬拽地弄上了车，吉普车飞快地驶出了小区大门。柳尼娜已经完全在戏里了，她望一眼吉普车，看一眼手中的鲜花，笑道：“花儿不错，台词功夫也不错，弄不好是个演员，会不会是个小鲜肉啊！”过了好一阵子她才让自己冷静下来：“我不会被他忽悠进去了吧！”小区花园那棵大白果树后，欧双莲刚刚又逼近地透过车窗，望见了吉普车里的谢振宇，内心里又发出了一声绝望和惊慌的呐喊："是他！真的是他！"她一直站在那里，让自己恢复力气，半天才提起菜篮子往回走。突然又站住，不舍地向小区大门回望。吉普车已经不见了。

夏家二楼，柳尼娜将手中鲜花递给夏初："花正经不错，快用水养起来。"夏初将花儿扔下，恨道："尼娜，你上了他的当了知道不知道！接了他的花，明天他就更有理由来了！花我不要，喜欢你拿走！"柳尼娜道："夏初，真对不起！刚才有点乱。花正经是好花。对了，要不是你打电话叫警察，我都没辙了！"夏初吃惊道："警察不是你叫的？"柳尼娜："也不是你叫的？"夏初摇头。两人相视了一会儿，会心地大笑起来，回头又不笑了，她们都看见了顺楼梯走上来的欧双莲。夏初被老人的神情吓住了："欧姨，你怎么了？"欧双莲脱口问道："刚才我看见了一个人，他来咱们家找你，你们认识？"夏初道："不认识。你脸色不好，怎么了？"欧双莲："真不认识？"夏初："真不认识。"欧双莲不再说话，重新转身下楼。柳尼娜看呆了，道："今天每个人都不正常。欧姨这是怎么了？"两人接着又想起了方才的事，大笑，笑累了才停住。夏初一会儿又皱眉道："今天是过去了，可明天他会不会还来呀？这该怎么办！"柳尼娜盯住她问："他说八年前就认识你了！"夏初叫屈："什么八年前，这话你也信！""啊，八年了，别提它了！"柳尼娜说出有名的京剧道白，笑，"怕什么？他要再来，我们就真报警！还收拾不了他了！哎哟，我要回家，下午要相亲！"一楼，欧双莲默默走进了厨房，关上门，从一张镜子里看自己的脸。镜中的她面色苍白，仍然保持着受到巨大惊吓后的表情，一双苍老的手颤巍巍地举起，捂住了自己那张变了形的脸。

二楼小厅内，柳尼娜还是找了个花瓶，把花养了起来，放好，要下楼，回看夏初："谢谢你的香水，走了啊！"夏初换了一种目光看她，道："尼娜，你恐怕真替我惹下麻烦了！""说什么呢，谁给谁惹上麻烦了？不是你在机场……其实我觉得这人挺帅的！还有他刚才那篇爱情说明书，有一阵子我都觉得自己到了剧场，警察晚来一会儿我都替你动心了！你再想想，八年前是不是认识他？对了，他说自己上过航校！"夏初用悲剧中女主角的声调道："尼娜，这个人对我的情况知道那么多，我在什么城市上过大学，他全知道，这才编出一个什么八年前的故事！我是学管理学的，现代管理学的核心就是接纳和拒绝，工具是心理分析，一听他讲话，我就知道这是一个心理上有问题的男人！"柳尼娜被她的话吓住了："真的？"夏初点头道："这种病人我实习中接触过，他们会把自己病态的想象看成天经地义的事，人生唯一的追求，没完没了地纠缠想象中的对象！"柳尼娜看她，半晌才笑道："你们这些博士是不是看什么人都有病啊？比方我，你是不是也以为我有病啊！"夏初还没回答，她的手机就响了。柳尼娜接手机："妈，我知道。我在夏初家里，两点钟我准到！"她关上手机，看一下表，又慌了："哎哟，夏初，完了完了，我不能走了，你快点帮我梳妆打扮，弄得像个又香又甜的大点心，给那个男人看，不然我妈又要骂死我了！"她又不走了，回来面对一张很大的化妆镜坐下。夏初叹一口气，走过来帮她梳头，又停住。"怎么了，快点呀！"柳尼娜叫道。"有办法了！"夏初道。柳尼娜："什么！"夏初："解铃还须系铃人。从管理学角度讲，你现在是最适合让他的爱情幻觉破灭的人。明天他要是还来，你就告诉他，世界上根本就没有夏初这个人，连今天机场上发生的事，都是他的幻觉！对这样的病人，你只能一次次打破他的幻象，次数多了，日子久了，他就会开始怀疑自己病态的想象，移情别恋，对他进行的治疗——也叫感情管理——就成功了！”“我第一次听说，感情也可以管理？”“不是可以管理，而是必须。一个人不会管理感情，生活会一团糟！”“像我？三十岁了还嫁不出去，成了齐天大剩！”“你什么三十了，你才二十九！”“离三十还有几天？快点动手，把人家收拾得好看一点。我给了那飞行员一张照片，可那照片太不像我了！我妈还指望这一回能把我嫁出去呢！”夏初笑着动手帮她梳头。柳尼娜还是不放心：“哎，从管理学的角度看，我是不是也有病啊？”夏初：“你当然有！只想把自己推销出去，不想拒绝任何可能的结婚对象，越这样别人越怀疑你作为一名资深美女的价值！”柳尼娜都要哭了：“我都这样了，还敢拒绝别人？”夏初道：“我是从学术上讲啊，你可别真拒绝，将来后悔了不得吃了我！”两人又大笑起来。

第五章

市区内一家幽静的休闲会所里，谢振宇和康延成坐着等待。康延成不停地看表。媒人陈阿姨边接手机边看康延成：“尼娜到了！”说完匆匆走出去迎接。谢振宇看康延成：“她叫什么？”康延成怔了怔：“让我想想……柳尼娜！”陈阿姨带柳尼娜和夏初走进来。四人一时间全愣住了。谢振宇、康延成站起。康延成看柳尼娜：“是你？”柳尼娜脸红了，她也很意外：“你就是康延成？”康延成心中极为诧异：“你可和照片上太不一样了！”夏初和谢振宇对视一眼，转身就走。谢振宇叫道：“夏小姐，等一下！”他急急追了出去。这边柳尼娜也要转身离开。陈阿姨喊起来了：“哎，哎，怎么走了？”她马上回看康延成：“怎么还愣着，快请回来呀！”康延成反而坐下了，此时他心里充满的只有失望。陈阿姨更急了：“哎，哎，你怎么回事呀……尼娜！”她边喊边自己追了出去。康延成却悠闲地喝起茶来。会所外的院子里，柳尼娜已经快步上了车，“砰”一声关上车门，方才康延成第一眼看到她时的惊诧极大地伤害了她的自尊心。夏初已经到了另一侧车门前，却被谢振宇拦住了，叫：“夏小姐等一下！”夏初回头看他，这一刻她显得不卑不亢："你要做什么？"谢振宇尽可能让自己显得平静："啊，今天，就是刚刚，我到您家找过您——"夏初打断了他的话："我知道。你要说什么我都听到了。刚才我还不知道怎么结束这件事，现在知道了。我为今天发生在机场上的事情正式向你道歉。但愿你以后不要再来干扰我。事情到此为止。可以吗？"谢振宇心潮激荡："不可以。"夏初越来越勇敢了，道："希望你能尊重别人的生活。无论发生过什么事，在我向你道歉后都应该了结。再见！"她伸手去拉车门。"等等！你讲完了，我还没讲呢！"谢振宇道。夏初回头看他："好，快点讲完，让我走！"谢振宇道："夏小姐不需要为上午的事情道歉，相反我倒要感谢你有机会让我再次遇见你，有机会表达八年来对您始终如一的爱！夏小姐，请相信我是真诚的！"夏初皱眉看他："八年前？"谢振宇："八年前你在海洋大学读书，我是一墙之隔的104航校的学员，我们在两校学生会组织的舞会上见过，那天你一进舞场就被海校的男生拦住，是我将你——"夏初朦胧地想起了那件往事："原来你就是那个……士官生？"谢振宇立即纠正她道："错了，高级航校不培养士官生，我们一毕业就是中尉，那时我至少是一名候补中尉！"夏初嘴角现出讥讽："候补中尉同志，现在你讲完了吧？""还没有！"夏初却没让他再讲下去，她用尽可能冷淡的语气道："你叫谢振宇。八年前我们跳过一次舞，但那天我和你的许多同学都跳过舞！再说一遍，今天的事情结束，继续纠缠你就失礼了！"她用力拉开车门，上车："走！"柳尼娜没有马上开车。夏初看她一眼，发现她的朋友正在哭泣。"快离开这个地方！"夏初觉得自己越来越恼怒了。柳尼娜这次听懂了，拭一把泪，轰的一声将车子开出去。谢振宇站着不动，怅然地看着红色小轿车飞快地驶出会所。康延成走出来和他站在一起。巨大的失望袭击了谢振宇，只听他大声自语："怎么会是这样！"康延成道："你不觉得最失望的应当是我吗？走不走？"他大步走向停在会所外的吉普。谢振宇半晌才跟过去。他一上车，车子就立马飞驰起来。谢振宇目视前方，这一瞬间他什么也看不见了。

康延成盯他一眼道："你怎么了？别像个花痴似的！现在我相信了，八年前你们认识，对人家一见钟情，一想就是八年，可人家压根儿就不记得你！"谢振宇："这不行！八年了，我要的不是这个！"康延成："人家看不上你！你能怎么办？觍着脸纠缠下去？"谢振宇："八年了，我以为一生都遇不上了，可今天偏让我们遇上了！"康延成："别以为你是海军特级飞行员，空中之王，人家就一定得爱上你！你知道你错在哪里了？你这个人一向把自个儿看得太高，觉得只要你爱上了人家，她就应该爱上你！"谢振宇不再说话了，他的神情表明他根本不在听康延成讲话，而且一点也不想让这件事结束。

这天一大早余涛就接到了陈亚红的电话，约他到市里一家名叫"深夜探戈"的酒吧见面。余涛问她上个周末为什么没回家，又问她有什么事不能在家里谈？陈亚红说他装糊涂，她今天轮休，那件事也该了了，必须在外面谈。余涛也无话。两人约好九点见面，余涛挂掉电话，耿见林就走进来，告诉他那个消息被证实了，海军提出了名单，空军同意，五个人中第一个就是余涛！还说我是你的僚机，有你就少不了我。余涛并没有吃惊，只问什么时候报到。耿见林说后天。团长让我先给你通个气儿。明天空军首长接见、送行。余涛有点失望，说我以为还有几天呢！这么快！耿见林不解，看他，问他怎么了，这么大的事也不兴奋。余涛却在看表，说我要走了，亚红等我呢。说完就开始匆匆换便衣。耿见林叫道："哎，你的态度呢？不愿去可以提出来，报上去复议。"余涛像是没听到他的话，回头问："你说什么？"耿见林："我说上头有交代，不想去可以提出来，上面复议，换人！你什么态度，团长等我回去报告呢！"余涛："我能有什么态度？服从命令！我走了！"他边说边出门去赶班车。耿见林看着他的背影，心中的疑团越来越大："服从命令……什么话！应当说拼了命也得争取！要去创造历史了居然不兴奋，奇了怪了！"忽然，他想起了什么，追出去喊："余涛等等！你和亚红好好说，不能离婚！"

赶到市内那家名叫"深夜探戈"的酒吧已经十点了。白天酒吧里很冷清。便装的陈亚红独自坐在角落里玩手机。背景音乐低缓，抒情。余涛进门就看见了她，眉头皱一下，走过去。陈亚红头也不抬，继续玩手机。余涛在对面坐下，他不习惯这种环境，问怎么想到在这地方见？陈亚红抬头，火气有点大，道："跟你谈了三年恋爱，没进过一回酒吧，结婚三年了也没来过。"余涛说："我没说不能来，只是我不喜欢。"陈亚红毫不示弱道："你想来吵架吗？"余涛不说话了。陈亚红缓和了一点语气，说："我给你要了冰水，自己要了红茶。"服务生走过来，将冰水和红茶放在两人面前："两位请慢用。"陈亚红道谢，服务生离去。余涛看陈亚红道："说吧，说完正事去医院看爷爷。我半月没去了。"陈亚红又生气了，说："你就这么不待见我？好，咱们开门见山，离婚的事你想好了吗？给我个痛快话儿！"余涛脱口道："同意。"陈亚红非常意外，说："你同意？"余涛又问了一句："什么时候去办手续？"

陈亚红又失望又警觉，说："今天你好痛快！"余涛转换话题问："出国的事怎么样，什么时候走？"陈亚红说："我出国不出国跟离婚没关系！”余涛喝一口冰水，站起。他一分钟也不想待在这里。陈亚红说：“你干什么？这就要走？没那么便宜，坐下！”余涛又坐下，说：“我总共请了半天假。”陈亚红红着眼圈看他，说：“余涛，你就不想问问我为啥跟你离婚？”余涛道：“你不是要出国吗？离了婚方便。也许是外面找到好的了。”陈亚红对他怒目而视，良久才道：“根本不是。走不走我自个儿还没定下来呢。走也是下半年，走之前还得先脱军装。”余涛把目光转回来看她，像在看一个陌生人。陈亚红说：“好，你就这么看着我吧！昨晚上刷手机，看到一段话，我觉得特别能说明我们现在的婚姻状况。”边说她边从手机中翻出了这段话：“听着！‘只要能够引发你情绪的东西，不管是高兴、悲伤、厌恶，还是愤怒，其实都是真相乍现的时刻，能让你看清自己的真实生存处境！’”余涛看她：“我还是没听明白，就为了一段话跟我离婚？”陈亚红：“还没完呢！‘其实我们不是为了追求快乐，或者不仅仅是为了追求快乐而活着。更多的时候，我们需要知道自己为什么会为某些事情颤抖，为某些事情悲伤。你要知道这些时刻都是宝贵的人生礼物。如果启动自我觉察，你会开始对自己采取行动，提升灵魂的高度，让自己从生命困境中解脱出来。’”余涛听不下去了，又站起来。陈亚红道：“坐下，觉得这些话不中听了，碰到你的痛处了？”余涛道：“你不就是要离婚吗？我来了，同意了，明天我们去办手续，这就不用给我上课了吧？”几对青年男女来到他们身边不远处坐下，嘻嘻哈哈，很吵。余涛听不下去，看陈亚红道：“你走不走？离婚的事，其实今天就能办。”陈亚红站起来道：“你就这么急，巴不得今天就踹了我？”余涛一下就生气了，说：“是你提出来的，不是我！”陈亚红反唇相讥，说：“我跟你不一样。我是嘴上说，可有人证明都开出来了！”众男女不吵了，回头看他们俩。余涛喝下一大口冰水，让自己平静，对陈亚红道："是你提出离婚，我才开出来的。有时候真不懂你们女人！"陈亚红道："我也弄不懂你这样的男人！"旁边那个满嘴脏话的女生对他们吹了一声口哨。余涛把一张百元钞丢在台面上，转身往外走。陈亚红责备地看他一眼，查看台上的单，掏出钱包加付了几十元，背起包和余涛一前一后往外走。余涛跟着她在街边人行道走了好久，忽然站住。陈亚红道："你又怎么了？"余涛道："我又怎么了？你走错方向了，要回家取证明办手续，得往回坐车！"陈亚红加倍生气道："谁说我今天就要办手续？我都奇怪了，今天你怎么这样着急和我离婚？前几天还不这样，外头真有更好的了？"余涛不再理她。陈亚红两眼是泪，不再向公交站走，转身走向一个街边小公园。余涛无奈跟进去。在公园的小湖边，陈亚红坐着哭了一会儿，打住了。余涛才开口："是不是不想离？"陈亚红听了又恼了，道："谁说我不想离？""那你哭什么？"陈亚红道："甩掉我你巴不得呢，再娶个小的，还能给你生儿子。不是说你们男人三大好事吗？升官发财死老婆。"余涛尽可能耐心道："亚红，我今天心情也不是很好。"陈亚红道："你马上就把老婆甩了还心情不好？"余涛又不说话了，将目光投向远方。陈亚红赌气上前挽住他胳膊，往公园外走。余涛又不适应了："你这一会儿风一会儿雨的，又怎么啦？"陈亚红道："马上就不能跟你这么走了，再挽一次怎么了？"余涛任她挽着自己走出小公园，沿街道向前走了一段路，站住："离婚的事，今天不办了？"陈亚红心情恶劣，放开了他，自己也站住。余涛道："我能说句话吗？说心里话，我真羡慕你能遇上这么好的机会，到国外读博士，见大世面，接触全新专业知识，将来成为国内最好的专家！"陈亚红眼泪又流了出来。余涛不解："怎么又哭了？"陈亚红道："说吧，你今天突然铁了心跟我离婚，到底出什么事了？”余涛避开她的目光：“我能出什么事！”陈亚红：“恋爱三年，结婚三年，哪点对不起你？就是没能为你们老余家生个孩子，也不是我一个人的错！”余涛生气道：“你扯哪儿去了。离婚是你提出来的，不是我提出来的，你要出国深造，我想成全你。”陈亚红道：“不离婚我也可以出国。”余涛欲言又止。陈亚红道：“你今天心里有事，瞒不住我。真在外头有人了，女的怀孕了？”余涛看表：“我要去医院看爷爷。你还愿意跟我去吗？”陈亚红道：“我这会儿还是你老婆吗！”余涛缓一口气：“亚红，咱不吵架。你要离婚我答应，但我有件事求你。”陈亚红道：“你都急着甩掉我了，还有事求我？把我当什么人了！”余涛：“让我说完行不行？至少你出国前，不要让爷爷和我妈知道这件事。我们夫妻一场，我希望你能最后帮我一把。求你。”陈亚红突然大步朝前走去。余涛一惊：“你去哪里？”陈亚红又现出一脸轻松的表情：“去我们医院看你爷爷，然后回你们家呀！”看余涛跟了上来，陈亚红又停下来，挽起他的胳膊。余涛站住：“等等！”陈亚红：“怎么了？”余涛：“我都给你搞糊涂了，离婚是你提出来的……亚红，有句话我还要问你了，你刚才说不离婚也能出国，为什么要离婚？”陈亚红：“你自己知道！”余涛：“我不知道！”陈亚红：“别装糊涂了！把我当傻子！”余涛：“我真不知道！”陈亚红：“婚姻的基础是爱情。你早就不爱我了！”余涛往前走。这回是陈亚红不干了：“站住。你承认了？”“我承认什么了？”“承认早就不爱我了！我没能给你们老余家生孩子，你嫌弃我，对我冷冰冰的，你一直都在对我实行家庭冷暴力你知道吗？当初谈恋爱的时候，刚结婚的时候，你待我什么样，现在是什么样？就连周末，我要不打电话，你都不回家。你早就不愿意跟我在一起了！”余涛不想再说话了。陈亚红道："走哇！"二人走进一座公交站，一辆车恰好来到，他们上车。

海军总医院一间病房里，余兆年正在看电视里播放的一部旧战争片。屏幕上一架我军飞机中弹着火，坠落下来。老英雄一副军人的端正姿态，两眼含泪。余涛在外面敲门，喊了一声"报告！"推门和陈亚红走进来。余兆年将头扭到一边，不让他们看见自己脸上的眼泪，嘴里说："你们怎么又来了？"余涛道："来看老同志啊！两个星期没来，怎么样啊！"余兆年道："活着呢！"他偷偷拭去泪花，回头看二人："又不是星期天，你们不好好上班，老跑来干吗？"陈亚红道："爷爷，他今天补休。我昨天的夜班，今天也补休。"余兆年哼了一声："以后不用老来看我，第一把你们的本职工作做好，第二把我交办的事情办好！"陈亚红敏感地看余涛一眼。余涛笑："爷爷，瞧您说的，您交办的事情我们哪件没办好？"余兆年大声道："不孝有三，无后为大！结婚都三年了，为什么不要孩子？想赶时髦，搞丁克家庭？我不同意！我们是飞行世家，一定要有继承人。看不见重孙子我不会死的。你们生不出孩子，不要再来看我！"余涛担心地看一眼陈亚红，发现她并没有什么反应，才道："爷爷，什么不孝有三无后为大，你这观念也太陈腐了！都不像你这样的老同志说的话！生孩子这事吧要天时地利人和，不是想生就生得出来。你看近来电视上整天报道，工业污染、食品污染、空气污染，也许根本就不是我们俩的问题！"余兆年不高兴了："余涛听口令！立正！向后——转！正步——走！"余涛照着口令标准地拔起正步来，同时示意陈亚红救自己。陈亚红忙拿起一个苹果道："爷爷，我帮你削个苹果。"余兆年："别打岔！余涛继续！"余涛只能一路拔着正步出门。余兆年喊："立——定！向后转，正步——走！"余涛又拔着正步走回来，立定，每个动作都做得十分标准："爷爷，你孙子的正步还行吧？”余兆年：“别嬉皮笑脸。到底是我从小训练出来的……亚红，门关上，你出去一会儿。我有话问这小子！”陈亚红站起来了：“爷爷，你就那么偏心，有悄悄话跟他一个人说，把我当外人？”余兆年道：“不是悄悄话，很严肃的话，你不在知情范围内，去吧！”陈亚红把削了一半的苹果放下，走出，关门。余兆年看余涛，声音低下去：“告诉爷爷，空军最近出了什么大事？”余涛心中一动，笑：“爷爷，你别吓我！”余兆年：“跟我打马虎眼！——和我们海军有关的大事！”余涛：“原来您已经知道了！”余兆年道：“我就是离休了，看文件的待遇还保留着呢！海军要你们空军支援飞行员参加航母战斗力建设，你报名了吗？”余涛看他一眼，欲言又止。余兆年：“说话！问你呢？”余涛：“我觉得这件事没我也成。”余兆年咆哮道：“余涛！给我立正！你这是什么话！没你也成？你是空军连续七年空中对抗的冠军，你的态度代表着空军全体飞行员的态度！”余涛压低了声音：“爷爷，其实——”余兆年：“你一定还没有报名。我现在就打电话给你们马副司令替你报名，这么一件将来要写进历史的大事件，我们家不能缺席！”他说着就要拨电话。余涛忙按住电话：“爷爷，我不应当告诉你的。我真去了，您扛得住吗？”余兆年瞪大眼睛看他，明白了：“你这小子！我听说有个名单，海军提供的……你也在名单里头？”余涛摇头。余兆年大叫：“什么，没有你？不行！你是空军最好的现役飞行员，七年的冠军，他们想打埋伏？有没有一点大局意识？”他又要打电话。余涛再次拦住，道：“有我。已经通知了。我本来——”余兆年放心了：“这就对了，我想空军也不至于……知道了，想瞒我，怕我老了，就要去八宝山爬烟囱了，扛不住！”余涛笑：“您是谁呀？怎么会扛不住……我不是担心您——”余兆年盯着他看：“言不由衷。一定是担心我，不，还有你妈。”余涛心情沉重起来，努力忍着，道：“爷爷，我们后天报到。”余兆年对门外指一下，低声问：“是不是连她也没告诉？”余涛点头。余兆年：“到目前为止，我们家的人，只有你知我知？”余涛点头。余兆年平静下来：“你从小就是个心细的孩子。做得好！”“我也可以不去，上级说，即使人在名单上，只要自己提出复议，上级也会考虑换人！”余涛说。余兆年马上道：“胡说！这什么时候，上战场的时候！敌人逼上来的时候！空中拼刺刀的时候！别来试我！我要是年轻……总之你不用担心我，倒是你妈，还有你媳妇……女人嘛比较麻烦，鼻涕眼泪的。要是你想不出法子应付，爷爷替你出个主意！”余涛道：“太好了！爷爷快说！”余兆年：“实在担心她们扛不住，干脆瞒着！过去我对付你奶奶，你爸在世时对付你妈，都是这一套。听着好像不怎么样，但管用。等她们知道了，仗早打完了！”余涛一天来第一次现出笑容：“姜还是老的辣！我听老兵的！”他不只是嘴里这么说，心里也着实松了一口气。毕竟他本来也不想把刚才的消息告诉爷爷，他都这么老了，又病入膏肓，他也担心他扛不住啊。

病房外，陈亚红走来走去，看表，忽然想起一件事，转身跑步下楼。这边余兆年还在病房内教训自己的孙子：“这么大的事，世界关注，我觉得连我那些死去的战友都看着呢！中国有了航母，意味着中国武装力量第一次可以走向深蓝，再也不用让人家堵到家门口揍我们，逼得我们只能和他们在空中拼刺刀！你爸爸活着也一定会——”余涛心中猛地一痛，脱口道：“爷爷！”余兆年发现他眼圈红了，道：“好了。我不说你爸爸……我孙子其实和爷爷一样，第一次听到消息心就热了！中国海军就要走出划时代的一步，我们家没有缺席……不过小子，爷爷还是有句话想说给你听。”余涛硬着心肠让眼窝里重新干涸：“我知道爷爷要说什么。”余兆年道："那我也要说，一定要说！这不是一场轻松的战斗，思想上要有准备！""我有！"余涛道。"真有？""真有！"余兆年仍然严厉地盯着他："真有爷爷就不说了。今天我们的谈话是老余家两个男人的秘密，别人无论谁都不能让他们知道。来，拉钩！"余涛像小时候一样伸出小手指，和他拉钩。余兆年道："好了，让亚红进来吧！你别进来，我有话跟她讲。看我干什么？走！"

病房外楼梯上，余涛看着陈亚红又匆匆走上来。她注意地观察了一眼余涛，道："啊，我刚回科里处理一点事情……爷爷刚才跟你说什么？"余涛道："没事儿。"陈亚红道："爷爷不会和妈一样，又给我弄了什么偏方吧？"余涛道："不是！让你一个人进去呢。"陈亚红停住，再看余涛："爷爷让我一个人进去？"余涛点头。陈亚红："那你在这里等我，我进去听爷爷说什么，马上出来！我们俩今天的事还没完！"余涛看她开门走进病房，转身站了一会儿，那种一直有潮水在胸中鼓胀的感觉又要涌上来，他不想让它涌上来，就一个人走下楼去。

余兆年病房内，陈亚红回手关上门，看老人一眼："爷爷，我来了！您老人家又有什么教导了？"余兆年不看她："你坐下。"陈亚红越来越紧张："爷爷有事就说，余涛还在外面等我呢！"余兆年故意放松了语调："有急事你们就去办，爷爷这里没事儿。"陈亚红坐下道："不，爷爷，我们没急事儿，您说，亚红听着呢。"余兆年看她："跟爷爷说实话，跟余涛是不是出状况了？"陈亚红一下就凌乱了："爷爷，你怎么了？我们挺好的，没事儿。"余兆年道："你们没出状况，爷爷这里就没事。走吧，别让余涛等急了。"陈亚红站起来，眼圈就红了。余兆年道："亚红，我是爷爷。你是好孩子，在爷爷眼里，比余涛我还看得重呢。要是和余涛闹了摩擦，爷爷说句话，保不定管用！"陈亚红心一下就热了，现出笑容："爷爷，我们真挺好的。"余兆年："我当然知道你们挺好，我就想告诉你一句话。真要出了状况，除了你婆婆，爷爷这里说不定也能帮到你。"陈亚红急道："谢谢爷爷。您老人家的话我可是记住了，余涛要是真欺负我，我就来找您给我做主。我走了！"她真的急着要走。余兆年就说："走吧。"他看着陈亚红离开，关门，重新坐下，打开电视，自语："不说实话。"门被推开了。原来是陈亚红又走了回来。余兆年看她。陈亚红脸红，犹豫道："爷爷，没什么，我走了。"余兆年生气地把刚打开的电视关掉。陈亚红第三次推门走回来："爷爷，亚红有一句话——"余兆年生气地："有话还不说！"陈亚红道："不是真的，就是……爷爷，要是我和余涛的婚姻失败了，爷爷认为那是因为什么？"余兆年突然回头凌厉地瞅她一眼："你们要离婚？"陈亚红脸色大变，急叫："没有……我就是随便这么一问！"余兆年松了口气："没离婚就好。我看着也不像。亚红，爷爷是过来人，这一年多来冷眼看你和余涛的婚姻，也觉得有点问题。爷爷这么说，你不生气吧？"陈亚红忍住不让眼泪掉下来："爷爷，我没有。亚红怎么会生您老人家的气呢？"余兆年道："你不生气爷爷就敢把话说出来了。爷爷看着你们俩，知道你们都是好孩子。余涛聪明，有志气，像他爸爸，不客气地说也像年轻时候的我；你呢，聪明，用功，好几次听你们院长夸你是业务尖子，要重点培养你呢。你也生在高级干部家庭，身上却没那么些高干子弟的毛病——别人不把她当千金小姐，自己先把自己当成了千金小姐。"陈亚红道："爷爷不要夸我了，我聪明什么，我这会儿觉得我是世界上最笨的女人！"余兆年又吃惊了："你怎么是最笨的女人？你们不是没离婚吗？"陈亚红再次否认："没有，爷爷！"余兆年："是啊，我都没见你们俩大吵过……不过爷爷看出来了，你们的日子像一杯白开水，淡而无味，时间一长还放凉了。爷爷不该说下面的话，可又真想说。万一哪天你们的婚姻失败了，我认为原因只有一个！你们的日子太顺了。人生不该像你们这样一帆风顺。婚姻和人的一辈子一样，应当经历大的考验，譬如战争、艰苦的岁月。没有艰苦年代的相互扶持，相濡以沫，没有生死与共，即使是夫妻，相互之间也不会感动。”陈亚红吃惊地看着老人：“感动？”余兆年：“感动！做夫妻要有感情，感情从哪里开始，就是从感动开始。”陈亚红：“爷爷快告诉亚红，怎么才能让你爱的人感动？”余兆年：“夫妻之间，包括人和人之间，最好的感动方式不是从对方那里得到，是付出，最大的付出，为对方牺牲一切，包括生命。”陈亚红良久地站在那里发怔：“爷爷，现在不是战争年代，怎么付出生命？”余兆年：“这就是你们的问题了。没有付出、没有感动，你们之间怎么会有真正的感情！”陈亚红走过来，冲动地在余兆年额上亲一口：“爷爷！亚红谢谢您老人家！我有点开窍了，可没完全开窍……爷爷，我走了！”她旋风一般开门走出去。余兆年站着，半晌才缓过神来：“现在的孩子……你跟她说正经话吧，她还是跟你来这个！”他不习惯地用手在额头上擦一把，又擦一把，“没有完全明白，是呀，没有遇上大事件，没有需要生死与共的关头，她怎么能明白！”

几分钟后陈亚红和余涛已经站在公交站前，看着一辆公交车开来。余涛看她：“爷爷刚才跟你说了什么？”陈亚红道：“和你无关。少问！”公交车进站停下，二人上车。余涛再看陈亚红：“什么话不能告诉我？”陈亚红道：“先把爷爷跟你说过什么告诉我。”余涛看周围的人：“在这里不能说！”陈亚红道：“那我也不能！”余涛不说话了，隔了一会儿再看陈亚红：“今天还愿意跟我回家？”陈亚红不看他，眼圈忽然又红了：“余涛，告诉我，为什么你今天变得这么厉害，跟我说实话，我扛得住，哪怕真有个年轻的，她要是给你们老余家怀上了，我就让位。”见余涛还是不说话，她接着又说：“你就是现在不说，以后我也会知道。我又不是傻子，都看出你遇上事儿了，还不小，不然你就不会急着离婚。还有，爷爷今天对我说，婚姻要成功，夫妻要相互感动，为对方牺牲一切……行，我牺牲我自个儿，成全你们老余家，明天一大早我们去办手续，不过今天你还是我丈夫，别想不让我跟你回家再住最后一天！”整整一上午余涛的心一直在煎熬，就这一忽儿，他忽然被感动了。

余家住的是一幢五十年代建的高级军官老旧小独栋。客厅不大，挂着一张全家福，一张余兆年身穿海军老式将军服的照片，一张余涛父亲余海洋穿飞行服的照片，还有一张余涛自己穿空军飞行服的照片。这些照片和其他陈设，可以让来访者马上明白这就是那种传说中的飞行世家。

已经是中午，回到家的余涛坐着，看着陈亚红从厨房里端出一盘子刚洗好的水果走出来。这时她像换了一个人，开始扮演一种讨巧的、在严厉的婆婆指导下不停围着丈夫转的好媳妇角色，边走边喊：“来来来，先吃菠萝，再吃火龙果，再吃葡萄，补充ABCD各种维生素——”余涛母亲冯汝萍已经慌慌地迎上去，接过水果盘仔细检查：“都洗干净了吗？现在这些水果上面都有农药残留，不好好洗是弄不干净的。”陈亚红看着她笑：“妈，我洗了三遍，先是清水泡，再是盐水泡，最后是温水里放醋，你说的办法都用过了。”见冯汝萍还不放心，陈亚红又喊：“妈！”冯汝萍检查完了，弯腰站在儿子面前，道：“张嘴。”余涛叫：“妈——”冯汝萍坚持：“张嘴。”余涛：“我自己吃行不行？”冯汝萍：“不行。

还是妈喂。从小你就挑食，水果吧就不能吃一点酸的，膳食结构不合理怎么行，张嘴。”余涛不得已把嘴张开，让母亲把切好的水果一块块喂到嘴里去。冯汝萍这时也没忘记陈亚红：“亚红别站着呀，拿餐巾纸，帮他擦擦，这么大了还往外流口水。”陈亚红响亮地答应一声，拿餐巾纸过来，围在余涛身边转，两个女人一起侍候余涛。余涛将满嘴水果艰难地咽下去，看母亲：“我有点喘不过气。”冯汝萍：“怎么又喘不过气了？从小就这毛病，一说让你吃点水果你就给我捣乱，喘不过气……来来来，妈帮你揉揉……亚红，接过去呀，真没眼色！”她边说边把水果盘塞给陈亚红，给余涛又拍又打又揉。陈亚红偷偷看余涛，余涛早就闭上了眼睛。陈亚红自己躲在婆婆背后吃起水果来。冯汝萍忽然回头看见了，叫：“哎呀亚红，怎么自己一个人吃起来了……来来来，余涛，接着吃接着吃，今天不把这些水果吃完，你就没完成任务！”忽然想起了什么，将自己从陈亚红手中夺过来的水果盘往余涛怀里一塞，道：“自己吃自己吃，这么大还让人喂。”回头她一把抓住陈亚红，低声道：“亚红，正好你回来了，跟我来。”陈亚红惊慌起来，边跟她走边向余涛发出求救的信号，又问：“妈，怎么了？”冯汝萍抓住她的胳膊不松手：“跟我来嘛。”余涛爱莫能助地坐着，看着这一对婆媳进了母亲卧室。冯汝萍小心关上门，回头神神秘秘拿出一盒丸药。陈亚红已经哆嗦起来：“妈，这又是您从哪儿淘回来的，什么呀？”冯汝萍悄声道：“亚红啊，我可告诉你，这是我刚刚为你从云南托人好不容易弄回来的……我的一个老同学告诉我，他们那边大山里头有个苗寨，苗寨里有个老太太，专治不孕不育，这是她用苗山上各种现采的草药配的送子丸。”陈亚红要大叫：“妈——！”冯汝萍训斥道：“好好听着！据说是百发百中，吃过的没有怀不上的，比那中岳庙里送子娘娘跟前的香灰还灵验呢……服这种药还有讲究，日子口对不上不灵，时辰对不上也不灵。每个月的阴历初七，半夜子时，要一个人偷偷爬起来吃，不能让别人知道，尤其是不能让自己的先生知道，吃完了还要没事人一样回去躺着。送药不能用自来水，矿泉水什么的都不成，只能是百年老井里的水。”陈亚红开始做干呕反应：“呃！妈，我真不能再吃这种药了，算上这个，我都吃了三十多种了！”冯汝萍：“你这孩子！我还没说完呢。我都替你算好了，你的排卵期就在今天，正好是阴历初七，你和余涛不回来我也会打电话要你们回来。记好了是半夜子时，不能早也不能晚，百年老井的水天不亮我专门去西山帮你们打回来了，在这个新买的保温壶里放着呢。”陈亚红：“妈，我真不敢再吃这种来历不明的神药了，我一见这东西就想吐。”她干呕更厉害了，“上回吃了你给我弄的药丸子，我都中毒了。”冯汝萍：“上回是上回，这回不一样。亚红，你是个聪明孩子是不是？你不是也想要个孩子吗？你年纪也不小了，再也耽搁不起了。”陈亚红忽然改变了心情：“行，妈，我吃。半夜子时对吧？”她接着干呕。冯汝萍帮她在背上拍打：“我还没说完呢！”陈亚红努力止住喉部的抽搐：“妈，我好了。”她逆反心理又起：“要是这回还不成，怎么办？”冯汝萍道：“咱还有办法！我那老同学说了，这老太太还有一招呢，她是小脚，说是不吃药了，用脚蹬。一脚蹬上去，就能怀上！”陈亚红眼泪都要下来了，却还要做出感兴趣的样子：“妈，这又是什么道理？”冯汝萍：“哎你这孩子！什么道理？当然有道理了！好多女人怀不上孩子，是因为宫位不正，让那老太太冷不丁蹬一脚，宫位正了，就怀上了！”陈亚红突然想大笑：“行，妈，听您的！这回要是还不灵，咱们娘儿俩就一块去云南，让那老太太用脚蹬！”冯汝萍：“那咱说定了！亚红真是好孩子！走，咱别在这里说了，跟妈一块儿下厨房，你打下手，我们给余涛做他最喜欢吃的糖醋排骨……这块排骨我都买回来半月了，他一直不回来……今儿到底回来了！”陈亚红觉得外面的天都阴沉了。她努力抑制住继续干呕下去的意愿，跟着婆婆往外走。

白天过去了，夜幕也降临到了余家。客厅里，冯汝萍和余涛坐着看一部言情剧。冯汝萍看得津津有味，不停地擦泪。陈亚红洗完澡，穿着浴衣走出浴室。冯汝萍拭泪，看余涛一眼：“别在这儿装了，不用你陪我。平时你们小夫妻也不常见面，去陪亚红吧。还是我一个人坐着看电视，平日里都这样。”她对陈亚红眨眼。余涛笑道：“妈，真不要我陪？”冯汝萍：“走。”余涛站起来：“还是老妈知道疼儿子。哎哟，我还真困了。对了妈，过几天我要出差。”“出就出呗，你又不是没出过差。”“这一回时间可能会长一点儿。”“多长，三个月还是半年？”余涛笑：“还是我妈，一猜就中，也可能是三个月，也可能半年。不过要是半年，中间还是有可能回来看看老妈。”冯汝萍的注意力仍在电视剧上：“什么事儿一出差就是半年？”余涛：“妈，你可是老军妈了，规矩还是懂的吧？”冯汝萍抬头笑看站在远处的陈亚红：“你瞧他，在外头说他是几届空王，空军十大优秀青年，回家还是个孩子。行，妈不问你了。这年头又不真打仗，什么任务是不能说的！”余涛不再说这件事：“妈，我可真走了！”冯汝萍笑：“走，再不走妈就要打人了。亚红，加油！”她高高兴兴地看着余涛和陈亚红走进自己的卧室。

卧室门关上了。陈亚红仍在弄干自己的头发，一边回头盯着余涛。余涛迟疑了一下子，还是从抽屉里翻出了单位开的离婚证明。陈亚红警觉道：“干什么呢你？”余涛道：“不干什么。把明天用的东西找出来，省得要走时手忙脚乱。”陈亚红一把夺过证明，看一眼，生气地扔到一旁去。余涛转身开门欲溜出去。陈亚红叫："站住！哪里去！"余涛回头："我到爷爷房间里睡。"陈亚红走过来挡在门后："我说为什么急着跟我离婚呢，原来还要跟别人离开家，一走还要半年！说吧，她是谁？"余涛正色道："真是出差，没骗你！""不说实话吧你！那你告诉我，去干什么？"余涛："空军组织了一个特级飞行员小分队，到各部队巡回表演、讲学，几个大单位转过来，不要半年吗？"陈亚红盯着他道："要是真的，今晚上你就别出这个房间！"余涛看她，脸上又现出了不解的表情。陈亚红回看床头柜上的水罐和丸药："看见没有？今晚上我一个人不行，你还得配合呢！"余涛生气："一家子都是医生，居然信这种东西！"陈亚红道："还有日子和时辰呢，阴历初七，半夜子时，水是你妈天不亮到西山古井里打回来的。她算准了我今天排卵，你要是想让你妈日子不好过，就走好了！"余涛想了想，断然道："这种东西别再吃了，万一再中了毒？"陈亚红："你想说什么？怕我今晚上吃了这药，怀上了，我会变卦？你就是想和我离婚也办不到了，是不是？"余涛："瞎说。我是为你好。用这种法子怎么能怀上孩子？"陈亚红道："今晚上你有两个选择。要不说实话，为什么迫不及待跟我离婚，要不就跟我上床。不然，明天这婚我不离了！"余涛看她，好大一阵子才道："我妈老了，糊涂，你可是医生，三年了你都没怀上！"陈亚红："那就告诉我，是不是别人给你怀上了，才着急巴伙地跟我离！"余涛不再看她，想了想，突然道："亚红，别生我的气。我说实话。我厌倦了。不是对你，是对我的生活。前不久读了一本俄罗斯小说，书名叫《你到底要什么》。里面的男女主人公就像我们俩，外人看着郎才女貌，幸福美满，可他们自己却突然离了婚，原因是两个人都对他们过的日子厌倦了，不想再过下去。"陈亚红呆了半晌才道："你终于说了实话，什么厌倦了我们过的日子，你就是厌倦我了，还是因为我不能给你们老余家生孩子！"余涛："真不是。我首先厌倦的是我自己，在别人眼里，我是空军连续七年的空王，多么了不起，可对我来说，这个兵当得实在没有价值，几乎就是浪费生命。没有战争，有时起飞拦截一下侵入我领空的敌机，也不能开火，缠斗两下子各自飞走了事，年复一年，直到不能飞了退休，进干休所，为了保命天天吃一堆药片子，抱着一棵树撞……"陈亚红："什么抱着一棵树撞……你胡说什么？"余涛："不是又兴起了新的撞树疗法吗？一大早起来，抱着一棵树，拿后背往树上撞，说这样能治百病！亚红，我觉得眼下就不是军人建功立业的年代！我就是厌倦了这样的人生！"陈亚红深深看他，忽然脸红了："连离婚前最后和我一次上床也厌倦了？"余涛道："是。不要误会，你并没有错。都是我的错。可是你一提出离婚，我还是觉得好，既能让你解脱，安心去国外读书，也能解脱我自己。"陈亚红眼泪终于流了下来："我也不相信你在外面有女人。可你刚才这些话，都快让我相信了！"余涛犹豫了一下，欲擒故纵道："你要是不想离，咱们也可以不离。"陈亚红的心肠硬起来："不，还是离。我成全你。不过今晚上我还是不能放过你。"余涛："为什么要这样！"陈亚红："刚才你自己承认是你错了，我没错。就当是你补偿我，纪念我们婚姻的失败，做个了断，然后各自忘掉，勇敢地往前走，寻找新生活！"二人对视了良久。余涛冲动起来，将陈亚红抱起，走向大床。

半夜子时，余涛和陈亚红并肩睡得正熟。手机闹钟响。陈亚红醒来。门外一分不差响起了敲门声。冯汝萍低声喊："亚红！亚红！时辰到了！"陈亚红急忙下床，开一条门缝："妈，记着呢，我这就吃药！"冯汝萍并不离开，透过门缝朝屋里看。陈亚红用力关门："妈，你看什么呀，别把你儿子吵醒了。我马上就吃，你不走，错了时辰就不好了！"冯汝萍："亚红好孩子，听妈的话。妈走了！"看她离开，陈亚红关门，发现余涛坐了起来。陈亚红走过去把那个丸药盒子打开，取出药丸，掰开蜡封，朝嘴里塞。余涛下床一把抢过来道："别吃！什么东西都不知道就乱吃！"陈亚红上前要夺回。余涛越来越生气，直接将丸药扔进垃圾筒。陈亚红目光湿润："你做什么！妈说得对，要是我们俩有个孩子，你就不会厌倦我，厌倦你的生活，跟我离婚了！"她不管不顾地去垃圾筒里找回药丸，一把塞进嘴里，抱住保温壶喝一口水，囫囵咽下去。余涛叫："你——"

次日清晨，区婚姻登记处门外，余涛和陈亚红一大早就等在了这里。余涛看表，又看陈亚红，道："我们来早了。"陈亚红道："我还以为你想对我说不离了呢。"余涛不说话了。婚姻登记员走过来，是一个胖乎乎且饶舌的妇女，看他们一眼问："登记结婚？"陈亚红看余涛。余涛道："不，办离婚手续。"女人见怪不怪地看他们一眼："每天都是结婚的来得早，今天改规矩了。"她掏钥匙打开门，"进来吧。"余涛陈亚红随她走进去。女人坐下，看余涛、陈亚红递过来的证件和证明，惊讶道："你们是双军人啊！"又认真看他们一眼，道："很般配的一对！为什么离婚？"陈亚红又看余涛。余涛："可以不回答吗？"女人："必须回答。国家规定，没有理由不能随便离婚。"陈亚红忽然开了口："感情不和。长期不能生育。丈夫不履行责任，在外面找小三儿，寻花问柳，对妻子实行冷暴力……够了吧？"余涛生气地看着她。陈亚红道："反正要离，一条理由十条理由都一样，多说点儿，离得快！"女人吃惊地看他们："婚姻是严肃的，你们这个态度不对，我不能给你们办！"余涛："为什么？刚才这些理由还不可以？"女人更吃惊了："你承认她说的是事实？"余涛："我承认什么？我什么也没承认。"女人道："那就是说，你们之间还有纠纷没解决。"她再看陈亚红："同志，我有义务告诉你，如果这位男士，可惜他还是一位军人，真像你说的那样对婚姻不忠，你可以去法院起诉，将来判离时，你能在财产分配方面得到更多份额。"余涛忽然想笑，看陈亚红。陈亚红："你高兴什么？——大姐，你就给我们办了算了，他太坏了，我现在只想离开他，我不起诉他，也不想多分财产，再说，他也没财产。"女人失望道："这样啊，我可以给你们办。你将来一定会后悔。"余涛又想笑。陈亚红："大姐，你今天要是不给我们办我才会后悔。你还不知道，他一贯对我家庭暴力，今天不让我离，出了门他就会再打我一顿！"女人大惊："哎哟，那我还是不能给你们办了！国家立法反家庭暴力，他还是个军人，居然这么粗暴……别怕，我有个侄女刚从政法大学毕业，开业做律师，我让她帮你打官司！"余涛不笑了："同志，你怎么这么实心眼呢，你看看我，是个敢对她实行家庭暴力的人吗？要说家庭暴力，说不定受伤的还是我呢。你就给我们办吧，我们来离婚，肯定有离的理由。我们也没财产要分割。谢谢你。"女人失望地看陈亚红，见她没有反对的意思，不再说话，麻利地为他们办完了离婚手续。

两人走出婚姻登记处，手里都拿着一份离婚证。余涛看晴朗的天空，长舒了一口气，没话找话道："现在离婚证也做得这么漂亮。"陈亚红一眼也不看他，大步走掉。余涛喊："哎，你怎么回去？是回医院还是回家？"陈亚红远远道："我怎么走你管得着吗？我现在是你什么人？花言巧语骗我跟你离了婚，你自由了！爱找什么女人就去找，年轻的，漂亮的，能让你觉得刺激，对生活生出激情的，找去吧！"她跑起来，泪流满面。余涛神情严峻，突然硬起心肠朝相反的方向走掉。陈亚红再回头已看不到他，她不走了，坐到路边长椅上哭起来。一清洁女工走上前，关切地问道："大妹子，你怎么了？"陈亚红急忙拭泪，站起："我没事儿。"女人："你都难到坐到这里哭了，咋会没事儿呢。跟我说说，就是帮不上忙，也能帮你排解排解。"她马上也要哭起来了。陈亚红害怕了，急着要走，边说："大姐，谢谢你，我真没事儿。"女人："妹子，咱扛得住，别怕他们！不就是离婚吗？这年头，要说日子都过好了，饿不着冻不着，家家户户都买了小汽车，可是女人还是要跑到路边哭！"陈亚红的注意力已经不在她身上了，她的耳边响起了余兆年昨天的话："夫妻之间，最重要的是感动。"她的头脑一下清醒了，好像从没有这么清醒过似的。

海军总医院一间办公室里，陈亚红正打军用电话给耿见林："见林，是我，亚红！我不找余涛！你什么也甭问，就告诉我余涛最近出了什么大事？……我没看最近的新闻？什么新闻？……我的天！"她放下了电话，怔了怔，重拨那个号码："见林，还是我。我想知道，你们是要加入海军试飞大队吗？你不用回答是还是不是，我就问一件事，你们加入海军试飞大队有危险吗？……你说什么！"一时间她浑身抖起来，虽然耿见林还是什么都没有对她说，不过这一次她是真生气了，放下电话想：在这种时候，对我搞这一套！你……她站起又坐下，坐下又站起，果断地打出去一个电话："马老师，我是陈亚红。"电话那一端的声音："亚红啊，你出国的事，可能要提前。恭喜你！""不，老师，我就是想跟你说这件事。我家里出了点情况，可能出不去了。""亚红啊，你是我最好的学生，这个机会太难得，有的人为了这个机会等了半辈子！""对不起老师，我现在不知道说什么好，总之我感激老师，可是我真的有情况，去不了。""那样的话我就要换人了，在你后面排队的人可是不少呢！”显然，对方生气了。陈亚红道：“谢谢老师，对不起。”她不等对方回答就扣下了电话，大口呼吸着。

余兆年病房里，老人在看一部海空雄鹰团海上空战的纪录片，精神大振，对着屏幕大叫：“好，开火！开火！”屏幕上，一架敌机中弹起火，向海面坠下去。余兆年大叫：“对！就是这么打！剑不如人，剑法要高于人！他跟你玩技战术，你跟他玩儿命！他什么技战术都要憋犊子！”一架敌机突然出现，开火，击中我军一架飞机。军机坠向大海。余兆年眼里现出泪光：“老团长，我知道是你！那天我要是一直在你身边就好了！我——”响起了敲门声。余兆年关掉电视机，走去开门，吃了一惊。陈亚红走进来，将一袋水果放下：“爷爷！”余兆年避开她的目光，拭掉最后一滴眼泪：“你今天不上班？还买了水果，上次买的我还没吃完呢，净浪费钱！”陈亚红关门，难以抑制内心的激动，颤声道：“爷爷，余涛要去海军航母试飞大队，昨天您把我赶出去，跟他谈的就是这事，对吧？”余兆年回头，脸上现出惊讶的表情。陈亚红：“爷爷就不要瞒我了！”余兆年严肃道：“爷爷知道你为什么来了！原来你听说了！听说了就听说了吧！首先我要做你的工作，余涛能够参与这样的大事不是他个人的光荣，也是我们这个军人世家的光荣——”陈亚红：“爷爷别说了，我也是军人子女，还是现役军人，我懂！”余兆年：“懂就好。不要是为这个来看我老头子吧？爷爷告诉你，虽然他是我唯一的孙子，可爷爷还是会支持他！毫无保留地支持他去海军试飞大队！”陈亚红：“亚红知道您老人家是什么样的人，亚红想来告诉您，亚红也要去！”余兆年：“你去试飞大队？那里又没有医院！”陈亚红：“我都打听清楚了，海军909医院已经受命负责航母舰载机试验试飞基地的医疗保障，试飞大队在它的保障范围之内。亚红想请爷爷帮忙调到那里去。还有，这件事别让余涛知道！”“为什么？”“爷爷别问。亚红就是不想让余涛一个人去。”老英雄感动了：“孩子，你是想和他在一起？你要是去了，我们家就有两个人在那里了！”陈亚红：“爷爷答应帮我了？”余兆年：“我答应什么了？这件事我只可以帮你说说看，虽然我最讨厌帮家里人走后门，可你这是请求和余涛一起上战场！亚红，那儿艰苦，你真的想好了？”陈亚红避开了这个话头：“爷爷，余涛这次真比我公公牺牲时执行的任务还危险？”余兆年重重点头，面色严肃。陈亚红：“那我更明白了，为什么他要跟我离婚——”余兆年又是一惊：“什么，他为了去试飞大队，要和你离婚？”陈亚红知道自己失言了：“爷爷什么都甭问，我不会让他满意的！”余兆年想了想：“行，我知道了。你回去等消息！”陈亚红举手敬了一个礼：“爷爷，亚红谢谢您！放心吧爷爷，我们什么时候都是一家人。他想在这个时候甩掉我，没那么容易！我走了！”

为什么走出去时会觉得一天乌云过去了呢？连天空都变得阳光灿烂了。不，更大的风暴正在来临，它已经来了。可是，她喜欢这样的风暴！

空军马副司令站在空军办公大楼一楼接见厅里等待。他的身后是几名高级军官，表情庄重。包括余涛在内的五名飞行员跑步进来，随着马副司令的一连串口令，五人面对将军成一列横队立正站好，依次举手向将军敬礼，大声道：“空789团特级飞行员余涛！空789团一级飞行员耿见林！空654团一级飞行员刘波！空578团一级飞行员江海！空432团一级飞行员王小毛！向首长报到！”将军还礼，大声道：“稍息！”众稍息。将军：“今天——”众再次立正。将军：“请稍息！”众再稍息。将军：“今天我代表空军全体官兵和同志们见面，要说什么，你们一定都猜到了！对了，你们就是经过海军提名，空军审查，过五关斩六将才被挑选出来，去支援海军试飞大队的五名空军优秀飞行员！但是根据指示，我还是要再次向你们提问：你们中间有没有人不愿意去执行这项任务？如果有现在就讲出来，空军不会因为同志们不愿去执行这项任务影响对他的看法，也不会影响他在部队的使用……有吗？”他边说目光边从五名飞行员脸上掠过。众人异口同声回答：“没有！”将军：“好！我下面要讲的话，你们只能记在心里，不能讲出去！现在外面有些议论，说我们空军不想把最好的飞行员送到海军去，怕将来你们回不来，这是什么话！中国空军是泱泱大国的空军，心胸没那么狭隘！中国空军从哪里来的，海军又是从哪儿来的，同志们，都是从井冈山上下来的那支红军中走出来的！我们是同一支队伍的两个方面军！从受领任务时起，空军想的就是把最优秀的飞行员拿出来，双手捧着送到海军！同志们都是空军培养出来的超一流人才，多少人用生命和心血浇灌出来的花朵！王冠上最贵重最亮丽的宝石！把你们这么送走，要说一点儿也不心疼，那是假话！但是到了祖国人民需要的时候，空军每一名指战员连生命都可以不要，怎么会在这件事关国防大局的事情上打埋伏呢！我们舍得！但是……我第二次说到这个但是了……送你们上战场的时候，我还是有几句话要代表空军说出来！你们听了，要牢牢记在心里，永远不要忘记！”余涛等人再次立正，全神贯注地听着将军讲话，目光明亮。“第一句话，你们到了海军，代表的不是你们自己，甚至也不是中国空军，是中国人民解放军，是中华民族！简而言之，这是一场战争，不要让外国人瞧着，中国人在陆上很强，到了海上就不行了！你们的任务不只是代表空军完成海军航母战斗力建设的相关任务，还要代表整个中华民族，向全世界表明，中国的每一寸土地、海洋和天空，包括三百多万海洋国土和天空，都是神圣不可侵犯的，过去中国人在海上任人欺凌的历史，到了你们这一代，才叫真的结束了！”“第二句话，今天我和你们既是见面，也是壮行！但是我不打算请你们的客，也没有送行的酒！我到了，见了你们，就够了！再说一遍，我是代表空军全体将士为你们壮行来了，为什么？因为你们去的时候是五个人，回来的时候也许就没这么多了！人民解放军的缔造者说，要奋斗就会有牺牲，死人的事是经常发生的！这句话我现在说出来一定不中听，可我还是要说！没有牺牲，要我们军人干什么！要我们人民空军干什么！死人不算什么，关键是要向我们自己、也向我们的人民证明，即使在这个没有多少仗打、军人不怎么出彩的年代，你们也是中国历史上一代最优秀的军人！和当年的李广、霍去病，和人民解放军历史上的那些英雄人物一样了不起！”“同志们，我还有话呢，虽然牺牲对于军人是题中之义，但是绝不能死得毫无价值，军人从来都要壮怀激烈地去战斗、牺牲，但我们的牺牲也一定要和我们完成的伟大事业相匹配，要体现那些值得历史记住的伟大价值！要是有谁窝窝囊囊地给我死了，那我会瞧不起他！这是我说的第三句话，抱定牺牲的决心，攻克航母战斗力建设的所有难关，但是也要尽最大努力，保护好自己的生命，争取最好的结果。最好的结果是什么？最好的结果是你们圆满完成任务，一个不落地回来！到了那一天我要请你们！还要把空军的所有首长都请到！同志们有信心吗？”余涛等五人声若炸雷一般回答：“有！”将军：“余涛出列！”余涛正步向前走了一步。将军：“我代表空军正式任命你为支援海军试飞员项目组组长。这个任命不向外公布，也不向海军公布。你们到了那里，一切客随主便，严格服从海军的领导和管理。但是你们自己要明白，你们是空军派出的一个战斗集体，是有组织的。你们要完成的任务是，和海军的同志团结在一起，完成航母舰载机试验试飞的所有任务，打赢这场中国人民解放军从没有打过的战争！你们去了以后就是双重领导，一是受海军试飞大队领导，另外仍然受空军的领导，我就是你们这个项目组的直接上级，遇到克服不了的困难直接打我的电话，必要时我会亲自上阵，帮助你们！有问题吗？”余涛大声道：“报告首长，目前还没有！”将军：“入列！”余涛后退一步入列。将军大声道：“会见结束。解散！”

中午，余涛回到家里吃饭，这是他和母亲说好的。一家三口坐在餐桌前，余涛不停地给母亲碗里夹菜。冯汝萍高兴道：“够了够了，我哪能吃这么多。你们吃。看见你们多吃，我心里就高兴了。”她忽然想起了一件事，看余涛：“你不是说要出差吗？什么时候走？”余涛：“差点忘了，今晚上回团里，明天走，我就不回来了。”他看着母亲笑：“日子这么久，儿子不在眼前，妈的小心脏行不行啊？”冯汝萍笑看陈亚红：“你瞧，我儿子就这一点像我，他心细。”——回头看余涛——“告诉你一件事，亚红今天搬回来了，他们医院住房紧张，来了个新同志，没地方住，亚红发扬风格，把铺位让出去了。”余涛心中怦然一动，看陈亚红。陈亚红避开他的目光，低下头吃饭。冯汝萍道：“这下好了，没有你，妈也有伴了。你上次帮我拿的药够我吃一阵子的，再说我身边不是还有亚红这个专家嘛。放心去吧，一个人在外头，要知道照顾自己，记住多吃水果，膳食要合理。还有，安全第一。”余涛：“妈，我又不想去了。想在家陪您。”冯汝萍开心地笑起来：“那就不去，留在家里陪妈。”陈亚红及时给她夹菜，将场面支应过去：

“妈，尝尝这个，我学着炒的！”冯汝萍尝一口：“好吃！亚红，你这炒菜的手艺见长，还都对我口味。对了，你是该学会炒两个菜了，马上要当妈了，不然孩子生下来要受苦！像我，年轻时就炒得一手好菜，余涛从小可是没受过委屈！”余涛借坡下驴，夸她：“那是！老妈，就你那两手，我就是下馆子，也不觉得他们的菜好吃。”边说边放下碗筷站起来，“我这一走，就不能给你揉肩膀了。我吃完了，你吃完我再给你揉一揉！”冯汝萍立即放下碗筷：“我也吃完了。你不是急着走吗？”余涛：“不着急，有时间。”他将母亲抱起，走向旁边的沙发。冯汝萍开心地笑起来，挣扎：“你这孩子，又疯了，这什么样子！”但她的表情显示出她还是很享受这种来自儿子的疼爱。余涛把母亲放在沙发上，仔细为她按摩双肩：“妈，怎么样？”冯汝萍：“哎哟，好。哎哟！哎哟！这边这边！亚红，做女人一定要有个儿子，像我，多有福气！”陈亚红一眼也不看余涛，嘴里道：“是！妈说得对！我一定生，生不出来也要生！”

饭后陈亚红到厨房去洗碗。余涛瞅着母亲一眼不注意走进来。陈亚红继续回避他的目光。余涛欲说又止。陈亚红：“不是你要我不把事情说出去吗？你要是反悔，我就搬走。”余涛心中感动，道：“其实我是想说谢谢你。”陈亚红：“不是夫妻了，说话也知道客气了！”余涛认真起来道：“应该的。”陈亚红朝外面看一眼：“出去陪老太太吧，这里用不着你。”为了不让余涛看到自己内心的波翻浪涌，她一直不和余涛对视。余涛的心情已经放松下来，但还是道：“等过了这一段，瞅准机会，我会把事情告诉我妈的，那时你就解脱了。”陈亚红道：“是吗，好哇。”余涛走出去又走回来。陈亚红道：“怎么了，离了婚又舍不得我了？”余涛道：“忘了一件事，想求你，最近半年到一年，你最好一直留在家里不走。”陈亚红哼了一声：“那恐怕不行。我什么人呀，想长住也没个身份。对了，见林没跟你说什么吧？”余涛吃了一惊，问：“什么，他知道我们离婚？”陈亚红急道：“不知道。”余涛松一口气，看她。陈亚红一直低头洗碗，也不说话。余涛终于没有再说什么，关门走出去。陈亚红双手捂脸，让自己平静。是的，从今天起，以后的日子可能就是这样子了。她要扛得住。

回到团部宿舍，余涛还是瞅冷子审问了正在收拾东西的耿见林：“你跟亚红说什么了？”耿见林不置可否，反问他道：“你跟你老婆又怎么了？”“没什么。”余涛道，“她是不是知道我们要去海军试飞大队的事了？”耿见林含糊道：“不会吧？要知道也是你说的，我可没说。”余涛这才松了一口气。

第二天，余涛一大早就来到海军总医院，向余兆年老英雄辞行。病房里，老英雄默然独坐，神情庄严。余涛敲一下门走进来，喊他：“爷爷。”余兆年站起，道：“已经到了告别的时候吗？”余涛道：“是！今天下午七点前报到！”余兆年看他一眼：“都准备好了？”余涛不想把告别的场面搞得那么严肃，故意“啪”的一个立正，大声道：“报告老兵，空军特级飞行员余涛，全都准备好了！”余兆年不为所动：“一位空军首长专门对你们训了话，告诉你们，回来时也许就没那么多人了？”余涛的心情一沉：“是！”余兆年道：“他说得对！大战之前对部属说实话的首长都是好首长！余兆年是个老兵，只有一个儿子，早年把他送去做海军试飞员，牺牲了；现在剩下一个孙子，又要送他去海军试飞大队。知道告别的时候，爷爷想说啥？”余涛大声道：“知道！爷爷不只是送自己唯一的孙子上战场，爷爷更是送一名士兵、一个勇士上战场。”余兆年哼了一声：“你还是不知道爷爷想说的第一句话是啥。”余涛：“我知道。不惜一切完成任务，付出牺牲也要完成！”

余兆年：“回答我，为什么要这样？”余涛不语。余兆年：“因为它事关国家安危、民族复兴，更重要的是，它事关军人的尊严！”余涛心中一动：“军人的尊严？”余兆年道：“上了战场的军人，生死是不能自己掌控的，能掌控的只有尊严！军人的尊严！连这个都不明白，怎么上战场！”余涛大声道：“明白了！”余兆年：“说完第一句话我才能说第二句，一定要在保证完成任务的前提下减少伤亡！告诉你一句话，你要真在这场战斗中牺牲了爷爷会心疼的！爷爷会心疼至死！可即使那样，爷爷也不会后悔，因为爷爷知道自己做了一个老兵最该做的事！”余涛无语，他已经装不下去了。余兆年接着说下去：“但你真回不来，喝不到空军首长给你们准备的庆功酒，爷爷还是会失望！爷爷活不了太久了，甚至都不一定能看到中国第一艘航母完成战斗力建设，还有，即使我们余家做出了巨大牺牲，第一个驾驶中国舰载机在中国航母上起飞和着舰的人、第一个带领中国航母飞行联队飞向大洋的领军人物，也不是我的孙子，但这都没什么，重要的是那一天一定会到来！”余涛再次回答：“是！”余兆年声音更加高亢起来：“我还没说完呢！我真正希望的还是由我的孙子来完成这历史上的第一次，然后回来见我。那时爷爷会在家里设家宴，为我的孙子庆功！”余涛觉得自己快撑不下去了，再次举手敬礼：“爷爷，可以走了吗？”余兆年大声道：“走吧！话都讲完了为什么还不走！听口令，向后转，上战场！正步——走！爷爷给你壮行！”余涛开门，正步走出去。余兆年又用嘶哑的声音唱起了军歌：“向前向前向前，我们的队伍向太阳——”余涛一直向前走出去，下楼，不让自己回头。不能流泪，他对自己说，但仍然热泪盈眶。

试飞大队办公楼内，秦大地正在看一段和航母舰载机相关的视频资料。电脑屏幕上，一架二战时期的日本飞机在美军飞机对日本航母的攻击中摇摇晃晃地着舰，失败了，玩具般落入波翻浪涌的大海。电话铃声响起。秦大地接电话：“试飞大队秦大地！”对方道：“大地，是我。120团老侯。谢振宇去你那里的事，我最后一次请你考虑！”秦大地眉头皱起，他在考虑怎么回答侯团长的话。电话那一端的声音继续传过来，如同炸雷：“怎么不说话？这是最后的机会，马上他就出发了！”秦大地道：“老侯，回答我，你最担心他的是什么？”“我最担心的是……我有一句话一直不想说，可到了时候，应当说出来！他不但有和你单挑的愿望，非常可能还有这个能力！”秦大地觉得自己的心大动了一下。“还有一句。他是吴惊天的学生！但我认为他现在的能力比吴惊天最强大的时候还要强大！”他听出了秦大地的沉默。“你怎么不说话？”“马上让他出发！”秦大地道。接下来两人都没有再说什么，通话便结束了。秦大地的注意力又回到电脑屏幕上：又一架日本飞机冒着敌机攻击着舰，它成功了，航母仍在大海上玩具似的拼命颠簸，又一架飞机着舰失败，落到了海里去。秦大地神情严峻，久久伫立着，他的心受到了强大刺激，但更多的还是无法言喻的沉重。

120团空勤楼里，谢振宇、康延成的两只军用行囊已经捆好，放到门前。即使到了这时，康延成仍在打一款最新式的飞行游戏。谢振宇面窗而立，嘴里断续吹着一支不成调的口哨，忽然回头、发声：“游戏——”康延成继续打游戏，道：“沉不住气了？怕团长……秦大地最后一刻变了卦不要你？”谢振宇走到他身后看：“怎么了，这一关还过不去了？”康延成嘴硬：“什么过不去，小遇挫折，看着，我马上过这一关！”“起开！”谢振宇一把将他扯起来，坐下去“啪啪啪”一阵敲打，屏幕上现出“过关”的中文字码。康延成不服气：“你这是干什么？没有你掺和我也过得去！”外面传来大力打门的声音。谢振宇一惊：“来了！”他几步上前开门，朝门外几个人“啪”一个立正，大声道：“团长！政委！参谋长！这也太隆重了，首长们都来了！请进！”康延成这边急忙关掉电脑肃立。侯团长根本不走进来，他堵门站着，也不让政委和参谋长进门，看二人，严厉道：“都准备好了？”“报告团长，都准备好了！”二人大声回答。侯团长目光盯住的只有谢振宇：“你，重复一下那三条！”谢振宇如数家珍般大声背诵起来：“第一，不跟秦大队叫板，更不能在一场空中对决中打败他！第二条——”“错了！你是不是故意的？”“不是！”“第一条，不能挑战秦大队长的权威，百分之百服从，不能捣乱，重复！”谢振宇重复。“第二条，不能逼迫秦大队长进行空中对决，我不允许！”“是！”“我让你重复！”“不能逼迫秦大队长进行空中对决，我不允许！”“第三条，要是去了给秦大队长捣乱，我就让他开除你，团里马上安排你转业！重复！”“去了给秦大队长捣乱，就开除，团里安排转业！”侯团长终于闪开路，大声道：“走吧！路上不许节外生枝，七点钟前必须报到！”谢振宇和康延成两人一起回答：“是！”侯团长转身离开，下楼，他还是没给政委和参谋长开口说话的机会。三位领导下楼去了，谢振宇回看康延成，神态平静。康延成低声道：“你厉害。佩服！”谢振宇出门扛起自己的行囊。康延成跟着走出去把行囊扛起来。谢振宇道：“怎么还看我？走哇！”康延成笑：“我就是觉得你好看！”两人走下楼去。

一辆送行的面包车停在楼下。侯团长拉开后车门，发现车里已经放进了一辆山地自行车，他皱眉回看谢振宇，道：“这东西还带去干什么？到了那里，你还有心思玩这个？拿下来！”谢振宇道：“团长，这就不在约法三章之内了！”政委终于有了机会开口：“他想带上就带上吧。出了营区，他就是秦大队的人了！”侯团长斩钉截铁："不行。不拿下去，你今天就甭去了！"谢振宇也不说话，但还是上车麻利地把车拿下来，放到路边去。参谋长趁机对他和康延成眨眼："还不快上车？自行车我找人给你保管。"二人匆匆上车。参谋长看司机小陆："走吧！"侯团长看着车走，仍皱着眉头。政委看他道："老侯，别这么紧张。"侯团长道："你们都没看出他在糊弄我？什么约法三章，他根本没听进心里去！"他要走又看了参谋长一眼："谢振宇的宿舍不要分给别人，准备试飞大队把他退回来，他且得住呢！还有，我刚才这句话要想办法尽快让他知道！"政委参谋长二人相视一笑。参谋长点头："是！"

面包车已经驶出了营区，到了一个三岔路口。一直在沉思中的谢振宇猛抬头向前："哎，错了！"小陆停车："没错啊！""怎么没错？不是进城的路！"康延成道："哎，你又搞什么鬼？我们不进城！"谢振宇道："我太笨了，上次一天见了她三次，我都没把事情说清楚，还让她误会了，今天再不去见她，就这么走了，我和她的事就真的 over（结束）了！这次去要跟她说清楚，我这一去试飞大队，最近都不能来见她了！"康延成："老谢！我可警告你，听说秦大地带兵丁是丁卯是卯，不像我们团长，刀子嘴豆腐心，要是晚上七点钟前到不了——"谢振宇看表："早着呢，到得了！"见小陆不停回头看他，道，"快，开车！"小陆将车开上通往城里的公路。谢振宇又道："来点音乐！这两天把我憋坏了！要热烈、奔放、狂野，有没有？"小陆打开音响，放出一段哀乐。谢振宇叫："停！"小陆笑："昨天送一位老同志，没来得及换！"康延成大笑。谢振宇："快换掉！"小陆换了一支曲子，音乐响起，是贝多芬的《命运》。谢振宇手舞足蹈："好！太好了！热烈！再热烈些！热烈、奔放、狂野，有没有！"小陆将音量放大，乐声爆炸般充满了车内空间，面包车就在这种爆炸般的音乐轰鸣中疯狂向前开去。

第六章

从下午两点起，秦大地、陶斯勇就并肩站在营门外，迎接赶来报到的试飞员。余涛带四名空军飞行员来得最早，秦大地上前用力同五人握手，说出的只有一个单词："欢迎！"陶斯勇也一一同五人握手，道："欢迎你们！"秦大地回头大喊："强子！"吴强一下就出现了，对余涛等人自我介绍："吴强，海军一级飞行员，来自海航10团。眼下是本大队的代理军务参谋，负责日常管理。大家还回到车上去，咱们直接去空勤楼。"众空军飞行员精神一振："10团来的！"吴强："对，10团！"江海："空军金头盔获得者江海，向来自海空雄鹰团的吴强战友敬礼！"他向吴强敬礼。吴强精神也为之一震："哎哟，金头盔！向你敬礼！"他也向江海敬礼。王小毛挤上前："空军金头盔获得者王小毛，向你敬礼！"吴强还礼："又一个金头盔！厉害！向王小毛同志敬礼！各位金头盔，欢迎你们进入海军航母舰载机试验试飞大队，请上车，我们入营！"五名飞行员重新上车坐好。吴强跟上车，让司机驶进营门，在空勤楼前下车，带众人提行李上楼，一间间推开宿舍："看好了！房间上都写了名字，找到自己房间把行李放进去，安顿下来。眼下就像那《沙家浜》里唱的，咱们的队伍刚开张，十几个人七八条枪，后勤人员一时还没到齐，大家各自照顾自己，委屈大家了！提醒一下，床头上有个纸袋，里面有些东西。秦大队要求大家抓紧看一下，从今晚上开始执行！——我还要到营门口接人，走了！”他说完便转身跑下楼去。众人将行囊放在房间里，马上又都走了出来。余涛惊讶，问：“干什么？”王小毛：“交流一下对秦大队的印象。我有个发现，这个人不会笑！连个笑脸也不给我们！！”余涛看江海：“你又想说什么？”江海：“这么简单就被这帮海军的人拿下了？什么欢迎金头盔进入试飞大队，请回到车上去，我们入营……好家伙，我们不是新兵！”刘波：“怎么，以为你是金头盔，一路上一直在想人家会张灯结彩欢迎你？”江海道：“闭嘴！我不指望他们张灯结彩，但对兄弟军种总得表示点尊重吧？”王小毛：“也许是来不及。今天刚报到，说不定人到齐了，会专门给你开个欢迎会！”江海听出讥讽，立马反击：“干吗为我一个人？”众人一时不再说话，都看着余涛。余涛道：“都说完了？说完了我说！从现在起，没有空军，也没有金头盔！”江海反感：“金头盔就算了，但干吗没有空军，空军又不比海军矮一头！”余涛看他：“你还有话吗？”江海立正：“没有了！”余涛：“这个问题不再讨论。照我的话执行。还有，进屋马上看秦大队给我们准备的东西！”刘波：“对！快进去看看是什么！说不定是一篇热情洋溢的欢迎辞呢！”

众人跑回自己房间。余涛也走进自己房间安顿行李。一分钟不到，王小毛就“咚”一声推开门，手拿两份文件闯进来，喊：“哎哟喂，余涛，怎么会这样！”耿见林、刘波、江海也跟着他跑过来。余涛：“又怎么了？”王小毛：“快看看你床头纸袋里的东西，刚报到，秦大队就给了我们一个下马威！”余涛拿起床头纸袋，取出里面的两份文件，认真看了一遍，回头："我看过了。怎么了？"王小毛："还怎么了！你一定没看明白！大家瞅瞅，原来到了他这里，除了三大纪律八项注意，还给我们弄了一份试飞大队自己的纪律守则。余涛你看看这个第九条！"江海直接说了出来："一次违纪，警告处分，关禁闭，临时停飞；二次违纪，除名……搞什么名堂！我们是金头盔，飞行是一生的事业，不能让他随便停飞！"余涛不说话。江海："还有这一条，一个星期原则上只有一天假，任务多时一天假也要取消！我觉得这太不尊重我们休息的权利了！"耿见林也道："余涛，这里还有一份下星期的操课表。入营头一个星期是不是没事干呀，临时安排天天早上出操。出操不算什么，在空军也天天出操，可你看看操课内容，居然是练习立正稍息敬礼齐步走！"刘波："往后看，还有呢，天天早上五公里负重越野。搞什么名堂，把我们当步兵了！"王小毛："你说得不对！不是步兵，是新兵。十年前在新兵营我练的就是立正稍息敬礼齐步走。余涛，我们回去吧，走错地方了，这不是海军试飞大队，是新兵营！"众人笑。耿见林道："什么新兵营？你这小子，平时蔫不拉叽的，到了时候最会捣乱的就是你！"王小毛："谁捣乱谁捣乱，我是说他也太拿土地爷不当神仙了！"刘波："同意！"江海也道："同意！"

众人终于安静了。"都说完了？"余涛问。众点头。刘波："余涛，得想点办法，看来享受金头盔待遇是不能了，但也不能任他们欺负！"余涛："谁还有意见要说？"众人回答："没有了！"余涛对耿见林说："关门！"耿见林把门关上，回头看他。余涛道："本想过几天情况熟悉了再开会，现在看来，等不到了！大家看了这两份东西，尤其是这份《试飞大队纪律守则》，不太适应，是吧？"王小毛："一句话，这个秦大地没拿咱们当外人！"江海：

“人还没到就先给了个下马威！”耿见林：“我觉得跟‘扑通’一声掉坑里差不多。就是在空军，也没人敢这么对待我们！”众人一起嚷嚷：“余涛什么感觉，说出来我们听听！”余涛半晌才道：“我的感觉一开始和大家一样！可回头一想，又不一样了。”江海：“怎么不一样了？”余涛：“有没有谁往深处想过，秦大队和我们无冤无仇，凭什么一上来就这么不客气？”王小毛：“他有病！让我们来了练立正稍息，搞负重越野，他步兵连长出身吧？”众人又要笑。耿见林道：“安静！余涛，违纪一次就要关禁闭，临时停飞，这哪是海军试飞大队，他像是开禁闭室的！”又有人要笑。余涛：“你们还笑，有人回答我吗？秦大地为什么这么干？”众人互视，没人回答。余涛道：“秦大队可不是等闲之辈，他是海军的空王，十年了没有人能在任何一次空中对抗打败过他！28岁就当海航10团的团长，大家知道10团在海军什么地位？他这个团长一当十年，海军现任的好多飞行团长都是他带出来的。他被评为过全军优秀带兵人。海军不挑别人，专选他做试飞大队的大队长，你们认为是没有原因的？”现场气氛严肃起来。耿见林：“余涛，你想到了什么，这里都是自己人，有话直说！我们既然进了敌营，就是一个战斗集体，形势多险恶都要打胜仗，不能给空军丢脸，我们都听你的！”众人响应。余涛：“什么敌营，胡说什么？”众人又要笑，但没有笑起来。余涛：“刚刚看了这两个东西，我还没好好想。如果我是秦大地，受命组建这样一支队伍，要做的第一件事是什么！”刘波想了想，脱口而出：“当然是选人，最短时间把队伍带起来！”江海：“可我们这些金头盔……对不起余涛，没有金头盔……我们这些人个个都认为自己是天之骄子，这样的队伍是不好带的！”耿见林：“什么不好带，其实好带！”江海：“怎么好带？”耿见林：“能被初选到这里来，能力都是一顶一的，关键是要把这些人不分军种和脾气性格拧到一起，组成一支能打硬仗的队伍，去和他一起攻坚克难！”刘波：“哎哟！还是你老兄厉害，一下就猜到了秦大队的心！”耿见林：“你装什么傻！要把这么一支人人都是大爷、眼下一盘散沙的队伍拧成一股绳，上战场冲锋陷阵，我要是秦大地，第一件事情就是抓纪律，一切行动听指挥……各位，说句不中听的话你们别不高兴，我要是秦大地，根本就不会要你们这些金头盔！”王小毛不高兴了：“这是海军舰载机试验试飞大队，不要金头盔级的飞行员，你想要什么人？”耿见林：“我要能打仗的战士！令行禁止，纪律严明，一声令下，冲得上，打得狠，不怕死。山头再高，仗再难打，拿下来！”刘波：“有点明白了！所以一上手他先抓纪律，早操练立正稍息齐步走，五公里负重越野，那是让每个人明白，进了这道门你的好日子没了，多大的风头都作废，他要的只是一个兵，执行纪律，服从领导，指到哪打到哪，叫你吃屎你就吃屎，还不能嫌不好吃！”王小毛：“呸，你恶心死我了！”刘波：“我话糙理不糙。余涛，是不是这个意思？”江海大叫：“哎哟，我也明白了！”余涛：“说出来！”江海又不说了。王小毛：“怎么了你！”江海：“怎么了，我心里想到了，可一着急又找不着词儿了……对了，他这么做用东北话怎么说的？——必需的！”王小毛：“我虽然也明白，可还是气不过！要这么着，他干脆弄些会开飞机的步兵来好了，要我们这些特级飞行员干什么！”余涛鼓掌，道：“大家说了半天，让小毛做了总结！秦大队一上手就这么收拾我们，非常可能就是你说的那样，他想把我们这些特级飞行员变成会开飞机的步兵，令行禁止，纪律严明，冲得上，敢牺牲，无论多么艰难，受多少委屈，扛得住！”众人猛醒。王小毛道：“还有一件事呢！虽然我们经过了海军提名，空军复议，可据说到了这里，能不能留下来，还要经过他的考查筛选。门我们是进来了，能不能留下，还两说呢！”江海看他：“不想被退回去？”王小毛：“你想啊，刚刚被团里敲锣打鼓送出来，一转眼灰溜溜地回去，见了老婆都没法交代！”耿见林：“余涛，说到这里，我又不明白秦大队的心思了。我们实际上还处在被挑选的过程中，他就不把我们当外人，那他现在把我们当什么人？”余涛：“和今天来报到的海军飞行员一样的人！”王小毛：“这是好还是不好？”余涛道：“说不上好不好。我觉得现在秦大队心里只有一件事，怎么能从我们这些人中挑选出他最认为最该留下的人！”王小毛：“我的天？我在团里老子天下第一，到了这儿却成了要被别人挑选的人！”耿见林：“这也没什么不好。他既然对我们这么不客气，我们也就有了权利！”王小毛：“你连能不能留下来都不知道，还有了权利？”刘波：“见林说得对！正是这样才有了权利。秦大地眼里很可能根本没有海空军飞行员之分，只有能通过他严苛考查留下来的试飞员。这样，我们就有了和海军飞行员公平竞争的权利！”江海：“等我们赢了他们留下来，就有了要求在每个试验项目上第一个出场的权利！只有这样才能完成空军首长交给我们的任务，把所有的第一都拿下来，我们吃肉，汤也不给他们留下一点儿！”众人的情绪热烈起来。刘波：“余涛，这要是也是你的意思，也太狠了。这是海军试飞大队，你要我们把所有的第一都拿走！你吃肉，连一点汤也不让他们喝，太不人道！”余涛最后拍手道：“行了！会开得很好。第一天入营，我们就遇上叫板的。有谁扛不住？扛不住可以退出，有吗？”众人相视：“没有！”“下面该怎么做，还有谁不明白？”“没有！都明白了！”“既然这样，我就要对大家提要求了。为了争取到和海军试飞员公平竞争的权利，我们五个人不但要全员通过秦大地的考查留下来，还要在这个过程中赢得他本人的尊重，为此必须咬牙扛住他给我们准备的所有不好消化的东西，一点把我们当外人供起来的机会也不留给他，然后……然后我就不说了，就是要他们好看了。能做到吗？”众人答：“能！”王小毛：“要这么着，别说让我老王天天练立正稍息，就是让我——”刘波：“就是让你吃屎，你都能直着脖子咽下去！”王小毛：“呸，我是说，就是让刘波吃屎，我也能直脖子瞪眼看你咽下去！”众人又笑。刘波：“你这小子，一点亏都不吃！”余涛道：“大家回去收拾内务，要做得比在老部队更好！我委任见林每天逐屋检查！”耿见林：“得令！”他回头看大家，“都给听好了，别稀里马哈的，一朝权在手，便把令来行！既然让我管内务，我可要拿着鸡毛当令箭，天天查你们，出一点毛病我就打你们的屁股。对了，要趁机让海军的人见识见识空军的内务水平，以后当作标杆来学习！”大家笑：“行，不反对！”余涛道：“解散！”

夏家二楼小厅内，夏初坐在在电脑前工作。欧双莲在她身边拖地，不时紧张地朝窗外瞅一眼。夏初看她：“欧姨，你看什么？放心吧，那家伙不会来了。”她又看表。“哎哟！尼娜怎么还不来，说接我去她家吃饭，杜姨要给我接风！”楼下响起汽车喇叭声。二人都浑身一震。夏初高兴起来，站起：“尼娜来了！我走了！”门铃大响。夏初走到窗前朝下面看，面色一变。欧双莲浑身开始发抖，脸色也变了：“夏夏，谁……谁来了？”夏初只顾自己拨手机，焦急道：“尼娜，钱程远来了……在楼下呢，我让欧姨下去对付……你快点来接我……进了小区避开他，别让他知道我在家……拜拜！”她关掉手机，欧双莲已经走下楼去。她站了一会儿，听楼下开门声，又走到窗前，掀开窗帘一角朝下面看。楼下，钱程远怀抱一大抱玫瑰花站在门前，正和欧双莲激烈地说着什么。过了一会儿，钱程远一脸失望，上车离去，连怀里的花也一起抱走了。夏初一直紧绷的神经松弛下来，接尼娜的电话："你到哪儿了？吓死我了！"

楼下，钱程远的车驶到小区门口，忽然看到一辆红色小轿车驶进来，他急叫一声："停！"司机在路边把车停住。他回头看着红色轿车中的柳尼娜与他的车擦身而过，心想我让老太太给骗了。但这时他的手机响起来，一个做装修的老板和他讨论工程款的数目。司机知道这个电话会很长，干脆熄了火。这边柳尼娜在夏家门外停车，夏初等她进门上了楼，道："你可来了！刚才你知道谁来了？"柳尼娜抱怨道："这车堵死了，我来你这里一趟容易吗我？"然后拿起夏初的杯子将里面的残茶一饮而尽："渴死我了！不坐了，咱们走吧。"夏初拉住她看："让我瞅瞅，这两天一定在家哭呢……看这眼，都凹下去了。"柳尼娜："呸，我至于嘛。倒要问你了，那个对你一见钟情的家伙又来过没有？"夏初："让你失望了，没有。""那他就是个骗子，还一见钟情呢。亲口说过你不见她他就天天来送花。磨蹭什么，快穿衣服跟我走，我妈这会儿恐怕都等急了！"夏初边穿衣服边问："杜姨做了什么好东西给我吃？"柳尼娜道："还不是三年严重困难时期的节日食谱，糖醋排骨，红烧肉……你今晚上可别什么也不吃，就当是哄老太太高兴！我妈也是的，什么时候了，是个女人都想减肥变成蛇妖，谁吃那些东西！"夏初穿好衣服道："错了，我还就想吃杜姨做的红烧肉，在美国四年，最馋的就是这一口！快走！"

两人欲下楼，门铃又响。柳尼娜抽动鼻翼，大喜："新鲜玫瑰花的味道！又有人来献花了！哎哟，你都嫉妒死我了，天天有帅哥来给你献花！"夏初叫道："还胡说！还不快去看看，是不是钱程远又回来了！"柳尼娜看她脸色都变了，想大笑。夏初上前捂她的嘴："疯了！别笑！这个人讨厌，走了又回来，快下去替我对付他！说我不在！"她匆匆走到窗前，朝下面看，回头叫："天哪，是他！"柳尼娜走过去看一眼，心中也是一震，忍不住想大笑。夏初急了："我掉到沟里了你就这么高兴……我说什么？这是个典型的不会管理自己感情、把一厢情愿当现实的病人！这回你要更狠地打击他，干脆就说他的病很重，该去看精神医生！"柳尼娜还是要笑："他去哪里看精神医生？我看找你就行，你就是最好的医生！"夏初恨道："别闹了，快下去！不是真的精神分裂症才应当看医生，像他这样的毛病，也应当去做心理咨询！"柳尼娜又朝窗下望，笑声忽然止住："我的天！康延成也在！昨天弄得我那么难堪，我不想见他！"夏初往楼下推她："你想见你想见……尼娜听我说……我觉得你和这个康什么真要再见一面，你对他有好感，是你那张照片P得太不像了，你应当向他解释——"柳尼娜言不由衷道："我不——"夏初继续将她往楼下推："去吧去吧……好尼娜，帮人帮到底！杀人杀个死！"柳尼娜下楼梯，走两步又回头："夏初，万一人家是真心的怎么办？我有件事还没跟你讲呢！"夏初什么也听不进去："不要讲不要讲，他是真心的我也不干，我这里又不是疯人院！"柳尼娜匆匆下楼。夏初又回到窗前去，习惯地咬起自己的指甲。她没有注意到这一刻欧双莲也在自己的房间里发起抖来，两手不觉捂住了自己的脸。

楼下，谢振宇仍在执着地按门铃。康延成站在他身后看表。门无声地开了，柳尼娜走出来，不看康延成，只对谢振宇不客气道："怎么又是你！又来干什么？"康延成看一眼尼娜，转过脸去。谢振宇脸上保留着吃惊的表情看柳尼娜："啊，柳小姐，怎么又是你！……你好！我又来了，还是想见夏初小姐！"柳尼娜忍不住飞快地看了一眼康延成，发现对方正往车上走去，突然就生气了："她不在家！哎我说你还没完没了！你到底想干什么？不就是在机场发生了点误会，夏初已经当面向你道歉，还要怎么样！杀人不过头点地！走，夏初不想见你，也不稀罕你八年前对她的那什么……一见钟情！对了，她说你那是病，要去治！"说完她就要关门退回去。谢振宇哪里会轻易放过这个机会，急忙上前拦住："等等柳小姐，我认为我需要解释——""你解释什么？"柳尼娜道，"以为我们不知道你们俩是谁？不就是两个海军飞行员吗？有什么了不起？你们这一号的我见多了！真把自个儿当帅哥，人见人爱了？这年头不一样了，你们是有钱还是有权还是有个好爹，世上比你们强一万倍的人多了去！还看不上别人，别人就看得上你们吗？像你们这样的人一抓一大把，本姑娘不稀罕！走！"谢振宇开始被她说糊涂了，但很快就听出了弦外之音："哎我说柳小姐，你这是在跟我说话呢还是跟别人说话？别一竿子打翻一船人好不好！再说我们也并没有……啊，我今天来不是要见你，是要见——"柳尼娜被他说臊了："你见别人我管不着，要见夏初，死了这份心！追她的人多了！刚才还来过一个大富豪呢！一家大公司，二十家小公司，资产十亿，公司上市，就这夏初还不见呢！对了，那边就有个垃圾筒，里面看看去，我们夏初扔进去的花多了去！刚才那个哭着走的！我说过她不在，就是她再也不想见你，就是想见我也不让！再说一遍，你们这样的我们不稀罕！我说得够清楚了！还不走吗？"康延成在车里听不下去，跳下来，一把抓住谢振宇："老谢，时间不早了！"谢振宇用力推开他，柳尼娜的话已经让他心里慢慢点起了怒火："等等！柳小姐，你刚才说话太不客气了，什么我们这样的？为了夏小姐我不想跟你掰扯！再说一遍我今天只想见夏小姐！""那我也告诉你，夏初不想见你！"柳尼娜道。"好了，既然是这样，那就请你再次代我转告夏小姐，谢振宇今天又来了。我的情况也请你转告她，海航特级飞行员，今生今世第一次爱上的女孩子就是她，八年了我为了她对别的女孩子睬都不睬，因为我一直忘不了她！还有，我一点儿也不责备她在机场上用那种方式和我重逢！啊不，我想说的是……一定要请她再次考虑我的感情，我是认真的，我一生中还从没对任何一个女孩子生出过这样的感情，她是我的初恋，也是一生的爱情！她就是不愿意马上接受我，但我仍然希望她能够答应和我做个朋友，她可以通过接触慢慢了解我！”柳尼娜哪里听得下去，大叫：“你要是再不走，我就报警！”康延成早就气坏了：“老谢，再不走就不能按时报到了！”谢振宇深深地看着柳尼娜：“行，我走，但是柳小姐，我认为我今天不应当受到你这样的对待，我的搭档康延成也不应当……请把花收下，告诉夏小姐，我一定还会来的！谢振宇下决心做的事一定会做到底，再难也不会退缩！”柳尼娜仍在怒中，不接他的花。康延成生气，一把将花夺过去，塞到柳尼娜怀里，拉起谢振宇回车上去。这时柳尼娜的目光只盯着康延成。她看着他们的车开走，嗅了嗅怀抱中的花，两眼都是泪。

已经是黄昏，面包车驶出小区大门。康延成在车上不放心地看表。谢振宇心情恶劣：“看什么看，小陆开快一点，七点钟以前我们到得了！”路边一直坐在自己车里打电话的钱程远一眼看见一辆军用面包车开出去，急看司机：“哎，跟上去！”司机发动车，一脚油门跟上了谢振宇的车。

夏家楼上，夏初看着柳尼娜上楼，眼角边还有泪痕。柳尼娜将花放到她面前：“人家给你的！都听见了吧，还要来，够痴情的！你碰上难缠的了！”夏初：“你刚才不该对康延成那样说话！毕竟他又没有错。我猜对了，你还是没能忘了他！”柳尼娜坐下发作起来："他怎么没有错？凭什么一见面就那么说我！什么跟照片上太不一样了？我就那么丑吗？我就是丑，他也犯不上当着那么多人让我下不来台！"她又抹泪。夏初过来劝："好了好了，事情过去了。咱们走吧，杜姨一定等急了！"柳尼娜拭泪，站起，看她："走哇！"两人又笑起来，下楼。

郊区公路上，军用面包车在急驰。车中，康延成想唱歌。谢振宇只听了一句就道："别唱，我心里不高兴！"康延成劝道："别不高兴！'爱情诚可贵，生命价更高，若为自由故，两者皆可抛！'"谢振宇："错了！'生命诚可贵，爱情价更高，若为自由故，两者皆可抛！'""背得这么熟还生气！没有爱情才有自由，有了爱情自由就没了！小陆，你开快点儿，时间可是够呛了！"小陆开始加速，一辆辆地超车。被超过的一辆高档越野车放下车窗，一张戴墨镜的年轻的脸伸出来，一边加力从他们后面飞快地追赶面包车，又超了过去。康延成来了情绪："小陆，超过他！"小陆加速，再次超过越野车。越野车中的墨镜男更生气了，一个加速不但超过了面包车，而且并线挡在面包车前骤然停下，在几乎没有选择的情况下，小陆下意识地打一下方向，同时踩下刹车。面包车猛地撞上公路隔离带护栏，停下来。墨镜男打一声呼哨，高档越野车飞快地驶向前去。

谢振宇、康延成、小陆下车，又吃惊又生气地望驶远的越野车。小陆大叫："哎，小子！怎么开的车？停下来！"越野车已经跑得看不见了。钱程远的车却跟上来了。司机道："老板，快看，他这车让人别了！"钱程远放下车窗盯着站在路边的谢振宇，忍不住大笑。谢振宇气不打一处来，认出了车窗中钱程远幸灾乐祸的脸，转瞬他的车已经驶过去。小陆看军用面包车："完了，车坏了，走不了了！”他这时发现刚才开过去的钱程远的车又退回来。康延成叫：“怎么回事！小心！”钱程远的车退到他们身边，车窗里的钱程远高声大笑着，对谢振宇道：“哎，小子，警告你，离夏小姐远一点儿！她不是你的菜！”康延成也认出了他：“老谢，这人我们在机场见过！”谢振宇大叫：“不错，是他！”小陆：“刚才那辆越野车跟他是不是一伙的？”康延成：“说不定！”谢振宇大怒不已，要去追钱程远的车，那辆车已经载着钱程远的一路大笑驰走。谢振宇追上去怒喊：“给我站住！流氓！”他回头看小陆。小陆试着发动车，失败，道：“真坏了，走不了！”谢振宇怒不可遏，跑到路中间，朝前方大喊：“别走！给老子回来！什么人哪！”没有人回答他。刚才的两辆车都已消逝不见。康延成道：“老谢，你恐怕成了这个人的情敌！”谢振宇大叫：“胡说什么！”康延成：“我说你从机场和夏初头一次见面就成了此人的情敌！柳尼娜说追她的男人乌泱乌泱的！其中有个亿万富翁，说不定就是他！”谢振宇愈发大怒：“胡说！夏初要是爱钱，怎么能在机场对我来那么一下！以为我傻吗？她当时对我来那么一下，就是为了避开这个人！”接着又朝前方大喊：“小子，中国不是黑社会的天下！我不会放弃的！”喊完了回头看小陆：“现在怎么办？”小陆：“只能让团里修理所派人来修！”谢振宇马上打手机：“修理所老马吗，我老谢！送我们的车坏在路上了，请你报告团长，派人来修车！一并请团长向试飞大队通报，今天我和康延成不能按时报到……六环外夏格庄附近……我们等着！”

市内马路上，柳尼娜开车载着夏初在车流中时行时停，情绪仍然不佳。夏初看她。柳尼娜反宾为主道：“怎么了你？”夏初：“你以前没告诉过我他们两人都是飞行员。”柳尼娜：“那又怎么样，我以为你早知道呢。”夏初：“对这个人你还知道些什么？”柳尼娜："我今天是不是做错了事！你要改主意又想见他了也容易，媒人给过我康延成的电话，这两人形影不离，我把康的电话给你，你打给他，说不定今晚就能再见！"夏初看她一眼道："尼娜，你生气了。算了，不说他们了。"柳尼娜真生气了，将车在路边停下。夏初侧过身子抱住安慰她。柳尼娜撑了一会儿，不让自己哭出声，推开她："别拉拉扯扯的，别人看见了以为我们赶什么时髦呢！"夏初笑："呸，想得美你！"两个女孩子心情渐渐地又好起来，柳尼娜继续开车前行。夏初忽然想起了什么，道："哎哟，出门时忘了跟欧姨说一声了！"柳尼娜也怔了一下，道："怎么我从头到尾都没看见欧姨？"她们谁也不知道，此刻在夏家楼上，欧双莲仍旧把自己反锁在房间里，口中呐呐自语："你怎么来了……我们居然又见面了……我以为再也见不着你了……"她不敢相信事情真会发生，但她也明白，事情真的就发生了。谢振宇以后肯定还会来见夏初，下一次他来，总会与她见面，那时她该怎么办？！

这天晚上柳家的餐桌边只坐着夏初和柳家母女三个人。餐桌上菜品并不多，但都是硬菜，柳母杜秋英不停地把红烧肉和糖醋排骨夹到夏初碗里去，一边在说话："多吃点儿，不好好在国内待着，跑到外国学什么管理学，人都饿瘦了！小时候你可是最爱吃阿姨做的红烧肉了，今天别剩下，都吃光，反正尼娜也不吃。"尼娜伸筷子要吃，杜秋英用筷子打了一下，她只能叹气，坐着看夏初吃。夏初吃得满脸放光，笑道："杜阿姨，这样吃下去，我找不到女婿，你得负责！"杜秋英道："别听那个！什么减肥！女孩子吃得胖胖的才有气力，就是嫁人，婆家看着也喜庆。"夏初笑："阿姨太偏心了，只让我吃，不让尼娜吃，将来尼娜找到了好女婿，我找不到，就怪你。"杜秋英："少废话。刚才我们说到哪儿了？"夏初嘴里塞满了肉，不清不楚道："阿姨刚才说国防部发言人今天回答中外记者提问，中国航母平台试航的事！”杜秋英：“对，一件举国上下关心的事，国防部发言人终于开口了。讲得好！等会儿我还要看重播。有个记者问中国为什么造航母，什么话！好像中国漫长的海岸线，那么大的海洋国土，不要保卫似的！对了，你刚才说啥？”夏初：“听尼娜说，阿姨年轻的时候好像跟海军现役的一位首长有过一段柏拉图式的爱情……那啥……回到国内第一件事就是找工作。您老人家能不能帮我开个后门，让我到航母上当兵？”杜秋英认真了：“真心话？”夏初点头：“中国航母平台一出航，我这颗小小的中国心也热了，要是能到航母上当兵，那我多赞呀，您说是不是！”杜秋英看柳尼娜：“瞧瞧人家夏初，当初让你当兵死活不去，你爹妈是军人，夏初的爹妈也是军人，你就没人家那觉悟！”柳尼娜不能尽情地吃东西，正在生气，道：“妈，怎么又拐我身上了。你们吃，我打个电话！”杜秋英朝她瞪眼：“给我坐下。我请夏初吃饭，让你陪，你一句话听着不顺耳就想走。正要问你呢，前天跟海军飞行员怎么回事儿？又是你看不上人家？”柳尼娜站起来又要走。这次是夏初暗中拉住她的手，让她重新坐下。夏初看杜秋英笑道：“这回真不是，阿姨冤枉尼娜了。”眼泪在柳尼娜眼圈里打转，但她硬撑着。杜秋英还是不放过自己的女儿：“那就是人家看不上她！我就说嘛，自个儿长啥样就啥样，你也不缺个鼻子少只眼，非把个照片弄得像个狐狸精似的，一看就假嘛！不是一张照片的事儿，人家一下就能看出你对自个儿没信心，凭什么爱你？女孩子活在新社会，第一要独立，工作和事业上要出彩，能做到这个，哪个男孩子不敬重你，爱情是自然而然的事！”柳尼娜暗中用力摆脱夏初的手站起来，跑进自己房间，“砰”一声关门。杜秋英生气道：“让她走，我就是不让她吃，胖成这样了还管不住嘴……啊，你刚才让我帮你做啥？”夏初：“阿姨，我就是想请您帮问问，我这样的人能不能到航母上工作。”杜秋英：“唔……倒是认识海军一位现任领导，不过开后门不行，想当兵得通过正当程序。你自个儿觉得你的专业在航母上能派上用场？”夏初干脆不吃了：“当然！阿姨，航母是世界上最大型的军舰，被称做海上城市，我的专业是管理学，一般外国航母上都招收有管理学背景的人上舰服役。将来航母上那么多人，特别需要我这样的专业人才。”杜秋英更认真了：“真的？”“当然是真的。啊对了，我还有心理学背景，航母一出航就是半年甚至更长时间，舰员长期离开家人，会产生一种叫做航母病的心理疾患，对战斗力是有影响的。所以有航母的国家都会在航母上的医院里设心理医生，负责舰员的心理健康支持！阿姨，我要是能成为中国第一艘航母上第一名有管理学博士背景的舰员可太棒了！”“夏初，阿姨真不是夸你，你能想到这些，才像个军人的孩子！当初让尼娜当兵，她拗着不去，你说要是去当了兵，说不定连婚姻问题都解决了呢！”夏初看着她笑：“阿姨，跑题了啊，现在说的是我！”杜秋英想了半晌，脸上忽然现出少女般的羞涩：“我都好久不跟这个人打电话了……行，我替你问问！”

夜深了，柳尼娜开车将夏初送回到夏家门外。夏初伸手按响车喇叭。柳尼娜看她道：“干什么？”夏初看向楼上道：“让欧姨知道我回来了！”柳尼娜：“这么大了，还忘不了撒娇！”夏初：“哪是撒娇，这次回来，我发现欧姨老了！就这几天，只要门铃响，欧姨就浑身哆嗦。国外有一个专门的研究，人老了，容易受惊吓。”柳尼娜道：“你知道吗？我要是个男的，一定不会娶你！”夏初笑：“什么话，我就那么不招人待见？”柳尼娜道：“你说要是娶了你这样的老婆，天天对他进行什么感情管理，谁受得了呀！”

二人下车，开门上楼，果然看到了正从二楼走下来的欧双莲。夏初喊："欧姨，我回来了！"欧双莲颤巍巍道："我听到了。"柳尼娜吃惊地看一眼她，欲说什么，想了想又止住了。二人随欧双莲上楼，进入卧室，柳尼娜躺到夏初床上，道："我不走了。"夏初笑："真不走了？"柳尼娜："我回去了还能活吗？今天见了你，一准又是话题，又要拿你跟我比，一唠叨还不到天亮！"忽然拿出一张名片："要吗！"夏初道："谁的，我不要！"柳尼娜："今天谢振宇送来的花里发现的，忘了给你。"夏初不觉就将名片接过来了，见上面印着谢振宇三个字，下面是手机号码，脸忽然就有点热了。柳尼娜吃醋道："果然没猜错。我要是再告诉你这个人还是海军航空兵三年来各项空中比赛的冠军，空中之王，你立马能疯掉！"夏初激动地大叫："什么？他还是空中之王？"柳尼娜："看，已经疯了！"夏初猛地向她扑上去，用力摇晃："还有什么！都说出来！真没想到……不准笑话我！""真说完了！"夏初着了魔一般，脸色绯红，久久看着她，忽然松了手，双手捂上自己的脸。柳尼娜道："要上医院吗？"夏初："呸！"柳尼娜："但是有个坏消息！"夏初急叫："别说！"柳尼娜："真不让我说！"夏初："爱说不说！"柳尼娜道："这个和谢振宇没关系。刚才我们俩在我们家厨房里刷碗，我妈回房间打电话，让我听到了！"夏初紧张地看她。柳尼娜："紧张什么？你脸都绿了！"夏初大叫："快说！"柳尼娜："我妈认识的那位海军首长说，中国第一艘航母平台眼下刚开始海试，航母部队组建的事八字没有一撇，你上航母当兵的事，眼下还不能！"夏初的情绪立马低落下来。柳尼娜道："睡觉睡觉。"她躺下，扯过被子蒙住头。夏初笑着看她："不洗就睡？"两人一起去洗澡，然后一起回来，躺下，灭灯，四只眼睛却都在黑暗中闪闪发光。

夜深了，秦大地手持一个手电筒，在试飞大队空勤楼里查铺。吴强跟他在后面，低声道："查过了，都按熄灯时间睡下了。"秦大地不理他，继续查下去。房间里所有人都装出睡熟的样子。秦大地终于离开了，余涛的门立马被推开，耿见林带王小毛、江海、刘波闯进来。余涛道："干什么你们？"王小毛笑："刚才查我们铺呢！"耿见林："越来越像步兵连长了！我们真到了新兵营吗？"余涛："睡觉去！"众人相视，都在笑。耿见林："以后这样的事恐怕会更多！"刘波："看样子我们真得习惯自己是个会开飞机的步兵！"江海："走了！"众人又蹑手蹑脚离开。余涛闭上眼睛又睁开，眼前闪过爷爷、母亲和陈亚红的面容，但他还是强迫自己闭上眼睛睡去。什么都不能想了，就要开始，不，已经开始了。

秦大地走回办公室，发现陶斯勇正在等他，且在接电话："还在修？什么点儿了？……行，老侯，知道了！我报告大地！"他放下电话，看着秦大地道："还在修，撞得不轻，连发动机都要换。"又看表："行了，你去睡，我留下等！"秦大地道："干吗我去睡？我是大队长！""就因为你是大队长，明天还有一大堆事等着你，所以才让你先去睡，我留下等！"秦大地坐下，打开电脑，插进一张资料光盘，电脑开始演示余涛和谢振宇在海上的缠斗。陶斯勇提高声调道："哎，我们两人不用都在这儿等！"秦大地："我说过了我是大队长，他们第一天来报到，我不等谁等？从第一天起，我就得熟悉情况！"陶斯勇："我说大地，你是大队长，我还是政委呢！咱们俩工作上要大致分一分工。听说是你向首长把我要来的，不是让我来做摆设吧？我来了，就要做个有职有权有责的政委，不是你的花瓶。"秦大地："政委同志，我对你是非常尊重的！"陶斯勇："尊重不尊重，要看以后我们在工作上能不能配合、怎么配合。就说今天，谢振宇、康延成下午两点就出发，按说五点前该到，可是没有，现在车还坏在路上。这样的事情属于行管范畴，该你管，可试飞大队和别的单位不同，你肩上的担子——”秦大地举手：“停！明白了，你想把应当归我负责的事情拿走，比如行政管理，可这是不行的，战斗力就出在管理上，所以我才在大家入营前就订下了一份特别纪律守则。现在有两个人没有按时报到，这就是行管中出了问题，该谁管？我。”陶斯勇：“又来了，为什么一定是你？”秦大地：“因为我是大队长，行政管理归我负责。你也是个老兵了，知道一支队伍由谁来管，管什么、怎么管，是打造战斗力诸多工作中最重要的一环。我这个大队长不管就是失职！”陶斯勇：“你给我住口。行管是战斗力，但不是说非得你管才有战斗力！啊，刚才我和老侯通话，他说今晚发生这种事他是有预感的，直到他准许谢振宇离营前一分钟，他仍旧不赞成你的决定，是你坚持，他才放行了谢振宇和康延成！”秦大地沉吟，回头看他：“明天的会很重要，都安排好了吗？”陶斯勇被他扭转了话题，道：“国家试飞院那边都照首长指示安排好了，不要我们管，明天上午成立大会也在那里。下午活动让我们自己安排。”秦大地不说话了，继续看余涛和谢振宇的空中缠斗的视频。陶斯勇道：“大地，我还有话呢！”秦大地不回头：“说！”陶斯勇又不说了。秦大地只好关掉视频，抬头看他：“这行了吧，说！”陶斯勇：“如果老侯的意见有道理呢？如果谢振宇的情况不能适应试飞大队和你这个大队长，这个人无论飞多好都不值得你留他在大队里！”秦大地想了想，息事宁人道：“我会考虑的，你休息去吧。”陶斯勇要走又回头，发现秦大地重新点开了电脑上的视频：“你是不是一定要坐在这里等到谢振宇和康延成入营？”秦大地头也不抬：“他们是我的部属，没有按时入营，我不能睡！”陶斯勇走过去，“啪”一声关掉了他的电脑。秦大地生气了："你干什么？"陶斯勇："我问你，来报到几天了？"秦大地："五天！"陶斯勇："我们不是外人，有件事我好几次想说，但我没有。"秦大地的平静瞬间消失。陶斯勇："你不高兴我也是要说，不但因为我们是战友，还因为我现在是你的政委。为什么一直不给乌晓和秦熠打电话？你打算就这样一直把他们娘儿俩扔在山西，一声问候也没有吗？"秦大地僵直地坐着，将脸扭到一边去。陶斯勇："大地，首长安排我来这里当政委，关心你的家庭也是我的工作。我知道你的担子重，但就因为这个，你更需要处理好家庭的事。"秦大地火气上来了："你有话直说！"陶斯勇："乌晓和秦熠一定天天都在等你电话！还有，说不定也在担心你！处理不好这件事，你就不适合在这里做大队长！"秦大地走到窗前去，不回头，简单道："我知道了。你走吧。"陶斯勇："这也就是我为什么要替你分担行管的原因。你一定要让他进来，就应当把他交给我，这样至少可以避免你们之间发生正面冲撞。还有，你不高兴我也要提醒你，处理好家庭的事情也是你现在最重要的工作之一，电话最好今晚上就打，现在就打。"秦大地不说话，也不回头。陶斯勇转身走出去，"砰"一声关门。秦大地一直站着，良久，才艰难地转过身子，此时他的脸色非常难看。他半天才在身上找到手机，开机，找出妻子的电话，却只是看，没有马上拨出去。

回春医院坐落在晋西北某山区县一条僻远的山沟里，此刻秦熠仍坐在这家医院一间病房的床上用 iPad 看科普读物。乌晓坐着，心绪遥远。秦熠突然叫一声："娘！"乌晓一惊："怎么了？"秦熠："你说我爹今天晚上会不会打电话？"乌晓不说话。手机铃响。秦熠大叫："我爹来电话了！"乌晓看手机上显示的通话人姓名，激动了，拿着手机往门外走。秦熠大叫："别出去，我也要跟我老爸说话！"乌晓道："不是你爸，是我导师！"她边说边走出门去。秦熠仍在叫："不，我要给我老爸打电话！手机给我！"就在这时远在千里之外的秦大地到底还是拨了那个号码出去。手机作出了回应："你拨的号码正在通话中，请稍候再拨。"他一直听着这个声音，并不关掉它。桌面上座机响起来。他迅速关掉手机，拿起电话听筒："喂……首长！是您！"他一跃而起。陶斯勇推门闯进来。衣正邦的声音瞬间响遍整个房间："我刚刚住下来，就给你打电话。你们那里怎么样？"秦大地："报告首长，一切都好！"衣正邦："陶博士这个搭档怎么样？"秦大地看一眼陶斯勇："报告首长，我们是绝配！"衣正邦："那好，国家试飞院这边准备好了，明天按时开会！你们全体提前五分钟到达！""是。首长还有什么指示？""没有了。挂了！"

那边衣正邦挂断电话。这边秦大地也放下了电话听筒。手机骤然响起。看一眼上面显示的号码，秦大地神情陡变，急忙抓起它揿下通话键："乌晓是我，秦熠怎么了！"回春医院病房门外，乌晓道："秦熠没事儿，你怎么了！"秦大地绷紧的神经猛地松弛下来："真的没事儿？没事儿你打什么电话！吓我一跳！"陶斯勇在一旁用责备的目光盯着他。那边乌晓也生气了："我打什么电话？我刚才跟我导师通电话，挂机后发现有你的一个未接电话，我才拨过去的！"秦大地看陶斯勇一眼，换了一种语气："是这样啊。没事儿，我就是打个电话过去问问你们怎么样。"乌晓在那边也放松了："这边没事儿。秦熠没再犯病。一直没你的电话，你那边怎么样啊？"秦大地看了一眼陶斯勇，不说话了。乌晓听不到回答，急了："哎，你怎么不说话了？"秦大地还在拿眼瞪陶斯勇。陶斯勇猛醒，转身离开，关门。秦大地："没什么。我这边很好。秦熠他真的一直没再犯病？"乌晓道："没有。你刚才怎么了？"秦大地："没有就好。我这边工作刚开始，斯勇跟我搭档……没事儿就不说了，我挂了啊，太晚了。”乌晓急道：“你等等……你在哪儿吃饭呀，又是大食堂吧，你行不行啊……哎，不要挂电话！”病房里“咕咚”一声巨响，她听到了，不觉大叫：“秦熠——！”关掉手机就冲了进去。秦大地也听到了刚才的一声响，然后手机里只剩下一声一声的忙音。他两眼湿润，长久地站在那里，汗都出来了。陶斯勇急推门走进来，看神情大变的他，急问：“怎么了？”秦大地用力关掉手机，道：“没什么。”陶斯勇就在秦大地面前打座机：“老晋，我是陶斯勇！马上去看看，秦熠怎么了？快，我和大地等你电话！”

深夜，从回春医院大门内，一辆救护车鸣笛冲出去，直奔太原。车上躺着再次休克的秦熠。乌晓两眼泪汪汪地看着晋军：“晋军兄弟，你怎么这么快就赶来了，是不是大地他——”晋军道：“嫂子，是陶主任……陶政委打电话给我的，说大地跟您通电话时听你喊了一嗓子，叫我马上来看看，我就一并叫了救护车。他们现在一定还等电话呢。我该怎么对他们说？”救护床上的秦熠睁开眼睛，叫一声：“妈！”乌晓扑上去：“秦熠，你醒了！”秦熠：“晋叔叔，别跟我爸说我又休克了！”晋军大声道：“为什么？”秦熠：“我爸他会担心的，更不放心让我留在山西治病了。”说着他把眼睛闭上了。乌晓大叫：“秦熠，你怎么了？我的孩子，你睁开眼——”原来秦熠又昏迷了过去，乌晓哭起来。车上的医生劝她：“这位妈妈，你要冷静。”晋军掏出手机要拨号，看乌晓：“怎么办？告诉大地吧？让他马上过来！”乌晓看一眼他，不哭了：“不！满足孩子的心愿吧，他不想让他爸知道！再说他就是来了也帮不上忙！”晋军想了想道：“不，电话还是要打。”他拨一个电话出去，“陶政委吗，告诉大地，医院我去过了，没事儿！我是在汽车上，我正在回部队……再见！”他挂断电话，发现乌晓正望着他。她又小声哭了起来。

表针已经指向两点。秦大地在自己的办公室站立，不停地看表。陶斯勇走进来：“还没到？”秦大地又看表，他的内心里充满了非同一般的焦灼。陶斯勇：“大地，太晚了，你去睡，今晚的事还是我来处理。”秦大地：“不要说了。我是大队长，我对首长说过要用自己的办法带队伍，说到就要做到。说别的吧！”陶斯勇：“你指什么？”秦大地：“对我立的规矩，还有下星期的操课安排，有什么反应？”陶斯勇：“你真想听？好吧，那我先说这个。首先是纪律守则，违纪一次就停飞，关禁闭，处分，第二次就除名……大家在自己部队都是宠儿，这一条接受起来很难，主要是觉得你这个大队长太严厉，不给大家面子，伤了大家的自尊心。”秦大地：“有没有人因为这个要退出？”“这怎么可能？没有！”“如果有，马上批准。还有什么别的不适应吗？”陶斯勇：“认为你的操课计划是让他们回到了新兵营！当然还有更难听的。”秦大地不说话，但他在等待。陶斯勇：“说你不是试飞大队的大队长，是新兵连长，该叫你秦连长！”秦大地：“空军来的同志什么反应？”陶斯勇：“他们那边倒非常安静，一点反应也没听到。”秦大地：“那是他们有风度。”陶斯勇：“不但没有反应，天黑前我见了余涛同志，问他空军的同志对我们有什么要求，他马上代表空军来的同志非常正式地回答我，只有一个要求！”秦大地抬头看他：“什么？”陶斯勇：“海军的同志，首先是你和我，要在任何时候任何任务和考验面前对他们一视同仁，不能和海军的同志有不同！——你什么表情？”秦大地：“表面上没要求，其实已经提出来了，他们要的是在以后所有的试验试飞中享有和海军试飞员公平竞争的权利！”陶斯勇还在理解他的话，赵文闯了进来：“大队，政委，谢振宇到了！”

第七章

深夜两点多，试飞大队营门外，一辆军用面包车开过来。营门卫兵为他撑起横杆。面包车无声地驶进营区，被吴强引导到空勤楼前停下。吴强告诉下车的谢振宇和康延成，大队长和政委都在楼上他们房间里等他们。二人也不说话，扛着背囊，和吴强一起上楼，各自进入自己的房间。秦大地、陶斯勇都在谢振宇房间里站着。秦大地摆摆手让吴强离开。谢振宇满心火气，也不管秦大地、陶斯勇在场，“砰砰啪啪”打开柜子门，将背囊里的东西胡乱塞进去。陶斯勇看秦大地，发现他一直平静地看着谢振宇，不说话。谢振宇终于把行李安置完毕，回头看二人，目光停在秦大地身上，不卑不亢道：“你就是秦大队？”秦大地道：“对，我是秦大地！”谢振宇看陶斯勇：“这位是——”陶斯勇欲开口，秦大地道：“这位是陶政委。”谢振宇举手敬礼：“大队好！陶政委好！”二人还礼。陶斯勇又要开口，再次被秦大地抢了先，他看表：“现在是两点二十分，你们迟到了七小时二十分！”谢振宇努力压制着火气，沉沉言道：“迟到的原因，我相信侯团长向大队和政委报告过了！”秦大地道：“不是报告，是通报，即使这样，你们还是迟到了。不过太晚了，这件事今天不讨论，马上休息。床头有一个纸袋，你睡前读一遍，从今天起遵照执行。政委，我们过去看看康延成！”他不等谢振宇回答，更没有给陶斯勇说话的机会，转身往外走。陶斯勇一直站在他身后，因为他堵着门，也被动地被他推了出去。谢振宇心中早已满腔怒火，看二人离开，走过来关门，虽然自以为没有失态，但仍然弄出了很大声响。他困极了，回头看到床头的纸袋，拿起来瞥一眼又扔下，出门胡乱洗了一把便一头倒在铺上，伸手摸到开关，“啪”一声灭了灯。

隔壁房间里，康延成仍然面对秦大地和陶斯勇站立，他有点怯：“大队，政委，我们来晚了！”秦大地不看他，只检查他的卧具，又回头：“东西都安排好了？”康延成立正回答：“好了！”“睡前不要忘了看一看纸袋里的东西！马上休息！”康延成：“是！”秦大地转身看陶斯勇：“走！”这次他又像方才那样把后者推了出去，回手帮康延成“啪”一声关上门，仍然没有给自己的政委讲话的机会。房间里，康延成一下就软了，他大大地缓一口气，拿过纸袋，掏出里面的文件看了两眼，困意顿时消失，睁大眼睛替谢振宇叫苦：“老天，老谢的麻烦来了！”

二楼走廊里，陶斯勇跟在秦大地身后大步走来。秦大地停在自己房门前，开门：“怎么还跟着我？怕我跑了吗？”陶斯勇一把将他推进房里去，回手关门，变色道：“秦大地，你要是再这么干一次，我就打报告离开试飞大队！你不尊重我这个政委！”秦大地：“斯勇，我们俩搭档，你争这个有意思吗！”陶斯勇：“有！我还一定要争了！不要以为你是大队长就能一手遮天。试飞大队不是你一个人的！”秦大地：“行，我道歉。其实也不是，就是太晚了，怕你们搞政工的一说起来没完，不利于他们休息！你看我都检讨了，下不为例，回去睡吧。”陶斯勇：“不行，今晚上这事没那么简单，他们的车根本就不该坏在那个地方。也就是说，谢振宇离开120团第一时间就没走老侯为他规定的路线，这才是他今晚上发生事故迟到七小时的原因！”秦大地不高兴了：“这件事我会处理的，你不要管了！”陶斯勇：“不行！我是说，侯团长反对让他进试飞大队不是没道理的。你看刚才他那个表情，明明犯了错误，却一点不好意思也没有，似乎他一点也没错！总之我是说，为了试飞大队的工作从明天起能正常展开，我们必须分工。谢振宇的事情由我管，你不要插手！”秦大地看他，良久，还是忍不住：“斯勇，你把我看成什么人了？行了，太晚了，睡觉！”陶斯勇：“不，有件事必须现在解决！”秦大地不快道：“怎么着，我们俩现在就要开始干仗了是不是？什么事不能明天再说？”陶斯勇想了想道：“行，明天再说，但明天一定要说一说。”说完他转身走出去。秦大地上前关门，目光骤然变得沉重，坐下去拨乌晓的手机号码，听到的是一声声的长音。他接着拨下去。

深夜四时，太原市区一所部队医院里，救护车到了，车上一干人终于手忙脚乱地将秦熠推进急救室。晋军和乌晓被挡在外面。乌晓的手机一直在响，她这时才想起掏出它看了一眼，惊慌看晋军道：“是他爸！我怎么说？”晋军急道：“秦熠已经醒过来了，现在我们让他住进部队医院，一切都会好起来的……不要乱了大地的心！”乌晓：“我知道。”她用力深呼吸，按下接听键：“是我……秦熠挺好的！我怎么不接电话？啊，睡着了，刚被你手机吵醒！好吧，我也挂了！”她不等秦大地再开口就急急关掉了手机，看晋军：“晋军兄弟，我我我……还行吗？”晋军对她竖大拇指：“嫂子，好样的！”他也不让自己流露出脆弱的感情。

但这时他的手机也响了。是陶斯勇从试飞大队自己宿舍里打给他的：“喂，晋团，是我，斯勇！”晋军一个人走到医院走廊深处去和他通话："陶政委，这么晚了——""秦熠怎么样了？告诉我实话，不然我也睡不着。刚才出了什么事？"晋军："我不瞒你。刚才是出了点小情况，已经连夜把他送到太原部队479医院，正在查，不要告诉大地！"陶斯勇："老晋，我们这里已经开张了，首长把他放到这么个位置上，压力巨大，就是把精力百分之百投入进来都不一定能把事情办好……行了，我不说了，总之山西那边的事我交给你了。虽然他一直绷着，电话也不打，但我知道，他工作之外没有一时一刻会忘掉孩子。时间久了，我真担心！"晋军道："这样吧，我会尽快和医院商量出一个治疗方案，争取让秦熠尽快好起来的。啊，到时候我还会亲自打电话告诉大地，说秦熠在山西一切都好，让他放心！"陶斯勇："那好，挂了！我代表大地和我自己谢谢你！""你这是什么话！无论是为了你们正在进行的事业，还是为了大地，这都是我应当做的！"陶斯勇终于挂断了电话，一颗心仍旧不能平静。侧耳听去，隔壁房间里，秦大地已经睡下了，却一直在铺上翻来覆去，传过来一些响声。后来，他又听到秦大地干脆爬起来，大口大口喝水。重新回到床上，秦大地还是知道自己睡不着，走过去打开抽屉，取出一个小药瓶，倒出一片药吞进嘴里，这才回到床上，闭上眼睛。他必须睡觉，一定要睡！

他睡得很沉，直到拂晓。一串救护车笛鸣声刺耳地响起。秦大地被惊醒，大叫："秦熠——！"坐起来才知道是一场梦，他满脸是汗。这时他听到了嘹亮的起床号音。他已经清醒了，麻利地穿衣，扎腰带，跑步出门。十分钟后起床号已变成集合号，余涛带众空军飞行员最先从空勤楼跑出来。接着陶斯勇和众海军飞行员也跑出来，他注意到康延成也在其中。众人跑向空勤楼前的大操场，秦大地已在那里等待。吴强边扎腰带边跑向他。秦大地大声道：“集合，出操！”吴强：“是！”回头对众人大声喊：“两列横队，集合！”众飞行员迅速在他面前集合成两列横队。秦大地和陶斯勇并排站在队伍前列。吴强喊口令：“立正！向右看齐！向前看！稍息！报数！”从秦大地开始，全体回答：“一、二、三、四、五、六……”一直数到十九。吴强半面左转，跑步向秦大地，举手敬礼，大声报告：“大队长同志，全队集合完毕，应到二十名，实到十九名，请指示！”秦大地道：“入列！”吴强跑步入列。秦大地跑向队列前，转身，立定，每一个动作都教科书般标准、有力。他目光炯炯扫过队伍，炸雷一般喊：“谁没到？谁！”队列里，康延成下意识地朝身后宿舍楼方向看一眼。吴强回头查看：“好像是谢振宇！”秦大地：“康延成出列！”康延成一惊，向前一步出列。秦大地：“马上去看看谢振宇怎么回事！让他起床出操！”陶斯勇飞快地看秦大地一眼，发现他此刻脸都青了。康延成答应一声：“是”，向空勤楼跑走。秦大地再看队列：“全体听口令，向左转，跑步——走！”队伍开始在操场上跑步。秦大地大声喊口令：“一二一，一二一，一二三四！”众重复口令。秦大地雷鸣一般道：“大声点！一二三四！”众人精神抖擞，大吼：“一二三四！”队列中间，耿见林看一眼余涛，低声道：“开始了！”余涛神情严峻：“注意力集中！”秦大地再喊：“一二三四！”众人一时山呼海啸：“一二三四！”

谢振宇房间里，集合号音还在继续。他醒了，睁一下眼，但实在太困了，又闭眼睡了过去。门忽然被“砰砰”地擂响。康延成在外面喊：“老谢，快起床出操！就少你一人！”谢振宇猛地折身坐起，揉眼，才听清喊声，下床开门。康延成风一样冲进来。谢振宇叫：“干什么！”康延成：“快穿衣服，出操！”谢振宇一头雾水：“出什么操？今天是星期天！”康延成看床头那个他没怎么动过的纸袋，明白昨晚上他并没有详细阅读纸袋里的纪律守则和一周操课表，急得直叫："啥都甭说了！快穿衣服出操，是秦大队要我来喊你！"谢振宇生气道："好好的星期天不让人补觉，出什么操！去给我请假，说我不舒服，昨天太晚了才睡，要补觉，今天不出操！"说完又倒下去，闭上眼睛。康延成一把将他拽起来："别傻了！哪里是出操，他这是从第一天起给大家立规矩！我警告你，不要以为进了这个门就是试飞大队的人了，他现在就有让你怎么进来就怎么回去的最后决定权！节骨眼儿不要给他上眼药，快起来！"谢振宇彻底醒了，想了想，下床，三下两下穿衣，胸中怒潮汹涌："他还真把我的瞌睡给撵跑了，这会儿都让你们给我闹精神了！走啊！愣着干什么！"两个人跑出去。

操场上队伍仍在跑步。秦大地喊："来，唱歌!《三大纪律八项注意》！革命军人个个要牢记——唱！"都是老兵，不带含糊的，一下子队伍就像新兵连一样大声吼起歌来。康延成带谢振宇跑来，在操场边立正。康延成大声道："报告！请求入列！"秦大地回头严厉地瞥二人一眼："入列！"清晨新鲜的空气赶走了谢振宇最后一缕睡意，像往常应付侯团长一样不动声色地望着操场中心的秦大地。康延成小声焦急道："愣着干什么，快入列！"二人入列，跟在全队后面跑步。秦大地严厉的目光马上又盯过来，大声冲他们喊："跟上！步子调整好！唱歌！"谢振宇很勉强地拖着步子跟上来。康延成大声唱歌。秦大地目光一直盯着谢振宇，大声吼："最后一名，跑起来！唱歌！"谢振宇突然来了精神，有板有眼地跑起来，大声唱起《三大纪律八项注意》。康延成惊奇地看了他一眼，发现他脸上虽然沉静如水，内心却已燃烧起熊熊怒火。康延成再看秦大地，发现后者一直都在严厉地盯着谢振宇的动作。这是一种逼视，他感觉到了，正是在这样的逼视下，谢振宇的动作变得像新兵一样规范。歌子唱完了。耿见林在队列前部对余涛示意："谢振宇！"余涛不说话。几名飞行员回头望过去。王小毛："他就是谢振宇？"耿见林："对！"江海："余涛，你的仇人到了！"余涛小声道："安静！"众人不说话了。

跑步结束，队伍按照秦大地的口令就地散开，两人一组，对面练习徒手敬礼。队列中"敬礼""礼毕"的喊声此起彼伏。余涛和耿见林一对，谢振宇和康延成一对，一个练习，一个喊口令。余涛这时才朝远处的谢振宇飞了一眼。谢振宇注意到了这一眼，也看余涛，并且眨了一下眼睛。耿见林小声道："这小子想干啥？"余涛不答。康延成也在远远地看余涛，低声对谢振宇："你的手下败将也来了！"谢振宇嘴角显出一丝不屑，此时他留意的仍然只是操场另一端的秦大地。康延成看他，谢振宇道："看什么？快喊口令！"康延成喊了一阵口令，两人交换，让谢振宇喊口令，康延成做动作。"敬礼！""礼毕！"谢振宇突然大声吼起口令来："敬礼！""礼毕！"全场都被惊动，谢振宇依然故我。康延成被吓住了，边做动作边警告他："你小声点儿！还怕别人不注意你！"下操号音响起。秦大地在操场一端大声喊口令："立正！集合！"队伍迅速收缩成两列横队，在他面前集合。秦大地做讲评："讲一下……稍息！今天第一次出操，大家士气高涨，动作认真，提出表扬！通知一件事，8点整全体在宿舍楼前上车，去国家试飞院参加试飞大队成立大会，不准迟到！"突然回头看陶斯勇："政委有事没有？"陶斯勇没有准备，道："没有！"秦大地："解散！"

众人散开走回宿舍楼。余涛与谢振宇对视一眼，停下来不走。谢振宇挥手让康延成先走，操场上转眼只剩下了余涛和谢振宇两个。谢振宇看着余涛向他走来。两人对面站立，用有力的目光对视。谢振宇嘴角悄然现出一个胜利者的微笑。余涛也不客气，开门见山：“祝贺你上次用卑鄙无耻的手段袭击我，并且完败！”谢振宇保持着矜持和微笑：“老同学，败了就败了，有句话怎么说的？失败是成功的妈！”余涛不为所动，笑道：“告诉你一个秘密。看到你这几年果然有长进，居然能在我关闭了头盔瞄准系统并且趁我和指挥所通话不设防时成功锁定我，我很欣慰！”谢振宇笑容陡然消失：“你留下来等我，就是为了说这个？”余涛占了上风，微笑道：“不。听说你百样生法哭着喊着要进来，是为了实现某一个目标。我祝你成功！”谢振宇不是那么容易被击垮的，又笑：“我听出了一种螳螂捕蝉、黄雀在后的味道！”余涛：“不过我还真希望你和秦大队有一个对决的机会，那样我和你说不定也就有机会把旧账算一算！”谢振宇无声地大笑起来：“输在我手里不服气，想再战一场，报一箭之仇？”余涛：“重复一遍，上次不算，到了这里，一个锅里要马勺，说不定有机会正式交手，小心打你个满地找牙！”谢振宇笑容落去：“这算不算正式下战书？”余涛不会让他满意的：“不算，赏个面子给你罢了。”谢振宇又咧嘴笑起来。余涛：“不敢应战就现在向我求饶，我们之间的旧账就算了结了。吃饭去！”谢振宇：“等等！”余涛要走又回头。谢振宇笑道：“你是说，我和秦大队的一场空中对决很有可能发展成海空两大军种特级飞行员的世纪大战！对吗？”余涛心中一震。谢振宇道：“你们空军的人行吗？不行我们自己搞！”余涛道：“想撺掇我和你一起促成此事，唯一的问题是我们有可能将你们的人全部干掉！”谢振宇又笑起来：“我真没想过事情会朝这个方向发展！老余，空军不行就是不行，不要充英雄。”余涛道：“千万别这么想！我现在唯一的障碍是，天空属于空军，海航毕竟是小弟弟。老大哥暴打小弟弟，我们不太落忍！”谢振宇看他，大气道：

“君子一言——”余涛：“驷马难追！”两人像当年在飞行学院时一样伸出手，用力击掌。

秦大地回到空勤楼二楼的自己宿舍里，对赵文道：“把谢振宇给我叫来！”赵文答应一声跑走，他在楼梯口迎面遇上了陶斯勇。“干什么你？”陶斯勇问。赵文：“大队长找谢振宇谈话！”陶斯勇警觉起来，想了想，没回自己宿舍，就进了秦大地宿舍。秦大地正在呼啦呼啦洗脸，扭头看他：“你怎么又来了？”陶斯勇严肃道：“昨晚上的事还没完，谢振宇的事必须由我管！听好了，我这样做是不希望试飞大队还没开张，你和谢振宇就干起来！”秦大地拿毛巾三下两下擦干净脸上的水珠，冲他有力地一笑。陶斯勇更加警觉了：“你笑什么？”秦大地：“斯勇，你也太轻看我和谢振宇了。你放心，谢振宇要是真这么脆弱，他根本没机会留在试飞大队，我本人嘛……行了，正式对你表示我的态度，我是大队长，如果他能通过最后考查留下来，就是我的兵，无论原来他什么样，我都有责任改变他，让他成为一名合格的，不，优秀的、可以胜任任何艰难任务的试飞员！”陶斯勇还要说什么，外面传来了脚步声。秦大地笑道：“你看，他来了，你最好回避。按照条令条例，我有责任对自己的部属进行教育管理。”陶斯勇不走。秦大地向外推他：“快走！等我和他谈崩了，你再过来救场！你不是要分工吗？我先唱黑脸，唱不好你再过来唱红脸！”陶斯勇仍不放心，但还是被他推了出去。

谢振宇已经来到秦大地门外，大声喊报告。秦大地：“进来！”谢振宇进门，“啪”的一个立正：“报告大队，谢振宇奉命来见！”秦大地：“知道为什么叫你来？”谢振宇底气十足道：“知道。昨天夜里入营太晚，没有按照你的要求熟悉纪律守则和操课表，早上没能按时起床出操！”“还有吗？”“有！之所以没有按时起床是因为昨天没能按规定时间入营。没能按规定入营的原因是车在路上发生了事故！”“还有吗？”“没有了！”“有。为什么昨天车会在来报到的路上发生事故？”谢振宇心中一动，道：“大队，这个应当属于不可抗力吧！”秦大地道：“不对！昨天下午二时离开营区，你们没有按照侯团长规定的路线来报到，擅自改变了行车路线进城，所以才会在路上发生事故！”谢振宇暗暗发力，让自己扛得住秦大地逼视过来的目光：“大队明察秋毫！报告大队，临时改变行车路线是我的主意，和康延成无关。我这样做只有一个目的，就是想在入营前处理完一件私事，不让它在入营后干扰我全力以赴地投入工作。如果这也算是错误，我愿意接受处分！”秦大地深深地盯着谢振宇，现在他对这个年轻人算是有了新的认知吗？一瞬间他这样想。“等等！你昨天擅自改变行车路线，导致后来发生了一系列事件，即使如此，如果你能够在凌晨两点十分入营后照我的命令阅读纪律守则和操课表，今天早上仍然可以按时起床出操！”谢振宇见招拆招道：“是！我承认我又错了，并且愿意按照纪律守则接受处分！”秦大地：“这么说，刚才下操后这一点时间，你已经读过了纪律守则？”“是！我还抓紧时间读了一周操课表，以后不会再在这方面触犯纪律了！”秦大地盯着他看了一秒钟，道：“你可以走了！”隔壁房间里，陶斯勇一直大开着门听二人的对话，这时忍不住要出门又停下，因为谢振宇并没有离开，且又听到谢振宇道：“不，大队还没有宣布对我的处分决定呢！”秦大地道：“啊，第一，昨晚上的事发生在你报到之前，严格说起来还不是我的部属，我不能处分你；第二，今天早上的事发生在你没有读过本大队纪律守则以前，按照我军管教一致教育先行的传统，我不能处分一个不熟悉这份纪律守则条目的人。但是从现在起，你已经报到并且读过了纪律守则，再发生昨晚和今天早上的事，就一定会被执行处分！”谢振宇心花怒放：“我可以走了吗？”“可以。走吧！”谢振宇要走了又回头：“大队，还有一件事我想请示。进了试飞大队可以请假吗？”秦大地：“可以。但除非遇到极为特殊的情况，我不会准假！”“难道星期天，法定假日，也不可以请假？”秦大地：“星期天和假日一样！”“为什么？大队可以解释一下吗？”秦大地神情不觉严肃起来：“因为我们不是来度假的，我们是要集结成一支队伍上战场！一支上战场打仗的队伍不会允许任何人请假！”谢振宇心中响起隆隆惊雷，他举手敬礼：“大队，我走了！”

谢振宇前脚离开，陶斯勇后脚就走了进来。秦大地不看他：“你又怎么了？”陶斯勇：“你和谢振宇的谈话我都听到了！”“那又怎么样？”“我更加坚信老侯反对他进试飞大队是有道理的！一个人能把自己犯错误说得像做出了成绩或者有了功劳，气定神闲，还说自己做好了受处分的准备，我认为这个谢振宇比你、比我们想到的更难对付。他今天这么痛快地承认错误，主动提醒你给他处分，第一，他明白你不会这么做，原因你后来对他说了；第二，这个人一定是下了决心，无论遇到多少阻力，都要留下实现自己的目标！”秦大地打断他道：“斯勇，我必须提醒你，作为直接领导，你不能随便猜测一名部属。甚至——”陶斯勇盯着他看，道：“你想说的不是这个吧！”秦大地：“我想说的是，即使他真是为了你说的那个目标而来，也不全是坏事！”陶斯勇的眼睛瞪大了：“大地，你不是一个可以自行其是的飞行员，也不是10团的教练团长，你今天的责任和使命不允许你随便接受任何人的挑战！”秦大地已经明白他要说什么了，道：“斯勇，你给我听好了！眼下你担心的问题还不存在，对于谢振宇来说，能不能留下，真正的考验还刚刚开始。要是他根本留不下来，你还担心什么！走，吃饭去！”陶斯勇一时语塞，说不出话来了，想了想也是啊，秦大地到底是秦大地，我把事情想复杂了。他不再说什么，随着秦大地关门离开。

试飞大队餐厅就在空勤楼的一楼。康延成排队打完了饭，走到谢振宇身边坐下，悄声问道：“怎么样啊？”谢振宇：“什么怎么样？”“没把我一块儿卖了吧？”“当然卖了！”谢振宇道。康延成看着他笑，摇头：“不像，骗我呢！快说，怎么你就过关了？不给个处分，连我都不服气！”谢振宇不理他，埋头吃饭。不远处饭桌旁，耿见林远远盯谢振宇一眼，也在问余涛：“两人见过面了？会不会已经下了战书？”余涛问：“你是问他和我，还是他和秦大队？”“都有。”

“那我告诉你，他和秦大队怎么样不知道。和我确实下了。”王小毛在另一边叫起来：“哎呀，那有热闹瞧了！你接了战书？”“不是我接，是他接。”“他居然敢接！这小子完了，不知道马王爷三只眼！余涛，这次一定要把他打得满地找牙！”江海也道：“没想到空海两军最顶尖飞行员的世纪大战，这么快就要开始了！”余涛道：“但是机会得由我们和他一起创造！”刘波：“什么意思？”吴强在远处站起来敲盘子：“大家安静。吃饭动作快一点，八点钟登车完毕！”众人不说话了。这边康延成又举手。吴强看他：“你什么事？”康延成：“我们这里也有礼堂，为什么一定要到试飞院去开成立大会？”吴强看一眼用餐完毕的秦大地。后者收拾餐盘站起，环顾全场道：“首长定的，什么原因我也不知道，以后凡是不明白的事，可以解释的首长会解释，不解释的不要问，按命令执行！谁还有问题？”没有人再说话。秦大地：“宣布一条规定，以后就餐要安静！”餐厅里安静下来。看他走出去，众空军飞行员相视一笑。余涛低声道：“大家听好了，从现在起，一切动作都要加快！”王小毛：“为什么？”余涛：“从昨天入营到现在，没发现秦大队有什么特别的地方？”耿见林：“有。做什么事情都比别人更快！”余涛：“想到了什么？”刘波差一点叫出声来：“他的空中技战术也一定有一个快字，以后和他们的人掐起来，大家要注意！”王小毛又要笑：“怎么着，看你们的意思，我们好像不是来试飞舰载机，倒像是打擂台！”余涛道：“不是打擂台也是打擂台，是不是要打擂台都要准备好！提醒一句，以后我们事事都要走在他们前头，不然会让他们小看我们的战斗力！”众人不说话了，吃饭的速度明显加快。

国家试飞院荣誉馆位于海滨一片杉木林中。此刻馆内一片漆黑。没有灯光，所有窗户都被厚厚的窗帘蒙着，进来的人们彼此只能听到呼吸。秦大地带全队走进来，站住。一名海军飞行员低声道：“怎么没灯！”又一个声音响起：“不是要开大会吗？怎么这样？这是哪里？”他们忽然听到了衣正邦的声音：“肃静！”这一声喊和馆内的异常气氛感染了每个人。秦大地也在黑暗中抬头朝前面看。衣正邦又道：“开始！”正前方黑暗的背景下，一块显示屏亮起，现出了第一张面孔，接着是第二张、第三张……这些面孔同样年轻，身着新中国成立后不同年代海、空军的飞行服，表情阳光、欢乐、青春，出现后又一张张被移向屏幕左上角，缩小排列在那里，越来越多，直到充满整个屏幕。这一闪一闪的光照，让秦大地和试飞大队所有成员的神情目光凝重起来。

衣正邦开始说话：“同志们，海军舰载机试验试飞大队成立大会选在这样一个地方、以这样一种方式开始，是我决定的。这件事我想了很久，我问自己，当又一群和屏幕上出现的牺牲的英雄同样年轻的小伙子被集合起来，组成一支队伍，去冲击一项中国人从没有冲击过的纪录时，作为你们的领导、长辈，最该告诉你们的是什么。后来，我想到了这里。”屏幕上再次开始一个个显示那些年轻试飞员的面容，并在屏幕下方打出他们的简历。衣正邦继续讲话：“今天我让大家看到的是新中国成立后各个时期牺牲在试飞战线上的英雄，他们中间年纪最大的三十三岁，年纪最小的只有二十二岁。其中有我的前辈，也有战友，我们当年朝夕相处，亲如骨肉。”一名穿海军飞行服的年轻人的头像突然充满了整个屏幕。所有人都专注地望着这一张英俊的面孔。屏幕上的光同时也映亮了余涛骤然激动起来的面容。“今天我不想讲所有牺牲者的故事，只讲其中一位。他叫余海洋，不但是我的战友，还是我当年的室友，我们同一年考上同一所航校，毕业后分到同一个团，就是名震中外的海航10团，海空雄鹰团！海空雄鹰团大家知道吗？”没有人回答。“你们知道！海空雄鹰团名贯中外，无人不知，可今天我还是要讲一讲这个团！我简单一点说吧。海空雄鹰团是一支战功卓著、英雄辈出、誉满海天的英雄团队。在抗美援朝和国土防空作战中共击落、击伤敌机31架，创造了同温层作战、双机对头着陆等世界空战史上的八个第一，涌现出了王昆、舒积成、孙来沈、李洪生、高翔等一大批战斗英雄。毛泽东主席曾三次点将、二十五次接见这个团的四十一名代表。周恩来总理先后接见过这个团的七十九名英模代表，称这个团是召之即来，来之能战，战之能胜的英雄部队。1965年12月29日，国防部发布命令，授予该团‘海空雄鹰团’的荣誉称号。它是新中国成立后唯一因屡立战功被国防部授予荣誉称号的团一级部队。”“我和余海洋同志同一年成为这个团的战斗机飞行员，同一年成为海军新机型的试飞员。他生长在一个飞行世家，父亲是我军第一代空中英雄余兆年老前辈，后者曾在抗美援朝战场、东南沿海和南海战场为新中国立下过不朽战功……那一年余海洋烈士只有二十八岁，一款新机到了试飞场，他刚刚探亲归来，没有休息。最初团里选定的试飞员是我，我也做好了准备，但当天晚上突然降温，那时飞行员宿舍的条件都不好，我住的房间透风漏雨，天亮时发现自己感冒了，头疼欲裂，打喷嚏，咳嗽得厉害。领导问我还能不能飞，我说可以，但余海洋提出替我飞……我没有想到会发生别的事情，因为这种事经常发生，有时候我替他，有时候他替我，团里考虑我的情况，就批准了。”

衣正邦沉默下来。所有人都感受着这沉默的压力，知道这沉默所蕴含的痛苦，以及和痛苦一样巨大的力量。“从那一天起到今天，三十一年过去了，我一直不能原谅自己，为什么偏偏在那一天感冒……我也不能原谅余海洋，为什么早不回来，晚不回来，偏偏就在头一天回来了，其实他的假期还有几天呢……那天我还是赶到了机场，目送他驾机升空……当时我什么也没想，因为他是一名特级飞行员啊，是我们中间最棒的，所有人对他都充满信心……但是，大家已经想到了，这是一次试验试飞，试飞过程中飞机出了故障，他飞到海上，再没有回来！……同志们，现在大家最后看他一眼，记住这个名字，他为了一款国产功勋战斗机的成功付出了青春和生命，他的年龄、面孔，连同脸上的笑容，再没有改变，也永远不会再改变了……他永远、永远只可能这么年轻了！……开灯！”

大灯开。大家发现他们其实就站在一个小会场里。刚才看到的屏幕就在主席台上。主席台后方挂着海军舰载机试验试飞大队成立大会的横幅，台前摆着一溜桌椅。一工作人员过来，带领试飞大队全体成员鱼贯进入前面两排空座位。他们身后坐满了试验试飞基地军地两方的人员。秦大地突然开口：“等等！全体都有，立正！敬礼！”全体试飞员立正，举手向屏幕上的试飞英雄们敬礼。这一刻每个人都目光湿润。秦大地又道：“礼毕！进入座位！”众人进入座位坐下。耿见林看一眼余涛，把想说的话咽了回去，因为后者已经在座位上坐下来，正努力让自己平静。康延成看谢振宇，发现他今天的表情也显得分外凝重，仿佛他成了一个全新的、陌生的谢振宇。还有秦大地，这个一向不会笑、全海军飞行员中的大神级人物，也两眼泛着晶亮的泪光。原来以为他是个铁人呢，现在才知道，他也是和自己一样的人。

没有音乐，没有鲜花，秦大地等人看着衣正邦走上主席台。全场肃静。衣正邦看台下，道：“现在我宣布，中国海军舰载机试验试飞大队成立大会开始！大会进行第一项，全体起立，向新中国成立以来牺牲在试验试飞战场上的烈士们默哀一分钟！”全场起立，默哀。“默哀毕。请大家坐下。”全场人员坐下。“大会进行第二项，受海军委托，我宣布，中国海军舰载机试验试飞大队正式成立！请试飞大队大队长秦大地同志、政委陶斯勇同志，上台受领军旗！”一片肃穆中，秦大地、陶斯勇上台。两名护旗兵持军旗登台，肃立于主席台一侧。秦大地、陶斯勇向衣正邦庄重敬礼。衣正邦还礼，接过军旗，郑重交给秦大地和陶斯勇。二人接受军旗，向台下展示，回头向衣正邦敬礼，衣正邦又还礼。秦大地、陶斯勇持军旗走下主席台。众人鼓掌。衣正邦没有坐下，环顾全场，开始讲话。

“同志们，我要讲的话不多，只有两句。第一句话，使命光荣，任务艰巨，过程艰苦，但一定要完成任务。”他的语气突然激昂，一拳砸在讲坛上，发出“砰”的一声巨响，“不惜一切代价，也要完成任务！”所有人的情绪瞬间被他感染，全场静得能听到周围的呼吸。“下面我讲第二句话。这句话我是不想讲的，但是同志们，不想讲也不行，一定得讲！”他停了一会儿，目光投向台下试飞大队座位区，“其实第二句话我已经讲了，你们一进这个会场就对你们讲了！中国航母开始试航的事已传得沸沸扬扬，地球人都知道，但是，我今天要坦率地告诉大家，中国人开天辟地头一次搞航母，就像当初搞两弹一星一样，太难了！外国人对我们封锁得非常严，没有人希望中国人搞出航母和舰载机！我们呢，大姑娘上轿头一回，这个大姑娘还两手空空，嫁妆箱子里什么都没有！中国人怎么样才能又有航母，又有舰载机？靠谁？靠你们！你们靠谁？你们就靠不得别人了，只能靠自己！我说清楚了吗！”

他让自己喘息一下，喝水：“坦率地讲，最大的危险是我们对危险知之甚少！我们的舰载机是搞出来了，正在续建的航母平台也是！但是，为什么还要组织一支队伍，对舰载机进行试验试飞？因为我们还不知道它能不能上航母平台！那些能够保障它上航母平台的设备还没有经过最后试验，有个词儿我也是刚学的，适配性，就是说，哪怕舰载机是好的，航母平台过关，阻拦索通过了技术测试，但是仍然不能安装到航母上去，为什么？因为没有通过和舰载机的适配性试验试飞！什么是适配性试验试飞？说起来很简单，你这个阻拦索，能不能经得住舰载机着舰时那轰隆一声撞击和拉扯？理论上行还不行，必须要用舰载机进行陆上和海上试验。你阻拦索可以，舰载机行不行呢？只有两方面的适配性试验都成功，阻拦索才能装到航母上去。舰载机也才可以被称作一款成功的舰载机，不然就什么也不是！”“还有人。你的舰载机和阻拦索都没问题，都适配，但只要人、机、索不适配，舰载机不能安全着舰，舰、机、索适配得再好也没意义，中国仍然既没有航母，也没有舰载机！”舞台上的灯光照亮了台下每一张面孔。衣正邦的话深深地震动了秦大地的心，也震动了谢振宇、余涛等所有人的心。

“即便到了最后，经过艰苦的试验试飞，人、舰、机、索和所有设备的适配性都成功，你们还要完成舰载机在航母上着舰和起飞技术的突破。这是当今世界飞行技术中最难掌握的技术。为了这两项技术，美国人当年至少牺牲了157名试飞员，苏联二战后牺牲了75名功勋飞行员。即使掌握了这两项飞行技术，一百年内，美国人在航母上因为起飞和着舰技术失误，仍然损失了数千名飞行员。同志们，就是到了那时，在航母上起降对你们仍是一项风险极大的挑战。但是没有选择，舰载机航母起降技术我们一定要掌握！然后才有下一阶段航母战斗力的全面建设。不然，中国人就不能说自己进入了航母时代！”

“我就要讲完了。刚才讲了那么多，其实都是为了讲出最后一句话。同志们，你们一进来，我就先让你们认识了新中国成立以来牺牲的试飞英雄。我还向你们介绍了海空雄鹰团！现在我在这里正式代表海军宣布，你们虽然经过千挑万选进了试飞大队，但仍然可以选择。如果哪一位还没有做好牺牲的准备，可以退出！还有，即使你们愿意留下，你们的大队长秦大地同志，也仍然对你们是不是能留下拥有最后的决定权！”“再说一句，无论你们在以后一星期内做出怎样的选择，都不代表你们不能继续留在海军和空军做飞行员，它仅仅说明你们不适合做舰载机试飞员！”他再次停下来，很突兀地说：“讲完了，散会！”全场一瞬间内似乎被惊住了，一片沉寂。在所有人的注视下，衣正邦走下主席台，和秘书小魏一起直接走出了会场。秦大地喊：“全体听口令！起立，离场！”全队都站立起来，依次离场。

下午两点。操课号音响过，全大队再次集合，乘车到了英雄山下，众人登上山顶，环顾四野。王小毛看余涛，低声道：“不是说下午接着开会吗？怎么到这里来了？这什么地方？”秦大地代余涛回答：“不要问了，我马上会告诉大家。世界上所有军队进行一场大战前，都会做许多准备。这里就是为我们这些人准备的地方！”所有人的笑容一下全凝固了。秦大地又道：“看过这个地方，回去开会！”众人随他下山，无人再开口说什么。回到试飞大队，会议在多功能厅内召开，秦大地和陶斯勇走到前面小舞台上去，陶斯勇落座，秦大地却站着，待所有人落座后，开门见山道：“我们接着开会。我要讲的话也不多。上午我们参加了成立大会，刚才又去看了英雄山，我要讲一句，这座山头是首长特意为自己，也为我们这些人留下的。”“他上午要对大家说的话，想必都清楚了！”“虽然清楚了，但我还是要讲一下。第一，我们是这样一支队伍，从走进营区第一天起，面对的就是牺牲，从第一次走上试飞场开始就可能有牺牲！如果有人觉得适应不了，现在就可以举手退出！——有要求退出的吗？有就举手！”他的目光在每一张脸上扫过。陶斯勇想插话：“大地——”秦大地：“你先不要讲话。也许有的同志想举手，但当着大家的面不方便，也可能有同志还要回去再想一想，没有关系，我给大家一星期时间考虑！想好了可以私下里找我谈，也可以找政委。现在我说第二句话。”“这第二句话，是我对所有不怕牺牲选择留下来的同志的要求，只有三个字：守纪律。为什么要守纪律，大家都是老兵，本不要我多讲，但我还是要讲！”他的声音高亢起来，“因为我要的不是一般意义上的守纪律，是要绝对守纪律！绝对地听从指挥！绝对地令行禁止！就是因为我们时刻面对牺牲，我才要求同志们在任何情况下都不能因为不守纪律牺牲生命！”“说得更直接一点，在我这里，守纪律比不怕牺牲更重要，如果你宁可牺牲也不能严守纪律，我和政委也还是要告诉你，最好现在就退出！有吗？”室内鸦雀无声。“这件事我和政委也给大家一个星期的时间，之后如果你觉得自己无论如何也做不到守纪律这三个字，那就不客气了，你必须离开！我把丑话说到前头。如果你一星期后没有选择离开，那就是说你已经在守纪律这件事情上郑重地做出了承诺，以后无论在任何情况下，都会一丝不苟地执行我军的条令条例和本大队的纪律守则。如果你做不到，大队将会按照纪律守则对你做出处分。——散会！”

多功能厅外，众飞行员散开。秦大地、陶斯勇最后一前一后走出来。陶斯勇看秦大地。秦大地先开口道歉：“斯勇，对不起，本来也想让你说几句的，一紧张我就忘了。”陶斯勇气愤道：“别骗我，你什么时候紧张过！如果一开始就想一个人干，我可以调走！”秦大地：“对不起斯勇，接受批评，下次改正。对了，我差点忘了，你的事情来了！”陶斯勇一怔：“什么事情？”秦大地：“刚才海军打电话来，要我们成立临时支委会，任命你为临时支部书记，我为副书记。以后就好了，你是书记，党指挥枪，我一切都听你的。”陶斯勇：“既然说到这里了，那我们现在就商量一下。我的考虑是支委会暂定由五人组成，剩下三个支委，你可以提名。”秦大地脱口道：“余涛。空军来了五名同志，余涛是领军人物，他应当加入临时支委会。”沉思一会儿又道：“一个还不够，空军是一个方面军，应当有两名同志进临时支委会。”陶斯勇：“要是再加一个，我的意见是耿见林。他是余涛的搭档，在空军飞行员中威望仅次于余涛。另外这个同志热心，有能力，重要的是坚持原则，将来可以协助吴强负责大队的日常管理。强子一个人太吃力。”秦大地：“到底是首长身边来的，眼毒。我同意。”陶斯勇：“最后我提议吴强，他现在负责全大队日常管理，这个同志正直，厚道，忠诚，也细心，愿意为大家服务，让他进支委可以分担你的压力。”秦大地：“反对。强子是我的僚机，临时管管大队的日常事务可以，再让他进临时支委别人会有看法的！”陶斯勇对他瞪眼：“你想什么呢！队伍刚集中，人都不熟，一个星期后谁走谁留才能确定，所以才需要临时支委会。过一阵子队伍稳定，大家熟了，可以进行正式选举。这就是个过渡，别想那么多。”秦大地：“其实我另外有个人选。”“不会是谢振宇吧？”秦大地不说话。陶斯勇生气道：“大地，我真不明白你在想什么！算了，谢振宇是你的兵了，你想怎么带他我不管，但做支委不行。最后一个名额就吴强了，我们报到海军去审批。”他转身离去。秦大地：“哎，你这叫什么民主集中制啊！”陶斯勇不理他，已经走远了。

吴强走过来，看他：“怎么了？”秦大地朝旁边树上瞅一眼：“瞧，有个老鸹窝！”吴强真朝树上瞅：“真有个老鸹窝！”他有点发愣，一时回过味儿来，生气地看他：“你什么意思？”秦大地：“没意思。有时候打个岔也能解决问题。”“哎哟！”“你哎哟什么！”吴强：“我想警告你，政委对你有意见，说你不尊重他。开会都不给他讲话的机会。”秦大地要走。吴强：“站住！”秦大地：“这有你什么事儿！”他大步走掉。吴强站着发怔，心想：怎么就没有我的事儿，试飞大队建设的每一件大事小情都是我的事儿！

空勤楼三楼，谢振宇房间外，康延成在敲门。谢振宇回头：“干什么？门没关！”康延成走进来，关门，回身吹了一声口哨：“哎，今天这一天过得太压抑了。我不喜欢这样的生活，我都快给——”谢振宇：“你不会这么快就扛不住了吧？”“什么扛不住，我就是觉得，试验试飞还没开始，为什么从衣总指挥到秦大队，都反复向我们强调那个字！”谢振宇盯着他看：“说出来就那么难？”康延成道：“说出来就说出来。”但他还是没说出来，“从上初级航校那天起，我们就知道干飞行是个随时可能牺牲的事业，但也犯不着人还没上战场，就带大家去看英雄山！”“不干了？想退出？”康延成生气了：“谁不干了，我不就这么一说嘛！”谢振宇不说话。谢振宇：“我倒是觉得应当感谢衣总指挥和秦大队，他们反复提醒我们可能会有牺牲，让我想到了一件事！”“你又想到了什么事？”“走上试飞场前，我一定要再见她一次！”“夏初？”谢振宇又不说话了。康延成要喊又低声：“你可真掉坑里了！爱情就那么大的力量？让一个铁石心肠油盐不进的男人一下子变得……一听说要牺牲就想起了心爱的人——”谢振宇打断他：“我还奇了怪了，你最近爱好起文学来了？”康延成道：“这跟文学什么相干？我问你，下午开会，大队说了半天，说了什么？”谢振宇看他：“你这个除了飞行就是游戏，开会从来记不清领导说了什么的人，你告诉我他说了什么？”康延成道：“两个字：纪律！大队特别强调，除非你要离开，进来了就不准请假！”谢振宇：“不，我们还有一个星期可以选择走或者留，这个日子到来前我还不是试飞员！这是我最后的机会！”康延成道：“那也不是说你可以违犯这里的纪律。我可是劝你。我认为他已经把丑话讲出来了，你要么现在离开，他绝对不拦你，但你要是既想留下还指望他准你假见你的意中人，没门儿！”谢振宇如同和一个看不见的人说话：“走上试飞场之前我之所以要最后见她，是以后或者就真的见不着了！生命是有限的，我不想留下遗憾！”“好家伙，原来是想最后见一下，以后全力以赴迎接人生中最大一次考验！”谢振宇眼里似乎又有他了：“不是考验，是牺牲！”“老谢，真没想到一场大会把你变成了这个样子！对了，今天我还听明白了，组建试飞大队是要做什么，可没有给你留下和秦大地进行空中对决的空间啊！你的心愿要泡汤！”谢振宇的心思仍在刚才的话题上："我现在就去请假！"康延成叫："等等！你就是一定要最后见夏初一面，也不要这会儿去撞秦大地那堵墙。快到周末了，那时候你再瞅他心情好的时候见他，千万别说要见你的意中人，就说在走和留的事情上想和一个人商量一下，秦大地说不定会答应你！"谢振宇看他道："你什么时候学会耍心眼了。行，这件事可以听你的！"

空军的五名飞行员聚集在余涛房间里，神情凝重。余涛看大家道："大会都开完了，我们空军来的同志开个小会，统一一下思想！"耿见林道："同意！"江海道："离开航校到作战部队七八年了，今天我才真正有了一种上战场慷慨赴死的感觉！"刘波也道："我的小心灵也受到了震动！过去我听马副司令讲过，海军的衣总指挥对他讲自己当年上战场的故事。部队向战场开进的黄昏，看着大批陆军官兵进入战场，一张张鲜活的面容，突然想到一句话！"王小毛看他："什么话？"刘波："为什么不该是我！"王小毛："什么意思？"耿见林已经听懂了："今天你也有了这种感觉！"刘波："在国家试飞院荣誉馆看到那些牺牲的前辈，一个个都那么年轻，一下子就想到了这句话，眼泪立马就想蹿出来。心里冒出的第一句话就是它：'为什么不该是我！'"王小毛道："明白了。以前去过那么多烈士陵园、英雄山，从没想到有一座英雄山离我们这么近，离我自己这么近！"一时间大家都沉默了。耿见林看余涛："大家都说了，你是头儿，该说点什么了！"余涛道："各位，现在明白入营时秦大队为什么没有敲锣打鼓地欢迎我们了吧！"王小毛激动起来："他们知道我们来这里要承受的只有牺牲！"余涛："一整天我的感觉是，无论是海军首长还是秦大队，都对我们这些人尤其是空军来的同志表达了最大的真诚，一开始就把牺牲的危险告诉了大家，同时给了我们选择退出的自由！大家不要辜负了他们的好意！”耿见林：“余涛，你什么意思？什么退出的自由？我有句话要忍不住了！”众人笑。余涛：“屁忍不住就放出来！”耿见林道：“大家都是老兵，知道能在上战场前把所有危险告诉部下的领导，那都是珍惜士兵生命的领导，还是枪一响就会冲在前面替弟兄们挡子弹的领导！我的印象是，无论是衣总还是秦大队，都是这样的领导！”王小毛举手：“也是我的印象！”江海和刘波：“同意！”余涛：“但他们对牺牲的预期也是真实的！大家要站在这个基点思考自己的选择！”耿见林一下子就生气了：“余涛，你胡说什么！我们是什么人？谁会选择离开！哪里没有牺牲，走路还能让醉驾司机撞上呢！”王小毛看余涛：“我冒昧问一句，衣总上午讲的余海洋烈士，是不是您父亲？”余涛心中一动，喉咙立即堵住了。耿见林责备地瞪了王小毛一眼。余涛喉头动了几下，到底把话讲了出来：“是。”众人沉默了半晌，余涛又看大家：“有想走的吗？”刘波：“我不走！”江海：“我也不走！理由刘波刚才都说了！为什么不该是我！为什么应该是别人！”王小毛：“我还听一位老英雄讲过一句话，上了战场，生死不是自己能掌控的，能掌控的是尊严！谁让我们是军人呢！”耿见林终于看余涛一眼：“可以了，你总结吧！”余涛道：“我的想法和大家有一点不同。不走并不重要，甚至牺牲也不重要！”王小毛惊奇道：“那什么重要？”余涛：“战胜死亡，完成使命，创造奇迹，为中华民族争光！”他把拳头伸出来，众人一个个压上去，异口同声，气壮山河：“争光！争光！争光！”众人放开手。余涛道：“那就只剩下一个问题，守纪律。有谁做不到？”众人再次异口同声：“没有！”

王小毛道：“有个比较私人化的问题，谁能回答我？”耿见林：“私人化的问题？你老婆的事儿不要拿到这里说。”众人笑。王小毛："呸！我老婆的事儿你想听我还不说呢！余涛，现在是定人的关键时刻，我想知道为什么秦大队在各种场合总不给陶政委机会讲话！"耿见林口中发出了一个不屑的声音："这还不简单？他想由自己一个人确定带谁上战场！"刘波："他认为只有他才知道带什么人上战场！"江海："他只想带自己认为可以上战场的人上战场！"余涛："打住！你们以为自己比秦大队还要聪明？散会！"众人笑着散去。

黄昏的海滨，浪潮汹涌。余涛面对大海站立，神情沉郁。耿见林悄悄跟过来。余涛半晌才开口："其实他牺牲时我对他并没有印象。那年我刚生下来。三十一年了，我一直都在想象他，在心底塑造他的形象。但不知道为什么，今天在那个场合一眼望到他，我才觉得他是那么陌生，他牺牲时还没有我现在的岁数大……还有一种感觉，我突然觉得，我这个儿子今天终于找到了从没谋面的父亲！"说出最后几个字时他哽咽了。耿见林沉默地站着，一直等到他平静下来才开口："我理解。因为你今天也成了一名像他一样的试飞员，也像他当年一样正在走上属于自己的战场。"余涛转过身来："一整天我都像是被一只手卡住了喉咙，这会儿好了……不知为什么，我看着他的面容的一刻，居然觉得他是带着笑容走的！三十一年了，我一直以为他不在了，可今天才明白，他一直都活着，而且想告诉我，他对自己的选择从来不后悔！"两人长久地望着一轮血红的夕阳没入大海，海水和天空如同烈火在燃烧。耿见林道："回吧。明天早起选拔开始，我们要用行动赢得秦大队的认可和尊重！"余涛道："我们五个人都没有问题！"耿见林道："一定没有！"两人往回走起来，耿见林注意到了，余涛原本沉重的脚步重新变得坚定和轻快，每一步像是都充满了踏碎岩石的力量。

第八章

清晨，初升的阳光斜斜地照亮基地后面的大山密林。其间崚嶒的山路上，秦大地、陶斯勇正带着试飞大队全体进行负重越野，每个人都走得汗流浃背。长途急行军已经持续了一个小时，队伍形成了几个不连续的小集团。走在最前头的秦大地不满意，回头督促落后的人："快，跟上！"余涛和众空军飞行员也被落在了后面，他低声喊："快，别让别人小瞧中国空军！"刘波叫苦："我真走不动了！脚打泡了！"王小毛也在呻吟。但说归说，大家仍在咬牙坚持。他们身后另一小集团里，康延成不停地拭汗，看一眼吴强："哎老吴，咱们这位秦大队，真干过步兵连长？"吴强这时也没了脾气："货真价实的海军出身，不过这会儿我也闹不清他当年是不是干过步兵！"众人想笑，但已经笑不出来。队伍前头，陶斯勇看表，对秦大地道："让大家休息一会儿吧！"秦大地看前面的山头："休息什么？不休息！"队伍继续前进。

空军飞行员的小集团里，江海喘着粗气，停了下来，看余涛道："快讲个段子，不然真走不动了！"耿见林道："你们想听什么样的，我给你们讲一个——"王小毛："得得得，你那段子尽是裤腰带以下的，还是余涛来个文明一点儿！”余涛道：“我有一个红色段子，一直没舍得拿出来，你们想听？”王小毛：“哎呀，这还真稀奇了，还有红色段子？”江海也道：“你能保证它精彩？”王小毛来劲了：“讲讲讲，不管精不精彩，能靠它撑着走下去就行！”余涛：“那好，我讲了！”王小毛：“快讲，卖什么关子！”余涛道：“这是小时候我爷爷讲过的一个他们部队战争年代的故事。两个步兵师，都要打到江南去，一起来到长江边上，在一个临时兵站开饭。兵站接到命令，做了两个师的饭，结果我爷爷那个师一上去，三下五除二就把饭全部吃光了，然后出发，渡江。另一个师慢了那么一点儿，没吃上饭，领导非常生气，师长跑过来骂我爷爷那个师的师长，说你们抢饭吃，什么作风，土匪！知道结果是什么？”众人都来了情绪。耿见林：“打起来了吧？”江海：“怎么会打起来？都是解放军！”刘波：“骂人家土匪还不打起来？”江海：“是该骂，把别人的饭给抢吃了！”耿见林看余涛：“你爷爷所在的部队确实土匪。”余涛：“猜不着了吧？”王小毛：“快讲快讲，没打起来多没劲呀！”耿见林：“总不能就这样拉倒了，一个步兵师，上万的人，个个都带着枪呢，饭白白地被人抢了，这口气咽得下去？”余涛笑着看大家。江海：“怎么了？”刘波：“上当了，这会儿真觉得两条腿又有劲儿了！”王小毛：“骗了我们，原来没有下文！”余涛还在笑。耿见林：“到底有没有下文？”余涛道：“有！”众人又来了情绪。耿见林大叫：“讲啊！”余涛：“把剩下的山路爬完，回去讲，行不行？”王小毛：“我又没劲儿了，我坚决要求掉队！是不是后头跟着收容车呢！我想坐收容车！”耿见林：“我也想！”余涛笑：“真没什么可讲的。没吃到饭的那个师的师长打上门来大骂一通，爷爷部队的师长安静地听完他那些骂人话，只用大眼角乜斜了人家一眼，很同情地问了一句话！”众人又被他引入了故事，嚷嚷：“什么话什么话？”余涛：“他说：‘喂，你们地方部队吧？县大队刚升主力？饭都抢不着吃，打什么仗！中国人民解放军的老规矩，饭要先给主力部队吃！走了！’接着，他就带着这个师上了渡江的船出发了，把对方的师长脸都气绿了！”众人大惊，相视一笑，气氛活跃起来。王小毛：“有点意思！抢了人家的饭吃，回头再埋汰人家一顿……不过也有道理，毕竟打胜仗是硬道理，虽然话讲得够噎人的，但你也真没屁放，对不对？”刘波道：“余涛，你这个故事好像不对景，它和咱们今天爬山累个半死有什么相干！”耿见林道：“什么相干！要是咱们连今天的长途负重越野都扛不住，你还真想让秦大队看得上眼，留在试飞大队？”江海大悟：“对！原来秦大队让我们变成新兵，这么练我们，是为了这个！”余涛：“小声点儿，快走，我们赶到最前面去！让他们知道马王爷三只眼！”众人响应，爬山的脚步不觉加快。

队伍最前端，秦大地已经爬到山顶上，回头看后面队伍，责备陶斯勇道：“你这个政治委员，该管的事不管，不该管的偏要管！队伍到了这会儿，你战场鼓动工作做哪儿去了！”陶斯勇一惊，回头大声道：“哎，小伙子们，唱个歌怎么样？”王小毛道：“我们行，你们怎么样？”跟上来的康延成喊：“什么我们怎么样？当然行！”陶斯勇看着陆续爬上来的队伍：“那就唱歌！听着！唱个老歌！‘说打就打——’”江海：“够老的！”但队伍还是山呼海啸般唱起来，疲惫的神情一扫而空。陶斯勇心情大振，看秦大地道：“怎么样，我们的队伍好样的！”

早操结束，秦大地刚回到宿舍里洗一把脸，陶斯勇就走进来，道：“通知我们俩今天一整天去总指挥部开军地联席会议。试验试飞开始的日子可能要提前。”秦大地沉思起来。陶斯勇：

“部队怎么安排？”秦大地：“继续执行操课。吴强负责。”陶斯勇：“今天是周六，上午操课，下午我建议调换一下日程，让大家休息半天。文武之道，一张一弛。说不定我们开会回来，大家就再没时间喘口气了。”秦大地半晌才开口道：“我其实不想同意。但这次……尊重你的意见。下午休息，五点钟点名，明天星期天继续操课！”陶斯勇很长一段时间盯着他看，忽然要走。秦大地洗完了脸：“怎么了！”陶斯勇生气道：“你要是真想在这里大权独揽，搞一言堂，就告诉我。别以为就你一个人是带兵的行家。独断专行！”秦大地把话题岔开：“哎，是不是觉得余涛是个人才？”陶斯勇没好气：“余涛当然是个人才！”秦大地：“我说的不是飞行，我是说他是个带队伍的人才。”陶斯勇警觉了：“什么意思？”秦大地看窗外的天空：“几点开会？”陶斯勇：“八点整。”秦大地：“那你不快走？洗脸，吃饭，开会！”陶斯勇仍旧盯住他道：“大地，你是行家，确定谁走谁留我一定尊重你的意见，不过你想一个人当恶人，我也不会答应！”秦大地笑了：“行了，大机关待了几年，看把你修理成什么样子了，疑神疑鬼，那么多事！走！”

早餐号响了。众人走进餐厅。吴强站起来，高声道：“有个通知。今天大队和政委去总指挥那里开一天会，上午继续执行操课，下午休息，五点钟结束，点名，明天星期天继续操课。”他说完了坐下。王小毛看着秦大地、陶斯勇匆匆吃完饭离开，对余涛道：“看样子是真的，还没上试飞场，周末就只给半天假了。”另一张餐桌前，康延成忽然想起什么，看了一眼谢振宇。谢振宇：“你怎么了？”康延成：“我没什么。”他不再说话，谢振宇却被他提醒，远远地看了吴强一眼。康延成心想：哎呀坏了，这个秦大队也是的，给什么半天假呀！这不是又要老谢犯错误嘛！

海军舰载机试验试飞军地联合总指挥部设在基地临海一座三层毛坯小楼里，二楼是衣正邦及总指挥部人员的办公室和宿舍，一楼大厅用一些简易折叠桌椅布置成一个长方形的会场。不到八点钟，各方人员都已入座。除了军方参会人员，地方两大公司——中船重工和中航工业——的两位老总周总和梁良也带着自己的专家团队到会。八点整，衣正邦看表，道："时间到。现在开会。这是我们军地联合总指挥部第一次召开全体大会，大家拍一下巴掌，就算是开张了！"他带头拍了几下巴掌。众人跟着鼓了几下掌。衣正邦道："意思到了就行了。本来是件了不起的大事，但我们的第一次会议却没有那么了不起。这地方是一个渔老板建了一半扔下的烂尾楼，没想到成了我们的总指挥部。条件是差一点，但不影响开会。到会的各路神仙我会前都介绍了，也就是说，该来的都来了。现在言归正传——"现场爆发出热烈的掌声，久久不息。衣正邦有点意外，跟着鼓掌，有顷，他示意大家停下："好了好了，真的可以了。我的开场白讲完了。下面直奔主题，请各单位汇报工作进展。刘主任，你先讲！"基地工程部主任刘平安站起："首长，梁总，周总，张司令，秦大队，陶政委，我知道首长想让我告诉大家什么。我的工作每天都向首长汇报，这儿就不多说了，只讲一句话，首长要我们提前建成第一条试验试飞跑道，我们的工作已提前完成，并通过了验收！"他坐下去。衣正邦带头鼓掌，众人跟着热烈鼓掌。接着衣正邦把目光投向了张天一："张司令！"张天一边鼓掌边站起，道："首长，梁副总指挥，周副总指挥，各位，我的工作也是每天向首长汇报，这里我也只讲一句话。应当由基地负责的各项地面勤务保障工作也已全部到位，随时可以配合试飞大队和地方两家公司开始试验试飞！"众人再次鼓掌。张天一坐下。衣正邦目光投向秦大地："你说！"秦大地看了看陶斯勇——后者马上还给他一个鼓舞的目光——站起，大声道："首长，各位老总，我要说的也只有一句话，海军舰载机试验试飞大队虽然昨天才成立，但我们是一支召之即来来之能战的队伍，已经做好准备，随时可以执行任务！"会场上的人们不敢相信的样子，你看我，我看你，忽然又都明白了什么一样，更热烈地鼓起掌来。几名地方专家边鼓掌边交头接耳："他就是秦大队？""就是他！"中航工业团队一位专家声音不小："我见过他！前不久在南海试飞过我们的舰载机！飞行技术这个！"他竖起了大拇指。梁良也向秦大地微笑、点头。秦大地欲坐下，衣正邦却大声道："你等等！给我站好！"他的声音让会场上的掌声停下了，"你这个秦大地，你吹什么牛，队伍才集结几天，人员还没有确定，怎么敢说随时可以执行任务？你哪来的底气！"他突然发这么大的脾气，让在场上的人十分吃惊。陶斯勇站起，道："首长，我可以替秦大队解释一下吗？"衣正邦怒气冲冲："你解释什么？让他自己解释！今天总指挥部第一次开会，主要是务虚，但也必须从这次会议开始立规矩！各位，我们承担着光荣的责任，但也是艰难的责任，时时处处，每个人、每件事、每句话，都要务实，丁是丁卯是卯！"他又看秦大地："你想糊弄我？仍然坚持你的队伍现在就能上战场？"秦大地一直站着，坚定、平静，大声回答："是！"现场气氛紧张起来。衣正邦脸色严峻。陶斯勇在桌子下面踢了秦大地一脚，提醒他这时应当对总指挥多做一点解释。秦大地却站立不动，一句多余的话也不说。衣正邦生气道："好了，你先坐下，你们的事情等会儿单独谈！"他看着秦大地坐下，才把目光转向梁良和周总："两位老总，我们的人都汇报过了，你们讲吧。你们是专家，试验试飞工作就要开始，具体该怎么搞，方案要你们来拿！"

气氛还是缓和下来了，会场上响起小风掠过水面一样轻微的笑声。周总看一眼梁良："梁总，你先讲。"梁良站起："好吧。我代表中航公司，并受中船重工周总委托，代表两家公司，就即将开始的试验试飞整体方案做个简单介绍。"他是在对全场讲话，目光却投向了秦大地，"首先我要代表两家公司声明，用我国第一款舰载机进行人、舰、机、索的适配性试验，攻克舰载机着舰和舰上起飞技术，我们也是平生第一次，和大家一样，没有经验。"会场变得鸦雀无声，每个人的神情都不觉严肃起来。几名年轻技术人员在梁良身后将几张图纸挂在图板上，梁良等他们做完了自己的工作才回过头，接着讲下去："虽然没有经验，但飞机、阻拦索系统等毕竟是我们两家公司造的，进行试验试飞前我们至少可以把有关技术参数，想通过试验试飞实现的目标，都讲出来，对过程中可能出现的问题、我们的初步应对方案，也要和大家一起共同做一些探讨。下面我开始讲飞机的技术参数。"陶斯勇的神情一直紧绷着，这时看秦大地一眼，发现他神情高度专注，掏出个小本子准备记录，才松一口气，将注意力转向梁总。

上午的会议一直开到中午12时整，会场又变成了临时餐厅。秦大地刚刚领到了自己的一份盒饭，就被秘书小魏叫到门外去了。原来衣正邦在这里等他。陶斯勇远远看到秦大地随衣正邦走向海滩，不觉担心起来。海滩上，衣正邦在前面走，秦大地快步跟上："首长！"衣正邦怒气不减，回头道："我问你，今天会议一开始你吹什么牛！什么随时可以执行任务，今天让你带队伍上试验场，你行吗？"秦大地老老实实道："首长，今天还不行！"衣正邦愈怒："现在说不行了，那刚才吹什么牛？你以为我让你来干什么的？别个单位的工作我一直在催，鞭打快牛，可是你们试飞大队的工作，我没有催你！有一件事你应当懂得，我给你时间，是要你用你的经验、你带兵的能力，给我在短时间内带出一支能打硬仗、恶仗的队伍，不是让你秦大地带着这么一批人逞英雄！我知道你现在就能上机做试验，可是别人能吗！我还没问你呢，队伍现在怎么样了？谁走谁留定下来了吗？你连这个也没搞定……你以为这件事是儿戏吗！”秦大地等他平静一些才道：“首长，我可以说话了吗？”衣正邦：“说，你说！你有道理就说！”秦大地：“第一件事，我正要向首长报告，建议所有入营的同志都留下来，但最后几天自动提出离开的除外！”衣正邦被他提醒：“已经三天了，有人提出离开吗？”秦大地：“没有！”衣正邦：“三天时间已经不短了，你还想对我说什么？”秦大地：“三天是不短了，但我仍想再等几天，说一星期就一星期。”衣正邦：“好吧，这个我可以答应。还有呢？”秦大地：“第二，我想向首长报告，我们这些人，包括我自己，每个人都知道来这里是做什么的，更明白其中的风险，所以只要需要，任何人马上就能登机执行试验任务！”衣正邦听了又勃然大怒：“风险，仅仅是风险吗？你今天在这里听了一上午，还不明白？专家们都说没有经验，试验试飞方案本来应当有，并且要具有高度可靠性，万无一失滴水不漏，可是你听见他们说了什么吗？没有可靠的方案！要我们和他们一起通过试验试飞，一步步地摸石头过河，把方案捋出来！首先是人与舰载机、阻拦索等设备的适配性试验，这里面除了人全是钢铁，头一天说不定就会死人！”秦大地：“首长，即便是这样，试验也要做！”他的话说得并不大声，但坚定、有力。衣正邦忽然直视他一眼，把目光转向大海：“好了！我能给你的时间很短，我自己就常说一句话，只争朝夕。说吧，我还能怎么支持你！”秦大地道：“我们大队感谢首长！请首长再给我几天时间，让我把队伍凝聚在一起，攥成一个拳头，排出一个队形！”衣正邦又回头严厉地看他："几天够吗？我原以为你至少要用一个月才能把队伍带出来！"秦大地这次的话更简短了："首长，几天时间是不长，但我认为够了！"衣正邦深深看他，有顷才道："好吧，从今天起，我给你十天。两家公司的专家团队要用这段时间做他们自己的功课，基地这边也要搞地面勤务保障方面的演练，让所有程序流畅起来！"他要走又回头，"等等！你刚才说给你几天时间，你要排出一个队形？什么队形？怎么排？"秦大地："当然是一个上战场的队形，谁先谁后的队形。怎么排我还没想好，但已经有了初步想法，想跟陶政委商量一下再汇报！"衣正邦："你什么想法，现在就说！"有一瞬间秦大地只看着他，不说话。衣正邦勃然变色："你不说话我也知道你在想什么！你要排出的是一个前仆后继的队形，你想把自个儿排到最前头是不是？秦大地！我开始就告诉你，我要你来是做试飞大队的大队长，不是让你第一个冲上去牺牲！"秦大地语气坚定："首长，这个我不能同意。无论我要不要第一个冲上去，总要有人第一个冲上去。既然一定会有牺牲，就一定会有第一个牺牲的人。再说就是我不把自己排在第一名，我们全队排出一个出场的先后次序也是一项最重要的工作！"衣正邦走了几步又回头："你还是没说你要怎么排这个队形！"秦大地："想好了马上向首长报告！"衣正邦哼了一声："行，我等着，看你想搞出什么幺蛾子！"他忿忿然大步离开海滩，走回小楼。秦大地又原地站了好一阵子，让自己平静一些，才跟了过去。

中午，试飞大队餐厅外，谢振宇走出来，回头站着等待吴强。吴强出了门，看到他，一怔："怎么了老谢？有事？"谢振宇道："老吴，下午休息，我想请个假。"吴强诧异地看他一眼，戒备道："你请什么假？大队讲过，不准请假。"谢振宇语气不觉就强硬了一点："这个假我一定得请。"吴强看他的目光也悄然严厉了。谢振宇努力调整情绪，低声道：“不好意思，大队要我们在一星期内决定是走是留，我不会走，但还是想回一趟城里，见见我的未婚妻。”吴强又是一惊：“你有未婚妻了？”谢振宇：“瞧你老吴，你孩子都有了，我这么大岁数才有个未婚妻，你该同情我。”吴强想了想道：“那我要向大队和政委报告。”谢振宇道：“请吧，我等着。”

午饭后总指挥部的联席会议继续进行。衣正邦解释道：“时间紧张，中午就不休息了。梁总接着讲。大家再检查一下手机，保持关机状态。我再强调一下，以后来开会，不要带手机。”秦大地也重新检查了一遍手机，发现处在关机状态，放回去，聚精会神听讲。梁良接着上午的话题继续讲下去：“经过我的团队和周总的团队研究，我们还是搞出了一个……叫方案不科学，原因我上午说了，和大家一样，我们对这项工作没经验，手头上掌握的仅仅是我们自己的飞机、阻拦索等设备的技术参数，以及从国外公开文献中能找到的零碎资料和数据。秦大队，陶政委，非常抱歉，我们能拿出的只是一个粗略的任务区分。”这时在试飞大队餐厅外，吴强正在拨秦大地的手机号码。手机提示对方关机。他看谢振宇道：“大队手机没开。我帮你打给政委。”他又拨陶斯勇的号码。手机仍然提示对方关机。“老谢，不是我不帮忙，一定是会场上不让开机。”吴强道。“那怎么办？”谢振宇有点不高兴了。“大队那天专门在会上强调三个字：守纪律。你这个假你不要请了。”吴强道。一股怒气冲上谢振宇脑门：“老吴，你现在受命临时管理部队，你就有权准我假。”吴强也有了火气，道：“大队和政委并没授予我这样的权限，你不要强人所难。”谢振宇绝望道：“那我今天下午就请不到假了？”吴强：“你可以等会儿直接打电话试试，万一碰巧会议结束——”谢振宇心一横，看他道：“老吴，没事儿，走了。”吴强看他转身大步离去，喊了一嗓子：“老谢。”谢振宇已经走远了。他心中不安，回头见康延成走出餐厅，喊：“延成！”康延成走过来问：“怎么了？”吴强拉住他：“打听件事。你和谢振宇好得同穿一条裤子……他有没有未婚妻？”康延成没有马上反应过来：“未婚妻？没有哇。怎么了？”吴强火气一下子蹿上了脑门：“这个人满嘴跑火车！一句实话没有！刚才向我请假，说要回城里见未婚妻！”康延成这时反应过来了，道：“哎呀老吴，想起来了，有一个！刚谈的！叫夏初！我作证！还是个海归的博士！”吴强生气道：“老康，你这就不好了！战友们有感情是一回事儿，但你帮着他说瞎话，欺骗同志，就不应该了！”康延成不干了：“哎老吴，你说谁呢！是你问他的情况我才说的，莫名其妙！”他转身走掉。吴强也生气了：“这个人……他还不高兴了！”

这边谢振宇已经回到空勤楼里，在自己房间里换便衣。康延成猛地推开门走进来。谢振宇不高兴道：“你干什么？”康延成：“我干什么？你要干什么？”谢振宇道：“进城。这是最后一次机会，以后不会有了！”康延成：“可你还没请到假！”谢振宇换好了衣服，看他一眼：“你闪开！”康延成拦他：“不行，你这样会被除名的！”“走开，别挡着我的道儿！”康延成：“早上团长又打过电话给我，说起他和你的约法三章，要我监督你，问你这几天在这里犯没犯事儿！”谢振宇尽可能让自己显得有耐心：“让开！不是我不请假，是我没地方请！别拦我，我现在走，五点钟前准能赶回来参加点名！”康延成道：“老谢，甭犯浑！请不到假是一回事，不假外出是大事！”谢振宇道：“如果我能给秦大队打通电话，这假一定请得到……闪开让我走！”他一把推开康延成往外走，康延成这会儿真急了：“你你你怎么走？”谢振宇：“早上起来给团车队老马打过电话，说有急事，让他给派了车。”康延成朝窗外一望，见营门外真的停着一辆军用面包车，惊道：“这事你一起床就打定了主意？”谢振宇看表：“快让我走，不然真就赶不回来了！”康延成也在看表：“快一点了，来回只有四小时，万一路上出点事儿——”谢振宇不让他再往下说，人已经出了房间：“少说不吉利的！”康延成还要拦他：“讲出不见不行的道理！”谢振宇：“为了夏初，八年来我没有恋爱过。现在她出现了，而我却要上战场！今天是我最后一次向她表达爱的机会！”他说完了，不等康延成再说什么就大步奔下楼去。康延成跟在后面喊：“哎——”

营门外，还是上次那辆军用面包车，还是司机小陆，正在车上等。他已经有点急了，不停地鸣笛。哨兵过来阻止：“哎，同志，哪单位的，车不能停在这里……还乱鸣笛，快开走！”康延成急急跟在谢振宇身后出营门，来到车前，最后一次劝他：“我说老谢，再听我一句话——”谢振宇早就怒不可遏：“说，就一句！”“你不假外出，私自离营，公然明目张胆地违纪，性质很严重的！”谢振宇甩开他的手上车，看小陆：“快走！时间紧，不能耽搁。算了，我来开！”小陆：“那不行。安全第一！”谢振宇已经下车，转到司机座位一侧，一步上车。小陆已经跳到副驾驶位置上。谢振宇发动车，看他：“现在我是第一责任人，出了事我负责！”他一边说一边将车调头，轰的一声响，车子已经向前方飞驰出去。康延成看面包车驶远，跳脚道：“你不听劝，等着头破血流吧你！”吴强这时也跑了过来，朝远方看，又看康延成：“谢振宇走了？他请到假了？”康延成不说话。吴强：“不行，我得打个电话问问！”他分别拨秦大地和陶斯勇手机，仍然提示关机，大为生气，望远方道：“他敢不请假外出，就是自己要自己好看！”

还是那段市郊公路，谢振宇驱车飞快前行。真是无巧不成书，冤家路窄，当初那辆别了他的车的高档越野车居然又从他后面跟上来。先是谢振宇认出了墨镜男，接着墨镜男也认出了他，一时心血来潮，加速超车。谢振宇心中有事，下意识地放慢速度，但这个不放过任何机会搞挑衅的墨镜男也把速度放慢了，等谢振宇车上来。谢振宇心中火起，加速超过越野车。越野车跟着加速，试图将谢振宇的车再次别到路边去。原来那天夜里他后来也被一辆高级轿车别到了隔离带里，他认为此事是这辆军用面包车的同伙对他的报复。谢振宇被激怒，疯狂加速。两个人在公路上并排飙起车来，谁也不让谁。但面包车车速到底比不上越野车，谢振宇心中一动，突然减速。越野车跟着减速，谢振宇猛然加速超过它，挡在它前面，停车，逼迫越野车停下。他跳下车，墨镜男也从车上下来，跟着又从车上下来两个小混混。谢振宇冲墨镜男怒吼："上次就是你，故意把我的车别上了绿化带，今天又想干什么！"墨镜男"嘘"了一声道："那天是你让人把我的车别进了隔离带，今天好不容易又碰上了，这叫冤家路窄！"谢振宇并不知道他说的事，以为他们是在和自己胡搅蛮缠，并且一定和钱程远有关，大叫："你们不就是钱程远派来的吗？想干什么，说话！"墨镜男听不懂他的话，问同伴："他说什么？什么钱？"一个留着小胡子的混混逼近谢振宇道："老子不想干什么，是我们大哥——"一指开车的墨镜男，"——他要跟你商量件事儿！"谢振宇已经给气蒙了，骂道："你们大哥是个混蛋！"小陆上前拉住他道："好鞋不踩臭屎，我们走！"墨镜男道："好不容易遇上了，想走没那么容易吧！"谢振宇一把将小陆推开："没你的事儿，你上车！"他猛冲上去，先出一拳，重重打在墨镜男脸上。后者猝不及防，轰然向后倒地。小胡子混混大叫："哎呀，他还先动手，上！"两人一起冲上来。谢振宇毫不畏惧，又出一拳打在小胡子脸上，同时自己脸上也挨了重重一拳。这一拳力道那么足，让他摇摇晃晃，后退了几步才站住，又猛一个转身，飞起一脚，踢在刚才给了他那一拳的另一个混混脸上。两个混混和最先倒下的墨镜男爬起来，一起向他冲去。小陆冲上去加入战阵，一边大叫："三个打一个，不公平！不就是打架嘛，谁怕谁呀！"这时一辆正在巡逻的警车开了过来，几名警察冲下车将五个人拿住。谢振宇大叫："住手，挑衅的是他们！你们不能抓我们！"一警察道："你什么人？还是辆军车！"领头的中年警察道："假牌子军车可不少，快拍照！"一边对谢振宇，"别叫了，跟我们进所里一趟，说清楚了再走！"谢振宇仍在一声声大叫："我不能去！我还有事呢！"中年警察哪里听他的，叫："带走！"不容分说将五人全部带上警车，还开走了他们的车。

下午三点的钟声响了。柳尼娜的车停在市内某大学办公楼外的停车场，自己坐在车里等待。因为无聊，她开始刷手机，一边朝办公楼方向张望，但其中就是没有夏初。接着她翻看手机相册，一下就翻出了康延成的半身照。身着飞行服的康延成英姿勃发，阳光、健康，快乐。她一指头将照片翻过，但是过了一会儿，还是把这张照片又翻了回来，盯着看，一时竟有些呆了。

夏初就在这时出现在车外，敲一下车窗，拉开车门坐进来。柳尼娜有点失神。夏初笑："怎么了你？"一边朝柳尼娜手机上瞥了一眼，"尼娜，你还是没有忘了他！"柳尼娜神情木呆呆的，道："你能忘了谢振宇？"夏初深看了她一眼，想了想，只说："走了！"柳尼娜发动车："怎么样？"夏初兴奋道："很好！见了他们学院的张主任，谈了我对未来工作的想法，还有工资！"车已经走动起来。"你没有狮子大开口吧？""没有，但也要符合我的学历和心理预期！"柳尼娜还是呆呆的："那就是说，形势大好？""也不是，张主任要我回去等。""什么意思？""我也在想。他还说除了大学教职，他还开了一家心理咨询机构，说我既然有感情管理方面的学历和研究，在大学教本科生可惜了，应当到他那个所直接为中国精英阶层服务！他可以为我设一个专门的感情管理咨询服务中心。”她的话引起了柳尼娜的感叹：“还是出国镀层金好啊，回来就不一样，成了热饽饽！”“别那么酸好不好，我要是真去了这个什么所，也把你聘去，做我的助理，好不好？”夏初道。柳尼娜高兴：“那太好了！哎，你刚才说啥？为中国的精英阶层做专门感情管理服务，那你每天见的不全都是大款吗？”“纠正一下，精英不一定都是大款，但你的想法我明白，大款一定不少，说不定你有机会！”“呸，现在回不回家？”“不。我这边的工作要是确定了，马上就得上班。这之前得处理好一件事。”“谢振宇吧？”“钱程远。”柳尼娜吃了一惊，把车停下：“你要去见钱程远，疯了吧？”夏初道：“这个人每天都去我家骚扰，不让他死心，以后我怎么工作和生活？”柳尼娜想了想道：“也是。”她不再说话，将车驶出校园。

直到下午四时半，谢振宇和小陆才离开市郊那家派出所，当初带人把他们抓进来的中年警察将谢振宇的军官证还给他，道：“好吧，都弄清楚了。他们是社会渣滓，可你是军人，还是特级飞行员，是你先动的手，你也不给咱们部队长脸。”谢振宇仍然在说：“是他们挑衅！”中年警察道：“行了，我也是部队上下来的，不过我是野战军，老部队是四野十七师的。知道吗？”谢振宇：“不知道。”中年警察居然急了，舞动着谢振宇的军官证喊起来：“你怎么能不知道呢？四野十七师，东野六纵！多有名啊！在东北战场上被称为攻坚老虎，打四平，打辽阳，打锦州，后来入关打天津，活捉陈长捷，从松花江一直打到海南岛！渡海英雄团知道不知道。就是我们团！”谢振宇看表，急道：所长同志，我的军官证！”中年警察：“啊，对了，忘了这个。”他还是没有把军官证还给他，“我说同志，要论打架，你们空军可是打不过野战军，有一回在老部队，那时我还没转业——”谢振宇打断他：“提醒一下，我不是空军，海军！”中年警察声音更加高亢：“海军更不行。我们部队当年在南方驻防，我的兵因为什么事和一群海军干起来了，打得你们——”谢振宇大声制止他：“打住！”中年警察这时才想起了自己的身份，将军官证还给他，笑道：“好吧，你们可以走了！”谢振宇转身就走，中年警察又道：“等等！还有一句话呢！”谢振宇不得已又回头。中年警察笑道：“兄弟，别这么看着我！我想告诉你，我没把你的事捅到你们单位去。他们要打电话，我说算了，你们海军最近干得不错，航母也试航了，全国人民高兴，作为一名老兵，我向你们表示由衷的战友般的钦佩和敬意！”谢振宇终于可以走了。中年警察又道：“哎，今天的事，就当我为海军跨越式发展做贡献了！”谢振宇想了想又走回来：“握个手，你这人我喜欢。”中年警察用力和他握手：“这就对了，世界上老兵最好认，一开口就你知我知，无论什么时候，我们是一伙的！我们领导现在还说我，假警察，真军人！说别的可以，说这个，我高兴！快走吧！——站住！”谢振宇又回头。中年警察道：“忘了告诉你了，你说今天这事和那个什么钱程远有干系，这是裤裆里放屁——两叉里去了。这几个小混混是我们乡下的，跟姓钱的不搭界！”谢振宇结结实实吃了一惊：“真不搭界？”中年警察道：“上次的事叫做无巧不成书。走吧！”

把车开上市郊公路，已是黄昏。现在换了小陆开车，见谢振宇又在看表，担心道：“老谢，已经晚了，就是现在回去，也赶不上你们大队点名！”谢振宇一不做二不休道：“开你的车！谁说我要回去？”小陆加大车速：“老谢，我就喜欢你这种先把天捅了一个窟窿回头再说的脾气！”谢振宇不答他的话，小陆却将车开得更快了。

总指挥部开了一天的会终于要结束了。梁良和周总分别讲了一天话，这时都讲完了。衣正邦看表道："还有一点时间，可以提问。"陶斯勇第一个站起来道："我有一个问题。既然梁总和周总带着两个庞大的专家团队进驻基地主导试验试飞，你们对各项试验试飞要取得什么样的结果心里一定有数。我们不完全是在一片漆黑中前行，是吗？"周总看一眼梁良："这个我来回答吧。陶政委的问题一定也是代表秦大队提出来的。你说对了，我们两个团队确实是为了取得你说的理想科学数据来的，但对我们来说它们恰恰都是未知的，只有通过试验试飞才能得到。只有在这个意义上，我们才不是在一片漆黑中前行。"他的话让会场再次陷入沉寂。张天一看衣正邦，道："首长，我也想向地方两位老总提个问题！"衣正邦："提吧。不然为什么要开这个会？"张天一道："两位老总，我想知道以后在进行这些试验的过程里，对试飞员来说最大的危险是什么？"现场再次沉默。周总看梁良："啊，这个问题我来回答，虽然不太好回答……最大的危险是我们不知道每次试验都存在着什么样的危险。"他的话让衣正邦的脸色难看起来，他想了想问："这是不是说，每一次试验从技术层面讲都存在不确定性，甚至可能死人？"现场气氛愈加沉重了。梁良看没有人发言，主动道："我说说我的感觉。衣总，秦大队，张司令，各位部队的同志，我说句不好听的话，我们马上开始的工作非常像一个寓言故事，叫做《瞎子摸象》。刚才周总讲了，我们要测试的是一个庞大的系统，它又被分割为若干子系统，开始时各家公司分头搞，现在要把它们捏合在一起，组成一个完全适配并且能够高效运转的大系统，这就首先必须通过试验试飞，验证各家公司摸到的那一部分对不对，能不能适应大系统的要求，然后是这些部分捏合到一块后，这个大系统能不能正常运转。现在大家心里所以没底，是因为无论是大系统和子系统之间，还是子系统和子系统之间，要做到适配都需要数据支撑，而这些数据不用人试验是根本得不到的。谁去试验？当然靠试飞大队。会得到什么结果？也许是火焰，也许是海水，没人知道。在科学研究中，未知就是最大的危险。”

他说完后没有人说话。衣正邦心中十分不快，站起来，欲走出会场。秦大地站起：“首长，我可以发言吗？”衣正邦看他，火气很大道：“你早上不是发过言了吗？你不要讲了！”梁良看一眼周总，站起道：“总指挥——”衣正邦看他：“梁总要说什么？”梁良道：“前不久我和秦大队有过接触，那次是他在南海代表部队测试我们的舰载机。我对部队培养出他这样高水平的试飞员充满敬佩。今天我真的想多听听秦大队长的想法！”周总也道：“总指挥，这也是我的愿望！”衣正邦看秦大地道：“两位老总这么想听你的想法，你就说！不过要实事求是，有一说一，有二说二！做不到的不要瞎表态！”秦大地道：“是！各位老总、专家，我和陶政委今天听了一天会，到了这会儿，我想告诉大家的只有一句话：试飞大队真的已经准备完毕，哪怕是今天，也可以拉上试验场执行所有的试验试飞任务！”衣正邦回头久久看他，怒不可遏。秦大地这次没有避开他的目光。两人对视了半分钟，衣正邦回头看会场，大声道：“散会！”

众人都有点惊诧，衣正邦已经率先离开，走上二楼去。这时大家才意识到会议结束了，都跟着站起来，走到门外上车离去。秦大地也上了车，思绪却仍旧沉浸在会场的气氛里。陶斯勇上车后找出手机开机，一个电话马上打了进来：“强子？什么？谢振宇出了营？他没给我请假！我问一下大队！”他马上看秦大地道：

“谢振宇下午出营，跟你请过假吗！”秦大地一惊：“什么，他出了营？”“对，没有给你请假？”“没有！”“可强子说——”秦大地炸雷般一声喊：“走！”车子立马飞一样开上了海滨公路。

刚回到试飞大队，走进办公室，秦大地就叫：“赵文！通知康延成到这里来！”赵文跑走，秦大地望着跟进来的吴强：“说吧，怎么回事儿！”吴强大致讲了经过。一直站在他们身边的陶斯勇问：“你没有批他假？”吴强道：“绝对没有！”“后来他就走了！”“对！”陶斯勇看秦大地：“太不像话了，这是明目张胆地违纪！”康延成到了门口，喊：“报告！”秦大地炸雷一般回答：“进来！”康延成进门，赵文也要跟进来。秦大地道：“你进来干什么，出去！”赵文离开。秦大地关门，回头怒气冲冲看康延成：“谢振宇不假外出，你知道吗？”康延成：“大队，我……”秦大地：“紧张什么！知道什么就说什么，知道多少就说多少！”康延成看一眼陶斯勇。秦大地又吼：“是想不起来，还是想给他打埋伏？——我问你答好了！第一，谢振宇在城里有没有未婚妻？”康延成反应过来了：“有！过去没有，这个未婚妻是刚认识的！”秦大地：“第二，今天他是临时起意，还是——”康延成急道：“我想不是！那天你开会说给大家几天时间，到周末要做出走和留的决定，他一定就想去城里见一下夏初了！只是你说不准请假，他才一直捏着，没想到今天下午突然有了半天假。大队，其实——”秦大地：“什么？”康延成：“其实这个夏初也不能算是他的未婚妻，人家还没答应呢！”吴强急了：“还是没有未婚妻嘛，这个人，一句一个瞎话！”秦大地只看着康延成：“他不会不知道不假外出是严重违纪的行为吧？”康延成眼珠一转：“哎哟大队，我想起来了，谢振宇这次也不能说是故意违纪。他走时打过手机，找不到你和政委请假，老吴又不准他的假，他可能觉得这是最后一个可以自由活动的下午，如果不去见夏初，以后再没有机会了。还有——”“一口气说完！”“虽然夏初还没有接受他，但他却说这一生只爱她一个。万一将来上了试飞场……大队纪律守则上有规定，第一次违纪关禁闭，写检讨，不除名，所以，我觉得他出发时就想好了，就算真的五点前赶不回来，他也不会被除名！”秦大地回头和陶斯勇对视。吴强道：“我不信这小子的话！这是烟幕弹，他一开始就没打算准时赶回来！”康延成：“我还没说完呢，谢振宇说，如果一上战场就怎么着了，他就见不到夏初最后一面了，他不惜违犯纪律去见夏初可能就是因为这个！”吴强看他道：“老康，你又来了，是他违纪，可你把他的动机说得好像很高尚！”康延成张了张嘴，没有再说下去。陶斯勇看秦大地：“你什么意见？”秦大地略一沉思，回看康延成：“延成，你回去吧！”康延成心里又打鼓了：“大队，政委，刚才我讲的话你们也不要当真，都是我瞎猜的！”陶斯勇：“你紧张什么？大队让你回去你就回去！”康延成举手敬礼，转身离去。陶斯勇气极，又道：“我刚才问你了，怎么办？”秦大地道：“能怎么办？按纪律守则执行！强子去准备禁闭室！”吴强：“真要关呀？”秦大地朝他瞪眼。吴强发愁道：“真要关这里也没有制式禁闭室，只有一个炊事班放萝卜的储藏间可以借用一下！”秦大地生气：“怎么安排是你的事！安排好了来报告！”吴强答应一声离开。陶斯勇又看秦大地：“我说大地，我的想法是，这个人是走是留，可以做出决定了！”秦大地不说话，站着。陶斯勇突然爆发：“怎么又不说话了？对这个人你想怎么办？”秦大地看他一眼道：“能怎么办？人没回营之前，只有一件事，等着！”

天已经暗下来了，柳尼娜将车停在市中心钱程远公司大楼外，看夏初道："你就真不怕狼吃了小羊？"夏初笑："谁是狼谁是羊还不一定呢！"柳尼娜不语。夏初下车，看她："还有什么要交代的？"柳尼娜："有句话我还是得说。听说这小子有时候挺不地道，要提防他没安好心。要不要我跟着做你的马弁？"夏初："不用。你去了有些话我反而不好对他讲了。放心，我很快下来，最多一刻钟！"柳尼娜熄了火，看她走向大楼，发现钱程远已经迎出来。"夏初小姐真来了，我太高兴了，请！"他很夸张地向夏初展开了双臂，做出要拥抱的姿势，夏初却装作看不见，站住看他的大楼："这就是你的公司呀，挺气派嘛！"钱程远就坡下驴，收了势道："小公司小公司。请。"二人进了大楼，钱程远又亲自跑去为客人开电梯上楼。这是一部观光电梯，从这里可以望见城市的美丽夜景。钱程远道："怎么样？这部电梯是全楼的亮点，客人们到我公司来，乘这座电梯，看到城市全貌，都说好。"夏初笑一下，没有再说什么。电梯在33楼停下，钱程远再次为夏初打开电梯门："请！"

很快夏初就发现自己被引进了一间豪华餐厅。没有服务员，偌大的空间里只有一张大得难以想象的餐桌，上面摆满了山珍海味。夏初警觉道："钱老板，这什么意思？""啊啊，夏小姐不要误会，这是本公司的餐厅。我平时在这里招待最尊贵的客人。"夏初又看四周："怎么连个服务员也没有！怪瘆人的！不会闹鬼吧？"钱程远道："夏小姐真幽默。请入席。这是我今天专门为您安排的！"夏初向前走两步，远远地看大餐桌上的食物："哎哟，这什么呀，怪吓人的，这要花多少钱呀！"钱程远道："夏初小姐如此爽快地答应赴约，花多少钱我都是快乐的！请上坐！"夏初拿起餐桌上的酒，看上面的商标："这个我认识，法国酒，很贵的，一瓶得上万人民币吧？"她放下酒，并不坐下："钱老板不是约我见一面吗？我来了，人也见了，有什么话，说吧。"钱程远：

“不不不，我今天请夏初小姐来，没别的意思，就是想表一表我倾慕你的一片痴心……请入席，我们边吃边聊，今晚上一定要给我面子！”夏初看表，故作夸张之声：“哎呀，我可能领不了你的盛情，我和一位国内管理学界的泰斗约好，七点整到他家谈我的工作。钱老板要说什么说完了我就走。”钱程远叫起来了：“那怎么可以。我不会让你走的！”他用遥控器关上大餐厅的每一扇门。夏初警惕起来，冷冷道：“钱老板，我想今天的事不至于演化成一场鸿门宴吧？”钱程远道：“绝对不是那个意思，我请您来，就是想让你知道，我这个人对你——”夏初打断他：“下面的话不用说了，夏初又不是木头人，你的那点子心思我早就明白。不过我过去就对你说过我们不合适——”钱程远急道：“夏初小姐千万不要把话说得这么决绝，我知道我还不够好，只求您答应给我时间，我有信心做一个能让你认可的人！”夏初心中急躁起来：“钱老板，你没明白我的意思。我说我们不合适，不是说你不够好，我今天来了，看到了你的公司，觉得你作为一位企业家是成功的，但我恰恰不愿意进入这种生活圈子。今天我决定来一趟，就是想当面把这些话告诉你，从感情管理学的角度讲，这是对你表示尊重。我相信以后你一定能找到更适合你的女孩子！我讲完了，走了！”钱程远大声地绝望道：“不，我不会让你走！我也不同意你对我们关系的看法！夏小姐，请允许我叫你一声夏初，我这颗心确实全在你身上，你瞧我现在什么都有，事业、地位、金钱、名誉……再加上你，我的人生就一点遗憾也没有了！”夏初道：“从成功学的角度讲，没有一点遗憾的人生恰恰可能是一种遗憾的人生。请你让人把我送下去，我真的晚了！你一定不会让事情发展到我要报警的程度吧？”钱程远气急败坏，深深看她，但还是按动了手中遥控器上的一个开关。所有的门同时开启。夏初一眼也不再看他，逃一样地走出去。

天完全黑下来，市区里华灯齐放，小陆才开着军用面包车驶向夏家所在小区的大门。谢振宇看表，发现表针已经指向了六点三十。保安走过来拦住车："停。哪儿的车，车牌子不熟啊。"谢振宇摇下车窗。保安看他一眼，认出来了："哟，是你呀，找夏小姐的。进去吧。"面包车一直开到夏家楼下。谢振宇跳下车，奔过去按响门铃。这次是欧双莲下楼开门，一眼看到抱着花站在门外的他，整个人一下子又不行了。更吃惊的是谢振宇，他也认出了这个站在自己面前手足无措的老人是他小时候的恩师欧双莲，只是后者变化衰老得太厉害，让他第一眼并没有认出来。有那么一会儿两个人都没有说话，而这段空出来的时间恰恰给了欧双莲勇气。"请问你找谁？"她说。谢振宇眼里满是疑惑："请问您是谁？"他问。欧双莲觉得自己不再发抖了，他好像并没有认出来了，不然他不会这样跟她说话："我是这家的保姆。你找谁？""我找夏初小姐。"谢振宇道。欧双莲道："她不在家。"谢振宇心中充满了挫败感，那种一不做二不休的情绪让他突然说出了下面的话："我能进去等她一会儿吗？"他和欧双莲再次四目对视："今天我一定要见到她。"他听到自己在说话，"为了和她见一面我付出了巨大的代价。"欧双莲努力不让自己再次颤抖："可我……只是这家的保姆。"谢振宇再一次开口："我叫谢振宇，有很要紧的事见夏小姐。我是军人，海军飞行员，不是坏人。如果您不让我进去，我会一直站在门外等她回来。啊，这是我带给她的花。"欧双莲被动地接过他怀抱的那一大捧鲜红的玫瑰花，心却因为他没有认出自己而渐渐安定下来。"花我可以代她收下，她什么时候回来我真不知道。刚才打电话说晚上要去见一个教授，谈她的工作。"她的心一软，"好吧，你进来只能坐一会儿，然后你就走！”说完这句话她就后悔了，但门已经被打开了，是她自己为面前这个已经长大的男人打开的。谢振宇随她走进去。

钱程远公司大楼外，柳尼娜不耐烦地在车里鸣笛。夏初从楼前台阶上跑下来上车。柳尼娜吃了一惊：“怎么了？脸色不对！”夏初什么也不想说：“开车！”柳尼娜将车驶出停车场，进入马路，汇入车流，才来得及回头认真看她一眼，“到底怎么了？你受伤了吗？”夏初：“胡说什么？他敢！”“那怎么一副受了欺负的样子？”“你现在能不问吗？我不想说！”柳尼娜有点明白了，换了一个话题：“我们还去不去张所长家，要不先送你回家？”夏初开始管理自己的心情：“不，我是求职者，怎么能爽约？”柳尼娜又看她一眼。夏初：“又怎么了？”“听说了一件事。你的心上人谢振宇，好几天没来献花，原因是上次来过后，当天晚上他和康延成去了某个地方。”“某个地方是什么地方？”“一个神秘的地方，和中国航母有关。”夏初一惊：“我的天！他们是飞行员，航母没有舰载机不能打仗！这种事情你是怎么知道的？”柳尼娜吞吞吐吐：“都是我妈……还想继续撺掇康延成和我的事……又打电话去问康延成的下落，才……”夏初激动了：“他们到底去的是什么地方？你也是个老百姓，你都知道了，可见也不是什么非保密不可的地方，再说这种事怎么能保得了密……不会是海军成立了航母舰载机试飞大队，他们是去当试飞员了吧？”柳尼娜大惊：“你怎么猜到的？”她自觉失言，一只手捂住自己的嘴。两个人一时都沉思起来。见夏初情绪越来越激动，柳尼娜又道：“怎么啦你又？”“我没怎么。”夏初说。柳尼娜道：“看着可不像。”“说什么呢你，我至于吗！”一时间两个人都不说话了，都在想自己的心事。有顷柳尼娜又是一笑道：“我刚才还在想，今晚上是周末，谢振宇要是真像他说的那样痴情，就该继续来城里给你献殷勤，送花。”一会儿她又故意一惊一乍起来：“哎哟喂，今天一整天你都在外头，他这阵儿会不会就坐在你家里等你呀！”夏初被她说中了心事，嘴里却道：“胡说！”柳尼娜大笑起来。夏初：“你这个疯子笑什么？你是因为想康延成才把话题扯到我身上的！”柳尼娜不笑了，叹气道：“我瞎说呢，今晚上不会有人给你献花了。因为我和康延成的事，我妈问过人家，说他们是个特殊单位，进去了就甭想再过周末。”想了想又笑道：“不过也难说，谢振宇这会儿真要坐在家里等你，他就一定是违犯军纪跑出来的！”见夏初一直沉浸在自己的思绪里，她又故意挑逗她道：“哎，事情要是真的，你怎么办？”夏初：“好办，嫁给他！”两个人笑得前仰后合，不亦乐乎，柳尼娜不得不把车子在路边停下来。夏初认真起来道：“那我也不能嫁给他！”柳尼娜吃惊了：“为什么？他真这样做是会为你受处分的，说不定会被部队除名！”“那我更不能嫁给他了！”“哎哟喂，这个铁石心肠的！为什么？”夏初不笑了，道：“优秀军人不会随便违纪，他真那么做只能说明他不够优秀。守纪律是对一名优秀军人最起码的要求。”两个人跟着又大笑起来。柳尼娜道：“哎哟，爱上人家了！说实话吧，这又不丑。等等！还有一种可能，就是他已经把你忘了，他在你的生活中出现了一下，然后像空气一样消失了，这你怎么办？”夏初有点意外，道：“那就更没办法了，嫁不了人，还得自己找饭碗。”两个人又大笑起来。夏初：“怎么不走了？”柳尼娜道：“到了。”夏初看一眼前面的小区大门，开进去停车，两人下车走进一个门洞。

刚刚走进夏家一楼客厅，谢振宇就被墙上的一张照片吸引了。照片上是一对中年军人的合影，穿着20世纪60年代的军装，女的脸上可以模糊看出夏初的眉眼。客厅旁边的厨房内，欧双莲正在烧水，面前一只托盘里已经摆满了各式小吃。接着她又拿出速溶咖啡，打开一包放在杯子里，等待水开。她的头又晕晕的了，这症状从第一次发现谢振宇来见夏初时就开始了，今天更重，她不得不用手扶住墙壁才能站稳。她知道这是为了什么，而她也太明白自己应当平静下来，毕竟他来了，见了她，却没有认出她来，这出乎她的意料，却也救了她，让她和他不至于在猝不及防的重逢中感到尴尬，但她整个人仍旧激动而慌乱，不时把东西碰到地下。

客厅里传来了谢振宇很大的声音："阿姨，这两个解放军是她的父母吗？"欧双莲一惊，回头，大声回答："啊，是的。"水开了，她手忙脚乱地冲了咖啡，放进托盘，鼓起勇气，端到客厅里去。啊，今天她只是这一家的保姆，正在替代夏初接待一位不速之客。谢振宇默默回头看着她。欧双莲又开始担心自己走不完他们之间这段不长的路，但她还是走过来了，将托盘放在茶几上，将点心一碟碟从托盘上拿出，不敢看谢振宇的眼睛："家里没什么好吃的……你一定没吃晚饭，凑合着垫垫饥吧。坐一会儿你就走，我只是保姆，主人不答应在家里招待外人……你尝尝这咖啡，要不要放糖？"谢振宇知道她是谁，但他和她的心之间隔着坚冰，这坚冰不是很容易就能被融化的。"阿姨，谢谢您。"他饿了，尝了一块点心，终于不客气，大吃起来。"哎呀，还真饿了，这么多好东西，我今天来着了。"他边吃边自嘲地说道。见欧双莲帮她往咖啡里加糖，急忙接过来，"我来！"他越来越不见外了。欧双莲却转身走回了厨房。谢振宇一块点心堵在咽喉里，看她："阿姨，等一下！"欧双莲站住，努力不让自己发抖，也不回头："你还有事？"一缕热风向坚冰上吹来，谢振宇道："我刚才就想说，您太像我小时候认识的一个人了。"欧双莲摇晃一下，稳住了，慢慢回头看他："谁？""我的一个老师。""老师？"她又慌乱了，头又开始眩晕，好在谢振宇走过来了，刚才的话题已经被他掩过去了，他走过来扶她，像扶一位腿脚不灵便的耄耋老人，并且拿眼睛认真看她，说："阿姨，来来来，请坐，趁夏小姐还没回来，先向您老人家打听点儿事！"欧双莲又慌乱了："你想打听什么？我可什么也不知道。"谢振宇像在自己家一样扶她坐下："阿姨告诉我，您在这里做了多久了？"欧双莲想了想："十八年。"谢振宇吃惊："这么久！"欧双莲："夏夏那年才十岁我就来了。"她越来越紧张，谢振宇却越来越放松了，笑道："那时间可不短。这么说您是这个家的老人了！对她的情况都熟悉！怎么除了您和她，我没见过别的人呢！"他一指墙上的照片："怎么一直没见到他们！"欧双莲明白了，道："去世了。"谢振宇又是一惊，脸上的笑容落去。欧双莲："那年夏初才十二岁，她爹妈都是部队的高级工程师，参加国防工程建设，塌方了。"她又想站起来走掉了，"一晃过了这么久，太快了，都十六年了。"谢振宇坚持扶她重新坐回去："阿姨您别走，我还有事要请教您。"他在她面前蹲下来，"阿姨，要是这样，您在这个家就太重要了，您不是保姆，您是母亲……您哪里人呀？口音听起来很熟，有点像我们老家那一块的。您不是四川人吧？"欧双莲呼吸急促，像是有一双手攥住了她的喉咙，让她有点窒息："不，我不是。"她又要站起来走开。"阿姨别走。您一定知道我是谁，这些天老来是为了谁。我对夏小姐一见钟情，铁了心地爱上了她，您也希望我们有情人终成眷属对吧？可这件事眼下遇到了阻碍，您老人家得帮我！"欧双莲这时只想着离开："我能做什么……我就是个保姆……""您能帮我。譬如现在就能告诉我夏小姐到底对我什么态度。我都来好几回了，她为什么一直不愿见我？阿姨，您一定是最了解夏小姐心思的人，帮我出个主意，至少得想办法让我今晚上见到她！

因为我今天来过，明天就不能来了！”欧双莲站起来又走。谢振宇有点吃惊地看着她：“阿姨，您怎么了？我又不是坏人！对了，要不要让您看看我的军官证？”欧双莲这次坚决地推开了他的手，一步步走回厨房。谢振宇笑容落去，大声道：“阿姨！”欧双莲站住，回答，不回头：“我知道你是军人，你晚上没吃饭，光吃点心怎么成？我还是帮你下碗面，吃了你就走，不然夏初回来会不高兴的！”她不再理会谢振宇，一路走进厨房。谢振宇失望了，因为他明显看出自己刚才那些伪装出来的亲热话语并没能打动她。

九点钟了，柳尼娜还在张所长家的客厅里坐着。女主人——一个穿得花里胡哨但面目有点狰狞的中年女人陪她坐着，并不说话。座钟在响，柳尼娜再次向书房方向张望。女主人也朝那里望着，道：“我这个老头子就不能见比我年轻的姑娘。”柳尼娜看她一眼，也不好说什么。女主人越来越生气了，道：“你年龄小，不懂世事，以为老头子就没有花花心肠了？就是老头子没有，现在这些小姑娘，个个都是贼。”柳尼娜脸上挂不住了：“阿姨，你这么说就伤人，我也还算是个小姑娘吧。”女主人看她一眼道：“你别多心。现在这种事多了。我们老张的一位老同学，七十岁了，刚刚和他的学生结婚，把六十八的原配甩了，这一对狗男女这会儿跑到意大利度蜜月去了！不行，我得进去看看他们！”她坚决地站起来，走进了书房。柳尼娜跟着站起，她担心起来。

夏家客厅里，欧双莲又将一大碗面从厨房里端出来，放在谢振宇面前的茶几上，道：“吃吧。你都饿坏了。”谢振宇听着钟声敲了九下，道了谢，欧双莲已经转身一步步走回去了。他一直看着她走进厨房，才把面端起来。碗很大，下筷子时居然发现里面卧着四个荷包蛋，他又吃了一惊，朝厨房望，发现厨房门已经关上了。他不再想什么，大口吃起来。

城市马路上，柳尼娜开车前行，看夏初：“瞧你高兴的样子！工作有谱了？”夏初：“嗯哪。”柳尼娜：“那也用不了这么久，几点了？”夏初：“这不才十一点嘛。”“我的天，你们在书房里谈，把那位所长太太急死了，你要是再晚一点走，那女人说不定——”夏初笑：“说不定什么？”柳尼娜不说了。夏初：“捣什么鬼！人家张所长，都七十二岁高龄了！太太是他的学生，比他小整整三十岁，去年才娶的！也是国内管理学界的专家。知道我和张所长今天聊到哪里了？”柳尼娜：“我怎么知道你们聊到哪里去了？只要没聊到不该聊的地方就好！”夏初：“呸！我们从管理学聊到它的各个分支，最后聊到管理心理学，这是一门新的交叉学科，有一个共同发现，其实是我的发现，但我一说出来，张所长就说他也发现了，现在正组织他的学生写论文。”柳尼娜：“夏初，我听着怎么不像是真的呢，我虽然没读过博士，可对你们学术界的事也是知道一点儿的。我的一个朋友就是国内名牌大学某个权威的博士生，天天搞你说的发现，结果最后都成了他那什么也不做的导师的科研成果！”夏初笑：“你这人，怎么不往好处想人呢！……后来我们越聊越远，从华生的行为心理学是不是早期的管理心理学一直聊到弗洛伊德的精神分析，荣格的集体无意识，马斯洛的成功心理学，我认为全可以囊括到管理心理学的领域里来理解，张所长说他一直就是这么认为的，这就是说，英雄所见略同！”柳尼娜不想说话了。夏初：“不愿听？我以为聊到这里就差不多了，没想到老先生话锋一转，说起管理心理学在中华民族走向伟大复兴中的应用，说这是大题目。接着你猜怎么着，我们居然聊到中国航母上去了！”柳尼娜：“怎么又是中国航母，中国总共才有一艘航母平台，全世界好像都被它弄疯了，人人都在说它！”“是我想和张老师讨论管理学在中国航母成军中能发挥的作用。我告诉他，国外一些长期拥有航母的国家，要不就是管理学专家上航母，要不就是管理学上航母。张老师一听激动了，夸我说得对，中国管理学界还要为中国航母成军出力，他一直都在鼓励他的学生上航母，用我们的专业知识支持中国海军，但好像找不到门径，报国无门！”柳尼娜：“打住，我看是你自己想上航母，一天到晚忘不了这件事。再加上你刚刚听说谢振宇进了舰载机试飞大队，就更来劲了！可是很遗憾，人家不要你！”夏初：“你这人，干吗就不能让我痛快一会儿！”两个女孩子又开心起来，打开了音乐。夏初叫：“什么曲子这么好听！”柳尼娜：“《思念》。一个做音乐的朋友新出的单曲。”夏初：“你完了，爱上康延成了！”柳尼娜：“是你，这会儿又想你的心上人了！”夏初：“我没有心上人！”柳尼娜：“刚才还没有，是我一说谢振宇进了试飞大队，你就有了！”夏初大笑：“行，夏初眼下还没别人，就算是他吧！那你也承认了，你的心上人是康延成？”柳尼娜也笑：“行，就他吧。哎，都是你，闹得我都走错道了！”夏初看路：“是错了！前面调头！”两人又大笑。柳尼娜将车拐上另一条马路。

深夜十二点将近，柳尼娜才驱车来到夏家所在小区。保安正在打瞌睡，夏初下车窗，跟他打招呼：“小赵，我。”保安顿时来了精神：“这么晚回来！今晚上你们家有客人，我一直盯着，这会儿还没走。”夏初大惊：“谁？”保安：“就是前几天来给你送花的人。”夏初和柳尼娜对视。柳尼娜骇然：“我的天！另一个来了没有？和他一起的，叫康延成，来了没有？”保安：“没有。”柳尼娜大为失望，但还是将车驶进了小区。夏初急叫：“停车！”柳尼娜停车。夏初：“他今晚上怎么会来？不是说进了那什么——”柳尼娜：“舰载机试飞大队！”“不是说进去了周末也不准出来吗？”柳尼娜：“瞧我这张乌鸦嘴！他不会真为了你违犯军纪跑出来了吧！”夏初不说话了。柳尼娜问：“你又在想什么？还不进去见他？”夏初良久才道：“即使他真是请假出来的，坐到这个时候不回去也违犯了军纪。我在军人家庭长大，军人的周末通常下午五点钟结束，他怎么敢到这会儿还不归营！”柳尼娜继续开车前行，灯光照亮了夏家门外的军用面包车，司机小陆已经在车里睡着。夏初又让柳尼娜停车。柳尼娜看她一眼：“快下去吧，人家都等到这会儿了！”夏初严肃道：“阿姨说过他们进了试飞大队就再不能出来。今晚上他不该来！关车灯。”柳尼娜关掉车灯，回头看他：“为了爱情，男人有时候很疯狂的！”夏初：“严守纪律是优秀军人的起码操守，也是最重要的品质。当年我爸我妈要不是准时赶到国防工地，哪怕迟到十分钟，也不会遇难！”柳尼娜：“这时候，你怎么想起——”夏初：“如果他可以违纪跑来看我，就可以违纪做任何事，不但不是一名优秀军人，连合格的军人也算不上！”柳尼娜道：“那怎么着，见不见？”夏初：“至少今天晚上不。”柳尼娜：“我可警告你，机会有时候一闪即逝。今晚上你不见，明晚上他还来呢！”夏初：“明晚他还来，我一定见，还要问清楚，既然进了试飞大队，怎么还能天天跑来见我？要不他们那里没有纪律，要不有纪律他不遵守，无论是哪方面出问题，都是管理出了问题，一支管理存在严重问题的队伍，不可能培养出我心目中的优秀军人！”柳尼娜：“你今晚上也可以去问他！”夏初决绝道：“今晚上太突然，我还没有准备。我要给自己一天时间好好想想这件事。”柳尼娜：“就是对你自己，也要进行那什么……感情管理？”夏初：“当然！”柳尼娜：“怪不得人家都说，人类有三种，男人，女人，女博士。都像你这样，女博士嫁不出去一点不值得同情！——你就这么在车里坐着？”夏初：“对。他走了，我再下车。”柳尼娜看她一眼，把发动机关掉。两个人静静地坐在车里，不再说话。

已经是子夜。夏家一楼客厅里，谢振宇孤独地坐着等。一个人留在厨房里的欧双莲听到客厅里挂钟敲响了十二点，一惊站起。谢振宇也听到了钟响，回头看时针，站起来，脸色极为难看。欧双莲从厨房里走出来，脸上充满惊恐，很艰难地说："你走吧。夏初不会回来了。"谢振宇这一刻什么都明白了："阿姨，谢谢您一直让我等到现在。我今晚上没白来，至少我明白她是真不爱我。我走了，再见。"欧双莲不知道为什么为他心疼起来，嗫嚅道："我也不知道她怎么到这会儿还没回来。"谢振宇道："她回来了，一定就在门外，等我离开。"他说着转身往外走，又回头："谢谢阿姨，您是个好心人。今晚上您让我觉得像极了小时候我爸去世后，那个待我比亲妈还要亲的老师！但是，她也给了我极大的打击，几乎毁了我！"说完这些话，不等欧双莲回答，他已经转身向大门走去。欧双莲像是被最后一句话给击中了，手足无措地站在那里，脸色苍白，浑身颤抖，忽然又喊出一句话来："振……同志，你等等！"谢振宇回头。欧双莲道："求求你……走了就别来了。她不喜欢你，我说的是实话……还有，你刚才说到你的老师——"谢振宇皱眉看她。欧双莲意识到了自己失言，转身急急往厨房里走。谢振宇再也没有迟疑，拉开门冲进外面的暗夜中。已经走进厨房的欧双莲背靠在门后，回头从窗口朝门外看，谢振宇已走到军用面包车前，敲了敲车门，上车，面包车很快就轰鸣起来。欧双莲热泪盈眶，看着面包车驶离。面包车的轰鸣也惊醒了红色小轿车里的柳尼娜，急拍一下沉沉睡去的夏初，道："快看，出来了，上车了！走了！"夏初醒了，朝身后看去，发现谢振宇的车已经驶出小区大门。

两人下车，夏初开门，带柳尼娜走进来，不约而同地朝客厅看去。欧双莲正在急急忙忙地收拾茶几上的咖啡杯及各种点心。夏初惊讶地走过来，柳尼娜跟着她走向欧双莲，脱口而出："欧姨，这么多好东西！刚才那个人带来的？"欧双莲发现夏初正盯住她看，手抖起来："夏夏，对不起，我——"夏初："欧姨，这是怎么了？"欧双莲心慌慌道："我……心想你交了男朋友，所以……提前准备了一点点心。"夏初内心既惊惧又不快："欧姨，今天晚上你一直在招待他？""不是。是他自己一定要进来等你，我挡不住，我……"夏初越发不快道："进来也就罢了，可他对我来说什么也不是，欧姨这么热情招待他，会让他误解的。"柳尼娜顺手捡起一块点心塞进嘴里："好吃！"欧双莲几乎要哭了："夏夏，我错了。"夏初更加诧异了，但也明白自己的话有点重，上前安慰她："欧姨别误会，我没有责备您的意思。是我走时没交代清楚。"欧双莲："还是我不好。我不该自作主张。"夏初扶她坐下，女儿一样蹲在她面前："欧姨，我知道你心疼夏夏，这些年一直像亲妈一样照顾我。可我现在长大了，有些事情，譬如说选什么人结婚，你就甭操心了，好不好？"欧双莲忽然胆大起来，看她道："其实他走的时候，我已经说了，不要再来了，你不喜欢他！"夏初又吃了一惊，脸色立马沉下来。柳尼娜快嘴快舌道："哎呀欧姨，你也不该这么对他说！"欧双莲吃惊，看她，又看夏初，落泪了，转身匆匆走掉。夏初责备地看着柳尼娜。柳尼娜道："我说的难道不是你的心里话？"楼上响起一个关门的声响，两人抬头望去。柳尼娜道："今儿她是怎么了？"她本是个无心的人，嘴里这么说，其实并没往心里去，眼里只有茶几上的点心，一边坐下吃，一边招呼夏初："快来呀，他没吃完，还有这么多，好吃着呢！"夏初皱眉站着，又朝楼上看，脸上现出不解的神情。

第九章

直到凌晨四点，谢振宇的车才驶进试飞大队营门。谢振宇下车，看吴强带赵文出现在车前，一腔怒火地大声道："老吴，路上想到今晚上要辛苦你，对不住了！"吴强："不用道歉，是我自个儿命苦！请吧！"谢振宇："去哪儿？"吴强："去哪儿你应该知道！"谢振宇朝空勤楼方向走。吴强："错了！这边。"谢振宇又火起："这边是哪边？"吴强："禁闭室在的一边。跟我来！"谢振宇这一惊不小，但仍然嘴硬："试飞大队基本建设够快的，禁闭室这么快就搞出来了？"吴强毫不示弱："没办法！形势发展得太快。请吧您！"谢振宇回头看一眼从面包车里走下来的小陆："这里还有一位，他没犯错误。"吴强道："会安排的。"看小陆，"今天太晚了，你回不去了，就在我们这里凑合一晚，明天再回团里去。"一直不说话的赵文喊一声："刘班长！老刘！"一名士官跑过来，看他，赵文道："你带这位同志去休息。"吴强又看谢振宇："走！"谢振宇还是回头看一眼刘班长："谢谢了啊。"他望着小陆跟着刘班长离开，才随吴强赵文向餐厅方向走过去。

进了炊事班的仓库间。谢振宇环顾四周，目光落到一大堆萝卜上，心中一团怒火，但还是忍着："哎呀，怎么还有萝卜！禁闭室不合乎规定啊。"吴强看他一眼："本来就是萝卜待的地方，现在是你占了它的地方，不是它占了你的地方。大队初建，一切都得将就。"谢振宇道："老吴，在我们120团，关禁闭就是回自己宿舍待着，不准外出。试飞大队条件太差了，秦大队这么干应当算是不尊重人权。"吴强道："这和秦大队没关系，禁闭室我安排的。正式通知你一下。你不假外出，按照纪律守则，大队领导决定对你执行禁闭，在这里好好反省，写出深刻检讨，在全大队面前宣读，然后大队领导会视你对错误的认识程度决定对你的处分。"谢振宇不卑不亢道："明白。这些纪律守则上都有。"他成功了，吴强终于被他惹得火气大起："既然知道我就不多说了。这里条件嘛，是不好，我也想给你外头弄个宾馆，最好五星，带游泳池那种，可附近没有，就是有也没地方报销，就是能报销我也没这样的心情！怎么样，凌晨四点了，早点休息，万一睡不着好好反省，争取早点出去！走了！"谢振宇仍然不想让他痛快："等等！"吴强回头。谢振宇："我犯了这么大错误，都关进萝卜地里来了，大队领导，尤其是秦大队和陶政委，就不来看我一眼了？"吴强忍无可忍："老谢，你恐怕还是对纪律守则的理解有问题。今天你明目张胆违犯的是纪律，不是和大队领导过不去，是和纪律过不去，和自己过不去，所以必须关你的禁闭！大队这么多人，今天你出事，明天他出事，大队领导天天晚上都要守到凌晨四点钟再来看望你们，工作就不用干了！再见！"谢振宇努力压制住怒火，回看那一垛萝卜，道："萝卜挺好，顺气，泻火。不对，你还得等等！"吴强大怒："还有什么事？"谢振宇："秦大队有没有讲过，要关我几天？"吴强："按照纪律守则是三天！三天后你检讨不深刻，大队有权继续关你三天。检讨还不过关，恐怕就不会再关着你了，那时就是让你捆行李走人的问题了！”谢振宇：“谢谢，都明白了！既然这样，有些情况我就向你反映。我真不是有意这个点儿才回营。我当初真是打算下午五点前归营。”吴强不耐烦道：“你这话跟我说不着，明天说给政委听，这类事以后估计得归他管了！”谢振宇心中一动：“什么？秦大队以后不管我了？”吴强：“领导分工，你也要管吗？”谢振宇忽然不想再问下去了：“老吴啊，我还有最后一个问题，你让我和萝卜住一起，这萝卜我可以随便吃吗？”吴强看他一眼：“你不用吃萝卜。你要是晚上没吃饭，我可以让炊事班现在给你做饭。”谢振宇不想吃饭，只想和吴强怄气：“饭就算了，我晚上吃过了。这会儿火气比较大，就想吃萝卜。”吴强道：“也不是不可以，但要是吃太多，恐怕得付费。”谢振宇道：“老吴，我认为你做飞行员可惜了，你比较适合做一个食堂管理员。”吴强：“准备着呢，等我不能飞了，就去干食堂管理员。没事了吗？”谢振宇终于打算放过他了：“没了。对不起，让你代替秦大队等我到这个点儿。以后有机会我请客道歉。您请。”吴强带赵文出门走掉，谢振宇内心一直压抑着的郁闷和怒火猛然爆发，一脚踢翻身边那张为他准备的简易行军床。床飞起来，撞到隔板墙上，发出巨大声响。他大声喊叫：“原以为他和别人不一样，现在知道我还是高看他了！用这样一个禁闭室羞辱我，想让我知难而退，他就是打错算盘了！”吴强急急推门闯进来，喊：“你嚷什么！夜这么深，会把别人都吵醒的！”谢振宇又努力让自己恢复平静，看他：“行了，嚷嚷完了，不会再嚷嚷了！回去吧！我也睡了！告诉秦大队，我会好好写检讨，在全大队面前宣读，接受任何处分，但是按照纪律守则，我是第一次违纪，不能从试飞大队除我的名！”吴强和赵文走过去，帮他把行军床重新支起来，胡乱铺上被褥，然后离开。谢振宇灭灯，站在黑暗中，一时间真情毕现，怒火满腔："我一点也不想这样，但怎么就这样了！"他又要踢床，但忍住了，倒到床上去。床支得不稳，又垮下来。谢振宇爬起，摇头苦笑，重新把床支好，小心地躺上去，脸上仍然保持着自嘲的笑容，心里想的却是这回可能真的完了。既是这样，那就先吃个萝卜吧。

他没想到自己刚才的叫喊还是惊动了别人。空勤楼上，余涛睁着眼睛躺着。耿见林推门走进来，开灯，接着是王小毛、江海、刘波。余涛急叫："关灯！"王小毛回头关灯。余涛："你们怎么回事儿？"耿见林："谢振宇不假外出，刚刚归营，被秦大队关起来了！"王小毛脱口道："可不要被除了名！"众人在黑暗中笑。江海："要是把谢振宇除了名，余涛就没有机会把他打得满地找牙了！"余涛已经坐起来了："你们就是为这事来的？"王小毛："不是我们要来，是刚才老谢在临时禁闭室里吼了一嗓子，把大家吵醒了！"余涛道："有件事，本想明天开完第一次临时支委会后再跟大家打招呼，今晚上既然都来了——"刘波是个急性子："什么事快说！"余涛："晚上秦大队找我出去走了走，讲了一件事，今天……不，现在说是昨天了，在昨天的总指挥部的会议上，他向总指挥和两位地方老总拍了胸脯，说本大队随时可以执行试验试飞任务！"耿见林："本来就是这样呀，现在拉我们到试飞场就可以开干！中国空军的机会到了！"江海："你打什么岔。余涛快说，秦大队找你谈，一定不是为了这件事！"余涛："秦大队说，他只有十天时间，要在全队排出一个次序。他有个想法。"刘波："什么次序？上战场的次序？"耿见林："一定是要排出一个试飞队形，谁先上谁后上，这以后要按这个队形冲锋陷阵！这可是大事！"刘波："余涛，咱们只能先上，不能后上，先上是吃肉，至少是啃骨头，后上恐怕连汤也没得喝！"王小毛："为了空军的荣誉，一定要争取排到前头！”江海：“余涛，你和见林都进了临时支委，明天开会时你们俩一定要为我们空军的人争取最好的位置！”余涛：“最好的位置就是第一试飞员，每次试验，每个科目，每一次试飞，他都是第一个，可能第一个牺牲，更可能的是在每一个项目上实现历史性的第一次突破！”江海：“意味着将来荣誉全是他的！”余涛：“各位想知道秦大队是怎么讲的吗？”耿见林：“他总不会让我们同意他做第一试飞员，海军的人紧排其后，把我们放到后尾吧！那我们来干什么？”余涛：“我感觉秦大队好像不是这么想的！”王小毛拍巴掌道：“他不会傻到主动提出和我们打擂台赛，搞一对一空中对决，以成绩定名次吧？那他们就完了！”余涛：“你说对了！秦大队说，进入试飞大队的全是各路精英，谁都觉得自己比别人尿得高，为公平起见，只有进行一次全大队系列空中对决，决出名次，以后就以这个名次决定上试飞场的顺序。他代表陶政委征求我的意见，还说了一句话，真让我受不了！”耿见林：“他总不会是说，你们空军的同志要是不愿参加，对决就在海军飞行员中间进行！”江海：“不好，那我们就完了！”余涛：“看上去是尊重我们，但是——”耿见林打断他：“你不参加他的擂台赛，怎么理直气壮地去争取好名次？秦大队太老奸巨猾了！”刘波：“传出去也不好听，将来海军的人可有的说了，什么空军最顶尖的五位金头盔不敢和他们打擂台，那我们就一失足成千古恨了！”余涛：“我们怎么办，接受挑战？”耿见林：“当然！这哪是挑战，这是挑衅！必须给他们狠狠的打击！”众人一时间都道：“对，打他们全体一个满地找牙！”余涛：“好。这件事讨论完了。下面讨论老谢的事！”他看一眼耿见林：“你我都是临时支委，明天会上一定会讨论老谢违纪的事，我们要不要帮他一把！”耿见林：“让我想想！要帮！一定把这小子留下来，让你有机会打他个满地找牙！教他知道马王爷有三只眼！不然这口气我都憋不下去！”余涛：“大家有没有别的意见？”众人：“没有！”“严重同意！”余涛：“散会，睡觉！”众人笑着离开。

秦大地办公室仍旧灯火通明。秦大地、陶斯勇都没有睡。陶斯勇看吴强：“什么情况？”吴强：“已经进去了。嚷嚷了一嗓子，你们听见没有？”秦大地来回踱步：“你那个放萝卜的储藏间冷不冷？”吴强：“你甭担心。为了不让他觉得冷，我多给他加了一床被褥。”陶斯勇生气：“不好好反省，还嚷嚷！他嚷嚷什么？”吴强看着秦大地，不说话。秦大地：“对政委还打埋伏！”吴强又生气了：“我打什么埋伏！这小子够无耻，他居然说你把他关进储藏萝卜的禁闭室里去是有意羞辱他，逼他离开试飞大队，这样你就不用接受他的挑战了！”陶斯勇：“胡扯！”秦大地却很平静，又看吴强：“还有什么？”吴强：“两位领导，说实话今晚上这小子还把我惊住了！我回来时从头往下捋，忽然明白了今天的事儿。”陶斯勇：“你明白什么了！”吴强：“谢振宇从中午跟我请假，到这会儿，包括刚刚嚷嚷出来的那几句话，都好像是他早就设计好的！当然了，去的路上跟别人打架，弄到派出所，这不像设计，像是相声里的现挂，但是这么晚了才回来，进禁闭室面不改色心不跳，还说萝卜好吃，去火，临了还嚷嚷那么一嗓子，又只是点到为止，没有大闹，不过是想让我替他传个信儿给你。”他看着秦大地，继续说下去：“对了，他对你弄的那个纪律守则还真研究过，知道他就是今天违纪一次，你可以关他禁闭，让他在队前亮相，但不能除他的名……我还就奇了怪了，这小子哪来这么强大的内心，一定认为进了试飞大队就可以战胜你？还有一件事：他犯了错误，倒显得比我还硬气！真把我给气住了！”秦大地看陶斯勇，无声地笑。吴强：“你还笑！想到啥了你笑？”秦大地想了想，正色道：“你跟我走，我现在就去见他！”陶斯勇急忙拦他：“反对，刚才不是商量好了，今晚上我们俩谁都不理他，让他和萝卜过一夜，煞煞身上的邪气！还有，直到他明天写出深刻检讨前你都不能见他！”秦大地笑：“你这个政委，怎么比我这个军事干部还铁石心肠？他不是我们的部属吗？我军的优良传统是官兵一致，都是来自五湖四海，为了一个共同的目标走到一起来了，要互相关心互相帮助——”陶斯勇：“打住！你还成好人了！听着，老侯当初就说这小子难缠，进试飞大队就是为了跟你斗法。他还不是一般地跟你斗法，他有战术。譬如今天，明知故犯，就是想逗出你的火，然后让你掉到他挖好的坑里！”秦大地笑容落尽，忽然看吴强：“没你的事了，回去睡，对了，生活上要照顾好，特别是不能让他生病！”吴强：“你和政委最好批准把他安置到五星级饭店里住，那里不会让他生病！”陶斯勇：“行了，走你的。记住明天上午八点，小会议室开第一次支委会，你记录！”吴强叫苦：“怎么又是我！”秦大地虎起脸来：“不是你是谁？行了，快走，我和政委还有事呢！”吴强无奈，推门走掉。

陶斯勇回头看秦大地：“时候不早了，我说！头一件，明天上午临时支委会，首先讨论谢振宇的问题，要做出决议。”秦大地打断他的话：“斯勇，晚上我又和康延成谈了谈，了解到一些新情况。谢振宇确实是不假外出，但和不请假还是不同，他请过假，只是没办法联系到我们。”陶斯勇：“你想说什么？没联系到我们就可以自行其是？”秦大地：“在这件事上他当然是严重违纪，但毕竟和完全不请假擅自离开营区不同。”陶斯勇：“我没看出有很大的不同。”秦大地：“康延成不是谢振宇，人老实，他一直强调谢振宇不是花花公子，他和城里一个叫夏初的女孩子八年前只在大学的舞会上见过一面，就对她一见钟情，发誓非她不娶。这次意外重逢，为了让这个女孩子接受他，他当面对人家夸过海口，要每天去献花，可是自打进了试飞大队，他就没机会了！”陶斯勇：“这是什么理由，这就可以原谅他了？”秦大地：“我没说原谅。我是说，他虽然不假外出，但考查他的本意，还是想赶在五点钟之前归队的。如果不是去时在路上和小混混打了一架——”陶斯勇：“你不对啊！就是打了一架，也不该凌晨四点才归营。他和那个女孩子又不是夫妻，这么久黏在一起干什么！心里有一点点纪律观念，他就会见了人马上回来！”秦大地道：“他没能早点回来的原因是他没见到那个女孩子。”陶斯勇吃了一惊：“你怎么知道的？”秦大地：“同志，毛主席说，一切结论产生于调查的末尾，而不是它的先头。刚刚我去见了120团的司机小陆。小伙子告诉我，谢振宇今晚上在女孩子家坐等到12点，没见到人，因为女孩子根本不想见他，人家回来以后就坐在家门口的车里不下车，等着他走。这才是他凌晨四点才归营的原因。”

陶斯勇死死盯住他：“你讲这些想说明什么？”秦大地沉吟。陶斯勇：“你不说我说！这一切恰恰说明了谢振宇是个什么样的人！第一，我行我素，老子天下第一，不把条令条例看在眼里；第二，一意孤行，即使知道自己愿望实现不了仍会不顾一切蛮干下去；第三，我觉得他对人对己的判断力有问题，都知道人家不愿意见他了，还要不顾一切地赶去，坐到12点才走，情商也太……啊，还是说他违纪的事，对于试飞大队，纪律就是生命，这种人坚决不能留！”秦大地：“你说得可能都对，可我刚才一直在想，他为什么会这样想、这么做，还做得心平气静？我、你，我们这些比他老一代的人为什么不会？他的底气从哪里来的？”陶斯勇：“这有什么难猜的。他以为自己很牛，现在就是海航新一代飞行员中的老大、空王，他把你三年来不愿和他进行空中对决看成不敢与他一战，他眼空无物，认为无论试飞大队，还是未来中国海军航母舰载机编队没他都不成！”秦大地：“斯勇，所以我提议，明天支委会增加一个议题。”陶斯勇：“弯子拐得太陡，我们在说谢振宇！”秦大地道：“我也在说谢振宇。讲实话，谢振宇走和留对我个人真没那么重要，但对他本人重要，对试飞大队和未来的中国航母舰载机编队重要！”陶斯勇：“没有他地球不转了？你到底想说什么！”秦大地：“昨晚上我和余涛聊了聊。他同意我的看法，要想在首长规定的十天时间内把队伍拉起来，排出一个令所有人都心悦诚服的队伍，只有一种办法！”陶斯勇紧张起来：“你又想搞什么名堂？”秦大地：“搞一场全大队的空中对抗竞赛，让所有人一对一打擂台，胜者为王，以最后成绩决定试飞顺序！”陶斯勇吃惊地看他，半晌才道：“昨天在会上，你敢当着首长和地方两位老总拍胸脯，说试飞大队随时可以执行任务，我就吃惊你的底气哪儿来的？原来底气在这里！这主意你早就想好了是吗！”秦大地：“不，今晚上才想出来的，还和余涛做了交流。”陶斯勇沉沉地看着他，警觉道：“你想干什么？我刚才还在问，为什么谢振宇有胆量这么干，他的底气从哪来？现在我有答案了，他底气就从你这儿来！”秦大地：“你胡扯什么！”陶斯勇：“三年了，你坚决回避和他进行空中对决，但自从你到了任，看了他和罗伯特、余涛的空战记录，心就被点燃了！三年来你不愿和他进行空中对决，是你还看不上他，一直觉得他太嫩！现在你终于觉得他配得上与你一战了。我告诉你这是谢振宇的成功，还是吴惊天的成功！他让谢振宇用不停的挑衅，激动了你这颗从来不服输的心，让你觉得无论出于什么原因都必须接受挑战！啊，你说得对，我现在承认他的聪明超越了我的想象。他早就看透了你会接招，今天这次严重违纪即使不是故意的，他也打算将错就错，用它来刺激你，在骆驼背上压上最后一根稻草。你要是真接了招就上当了！”秦大地摇头道：“斯勇，你要是这么想就狭隘了。这个问题我们不争论，没意义。我们现在要解决的是一个排好次序上战场的问题，只有用我刚才说的办法，才能让所有人觉得公平，把队伍团结起来，把战斗力凝聚起来，排出一个冲锋陷阵的队形！这才是最最重要的！”陶斯勇：“排队形的办法有很多种，我相信来到这里的同志都是听招呼的，没那么难！”秦大地：“我坚持自己的提议，至少你得让它上明天的支委会！”陶斯勇：“行。但我现在就表态，反对！”秦大地：“你担心谢振宇真能把我打下来？”陶斯勇：“万一呢？”秦大地：“如果这小子真有这个能耐，我倒认为很好！”陶斯勇：“你这是什么心思啊！他把你打下来，然后在试飞大队称王称霸，你还怎么在这里当大队长，带领大家完成使命！将来舰载机还要上航母，组成战斗编队，你的任务重着呢，这是大局，我是政治委员，要是连这个都想不到就别吃这碗饭了！这个坚决不行！”秦大地：“谢振宇把我打下来我怎么就不能继续当大队长了？不，谢振宇哪有那么容易就能把我打下来？他要成为第一试飞员，光打下我还不行，还要打败所有人，才能得到每一次最先走上试飞场的机会，但只要有一次不成功，第一个上英雄山的人就是他！你以为他没有想到还是吴惊天没想到？有句话我还没说呢，虽然今天120团的司机小陆语焉不详，但我有感觉，谢振宇今晚上宁可违纪也要最后见一下他的女朋友，或许是为了向对方告别！”陶斯勇一下瞪大了眼睛，生气道：“我不相信，你这是什么意思？不用骗我！”秦大地不想再和他争论下去了：“行了，我们别吵了。告诉你一件事。这两天我一直都在想，我们也许根本不了解新一代的年轻人，就像当年我们觉得余兆年团长不理解我们一样！新一代有他们的责任，同时也有自己渴望的荣誉与梦想。和我们不同没关系，最重要的是他们一定要比我们更强！不说了，有不同意见明天会上说！”陶斯勇道：“我是临时支部书记，你是副书记，我们意见不同，明天会上一定会起冲突，这种情况下，我有权请求首长参加我们的会！”秦大地立马表示反对：“自己能解决的事情，干吗要请首长！”陶斯勇：“你以为只是为了阻止你发疯？不，我是为了我们肩负的事业！眼下中国航母正在试航，一旦试航完毕，舰载机能不能上舰，形成战斗力，全国、全世界都在看着我们！我们只能成功不能失败，从一开头就不能！我这个政委的责任并不比你轻松！再见！”他开门冲出去，留下秦大地一个人若有所失地站在那里……

黎明前最后两小时里，谢振宇睡得并不好，先是在梦中又看到了小时候那只高高飞起的风筝；然后是一只飞得更高的山鹰……父亲的话又在他耳边响起：“人可以比风筝、比山鹰、比想象中的鲲鹏飞得更高！因为我们是人！”然后是欧双莲的话：“你不会像你父亲那样有出息的……”他醒过来，猛地从行军床上坐起，有一阵子一直静静地坐在黑暗中，昨晚上和欧双莲相见时的一切又在重现。谢振宇在黑暗中瞪大眼睛，他第一眼就认出了她，也知道她也认出了自己。可他仍对发生的事极为震惊：“原来是她！她也知道是我！……”他不知道这样的重逢为什么要发生，却本能地意识到其中一定蕴含着某种他不明白的意义。十多年过去了，他已经长大，以为自己不再像小时候那样恨她，但昨晚上他明白了，他仍然无法原谅她，因为父亲去世后她是那样严重地伤害了自己那一颗高傲、敏感而又无助的心。爱是不能忘记的！恨呢？他到了部队后发生的一切，取得的所有成就，来自不愿意屈服于自己的命运，来自她对自己的那句诅咒般的话语和抛弃。从这个意义上讲，他似乎还应当感谢她当初对自己做的一切……啊，他还是不想她好了，夏初这一章已经结束，她不爱他！她昨晚做的一切都告诉他不要来了！他不能再想下去，天就要亮了……他像山一样向后倒下去。行军床再一次垮塌。嘹亮的起床号已经响起来了。

清晨，早操过后第一个来临时禁闭室看谢振宇的是康延成。谢振宇因为一夜没有睡好心情恶劣，表情严峻。康延成敲一下门进来。谢振宇看着他，不想说话。康延成直往他脸上瞅："怎么样啊？昨天夜里就想来——"谢振宇："住嘴！假的！"康延成笑："当然是假的！知道你回来了，被关了禁闭，想来看看你怎么样，可我都睡下了，没起得来！"谢振宇："这会儿还来干什么？"康延成将藏在身后的东西拿出："把你该用的东西送过来呀，你自作自受，我要是再不来看看你，谁来看你？"他带来了洗漱用品和换洗的内衣，"另外有个好消息，要紧急透露给你！最新情报，你三年来朝思暮想的好事要成真了！"谢振宇："什么我朝思暮想……我这会儿还有什么好事！"康延成："大队成立了临时支委会，今天上午开会讨论两件事，一是对你的处分，二是讨论怎么排出全大队试飞顺序！"谢振宇大叫："什么？要排试飞顺序了？"康延成："对，可这和你无关。""不！快说，还有什么消息！""听说是余涛向秦大队提议的，在全大队进行一场系列空中对抗竞赛，大家一对一单挑，以成绩决定试飞员排序！"谢振宇脱口而出："哎哟！"康延成："怎么了你！我不是吓唬你，要是上午的支委会把事情定下来，系列对抗明天就可能开始，你一直待在这里出不去，那就跟你没相干了！"他说完了要走，谢振宇一把抓住他："等等！队内系列竞赛是不是所有人都参加？"康延成："当然！秦大队、余涛，有一个算一个，全部！"谢振宇急道：

“快给我准备纸笔，我要写检讨，马上写，接受任何处分，然后离开这堆萝卜，出去参加竞赛！”康延成看着他笑。谢振宇：“你这笑不怀好意，想到什么了？”康延成：“你想好了，不是写一份检讨就可以出去，你还得在全队面前念呢。咱可是从来没丢过这么大脸，扛得住吗？”谢振宇：“快去把吴强给我喊来，见秦大地本人也行！我要检讨，队前检讨！——好哇，就差你在我伤口上撒盐了！快去！”康延成笑着出门又回头。谢振宇：“又怎么着了？”康延成笑：“昨晚上战果如何？”谢振宇：“走！”康延成仔细看他的脸：“有点肿。这墙撞得够狠的！也有好处，从此就不胡思乱想了！”他不等谢振宇反应，匆忙跑走。谢振宇又叫起来：“你要是不行，把吴强给我请来，我跟他讲！”

谢振宇的请求迅速通过吴强反映到秦大地那里：“他要求马上写检讨，接受任何处分，然后出来参加系列对抗竞赛！”又说：“为了参加竞赛，他还要我代他向你报告，要见你，向你一个人检讨！”秦大地正在刷牙，看他一眼：“你觉得我该去吗？”吴强反对：“不用。他就是为了和你进行一场空中对决来的，现在机会来了！别说叫他检讨，就是——”秦大地打断他道：“你去告诉他，在他深刻反省自己的错误并且做出队前检讨前，我不会见他！”吴强：“是。”“等等！谢振宇的检讨一写出来，马上拿给我和政委看。然后，不管政委同不同意，马上给他机会，让他在队前宣读！”吴强看他，良久才道：“我看出来了，政委猜对了，你也和他一样，想进行这场空中对决，打得他满地找牙！”秦大地：“胡乱猜测领导意图！快照我说的去做！”吴强仍然不走：“我还有新发现呢，从一开始，你就不反对他进试飞大队，在把他弄进来的人中，你还是最积极的那个！”秦大地完全转过身来看他了：“什么时候学得这么啰唆了！快执行命令！”吴强转身跑走。

夏家一楼餐厅里，欧双莲坐着，看夏初吃她做的早餐，夏初吃得十分香甜，一边惊喜道："欧姨什么时候学会做西餐了！真好吃！欧姨这么聪明，学什么都快！——怎么这么看我！"欧双莲微笑："刚才我正在想，当年还在我身边撒娇的小丫头，一下就长大了！"夏初进餐的动作很快，餐盘里的食物一转眼已经风卷残云般消失，她取过餐巾纸拭嘴，看着欧双莲笑道："好了，吃完了！欧姨，你收拾吧，我急着去试工！头一天不能迟到！"欧双莲急道："夏初，你等等！"夏初不解地站起，看她过来收拾碗碟送进厨房。这间厨房已被她收拾得纤尘不染。她将最后一只碟洗净拭干，放进碗橱里码好，又看了看厨房，觉得一切满意，才走出来上二楼，进入自己房间。夏初不解地跟上二楼，很快，她看到欧双莲挎着一个收拾好的包袱走出来，站在自己面前。

夏初吃一惊，叫："欧姨！"欧双莲将手中一大串钥匙放在她面前："夏夏，欧姨要走了，这是家里的钥匙。"夏初变色，一把抓住她："怎么了？夏夏做了什么让你生气的事情吗？"欧双莲："不是。欧姨就是觉得，该走了。"夏初大叫："不！你走了夏夏怎么办？到底是为什么！"欧双莲坚持道："你大了，不会一直一个人，欧姨在这个家待太久了，想换个地方！"夏初急切道："是不是工资的事？我都忘了，好几年了，你一直不好意思说！你说吧，只要合理，我都答应！"欧双莲："你说什么呢，这些年是你给了欧姨一个家，没有让我流落街头。不是工资的事。欧姨就是想走，你不用拦我。"夏初完全绝望了："欧姨告诉夏夏，是不是另外找了好工作？你离开这个家有地方住吗？要不就是想回老家了？欧姨的老家在哪里，我小时候想不起来问，长大了也忘了问，光知道你的老家在四川！"欧双莲坚持推开了她的手："谢谢你！孩子，欧姨都要走了，你还惦记着欧姨……工作的事我早上跟街道办事处的人打过电话，他们说可以帮我找一户新的人家。我走了！”夏初的神情越来越严肃：“不行，在把事情弄清楚前，我不让您走！”欧双莲已经顺楼梯走下去，又回头，笑容有点可怜：“对了，昨晚上那些点心，是我用自己的钱买的。”夏初一把抓起她留下的钥匙串跑下去，拦住她，将她的包袱抢过来，眼泪涌出：“欧姨，是夏夏昨晚上说错了话，让欧姨伤心了！你就是走，也给我一点时间，让我去街道上问问，是不是已经给你找到了新工作、有没有住的地方。这之前你一定得留下，就当你是夏夏的客人。不然，我绝对不让您走！”欧双莲还没反应过来，她已经抱着包袱回到楼上去了。欧双莲眼泪双流，她真的不想走，可她也不想再留在这里见到那个她无颜再见的人啊。

这天上午试飞大队第一次临时支委会开得并不顺利。会议在办公楼小会议室举行，五名支委分坐在长桌两侧。陶斯勇主持会议，开门见山道：“今天大队临时支委会第一次开会。本想请首长参加，但首长忙，来不了。临时支委会的组成既考虑到了工作需要，又照顾了空军和海军同志之间的团结与配合。根据上级批复，我任书记，秦大地同志任副书记，余涛任组织委员，耿见林任宣传委员，保卫生活委员就由吴强担任了。你这个代理军务参谋这阵子干得不错。大家有没有异议？”众人表示没有。陶斯勇马上道：“作为书记，我要重申党章和支部委员会工作的相关章程。支委会实行民主集中制，也就是常说的支部集体领导下的领导分工负责制。从今天起，全大队所有大事都要经过支委会充分讨论决定，然后由分管领导负责落实。我特别强调一下，支委会每个成员都是平等的，都只有一票，少数服从多数。一旦形成决议，每个人都要坚决执行。我重申这个原则，是为了防止个别人独断专行，搞一言堂。”众人不觉看一看秦大地。秦大地半闭着眼睛不语。陶斯勇一发而不可收，往下讲：“这几天大家相互都熟悉了，我也不废话了。今天的第一个议题是请秦大地和余涛同志分别代表海军和空军的同志汇报队伍建设情况，第二个是讨论对谢振宇的处分决定。这个议题是秦大地同志提议增加的，等一下由他先具体讲一下情况！”秦大地这时才道：“还有第三个议题呢，最重要的议题你忘了。”陶斯勇不情愿道：“对，还有第三个议题，由大地和我传达昨天总指挥部军地联席会议的内容，对大队下一步的工作做出决议。”他看秦大地，说：“下面你讲吧。”秦大地道：“好吧，关于队伍建设情况，我几句话就说完。到今天为止，海军来的同志里没有一个提出离开，这些同志我建议全部留下。下面请余涛同志讲。”余涛的话更为简短：“我们空军来的五个人，思想高度统一，从一开始就没人想过要离开。”秦大地道：“很好。第一个议题结束，现在我向支委会报告，队伍建设情况到今天为止可以做个小结了。二十名入队的同志，没有人要求退出，我提议全部留队！没有异议提议大家鼓掌通过！”众人欲鼓掌，陶斯勇道：“等等，我反对！我不反对其他同志留队。但反对谢振宇留队！”秦大地：“为什么？”陶斯勇：“原因我和你进行了多次交流。从各种情况综合考虑，我的意见是谢振宇不适合留队！”吴强举手。陶斯勇看他：“你要发言？”吴强道：“政委，发生了一个新情况，谢振宇把检讨书交上来了！”他边说边把一份检讨取出放到陶斯勇面前。耿见林笑道：“检讨书都写出来了，这么快！”陶斯勇飞快地看一遍那张检讨，递给秦大地，生气道：“他搞什么！从犯错误到进禁闭室到写出检讨书，他一直都是这样云淡风轻，连语气都没变！”秦大地看检讨书，交给余涛。余涛看完交给耿见林，想了想道："政委，我要求发言！"陶斯勇纠正他道："这是党的会议，没有政委，只有同志！"余涛道："好，书记同志，我刚才看了谢振宇的检讨，认为比较深刻，个人建议让他留队！"耿见林悄悄看他一眼，余涛不理他。陶斯勇吃惊地看余涛："这是你的正式意见？"余涛："是！"陶斯勇尽量抑制心中的不满，扭头看耿见林："见林什么意见？"耿见林觉得下面被踢了一脚，急道："同意余涛同志意见，认为写得很深刻，可以过关，赞成他留队，以观后效！"陶斯勇又看吴强："你呢？"吴强看秦大地。秦大地道："发表你的意见，看我干什么！"吴强生气道："我看你一眼就不行？你以为你还是没出门的大姑娘啊！我认为检讨算不得深刻，即使大家认为可以过关，大队也要按照纪律守则给他处分，这样才能严明纪律，防止类似情况发生！"秦大地："你还没说是不是同意他留队！"吴强："你不用这个语气，这是支委会，我不同意！虽然接触时间不长，但这个人做的事，都是我这样的人不能接受的！我认为留下他会破坏大队建设和以后的工作！"陶斯勇心情好转起来，看秦大地："你！"秦大地想了想才道："我个人同意余涛和见林的意见！谢振宇严重违纪，不但要关禁闭，写检讨，队前宣读，还要按规定记行政警告一次！再犯就除名！"陶斯勇马上道："我反对。你的意见是他队前检讨完毕，队里宣布一个行政警告，就解除他的禁闭，让他留队？"秦大地："那你还想怎么样！"陶斯勇："我保留意见。同意强子的看法，就他这种对待错误和处分的态度，我以为不适合留下！"众人一时间都不再说话。秦大地道："既然意见无法统一，我提议表决。你刚才说过的，每个人只有一票。"陶斯勇更生气了："不反对表决，但表决前我要讲一下，我反对谢振宇留下不但是因为他这次违纪，更是为大队下一步工作着想。留他在这里，因为一些大家都听说过的原因，我不敢保证他对大地的工作不会造成严重干扰！”秦大地马上道：“反对。今天讨论的是谢振宇违纪，没发生的不要扯进来！作为支委我再次要求表决！”陶斯勇毫不示弱：“你一定要求表决那就表决。同意让谢振宇离开的举手！”说出话来后，除了自己，他发现只有吴强跟着他举手，“放下。不同意的举手！”吴强放下手，耿见林又被谁踢了一下脚，急忙跟着秦大地、余涛举手。陶斯勇更生气了：“同意他留队是多数票。但即使这样，作为书记，我也有权保留意见，并向上级报告，请求改变这个结果！下面进入第三个议题。大地，你说吧。”

秦大地打开一个小本子：“我要讲什么大家可能都想到了。昨天我和政委参加了总指挥部的会议，得到的最重要信息就是两家地方公司正度日如年地等待试验试飞开始。我在会上表态，说我们随时可以投入试验试飞。首长批了我一顿，给了我们十天时间，要求把队伍拉起来，排好顺序，然后就要投入战斗！”陶斯勇马上道：“我插一句，大地绕了这么大弯子，其实就是想说一件事，他想在全大队进行一场系列空中对抗竞赛，以最后成绩排出试飞顺序。对这个提议，我反对！”

秦大地看他道：“我说书记同志，你总得让我把意见充分表达后再发言吧？刚才说到民主集中制，现在是民主的时候，你这种不让人把话讲完的作风不好！”陶斯勇要开口还击，余涛举手：“书记同志，我想发言！”陶斯勇：“说！”余涛：“这个消息我们空军来的五名同志已经听到了，全部举双手赞成。我们认为，要想在最短时间把来自五湖四海的各路英豪捏成一支队伍，只有这一个办法。”耿见林也举手：“政委，我支持这个提议，但我对如何进行这场系列擂台赛有一点建议。”陶斯勇马上纠正他：“见林，什么擂台赛，不是这么讲，好像我们海军和空军要恶战一场分出胜负来似的！我们现在是一支队伍，不是对手！”秦大地眼睛亮起：“见林快说！‘擂台赛’，我喜欢！”耿见林看余涛道：“意见没来得及跟你商量，不过今天是支委会，知无不言，言无不尽，对不对大家可以讨论……大队，政委，我们空军来的人少，你们人多，如果一对一，有可能进入不了决赛阶段，就给你们的人拼光了。当然我不相信会这样，尽管有这种担心。”秦大地脱口道：“说得对。你有什么建议？”耿见林：“大队，不要小看这场队内系列对抗，它实际上会在海空两大军种中引起重大反响，事实上这会成为我们两大军种优秀飞行员之间的最高级别的一场较量，不是擂台赛也是擂台赛。我们五个人，只愿意和你们海军经过对抗决出来的五名优胜者一对一单练，然后胜者进入复赛，最后两个人进行决赛，我觉得这才公平！”秦大地马上表态：“我同意！余涛，你呢？”余涛笑：“我无所谓，但要让我代表空军来的全体同志表态，我支持见林的意见！”秦大地又看吴强：“你呢？”吴强脖子一梗：“不就是空中对决嘛，谁怕谁呀！同意！”秦大地回看陶斯勇：“书记同志，我看这件事就不用表决了，四名支委都不反对用这种方式排出试飞次序，你这一票就是反对，我的提议也通过了！”陶斯勇站起道：“可以通过，但我不同意。再说一遍，即使支委会形成决议，我作为书记仍有责任向上级报告，对这个决议提出异议。——散会！”

试飞大队办公楼前，一台车已经发动。陶斯勇上车。司机看他一眼：“去哪里？”陶斯勇要回答，发现秦大地大步赶了过来：“哪里去？”陶斯勇：“去我需要去的地方！”秦大地回头看跟过来的吴强：“给我派辆车！”陶斯勇：“你要干什么？”秦大地道：“我也去我需要去的地方！”陶斯勇对司机：“走！”车开出去。吴强看秦大地，秦大地大叫："执行命令！"吴强生气地跑走，转眼车就来了。秦大地上车，司机看他，笑："去追政委？"秦大地："快走！"车子"噌"的一声就蹿出营门，进入海滨公路，很快追上陶斯勇的车。秦大地对着车中的陶斯勇挑衅地打了一个响指，超车过去。陶斯勇看司机："你没吃饱饭吗？"司机兴奋了："政委想让我跟他们飙车？"陶斯勇生气，不说话。司机已经加油门赶了上去。两名司机开始在公路上飙车。秦大地看看自己的司机："还能更快一点吗？"司机："大队坐好了，检查安全带！政委的司机是我的徒弟，想跟师傅玩儿，他还太嫩了些！"秦大地检查安全带："看你小子的了！"司机换挡，加油门，车子像飞起来一样向前。陶斯勇的车被远远甩到后面。司机："政委，我师傅他疯了！怎么办？"陶斯勇生气道："追！"司机大叫："好咧！要的就是这句话！"车子立即就飘起来，风驰电掣般前行，一点点硬是超过了秦大地的车。秦大地在车中叫："快！快！快！"司机："大队，瞧我的！"他手脚并用，一点点把陶斯勇的车甩到车后。一时间两辆车时而你前，时而我前，疾风飘雨般并肩向前狂奔。

对面车道上，一辆军车驶过来，车中的衣正邦一眼瞥见对面开来一闪而过的两辆军车，大叫："嘿，哪单位的？这么开车！疯了！"秘书小魏道："首长，好像是陶政委和秦大队的车！"衣正邦这一惊不小，怒吼："快打电话，让他们停下来！——停车！"司机把车子靠路边停下。小魏打手机："秦大队，我是小魏，首长请你们停车，首长发现你们了！"他又拨了一个号码："陶政委，我小魏，魏秘书，首长看见你们了，我们在你们对面车道上，快停车，首长请你们停车！"衣正邦气不打一处来："什么请，命令他们停车，跑步来见我！"小魏："是。首长命令你和秦大队跑步来见他！"秦大地和陶斯勇的车几乎同时急刹车停下，调头驰回，两个人又几乎同时跳下车，整理军容，跑步过来，举手敬礼：“首长好！”

衣正邦怒视二人：“给我立正！”二人重新“啪”一声立正。衣正邦走回车门前，去车斗里扒拉。司机偷偷坐在驾驶座上笑。衣正邦道：“笑什么？我藏在这里的烟呢？”司机道：“报告首长，被阿姨没收了！”衣正邦火起：“被她没收了！她是城管呀！你这个小彭搞什么名堂？让你帮首长藏包烟都藏不住，你能打什么仗！”司机笑：“首长，我尽力了，可是挡不住。阿姨说抽烟这个习惯不好。”衣正邦仍在乱翻，找到一个打火机，生气道：“有火没烟，什么待遇呀！把你打的埋伏拿出来。”司机：“报告首长，对不起，阿姨这回把战场打扫得很彻底，什么地方都找遍了。阿姨还说，要是再发现我替你打埋伏，就不让我进门！”衣正邦吼：“不进就不进！不让抽烟，不让喝酒，连我都不想进那个门了，你进去干什么！”小魏走过来提醒：“首长，秦大队和陶政委已经站了一会儿！”衣正邦更生气了：“让他们站一会儿！吹吹凉风，头脑就冷静了！不干正经事，两个人在高速公路上飙车！”小魏笑，退到一边去。秦大地和陶斯勇并肩立正站在路边，秦大地道：“都是你，非来告我的状，还跟我飙车，这下有你好看的了！”陶斯勇一眼也不想看他：“别跟我说话！我这会儿不屑得跟你说！”秦大地：“你这个人，最大的问题是不能迅速适应环境，首长就让你站这么一会儿，你就扛不住了，你那军姿正好趁这会儿练练！”陶斯勇低声叫：“住口！首长过来了！”秦大地回头看一眼，二人马上重新挺身站得笔直。

衣正邦走过来，看他们：“这会儿脑袋瓜子凉快一点了？”秦大地大声回答：“是！”衣正邦又看陶斯勇，大声道：“陶博士，你呢？”陶斯勇大声道：“报告首长，我反对给我起绰号，首长也不行！”衣正邦道：“回答我的问题！脑袋瓜子是不是清醒了？”陶斯勇大声回答：“我一直都很清醒！”衣正邦：“稍息！”二人稍息。秦大地一笑。衣正邦看他：“你还笑！就冲你们俩刚才那一通飙车，我就能关你们禁闭，撤你们的职！”二人不说话，秦大地也不笑了。衣正邦大吼：“回答！”二人重新立正，大声道：“是！”衣正邦在他们面前来回走动：“说吧，为什么正事不干，跑到这里飙车！”秦大地先回答：“首长日理万机，怎么也到这里来了！”衣正邦又大怒：“我日理什么万机！有你们这帮省心的部下，我一机也理不了！”他的火气越来越大：“到底怎么着了？”秦大地看陶斯勇。陶斯勇大声道：“报告首长，我要去总指挥部汇报工作。秦大地他是来搅局的！”秦大地急道：“首长，他这话跟实际情况有出入！既然要向首长反映情况，我也应当参加，这样首长才不会偏听偏信！”衣正邦：“你说什么？我偏听偏信？”秦大地：“不，首长英明，可我还是得来！”衣正邦：“你们想汇报什么？”陶斯勇：“首长，就在这里汇报？”衣正邦又大叫：“这里怎么不可以！”但还是回头瞅一眼身后的树林子，对陶斯勇，“叫你一声陶博士又怎么样？在机关装得像个知识分子，刚到部队就和他一个样子，一身上下全是刺儿！——你先跟我来！”陶斯勇看他走向树林子，跟过去。秦大地喊：“首长，事情是由我引起的，应当由我先向首长全面汇报！”衣正邦回头：“好好给我立正站着，有叫你的时候！”他带陶斯勇走向路边的树林子，一边急着撒尿，一边道：“说！”陶斯勇生气地看他，把头扭到一边，不开口。衣正邦尿完了，看他：“怎么了？”陶斯勇大声道：“我提醒首长注意形象！”衣正邦一怔：“怎么，首长就不尿尿了？知识分子，假模假式……现在好了，你可以讲了！”陶斯勇：“首长一定要阻止秦大地，不能让他那么干！”衣正邦警觉起来：“不能让他怎么干？”

陶斯勇："秦大地要在队内进行一场系列空中对抗竞赛！"衣正邦吼起来："事情这么多，试验试飞就要上马，他还有心思干这个？为什么！"

公路边的秦大地走来走去，他听不到树林子里的对话，心中焦急。有顷小魏叫道："大队，陶政委出来了！"秦大地回头，果见陶斯勇从树林子里走出，回到公路上。秦大地凑上去："怎么样？告赢了没有？"陶斯勇不看他："喊你呢，去吧！"秦大地："不早说！"他迫不及待地跑下公路，跑向树林子。现在是陶斯勇不安了，看他消失在林子里，皱起了眉头。

树林子里，衣正邦背身而立。秦大地立正报告："首长，我来了！"衣正邦回头，怒道："好你个秦大地，你搞什么名堂！"秦大地："首长——"衣正邦："说！讲不出令我信服的理由，我今天就撤了你！"秦大地心中忽然敞亮了，直奔主题："首长，我建议搞队内系列赛，有几个理由！第一，战士要熟悉手中武器。歼-15是中国第一款舰载机，驾驶过它的都说性能非常先进，但对于我们队很多人来说，根本还没有接触过它，我认为正式进入试验试飞前创造一种机会让他们熟悉中国的第一款舰载机，非常有必要！"衣正邦深深看一会儿，他道："什么中国第一款舰载机？完不成试验试飞它什么也不是！接着说！第二呢？"秦大地："第二，时间紧任务重，人人都是天之骄子，总得有一个办法把大家捏合在一块儿，我认为这个办法最有效！""你还有话没讲吧！"秦大地笑："首长明察秋毫，要上战场了，总得让我考察一下自己身后的士兵！"

衣正邦这次沉吟的时间比较久："啊，有件事我要问你。三年了，有过不少机会，你一直不接受谢振宇的挑战，为什么这一次要主动接招？"秦大地："首长，进行队内系列赛的理由我刚才都讲了，不是陶政委讲的那样。”衣正邦：“我问你三年来为什么一直不愿意接受谢振宇挑战！”秦大地：“我可以不说吗？”衣正邦：“这回不行。”秦大地：“一定要我说我就说，但你不能骂我！”衣正邦：“我就那么喜欢骂人吗？你们现在这些兵，首长跟你们说话，还要先写成讲话稿，看里头有没有粗话，是这样吗？”秦大地想了想：“首长，我坦白，我有私心。三年前我就想转业！”衣正邦一怔，看他：“三年前你就想走了？”秦大地不笑了：“是！三年前我父亲突然患了截瘫，孩子又那样，老婆跟我怄气，她老是因为孩子不能读完她的博士学位，我想到了转业，不过我希望年轻一代能迅速成长起来，希望海军航空兵出现新的余兆年、新的吴惊天，哪怕只冒出一个这样的人呢，部队也不会留我了！”衣正邦：“这我更不明白了，三年里你不参加任何空中对抗竞赛，就能出现一个新的余兆年和吴惊天？”秦大地：“我的错误在于那时我认为每个人的成长不但需要机会，更需要成功，一个被将要转业的秦大地打败过的人不可能在心理上真正成长为新的余兆年和吴惊天。”衣正邦：“你认定你只要参加竞赛，谢振宇就不会有机会脱颖而出？”秦大地：“是！但现在我知道自己错了！我错在忘了新的余兆年和吴惊天不能这样成长。我没有用余兆年团长当年帮助我和吴惊天的办法帮助他成长，也没有用吴惊天当年的办法促使他成长！首长，我的意思是，如果谢振宇现在就能在试飞大队领军，你还会坚持让我这杆老枪到这里来当大队长吗！”

衣正邦：“可现在大家都说他毛病太多。陶斯勇刚才更是坚决要求让他回120团。你仍然认为他是可造之才？”秦大地斩钉截铁：“是！”衣正邦：“如果我同意他留下，你保证一定能让他成长为新的余兆年、吴惊天、秦大地？”秦大地道：“我什么也不能保证，但我一定会用余兆年老团长当年留给我和吴惊天的所有办法促使他成长！”衣正邦：“你当年从没有打败过余兆年，是吴惊天打败过余兆年，但你打败了吴惊天，才有了今天的秦大地！”秦大地：“首长，谢振宇是老吴倾尽全部心血带出来的，我看了他的一些录像，他现在的状态比当年打败余兆年的吴惊天还要好！”衣正邦：“你是说，他只有打败秦大地，才能完成自己的成长？”秦大地不说话，但目光坚定、热烈。衣正邦想了想道：“出去把陶博士叫回来！你也回来，我有话对你们俩说！”陶斯勇很快被重新叫了回来，两人双双重新站在衣正邦面前，衣正邦看了一眼他们，道：“咱们今天这也叫现场办公。你们两个人的理由我都听了，好像应当有个态度。”陶斯勇道：“我再次强烈请求首长考虑我的意见，队内竞赛不能搞，其次谢振宇这个人一定不能留下！”秦大地：“首长，我反对——”衣正邦：“都给我住口！你们的意见我都听过了！”陶斯勇再次打断他的话：“首长，我还有一个理由！”衣正邦生气了：“你还有理由？刚才为什么不说？”陶斯勇：“刚才不说是有原因的，我还没想清楚！”“现在想清楚了！秦大地一意孤行要搞队内系列竞赛，是他认为自己一定能打败所有人，包括谢振宇和余涛，然后他就可以名正言顺成为队内的第一试飞员，就可以在每一次试验试飞开始时头一个冲上去，承担所有风险，包括第一个牺牲！”

秦大地：“斯勇，你胡说什么，我没这么想！首长，你瞧瞧他，刚才还说反对系列竞赛是怕我让别人给打下来，以后就不好当这个大队长了，现在又不是这个理由了！怎么着，我是大队长就不应当成为第一试飞员？”陶斯勇：“第一打败谢振宇，第二通过这种方式成为第一试飞员，让队里所有人说不出反对的话，这就是你想的，昨天去开会前你就想好了！”秦大地严肃起来：“首长，他的话虽然不是我的意思，但有一件事我必须请首长点头！”

衣正邦："你这里又要出什么幺蛾子？"秦大地："我请求过首长让我用自己的方式带试飞大队，首长答应过的！这其中就包括假如我如愿以偿地打败了所有人，首长，还有他，不能阻止我做第一试飞员！"陶斯勇："我反对！这就是我最担心的事！大地要是做了第一试飞员，万一出事，就现在的情况，试飞大队谁还能领军？全海军又能挑出谁来接替他？"衣正邦看秦大地："大地，这也是我想问的！"秦大地："首长要是问谁可以接替我，我们队内就有的是！第一是余涛，下一个嘛，我认为是谢振宇，但我必须用余兆年老团长当年的办法逼他成长。最后，通过这场系列竞赛，我们也许还能发现更多领军人才！完成舰载机的试验试飞并不是我们的终极任务，中国海军未来需要一支强大的舰载机队伍，我们必须从现在开始考虑培养大量的领军人物！"衣正邦："所以你认为，无论从哪个角度讲都需要一场系列竞赛？"秦大地："对！"陶斯勇："首长，我坚决反对！"衣正邦看他："你不能光说反对，你也要说出你的理由！"陶斯勇道："首长不要逼我说出我不想也不该说出的话！"秦大地勃然变色："斯勇！"陶斯勇只看衣正邦："大地现在是我们这支队伍的领军人物，是队伍的灵魂，他尤其不该想如果他牺牲了谁来接替他的位置！"秦大地："我不同意！首长！我们现在进行的是从来没有经历过的战斗，要打多久，死多少人，不知道，我就是这么想也没错！我是老兵、老试飞员，比他们更有经验……你不会也像他那样想吧？"衣正邦："我怎么想？"秦大地转身走。衣正邦："你给我站住！"秦大地激动道："首长一定知道我在想什么，而且知道我应当这么想！"他继续朝林子外面走去。衣正邦吼道："你这个秦大地，你给我尥什么蹶子，站住！不然你现在就可以回家抱孩子了！"秦大地站住了。

衣正邦往林子外面走，又回头看陶斯勇："你怎么不走？"

陶斯勇："首长还没做出决定呢！"衣正邦："你们做事要掂量一下，首长就不需要吗？"他率先走出林子。秦大地、陶斯勇跟着走出去。海滨公路上，衣正邦没有告别就上了车，车子马上就离开了。秦大地不看陶斯勇，上车，对司机道："开车！"陶斯勇一把拉开车门坐进去。秦大地仍旧不看他，怒形于色："你干什么？下去！"陶斯勇只对司机："走！"司机开车。秦大地努力让自己平静。陶斯勇道："你干什么？我们还是不是一条战壕里的战友！"秦大地愈怒："现在不是了！停车！小刘先下去待着！"司机停车，下车关门离开，他回看陶斯勇，仍旧怒火满腔，"你是支部书记，有意见为什么不在支委会上讲，跑到这里告我的状——"陶斯勇："那些话我在支委会上怎么说？你是大队长，是带队伍攻山头的指挥员，不是尖刀班长，更不是第一爆破手！"秦大地："我现在认为自己就是尖刀班长！""你就是尖刀班长也要明白指挥位置在哪里，你该待在班长而不是第一爆破手的位置上！""你装什么傻？你知道我不是为这个生你的气！"陶斯勇明白了，看他道："大地，舰载机试验试飞直到航母成军是个漫长艰苦的过程，到底有多漫长多艰苦我们现在一点都不知道！连首长在会上都说了，一定会有牺牲！但我仍然认为第一个牺牲的不该是你！""为什么不该是我！就因为我家里有一个病孩子，老家还有一个截瘫的父亲？斯勇，有句话我一直想说，从首长第一次讲他的故事时我就想说——"陶斯勇："你要说什么？"秦大地："你真的要让我说出来？"陶斯勇："随你的便，爱说不说！""我今天一定得说！没有任何一位母亲、妻子、儿女会认为自己的儿子、丈夫、父亲是可以牺牲的！但军人的存在就是为了牺牲！你知道我今天最生气的是什么？我最生气的是你在暗示首长，我秦大地和别人不同，难道我们家有一个病孩子和一个瘫痪的父亲我就和别人不同吗？我觉得你不但伤害了我，你还伤害了我儿子和我父亲，伤害了我的全家，他们有我这样一个儿子、丈夫和父亲已经这么不幸，可你还要伤害他们！”陶斯勇变色：“大地，你这么说就不讲理了！我确实一闪念间想到过秦熠，但我反对你做第一试飞员的理由却不是秦熠！干脆打开窗户说亮话，万一你第一个倒在试飞场上，你现在能把队伍交给谁？交给我吗？还是交还给首长？你会打乱首长的部署，这是对事业的极大不负责任！”

秦大地回头，努力让自己平静：“那好，我们就来说说这个！前提是牺牲不可避免。你认为我不当第一试飞员，让别人第一个去牺牲，就是对事业负责？可以，但如果我这个领军人物不率先去牺牲，我真能带出一支人人都可以奋不顾身去牺牲、任何艰难挫折都挡不住的队伍吗？在我军历史上，什么时候不是领导身先士卒，牺牲在前，部队才会一往无前，所向无敌！”

他们没有再吵下去，因为一辆车已经驶回来，停车。二人大惊，衣正邦已经从车里走下来。二人下车：“首长！”衣正邦道：“我想好了。你们两个听着。我原则上支持秦大地的提议，同意试飞大队用三天时间搞一场队内系列对抗赛，熟悉歼-15，同时排出试飞顺序！”陶斯勇大惊：“首长！”衣正邦：“你吵什么，还没完呢！虽然原则同意，但我有两个补充！”秦大地笑：“首长，你同意就行了，补充就不要了！”衣正邦：“知道什么你就不让我讲了？我的两个补充很重要，没有这两个补充，系列赛就不用搞了！”秦大地：“不不不，首长讲，我们坚决执行！”衣正邦：“陶博士也听着！这两个补充，是要你去监督执行的！第一，秦大地作为大队长，直接参加最后一场冠亚军决赛。告诉你们那群大师、金头盔、空王，不要觉得我让秦大地直接进入决赛有什么不公平，不公平就不公平了，世界上没那么多公平！就一句话，他是大队长，你们不是！重复一遍，这是命令！不讨论，只要你们执行！”陶斯勇脑瓜里电光石火般一闪就明白了，迅速看秦大地一眼。衣正邦起高声：“你怎么不回答？”陶斯勇：“首长还没讲完呢！”秦大地：“不不不，首长，我觉得我要是不参加所有竞赛——”衣正邦：“我说过了这是命令，不讨论！第二个补充，告诉你的人，就是在系列赛中失手，拿不到第一，天也没有塌下来，日子长着呢，系列赛不能只搞一次，我们不搞一战定终身那一套，那不利于调动大家包括所有空军飞行员的积极性。试验试飞要经过好几个阶段，每个阶段又会分成若干个项目阶段，机会和考验多着呢！每个人都有机会做第一试飞员！对了，第二个补充决定是，每个项目阶段开始前根据需要都要进行一次新的系列赛，重新排出试飞顺序。就这么定了！”

秦大地：“首长，第一个补充规定我们接受，但这第二个——”衣正邦严厉道：“你给我住口！第二个补充规定可以给每个人希望，凝聚人心，激发大家练兵的积极性，不至于让你的人试飞间隙因为无所事事武功全废！还说要为未来的航母飞行部队培养人才呢，这个都想不到！”他要上车，又回头，“还有一件事！系列竞赛安全第一，出一点纰漏，找你算账！”秦大地立正：“是！”衣正邦又看陶斯勇：“你呢，你想通了没有？”陶斯勇道：“首长，我保留意见！等等，谢振宇怎么办？”衣正邦看秦大地：“谢振宇暂时留下，这是给你们机会，也是他的机会！”他又看陶斯勇：“还有你，不管思想通不通，命令要执行！我走了！”

秦大地、陶斯勇举手敬礼，目视衣正邦的车远去。秦大地回看陶斯勇，心情大为改变：“走吧，留在这儿也没人管饭。”陶斯勇转身上自己的车。秦大地想了想，挤到他车上去。陶斯勇生气地看他。秦大地：“上你的车是看得起你！里边一点儿！”陶斯勇不得已让出位置。秦大地对司机："开车！"车开起来，陶斯勇仍然一眼也不看秦大地。秦大地主动道："我都上来了，主动示好，怎么还不说话了！"陶斯勇："我说什么？你遂了心愿了，我可没你这么好的心情！"秦大地："我认为现在你应当和我一起想，一旦消息公布，队里会发生什么！"陶斯勇："发生什么？所有人都会把它看作一场海空两大军种顶级飞行员的世纪大战！我第一担心安全问题，第二担心谢振宇把你打下来，更担心的是余涛一个人把我们海军的人全打下来！那时候你就找不到哭的地方了！"秦大地难得地哼了一句歌词："那有什么不好？我马上向首长推荐余涛做大队长兼第一试飞员，让他免我的职，我就可以转业了！"陶斯勇："口是心非！"他不再生气了，秦大地神情却严肃起来，两人不再说话。车子飞快地驶入试飞大队营区。

第十章

因为一大早欧双莲突然要离开家，夏初和柳尼娜通了电话，让夏初震惊的是柳尼娜告诉了她另一个消息：谢振宇因为昨晚上严重违纪回去被关了禁闭，部队一定会处分谢振宇，说不定还会因此将他从部队除名！“你的心上人能不能留在那里还不知道呢！”夏初虽然不承认谢振宇是她的心上人，但想了想还是和柳尼娜约好，中午见面：“我有事要说。”

见面后，柳尼娜报怨夏初中午也不让她休息，问她第一天上班什么体验？夏初皱眉：“不说这个了，我找你说别的事。”柳尼娜脱口而出：“谢振宇？”夏初点头。柳尼娜道：“人家来了你摆着臭架子不见，出了事你又受不了……不会是倒过来了，想请我陪你到部队去看他吧？”夏初：“让你说对了！”柳尼娜：“哎哟大小姐，你把我的下巴都吓掉了，真的假的？太阳从西边出来了？咱整天一副高冷的范儿，真的要屈尊移驾上赶着去找他？那得要多少夜睡不着才——”夏初让她住口：“不是你想的那样！是这两天我看了些航母舰载机试飞员的文章，给吓住了！”柳尼娜：“吓住了什么意思？”夏初：“即使是美国和俄罗斯这样的航母大国，不对，是苏联，为了突破舰载机上舰技术，都死了一大堆试飞员。”柳尼娜：“哎呀我的妈呀，那谢振宇、康延成他们从事的是高危职业！”夏初：“极端高危。”柳尼娜：“有多高危？随时可能死人？不会吧？”夏初严肃地点头。柳尼娜道：“你真吓住我了！他们随时可能死？”夏初：“所以我想去看看他。”柳尼娜：“哎哟开始心疼了，醒醒吧，你在人家那里还什么也不是呢！”夏初要她告诉自己，谢振宇的禁闭是不是解除了，柳尼娜摇头说不知道。夏初道：“对于像他这样的顶尖飞行员来说，飞行是第一生命，要是因为我被除名，就害了他一辈子！”柳尼娜：“你真想去部队为他求情，帮他解释那天夜里他夜不归营和你有关系？”夏初：“是想这样，就是不知道有没有用。另外一件事就是想见见他。”柳尼娜：“爱上了？”夏初：“还没有。”柳尼娜：“那你什么意思？”夏初道：“万一是我从一开始误会了人家，他真像自己说的那样死心眼儿，八年前见了我一面就……真那什么一见钟情——”柳尼娜：“打住！清醒一点行不行！男人的花言巧语你也信！”夏初：“我不信，但我怕万一！”柳尼娜：“八年前的事儿想起来了？”夏初不说话。柳尼娜看出来了：“原来是早想起来了。谢振宇的话是真的，八年了，你也一直没有忘记他。”夏初叫：“不是那样的！”柳尼娜：“是哪样？”夏初脸红了，想笑又止住：“当年就他那个样儿，长得像个瘦猴，扔在一堆人里头完全找不出来，哪像现在，一表人才，我怎么会——”柳尼娜：“可你还是记住了人家！”夏初不得不承认：“是他一晚上盯住我，老请我跳，我一直想怎么躲开他，怕他踩坏了我新买的一双红鞋！”柳尼娜：“现在是不是能从一堆人里头找出他来了？”夏初脸更红了，笑着承认：“是，不行吗？”柳尼娜也干脆：“说吧，让我帮你干什么！”夏初：“陪我去一趟试飞大队，一是见一见他，看我是不是真的害了他，最好是没有，你的消息要是真的，我可以向他们领导解释，他违纪确实和我有关，但我知道这没什么用。他违纪就是违纪，真要因为这个受处分，我们去了也是白去。”柳尼娜：“你什么都知道，那我们还去干什么？”夏初严肃起来：“为了另外的事。我要告诉他，他必须管理自己的感情，我可以从我的专业角度帮助他，不然，一个不会管理自己感情的人是不适合从事他现在这种极度高危职业的！”柳尼娜：“哎哟喂，这里头就没有……那什么……爱情？”夏初：“没有！”柳尼娜：“没有我就不去，有我老柳为朋友两肋插刀！——谢振宇不会给我们吃闭门羹吧？”夏初有点发怔，这个问题她倒没有想过，笑：“不会吧？”忽然又诡秘地冲柳尼娜一笑，“哎，你就不想见见你的那个什么……老康！”柳尼娜马上臊了：“呸！我看他干什么！我不是你，人家谢振宇是上赶着爱你，他康延成跟我有什么相干！”夏初羞她：“瞧瞧，撒什么谎啊你！一说他名字你脸都红了！好尼娜，咱们俩去了，正好也给你们创造了机会，让他再见见不用美图秀秀的你！真实的你比照片漂亮多了！说不定咱就有了机会！”

柳尼娜被她两句话说到了心里，脸色绯红：“呸，我要是你就好了，人见人爱，我这没人疼没人爱的，小可怜一个，哪有什么机会！——行了，陪你去见谢振宇也不丢人。周末我开车送你去！有人一定喜出望外！”夏初想了想又道：“我们是不是挺傻的？”柳尼娜道：“女人一爱傻三年，这正常！”

第二天早上风雨大作，秦大地仍按操课表带全体队伍进行五公里负重越野。因为昨晚上在队前做了检讨，此时谢振宇也出现在队列里。雨水鞭子一样抽打着他的脸，让这张脸上布满了泥水和刚毅。山路太滑，脚下全是烂泥，不时传来摔跤的声音和随后响起的笑声。康延成走近一直阴沉着脸的谢振宇，悄声道："昨晚上队前检讨效果不错！禁闭解除，只给一个行政警告，祝贺表演成功！佩服！"谢振宇不理他，他的神情表明虽然只经历了一次事先并没有觉得有多严重的队前检讨，但事情真正发生后他的内心里仍然感受到了巨大的羞辱。

全队回到营区操场上列队时风雨仍未停息，条条水柱子顺着大家的脸颊向下流淌。秦大地面向全队大声喊口令："稍息！讲一下！请稍息！"全队跟着他的口令做动作，每个动作都像新兵一样认真严整。"向大家通报一件事情。"他继续开口道，"根据任务需要，经过总指挥批准，本周操课计划做出调整。全队用今天一天时间准备，一天后，也就是明天，正式展开队内系列空中对抗竞赛，竞赛的结果将决定试飞员的排序，冠军就是本大队的第一试飞员！"他的话让所有的人精神为之一振。耿见林看余涛一眼。余涛并不回头，只神情专注地听秦大地讲话。站立在他们身边的康延成也看了一眼谢振宇，发现只过了一天就像变了一个人似的谢振宇仍旧面无表情。"……下面宣布竞赛规则。"秦大地继续道，"经过临时支委会讨论决定，为公平公正起见，先由海军的同志进行第一轮竞赛，两两对决，胜者进入下一轮，负者淘汰，直到决出五名优胜者，和空军的五名同志进行一对一对决，胜者进入下一轮，直到决出最后一名！"尽管大雨仍旧，但队列里的气氛已经热烈和活跃起来。秦大地继续大声道："安静！最后宣布两个补充规定。首先申明，这两个规定不是我这个大队长和临时支委会决定的，是总指挥不顾我和政委的反对命令我们执行的！第一个补充规定是，本大队长直接进入冠亚军决赛，一场定胜负，胜者获得第一试飞员资格！第二个补充规定，竞赛不是只搞一次，通过这次竞赛排出的试飞员顺序也不是一战定终生，首长要求我们每进行一个大的试验试飞项目前都要重新搞一次，重新排座次。对于后一个规定，我想大家是不会有意见的，有也不行！首长说这也是命令，不能讨论，只能执行！”队列里骚动起来，人们开始交头接耳。秦大地严厉地看大家一眼，再喊：“安静！等会儿回到宿舍，大家会看到一份竞赛日程表，上面对竞赛及各位的对手有详细说明。再提醒大家一次，只有今天一天时间准备，明天上午八时，竞赛准时开始！”队伍重新安静下来。秦大地停了一下又道：“最后一件事，是政委和我对大家的要求。这不过是一场队内排位赛，要绝对保证安全，遵守所有飞行安全规程。如果有谁为了获胜犯规，成绩取消，排在全队最后一名！——解散！”

队伍在大雨中解散，操场上转眼就只剩下了秦大地和陶斯勇。秦大地欲走又看陶：“你又怎么了？”陶斯勇道：“我必须和你交流一下。一早上我都在观察谢振宇。”秦大地并不想和他讨论下去：“那又怎么样？”陶斯勇道：“他昨晚上的队前检讨做得比我想象的好，但心里明显并没有真正认输。我现在更加认为他选择扫雷是为了离开禁闭室参加竞赛，完成和你一战的夙愿！”秦大地转身过来，严厉地看着他，等他说完。陶斯勇：“我现在认为更需要提醒的是你。你自己的一意孤行已经覆水难收。再说一遍，我最担心的是你不一定真能打败他！”秦大地终于开口：“你快吓死我了，是不是想让我宣布取消系列赛？”陶斯勇：“我还能吓住你？你从一开始就设计好了，现在心里正美着呢！但我必须提醒你，他不是一个人在战斗，他背后还有一个吴惊天，为了你当年打败他的老师他可能会在竞赛中无所不用其极。别的我并不担心，但我第一担心你的安全，第二还是你的安全！”秦大地：“你担心我出师未捷身先死，长使英雄泪满襟？”陶斯勇：“我没心思跟你开玩笑！”秦大地：“那我也必须提醒你注意一个常识，空中对抗也是战争，没有绝对的安全可讲！”陶斯勇：“你只要敢再这么说一句，我就向首长报告，要求停止竞赛！”他仇人一样盯着秦大地。后者终于屈服：“行，我听你的，保证安全第一！”陶斯勇：“第二件事，你不能让谢振宇赢你，更不能让余涛赢了你！”秦大地：“这又是为什么？”陶斯勇：“你不要这个样子跟我说话！为什么你明白！就是让谢振宇打败你，也不能让余涛打败你！你是海军的王牌，被余涛打败，就是空军打败了海军！”秦大地：“行，我都知道了，全答应。还有事吗？”陶斯勇：“有！我不想问这个问题但又必须问。万一谢振宇打败了你，你真要把第一试飞员的机会和责任交给他？”秦大地：“当然！立了规矩就得照规矩来！”陶斯勇：“把如此重大的责任交给他，你真的放心？”秦大地深深看他，一字一字道：“斯勇，你非得让我把话说出来吗？”说完他转身要走。陶斯勇喊：“站住！你有话就说！”秦大地站住，回头：“他要是真能打败我，我就真把机会和责任全交给他！可惜他不能！”陶斯勇说不出话来了，看着秦大地在雨中大步走远。

空勤楼上，谢振宇正在房间里换衣服，康延成已经换了干衣服推门走进来。谢振宇道：“你这么快来干吗？”康延成吹口哨：“我来看看你，不行吗！”谢振宇不说话，继续把干衣服穿好。康延成：“你一早上冷着个脸干吗，事情都过去了，虽然给了一个处分，但这在你算得了什么？就是不用兴高采烈、手舞足蹈，你也犯不着装不高兴，这第一个回合你赢了！”谢振宇终于回头看他：“游戏，知道什么叫恬不知耻吗？”康延成脸上笑容落下：“老谢，你骂我呢？”谢振宇：“原来以为没有什么，可是当我站在队前的一刻，一眼看见所有人都用那种目光看我……突然就后悔了，要是有个地缝我都能钻进去！淮阴侯韩信不得志的时候，在家乡大街上遇上流氓，对方让他选择，要不决斗，要不从人家裤裆下钻过去。韩信选择了钻裆！过去读这段故事，只觉得韩信能屈能伸，大英雄，没想到轮到自己，才知道其实并不容易！”康延成：“你又不是韩信，再说我看这事情还是你自己设计的！”谢振宇一拳砸在桌上，发出惊天动地一声响。康延成被吓住了：“干什么你！”谢振宇伤心道：“在我们120团，我一直写检讨，可团长从没有把我弄到队前去示众！这回我这人丢大了！他让我在所有海军和空军来的人面前成了笑柄！”康延成：“怎么着，从今以后，咱和秦大地势不两立？”谢振宇：“撮我的火是不是？”康延成笑：“算了，我知道你没什么，一表演就不知道停。我走了，我也得回去准备竞赛！”谢振宇：“我自作聪明，小瞧他了，我知道他强大，没想到如此强大！”康延成跟不上了：“你……你……你在说什么？我相信就这一会儿，不管是秦大地还是余涛都在琢磨怎么干掉你，在他们眼里你也很强大，可能比你想象的还要强大！对了，你和余涛还有一段过节，我提醒你他一定会抓住机会打你一个满地找牙！”谢振宇觉得好些了，回头看他：“你走，打谁个满地找牙？那也得看他有没有这个能耐！”康延成不走：“最后一个忠告！珍惜机会，用心准备，凭实力打败所有对手，包括余涛，然后和秦大地进入决赛，打败他，一战成名，把今天的羞辱全部还给他，让他彻底走下神坛！我挺你！”谢振宇深深看他，有顷：“走！”康延成要走又回头：“直到最后打败秦大地，不要再犯低级错误！”谢振宇：“你走不走！我还会犯什么错误！”康延成把门关严：“不要再去见夏初！只要有下一次，他二话不说就会把你除名，那时连我都会说你活该！”他不等谢振宇回话就开门走出去，回手重重关门。谢振宇不觉低声吼起来：“我怎么还会去找她！我和她的事从前天夜里她在自家门前不下车见我就结束了！”康延成忽然又把门推开道：“真结束了，我念一声阿弥陀佛！”谢振宇怒不可遏：“你——”门被他重重关上。

五名换了干衣服的空军飞行员全部集中在余涛房间里。余涛亲手关门，看大家，低声道：“现在开会。主题是紧急动员，大家说说如何打好这一仗！会不能开太久，大家还要去准备，发言吧！”王小毛抢先道：“余涛，这不用动员，什么系列空中对抗，就是两大军种顶级飞行员打擂台，是骡子是马牵出来遛遛！谁怕谁呀！”耿见林：“我说两句，这可不只是空海两军顶级飞行员的大 PK，它还将决定以后谁在试飞大队拥有话语权。我觉得到今天为止，秦大队对我们还是公平的，但在这公平背后，大家没感觉出什么吗？”余涛：“你指什么？”江海：“我插一句！”耿见林：“说！”江海：“各位，我觉得他敢弄一场空中擂台赛对我们发起挑战，已经犯了战略性错误！”王小毛：“什么意思？”江海只看余涛：“秦大队，还有进入本大队的海军这些家伙，太目中无人，他们小瞧我们！”耿见林：“对，我也觉得他们不知道马王爷三只眼！”王小毛：“但我现在的感觉是他们完了！”耿见林看刘波：“你怎么不说话？”刘波：“我有不同看法。各位，我倒是觉得我们非常可能遭遇了劲敌。秦大队一定是觉得他的人有把握打败我们才敢搞空中对决。真让他们赢了，以后他就是在试验试飞中不给我们任何机会，我们都张不开嘴！”王小毛看余涛：“刘波今天说到了点子上！”耿见林：“不对，如果真像他说的那样，秦大队还是犯了大错！”众嚷嚷：“对！小看我们就是大错！”王小毛：“他这是不拿村长当干部，不拿豆包当干粮！”江海：“你胡扯什么？谁是豆包？”大家笑，回看余涛。余涛一直在沉思。王小毛不耐烦：“哎，你怎么不说话。海空两大军种顶级飞行员华山论剑，无影乾坤脚对八卦阴阳掌，恒山派对南少林……现在想想我都激动得哆嗦。各位，我们分兵把口，会师决赛，一定要赢！……对，会师决赛不可能，但最后和秦大队决出冠亚军的那个人一定是我们中的一个！我这十八般武艺哎，这回要全使上，让他们开眼！”说完了又看余涛。余涛：“好吧，我说两句。小毛说得对，第一，我们一定要赢，但不一定要把十八般武艺全用上，赢了就行！”江海：“对，不能把咱们的底全透给他们！”耿见林：“是不是全透给他们，也得看对手的实力，如果三下两下就解决战斗了，那就用不着把老底都亮出来了！”余涛道：“我还没说完呢，你们就打岔！我强调一下，只有赢我们才能在以后的试验试飞中掌控话语权。但光赢还不够，还要赢得漂亮，全赢！”众人振奋：“全赢？”余涛：“只有赢下全部对决，才能把海军舰载机试验试飞大队变成空军舰载机试验试飞大队，完成来时首长交给我们的任务！”众人兴奋起来。耿见林：“余涛，你比我们都狠，你的意思是，不但要吃肉，还要啃骨头，连汤也不让他们喝！”余涛：“大家有没有信心？”众人喊：“有！”余涛：“好！为了实现这个目标，我提醒大家，第一，一定不能轻敌，战略上蔑视，战术上重视，秦大队不是好对付的，海军这些人也不会好对付，尤其是谢振宇，还有他的搭档康延成，据说是个打业余飞行游戏的全国冠军！任何轻敌的想法都可能让我们一败涂地！第二，胜利不是吹出来的，准备工作要做得扎实又扎实，要把困难想得更多一点，战法和技术运用想得更细一点，多准备几手，把看家本事全准备好，到时候不要一下子全拿出来，一件件往外拿，不让他们过早地发现火力点。还有一条，永远留一手，直到最后，一招制敌！”耿见林看众人：“我都明白了，大家明白了吗？”众人：“明白！”耿见林：“我也要说两句。竞赛是一场定胜负，余涛要我们要赢下前面的所有对手，和秦大地形成五对一的局面，我们的人赢了，当然是第一试飞员；就是赢不了，前六名试飞员中也有五名是我们的人！”江海叫起来：“你打住，什么赢不了？赢不了也得赢，这个任务是余涛的，我现在提议马上就要展开敌情分析，找出每个竞赛单元最应当警惕的人，想出万全之策对付。等打败了这些家伙，再回头重点研究对付秦大队！”江海：“前面最危险的对手，当然是谢振宇！”王小毛：“别提他好不好啊，昨天看他在队前做检讨的样子，哪里是深刻检讨，就像吃了个苍蝇，自己捏着鼻子在那里念一篇和自己无关的东西……秦大队对这个人太纵容，做了这么个检讨就放他过关，要是在我们空军——”余涛：“扯远了，不要评判别人家的事！”刘波：“哎，会不会就是为系列竞赛演的一场戏，放虎归山？”江海：“你又来阴谋论那一套了，看谍战剧闹的吧？”耿见林：“自己是个阴谋家，把别人干的事都看成阴谋也是很正常的！”王小毛：“我没听明白，什么阴谋，快说！”刘波：“秦大队迫不及待地放谢振宇出来，目的是让他在前头对付我们。然后，他自己再和谢振宇进行一场空中对决，决出当今海军的空王！”耿见林：“余涛，你的机会到了！不对，各位，应当说大家的机会都到了。等我们上的时候，不论谁遭遇谢振宇，要用尽一切办法打掉他，让他不能和秦大队对决！他们俩要是对决，我们最好的位置才是第三试飞员！”刘波：“对，让谢振宇在我们这里就憋犊子！他太不是东西了，而且对我们的威胁最大！”大家笑：“对！”余涛又看表。耿见林：“你怎么老看表？话都说完了，该你总结了！”余涛：“没什么说的了。最后提醒一句，仗要打赢，但也要有风度。要赢得漂亮，不搞任何小动作，更不能违反竞赛规程。要让他们知道，虽然海军号称国际性军种，海洋是他们的地盘，可是天空，那是我们的！”众人热情高涨：“明白！没问题！瞧好吧！”只有刘波叫了一声：“不好！”众人惊讶地看他。耿见林："你又怎么了？"刘波："建议提前买些毛巾。"王小毛："干什么？"刘波："给海军的同志每人发一条，他们是要哭的，每人一毛巾，让他们痛快地哭，比较人道！"耿见林："你太坏了，空军就没坏人，现在发现，你算唯一的一个！"余涛道："解散！马上回去准备！"大家就此散去。

总指挥部二楼办公室里，衣正邦临窗望海，也在沉思。秘书小魏走进来，看他一眼。衣正邦："怎么了你？"小魏："没什么。"衣正邦："有话憋在肚子里，好受吗？"小魏笑："首长，你认为秦大队一定能赢？万一——"衣正邦不满地看他一眼。小魏马上笑道："首长相信秦大队能赢，他就一定行！"衣正邦："你怎么知道？连我自己都还不知道呢！"小魏："首长，我觉得有另一种可能！"衣正邦："什么？"小魏："无论秦大队赢，谢振宇赢，都是海军赢，首长最担心的是余涛赢。"衣正邦："我心胸就那么小吗？"小魏笑："这和心胸大小没关系，毕竟我们是海军，他们是空军，两大门派，我们输不起！"衣正邦不语，有顷又忽然回头："他们也输不起！"小魏有点迷惑了："首长预测一下嘛，谁能赢？"衣正邦："这预测什么，该赢的那个人赢！"小魏："赢了以后呢？"衣正邦："你到底想知道什么？"秘书忽然明白了他的心，不说话了。

一辆救护车鸣笛开进回春医院大门，停在院子里。刘本立下车，环顾这个不起眼的山区小医院。晋军和乌晓将秦熠抱下车，放进轮椅。医院后面的一座中药栽培大棚里，申一正在做试验，一名女护士飞快地跑进来喊："申大夫，回来了回来了！那个叫秦熠的孩子又回来了！"申一不回头："胡说，不可能！"女护士："真回来了！都下车了！"申一忽然有些激动，放下试验工具往外走，又站住，回去继续做试验。女护士不解地看她："申大夫——"申一道："我并没有治好他的休克，他为什么要回来？"刘本立就在这时出现在大棚前，用手敲了敲门。申一回头看他，半天才认出来："刘本立！你怎么来了？"刘本立："申一，快三十年不见了！我把你的病人送回来了！"申一一惊："你是说秦熠？"刘本立："对。我们能找个地方谈谈吗？"申一一瞬间的激动迅速变成冷漠："你想跟我谈什么？你是军队大医院的院长，名医，你都治不好他的病，怎么想起送到我这里来？……你不会是专程从南方过来的？这孩子什么来头，把你都惊动了？"刘本立看了眼女护士。女护士醒悟，退出去，开门让刘本立走进来，又关上门。申一继续做自己的试验，并没有为客人做什么。刘本立道："三十年了，我知道你过得不易，但我们是老同学，一直都在关注你。"申一终于看了看身边的一把破椅子："你要是愿意，就坐下吧。"刘本立坐下，马上又站起来。申一："坐着不舒服？我这里就这样。"刘本立："我不能坐，买好了中午的飞机票回临海。我来就想问你一句话。"申一："是不是治得了这孩子的病？"刘本立："对！"申一回头，忽然有些激烈："你知道我会说什么，明知故问！"刘本立道："如果你是这个态度，为什么一开始要留这孩子住院？"申一完全放下了手中的工具："原来你是兴师问罪来了？病人是你介绍来的，不是我花言巧语要骗他来我这里。确切地说是孩子自己要求留下来。你会问我为什么没拒绝！我当然不能拒绝任何一个相信我能为他治好病的孩子！别这样看我！你现在心里想什么我全知道，外头有人说我是骗子，你也在想我这么做只是为了给医院增加收入！这也不是什么错，我们是一家民营小医院，我只有在这里帮他们赢利，他们才会支持我进行我的试验！我为研究中药治疗脑瘫耗费了几乎一生，不能到死的时候仍然一无所获！我又没有你那样的才能，听说都享受将军的待遇了。好吧，我把话都说清楚了，你可以把那孩子带走了！”刘本立：“真没想到你会是这个态度。孩子上次在这儿发生休克，住进了太原的军队医院，前些天他母亲和他父亲的战友都说好了，让他回临海，是孩子自己坚持回到你这儿来。开始我不明白，但是昨天晚上听到他母亲讲了一通话，我才明白了。”申一一惊：“你明白了什么？”刘本立：“孩子自己要留在你这里，不是因为你能治好他的病，是为了他父亲！”申一深深看他：“你终于说到了他父亲！他是谁？居然惊动了你这位将军级的专家来关心他的孩子，此人一定非同小可。既然这样，孩子为什么还要送到我这里治疗？为什么不进你们那些更高大上的医院？”刘本立：“申一，你这么说就不对了。他的父亲不是将军，却正在承担将军也不能承担的责任！具体做什么我不能讲，但我可以透露一点身份信息给你。孩子的父亲是中国海军最了不起的试飞员，正在参与全国人民都在关注的一项大事业！孩子当初要留在这里，就是为了让他父亲放心地离开，去做这件大事！”申一完全呆住了，半晌才道：“全国人民都在关注什么大事？全国人民关注的大事跟我什么相干？不，你说孩子当初也骗了我，他留在这里不是信任我，而是——”刘本立点头：“我也不是专程为这个孩子到你这里来。我是到太原开会，听到消息后去了那家军队医院看看，发现孩子正闹着回你这里来，我就跟他一起来了。申一，再问你一句，你真能治得了孩子的病？至少你当初不全是为了钱才让孩子留下来的，你不是那样的人，你一定是认为自己有可能——”申一迅速打断他的话：“不，我就是为了钱！其次孩子当初也没有要求我治好他的病，他只要我治好他的休克，孩子说——”她突然说不下去了。刘本立道："那我就再问一句，你能治好他的休克？"申一久久看他道："刘本立，我也一直在想这件事。我能吗？"刘本立听出了弦外之音："这么说，孩子在太原住院期间你并没有忘记他？"申一不说话。刘本立道："我明白了。那我就放心了。我去告诉孩子和他妈妈，你答应继续留他住院治疗，并对治好他的休克有信心。我能这么说吗？"申一还是不说话。刘本立道："你不说话我也要说，不但我要谢谢您，我还要代表部队，代表孩子父亲的战友谢谢你。你有这个态度，我就敢替他父亲做决定，让孩子继续留在这儿治疗，继续实现他的心愿，让他的父亲以为他在这里一切都好，可以放下心来做他正在做的大事！"

回春医院院长宿舍里，一个形象猥琐的男人正独自坐着数钱。桌面上摆着一摞一摞成捆的人民币。他数得非常开心。有人敲门。猥琐男一惊："谁？"没有回答，敲门声再起。猥琐男："到底是谁？"仍然没有回答，只有敲门声。猥琐男慌乱起来："谁呀，只会敲门！"敲门声更响也更急了。猥琐男急急将桌上的钱抱起来，锁进保险柜，回头开门。门外站着申一。猥琐男意外道："申大夫，是你？"申一不说话，铁青着脸走进来，将自己抱的一个书包打开，从中拿出一沓没有拆去封条的人民币放到桌上，这才抬头看这个猥琐的男人："院长，这是上个月你付给我的工资和分红，我一分也没有动，现在全拿给你，让人用它们去买我要的药材！"她拿出了一张药单。猥琐男忽然明白了什么："申大夫，你真的还要在那个二进宫的病孩子身上下功夫？"申一道："张院长，如果你还想继续和我合作，就一定要遵守我们之间有过的一个约定，不给病人用假药！这个孩子更不能！如果再让我发现你在外头买了假药，别人不告你，我也会去告你！"她不等对方回答就转身走掉。猥琐男站着想了一会儿，摇头，打电话："啊，你过来一下……申大夫给了你一张方子？对，照着方子抓药！这回给那孩子用真药材！”他放下了电话，有一阵子仍然站在那里，自语，“老太太还认真了，真把自己当成个人物了！”

夕阳西下，医院小花园中，有人难得地看到申一推着轮椅上的秦熠在慢慢走动：“秦熠，告诉奶奶，现在有一件全国人民关注的大事，什么事？”秦熠叫道：“奶奶，您连这个都不知道！眼下全国人民最关注的大事，当然是中国第一艘航母平台正在试验试航！”申一心中大震：“你父亲在航母上做什么？”现在是秦熠吃惊了：“奶奶怎么知道的？”申一：“这是秘密。”秦熠：“我父亲正在做什么更是机密，我不能说的。但奶奶，您可以想啊，我爸是中国海军最好的飞行员，空中之王，No.1。他能去干什么？”当天晚上，申一回到自己房间里，小心关门，又打电话给刘本立：“我是申一。你能不能告诉我，秦熠的父亲现在做的真是——”刘本立在电话那一端道：“这我真不能告诉你。但可以这么讲，他正在做的是一项世界上最危险、比军人上战场牺牲的概率还要高300倍的工作！”申一拿手机的手抖起来，有顷，她关掉了手机，平生第一次，她走向窗前，想一件和自己的生活完全无关的事情，眼睛竟然因为突然袭来的感动湿润了。

两架歼-15停在停机坪上。众飞行员身着飞行服列队，人人严峻的神情中透出兴奋。秦大地队前讲话：“同志们，中国海军舰载机试飞大队第一次队内系列空中对抗竞赛今天开始。竞赛按日程表上的安排共进行三天。现在各就各位，第一组出列，开始！”康延成和一名海军飞行员出列，举手敬礼，大声道：“大队长同志，01、02请求起飞！”秦大地还礼，大声地：“01，02，可以起飞！”两飞行员再次敬礼，跑步上机。秦大地面向全队：“第二组准备！其他同志到数据大厅待命并观战！记住，这是你们熟悉对手的机会！解散！”全队解散，跑向数据大厅。秦大地和陶斯勇则走上塔台，对值班指令长道：“开始！”后者对所有塔台人员下令开始并打开了送受话器：“01，02，起飞！”

一楼的飞行数据监测大厅里，众飞行员已经各自找座位面对大屏幕坐下。赵文搬一箱水过来：“来来来，各位大师，水来了！”吴强看他：“你这小子，这时候送什么水？打完仗才能喝水！搬回去！”赵文摸脑袋：“瞧我这马屁拍的！”吴强下意识看一眼谢振宇，意识到自动坐到后排的谢振宇今天的神情从一开始就异常沉郁和严肃。有人叫喊：“起来了！”众人朝屏幕上看去，果然发现康延成机已从机场跑道腾空而起，接着，在他的身旁，另一架歼-15飞起来，直上蓝天。王小毛第一个站起：“开始了开始了！”众人都跟着站起，挤到屏幕前去。吴强也跟着朝前挤，再回头发现谢振宇在原处坐着，并且闭上了眼睛。塔台上，秦大地也站起来，从飞行指令长手中接过送受话器，眼望空中的飞机，下令：“01，02，开始！”空中立即传回两位飞行员的回答：“01明白！”“02明白！”几乎在回答的同时，两架飞机已开始进入空中格斗。数据大厅的大屏幕前，一海军飞行员大叫：“嘿，水平剪刀——！”原来两飞行员一开始就进入了水平剪刀对抗飞行。江海大叫：“漂亮！”众轰轰然：“有两下子！干饭没白吃！”两飞行员忽然转入滚翻剪刀。刘波：“好小子，会这一手！”余涛目光里也透出了赞叹：“滚翻剪刀，两人都是好身手！”耿见林悄悄对他道：“记下他们的套路？”余涛不说话，但目光明亮。吴强再看谢振宇，发现他仍然不动如山地坐着，两眼紧闭，对正在发生的热闹充耳不闻。他刚刚回头看向屏幕，空中的康延成就用一个突然的伊麦曼回旋动作即上升转弯脱离了剪刀飞行，将对手置于本机正前方。对手机中，一个表示被锁定的红灯马上不停地闪起来。大厅中发出惊呼："哇！锁定了！结束了！"一名海军飞行员大叫："老康赢了，老康好样的！"塔台上，秦大地目光冷峻，对送受话器发令："01，02返航！第二组准备！"他的声音在数据大厅里回响，吴强迅速转身跑向出口，并看了一眼同在第二组的谢振宇。谢振宇这时睁开了眼睛，猛地站起向外走。耿见林看了一眼手中的名单，对众空军飞行员低声叫了一声："第二组是吴强和谢振宇！好好瞅着！"

试飞大队机场上，康延成和他的对手刚离开飞机，吴强和谢振宇就已经跑步登机。塔台上，秦大地再次下令："开始！"机场上吴强率先起飞，谢振宇机随后升空，座舱内的他的神态依然冰冷阴郁，目光却坚定明亮。吴强刚刚驾机临空，打开通话器报告："00，03报告，已做好准备，请求开始！请求开始！"谢振宇机突然出现在他机后，对他实施锁定。吴强机上的警示灯闪亮起来。吴强大叫："怎么回事！还没开始呢，怎么回事！"谢振宇机一声呼啸，从他机翼旁掠过去。吴强机被锁定的画面已经传到了数据大厅的屏幕上。王小毛大叫："哇！这么快！还没开始就结束了吗？"众人脸上现出震惊。余涛也微微动容。空中，吴强还在大叫："00，00，03呼叫，怎么能这样，还没开始呢！"塔台上，陶斯勇皱着眉头看了一眼秦大地。秦大地已经发令："03，03，我是00，命令你返航！第三组准备！"

数据大厅里，又有两名海军飞行员跑出去，但是所有的喧哗都停止了。

中午的飞行员餐厅里，所有人都在排队打饭，没有人说话，气氛沉闷。康延成打了饭，远远看谢振宇一眼，要走到他身边来。突然，他回头望到吴强出现在门口，满腔怒火，目光迅速寻找并锁定了谢振宇，想了想，径直朝后者走过去。众人都被惊动，回望谢振宇。谢振宇继续低头吃饭，给大家的感觉是他虽然从没抬头，但已经知道了发生的所有事，不过他并不在意。吴强冲向谢振宇面前，声音颤抖："谢振宇，你，站起来！"谢振宇没有停止吃饭，半晌才抬头，慢条斯理地看他："什么事？"吴强气得说话都不利索了："你……你对战友玩阴的，搞突然袭击，算什么能耐！有本事咱们再来一回，凭真本事，硬功夫！"谢振宇突然开口："打住！谁说的不能对你突然袭击？竞赛规则里有这一条吗！"吴强被噎住了，喉头吞咽了一下，大怒，一把揪住他："你给我起来！咱们找地方说理去！"坐下去吃饭的人都站起来，望着这场突然爆发的冲突，又朝门前突然出现的秦大地、陶斯勇望去。秦大地已经看见了发生的事情，大声道："吴强住手！"吴强回头，委屈的泪水在眼窝里打转。秦大地怒："我让你松手！这是命令！"吴强松开谢振宇。后者继续坐下吃自己的饭，仿佛什么事也没有发生。吴强大叫："大队，政委，我要求再赛一场！这不公平！"众人再看秦大地时，发现陶斯勇此时也看了一眼秦大地。秦大地大声道："你没有机会了！下午一点，竞赛继续进行！现在安静，吃饭！"众人继续坐下吃饭。吴强却转身奔出了餐厅。秦大地也不理他，和陶斯勇走去领取自己的午餐。受了一番惊吓的康延成再看谢振宇，发现他仍然不动如山。

拂晓的大海上，又完成了一次试航任务的中国航母平台正在破浪返航。一架直升机飞来落在甲板上。舰长、政委陪衣正邦迎风出舰岛，走向直升机。直升机门打开，衣正邦要登机又回头对二人道："回去要好好总结，现在是试验试航时期，有什么问题，尤其是不懂的地方，统统对工厂讲出来，请专家解决、解释，对他们一点也不用客气！"舰长看着政委笑，回头："是，我们不会客气的！”衣正邦边登机边接着说话：“试飞大队那边正在进行空中对抗，这伙人的头比你们还难剃……回去吧，我走了！”舰长、政委敬礼：“首长再见！”衣正邦马马虎虎还一个礼，等秘书小魏登机，自己又从直升机上走下来，脸色也不对了：“啊，还有一件事，你们舰上还要上女兵？”舰长、政委对视一眼。政委道：“首长，这件事不是我们定的！”衣正邦哼了一声：“不管是谁定的，我都反对！弄些女兵上来干什么？净添乱！咱们上下一起给他顶住！”舰长：“我们接到的命令说，航母上女兵，是国际惯例——”衣正邦声音高起来：“什么国际惯例，中国人这么多，男人有的是，让女人们到这上头受什么罪？几千个舱室，一男一女跑到什么地方去，你找得着？他有国际惯例，我有中国国情！我给你们交个底，就是我在上面顶不住，你们在下面也要顶住！”舰长、政委相视，苦笑。衣正邦再次要登机。政委抢上去开口：“首长——”衣正邦：“怎么了，还没完没了了！”政委：“首长，这样行不行？我们跟在首长后头，保证一切行动听您指挥！说实话，我和舰长看法高度统一，没有女兵我们就够麻烦了，再弄一帮女孩子，哭哭啼啼，今天张三，明天李四，哎呀我的天……不过要我们出面顶，我们可不敢！那是条令条例绝对禁止的！”衣正邦：“瞧你们这出息！哪有你们这样的部下！要冲锋陷阵了，把首长推到前面替你们挡枪子儿！……行，这事交给我了，总之让他们把我撤了，也不能弄一帮女孩子上舰，那怎么管理？”舰长、政委笑，给他打气。舰长：“首长说得对，一定要顶住！”政委：“首长，就等你的好消息了！”衣正邦登机，又伸出头来：“女兵的事交给我，可是接舰部队的事，你们要给我干好！回到基地一天也不能歇着，什么星期天，我看免了吧！尤其是甲板勤务人员训练从现在就抓紧，别等舰载机陆上试验试飞成功，飞机要上舰了，你们这边拉稀屎，那我可要打你们的板子！”舰长“啪”一个立正：“报告首长，那不会！哪怕舰载机明天上舰，我们今天夜里也要把甲板工作人员练出来！只要不让女兵上舰，什么事情都好办！”政委也道：“首长放心，不行你就撤了我们俩！”衣正邦：“军中无戏言，我这就是给你们俩的军令状了。干不了有人干！走了！”直升机关机门，舰长、政委退后，目视直升机起飞远走，才相视一笑。舰长长吐出了一口气：“回去吧！”两人向舰岛跑去。

空中对抗竞赛第二天清晨继续进行。塔台上，秦大地再次发令：“11，12，开始！”机场上两架飞机升空。陶斯勇陪衣正邦走进来。秦大地吃一惊，回头敬礼：“首长！你怎么来了？你不是在——”衣正邦不接他的话，直接发问：“进行到什么阶段了？”秦大地：“报告首长，已经进入第二阶段！请首长指示！”衣正邦：“没指示。继续指挥，就当我不在这里！”秦大地忙去拿凳子：“首长坐！”衣正邦：“你干什么？继续指挥，不要管我！”秦大地：“是！”衣正邦坐下来。所有人的注意力马上转向了空中。

数据大厅里，两架飞机正在进行激烈对抗的画面充满了大屏幕。众人依然挤在屏幕前看，嚷嚷：“好悬！”“漂亮！”“厉害！”余涛陪耿见林从门外走进来，二人目光投向大厅一角，又见谢振宇独自坐在那里，双目紧闭。余涛看一眼耿见林：“下一组就是你和他了。”耿见林低声：“别担心，我赢得了这小子！”余涛：“不能轻敌。”耿见林：“两天了，我一直盯着他，这小子一路赢下来，只有一个诀窍，就是三个字——不讲理！”余涛眉梢一耸。耿见林接着讲下去：“他的底牌就是不按规矩出牌。要不就毫不客气地对别人突然袭击，要不就玩些欲擒故纵的把戏，设圈套让对手钻。他这些套路我都记在心里了，瞧我等会儿打得他满地找牙！”余涛笑着鼓励他：“好，看你的了！”他们向大屏幕走去，没有注意到此刻康延成已经悄悄地坐到了谢振宇身边。谢振宇睁开眼睛又闭上。康延成道："朝那边看，空军那两个，一个是你的对手，两人一起嘀咕半天了！"谢振宇不睁眼，不说话。康延成："真准备好了？怎么不说话！你说话招人讨厌，不说话更招人讨厌！"谢振宇终于开口："我需要准备吗？"康延成生气地看他一眼："行，你牛！"他哼一声站起走开。谢振宇仍旧闭目稳坐，脸上没有任何表情。

第一组对抗刚刚结束，秦大地已经迫不及待地对送受话器发令："第二组开始！"衣正邦上前："这一组是谁？"秦大地关闭送受话器，回头："海军谢振宇，对空军耿见林！"衣正邦："打开实时监视器！"秦大地："是！"他指挥一名参谋将塔台实时监视器打开，衣正邦的目光立即转向屏幕。

机场上，耿见林已经驾机临空，然后是谢振宇。耿见林向舷窗外望去，寻找谢振宇机。突然他发现后者驾机正面向他飞速撞来。耿见林大叫："疯子——"为避免两机相撞，他急忙将机身下降。谢振宇机嗖的一声贴着他的机身上方一掠而过。耿见林勃然大怒："小子，也给我来这一套！"他一个眼镜蛇机动，试图爬升到有利位置，却发现谢振宇机已经出现在自己机后，再次从机身上方一掠而过。耿见林心中怒意又增，却不得不再次下降机位。塔台上，一直盯着屏幕的衣正邦变色，大声道："谢振宇搞什么名堂！这样会出事故的！"秦大地："首长，命令他们停止吗？"衣正邦却道："不，继续！"数据大厅里，余涛和众空军飞行员紧张地盯着大屏幕，脸色都变了。站在他们旁边的康延成心情更为紧张。大屏幕上，谢振宇再次几乎贴着耿见林的机身将他压下去。王小毛叫："耿见林危险！"随着他这一声叫，耿见林机又一次受到了谢振宇机身的压迫，位置越来越低，毫无还手之力。空中的他开始出现一瞬间的慌乱，试图摆脱，没想到谢振宇机已经占领尾攻位置，一个动作没做出来，飞机已被锁定。

数据大厅里，刘波大叫："见林输了！"康延成不无得意地看众空军飞行员一眼。他注意到余涛脸色严峻。江海恨道："这小子的干法跟昨天又不一样了，他跟谁学的，这哪里有什么技战术，明摆着就是欺负人！"他突然大声道："海军的领导呢？你们还守不守空中安全规则！"余涛马上喊了一嗓子："安静！"众人安静下来。塔台上，衣正邦要走又站住："明天怎么安排？"秦大地道："下午还有一场，空军余涛对海军康延成，如果余涛赢，明天将会是余涛和谢振宇对决，康延成赢了，就是两名海军飞行员之间的半决赛，从他们三人中间决出优胜者，参加最后的决赛！"衣正邦道："下午我有会来不了，明天上午谢振宇和余涛对决，我还来！"秦大地立正："是！"他要和陶斯勇一起送衣正邦下去，衣正邦道："你下去干什么？下午还有竞赛！你自个儿也要想一想，万一是余涛或者谢振宇赢了，你怎么办！"秦大地不说话了，看着陶斯勇陪他走下去。

黄昏，落日的余晖在海面上涂上一层金色。余涛一人站立海边，目光辽远。耿见林走过来，后面跟着王小毛、江海和刘波。他们都在余涛身后站住。刘波大声道："哎，别垂头丧气的！系列赛进行到现在，我们这边剩下一个余涛，他们那边剩下一个谢振宇，一比一，我们没输！"王小毛："他们那边还有秦大队呢！"江海："那不能算！他是总指挥特批进决赛的，不是凭本事！"耿见林激烈道："二比一也没什么，不过是多赛一场，等余涛赢了谢振宇，再打掉秦大队，我们仍然是赢家！对不起余涛，我没有完成任务！"余涛回头看大家："行了，胜败兵家常事，你也不要太沮丧，这回不行还有下回呢。先别说秦大队，大家先帮我出出主意，明天怎么赢谢振宇！”众人围成一个圈子。耿见林道：“说句真心的感觉，这小子赢在心态上。他最大的特点就是不要命。你以为是在竞赛，他不是，他一升空就要和你拼命！”江海也道：“我想起来了，当年海航10团的余兆年团长有句口号，叫做，剑不如人，剑法要高于人！他说他之所以能在与性能优胜的美国飞机作战中打出6∶0的战绩，就是一个战术——空中拼刺刀！”余涛：“余兆年老英雄当年带出两个徒弟，一个吴惊天，一个就是我们秦大队，谢振宇是吴惊天老前辈的学生！”耿见林：“根子原来在这里！”

王小毛道：“我说两句！竞赛开始后，这小子表情一直冷冷的，见谁都不爱搭理，可是有过这几场格斗，我发现他对每个对手都研究得很细，并且早早就设计好了极有针对性的战术！”江海：“不只是战术！我觉得这小子还研究了对手的心理！”余涛回头看刘波：“你是智多星，见解总和别人不同，快说！”刘波道：“我怕说出来伤了大家。”耿见林生气：“你能伤了谁，一个个皮都厚成这样！快说！”刘波：“那我就说了啊！我这会觉得，我们真的一开始就小瞧了这小子。余涛，我们五个人中间，真能跟他有一拼的恐怕只有你。我甚至都想说，就连你，也不一定赢得了他！”王小毛：“你什么话，长他人志气，灭自己威风！谢振宇就是个快，不讲理，一上来就和别人空中拼刺刀，先把你打乱，他就有了机会，你还没明白战斗就结束了！把他琢磨透了，没什么了不起！”余涛心动：“等等，你说什么？”王小毛：“我说，他就是一个快，一上来就想和你拼刺刀！只要明天你想出对付他这一套的办法，就能赢他！”余涛又看刘波。刘波：“在空战经验和技战术素养上你们明天可以打个平手，善于研究对手技战术特点包括心理特点确定战术，你们俩也能打个平手——”耿见林打断他道："说这些什么用，你就说谢振宇有什么弱点，余涛的机会在哪里！"刘波："你急什么！任何强大的对手都有软肋，说句大家更不爱听的话，明天余涛要是仅凭自己的武功一枪一刀地和谢振宇周旋，要赢他我觉得难！"耿见林更生气了："你老说泄气话！把他说得这么神，想让余涛明天打白旗投降？"余涛："见林别打岔，刘波和小毛的话都有启发性，我现在明白该朝哪个方向用力了。刘波，小毛，谢谢你们俩！"江海："你明白了什么，快告诉我们！"耿见林："余涛不要说！各位，最近我有点迷信，凡是好事，要紧的事，都不能先讲出来，讲出来就不灵了。"江海："那行，余涛就不说，可你明天一定要打败谢振宇，怎么打败我不管。不然空军就输了！要知道秦大队还没出场呢！想一想，要是让两个海军飞行员进入了决赛，空军历史上还从没有过这样的奇耻大辱呢！"余涛的心已不在这里了，看众人道："我一定努力，争取不辜负大家的期望！"王小毛不满意："什么争取，把这两个字去掉！"众人都伸出拳头，叠压在一起，喊："加油！"

翌日晨，秦大地刚刚走上机场塔台，检查了相关准备工作，陶斯勇就陪衣正邦和秘书小魏走了上来。秦大地再次敬礼，报告，衣正邦道："我还是来观战。就当没我这个人。开始！"秦大地马上打开送受话器，发令："各部门注意，竞赛开始！01，02，准备起飞！"他回头再看衣正邦。衣正邦："看我干什么？打开监视器看比赛！"秦大地笑着指了指屏幕："已经打开了。请首长预测一下，他们谁能赢。"衣正邦："你认为谁能赢？"秦大地："首长比我们有经验，还是首长预测。"衣正邦："我知道你认为谁会赢，但我不说！"秦大地笑着一直看他，就是不说话。衣正邦忍不住了："我当然希望谢振宇赢，他赢了就是海军赢，但我认为，他今天想赢余涛，难！"秦大地不动声色："为什么？"送受话器中已经传来谢振宇和余涛的声音：“00，00，我是01，01准备完毕！”“00，00，我是02，02准备完毕！”秦大地看衣正邦一眼。衣正邦：“开始！”秦大地重新拿起送受话器发令：“01，02，我是00，起飞！”两架飞机马上飞起来，从塔台前一掠而上。秦大地又看衣正邦，衣正邦却什么也不愿意说了，一指屏幕：“看比赛！”

一楼数据大厅里，众飞行员紧盯着大屏幕，脸上的表情既好奇又紧张。耿见林看康延成：“老康，预测一下结果！”康延成：“我不说，怕影响海空军的团结！”江海：“你这话已经影响了海空军的团结！”康延成笑：“怎么理解是你们的事，我可没说影响团结的话。”王小毛：“气死我了，余涛一定能赢！”江海：“我预测是一场持久战。两个人谁想速胜，都不可能！”康延成：“我赞成！”刘波：“那也不一定！”耿见林：“你这个人，总爱跟别人唱反调。别吵别吵，开始了！”众人目光转回大屏幕，只见空中云团丛丛。余涛机首先出现，一闪即逝。谢振宇机跟上来寻找余涛机，自语：“今天这些云真碍事——”突然抬头，目光一时竟现出了惊骇，原来余涛机正对着他的机头飞快地撞过来。谢振宇一声喊没有出声，急忙压低机头。两机机身一上一下紧贴着相对一掠而过。塔台上衣正邦大惊：“余涛今天怎么回事？这不是余涛，这是谢振宇！”秦大地面色陡变。数据大厅里，大屏幕上的余涛机经过刚才那一“撞”已经出现在谢振宇机后，占据了尾攻位置，后者还没做出反应，标志被锁定的警示灯已经亮起。康延成大叫：“不——！”塔台上，所有人的脸色都变了，衣正邦一脸气愤，站起就要走。秦大地：“首长——”衣正邦看他道：“搞什么名堂！我大老远跑过来，本想看一场龙争虎斗，没想到只一个回合，海军蝉联三年的冠军，这么轻易地就被人家干掉了！空军马副司令下次见了我，一定有我好瞧的！”秦大地急叫：“首长，我有话要说！”衣正邦：“我知道你要说什么，余涛今天赢在准备充分，他让自己成了谢振宇，一上来就把谢振宇打乱了！这样的事情你早该提醒谢振宇注意！”秦大地：“首长，我可不可以申辩一下？我不是谢振宇一个人的大队长，我也是余涛的大队长！”衣正邦已经不听了，气哼哼地走下去。秦大地使眼色给陶斯勇：“还不快送首长！”陶斯勇急急跟了下去。众参谋人员回看秦大地，发现他目视远方，脸上的笑容骤落，目光冷峻下来。数据大厅里，四名空军飞行员已经在热烈击掌庆贺，大叫：“赢了！我们赢了！”康延成生气，离开又回头：“别高兴得太早，你们没赢，明天还有秦大队呢！”众海军飞行员也跟着离开。四名空军飞行员哪里管得了那么多，他们继续击掌庆祝：“啊，他们生气了！我们赢了海军他们生气了！太高兴了，余涛太棒了，他们不行！”回头看时，大厅里海军飞行员已经走空了。耿见林道：“我们是不是过分了？”江海叫：“不过分！接着庆祝！”他们又欢呼起来。

秦大地走下塔台时陶斯勇已经送走衣正邦走回来，二人对视，秦大地要走，陶斯勇就再次挡住了他。“又干什么你？”“你很高兴，是不是？”“说什么呢！首长走了？”“走是走了，但很不高兴！说他明天还来，看你和余涛的对决！”秦大地不觉皱一下眉头。“这会儿在想什么，我必须知道！”秦大地瞪他一眼：“我还能想什么？想谢振宇为什么会吃败仗！”陶斯勇有点惊讶：“你原来认为谢振宇会赢？”秦大地：“你不这么认为？看他这两天的表现，全大队真没谁对付得了他似的！余涛的表现超出了我的预料！”陶斯勇：“这事就值得你这么高兴？我觉得你应当沮丧！”秦大地神情严肃起来了：“政委同志，这件事当然值得我高兴！还有首长和你也应当高兴，为空军高兴，更为试飞大队高兴！甚至应当为谢振宇高兴！”陶斯勇：“你什么意思？他不但被余涛打败了，还败得这么无厘头，一个回合，迅雷不及掩耳，连还次手的机会人家都没留给他！”秦大地更认真了：“高手过招就是一招制敌于死命，你当是小孩子过家家？余涛是多年空军的空王，不是浪得虚名！”两人走起来，陶斯勇还是没有放过秦大地：“你现在开始失望了？”秦大地：“我失望什么！”陶斯勇：“明天和你进入决赛的不是谢振宇！”秦大地目视远方，不说话。陶斯勇：“我现在又多了一份担心！”秦大地看他：“担心我也会输给余涛？”陶斯勇：“是。我反对你和谢振宇对决，是因为他太危险，像他那种打法，每次上去就跟对手拼刺刀，那迎面一撞，对方反应不快早就双机一起空中开花了！”秦大地一直在沉思，有点心不在焉：“那不会，你还是没看懂。那不过是他的心理战，真是对手躲闪不及，他自己会闪开。这一手当年余兆年老团长就常对美国人用，次次见功。后来吴惊天也用，最后被我识破，我就不躲，结果他自己躲开了！”陶斯勇猛地站住，看他：“你就是靠着这一次的醒悟战胜了他，成了海军的新空王！”秦大地忽然想起什么：“不好，你的工作来了！”陶斯勇看他。秦大地：“看我干什么，这么迟钝！谢振宇一直认为自己武功盖世，天下第一，上次还赢过余涛和罗伯特，连吴惊天都认为他比自己最强的时候还强，今天冷不丁地被余涛堵在决赛门槛上，就他那心气儿，不是你的工作来了吗？”陶斯勇被提醒，想了想道：“这件事你别管，这是我的工作。你现在最要紧的是排除一切干扰做好准备，迎接明天的决赛！首长说了，你要是再输了，他就解散试飞大队，重建一个！”秦大地笑：“为什么？”陶斯勇：“很简单，我们这些人不行！”秦大地笑不出来了：“你就这样做我的思想工作？”陶斯勇：“我这样做工作怎么着？还刺激到你了？”秦大地不再和他解释，大步向摆渡车走去。

众空军飞行员的庆祝活动还从数据大厅延续到了机场，大家围住走下飞机的余涛，一个个和他拥抱，相互击掌，嚷嚷：“厉害！”“了不得！”“好样的！”余涛有意做出气定神闲的样子：“怎么了怎么了，不就是赢了一场比赛吗？”耿见林：“这可不是一场普通的比赛，这是空军和海军的重大战役，你为空军争了光！”王小毛：“你今天可吓住我了，我都看不出那个驾机向谢振宇正面撞过去的是你！还以为是他谢振宇呢！你怎么想出了这一招，以其人之道还治其人之身，从那一下子我就知道，谢振宇完了！”江海：“我也觉得你从一开始就不是余涛，你变成谢振宇了！快说怎么想出来的！”余涛：“就在这里说？”众人道：“对，就在这里说！我们现在就想知道！”余涛看王小毛、江海：“我说什么？你们都说出来了！”王小毛：“我们说了什么？”余涛：“小毛刚才说，我以其人之道还治其人之身；江海说，我让自己成了谢振宇！”耿见林大叫：“我明白了！余涛刚才是说，昨天他终于琢磨出了战胜谢振宇的办法，就是让自己变成谢振宇！”江海：“谢振宇快，我就比他还快；谢振宇不讲理，我就比他还不讲理！谢振宇要在空中拼刺刀，我一上去先跟他拼刺刀！他不要命，我比他更不要命！是不是？”刘波：“用敌人的战法对付敌人，在战争中学习战争，完全出乎对手意料！打他个满地找牙！”余涛：“大家说得都对，今天赢了我感谢大家，尤其是小毛和刘波，是你们俩昨天提醒了我！”刘波：“别给我们戴这么高的帽子，扛不住！”余涛：“昨天你说什么人都有软肋，小毛说他就是一个快，一上去就学余兆年老团长跟对手空中拼刺刀，就是这两句话提醒了我。我一晚上都在想什么是谢振宇的软肋，想怎么比谢振宇还快，怎么和他在空中拼刺刀，头发都想白了好几根，到了天亮脑瓜子灵光一闪，哇，谢振宇最强大的地方，恰恰是他不会设防的地方，那里就是他的软肋！怎么拼刺刀，用他的办法和他拼刺刀！”王小毛：“要不怎么说你是我们空军的独孤求败呢！事实又一次说明他们海军真不行！余涛，我们要向首长报捷，为你请功！”余涛：“别瞎忙。明天还有一场和秦大队的对决呢！”耿见林：“你一定能赢！”余涛：“你怎么知道？”耿见林：“你今天打掉了谢振宇，整个系列赛的最高潮就过去了！天下事都一样，你看足球世界杯，每一届到了决赛都不精彩，精彩的往往是半决赛或者四分之一决赛。秦大队老了，海军今天能拿出来跟我们空军拼一下的也就是谢振宇了，明天秦大队不会给你带来多大威胁！”刘波：“没听懂！”耿见林：“余涛，我不算传谣吧？不是说谢振宇一连三年发起挑战，秦大队都不敢应战吗？他连谢振宇都对付不了，还对付得了我们余涛？”王小毛：“余涛，你怎么看？”余涛越来越冷静：“你们小瞧秦大队了！”众人：“什么意思？”余涛又笑起来：“没什么意思。兵法上说，古之所谓善战者，胜于易胜者也。谢振宇今天失利是他易胜。明天对付秦大队，你们知道他有什么易胜的软肋？”耿见林想了想叫道：“余涛说得对！别人这几天都参加了对抗，有什么软肋大家都看出来了，秦大队没参加过对抗，他的软肋我们还真不知道！”王小毛：“建议余涛用今天对付谢振宇的招数对付秦大队！”余涛：“为什么？”王小毛：“秦大队也是余兆年老英雄的学生，他和吴惊天老前辈、和谢振宇师出同门，而且他老了，老的同义词就是锐气不再，创造力不再，以不变应万变，明天余涛绝对不能跟他打持久战！”江海：“小毛此话有理，我赞同！”刘波：“我反对！余涛明天绝对不能再用今天对付谢振宇的一套对付秦大队。余涛的战术今天全看在秦大队眼里，再说秦大地绝对不会像谢振宇这样心浮气躁！”江海：“这次衣总让秦大队直接进入决赛不公平，他以逸待劳，把所有人的技战术特点看得个清楚，我们对他却是两眼一抹黑。这么一想，我还真为余涛担心了！”江海：“错，余涛，还有一夜呢，好好研究他，咱们悄悄地进村，打枪的不要，至少设计出三套以上的战术，明天见招拆招，打秦大队来一个出其不意，一战平天下，让全海军过一个黑色星期五！”王小毛：“怎么是黑色星期五？”江海：“明天就是星期五，余涛打败秦大队，海军新老两代空王全败在余涛手下，海军不就要过黑色星期五？”耿见林：“我越来越发现你这小子也够狠的！走，余涛，回去吃饭、休息，琢磨战胜秦大队！”众人不说了，兴高采烈簇拥着余涛上摆渡车离去。只有余涛一个人上了车仍在沉思。

秦大地猜对了，中午的餐厅里并没有出现谢振宇的身影。最早发现此事的是康延成。他马上跑回空勤楼，推门冲进谢振宇房间，一眼发现谢振宇独自站着。康延成关严了门，低声道：“老谢！我可警告你，这一会儿全大队都在看你，你要扛住！不就输了一场比赛吗？胜败兵家常事，再说了，他今天的动作不地道，利用云丛遮蔽，突然袭击！”谢振宇猛回头道：“别说了！什么不地道！能赢就是王道！”康延成：“你当初还赢过他呢，现在他赢了你，你们俩就算扯平了！你不能输了比赛再输了形象！快走，跟我去吃饭！”谢振宇：“不想吃，你一个人去吧！”康延成：“不想吃也得去。咱们打碎了牙往肚里咽，就是心如刀绞，心痛如割，心碎成了饺子馅，饭也要吃！”谢振宇：“我说过了不想吃。快走！”康延成：“不要让我也瞧不起你，又不是世界末日！”谢振宇：“我现在的感觉就是世界末日！”康延成：“说什么没出息的话，输一场比赛怎么就成了世界末日！”谢振宇神情中突然显现出了巨大痛苦：“我太自大了，怎么就没想到他会用我的战术对付我，我连这个都没想到，真是太笨了！原来我——”康延成：“事情已经发生了，你连个坎都过不去，不仅对不住吴惊天老师，也对不住自己！”谢振宇看他，怒道：“你完全不理解这场失败对我意味着什么！告诉你，我的一生全毁在这场比赛里了！走，让我一个人待一会儿！我要想一想！”康延成结巴起来了：“你……你……你现在有一点不正常了你知道吗？行，你不去就不去，我帮你打饭！等着，我很快就回来！”谢振宇不理他，看康延成出门，上前几步将门从里面锁上，回头站立，神情中再次显现出了内心的全部激烈和对自己的所有失望。

秦大地和陶斯勇走进餐厅，目光掠过众人，一下就落到了康延成身上：“康延成！”康延成急答：“到！”“谢振宇怎么没来吃饭？”“啊，这个……他有点不舒服。”包括五名空军飞行员在内的所有人都停止吃饭，回头听他们对话。秦大地看康延成手中端着两份饭菜：“你在帮他打饭？他病了？”“没有，就是……有点不舒服。”“病了马上通知医生来看，没病又没有特殊情况，按照规定必须到餐厅就餐！”康延成端着打好的饭菜，尴尬地站在那里，求援似的看一眼陶斯勇。陶斯勇看秦大地道：“你甭管了，我跟康延成一起去看看。”他又看一眼身后的赵文，“你也跟我走！”餐厅内已经有人低声议论起来：“谢振宇怎么了？”“输了呗！”“那也不至于！”秦大地大声道：“肃静！”他又看一眼陶斯勇，一点也不客气道：“看看可以，饭菜不能随便带入宿舍！这是规定！”康延成越发尴尬，把两份饭菜都放下，看陶斯勇已经带着赵文往外走，也转身跟陶斯勇走。秦大地喊：“政委等等！还是我去！”他不等陶斯勇做出反应，已经转身走出去。康延成赵文都看向陶斯勇，发现他一下就生气了，哼一声，挥手让二人跟着秦大地走。

三人很快就来到了空勤楼谢振宇房间外。康延成急走几步，赶在秦大地前面打门："老谢！秦大队看你来了！"听不到房间里有任何动静。赵文担心起来："大队，老谢不会想不开吧？昨天晚报上还说，有一个人，买股票输了一百万，想不通，跳了楼！"秦大地生气："你住口！"他自己上前敲门："谢振宇！是我！秦大地，开门！"门内还是听不到动静，赵文踊跃道："我撞吧，万一他想不开，动作慢了就晚了——"

门就在这一刻忽然被打开，谢振宇出现在三人面前。秦大地和谢振宇对视。康延成吃一惊，他发现这时的谢振宇神情异常镇静，仍是过去那个百事不吝的他。秦大地有力地打量谢振宇，也有点惊讶："听说你不舒服，我来看一下！这看着不像啊。哪儿不舒服？要医生过来吗？"谢振宇看赵文和康延成："你们俩外面等一会儿，我有几句话想和大队一个人说！"秦大地想了想："你要说什么，就在这里说！"谢振宇闪开路让他进门："大队请！"秦大地迟疑了一下，但还是大步走了进去。谢振宇立马把门关上，康延成、赵文被关在门外。赵文更紧张了："老康，不会出事吧？"康延成骂道："你这小子，是不是盼着出事啊？"赵文不高兴了："我怎么盼着出事啊，我是说——"康延成："别说话，听里面说什么！"两人将耳朵贴到门上去。赵文回头，发现陶斯勇正大步顺走廊走过来，急忙迎过去，在唇前对陶斯勇竖起一个指头。陶斯勇："怎么了？"赵文小声道："大队刚进去，谢振宇要和他单独谈。"陶斯勇目光严峻起来："什么？单独谈？单独谈什么？""不知道！"

室内，谢振宇看着秦大地，良久才道："大队，没想到我刚输了一场比赛，你就来了！你不会以为我输了一场，会关上门在家哭吧？"秦大地盯着谢振宇，发现他神情平静。"只要你自己不哭，我就不会那么想！”他说。谢振宇情绪一下就激烈起来：“我输了，别人没看懂，但你看懂了！事前你一定没想到我会这样输掉比赛，你和我一样认为我会赢，因为我曾经赢过他！你这会儿并不高兴，因为你和我一样，也在等待明天和我进行一场刺刀见红的对决并且打败我！我说对了吗？”“不，你说错了！”秦大地道。“错了？”“理由。第一，在你和余涛还没有决出胜负前，我不会考虑明天和谁进入决赛；第二，我虽然希望你赢得比赛，可我也知道，你极有可能会输！”谢振宇悄然怒起，语气里就不觉带着讥讽：“你就这么未卜先知？”秦大地一直盯着他的眼睛：“对，未卜先知。想知道原因吗？”“你要愿意说我就想知道！”“你太想赢了！前几天你充分表现了自己的强大！余涛不可能不研究你，所以今天一开始我就不看好你！”他的话像子弹一样连续击中了谢振宇，让后者的脸色迅速变得煞白。秦大地就地转了一个圈，回头再盯着他：“我也不认为你谢振宇输了一场比赛就会关着门在家哭。真没什么就跟我回到餐厅就餐！等着明天看我和余涛决赛！”谢振宇站着不动：“大队认为自己一定能赢？”秦大地脱口而出：“错！比赛还没进行，我怎么敢这么想！”“大队不认为一定能赢，为什么还要进行这场决赛？你完全可以找任何一个理由取消决赛！就像过去三年，你一直找理由不和我进入决赛！”秦大地沉沉地看他，半晌才把话说了出来：“我不能！”“为什么不能？”秦大地：“因为必须进行这场决赛！”两人久久对视，秦大地觉得再也坚持不下去了，转身一把拉开门，要走出去才发现门外站着陶斯勇。二人对视一眼，秦大地道：“你也来了？”陶斯勇：“你都来了，我还能不来？”秦大地回头看一眼谢振宇：“你想好了吗？是跟我去餐厅，还是这顿饭就不吃了？”谢振宇喉咙里发出一声响，一句话没说出来，就跑进了洗手间。康延成大叫：“老谢，你怎么了！”秦大地：“快跟过去看看！”康延成赵文跑进洗手间，发现谢振宇正在大口呕吐。康延成上前帮他拍打后背：“怎么了？吃到什么不舒服的东西了？还是因为——”谢振宇吐完了，摇头，脸色蜡黄。秦大地、陶斯勇一前一后快步跟过来，秦大地只看了一眼，就回头对赵文：“快，叫救护车！”赵文答应一声就跑了出去。

直到一辆救护车鸣叫着驶出试飞大队营区，把闭着眼睛躺在担架上的谢振宇带走，这场意想不到的乱子也平静下来。秦大地跟着救护车跑到营门前，看着车子驶出去，脸色极为难看。陶斯勇看了他一眼，也不说话。秦大地看他一眼：“看我干什么？我怎么知道他还有这种毛病？你不要批评我了，我自己检讨好了！”陶斯勇更加生气了：“谁让你检讨，你跟我吃饭去！”没有人注意到救护车上那个穿着白大褂戴着大口罩的女医生，就是陈亚红，这是她调到基地医院后第一次走进试飞大队，从救护车驶进营门那一刻就不停地透过车窗朝营区张望。身边的护士看她：“陈医生，看什么呢？”陈亚红含糊地回答：“没……没看什么。”她松了一口气，因为她没有看到余涛，车子就已驶出了营门，但也正因为这个，她又是那么失望。

晚上，秦大地坐在自己房间里看余涛白天和谢振宇对决的视频。陶斯勇推门走进来。秦大地看他：“又有什么教导？”陶斯勇：“没什么教导，但我还是不放心你！”秦大地：“担心我明天会输？”陶斯勇：“刚才首长打电话来，说明天空军马副司令也要来看比赛！”秦大地：“就这些？”陶斯勇：“就这些！”秦大地：“我知道了，你可以走了！”陶斯勇不走，欲言又止。秦大地：“到底想说什么？要是还想说什么利害关系，海空军世纪大战之类的话就免了，我知道决赛在首长心目中的地位！”陶斯勇：“错。我是想问你是不是想好了怎么赢？”秦大地：“说实话吗？还没有。”陶斯勇：“怎么还没有！你是前辈，老枪，海军多年的头牌，你总不能——”秦大地：“谁是头牌？”陶斯勇：“算了，我又错了，王牌！那你这个海军的王牌就给我交个底，是不是觉得明天赢不了！这会儿就想好了举白旗？”秦大地反问他：“是首长沉不住气，还是你自个儿沉不住气？”陶斯勇：“我自个儿！”秦大地道：“这几天我一直关注余涛的比赛，有一种感觉，明天极有可能赢不了他。”陶斯勇立马就急了：“你要是赢不了，我们就输光了！首长说这是关键性战役，一定得赢！赢不了也得赢！”秦大地笑：“露馅了吧？请提醒首长，什么海军空军，就是一场队内比赛，他作为首长首先就不能有这种意识！”陶斯勇：“我是不是要提醒你，赢不下明天的比赛，本大队的第一试飞员就是空军的余涛！”秦大地：“我说过了，这没有什么不好！”陶斯勇：“对你个人没什么不好，对我也没有！可这是海军的舰载机试飞大队，让空军的人做第一试飞员，将来全部试验试飞任务都要由他第一个去完成，全国人民会怎么说？历史会怎么写，是空军的飞行英雄替海军攻克了航母舰载机成军的所有难关和关键技术！”秦大地敛住笑容，深深看他，突然不想争论了：“好，你可以向首长报告，我记住他的话了，明天争取赢！”陶斯勇：“不是争取，是一定要赢！”秦大地越来越严肃了：“行，一定要赢！”陶斯勇还想说什么，忽然觉得不能再说下去了，转身离开。

这个晚上，在大队的电子化训练室里，余涛和几位空军飞行员也在研究明天的战术。他“啪”一声关掉电脑，神情凝重。耿见林：“怎么了怎么了？”余涛不语。江海：“快说呀，什么感觉，明天能赢吗？”余涛摇头。王小毛：“你不要这样！明天这场对决我们空军输不起！”余涛：“都坐！咱们讨论一下！”大家坐下来。

余涛道："我刚刚重温了秦大队十年前和吴惊天老前辈的三场对决，我发现今天我能赢谢振宇太侥幸。谢振宇这几天的格斗水平很高，但是仍然不能代表海军空中格斗曾经有过的最高水平！"刘波："什么意思？"余涛："谢振宇自己都不见得清楚，他那一套以空中拼刺刀为核心的技战术，秦大队当年比他玩得更好，他就是在三场比赛中用这种战术彻底打败了吴惊天老前辈！"耿见林大惊："什么？谢振宇这一套不讲理的战术当年秦大队玩得还好？"余涛："谢振宇的技战术中有对十年前秦大队空中技战术的模仿，又加入了十年前吴惊天老前辈那些出神入化的机变！但是仔细看了当年的录像，我觉得秦大队技战术中更精髓的东西，谢振宇并没有学到！"王小毛："什么精髓？"余涛："还没有想清楚。"刘波："不是技战术层面的！"耿见林："你又玩玄的，不是技战术层面的，那是什么层面的！"江海："我有点懂了！可又说不清楚！"耿见林："总之，你得好好想，就这一夜，一定得想清楚，然后把自己变成秦大队，明天再次以其人之道还治其人之身，打赢决赛，做第一试飞员！"他见余涛皱眉，又道："怎么皱眉头？不要未战先怯！我还没说完呢，秦大队老了，不比当年，不要把对手想得过于强大！"

余涛："今天我旁敲侧击地问了下政委，政委的回答你们一定想不到。他说，秦大队三年不和谢振宇进行空中对决，和他的竞技状态没有一毛钱关系。"江海："那和什么有关系？"余涛："政委没讲，我也不方便问。但我认为一定不会是因为他老了，担心和谢振宇一战不胜，一世英名毁于一旦！"王小毛："那是什么？"余涛不说话，只是看着大家。王小毛："说话呀，你一不说话，我就紧张。"余涛："各位，我明天绝对不能再用今天对付谢振宇的办法对付秦大队。任何一种战法总有自己的极限，今天我赢在出乎谢振宇的意外，明天再这么干就不灵了。”王小毛：“这话对。哎我的天，我今天夜里要睡不着觉了，说了半天你还是没找到办法，我们大家怎么睡得着呀！”余涛：“但我想到了兵法——”江海：“兵法！”余涛：“现在谢振宇没有学到的东西，是不是兵法层面的，三十六计分为六套，有一套叫做敌战计！两军势均力敌，甚至我方与对手相比还有一点弱势，要取胜——”刘波抢上来道：“敌战计我知道，其中有六计：一无中生有，二暗度陈仓，三隔岸观火，四是什么？”余涛：“笑里藏刀，五李代桃僵，六顺手牵羊。总的意思是说要争取主动，制造假象，巧用兵力，变总体均势为局部优势，积小胜为大胜，最终取胜，至少不吃大亏，双方打个平手，握手言和！”耿见林：“握手言和，那不还是没决出胜负吗？”刘波：“错了。下面的话我就不能再说了。余涛都明白！”耿见林看余涛：“你明白什么？”余涛不说话。耿见林：“看你这表情我的心放下了一半！你已经想出了办法，明天就是不能赢，也不会输。”余涛：“不，其实我想到了另外一计。三十六计，走为上！”耿见林大叫：“不对，那是败战之计！打败了才是走为上！”余涛：“明知必败，走了可以保存实力，也是胜利！各位，不早了，我还得用功，大家散了！”江海：“虽然我还是不很明白，但至少余涛已经有了思路，我个人觉得这个思路比较靠谱。我们走，让他接着参禅。”王小毛：“也不能太晚休息。”余涛：“知道！”他看着大家离开房间，重新打开电脑，继续看刚才看过多遍的录像资料，又突然关掉，灭灯，一个人坐在那里冥思。

第十一章

又一个夜晚来临，虽然已经知道谢振宇不可能再来，楼下的一声汽车喇叭还是让正在网上查资料的夏初猛地站起，走到窗前朝下面看去。不是她担心的车。她摇一下头，羞了一下自己，走回来重新坐下，想安定一下心神。手机恰在这时响了。她接手机，笑道："尼娜，能不能让我安生一会儿！胡说什么！你告诉我的，他都给关了禁闭，怎么会突然冒出来？"楼下又响了一声喇叭。她吓了一跳，又急忙走到窗前去，看一眼再回来："当然不是他……我失望什么？……这样才正常，要那样他一定是个假军人……我正忙呢，挂了啊！"她关手机坐下去，又想起来了一个人，匆匆走下一楼，果然看见欧双莲一个人趴在客厅里，已经睡着了。夏初吃惊："欧姨——！"欧双莲猛醒，站起来，慌乱道："来了来了！"她忽然站住，看夏初，彻底醒过来。夏初："欧姨怎么又在这儿睡着了？快回房里去睡，感冒了就不好了！"她边说边用惊疑的目光看着老人。欧双莲掩饰着自己的惊恐，喃喃道："瞧我……坐着坐着就睡着了。"她往楼上走。夏初终于脱口而出："您不是在等什么人吧？"欧双莲站住了，一手扶楼梯，不回头。

夏初猛地后悔了，跑上去扶她上楼："欧姨，你慢一点儿。"欧双莲道："没有……我就是老了，一下就睡着了。近来我常这样。"夏初不再说话，继续扶她上楼。

午夜十二点，夏初已经上床，手机又响。她接手机道："尼娜，你看都什么点儿了！又想问什么？真没人来。别烦我了，我困死了！""那你觉得谢振宇还会再来吗？"夏初大笑。柳尼娜："笑什么！这个问题很严重的！我打听了，他都给放出来了，而且对你发过誓言，不追到你决不收兵！"夏初："我教你一招吧。简单地讲，如果周末我们不去见他，他这一生都不会再来见我了！因为我伤害了他的自我评价。我那天晚上坐在门前不下车，会让他认为我不像他自己认为的那样优秀。可他的自我人格是不会承认这个的，所以他不会再来了。"柳尼娜道："你一进入专业就不可爱了啊。显得冷冰冰的，像个博士了，女博士……他为什么就不能接受别人也可以认为他并没有那么优秀？"夏初："下面的话更专业了，你真的愿意听？人不是生活在现实中，而是生活在自我评价中。这种话会不会让你很震惊？"柳尼娜："是有点震惊。我的天，可是我已经震惊习惯了。能不能通俗一点？"夏初："通俗一点就是他要是有一天也认为自己不优秀，原有的人格就要崩溃，这个人就完了！"柳尼娜有一会儿被吓住了："那么严重？"夏初："连同他对我的一见钟情，在他的主观感觉里一定是认真的，但实际上也是建立在他对自己是最优秀的人这一自我人格认定基础上的。这样的人在爱别人时是在通过另一种途径表达对自己的爱，一旦发觉我对他的评价和他不同，他马上就不会再爱我了！"柳尼娜："我又不明白了。为什么？"夏初："他这个时候要是还爱我，就必须接受我对他的评价，接受他自我人格的坍塌，你觉得可能吗！"柳尼娜大笑。夏初："笑什么，不怀好意！"

柳尼娜："像你这样的女博士找不到对象太合理了，我要是个男的也不要你。你想想，天天让老婆看得透透的，皇帝的新衣，这日子没法过！"夏初："我警告你，嘲笑女博士也是一种今天的陋习！不过我想好了，能证明我错的事情只要发生，我就……我就接受他做我的男朋友！"柳尼娜："哎哟喂，今晚上这个电话没有白打，这叫不打自招。说吧，他要怎么样你才能接受他？"夏初："让我想想……譬如说他能像那天晚上一样再到我家来一次。"柳尼娜："不可能，我听说他们那里的规矩是犯一次错误处分，第二次除名！你想让部队把他除名啊？……哎，不说他了，换个话题，你都上班两天了，怎么样？有没有亮眼的帅哥？"夏初咯咯笑起来："都是老帅哥，没有适合你的。"柳尼娜大叫："我说的是你！"夏初："我对老帅哥没有兴趣！"两个女孩子又在手机里大笑。柳尼娜忽然想起一件事："哎呀夏初，有件事也许不该告诉你，你还想到那条大船上去当兵吗？"夏初的笑声立马停止："想啊！做梦都想！"柳尼娜："我妈刚告诉我的。她又为我的事打电话找那位海军首长了，后来告诉我说那条大船……你明白的……要招女兵了！你怎么了？"夏初已经从床上跳起来："我的天哪！他们要不要我？"柳尼娜："别激动，你都女博士了，还想去当女兵受苦？"夏初："受苦我不怕，就怕人家不要我！快去跟阿姨说，帮我打听打听要不要我这样的！"柳尼娜："人家是要招女兵，不是招女博士，当大头兵也去？"夏初认真道："当大头兵也去！只怕我超龄了！哎，对了，你告诉杜姨，中国航母要是真正走国际大军种的路子，就一定要上我这样的管理学专家！还有，告诉杜姨，请她告诉那位海军首长，只要能让我登上中国第一条航母，不管做什么，哪怕让我管食堂呢，我也愿意，我的人生就太棒了！"柳尼娜："刚找到的待遇丰厚的工作也辞了？"夏初毫不犹豫："辞！"说着抬头看一眼放在对面衣橱上方的父母遗照："这样，我才没有辜负爹妈的期望！"

早操完毕。试飞大队操场上，秦大地宣布全部解散，发现余涛原地站着，二人相视，不觉一笑。秦大地："怎么了？"余涛："大队，没想到今天会是我们俩进入决赛——"秦大地："怎么，觉得我老了？"余涛："不。大队，我想了一个晚上，有个提议。""说！""取消决赛。我退出第一试飞员位置的争夺。""战前先来言和，先放个烟幕弹，麻痹我，然后一巴掌把我拍下去。""绝对不是。""那就是怕我输了大队长当不下去？"余涛笑："不不不。我真的一夜都没睡好，最后想明白了，我赢不了你，输了又挺丢人。"秦大地："不，你还有话。"余涛："真没有了。"秦大地："你有。你认为我也赢不了你。"余涛："既是这样，我们为什么要进行对决？空军海军本来是一家人。"秦大地良久才道："余涛，你是最好的，而且知道这个，但你并不把这个看得很重。告诉我，为什么？"余涛："大队夸我呢还是批评我？我不会接受的，一接受就上当了。"秦大地："今天我希望很快决出胜负！"余涛："我也希望这样！但可能没那么容易！"秦大地："空中见！"余涛："空中见！"两人相互敬礼，虽然在笑，但目光中却都有了杀气。

早饭过后，摆渡车将全队拉到机场，在数据大厅外停下，众人走向大厅。陶斯勇站住不走，看秦大地："你等等！"秦大地："你又怎么了？"陶斯勇："首长和空军的马副司令就要到了！老马是当年空军的空中之王，和余兆年老前辈、衣总指挥一样参加过实战，干下过两架敌机！"秦大地不说话。陶斯勇："是衣总让我告诉你的，他和老马可是一代人，两人也像你和吴惊天一样斗了一辈子，不分胜负，今天你要是输了，在他看来不但是空军新一代空王灭了海军老一代空王，还是马副司令在他们一生的较量中灭了他！”“说完了吗？”“完了，首长和马副司令我去应付，你还是去准备比赛！”他边说边上了一辆小型摆渡车离开，秦大地一直望车走远，才看一眼一直留在身后的吴强：“你笑什么！”吴强：“谁笑了？不过我认为衣总非常会在战前做鼓动工作！”秦大地哼一声，上另一辆摆渡车，坐下等余涛一起驶向停机坪。余涛上了车又被耿见林喊了下来：“什么事？”耿见林道：“马副司令要到了！你关了手机，首长打电话给我，让我问你赢下今天的比赛有没有信心？”余涛笑道：“第一你不该将这个消息告诉我，第二首长肯定不会这么问。他只会说，告诉余涛，拿下比赛，他输不起！”耿见林笑：“是这个意思。刚才那话是我问的，但你也要回答！”余涛转身要走，又回头道：“你真觉得我能赢得了秦大队？”耿见林急了：“哎，你怎么能——”余涛：“你刚才应当这么问，我能在几个回合内赢下秦大队！”耿见林高兴了：“哎呀，这就对了！我放心了！我马上给首长回电话！”余涛：“你也不要太放心，昨晚上我终于想通了，今天我和秦大队胜率最多一半一半。不是我能不能赢他，是他会不会让我赢！”耿见林又急了：“哎你怎么又拐回来了？能不能赢他主动权应当操之在你！”余涛：“不，一半在我，一半在他！”耿见林想了想，笑道：“有这句话我也放心！至少你不会输！”他看着余涛上摆渡车离去，又大声冲他喊：“一定要赢！”

塔台上，一干指挥人员各就各位，做好了准备。陶斯勇陪衣正邦和空军马副司令走进来。值班指令长上前敬礼：“首长好！”衣正邦：“啊，这位就是空军的马副司令，有名的马大炮，马不讲理，你今天向他报告！”值班指令长跑向马副司令，敬礼：“报告首长，海军舰载机试验试飞大队空中对抗竞赛决赛，准备工作全部就绪，请首长指示！”马副司令还礼：“行了，你报告完了，没你事了！”又看衣正邦道：“老衣，你刚才说什么，马大炮，马不讲理，我就是再大炮，再不讲理，有你大炮吗？有你不讲理吗？”回头看秘书小魏：“东西带没有！”小魏：“首长，带了！”马副司令：“还不拿出来？”衣正邦：“老马，你搞什么名堂！现在有规定，不让喝酒。”陶斯勇和众人惊讶地看着小魏从包里掏出一瓶东西。马副司令接过来放到衣正邦面前的台面上：“你看它是酒吗，这是一瓶好醋，我们家乡产的，我现在把它立在这里——”衣正邦：“马不讲理，你搞什么名堂！这什么地方？”马副司令：“老衣，这可是好醋，喝一口酸掉牙。今天我们余涛和你们秦大地空中对决，我们俩在下面也摆个战场。等会儿要是余涛赢了，你就一个人喝了这瓶醋！”众人哄然。衣正邦：“还要这么搞？影响不好，让人看你们空军什么作风！不让喝酒就喝醋，作风还是没有转变过来！”马副司令：“你要是现在就认输，也可以不喝。又不是公款买的，你紧张什么？为什么你喝醋，我不喝，因为你不行，部队让你带成这样，怎么打仗？喝一点醋让你向我学习，奋起直追！”衣正邦抓起那瓶醋交给小魏：“收起来！”马副司令：“等等！你干什么？”衣正邦：“我的人万一赢了你的人，你怎么办？当着这么多你的部下，我得给你面子，不能让你真喝！”马副司令：“那不能！我敢带它来，就相信我的人能赢！当然了，你要是认输，我会让余涛给秦大地留点面子，海军嘛，兄弟单位嘛，一家人嘛，但是这瓶醋，你还是要喝！明年我就退休了，咱们俩斗了几十年，到此为止了，但也要分出胜负……醋拿回来！”小魏看衣正邦。衣正邦：“行，给他拿回来，放在这里，但是老马，我不会让你真喝的！”看众人在四周围笑，又道：“有什么好笑的？”目光转向陶斯勇：“你这个陶博士，也跟着笑，我把这瓶醋交给你，替我保管。这个场合不行，老马，等事情完了，你我都退休了，我们找个地方，兑现今天的承诺，谁的人输谁喝这瓶醋！”他把醋交给陶斯勇，回头马上命令值班指令长：“可以开始了！”后者看向马副司令。马副司令道：“行，我批准了，开始！”

飞行数据大厅里，众飞行员又一次紧张地围在大屏幕前。王小毛：“开始了！开始了！”耿见林：“我的小心脏！”江海：“余涛，你可不能输！加油！”吴强：“什么不能输，他一定得输！”王小毛不干：“不可能！”吴强：“怎么不可能！”江海加入战阵：“老吴，真不可能！”吴强：“百分之百可能！”耿见林：“别吵！我们在底下吵什么？是骡子是马，让他们在空中遛遛，分出个输赢，不就结了！”众笑道：“对对对，我们别先打起来！”没有人注意到一辆军用越野车也在大厅外停下来。谢振宇下车，对司机道：“就在这儿等我，时间不会太长的！”司机点头，看着他独自走进大厅，目光越过众人，一眼就望见了大屏幕上，余涛秦大地先后驾机起飞。人群后面，刚刚撒了尿从卫生间冲出来的康延成拼命从后面朝前面挤，一边嚷嚷：“开始了开始了！别挤！肃静！”他忽然一惊，回头望见谢振宇。谢振宇盯了他一眼，示意他不要声张。康延成张张嘴没有喊出来，看他一个人走到后面去，站在凳子上朝大屏幕上望，目光专注而又充满激情。空中秦大地机和余涛机已经开战，两机对面飞来，几乎擦着机身掠过，场面惊险，两机相遇的一瞬间，秦大地和余涛互相举手敬礼，微微一笑。王小毛又大叫：“哇！好风度！”刘波：“都打起来了，还彬彬有礼！”耿见林：“三十六计中有一计，叫做笑里藏刀！”江海：“见林，你越来越有学问了！”吴强紧张起来了，见众空军飞行员嚣张，生气道：“安静！”康延成又悄悄回望了一眼谢振宇，发现所有人似乎都疯狂了，只有他一个人保持着异常冷峻的神情，聚精会神观看屏幕上发生的一切。

空中两机没有让所有人失望。最初的那一掠过后，激烈的缠斗马上开始。秦大地一掠后立即做出一个眼镜蛇机动，回头捕捉余涛机。余涛一个横滚（滚桶），使秦大地机失去目标，直飞向前，余涛机停止横滚，反被动为主动，从后面捕捉秦大地机。秦大地意识到危险，急忙一个伊麦曼回旋（上升转弯），又让余涛机失去目标。两机短暂脱离，在天空中画圆。秦大地对余涛竖起大拇指。余涛也对秦大地竖起了大拇指。塔台上的马副司令最先开口："余涛干得漂亮！这叫欲擒故纵！"衣正邦立即反击："不过是第一回合，两人打了个平手。"马副司令："不，1比0，我1你0。"衣正邦："胡说！ 0比0！"陶斯勇仔细看两位首长，发现他们虽然嘴上在互斗，神情却同样紧张。

果然话没落音，空中的余涛就是一个猛烈的俯冲动作，向位置稍低的秦大地机直扑下来。数据大厅里，众飞行员又大叫："哇——！"吴强失声："大地小心！"江海看耿见林："这一招叫什么？"耿见林："就叫打草惊蛇吧！"更多的人却安静下来，因为他们发觉空中秦大地和余涛的格斗已经进入极为激动人心的状态：先是两机再次迎面逼近，几乎要撞上时，余涛突然一个转弯机动，放过秦大地机，占领了对秦机的尾攻位置。秦机一个爬升，摆脱余涛机的跟踪和锁定。余涛机随即爬升，紧追不舍；秦机战术转弯，侧飞，机翼与地面所成的角度达到了转弯半径的极限，一下便将余涛机闪过，一个回旋反而占据了对余涛机的尾攻位置，试图锁定。数据大厅的人看得惊心动魄，个个神经紧张到了极点。王小毛叫："我的天！余涛真要小心——！"吴强怒："别喊——！"康延成回头看谢振宇，发现一向对别人的对抗比赛都异常冷淡的谢振宇居然也激动起来。江海看耿见林："这个又叫什么？"耿见林已经顾不上了："干什么你？好好看比赛！老跟我过不去！"江海："没词了就说没词了！"耿见林："不，想起来了，三十六计中的一计，反客为主！"塔台上，本来一直坐着的马副司令也猛然站起，衣正邦跟着站起，两个人也不觉进入高度紧张激动的状态。在他们身后，是更为紧张的陶斯勇和更为激动的所有海空两大军种的人们，每个人的心都像是被提到了嗓子眼上。

空中激烈的缠斗一秒钟也没有停止。现在是余涛机在爬升，欲改变本机和秦大地机的高度差，引诱秦机来攻。秦大地果然来攻，爬升，追击，并试图锁定余涛机。两机距离越来越近。余涛机在秦大地的头盔瞄准装具前闪来闪去，但后者并不能锁定前者。数据大厅里，耿见林看出了危险，大叫："余涛快转向太阳方向！"吴强则大喜过望："大地，快点儿！"康延成再看谢振宇，发现后者腮部的肌肉一下下跳动起来。空中两机正在接近。余涛娴熟地把机头拉起，对着太阳方向爬升。秦大地继续追上去，强烈的阳光突然刺向他的眼睛，使他看不清前方的余涛机；余涛机则早在大角度爬升后一个俯冲，改变了本机与秦机的高度差，获取了尾攻位置，要锁定秦大地机。塔台上的马副司令大叫出声："好！"陶斯勇紧张地看一眼，发现衣正邦脸色铁青。再看屏幕，秦大地机待余涛机靠近，一个几乎令所有人意外的轻巧的横滚，反守为攻一下咬住了余涛机！衣正邦大叫一声："好！"马副司令也急了，大叫："快摆脱！"空中的余涛机陷入被动，几次摆脱不能，不得已来了一串横滚（滚桶），让飞机在以机头机尾为轴线上连续做陀螺运动，飞机的运动方向并没发生改变，却消耗了部分动能使航速减慢，目的是像开始那样让秦大地机冲过去失去尾攻位置，重新变被动为主动。秦大地机却在一瞬间做了一个筋斗动作，拉杆到底，使机身与地面角度达到90度，同时加大推力使飞机不致失速，然后突然拉杆使机身与地面平行（倒飞），直到最后把飞机改回平飞。这连续几个动作改变了飞行方向，使刚刚处于机后的余涛机再次进入他的目标捕捉范围。余涛机急做一个伊麦曼回旋（上升转弯），接一个分离S机动，改变航向并获得极高的机动性能脱离，远远甩开秦机，呼叫："00，00，我是02。我要求结束竞赛！"

余涛的呼叫在塔台上回响，所有人都吃了一惊。马副司令拿起送受话器，直接给余涛通话："余涛！我是马冲！快报告情况，发生了什么事！"空中，余涛再次报告："首长，02要求结束竞赛，立即返航！ 02要求结束竞赛，立即返航！"马副司令脸色难看起来。衣正邦急上前，从他手中接过送受话器："02，我是00，我是00，同意结束竞赛，立即返航！ 01，01，我是00，结束竞赛，马上返航！"空中的余涛和秦大地马上回答："02明白！""01明白！"数据大厅里，众飞行员愣在那里，他们不明白发生了什么事情。耿见林首先喊了出来："谁能告诉我，余涛为什么突然放弃了比赛？"吴强大声道："主动放弃比赛就是认输，空军输了，我们赢了！"几名海军飞行员欢呼道："对，空军输了，我们赢了！"几名空军飞行员生气地看着他们。康延成最后一次回望身后，发现谢振宇已经匆匆离开。他心中一动，急追出门，在大厅外看谢振宇上车，喊了一声："哎，老谢！"他还是来不及了，车子已经飞快地驶走。塔台上，满面愠色的马副司令不看衣正邦，只道："我要去看看怎么回事儿！"此时的衣正邦心情大好："我陪你！"二人及众随员匆匆走下去。

试飞大队机场上，两架歼-15着地。秦大地、余涛分别走下来，相互走去，余涛举手敬礼："大队，祝贺你，你赢了！"秦大地还礼："不。我没有，我们只是打平！"一辆军用越野车飞快驶来，两人回头，发现衣正邦和马副司令下车，急忙上前敬礼："首长！"马副司令只看余涛，语气很冲："说吧，怎么回事？"余涛、秦大地同时下意识地对视一眼。衣正邦看二人，将气氛缓和下来："你们两个别紧张，把情况讲清楚就行了！"余涛再向马副司令立正："报告首长。让首长失望了，我无法赢得比赛，再打下去没有意义，应当结束竞赛！"秦大地及时上前："报告两位首长，这不是事实！"这话又让衣正邦也不高兴了："你说什么？那你们解释一下，没分出输赢，擅自中止比赛，胆子也太大了！"余涛回头对衣正邦立正："报告衣总，已经分出胜负。秦大队有几次机会可以锁定我，但他放弃了！"马副司令大吃一惊："怎么可能！为什么？"他和衣正邦的目光同时投向秦大地。秦大地："报告首长，因为我的对手没有开启锁定系统！"马副司令惊讶地扬了扬眉毛，回看余涛，大怒："没有开启锁定系统你比什么赛！"又看秦大地："你们两个小子私底下搞什么交易，这什么名堂！"他的火越来越大，看衣正邦："你说！是不是你这老家伙的主意？"衣正邦已经看明白了，不理他，只看秦大地、余涛："你们两个还有别的情况报告吗？"秦大地："没有！"马副司令又看余涛："你呢？"余涛："报告首长，虽然秦大队没有锁定我，但毕竟是我首先叫停了比赛，按照惯例应当判秦大队赢，并且正式获得第一试飞员的排位！"

秦大地："不，两位首长，我有个提议——"马副司令不理他，回看衣正邦："我不同意！既然谁也没赢，那两个人就应当做并列第一试飞员！"衣正邦把球踢给秦大地："你是大队长，什么意见？"秦大地大声道："谢谢首长，我同意！"衣正邦这才回看马副司令："老马，竞赛结束了，剩下的是他们队内事务。你是空军副司令，我是海军副司令，咱俩这么大的官管他们队内的事干什么？咱们走！”马副司令：“走可以，但你必须记住，今天我们余涛和你们秦大地打成平手，谁也没赢谁。对你来说是个胜利，可对我和空军来说却是耻辱的一天！”秦大地、余涛笑起来。衣正邦拉起马副司令一边往车上走，一边道：“你不要挑衅，这样不利于两大军种的团结！”看着两位首长的车远去，秦大地回视余涛，脱口而出：“为什么要这样？”余涛：“正要问您呢！从第一个回合你就开始作弊。”秦大地：“我作弊？”余涛：“好汉做事好汉当。一开始你就没打开锁定系统，我好傻，开头还想和你认真过几招，但很快发现你只是想量量我的功夫。我不能再跟你打下去了，再打下去就把底全透给你了！”秦大地：“我是一时失误，过于紧张，忘记打开了锁定系统！”余涛：“可能，但打死我也不信。因为你是秦大地。”秦大地：“于是你就在第一回合后关闭了锁定系统。你那几招，其实也是在摸我的底！”余涛：“我摸了，大队的底深不可测，佩服！”秦大地：“我对你的感觉也一样。怪不得空军的同志叫你独孤求败。可我还是有一个疑问！开头你还是想赢我的，后来为什么突然放弃了比赛？”余涛：“我想说实话，怕灭了自己志气，长了你的威风！”秦大地笑看他，等他说下去。余涛：“最后一轮动作做完，我一下像从梦中醒了！即便我可以一直和你相持，但最后还是赢不了你。”秦大地：“那时我也明白了，一时半会儿只要你不犯错，我也赢不了你！”余涛：“这话我相信，但理智告诉我，不能信。”秦大地：“还有什么话，都说出来！”

余涛：“最让我惊奇的是你从一开始就在防守。一直都在防守，表面上看一直都在进攻，非常凌厉的进攻，但本质却在防守。这和我对你过去空战作风的了解大相径庭，你今天的表现完全出乎了我的意料。当我从几番对抗清醒过来后，就知道今天我完了，不但赢不了你，坚持下去早晚会让你赢了我。大队教教我，为什么突然对我选择了这样的战术？”秦大地想了想，笑：“我老了。只能想到不败，已经不敢想获胜了。”余涛：“大队这话太假了。我想到了一种可能，但我不说。”秦大地：“一定要说！不说就不仗义了！”余涛：“那我就说！你是为了让另外一个人看到今天我们俩的决赛。”他的话让秦大地迟疑了一下：“你到底想说什么？”余涛：“你想让他看到今天的秦大地不是十年前和吴惊天前辈对决时的秦大地，你想让他明白这次就是赢得了和你决赛的机会，他也赢不了！”秦大地平静道：“你想多了。决赛已经过去，我们俩的事怎么办？”余涛笑：“不要以为我刚才说了那些话，就会公开承认自己输了。我没有。我及时鸣金收兵，目标已经达到，刚才两位首长说了，我们俩应当成为并列第一试飞员！”秦大地：“原来你主动停战是有目的的，而且成功了！你没有在空中打赢我，却在地面打赢了我！”余涛笑：“大队，你这么说话就不利于团结了。你瞒过了许多人，可有些人的眼睛是瞒不住的。你不这么想吗？”秦大地深深看他一眼，转身要走。余涛脸上洋溢出胜利的笑容，叫：“大队，我话还没完呢！”秦大地回头。余涛：“今天真正的赢家是空军，你们15个人打我们5个人，最后我们俩仍然成了并列第一名！还有，我个人也是赢家！”秦大地：“我不明白！”余涛：“你是主，我是客，你是指挥员，我是冲锋陷阵的士兵，你不该和我争第一个上战场的机会，没有什么并列第一试飞员，只有我一个人是第一试飞员！余涛已经成功地完成了空军首长交给我的任务！”

秦大地想摇头，但想了一下，发现余涛的话并没有错，他笑了，什么也不说，走上停在前方的摆渡车。余涛没有马上跟上去，此刻他的脸上才真正地现出了胜利者的笑容。

回营区时秦大地一路无语，进了自己的办公室，他正要关门，陶斯勇已经走进来，还把门关上了。秦大地看他："怎么了你，一脸都是官司！"陶斯勇："什么我怎么了？是你怎么了！所有人都看出来了，今天你可以赢，但你没有！"秦大地回避这个话题："你说得不对！今天我是想赢，但是没成功！"陶斯勇一针见血："你早就想好了，要照顾空军来的同志，照顾余涛，让试飞大队里出现两名第一试飞员！"秦大地："斯勇，不知道你是怎么想的，我现在是越来越觉得余涛不但在空中武艺高强，其他方面更强。就这个两名第一试飞员的主意，我就想不出来！"陶斯勇："如果对手是谢振宇，你会这样吗？你不会。"秦大地抗议："我反对你提这样的问题！"陶斯勇并不退让："我希望听到你的回答！"秦大地想了想道："是的。如果是谢振宇，我绝对不会这样。说实话一开始我也是想赢的，但我也想摸一下余涛的底。让我惊讶的是余涛在瞬息万变的空中对抗中迅速地看透了我，以一种非常聪明的方式结束了对抗，而且他还没让自己输掉比赛，仍然代表空军赢得了一个第一试飞员的排位。你现在还觉得我做错了什么吗？"陶斯勇深深看他："大地，你明白我真正想说的是什么。我强烈反对你现在就——"秦大地制止他说下去："甭说了。即使是并列，我也是第一试飞员！想拿走属于海军的光荣，没那么容易！行了，马上宣布成绩！我们是试飞大队，应当言归正传了！"他说完了就朝外走，没有再给陶斯勇留下说下去的机会。

全体试飞员再次在操场集合。秦大地站在队前，掏出一张纸道："现在宣布系列赛结果，它同时也是第一阶段本大队试飞员排序名单！"众人"啪"地立正。秦大地："稍息。并列第一名，秦大地、余涛！"众人热烈鼓掌。几名空军飞行员看余涛，鼓掌格外热烈。秦大地："安静。由于有两个人并列第一名，第二名就没有了，现在我宣布第三名。谢振宇！”众人前后左右看，没有看到谢振宇，目光落在康延成身上。秦大地看大家道：“安静！谢振宇同志在住院！第四名，耿见林！”众人向耿见林热烈鼓掌。耿见林高兴，自己给自己鼓掌。“第五名，康延成！”康延成回过神来了，也给自己鼓起掌来。

午后，基地医院一间病房里，一名女护士正在整理谢振宇空出的病床。陈亚红走进来，看女护士：“小王，病人呢？”女护士：“走了！”陈亚红一惊：“走了？”女护士：“我刚才听见了一耳朵，说什么试飞大队今天进行空中对抗决赛，空军的空中之王对海军的空中之王！”陈亚红脱口而出：“余涛——”女护士看她：“余涛是谁？”陈亚红：“没什么。竞赛结束了吗？”女护士：“好像是结束了！”陈亚红：“结果怎么样？”女护士：“说是两人打成了平手！”陈亚红高兴起来：“他还是他！他没有输的！”女护士吃惊地看着她：“陈医生，你认识这个余涛？”陈亚红急忙：“不……啊，你收拾吧，我还有一个病房要查。”她匆匆地离开，越来越高兴。

康延成带一辆车赶到，在医院楼前停车，提着一网兜礼物跑上来，在病房外敲了一下门。他是带着好消息来看谢振宇的。女护士仍在收拾床铺，回头看他：“找谁？”康延成：“谢振宇住这儿？”女护士回头盯住了他：“对了，你是不是他单位的？他走了，连出院手续也没办！这也太不遵守我们医院的管理规定了！”康延成转身就走。女护士追出来喊：“哎，怎么都这样？真是一个单位的！你帮他把手续办了！”康延成已经跑下楼去。回到试飞大队，他一把推开谢振宇的房门，果然看见谢振宇面窗独立，他第一眼看到的只是他的一个背影。门猛地被推开的声音惊动了谢振宇，让他蓦然回过头来。但是真正大吃一惊的却是康延成，他在关上门的一刻几乎要大叫起来：“老谢，你在干什么！”谢振宇平静道："延成，坐下。本想叫你游戏的，但我们就要分别，你是我最好的朋友，我不能再用绰号称呼你。"康延成："你说什么？你要走？去哪里？"谢振宇："离开试飞大队，离开海军，离开天空！"康延成几乎大叫起来："你胡说！我刚刚去医院找你，说你回来了！我是去给你报喜信儿的！虽然输了一场，可你仍在试飞员排序中名列第三，仅仅排在两名并列第一试飞员之后！"谢振宇："排在他们之后，我还不该离开吗？"康延成让他坐下，自己也对面坐下："老谢，你怎么能这样！总共才输了一场比赛，虽然你没有如愿挑战秦大队，但你也没有输给他！你还是谢振宇！啊对了，秦大队竞赛前宣布过，这种系列赛不是一场定终身，以后每进行一个重大试飞项目都要搞一次，你留下来仍然有机会打败他！"谢振宇站起来走向窗前："延成，上午我看了他们两个对决，才明白过去的我只是一只井底之蛙！"他猛然回头，所有的痛苦和对自己的失望一瞬间全部显现在脸上："我现在才知道我什么也不是！他今天的表现我看了，就是我昨天能打败余涛进入决赛，今天也赢不了他！"康延成又要叫起来了："我说你这人一钻进去就不出来的毛病什么时候能改！退一万步说，输给他又怎么样？当年吴惊天老前辈还输给了他呢！不就是一场队内比赛嘛！"谢振宇几乎要跟他大吼起来："你完全没听懂我在说什么！我和他比，一个是高高飞在天上的山鹰，一个是在地下草棵子蹦跶的麻雀。有他在我永远都只是失败的那一个，是表现他伟大的背景，我现在是什么？我是别人眼中的笑柄！为什么我还要留下？你给我一个理由！"康延成完全被他吓住了："那你要怎么样？"谢振宇："脱军装，转业，远远离开天空！既然不行，既然平庸，就接受自己！该干吗干吗去，能干吗就干吗去！干吗能成为天下第一就干吗去！"康延成完全不知道该怎么劝他了："你疯了！我劝不动你，我找别人来劝你！无论如何，我都不能让你离开试飞大队！你知道吗？我不愿意！你和秦大地、余涛一样，都是中国少有的飞行天才！”谢振宇不再理他，坐下开始写退役申请。康延成一把抢过他面前的纸撕碎，大声道：“谢振宇，你要是就这样毁掉了你自己，我一点也不同情你！我看不起你！”他几乎要哭了，拉开门走出去，“咣当”一声门关了。谢振宇在桌前久久坐着，目光湿润，有几秒钟他站了起来，要开门往外走，想了想还是回头坐下来，重新找出了纸笔，写起退役申请报告来。

此时秦大地办公室里，他和陶斯勇正吃惊地看着康延成：“什么？他要退役？”康延成心慌意乱：“对！”秦大地神情严厉起来：“为什么！”康延成：“他说看了你和余涛的对抗，发现他和你根本不在一个等量级，他认为像他这样的人不该留下来！”秦大地久久地盯着他看，突然大吼：“走，带我去看看！”说着就朝外面走。陶斯勇内心也十分震惊：“等等！我一起去！”三人来到空勤楼谢振宇房间外，谢振宇已经写好退役申请，正在检查。秦大地一到就大力敲门，喊：“开门！我秦大地！”谢振宇听到声音，想了想，仍然在报告上签好名，才走过去开门，让开路看着秦大地带陶斯勇康延成怒气冲冲走进来。“大队，政委，原来是你们来了！”秦大地看他显得异常平静，回看一眼康延成：“康延成，你搞什么鬼，他这不是没事儿吗？”谢振宇拿起了那份退役申请书：“既然两位领导都来了，那就更好了。谢振宇现在就正式递交报告，申请退役！”陶斯勇赶在秦大地之前接过那份申请，飞快地看一遍，交给秦大地。秦大地看也不看，一点点将它撕碎。

谢振宇变色：“大队，你——”陶斯勇也用吃惊的目光看秦大地：“你干什么？”秦大地只看着谢振宇，一字一字，厉声喊：“我不同意！”谢振宇一直看着他，自己也没想到会忍不住哑然一笑。

陶斯勇被激怒了，大喊："谢振宇，你笑什么？"谢振宇仍然只对秦大地说话："大队，说心里话我现在真的非常佩服你，你今天不但赢了余涛，你还赢了谢振宇！现在谢振宇这个井底之蛙终于知道谁才是中国天空的王者！这个人不是余涛，更不是我，是你！"他突然痛苦地背过身去，避开屋内所有人的目光："我并不想走，但我还是要走，我决心已定，谁都劝不了我，我一定得走！"秦大地怒不可遏，大叫："来人！"吴强跑过来："大队！"秦大地："你来得正好，关他的禁闭！"吴强大惊："大地！"陶斯勇也在喊："大地，你要干什么？"谢振宇难以置信地看着他："大队，你要关我的禁闭？"秦大地："对！"谢振宇："凭什么？我要理由！"秦大地："你还跟我要理由？就冲你这张退役申请，我就可以关你的禁闭！国家、军队、人民，培养你这么多年，试验试飞还没开始，你知道这是会死人的，找出这么个理由要退役，你想当逃兵！你以为这不是战场，我就没办法处置你？不，这里就是战场，临阵脱逃，我能枪毙你！"又看吴强道："执行命令！"吴强再看陶斯勇。陶斯勇忽然想到了："看我干什么，大队让你执行命令！"康延成完全傻了，看看这个，看看那个，这完全不是他能想象到的结果。吴强终于朝谢振宇看去："老谢，都听见了，走吧，放萝卜的储蓄间还给你留着呢！"谢振宇转身面对秦大地，一时间竟说不出话来了："大队，我不明白……你到底……"秦大地要走，转身又回头，仍然怒不可遏："马上关起来！没有我的命令，命令不得撤销！"突然看一眼陶斯勇，"你还不走吗？"陶斯勇最后回头看一眼谢振宇，此时他的心里越来越明亮："谢振宇，我现在就想告诉你我们的态度。不但秦大队不同意你的退役申请，我也不会！"看康延成："你负责盯住他，让他在禁闭室好好睡一觉，让他清醒！"秦大地已经大步走出，他也不等康延成回答就跟着离开了谢振宇的房间。

房间里现在只剩下吴强、谢振宇和康延成，三个人你看我一眼，我看你一眼。吴强："老谢，本来我也有几句话跟你讲，可是今天，你和大队、和政委，三个人演的这是一出什么戏，把我都弄糊涂了！试验试飞就要开始，你什么觉悟呀你！如果是我，别说是输了一场比赛，就是输了所有的比赛，我也要留下来上战场！和一定会有的牺牲相比，你是第一名还是最后一名算得了什么！我看他这会子关你的禁闭是轻的！恼了他你不想退役也得退役，因为他会压根儿瞧不起你，留下你是对军旗的玷污！还不快跟我走？"谢振宇回头看康延成："告诉我，怎么成了这个样子？"康延成不说话。谢振宇跟着吴强往门外走。康延成又喊："哎，带上洗漱的东西！"他迅速收拾了洗漱用具关门追出去。

回到办公室里，秦大地站立窗前，目视夕阳西下的大海，仍然气愤难平。陶斯勇尾随他走进来："大地，你搞什么名堂？"秦大地："我气晕了！不这么收拾他一下——"陶斯勇："你成为海军空王的过程中，有人这么收拾过你吗？"秦大地又来气了："你怎么知道没有？"陶斯勇："谁？""你问这么清楚干什么？想抓住我的小辫子，以后丢我的丑！""你甭这么大声，好像我们两个干起来了！""我就这么大声，改不了了！""行，我怕你！你就这么把他关起来，下面怎么办？""什么怎么办？我就是想让这小子清醒清醒！""我看你自己也该清醒清醒！"秦大地回过头来了："哎对了，怎么回事，你现在也不想让他走了？"陶斯勇："看了这几天的比赛，我对他的看法改变了。也许你才是对的！还是要做工作，争取让他留下来。"秦大地沉吟了一会儿，突然大喊："赵文！"赵文跑进来："大队！"秦大地："去告诉吴强，关到晚上就行了，熄灯的时候让他回去睡！"赵文："熄灯的时候就让他回去？”秦大地：“你这小子，还想关他几天哪！”赵文：“他不是又犯错误了吗？犯错误至少关三天呀！”秦大地都要被他气笑了，大叫：“执行命令！”赵文答应一声跑走。陶斯勇看秦大地：“你这算什么？自己给自己收场啊。真认定他犯错误，他就是二进宫，按照纪律守则就得除名。”秦大地大叫：“他犯什么错误了？不就是写了一份退役申请？”陶斯勇：“那你凭什么关他禁闭？你这是乱来！”秦大地狠狠盯他一眼，道：“斯勇，你知道吗？大机关让你待傻了！长时间不带兵，那些小招数你都忘了！”陶斯勇：“什么小招数，你这也是违纪。当年有人这么关过你？”秦大地：“你又来了，你怎么知道没有！”“谁？太好了，我太想知道了！”“不告诉你，急死你！”“是余兆年老团长吧，对不对？”“是他又怎么着？那一年我头一次和吴惊天对决，我以为绝对能赢，没想到三下两下就被老吴给干掉了，我那个沮丧，脸皮又薄，一狠心就写了退役申请，结果……行了，我上你当了，故事讲完了，你走！”陶斯勇不走，笑：“讲详细点儿，关了几天？”秦大地拍案大叫：“你什么人哪！还关我几天，我一进禁闭室就清醒了！首长真是好首长，他让我进去冷静一下，不就是输了一场对决吗？还有下回呢！”陶斯勇看他：“行。什么师傅教什么徒弟。后来呢？”秦大地沉思起来，有顷回头：“什么后来？……解铃还须系铃人。看样子，我得去见一下吴惊天。”说着他已经开始往外走。陶斯勇跟着走出去：“你们有多少年没见面了？”秦大地走出房间，回头，认真地说：“十二年了。”

黄昏的海边，吴惊天仍在礁石丛中垂钓。秦大地远远下车走过来。吴惊天回头看到他，吃了一惊，神情马上凝重起来。“老吴！”“是你！”秦大地在他身边坐下来，望着大海：“这个地方真好，波浪滔天，是钓大鱼的地方。”吴惊天也不问他为什么来：

“嘲笑我。”秦大地道：“我就是想也没心情。我是为谢振宇的事求你来了。”吴惊天淡淡地：“他又出事了？”秦大地：“你怎么一点也不吃惊？他输掉了一场队内的比赛，闹着要退役！”吴惊天沉默了一会儿：“你现在仍然认为他是可造之材？”秦大地点头。吴惊天：“可造到什么程度？”秦大地：“将来有可能会比你我加起来更厉害！”吴惊天：“那你还来干什么？走吧，来意我明白了。”秦大地停了一会儿才站起来：“这么多年没见，本以为你会多留我坐一会儿……走了。该说一声谢谢吗？”吴惊天不再说话。二人对话的过程中，除了第一次，他再没有回头。秦大地：“多保重。再见。”吴惊天仍然不说话。秦大地转身走。吴惊天：“秦大地——”秦大地回头。吴惊天：“现在体会到成功和失败的不同心境了吗？”秦大地心中大动了一下，不知道该如何回答。吴惊天道：“失败者如我，可以无事一身轻，天天在这里钓鱼；成功者是你，却要把航母舰载机战斗力建设的全部难题扛在肩上，趔趔趄趄焦头烂额地朝前走。”秦大地想了想道：“你说得对，就是这种感觉。”吴惊天：“孩子怎么样？压力够大吧？”秦大地一下就说不出话来了，他突然想到又有好几天一次也没有想到秦熠了。吴惊天感觉到了：“对不起，我不该说这个。”秦大地半晌才道：“没什么，其实我是在想怎么回答你的后一个问题。你要是想听实话，我得说不小。不，不是不小，是大到不可以告人。”吴惊天：“有没有想过为什么是你？”秦大地吃惊了，回头看他：“老吴，你处在我现在的位置，会想这个吗？”吴惊天道：“所以我要提醒你，虽然压力这么大，你今天仍然比我幸福一万倍！”秦大地一下全都懂了：“老吴，你这话说深了。有句话我想说，怕你生气。”吴惊天：“你让我生气的日子早过去了，我现在不生气了！当年三场比赛，把我打得那么难堪，一点脸面也不给我留！”秦大地：

“你刚才说我比你幸福一万倍，早就不这么想了，我现在想的是不能辜负所有人的期望和托付，包括你。机会是我自己赢得的，不管压力有多重，我都得扛，而且要扛好。”吴惊天：“这么说我们又会吵起来的。走吧。我们之间没什么可说的了！”秦大地：“是我还没说完。我们是一代人，谢振宇不是。我希望他能更快地成长，早一点打败我，也把你说的幸福，连同我肩头的责任接过去，有朝一日，再像你我一样把它传给更新更强大的一代人！把这件事做好首先是我的责任，其次是你，因为直到今天，他的精神导师仍然是你！”吴惊天道：“你这个人真是不会讲话，今天说太多了，走吧。”秦大地转身离开，甚至也没有再说一声再见。吴惊天也不回头。

回到车中，将车发动起来，秦大地才意识到自己的眼睛是湿润的。他把发动机停下来，望着远方，让自己眼中涨起的潮水落下去，找出手机，翻出儿子的号码，要拨过去，一狠心又放弃了。不能。不能不能不能。你的痛苦和压力在别人那里就是幸福。他重新发动车，疾驰而去。海边礁石丛中，吴惊天用力拉钓线，钓线挂在礁石中，断了，弹回来。他把钓竿放下来，让自己安静，但是不能够，他的眼里突然涌满了泪花。他就那么久久地坐着，一任面前的波涛撞击礁石，声震天地。好了，可以了，为什么老了老了还这样。他恨起自己来，拿出手机拨一个号码：“振宇，是我！还在老地方。我有话要讲！听说你铁了心要退役？好哇。退役也不错。我是海边出生的，我们那里的乡亲们这些年一直在搞水产养殖，鲍鱼呀，海参哪，山积海聚的，就是销路有问题，一直想找个能人帮他们开一家销售公司。我有残疾干不了，你退役后愿不愿意帮他们去卖海参？那玩意儿挺挣钱的，用不了多久你就发了！”电话那一端，谢振宇已经失声：“老师——”吴惊天边打电话边收拾钓具，要站起来，滑了一下，跌坐下去。谢振宇听到了声音，急叫：“老师，怎么了？”吴惊天：“这里太滑了，我差点摔到海里去。”“老师小心！”“别管我，反正从明天起，我不会到这里来了。”“老师——”“十二年了，我终于明白，我钓不到大鱼了！”电话那一端的谢振宇呜咽了一声。吴惊天：“你难过什么？承认自己不行，在比你更强大的对手面前认输不丢人，走吧，永远离开那里！”谢振宇：“老师——”吴惊天：“秦大地当年连续三场对决击败我之前，知道他失败了多少次？失败了多少年？”谢振宇吃惊道：“多少年？”“整整五年，每年全海军的空中对抗，最后总是我们俩进入决赛，每次都是我打败他，是我让他一点点明白了差距在哪里，想成为中国海空的主人，空中之王，他还需要什么！他最后的成功也让我想通了一个道理：一个人的内心只要强大到足以让他坚持下去，直到终于打败面前那个看起来无比强大的对手，他就总有机会！那时他就成了比对方更强大的人，真正的空中之王，中国海洋和蓝天的主人从来都是这样炼出来！”“老师到了今天仍相信我有一天能打败秦大地？”“我相信你有什么用？是秦大地相信你！他相信你也没用，你得自己相信自己！”谢振宇心中隆隆滚过惊雷：“秦大队相信我……他去见过老师？”吴惊天：“他的儿子脑瘫，正在山西的小医院里治疗。他父亲三年前得了截瘫，可他刚刚通过队内竞赛，让自己成了第一试飞员，以后每一次试验都会第一个冲上去承受牺牲……你有没有问过自己：为什么这个人一定是他！”谢振宇又呜咽了一声：“可我没机会了！我输了比赛，又看了他和余涛的决赛，一冲动写了退役申请，没想到让他发了那么大火……我就是不申请离开，也没脸待下去了！”吴惊天：“你的脸面就那么要紧？中国的脸面才要紧！不过是写了一份退役申请，觍着脸找他收回就行了。关键是你自己是不是还想从头开始！”谢振宇：“老师，我一进禁闭室就后悔了，要是还有机会——”吴惊天：“够了，不要说了！我一直鼓励你打败秦大地，难道是为了我吗？更不是为了你自己成名立万！什么时候你明白了其中的全部道理，我才会重新坐回到这里来，面对大海，对自己说，你瞧，我仍然有希望钓到那条大鱼！”谢振宇内心一下子平静而且重新充满了力量：“老师，我想起来，你曾经说过，打败秦大队是一种历史责任！”吴惊天：“当初鼓励你进试飞大队，我没有再把这话说一遍给你听，是我的错……去找秦大地，收回你的退役申请，发现你和他的所有不同，把他的本事全部学过来变成自己的本事，强大到可以全方位地击败他，那时你再来见我。不，到了那一天，你可能就没有时间来了！不过不怕，我等着这一天！”

秦大地回到营区已经很晚了，刚进办公室，衣正邦的电话就打了过来：“你这个秦大地，你无法无天了你——”秦大地急忙拦住他的话头：“首长，我都明白了，这件事我以后专门给你写检讨。不过太晚了，首长休息吧！”他听到衣正邦哼了一声，挂断了电话，自己也跟着放下电话，回头看陶斯勇一眼：“好哇你，告我的状！”陶斯勇道：“我还以为天底下没人能治得了你呢！”秦大地大叫一声：“吴强！”陶斯勇道：“别叫了，已经让他回去了！”门前响起脚步声，接着谢振宇出现，举手敬礼，喊：“报告！”秦大地完全明白了，目光凌厉地看着他：“进来！”谢振宇走进来，又看陶斯勇：“政委！”秦大地：“关门！什么事？”谢振宇关门，回头：“大队，政委，我……我……我现在正式向你们请求，收回我的退役申请！”秦大地看了陶斯勇一眼，看他：“撤回？”“是！”“怎么又要撤回，又不想走了？”谢振宇又一个立正：“报告大队、政委，只要你们不赶我走，我就不会再走了！”

秦大地仍然不给陶斯勇一点机会："行，我批准了。回去吧！"谢振宇看陶斯勇一眼。秦大地："不用看他，政委也批准了！"谢振宇急忙高声："是！"再次举手向二人敬礼，转身走了出去。陶斯勇恨恨地盯着秦大地，秦大地无声地大笑，走去关门，不觉手舞足蹈。陶斯勇："就一个谢振宇撤回退役申请，能把你高兴成这样？"秦大地道："对，就把我高兴成这样了，怎么着吧你！"陶斯勇不说话了，其实事情这样急转直下，他也十分高兴。

直到熄灯号吹响，康延成才在偌大的健身房里找到一身大汗做拉力练习的谢振宇："什么点儿了，还不回去休息！到处找不到你，原来跑这里躲着来了，快去冲一冲！不想再犯纪律，就跟我回去睡觉！"谢振宇像是被子弹击中了，不再动作，看他道："游戏，连你都要抓紧时间修理我啊！"康延成："有机会就得抓紧，过了这村就没那店了！哎，真没想到，这世上还有人能治得了你的病！"谢振宇也不言语，离开器械，跟着他跑了出去。

第十二章

黎明，嘹亮的早操号声中，试飞大队全体再次集合、列队。秦大地：“听口令！从今天起，以试飞顺序列队，开始！”队列重新调整，余涛成为第一名，谢振宇第二，其余耿见林、康延成等依试飞顺序站立。秦大地继续喊口令：“立正！向右看齐！向前看！齐步走！一二一，一二三四！”队伍精神饱满地走起来，大声喊口令：“一二三四！”陶斯勇站在操场一侧，望着这支如同新生般的队伍，突然有了一种感觉：成了！

早饭后他和秦大地再次匆匆赶到了总指挥部。还是一楼的简易会议室，衣正邦、张天一和两位地方老总及专家团已经来到。衣正邦看众人坐下，道：“人都到了，现在开会。咱们开门见山。梁总，说你们的安排。”梁良站起：“我喜欢部队的会议，直奔主题。衣总，各位，我的团队和周总的团队开了联席会议，商定了一个试验安排。对不起秦大队，我们可能一开始就要进入有难度的试验，内容是人、机、索在一个什么样的数据体系支撑下能够适配，适配的标志是成功挂索。我们想把它称作 A 阶段。”他注意到秦大地开始在小本子上记下要点。“在人、机、索中间，索是主要着力点。我们的办法很笨，但没办法，只能请试飞员操纵舰载机进行挂索试验，寻找成功挂索需要的速度和重量值，同时试验国产阻拦索系统扛不扛得住舰载机在这个数值范围内的冲击。我要特别讲一下，这也是对人的适应力数值的测试。我们不知道外国人是怎么过这一关的，但这一关总得过。直接用人去试验，说实话我内心非常不安。人如果扛不住，别的什么都好也不行。我讲完了。”衣正邦：“你们用假人试验过吗？”梁良：“当然。但是将来驾驶舰载机的毕竟不是假人！”众人不觉看秦大地和陶斯勇。秦大地仍在小本子上记着什么，没有任何特别的表示。衣正邦：“周总还有补充吗？”周总：“衣总，秦大队，陶政委，我有一个很冒失的建议，昨天和衣总也交流过。既然我们现在为了共同的目标走到一起，有句得罪的话就一定要说。衣总，我可以说吗？”衣正邦：“你当然可以！秦大地，陶博士，周总的话是说给你们俩听的。”秦大地抬头，点头。陶斯勇：“周总请讲。”周总：“听说你们为了投入试验试飞，刚刚排出试飞顺序，我们很高兴，也更有信心了，但我担心一件事。试验试飞是为科研服务的，恐怕以后我们会在整个过程中提出许多对你们来说不好接受的要求，这一点恐怕要有思想准备。”秦大地和陶斯勇对视了一眼：“斯勇，你说吧。”陶斯勇道：“两位老总，这件事昨晚上衣总已把我们两个叫来谈过了。我们支持你们专门成立专家团给每名试飞员打分，并根据打分情况，按照你们的要求，灵活安排试飞员参加试验试飞，工作由我们回去去做！”周总看衣正邦：“听了这话我和梁总就放心了。还是解放军纪律严明，说到做到。衣总，两个专家团已经成立，我们两家的人也做好了随时进入试飞场的准备。”梁总：“我补充一点，坦率地说，要做好 A 阶段试验首先我们军地双方要相互适配。我们这两个团的主要工作是实时测试、记录、分析试验试飞过程中出现的情况，及时对试验安排做出调整，使它进展得更快，也更有效率！”秦大地道：“这个两位老总不用担心，试飞大队没有问题！”衣正邦带头鼓起掌来，众人跟着鼓掌。衣正邦道：“好了，会开得很好，说是短会，其实已经长了。这样吧，大政方针已经上报过，得到了授权，我们就这样定了！盲人摸象也好，盲人骑瞎马也好，万事开头难，第一步就是一片漆黑，万丈深渊，也要大胆地迈出去。现在散会，地方同志可以回去了，明天八点一刻，试验开始，这之前所有人必须到场完毕。部队的同志留下，我们开个小会！”

两地方公司老总带众随员站起来走出去，会议室内只剩下衣正邦、张天一、秦大地、陶斯勇和几名随员。衣正邦道：“我们接着开会。大地，你刚才对我眨什么眼？有什么话要说？”秦大地笑：“首长，我没眨眼！”大家笑起来。衣正邦却不笑：“说吧，现在地方的同志走了，只剩下我们的人，刚才不好说的，都可以说出来。”陶斯勇举手。衣正邦：“你举什么手？说！”陶斯勇站起：“首长，我认为今天的会开得不好，和您有很大关系！”衣正邦：“你什么意思？”陶斯勇：“好像试验试飞全是他们两家地方公司的事儿，我们的人只要会开飞机，照他们的要求做就成了。张司令也一样，好像我们只是你们的试验工具！”衣正邦：“停！你坐下！怎么说话呢！”陶斯勇坐下。张天一：“首长，我明白陶政委的意思。所有A阶段要试验的设备，通过试验后都是要装到航母上去的，舰载机完成试验试飞也是要交给海军使用。这些国产设备和飞机到底怎么样，直接关系到海军转型建设能不能成功！”衣正邦皱着眉头看他。张天一却不往下说了。衣正邦：“你没说完，往下说。”张天一看秦大地：“秦大队，下面的话你说，你想什么了我都猜出来了！”秦大地：“首长，我能说吗？”衣正邦：

“你们搞什么？解放军三大民主，军事民主是我们的传统，要上战场了，有话痛快说！”秦大地：“为了建设世界一流的中国海军，我们要做试验的主人！”衣正邦盯着他看。秦大地看张天一一眼，笑：“张司令都明白了！就是说，在他们的标准外，我们也要多个心眼儿，有一套自己的标准，通不过我们的标准，不能让他们过关！”衣正邦：“你不让谁过关？不让他们过关你自己也过不了关！”秦大地：“就这样我们也认！设备上了航母，就是我们的武器。我们要做到对每一种武器的性能心中完全有数！”张天一：“首长，我军的传统战法是你打你的，我打我的。就是统一战线，也要以我为主！”衣正邦收拾东西，站起来。众跟着站起，看他。秦大地：“首长——”衣正邦突然大声地：“这样会增加你们的工作量！更会加大危险！你想过吗？”秦大地：“即使那样，也值得去做！”衣正邦往外走。陶斯勇大声道：“首长！”衣正邦：“喊什么？散会！”秦大地：“首长还没个态度呢！”衣正邦：“你们想什么呢？我们是在敌占区工作吗？舰载机试验试飞不是军队一家的事，是全中国人民的事。我现在就去见梁总和周总，说出你们这儿的想法和他们商量，光明正大地落实到试验里去！”秦大地大喜：“首长英明！”陶斯勇：“伟大！”张天一：“不是一般的！”衣正邦不理他们，走出去。秦大地、陶斯勇也匆匆往外走。张天一：“你们俩这么急干什么？”秦大地：“还能干什么，马上回去开会！”陶斯勇：“战前动员！”张天一：“哎哟喂，我也要赶快回去！”

试飞大队多功能厅，全大队集会。秦大地开门见山：“同志们，今天开全体会议，只有一件事要宣布，上战场的时刻到了！”众人神情严肃起来，“既是上战场，就要做好准备。我强调两条，一是纪律，一切行动听指挥；二是状态，包括精神状态和身体状态。召之即来，来之能战，迎接就要开始的战斗！”没有人说话，但所有的目光都在闪亮。“下面我讲几件事。第一是慎重初战，这是我军的传统，事关士气、信心和全局，一定要以初战就是决战的意识全力以赴打好第一仗，为航母成军这个伟大的战役开个好头！第二，虽然排出了试飞顺序，但并不是说上了试飞场，每个项目每次试验试飞都会完全照顺序执行。既然是作战就要因天因地因时，有什么敌人打什么仗，有什么武器打什么仗，有什么阵地打什么仗，对我们来说，有什么人才、有什么任务打什么仗！我是大队长，首席 LSO，这个词儿大家都知道意思，未来的航母舰载机着舰指挥官，现在我们还没有航母，这个 LSO 就是试验场上的指挥员，有权根据需要灵活安排！”开始有人交头接耳。

“安静，不要议论，议论也没用，这是命令！第三件事，总指挥部上午开会定的，地方两家公司成立专家团，跟踪监视每一次试验试飞，给每个人打分。不要小瞧这些人，他们给你打了分，就会根据分数要求总指挥和我调整使用试飞员。所以不管你现在排在什么位置，只要以后在试验试飞中有好的表现，仍有可能被点名排在前面出场！”又有人开始交头接耳。秦大地道：“现在还有些时间，吴强负责，带大家去试验试飞场熟悉地形。散会，大家出去上车！”他带着首长离开，众人站立，跟着他走了出去。

营门内院子里。全队走上一辆大巴，一辆中型面包车驶进来停下。张天一带领自己的团队和一名身穿海军文职干部服装、佩戴技术三级标识的女军人下车。技术三级标识是部队内享受军级干部待遇的专家，秦大地、陶斯勇一惊，急忙迎上去一边敬礼，一边和张天一打招呼：“张司令，你们怎么来了？这位是——”张天一：“首长不放心，打电话让我带刘主任来跟你们开个协调会，有什么问题过细地交流一下，还是他那两句老话：一要只争朝夕，二要万无一失，滴水不漏。这位刘主任嘛，进去后我再介绍，她可是大人物。”秦大地、陶斯勇忙道：“请请请！”两人引客人走上办公楼，秦大地注意到大巴车已经驶出了营门。一行人很快在二楼会议室对面坐下来。赵文送上茶水离去。秦大地看张天一：“司令，可以开会了。”张天一道：“好吧，根据首长指示，我首先向两位通报。第一，刚刚接到海军决定，正式在基地成立舰载机试验试飞研究中心！”陶斯勇吃惊：“海军还要成立舰载机试验试飞研究中心？”张天一：“对，由我来兼中心的主任。下面组织几支队伍。一是跟踪摄像队伍，同步记录试验试飞全部活动，保留最原始的资料；二是我们自己的专家队伍，配合地方专家团完成试验试飞并在过程中向他们学习，同时进行我们自己的专题研究，为未来舰载机和相关航母设备的改进升级换代储备知识和人才，就是我在总指挥部的会议替衣总说的，你打你的，我打我的，我们也有我们的一手。秦大队，陶政委，现在我就想请二位支持一件事。”陶斯勇：“什么事？”张天一：“我们已经组建好了第一支跟踪摄像队伍，请你们让他们住进来，从现在起开始工作！”秦大地：“你等等。你这是什么队伍，不会连我们吃什么、上厕所撒尿都录成像吧？”张天一笑看身边的女军人。一直没有开口的女军人道：“司令，这个问题我来回答吧。”张天一道：“我还没有介绍，这位就是我们海军总医院的大专家刘敏洁刘主任。我军航空医学方面的带头人，还是院士，刚刚调到我们基地来。我们鼓掌欢迎刘主任加入我们的事业里来。”众人鼓掌。刘敏洁：“秦大队长，陶政委，我先自我介绍——”陶斯勇已经想起来了：“刘主任不用介绍了，我们都想起来了，您是大专家，您来了会吓住我们的。”刘敏洁不为所动：“各位领导，是衣总把我调过来的，不过说实话，也是我自己要求的。我这么老了还能为海军的转型发展出力，激动得好几宿睡不着！”众人笑起来。刘敏洁：“你们先别笑。我说说我的想法，首先我不是来这里吃干饭的——”众人又笑。刘敏洁更严肃了：“我说完了你们再笑。衣总调我来张司令的基地，是要在基地成立一个舰载机飞行员医学研究室，这个研究室已经成立，我是主任。”众人果然不笑了。秦大地看陶斯勇：“刘主任好像在基层当过兵，说话的语气都像。对了刘主任，你这个研究室是干什么的，我们得弄明白了。”刘敏洁：“我看出来了，我以后的工作不好做。你们不明白，我现在就可以解释。从中国航母平台第一次试航开始，我们就查资料，看我们这些人能做点什么。第一个发现是每个国家的航母上都有一个小型医院，第二个发现是每个航母国家都设有专门针对舰载机飞行员的医学支援研究机构和行动组。”秦大地开始担心：“我的天哪，这就是说，你这个什么舰载机飞行员的医学支援研究机构现在就要设在我们试飞大队，还要马上行动？”刘敏洁：“你说对了。你们是试飞大队，担负的却是航母成军历程中目前看来最高难险的任务，你们这批人今天面对的困难，将来所有舰载机飞行员一定也会面对。我的研究室任务有两项，一是为试飞大队提供各种医学支援服务，二是把你们每个人当成研究对象，记录你们与一般飞行员不同的生命现象，面对各种紧急情况时出现的生命体征，为以后大批培养舰载机飞行员进行全方位的医学准备。对了，我的人暂时还没来，但很快会来的，那时要对你们进行一对一的医学支援服务和研究。”秦大地想和她开个玩笑：“哎哟刘主任，刚才张司令的人马盯着我们要录像，你现在又要给我们来个一对一……你们不会把我们当成做研究的小白鼠吧？”刘敏洁看张天一：“司令，我非常不满意秦大队长现在这个态度。秦大队长，我知道我要做的事情不受你的欢迎，但是不欢迎我们也要做，因为它无论对你们还是对未来的航母战斗力建设都非常重要。刚才秦大队说不会连平时吃什么、上厕所都录像，你说对了。一旦开始工作，试飞大队每名试飞员一天到晚的所有活动，包括吃喝拉撒，夜里睡觉时的体温、心跳、血压，都要二十四小时全覆盖。这个工作很可能会给你们带来一些困扰，但是很抱歉，你们是在为中国迈向航母大国做贡献，我们也是，具体地说是在为建立中国舰载机飞行员医学这一全新学科做开创性工作。我今天一下讲这么多话，不习惯，包齐就一句话，将来我们进来，一对一对试飞员进行医学支援和研究，请你们支持，秦大队自己要模范带头，不能带头捣乱！最后一句——就是捣乱，我们也要开展自己的工作！”秦大地看陶斯勇，两个人哈哈大笑。刘敏洁叫道：“司令，他们这种态度可不成——”秦大地急忙止住笑：“刘主任误会了，听你刚才的语气，我和政委都知道我们完了，不支持你的工作，还想不想在这里干了？好吧，我现在代表政委表个态，一定帮你们完成任务！”刘敏洁仍然不依不饶：“这话我还不爱听，什么帮我们，我们之间，是相互帮助，主要是我们帮你们！”秦大地：“对对对，是你们帮我们！”他赶紧把话题转向张天一：“张司令还要和我们协调什么？”张天一：“刚才刘主任说的事我补充一句，眼下基地的舰载机飞行员医学研究室正在招人。刘主任，你昨天说你那里一时半会儿在全军招不到很多合适的人才，我请示过了，可以在全国和世界范围找，世界范围就算了，但你可以把遴选范围扩大到全国！”刘敏洁叫起来：“太好了，我马上办！”张天一指着身边一名他带来的上尉军衔的年轻人对秦大地道：“他叫马虎臣，我的人，高才生，以后一有需要，我就把他派到你这里来，天天跟着你，担任我们两家之间的联络官，你们这里随时有需要，让他向我报告，我全力支援……别小看他，这小子不高兴的时候，你问他叫什么，他说，马马虎虎的马，马马虎虎的虎，臣妾的臣，可他要是一精神，就会说，千里马的马，吊睛白额大虫那样的老虎，功臣的臣——”众人望马虎臣，又笑起来。马虎臣严肃地坐着，皱着眉头望秦大地。秦大地叹一口气：“司令，一看这小子的表情我就明白了，你这是派个人天天盯着我，随时向你打我们试飞大队的小报告，我们每天的大事小情都逃不过你的火眼金睛了！”他看一眼陶斯勇：“政委，以后你抓痒的时候小心点儿，说不定也要被记录下来报告给张司令和刘主任！”陶斯勇笑着把话题岔开：“我小心什么，你才要小心！刘主任，这个人的毛病多得很，首先吃饭不洗手——”众人又笑。刘敏洁立即就做出了严厉的反应：“虽然是个玩笑，那可不行，吃饭一定要洗手！”一时间，众人笑得更厉害了。秦大地回头看张天一：“好了，司令，你的人来吧，刘主任的人也来，我们就是不热烈也得欢迎！可是你也要小心，万一我把你派来的这个马马虎虎的马、马马虎虎的虎变成了双面间谍，你也不要后悔！”张天一笑：“你有能耐就这么办好了！还有一个好消息，昨天我们的要求据说地方两家公司同意了，衣总说我们突然提出这样的要求让他们有点手忙脚乱，产品一点不过关他们就完了！中航公司的梁总说，都说解放军有战斗力，这还没开始，他们就感觉到了！”陶斯勇看秦大地：“好！”秦大地精神大振，看大家道：“同志们，现在万事俱备，只欠东风！今晚上睡个好觉，明天上战场！”他带头鼓掌。众人也热烈鼓起掌来。

试飞场上，基地模拟甲板勤务保障分队分队长凌凯时正带着全体试飞员们在工程部开辟出来的第一条试验跑道上参观，一项一项向众人介绍偏流板、止动轮挡和阻拦索：“偏流板在航母甲板上的主要作用就是用它挡住舰载机起飞时释放的尾焰，把它们引向两侧和上方，防止灼伤甲板和后面准备起飞的舰载机。止动轮挡大家都明白，这是舰载机进行滑跃起飞作业的关键设备，在舰载机滑跃起飞过程中，飞机止动轮挡通过挡住舰载机的左右主轮使飞机实现大力止动，在舰载机发动机达到最大推力后，快速同步释放止动轮挡，能使飞机获得初始的起动加速度，使舰载机在规定的距离内达到其起飞所需的离舰速度……”这一切对康延成都是小儿科了，他悄悄将谢振宇拉到一边去。谢振宇看他一眼：“你又要干什么？”康延成道：“你的机会到了！出发前大队在会上说，虽然你现在只是第三试飞员，干好了仍有机会做第一试飞员！”谢振宇不理他，走回到众人身后去。康延成又跟上去：“哎，我还没说完呢。从现在起不能再犯错误，尤其是不要再违犯纪律守则。”谢振宇：“住嘴！”他离开康延成往前面挤。众人正随着凌凯时走向阻拦索装置，谢振宇却站住了，他看到了前方那个巨大的模拟舰首滑跃起飞平台和跑道两侧堆积如山的渣土，连同没有完全削平的山。康延成也在他身边停下来，顺着他的目光望去：“看什么呢你？”谢振宇吃惊道：“两边这么多渣土，怎么飞！”康延成也望见了跑道两侧的渣土和山，笑容落去：“我的天，太危险了！”

后面回忆起来，夏初认为自己这天的心情和夜间做的那个可怕的梦有很大关系。这个梦把她吓醒了，她猛地坐起，开灯，第一个想到的就是打手机给柳尼娜：“尼娜——！”柳尼娜马上听到了她的声音不对，还在紧张地大口喘气，明白她还没有从噩梦中完全醒过来。“怎么了你？”她叫起来。夏初：“做了个梦，他出事了！”柳尼娜：“谁？”夏初：“谢振宇！”柳尼娜：“你疯了，看看几点了！”夏初看表，发现表针指向凌晨两点，完全清醒了过来。

柳尼娜却兴奋起来："说话呀，梦见他怎么了？"夏初不想说出来。柳尼娜："是不是谢振宇出事故了？"夏初只说自己："啊，这会儿没事儿，我好了！"柳尼娜："不行，你一定得说清楚！你把人家吵醒——"夏初："行，我说！昨晚上看了一个片子，美国航母正在航行，舰载机着舰，撞上了舰岛，发生大事故，死了三十多个飞行员。"柳尼娜："你就做了这样一个梦？"夏初："虽说是梦，挺吓人的！我梦见驾驶舰载机的是他。"柳尼娜："呸呸，快打住。我迷信，半夜三更说这种事不吉利。"夏初："尼娜，明天我一定要去见他。"柳尼娜："真的要去？"夏初："必须去。跟梦没关系。从专业角度讲，我这个梦就是对他人格的精神分析。他有这种精神倾向，现在去承担那样的任务，非常容易出事故！"柳尼娜："等等，他什么精神倾向？"夏初："成功型焦虑症，又叫第一名强迫症。""有这种倾向的人会怎样？""不能很好地认知和管理群体里的自己，从而不能很好地管理自己的全部人生。为了成为第一名会强迫自己冒险，严重时会把成功看成人生的唯一的和终极的目标！"柳尼娜："你这是跟人恋爱，还是做人生导师？"夏初道："我上不了航母，能帮他一把，也是为中国进入航母成军做贡献吧！""别唱高调！爱上就爱上了，又不丢人！现在趁机会去帮他一把，让他感激咱，生米不知不觉做成了熟饭，你这人够鸡贼的！"夏初觉得自己完全缓过来了，笑道："你能不能往好处想想我呀！"柳尼娜哼一声道："说来说去就是想去见你的心上人呗。看天气预报，明天要下雨！""下雨也去！"柳尼娜咯咯笑起来。"笑吧，够坏的你！""天哪，你也太戏精了，什么梦啊，找个理由骗过我，明天再骗过了谢振宇，你就成功了！"夏初道："呸，你也别假模假式，就不想去见见康延成？哎，别忘了带雨伞！"

直到早上车子出了城，入了高速公路，夏初仍坐在副驾驶位置上对着镜子搽口红。柳尼娜道："我吃醋了啊！不用捯饬了，已经很迷人了！"夏初："呸！"柳尼娜的车速慢下来。夏初："又怎么了你？"柳尼娜："我想停下来好好想想，去还是不去！"夏初大叫："胡说！这是高速公路！昨天电视上还说，有人在应急车道上停车，不小心被后面来的车撞了！"柳尼娜："住口！乌鸦嘴！我问你，到那里见了谢振宇，怎么说真想好了？"夏初："还早着呢！路上慢慢想！"柳尼娜不再说话，车子也快起来。两个小时后她又把车速慢下来，看夏初："真想好了？""别弯弯绕，你也不是个弯弯绕的人，有话痛快说！"柳尼娜："说就说。我们马上就到了，你见到他，人家问一句你干什么来了，你怎么说？"夏初不自在了："你是不是有建议？"柳尼娜："我有什么建议，我又不是博士。"夏初："说吧，你也憋不住。"柳尼娜："别说什么你是为了帮他管理人生来的，你本来也不是为那个。尤其不能说他在人格方面有毛病。我可知道这些飞行员，什么空中之王，都是很敏感的，老子天下第一，你要是敢这么讲，一定得崩！——你怎么紧张了？看你这脸色，读个博士什么用？别怕，我都替你想好了！"夏初："你替我想好了什么？"柳尼娜："你本来就是看他来了，你爱上他了！现在颠倒过来了，先前人家怎么上赶着追你，现在你就怎么上赶着追人家……我知道你这种女博士脸皮薄，话不能这么说，但我们是女孩子，总得找出见他的理由吧？"夏初："什么理由？你得帮我！"柳尼娜："譬如说，他说过每天都去送花给你，为什么不去了……不用再多说，他就明白了！怎么不说话？"夏初："话都让你给说完了，我还说什么！哎，怎么全成了我的事，如果不是还有个康延成，你会跟我来吗？咱们说康延成，你见了他怎么说？"刚才一直是夏初不自在，现在换成柳尼娜不自在了。

一辆海军大巴从她们旁边超车过去。柳尼娜:“海军的车!谢振宇!康延成!就在大巴上,我都看见他们了!”夏初:“胡说!”柳尼娜脸已经热起来:“真的!”夏初:“我们还真去吗?”柳尼娜已经把车开快了追上去。海军大巴上,坐在最后的康延成回望跟在大巴后面的红色轿车,碰一下身边的谢振宇:“老谢!看后面那辆车!”谢振宇不在意地说:“怎么了?”康延成:“眼熟!”谢振宇回头看了一眼,认出了柳尼娜的车,眉头一皱。康延成:“认出来了? OMG(哦,我的天)!”谢振宇:“新学了什么毛病,什么 OMG!”康延成:“车里坐的是夏初,还有柳尼娜!她们这是到哪里去?”谢振宇重新闭上眼睛。康延成:“老谢,你怎么了!还以为你没事儿了呢,变了个人似的,我都不敢认你了!”谢振宇突然道:“盯着她们!”“干什么?”“不干什么!”“不干什么为什么要盯着她们!什么意思?”“没意思。”大巴下了高速。红色轿车也跟着下高速。康延成看一眼谢振宇:“她们跟上来了!”谢振宇闭着眼睛,不回答。柳尼娜车里。夏初望一眼前面的大巴,双手猛地捂住了眼睛。柳尼娜脸也红了,道:“夏初,我们运气真好,刚才还发愁找不到地方呢,不用找了,有领路的了!”夏初放下手:“尼娜,我怎么办?”柳尼娜:“有什么好害臊的,都自己送上门了!还管理感情的专家呢,到了事儿上还得我支招儿,叫光说不练假把式。”夏初:“要不我们不去了?”柳尼娜:“不就是到了那里开不了口吗?其实不需要!”夏初:“不需要开口?”柳尼娜:“你人都来了,什么都不说,只看他一眼,谢振宇就会明白你干吗来了!”夏初努力让自己镇静下来:“少胡说!我真是为了帮他——”柳尼娜:“别骗自己了。其实我这会儿觉得你们俩真是挺般配,比我和康延成般配。”夏初:“说什么呢,是他配不上我！”柳尼娜：“行，是他配不上你，可嫁给谢振宇至少能圆你半个航母梦！行了，到了！”夏初朝前看一眼，看到了试飞大队营区。柳尼娜的车子慢下来。运送众飞行员的大巴已经驶进营门。康延成回头看着一路跟过来的红色轿车停在营门外，又叫：“老谢！回头！她们真的跟过来了！”谢振宇睁眼，但坚持不让自己回头。车门开，众人开始下车。康延成在车上站起，再回头发现红色轿车正在倒进营门外一侧的停车场。“老谢，真没想到她会自个儿找上门来！”“也许是来找别人的！”“谁？”“也有可能是你！”“我？”“你和柳尼娜的事儿是不是还没完？”康延成有些不自在了：“介绍人前天是又打过一个电话来，但是没说她们要来！”再回头，发现谢振宇已经站起走下大巴。营门外，柳尼娜将车倒进车位，熄火。夏初坐着不动，脸色通红。柳尼娜：“下车呀。那天在机场不是挺勇敢的嘛，这会儿怎么了？不像你了！”夏初拉开车门下车。柳尼娜跟着下车，锁车，两个人先朝营区内望了一眼，才勇敢地向传达室走去。营区内，康延成在空勤楼前赶上了谢振宇：“哎，你站住！”谢振宇看他一眼：“怎么啦？”“我怎么办？”“什么怎么办？”“她要真是来找我的，我——”谢振宇上下打量他一眼，不说话，朝前走。康延成：“你给我站住！”谢振宇：“又怎么了？”“我觉得不像是来找我的。要真是找我，介绍人会打电话！”谢振宇站住，又走了起来。“哎，也许真是夏初来找你的？”谢振宇：“不可能！万一真出了这种事，也是你替我去应付！”康延成：“为什么是我？”谢振宇：“我不想见她！”康延成：“怎么了？她不是你的人生两大目标之一了？你不是八年前对她一见钟情，今生今世非她不娶了？”谢振宇认真地看他一眼，打断他道：“都过去了！”康延成看着他大步上楼，着急道：“老谢，你不能这样！前些天你追人家，一日不见如隔三秋，今天人家来了，你这一泡臭屎，还摆起架子来了！”谢振宇已经走上二楼。康延成又回头朝营门外看：“这是怎么回事，我都不明白了！嘿，这回我才不管你的臭事了呢！”他也跟着上了二楼。

营门一侧传达室里，值班员小吴看一眼夏初：“你找谁？”夏初镇静道：“我找谢振宇。”小吴：“找他呀。”夏初：“怎么了？”小吴：“没什么。找他什么事？”夏初犹豫了一下：“公事。”小吴递过来一个登记簿：“请登记，并出示证件。”柳尼娜站在夏初身边，看她在登记簿上登记，拿出身份证一起递进去。小吴看身份证，又看夏初，再看一眼身份证，又看一眼夏初。柳尼娜生气了：“哎，老乡，你觉得她像个女特务吗？”小吴只对夏初说话：“同志，你这是身份证，不是工作证，不能证明你的工作单位。再说我们这里的人和外头一般不发生工作关系。你找谢振宇，到底是公事还是私事？”夏初无奈道：“私事，可以了吧？”小吴：“什么私事？”柳尼娜忍不住大笑。夏初生气地瞪她一眼，对小吴道：“这个可以不讲吗？”小吴：“你们什么关系，必须告诉我。”“和你一样，同志关系。”“不对吧，你又不是军人，和谢振宇什么同志关系？”“朋友关系，总行了吧？”柳尼娜又要笑。小吴：“朋友关系？什么性质的朋友？”柳尼娜道：“夏初，你今儿碰上难缠的了。喂，老乡，让你守在这个地方太可惜了，你应当到边境线上去守国门，特务007什么的一定进不来，一看你就是火眼金睛、明察秋毫的那一类！”小吴不悦，道：“同志，这是军事重地，请你严肃点儿！”夏初用一种息事宁人的语气道：“我们就是一般朋友，比方你和我，过去不认识，现在认识了，我和谢振宇，就是这种朋友。”小吴：“如果只是这样的朋友，那不能见。我们是保密单位，不允许和无关人员接触，再说还是正课时间！”柳尼娜真生气了："哎你这个小同志，怎么这么麻烦！告诉你，我们也是部队大院长大的，你的工作性质就是给我这位朋友填个会客证，通知谢振宇出来和她见面，至于她到这里来干什么，和谢振宇什么关系，跟你有关系吗？"小吴也生气了："我说这位大姐，你既是部队大院长大的，更应该支持我的工作。"柳尼娜："哦，你骂人哪，谁是大姐谁是大姐——"小吴："对不起，你的朋友不说明和谢振宇是什么关系，我不能帮你们通报！"柳尼娜："那请你告诉我她和谢振宇是什么关系你才能帮忙通报？"小吴对她已没有好感，拿过电话机放在自己面前，对夏初："你是他女朋友吧？"夏初脸色不自然起来。柳尼娜："正确，她就是谢振宇的女朋友！"小吴："早说不就结了？这什么年头了，人家未婚还同居呢！"他动手拨电话。夏初脸通红，看柳尼娜："尼娜，你看他刚才说什么？"柳尼娜不依不饶道："哎，谁未婚同居了？谁未婚同居了？怎么说话呢你！"

小吴不理她，继续拨电话。空勤楼谢振宇房间里，电话铃一直响个不停。谢振宇伸手去接，又止住，看刚才一路跟进来的康延成："你接。就说我不在，调走了！"康延成："老谢，你不能这样，这么远的路，人家来都来了——""你接不接？""你的电话我不接！"谢振宇冲动地抓起听筒："喂？"传达室里，小吴终于听到了有人接电话，急忙大声道："是老谢吗？我传达室小吴。来了一位女同志，名叫……名叫……让我看看，身份证上名字叫夏婉……后面还有一个莹，不是夏婉，是夏初，说是你的女朋友……你说什么？你不是老谢，那你是谁？这不是老谢房间电话吗？错了？电话班怎么搞的，电话号码表也能打错！你也不是老康？那你是谁？不告诉我？我是小吴！你说什么？老谢又关禁闭了？怎么又关禁闭了！"他抬眼看夏初。夏初看向柳尼娜同时一惊。小吴：“那她到底有没有女朋友呀？没有？”他“啪”地放下电话，扫一眼夏初和柳尼娜，道：“同志，你们怎么能这样！谢振宇根本没有女朋友！再说他又犯错误了，让大队长关了禁闭！好了好了，你们是老百姓，我不批评你们，可以走了！”柳尼娜看一眼夏初。夏初完全忘记了不好意思：“小同志等等！请你再说一遍，谢振宇他怎么了？”小吴：“这是我们内部的事，和你们没关系，他也不是第一次。走吧走吧！”柳尼娜这时才说出话来：“你刚才是说他又关禁闭了，他到底被关了几次禁闭？为什么？”小吴警惕道：“你们打听这干什么？和你们没关系！走吧，别在这里影响我们工作！”柳尼娜看着夏初，两人一时说不出话来。有顷柳尼娜忽然掏出了手机：“夏初，要不我打电话给康延成——”夏初忽然显得无所畏惧，对小吴道：“同志，我真是谢振宇的女朋友。告诉我，他为什么会又被关禁闭，我想知道！”

小吴认真看她：“你要真是谢振宇的女朋友，我就要问你了！你和他什么时候认识的？时间不长吧？”夏初心想我一定要扛住啊，嘴里道：“我一定要回答吗？”小吴：“你可以不回答，但你不回答，我也不会回答你的问题，因为我的问题和你的问题有关。”夏初心一横：“我们认识时间不长。”小吴：“这就对了。”他又不往下说了。柳尼娜又急起来：“哎你这个小同志，你什么意思呀？”小吴道：“我说你们快走吧，我和谢振宇是一个团的战友，前几天才被调到这里来工作，我比你们更了解他。”他又看夏初：“同志，你了解谢振宇吗，你把他害了！”夏初：“我……把他害了？”小吴：“跟你这么说吧，我们老谢当初，别说在我们团，就是在全海军，那也是响当当的人物，多少女人一见他都疯了，可我们老谢那简直就是冰清玉洁，一点像样的绯闻都没有过！可能就因为你，他不知道搭错了哪根筋，就迷上了，犯了错误，刚入队就让大队给关了禁闭，受了处分！后面的事我不说了，跟你们也说不着！总之我很气愤！现在他好不容易才留队，没被除名，今天不知道为什么又被关了禁闭！你们快走，他现在都这样了，你们再来掺和不是害他吗？这个人说不定就让你们给毁了！”夏初更急切了：“你是说，谢振宇前一阵子不但被关禁闭，还差一点被除名？”小吴不耐烦道：“我说过你别问了，跟你没关系！走吧，他都让大队关了禁闭，还怎么见你！”柳尼娜看夏初，发现她转身就走。“哎，等等，先不要走，我跟康延成打电话，把事情弄清楚！”夏初两眼泪花，已经快步走出了传达室。柳尼娜边喊边跑出去。小吴望着她们离开，坐下，意犹未尽：“是该走了。现在社会上这些女青年，不知道自重，净给我们老谢添乱！”传达室外，柳尼娜追上了大步走出神情激动的夏初，一边在手机上寻找康延成的号码，一边喊：“别走，站住！这个时候反而不能走。就是走也得把事情弄清楚！你等着！哎气死我了，这个康延成的电话在哪儿呢？”她终于找到康延成的号码，拨了出去。

从谢振宇房间里，可以透过窗户居高临下地望见营门前停车场上的夏初和柳尼娜。谢振宇现在就这么站着，朝营门外望，面无表情。康延成手机响起，他看一眼号码，一惊：“老谢，柳尼娜！”谢振宇越发冷淡：“那是找你！”“不，一定是向我打听你！我怎么说？”“接着往下说！”“接着帮你圆谎，说你关了禁闭？”“我现在是自己在给自己关禁闭！”手机铃声一直在响。康延成还在看谢振宇。谢振宇：“你接不接？”康延成一不做二不休，接手机：“喂，我是……听出来了！老谢不在。关禁闭？我还不知道，也许吧，搞不清楚……等等！”对方已经挂断了手机。康延成意外道：“还有比我更性急的！”二人一起抬头朝营门外停车场望去，果然望见夏初和柳尼娜上了红色轿车，车子飞快地驶走、消失。康延成注意到谢振宇的情绪明显放松下来，忽然就生气了，拉开门往外走，又回头恨恨道：“老谢，我瞧不起你！输比赛是一回事，个人感情生活是另一回事！你可以被别人打败，但不能被自己打败！”谢振宇不说话。康延成又返回来：“那天晚上人家是不是在门口坐到十二点不见你，并没有人能证明这件事……就是真有这件事，也没什么，人家毕竟不了解你……今天人家来都来了，你这个样子，算什么英雄！”他不等回答，“咣当”一声关门离去。谢振宇不再朝营门外望，就那样一直站着，突然，目光中流露出了刚才被掩饰的全部决绝与痛苦。

传达室里，小吴站起来迎接陶斯勇：“政委！”陶斯勇是来取信件的，看他：“怎么了？”小吴：“刚才来了两个女的，其中一个自称是谢振宇的女朋友！”陶斯勇并没有多想：“谢振宇的女朋友？通知他了吗？”小吴：“通知了，不过我打电话到老谢房间，不知谁接的，说老谢又犯了错误，让大队给关禁闭了。政委，老谢又犯什么事儿了？”陶斯勇：“什么关禁闭，没有啊！”小吴：“哎哟，我上当了？刚才通电话时我就觉得那声音是老谢！这人搞什么名堂，一个团的战友，我处处护着他，他连我也骗！”陶斯勇没有多想，取了信件离去。野外公路上，红色轿车急驶了一阵停下来。夏初一直在朝前方看，沉思，看柳尼娜一眼，道：“怎么了？”柳尼娜道：“我们不能就这样走了。我来了一趟，还没见到康延成呢！”不等夏初说话，她就掉转车头驶回去。见夏初仍旧不说话，她又道：“你也不能这么走！刚才传达室那个兵的话你没听见？如果谢振宇落到今天这个地步真是因为你，我觉得你至少应当见见他们领导，做些解释！我要是你，就勇敢地向他们承认，自个儿就是谢振宇的女朋友！那天他不假外出夜不归营是有原因的！是你一直在门外坐到十二点不进门，才影响了他按时归队！这虽然不能减轻他的错误，但至少可以让他的领导知道他不是完全故意挑战纪律。”夏初眼里涌出泪来：“尼娜，今天到了这里我才想明白那天的事，真是我害了他，我觉得就是因为这个他才不愿意见我——”柳尼娜把车停下来道：“可那个兵说，是他不能见你，他又犯错误被关了禁闭！”夏初：“我的第六感告诉我，不但我们来他知道，刚才我们走，他也一直站在什么地方，居高临下地看着！”柳尼娜：“他这样对你，从管理学的角度也可以解释？”夏初痛苦道：“当然可以解释！他的反应证明我对他的人格分析是对的！我确实需要帮助他管理自己的人生！”柳尼娜道：“那我们就杀个回马枪！他要还是不见你，怎么办？”夏初不再说话，但表情里已经多了份坚定。柳尼娜不再问什么，加快车速驶回去。等小吴透过传达室窗户吃惊地看着刚刚离开的红色轿车又驶回了门外停车场，陶斯勇也端着一份饭菜走了回来。“政委，你怎么——”“啊，你们班长急着上茅房，我把你的饭捎过来了！”陶斯勇说。这时他也看到夏初和柳尼娜走了进来。柳尼娜和他对视，两人同时吃了一惊。柳尼娜高兴起来，叫道：“斯勇哥哥！”陶斯勇也笑起来：“尼娜，怎么是你？”柳尼娜更大声了：“你怎么在这里？”小吴插嘴道：“他怎么在这里？他是我们政委！”柳尼娜越来越高兴了：“哎呀！我说这一阵子怎么在家里见不着你呢，太好了！”给夏初主动介绍：“夏初，这是我大哥，当年我们两家住一个大院！斯勇哥哥，你怎么这么快成政委了，你又进步了你！”陶斯勇笑道：“尼娜，你慢点说行不行？还是小时候的脾气！先告诉我，怎么到我们这里来了！”又看夏初：“这位又是谁？”柳尼娜：“夏初，我最好的朋友，也是我最大的敌人，一跟她站一起，我就没信心了。哦，刚从国外回来，管理学博士，高才生，大美女，像所有女博士一样，没有对象，再不解决，眼看就要和我一样成齐天大剩了！”夏初忙打断她：“尼娜！”又对陶斯勇道：“你好！我是夏初。”陶斯勇回答：“你好。”轮流笑看二人：“我还是不明白，你们怎么到了我们这里？”

柳尼娜有点不自然了：“我是舍命陪君子，陪她来的。夏初，还是你自己说吧！”夏初落落大方起来：“姚政委——”柳尼娜：“陶政委，叫陶大哥也行！”夏初：“陶政委，我们刚才来过一次。这次来是想见见你们这里的谢振宇，尼娜想见见康延成。”陶斯勇敏感地看二人一眼。尼娜先脸红了：“别说我，说她，她今天是专程来见谢振宇的，可我们听说他又被关了禁闭！”陶斯勇已经明白了：“两位美女，第一，谢振宇同志并没有被关禁闭；第二，夏小姐和谢振宇同志是——”夏初不觉急切道：“陶政委能不能先告诉我们，谢振宇也没再犯新的错误？”陶斯勇笑：“新的错误？这话从何说起？”夏初内心升起了越来越强大的欢喜：“陶政委，是这样，我们刚才来，有人告诉我们谢振宇又犯了错误，关了禁闭，不能见我。可是走到半路上，尼娜提醒了我，说我应当为谢振宇上次夜不归营的事回头向部队领导解释一下。”陶斯勇微笑地看着她：“我就是他的领导，你想解释什么？”夏初：“那天晚上他夜不归营，为此受了处分，这是真的？”陶斯勇想了想道：“这事和夏小姐有关系？”“有。那天晚上，他就是去见我，可由于一些个人原因，我还不想见他，结果他过了十二点才离开我家。今天我和尼娜一起来，就是想向他的领导讲一下，如果那天我早点回家见他，他就能按时归营，不犯错误了！”陶斯勇没让她再说下去：“啊，我已经明白了。你看，事情是这样的。首先，谢振宇不假外出，违犯军纪，再加上你讲的这个情况，夜不归营，受处分是应该的，对他也是个教育；第二，由于他明确表示以后不会再违纪，这件事已经过去了。部队批评教育一个同志，一是为严肃军纪，二也是要帮助他成长。夏小姐没必要为这件事有心理负担！”夏初一颗心完全放松了，道：“谢谢陶政委，你这么一说，我就轻松了。”她看一眼柳尼娜，又回头：“不过我们来，还有一件要紧的事。”柳尼娜快人快语：“陶大哥，夏初是说，要是谢振宇方便，她想见见他，跟他有很要紧的私人话题要说。我们开你一个后门，行不行啊？”陶斯勇想了想，神情严肃起来：“今天不是周末，按规定不能接待客人。夏小姐的话不能由我转达吗？”夏初看他一眼，忽然有点发窘。柳尼娜马上叫起来：“斯勇哥哥，你怎么了？人家万一是来见自己男朋友的呢？怪不得小薇嫂子说，她没跟你谈过恋爱。你连这都不懂，当什么政委呀！”陶斯勇笑了，道：“哈哈，你瞧，又急了，我话还没完呢。这样吧，两位大老远来了，一定要见，我就当作特例，批准你们在会客室见半小时。下午还要操课，飞行员中午一定要休息，时间不能长。我马上让谢振宇出来见你们！”柳尼娜立马叫道：“还有康延成！”说完脸就红了。陶斯勇看她，高兴道：“哎呀，全明白了！”柳尼娜害臊了：“你明白什么！不是你想的那样！”陶斯勇要走又回头，看柳尼娜道：“回去问杜姨好。老太太怎么样了？”柳尼娜道：“我觉得我妈现在活得比我都好。”陶斯勇道：“我回去了！对了，你们要不要吃饭，一定还没吃饭吧？”柳尼娜看夏初一眼：“吃饭就算了，还是让望眼欲穿的人早点见面吧！”陶斯勇对小吴道：“好吧，开两间会客室，让他们见面。”小吴答应了，三个人一起看着他离去。小吴跑过去打开会客室。夏初站着，脸红红地看柳尼娜：“尼娜，你又胡说，谁望眼欲穿！”柳尼娜：“谁望眼欲穿谁知道！”夏初：“你自己！”柳尼娜：“我望眼欲穿有什么用，康延成也许根本不愿意出来见我！”小吴走回来道：“两位请吧。会客室打开了。”夏初对他表示感谢，小吴说不客气，看着她们向会客室走去，他对她们的态度明显好起来。

试飞大队餐厅，众飞行员正在进餐。陶斯勇走进来，目光扫到谢振宇和康延成，喊："谢振宇！康延成！出来一下！"两人答应一声。康延成看谢振宇，谢振宇坐着不动。康延成小声地说："你没又犯什么事儿吧，怎么还有我呀？"谢振宇心里已经猜出来是什么，站起来往外走。康延成跟出去。陶斯勇在餐厅外等他们："营门口会客室有人找你们俩，去见一见，时间不要长，半小时后回来休息！"谢振宇的猜测被证实了，大声道："政委，我不想见！"陶斯勇看向康延成："你呢？"康延成吃一惊："还有我的事儿？"陶斯勇："还是去见一下，就当命令执行。不过我要提醒一句。按照有关规定，进了试飞大队，原来有对象的就算了，没有对象的一年内不准谈。无论是哪种情况，出去了都要好好处理，不要影响工作！"说完不等二人回答，就走向了餐厅。谢振宇面无表情地站着，也不说话。康延成动了动他："怎么了你，走哇！这种时候，还是我陪你！"谢振宇转身走，没有走向营门方向，反而走回餐厅。康延成大叫："营门在这边！"谢振宇又站住了，想了想，毅然转身大步向营门走去。康延成松一口气，跟着走。营门口一间会客室里，柳尼娜已经着急了，频频看表，走到另一间会客室内看夏初："这两个家伙怎么回事？让我们这么等！哎，告诉我，为什么他突然就不想见你了？"夏初听到了脚步声："来了！"两人一时抬头望去，果然看到谢振宇和康延成一前一后走进了传达室。夏初转身离开门口，努力想让自己平静，又不能做到。柳尼娜已经飞快地回到了另一间会客室里去，虚掩了屋门，用发抖的手捂住了发烫的脸："我不紧张，我不紧张……"她自己念叨起来，可是天哪，她还是紧张得不行。

谢振宇从后门走进传达室，站住，他在心里告诫自己镇静，但是不知为什么，怒意也像野地里的烟气一样在升起。康延成跟进来，目光四处寻觅。小吴走过来对谢振宇抱怨：“老谢，你搞什么名堂！刚刚在电话里糊弄我，说你又进禁闭室了，你不够意思，我们可是一个团来的，一个山头——”谢振宇在唇边竖起一个指头，只问：“人在哪里？”小吴指一号会客室：“那边是等你的，都半天了。”转身对康延成：“二号是等你的，别到处乱瞅了！”康延成不好意思地笑一笑，看谢振宇已经大步走向一号会客室，尽管门开着，仍然举手敲了一下。房间里马上传出夏初的声音：“请进！”谢振宇走进去。康延成的目光转向二号会客室，门忽然开了，柳尼娜出现在门前，脸红红地看他。小吴盯了康延成一眼：“还不快过去！”康延成内心的恐惧又生长起来：“你等等！这有点突然，我得想想！”他的迟疑让柳尼娜快步走出了会客室，一直走向门外的停车场。她解放了自己，也让康延成轻松了，缓缓吐出一口气，跟了出去。留下小吴站着纳闷：“这搞的是什么名堂！”他也不想了，折身走回去吃自己的饭。

一号会客室里，谢振宇望着夏初，神情平静凝重。不知为什么，正是谢振宇的神情也让夏初平静了下来。“啊，真是你！”谢振宇故作高兴道，“今天什么日子，美女们集体到我们这儿来了！请坐，别拘束。我们这里是部队，很随便的！”语气里突然显示出的游戏态度又让夏初感到意外和不安，开始怀疑自己刚才对他的感觉。谢振宇又喊：“小吴，怎么不弄点水来！有水了？那就请坐！今天天气真不错……”他坐下来，发现夏初没有动，又站起。两人对视一眼，又同时将目光避开。夏初已经看透了他对自己到来的不适应，而这被她认为是对真情的掩饰，正是这让她误会了对方的意思，一开口竟有了些幽怨：“你都有些天没去看我了。”谢振宇心中一动，他没有想到会是这样一个开始。夏初又道:“星期天也没时间?”谢振宇的游戏态度忽然消失了:“我们这里没星期天。”“今天我来了,为什么也不愿见?”谢振宇的声调开始变得冷硬:“不方便。”这种声调也是夏初不适应的:“怎么不方便?你并没有被关禁闭。”谢振宇干脆现出了本相,冷淡道:“我没想到夏小姐会来,我很意外,并且……也不适应这样突然的相见。”夏初沉默了,她开始意识到自己刚才对他的感觉错了,有顷才道:“我很抱歉,那天晚上怪我,坐在家门口车里不进去,让你等了那么久,犯了纪律。”谢振宇觉得煎熬起来。夏初接着说下去:“我那样做是有原因的,毕竟太突然,虽然八年前我们就见过,但我对今天的你并不了解。”谢振宇脱口而出的话已经显得有些刺耳:“现在了解了?”夏初吃惊地看他一眼,没有意识到自己的声调也正随着他的声调的变化而变化:“至少比那天以前了解。”谢振宇几乎被这句话激怒了:“你错了。”夏初感觉到了对抗,却不想退缩:“我想听到解释。”谢振宇语气变得更加生硬:“要是我不愿意呢?”夏初道:“那也是你的权利,但我大老远地来了,还是希望能听到解释。”谢振宇几乎要喊出来了,但是没有:“一定要我说出来吗?”夏初这次看清楚了,现在的他真的对她一脸冰霜。这就是她一心要来看望的他吗?

传达室门外,停车场上的气氛却比这里要融洽得多。柳尼娜一开始站在自己车前,感觉到康延成还是一步步走过来了,虽然有点犹豫不决。但当她意识到康延成要站住了,便猛回头,紧张地笑着看他,道:“哎,你怎么了,不敢过来见我?”康延成笑起来:“说什么呢?你又不是老虎,我怎么不敢过来见你?”柳尼娜看他真的像受到鼓舞一样面对她站住,不觉语带讥讽:“没想到你还是出来见我了!”康延成脸有点抹不开,一边四面乱看,一边道:“有人告诉我们政委,说你要见我,政委要我出来,我敢不服从命令吗？”柳尼娜心理上越来越占上风：“原来你还怕你们领导。告诉你，你的领导，是我小时一个院子里的大哥！”康延成到底回头看她了，笑着回头朝会客室方向瞅了一眼：“陪你朋友来的？一个人在这儿等挺寂寞的，让我们政委喊我出来陪你说话，是不是？”柳尼娜越来越轻松了：“就是，怎么着？你就不能出来陪我一会儿？不管怎么说，我们也算是熟人吧。”她的活泼和轻松也让康延成的紧张情绪消失了，两人有一阵子都不再说话，朝会客室方向看去。康延成又道：“怎么回事？夏小姐怎么找上门来了？既有今日，何必当初？”柳尼娜不乐意了，反唇相讥：“你这人有意思！我们夏初当初怎么样了？”“当初把我们老谢修理成那样——”“哪样？”“你知道，一直坐等到夜里十二点！”柳尼娜不想说这个，换一个话题道：“哎，我今天素面朝天，你觉得怎么样？”康延成看着她，笑道：“你挺好的呀，青春靓丽，我都不敢认你了！”柳尼娜红着脸道：“但还是没有 PS 过的照片上青春靓丽。这会儿反正没事儿，咱们聊聊吧。原来上次你答应和我相亲，是看上了那张照片上的我，不是真实的我，对吗？”康延成担心着谢振宇，又要与她敷衍，做逢场作戏状，笑道：“尼娜小姐真厉害，一下就看到我心里去了，你都让我不知道怎么回答了。”柳尼娜不觉接受了他这种游戏和玩笑的态度（这毕竟也让她放松）：“怎么想就怎么回答嘛，咱们就当是老朋友，反正有过那一回，我现在也知道了，再怎么着你也不会爱上我了对吧？别不好意思，我扛得住！”康延成只笑，不回答她的话。柳尼娜却逼问：“说呀！”康延成又看会客室：“哎对了，你那朋友不会也像你一样厉害吧？他们俩不会在里头一言不合，就大打出手吧？”

柳尼娜笑道：“原来你还挺幽默，这我没想到。他们俩要是真打起来……我跟你说吧，夏初小时候是不跟人打架的，可要是真惹了她，打起来那才叫手疾眼快呢！瞧瞧我左耳朵下头这个疤——”她边说边不见外地撩起耳边的短发：“——你以为跟谁打架留下的？就是她！”忽然不好意思了，脸红了起来，用笑来掩饰：“真打起来，你们这位谢振宇同志，还不一定是对手呢！”康延成又朝会客室看了一眼，叫道：“别笑，出来了！”柳尼娜随他望去，果然发现夏初大步走出会客室，两眼噙泪。她一直走到车前，直接开车门坐进去，道：“尼娜，快走！”柳尼娜和康延成大惊，对视一眼。康延成道：“怎么回事？”柳尼娜已经快步上了车，关上了自己一侧的车门。康延成看到她在车内和夏初只说了一句什么，就立即发动车，一溜烟似的离开了。康延成发起怔来，看着车驶远，猛然明白了什么，快步向传达室跑去，心里叫道：谢振宇，谢振宇，你怎么成了这样一个谢振宇！

第十三章

传达室一号会客室里，推门冲进来的康延成几乎要和谢振宇撞在一起，二人对视。康延成低声道：“怎么回事儿？”谢振宇上下打量他：“你怎么回事儿？”康延成：“人家大老远地来了，怎么那样走了？”谢振宇往外走。康延成一步将他拦住：“等等！事情还没讲清楚呢！”谢振宇：“已经讲清楚了，她不会再来了！”康延成：“当初可是你追人家！你说什么了她就不会再来了？”谢振宇：“我有了新感情，我们不合适！”说着，他用力推开康延成，将康延成一个人扔下走远。康延成半晌才醒过来，大叫：“你……混蛋！”他追出去，一直追进了空勤楼谢振宇宿舍，回手关住门，气愤地对谢振宇道：“老谢，就因为输了一场比赛，你连自信心都输掉了，人生两大理想也不要了，媳妇找上门也不要了，你可真有出息！”谢振宇：“出去！让我一个人待一会儿！”康延成气极：“好，我走！可我警告你，你和夏初的事情就这样结束，你极有可能犯下了一生中最大的错误！连我都看出来了，人家今天是主动来示好的，你小子不知道珍惜，一旦真耽误了，一辈子后悔吧你！”谢振宇：“你来什么劲！你不出去我走！”康延成：“行，狗咬吕洞宾。我走。不行，我还是不能走，我有柳尼娜的电话，马上打给她，你直接跟夏初道歉！”说着掏出手机，找柳尼娜的号码。谢振宇大怒：“你走不走？”康延成“啪”一声关掉手机，开门走了。谢振宇关门站立，脸上又现出那种决绝而又异常痛苦的表情。

野外公路上，柳尼娜边开车急驶边看夏初：“到底怎么了？”夏初：“没怎么！”柳尼娜：“什么叫没怎么？没打起来吧？”夏初：“我不说行吗？反正是结束了。”柳尼娜将车停在路边，看她：“怎么就结束了？”夏初：“走，这一趟我都不该来！”柳尼娜看她一眼，开车走。夏初这时却主动说起来：“我还向他道歉，为那天夜里不进家门见他，可他说——”柳尼娜：“说什么？”夏初：“他说他错了，说他长期以来一直不会客观地认识自己，对曾经给我带来的不便向我道歉，保证这种事情以后再不会发生了！”柳尼娜又把车停下来：“这话什么意思？这是要拒绝和你继续来往！”夏初：“我让他解释为什么今天不愿见我，他说和那天晚上的事无关……我逼他说出原因，你知道他说了什么？”柳尼娜叫：“不会这么快又有新女朋友了吧？”夏初：“他说他最近对自己有过一番痛切的审视，发现他和我真的不合适。而且，他确实有了新感情，请我不要再来了！”柳尼娜大惊：“这么快他就移情别恋了？”夏初不再说下去。柳尼娜火气上来了，将车调头往回开。夏初吃惊：“你疯了！”柳尼娜：“回去见他的领导！朝秦暮楚，不尊重别人感情，身为军人，道德品质有问题！”夏初：“不要！我应当想到那天夜里对他造成了多大伤害，就他这种有严重成功型焦虑症的人，最怕这个！”柳尼娜：“说明白点儿！”夏初：“本来以为自己非常优秀，优秀之极！海军的空中之王嘛，可能从来都没人这么对待过他……哎呀，坏了！”柳尼娜：“又怎么了？”夏初：“我真糊涂，忘了自己来做什么的了！”她完全恢复了理智：“我是为帮助他来的！我们必须回去！”柳尼娜却犹豫了：“告诉他有成功型焦虑症，接受你的情感管理？”夏初越来越坚持：“不仅是要管理情感，更重要的是必须提醒他管理好自己的事业和人生！”柳尼娜像看外星人一样看她：“我说你没疯吧？你们刚吵了一架，现在又要回去告诉他，说他有病，得治，你觉得他不会动手吗？你是真傻，还是笨？那是墙，你要往上撞！”夏初：“这件事和我对他的感情无关，只和他、和他从事的事业有关！这种人一般说来都极为聪明，万一因为我的一句提醒，让他的整个人生发生了剧变，我就为他、为海军转型发展做了大事！”柳尼娜已经彻底乱了：“行是行，我陪你！可我要是真陪你回去了，智商就跟你差不多了！”夏初：“把车给我，你在这儿等，我一个人开车去见他！”柳尼娜吓了一跳：“胡说！这荒郊野外的，我一个女孩子……反正做了你的朋友，智商什么的就算了，真打起来，我还是你的帮手呢！”她开车走。夏初也醒了。两人胡乱大笑、唱歌，车开得飞快。

试飞大队传达室里，小吴正在看书，忽然张大嘴巴，看着柳尼娜又返回来，和夏初一同下车走进来。“你们怎……怎……怎么又回来了？这都折腾三回了！”他不觉叫起来。柳尼娜也不客气：“快打电话，我们要见谢振宇！”小吴：“就这会儿？”柳尼娜斩钉截铁：“对！马上见！不然我打电话把你们政委找出来！”小吴：“别！这会儿午休，我也认识你们了！真是天下事了犹未了，这个老谢，两个字，麻烦！”他拨电话：“老谢，我，小吴，你快出来，她们又回来了，还是要见你。你要是不出来，她们就找政委！”他很快放下了电话，对柳尼娜和夏初道：“这回痛快！来了！”柳尼娜回望一眼夏初，发现她的表情又复杂起来。空勤楼谢振宇宿舍里，谢振宇一个人站了一会儿，愤怒的情绪海潮一样涌起，超过了所有的痛苦，他一把拉开门走出去。

还是那间会客室，夏初、柳尼娜看着谢振宇推门走进来。柳尼娜："夏初，你们谈，我出去！"夏初："别，我就几句话，说完咱们就走！"谢振宇努力抑制住胸中的怒火，神态大变的夏初让他稍显吃惊。柳尼娜犹豫了一下："不，我还是在外面等。"说着便走出去，出门时又担心地看了一眼谢振宇。谢振宇心中的愤怒又回来了，尽可能让语气平静："还有什么话，讲吧！"夏初脱口而出："谢振宇……我还是叫你同志吧……我不是为了方才的事回来的——"谢振宇突然控制不住了，情绪激动，语速极快："那你为什么还要回来，我以为我们之间话已经说完了！"夏初："我的话没说完，而且对你极为重要！"谢振宇："那就快讲！其实我没有义务听你讲什么！"夏初："谢振宇，我不是为吵架回来的，今天我来是为了另一件事！"谢振宇不说话了，他在希望这一切快点结束，径直用目光压迫她快点把话讲完。夏初立即感觉到了："不要这么看我！你就是不想听，我也要把话讲出来，这对你今天从事的事业、对你个人的一生都非常重要。不要以为中国进入航母时代只是你们的事，你对我并不了解，我是一名管理学博士，那天在机场见面，我刚从国外飞回来——"谢振宇语带讥讽道："原来是一名学成归国的洋博士，失敬了！"夏初反唇相讥："你让我把话说完再嘲讽也来得及！虽然我们之间真正交往的时间有限，但最近一段时间的接触让我不得不发现你精神中潜藏的一种倾向，用专业语言表述是成功焦虑症，有一种通俗的说法是第一名强迫症——"谢振宇猛地瞪大眼睛："什么症？"夏初越来越进入专业角色："具有这种精神倾向的人都具有极高的智商，往往是自己职业界别中的佼佼者，童年时受过刺激，成年后获得成功就成了他们的最大追求和幸福，但也会成为他们生命中最大的焦虑。做第一名是他们对自己的唯一要求，为此他们会成为自己人生的第一压迫者——”谢振宇用一种难以置信的语气打断她道：“这是在说我吗？”夏初：“从专业角度讲，你具有成功焦虑症人士所有的一切表征。真正的问题是这种人格的人士不能真实地认知自己与世界的关系，尤其不能够接受失败，正常人即使失败后内心也不会崩溃，因为成功也可以不是他们人生的终极目标，但具有第一名强迫症的人士却会因为一次小小的失败陷入自信心和人生状态的双重崩溃。”谢振宇勃然大怒。夏初仍不顾一切地说下去：“这种性格的人往往又会因为他的优秀跻身各种高端和危险的事业，但他们其实根本不适合做自己从事的事业！”

谢振宇忍无可忍道：“等一下！你说的这一类事业，也包括我现在的职业？”夏初毫不客气：“坦率地说我就是为这个来的。我以专业人士的观点认为你如果不做调整，并不适合从事现在这种高危职业。我也是一名军迷，因为中国第一艘航母平台下水试航，读了国内外大量舰载机试飞员的文字资料，发现了一个事实！”谢振宇讥讽道：“你还发现了一个事实？”夏初：“对！从事你现在的职业的人们人生里会一直充满失败，直到最后才能成功！每个航母大国都是如此！你现在置身于一个极为优秀的群体中，受到的挑战和竞争非同寻常，这本身就会给你带来双重的压力，一次又一次的挫折、一次又一次的失败，它们会销蚀掉你对自己所有的自信心，让你的自我认知和人生目标崩溃。如果你不做调整，非常明显可以看出继续从事今天的工作是极其危险的！”谢振宇声音都在打战，道：“你是一位女士，我不好对你……你是不是认为我根本就不适合现在的职业？”夏初：“我没这么说，但如果你不改变，我也只能认为你继续从事现在的职业是非常危险的！”

谢振宇再也听不下去了，激动道：“如果你真是为这个来的，现在听我的话，走！”夏初瞪大眼睛看着他，开始从专业角色中走出来。谢振宇接着道：“你的话我都听到了，原来直到今天我都不知道自个儿是个病人！”夏初想缓和一下他们之间的气氛：“你知道我不是这个意思——”谢振宇却不愿再给她机会：“马上走！不然我走！”夏初不觉又回到了专业角色中：“谢振宇同志，你现在的反应就是典型的第一名强迫症者的反应。我今天和你谈这些，是对你个人负责，更是对一个全国人民寄予了巨大期望的事业负责。你知道在世界航母发展史上，舰载机飞行员因为不能很好地管理自己的精神倾向，酿成多少惨痛事故吗？”谢振宇内心中被抑制的怒火无处发泄，转身就走，又回头道：“夏小姐，现在我才明白，我们真的不合适！”说着，大步离去。

柳尼娜立马冲进来：“夏初，你没事儿吧！”夏初快要说不出话来了：“尼娜……我们……走！”柳尼娜看她要倒下的样子，急忙上前扶她。夏初用力推开她的手，坚强地站立了，道：“别担心！我没事儿！我今天觉得非常有成就感，我第一次把我想说的话当着他的面全部说出来了！走！”

传达室里，小吴望着红色轿车又一次驶走，松一口气，回头又吃惊地发现它再次驶了回来。“怎么回事呀，这还有完没有呀！”他心里在喊。夏初一个人下车，径直走进他的传达室，一直走到他面前来。夏初面色苍白，从包里取出一本书，对小吴道：“我这里有本书，来时带给谢振宇的，刚才忘了。请你交给他，行吗？”小吴：“当然行！”他接过书，看一眼书名：“《要什么有什么》？”小吴抬头，发现夏初还在看他：“怎么，你还有事？”夏初：“没事了。请转告谢振宇，一定要读，书里第三章说的就是第一名强迫症。另外告诉他我不会再打扰他了。谢谢你！再见！”

小吴："啊，再见！"他看着夏初走出传达室上车，低头看手中的书，回过神儿来，拨电话："老谢，还是我。这里有本书，是刚才那位……你的女朋友留下的。她还留下了一句话，说以后不会再来了！你怎么搞的？跟人家闹崩了……书放我这儿？怎么能放我这儿？我现在就让人给你送去！"放下电话，他也生气了，自语道："这个老谢，要不是一个团来的，我侍候你？小马过来，把这书给谢振宇送去！"书很快被送进了空勤楼谢振宇手中。他关上门，随手一翻，居然就翻到了某一章，标题四个字：成功焦虑。他"啪"地合上书，做出一个要从窗户里扔出去的姿势，又想到不能乱扔东西，回手扔到门后字纸篓里去。

然后他站住了，回头思考刚刚发生的事。今天他怎么了？现在他最愤怒的是自己方才在一个女孩子面前失态了。夏初的声音又在耳边响起来："你现在的反应就是典型的第一名强迫症者的反应……你知道在世界航母发展史上，舰载机飞行员因为不能很好地管理自己的精神倾向，酿成多少惨痛事故吗？"他不能想下去了，把眼睛睁开，等待夏初的声音消失。午休结束的号音突然响彻了整个营区。他在这号音中一下平静了，穿衣服出门。我没有这么不堪，他对自己说。啊，我谢振宇现在不是第一名了，但也没有你说的这么不堪！他将书从字纸篓里捡起来，打开抽屉扔进去。不就是一本书嘛，世界上不是有一个词儿叫唾面自干吗？这没什么，没什么，没什么，再说一个没什么……我扛得住！

这个夜晚，办公室里灯火通明，秦大地一个人坐着，目光里满是沉重的思虑。陶斯勇陪衣正邦走进来。秦大地急忙站起迎接，敬礼："首长！"衣正邦道："明天就要开场了，我来看看，真的准备好了？到时候别给我掉链子！"秦大地大声道："报告首长，全部准备完毕！一定不掉链子！”衣正邦：“你是知道我的标准的！”秦大地：“知道！万无一失，滴水不漏！”衣正邦：“会说有什么用，能不能做到？”秦大地：“不能！”衣正邦大怒：“不能你说什么准备完毕！”陶斯勇道：“首长！我代大地解释一下，他说不能，是说——”“你不要讲，让他自己讲！”秦大地道：“报告首长，我说不能，是说我们可以保证我们这边不出纰漏，但不能保证试验主持方明天就不出！”衣正邦看他一眼，生气道：“原来你是这个意思！什么试验主持方，我们才是试验主持方！”秦大地飞快地和陶斯勇互视，高兴道：“那太好了！”衣正邦：“给我看看你们明天的出场顺序！”秦大地取过一张名单给他。衣正邦看了一遍，对他瞪眼：“你还是要第一个上？”秦大地再次立正：“当然，我是第一试飞员，还是大队长！”陶斯勇：“首长，我反对！”衣正邦：“你反对什么？明天只是试验，又不飞！”陶斯勇：“虽然只是试验，却是试飞大队第一次出击。在我军战史上，初战就是形成惯例的开始！”衣正邦：“你怕他有了第一次，以后每次都第一个上？”陶斯勇：“是！大地不是一般的试飞员，他首先是大队长，是指挥员！”衣正邦：“接受你的意见。但明天他还是第一个上。以后的事以后再说！”秦大地急道：“正要向首长请示呢，从明天开始，我作为大队长请求根据需要自主安排试飞员顺序，首长不要管得太具体，可以吗？”陶斯勇马上反对：“不行，这个不可以！”衣正邦看秦大地：“当然不可以。正常情况下你可以自主安排，但是你自己每次第一个上，必须向我报告！”陶斯勇高兴：“首长太英明了，我拥护！”秦大地一时说不出话来了。衣正邦看小魏道：“我们去基地那边看看！”秦大地跟着往外走。衣正邦道：“你跟着干什么？慎重初战，慎字怎么写的？一个心一个真，真用心想才是慎，今晚上再好好想想，把计划搞得更周密，困难想得更多一些，要一个一个地抠细节，到了明天，一点纰漏也不要给我出！”秦大地大声道：“是！”他举手敬礼，看着陶斯勇陪衣正邦走出去。

基地模拟甲板勤务保障分队的主要训练场还是一顶大帐篷。凌凯时正和他的队员们面对一台投影电视观看外军航母飞行甲板作业人员指挥舰载机着舰和起飞的视频，大家分几队站开队形，边看边模仿上面的动作。屏幕上，一架外军舰载机做好了起飞前的所有准备，一名起飞助理做允许起飞的手势。凌凯时喊：“停！”屏幕上外军起飞助理的动作被定格。凌凯时：“大家看他这个动作，老石，记下来！”一名青年军官马上将外军起飞助理的这个动作画在一张纸上，他身边已经有了许多这一类的手势简笔速描。凌凯时又讲解：“外军航母甲板起飞助理指挥舰载机起飞，用的这么个动作：双臂向右平伸，然后向下落，这就是允许起飞。”众人胡乱跟着做这个动作。门开，衣正邦带着张天一等人走进来。凌凯时一惊，急忙大声喊口令：“立正！”众队员就地立正。凌凯时跑步上前敬礼：“报告首长，中国海军舰载机试验试飞基地模拟甲板勤务保障分队正在休息，请指示！”衣正邦还礼：“稍息！正在休息，看着不像啊！这么晚了怎么还不睡？”凌凯时想掩饰过去：“报告首长，我们就是在休息，放松也是一种休息。”衣正邦看被定格在屏幕上的视频：“这又是什么？”凌凯时向张天一投去求援的一瞥。衣正邦看到了：“别看他，回答我的话！”凌凯时：“报告首长，我们想睡也睡不着，找到一段外军航母甲板工作人员执行勤务的视频，大家随便看一看，将来上了航母，用得着的！”他回头一个手势，一名青年军官摁一下遥控器，重新让屏幕上的画面动起来。衣正邦站着看了一会儿，回头道：“明白了，你们在向外军学习航母甲板指挥手语，是吗？”凌凯时又立正："是的首长！在战争中学习战争，不丢人！"张天一帮他们解释："首长，航母这东西我们没搞过，不但舰载机怎么起飞降落是个难题，就连甲板上的指挥手语也不知道该怎么比画，全是大闺女上轿——头一回，所以只能靠他们自己发挥聪明才智，向外军学习，创造出一套有中国特色的甲板手语！"衣正邦想了想道："好！向外军学习，但也要实事求是。啊，这是美军的小鹰号航母，使用的是蒸汽弹射，我军第一艘航母平台，使用的是滑跃起飞方式，恐怕甲板指挥手势就不能一样。这方面要求你们创新！"凌凯时："是！"衣正邦："但我和你们张司令这么晚了来可不是为这个，明天就要开始第一次试验。你们是模拟甲板勤务保障分队，我就想来问一句，真的准备好了？"凌凯时大声道："报告首长，全都准备好了！"衣正邦："知道我常说的八个字？"凌凯时："万无一失，滴水不漏！"衣正邦："做得到吗？"凌凯时看众队员一眼，众人会意，信心满满地大声喊起来："做！得！到！"衣正邦心中满意，脸上却没有笑容，看张天一，又看大家："你们的声音很大，但我不能光听你们喊，我要张司令派专人和地方专家团一起对你们的工作进行监督，过后要一项项检讨，争取打一仗进一步！"张天一："是，首长，今天夜里就安排！"他转身看凌凯时和众人："大家记住没有？"众队员齐声高喊："记住了！"衣正邦："好了，我看这里不用动员了，我们去测控站看看，完了还要去各保障分队看一遍！"要走又看凌凯时："小伙子，我现在对你们的工作满意没有用，是骡子是马，牵出去遛遛。你们真行还是假行，明天见！"凌凯时大声立正："是！"张天一："首长请！"

凌凯时举手敬礼："首长再见！"众人陪衣正邦走出去。众队员一时间都在看凌凯时。凌凯时大声吼道："看我干什么？赶快睡觉，养精蓄锐，准备明天迎接第一次考验！同志们，首长的八个字是什么？”众队员众志成城，吼道：“万无一失，滴水不漏！”

这个夜晚，康延成仍在房间里打一款国外新推出的飞行游戏。明天就要开始试验这件事并没有影响他拿下这款据说最难最火爆的飞行游戏的强大情绪。手机响。他看了一下来电显示，有点激动：“喂，是你呀，听出来了……早就到家了？什么？”打手机给他的柳尼娜刚刚洗完澡，舒舒服服地躺到床上：“对，夏初是有点……一路上都不说话……你们那个谢振宇太不像话了，这才几天他就移情别恋，原来也是个花心大萝卜，你不是这样的人吧……即便这样夏初也还是又回去了一趟，告诉他要学会管理人生，还留给他一本书……哎对了，我有件事，能商量吗？”康延成道：“商量什么？”柳尼娜：“我们俩谈恋爱是没戏了，可是做个朋友，经常通个电话，聊聊天，行不行啊？”康延成笑起来：“怎么不行啊。我这个人不是谢振宇，特别好说话。只要不是正课时间，你随便打，我一定接。”柳尼娜高兴道：“那我可经常打了啊。你别紧张，我不会缠上你跟你谈恋爱的……对了，回来我妈又问我了，说咱们俩的事怎么样了，我一听她说这事就头痛，告诉她说我们正在谈呢……其实我们结束了，对吧？今天就到这儿，好不好？”“不好，你这个人……怎么不好，看什么点儿了，明天我还要上班呢。上什么班？”“明天是星期天不错，可是我同事婆婆家的小姑子结婚，她要我替她顶一天班……我这个人怎么这么好？我老柳向来人就这么好，就是人家不知道罢了……哎康延成，你什么时候结婚呀？你结婚一定告我一声，我去吃喜糖啊……你找谁呀？你那么帅，找谁她还不得颠颠地就跑过去？你找我？你别哄我啊，我要是认了真你就完了……好了，拜拜！记住，我会时不时打电话过去骚扰你的，你不能不接我电话啊！”她关掉手机，躺在床上大睁着眼睛，脸上漾出了笑容。她在想：

是真的是假的呀？他不会爱上我的……手机那一端，康延成第一次失去了继续打游戏的兴趣，坐不住，走到谢振宇房间外敲门。谢振宇在房间里坐着，面前放着那本《要什么有什么》。康延成已经喊起来：“开门，怎么锁上了？搞什么名堂还不让人知道？”谢振宇走去开门，把他挡在门口，虎着脸：“怎么还不睡？”康延成嘻嘻地笑：“有点小激动。你怎么也不睡？”他身子一滑已经挤进了门，一眼就瞅见了那本书，“这就是那本书？”边说边伸手去拿。谢振宇急忙挡住他：“别动！”康延成看他：“怎么了又？”谢振宇三下两下将书重新锁进抽屉。康延成故意不看他，吹了一声口哨：“喂，有人刚刚给我打了电话。她们已经到家了。”谢振宇不说话，却在听。康延成：“柳尼娜刚才问我，你和夏初的事，是不是真的就结束了？”谢振宇又不想听了：“回去睡，明天还要上试飞场呢！”康延成看他：“柳尼娜说，你们真要这样，别人就有了机会！”谢振宇喊起来：“回去，我要睡觉！”康延成今晚上心情很好，不愿走，就地转了一圈道：“我怎么回答她？”谢振宇真的要恼了：“明天我们上试飞场，你觉得再谈这件事合适吗？”康延成看他，想了想，转身走掉。谢振宇把门重新关上，“啪”的一声灭灯，一个人坐到黑暗里。他知道自己要平静，明天就要上战场了，应当平静，但内心其实并没有他想要的那么平静！为什么？我怎么会这样！

余涛房间里，五名空军飞行员又在开会。余涛看大家道：“战斗明天打响，谁还有问题？”耿见林：“我没有！”王小毛等人：“我们也没有！”余涛：“我有！”耿见林：“你有什么？”余涛：“我的问题是，不要小瞧从明天开始的任何一个试验项目。地方专家团从明天的第一次试验开始给大家打分。能不能做到衣总说的那八个字，是我们将来有没有更多机会的关键！”耿见林看众人：

“我明白了，各位明白没有？”众人：“明白了！”余涛：“击掌！”五人击掌，同时发声：“万无一失，滴水不漏！”

基地医院小会议室，院长何一鸣也在结束一个由医疗急救分队人员参加的会议：“今天就到这里，大家马上回去休息。重复一遍，明天早上七点前吃饭，七点半上车，八点钟准时赶到试飞场待命。散会！”众人站起来往外走，陈亚红从门外挤进来。何一鸣吃惊地看她道：“陈医生，这么晚你怎么来了？”陈亚红等到最后一个人离开，掩门，神情急切道：“院长，医院成立急救分队，怎么没我？我刚刚知道试验明天就要开始！”何一鸣道：“你现在是本院最大的专家，管的事太多，现场急救分队就不要参加了！”陈亚红脸都涨红了：“不行，我就是为这个申请调到这里来的，一定要参加！”何一鸣：“别急，你坐下来说。我有句话一直想问，试飞大队里是不是有你的家人？”陈亚红急道：“没有！”何一鸣：“那你为什么一定要到现场？留在医院里也一样，万一发生情况，你仍然可以参加紧急处置！”陈亚红坚持道：“院长，你就甭问了，总之我坚决要求参加现场急救分队！”何一鸣看着她，良久又换了一个话题：“还有一件事问你，你是心脑血管专业的专家，怎么懂得这么多航空医学方面的知识？”陈亚红：“没什么，临时抱佛脚，这一阵恶补的。”何一鸣：“知道不知道，你眼下在本院成了包括航空医学在内的全科型专家，能去当然好……好吧，我同意了。”陈亚红忽然要呕吐。何一鸣站起：“怎么了你？”陈亚红仍然要吐：“这一阵子不知道怎么了，老是想吐——”何一鸣只是吃惊地看她。陈亚红不好意思了：“怎么了院长！”何一鸣道：“你可是个医生！”陈亚红：“医生怎么啦？”何一鸣生气道：“怎么啦？我看你有点像是怀孕！”陈亚红变色，要笑，又止住，干脆什么也不说了。何一鸣倒急起来：“赶紧去查。我还要去器械组看他们准备得怎么样了？”陈亚红点头，看他出门。屋里只剩下她一个人了，她忽然激动地捂住了脸，又放下，急急奔出。走廊尽头就是化验室，她直奔进去。值班化验员看她：“怎么了？”“快给我抽血！”“到底怎么了？”陈亚红：“你什么也甭问，要是真的，那就是——”她要笑，却哭起来。

中船和中航地方两家公司的专家团住在距离总指挥部不到一公里的一家乡村酒店里。夜已经深了，两个团仍在开会。这个会已经开了很久，专家们脸上都在流汗。讨论的核心仍然是部队方面提出的那个要求，一些声音认为这对他们的产品来说过于严苛，超出了设计标准。周总却不这么认为，大声道：“再强调一遍，部队方面提出这种要求对我们不是坏事！有的单位代表认为接受起来很难也容易理解！但是各位，归根结底我们到底是在为谁生产产品？正是这些对我们提出了更严苛要求的军人！所以，我们中船方面的同仁什么话都不要说了，接受部队方面所有的要求，对我们的产品，军方要求做什么试验，只要科学合理，我们都答应。不行就从我们自己这里找原因，总之满足部队的要求才是我们的最高目标！”梁良也站起来了：“我们中航向中船学习，满足军方所有的要求！”衣正邦带张天一和秘书小魏走进来。梁良、周总回身迎接：“总指挥，这么晚了！”衣正邦看大家：“还在统一思想啊？我这个不速之客，是不是来得不是时候啊？”众人笑起来。周总：“衣总，张司令，快请坐。”衣正邦道：“我不坐，张司令也不坐，就是来看看，明天就要开始试验，你们这边怎么样？还有没有要我们帮助解决的困难？”一名中航公司的年轻专家举手，对梁良大声道：“梁总，我有话要对总指挥说，可以吗？”梁良要阻止他：“小赵，你说什么！”衣正邦大声道：“让他说嘛。有困难就说！”年轻专家道：“衣总，我不是讲困难，我是对你的八个字有看法，可以说吗？”衣正邦大声回答：“可以！说吧！”年轻专家：“我们所以要进行试验就是对许多事不清楚，要通过试验搞明白它。要求我们做到你说的那八个字，万无一失，滴水不漏，不但不可能，也不符合科学精神！完了！说错了请衣总批评，但要让我口服心服！”众人都笑起来，看衣正邦。梁良急忙站起来圆场：“你这个问题我来回答，衣总这八个字是对部队同志说的，指试验过程，不是指试验项目本身——”衣正邦：“梁总，还是我自己回答比较好。赵工，刚才你说到科学精神这四个字，很好，我那八个字本意和精髓就是你这四个字，科学精神！同志们，科学精神是什么？你们是专家，比我更清楚，就是实事求是！只要我们按照实事求是四个字去做，就是遵循了科学精神，也就做到了我说的那八个字！”年轻专家：“首长，就是在这个问题上我有不同意见。譬如说，我们的设计已经达到国际标准，可是部队的同志又要提高这个标准，就说明天要做的A10项目试验，设计要求和国际标准是一个时间，部队一方却要延长时间，这就有点强人所难，既不实事求是，也不符合科学精神——”周总急道：“衣总，这个我来讲——”衣正邦：“不，还是我来回答。各位专家，赵工刚才的看法可能是你们中不少人的看法。这个问题我是这么想的。真正的科学精神，真正的实事求是，不是要求你们的产品合乎国际标准，而是能被我们的舰载机飞行员接受，用到航母建设上，不然我们现在做的一切都没有意义。当然，有些要求超越了设计标准，给大家和工厂带来了更多工作量和成本，但我觉得现在这样做，可以将以后可能发生的问题提前解决，最重要的是到了战时可以保证胜利，减少飞行员的牺牲，这个意义就大了！同志们，我们现在这些工作的意义在什么地方？不在今天，是在将来！将来你们的产品和我们的航母、舰载机一起，成为让敌人不敢觊觎我国海洋权益的大国重器，航母一出，横绝四海，中国人永远不再受没有航母的欺负，那时我们才可以说今天的工作是有意义的，合乎科学精神的，而且，是光荣的！”众人热烈鼓掌。年轻专家也和大家一起鼓起掌来。

试飞大队空勤楼上，秦大地回看一眼跟着他走进自己房间的陶斯勇：“这么晚了，你不回屋睡觉，还进来干什么？”陶斯勇道：“干什么？明天就要上战场，作为政治委员，别人的战前鼓动工作我都做过了，只剩下你。”秦大地笑了笑道：“我还需要你做战前鼓动？”陶斯勇：“我只想问你一句，你一直都在想别人，自己准备好了吗？”秦大地盯着陶斯勇：“当然！”“我认为你没有！”“什么意思？”“你还没有给乌晓和秦熠打电话。自从上次批评过你，你这个同志表现还是不错的，至少每个周末打一次电话，今天也是周末。”秦大地：“好吧。我打！”陶斯勇站着不走。“打呀！”“我跟我老婆说私房话，你站在这儿，我怎么打？”陶斯勇哼一声，转身关门离去。秦大地脸上的笑容慢慢像幕布一样落下去，找出手机，让心情平静，拨了一个号码出去。陶斯勇回到自己房间，并没有放心，仔细地听着隔壁的声音。电话通了，是秦熠的声音：“老爸，是你呀？”秦大地恢复到父子间惯常的慵倦语气：“不是我能是谁？儿子，今天你怎么样啊？”山西回春医院秦熠病房里，乌晓停下手里的事情，就站在那里，紧张地看着和丈夫通话的儿子。秦熠笑道：“老爸，我很好哇，吃了申奶奶的药，我一天比一天好。我倒是想知道你怎么样？你又好几天没打电话了，工作一定碰上不顺心的事儿了。”秦大地道：“胡说。你爸是谁呀，到你老爸这儿，所有不顺的事儿，全给他拿下。”秦熠：“那好，给你一个口头表扬。老爸，有件事要向你报告，这两天我在网上发现了一本新书，赶紧请晋军叔叔帮我买了回来，是对爱因斯坦广义论的最新诠释。你儿子只用三天就把这本书啃完了，不看不知道，一看吓一跳，原来霍金关于宇宙有始有终的理论，居然来自爱因斯坦的广义相对论。一个物质只要有足够的质量，就能让时间和空间弯曲，我都被它震住了。这不是牛顿物理学，这是新物理学，太好玩了！”秦大地哼一声：“明知道我不懂，又欺负你老爸。不过我高兴，我正纳闷呢，秦大地怎么能有这样聪明的儿子！”秦熠笑起来：“老爸，我看到爱因斯坦这个思想，一下就想到了你，你就挺有质量，就因为你有质量，我和我妈的生命就在时间和空间中发生了弯曲，我们俩就像行星围绕着太阳转一样，一边围绕着你转，一边因为自己也有质量，还有速度，就没有被你的引力场吸收，我们和你之间，就保持了一种相对平衡的状态。结果，你做太阳，我们做行星。”他边说边向乌晓眨一下眼睛。乌晓情绪松弛下来，道：“快问问你老爸，身体怎么样？”秦熠道：“老爸，我老妈不成了，迫不及待要抢手机，问你身体怎么样呢？”秦大地忽然就有点撑不住了，但仍然强撑住：“告诉你老妈，我是谁呀，我身体很好。不过你年龄这么小，不要把自己搞得太爱因斯坦，你现在的主要任务一是治病，二是学好你这个年龄段应当掌握的知识。”秦熠叫起来了：“哎呀老爸，你怎么了，不知道你儿子是神童？好了好了，你还要跟我老妈说话吗？老妈，你有话跟老爸说吗？没有？她没有。老爸拜拜！”秦大地一句“拜拜”没有说完，电话那边已经断了。他继续站着，想着自己应当和妻子说几句的，要再拨过去吗？不用了，有事情乌晓会自己打过来的，她没有这样做，就是说她可能真的没有事要说。熄灯号响起来，他走去洗漱，突然意识到自己的精神彻底放松了下来。斯勇是对的，他真是个好政委呀。

熄灯号停止的时候，隔壁房间里，陶斯勇已经上了床，又想到了什么，折身坐起，打手机给晋军。“陶政委，是你？”晋军在电话那一端道。陶斯勇低声道：“老晋，有件事情，我想通报一下，但又不能在手机里说。”晋军已经明白了：“你不用说了，真的吗？”陶斯勇：“是的，从现在起帮大地照顾好秦熠母子俩，这就是帮我了。”晋军笑：“您也太不放心我了！我说过多少回这边有我呢！你也让大地放心！”陶斯勇：“谢谢啊！对不起我这个电话多余了！”晋军道：“没多余，可是要提醒你一句，什么时候该做什么事，我这杆老枪还不知道吗？”陶斯勇继续道歉：“对，是我笨！行了，下回见面我请你！”两人关了手机，陶斯勇放心地躺下去。可他马上想到秦大地怎么样了，睡下了吗？秦大地已经睡在了床上。眼睛闭上又睁开。没有人意识到，在这样一个时刻，除了想到自己的妻儿，他还想到了故乡，想到了故乡患截瘫的父亲和老迈的母亲。他真的老了吗？不该这样。过去执行那么多重大任务，从没有这样过。但他还是开灯坐起来，下床走到桌前打开抽屉，拿出了一张装在镜框里的父母的照片看。照片里的父亲坐在轮椅里，母亲站在他身后，两手扶着轮椅的把手。他只看了一眼就扣了下去，关上抽屉，想了想，打了一个电话：“老吴，是我。”吴惊天已经睡下，又坐起来接电话：“你呀。这么晚了。”“你一定睡下了。”“甭管我睡不睡下，说吧，什么事？”秦大地手持话筒，沉默，对方感受到了他的沉默，也不说话。秦大地道：“我挂了。”吴惊天：“你是不是有话？”秦大地：“没什么，突然想到了我爸和我娘。”吴惊天沉默，他想听秦大地接着说下去。对方却把话题换了：“你说这会儿谢振宇这小子是不是睡得很好哇？”吴惊天想了想说：“我们在他这个年龄，也睡得很好。”两个人又没有话了。“再见。”“再见。”秦大地放下了电话，为什么要给这个人打电话呢？但除了打给他，他还能给谁打，说自己今晚突然就想念父母亲了呢？他不知道，在电话那一端，吴惊天放下听筒后久久在床头坐着，情绪激动。秦大地呀秦大地，你可真找了个合适的时候打这个电话，你在我一直不能愈合的伤口撒了盐！你不但有机会承担如此重大的光荣，还能在这个时刻想念自己的父母！

试飞大队空勤楼三楼那个房间里，谢振宇已经睡着了，他睡得很沉。他不知道为什么又回到了那个梦里：还是孩子的他在草地上奔跑，一边看着天上越飞越高的风筝。还是他的声音："爸爸，比风筝飞得更高的是山鹰，比山鹰飞得更高的是什么？"父亲的声音："比山鹰飞得更高的是鲲鹏。"又是他背诵《逍遥游》的声音："北冥有鱼，其名为鲲。鲲之大，不知其几千里也；化而为鸟，其名为鹏。鹏之背，不知其几千里也；怒而飞，其翼若垂天之云……"然后他就醒了，睁开双眼。但是年轻的欧双莲的声音仍然像往常一样在这个梦的后面出现："你这种孩子，长大了是不会有出息的！你成不了你父亲那样的人！……"但是接下来响起来的为什么是夏初的声音呢？"你让我把话说完再嘲讽也来得及！虽然我们之间真正交往的时间有限，但最近一段时间的接触让我不能不发现你精神中潜藏的一种倾向，用专业语言表述是成功焦虑症，通俗的说法是第一名强迫症！你具有成功焦虑症人士所有的一切表征。真正的问题是具有这种人格的人士不能真实地认知自己与世界的关系，尤其不能够接受失败。坦率地说我就是为这个来的。如果你不做调整，继续从事今天的工作是危险的！你现在的反应就是典型的第一名强迫症者的反应。我今天和你谈这些，是对你个人负责，更是对一个全国人民寄予了巨大期望的事业负责。你知道在世界航母发展史上，舰载机飞行员因为不能很好地管理自己的精神倾向，酿成多少惨痛事故吗？……"

谢振宇大睁着眼睛，用坚忍的内心，等待这些声音消失，重新闭上眼睛睡去。不，我真的是这样一种人吗？我是吗？

清晨的试飞场上，一架歼-15停在唯一的试验试飞跑道上。秦大地带全体试飞员列队场地一侧，神情严肃，他回头望见了不远处列队的各种保障队伍和车辆：医疗、消防、通讯、油料……试飞场另一侧，一排简易桌椅后面，坐着两家地方公司的专家团和马虎臣带的基地摄像分队，所有的人都严阵以待。一台代替飞行指挥车开过来停下，车门开，衣正邦、梁良、周总下车。一直在等待的张天一跑过去举手敬礼："报告首长，中国海军舰载机试验试飞基地保障队伍全部到位，请首长指示！"衣正邦严肃地对他道："医疗、消防、通讯、油料、模拟甲板勤务保障分队，全到位了？"张天一回答："是！"衣正邦："你的研究人员也到位了？""全部到位！""好！"衣正邦回望梁良和周总，"你们的人怎么样？"二人道："全部到位！"衣正邦："监测监控系统，都准备好了？"梁良："全准备好了！"衣正邦点头，大步走向试飞大队。秦大地急忙对全大队大声发出口令："立正！"全队立正。他远远向衣正邦跑过去，敬礼，大声道："报告首长，中国海军舰载机试验试飞大队准备完毕，请首长指示！"衣正邦还礼，大声发令："开始！"秦大地道："是！"他举手敬礼，跑回队列前下令："稍息！代理LSO出列！"余涛回答："是！"上前一步出列。秦大地："余涛同志，现在我向你移交现场指挥权！你的指挥权在我完成第一次测试后终止！"余涛的声音更响亮了："是！"两人相互敬礼，并在这一时刻完成了角色转换。余涛面向秦大地："01，准备好了吗？"秦大地："01准备完毕！"余涛跑向衣正邦，举手敬礼："报告首长，第一试飞员准备完毕，请求登机！"衣正邦还礼，看张天一道："你是现场指挥员，你来指挥！"张天一："是！"

转向余涛道：“试飞员可以登机！”余涛：“是！”他又向张天一敬礼，转身跑向秦大地：“01，登机！”秦大地庄重回答：“是！”两人相互敬礼，秦大地欲离开，目光忽然与队列前的陶斯勇相遇。陶斯勇道：“安全第一！”秦大地已经转身跑向跑道上的歼-15。队列中的谢振宇专注、庄严地目睹了刚才的整个过程。没有人注意到他，但是他却在注意秦大地和余涛。他现在不是第一试飞员，没有像过去在团里那样万人关注了，其实这样也很好，他可以这样隐在队列里，悄悄地关注他一直都在关注的人。

试飞跑道上，秦大地已经登机，将歼-15缓缓移向试验始发位置。余涛现场及时对他发出停止的手令。歼-15就位。指挥车中，张天一手握送受话器发令：“A10项目试验开始！”模拟甲板保障系统指挥位置前，凌凯时早就严阵以待，他回答：“是！偏流板起竖！”随着他这一声响，三面偏流板在歼-15后面竖起来。歼-15座舱内，秦大地听到了临时LSO余涛的呼叫：“01，01，按计划开始！”秦大地回答：“01明白！”试飞员队列中，康延成终于看了一眼谢振宇，低声道：“什么感觉？还是有点小激动是不是？”谢振宇不说话，他越来越适应自己这样隐身人一样存在于队列之中。指挥车里，周总手拿作业单看衣正邦道：“衣总，可以开始了。第一次试验，应当控制在设计时间内，然后逐次增加试验时间。”衣正邦：“好吧，开始！”于是张天一发令：“试飞大队注意，开始！”跑道一侧现场LSO指挥位置上，余涛对秦大地发令：“01，01，执行试验时间一！开始！”他和所有人马上听到了秦大地的回答：“执行试验时间一！ 01明白！”歼-15座舱里，秦大地还是让自己平静了一下（这是他的习惯，时间不长，却非常重要，因为这个停顿会让他在瞬间变成一个心无片云的单纯的航空器操纵者），然后按程序启动发动机。发动机轰鸣，同时喷出的烈焰打在偏流板上，看上去弱不禁风的偏流板开始承受着烈焰的猛烈轰击。现场所有人员都专注地盯着这第一次赤焰奔涌的场面。指挥车内，周总突然道：“衣总，我下去看看！”衣正邦回头，他已经下了车，匆匆向前方跑进了试飞场地下检测控制室。一群青年专家正在紧张地盯着面前的各种仪表和屏幕。屏幕上表示各种数据的红黄蓝色条块快速发生着变化。周总推门冲进来后第一句话就微微显出了激动：“数据怎么样？”一名青年专家回头：“周总快看！所有数据都合格！”周总：“不！这还不算成功！这是时间一，还有时间二、时间三，只有经过成千上万次测试，才能说它是成功的！”他开始看一下手中的秒表。表针走动的声音并不大，但在寂静中却被放大了，一声声如同惊雷在炸响。

试飞场一侧的队列中，每一张面孔也像地下控制室里的专家们一样严肃。谢振宇的目光一直盯向歼-15座舱中的秦大地，从他所在的地方望去，秦大地和飞机似乎被这不断喷出的烈焰遮蔽了。在跑道另一侧的专家团里，一些专家站起来。基地摄像团队也正在紧张地拍摄现场。歼-15座舱中，秦大地也在看面前一个时间仪表。表针在走动，无声而又有声，震人心魄。终于，从地下控制室里，传出了周总的声音：“时间到！”指挥车内，张天一也在看表，立即做出响应，大声对衣正邦道：“报告首长，时间到！”“停止！”衣正邦的声音在歼-15座舱内响起来，秦大地一秒不差地关闭了发动机，喷射在偏流板上的尾焰瞬间消失。地下控制室里，周总第一时间发出指令：“第一检查组出发！”一组早就准备好的专家提着仪器箱奔向地面。秦大地离开飞机，回到队列前，和余涛相互敬礼。余涛：“01，祝贺你首战成功！现在向你移交临时LSO职权！”秦大地：“谢谢！现在我收回临时LSO职权，02入列！”余涛：“是！”二人再次相互敬礼。余涛退一步入列。

几分钟后衣正邦就听到了周总通过送受话器传来的报告：“A10项目现场测试一切正常，可以执行试验时间二！可以执行试验时间二！”衣正邦果断道：“好！试验继续！”张天一马上用通话器发令：“试飞大队注意，执行试验时间二，试飞员登机！”重新站回到大队队列前的秦大地回答：“是！”回头对余涛：“02出列，执行时间二，登机！”余涛回答了一个“是”字，出列，敬礼，向歼-15跑去。队列中，谢振宇目光越发严峻：这么快就是自己了吗？是的！试飞跑道上，余涛登机，按照指令启动发动机，飞机尾焰再次喷向偏流板。他是这一类飞行员：内心中充满激情，关键时刻却表现得越发有条不紊，动作又异常快捷、准确、流畅。周总忽然回到了指挥车上，兴奋地向衣正邦报告：“时间二测试结果出来了，状态良好！”衣正邦仍然目光冷峻：“好。周总考虑是结束还是继续进行时间三？”周总一时无语，忽然激动起来：“首长，我对我们的产品有信心！”衣正邦看张天一：“开始！”张天一：“是！试飞大队注意，继续试验，执行时间三！”试飞大队队列前，秦大地目光转向谢振宇：“03出列，执行时间三！”谢振宇目光陡然凌厉了：“是！”他出列。秦大地道：“时间三和时间一、时间二不同，它要测试A10项目的极限工作时间，究竟要测试多长时间由科技人员根据实际情况掌握。试飞员的任务是保持高度注意力，随时听令启动和停止测试。一秒钟也不能迟误。做得到吗？”谢振宇大声道：“做得到！”秦大地：“再说一句，慎重初战！万无一失，滴水不漏！”谢振宇大声复述他的话：“慎重初战！万无一失，滴水不漏！”“登机！”“是！”谢振宇向秦大地敬礼，奔向歼-15。他意识到了，刚才秦大队严峻的目光中突然泄露出了热烈的企盼，他也在盼自己成功！

现场 LSO 位置上，秦大地用通话器和谢振宇通话："03，03，你感觉怎么样？"歼-15座舱中，谢振宇回答："03报告，一切正常！"他边回答边用内行的目光迅速阅读着座舱内的一切。这时周总引衣正邦、梁良、张天一走进了地下控制室。衣正邦看周总："可以开始了吗？"周总看一眼自己的一众专家："可以了吗？"众人大声地："可以！"周总回看衣正邦道："衣总，可以了！"衣正邦对张天一："开始！"周总看众专家："注意时间！"大家点头。张天一通过送受话器发令："秦大队注意，开始！"秦大地："明白！ 03注意，开始！"歼-15座舱中，谢振宇回答："是！"他是和秦大地、余涛都不同的另外一类飞行员，一切技术动作都似乎做得随便而写意，但在这些表象背后，则是曾经有过的巨大努力和成功带给自己的精准操作和强大自信心。他启动了发动机，两台飞机发动机再次轰鸣起来，将巨大的尾焰喷向偏流板。现场画面实时传到地下控制室的大屏幕上，所有专家却都紧张地盯着面前各种仪表上的数据变化。周总还是有点沉不住气了，看一眼秒表，激动地提醒衣正邦："已经超出了时间二！"衣正邦不说话，他手中的表针继续"啪啪"走动。一专家回头："周总！有情况！"周总向他奔过去查看，回头，着急了："衣总——"衣正邦举手："停！"周总急叫："停！"张天一急忙通过送受话器发令："停！"这个指令迅速通过秦大地传给了歼-15座舱中的谢振宇，后者一秒钟也没有延迟，以一种行云流水的精确动作关闭了发动机。

地下控制室内，衣正邦看周总："刚才试验了多长时间？"周总回看一眼身后的专家。专家大声道："接近时间三倍！"衣正邦严肃地盯着他："三倍？ A10项目产品可以在接近三倍设计时间下工作？"专家激动回答："是！"众人忽然都用惊讶、喜悦、兴奋、难以置信的目光看着衣正邦。张天一道："下午两点继续试验！"

专家看周总："继续试验？"巨大的成功让周总涨红了脸，大声道："对，部队要试验多久，我们就试验多久！一定要让他们充分了解 A10项目的优良性能，在任何条件下对它充满信心！"众人大声回答："是！"再看他身边的专家，眼睛已经湿润了。

一天的试验结束，谢振宇站立在黄昏的海边，望着夕阳入海的壮观景象。康延成走过来看他："老谢！怎么有心情看落日了？"谢振宇如同自语："延成，真得感谢他让我进入试飞大队。"康延成："感谢谁？"他没有得到回答，却马上明白了："为什么？"谢振宇："他让我重新变成了一个兵，还有另外一个人，她帮我意识到我可能还是一个刚入营的新兵。"康延成没有听懂他的话："老谢！你今天表现很好，大家都看出来了！"谢振宇却回头盯着他道："延成，用一个什么也不懂的新兵的目光重新看一个人，你会发现他确实非常一般！"康延成跟不上他的思绪："你在说什么呢？"夕阳没入了大海，谢振宇转身往回走。康延成看着他，忽然，他有些明白了。

这个傍晚，刚刚下班回到家里的柳尼娜一扔下包包，就给康延成打手机："是我！……不给你打电话，你就不能主动给我打呀？你架子就那么大？我刚下班，堵车……哎呀今天这一天，累死我了！"康延成显然并不讨厌她天天这个时候给自己打电话："啊，有条消息告诉你，你要是把它告诉你的朋友，她准高兴！"柳尼娜在沙发上坐下来，越来越兴奋："什么消息她就准高兴？快说！""老谢变了，我都不敢认他了！他今天居然说有人让他明白自己还是个什么都不懂的新兵！"柳尼娜："哎，说他们俩干吗，你就不能关心关心我？自打那天回来，我还没见过夏初呢，她也不给我一个电话！"康延成也很享受这样的电话，却故意道："咱们俩有啥说的？"柳尼娜道："你这是什么话，我们俩怎么就没啥说的？我可告诉你，我妈问我跟你是不是真的，要是真的赶快把事情定下来！我说哪里跟哪里呀，我们就是一般朋友。可我妈说，孤男寡女的做什么一般朋友，要就谈，不谈就不要做朋友！”康延成有点紧张了：“你是怎么说的？”柳尼娜道：“你想让我怎么说？”康延成说不出话来了，但还是很高兴：天哪，我会爱上她吗？

基地医院里。陈亚红在检验科门外等待。护士长手拿一张检验单走出来。她急忙问道：“怎么样？”护士长看她：“亚红，恭喜你。”陈亚红脸又红了：“怎么可能，我们结婚三年都没有……怎么这回一次就——”她看一眼对方，羞了，没有再说下去。护士长：“你们是不是因为这个才离的婚？”陈亚红：“啊，不是。”“因为这个也正常。现在你有了，快点打电话给他！”“谁？”“你前夫呀！我可知道这些男人，你要是不能给他怀个孩子——”陈亚红急忙打断了她的话：“不！”护士长吃惊地看着她。陈亚红又忙着解释：“刘姐，这件事我现在谁也不想让知道，你要替我保密！”护士长：“这有什么可保密的，这是好事儿！”陈亚红：“我不想让他知道！”护士长越发瞪大了眼睛：“不是你前夫的？”陈亚红要生气了：“甭瞎想！总之为了我，保密！”护士长：“行！”看着陈亚红远远走掉，自语道：“现在这些年轻人，真自由啊！”陈亚红走到办公室门前停下来，让自己平静一下才走进去。何一鸣已经在等她：“你回来了，请坐。关门。”陈亚红关门坐下来，心里不停地打鼓。何一鸣道：“不好意思，刚才我问了问你的情况，才知道你刚离婚。一般说来，除非上级调人到我们医院，主动求来的少。如果试飞大队真没你关心的人，那就是和离婚有关系。”陈亚红心跳起来，不说话。何一鸣接着道：“今天一天你到了现场，却一个人留在救护车里不下车……现在当个领导不容易，但你既然来了，就是自己人，恐怕有些事情我还是要知道。”陈亚红忙把话题引开：“是。我就是因为离婚，才要求调到这里来。”“那就好解释了。还有那件事，查了吗？”陈亚红心中猛跳了一下：“还没有！谢谢院长关心！”何一鸣久久看她，站起来：“忙一天了，早点休息。试飞大队真有关心的人，还是要告诉我。”陈亚红也跟着站起来：“院长，真的没有。”她看着何一鸣出门，一次也没有再回头，关门，背靠门后站住，两手下意识地去摸自己的小腹：“你这个小东西，早不来，晚不来，这个时候来！来了也好，我们娘俩一起陪着他朝前走！航母成军的时候，你也该出世了！”巨大的幸福感让她笑起来，泪水也夺眶而出。

第十四章

连续打了几天扫清外围的“战斗”之后，试验开始进入中心环节。这天清晨早操完毕后，秦大地在操场上列队宣布：“由于本大队全体同志的优异表现，前段试验试飞任务顺利完成，从今天起，我们就将投入A阶段试验最主要的项目！在人、机、索适配性试验中，它们是基础的基础，重中之重。我需要多说一句。大家听了后一定要记在心里！这句话是，随着本大队进入下面的重点试验项目，对我们来说真正的战争、真正的危险刚刚来临。在这里我再次强调一下纪律问题！一定要一切行动听指挥！让你上你就上，让你撤你就撤，没有讨价还价的余地！”众人神情严肃。秦大地又道：“宣布一下：前一段时间一直根据排序情况执行试验任务，但从今天开始，情况变了，恢复从第一试飞员开始逐次出场！”他不给任何人讲话的机会，“解散！”谢振宇神情严肃，余涛和其他空军飞行员神情严肃，谁也不说话。只有康延成在想：秦大队从一开始就要求全队做到令行禁止，现在他的目标实现了！

像每天一样，八点之时各种保障队伍和车辆就已就位，严阵以待。两家地方公司的专家团队也开始适应部队的作风，早早就位。试飞跑道一侧，照例列队在这里的试飞大队全体人员目视着吴强缓缓将歼-15移到试验始发位置，他下了飞机跑过来，向秦大地敬礼："报告大队，飞机已移地试验位置，请指示！"秦大地道："入列！"医疗保障分队后尾的救护车里，陈亚红再次一个人陷入了紧张的精神状态中。忽然何一鸣一拉开车门走了上来。陈亚红被吓了一跳："院长！"何一鸣认真看她道："行，你待在车里就行了。我就是回来看看。"陈亚红道："不，我今天一定要下去！"说着她就往车下走。何一鸣看她下车："……陈医生！"陈亚红用挑战的目光回头看他。"你真的觉得——""院长，我既然来到这里工作，就得适应。""说得不错！不过……要是觉得不舒服，还是回车里来。"陈亚红不再说话，走向队伍前面去。何一鸣松一口气，跟着走回去。陈亚红站在队列中间，抬头朝前方望去。几天来这是她第一次站到了这里，望着试飞场和停在跑道上的飞机，连同飞机边的一小队人。她知道那就是试飞大队，一时间又觉得自己的呼吸急促了，想要走回救护车，心中一个声音高叫起来："陈亚红，你要是走了，以后一辈子都不会再瞧得起自己！"她猛掐自己的手，站住了。

试飞场边，衣正邦带着梁良、周总走下指挥车，望向试飞跑道。张天一报告："各部门已经准备完毕，可以开始了。"衣正邦："虽然我很啰唆，但我还是要说。万无一失，滴水不漏！"张天一："总指挥，明白！再次报告，试验可以开始了！"衣正邦："好吧，开始！"张天一举起手中的送受话器："各部门注意，试验开始，试飞大队准备！"周总、梁良也通过通话器发令给自己的团队："A10测试团队准备！ A13项目测试团队准备！阻拦索试验团队准备！""歼-15试验团队准备！"三人的通话设备里传来一连串的回答："试飞大队准备完毕！""模拟甲板保障分队准备完毕！""A10测试团队准备完毕！""A13项目测试团队准备完毕！""阻拦索试验团队准备完毕！""歼-15试验团队准备完毕！"张天一统一发令："试飞大队，开始！"试飞大队队列前。秦大地再次和余涛互换位置，由后者担任临时LSO，并请示登机。余涛下令："第一试飞员登机！祝你成功！"秦大地："是！"两人相互敬礼，队列里所有人都望着秦大地大步走向跑道上的歼-15。康延成再次注意到了谢振宇目光中的庄重。余涛想到什么，急道："老吴，吴强出列！过去帮一下大队！"吴强答应一声跑过去。试飞跑道上，秦大地已经坐进歼-15座舱，吴强踏着登机梯爬上去。秦大地冲他白眼："你来干什么，回去！"吴强不高兴："我来干什么？临时LSO让我来了！""什么话快说！""两个字，冷静！"秦大地又瞪了他一眼。吴强忽然不好意思了，下梯子，又不甘心地大叫："这不是战争，只是试验，安全第一！"秦大地关上舱盖，习惯性地对他竖起大拇指。吴强跑步退走。机务人员挪走登机梯。秦大地不让自己受影响，启动通话器报告："01准备完毕，可以开始！01准备完毕，可以开始！"他的声音同时传到了指挥车前。张天一看一眼衣正邦。衣正邦点头。张天一举起送受话器："01，01，我是00，严格按试验计划开始！"余涛也在临时LSO的位置上复述他的话："01，开始！"歼-15座舱内，秦大地回答："01明白！"回头向一侧模拟甲板保障分队指挥位置上的凌凯时竖起大拇指。凌凯时发令，一系列准备工作迅速完成，向秦大地回一个大拇指。歼-15座舱，秦大地给发动机点火，加油门，双发动机喷出巨大火焰。飞机开始颤抖，两侧机轮在止动轮挡前微微跳动。秦大地感受着这外面看上去轻微实际却很剧烈的颤跳，等待着下一个命令。他马上听到了张天一的呼叫："01，

01，我是00，总指挥问你现在的状态！请回答！”秦大地：“00，我是01，状态良好！”他的声音在指挥车内回荡。衣正邦：“开始！”张天一再次举起送受话器发令：“各部门注意，准备进行第一次试验！”地下控制室内，一众专家又在等待。周总已经提前赶到这里来，下令：“启动阻拦索装置！”一名操作手扳动开关，地下庞大的阻拦索系统轰隆隆工作起来，与此同时，地面试验跑道上唯一的一条原本蛰伏在索沟里的阻拦索被弹起。衣正邦从张天一手中接过送受话器，发令：“开始！”余涛也在临时 LSO 指挥位置上发令：“01，01，我是02，放下尾钩！按规定速度进行！”跑道上，秦大地在歼-15座舱内回答：“01明白！”他以一连串沉着干练又有条不紊的动作检查油门，放下尾钩。止动轮挡“啪”一声落下去。他松开手刹，一直发出巨大轰鸣的飞机以看上去缓慢其实相当快的速度向前面的阻拦索冲去。这一刻，现场所有的人都在紧张地注意着正在向前冲撞阻拦索的歼-15。基地摄像团队的两台摄像机镜头死死盯住机后拖曳在地上的尾钩。跑道一侧的专家团中，所有人都站起来。而在地下控制室里，周总和他的一众专家则屏住了呼吸，通过大屏幕盯着飞机冲击阻拦索的画面。远处的保障分队队伍里，有人叫了一声：“开始了！”陈亚红忽然觉得不适，转身跑向后面的救护车。她上了救护车，还是要吐，又捂住嘴奔下来，蹲在草地边上，放开手让自己吐，却又吐不出来了。试飞现场，秦大地操纵的飞机继续向阻拦索冲过去，机轮在前行，尾钩在地下蹦跳，众人的眼睛越睁越大，阻拦索横在跑道上，轻轻颤动。座舱里秦大地神情专注。飞机正在接近阻拦索。机头和前机轮越过了阻拦索。后机轮碾过了阻拦索。原来只是微微在风中颤动的阻拦索忽然上下大跳起来。尾钩“砰”一声撞上了索绳，又在瞬间被大跳的索绳弹开。飞机继续如脱缰野马似的向前方滑跑过去。专家团中，众人发出惊呼："没挂上！"试飞大队队列离跑道最近，所有人最先看到了这一幕，每人心中都是一震。这一震的表情立即清晰地在余涛、谢振宇、陶斯勇脸上显现出来。余涛急看吴强："老吴出列，快去看看！"吴强答应一声，出列，向飞机跑过去。谢振宇忽然低低地叫一声："报告LSO，我也去看看大队！"余涛瞬间感受到了他目光中的警示与提醒："不，镇静！"他重新站稳了，再朝前方跑道望，发现飞机已经停下来。吴强跑到飞机前，秦大地已经打开座舱盖站起来。"大地，你怎么样？"秦大地看他一眼："你怎么过来了？"吴强急切道："我问你感觉怎么样！"秦大地回望阻拦索所在位置，神情凝重，不回答他的话。吴强看他的情绪，内心的紧张消失，也朝阻拦索方向望去。

衣正邦已经和张天一、梁良、周总围着阻拦索聚焦在一起。他望一眼周总道："刚才这个挂索速度是你们提供的，为什么没挂上，有何解释？"周总只盯着阻拦索，像是在想别的什么，无语。余涛跑过来。衣正邦生气地看他一眼道："你是临时LSO？"余涛立正回答："是！"衣正邦："命令秦大地，飞机移回原地，再试！"余涛："是！"他通过手中的通话器和秦大地通话："01，01，总指挥命令，飞机移回原地，准备重试！"秦大地回答："01明白！"余涛和队列中的谢振宇等人马上看到他重新回到飞机里，将歼-15重新移回到出发位置。周总一直没有从阻拦索前走开，他不看众人，找出一根烟点上狠狠抽一口，回头看衣正邦："太好了！"众人吃惊地看他。衣正邦更是吃惊："你说什么？"周总道："没挂上太好了！"张天一："周总，怎么没挂上反而——"衣正邦马上拦住他："别打岔，听周总讲！"周总这时却一把扯起梁良走到一边去，两人很快就小声激烈争论起来。张天一看一眼衣正邦。衣正邦大声道："哎，两位老总，不要自己讨论，有话说出来，我也要听！"他看着二人走回来。周总道："梁总你说！"梁良："还是你说！"周总："衣总，张司令，刚才我和梁总在争论一件事，好在意见很快就统一了。我们认为，舰载机以这个速度挂不上索，恰恰证实了一件很重要的事！"衣正邦脱口而出："什么？"周总："证明了我们从公开出版物中得到的一份资料可能靠谱！一开始我们不知道这份资料是不是可靠，刚才我们试了试资料上记载的成功挂索的速度下限，果然这个速度挂不上！"衣正邦一时间没有听懂，只见一位专家匆匆跑过来，将一张纸塞给周总。周总看一眼，抬头道："衣总，监测数据分析出来了！"衣正邦大声道："快讲！"周总："机轮碾过索绳时发生了大幅度弹跳，弹跳的频率和同一时间飞机尾钩在地面弹跳的频率一致，尾钩就因为这个挂不上！"衣正邦严厉道："仅凭一次试验就可以做出这种结论？"周总也大声起来："不能！试验还要做下去！但如果每次都挂不上，我们就取得了第一项重大的试验结论，以这个速度或者比这个速度更慢的速度挂索是不可能的！"梁良也激动地插话："衣总，真能得出这个结论，周总说的那份资料就有可能是可以信赖的！"衣正邦："什么资料这么重要？"周总道："衣总，舰载机必须以什么样的速度或者在什么样的速度范围内才可能成功挂索，对我们的试验非常重要。有了这个数据，我们才可以考虑飞机和阻拦索承受冲击力的大小，不然我们为舰载机着舰做的一切工作都是盲目的、没有科学依据的。刚刚我说的那份资料讲，方才的速度是成功挂索的速度下限，如果经过多次试验后证明它是对的，我们就获得了成功挂索速度下限的科学数据，以后就可以从这个数值出发，逐渐增大速度，找到成功挂索的速度上限，从而找到舰载机成功挂索的全部速度范围！"梁良又插话："其实那份资料上有成功挂索的速度上限，但我们不经过反复试验证实，同样不能知道它是不是可信，一旦经过试验证明它是可靠的，下一步我们还可以依照这个速度范围重新修正和设定以后的试验方案，加快试验速度！”衣正邦道：“我大致上已经明白了，试验应当继续，是吗？”两总工同时道：“是！”衣正邦回看张天一：“命令试飞大队继续作业。第二试飞员准备登机，继续进行同一速度试验！”张天一答应一声又回头看他。衣正邦：“怎么了？”张天一笑：“秦大队要是坚持由他继续执行这同一个速度试验怎么办？”衣正邦一下就火起来：“他是谁呀！今天他没机会了！昨天我和他谈过，每个项目每个人每一轮都只有一次机会，他也不能例外！他以为他能包打天下吗？”张天一笑了一声发令：“01，01，我是00。总指挥指示，继续进行同一速度试验，下次试验由02实施，执行吧！”“01明白！”

张天一再看衣正邦，发现他哼了一声，已经匆匆走向指挥车方向，周总和梁良也分别带着自己的团队离开试飞跑道。

试飞大队队列前。余涛和秦大地已经互换了身份，举手敬礼：“报告01，02请求出发！”秦大地还礼：“看你的了！”余涛笑了笑：“大队刚才的表现非常好。有了你的第一次，我这第二次就没什么了！”秦大地：“你要真是这么想我就要换人了！”余涛：“是，我错了！”秦大地：“除了总指挥的八个字，我还有一句话送给你和全大队！无论你有过多少次成功，下一次仍然是第一次，要记住我们古人的话，战战兢兢，如履薄冰！出发！”余涛：“谢大队，余涛记住了！”他举手敬礼后转向跑向歼-15登机。耿见林忽然叫一声：“大队，我去看看！”秦大地点头。耿见林一直跟着余涛跑向飞机。余涛登机，回头看跟上来的他：“大队刚刚教导了我一番话，你是不是也有话要教导我？”耿见林道：“没有！

不过秦大队刚才那段话没有错，不管飞了多少年、多少次，下一次就是初次！”“说完了吗？完了就走！”“我真正要说的还没说呢！秦大队刚才挂索不成功，你一定要成功！你成功了，第一次挂索成功的荣誉就是空军的！”“这是试验，成功还是失败都只是试验的一部分！”“那我也希望你成功！”余涛：“走！”他合上座舱盖，目送耿见林离开，启动通话器：“01，01！02报告，准备完毕，请求开始！”试飞大队队列前，秦大地忽然看到衣正邦带张天一、梁良、周总走了过来，立正敬礼：“报告总指挥，02请求开始！”衣正邦：“开始！”秦大地对通话器下令：“02，开始！”歼-15座舱中，余涛以他惯有的充满热情的动作启动发动机，和地面保障分队的凌凯时互动，然后加油门，松手刹，飞机以方才的速度再次向阻拦索滑跑过去。刚才的一幕依次重现：机轮前行，尾钩在地下蹦跳，众人的目光盯着飞机和阻拦索……机舱中的余涛全神贯注。后机轮再次碾过了阻拦索。原来只在风中微微颤动的阻拦索再次大跳。尾钩“砰”一声撞上去又被弹开。专家团率先发出惊呼：“没挂上！”试飞大队队列前，周总急忙通过送受话器下令：“快报数据！”他将听话器贴近耳朵，有顷，回看衣正邦和梁良：“出来了，和上次基本一致！”梁良不禁激动：“很好！”衣正邦神色不动，看二人：“继续？”“对！继续！”衣正邦回望秦大地一眼：“第三试飞员登机！”秦大地：“是！”他的目光转向谢振宇：“03出列！出发！”谢振宇回答一个“是”字，举手向衣正邦、张天一、秦大地统一敬一个礼，转身要走，忽然注意到一双眼睛正紧张地盯着自己，是康延成。秦大地注意到二人的目光交流，见谢振宇走，道：“康延成出列！跟上去！”康延成出列：“大队，我的任务！”秦大地：“配合谢振宇登机，盯住他的技术动作，保证万无一失，滴水不漏！”康延成：“是！”他一边回答，一边已经跑向了歼-15。谢振宇登机，回头看康延成："你怎么也来了？"康延成："大队让我来的，检查你的技术动作，保证——""回去，连这些动作都做不好，这碗饭我就不吃了！"康延成突然压低了声音："我来就是警告你一句，这是科学试验，不能有半点的任性胡来！别等倒了霉，回头埋怨我没警告你！""走！"康延成离开，他坐进座舱，关上舱盖时已做完了所有准备动作，启动了通话器："01，01，03报告，准备完毕，请求开始！"没有人注意到他脸上浮现出了某种毅然决然的表情。他听到了秦大地的回答："03，开始！""03明白！"下面的一系列动作他已经那么熟悉了：摁动点火开关，发动机轰鸣，向模拟甲板指挥位置上的凌凯时竖起大拇指，凌凯时做指挥动作，止动轮挡"砰"一声落下。凌凯时双臂向下，向谢振宇做出允许滑跑的手势。谢振宇要松手刹，忽然又止住："01，01，03报告，以上一速度滑跑已被证实不可能成功挂索，03请求提高一个速度量级，03请求提高一个速度量级！"他的声音同时也在指挥车内回响起来。衣正邦皱眉："他在说什么？"张天一："他在请求提高一个速度量级！"衣正邦大怒："胡闹！这是科学试验——"送受话器里已经响起秦大地严厉的回答："03，03，严格执行规定速度量级，不能擅自改变！听到了请回答！"衣正邦松一口气："人说这小子喜欢自作主张，我还不信，这会儿我信了！"试飞大队队列中，所有人也都通过秦大地手中的送受话器听到了他和谢振宇的通话。康延成紧张地盯着秦大地和陶斯勇，陶斯勇也在看秦大地，发现怒火已经在他的面部升起。他们很快听到了谢振宇的回答："03明白！严格执行规定速度量级！"康延成、陶斯勇同时松一口气。

指挥车里，一直没有说话的梁良忽然开了口："衣总！为什么不可以让他试一下？""试什么？"梁良："增加一个速度量级！”衣正邦目光立即严厉了：“你们进行科学试验，就这么随便吗？说改变就改变？”梁良：“衣总，所有的科学试验，说到底就是不断地试错，刚才两次同样速度量级挂都失败了，就比如你们军队攻山头，连续以同样的办法攻了两次都不奏效，为什么我们不能改变一下？”衣正邦深深看他一眼，从张天一手里夺过送受话器：“大地，我是衣正邦，问一下谢振宇，是不是可以提高一个速度量级？”这个声音立即通过秦大地手中的送受话器传到了队列所有人耳中，众人大惊，朝秦大地看去。秦大地勃然大怒，斩钉截铁回答：“总指挥，我反对！”衣正邦：“你不相信谢振宇？”秦大地：“我相信谢振宇，但我认为不该随意改变试验计划！”衣正邦：“你认为以原来的速度量级试验还有意义吗？为什么不可以试一下？”秦大地：“如果是命令我们执行，但要仅仅是征求意见，我反对！”衣正邦：“你反对什么？”秦大地：“我不反对提高一个速度量级，我反对的是随便改变试验计划，这对试飞员并不公平，他们对这个试验课目也许没有精神准备！”飞机中，听到了所有对话的谢振宇突然加入了通话：“03报告01，03报告01，03可以做这个试验！ 03可以提高一个速度量级！”秦大地目光转向跑道上的飞机，大声道：“03，你给我住嘴！”谢振宇不说话了。指挥车里，衣正邦回头看梁良，并没有关闭送受话器：“梁总，你是科学家，现在我想听你的意见！”梁良：“总指挥，我觉得增加一个速度量级应当没问题！但我有另外一个问题！这个试飞员是不是秦大队长带出来的兵？”衣正邦：“你这是什么问题，眼下他当然是秦大地的兵！”梁良：“如果秦大队长相信他能做，我就相信他增加一个速度量级没有问题！”衣正邦将手中的送受话器还给张天一：“让秦大地问谢振宇行不行，不行就不行！”张天一用送受话器与秦大地通话：“01，01，总指挥的话你都听到了，执行吧！”秦大地大怒，再次回看跑道上的飞机：“03，是衣总问你，不是我，行还是不行，不行就不行！”谢振宇马上回答：“报告01，请报告总指挥，一个字，行！”指挥车中，衣正邦又接过了张天一手中的送受话器：“那就做！01通知03，增加一个速度量级，试验开始！”秦大地：“首长，这是命令吗？如果不是，我反对！”衣正邦：“你反对什么？我是总指挥，当命令执行！”秦大地：“是！”他回望飞机：“03注意，总指挥批准你增加一个速度量级！但是，我才是大队长，是临时LSO，如果你觉得不行，也可以不做！”谢振宇回答：“03报告，我觉得行！”秦大地怒火更盛了：“什么你觉得行？总指挥的要求是万无一失，滴水不漏，做得到吗？”谢振宇只让自己思考了一刹那：“报告01，03做得到！”这一刻，包括陶斯勇、余涛、康延成在内所有人的目光都紧张地望向了秦大地。秦大地迟疑有顷，开口：“开始！”“03明白！”谢振宇迅速调整速度量级，猛地松开手刹。舰载机以比上两次更快的速度向前滑跑过去。指挥车里，梁良大叫：“不对，太快了！”衣正邦大怒：“不是这个速度量级？”梁良又不说话了。

跑道上，飞机正风驰电掣般冲向阻拦索，一路颤跳的尾钩在接近时“砰”的一声挂住了索绳，继续向前冲去，座舱中谢振宇也因为这一撞击马上由它产生的巨大阻力在舱内前仰后合。飞机在阻拦索的强大拉力下向前冲了十几米稳稳停住。现场一片寂静，接着是一片欢呼——试飞大队队列中，康延成带头惊呼：“挂上了！”对面专家团的专家们跟着跳起来欢呼：“挂索成功了！”欢呼声瞬间消失。试飞大队队列前，陶斯勇、余涛注意到秦大地神情已变，对着送受话器大喊：“救护车！”指挥车方向，衣正邦已经冲下车，对跟下来的张天一大声喊：“怎么还愣着，快通知医疗分队上！”张天一急忙呼叫：“医疗分队，上！”医疗保障分队队列里，何一鸣一怔，回头对自己的队伍大叫：“快回去，上车！”众队员回头奔上救护车。车中的陈亚红急忙站起来：“怎么了？什么情况？”一女护士道：“不知道，让我们上！”何一鸣最后一个冲上救护车，对司机大叫：“走！”救护车鸣笛向跑道上飞机停下的位置驶去。这边，秦大地、陶斯勇也带着众队员跑向飞机，但他们仍然没有跑过救护车。一副担架迅速从救护车里推出，一直被推到飞机前面。歼-15中，谢振宇已经自己打开座舱盖站起。何一鸣在下面大叫：“快让飞行员躺担架上！不要动，我们要检查！”他回头看忘记一切冲到前面来的陈亚红，“快查刚才这一撞对三椎的损害，你负责取芯片，那上面记录着他身上的各种生化数据，马上送去检测！”陈亚红：“知道了！”她挤上去，和众人一起将谢振宇接下来，七手八脚硬生生摁倒在担架上。康延成在全体试飞员中第一个跑过来，却挤不上去，在后面嚷嚷：“老谢，怎么样？”担架上的谢振宇闭上眼睛，被医疗队员们推进救护车。此时的陈亚红完全恢复医生本职，跟着担架上车，冷静地吩咐众人：“大家不要慌，先把生命记录芯片取出来！”两名医生从谢振宇身上将芯片取出。陈亚红：“马上读取上面的信息！闪开，我要先看一看三椎！”她边说边动手对谢振宇展开检查。何一鸣上车，喊：“快走！”救护车立马鸣叫着飞快驶走。秦大地、陶斯勇、余涛跑过来时，救护车已经驶远。陶斯勇回看秦大地，发现他对刚才发生的一切仍然满腔怒火。

指挥车前，衣正邦望着救护车驶远，急看梁良和周总：“快报数据，这小子要是擅自加大了速度量级，今天我就把他从试飞大队除名！”梁良、周总下车，转眼就跑上来。秦大地、陶斯勇跟着上了车。衣正邦立即转向了两位老总：“怎么样？”梁良将报告递过来：“总指挥，是提高了一个速度量级！没错！”衣正邦还不愿意相信："他真的没有擅自加大速度量级？那样做是会死人的！"张天一："总指挥，最重要的是，挂索成功了！"梁良也在激动："是，总指挥，我们今天获得了第一个挂索成功的有效数据！"周总："这一撞还可以说明我们的阻拦索在这个速度量级扛住了！"梁良："对我们中航来说，最重要的是以这样的速度量级挂索成功，飞机没出问题！"衣正邦大怒："什么你的阻拦索、他的飞机，我关心的是人，是我的试飞员！"这时他才怒气冲冲看一眼秦大地，"你站着干什么？马上打电话，让何一鸣赶快过来报告，他这个院长干什么吃的！"何一鸣已经一步冲上了车："首长，我来了！"衣正邦大叫："人怎么样？"何一鸣："报告首长，检查过了，一切正常！"衣正邦："真的一切正常？"何一鸣紧张地回答："首长，真的一切正常！我们查了他的三椎，还有身上的芯片，各种生化指标都正常！"陶斯勇意外地发现秦大地突然松了一口气，避开众人匆匆下车。衣正邦将目光转向一边，所有人都看出来，这一刻老头子激动了。后者很快又回头，盯着车上每个人："你们笑什么！看我老头子的笑话是不是？"又看梁良和周总："你们愣着干什么呢，快去检查你们的飞机和阻拦索！"目光接着转向了张天一，"还有你，你的科研团队不趁这时候上去看一眼，将来研究什么？"三人被提醒，一边回答，一边争先跑步下车。衣正邦回头只看到了陶斯勇："哎，秦大地呢？"车下的秦大地听到喊他，重新上车。衣正邦看他道："你跑什么跑？今天是个大日子！哦，你们俩回去打一个给谢振宇报功的报告！"秦大地的怒火终于找出了一个喷泻的时机："不！总指挥，在这件事情上我有不同意见！我不同意给谢振宇报功！"衣正邦诧异道："为什么？"秦大地激动得话都说不连贯了："如果……每一个试飞员都可以随便对试验内容提意见，主持试验方也可以随便更改计划，这还是严肃的科学试验吗？何况——”衣正邦大怒：“你喊什么？想说什么，说完！”秦大地大声吼：“说完就说完！这只是第一次成功挂索，更大的、可能死人的考验还在后头！我认为在试验场上，试验计划就是法律，谁也不能随便改变！”衣正邦：“可是地方两位老总说，科学试验就是个不断试错的过程！怎么的，明知道不对，还要一直撞下去呀？”秦大地的声音低下来了，却一字一字变得越发清晰：“首长，我认为怎么主持试验是他们的事，在试验场上立规矩是我们的事！还有，我认为谢振宇今天进行的是一次普通试验，换我们大队任何人都能完成！”衣正邦一下就火了：“我知道都能完成！但今天完成的人是他！”秦大地继续一字一字地说下去：“如果每个人完成每一次这样的试验你就记一次功，以后你天天得给我的人记功！”衣正邦看一眼陶斯勇，主动缓和气氛：“你看这个秦大地，他跟我较起劲来了！……行，我明白你的意思了，试验计划就是纪律，不能随意改变，更不能允许试飞员自己在试验场上自行其是，干扰正常的试验计划，这我同意！不给谢振宇记功也行，但一定要表扬！”陶斯勇马上替秦大地圆场：“是，我们回去就执行首长指示，给谢振宇队前表扬！”秦大地生气地瞪他一眼：“表扬什么？表扬他破坏试验纪律，随便提议改变试验计划？”陶斯勇还要说什么，转向了衣正邦：“我们可以走了吗？”衣正邦又被他弄火了：“你这个秦大地，给我立正站好！你还长脾气了！立正！”秦大地立正。衣正邦越来越有气了：“秦大地，你给我听好了，试飞大队是海军的，不是你一个人的，你想在我这里称王称霸，不行！”陶斯勇大快：“首长英明！”没想到衣正邦马上冲着他来了：“还有你这个政治委员，也给我立正！海军派你来干什么来了？先好好给我管管他的脾气！”陶斯勇立正，咽一口气唾沫，看着秦大地：“是！”衣正邦不再理他们，自己下了车。陶斯勇道："行了，首长下车了，我们也自行解散吧！"两人下车，秦大地仍然怒不可遏。

试验场上，梁良、周总带着两公司的专家围着舰载机和被挂住的阻拦索转圈子检测。更多数据分别送到二人手里。衣正邦带领张天一走过来。二人回头："总指挥！"衣正邦："我的人目前没有问题。你们的舰载机和阻拦索怎么样？"梁良："衣总，我先说！飞机我们反复检查过了，没发现任何问题！"衣正邦又看周总："你们的阻拦索有没有问题？"周总意外地表现出了反感："刚才谢振宇的这个速度量级只是接近我们设计受力范围的下限，不可能出问题！"又一名专家飞快地跑过来，将一张数据交到梁良手里，难掩满心欢喜："我们终于有了一个成功挂索的速度数据！再有几次同样速度量级的试验，证实它可靠，我们就能以这个速度量级为新的数据点，修正试验方案，加快试验步子。梁总，我们总算从黑暗中看到了一线曙光！"衣正邦心中高兴，故意对也在激动不已的梁良道："你也这么认为吗？"梁良："对，如果能用多次试验证明这个速度量级可以成功挂索，我们就有了一个可靠的数据点，就能以它为中心向上向下摸索成功挂索的速度和重量范围，检测人、机、索能够承受的最大负荷，同时实现多个试验目标，找到三者之间最科学的适配数据！"衣正邦又看周总："你呢？"周总："虽然只是这么一个数据，但对于试验却是向前推进了极大的一步！我请求部队给这个试飞员记功！"衣正邦道："原来这小子今天这么一撞，把你们这些大专家的思路给撞开了！怪不得要给他请功！"周总："不仅撞开了思路，还结束了试验的黑暗时期，缩短了时间，可以说打开了胜利之门！"衣正邦看表，打断他的话："好了，表扬可以结束了，今天上午就到这里。我觉得梁总、周总你们也不要休息了，马上根据新情况修正试验方案，下午试验继续进行！”两位地方老总被他的军人作风感染，也立正回答：“是！我们中午不休息了！”

试飞大队乘车回到营区后，秦大地不让队伍解散，反而重新让大家在操场上集合。谢振宇这时也由医疗保障分队派车送回到队伍里。吴强整队毕，向秦大地报告：“大队长同志，全队集合完毕，请您指示！”秦大地：“稍息！”全队稍息，每个人都感觉到了走到队列前的秦大地怒火满腔。“讲一下！稍息！要吃午饭了还要集合讲话，是我不能不讲。谢振宇同志执行今天的试验任务时严重违犯试验场纪律，干扰指挥员决心，按照管理条令赋予我的权限，我宣布给他行政警告处分一次！”众人哗然，都看谢振宇。谢振宇面无表情。吴强担心地看一眼陶斯勇。陶斯勇不说话。秦大地继续大声讲下去：“虽然此次违纪并没有给试验带来严重后果，但此风不可长！我还要宣布，这种事情在本大队是第一次，也是最后一次！再发生一次，我就提请上级将违纪者除名！全体同志都要从今天的事情中汲取教训，在以后的试验中严守纪律，令行禁止！谁要觉得自个儿尿得高，别地方尿去，我这里不行！解散！”队伍解散。秦大地站在原地，一任怒火继续在自己身上肆虐。康延成一直盯着谢振宇，没有马上走，但后者只看了一眼秦大地，就迅速离开了。康延成松一口气，也快步跟着走开。直到操场上只剩下他们两个人，陶斯勇才向秦大地走去，严厉地责备道：“大地，你今天怎么了！你这是失态！”秦大地悲愤道：“我带兵二十年了！今天这兵我是怎么带的！我已经不会带今天的兵了！我应当请求总指挥处分我自己！”陶斯勇劝他道：“快回去吧！事情已经过去了！你在这里宣布处分他，可总指挥还说过让我们给他报功呢！”秦大地仿佛什么也没听见，继续吼下去：“如果他连这种事都不懂，将来能做什么！这是军队，不是任何人作秀的舞台！”陶斯勇：“行了，你发疯也够了！我觉得谢振宇这些天已经有很大进步！你要是连这个都没发现，才不配做这个大队长呢！”秦大地听不进他的话，转身向空勤楼大步走去。陶斯勇松了口气，跟着跑走。

空勤楼上，谢振宇开门走进自己房间，康延成立马跟进来，又担心又疑惑地看着他，因为他发现今天谢振宇从刚才受到处分开始所有的表情动作都表明他一直在沉思，不是恼怒，也不激动，这越发让他不解。谢振宇回头看他，平静道：“你干吗又来了？”康延成终于说出了憋在心里的愤懑：“秦大地太过了！刚才在试验场上，两位地方老总都向总指挥提出给你请功！就是不给你记功，也不该给你处分！”谢振宇再次沉默。康延成继续喊：“他是怎么了？为什么冲你和全队发那么大火？你今天的事情做对了！”谢振宇：“不，是我错了！”康延成：“你错了？”谢振宇：“我以为自己变了很多，今天才发现——”康延成：“不明白！”谢振宇：“回去想！”康延成：“我想什么？应当立功却挨了处分的是你！”谢振宇：“好吧，我告诉你。他之所以会这样是因为他要的不是这样一个谢振宇。”“他要的是什么？你要的又是什么？”谢振宇忽然吼起来：“他要的是铁一般的纪律！而我从过去到今天要的却还是和别人不一样！我以为不是但就是！这个你还不明白吗？”康延成明白了，却也说不出任何话来。

下午全大队继续在试飞场遂行试验任务。秦大地在全队队列前大声讲话，余怒仍然未息：“按调整过的速度量级执行！任何人不得再自行其是！04出列，登机！”耿见林答应一声出列，奔向舰载机。直到黄昏，一轮巨大的夕阳悬挂在海面低处，将落未落，都没有再轮到谢振宇和余涛进行新的一轮试验。秦大地一直站立在临时LSO位置上，手持通话器，对每一名执行同一试验任务的试飞员大声发出指令，舰载机在他的指令下一次次冲向阻拦索，并且成功挂索。医疗分队后尾的救护车中，陈亚红面对车窗站立，望着夕阳余晖中的试验场。经历了这进入核心项目第一天试验的熬煎，她觉得自己的内心变得强大多了。何一鸣走进来，惊讶道："陈医生，你看上去好多了！"陈亚红道："是好多了。谢谢院长关心。"何一鸣下车后也朝试飞场望去，心想这样的日子只过了一天，就让一个人变得快让他认不出来了，这是了不起的生活。啊，我要是会写东西，一定要把它记下来，让世上所有的人都知道战场并不可怕，不上战场才是遗憾的人生。

尽管外面风雨大作，这个夜晚总指挥部就当天的试验进行的小结会议却开得热闹非常，一时间每个人都要说话，且情绪激动。衣正邦敲敲桌子："安静，我们听周总说。"周总待现场安静下来，站起道："我简短地说两句。因为谢振宇同志上午的一次突破性的、我得说是极为勇敢的、对我来说有点意外的成功，让我们从试验的第一天就找到了正确方向。梁总我这个评价是不是过高了？"梁良："我觉得不高！"周总说下去："中航工业的总工说这个评价不高，我就放心了。第一，我得说，这是中国航空工业、中国船舶工业历史上第一次成功的挂索！五千年中国历史上第一次成功的挂索！对不起，我有点激动。在今天之前，我们大家各忙各的，中航忙你的舰载机，我中船忙我的阻拦索，至于能不能真的挂索成功，我们心里都没底，甚至都不敢想，但今天我们亲眼看到了挂索成功，像做梦一样，不，像梦醒了一样！原来我们真有可能成功，我们正在成功！"他转向衣正邦："衣总，我们再次郑重提议，不，是请求，部队要给谢振宇同志记功！"衣正邦和张天一咬了一下耳朵，衣正邦脸上微微变色。梁良："衣总，怎么了？"衣正邦回头："啊，两位老总，说明天的计划！"梁良看周总："还是你说。"周总道："好，试验的第一阶段主要是我说。以后到试飞阶段，就轮到梁总说了。衣总，我和梁总商议过了，明天我们继续调整方案，以谢振宇同志今天上午创造、下午又被多名试飞员证实的可靠的速度和重量量级为基准，将计划细化，向上向下一个一个量级展开试验。这样做的最大好处就是能加快试验速度，用最短时间把成功挂索的速度和重量上下限找出来，然后转入寻找人、机、索的最佳适配点！"衣正邦鼓掌，站了起来。众人还没有明白发生了什么，也跟着热烈鼓掌，衣正邦已经宣布："同意，散会！"众人一怔，都笑起来。梁良大声道："衣总，这个掌是鼓给你的。我们喜欢你这样的领导！"

与会人员散去后，张天一并没有离开，他担心地对衣正邦道："首长，雨停了。时候不早了，你忙了一天该休息了。"衣正邦却没有提起他刚才报告的让人担心的那件事，说道："命苦，休息不了，你也不能休息，我们一起去各保障单位走一走。老说打一仗进一步，可我们现在每天打的都是第一仗，没有经验，连我都是新兵，心里没底呀！好了，先不去试飞大队听他们的总结，到甲板分队去看看，我觉得这帮小子今天的指挥手语有点想法！"张天一急看身后的马虎臣："马上通知保障分队！"又笑道："首长这是表扬他们呢？"衣正邦阻止马虎臣："通知什么？以后我到哪儿去，不通知！现在走！"大家相视一笑，跟着他出门上车。

模拟甲板分队果然正在开会总结。凌凯时道："同志们，今天我们大家初次上阵，没出错就是出了大彩！"众人热烈鼓掌。凌凯时："别鼓掌！我还没说到要害呢！不要以为试飞场上的主角不是我们，对我们自己来说我们就是主角！同志们，我们的目标是要通过这一阶段配合试飞大队试验试飞，搞出中国海军第一套航母甲板勤务人员工作流程和手语系统，将来航母试航结束，列装海军，我们就是全海军唯一懂得甲板勤务流程和指挥手语的单位，不让我们上航母都不行！”众人再次鼓掌，情绪热烈，喊：“上航母！上航母！”一名青年军官道：“安静！哎，队长，对你提点意见好不好？”凌凯时：“只要对实现我们的目标有帮助，什么意见都可以提！”青年军官：“我说的就是指挥手语。我看了外军资料，你现在那个职位在航母上被称为起飞助理。美国人指挥止动轮挡落下，飞机起飞的动作是两腿下蹲，双臂向右平伸，再这么猛地向下一砍，”他边说边做动作，“舰载机就被弹射起飞了。你现在那个动作是什么呀，就像田野中的稻草人一样，两臂平伸，猛地下垂——”众人一起嚷嚷：“对，不优美！”凌凯时急叫：“等等等等，我解释一下。我们现在创造指挥手语可不是为了漂亮优美，是为了能让舰载机座舱里的飞行员看清我的动作。我现在的位置离飞机说远不远说近不近，要是也像美军航母上的起飞助理那样蹲下去，双臂右伸，向下一砍，”他也做了这样一个动作，“飞行员根本看不见！我现在这样双臂两侧平伸，而且是站着，是要让他看到我的动作！”他的解释又受到了另一名青年军官的抨击：“虽然有道理，动作本身还是不行，关键是不好看！同志们，我认为中国拥有航母并且形成战斗力是件美好的事业，一切工作包括我们创造的手语系统都应当是优美的！”众人大哗：“对，赞成！”第三名青年军官站起：“等等，队长很孤立，我现在挺你一下！同志们，优美我赞成，但也要实事求是，不搞花架子，首先要让飞行员看到我们的手语，其次才是让他看到优美！”有人同意：“说得好，赞成！”凌凯时拍一下巴掌：“安静！说嘴谁不会！出出主意，谁有好办法，既让动作高效，又优美？”大家各自胡乱比画起来，嚷嚷声又起。刚才发言的青年军官大声道："哎，别吵，都看我这样行不行？"他做了一个双臂向前平伸，猛地向下一砍的动作，自己又马上否定了，"不行，向前伸飞行员看到的面太小，不如向两边伸开，再砍下去！"第二名青年军官："我有个提议，学美国人，双臂向右平伸，右手两个手指伸出，其余半握拳。这有点像旗语。"他做动作，然后向下一砍，"这样虽说没有两臂两侧平伸可视面积大，却比向前平伸面积大，重要的是右手食指和中指并拢右伸，还向飞行员指示了起飞方向！"第一个开口的青年军官："我赞成！这比队长那个稻草人手语优美多了！"众人赞同："这个动作好！队长，试试！"凌凯时试他这个动作，双臂右伸，右手食指中指伸出，向下砍，看大家："怎么样？"众人爆发出欢呼："好！漂亮！"凌凯时重复做动作，众人仍在欢呼："好！优美多了！多练练，明天上了试验场就用它！"凌凯时停下来道："不行！这个动作是双臂向右平伸，两手指向起飞方向，可我在试验场的位置是在飞机滑跑方向的左侧，方向正好相反！"众人又轰轰起来："对，是错了！南辕北辙！"首先发明这个动作的青年军官："那有什么难的，你站到右侧去，方向就对了！"凌凯时："不行，我在试飞场上的规定位置就在左侧！"青年军官想了想："我想出主意来了！你双臂左伸，用左手食指和中指并拢，指向飞机滑跑的方向，然后就这么一下子砍下来！"他做动作，然后双臂向下一劈。凌凯时率先响应："好！"众人又叫："不错！"凌凯时："还是不行！"众人："怎么又不行了？"凌凯时："你们忘了，中国第一条航母平台上起飞助理的位置在舰载机起飞方向的右侧，现在我们练出一套向左指挥起飞的手语，将来还是不能用！"青年军官火了："你这个人怎么这样死性，眼下你的位置在左，你就向左伸，将来上了航母，位置在右，你就向右伸，真笨啊你！"他边说边做动作。门忽然被敲响。众人一惊。门已经被推开，衣正邦带张天一等人走进来。凌凯时马上大声喊口令："全体都有，立正！"众立正，他跑上前敬礼、报告："首长！甲板勤务大队正在休息，请指示！"衣正邦还礼，道："都有了，稍息！——我在外头都听见了，什么休息，休息还能这样热闹？"众队员都笑着看凌凯时。凌凯时道："报告首长！遵照首长打一仗进一步的指示，我们正在对今天的工作进行总结，并探讨改进明天的工作！"衣正邦问他们正在探讨什么。凌凯时看众人，众人笑。凌凯时道："研究我的指挥手语。"衣正邦要他说出来："我们也听听！"凌凯时道："报告首长，我现在每天的工作就是模拟航母甲板上的起飞助理，将来上了航母，就是航母飞行甲板上的起飞助理——"衣正邦打断他道："中国航母平台还没入列呢，哪来的起飞助理！"凌凯时："首长，我说的是将来！我们这些人将来一定都会上航母，因为我们会成为中国航母上第一批懂得甲板勤务的专业人员！"他又回头看大家，大声道："大家有没有信心？"众人齐声高呼："有！"一名青年军官高喊："我们一定要上航母！"张天一看着衣正邦笑道："首长，你的麻烦来了！"衣正邦只看凌凯时和他的队员："你们有决心很好！但上得去上不去，我说了不算！你们自己说了才算！"凌凯时大声道："明白了！"他转向自己的队员："同志们，首长同意了，只要我们通过参与试验试飞创造出中国航母第一套甲板勤务保障流程和指挥手语，就让我们上航母！同志们有没有信心？"众队员大吼："有！"衣正邦高兴地看张天一："走吧，别在这里碍手碍脚，人家还有大事呢！"凌凯时送他们一行离去，转眼又走回来，对大家喊："来来来，继续优美，不，继续研究！"

试飞大队办公楼上，吴强将一份表送进秦大地办公室："明天的任务表，你看一下。"秦大地看了一眼那张表，放在一边。

吴强盯了他一眼："凶了一天了，气还没消？你还甭说，这回谢振宇倒让我对他刮目相看了！"秦大地："别戗我的火。你还学会用成语了？"吴强生气道："什么态度你！"秦大地："快熄灯了，你回去休息，我心情不好，你也有心情不好的时候吧？走走走，让我一个人待一会儿。"吴强不走："你一个人待着干吗，都要熄灯了还有谁会来？跟我一块回空勤楼。"秦大地："你是小姑娘呀，要我陪你？走走走！"吴强："政委办事去了，要我盯着你。你白天平白无故地给了人家一个处分，他还没反应呢！"秦大地大声起来："听命令！向后转，齐步走！"吴强："行，我走！"说着转身离开。秦大地坐了下来，但心情还是不好。空勤楼上，谢振宇在刷牙，但仍在沉思，忽然匆匆漱了口，重新穿好衣服，开门走出房间。康延成正好冲进来，笑嘻嘻道："还得借牙膏……你出去？"谢振宇回头将一支没开封的牙膏取出放到他手里，哼一声离开了。康延成担心起来："第二次受处分，按照纪律守则就该除名。可大队中午并没有在队前宣布……"说着站在那里发怔。

走廊里响起脚步声。秦大地以为是陶斯勇回来了，看表，将桌上的任务表收起。忽然他的手停住了，抬头。谢振宇出现在门外，喊："报告！"秦大地和他对视，目光严厉却平静："进来！关门！"谢振宇关上门，看表，又看秦大地。"怎么了，要熄灯了，有事？"他转过头不看对方。谢振宇对他道："大队这么晚了也没有离开办公室。"秦大地为他看出了自己的心事重新回头，冷冷道："你以为我在等你？"谢振宇不说话，但没有移开自己的目光。秦大地："如果是对今天的处分有意见，说吧！"谢振宇："我对今天的处分没意见。我为别的事情来。"秦大地心中微微一惊，有顷才道："别的什么事情？"谢振宇道："我是来检讨的。大队中午并没有给我们检讨的时间。大队说得对，我们是一支军队，试验场不是每个人作秀的舞台。但是——”秦大地：“什么？”谢振宇：“但是作为试飞员，我们也有自己的优势！”秦大地火气陡然上升：“这是试验，主导方是两家地方公司，你有什么优势？”谢振宇：“我们全队都是三代机飞行员，将来驾驶舰载机着舰和起飞，组成航母飞行编队遂行海上作战任务也是我们这些人。总指挥也说过，我们要把试验试飞的主导权夺过来——”秦大地打断他的话，语气也不觉激烈起来：“怎么夺过来？这是科学试验！真正的主导者是制造舰载机和阻拦索的科学家和工程师。所谓夺过主导权，首长是说我们要监督和督促他们穷尽一切手段，保持试验的科学性，让将来的航母设备和舰载机安全可靠，不是要我们越俎代庖，指挥他们试验！”谢振宇：“大队明白我不是这个意思。”秦大地：“那你是什么意思？”谢振宇依然平静道：“我今天的错误是不该在试验场上对正在实施的试验当场提出异议，但我觉得我们有权利在有充分合理前提的情况下通过组织提出建议，将军地双方积极性都调动起来，所有智慧都加在一起。毕竟我们在飞行方面比他们更有经验！”秦大地不说话了，谢振宇的话打动了他的心。谢振宇又道：“有句俗话，鞋子穿在谁的脚上谁知道合不合适。将来使用舰载机和阻拦索并以它们为武器形成战斗力的是我们！”秦大地终于重新开口：“好了，你的意见我知道了。可以回去了！”谢振宇举手敬礼，秦大地还礼。谢振宇：“谢谢大队！”秦大地目光又锋利起来：“什么意思？”谢振宇：“没别的意思。我的意思是，谢谢大队让我明白了一件事。我是一个兵，而不是一个明星级的飞行员！”他这时才放下了举在额角敬礼的手。秦大地的火气一下就消了：“好，回去休息，明天继续参与试验！”谢振宇：“是！”他欲言又止，转身离去，秦大地却看出了他正在下决心不再讲出本来要讲的话。陶斯勇这时闯进来。秦大地回避他的目光："啊，你回来了？"陶斯勇关门："怎么，他还是为处分的事找你来了？"秦大地没有回答，但是刹那间，他一天来紧绷的情绪不但缓和下来，而且在他的内心中，还如同擂响了战鼓一样升起了欢悦。陶斯勇看他："你什么表情啊？"秦大地努力抑制住自己的情绪："没事儿，说你开会的事儿吧。"他坐下来，陶斯勇仍盯着他。秦大地越来越精神大振："坐下说你开会的事儿。我突然长得好看了吗？"陶斯勇："那你告诉我，他是为什么来的？"秦大地："提合理化建议来的。"陶斯勇半信半疑地坐下来："他已经是第二次受处分了，按照本大队的纪律守则——"秦大地突然大叫了一声："赵文！"赵文跑进来。"马上通知全体集合！"赵文跑走，集合号很快响起来，大队全体迅速集合到操场上。陶斯勇跟着秦大地早就站立在那里了。吴强整队，报告。秦大地走到队列前，大声道："宣布一件事情！撤销对谢振宇同志的行政警告处分！解散！"队伍好一阵子还原地站在那里，但陶斯勇再看秦大地，他已经走远了。康延成偷看一眼谢振宇，发现他的表情仍旧平静……不，是没有表情。

这天晚上，在城市有名的闹市区，夏初走到柳尼娜停在人行道边上的车旁上车。柳尼娜看她："到底怎么了？手机也不接？人也不在家，跑到大街上乱逛，出什么事了？"夏初："没事儿。好没意思！"柳尼娜："好没意思什么意思？"夏初："你是包打听吗？你又不是我妈，我凭什么要把什么都告诉你？"柳尼娜吃惊地看她，夏初突然扑向柳尼娜，呜咽了一声。柳尼娜赶紧抱住她道："好了好了，我就知道，那件事没完。哭出来就好了。"夏初像个受委屈的小女孩一样哭了一声又抬头："什么事没完？""和谢振宇的事，你爱上了他，被他给甩了，不甘心，所以没完。”“不，今天的事跟他没关系！我说过再也不提他了，怎么又提起了他？”“真的假的？行，我不提。”她开车慢慢走，夏初自己说出来：“原来我以为，张所长在国内外名气那么大，开的研究所一定是个严肃的科研机构，我进去后能用学到的知识服务大众。上了班才发现，这是一家专为所谓上层人士一对一服务的公司——”柳尼娜：“天哪，不会是那种高级会所吧？听说里面什么事都做？”夏初：“我的第一个服务对象你根本想不到是谁——”柳尼娜怔了一下，大叫：“钱程远？”夏初冷笑：“你猜对了！我的工作名义上是为他的公司提供管理方面的咨询服务，可是——”柳尼娜：“什么？”夏初沉默，有顷，轻松下来道：“现在好了，没什么可是了，我辞职了。”车子继续前行，两个人久久沉默。过了一会儿柳尼娜才道：“接下来什么打算？”夏初：“张所长对我辞职非常不满意，声称只要我离开，一定让我在全中国同类研究机构里找不到工作。他在国内学界很有影响，这话怕是说到就能做到。”柳尼娜骂起来：“这个老王八蛋还一手遮天了！要不不干这一行了！到我哥公司上班吧，当个副总，怎么样？”夏初失笑：“让我去卖房子？”柳尼娜：“那有什么不好？要是我哥要我，我还想去呢，现在全中国最赚钱的就是房地产了！”夏初不说话。柳尼娜改变话题：“太晚了，送你回家，还是住我家去？”夏初不回答。柳尼娜看她一眼。夏初：“尼娜，我的导师有个研究所，我回国时她就想留我。”柳尼娜：“你有兴趣？”夏初：“当初没兴趣，可要是在国内找不到理想的工作——”柳尼娜想说什么，又沉默了。夏初：“怎么了？”柳尼娜：“你走了我怎么办？我又落单了。”夏初：“你落什么单？听阿姨说，你和康延成都要结婚了！”柳尼娜把车子在路边停下来。夏初：“怎么了？”柳尼娜：“那是我骗我妈，没那回事儿！”夏初：“你又搞什么？都成了精了你！”柳尼娜："别说我，说你，你真去了国外，那也是他闹的！"夏初："说什么呢你！"柳尼娜："我说的是谢振宇。算了，我又说他了。咱不说他！"她重新把车子开动起来。夏初想了想才道："不是他。你知道吗？听说我辞职了，钱程远今天晚上带着一个乐队到了我们小区，说以后每个周末都在那里搞一场小型音乐会。"柳尼娜："有这么回事？"夏初点头："开头小区的邻居不答应，这个人居然能和他们达成协议，要出钱赞助小区附近的小学，给小区的孩子建游乐场，给老人们建棋牌室。"柳尼娜："真够无耻的，为什么不报警？"夏初："我报了，可是小区物业说，这是全小区居民同意的，不是扰民。警察不好管又走了。"柳尼娜："我现在知道你一个人跑出来的原因了。你打算怎么办？"夏初不说话，车子已经到了小区门外，柳尼娜停车，她果然听到了小区里传出来的音乐和人们阵阵的掌声。夏初道："我就在这里下车，一个人进去，不让钱程远发现我。今天夜里我还要想一想。"柳尼娜看她一眼："那谢振宇呢？"夏初："什么谢振宇？这和他有什么相干？"说着已经下车，向柳尼娜招一下手，就走进了小区大门。柳尼娜为她的朋友和自己伤起心来，半晌才开车离开。

夏初一个人走回夏家，上楼，往窗外看，一眼望见了小广场上的钱程远和正在演奏的小乐队，连同围在他们周围的小区居民。欧双莲紧张地走过来："夏夏，你回来了？"夏初神情大变，脱口而出："欧姨，我要是走了，你怎么办？"欧双莲吃惊："你说什么……你又要去哪儿？"夏初迅速下定了决心："去国外工作。"欧双莲怔怔地看着她，半晌没说出话来。夏初不允许自己再想，走去洗浴。欧双莲手里捧着叠得方方正正的睡衣，坐在洗浴室门外等待夏初洗完了出来递给她。夏初走回卧室上床，欧双莲又端了一杯水进来："这是枸杞加菊花泡的水，最能安神了，喝下去能让你睡得好些。这些天你晚上都睡得不好。”夏初道：“欧姨，我两晚上没睡好你也知道？”欧双莲怜爱地看着她：“你睡不好我怎么会不知道？”她要走又在夏初床前站住：“夏夏，你刚才说要去国外工作，不能改了？”夏初发觉她似乎一下子就变老了，怜惜道：“欧姨坐一会儿，咱们俩好久没好好说会儿话了。”欧双莲坐下来。夏初强作欢颜道：“欧姨，我一直有个疑问，你那么年轻就到了我们家，你这一生就没结过婚，没爱过什么人？你也没有过自己的家、自己的孩子？”欧双莲没想到她会突然问起这个，强撑着保持脸上笑容，慈爱地看着她：“欧姨命苦啊。欧姨有句不该的话，在我心里，你就是我的孩子。你不是吗？”夏初感动了，上前抱住她道：“我是。我是欧姨的孩子。要不我带你出国吧？”欧双莲一惊：“不，我不出国！”“为什么？”“不为什么，就是……我不愿出国做你的累赘。你走了我也离开这个家。”她说得那么决绝，让夏初无奈地放开手，看着她站起来，颤巍巍地走出去，又回头替自己关上了屋门。这一刻，屋门外的欧双莲头抬起来，朝远方望去，泪水忽然模糊了眼睛：这就是她的结局了吧，她是对的，总不能一辈子拖累屋里这个她带大的孩子，可是……那个孩子在哪里？他近来为什么不来了呢？

第十五章

又一个清晨来临。试飞场上，试飞大队开始按两家公司调整后的计划进行。秦大地在队列前大声宣布："今天执行新计划，目标是寻找A10项目成功挂索的速度和重量量级下限！"仍然是他第一个开始走向歼-15，执行新计划的第一次试验，余涛担任临时LSO。这个速度量级低于谢振宇昨天成功挂索的速度量级，挂索失败。然后是余涛登机进行第二次试验。在其后的几天里，试验继续以这种方式单调、枯燥地进行着，但是指挥车里的周总、梁良和他们的专家团却感觉不到任何不适。谢振宇在一轮轮试验中按照试飞员排序登机完成试验，再没有提出任何建议。终于在一个黄昏，经历了又一次挂索失败后，周总对衣正邦道："已经失败200次了，几乎可以肯定谢振宇当初试验发现的速度和重量量级就是成功挂索的下限。这个速度和重量量级的试验可以结束了！"衣正邦吐出一口气道："我同意！"他转身对张天一："通知试飞大队，停止试验作业！"

虽然如此，在当天晚上总指挥部的小结会上，两家地方公司的专家还是在是不是要继续按照原来的计划逐个进行不同速度量级试验直到找到成功挂索的速度和重量量级上限产生了严重分歧，甚至有人对一个速度和重量量级只进行200次试验就认定试验可以结束也表示异议。衣正邦问周总和梁良："两位老总，你们怎么想的？我一向强调两句话，一句是只争朝夕，还有一句，万无一失，滴水不漏。就是坚持科学精神。我表个态，要是觉得不够，我们仍然可以继续在这个速度和重量量级范围内试验，需要多少次我们就试验多少次！"梁良："衣总，虽然我们在这个速度重量量级和其他量级加起来已经试验了上千次，监测站也提供了大量数据，但按照原先的计划还差得远！"衣正邦："周总也是这个看法？"周总听了部分专家的意见也犹豫了："我原来以为够了，现在觉得梁总是对的。"衣正邦下面的话音里带出了情绪："你们仍然认为，一定要严格按照计划完成所有试验，才能找到挂索成功的速度和重量下限？或者说，只要完成了计划，就一定能找到这个速度和重量下限？"周总："也不能这么说。在科学试验中，大家认可的是成功概率，试验做得多，分母就大，分母大概率就高，可信度就强。还是那个原因，我们没有经验，往前走每一步都一片漆黑，只能通过更多试验，从前方找到光明。"衣正邦沉默下来，现场也跟着沉默。衣正邦看大家道："谁还有什么要说的？没有就到这里。明天继续按原来的试验！散会！"

夜已经很深了，衣正邦还在打着电话："还没有太大进展……明天要试验！……是要加快速度，但这是科学试验……明白了，我执行！"他放下电话，门忽然被推开了，梁良和周总站在门外。衣正邦一惊，看表道："是你们俩！这么晚了还不睡？快请进！"二人进门，梁良看周总一眼。周总："我们俩有个想法，知道总指挥还没睡，想来汇报一下。"衣正邦让他们坐下说。二人不坐，神情都有些激动。周总："总指挥，我们是这样想的，明天能不能改变一下试验计划？”衣正邦：“改变试验计划？已经发下去了！”梁良：“衣总，刚才开完会，我们俩回去商量了一下，觉得继续执行明天的试验计划意义不大了！”衣正邦：“怎么意义又不大了？刚才会上你们还说——”周总：“之所以说意义不大，是我们觉得在已经进行过的总共上千次试验中，只有谢振宇第一次成功创造的那个速度和重量量级每次挂索都能成功，其他速度和重量量级都不稳定，其实大家心里都想到过，它非常可能就是那个下限！”衣正邦不说话，听他们说下去。梁良：“我们之所以会改变初衷，是对明天的试验结果进行了概率运算，发现即使再试验一千次仍然会失败一千次，所以，不应当再试验下去了！”衣正邦：“你们有什么建议？”周总：“我们俩有个大胆的想法，明天在试验内容和进程上搞一点突破！”衣正邦：“怎么突破？”两位总工相互凝视。梁良回头：“我和周总想问一下衣总，明天我们的试飞员同志有没有可能接受一个新的速度和重量上限？”衣正邦一下就明白了他们内心忐忑的原因：“啊，你们应当先告诉我这里面有风险吗？要是有，是多大的风险？”周总：“衣总，试验的速度和重量每提高一个量级，对试飞员的身体可能造成的损害也会加大一个量级。我们说突破，是说想明天一下将速度和重量量级提高到那份资料讲的最高上限！”衣正邦神情陡然凝重起来。梁良：“不过衣总要是觉得不合适……我们一路上也觉得不合适……就算我们没说。刚才你问风险有多大，说实话，我们真的不知道该怎么回答！”周总：“还是我说吧。这个速度和重量量级，意味着试飞员会承受最大风险！”衣正邦严厉地看他们：“请解释，为什么一定要进行这种量级的试验！”梁良：“用这样的速度重量量级做试验，在我们的全部试验里具有特别重大的意义！通俗地说，我们是要用这最高力度的一撞，同时检验国产舰载机系统和阻拦索系统是不是扛得住理论上最大的值，找到理论上着舰挂索的最大速度和重量量级而不至于使人和机、索两大系统崩溃。”周总：“试验中，不管机、索哪个系统崩溃，都可能对试飞员造成巨大伤害！让我想一想怎么说……即便两个系统都完好无损，这么高强度的一撞，也有可能对试飞员——首先是头部和颈椎、脊椎和腰椎——造成不可预知的伤害！”衣正邦已经大怒：“这样高强度高风险的撞击试验，为什么不能在工厂阶段解决？”梁良：“我解释一下。无论是舰载机系统还是阻拦索系统，都在工厂阶段分别进行过极限试验，而且都过了关。但是没有做过人的试验，飞机和索之间更没有做过这么高量级的适配性试验。没有人的加入，只在飞机和索之间做这种试验是没有意义的！”衣正邦努力克制住情绪：“我要和他们探讨一下，然后才能回答你们！”两总工黯然对视，点头。梁良：“衣总，也许我们——”衣正邦立即打断他的话：“你们没错，提出试验课题是你们的责任，但我的人能不能做这样的试验，我还要问！”周总看梁良：“我们告辞吧！”衣正邦：“不送！”他看着两位总工离开，回头打电话，又止住，喊：“小徐，魏秘书，跟我走！”

试飞大队空勤楼上，谢振宇在房间里坐着，表情显示出他正在激烈思索着什么。康延成推门走进来。谢振宇道：“都熄灯了，干吗还不睡？我不会欠你一辈子牙膏吧？”康延成今天有点闷：“睡不着。”谢振宇：“你还有睡不着的时候？对了，和柳尼娜谈得怎么样了？”康延成：“说什么呢，谁和她谈了，没有的事啊，就是心里闷，过来跟你聊两句。你果然也没睡。”谢振宇：“说吧，聊什么？”康延成：“这么天天撞下去，明知道是无效劳动——”谢振宇不说话。康延成看出来，马上活跃起来：“哈！你也在想这件事！”谢振宇：“我没有。”康延成：“骗我！对了，你胆儿大，为什么不敢再对秦大队提个建议什么的？这么撞下去中国航母什么时候才能成军啊！我的头发都给他们熬白了三根！”谢振宇又不说话了，良久才道：“去睡觉。”康延成笑道：“哎，告诉我，什么时候才可以不继续进行这种无效劳动？”谢振宇：“错了，不存在无效劳动。”康延成：“那你告诉我，什么时候才会进行新的试验项目？”谢振宇：“刚刚听人讲一个故事。有人问，春天什么时候来？回答是：布谷鸟叫的时候就来了。又问：布谷鸟什么时候叫？回答是：布谷鸟叫的时候，布谷鸟就叫了！”康延成：“你这个傻子。”转身准备走。谢振宇：“站住！”康延成回头。谢振宇：“我不傻。布谷鸟总是会叫的。”康延成盯住他，半晌：“你还像个傻子。”他离开。谢振宇笑容落下，仍在思索。

空勤楼二楼，秦大地听到有人敲自己的门，穿着内衣内裤开门，吃惊地看着门外一脸严肃的衣正邦：“首长——”衣正邦径直走进房间，不看他：“去把陶博士喊起来，我有事跟你们商量！不，这屋子太闷，穿好衣服我们去海边走走！”他不等回答就往外走。秦大地匆匆穿衣服，走出去敲隔壁陶斯勇的门。二人出营区跑到海边，衣正邦早已经面对大海站立，也不回头，秘书小魏远远守在一旁。秦大地、陶斯勇快步走过去。秦大地笑道：“首长，怎么啦？就是天塌下来，也不至于让首长——”衣正邦猛回头道：“少贫嘴！我问你，明天要是让你们用最高速度和重量量级，我说是的最高速度和重量量级，无论是飞机、阻拦索，还是人，都有可能崩溃……让你们明天就进行这样的试验，扛得住吗？”秦大地、陶斯勇神情一下就严峻下来。秦大地半晌才开口：“首长，明天的试验计划改变了？”衣正邦：“现在还没有。我只是来问问你们，尤其是你，如果明天就进行最高上限的一撞，你扛得住吗？”陶斯勇急忙抢上前去：“首长，是不是两位地方老总提出了这个建议？他们说没说这有什么危险？”衣正邦看他道：“说了。他们说不知道会有什么样的危险。但是在这样的一撞中，人、机、索三个系统都可能同时在瞬间崩溃！”陶斯勇脱口而出：“不行！我反对明天就进行这样的试验！”衣正邦严厉道：“你反对？你反对什么！”陶斯勇全身心激动起来：“在不能保证人安全的情况下，绝对不能进行这样的试验！太残酷了，说得严重点儿是拿生命当儿戏！再重要的试验，也没有人的生命有尊严！”衣正邦：“你从哪儿学的这一套理论！再重要的生命也没有人的生命有尊严，那些为了保家卫国死在战场的英雄有没有尊严？为了两弹一星倒在试验场的英雄有没有尊严？是因为他们的牺牲，才让这个民族活得更有尊严！”陶斯勇：“可是……明知试验的危险大到了无法预知，为什么不能先进行模拟试验，直到能告诉我们至少不会死人，再让我们进行这种试验！”衣正邦：“你知道什么！所有的模拟试验都做过了，但到了最后，在我们对挂索的速度重量上下限两眼一抹黑的情况下，还是一定要有人第一次去做这样的试验！”秦大地急急地插进话来：“首长，我听明白了！我们可以做这样的试验！”衣正邦瞬间大怒：“你说什么？可以做这样的试验？”秦大地：“对！”衣正邦大怒不止：“是你能做还是你们全队都能做！”秦大地：“我能做，我做过后如果不成功，我们全队就有了我失败的经验教训，他们会做得比我更好！”衣正邦：“你住口！在我面前说什么大话！万一——”他突然羞愧，说不下去了，目光转向大海。

月色下的大海波光粼粼。海风强劲地吹着每个人的面颊。三个人的情绪都在冷却中。秦大地一直望着衣正邦：“首长，我多问一句。并不是两位地方老总要做这项试验，是这项试验非做不可，对吗？”衣正邦不说话。秦大地：“既然非做不可，那早晚都得做。两位地方老总今天提出这个要求，一定是有原因的！”陶斯勇不满道：“什么原因？你想在这里面做什么好人？”秦大地耐心道：“两位地方老总已经通过我们的试验认识了一个不可能挂索成功的速度和重量下限，非常想在他们心目中的速度和重量上限和这个下限之间建立起一个保证挂索成功的速度和重量区间，然后在这个区间内寻找一个最适合未来的舰载机飞行员挂索成功又可让他感到相对舒适的点。”他越来越平静，看衣正邦，“既然如此，明天我可以试一次！”陶斯勇：“不行，我坚决反对！”秦大地：“为什么？”陶斯勇：“我问你，万一飞机扛不住怎么办？阻拦索扛不住怎么办？我看过总体试验方案，知道他们说的那个速度和重量上限，我认为以那个速度和重量挂索着舰是一种疯狂行为，而且是不可能成功的！我们拥有的外军资料上也从没有记载有人用这样的速度和重量着舰！首长，既然一切试验都是为了未来成功着舰，这个速度和重量根本用不着，干吗要用大地的生命去冒险？”衣正邦看他：“你在说什么！”忽然重新转向秦大地：“啊，他已经说出了自己的看法，你呢？你也认为他们明天是要用你的命进行一项不该进行的试验，是吗？”秦大地：“首长，斯勇的话不对，我首先认为应当相信像梁总和周总这样中国最顶尖的科学家，他们永远不会让我的人或者我本人用生命做代价进行无关紧要的试验！只要他们认为必需，就一定是重要的，无论是不是危险我们都有责任去做！”衣正邦说不出话来了。秦大地恳切道：“首长，什么都不要说了！正好你在，我就不用另外请示了。我是第一试飞员，现在正式请求你批准，明天第一个登机做这个试验！”衣正邦望着他，嘴唇抖起来，有顷，又将目光转向大海。陶斯勇大声道：“不行！首长，我从一开始就反对只要有危险，就让他第一个冲上去的决定！我们大队还有别人，譬如……

对了，余涛也是第一试飞员，他多次找过我，反对现在每一个项目都由大地第一个上，他认为这是对他的不信任和不尊重！与其这样，不如公开宣布他是第二试飞员！”秦大地马上厉声道：“不行！我不同意！”陶斯勇：“你有什么理由不同意？首长，再说一遍，我反对在对风险一无所知的情况下进行这样的试验！如果明天一定要进行这样的试验，确定谁做第一试飞员大队支委会要讨论。我们有权让所有的同志都拥有同样的机会！”秦大地：“我反对！坚持明天第一个登机做试验，是我有这样的权利，无论余涛还是全大队每一名同志都没有！第一，我的年龄比他们都大差不多10岁，空龄也差不多比他们多这个数；第二，我曾经连续三次遭遇空难，每一次都做到了成功迫降，在处理险情时比他们所有人更有经验！首长，你老说我们已经上了战场，我是大队长，现在前方敌情不明，我有责任身先士卒前去进行火力侦察！”陶斯勇：“什么火力侦察，你给我住口！首长，他不能这么干！”一时间两个人说不下去了，都在等待衣正邦表态。衣正邦仍然不说话。陶斯勇急切道：“首长，你怎么不说话！你说话呀？”衣正邦终于回头：“我说什么？大地说得对，如果一定要进行这样的试验，他确实比余涛更有经验处理可能发生的各种险情。”他突然吼起来：“真遇上事情是余涛行还是谢振宇更行？谁会比大地更有经验？你说！还有，用余涛还是用大地，对我有什么区别吗？”陶斯勇说不出话来了。衣正邦不再给他们时间，大步向岸上走去，上车离开。秦大地和陶斯勇也沉默着，走回营区去。衣正邦乘车回到总指挥部，进了办公室兼宿舍，站着想事情。秘书小魏看他道：“首长，快半夜了，你睡吧。”衣正邦猛回头：“不能睡，我们马上去基地医院！我一定要知道——”他没有再说下去，但小魏已经明白了。

试飞大队，秦大地回到房间，欲上床又走到窗前，打开窗子。外面是风声和大海的波涛声，就那么一瞬间，他的心情突然激动了。手机就在他手边，他找到了秦熠的号码，想了想又放弃了。身后响起了敲门声。秦大地不回头："进来！"陶斯勇推门走进来。秦大地："你还不睡？"陶斯勇："你不是也没睡吗？"秦大地："睡不着就坐一会儿。"陶斯勇走过来，却不坐，看着他。秦大地道："说点别的。"陶斯勇话堵到喉咙口又咽下去，改口道："今天是你给秦熠打电话的日子，打了吗？""没有。太晚了。""我就知道……还好我刚才打了一个给老晋。他说白天刚去看过，秦熠挺好。乌晓也挺好。"秦大地仍不回头："谢谢您。"一时间两人都不说话。陶斯勇还是没忍住："我知道我挡不住你。但是——"秦大地马上阻止他："我说过说点别的。"回头冲他笑了一笑："你有酒吗？"陶斯勇吃一惊："胡说什么？你是大队长！"秦大地："我开玩笑呢，想到一些影视剧和小说，战士出征，都要喝一碗烈酒，风萧萧兮易水寒，壮士一去兮不复还——"陶斯勇："你要是有这种心态，明天就不能去执行任务！"秦大地回头从抽屉里取出了两只杯子，打开一瓶矿泉水，倒在杯子里，将其中一杯拿给陶斯勇："来，我们也来点仪式感强的，就当是酒，你送我明天上战场！"陶斯勇将杯子接过来放到桌面上："要喝你自己喝，我不喝。"秦大地看着他道："斯勇，人都有弱点，我今天暴露一点弱点给你。喝了这杯水，回去睡觉。别说秦熠。我对你最大的意见就是你总会在较劲的时候让我想起秦熠，你每次都深深地伤害了我你知道吗？"陶斯勇："伤害了你？我？"秦大地："你们，我的这些战友，我们的感情像亲兄弟一样。我没有兄弟，你们就是我的兄弟！你们是不是觉得，十二年了，我没有退出飞行，退出海军，是我从心里对孩子的病慢慢习惯了，对孩子越来越没有耐心了？”陶斯勇：“大地，今晚上我并没说你什么——”秦大地：“你知道我刚才在想什么？就是想他。不要以为我不心疼他，我是给他生命的那个人，可我给他的生命是残缺的！如果我能够，我愿意把我的生命换给他，让他有一个健康的人生！你会以为我在这件事情上过于敏感了，不错，我现在就是这么敏感，也想这么对你讲——”陶斯勇：“你讲什么？”秦大地：“首长多次讲过他看到的那场战争，上战场的景象！那个黄昏，他站在路边，看大队官兵进入战场。他问自己为什么是他们？可是我刚才却在想，其实我们也在这支队伍里，我也在这支队伍里，我们早就在这支队伍里，穿上军装那一天就在这支队伍里！我们生命的意义就是上战场！没有谁知道队伍里某个人身后还有一个得了脑瘫的儿子、有一个截瘫的父亲，他自己也不会容许别人这么想他！这时的他只会想一件事！”陶斯勇：“什么？”秦大地：“无论他身后有没有这样一个儿子、一个父亲，生命对他来说都只有一次，失去了就不能再找回来！哪一个上战场的人身后没有父母亲人？凭什么我有一个秦熠、一个患病的父亲，每次要上去了就要回头看一眼，为什么？”他说不下去了，“好了，还有什么事？说完了回去休息！”陶斯勇道：“你根本不知道我为什么还要来一趟！大地，我已经不能反对你明天去进行那一撞了。你还是说服了我，因为全大队只有你一个人有过三次飞机失事后成功迫降的经历和经验！我想跟你谈的是工作！”秦大地不说话。陶斯勇：“作为政治委员，我必须问你一句话。明天的试验你真觉得自己得上，非上不行，那就告诉我，还有什么话要留下！——我本不想说这个，但是，我以为现在是说这个话的时候了！”秦大地抬头看他：“谢谢！我还真有一句话要说！万一——你不要又瞪眼，我说的是万一——万一我不能再回来履行现在的职责，请你代替我向首长提议，由余涛接替我的位置！不要有门户之见，海空军之分！”陶斯勇：“余涛之后是谁？”“谢振宇！他是一个很特殊的人，虽然现在毛病不少……请你告诉首长，谢振宇正在试飞大队经历人生中最重要的锻造和磨炼，眼下这件事我还没有做完，以后要交给余涛替我继续做下去！”陶斯勇：“余涛知道这件事吗？”秦大地：“余涛多聪明啊，他当然知道，所以从来不在试飞场和我以及谢振宇计较。不，即使他现在还不是全明白，一旦成了大队长就会明白的！他也有一个急迫的任务，就是培育出下一个甚至下下个可以接替他第一个冲上去的人！”陶斯勇看他一下，脸扭到一边去，眼里涌出泪花。秦大地：“干什么你，还不到哭的时候呢！”陶斯勇：“这就是你的全部遗言？”秦大地：“对！走吧！”二人四目对视，仍然充满了对抗和力量。陶斯勇突然什么都不想说了，转身离去。秦大地又道：“等等！不到明天出发去试飞场，你我都要对这件事保密！”陶斯勇转身看他，点头，开门走回自己的房间里去，站在黑暗中责备自己：“这就是我能做的一切了吗？我刚才是怎么了？我居然在秦大地上战场的前夜哭了？他需要的是这个吗？可耻！”

已经是夜深十一时半。基地医院院长办公室里，衣正邦站着等待。何一鸣被秘书小魏领着，匆匆赶进来敬礼：“首长！这么晚了——”衣正邦：“多么晚了！你也是航空医学方面的专家，我来问你一句话。”“首长请讲！”“如果明天试验的速度和重量量级达到最高上限，这个上限你是知道的，飞行员的身体可能出现什么情况？”何一鸣一时目瞪口呆。衣正邦生气道：“你什么表情？”何一鸣道：“哦，首长，我知道那个上限，但那是理论上的，不行，用这么高的速度和重量撞索我们从来没有过，这是一种……首长原谅，我要说粗话了——”衣正邦：“你还会说粗话，那你这个兵当得有长进了！说！”何一鸣：“首长，我认为，真要进行这种只在一份外国资料上看到的最高上限的试验是一种疯狂！”衣正邦：“疯狂也是粗话！你们这些知识分子！不，你什么意思？你是说我们这些人都疯了？”何一鸣：“首长请告诉我，哪个试飞员去做这项试验？”衣正邦：“如果是秦大地，会怎么样！”何一鸣镇静了下来：“如果是秦大队，我们事先加强保护……不，我还是不能保证试验不会对他的头部和三椎造成永久损害，纵向过载还有可能在一瞬间对他的眼球形成强大的外拉力，一瞬间内造成红视！首长是空中英雄，知道一旦发生红视，一瞬间里他的眼睛什么也看不见，如果是在航母上着舰，就会机毁人亡！”衣正邦情绪明显激动，想了想：“你这里有电话吗？”何一鸣：“有，在这里！”衣正邦走过去打电话：“秦大地吗？是我！我宣布，明天的试验任务撤销！为什么？”他突然大吼起来，“这是命令！我不想解释！”吼完了，“啪”的一声放下了电话。

回到总指挥部已经是零点十分。衣正邦在自己的卧室兼办公室里一件件脱衣服，他仍然在激烈思索。有人敲门。衣正邦回头，没好气道：“谁？这么晚了，还让不让人睡觉！有话明天说！”“是我！秦大地！”衣正邦走过去，一把拉开门，生气地盯着他：“你又来干什么！进来！”秦大地进来，看他的神色。衣正邦：“有话快说，别再提明天的试验，说完了走！”秦大地：“试飞大队开张那天，首长就在大会上告诉我们，我们进行的是一项前无古人的工作！不只是我们这些军人对相关知识所知甚少，就连主持试验试飞的专家知道得也不多，很多领域甚至一无所知——”衣正邦：“你到底想说什么！”秦大地依旧平静地看他：“首长，我要说的是，专家们和我们一样处在黑暗中，我们帮助他们走出黑暗，就是帮助中国海军走出黑暗！”衣正邦大怒：“秦大地，你教训我吗？”秦大地：“首长曾经对我说过一句话，为什么不该是我！我就是为了这句话才进了试飞大队，现在首长想收回这句话？”衣正邦心潮起伏，走来走去，忽然冲秦大地挥一下手：“走吧，回去睡觉！”秦大地：“首长——”衣正邦大声道：“你的话不是说完了吗？说完了走！”秦大地明白自己的话已经打动了他的心，敬礼，转身离开。衣正邦一人独立，心潮难平。门忽然又被敲响。衣正邦大声道：“不是走了吗？怎么又回来了！走！”门并没有关，他回头一眼就看到了门外的陶斯勇：“他刚走，你又来了，你有什么事？”陶斯勇道：“首长不让我进去吗？”衣正邦：“我不让你进来你就不进来了吗？进来！说吧！”陶斯勇走进来：“我必须知道首长的决定，明天的试验是不是进行！”衣正邦背过身去，长久沉默，低声道：“大地是对的！为什么不该是我！如果我还年轻，明天第一个登机的人就不会是他了！”他声音忽然大起来：“通知秦大地和你们大队全体，明天的试验按计划进行！来人！”小魏跑进来：“首长！”衣正邦：“通知基地、两位总工和专家团，明天试验正常进行！告诉张天一，所有保障分队，尤其是医疗救护分队，一定要做好最困难最万全的准备！尤其是何一鸣，要他这个院长尽最大的力量做准备。最大的力量你明白吗！”小魏点头。衣正邦：“别走，我还没说完呢！告诉他，不出事，我给他立功！出了事……出了事他要保证所有的救护措施及时到位！做到了我还给他立功，不然，我跟他没完！”小魏：“是！”衣正邦：“愣着干什么？去打电话！”小魏跑出去。衣正邦看陶斯勇：“怎么还不回去！今天夜里，你有许多事情要做呢！”陶斯勇：“是！”他举手敬礼，转身跑步离开。

很快一辆救护车就进了试飞大队。何一鸣带小分队走入空勤楼秦大地房间，他亲自动手，在后者腰间裹上一个背心。秦大地道:“这东西太厚了，明天早上登机前再穿吧!”何一鸣:“不行!这可不是一般的背心，对保护你的三椎非常有帮助，里面有各种芯片，随时监测报告你的各种生化数据。我可告诉你啊，中国第一名航天员杨利伟飞天的头天夜晚也是这个待遇。”秦大地想笑又止住了。何一鸣看身后的医护人员:“来，把线都给他连上，你们今晚上就在值班室里盯着，一旦发现各项生命体征出现异常，马上报告我，我要立即向首长报告!总之我们今晚上都不要睡了!”众人答应，七手八脚地把各种线接在秦大地身上。何一鸣又亲自做了监试，还不放心，道:“秦大队，我警告你，不要自作聪明，我一走你就把它扒下来，我这里有机器，都连着线呢!你今晚上不好好休息，明天早上我会向首长提议，你不适合执行这项任务，就得换人!”秦大地被他吓住了:“何院长，你可别——”何一鸣:“那就听我的话，老老实实穿着它睡觉。我刚才说到杨利伟，他也是这样，我的一个师兄当时做他的首席医学监护师，头天晚上也这么对他说，你要睡得好，明天飞天的就是你，睡不好就换别人，结果杨利伟当天晚上睡得很好。”秦大地笑了笑，作听话状:“明白，我会一觉睡到天大亮!”何一鸣:“那我要念佛了，不然首长可饶不了我。”这才给他盖好被子，灭灯，关门，但还是没有马上离开。秦大地:“怎么还不走?”何一鸣盯着他:“我还是不踏实。”秦大地:“何院长，你也是老兵了，怎么了你?走!”何一鸣这才站起来，突然激动起来，不让秦大地看到自己的神情。秦大地道:“你要是再这样我就告诉首长，明天我不干了，因为你不让我睡觉。”何一鸣回头:“秦大队，我一直想转业，地方挣钱多。可是……航母成军前，我不转业了!”秦大地:“明白了，走!”何一鸣一眼也不再看他，关好门走出去。

试飞大队办公楼小会议室里，陶斯勇引余涛、耿见林、吴强匆匆走进来，不看任何人，未坐下已经开口：“临时开个小会。刚刚首长决定，明天要进行最高上限的试验。”吴强坐下后马上跳起来：“最高上限！谁来做？”陶斯勇：“坐下。”吴强：“一定是大地上，是不是？”余涛看耿见林，两人也站起来。陶斯勇道：“都坐下，这是党的会议！”三人坐下来，陶斯勇才回答：“是，秦大地同志是第一试飞员，他有三次飞机失事全部成功迫降的经历和经验，全大队任何别人都没有！只有让他上，才能把预期中的风险降到最低！这件事眼下只有我们支委知道，对其他同志保密。另外宣布一条纪律，从现在到明天走上试飞场，任何人不得去打扰他，必须让大地得到充足的睡眠！谁还有什么？没有散会！”说完他就要站起。吴强：“等等政委！怎么这么仓促？为什么一定是大地？为什么不是我？按照排序明天轮到第一个上的是我！”陶斯勇眼圈忽然红了，激动道：“我知道是你，可是你能保证像大地那样临危不乱，心无纤尘，将牺牲的可能降到最小？”吴强一时语塞。陶斯勇看余涛：“余涛同志散会后跟我走，我有话跟你讲！”

空勤楼下，余涛跟上了陶斯勇，耿见林和吴强也站住了不走。陶斯勇道：“叫你们两个回去睡觉，我和余涛要单独谈话。”耿见林又看余涛，余涛突然对他严肃地眨一下眼，耿见林知道他是让自己先走，只能一个人上楼，吴强仍然不走。陶斯勇看他道：“你还想说什么，别提明天你上的事了！再说一遍，别说大地说你不行，我也认为你不行！还有，今晚上不能去打扰他，你当命令执行！走！”吴强委屈得眼泪都要下来，但他也听出了陶斯勇不愿在余涛面前明说的意思，别别扭扭地跟着耿见林上楼去。陶斯勇这才回头对余涛单刀直入道：“如果明天发生不测，你以后就是唯一的第一试飞员，有可能承担大地目前承担的所有责任！

你要有心理准备!”余涛心中一震。陶斯勇又不看他了:“这不是我的意思，也不是首长的意思，是大地留下的。他还要我告诉你，一旦发生意外，你承担起他今天的责任，要盯住谢振宇，他对他的锻造和打磨刚刚开始!”余涛脱口而出:“我知道!”陶斯勇一惊:“你知道?”“是。不过政委，我相信明天秦大队会成功。万一试验出了意外，我希望，不，我请求首长让我接着上!”陶斯勇盯着他，余涛继续说下去，目光严峻，语气强硬:“我有理由向首长提出这个要求，因为我和秦大队一样是第一试飞员!还有，我和秦大队一样，到这里来就是为了承担一定会发生的牺牲!政委，到了试飞大队我没有提出过任何要求，但是这一次，在牺牲的问题上，我请求首长、你、秦大队给予我和我们空军来的同志同样的尊重!”陶斯勇道:“行，你的话我记住了。休息吧!”他转身走掉。余涛站在原地，心情越来越不能平静。

已经过了半夜十二点，黑暗中秦大地睡去又睁开了眼睛，他没有想到这么短的时间里居然会梦见父亲。其实这一晚上他的耳边一直在鸣响着巨大的海浪声、海浪撞击礁石的声音。接着在所有的声响中响起了儿子的一声呼喊:“爸爸——!”他的手动了一下，摸索到了手机，迅速拿起来，拨通了妻子的号码。山西太行山中那座小医院里，乌晓从睡梦中惊醒，匆匆从秦熠病房内走出来接手机，又惊讶又慌乱:“是你?出什么事了?这么晚了!”妻子惊慌的声音让秦大地突然清醒了，耳边所有的声响瞬间消失。“没什么事。我睡下了，做了一个梦。”他说，一下就平静下来。乌晓在电话另一端沉默，半晌才开口:“梦见谁了?”“咱爹。”长久的沉默后，他听到乌晓一声呜咽。秦大地:“别哭。”乌晓止住哭声，倔强道:“我没哭。”秦大地:“我们三年没回老家了。”乌晓不说话。秦大地又道:“没什么事儿，就是做了这个梦，也想你和孩子。我不该这么晚还打这么个电话。”乌晓急道：“不，你说什么……你不打我也想打呢。今年咱们走不成了，明年有时间，一定回去看看爹，还有娘。”秦大地：“我打电话就是想说这个。我算个什么儿子呀。”电话那一端乌晓又猛醒：“不对，你从来不在这个时候跟我和孩子打电话……问一句不该问的话，你不要生气……是不是我们这个家又到了零点时刻？”她没有注意到查房的申一走过来，站住听到了她这句话。这边秦大地沉默了，半晌才回答：“不是。”乌晓：“真的不是？”秦大地：“真不是。”乌晓：“真不是我就放心了。别惦记我们娘儿俩，我们这边好着呢。”秦大地：“我知道。好了，我挂了。”但两个人仍然没有挂掉电话。过一会儿乌晓的声音又响了：“记住你曾经说过的话。就真是又遇上零点时刻，我们也撑得过去！”秦大地：“我记着呢。”乌晓：“太晚了，你睡吧。”秦大地：“好的。我挂了。”这次他马上挂断电话，关掉手机，并且马上睡着了。

南方临海市海军医院刘本立院长家卧室里，电话铃骤然响起。刘本立被吵醒，接电话：“喂！……申一？不是秦熠又……”他忽然精神起来：“不不不，你说你说，我醒着呢！什么是零点时刻？我当然明白，但不能告诉你。”电话另一端的申一已经回到了医院后院自己的房间，她没有放弃：“为什么？你们部队的人和孩子老婆通电话也用暗语？”刘本立想了想道：“这么说吧，零点时刻，只是这个家庭的暗语。是说他们这个家又到了一个需要全体成员一起扛过去的重大时刻。”申一：“你越说我越不明白了。”刘本立：“那好，我全告诉你好了。有一年，秦熠的父亲在海上执行任务，深夜零时突然失去联系，七天后妻子才得到消息，秦熠也直到这时才生了下来……从那天起，这个家庭的成员间就有了一句暗语……现在你听懂了吗？”申一：“有点懂了，但没有全懂。请告诉我眼下这个家庭还会遇上什么零点时刻？”刘本立严厉起来：“这个我不能说。我只能说孩子的父亲是军人，军人除了上战场，直面死亡，不会有别的零点时刻。”申一沉默起来，良久才道：“我过去还以为现在是和平年代，军人就是穿穿漂亮军装，在天安门前走走正步呢！再见！”“再见！”这一边刘本立放下电话，已经不能入睡。山西小医院这边申一也放下了电话，眼睛陡然湿润了。

子夜零时都过了，何一鸣又冲回到基地医院自己的办公室里翻找资料。陈亚红敲门进来。何一鸣一惊：“陈医生！”陈亚红脸都红了：“院长，这么大的事，为什么不通知我？”何一鸣：“哦，你今晚上值夜晚，我就——”陈亚红：“快告诉我明天试飞大队进行的试验是不是会——”她没有把最后那两个字说出来，因为她发现自己说不出来。何一鸣停下手中的工作，从哪里找出一支烟来。陈亚红大惊：“院长，这是医院！”何一鸣不好意思了，将烟揉碎丢进垃圾桶里，回头激动道：“对，有人可能会牺牲！可我要阻止！我回来就是要找到更多的阻止的办法！”边说边一拳砸在桌面上，“砰”的一声响。陈亚红完全明白了：“我的专业方向是心脑血管，但对胸外伤和航空意外伤害也有研究，我要求参加明天的行动！”何一鸣一下变得斩钉截铁起来：“行。现在下班了吗？马上去休息，明早七点钟上车，七点半赶到试飞场！”他不等陈亚红回答就抱起一摞资料急急走出去。陈亚红一直掩饰着的恐慌突然暴露了。她喘不过气来了。“不，不……我说过我和他在一起，我一定要和他在一起！”她就这样对自己说着，大步走出去。何一鸣的车很快回到试飞大队，守在临时监护室仪器前的值班医护人员看他进来，马上站起。何一鸣急看他们：“怎么样？”一名男医生回答：“睡着了，一直睡得很好。秦大队有一颗伟大的心脏。”何一鸣松了一口气，坐下来，大口喝水。

清晨到了，早操结束后，秦大地依旧像每天一样站在操场队列前宣布：“今天继续执行试验任务。内容有调整。余涛同志担任临时LSO！我担任第一试飞员！解散！”众人散开，秦大地率先离去。谢振宇敏锐地意识到了这不是他惯常的表现，回望陶斯勇，却与吴强的目光不期而遇。谢振宇：“怎么了老吴？”吴强不说话，眼里全是委屈和激动，只盯着远去的秦大地。谢振宇：“怎么不说话？”吴强猛回头看他：“我说什么？我没什么要对你说的！”说着，转身走掉。谢振宇拦住了身边的余涛：“老余，发生了什么？”余涛看他一眼，也不说话。谢振宇急起来：“到底怎么回事，好像所有人都知道，只瞒着我一个！”余涛看众人都走光了才道：“刚才大队已经宣布，今天的任务有调整！大队要第一个进行最高上限的冲索试验！”谢振宇心中隆隆响起来：“最高上限？那不是个理论数值吗？”余涛：“你发现了的那个下限原来也是个理论数值，现在必须有另一个人找到上限，然后才确定成功挂索的速度和重量区间！”谢振宇全明白了，不再看余涛，大步奔向了空勤楼。他一直闯进二楼陶斯勇的房间，举手敬礼：“政委！”陶斯勇严厉地看他：“关门！怎么了你！”谢振宇：“为什么是秦大队，不是我？”陶斯勇：“你在说什么？”谢振宇：“我虽然只是第三试飞员，但这里是海军试飞大队，除了秦大队，下一个排序最高的海军试飞员就是我！他是领军人物，指挥员，如果今天一定要进行最高上限试验，第一个执行任务的也该是我！”陶斯勇怒了，不看他：“谁告诉你的！我要处分他！”谢振宇：“那就是真的！政委，我请求——”陶斯勇：“原来你是为这个来的！你刚才问到为什么不是你！我现在可以告诉你！第一你不是第一试飞员，第二即使你是，也没有他那么多次成功处理飞机失事的经历和经验！最后一条，确定今天谁去执行这项任务的人不是我，是总指挥！”谢振宇眼角突然潮湿了。陶斯勇：“回去！吃完饭我们一起去试验场，一起亲眼看见秦大队试验成功！”谢振宇欲走又回头。陶斯勇：“还有什么事！”谢振宇：“万一……我说的是万一……万一大队不能成功，我是不是有机会？如果没有，我在这里就是废人、摆设，我要求回120团！”陶斯勇默默看他，良久道：“我同意！如果以后你仍然没有机会，确实就证明这里不需要你，我支持你退出！”两人对视，谢振宇不再说话，转身离开。这时队里的空军飞行员也没有去吃饭，他们又一次聚集到余涛房间里。余涛看他们：“你们干什么？什么也甭问，不要犯自由主义！吃完了我们一起上试验场！”耿见林、江海、刘波、王小毛都看他，发现今天的他目光坚定而又明亮。江海往外走，又回头道：“我只是有一点遗憾，为什么这个第一次又不属于我们！”余涛不说话。耿见林突然道：“你怎么知道？但愿秦大队今天没事。如果有事，下面就轮到我们的人了！”众人又不觉看余涛，都明白了：今天第一次上的是秦大队，如果不成功需要第二个冲上去的就是余涛。耿见林一直等到江海、刘波、王小毛都走出去了才看余涛。余涛低声责备道：“你是不是现在就想让我留下几句什么话？”耿见林陡然羞愧道：“谁说的，没有！走，吃饭！”两人直到一起走出空勤楼，再没有说一句话，也没有互相看上一眼。

早上八点十分，吴强把舰载机移停在滑跑开始位置上，专家团和各保障分队早就全部就位。场上气氛严肃，没有一个人说话。试飞大队队列里，所有人都望着队列前的秦大地。谢振宇望向秦大地的目光里也第一次充满了敬意和担心。秦大地向余涛敬礼、报告：“临时指挥员同志，01准备完毕，请求出发！”余涛还礼："01，出发！等等！大队，祝你成功！政委已经答应过我，让你承担这样的任务是最后一次，下一个进行这一类冲击的人必须是我！"秦大地微微一笑："我答应！"余涛再次向他敬礼。秦大地还礼，转身欲去，忽然回头看所有的试飞员，他们今天全都用热切、庄重、担忧的目光望着他。余涛面向大队发令："敬礼！"全体敬礼。秦大地庄严地还了一个礼，目光转向陶斯勇。陶斯勇："大地，记住你自己的话，心无片云。祝你成功！"秦大地："谢谢，会成功的！"衣正邦带张天一、梁良、周总赶过来。秦大地回头敬礼："首长！"衣正邦上上下下严厉打量他一番："听说你昨晚上睡得还好，真的？现在感觉怎么样，行不行！"秦大地大声报告："请首长放心，一切正常！"衣正邦回看何一鸣一眼："你觉得他行不行？"何一鸣喉头抽搐了一下，没有说出本该说出的话。衣正邦回看秦大地，大声道："无论行不行，上了战场就得行！出发！"秦大地："是！"他举手敬礼，快步走向跑道上的舰载机。何一鸣则跑回到自己的队伍里去，上救护车，发现刚刚又一个人留在车里的陈亚红正咬牙跑下去。何一鸣马上拦住她："你脸色不好，有事会喊你！今天你就留在车上！"陈亚红："院长，要开始了吗？"何一鸣不说话，从车里取一件仪器后下车，"砰"一声关上车门。陈亚红急匆匆趴在窗口上朝试验场望去，猛然觉得自己又喘不过气来了。

试飞跑道上，秦大地登机，有条不紊而且迅速做完了准备工作，启动通话器："00，00，我是01，01准备完毕，请求开始！"跑道一侧临时LSO位置上，他的呼叫通过余涛手中的通话器回响。余涛看身边的衣正邦。衣正邦从他中一把拿过通话器，直接回答："01，01，我是衣正邦，现在由我担任临时LSO！沉着，冷静，做好各种准备后再报告！——万无一失，滴水不漏！"通话器中立即传回秦大地的回答:“我是01,01报告,已做好各种准备,请求开始!请求开始!”众人望向衣正邦,人人目光严峻。衣正邦沉吟有顷,大声地说:“开始!”这一声喊让所有人神情为之一震。康延成向谢振宇看去,发觉他今天真的像变成了另一个人,面色苍白,神情格外严肃、紧张。歼-15座舱内,秦大地回答:“是!”他静了一下,摁下点火开关,发动机轰鸣,喷出的大量尾焰再次打在偏流板上。秦大地向飞机外的凌凯时竖起大拇指。凌凯时发出口令,在止动轮挡落下的同时做出放飞的手势。秦大地就在这一瞬间松开了手刹,飞机以极限速度向前方的阻拦索冲过去。

现场所有人都盯着跑道上高速前冲的舰载机。吴强捂住了自己的眼睛。谢振宇、余涛、康延成屏住了呼吸,神情紧张到了极致。飞机尾钩随着飞机前行以极快的频率在跑道上颤跳,“砰”的一声以极大力量撞索并且成功。但也就在同一瞬间,阻拦索接头崩断,索绳飞扬起来,发出一声巨大的闷响,重重打在飞机尾翼和喷气口上。机舱中的秦大地颈部和头部猛地向前一冲,眼前出现红视。他短暂地眩晕过去,但又迅速清醒,意识到飞机正继续以极高速度向前方的大海冲去。他在跑道尽头瞪大全盲的眼睛,紧急刹车,又一次在危急时刻保住了飞机没有冲出跑道,坠下大海。现场先是一片寂静,接着专家团的年轻人发出一片惊呼。衣正邦猛回头看张天一:“快!救护车!”张天一急用对讲机大喊:“何院长,救护车!”何一鸣慌乱中答应一声:“明白!全队上!”试飞大队队列前,陶斯勇对衣正邦大叫:“首长,我过去看看!”衣正邦:“快去!”谢振宇突然开口:“我也去!”余涛:“我们都去!”陶斯勇没有回答,但试飞大队全队已经自动奔向跑道尽头的歼-15。对面跑道边的专家团不少专家也跟着跑过去。衣正邦看张天一："我们也快过去！"两人带着各自的随员也跑向了飞机。周总方才一直在发蒙，这时清醒过来，对自己的专家团道："快回来，去看我们的索！"梁良也清醒了，叫："快去看我们的飞机！"

海边跑道尽头，救护车最先鸣笛停下来。陈亚红第一个从车上跳下，大声喊："担架！"她没有想到余涛也在现场。余涛也没有注意她，他和谢振宇吴强跟着就赶了过来，爬上飞机，将秦大地从驾驶舱架出。陶斯勇扑上去大声问："大地，你觉得怎么样？"秦大地闭着眼睛，仍然不能说话。何一鸣上前大叫："快上担架，上救护车！做全面检查！"余涛等人将秦大地放到担架上，上了救护车，虽然陈亚红就在身边，两个人却谁也没有注意到谁。何一鸣、陈亚红随着上车，救护车鸣笛离去。试飞大队全体队员望着救护车驶远，谢振宇突然想起来什么，开口道："大队为什么闭着眼睛？"吴强悲愤道："这么大的过载，一定是撞击时发生了红视！"王小毛也道："我计算过，这种情况下大队有可能失明！"耿见林大声阻击他："别胡说！"康延成再看谢振宇，发现这一刻的他脸色潮红，神情异常，已转身离去。康延成欲跟上去，发现陶斯勇和余涛也都在关注谢振宇。梁良带着自己的专家团气喘吁吁地跑过来，围上了舰载机，一边喊："闪开！我们要检查飞机！大家快检查飞机损伤情况，马上报告！"众专家涌向飞机各个部位去检查，一名专家道："梁总，尾翼被打坏了！"又一名专家喊："还有喷气口！"海边，康延成还是趁着别人不注意追上了谢振宇，喊："老谢，你怎么了？"谢振宇回头，大喘着粗气。康延成大惊："你怎么啦？哭什么！"谢振宇："胡说！我没有！"康延成也不再坚持："你脸色不好，是不是病了？秦大队真了不起！我今天才认识他！他才是试飞大队的头号英雄！换了别人，飞机就冲海里去了！”谢振宇不说话，目光转向救护车驶走的方向，他仍然在激动地大喘不止。飞机旁，衣正邦、张天一也赶上来，衣正邦看陶斯勇，生气道：“你们怎么还在这里，快收拢队伍，带回去！”陶斯勇这时才将心情从秦大地身上收回来，想到了自己的职责：“是！试飞大队集合！立正！向右转，跑步走！”全队集合，随他跑步离开，上车驶回营区。车上，康延成注意到谢振宇不再喘了，但眼里潮湿的光一直没有干涸，仍然不时望一眼救护车远去的基地医院方向。

跑道尽头，梁良跑向衣正邦报告：“总指挥，查过了，飞机损坏不是很严重，只是打坏了部分尾翼和喷气口！”衣正邦面色凝重，暗藏愠怒。梁良看他一眼：“秦大队能活下来真侥幸。如果索绳再长一点，直接打到座舱盖上，他可能当时就——”衣正邦不说话，转身向跑道中段的阻拦索试验区大步走去。梁良没有跟上去。一名年轻专家气愤道：“中船怎么搞的，居然能在阻拦索上出事！”梁良突然对他发火：“怎么能这样说话！这是试验，出现事故是正常的！别站着说话不腰疼！”众人发现他神情黯淡，都沉默下来，看着梁总也跟着衣正邦向阻拦索区走去。

阻拦索试验区，一名专家拿起被打断的索给周总看：“是索头断了！”周总和所有的专家不说话，脸色异常难看，阻拦索工厂厂长都要哭了：“周总，索是我们厂做的，我是厂长，我和我们总工、总技一起承接这次严重事故的全部责任！我们愿意接受任何处分！”周总不说话，厂长身后的一名老年工程师忽然呜咽起来。周总勃然大怒：“这时候哭还有什么用！衣总一直讲万无一失滴水不漏，我们也一直强调质量第一，你们三番五次保证说质量过关，可还是出了洋相！这么大事故，秦大队这会儿不知道是生是死！谁扛得起责任！你，还是他，还是我？”这时一名专家上前道：“周总，我们刚才又检查了一遍，索绳没有问题，是索绳和两边的拉力器接头处的焊接部位出了问题！”周总的愤怒被打断，走过去重新检查断掉的索绳与接头，又扔掉，直起身来，回头看大家：“好了，我是中船的总工，公司让我在这里负责，这个责任我来负！我准备辞职，接受处分！”又一名年轻的女孩子哭起来。周总身边的年轻专家回头：“总指挥过来了！”周总抬头，果见衣正邦带张天一、梁良和他们的随员大步走过来。众人自动为他们让路。衣正邦站住，环视众人，看到从周总开始，所有在场的专家都羞愧地低下了头，一下子就生气了，喊：“你们怎么了，为什么没人说话！”周总抬头：“总指挥，出了这么大事故，我个人代表公司承接一切责任！”阻拦索工厂厂长急忙道：“周总，这跟总公司没关系，应当是我们承担责任！”有顷他又补了一句：“包括法律和刑事责任！”众人沉默。衣正邦再次环顾这些低着头的男人，大怒：“你们这在想什么！事故已经出了，现在最要紧的是迅速查清原因！你们却在这里讨论谁该承担责任！这么大的工程、事业，你们这一环出了问题，会影响整体进度，这责任是你们承担得起来的吗！”他这一番暴雨飓风般的怒吼让现场所有的专家们迅速清醒，因为这些话突然减轻了他们身上的压力。衣正邦余怒未息，继续吼道：“马上告诉我，是哪儿出了问题！你们能解决吗？”周总：“总指挥，事故原因查清了，不是索绳问题，也不是整个系统的问题，是索绳连接一侧拉力器的焊接部位出现了崩裂！”衣正邦立即听出了问题的核心：“你们这个结论准确吗？仅仅是焊接部门出了问题？”周总恢复了平时的镇静：“是！我们保证结论是准确的！”衣正邦不放心：“我不懂技术，只是因为焊接不牢？就这么简单？”阻拦索工厂厂长：“啊不，总指挥，事故原因是焊接部位崩裂，但到底是焊接工艺出问题，还是焊接材料出问题，我们马上回去查！”衣正邦语气缓和下来：“这才对嘛！谁都不希望出事故，但事故既然出了，就要充分利用它！本来我们进行这种试验，就是为了检查人、机、索系统哪个环节还有问题！出了问题是坏事，但也是好事，我们至少证明在极限负载下，阻拦索系统除了焊接这一块外其他部分都经得住考验，只有焊接有问题。有问题就集中解决！多长时间能解决？”周总看阻拦索工厂厂长。后者已经完全轻松：“一个月，不，最多两个月，两个月内保证解决！”衣正邦：“这种态度就对了。告诉大家，我这个人带兵，喜欢骂人，可不喜欢处分人，你们刚才讲法律责任和刑事责任，对我来说，凝聚大家的力量把事业搞好才是最大责任。对你们来说，把阻拦索系统搞好才是最大责任。我记住你们的话，两个月，你们给我把阻拦索问题彻底解决，到时要是放了空炮，我就要求换掉你们！”他的嗓门还是那么大，语气还是那么严厉，但现场专家都如释重负般，个个脸上现出了笑容。阻拦索工厂厂长抹泪花道：“谢谢总指挥！总指挥放心，不要两个月，我们一定彻底解决阻拦索问题！”衣正邦：“好，就这样！解散！怎么医院方面还没有消息！秦大地怎么样了？张司令，我们快去基地医院！”一辆车开过来，他和张天一及随员上车。车走远，刚才最先哭起来的那位老专家道：“这个首长，好人哪！”

基地医院急救室内一片忙乱。秦大地担架被众人簇拥着推进来。何一鸣边快走边对秦大地问话：“秦大地同志，你现在感觉怎么样？”秦大地：“就是眼睛……眼睛还是不能睁开。睁开也看不见。”陈亚红挤上前去：“眼睛不要睁开，你需要长时间休息，让眼睛复明。”何一鸣看她，又是一惊：“陈医生，你连这个也懂？”陈亚红：“我最早学的就是眼科！”何一鸣：“那太好了！快！”众人把秦大地抬上病床。何一鸣再次陪衣正邦、张天一走进来时，秦大地眼睛上已经蒙上了厚厚的纱布，并且上了呼吸机，陈亚红正带一群人用更多仪器对他进行全身检查。见衣正邦走进来，陈亚红急回身立定："首长！"衣正邦不理她，只上前看秦大地："大地，怎么样？"秦大地不说话。陈亚红代替他回答："首长，现在病员不能讲话！"衣正邦这时才看一眼陈亚红："他不能讲话，你说！除了眼睛，其他地方怎么样？"陈亚红："头部、三椎，都查过了，多亏院长事先做了最好的防护，不然——"衣正邦："我问的是有没有问题，他整个人还行不行？"陈亚红："这要看下一步检查，至少三个月内他不能回试验场！"衣正邦："那我问下一个问题，他现在需要什么样的治疗？他需要什么样的治疗，就上什么样的治疗！要弄回北京治吗？"何一鸣："如果首长这么想，弄回北京也行。"陈亚红："我反对！现在病人不能随便移动！"衣正邦："你们自己治得好他吗？"何一鸣脸上现出为难之色："我们一定努力！"衣正邦："我不是问你努不努力，我是问你能不能治得好他！"陈亚红："首长，我不久前刚从总医院调过来。如果首长信任我们，根据初步检查，秦大队这个情况，我们集中全院力量，能扛得住！"衣正邦终于开始认真看她，生气道："你叫什么名字？你说你们扛得住，好大的胆子！你知道他是谁？"陈亚红并不畏惧："我叫陈亚红。我当然知道秦大队是试飞大队的领军人物，不过我们这里有全军最好的航空医学专家，首长应当信任我们有能力——"衣正邦开始对她刮目相看，举手打断她道："行，你不要说了！"他回头看何一鸣："我把他交给你了！一定得给我治好他。如果不行，马上送北京！谁耽误了，我修理谁！"何一鸣不觉立正："是！"衣正邦转身要走又回头："什么时候他能说话，马上报告！"何一鸣再次回答："是！"陈亚红再看衣正邦，后者已经和他人离去。

黄昏时分，试飞大队全体再次在操场上列队。衣正邦亲自在队前讲话：“根据秦大地同志此前的提议，我任命余涛同志代理他的职务，直到秦大地同志出院归队可以重新履行职务为止！可以告诉你们，我给了阻拦索工厂两个月时间，这两个月里你们不能闲着，人、机、索适配性不能搞，就搞人、机、灯适配性试验。知道我说的灯是什么灯？航母上的灯光助降系统。总之还是那两句话，我们时间不多，要只争朝夕，又要万无一失，滴水不漏！任务明确了没有？”全队齐声回答：“明确了！”衣正邦：“解散！”

第十六章

黄昏，谢振宇独自站在英雄山山顶，望着波光浩渺的大海。康延成寻寻觅觅地找上来，突然看见他，站住了:“你怎么一个人在这儿?”谢振宇:“出来透口气儿。”康延成:“你老谢也有透不过气的时候？大家正在酝酿，去基地医院看秦大队，你去不去?”谢振宇不说话。康延成:“秦大队只是受了些内外伤，虽然严重，但并不致命。”谢振宇:“胡说！下午情况不好。”康延成:“原来你什么都知道!”谢振宇如同自语:“有件事我真没想到——”康延成:“没想到什么?”谢振宇:“没想到进了试飞大队，日子会过得这么艰难!”康延成:“什么意思?”谢振宇往下走。康延成:“不说我也懂!”谢振宇站住:“你懂什么？我从来没想过人生中会有这样的日子，我们即使拼尽全力，都有可能扛不住。敢于死亡是一回事，扛住死亡的压力冲上去是另一回事!”康延成:“这种事你早干过，你在海上逼着罗伯特往海里窜的时候，死亡也是一瞬间的事!”谢振宇:“那不一样！那是我愿意干的！我在表现自己的优秀！彰扬我生命的力量！我可以那么做，也可以不那么做，但那天秦大队没有选择!”康延成:“你说日子艰难，就是指这个？”谢振宇：“我刚才在想，为什么会这么难，每天都这么难？我们，秦大队、余涛、我、你，每个人，从走进试飞大队起每天面对每一项挑战，都必须做出唯一的反应，接受挑战，承担牺牲，人生再没有了别的选择！”康延成：“你让我想起了一部电影：《无处可逃》。你想逃？”谢振宇：“胡说！秦大队不能逃，余涛不能逃，我也不能，我们谁都不能逃！”康延成：“这就对了！不但不能逃，一定要冲上去，而且还要做出大无畏的样子冲上去！”谢振宇大步往下走。康延成：“哎，你到底去不去呀？”谢振宇又站住，目光幽远：“我不去！秦大队要的不是这个！”

试飞大队办公楼内。余涛一个人站在为他新收拾出来的办公室里沉思。耿见林走进来看他：“有事儿？”余涛看他：“啊，中午你在回来的车上想对我说什么？我一心惦记别的，就忘了。”耿见林：“你在惦记秦大队。不过没什么。”余涛看他：“你是个痛快人，怎么也——”耿见林：“你从现在开始代理大队长，事儿多，我还是不要——！”余涛：“真不说就走？”耿见林：“我还是说吧，不然老是憋着也难受。中午在试飞场上我看见一个人！”余涛看他。耿见林：“你是不是也看见她了？”余涛：“到底是谁？”耿见林：“你老婆！别装没看见！”余涛勃然变色：“胡说！”耿见林现在知道他真的没看见，自己也有点心虚：“我……也没看太真，就一眼，救护车走了后才想起来，这人怎么那么像亚红。”余涛生气道：“你眼花了！怎么可能！”他开始把思绪转往别处：“啊，我喊你来是说不知道大队怎么样了，大家都想去基地医院看看他去！这个不好统一讲，你问问我们空军的几个同志谁愿意去。”耿见林：“知道了。”“还有，我现在是代理大队长，有些话反而不好对我们的几个人说了，以后他们的事你多管一些。”耿见林笑：“你这人心思缜密，一定会想到这个，我早想到了，大家刚开了个会，一定要比过去做得更好、更自觉。走了。”余涛点头，目送他走远，回到办公桌后面坐下，一抬头就看到了门外的谢振宇。后者敲一下门，举手敬礼。余涛目光一亮，跳起道：“行了，进来！”谢振宇进门，二人长久对视。谢振宇：“老余，你现在是大队长了，我不知道该不该说恭喜二字。也许不该说。”余涛：“代理。”谢振宇：“代理大队长也是大队长。我今天来就一件事。希望从明天起给我更多机会！话说完了。走了！”余涛：“等等！说句题外的话。你刚进来时，我正在想一个人。进来这么久了，你现在怎么看秦大队这个人，连同他做的事？”谢振宇想了想道：“我今天才意识到，他根本不是我进来前想象的那个人，完全是另外一个人！”余涛：“并不是他自己要做这样一个人！”谢振宇：“是啊，他是没有选择。”余涛：“现在暂时没有秦大队了。”谢振宇：“这就是我来见你，提出刚才那个要求的原因。”余涛：“从明天开始，我是第一试飞员，你是第二试飞员。”谢振宇：“明白！”余涛：“我们要在各个方面包括细节上向秦大队学习！”谢振宇：“你也想教导我吗？”余涛：“对，是你刚才说的，代理大队长也是大队长！我要对你说的也正是对我自己说的！当了代理大队长才知道我完全没有准备，我不能只是不怕牺牲，我还要知己知彼，用一切办法完成最艰难的任务，同时减少牺牲！”谢振宇听不下去了，秦大地从来不这样对他说话：“谢谢教导！我可以走了吗？”说着，他举手敬礼。余涛：“好吧，再见！”

一个半月时间很快就过去了。又是一个夜晚，余涛、陶斯勇匆匆走进了总指挥部，举手敬礼：“报告！”衣正邦正和张天一以及两位地方老总坐着，对他们道：“坐下。有件事要跟你们通报。”余涛、陶斯勇坐下。衣正邦看周总梁良：“你们谁说？”梁良：“我说吧。余大队，陶政委，阻拦索公司今天把他们用新工艺焊接的阻拦索送回来了！”余涛一惊：“这么快！这还不到两个月！”周总：“自从上次出事故，他们接受教训，夜以继日地工作，采用新工艺，重新焊接了一条索，进行了高强度拉力试验，没有问题，急忙让人连夜送来的。”余涛飞快地看一眼陶斯勇，站起道：“总指挥，两位老总，是不是明天改变计划，对这条新索重新进行最高上限的冲击试验？”衣正邦道：“是的。经过上次试验，证明飞机没问题，秦大地受了伤，但也通过他的受伤发现只要把防护做得更好，同样的伤害可以避免。那就只剩下了索。大地不在，你们能行吗？不行就等他回来！”余涛“啪”一个立正，大声道：“首长这样说话是对我们全大队试飞员的不尊重！我们行！”衣正邦直视他和陶斯勇，声音又大起来：“不但要做 A10项目最高上限的冲索试验，还要加两个项目，叫作 A10A 和 A10B 好了！”陶斯勇问周总：“这是两个什么项目？”梁良道：“我来解释一下。原来计划里是没有这两项试验的，但总指挥根据外军资料，从将来舰载机着舰可能发生的情况考虑，提出来要做。我们也觉得有道理，回去查资料，发现外军真的做过同类试验。A10A 项目，是说舰载机着舰时没有落到甲板中心线上，挂索时偏离中心跑道，这种情况下会出现什么结果，人、机尤其是索扛不扛得住我们不知道；A10B 项目是说飞机着舰时方向不对，机头斜对着阻拦索，这种情况下会发生什么后果，我们也不知道。”衣正邦大声补充道：“但必须知道！”余涛要说什么，被陶斯勇拦住。陶斯勇：“首长，两位老总，我们回去开个会讨论一下，再报告能不能做这三项试验，可以吗？”衣正邦不说话，只是严厉地看着余涛。余涛大声道：“报告首长，任务我们接下来了，会我们回去开。试验明天就可以开始！”衣正邦：“余涛，我原来以为你比秦大地稳重，不会轻易表态，怎么代理大队长才几天，就和他一个毛病了？陶博士是对的，你们回去开会，好好讨论！任务要完成，但绝对不能打无准备之仗！好了，开完会无论多晚都要向我报告。如果没有把握，说出来也不丢人！那叫实事求是！”余涛、陶斯勇互视一眼。余涛：“政委，我们听首长的！”两人回头看衣正邦：“是！我们走了！”衣正邦哼一声，算是回答，二人转身离去。

衣正邦又想起了什么，回头看张天一：“你的人搞的那个数学模型搞出来了吗？”张天一：“正在搞。”衣正邦：“正在搞正在搞，等A10项目试验完成了才搞出来，黄花菜都凉了！”张天一：“我们抓紧，今晚上开始加班，一定在试飞大队完成A10项目试验之前把相关数据算出来！”衣正邦仍然不放过他：“如果你们搞那个东西真有用，我可以让他们等几天，休整一下队伍。但要是没用，等就没意义了！”张天一笑：“首长，有意义。我们一向全面领会和落实你的指示。你的指示有两条，第一条是科学精神，万无一失，滴水不漏，第二条才是只争朝夕。”衣正邦哼哼道：“你还有心思笑，说明还没被眼下的压力压垮。好吧，马上去办！”张天一急忙站起，举手敬礼，离去。衣正邦再回头，发现两位老总也站起来了。梁良道：“总指挥，我们也回去做计算，科学设计A10项目三个试验的方案！”

余涛、陶斯勇从总指挥部走出来，陶斯勇要上车，余涛却向海边走去。陶斯勇跟了上去。有一阵子余涛让海风猛吹自己的脸。陶斯勇：“觉得这个担子压力大了吧？现在你更能理解大地了！”余涛回头：“政委，其实回去不用开什么大会，今晚上我找谢振宇交流一下就行。无论是明天的最高上限挂索试验，还是后面的两个项目，有我和谢振宇两个人就够了！”陶斯勇：“你相信谢振宇现在和你一样可以承担第一试飞员的任务了？”余涛：“政委不觉得谢振宇在秦大队负伤后有变化吗？”陶斯勇点头：“看出来了。整个人都变了似的，连平常走路说话的神情都不一样了！”余涛：“秦大队负伤那天晚上，谢振宇找过我，要求给他更多机会。他还说出了一个想法，认为秦大地之所以会是秦大队，是因为他没有选择。现在试飞大队没有了秦大队，他和我也一样没有选择。”陶斯勇激动了，看了一阵子大海，回头道：“好吧，你现在是代理大队长，回去先跟谢振宇谈，看他的态度。首长说得对，有决心是一回事，但绝对不能打无准备之仗。牺牲对我们的同志已经不是考验，真正的考验是像大地一样即使到了最危险的时刻也能战胜牺牲，保住飞机，完成试验！”余涛：“是！”二人走回去上车。

军用越野车回到试飞大队营区，余涛、陶斯勇下车。余涛看了一眼表，时针已经指向十一点。原本一片漆黑的空勤楼，一扇扇窗户亮起。陶斯勇吃惊道：“怎么回事？”接着二人就发现全体试飞员都从空勤楼中走了出来，自动列成两列横队。陶斯勇严厉道：“你们怎么了？还不睡觉！”吴强大声道：“政委，余大队，告诉我们！”陶斯勇：“你们想知道什么？”吴强：“是不是又要进行最高上限的试验了？我们想说，大地不在，我们也行！”众人同声大吼：“我们也行！”陶斯勇看余涛一眼：“余涛，你现在代理大队长，你说吧！”余涛走到队列前，举手向全大队敬礼：“谢谢同志们！”全体立正。余涛：“稍息！大家今晚上的行动让我想起了秦大队当初那句话：我们这支队伍能行！大家的心意我和政委都看见了，现在谢振宇同志留下，其他人回去休息，明天我们一起上试飞场，再次冲击成功挂索最高上限！”众人仍然不愿离去。陶斯勇：“大家还有什么话要说？”耿见林：“大家想说的是机会不要总留给第一、第二试飞员，我们排序靠后的也行！”众人吼：“对！大家都要有机会！”余涛：“好吧，谢谢大家！这件事政委和我会考虑的！解散！”

众人散去。现场只剩下谢振宇、余涛和陶斯勇。陶斯勇看二人：“余涛，你们谈，我走了！”余涛会意，点头，看着他离去，回头和谢振宇对视。谢振宇心中一动，先开口：“除了最高上限试验，明天是不是还有别的任务？”余涛：“猜对了！还要做两个A10项目试验。一个是偏离甲板中心线冲索试验，另一个是偏离航向的冲索试验！”谢振宇：“我已经想过了。这种情况虽然不常发生，但并不是没有在外军的航母舰载机着舰时发生过。”余涛：“那我就不多说了。我是第一试飞员，你是第二试飞员，明天我第一个上，然后是你！”谢振宇：“我有一个请求！明天的最高上限冲索试验我不和你争，但我非常想在两个新的A10项目试验开始时做第一试飞员。我希望你和秦大队不同，不会把所有的第一次都留给自己！”余涛深深看他：“可以。但我们必须坐下来好好讨论，从所有细节入手做好应变准备，不打无准备之仗。”谢振宇：“谢谢！我同意，并且会在试验前将我的方案详细向你报告，直到你同意，我不会盲目冒险！”余涛：“只要我还是代理大队长，你就是想盲目冒险我也不会允许。现在回去休息，明天精神饱满地上试验场，准备在需要你的时刻冲上去！”谢振宇向余涛敬礼。余涛还礼，看他走回空勤楼，自己转身走向办公楼。

办公楼余涛办公室里，陶斯勇在等待。余涛走进来。陶斯勇：“谈得很好？”余涛：“对。谢振宇要求我在两个新的A10项目试验开始时让他做第一试飞员。我同意了！”陶斯勇：“你同意了？”余涛：“政委，我是这么想的，如果秦大队在，他也会同意！”陶斯勇盯着他看，有顷道：“我明白了。”余涛：“政委，我觉得这是我第一次替秦大队做决定。今天才知道这支队伍缺了他真不行，不只是做第一试飞员，更重要的是带好这支队伍。我现在觉得自己非常不适应。”陶斯勇：“你以为我适应吗？但必须适应！”余涛：“向首长报告吧？”陶斯勇：“好吧！”余涛拨电话：“首长，我是余涛！我向首长报告，我们讨论过了，有决心、有信心、有能力接受挑战，打好明天开始的所有战斗，以最好的成绩完成试验！”总指挥部里，衣正邦放下电话，神情凝重，忽然大喊一声：“小魏！”秘书小魏立马出现。衣正邦：“通知张天一和两家地方公司，明天试验按今晚商定的计划进行！基地有关保障单位做好一切准备！尤其是医疗队，今天晚上就给余涛上特护！”小魏：“是！”何一鸣很快就接到了这个电话，大声重复命令：“是！马上给余涛上特护！”

陈亚红出现在门前，敲门。何一鸣放下电话：“哎呀快进来！刚刚基地通知，明天有重要试验，要我们今晚上就去人到试飞大队，给代理大队长余涛上特护！”陈亚红脱口而出：“余涛！”何一鸣：“对！明天他是第一试飞员！”陈亚红浑身都颤抖起来：“明天试……试……试飞大队进行什么试验？”何一鸣的心完全不在她身上：“这个我不方便问，不过能猜得到！一定是要进行秦大队长做过的试验！所以总指挥才亲自让他的秘书传他的命令，要我们务必做好一切准备，今晚上就给余大队长上特护！”他忽然抬头，看到陈亚红被吓了一跳：“你怎么了，脸色这么难看……啊，我都听说了，你怀孕了，快休息去，今晚我带人过去，明天早上你早早赶到试飞场就行！”他说完就提起要带的东西走出去。陈亚红被动地跟出去，站在门外，看着他走过长长的走廊下楼，突然像小时候一样狠狠啃起自己的指甲，她现在一定要控制住自己浑身一阵阵刮风般袭来的震颤与惊慌！她跑起来，回到宿舍，一个人走来走去，还是没办法控制情绪，忍不住掏出手机，找出余涛的号码，要拨，又停住。临行时余兆年的嘱咐突然响起：“试飞员最重要的是不能受到干扰，在最危险的时刻，他需要的仅仅是平静、平静、平静！”陈亚红扔掉手机，又走动，浑身打战，咬起指甲来。

试飞大队余涛房间内，何一鸣带人给余涛做完了特护，看表道：“还不是太晚。”余涛道：“谢谢！你们休息吧。”何一鸣像当初对秦大地一样交代道：“我们休息什么？今天一夜要轮班守着监护器，看你的情况怎么样。如果不行，明天你就不能上试验场。”余涛：“那我一定好好表现。”何一鸣这才带众人往外走，又回头看一眼余涛。余涛笑：“何院长，你那天给秦大地上完特护，他说了什么？”何一鸣：“让我想想……啊，他说，怎么还不走？”余涛：“你怎么回答的？”何一鸣也笑了：“我说还是不放心。他埋汰我说，说你也是老兵了，走！”余涛笑：“我现在也想说这句话。”何一鸣看众人都走了出去，关门回来坐下：“余大队，我那天告诉秦大队一件事，过去我谁也没告诉过，但我突然想告诉他。”余涛：“你告诉了他什么？”何一鸣：“我一直想转业，地方都找好了，人家那边给的钱特别多，可我决定不转业了！”余涛闭上眼睛：“明白了，走吧，让我睡觉！”何一鸣站起来：“你们是不是一个师傅教的？秦大队当时也是这句话。”他不再看余涛，熄灯，走出去，关门。

余涛一个人躺在黑暗中，他想睡去，眼睛又睁开了。他玩笑一般地想还是不该让何院长走，他想更多地知道秦大队那天夜里一个人时是怎么度过的。手机。他拿起了自己手机，在通讯录里翻到了爷爷、母亲和陈亚红的号码。秦大队一定不会这样。他微笑地着看这些号码，然后关掉手机。秦大队会平心静气，闭上眼睛一觉睡到天明。这就是不同啊，我还是要修炼。他就这么想着，闭上了眼睛。基地医院宿舍里，陈亚红已经坐下来，手机忽然响了。她跳起来，一把抓起来："喂！"手机里响起的是婆婆的声音："亚红吗？是我。"陈亚红大喘气："妈，原来是您。这么晚了，吓死我了！您怎么了，没事儿吧？"冯汝萍道："没有。我等了一天，你和余涛谁也不打电话回来。"陈亚红："怎么了？"冯汝萍："什么怎么了？今天是余涛的生日！我想到你们都忙，恐怕顾不上过，可是又担心你们不会出什么事吧，所以……虽然晚了，还是给你打了这个电话。"陈亚红继续大喘道："哎呀妈，你差点吓住我。"忽然感觉到了婆婆的不悦，瞬间又假作欢喜："妈，我没忘记今天是余涛的生日，正打算打电话给他呢。真是儿行千里母担忧啊，他近来没打电话给您？"冯汝萍："没有，过去也这样，一出门就把家、把妈忘了……他爸当年就是这样。你是不是经常跟他通话，他好着的吧？"陈亚红逼迫自己镇静："妈，他好着呢，说是在南方一个单位，讲起课来了。想起来了，部队规定那种地方不能往家打电话。"冯汝萍赶紧道："我知道我知道。他还要一阵子才能回来？"陈亚红："哎哟，他什么时候能回来，我还真不知道。"冯汝萍像是生气了："瞧你这媳妇当的，自己的老公，一辈子就这一个男人，你好像丁点儿也不上心，好像他是个外人。这我要批评你！"陈亚红急道："妈，你批评得对，我错了，明天就给他打电话，不，等会儿就打，马上打！我真是正想给他打电话，您的电话就来了！"冯汝萍又不生气了："那我挂了，你赶快打。我等你的电话。"边说边就把电话挂了。陈亚红又开始走来走去，咬自己的指甲，犹豫是不是给余涛打电话，忽然心一横从手机上找出余涛的号码拨出去。电话只响两声没人接她就绝望了：他不会接我的电话的，今晚上他已经上了特护，也许他手机不在身边。但是电话已经通了，是余涛吃惊的声音："亚红，是你？"陈亚红浑身又抖起来，努力控制住情绪，佯做欢颜："是我。为什么这么晚了打电话？不是我要打……我在哪里？我能在哪里，我在医院值班，你妈突然打电话来，说今天是你的生日，你忘了，我也忘了，她还骂了我呢！我多委屈我，我又不是你媳妇儿了，她骂得着我吗？”余涛在电话那一端笑起来：“那你受委屈了。我们离婚的事你还没告诉妈？谢谢你……不瞒你说，我刚才也正想找个人打电话说说话呢……离婚了就不能跟你打个电话了？我们总还是前夫前妻吧？有时候想跟谁聊聊天，第一个想到的居然还是你……”一个电话居然有那么神奇的力量，竟然让陈亚红不那么紧张了。她想笑，却觉得眼泪快下来了：“是吗？你那么好哇！你那么好还跟我离婚干什么？你还没有找个年轻的啊！胡说，男人四十一朵花，女人四十豆腐渣……我还没四十，可也快豆腐渣了……你妈还在家等你和我的电话呢……世上只有妈妈好，有妈的孩子像个宝，你都三十大几的人了，到了生日还是妈妈先想到了……行，你要早睡，我挂了！”她挂了电话，终于深深地伏在床上，无声地哭起来。

起飞大队空勤楼里，余涛打通了母亲的电话，笑道：“妈，是我，你儿子……哎哟对不起妈，我真把自个儿的生日忘了……刚才亚红跟我打电话了……对了妈，你没有再让她吃你倒腾回来的药丸子吧，那东西不能吃……我好着呢……你可待亚红好一点，别老拿生不生孩子让她受罪！她是你儿子的媳妇呀，我当然心疼她了！妈，太晚了，明天还有飞行表演任务，我挂了啊！再见！”他挂了电话，有一阵子久久地凝视着屋顶，脸上洋溢着感动的光：是的，还是打了电话，母亲，前妻，只剩下爷爷了，不，可以了。为什么不是我？这句话突然冒出来：“……你要真在战斗中牺牲了爷爷会心疼的！爷爷会心疼至死！可即使那样，爷爷也不会后悔，因为爷爷知道自己做了一个老兵最该做的事！但你真回不来，喝不到空军首长给你们准备的庆功酒，爷爷还是会失望！我真正希望的还是由我的孙子来完成这历史上所有的第一次，然后回来见我。那时爷爷会在家里设家宴，为我的孙子庆功！”“爷爷！”他在心里叫起来，想起了和余兆年告别那天经历的一切，如同亲眼看到了老人。没什么遗憾了，都告别过了。睡吧。空勤楼一楼监视室里，何一鸣和一干医护人员盯着仪器。一名年轻男医生道：“睡着了。”何一鸣松一口气：“留一个人盯着，其他人全部去睡觉。”他边说边自己打了一个哈欠，但立马又振作起来。

深夜的余家，已经睡下的冯汝萍又从卧室中走出来，一个个打开走廊的灯，来到客厅。她坐下，习惯性地凝视着墙上丈夫年轻的照片，目光中洋溢着幸福和湿润的光，像往常睡不着时一样和丈夫说话：“余海洋，你看看我们这个家，多好，儿子优秀，比你当年还强呢，走到哪里人夸人赞……媳妇除了没能生个孩子，也是个懂事的，这么年轻就是专家了……你要是活着我们这个家就齐整了……可世上的事哪能这么齐整呢……”她仍然在笑，但也在落泪：“我不哭，我且要笑着活呢，陪着儿子媳妇，陪着公公，能活多久活多久。我还会给亚红去弄那种药丸子，他们一定要有个孩子，甭管男的女的，因为你爸和你，都喜欢孩子……”她不再说下去了，长久地望着丈夫的照片，如痴如魔。

清晨的阳光照耀在试飞场上。各保障分队就位。专家团就位。指挥车就位。吴强再次把舰载机移停在滑跑开始位置上。试飞跑道上，止动轮挡竖起，偏流板竖起。衣正邦乘车赶来，下车，走向指挥车。守在指挥车前的张天一快步迎上来：“首长！”衣正邦边上车边问：“都到位了吗？”张天一：“到位了！”衣正邦上车，朝试飞大队队列方向看去：“通知他们，可以开始！”张天一打开送受话器："02，02，我是00，总指挥命令，可以开始！"

试飞大队队列前，余涛回答："02明白！"他回看一眼陶斯勇，陶斯勇庄重点头。余涛的目光扫过全队。所有人的目光里又充满了秦大队当初进行最高上限第一撞时的庄重和激烈。平静。他想，没有什么，这样的时刻过去有人经历，以后也会有人经历，只要这个民族永生，就会永远有人经历。他的目光停在谢振宇脸上。谢振宇也在望他，眼里充满了尊敬和对于他一撞成功的信心。他大声道："谢振宇出列！"谢振宇答应一声出列。余涛："谢振宇同志，现在由你担任临时 LSO，请就位！"谢振宇："是！"他上前，和余涛互换位置。余涛："临时指挥员同志，02准备完毕，请求出发！"谢振宇："02，出发！祝你成功！"余涛："是！"两人相互敬礼，余涛转身奔向飞机。试飞场一侧，医疗保障分队后尾的救护车里，陈亚红情绪激动，突然下决心，拉开车门走下去。何一鸣回头看她，吃惊："陈医生，你要干吗？"陈亚红："我来就是要和他在一起，我要和他在一起——"何一鸣悄然变色："和谁在一起？你说什么？"陈亚红猛醒："啊，和他们，和我们的试飞员！"何一鸣："你真的觉得你行吗？"陈亚红已经听不到他说什么了，径直跑向队伍前列，勇敢地向试飞跑道望去。她一眼望见了那架就要以最高上限冲出去撞索的飞机，一颗心反而定了！

试飞跑道上，余涛已经坐进飞机座舱，以自己飘风疾雨般的动作准确地完成了所有准备工作，让自己平静了一瞬间，启动通话器："00，00，我是02，02准备完毕，请求开始！"临时 LSO 位置上，谢振宇回头看着衣正邦、张天一和两位地方老总赶过来，举手敬礼："首长！"衣正邦看他："你就是谢振宇？"谢振宇："报告首长，是我！"衣正邦要过送受话器，直接指挥："我是衣正邦，

02听着，沉着，冷静，做好各种准备后再报告！向秦大地学习！万无一失，滴水不漏！”通话器中立即传出余涛的回答：“报告总指挥，我是02，02报告，已做好各种准备，请求开始！”衣正邦皱眉沉吟，突然关掉送受话器，对谢振宇大声道：“你觉得余涛能成功吗？”谢振宇一怔，大声回答：“报告首长，我认为余大队必须成功！”衣正邦久久看他，将送受话器还给了他，大声道：“开始！”谢振宇打开送受话器，尽力让自己平静：“02，02，我是03，首长命令，开始！”余涛迅速回答：“02明白！”康延成看谢振宇，发觉他似乎又成了一个自己不熟悉的新人，神情凝重、严峻，充满了责任感，可不知为什么，他又从他的目光中发现了坚定、信心、期望和太多的狂热！

歼-15座舱里，余涛摁下点火开关，机尾喷出大量尾焰打在偏流板上。余涛向起飞助理凌凯时竖起大拇指。凌凯时发出口令，止动轮挡落下。他接着做出了允许起飞的指挥手语，余涛松开手刹，飞机以极限速度向前方的阻拦索冲去。现场所有人的目光再次盯上了高速前冲的舰载机，大家都屏住了呼吸，精神紧张到极点。随着飞机高速前冲，尾钩也以极快的频率在跑道上跳跃。前机轮碾过了索绳。索绳大跳起来，然后是后车轮，索绳跳得更厉害了。尾钩跟过来，“砰”一声撞索，绳索被一种仿佛来自洪荒的力量拉向前去，又被自身巨大的反作用力将飞机接住停下。冲索成功。机舱中，余涛在撞击开始后的几秒钟内颈部和头部在舱盖上前冲后撞，但他仍然做到了及时刹车，同时将闭上的眼睛睁开。现场已经发出了欢呼：“成功了！成功了！”陶斯勇对谢振宇道：“快去看余涛！”谢振宇来不及回答，已经奔向飞机。耿见林大叫：“快去看看余涛啊！”全队人向飞机奔跑。衣正邦在原地站着，眼睛湿润。张天一道：“首长，我们也去看看余涛！”衣正邦大声地说：“看什么，有人给我立过军令状，要给他做最好的防护，出了事我处分他！”虽然嘴里这么说，但他还是大步向飞机跑过。

谢振宇、陶斯勇、耿见林最先赶到，座舱盖已经打开。耿见林大叫：“余涛！”余涛从座舱里站起。谢振宇大叫：“没事儿吧？”余涛活动了一下全身：“没事儿！”陶斯勇大叫：“真的没事儿？”余涛又活动了一下：“好像是真没事儿！”跟过来的众人大声欢呼：“余涛没事儿！余涛没事儿！”众人赶在医疗分队前面涌上去将余涛从飞机上抬下来。王小毛兴奋道：“哎，咱们把他往上扔吧！”众人：“来！”几个人将余涛抬起，扔向天空，又接住，再扔。衣正邦带张天一赶过来，大叫：“这几个小子干什么呢？”张天一：“首长！余涛没事儿！”衣正邦：“太好了！我要给基地医院记功！”紧接着梁良和周总也带专家团赶过来。梁良朝前看：“怎么回事怎么回事？”周总激动地：“试飞员没事儿！大家正把他抬起来往天上扔呢！”梁良：“哎呀我的天！”马上回看自己的人：“快检查飞机！”他的人涌向飞机。周总回头对自己的人道：“快检查阻拦索！”救护车鸣笛驶来。车中紧张到极点的陈亚红一眼就看见了正被众人朝天上扔的余涛。一位男医生叫道：“试飞员没事儿！”何一鸣：“太好了！不，没事儿也不能这么扔！快弄回去检查！看我们昨晚上加强的特护措施怎么样！”车停下来，众人涌下去。陈亚红已经不担心了，跟着下车，想了想，将口罩拉上去遮住大半个面孔，但她的腿还是软，走不动路。何一鸣带人上前从众试飞员手中抢夺余涛：“好了好了，快让试飞员上担架，我们要检查！”余涛：“院长，我没事儿！”何一鸣：“没事儿也不行！快，给他捆到担架上去！”众医生护士上前抓住余涛，七手八脚摁上担架，绑上抬进救护车。陈亚红一直躲在人后，看着救护车走远，自己上了后一辆车离开。

中午，试飞大队餐厅里喜气洋洋。余涛突然推门走进来。正在排队打饭的王小毛第一个发现，大叫：“余涛回来了！”几名空军飞行员奔过去，一边将他簇拥进来，一边问：“怎么这么快就回来了？”陶斯勇、谢振宇也奔过去，又惊又喜地看着余涛。余涛牛气道：“检查过了，没事儿，医院的伙食不好，我就回来了！”他向陶斯勇敬礼：“报告政委，我回来了！”陶斯勇点头：“太好了！”余涛又与谢振宇对视：“振宇，我回来了！”谢振宇上前和他拥抱。王小毛喊：“哎，搞什么？别弄得生离死别似的！余涛，我今天得侍候你一下，你坐着，我去给你打饭！”余涛当真坐下了：“那你快去！我都等不及了！”王小毛跑去打饭。余涛对谢振宇低声道：“这一次成功，再次证明飞机没问题！阻拦索也扛住了！”谢振宇点头：“谢谢你！”王小毛把饭端过来：“吃饭！”陶斯勇看大家还围在余涛身边，喊：“散开！让余涛吃饭！”

晚上，余涛站在办公室里等待。谢振宇走到门外：“报告！”余涛：“进来！”谢振宇进门，目光严肃地望着他：“怎么样？”余涛道：“基地和两家地方公司的计算和你的计算基本吻合。明天A10A项目试验我们可以做！你的方案我已经报给总指挥！”谢振宇：“首长怎么说？”余涛：“他同意了！”谢振宇：“太好了！下面就看你同不同意了！”余涛：“我不同意！”谢振宇：“为什么？”余涛不说话。谢振宇：“你和秦大队一样，只相信自己，不相信我？”余涛：“A10A项目试验的最大危险是阻拦索两端受力不均，这是对国产阻拦索的又一重大考验，更是对试飞员的考验！只要撞索的一瞬间把握不好，飞机就会偏航，冲出跑道！跑道外就是土山，你可能撞山！”谢振宇：“我知道，但现在我不是我！”余涛眉梢一耸，惊讶地看他。谢振宇：“我是在想，如果我是秦大队，会怎么应对！”余涛想都没想道：“他会将所有注意力都集中到撞击的瞬间，尽全力把稳舵，让飞机保持航向。即使这样，我们也不能保证不会偏航！”谢振宇：“那就不是试飞员失误，那是飞机的事，我们也就查出了舰载机控制系统是不是存在问题！”余涛：“我现在想的不是飞机！”谢振宇激烈道：“你想的是我。可我在想，如果秦大队在，明天第一个去飞这个课目的一定还是他！”余涛久久盯着他：“老谢，秦大队在医院里要是听到你讲这些，他会高兴的！我已经无法说服我自己继续阻拦你，但我还是不放心！”谢振宇：“余涛，你不会这样的，虽然比起相信我你还是更相信你自己！”余涛：“不对，到了这种时刻，不是更相信自己，是觉得与其让别人去承担，还是自己去承担！——我这会儿更理解秦大队了！”谢振宇：“行了，你就给我开绿灯吧，我觉得自己还愿意留在这里，就是为了能够得到这一刻的尊重。余涛！我也听上过战场的首长讲过，一旦奉命出征，生死不是你能控制的，你能控制的只有一种东西！尊严！”余涛心中一震。谢振宇：“不要以为我要谈自己的尊严，我谈的是军人的尊严，中国军人的尊严。如果我一直不能充当第一试飞员，我留在这里真的没有意义。我会鄙视自己，因为这样的日子让我失去了尊严和自信！这会毁了我的！”余涛：“好吧。我现在就向首长报告，请首长决定！”他拨电话：“首长，我是余涛。我提议明天由谢振宇同志第一个做 A10，请批准！”总指挥部里，衣正邦手持话筒久久不说话，突然大声反问：“你觉得他行吗？”他的话音在余涛办公室内回响。余涛回看一眼谢振宇。谢振宇点头。余涛：“报告首长，谢振宇说，他行！”衣正邦大声道：“原来他就在你跟前，那你代我问他，如果试验中发生了偏航，他又没控制住，飞机眼看就要撞山，他怎么办？”余涛看谢振宇：“振宇，你自己跟首长说吧！”谢振宇上前接过话筒：“报告首长，我是谢振宇。如果真发生了那种情况，我有预案！立即把飞机拉起来！”衣正邦声音更大了：“这么短的距离，你拉得起来吗？”谢振宇不为所动：“虽然时间极短，机会极小，但我相信有这样的能力！我在电脑上做过模拟试验，成功了！”衣正邦：“飞行模拟器上做过吗？没有做过赶快去做一次，看你是不是做得到！”谢振宇：“报告首长，下午做过了，成功！”衣正邦沉吟有顷，终于开口：“既是这样，让余涛接电话！”谢振宇将话筒交给余涛。余涛：“报告首长，我是余涛！”衣正邦：“既然你们把工作都做到位了，我同意！”

当夜何一鸣照例带医疗小分队进入试飞大队空勤楼给谢振宇上特护。何一鸣一边将那个改进后的监测背心给后者裹上边说话：“谢振宇同志，我现在给你上的特护，已经有了重大改进，这得感谢你们秦大队和余大队。”谢振宇已经闭上眼睛：“秦大队现在怎么样了？”何一鸣：“挺过来了！又能下床活动了。他的生命力太强大，这是第几次死而复生了？我跟他开玩笑，说阎王爷这会儿都怕你了，加上前面三次，这都四次了，到黄泉路上转悠一圈又回来！”谢振宇不再说话。

何一鸣看众人完成特护，再看谢振宇：“放心睡吧，明天不会有事的！”谢振宇：“借你的吉言。不过我还是得留句话给你。”何一鸣忙拦他的话头：“别。我可是有点迷信。这个时候别开玩笑。”谢振宇：“我不开玩笑。明天我要是挂了，你作证，我的最后遗言是把自己埋在秦大队当初给自己选的那块地儿上！”何一鸣被他吓一跳：“哎你这个老谢，你怎么这样啊！这种玩笑不能随便开的！”谢振宇仍然闭着眼睛笑：“何院长，你连一个玩笑都扛不住啊。啊，我真是开玩笑，就是真挂了我也不要秦大队的地儿，但我要他旁边那块地儿！”何一鸣看身边的医护人员：“算了算了，咱们走，让他好好睡觉。”众人匆匆收拾器械。谢振宇一直在笑，也一直没有睁开眼。何一鸣带他的人走，门刚关上，就又悄悄推开了。康延成走进来，低声道：“老谢！”谢振宇还是不睁眼：“游戏，你这个时候进来，让何院长看见，会报告领导收拾你，说你在重大任务之前干扰我休息。”康延成笑：“你明天就要抱着炸药包冲上去炸碉堡，回不回得来还两说呢，你也没个知心朋友，我不冒着挨处分的风险过来看你一眼，你多寂寞呀。”谢振宇：“你这不是来了嘛，说明老谢人缘还是有。想说什么？”康延成：“说你的遗言。你一定忘了写遗书。那不要紧，告诉我一样的。虽然你没心没肺，可那话怎么说的，人之将怎么样其言也善，鸟之将怎么样其鸣也哀。”谢振宇纠正他：“人之将死其言也善，鸟之将死其鸣也哀。没念过书还喜欢拽文。上战场的人一般不忌讳说生啊死啊。遗书就算了，父母亲不在了，我也没个兄弟姐妹，遗书写了也不知道留给谁。哎，说别的，我要是明天挂了，你会不会为我哭一鼻子呀？”康延成：“就怕到时候哭不出来。我泪腺不是很发达。”谢振宇：“那就弄点儿辣椒面儿。那东西又不贵，两块钱一塑料袋儿。到时候洒一点儿在眼里就成。”康延成：“现在连辣椒面都有假的了，万一买了假的呢？”谢振宇不说话了。康延成笑：“真想要我哭一鼻子？行。对了老谢，你要是明天真挂了，别的我不替你可惜，只可惜你人生两大愿望，一个也没实现。秦大地没打败，美女也没娶到。”谢振宇还是不睁眼：“游戏，现在最要紧的是保持平静心态，你可不要戳我的心窝子啊，弄得我今晚上睡不着，明天上不了！”康延成：“那不正好，你这会儿正想当逃兵呢。”谢振宇沉默下来，良久才道：“你说奇怪不奇怪，觉得一生中最重大的时刻到了，最先想到的居然不是我爸，也不是我妈，是我的老师。”康延成看他：“男老师女老师？”谢振宇：“女老师。我爸去世后像亲妈一样待我。后来我却像仇人一样恨她。恨是恨，却忘不了。”康延成：“她做了什么让你恨成这样，今天还没忘？”谢振宇突然不想说了：“游戏，走吧。我要睡了。”康延成站起来：“来了半天，说的都是废话。正经话就一句，实事求是，明天看状态，感觉好就上，感觉不好就不要上！”谢振宇：“谢谢你，这才是朋友间的话，你就是为说这句话来的。对吧？走。”康延成又开起玩笑来：“那什么老师……不，仇人就不要讲了，你都到这个份上了，想想过世的亲人，不，亲人也不要想了，想想想爱没爱成的美女，譬如夏初，这样心情会好些。”谢振宇：“你走不走？不走我按铃。”康延成：“最后一句就算没说，什么人也甭想，睡觉。”

康延成像来时一样悄悄拉开门溜出去。谢振宇一直没睁开过的眼睛却在黑暗中悄然睁开了。时不时就会在梦中响起的那些声音又回来了：“飞起来了！飞起来了！飞起来了！……”这是年幼的他面对风筝飞起来时的欢呼声：“人可以比风筝、比山鹰、比想象中的鲲鹏飞得更高！因为我们是人！……”这是父亲的声音；然后是失控卡车冲向父亲的声响，那一刻他惨痛的叫喊：“爸爸……”父亲临终时的话：“儿子，死亡往往来得比你想象的更快……生命是一种你不可以随便错过的东西，它转瞬即逝……”谢振宇的眼泪涌出来，他重新将眼睛闭上，但很快又睁开：破败的矿山小学校门前，年轻的欧双莲还在大声呼喊：“谢振宇！谢振宇！这孩子又逃课了！……你这种孩子，长大了是不会有出息的！你成不了你父亲那样的人……你成不了你父亲那样的人……”谢振宇重新闭上眼睛，让泪花干涸，脸上现出成功者的微笑：“你错了。我正在度过的不是你说的那种人生，我正在像山鹰一样飞翔，不，像鲲鹏一样水击三千里，扶摇九万里……”

夏初的面孔遽然取代了年轻的欧双莲浮现在他面前："你有成功焦虑症，又叫第一名强迫症……如果不纠正，你不适合再做现在的工作！……"谢振宇脸上笑容缓慢落下，自语道："你也错了！我现在非常适合明天的工作！"一楼监视室里，年轻男医生回头看何一鸣："院长，睡着了。他睡得挺快。"何一鸣放心下来："到底比秦大队和余涛都年轻。留下一个人值班，其他人全去睡。"

深夜的夏家，夏初还坐在电脑前工作，但她已经想结束了。柳尼娜躺在自己家床上给她打手机："你没睡？还在写论文？"夏初："快完了。你不是也没睡？"柳尼娜沉默。夏初："怎么不说话了？又想谁呢？"柳尼娜："我哪有人想啊，我一个小可怜，只能想你了。你可够痴情的，和谢振宇没发展就夭折了，还要写文章帮他治疗那什么症。你这叫不叫花痴？"夏初："呸，不是这样啊。回到国内才发现成功型焦虑症是当今社会中普遍存在的亚健康精神病症，必须当成重大话题来研究。哎，凭这一发现我说不定能拿个什么奖呢。"柳尼娜："有件事情，这些天让钱程远一搅和，忘告你了！"夏初一惊："什么事？"柳尼娜："你心上人的事儿。记不记得当初他带着花打上你们家门口是什么景象？我们那天像傻子一样去到他们那里见到他时又是什么景象？他整个人好像都蔫了。知道为什么？"夏初警觉起来："为什么？"柳尼娜："那天我们去看他们之前，他刚刚出了件事！这事对他来说不算大，可也不小。他在一场队内系列空中对抗赛中被别人打败了，不是第一，不是第二，成了第三！"夏初的心一沉："真的？"柳尼娜："要说成了第三也不错，据说他们那里集中了当今中国海空军最顶尖的飞行员，名列第三也是佼佼者！"夏初的声音急切起来："这事你怎么知道的？"柳尼娜："我怎么知道的？我这人为朋友两肋插刀，打听的！”夏初：“不会是那个陶政委——”柳尼娜叫：“哎呀呀你可甭瞎猜呀，陶政委是我大哥，其实是大叔，人家早就结婚了，他夫人叫刘小薇，搞环保的，国际上都出了大名！再说人家是试飞大队领导，才不会给我地方小丫头讲部队内部的事呢！”夏初笑：“别骗我啊，我刚刚看过资料，当今中国百分之七十的女孩子是大叔控！”柳尼娜：“胡说吧你！听着，我通过谁打听到的你甭问，总之是消息灵通人士，绝对准确。这家伙还说，输了一场队内比赛对别人不算什么，可对谢振宇就成了世界末日！”夏初：“这个家伙是康延成吧？能跟你说这种事儿，一定进展得很顺利！”柳尼娜：“没有！夏初，你可甭误导我，让我认为自个儿和康延成有希望，那会害死我！”夏初：“好，不说他，说谢振宇。对于第一名强迫症来说，只要不是天下第一，他就会认为自己什么也不是！”柳尼娜：“这么一说我又想起一件事，昨天在网上看到一个身家几十亿的老板，因为在本行业竞赛中败给了对手，受不了做第二，坠楼身亡！”夏初：“所以我现在做的这个课题有重大的现实意义。中国正经历五千年没有过的变化，那些志存高远事业有成的男人群体里存在大量患有成功型焦虑症的人。”柳尼娜：“快别说了，越说越觉得谢振宇危险！我听说他们现在每天都在进行高难险的试验——”夏初：“尼娜，我想再去一趟！”柳尼娜：“还是忘不了他？”夏初不说话。柳尼娜闷了一会儿才道：“有件事有人不让我说，可是看你这么痴情……我还是说了吧，什么移情别恋，那是谢振宇骗了你！”夏初脱口而出道：“我知道。”柳尼娜大惊：“你知道？”夏初：“可我想再去一趟却不是为了它，是你今天这个电话让我觉得还是应当去。一定得去。他们现在不是在飞行，是在进行重大的科学试验项目。科学史上所有重大试验都是在无数失败后才能成功的。他这种不能容忍自己挫折和失败的人真的不适合做这样的工作！”柳尼娜：“你是怕他出事故吧？”夏初：“我父母都是在国防工程事故中牺牲的。他们严格说起来也是这一类人，从来不会原谅自己的挫折和失败，因为他们认为那会给国家造成巨大损失。周末怎么样？你愿意再陪我去吗？”柳尼娜：“我——”夏初又笑：“尼娜，祝贺你，康延成爱上你了。你要趁热打铁，抓住他的心！”柳尼娜：“你又骗我，没有的事儿！”夏初：“一个男人愿意忍受你一天打好几通电话，还把他哥们儿的秘密告诉你，就是说，他可能自己都不知道自己爱上你了！”柳尼娜：“你就误导我吧……好，为了让你再见一回心上人，不，咱说高尚点儿，为了帮助中国海军早点进入航母时代，我……我舍命陪君子！”

清晨，试飞大队再次在试验场一侧列队。指挥车、专家团和各种保障分队按时到位。吴强又将舰载机移停在试验始发位置上，但这个位置大大偏离了跑道中心线，处于中心线与跑道边缘的二分之一的地方。医疗救护分队里，陈亚红今天一反常态早早地就走下了救护车，和其他人站在一起。何一鸣注意到她已经不像往常那样紧张：“陈医生，你……”他突然不知道该怎么说才合适了。陈亚红似乎看透了他想说的话，道：“院长，我也是会成长的。”何一鸣不和她说话了，回头又一遍检查队伍的准备情况，眼下他的队伍里还只有他一个人知道，今天试验的危险程度超越了昨天余涛的最高上限撞索。

试飞大队队列前，一切工作已经按流程开始。衣正邦带张天一从指挥车来到这里，今天他要就近观察谢振宇就 A10A 项目进行第一次试验。余涛在向他报告后转向谢振宇：“03 出列！”谢振宇：“是！”他向前一步出列。余涛和他对视：“准备好了吗？”“好了！03请求出发！”余涛再回头看衣正邦：“首长，试飞员请求出发！”衣正邦盯着谢振宇，大声道：“万无一失，滴水不漏！出发！”谢振宇的声音也大起来：“是！万无一失，滴水不漏！”他向衣正邦和余涛敬礼，二人还礼，看着他转身奔向飞机。余涛看一眼康延成：“康延成，跟上去！”康延成答应一声“是”，出列跟着谢振宇跑过去。衣正邦看一眼张天一：“通知各保障分队，一级准备！”张天一马上打开了送受话器：“各保障分队注意，首长命令！进入一级准备！首长命令！进入一级准备！”试飞跑道上，谢振宇已经登机入舱，回头看跑过来的康延成，开玩笑道：“游戏，还是你，最后来送我一程！”康延成勃然变色：“老谢，这个时候还开玩笑！”谢振宇：“你这个人，这个时候怎么就不能开玩笑！”他合上座舱盖，对康延成竖起大拇指，脸上现出自信的笑容。康延成喘一口气，放心了，回他一个笑容，离开。谢振宇一反常态，没有马上动作，先让自己平静了一会儿。刹那，眼前闪过秦大地和余涛两次进行最高上限试验登机后的情景，突然间就有了一种醒悟，那颗从昨天夜里到方才一直都在用玩笑掩饰的激烈内心顿时变得安静。安静而强大。这时他才以自己疾风飘雨般又快又准的动作完成所有准备工作，启动通话器：“00，00，03报告，准备完毕，请求开始！”临时LSO位置上，余涛回看衣正邦：“首长——”衣正邦却盯着张天一：“再次询问保障分队，是不是都准备好了！”张天一看他一眼：“首长——”衣正邦忽然羞愧了，大声对余涛道：“告诉他，撞索后一旦发生偏航，马上拉起来，同时跳伞！”余涛举起手中的送受话器：“03，03，00呼叫！首长最后提醒，撞索后一旦发生偏航，马上拉起来，同时跳伞！首长最后提醒，撞索后一旦发生偏航，马上拉起来，同时跳伞！”从飞机中立马传来谢振宇的回答：“03明白！03再次请求开始！

03再次请求开始！”

临时LSO位置上，余涛再看衣正邦。衣正邦：“开始！”余涛再次通过送受话器下令：“首长命令，开始！”歼-15座舱内，谢振宇答道：“是！”随即揌下点火开关，并迅速和机外起飞助理位置上的凌凯时共同完成了放飞前所有需要做完的动作，飞机再次以极限速度和重量量级向前方偏离中心线的一段阻拦索冲过去。现场所有人的目光和摄像镜头都盯准了飞机和机尾以极快频率在跑道上跳动的尾钩，以及那根在风中微微颤跳的索绳。前后机轮先后碾过索绳，尾钩跟过来，“砰”一声撞索，以巨大的冲击力拽起索绳继续向前冲去。座舱中的谢振宇在撞击的一瞬间经历了颈部和头部猛地前冲又后磕的过程，像秦大地和余涛经历这一刻时闭上眼睛又睁开，用力做动作稳住航向。他知道这次试验和秦大地和余涛的两次最高上限试验不同，此刻飞机尾钩已经挂上了索绳但并不是挂在索绳中心点，而且正在继续向前，稳住航向是最重要的事情，直到将索绳拉紧到极限，巨大的反冲击力让他的头部再次在座舱内磕碰起来。飞机停了下来，没有发生偏航！

现场立刻爆发出了巨大的欢呼声：“成功了！”试飞大队前，张天一激动地回看衣正邦：“首长，A10A试验成功！”衣正邦大叫：“快看人怎么样！”余涛回头看身后众战友：“快走！”试飞大队全体试飞员奔向飞机。张天一举起送受话器：“医疗队，上！”衣正邦又对张天一道：“通知两位老总，检查他们的飞机和阻拦索！”王小毛这次跑到了最前面，喊道：“老谢了不起！他对飞机的控制力太强大！飞机挂偏了，居然没有偏航！”康延成边跑边喊：“你这时候才知道老谢厉害！”救护车嘶鸣着驶过来，挡住他们的路。众人停下来让救护车先过去，车中的陈亚红又一次看到了车下面的余涛，“啪”一声拉上窗帘。救护车驶了过去，众试飞员继续朝前跑。余涛忽然站住了。耿见林："怎么了？"余涛："快看，老谢出来了！"大家朝前看，果然看到谢振宇从飞机座舱中爬出来。康延成大叫："他没事儿！老谢没事儿！"飞机前，救护车停下来，何一鸣带人下车，将已经走下飞机的谢振宇抓住。谢振宇："何院长，干什么？"何一鸣叫："担架！"陈亚红指挥人将担架放下来。谢振宇挣扎道："我好好的，上什么担架！"何一鸣："好好的也不行！你现在不但是我们的救护对象，还是我们的研究对象。把他弄上去！"众人七手八脚把谢振宇弄上了救护车，跟着上车。余涛带人跑过来，车门已经关上，驶走。陈亚红现在心思已全部在谢振宇身上了，指挥众人强行把谢振宇按到担架上："马上检查！"这次她一眼也没有回头看车下的余涛。担架上，谢振宇忽然要折身坐起。陈亚红："干什么！不要动！"谢振宇道："不行，我一定要马上给余大队，不，给总指挥通话！"陈亚红看何一鸣，何想了想道："行！"他将手中的对讲机打开递给谢振宇。谢振宇马上报告："00，00，我是03，我要和总指挥通话！"飞机前，张天一望着开走的救护车，将送受话器递给了衣正邦："总指挥，是谢振宇！他要和你通话！"衣正邦接过送受话器："我是衣正邦，有话请讲！"救护车已经驶上了海滨公路，车中的谢振宇一边被各种带子固定在担架上，一边对对讲机讲话："首长，我是谢振宇，我想报告一个事情！"衣正邦："讲！"谢振宇："舰载机以 A10A 方式着舰时，尾钩挂索时承受的不是完全的正阻力，而是滑行阻力！还有，舰载机以 A10A 方式撞索的阻力，并没有想象中那么大。因此，发生了 A10B 现象的概率也没有想象中那么高！今天的试验证实了我、基地和两家公司的计算是对的！"衣正邦迅速明白了他的话的意义："你是不是要说，当舰载机以 A10A 方式着舰时，出现偏航的概率其实不高！"谢振宇：

“对，而且这个概率是可以计算出来的！”衣正邦大声道：“好！我知道了！你现在情况怎么样？”谢振宇：“我很好！我被何院长的人给俘虏了！您快下命令让我回去！首长，我建议我们全大队每个人都亲自做一次 A10A 试验，一可以消除对未来以 A10A 方式着舰的恐惧心理，二可以提前熟悉 A10A 方式着舰时安全着舰的动作要领！”衣正邦：“这个我会考虑的，你现在要听何院长的安排，好好当俘虏！”他的声音在救护车内回响。何一鸣高兴了：“怎么样老谢，连首长都要你听我指挥！”谢振宇不说话了，把对讲机交给何一鸣。救护车继续前进。陈亚红带众人忙活完了对谢振宇的第一阶段全身检查，这才想起回头朝试验场望一眼余涛，可已经望不见他了。

试飞场上，衣正邦对余涛、陶斯勇和张天一道：“你们刚才都听到了，谢振宇提议接下来全体试飞员都做一次 A10A 方式撞索试验，他还说出了自己的理由。你们觉得我该同意他的意见吗？”余涛目光一亮：“首长应该同意！”衣正邦：“说出你的理由！”余涛看一眼陶斯勇：“我的理由就是谢振宇的理由，我们现在做的一切都是为了熟悉未来的武器和战场，中国的航母时代很快就要到来，我们这些人应当从现在开始锤炼，未来才能融入整个航母作战体系，具有适应航母作战环境的能力！”衣正邦看陶斯勇：“你呢，怎么不说话？”陶斯勇：“谢振宇的思路我认为是对的，但我认为这件事应当征询一下大地的意见！”衣正邦：“可以！”他拿过送受话器：“我是衣正邦，给我接基地医院，找秦大地！”电话很快就接通了，他大声道：“大地，是我！通报一个情况给你！谢振宇今天成功地进行了 A10A 项目试验，他提议所有试飞员都至少做一次这样的试验！啊？余涛什么意见？余涛同意，他和谢振宇一样，认为我们从现在起就要多一个心眼，以培养未来海上战斗力为目标着眼进行我们现在的试验！”直到他一口气说完，众人才听到了秦大地从基地医院病房传回来的声音：“首长，我同意！但是要告诉大家，安全第一！尤其是两边的土山，一定要小心！还有，首长，你不觉得谢振宇进步了吗？”衣正邦哼一声：“他进步了？”秦大地：“他开始考虑他自己之外的事情了！他开始考虑未来航母舰载机战斗部队战斗力建设的事情了，难道不是进步？”陶斯勇、余涛对视一眼，心情大振。衣正邦道：“好了好了，我知道了。啊，我听说你在那里不安心，闹着要出院！”秦大地：“首长，我要告状，他们把我的病房锁起来了！”衣正邦声音又大起来：“你给我听着！现在试飞大队没有你也很好，你要听医生的意见继续住院，什么时候让你出来你才能出来！这是命令！”他关掉送受话器看余涛、陶斯勇：“行，就这么办！今天下午准备，明天你们全大队开始做A10A项目试验！每个人都要上！告诉大家，不但要练技术，更是练胆识！”

第十七章

谢振宇通过检查，下午就回到了试飞大队，因此下午的准备活动就成了他对全体试飞员讲解上午执行 A10A 项目试验的心得和技术要领。以后半个月，这一项目进行得非常顺利。一直被困在基地医院的秦大地有点受不了，他知道有衣正邦的命令，求谁也不成，只能求基地医院的院长何一鸣和他的主管医生陈亚红。何一鸣被他缠得有点心软，问陈亚红的意见。陈亚红良久才道："让他走可以，最近一次检查发现他恢复得还算好。只是有一条，必须报告总指挥，还是不能让他参加试验！"接到消息后，陶斯勇将余涛、谢振宇喊进了自己的办公室，两人听到消息后都非常振奋。余涛欣喜道："太好了，没想到这么快！"谢振宇也问："他身体都恢复了吗？"陶斯勇道："别急，听我说！总指挥说，他人可以回来，但不能马上参加试验！"余涛看着谢振宇笑。陶斯勇："你们笑什么？有首长这句话我就踏实了，这是我的尚方宝剑！快坐下，还有更要紧的事。A10A 试验快结束了，首长问我们是不是可以马上转入 A10B 试验。这个试验比 A10A 试验危险系数更高。咱们商量一下该怎么办，然后我和余涛去向总指挥报告！”余涛道：“政委，大队一回来，我就可以卸套了，这一个多月可把我修理坏了！不过我有一个要求！”“什么？”“大队刚受过重伤，我要求首长下令，他回来后只做大队长，不做第一试飞员，我是本大队目前唯一能够执行任务的第一试飞员！”谢振宇：“老余，你什么意思！下面就是A10B试验，你又想第一个飞？”陶斯勇：“你们俩先别掐。任务是下达了，但是怎么试验、由谁第一个去做这项试验，八字还没一撇呢。再说大地也要回来，他是大队长，他的意见我们还是要尊重的！走，一起去接大队回来！”走廊里响起脚步声。谢振宇笑道：“不会是大队自己回来了吧？”余涛也叫：“别这么快，我们还没商量好呢！”脚步声停，三人回头，果然是秦大地。他已经精神抖擞地站到了门前。陶斯勇大叫：“大地！”余涛：“大队！你回来了！”谢振宇：“你怎么这么不经说，说曹操，曹操到！”秦大地走进来，对三人道：“我不自个儿回来，还等你们去接呀？我从早上一直等，知道你们是个啥心思，欢不欢迎我回来……我还是识趣一点，自己回来吧！”三人笑。秦大地警觉道：“你们正在干什么？”余涛：“没干什么。”谢振宇：“闲聊呢！”秦大地：“不对！你们在说A10B试验吧？也好，正好都在，我们现在就说说这件事！”他径直走出去，打开对面会议室的门，回看三人：“进来呀。”陶斯勇看余涛、谢振宇，二人站着不动。陶斯勇：“没办法，他就是这人。走吧。”三人这才向会议室走去。

黄昏的海滩上，衣正邦和秦大地一前一后走着。衣正邦有点气呼呼地说：“你才回来半天，会就开过了？”秦大地：“是！”衣正邦：“A10B试验是飞机斜对着阻拦索着舰。我刚刚骂了工程部，说当初造跑道时为什么不把两边的山给我刨了，这要是挂不住，就得撞山！”秦大地：“首长，工程部提前两个月弄出第一条跑道，已经很不容易了！”衣正邦：“等他们把两边的山都挖掉，最少要半年。你觉得我应当把 A10B 项目试验一直推迟下去吗？”秦大地：“这件事我征求过梁总和周总的意见！”衣正邦：“他们怎么说？”秦大地：“最好是两边没山的时候再试验，这样安全，不会撞山。”衣正邦：“不会撞山，不会撞山，我当然知道两边没山的时候最好。可这个试验不做，有关阻拦索的试验就没完，索就不能装到航母上去，航母试验试航计划就要受影响。你当我盼着死人哪！”秦大地这时站住，严肃道：“我们商量过了，争取不死人。”衣正邦怒：“你这是什么话！”秦大地：“我、余涛、谢振宇搞了个方案，已经送到首长办公桌上了！”衣正邦：“我还没看呢。你说说大概的意思！”秦大地：“方案是我让谢振宇搞的，余涛提出了重要的修改建议。简单地说就是要求试飞员在 A10B 方式挂索失败的一瞬间集中全部注意力控制飞机姿态，及时拉起来，同时转舵，改变航向！”衣正邦吃惊地看他：“这难度太大了！你们大队几个人做得到？你做得到！别人行吗？”秦大地：“我可以第一个试飞，如果成功，可以总结经验！”衣正邦：“失败了呢？”秦大地：“我、谢振宇、余涛都分别计算过，成功概率很高。”衣正邦：“别给我讲概率。我要的是万无一失，滴水不漏！不要还没有进入试飞阶段，就先死了你这个大队长，我不会同意的！”秦大地无语。衣正邦：“除了这个方案，你们还有别的方案吗？如果一瞬间飞行员改变航向失败，怎么办？”秦大地：“我们没有第二方案。不管是我、余涛、谢振宇，都是有经验的飞行员，将飞机拉起来的同时转舵，我们做得到！”衣正邦生气地看他：“你做得到！谢振宇和余涛就未必！我也计算过，这非常难，一是起飞高度不够，这时候转舵，万一失速，就是不撞山，同样会掉下来。还有，只要因为担心失速在转舵时稍慢零点几秒，飞机就会撞山。这时候就是跳伞，也不能保证飞行员安全，高度不够！”

秦大地："这我们也研究了，我仍然认为我们有成功的机会！"衣正邦："你怎么一回来就想把所有事情都抓回到你手里？你认为有机会，别人呢？将来舰载机在海上着舰，A10B 方式挂索也是有一定概率的，要通过现在的试验找出规律，将来用到海上。你一个人有机会有什么用！"秦大地看他，有顷道："首长的意思——"衣正邦："你的身体状态我信不过！就是飞，也只能让谢振宇做！他刚刚成功完成 A10A 项目试验，状态正好！你、余涛和他比，都没有优势！告诉他，任务是我下达的！他准备好了，先向你报告，然后报告我！那时我再说批不批准你们进行这项试验！"秦大地看他，良久才道："是！"

当夜秦大地就把陶斯勇、谢振宇、余涛叫到会议室里开会，传达完衣正邦的指示，他道："我说完了。大家发言！"谢振宇第一个举手，道："感谢首长信任，让我第一个飞，我没问题！"余涛："大队，政委，我有问题！我认为在大队不能履行第一试飞员职责时，我这个并列第一试飞员有权利要求第一个飞。而且我想强调，我也没问题！"秦大地问陶斯勇："你什么意见？"陶斯勇："我认为现在讨论首长命令还太早。关键是拿出让首长信服的试验方案。"谢振宇："我反对！首长已经明确让我——"秦大地："你坐下！斯勇，我就在医院住了一个多月，你的领导水平见涨！这个主意好！振宇、老余，政委是支部书记，党指挥枪，我们听他的。现在你们就回去准备方案，然后全大队评判谁的方案更佳，不是不死人，是要万无一失，滴水不漏！"他一拳砸在案上，"然后我们把方案拿给首长和两家地方公司讨论，最后再请首长定，谁第一个飞！"余涛看谢振宇："你觉得怎么样？"谢振宇想了想道："只要你觉得行，我反正都没问题！"余涛站起："行了，大队，政委，我要回去弄我的方案了！"谢振宇："我也回去！”秦大地：“等等！我给你们俩一天时间。如果不够，可以延长，这段时间弦绷得太紧，正好让大家休整一天。啊，我必须让你们另外知道一件事，我也会弄一个方案，万一比你们厉害，我也会向首长要求，加入竞争！”余涛失望道：“大队，你就别再进来搅和了！”谢振宇：“余涛，怎么了你！就是大队加入，我也能胜出！”余涛：“你要这么说，我还不反对了！大队，你加入吧，我们集思广益，最终我相信不管谁第一个飞，执行的方案都是最好的！”秦大地：“解散！”他看着余涛、谢振宇离去，回看陶斯勇：“你怎么还不走哇？”陶斯勇：“大地，我警告你！我明白首长的意思了，他早早地就下命令，明确由谢振宇飞，一是觉得谢振宇能行，二就是为了阻止你一回来又把所有试验抓在手里，不给别人一点机会！”秦大地沉思了一会儿回头：“你也认为应当由谢振宇飞？”陶斯勇：“对！就像篮球比赛，一名运动员手风正顺，大家自然应当更多地把球传给他，让他来投！不但我，两个专家团这段时间也给谢振宇打了全大队最高分，我认为这种情况下你不能和谢振宇争，余涛也不要！”秦大地：“打住！我认为关键还在方案。谁能做到万无一失、滴水不漏，就让谁上！”

又是清晨。通往试飞大队营区的高速公路上，柳尼娜驾车疾驰。夏初望着车外，一副若有所思的神情。柳尼娜：“哎，怎么老不说话，闷死我了。论文带来了？”夏初：“什么论文？”柳尼娜：“帮谢振宇治疗第一名强迫症的论文。”夏初笑了一下：“我还真带来了！”柳尼娜：“哎，这一趟算什么呢，专家授课还是怀春少女见梦中情人？”夏初又看窗外。柳尼娜：“怎么了？来都来了，高高兴兴的，就当是出门玩一天。要是还担心谢振宇不见你，咱就半路改道。哎，咱去龙虎山玩吧？我一直想去那里玩一天！”夏初：“我要是答应了，一位名叫康延成的试飞员怎么办？不是让人家望穿秋水了吗？”柳尼娜：“呸，这里面没有康延成什么事儿！昨天他气死我了，居然……今天我是百分百陪你来的，他什么也不知道！”夏初：“昨天人家怎么得罪你了？”柳尼娜：“你还不知道呢！都是我妈，以为我和康延成已经怎么着了，就让媒人打电话给他，说要订婚期，这小子一听给吓住了，说我跟尼娜就是一般朋友，再说现在正执行特殊任务，不让结婚！——你在听吗？”她发现夏初果然在想自己的心事，不再说下去。

试飞大队电训室里，谢振宇一大早就一个人坐在一个角落里，用电脑进行着复杂的计算。电脑屏幕上迅速出现各种计算公式和数据。康延成出现在门前，敲门。谢振宇按下暂停键，抬头。康延成：“好不容易休息一天，躲到这儿干什么？”谢振宇目光并没离开屏幕：“什么事？”康延成：“我刚刚请了假，去市里参加业余飞行游戏业界的研讨会，听说全国各路大侠都要来，哎哟就是个群英会！没想到我也能接到邀请，机会绝对不能错过！怎么着，陪我一起去？”谢振宇：“你也不想想现在什么时候，还去参加这种狗屁会？快走！我没时间！”他边说边继续自己的工作。康延成走过来看一眼：“昨晚上不是都计算完了？万无一失滴水不漏了，还费什么脑筋！”谢振宇：“我想了一夜，那不是最佳方案。我还是没有找到最佳时间值！”康延成：“已经精确到小数点后面两位数了，还怎么精确？”赵文这时出现，喊道：“谢振宇，老谢，有人找！”谢振宇：“谁？”赵文：“还会是谁？上次来过的，你未婚妻，叫什么春——”康延成一惊：“春……不对！是夏，夏初？”赵文：“是春是夏我怎么记得清，就是她！”康延成：“在哪里呢？”赵文：“都坐在营门口会客室里了。”康延成高兴：“还有谁？”赵文：“还有一个姓杨——”康延成：“柳！”赵文：“对，柳。不好意思，两个人的姓全说错了，不过春天夏天，杨树柳树，都差不多！”康延成急回头看谢振宇：“老谢！”谢振宇变色。康延成：“怎么了你？”谢振宇看赵文：“去告诉她，说我不在！”他将注意力又全部转回电脑。赵文：“哎你这个老谢，怎么这样？人家都来了，你明明在怎么说不在，你不是要我和你一块撒谎吗？”谢振宇尽可能耐心地看他道：“那你就对她说，我现在没时间！我和她的事情上次都说清楚了，结束了。请她走！”赵文：“哎，老谢，你们的事儿结束没结束我怎么知道，这话要说也是你去说！”康延成回看赵文：“别吵！人在哪里？”赵文：“说过了，在营门口会客室。对了老谢，你让我出去帮你撒谎，已经撒不了了，我都说过了你们在！”康延成对谢振宇道：“还是去见一见，你知道她是为啥来的！”谢振宇已经开始了新一轮计算。康延成：“人家是为你来的！”谢振宇不说话，全心思投入自己的计算中。赵文要走又回来：“我想起来了。老谢，我知道那个夏……春……你那个对象是为啥来的！”谢振宇不理他。康延成：“知道还不快说出来？”赵文生气了，没有再说下去，转身走。康延成叫：“别走！”赵文回头：“我最不喜欢的就是老谢这一套！人家好心好意跟他说话，他不理人！你飞行员又有什么了不起？就应当瞧不起我们士官？你你你——”康延成忙上前劝解：“小赵小赵，你误会了，老谢不是这个意思！”赵文：“他什么意思？哎，老谢，你那个对象说了，她今天来是有要紧的事见你，还说见不到不会走！她们可以等！”

谢振宇“啪”一声关掉电脑，道：“我怎么这么笨！为什么要把思路框在那么多复杂问题上，其实保证不撞山，做好一件事就够了，在挂索失败的一瞬间立即拉起来，同时转舵，保证不失速，飞机就不会出事。拉起来没问题，转舵我认为也没问题，真正的问题就是怎么保证不失速！”康延成：“迎角！保持好迎角，让上升力超过下沉力！天哪！这么简单！”谢振宇：“只要保持好迎角，拉起来以后空宇会变得无穷大，怎么还会撞山！”康延成：“老谢！”谢振宇：“怎么啦？”康延成不说话。谢振宇：“你担心什么？”康延成：“这款飞机的全部操纵系统必须像我们驾驶过的三代机那样灵巧，甚至更灵巧才成，哪怕它的响应速度慢一点点——”谢振宇：“飞机我们不讨论，那是中航的事。我们只讨论人这块儿。我现在需要把方案做得更完美，不但要计算出拉起和转舵的时间，更要准确地计算出迎角，以及如何用油门配合操纵杆，一把到位地保持迎角！”康延成把自己的事情全忘了，坐下来：“但是舰载机的响应问题还是要作为重大问题向中航提出来，要他们做出说明，不，保证。不然——”谢振宇并没有听他讲：“游戏，我想到的秦大队和余涛会不会也能想到？”康延成：“难说。”谢振宇：“想到也没什么不好。三个人想到了一起，那就是说，英雄所见略同！”康延成：“那样的话，就不能保证是你第一个飞！”谢振宇脸上现出自信的微笑：“那不一定！”赵文：“哎哎，你们俩越说越热闹了，那个什么春，夏，还见不见？”谢振宇对康延成道：“游戏，我真不能见她，也不想见她。我要集中精力对付这个迎角！”康延成：“猜到她为什么来了吗？”谢振宇：“没有，也不想猜。你快出去替我应付一下，我确实不想见她！”康延成：“为什么？万一人家真有要紧的事——”谢振宇的心思已经很难回到这件事情上来了：“去吧去吧，我没有心思……走，都走，别把我的思路给搅了！”康延成看他良久道：“老谢，你真变了。我警告你，这次你要是不见夏初，她不会再来了！”谢振宇：“你怎么知道？”康延成脸悄然红了，愣了一会儿才把话说出来：“我怎么知道干吗要让你知道！”谢振宇的思路还是被扰乱了，想了想，站起看赵文：“你刚才说我要是不出去见她，她就不走？”赵文：“她是这么说的。还有，老康说得对，那个夏什么还说，她要跟你谈的事情很重要，事关你的生死！”谢振宇脸上笑容完全落去：“你怎么不一次把话说完！她真是这么说的？”赵文：“我怎么说完？你从开头都不听我说！”康延成：“走吧，我陪你，实在不行，我今天不去市里参加那个会了！”谢振宇看他一眼：“那也不是因为我，是柳尼娜来了！”康延成：“呸！柳尼娜跟我一样，就是个打酱油的，我跟她什么事儿没有！”谢振宇又沉思了一忽儿，果断地往外走。赵文高兴起来，看康延成：“走哇！”门前，谢振宇又站住，回头盯着康延成。康延成：“又怎么了？”谢振宇却没有再说出什么来，转身走出去。

营门传达室一号会客室里，夏初、柳尼娜已经等急了。柳尼娜频频透过窗户朝营院里望：“怎么了这是，皇上出宫似的，人呢？”小吴提着茶壶进来：“别急别急，今天好不容易放一天假，说不定还没起床呢！”他给二人倒水：“喝水喝水。”柳尼娜看一眼：“这白开水怎么喝呀！我说小吴同志，咱们也算是熟人了，给弄点茶喝好不好？最好是绿茶，龙井，有没有？”小吴：“你当我这是宾馆呀？茶叶有，我们家乡的土茶，我爸前几天寄来的，要喝吗？”柳尼娜：“要要要，人家是饥不择食，我这会儿是渴不择茶。”小吴笑：“谁饥不择食？”突然下意识看了一眼夏初：“等着！”夏初却朝窗外看，低声叫：“来了！”柳尼娜也看见了跟随谢振宇走进传达室的康延成，心慌道：“夏初，我出去了！”夏初欲语又止。柳尼娜：“别说愿意让我留下的话，那太假了，我出去了！”她出门，谢振宇、康延成已经走过来，谢振宇先看到她，站住了：“是您，你好。”柳尼娜飞快地瞥一眼康延成，对谢振宇朝身后门里一指，悄声道：“里面呢，进去吧！”看着谢振宇走进一号会客室，回头发现康延成正看着她，忽然快乐地脸红来：“看什么呀，不认识我了？”转身一把推开二号会客室的门：“愣着干什么，进来！我们在这边等！”康延成心中也高兴，跟着走进去。小吴提着茶壶又走向一号会客室，喊：“茶来了。”柳尼娜转眼又从二号会客室走出来，笑道：“哎，这边，那边不喝茶，给他们喝水就行了。”小吴一怔，真的提着茶壶走进了二号会客室。

一号会客室里，随着谢振宇出现，夏初已经站起来。二人对视一眼，谢振宇尽可能保持平静，但一开口还是显出了冷淡：“是夏小姐。”夏初的心因为他的这句话一下子失去了一路上酝酿的热情，只剩下了理智：“你好。”谢振宇：“真没想到我们这么快又见面了！”夏初：“能坐下谈吗？”谢振宇：“请。”他率先坐下。夏初跟着坐下。对方态度中暗含的不快和拒绝反而让她勇敢起来：“说实话我也没想到会这么快见面。最近怎么样？”谢振宇：“谢谢。今天来有事吗？”夏初：“有。”时间在飞快地流逝，她越来越有理由认为自己今天纯粹是为了帮助他才来到了这里。谢振宇：“我们很忙。我正在进行……”他故意看一下表：“总之请讲。”他明显地想尽快结束这次见面的神情让夏初的语速快起来：“对不起，我来得比较突然，如果打扰了你，请原谅。”谢振宇一时间没耐心再坐下去了，站起：“你不用客气，但我确实在准备试验方案。我只有一天时间，所以——”夏初跟着站起，啊，他已经在下逐客令了！这是她有生以来从没有经历过的时刻，同时也是从没有经受过的羞辱。也许他是有意的，也许不是，但她是不会让他看出她感觉到了这种羞辱的：“我不会打扰你太久。我之所以要来，是因为听到一些和您相关的信息，觉得不能不来！”她的语气越来越多地显示出了维护自尊的态度。谢振宇的心思却越来越不在这里：“夏小姐听到了什么消息，值得大老远地又来一趟？还不能不来？我还以为上次见面时把话都说清楚了。”突然他想立即结束了：“夏小姐，我有话想再一次说出来，你不要介意。”夏初不觉地显露出了自卫的本能：“说吧，我不介意。”谢振宇：“我本来不想说，可是因为我时间有限……你如果还是为那件事来的，就什么也不必说了。你知道我的感情问题已经解决了。”啊，撒谎！可夏初扛住了这一波的打击：“你误会了。我今天不是为感情问题来。”谢振宇有一点吃惊了：“那太好了。啊，你留给我的书我看了。谢谢你，但我认为我的情况和书里描绘的某种病症完全不搭界。”夏初内心突然变得急迫，因为她意识到谢振宇从一开始和她相见时内心就存在的焦灼，因为他边说话边不时下意识地往窗外看一眼。这让她变得更加勇敢：“谢振宇同志，我的父母也曾经是军人，他们还都是烈士……我这么说你也许就不会对我下面的话产生误解了！”她停顿了一下，以便让思路清晰和流畅起来：“在说出来意之前，我想问一下我依据的事实是不是准确。”谢振宇不说话，他不明白她想说的是什么。夏初接着说下去：“第一，我想知道不久前是不是发生了一些事，譬如说，你参加了一场空中对抗，没有拿到冠军，甚至没能进入决赛。面对这种结果，你做出了很激烈的决定，写报告要求退役，有没有这种情况？”谢振宇悄然怒起，他想问这件事她是怎么知道的，但忍住了。这种绅士般的隐忍却鼓励了夏初，让她认为对方没有否认就是承认了：“你没有说不。从专业角度看，这就是承认。我就是为这个来的。”谢振宇内心起了风暴，一种强大的逆反心理，他重新坐下来。夏初：“上次来时我做过自我介绍。我刚从国外回来，学的是管理学，学位是博士，学术方向是成功学，其中一个重要研究方向是不同性格可能带给人的命运，尤其是它们和事业的关系，以及如何发现它、管理它，让它不会影响人的成功。”

谢振宇又站起来了，还是那种风暴般的逆反心理让他又听不下去了：“对不起，我真有急事要办。你能先听我讲几句吗？”夏初定睛看他，不再说话。谢振宇："我的话很短。首先对你表示感谢。我们之间除了八年前的那场舞会，以及最近发生过的一些误会，并没有更深的……交往，可你还是一次再次来到这里，要以你的专业背景，不，以你的一己之见，对我进行你所谓的专业分析，并试图以此来指导我的人生。坦率地说，我很难接受，但还是不怀疑你的本意是好的。不过我可能会让你失望了，我并不打算接受你对我进行的专业分析和判断。谢振宇的成长过程即使不那么完美，也没有你那么高的学历，但书也是读过一些的。法国教育家爱尔维修说过，人是环境和教育的产物。今天我只能对你讲，你刚才说的个别事实可能是对的，但我生活的环境已经改变了，受到的教育也和过去不一样了，谢振宇也是会变的！再见！"

二号会客室里却是另一种温暖如春的景象和气氛。康延成和柳尼娜对面坐。

柳尼娜喝着茶，夸赞道："这土茶不错！哎，给我杯子里添一点呀，一点也不绅士！"康延成看上去一副非常愿意为她服务的样子。二人突然停止谈话，扭头朝门外看，发现谢振宇从一号会客室冲出，快步离开。二人吃惊地站起。康延成："怎么回事？这才几分钟？"柳尼娜叫了一声："夏初——"跟着就冲了出去。营门外停车场上，夏初匆匆拉开车门上车。柳尼娜跟着上车。夏初努力绷着，不看她一眼。柳尼娜："到底怎么了？才几分钟他就跑了？"夏初："走！"柳尼娜："不愿说是不是？真走？"夏初不说话。柳尼娜开车，冲出停车场，驶向营门外公路。康延成从传达室跟过来，喊："哎！哎！"车子已经驶远。他很快又在电训室找到了谢振宇。谢振宇打开电脑，重新投入了计算。康延成走过来，板着脸看他："怎么回事儿？对人家干了什么？快说！"谢振宇激动道："游戏，我想出招儿来了！"康延成："你说什么？"

谢振宇："刚才正跟夏初说话，忽然就想出了如何保持迎角的办法！我急急忙忙跟她说再见，就因为这个！刚刚计算了一下，成了！"康延成大叫："什么！你在跟夏初说话的时候想到了保持迎角的招儿？你就这样扔下人家一走了之？"谢振宇："不然能怎么样？"康延成："怎么样！人家哭着走的！"谢振宇："哎呀，不好！"他其实并不遗憾，马上开始了第二遍计算。康延成："你这人……你以为人家真是为了给你治病来了？快追，不然就来不及了！"谢振宇举手制止他："别捣乱！"他又飞快完成了一次计算："没错！"康延成大步往外走。谢振宇站起来大叫："你回来！我的方案，搞定了！"

高速公路入口，柳尼娜开车驶来，担心地看一眼夏初。夏初目视前方，眼里一直噙满泪花。柳尼娜将车在路边停下，伤心地对她道："夏初，你知道的，这种时候，我最不会劝人了。他一定伤着你了！要是这样，我只能说，你不值得为这种人难受。他不配！"夏初迅速拭去泪花，道："尼娜，我的签证办下来了！"柳尼娜大惊："什么，这么快？还是要走？"夏初："我是最后一次来见他。"柳尼娜："你走我有准备，只是没想到会这么快。"夏初："我也没想到，一定是我导师跟他们国家的驻华使馆打了招呼。"柳尼娜："你这次走，还是因为谢振宇，说不定还有钱程远！我懂了，回国后你遇上了两个男人，一个你不喜欢，对方却整天死缠烂打；一个你喜欢，又这么一副臭德性！换上我也会伤心的。"夏初严肃起来："最伤心的不是这个。"柳尼娜："那是什么？"夏初："工作。回国后我没有找到能够实现我理想的工作。中国正处在一个大时代，应当有我为国家服务的地方。"柳尼娜："我对国内的男人也很失望。"但她马上意识到自己不该说这样的话，"你这一走将来怎么办？要在国外定居？"夏初："不会。就是到了国外，我也要让我觉得自己的生命对于我的祖国有价值。”她不想再说下去了。柳尼娜精神一下子就萎靡下来，半天才开口：“什么时候走？我去送你！”夏初这时显得越来越斩截：“既然要走，就不想拖延了。我走了，欧姨又是一个人，我得把她安置好，我大后天走。”柳尼娜不说话了。夏初这时才看她一眼：“这件事你要替我保密，不能让钱程远知道。他知道了不晓得又会闹出什么乱子！”柳尼娜想了想：“那就住到我家去，早点把行李拉到我家，大后天直接从我家走，我们小区保安看得紧，钱程远进不去。”两个人久久没有再说话。柳尼娜和夏初拥抱，落下了眼泪。夏初真诚地说：“尼娜，谢谢你。回到国内这些天，好像还是只有你一个人在保护我。”柳尼娜不看她，突然道：“你爱他！你还是因为谢振宇才走的！”夏初：“不是！”柳尼娜：“不要逃避！现在想想，我们俩今天干的事儿有多蠢！你想见他，却骗了自己，说是要用什么专业知识去帮他；我说是陪你，却是想去看看那个头次见面就伤害了我的人！过去不知道什么叫掩耳盗铃，今天知道了，夏初你今天就是掩耳盗铃，我也是。还有一个成语叫此地无银三百两——”夏初双手捂脸。柳尼娜：“对不起，我不是有意的！你可别哭，我道歉，我这嘴——”夏初三把两把抹去泪花，努力现出笑容：“走，都过去了！我再也不会见到他了！他有他的生活，我将来也会有我的生活！可我坚信我是对的，他确实有重大情感缺陷，让他带着这样的缺陷去飞，对他本人和中国航母成军是危险的！”柳尼娜：“你那文章留下了吗？”夏初一惊：“没有，忘了。”柳尼娜：“我有康延成的邮箱，你把文章发给我，我发给康延成，让他转给谢振宇，咱这文章，不能白写。”她将车子开动，车子快速驶进了高速入口，取卡上了快车道。夏初伸手打开音响，车内回响起一支缠绵悱恻的小提琴曲，是《梁祝》中的《化蝶》。夏初听着曲子，虽然仍在默默流泪，却已经安静下来。柳尼娜关上音响，她又重新打开。车子飞一样地行驶。这时她才发现，柳尼娜其实也在流泪。

下午，试飞大队小会议室里，秦大地、谢振宇、余涛、陶斯勇分开坐着。陶斯勇："好了，振宇，把你的方案说一说吧。"谢振宇站起，对众人道："我的方案简单说就三句话：一、在飞机以A10B方式挂索失败的一瞬间迅速将它拉起来；二、拉起来的同时不失时机地转舵，避免撞山；三、在转舵的同时不失时机地实现和控制迎角，避免失速！"秦大地和余涛对视一眼。谢振宇看二人："请大队、老余就我的方案提出批评。"他说完坐下，神情平静、自信。陶斯勇："大地，余涛，你们是先说自己的方案，还是就振宇的方案展开讨论？"余涛："我认为可以先就振宇的方案展开讨论！"秦大地："同意！"陶斯勇："哪位先讲？"余涛："我先说。振宇，你这个方案的关键在于飞起来后保持迎角。你的迎角是多少？"谢振宇与他对视，眨一下眼。余涛将手隔着会议桌伸出去。谢振宇在他手心里画了一个数字。余涛猛地将他的手指抓住。谢振宇又看秦大地："大队，把你的手也伸过来！"秦大地："不，把你的手伸出来！"谢振宇向他伸出一只手。秦大地在他手心里也画了一个数字。谢振宇的反应和余涛的反应一致，也是一下就抓住了秦大地的手指。陶斯勇："怎么啦，你们三个怎么像山西人做买卖，互相摸手指头。迎角到底是多少？"三人相视，哈哈大笑。陶斯勇："笑什么笑什么？有话说出来！"秦大地看余涛、谢振宇："如果我退出，你们俩究竟由谁来飞，只能由首长做决定！"谢振宇："同意！"余涛："我不同意！首长一开始就说过让这小子飞，但我现在至少证明，我的方案和他的方案相比并不差，他刚刚完成A10A试验，我也完成了最高速度重量上限挂索，我们至少打个平手。我本来就是第一试飞员，所以我严肃地请求大队、政委报告并提醒首长，他应当尊重本大队试飞排序，优先选择我进行这项试验！”谢振宇：“不！”秦大地：“行了，你们不要吵。”说着，看一眼陶斯勇：“我们去见首长！”

晚上，总指挥部一楼会议室里，衣正邦带梁良、周总、张天一已经坐下来。衣正邦看众人道：“试飞大队报来的试验方案，你们都看了？”众人点头。衣正邦：“觉得怎么样？能飞吗？”梁良：“总指挥，我和周总支持这个方案。解放军真是有人才，这么艰难的事情，到了你们这儿立马迎刃而解！”衣正邦看张天一：“张司令！”张天一：“首长，我有一点顾虑。方案是很好，计算到了小数点后两位，但试验本身不是个理论问题，是人操纵飞机去做试验，会不会撞山、能不能挂索失败后迅速把飞机拉起来、拉起来同时能不能顺利转舵并控制迎角，都是瞬间反应。所以，我建议在实操前一定要做大量的模拟试飞！”衣正邦：“你说得对，让你来当这个司令没有白瞎。试飞大队正等着我的命令，让谁第一个飞。这样好了，拿出两天时间让试飞大队找个地方，每个人都飞一飞，先模拟实操一番，余涛、谢振宇更要多飞几次，拿出一点心得，确信实飞时不会出事再回试验场。啊，专家团跟着打分，告诉他们，到时候让谁飞，我听专家团的！”张天一：“好，马上通知他们吗？”衣正邦大声喊：“小魏！”秘书小魏跑进来。衣正邦：“打电话，让秦大地和陶斯勇过来，我当面对他们讲！”

这个夜晚，市区钱程远公司办公大楼前，柳尼娜又一次开车过来，犹豫了片刻，最终还是决定下车，走向大楼。门前保安拉住她：“你找谁？”柳尼娜道：“告诉你们老板，我是柳尼娜，夏初的闺蜜，我要见他，有要紧的事和他商量！”保安没听清楚：“什么密？”柳尼娜：“你就说我是夏初的朋友，急着要见他，夏初要出国了！”保安急忙跑去打电话。不多一会儿，她就在顶楼一间豪华办公室门前看到了已经等在那里的钱程远。后者对她的到来十分吃惊：“尼娜小姐，怎么是你？请坐！”柳尼娜就在这里站住，不再往里面走：“我不坐，我是有事来见你。钱程远，我是谁、和夏初什么关系你知道？”钱程远：“知道知道。”柳尼娜：“我爱夏初，你也爱她。是吗？”钱程远：“当然。”柳尼娜：“我冷眼从旁边看你和夏初，她并不是嫌弃你，或者说你有什么不好，但她和你真不是一路人，她要的生活你不能给她，你能给她的都是她不想要的。”钱程远：“那我该怎么办？”柳尼娜：“夏初爱的是别人，这种爱和她梦想的生活有关。可是因为你一直骚扰她，当然，还有别的原因，她却要被迫离开中国。”钱程远：“我不明白——”柳尼娜：“她后天就要走，其实她不愿意。坦率地说我也不想让她走。你能帮我。”钱程远沉思起来。柳尼娜：“我的话你没有听懂是不是？”钱程远：“你是说，我和夏小姐，一点可能性也不存在？”柳尼娜：“半点也不存在。但是你可以帮我，不，帮她爱的人，让她留下来。”钱程远：“既然是这样，夏小姐的事和我半点关系也没有，为什么尼娜小姐今天还要来见我？还要我帮你？我能做些什么？”柳尼娜：“现在只有一个人能阻止她出国，只要大后天他出现在机场，说一句请她留下来，夏初就会留下来。”钱程远尴尬地笑一下，想起来了：“尼娜小姐，你说的那个人，我的情敌，好像是一个飞行员？”柳尼娜：“不是一般的飞行员，是一位正从事着全国人民最关注的事业的飞行员，一位随时可能牺牲的飞行员！”钱程远：“全国人民最关注的事业……不会是航母飞行员吧？”柳尼娜：“我什么都不能说。如果是，你愿意帮一帮夏初吗？他才是夏初飞蛾投火般要爱的人，因为这个人从事的事业就是她梦想的生活！”钱程远：“这就不一样了，你的意思是，我和夏小姐反正是没戏了……尼娜，我这么做了，算不算也是为中国进入航母时代出了力？”柳尼娜：“太是了！”钱程远：“不对！这样的事情，你和别人也可以去做，为什么一定要我去做？”柳尼娜：“我也不知道搭错了哪根筋，就是想到你了！不，你刚才说过，你认为你和他是情敌，现在为了阻止夏初出国，你突然出现，对她说你完全退出，不是因为夏初明确表示你不是她的菜，更重要的是你觉得自己应当关心中国航母成军的大事业，要尽一份中国公民的义务！”钱程远：“虽然这好像有点说不通，但我还是懂了！我钱程远虽然是个商人，可我也真心关注咱们中国航母成军，哪怕让我捐钱我都干。行，就这么定了！”柳尼娜开始大喘气。钱程远：“你怎么了？”柳尼娜：“没怎么，我们说好了，到了大后天，我们好好配合！”钱程远：“没问题，到时候瞧我的！”

试飞大队机场阳光灿烂。全体试飞员和两家地方公司的专家团坐在数据大厅，通过大屏幕看着谢振宇登机。虽然不是在试飞场，但各保障分队仍然全部到场。塔台上，秦大地打开送受话器：“03，03，准备起飞！”飞机中，谢振宇熟练地完成所有起飞前的准备工作，报告：“01，01，03准备完毕，请求起飞！”秦大地：“03，起飞！”谢振宇回答：“明白！”他摁下点火开关，飞机喷出尾焰的同时松开手刹，飞机迅速斜着向前方画有模拟阻拦索的方位冲去。塔台上和数据大厅内所有人的目光都紧张地盯着屏幕中向前冲击的飞机。前机轮越过阻拦索线，然后是后机轮和尾钩。座舱中的谢振宇迅速在油门和操纵杆上做动作，飞机被拉起的同时转向并腾空而起，直上蓝天。大厅里最先响起了掌声。康延成大叫：“成功了！老谢的计算是对的！”塔台上，秦大地通过送受话器和谢振宇通话：“03，03，报告迎角！”谢振宇马上回答：

“01，01，03报告，实际飞出的迎角与理论值正负一度！”秦大地：“返航！”大厅里，所有人都看着飞机在空中玩了一个高 YOYO 机动上升然后又一个破 S 分离动作，落地滑行到出发位置。很少看到这样花哨的飞行动作的专家团尤其是中船的专家团有人欢呼起来，大厅内掌声欢呼声响成一片。

塔台上秦大地下令：“02，02，准备起飞！祝你成功！”已经进入第二架飞机座舱的余涛大声回答：“是！”他重复了方才谢振宇的动作：“01，01，02准备完毕，请求起飞！”秦大地：“02，起飞！”余涛回答：“明白！”他摁下点火开关，飞机喷出尾焰的同时松开手刹，飞机同样斜着向模拟阻拦索线冲击过去，并在尾钩越过索线的一瞬间拉起并转舵，腾空而起。大厅内又是一片掌声和欢呼声。秦大地：“02报告迎角！”余涛回答：“理论值正负一度！”秦大地：“返航！”余涛：“02明白！”秦大地再次下令：“04，04，准备起飞，注意迎角！”耿见林已经在余涛试飞时坐进了谢振宇刚才完成试验的飞机座舱，大声道：“是！”这天上午，全大队连续有十名试飞员用同样的动作完成了 A10B 项目模拟试飞。

中午，试飞大队营门传达室里，钱程远在焦急地等待。谢振宇匆匆走进来。二人对视，谢振宇认出了他，一惊：“是你！”钱程远急忙上前：“谢先生，不，谢同志，你出来了，太好了！我叫钱程远，这是我的名片——”他热情地将名片递过来。谢振宇看名片：“钱程远，前程远大公司董事长，中外华商协会常务副主席，联合国华人文化协会副主席……”又抬头看他：“钱老板——”钱程远急忙拦住他的话头：“您一定是想问我今天为什么要来，哎哟谢同志，这叫无事不登三宝殿，今天不是为我是为了你……当然，还有另外一个人！”谢振宇：“我钱程远迅速地说明了自己的来意：“我之所以今天来这里，求你帮这个忙，是因为夏小姐的朋友柳尼娜认为，只有你才能阻止她出国！柳小姐还说，她这一走可就回不来了！”谢振宇一直仔细地听着他讲，半晌才道：“你是说夏初小姐要出国……可是我并不明白这件事和我什么干系——”钱程远叫起来：“哎呀呀谢同志，你怎么不明白呢？我承认，过去我一直以为我和夏初小姐之间……这个这个还有机会，但是有过这么久时间的交往，特别是听了柳尼娜小姐的一顿解说之后，我才明白为什么我会失败，原来夏小姐要的是和你这样一个人在一起的生活。她是因为你的拒绝才要出国！明天上午十点半的飞机，她这一走可就回不来了！”谢振宇不说话，只是望着他。钱程远更着急了：“谢同志，你一定不要误会我。这件事到了这会儿其实和我半毛钱关系也没有，我是听说她一直深爱着你，为你惋惜，又受了柳小姐的托付才来的！明天一定要去拦住她，多好的姑娘呀，你怎么能让她走呢？她到了国外，肯定要嫁给外国人，这是肥水流了外人田——”谢振宇再次打断他的话：“对不起您等一下！我有一个问题！”钱程远：“请讲！”谢振宇道：“钱老板，您是夏小姐的追求者，明天她要出国定居，你现在的心情我非常容易理解。但是我和这件事并没有什么相干，你今天大老远来见我又有什么目的？”钱程远绝望地举起了两只手：“我的天哪，谢先生，谢同志，你怎么搞的，我还没把事情说明白吗？几千万上亿的生意我三言两句都能把一个傻子说明白……对不起，我不是说你……我把所有的事情都告诉你吧，我几年前第一次见到夏初小姐就爱上了她，可她对我没感觉。后来我就想，只要功夫深，铁杵磨成针，她就是一块石头，我天天把她捂在胸口，总有一天也会焐热的，为了她我连名字都改过，听说她不喜欢才又改了回来！我今天终于明白我和她真的有缘无分，但是她明天就这么走，我还是不甘心！”他看着谢振宇，平静下来道：“谢同志，我发现你对夏初出国一点都不激动，有点相信尼娜小姐的话了。你从头到尾一句都不问她为什么这么做！因为你！她爱的是你，可你深深伤了她的心，她这才选择了出国！”谢振宇突然就没有心情和他再谈下去了：“钱先生对不起，我和夏小姐是有过一些交往，但事情早结束了。她是不是选择出国、为什么选择出国，都和我没关系。你要是为这件事来的，我觉得我已经把话讲清楚了。下午还有任务，我就不陪了！再见！”他说完了就要走。钱程远忙拦他：“等等，谢同志，事情还没说定呢，你怎么能走？你不能走！”谢振宇又站住，认真看着他道：“如果还是夏小姐的事，钱先生可以不必再说了。说一句你不喜欢的话吧，我对它压根儿就没有兴趣！”钱程远叫起来：“对，就是这个原因！现在我完全明白了！就是因为你对她这个态度，她才要走！我还是称呼你谢先生吧，谢先生，我听尼娜小姐说，明天只要你去机场对她说一声不要走，她就不会走！我表个态，如果你这么做了，我以后绝对不会再打扰她！再说一遍，今天我这样做是为了你，当然更是为了她，让她能留在国内嫁给她爱的人。你是做什么的我大致都明白，我愿意以这种方式为我们中国海军的强大出力！”谢振宇耐心地等待他说完，才道：“第一，我把刚才说过的话再重复一遍。钱先生，我和夏小姐的事没开始就结束了，现在我并不想死灰复燃。第二，因为上面的原因，我也不能答应你的邀请！对不起让你失望了！”钱程远大叫：“为什么？就算帮我个人一个忙也不行吗？”谢振宇已经走到门口，又回头：“如果你还能再见到夏小姐，代我祝福她到国外后一切顺利！再见！”钱程远看他走出门去，泄气自语：“我白来了！我这是干什么呀，真荒唐！”

第十八章

白天一整天的A10B项目机场模拟试飞过后，夜晚，试飞大队全体在多功能厅里集合。秦大地主持“诸葛亮会”，开门见山道：“好了，今天大家都至少飞了一次，现在从谢振宇开始，每个人都要讲一下自己的感受，开始吧！”谢振宇站起，想了想，单刀直入：“我认为无论是拉起、转舵，对于大家都不算什么，关键是保持迎角。我第一次是正负一度，第二次想试一下可不可扩张一点度数，但是不行，只能马上改回来。我讲完了！”秦大地：“余涛！”余涛站起道：“能不能在拉升过程中及时转舵，关系到会不会撞山，是性命攸关的事，这里早一点晚一点都不成，必须绝对控制在理论允许的范围之内！”他说着坐了下来。秦大地：“耿见林！”耿见林站起来：“我同意余涛的看法！”秦大地：“坐下！康延成！”康延成站起：“我同意谢振宇的意见，是不是一定要保持在正负一度，还要考虑当时的风速！”“坐下！王小毛！”王小毛站起：“大队，我认为余涛和谢振宇的观点并不冲突，正负一度是我们的理论值，但风速也要考虑，而且要在正式进行试验时提前计算好！”秦大地看大家：“谁还有不同意见？举手！”没有人举手。秦大地:“没有人举手，我说两句。今天大家都飞了一次，我全看到了，同志们我认为只要给定了理论值，在操作上提前有准备，每个人都能做出同样准确的连贯动作，完成试验，保证飞机不撞上土山！所以关键还在于准备充分，不打无准备之仗！正负一度是基准理论值，风速到了试验时要实测，计算出它的影响。谁还有什么要说的？——没有，散会！”

机场宾馆一间客房里，柳尼娜帮夏初拉着行李走进来，四处看一眼:“啊，还不错。”夏初:“是啊，这次回国，我处处看细节，发现国家这些年的发展，包括宾馆建设和服务在内，比国外老牌发达国家还要好。”柳尼娜:“那你还走？”夏初沉默。柳尼娜道:“是，我又错了。”她故作快活起来:“好啦，明天你就要走了，咱们高高兴兴地坐一会儿。最后一晚上不住在我家，非提前住到这里来，放心，钱程远再不会骚扰到你了！”两人在沙发上坐下，一时间竟然都没有话说。柳尼娜道:“我想哭。”说着眼泪就流了下来。夏初拥抱她:“好了好了，让我像小时候一样，帮你擦掉伤心泪。”柳尼娜手机响起，急忙推开她，拭泪接手机，边说边离开:“喂——”夏初知趣，走进洗手间去烧水。柳尼娜听了一会儿电话，面露失望之色，道:“是这样？知道了。再见。”她挂断手机，怔怔地站了一会儿，夏初已经端着泡好的茶走回来，笑看她道:“康延成的电话？”柳尼娜:“才不是呢。”夏初将茶杯放下，两人面对面坐下来。柳尼娜:“看我干什么？”夏初:“不是康延成的是谁的，总不会是钱程远的电话吧？”柳尼娜:“说点别的。哎，你走了，欧姨怎么安置？”夏初:“当我面她没说什么，背后掉泪了。我想好了，等我到国外安置下来，想办法接她过去。欧姨老了，一辈子没家，我得对她负责到底。”柳尼娜望着别处发呆。夏初坐过来笑道："你又怎么了？"柳尼娜："还有我呢？我怎么办？"夏初："你和康延成最近怎么了？前一阵子不是挺热乎的吗，怎么像是又冷下来了？"柳尼娜迟疑了一阵子才开口："这些飞行员是不是都有结婚恐惧症啊？做朋友谈得蛮好，可一说结婚，他们就电话也不接了！"夏初暂时忘掉了自己，只是用沉思的目光看着她。柳尼娜："怎么了，你不是情感专家吗？想说什么就说，我扛得住。"夏初笑："那我可真说了。我有个建议。我走了你正好有机会单独去见他。康延成和谢振宇不一样，他也是特级飞行员，但就没有第一名强迫症，也从不会把自己是不是空中之王当成太大的事。"柳尼娜叫："哎哟！那是你不了解他！他是个狂热的飞行迷，现实中实现不了，就在飞行游戏中去实现！他还是全国飞行游戏大赛业余组的冠军呢！"夏初："瞧，一说起他你就两眼放光。这么大人了他还打游戏？"柳尼娜："这你就外行了，我对他知道得越多，越觉得这个人才奇葩呢！你想一想，他居然说真实的飞行和飞行游戏是一回事儿，都是人驾驶着飞机在空中飞来飞去，用尽一切技战术做两件事！"夏初笑起来："哪两件事？"柳尼娜："一件是不让对手把自己干掉，一件是把对手干掉！"两个女孩子同时大笑，直笑得前仰后合才好不容易止住。夏初："好了好了，瞧我们俩什么样子！你是说他一进入飞行游戏，就分不清自己是在游戏还是在飞行！"柳尼娜又大叫："哎哟！我一直没想明白他这是什么毛病，还是你，一下子就说中了！他就是这样，分不清真实的飞行和飞行游戏！"夏初："他在真实的飞行中也认为自己是在玩飞行游戏？"柳尼娜被她的话惊到了，笑容僵在脸上："夏初，你吓住我了——"她转着眼珠思考，"那你说，他会不会把真实生活中的恋爱看作一场恋爱游戏？就连以后结婚生孩子都看成游戏？哎哟我的妈呀，他要是这么个男人，我就要受苦了！”两人对视，忽然又放声大笑起来，再次笑得前仰后合，手舞足蹈。可这时柳尼娜的手机又响了起来，她一接电话就烦了：“妈，我这就回去，我都多大了你还管我？行，知道了，这就走！”她“啪”一声挂掉电话，朝外面看一眼，站起道：“天真不早了，我妈又催呢，从这里开车回家要三个小时！我走了！”夏初：“晚上哪有那么堵，再陪我一会儿。将我一个人扔在这里，你就忍心？”柳尼娜又坐下。良久，二人也无话。柳尼娜再次站起来：“真的不早了，今天有雾，一定会堵车，回去晚了，会挨我妈一顿臭骂。走了走了！做个乖乖女，好好睡一觉，明天星期天，我不上班，一大早我来送你登机！”夏初：“我有个建议。”柳尼娜看她。夏初：“打个电话给康延成，主动一点，告诉他，你爱他。”柳尼娜犹豫起来：“人家那么优秀，年龄比我还小呢，真会接受我？”夏初：“又来了你，听我的话，勇敢一点儿，一定要打。”两人紧紧拥抱，都在抑制伤感。夏初：“好了，我送你下楼。”柳尼娜：“不用，这样送来送去，我还走得了吗？”夏初又道：“不走留下来陪我。”柳尼娜：“那我妈还不把我吃了？我越是嫁不出去，她把我看得越是一个紧！我要是不赶快回去，她都能打上门来！好了，拜拜！”夏初送她到电梯前，然后回到房间里，站在窗前望着楼下她的红色轿车驶出宾馆大门，神情一下子显得异常落寞。

试飞大队空勤楼里，谢振宇回到房间里，一直开着的电脑上显示有一封未打开的邮件。他坐下来把邮件点开，打开附件，一篇署名夏初的文章赫然出现在眼前。文章的标题是：“中国经济社会高速发展背景下成功焦虑症候群的出现与分布”。他看一眼发件人，大怒，回头拉开门喊：“游戏！你给我过来！”康延成立马走了进来，关上门：“干什么干什么？这么大喊大叫，全楼都听见了！”谢振宇一指电脑屏幕上的文章：“这怎么回事儿？”康延成装模作样瞅一会儿：“什么怎么回事儿，不就是一篇学术论文吗？我看了，觉得不错，关心你，就转发给你了。”谢振宇：“最近长本事了，撒谎都不脸红了你！”康延成坐下来看他，嘻嘻地笑：“发什么火呀，坐下坐下。就几分钟时间，随便溜一眼，又没有坏处。”谢振宇：“走。”康延成：“不生气了？”谢振宇：“生气！”康延成笑着站起离开：“慢慢生气，走了。”他转身出去顺便将门带上。谢振宇又坐下来，要关掉打开的文章页面，但还是看了一眼，慢慢地竟看进去了。康延成又来借牙膏。谢振宇回头，拿怒眼瞪他。康延成将手中的牙刷对他晃了晃，顺便朝电脑上瞅了一眼，马上将目光避开，去卫生间挤了牙膏，吹着口哨离开。谢振宇：“站住！”康延成这次没听他的，开门径自走出。谢振宇直接关掉电脑，又关了房灯，坐在黑暗中生气。他知道自己为什么生气，事实上，他对今天听到的夏初要出国的消息并不是无动于衷的，虽然他并不想承认。有顷，他重启电脑，握住鼠标的手下意识在屏幕上乱点，居然点出了八年前海洋大学舞会上的那张照片。这是八年来他一直珍藏的照片，照片上的他正笨拙地和夏初跳舞。他把照片上的夏初放大，默默看着，心情难以平静。一会儿，他又关掉了电脑，站起，开灯，去洗漱。

机场宾馆客房里，夏初沐浴后已经上床，她睡不着，拿起床头一本杂志乱翻，但还是看不下去，她将杂志放下，想了想，打通手机：“尼娜，到家了吗？”柳尼娜这时仍被堵在机场高速上，动弹不得，生气道：“堵上了，没到五环桥呢……堵了多长？这让我想起了小时候的一篇课文：‘前头看不见队伍的头，后面看不见队伍的尾。’”“那我挂了，你开着车吧我不能打电话。”夏初挂了电话，睡下，关灯，发现自己越发没有睡意，干脆打开电视，电视里是球赛，她不停地换台，最后把电视关掉，开灯下床，一个人在房间里走动，后来站住了，问自己：我怎么了？心一下就通透了，回到床上，犹豫着，不觉从手机上找出谢振宇的电话号码，迟疑许久，心一横拨了出去。

试飞大队空勤楼上，谢振宇已经洗漱完毕，走出卫生间，打开抽屉，又看到了那本《要什么有什么》。他拿起书要看，又重新将书放回了抽屉。扔在桌面上的手机一直在响。他不去接，手机铃声停了。他的心思还在夏初身上，为了排遣掉它，他打开笔记本电脑，找出一部美国电影《壮志凌云》，点击播放。影片中的空中对抗动作并没能吸引他的注意力。这时一回头，他看到手机屏幕上显示的未接电话是夏初的名字，一惊，但他没有拨回去。电脑屏幕上，两名美国飞行员开始进行空中格斗。他已经或者认为自己看进去了。就在这时，手机又响了。谢振宇沉思着拿起手机，终于按下通话键。

这次是对方先开口："是我，夏初。"谢振宇沉默，要关机又止住，将正在播放的影片停下："你好。"夏初："对不起。"谢振宇："没什么，你说。"夏初："我打扰到你了吗？"谢振宇："没有。不过我觉得——"夏初："什么？"谢振宇："你不该再打这个电话。"夏初："我明天就要走了。"谢振宇沉默了一会儿道："听说了。"夏初："你就不想说一句，比方说，祝我一路平安，到国外一切顺利，心想事成，找到理想的工作和生活？"谢振宇："我想说另一句话。谢振宇祝夏初小姐一生幸福平安！"说完立即挂断了手机，重新播放电影。

电话很快又响起来。他重新摁下通话键，有点不耐烦了："喂——"夏初的声音有点激动："对不起，刚才你不该把我的电话挂掉。"谢振宇："我认为祝福的话已经说过了。"夏初："是的。可我打这个电话，是有别的事情要说。”谢振宇：“那请你快讲！”夏初：“你不要误会，明天我就走了，刚才在这里想，还有什么事没办完，什么心放不下，一下就想起来了——”谢振宇不语。夏初：“这么晚了所以坚持要打个电话给你，我仍然觉得应当再一次提醒你，你的生命状态——”谢振宇“啪”一声关掉手机。机场宾馆里，夏初走来走去，生气，第三次拨号。谢振宇看着一直响个不停的手机，再次停掉影片，想了许久，才摁下通话键。夏初的声音立即就响亮起来：“对不起，我认为自己今天比较勇敢。因为要走了，以后不会再打扰到你，希望你能耐心听我把话说完。”谢振宇不说话。夏初：“连我自己都觉得自己疯了。但直到今天晚上，直到我们通这个电话，我仍然认为你的生命状态尤其是精神中的某些指向和你承担的事业、责任不能适应。我对你的情况一知半解，但包括你刚才对我这个电话的反应，仍然具有典型的心理和情绪不稳定的表征。”谢振宇继续沉默。夏初：“从专业角度看，并不是上次空中竞赛你取得胜利就不会是目前这种状态了，我担心的是，即使你赢得了更多竞赛仍然会是这种状态！”谢振宇忍无可忍，打断她：“对不起，你讲完了吗？”夏初：“没有。”谢振宇第三次挂断电话。他已被这个在离国之际突然变得勇敢和无所顾忌的女孩子深深激怒，站起来又坐下去，继续看影片，看不下去，“啪”一声把电脑也关掉了。宾馆房间里，夏初也生气地合上手机，将它扔在一边，上床蒙头躺下。但是有顷，她又坐了起来，第四次拨了那个号码。谢振宇以为自己不会再接这个电话，但他还是接了，却沉默，努力让自己显出耐心。那一端传来的夏初的声音显得更加倔强：“我知道你在听，只要在听就好。你今晚上不让我讲完我要讲的话，我会一直坚持打这个电话！你可以关机，但我会打到你们大队，让值班员去找你接电话，所以，为了我也关心的事业，你应当听我把话讲完！”谢振宇这次已经是因为惊奇而开口：“共同的事业？”夏初：“对，你的事业和中国进入航母时代关系密切，这也是我的、全国人民的事业！”谢振宇：“我想提醒你，你都要离国远行了！”夏初：“你不要用这种嘲讽的语气！上次见面时我说过，你的精神缺陷表现是成功焦灼，病源却在别处。我眼下不知道它是什么，但以成功学的经典理论分析，它很可能同你幼时的经历和受到的心理创伤有关。你可以给我讲一讲你的童年和少年经历吗？”谢振宇因被触动了内心最隐秘的地方而悄然变色，再次关掉手机。手机又响起。谢振宇任它一声声响下去。过了一会儿又逼迫自己第五次按下通话键。夏初的话音立即又传过来：“我可能永远也不会知道你内心的秘密，但我认为离开中国前，仍有责任最后一次以专业人士身份提醒你，我对你以现在这种生命状态担负目前的责任异常担心。第一，它有可能直接危及你的生命；第二，它可能会危及你现在投入的伟大事业——”谢振宇不说话。夏初：“我现在最遗憾的是不能再见到你说出这些话。最后我想说的是，我关心你不是因为我爱过你，我就是出国，也还是中国人，是两位中国军人的女儿，我不能不关心你现在从事的事业！”谢振宇心中早已怒火中烧，却不想表现出来：“那么，在夏小姐看来，我该怎么办呢？现在就要求停飞，找一所医院住进去？”夏初：“你终于开口了！很好！首先我认为如果你能够暂时停飞也是可以的。其次我强烈建议你去见专业人士，精神分析师，最好是一位研究成功学的专家，你需要他的帮助，这样的帮助无论对你的今天还是一生都很重要。我是学管理的，我们这个专业有一句格言：‘人生需要管理，成功的人生不但需要管理，而且需要设计。’我的话讲完了，谢谢你今天以超乎寻常的耐心听我讲出这些。谢振宇同志，我们再见！”她立即关掉手机，没有给谢振宇讲话的机会。然后她就那样长时间地躺在床上，捂着脸哭起来。电话那一端，谢振宇没有脱衣服就直接躺到床上去。手机静静地放在枕边。如果这时有人，一定会看见他大睁的眼睛，充满了异常的愤怒，但也充满了意外的感动。他回头用床头电话拨出一个队内号码。

电话在康延成房间里响起来。康延成还在偷偷打游戏，吓了一跳，接电话：“老谢，你吓死我了，我还以为是吴强呢，这小子天天晚上查房，就不能看见我偷空儿玩一会儿！哎我说，最新一款飞行游戏太厉害，简直是未来星河世纪顶级的空战！什么？……行，我听你的！到达之前对所有人保密！绝对的！你马上去请假，能请到吗？”谢振宇的声音传来：“也许可以。大队刚才来过电话，说总指挥通知他和政委明天上午去汇报 A10B 项目试验准备工作，全队放假半天。”康延成：“太好了。你快去请假！”谢振宇长久没有说话。康延成：“怎么了？”谢振宇：“夏初的那篇文章，我看过了。”康延成大喜：“怎么样？不虚一看吧？”谢振宇：“一副学生腔，太不接地气。不过有些观点……哎，我就不明白了，她凭什么认死我有那什么第一名强迫症？我早就不是第一名了，更没有什么症！”他生气地放下了电话。康延成放下电话，兴奋地站起来转圈子，想了想，拨响柳尼娜的电话：“喂，是我……他看了夏初的文章……他怎么会认账！就是不认账，他也还是看了文章！”这时柳尼娜还被堵在机场高速路车流中动弹不得，接到康延成的电话，她非常兴奋：“那他说明天来不来？”康延成：“不告诉你！”柳尼娜笑起来：“不告诉我也知道了！他说不一定会来！是不是？”康延成不回答。她已经在车上手舞足蹈起来：“太好了！你也来啊！我等你！我还有要紧的话跟你讲呢！”康延成已经把电话扣下了，站起来，他听到了门外的脚步声，开门看到谢振宇已经走下楼去。

秦大地还没有睡，看到站在自己面前突然提出请假的谢振宇，长久地不说话。谢振宇也不说话。秦大地终于开口问：“为什么在有可能执行一项重大任务前，认为自己应当大老远跑去送一个恋爱关系已经结束的女孩子？能讲出一个令我信服的理由，我就准你假！”谢振宇想了想：“大队，有一个！”秦大地：“什么？”谢振宇：“一个有可能再也不会回国的女孩子，临出国的晚上坚持给我打最后一个电话，告诉我在自己的生命管理方面有重大缺陷。”秦大地：“重大缺陷？”“对，并且她认为这种缺陷可能会危害我们的事业！还有，我连续五次直接挂断她的电话，但我每挂断一次她坚持再打过来一次，直到把要讲的话讲完！”秦大地忽然明白了，看着他，想了想：“振宇，我是过来人，有句话你可以听，也可以不听！这个女孩子仍然爱着你！要珍惜她！明天去机场把她追回来！”谢振宇：“大队准我假了？”秦大地：“我不能准你一个人的假，明天你和康延成一起去！路上你不能开车，我给你们派车！要平平安安地去，平平安安地回来……不能超假！”谢振宇：“是！谢谢大队！”他举手敬礼，脸上并没有欢喜之色。秦大地：“早点睡，明天早早走，不然你就赶不上了！”谢振宇：“是！”

夜深了，机场宾馆房间里，夏初已经不再流泪。手机又响起。她坐起，发现是欧双莲的电话。夏初调整出欢快的情绪：“欧姨，我挺好的。你明天不要来，我们在家里告过别了……明天上午十点半的飞机，后天早上就到，到了马上打电话……你好好地在家等我的消息——”她耐心听完欧双莲的话，原来是一包本要带到国外的小家电忘带了，两人商量好明天由柳尼娜从家里拿上送到机场来以后结束通话。夏初的手机马上又响了起来。她看一眼手机，揿下通话键：“尼娜！你还没到家？”机场高速上，柳尼娜仍然被堵在车流中，兴奋道：“夏初，有个好消息，想不想知道？”夏初：“不会是你听我话打电话给康延成，动员了谢振宇，让他明天来送我吧？”柳尼娜：“不是，他告诉我的是另一个消息！谢振宇居然看了你的文章！”夏初吃惊：“真的？”柳尼娜：“康延成说的！他看到谢振宇在看你的文章，不会有假！”夏初：“那又怎么样？明天他又不会来机场送我！”柳尼娜：“这可不一定，万一他看了你的文章，感动了，明天给你来一个惊喜——”夏初马上叫起来：“不不不，我要是信你的话，明天他不来我会加倍难过的！”柳尼娜：“那就算了，他爱来不来！哎哟拜拜，车开始走了！我挂了！”夏初扔掉手机，下床在房间里走动，仍然不能平静。

夏家一楼的挂钟敲响深夜十二点，欧双莲从楼梯上一步步走下来，开灯。她通过一楼客厅，走进厨房，打开装杂物的柜子，从许多食材后面将一个藏得很隐蔽的纸包取出来，用惊惶的神情四面看一看，确认没人注意到自己才用颤抖的手将纸包打开，取出里面的小镜框。镜框里是一张从画报上剪下来的谢振宇穿飞行服的照片。照片上的谢振宇英姿飒爽。她像抱着珍宝一样把镜框紧贴在胸口，又忍不住举起来，最后才抱着它上楼，回到自己的卧室，小心将原来放在床头的夏初照片收起来，将镶在镜框里的谢振宇照片放在那里，又反复修正位置，痴痴地望着，眼里浮出欣慰的泪花。有顷又想起了什么，将一盘早就准备好的糖果点心放在照片前，自语道：“吃吧，这都是小时候老师让你吃不到的。”

深夜的柳家，柳尼娜害怕弄出声响，悄悄开门，小心翼翼走进来，抬头却吃了一惊。墙上的时钟正在当当敲响凌晨一点。杜秋英一个人坐在显得很空旷的厅里等她，已经睡着了，地动山摇地打着呼噜。柳尼娜上前轻轻拍打母亲，小声道：“妈，妈！你怎么睡这儿了？”杜秋英醒过来。柳尼娜逃也似的朝自己房间走去。杜秋英：“站住！”柳尼娜站住，不回头：“妈，我困了，瞧什么时候了，要办学习班明天吧！”杜秋英怒：“你还知道什么时候了？我问你，是不是对你有过约法三章？”柳尼娜：“是。”杜秋英：“你没嫁人之前，最晚不能超过十一点必须回来！现在都一点了！去什么地方了，和什么不明不白的男人在一起？现在社会风气虽说比以前好了不少，可坏人还是满大街都是，这种事情在我家就不行——”柳尼娜也生气了：“妈，你说什么呢？我就是晚回来一会儿，我跟什么不明不白的男人在一起了！”杜秋英：“那个姓钱的，叫什么钱程远的，今天来找过你！”柳尼娜：“妈你想什么呢！钱老板找我是为夏初的事。明天夏初要走，她要躲钱老板，又怕路上堵车，要我今晚上提前送她住到机场宾馆去，我就是从她那里回来，碰上大塞车，堵了五个半钟头……钱程远怎么了？现在想想，我觉得人家也不能算是什么坏人！”杜秋英：“气死我了！还说没跟不明不白的男人在一起，这个姓钱的，油头粉面，一看就不是好东西！”柳尼娜打了一个哈欠：“妈，明天早上我得早起赶机场去送夏初，我累死了，得睡了！”杜秋英警觉起来：“你等等！你说什么？我一直听你说夏初要出国，没听你说她明天就要走！怎么回事，好好地学成归来，不留在国内为振兴中华做贡献，又跑国外去了？还是革命军人的后代呢，怎么能这样，这不是不爱国嘛！”柳尼娜：“妈，你又犯主观主义错误了！什么都不知道，就在那里瞎扣帽子！夏初出国和感情有关，还有就是国内工作环境不好，和爱不爱国没关系。你甭管了，我困死了，睡去了！”杜秋英看她走进自己房间，生气地说：“什么感情？现在的孩子们都怎么了？像我们当年，哪个不是先革命后个人，国家前途光明，个人感情和婚姻问题自然就解决了。国内工作环境怎么不好，一个有志青年，中国这么大的国土找个为人民服务的机会就那么难？”她要回自己房间，又忍不住拿起手机拨了一个号码：“喂，是老衣吗？我知道你说不定还没睡。我一辈子没找你走过后门，这里有个老战友的孩子，父母都是烈士，从国外回来，什么管理学的博士，要找一份工作，你那里有吗？对，上次我跟你说过……没有？现在有志青年要找份革命工作，真比战争年代投奔延安还难？你这是对革命后代不负责任！……”

清晨，柳尼娜还睡着，闹钟急骤响起，她一骨碌爬起来，看表，叫道：“我的天，晚了晚了！”她连滚带爬地下床，边穿衣服边喊：“妈，我的红裙子哪去了？我的红裙子！”门外，杜秋英手里托着托盘，托盘里放着牛奶和几片烤好的面包，生气地看着柳尼娜慌慌张张开门跑出来。柳尼娜朝她瞥一眼，边喊边跑：“来不及了！妈，我走了！”杜秋英：“等等！有这么急吗？对了，有件事情，你告诉夏初——”柳尼娜在门后穿鞋，鞋太紧，老提不上，回头道：“有事回头再说，这会儿你说了我也记不住，我还得先赶到夏家拿东西——”杜秋英哼一声，放下手中的托盘，写了一张纸条，走回来塞进她的衣袋：“到机场交给夏初！记住，看了纸条，让她马上打电话给我！”柳尼娜看也不看，终于提上了鞋，风风火火跑出家门，开车到了夏家门外，跑上台阶边按门铃边喊：“欧姨！欧姨！”欧双莲开门。柳尼娜：“快，快把你要捎给夏初的东西给我！”欧双莲奓着两手：“是几件小电器，到了国外啥都得买，多贵呀，全给她带上！尼娜，我火上正坐着锅呢，在楼上我房间里，你上去拿吧！”柳尼娜答应一声，看她跑回厨房去，迟疑了一下，跑步进门上楼。欧双莲走进厨房，将菜下锅炒，猛地想起了什么，急忙关掉火往外跑。这时柳尼娜已经上了二楼欧双莲房间，拿起那包小电器要走，猛回头望见床头上谢振宇英姿飒爽的照片，吃了一惊，忽然又听到欧双莲急急上楼的脚步声，看到老人失魂落魄地跑过来。柳尼娜急忙改容："啊，欧姨，东西拿到了，我走了！"欧双莲急忙进门挡住柳尼娜："尼娜——"柳尼娜装傻："还有什么东西要我一块捎到机场去？"欧双莲惊魂未定："没了。啊，楼下还有夏夏新买的一双鞋，忘了带了，你也给带机场去。"柳尼娜："好，咱们下去。"欧双莲不动。柳尼娜转身出门下楼。欧双莲进屋去，把谢振宇的照片面朝下放倒，用东西盖住，这才急急出门，又回手把门锁上。

试飞大队营门外公路上，一辆军用越野车在急驰。谢振宇皱着眉头开车，若有所思。康延成看他："哎，高兴一点儿行不行……说，昨晚上怎么突然就改了主意？"谢振宇："你就这么好奇？"康延成："不说拉倒。"谢振宇不说话了。康延成："说呀！"谢振宇："我干吗要告诉你？"康延成："行。不说我也能猜个八九不离十。"谢振宇突然把车停了下来。康延成："哎，怎么了又？"谢振宇又把车开走了。康延成："这就对了！快一点儿！晚了就赶不上了。"谢振宇又停车："我真是不该去。"康延成紧张了："你甭又停下了啊。我说你这个人怎么搞的，男子汉大丈夫，话说出来能在地下砸一个坑——"车子又开了起来，飞快地驰向前方。

上午九时，柳尼娜陪夏初走进了机场候机大厅，她看一眼大显示屏："离登机还有一小时呢，我们来早了。"夏初蓦然回头朝外面望了一眼。柳尼娜敏锐地看了她一眼，心一下就慌了。夏初掩饰自己的心情道："你干什么？我不会相信的，没有人来送我！"但她还是不觉又朝外面看一眼，笑容顿落："不好，怎么他来了？”候机大厅外，一辆高级轿车停下，钱程远下车，对司机道：“快，花儿！”司机跑到车后，将一大捧花取出来递给他。钱程远急急跑进大厅。夏初看表，心情陡变：“尼娜，我想现在就过安检！”柳尼娜回望着远远跑过来的钱程远道：“真是想的人不来，来的人不想。你现在过什么安检呀，早着呢。”夏初：“谢谢你尼娜，我知道你是骗我的，想让我高兴，可他不会来的。”柳尼娜：“不是的，昨晚上我确实跟康延成通过电话——”夏初：“好了别说了，就是真有这么回事儿，过了一夜他也会变卦的。”柳尼娜：“为什么？”夏初：“你的电话打过以后我想了整整一夜，这些日子以来，他也可能出于别的原因拒绝我和我的帮助。”柳尼娜：“你进了安检我就陪不了你了！”夏初又朝外面看一眼：“钱程远快来了，我们快走。”柳尼娜被动地跟着她快步朝机场安检口走去。

钱程远走进来，乱瞅，终于望见了走进安检口的夏初。司机跟着过来：“老板，进安检了！”钱程远：“她这么早就进去，误会我了！我可能好心办了坏事！她讨厌我，你快过去，把花送给她，我就不过去了！”安检口入口处，夏初依依不舍地和柳尼娜拥抱。柳尼娜失望道：“夏初，他们真没来。”夏初：“没来我也明白他的意思。是我错了。”柳尼娜：“你怎么错了？”夏初：“我不该在这种时刻还去干扰他。他现在必须用生命的全部力量扛起自己的责任，不应该被干扰。”柳尼娜眼泪汪汪道：“夏初，你还是要走了？”夏初：“我一定会回来的。”柳尼娜：“一路平安。到了地方，马上打电话，让我放心。”夏初：“知道，你也要乖乖的，天天通电话。”钱程远司机走过来：“夏小姐，这是老板让我送给您的花，他知道您不待见他，就没过来。这花请您收下。他祝您一路平安！”柳尼娜看夏初：“都要走了，钱程远也不是什么坏人，人家的一份心意，收下吧。”夏初收下花，对司机道：“对你们老板说，我谢谢他，也祝他在国内一切顺利，早日找到自己的幸福，我们就不要再联系了。”司机答应，转身走开。柳尼娜看夏初走进安检口，突然叫了一声：“夏初等等！”说着，从衣兜里掏出一张纸条，追上去递给她，“差点忘了，我妈给你的纸条，让你给她打电话！”夏初不在意地把纸条塞进衣袋：“替我谢谢阿姨，到了我一定给她打电话！”说着，走进安检口。柳尼娜喊：“哎，看看上面写的什么！”夏初一边接受安检一边回头：“知道了，一会儿就看！”候机大厅内，司机走回到钱程远身边。钱程远手持微型望远镜朝安检口望，伤心道：“她进去了……她进安检了……真的结束了！她说什么，不要再联系了？”司机朝大厅外看了一眼，叫：“钱总快看，那是谁！”钱程远回头看去，大叫：“谢振宇！他还是来了！”

候机大厅外，谢振宇、康延成下车。谢振宇看表。康延成：“别看了，还是晚了，快进去！”他朝候机大厅跑了两步，发现一直皱着眉头的谢振宇并不着急，仍一步步走，喊道：“哎，你倒是快一点啊！”谢振宇站住。康延成：“怎么了？”谢振宇：“她应当进去了！”康延成朝候机大厅内看一眼，明白了他的心思，一把拉住他向前跑进候机大厅。这时夏初已经过了安检口，朝候机区走，又回头向柳尼娜招手，忽然，她看见了从外面被康延成拉着跑进候机大厅的谢振宇，已经平静的心激荡起来，她像被定住一样站在那里，脸上现出巨大的惊喜和感动。安检口外，柳尼娜也看见了谢振宇和康延成，激动地招手叫：“谢振宇！延成！这里呢！”康延成拉着谢振宇朝她急奔过来。柳尼娜对谢振宇叫道：“你来晚了！夏初都进去了！”谢振宇朝安检门里望，一眼望见了站在玻璃幕墙后面朝他望过来的夏初。她向他招一下手，匆匆走向玻璃幕墙一侧。柳尼娜马上理解了她的意思，对谢振宇道：“她让你那边去！快呀！”谢振宇迟疑，但还是快步从玻璃幕墙外朝同一方向走了过去。康延成要跟过去，被柳尼娜一把拉住。她已被刚刚发生的一幕感动得泪眼婆娑，对康延成道：“你傻呀！别过去！”康延成站住，意识到柳尼娜抓住自己的手忘了丢开。柳尼娜落泪道：“这下好了，夏初不会走了！到底有人能留住她了！”候机大厅内，钱程远也在激动：“谢振宇够朋友！他来了，夏小姐不会走了！”

那道将安检区内外隔开的玻璃幕墙两边，谢振宇、夏初面对面立着，对视。这里没有别人，只有他们两个。幕墙内，夏初悲喜交加，开口道：“你还是来了！”谢振宇在外面听不见：“你说什么？”夏初提高声音：“我说你还是来了！”谢振宇也在外面提高声音：“你说什么，我听不见！”夏初急中生智，掏出手机，对他比画了一下。谢振宇会意，掏出手机。夏初迅速拨通他的号码。幕墙外，谢振宇的手机响起，他努力让自己镇静，面对面接了电话：“夏小姐你好！”夏初隔着幕墙深情地看着他：“谢谢您来送我。真没想到，今天你真的会送给我这样一个惊喜。”谢振宇却保持着平静：“说实话，我犹豫了一晚上，到底来不来。”夏初的热情受到了挫伤：“那为什么还是来了？”谢振宇不说话。夏初：“你要是现在劝我不走，我就不走。”谢振宇：“不。”夏初变色。谢振宇：“夏小姐别误会，谢振宇今天是来为你送行的。”夏初：“原来你是来送行……你并不想让我留在国内？”谢振宇：“不单是来送行，也是给自己一个机会，让我能有一个机会对你当面表示感谢。”夏初：“我还以为……为了什么？”谢振宇长久地沉默，却一直在看她，突然道：“你为我做了这么多，一定还要谢振宇解释吗？”夏初眼里浮出泪光：“但我还是希望听到你的解释！”谢振宇：“啊，你留给我的书我看了，你昨晚上一直给我打电话，说的那些道理，虽然和我的实际情况有差距，但仍然让我感受到了你对我，啊，还有对中国海军、中国航母成军的关心。”夏初：“我想知道的是你为什么不愿意阻止我出国。”谢振宇：“因为你已经做出了这样的选择。我觉得应当尊重。另外，你是这么优秀，像你这样的女孩子有权利获得整个世界。”夏初：“我也可以做出别的选择。我没有那么优秀，我要是优秀就不会是今天这样一个结果了。”谢振宇：“对不起，我们换个话题吧。”夏初坚持道：“告诉我，为什么你也愿意让我走？”谢振宇：“夏小姐，昨晚上我睡得很晚，想了很多，八年前我确实对你一见钟情。可是现在，我却发现自己对你和你的生活真的不了解。今天来到这里，你让我更坚定了这个认知，我今天选择来送你出国，并且把话讲清楚，是做了对的事情。”夏初：“请说下去！我还想听到更多的解释！”谢振宇：“你的面前有更广大的空间可以飞翔。我不是，在某种意义上说我的人生已被确定。但这不是说我在自己的人生中不能飞得更高！再见，祝你一切顺利，在国外找到你的事业和一生的幸福！”夏初：“你今天其实不该来。”谢振宇忽然明白自己已经成功地在她心里种下了绝望，笑一下：“对不起，我还要说一个我必须来的理由。钱老板请我来的，他和我的战友康延成有个约定。”夏初：“约定？”谢振宇：“今年下半年，康延成要参加全国业余飞行游戏大赛，钱老板答应为他成立后援团。”夏初心情已大变，但仍在挣扎：“钱程远请你来，一定是要你想办法阻止我出国，可你并没有做这样的事！”谢振宇：“但我做了自己该做的事。”夏初心完全冷了：“谢振宇，我们的谈话结束了。谢谢你来送我，并且让我明白自己选择出国也是做了对的事情。你可以走了。再见！”谢振宇：“再次祝夏小姐一路平安，在国外获得自己的美丽人生。再见！”夏初已转身向候机区走去。谢振宇望着她走远，以为心情会放松，但并没有。机场候机区长长的走廊里，夏初越走越生气，一任泪水滚落。一名外籍男凑过来，说着生硬的中文："小姐，需要帮忙吗？"夏初生气地看他一眼："Go away（走开）！"外籍男闪开："这就不友好了嘛！中国是礼仪之邦！"夏初抹一把泪水，越走越快。玻璃幕墙外，谢振宇仍然站着，目送夏初走远，感受到内心突然袭来巨大失落。柳尼娜、康延成快步走来。柳尼娜仍抓住康延成的手没有松开，哭腔道："她怎么还是走了？"谢振宇只看康延成："走吧！下午还有任务呢！"康延成欲从柳尼娜手中抽回自己的手，柳尼娜仍抓紧不放，大胆地看谢振宇："谢振宇，你先走，我有话跟他说！"谢振宇只一眼就明白了，点头，快步朝候机大厅外走。康延成："哎，哎，你别走！"回看柳尼娜，"你要说什么？"柳尼娜："为什么那样对我？"康延成："怎么对你了？"柳尼娜："把人家的心搞乱，然后一走了之。你们男人现在都这么撩妹吗？"康延成："说什么呀！放开手，有人看我们呢！"柳尼娜："我不放。康延成，我问你一句话，你爱我吗？"康延成嘴不利索起来："我……不是，尼娜……你看我们现在天天执行任务，你觉得这是谈个人感情问题的时候吗？"柳尼娜："那谢振宇和夏初呢？"康延成："他们不是也分手了吗？"柳尼娜："我也想分手，可是你跟我谈了吗？"康延成现在完全明白柳尼娜的心了，安静地望着她："尼娜，我可以问你一句话吗？"柳尼娜看他："你要问什么？"康延成不看她："飞行是个危险的事业。"柳尼娜："我知道！"康延成："现在我的工作尤其危险！"柳尼娜："你就是因为这个才不敢和我谈？"她突然心花怒放，"要是因为这个……我可以马上跟你结婚！"康延成："结婚？"柳尼娜："我爹妈都是军人，我知道你现在正在做什么。你要不是看不上我，只是担心……延成，我爱你！我天天都想跟你结婚！”康延成：“让我回去想想，行吗？”柳尼娜：“不行。”康延成：“尼娜！”柳尼娜：“吻我一下。”康延成：“在这里？”柳尼娜：“你是一名战士，特级飞行员，将来一定会成为试飞英雄，胆子呢？”康延成勇敢地上前亲了一下她的脸。柳尼娜指指自己的唇：“不对，这儿！”康延成看一下左右，发现没人注意，匆匆和她的唇碰一下，转身要跑，这时发现柳尼娜仍然抓着他的手，道：“哎哟尼娜，老谢在外头都等急了！”柳尼娜：“你给我记住，你夺走了我的初吻，以后想跑也跑不了了，我赖上你了！”康延成笑道：“尼娜——”柳尼娜：“趁我这会儿高兴，有什么甜言蜜语快说！”康延成：“其实你真比那张 PS 出来的照片好看多了，尤其是你人，性格好，脾气好，我喜欢！但是我们还是先恋爱，后结婚！”柳尼娜：“我不！”康延成：“一定要等我完成试飞任务，中国航母入列海军，我们再结婚！”柳尼娜：“这可是你说的！不能反悔！”康延成：“拉钩！”柳尼娜伸手，突然改了主意，扑上前抱住康延成。这次康延成也没拒绝，两个人不再顾忌周围人的注视，拥吻在一起。

候机大厅内。钱程远终于放下了手中的望远镜。司机：“老板，怎么样？”钱程远：“我心中的偶像，我的女神，我一生中最仰慕的女人走了……连谢振宇也没能拦住她……这就是命了！都结束了！必须结束！咱们走！”司机：“老板，快看那两个！”钱程远将望远镜指向热吻中的康延成和柳尼娜：“我的天，男女主角都散了，跑龙套的却成了一对！老天爷怎么天天都在安排喜剧！”

一个半小时后，夏初已经开始随着登机的人流走向机舱入口，突然她想起了什么，从衣兜里掏出了进安检时柳尼娜塞给她的纸条，看了一眼，陡然停下，大为激动。她闪到一旁让别人过去，拨出手机道：“杜姨，我是夏初……海军正在全国特招管理学专业人才入伍？去哪里工作？手机里不能讲？我明白了！杜姨我挂了，我这会儿正在登机……等等杜姨，我不登机了……回头我再打给你！”她热泪盈眶，迅速拨出另一个号码：“尼娜，你离开机场没有？……不管你走了多远，都马上回来！我不走了！”机场外高速公路上，司机小刘正在驾驶军用越野车疾驰向前。谢振宇突然道：“停车！”小刘将车停在应急车道。谢振宇：“你过后面来，我开！”康延成看他：“你又要干什么？”谢振宇：“过来嘛，我替小刘开一段！”他已经下车和小刘换了位置。越野车马上像子弹一样向前飞起来。康延成抓紧可以抓住的把手，叫：“停！你不能开车！下午还要执行重大试验任务呢！”谢振宇努力让自己冷静，把车重新停下，离开司机座位，回到后座上去。司机重新把车开起来。康延成看谢振宇，半晌没有言语。谢振宇：“怎么了？”康延成：“老谢，我看出来了，你有变化，知道管理自己的情绪了，太好了，我为你高兴！”谢振宇不再说话。康延成：“提醒一句，下午的 A10B 项目试验，最重要的也是这两个字：管理。一旦失败，飞机拉起来时要管理，转舵要管理，迎角更要管理——”谢振宇：“是控制，不是管理！”康延成笑：“原来是控制，不是管理！”谢振宇严肃道：“延成，今天对你来说很有意义，是吗？对我来说也一样！”康延成努力体味他此时的心情，不再说下去。他以为谢振宇会难过，但好像又不是。谢振宇的目光一直朝向前方，脸上没有一丝笑容，但整个神情中，却增添一种勇士断腕的决绝和解脱后的轻松。

直到柳尼娜驾车载着夏初驶出机场收费站出口，夏初仍处在难以抑止的激动中。柳尼娜有自己难以遏止的欢乐，想跟任何一个人分享：“夏初，有件事我想告诉你，我和康延成，成了！”夏初看她一眼，高兴起来："真的？恭喜你尼娜！"柳尼娜："可我们现在不能结婚，延成说要等到他的任务完成以后，可是我不想！"夏初："你想什么时候？"柳尼娜："我去找斯勇哥哥，他们的政委，让他批准，最多三个月，我们就结婚！"夏初笑道："就这么急不可待地要把自己嫁出去？"柳尼娜："对，我就是急不可待，笑话我吧！"夏初："我干吗笑话你，我替你和康延成高兴！"柳尼娜："小时候就说了，谁先结婚，那一个要给她做伴娘！"夏初："没问题！"柳尼娜忽然回头："我差点忘了！欧姨和谢振宇什么关系？"夏初一惊："你说什么？"柳尼娜："谢振宇和欧姨，他们是不是早就认识？"夏初脸上现出迷惑的神情。柳尼娜故意轻描淡写："今天早上去机场前，拐到你们家拿东西，在欧姨房里看见一张谢振宇的照片。"夏初："欧姨房间里有谢振宇的照片？"柳尼娜："一张穿飞行服的照片，标准的中国海军帅哥！"夏初想起了什么，沉默起来。柳尼娜仍然不看她，改变话题："哎，我可是有点胖，到时候选什么样的婚纱呀！你得帮我出主意！"车子驶进小区，停在夏家门前，夏初跑去按响门铃。欧双莲从楼上掀开窗帘一角，朝楼下看去，吃惊道："怎么又回来了！"一边答应着"来了"，一边丢下手中的东西就往外跑。忽然，她又在门前停下了，回去一把将谢振宇照片反扣下去，慌慌张张地将它拿起，寻找藏的地方。

楼下的门铃一直响着。夏初喊道："欧姨，是我！开门！"欧双莲三下两下将照片塞进柜子里，用别的东西盖住，这才答应着跑出去，迎接二人提东西上楼。到了二楼，夏初看一眼欧双莲："欧姨，我渴了，想喝茶！"欧双莲："有有。你等着。"她急急忙忙下楼。夏初看向柳尼娜，二人匆匆走向欧双莲房间，推开门，同时朝床头望去，没有谢振宇的照片。夏初："尼娜，你说的事情是真的？”柳尼娜：“千真万确。”夏初已经听到欧双莲上楼梯的脚步声：“快走！”

中午时分，秦大地将余涛叫进自己的办公室：“请你来是要说一件事情。首长做出了选择。下午第一次A10B项目试验，还是由谢振宇来飞。”余涛并没有表现出惊讶：“是这样……我想到了。但是——”秦大地不让他说下去：“现在我只能这么说，第一，我们是军人，一切行动听指挥；第二，为什么不能是他？”余涛：“我只有一个问题，是不是以后都是这样？为了让谢振宇快速成长，所有这样的任务都留给他？那我和空军来的五名同志会很失望！”秦大地斩截道：“那不会的，也不可能。谢振宇需要成长，进入试飞大队后他经历了一系列磨炼，挺住了，现在需要成功，老是失败是不能培养出人才来的，不断的成功才能成就顶尖人才。但现在还谈不到这个，试验试飞的路长得很，你能想象没有你、没有我，谢振宇现在就把这副担子挑起来吗？”余涛：“不能！”秦大地：“行了，响鼓不用重槌敲。虽然今天下午第一个飞的不是我和你，但我们，还有全队同志，都已经做出了贡献，如果成功我们都有份，但如果——”余涛忙止住他的话：“请大队，不，总指挥批准，一旦谢振宇不成功，下一个去飞的就是我，不是你！”两人久久有力地对视，秦大地终于开口：“好吧！成交！”两人击掌。

一点三十分，基地医院大楼下，两辆救护车已经发动。何一鸣招呼众医护人员上车：“快快快！”陈亚红从大楼内跑出，边上车边问他：“院长，知道今天谁飞吗？”何一鸣：“还不知道！不管谁飞，对我们都一样！快上车！”他又看了陈亚红一眼：“啊，听说是谢振宇！”陈亚红已经在车里坐下，何一鸣意识到他这一句话让她没有方才那么紧张了。陈亚红却迅速转过头去，不让这个男人多看她一眼，她为自己方才一瞬间的心理波动羞愧起来！

下午两点，试飞场上，指挥车专家团和各路保障队伍再次就位。舰载机移停在滑跑开始位置上，与每一次都不同的是，机头成45度角斜向对着跑道中心线。试飞大队队列前，衣正邦带张天一走向秦大地："都准备好了吗？"秦大地看一眼队列中的谢振宇："准备好了吗？"谢振宇："报告大队，准备好了！"秦大地看衣正邦。衣正邦："开始！"秦大地对谢振宇道："03出列！"谢振宇答应一声"是！"向前一步出列。秦大地盯着谢振宇，大声地："重复一遍，万无一失，滴水不漏！"谢振宇大声回答："是！万无一失，滴水不漏！"秦大地说："登机！"谢振宇："是！"他举手向衣正邦和秦大地敬礼。二人还礼。谢振宇奔向飞机，登机，突然，他抬起头，向整个试飞场看了一眼。

他看到了两侧的土山，看到了长长的跑道和跑道尽头的大海，连同大海上方的蓝天白天，然后稳稳地坐下去，没有马上做准备动作，相反像秦大地每次开始时做了一次深呼吸，让自己淡定。然后才开始快速完成了一系列动作，启动通话器报告："01，01，我是03，准备完毕，请求开始！"试飞大队队列前，秦大地向衣正邦报告："首长，03请求开始！"衣正邦发令："开始！"秦大地举起送受话器："03，03，01呼叫！首长命令，开始！"谢振宇马上回答："03明白！"他摁下点火开关，向起飞助理位置上的凌凯时竖起大拇指。凌凯时做指挥动作。双机轮前，止动轮挡落下。凌凯时双臂左伸，二指左指，向下垂去。谢振宇松开手刹，歼-15斜向以极限速度重量量级向阻拦索冲去。

现场所有人的目光都紧张地盯住高速斜向前冲的舰载机。基地摄像团队的镜头再次紧紧跟上高速斜向前冲的舰载机。试飞跑道上，飞机在斜向前冲；飞机尾钩以极快的频率斜向在跑道上跳动。阻拦索索绳在前方颤跳。座舱中，谢振宇保持着一种越来越秦大地化的、婴儿般纯净、像大山一样持重、镇静的同时又显出了内在的强大和无所畏惧的表情，全神贯注地控制着飞机。机轮碾过索绳。尾钩跟过来，“砰”一声撞索成功。就在这一瞬间，座舱中的谢振宇开始转舵。飞机由斜向前冲迅速变为正向偏离阻拦索中心点前冲，直至变成跑道中心线前冲。尾钩在已经挂上的索绳上滑动，继续前冲的同时也在向中心位置滑动，直到将索绳拉紧到极限，在跑道中心线正向停下，挂索成功！现场再次爆发出雷鸣般的掌声。试飞大队里，秦大地、余涛热烈鼓掌。康延成目光湿润，和众人一起热烈鼓掌。张天一回看衣正邦，发现衣正邦也鼓起掌来。张天一也跟着大力鼓掌。试飞跑道上，停下来的飞机座舱自己打开。谢振宇站起。由于距离很近，秦大地和余涛都看到此时他的脸上仍然是一副淡定、持重、强大、无所畏惧的表情。衣正邦对张天一道：“别光顾着鼓掌！快要医疗队过来帮谢振宇检查！让两位老总和专家团检查飞机和阻拦索！”张天一大声回答：“是！”